Janette Oke

Nur einen Sommer lang
Wie ein Blatt im Herbstwind
Jeder Winter geht vorüber
Was der Frühling verspricht

Jahreszeiten-Serie

Janette Oke

DIE JAHRESZEITEN-SERIE

Nur einen Sommer lang

Wie ein Blatt im Herbstwind

Jeder Winter geht vorüber

Was der Frühling verspricht

SCHULTE & GERTH

Die amerikanischen Originalausgaben erschienen im Verlag
Bethany House Publishers unter den folgenden Titeln:
Once upon a summer (© 1981 by Janette Oke),
The winds of autumn (© 1987 by Janette Oke),
Winter is not forever (© 1988 by Janette Oke),
Spring's Gentle Promise (© 1989 by Janette Oke)

Aus dem Amerikanischen von Beate Peter

Best.-Nr. 815620
ISBN 3-89437-620-1
1. Auflage des Sammelbandes 1999
Umschlaggestaltung: Bethany House/Michael Wenserit
Satz: Typostudio Rücker
Druck und Verarbeitung: Ebner Ulm
Printed in Germany

Janette Oke

Nur einen Sommer lang

Janette Oke

Nur einen Sommer lang

Josch

Heute konnte ich es kaum abwarten, mit der Arbeit fertig zu werden. Ich mußte mich nämlich dringend an meinen Lieblingsplatz am Bach verkrümeln und mal in Ruhe nachdenken. Es hatte sich in letzter Zeit 'ne Menge ereignet, und es sah schwer nach Veränderungen aus. Damit war ich nun ganz und gar nicht einverstanden. Ich wollte lieber, daß alles beim alten blieb, aber dazu würde ich mir wohl erst etwas einfallen lassen müssen.

Ich trug also den Melkeimer ins Haus und rannte zur Scheune zurück, um Bleß auf die Weide zu lassen. Sie trödelte vor sich hin, so daß ich ihr Beine machen wollte, aber das rührte sie nicht im geringsten. Als sie sich endlich durchs Gatter bemüht hatte, strich ich ihr rasch über ihr braun-weißes Hinterteil und schob den Riegel wieder vor. Nun stand sie ganz ratlos und wie angewurzelt da, als ob sie gar nicht wüßte, wohin mit ihrer Freiheit.

Ich dagegen, ich wußte genau, wohin ich wollte. Ich rannte über den Pfad hinter dem Haus durch das frische Sommergrün wie ein Karnickel, hinter dem der Habicht her ist.

Der Bach stand noch hoch, wie's sich für den Hochsommer gehört, aber an meinem Lieblingsplatz war es ganz still. Komisch, wie man die Stille spürt, wo's doch am Bach ständig Geräusche gibt: Vogelgezwitscher, zirpende Grillen, ab und zu ein Frosch, der aus dem seichten Gewässer quakt, und Fische, die sich im Springen üben. Geräusche von dieser Sorte störten mich jedoch überhaupt nicht. Ich fand's hier richtig friedlich, hauptsächlich deshalb, weil es hier niemanden gab, der mich hierhin und dorthin schickte, um dies und das zu erledigen.

Dieses Plätzchen am Bach betrachtete ich gewissermaßen als meine höchstprivate Angelstelle. Ich hatte nicht mal Avery Garrett, meinem besten Freund, davon erzählt. Avery hielt ohnehin nicht allzuviel vom Angeln, so daß er eigentlich nichts verpaßte. Heute hatte ich nicht mal meine Angel dabei, so eilig hatte ich's gehabt, allein zu sein.

Bevor ich mich auf meinem Baumstamm niederließ, rollte ich meine Hosenbeine bis an die Knie hoch. Ich ließ die Füße tief ins kühle Wasser hinab und watete im Schlamm auf dem Grund herum. Zu spät merkte ich, daß ich meine Hosenbeine nicht hoch genug gekrempelt hatte. Sie waren klatschnaß geworden. Darüber würde ich wohl ordentlich was zu hören kriegen, wenn die Sonne sie mir nicht bald trocknete! Da saß ich nun mit meinen Füßen im Wasser und begann, mir den Kopf zu zerbrechen.

Eigentlich war die Welt ja ganz in Ordnung gewesen – bis gestern. Der gestrige Tag hatte sich auch zunächst ganz gut angelassen. Opa hatte in die Stadt gemußt, und er hatte mich zu sich gerufen, als ich gerade mit der Arbeit fertig war.

„Junge!“ Er nannte mich fast immer „Junge“, nicht Josua oder Josch wie alle anderen. „Junge, haste Lust, mit in die Stadt zu fahren?“

Zur Antwort grinste ich bloß zurück. Opa kannte mich doch: Ich nahm nur zu gern jede Gelegenheit wahr, um in die Stadt zu kommen.

„Wir fahren in zehn Minuten!“ sagte Opa und ging zu den Pferden.

Ich brauchte nicht lange zum Fertigmachen. Rasch wusch ich mir das Gesicht und die Hände, strich mir die Haare glatt und sah nach, ob ich auch ja keine Flecken in meiner Latzhose hatte. Dann rannte ich zur Scheune hinüber, um beim Anspannen zu helfen.

Die Fahrt verlief schweigend. Opa und ich liebten die Stille. Außerdem gab's sowieso nicht viel zu erzählen, und wozu auch reden bloß um des Redens willen? Nach 'ner Weile brach Opa schließlich doch das Schweigen.

„Es wird trocken."

Ich sah braune Stellen, wo es vor kurzem noch so schön gegrünt und geblüht hatte, und nickte.

In der Stadt angekommen, brachte Opa das Gespann vor Kirks Gemischtwarenhandlung zum Stehen. Ich sprang vom Wagen und band die Pferde an einer Stange fest, während Opa sich innerlich für seine Geschäfte sammelte.

Bald standen wir im Laden und tauschten Grüße und Kleinstadtklatsch mit Herrn Kirk und 'n paar von seinen Kunden aus. Dann machten wir uns an unsere Einkäufe. Opa hatte es einfach. Der brauchte nur ein paar Sachen für die Farm zu kaufen. Bei mir war's da schon schwieriger. Bevor wir losgefahren waren, hatte Onkel Charlie mir, wie immer, ein Fünf-Cent-Stück zugesteckt, und das galt es jetzt aufs beste anzulegen. Ich strich an der Theke entlang und guckte mir genau an, was Herr Kirk so alles zu bieten hatte. Seine Frau saß hinten im Laden und unterhielt sich mit jemandem am Telefon. Nur die allerwenigsten Leute hier in der Stadt hatten ein Telefon. Ich konnte mich kaum an den Anblick gewöhnen: in einen Kasten reinzusprechen, als ob der 'ne Seele hätte! Endlich war sie fertig und kam auf uns zu.

„Morgen, Daniel. Wieder schönes Wetter draußen, nicht? Könnte aber heiß werden, fürchte ich."

Ohne eine Antwort abzuwarten, sagte sie zu Opa: „Bevor ich's vergesse, hier ist 'n Brief für Sie."

Frau Kirk betrieb unser Postamt in einem der hinteren Ladenräume. Sie war 'ne nette Frau, und ihr Interesse an anderen war aufrichtig, ganz ohne Neugierde.

Opa nahm den Brief sichtlich überrascht entgegen. Post kriegten wir nämlich nicht oft.

„Von meinem Vater", erklärte er Frau Kirk. „Vielen Dank." Dann schob er den Brief in seine Hemdtasche.

Ich ließ den Brief Brief sein und wandte mich wieder meinem Fünfer zu. Sekunden später, so kam's mir vor, sammelte Opa seine Einkäufe und fragte mich, ob ich auch fertig wäre. Ich hielt meinen Fünfer immer noch unausgegeben in der Hand.

Kurz entschlossen wählte ich ein Schokoladeneis und folgte dann Opa, um ihm beim Aufladen zu helfen. Ich hatte ja nur eine Hand frei, aber mit der anderen tat ich mein Bestes.

Opa drehte das Gespann, und heimwärts ging's. Ich kostete mein Eis bis auf den letzten Schlecker aus. Bei diesem Sommerwetter mußte man sich damit allerdings beeilen. Als wir die Stadt hinter uns gelassen hatten, reichte Opa mir die Zügel.

„Bin gespannt, was Pa zu berichten hat", sagte er und zog den Brief aus der Hemdtasche. Während er las, guckte ich ihn ab und zu verstohlen von der Seite an. Was das wohl für 'n Gefühl sein mochte, 'nen Brief zu kriegen, der an einen höchstpersönlich adressiert war? Dieser hier schien Opa keine besondere Freude zu bereiten. Endlich faltete er ihn langsam und umständlich wieder zusammen und steckte ihn in den Umschlag zurück. Dann drehte er sich zu mir.

„Deine Urgroßmutter ist gestorben, Junge."

Komisch, daß er ausgerechnet in diesem Moment von ihr in Beziehung zu mir anstatt sich selbst sprach. Gedankenverloren griff er nach den Zügeln. Er war wirklich nicht bei der Sache, sonst hätte er mich weiterkutschieren lassen, wie er das sonst immer tat.

Ich sah ihn aus den Augenwinkeln an. Das mit Urgroßmutter tat mir zwar leid, aber irgendwie war ich nicht so richtig traurig darüber. Ich hatte sie ja kaum gekannt und wußte nur ganz wenig über sie. Plötzlich ging mir auf, daß die Sache sich für Opa ja ganz anders ausnahm. Diese alte Frau, die da in der Ferne gestorben war, war schließlich seine Mutter gewesen.

Ich spürte einen Kloß im Hals, so 'ne Art Mitleid für Opa war's, aber ich wußte nicht, wie ich's ihm sagen sollte.

Opa war weit weg mit seinen Gedanken. Er schien nicht mal zu merken, wie die Zügel schlaff in seinen Händen hingen. Wenn ich sie wieder genommen hätte, hätte er das sicher nicht mal registriert. Ich ließ es aber doch bleiben und blieb still sitzen, damit er in Ruhe nachdenken konnte. Ich stellte mir vor, wie er an das letzte Mal dachte, wo er Urgroßmutter gesehen hatte. Er hatte mir oft erzählt, wie er, als er fünfzehn war, vom Stadtleben genug hatte und weg wollte. Also packte er seine Siebensachen, sagte ade und machte sich auf in Richtung Westen. Urgroßmutter hatte geweint, als er fortging, aber sie hatte nicht versucht, ihn aufzuhalten. Jahre später, als Opa eine Farm, Frau und Kind hatte, hatte er seinen älteren und einzigen Bruder eingeladen, zu ihm zu kommen, um ihm in der Landwirtschaft zu helfen. Onkel Charlie war Junggeselle, und Opa konnte seine Hilfe beim Heumachen und bei der Ernte gut gebrauchen. So hatte er der Eisenhandlung, wo er gearbeitet hatte, nur zu gern den Rücken gekehrt und sich ebenfalls auf den Weg nach Westen gemacht.

Jahr um Jahr hatten die beiden sich vorgenommen, per Eisenbahn einen Besuch zu Hause abzustatten, aber irgendwie war nie etwas daraus geworden. Und jetzt war Urgroßmutter tot und Urgroßvater ganz allein – ein einsamer, alter Mann.

Was wohl in Opa vorgehen mochte? Ich spürte, wie er sich regte, und sah auf. Opa legte seine Hand auf mein Knie. Er hatte Tränen in den Augen. Seine Stimme war 'n bißchen rauh.

„Junge“, sagte er, „jetzt haben wir zwei noch eins gemeinsam. Wir haben beide keine Mutter mehr.“

Er drückte mein Knie. Langsam begriff ich und mußte schlucken.

Dann fing er an zu reden. Ich hatte meinen Opa selten so viel auf einmal reden hören, außer gelegentlich mit 'nem Nachbarn oder Onkel Charlie.

„Komisch, wie die Erinnerungen wiederkommen, als ob alles erst gestern gewesen wäre. Hab' jahrelang nicht dran gedacht, aber jetzt ist mir alles wieder vor Augen."

Tief in Gedanken schwieg er eine Weile.

„Deine Urgroßmutter war nicht gerade groß zu nennen, aber was ihr in den Beinen fehlte, das hatte sie im Kopf." Jetzt lachte er sogar 'n bißchen, und gleichzeitig rannen ihm die Tränen über die braunen, wetterzerfurchten Wangen.

„Ich war damals fünf oder so. In der Nachbarschaft stand ein alter Baum, mein Lieblings-Kletterbaum. Da oben saß ich dann und erzählte mir selbst Geschichten. Unten fingen die Hunde aus der Nachbarschaft an, um den Baum herum zu tanzen. Ich störte mich nicht dran, bis ich schließlich hungrig und durstig war und nach Hause wollte. Ich machte mich an den Abstieg, aber ein riesiger, schwarzer Köter, den ich noch nie gesehen hatte, versperrte mir den Weg.

Ich rief und brüllte, bis ich heiser war, aber ich war zu weit weg von unserem Haus. Mama –" dieses Wort ging ihm so leicht von den Lippen, daß ich wußte, er war ganz in seinen Erinnerungen versunken – „Mama hatte schon mit dem Essen auf mich gewartet. Je später es wurde, desto mehr Sorgen machte sie sich, und schließlich ging sie mich suchen.

Kaum hatte sie das schwarze Vieh unter dem Baum entdeckt, da wußte sie auch schon, was los war. Sie holte sich 'nen Baseball-Schlagstock, der in Nachbars Garten gelegen hatte, und marschierte los. Ich seh' sie noch vor mir, diese kleine Frau mit der großen Keule. Mensch, war sie wütend! Na, dieser Hund mußte ziemlich schnell einsehen, daß er's mit Mama nicht aufnehmen konnte. Das Vieh habe ich nie wieder gesehen."

Wieder lachte Opa leise vor sich hin.

„Komisch, wie 'ne Frau tapfer wie 'ne ganze Armee sein kann, wenn's sein muß, und doch so sanft. Deine Urgroßmutter war so freundlich und sanft wie kein anderer Mensch, den ich je gekannt habe. So zarte Hände! Und wie sie mich im Schaukelstuhl auf den Schoß nahm, nachdem sie mich zum Schlafengehen fertig gemacht hatte, und wie sie mich an sich drückte und mit mir schaukelte und 'n altes Lied dabei summte und mir 'nen Kuß aufs Haar gab ..."

Opa hielt inne und schluckte. Eine Träne rollte ihm über die Wange.

„Ach ja!" seufzte er. „Ich wußte genau, daß ich zu groß für so was war, aber zum Glück haben die Nachbarjungs mich nie dabei erwischt. Wie geborgen ich mich damals fühlte!

Eines Tages war mir dann klar, daß ich nun endgültig zu groß zum Geschaukelt- und Umarmtwerden war. Ich hab's aber doch vermißt, und ich glaube, Mama auch. Sie hat mich oft so sehnsüchtig angeguckt. Manchmal streckte sie den Arm nach mir aus, und ich dachte, jetzt hebt sie mich gleich auf ihren Schoß. Statt dessen fuhr sie mir durch die Haare und sagte irgendwas über meine dreckigen Schuhe oder das Loch in meinem Hosenbein."

Opa hatte vor lauter Träumerei die Pferde restlos vergessen, und diese Faulpelze nutzten das schamlos aus. Nur noch einen Deut langsamer, und es hätte kein Pferd auf der Welt gegeben, das tatsächlich noch einen Huf vor den anderen gebracht hätte. Bella, die sowieso meistens ihrer eigenen Nase folgte, trottete ganz weit außen, fast auf der anderen Straßenseite. Hin und wieder nahm sie im Gehen ein Maulvoll Gras mit. Nellie war diese Gangart nur recht.

Ich sah den Pferden zu und warf dann einen Blick auf Opa. Wie würde er sich in die Lage finden? Ich glaube, er hatte sogar mich vergessen.

Eine Zeitlang schwieg er. An seinem Gesicht konnte ich ablesen, daß er immer noch alten Erinnerungen nachhing. Es waren liebe Erinnerungen, aber jetzt, wo die schöne Zeit unwiderruflich und endgültig vorbei war, machten sie ihn nur traurig.

Dann tauchte er plötzlich wieder aus seinen Träumen auf und wandte sich an mich.

„Erinnerungen sind doch was Schönes, Junge. Wenn so 'n lieber Mensch mal nicht mehr ist, wenn die glücklichen Zeiten vorbei sind, dann haste immer noch Erinnerungen. Dem Herrgott sei Dank für die Erinnerungen! So kannste die schöne Zeit immer wieder durchleben. Erinnerungen sind unbezahlbar. Die kann dir keiner nehmen!"

Auf einmal kam ich mir irgendwie zu kurz gekommen vor, vom Schicksal betrogen und maßlos übergangen. Opa hatte natürlich recht. Ich hatte nie viel über Erinnerungen nachgedacht, aber tief in meinem Innern, da hatte es manchmal 'ne Sehnsucht gegeben, ein Suchen, Greifen nach etwas, das außerhalb meiner Reichweite lag. Opa hatte es hier beim Namen genannt. Er hatte vorhin gesagt, daß wir beide jetzt den Verlust unserer Mutter gemeinsam hätten. Das stimmte wohl. Aber ich hatte irgendwie gleich gespürt, daß es für ihn nicht das gleiche war wie für mich. Jetzt wurde mir klar, wo der Unterschied lag: in den Erinnerungen, beziehungsweise, in meinem Fall, in fehlenden Erinnerungen. Opa konnte stundenlang aus seiner Kindheit erzählen, von dem Gesicht seiner Mama, wie sie geduftet hatte, wie sie ihn gestreichelt hatte. Ich hatte bloß einen weißen Fleck auf der Landkarte, bloß einen Namen: „Du hast 'ne Mutter gehabt, Junge, die hat Agathe geheißen. Schöner Name, Agathe."

Manchmal lag ich nachts wach und versuchte mir das Gesicht vorzustellen, das zu diesem Namen gehört hatte, aber das war vergebliche Mühe. Früher, als ich noch kleiner war, habe ich mir die Gesichter von Frauen angesehen, und jedesmal, wenn mir eins besonders gefiel, stellte ich mir vor, daß meine Mutter genauso ausgesehen hatte. Einmal bin ich zwei ganze Jahre mit der Vorstellung rumgelaufen, die Frau von unserem Bankbesitzer würde aussehen wie meine Mutter. Zum guten Schluß ging mir dann aber doch auf, wie albern das Ganze war, und ich ließ das Träumen bleiben. Und hier saß Opa und wagte es, dem Herrgott für Erinnerungen zu danken!

Ich spürte einen dumpfen Schmerz in mir aufsteigen und war direkt ein bißchen böse auf Gott. Warum hatte er mir meine Eltern weggenommen, als ich noch ein kleines Baby war, und mir nicht mal ein paar Erinnerungen gelassen, wie sie doch alle anderen hatten? War es denn nicht genug, daß ich keine Mama zum Umarmen und keinen Papa zum Angelngehen hatte?

Ich hatte Angst, Opa ins Gesicht zu sehen. Dem würden meine finsteren Gefühle sicher nicht verborgen bleiben. Statt dessen starrte ich auf die Pferde. Bella schnappte gerade ein Maulvoll Gras, nur, daß sie diesmal den Fehler machte und dabei stehenblieb, um nochmals zuzubeißen. Nellie zerrte am Geschirr, weil sie noch leicht in Bewegung war. Jedenfalls riß das Ganze Opa jäh aus seinen Gedanken. Der traute kaum seinen Augen. Er hatte noch nie ein Gespann so außer Kontrolle geraten lassen. Er riß an den Zügeln, und Bella bekam einen Klaps auf ihr graues Hinterteil, so daß ihr vor Schreck das letzte Büschel Gras wieder aus den Zähnen fiel. In null Komma nichts waren wir wieder auf der richtigen Straßenseite und in normaler Gangart.

Opa drehte sich mit einem betretenen Grinsen mir zu. „Wenn wir uns nicht beeilen, kommen wir zu spät zum Essen, und dann zieht Lou uns eins mit dem Nudelholz über!"

Ich grinste gezwungen zurück. Ich war nämlich immer noch so 'n bißchen böse, weil ich im Leben zu kurz gekommen war. Außerdem wußten wir beide ganz genau, daß das nicht stimmte, was er da gesagt hatte. Tante Lou machte nie viel Aufhebens, wenn wir mal zu spät zum Essen kamen. Vielleicht war das auch der Grund, weshalb wir alle drei, Opa, Onkel Charlie und ich, immer unser Bestes taten, um sie nie warten zu lassen. Tante Lou war eben nicht bloß irgend jemand. Und ohne je bewußt darüber nachzudenken, versuchten wir alle, ihr das Leben nicht schwerer zu machen, als es unbedingt sein mußte.

Das Unheil kündigt sich an

Wie meistens nach dem Abendessen, schickte mich Opa los, um die Bibel für unsere „Familienandacht" zu holen, wie er das nannte. Ich konnte dem Ganzen eigentlich nie viel abgewinnen. Ich fand das Getue um „Der Herr ist mein Hirte" und was die Leute in grauer Vorzeit sonst noch so geschrieben hatten, ziemlich langweilig.

Opa kam mir heute abend so anders vor. Da steckte sicher der Brief hinter, dachte ich mir. Er tat mir leid.

Dieser Brief, den Opa da gekriegt hatte, war jedoch bloß der Anfang einer ganzen Kette von Ereignissen, die mich noch manche schlaflose Nacht kosten sollten. Ich begann, mich ernsthaft zu fragen, was wohl aus einem gewissen Josua Chadwick Jones werden sollte. Und nachdem ich ins Bett geschickt worden war, ging's auch gleich weiter mit dem unheilvollen Lauf der Dinge.

Ich sollte ja eigentlich immer um neun Uhr im Bett sein, aber ich rührte mich nie von allein, wenn ich den Uhrzeiger in Richtung neun wandern sah. Ich wartete immer, bis Opa rief: „Zeit fürs Bett, Junge!" Erst dann wusch ich mich in dem Becken neben der Tür und kletterte im Schneckentempo die Treppe hinauf zu meinem Zimmer.

Ich hatte die Hoffnung nie aufgegeben, daß Opa eines Abends so sehr mit was anderem beschäftigt wäre, daß er die Uhr ganz vergäße. Aber bis jetzt war das noch nie vorgekommen.

Heute abend war Opa nicht ganz bei der Sache, das merkte ich gleich. Er hatte Tante Lou und Onkel Charlie den Brief vorgelesen. Tante Lou hatte ihre Arme um seine und Onkel Charlies Schultern geschlungen und beide mit Tränen in den Augen ganz fest gedrückt. Onkel Charlie hatte nicht viel gesagt, aber er war in Gedanken bestimmt wie Opa heute nachmittag mit seiner Kindheit beschäftigt. Tief in meinem Innern fühlte ich wieder den Neid aufsteigen.

Ich beobachtete erwartungsvoll den Uhrzeiger. Wenn ich je eine Chance hatte, dann war's heute. Aber da hatte ich die Rechnung ohne Opa gemacht. Pünktlich um neun sagte er: „Junge, Zeit zum Schlafengehen!" Ich seufzte vernehmlich. Heute hatte ich mir 'n kleines bißchen Extrazeit verschaffen wollen, aber es hatte halt wieder nicht geklappt.

Also machte ich mich an die übliche Routine. Als ich fast an der Treppe war, hörte ich Tante Lou sagen: „Ich glaube, ich geh' jetzt auch nach oben, Pa." Sie beugte sich zu Opa und gab ihm einen Gutenachtkuß. „Gute Nacht, Onkel Charlie." Er nickte ihr zu, und Tante Lou und ich stiegen gemeinsam die Treppe rauf. Dabei legte sie die Hand auf meine Schulter.

„Nicht mehr lange", sagte sie, „dann muß ich mich rekken, um an deine Schulter dranzukommen. Du bist ganz schön gewachsen, Josch. Guck mal, deine Hose ist ja schon wieder zu kurz!"

Das sagte Tante Lou so, als ob meine Hochwasser-Hosen ein Grund zum Stolzsein wären. Ich grinste zurück.

„Nacht, Josch."

„Nacht."

Ich streckte mich auf meinem Bett aus, aber schlafen konnte ich nicht. Ich wälzte mich hin und her – äußerlich und innerlich. Nach 'ner Weile beschloß ich, mir ein Glas Wasser zur Beruhigung zu holen. Opa mochte es nicht besonders, wenn man das Glas Wasser als Vorwand zum Aufbleiben nahm, aber dieses Mal müßte er's mir eigentlich durchgehen lassen.

Mein Zimmer war das erste im Gang an der Treppe, die von der Küche aus hochführte. Ich wußte, daß ich Opa und Onkel Charlie unten am Küchentisch bei ihrer allabendlichen Tasse Kaffee vorfinden würde. Dabei unterhielten sie sich dann, wenn's was zu unterhalten gab, oder sie leisteten sich einfach nur so Gesellschaft, bevor sie sich auch schlafen legten. So schaute ich nun so unschuldig drein, wie ich konnte, und ging die Treppe hinunter.

„... was anderes bleibt uns gar nicht übrig", hörte ich unten Opa ernst sagen.

Dann hörte ich ein zischendes Geräusch. Ich wußte gleich, was das war. Die Leute hier erzählten sich, daß Onkel Charlie 'ne Tasse Kaffee heißer und schneller als jeder andere Sterbliche runterschlucken könnte. Keine besondere Auszeichnung für einen erwachsenen Mann, aber immerhin nichts Alltägliches. Ich guckte ihm oft dabei zu, wie er seine Tasse leerte, und fragte mich dabei im stillen, ob er wohl gerade seinen eigenen Rekord gebrochen hatte. Er hatte die Angewohnheit, vor jedem Schluck dieser kochendheißen Flüssigkeit zischend durch die Zähne einzuatmen. Vielleicht war dieser Mundvoll Luft dazu gedacht, den Kaffee unterwegs ein bißchen abzukühlen. Ich weiß es nicht genau.

Also, ich hörte das Zischen und sah die dampfende Tasse förmlich vor Onkel Charlies gespitzten Lippen. Dabei wippte er immer auf zwei Stuhlbeinen nach hinten. Das bekommt dem Stuhl nicht, kriegte ich zu hören, als ich versuchte, es Onkel Charlie nachzumachen, aber merkwürdigerweise hinderte Onkel Charlie niemand am Wippen.

Jetzt landete die Tasse wieder auf dem Tisch, und dann hörte ich auch die vorderen zwei Stuhlbeine auf dem Holzfußboden aufsetzen.

„Glaubste, das macht er?"

„Weiß nicht. Er ist doch ein Dickkopf. Das weißte doch selbst. Aber vielleicht wär'n Tapetenwechsel gerade jetzt das Richtige für ihn. Er wird mächtig einsam sein. Weißt doch, wie er an ihr gehangen hat."

Inzwischen hatte ich's mir mit dem Glas Wasser anders überlegt und ließ mich geräuschlos auf einer Treppenstufe nieder. Eine Gänsehaut lief mir den Rücken runter. Tapetenwechsel? Ich wußte zwar nicht, was hier gewechselt werden sollte und was das Ganze mit mir zu tun hatte, aber passen tat's mir ganz und gar nicht.

„Wir müssen's wenigstens versuchen. Wir können ihn doch nicht einfach sich selbst überlassen. Ich fahr' morgen in die Stadt und ruf' ihn von Kirks Telefon aus an. Es dauert sicher 'ne Weile, bis er alles geregelt hat, aber ich möchte ihn wirklich gern hierhaben. Platz haben wir ja genug. Wüßte nicht, weshalb er nicht gleich einziehen könnte."

„Hm."

Jetzt wußte ich, daß die beiden von Urgroßvater sprachen. Der war sicher ein steinalter Mann. Ich hatte öfters die alten Männer in der Stadt beobachtet, wie sie mit ihren schlottrigen Knien und wässrigen Augen langsam durch die Gassen schlurften. Manchmal saßen drei oder vier von ihnen auf der Bank hinter dem Mietstall und erzählten sich was. Dabei kauten sie dann ihren Tabak, der ihnen über das zittrige Kinn aufs Hemd seiberte. Ich wußte nicht, wie ich's ausdrücken sollte, aber irgendwie ging's mir gegen den Strich, daß ein alter Mann zu uns kommen sollte – selbst wenn's hundertmal mein Urgroßvater war. Ich hatte genug gehört, aber losreißen konnte ich mich auch nicht.

„Irgendwas scheint dir an der Sache zu mißfallen", sagte Opa zu Onkel Charlie. „Findest du nicht, daß Pa kommen sollte?"

Onkel Charlie wand sich auf seinem Stuhl.

„Also, Hilfe braucht er schon, das ist ganz klar, und ich, also, ich würde ihn mächtig gern wiedersehen. Ist ja schon so lange her … aber ich dachte, äh, daß, äh, vielleicht sollte ich besser zu ihm fahren und ihn dort versorgen."

Opa schien überrascht. Ich auch. Ohne Onkel Charlie konnte ich mir das Leben gar nicht vorstellen.

„Willste etwa von hier weg?“ rief Opa überrascht.

„Meine Güte, nee!“ Onkel Charlies Antwort klang entrüstet. Wie Opa auch nur auf so einen Gedanken kommen konnte!

„Glaubste, Pa ist zu alt für die Reise?“

„Seinem Brief nach zu urteilen muß er noch ganz gut dran sein.“

„Was denn dann?“

„Lou.“

„Lou?“

„Ja, Lou.“

„Lou hätte sicher nichts dagegen.“

„Nee, bestimmt nicht. Aber das ist es ja gerade.“

„Da komm' ich nicht mit.“

„Daniel, wie viele junge Mädchen von siebzehn Jahren kennste, die 'n großes Haus, 'nen Garten, zwei alte Männer und 'nen hungrigen Jungen versorgen?“

Stille. Dann redete Onkel Charlie weiter.

„Und jetzt kommen wir daher und halsen ihr noch einen mehr auf. Das ist nicht fair. Sie gehört doch auf den Tanzboden und ...“

Opa fiel ihm ins Wort. „Lou macht sich nichts aus dem Tanzen.“

„Woher auch? Hat es auch nie gelernt. Wir haben ja dafür gesorgt, daß sie Brot backen und Fußböden scheuern mußte, sobald sie die Puppen in die Ecke gelegt hat.“

Wieder Stille. Diesmal wurde sie von Opa gebrochen.

„Willste etwa damit sagen, daß Lou unglücklich ist?“

„Klar ist sie glücklich!“ konterte Onkel Charlie. „Dazu hat sie viel zuviel Nächstenliebe. Sie glaubt doch, daß sie alle Welt traurig macht, wenn sie selbst unglücklich ist. Und das will sie ja wahrhaftig nicht.“

Opa seufzte vernehmlich. Er stand auf und machte sich an der Kaffeekanne zu schaffen. Jetzt wußte ich, wie verstört er tatsächlich war. Opa trank nämlich nie im Leben mehr als eine Tasse Kaffee vor dem Schlafengehen, aber jetzt hörte ich ihn die beiden Tassen wieder eingießen.

„Hast recht", sagte er schließlich. „Ist kein einfaches Leben für Lou."

„Und eines Tages führt sie dann jemand anders den Haushalt anstatt uns." Pause. „Und das könnte passieren, bevor wir's uns versehen."

„Was, Lou? Die ist doch noch so jung!"

„Nix da, jung! Bald wird sie achtzehn. Ihre Mutter war mit achtzehn verheiratet, falls du dich erinnerst, und ihre Großmutter ebenso."

„Das ist mir nie aufgefallen, daß Lou schon ..."

„Anderen Leuten ist's aber aufgefallen, da kannste Gift drauf nehmen. Jedesmal, wenn wir in die Stadt fahren, egal, ob zum Einkaufen oder in die Kirche, gucken diese jungen Grünschnäbel hinter ihr her und versuchen, ihr 'n Lächeln zu entlocken. Eines Tages wird sie's selbst merken."

Opa rutschte auf seinem Stuhl rum.

„Hübsch genug ist sie ja."

„Klar ist sie hübsch, mit ihren großen blauen Augen und diesem Lächeln. Du, wenn ich jung wär', ich würde auch hinter ihr hergucken!"

Onkel Charlie hatte kaum ausgeredet, da landete Opas Faust mit einem Knall auf der Tischplatte.

„Mensch, Charlie, wir haben geschlafen! Lou ist tatsächlich alt genug zum Heiraten, und wir haben nichts unternommen."

„Was meinste mit ‚unternehmen'?"

„Du hast doch gerade selbst gesagt, daß es früher oder später soweit sein würde, und vielleicht schon bald. Wir müssen uns schleunigst nach was Passendem für sie umgucken. Schließlich gebe ich meine Lou nicht jedem hergelaufenen Kerl zur Frau."

„Haste denn kein Vertrauen zu Lou?"

„Charlie, du weißt doch so gut wie ich, daß Lou nicht mal 'nem Stinktier was Böses nachsagen würde. Stell dir vor, der Falsche steht plötzlich vor der Tür und will sie heimführen. Woher soll 'n junges, unerfahrenes Ding wie Lou wissen, was wirklich hinter dem Kerl steckt? Du und ich, Charlie, wir kennen 'n bißchen mehr von der Welt. Wir wissen schon eher, welche Sorte Mann richtig für Lou ist. Wir müssen halt zusehen, daß ihr der Richtige über den Weg läuft."

„Und wie willste das anstellen, bitteschön?"

„Weiß noch nicht genau; das muß ich mir erst noch überlegen. Hol mir mal 'n Stück Papier und 'nen Bleistift, Charlie."

„Wofür?"

„Wir müssen unseren Grips mal 'n bißchen anstrengen und 'ne Liste machen. Ich will nämlich keine bösen Überraschungen erleben."

Onkel Charlie brummte zwar etwas in sich rein, aber ich hörte, wie er aufstand, 'n altes Kalenderblatt von unserem Küchenkalender abriß und sich wieder an den Tisch setzte.

„Laß uns mal systematisch vorgehen", sagte Opa. „Erst südlich, dann westlich, dann nach Norden und zum Schluß östlich einschließlich der Stadt. Also erst mal Wilkins: hat keine erwachsenen Söhne. Die Petersons: alles Mädchen. Turleys: der Älteste dürfte bald zwanzig sein, aber der ist so schüchtern."

„Faul dazu. Der rührt doch keine Hand, wenn's nicht sein muß."

„Den schreib mal gleich unter ‚abgelehnt'."

Der Bleistift kratzte auf dem Papier, und ich konnte mir lebhaft vorstellen, wie Jake Turleys Name auf der Rückseite des Kalenderblatts unter „abgelehnt" verzeichnet wurde.

„Crawford: der hat zwei Söhne, Jim und Sandy."

„Jim hat schon 'n Mädchen."

Der Bleistift kratzte wieder. Also auch dieser Kandidat war erledigt.

„Sandy?"

„Der ist so dumm wie Bohnenstroh."

„Schreib den auch auf die Rückseite."

„Haydon?"

„Die haben William."

„Was hältste von dem?"

„Fleißig."

„Sieht aber nicht besonders aus."

„Darauf kommt's ja nicht nur an!"

„Hoffentlich weiß Lou das auch!"

„Es ginge ja noch, wenn er nur nicht so schiefe Zähne hätte!"

„Lou hat so schöne, gerade."

„Die Kinder werden sicher die Zähne vom Vater erben."

Wieder Bleistiftkratzen. Es war nicht schwer zu erraten, auf welcher Seite Williams Name zu finden war. Jetzt hatte ich aber genug gehört. Als ich gerade meine schmerzenden Knochen von der Treppenstufe hievte und mich zum Gehen wenden wollte, hörte ich Onkel Charlie sagen: „Wir sind immer noch nicht weiter mit Pa gekommen."

„Das erledigt sich von selbst", meinte Opa. „Es braucht sowieso seine Zeit, bis er hier ist, und bis dahin ist Lou längst verheiratet und weg von hier, und dann braucht sie keine drei alten Männer zu versorgen. Wir werden schon irgendwie ohne sie fertig. Haben wir früher doch auch gemacht."

Onkel Charlie murmelte: „Hm. Ja." Dann kam die nächste Nachbarsfarm an die Reihe, und ich schlich endgültig wieder nach oben in mein Bett.

Ein miserables Gefühl machte sich in meiner Magengegend breit. Zugegeben, wir waren eine ungewöhnliche Familie, aber wir gehörten zusammen, und wir paßten auch zusammen. Aber ich war bisher so dumm gewesen zu glauben, daß das auch immer so bleiben würde! Und jetzt sollte sich plötzlich, ohne jede Vorwarnung, alles ändern. Ich sollte so einfach meine Tante Lou für einen alten, klapprigen Urgroßvater hergeben, den ich obendrein noch nie gesehen hatte. Das war kein sonderlich gutes Geschäft, schien mir.

Ich war fast an meinem Zimmer angelangt, aber dann überlegte ich's mir anders. Ich mußte einfach mal zu dem Zimmer am Ende des Flures gehen, wo Tante Lou schlief. An der angelehnten Tür blieb ich stehen. Von innen konnte ich ihr weiches Atmen hören. Ich schob die Tür vorsichtig auf und trat lautlos ein. Durchs Fenster fiel gerade genug Mondlicht, daß ich Tante Lous Gesicht klar erkennen konnte. Sie war wirklich hübsch! Ich hatte noch nie bewußt darüber nachgedacht. Für mich war sie halt immer einfach Tante Lou gewesen. Sie war immer für mich da gewesen. Ich hatte mich nie fragen müssen, wieviel sie mir eigentlich bedeutete. Jetzt, wo ich sie bald verlieren könnte, wurde mir plötzlich klar, daß sie mir *alles* bedeutete: die Mutter, die ich nie gekannt hatte, die große Schwester, die Spielgefährtin, meine beste Freundin. Das alles und noch viel mehr hatte ich an meiner Tante Lou mit ihren ganzen hundertsechzig Zentimetern.

Ich schluckte den Kloß in meinem Hals runter, aber ich konnte es nicht verhindern, daß mir die Tränen nur so liefen. Ärgerlich wischte ich sie weg.

Da schlief sie so friedlich, während unten zwei Männer dabei waren, darüber zu entscheiden, mit wem sie den Rest ihres Lebens verbringen sollte. Und Tante Lou war so arglos, daß es ihnen wahrscheinlich sogar gelingen würde. Es sei denn ...

Auf Zehenspitzen ging ich rückwärts zur Tür raus und schlich mich zu meinem Zimmer zurück. Um die quietschende Stelle im Fußboden machte ich dabei tunlichst einen Bogen. Von unten waren immer noch Stimmen zu hören. Ich machte meine Tür zu und kletterte unter die

Bettdecke. Auf einmal spürte ich, wie müde ich war. Ich zog mir die Decke ans Kinn. Irgendwo mußte es doch 'ne Lösung geben. Irgendwo! Es würde nicht einfach sein. Ich würde schwer nachdenken müssen, aber wenn ich mich nur genug anstrengte, würde mir sicher was einfallen.

Vor Müdigkeit verschwammen mir die Gedanken. Morgen würde ich mir alles überlegen. Plötzlich hatte ich 'ne Idee: Beten! Ich hatte mein Abendgebet, das ich von Tante Lou gelernt hatte, schon gesagt, aber dieses hier war 'n Sonderfall. Ich weiß nicht mehr genau, was ich mit meinem müden Kopf gebetet habe, aber ich glaube, es klang ungefähr so:

„Lieber Gott, du weißt doch, was die da unten mit Tante Lou vorhaben. Ich will sie aber nicht verlieren. Du hast mir schon meine Mama weggenommen und meinen Papa auch. Du hast mir nicht mal Erinnerungen gelassen. Jetzt hilf mir wenigstens, die Sache mit Tante Lou abzubiegen. Und was Urgroßvater angeht, vielleicht kannst du dem 'ne neue Frau geben, auch wenn er schon so alt ist, damit er nicht mehr zu uns kommen braucht. Oder vielleicht kannst du ihn im Zug nach hier sterben lassen oder so. Tu dein Bestes, lieber Gott! Du schuldest mir nämlich 'nen Gefallen, nach all dem, was du mir weggenommen hast! Amen."

Jetzt hatte ich alles getan, was ich im Moment tun konnte, und so stieg ich in mein Bett zurück. Ich wußte zwar nicht, ob Gott mir überhaupt zugehört hatte, aber versucht hatte ich's jedenfalls. Morgen würde ich mir 'nen Schlachtplan ausdenken für den Fall, daß Gott nicht vorhatte, was zu unternehmen.

Von unten drangen die gedämpften Stimmen der beiden Männer rauf. Sie waren immer noch mit ihrer Liste beschäftigt. Ich fragte mich, ob sie wohl überhaupt schon jemanden auf der Vorderseite des Kalenderblatts aufgeschrieben hatten. Dann drehte ich mich zur Wand und schlief ein.

Tante Lou

Das war gestern gewesen. Als ich jetzt auf meinem Baumstamm saß, kam mir alles so weit weg und unwirklich vor, und doch zugleich furchtbar beängstigend. Ich mußte einfach eine Lösung finden!

Wie schon so oft wünschte ich mir auch jetzt, ich hätte 'nen Hund. Das würde die Sache erträglicher machen. Aber ich hatte nun mal keinen Hund; also würde ich mich ganz allein durchschlagen müssen.

Sonst ging ich mit meinen Sorgen immer zu Tante Lou, aber diese Angelegenheit konnte ich wohl kaum mit ihr besprechen. Einerseits brannte es mir unter den Fingernägeln, ihr alles zu erzählen, damit sie gewarnt war und Bescheid wußte, aber auf der anderen Seite hätte ich mein Leben dafür gegeben, sie vor der grausamen Wahrheit zu beschützen, so daß sie von dem Komplott gegen sie erst gar nicht erfuhr.

Vielleicht sollte ich erst mal 'n bißchen von Tante Lou erzählen und erklären, wie's kommt, daß sie bloß fünf Jahre älter ist als ich. Also, vor vielen, vielen Jahen lernte Opa meine Oma kennen und verliebte sich auf der Stelle in diese kleine Frau voller gebündelter Energie. Sie heirateten und zogen auf 'ne Farm. Im Jahr darauf bekamen sie einen kleinen Jungen, von dem jeder sagte, er sei beide Eltern in einer Person. Er war kräftig wie Opa gebaut und hatte dessen Haarfarbe geerbt, aber die Gesichtszüge und Gemütsart hatte er von Oma.

Als mein Papa, den sie übrigens Chadwick genannt hatten, drei Jahre alt war, wurde Oma furchtbar krank. Ich weiß nicht, wie die Krankheit geheißen hat, aber sie war sehr, sehr krank, und das Baby, das sie erwartete, starb zwei Tage nach der Geburt. Opa und der Doktor hatten alle Hände voll damit zu tun, Oma durchzubringen, so daß sie dem toten Baby erst nachtrauern konnten, als Oma sich soweit wieder erholt hatte, daß sie nach ihrem kleinen Mädchen fragen konnte. Sie hatte sich so sehr 'n kleines Mädchen gewünscht, daß sie eimerweise Tränen vergoß über die Kleine. Tagelang weinte sie ihr nach. Der Doktor befürchtete schon, daß sie sich buchstäblich zu Tode grämen würde, und er nahm sich Opa zur Seite, um ein Gespräch von Mann zu Mann mit ihm zu führen.

Am nächsten Tag steckte Opa meinen Papa in die Badewanne, kämmte ihm die Haare und zog ihm seinen besten Anzug an. Dann hob er ihn auf die Arme und trug ihn an Omas Bett. Opa hat mir nie gesagt, welche Worte zwischen ihnen beiden geredet wurden, als er da mit dem kleinen Jungen an ihrem Bett stand, aber Oma begriff und fing sich wieder und faßte den Entschluß, wieder gesund zu werden.

Es war 'n langer Kampf, aber sie schaffte es. Viele Leute meinten, das hätte sie einzig und allein ihrer Willenskraft zu verdanken gehabt. Sie wurde allerdings nie wieder zu dem Energiebündel, das Opa einst geheiratet hatte. Doch der nahm sie, wie sie war, und brachte sie nach und nach durch seine Liebe dazu, daß sie sich selbst auch mit ihrer geschwächten Gesundheit abfinden konnte. Wohl oder übel legte sie täglich 'ne Ruhepause ein, so schwer's ihr auch fiel.

Die Jahre vergingen wie im Fluge. Mein Papa wuchs zu einem schlacksigen jungen Mann heran. Und obwohl er Omas ganzer Stolz war, hatte sie tief in ihrem Herzen immer noch den Wunsch nach einem kleinem Mädchen. Sie sagte: „Wenn der Herrgott's nur erlaubt, wie gerne hätte ich noch eine Tochter!" Mein Papa war zwanzig, als seine kleine Schwester ankam. Oma war außer sich vor Freude. Sie nannte das kleine Geschöpfchen Louisa Jennifer, Jennifer nach ihrem eigenen Namen.

Obwohl Omas Gebete erhört worden waren und ihr schönster Traum in Erfüllung gegangen war, kam sie nie wieder ganz zu Kräften. Sie verbrachte Wochen im Bett und konnte immer nur für kurze Zeit aufstehen. Sie überschüttete meine Tante Lou nur so mit ihrer Liebe. Opa hat oft gesagt, daß Tante Lou einfach so 'n herzensguter Mensch werden mußte bei all der Liebe, die ihr entgegengebracht wurde.

Als Lou erst zwei Jahre alt war, ging's mit Oma zunehmend bergab. Chad – mein Papa – hatte gerade 'n junges Mädchen namens Agathe Creycroft – meine Mama – geheiratet und sich auf 'ner Farm niedergelassen. Kurz darauf war auch Onkel Charlie nachgekommen, und seitdem ist er immer bei uns gewesen.

Im nächsten Winter starb Oma dann, und die beiden Männer, ein Vater, der nicht mehr der Jüngste war, und ein unverheirateter Onkel, hatten nun ein kleines Mädchen von nicht mal drei Jahren aufzuziehen.

Sie war ein helles Köpfchen und steckte voller Lachen und Fröhlichkeit. Opa hat oft gesagt, daß Gott schon genau gewußt hat, weshalb er Omas Gebete erhört hat. Lou war der Sonnenschein ihrer Eltern gewesen. Alles drehte sich um sie. Ein Wunder, daß sie bei all dem Wirbel, der um sie gemacht wurde, nicht vollkommen verwöhnt und verdorben wurde. Statt dessen war sie immer bereit, andere zu achten und zu lieben.

Dann kam ich zur Welt. Unsere Farm war nur sechs Kilometer von Opas Farm entfernt. Ich hatte gerade gelernt zu lachen und „dadada" zu sagen, als meine Eltern bei einem Unfall auf der Farm ums Leben kamen. Damit hatten die beiden Männer wieder ein Kleinkind zu versorgen, nur hatten sie diesmal eine Hilfe. Lou mit ihren fünf Jahren nahm sich von Anfang an meiner an. Sie ist auch der erste Mensch, an den ich mich bewußt erinnern kann: ein kleines Elfengesicht über meinem Bettchen, das mich beruhigte, wenn ich schrie. Wir wuchsen gemeinsam auf.

Sie war mir Mutter und Spielgefährtin zugleich. Eigentlich vermißte ich meine Eltern gar nicht; ich hatte sie ja kaum gekannt. Nur manchmal fragte ich mich, wie es wohl sein mochte, richtige Eltern zu haben.

Ich hatte eine recht fröhliche Kindheit. Solange Lou in der Schule war, blieb ich bei Opa und Onkel Charlie. Meistens konnte ich es kaum erwarten, bis sie zurückkam. Sie rannte den ganzen Weg von der Schule nach Hause, direkt in meine Arme. „Josch, mein Kleiner!" rief sie dann. „Mein Junge! Haste mich vermißt? Komm, wir gehen spielen!" Und während wir zusammen spielten, kochte Opa das Essen, und Onkel Charlie verrichtete die Arbeiten im Stall und in der Scheune.

Endlich kam der Tag, an dem ich meine Hand in Tante Lous schob, und auf ging's zur Schule mit unserem gemeinsamen Korb voller Pausenbrote. Das waren gute Jahre. Die beiden Männer zu Hause hatten eine Last weniger, und ich konnte immer in Tante Lous Nähe sein.

Opa hielt es streng mit den Manieren. Er bestand darauf, daß ich sie zu Hause mit „Tante Lou" anredete. In der Schule ließ ich allerdings die „Tante" weg, damit die anderen Kinder uns nicht auslachten.

Mit der Schule kam ich ganz gut zurecht. Wenn ich mal was Besonderes geleistet hatte, steckte meistens Lou dahinter. Die war nämlich unter den Besten ihrer Klasse.

Je größer wir wurden, desto mehr Aufgaben übertrug uns Opa. Lou machte den Haushalt, und ich half im Stall und in der Scheune. Jede freie Minute, die uns blieb, spielten wir zusammen. Lou brachte mich sogar dazu, mit ihr Blumen zu pflücken, wenn sie mir dafür den Eimer auf der Jagd nach Fröschen trug. Oft trug sie nicht nur den Eimer, sondern fing mehr Frösche als ich! Auch im Bäumeklettern konnte sie's mit jedem Jungen aufnehmen. Dazu stopfte sie sich den weiten Rock in die Kniebünde ihres Spitzenhöschens. Im Ballspielen und Steinchenzielen war sie auch ganz groß.

Auf dem Zaun vor der Schule konnte sie besser balancieren als jeder Junge. Wenn sie aber dann auf den Erdboden hüpfte, war sie wieder ganz „Mädchen". Man hätte sie glatt für eine Prinzessin oder einen Engel halten können, so zart und duftig sah sie aus.

Lou war bald mit der Schule fertig, und ich mußte nun morgens allein losgehen. Sie blieb zu Hause, um den Haushalt zu führen und zwei erwachsenen Männern und einem ewig hungrigen Jungen das Essen zu kochen.

Jetzt war ich's, der nach der Schule nach Hause rannte, damit wir noch ein bißchen zusammen spielen konnten, bevor wir an die Arbeit mußten. Diese paar freien Minuten kosteten wir bis zum letzten aus. Wir liefen an den Bach und machten uns 'nen Spaß draus, die Bachstelzen anzupfeifen oder die Schildkröten zu erschrecken. Oder wir gingen an den Teich und ließen flache Steinchen auf der Wasseroberfläche tanzen. Oder wir hoben die Steine im Gras hoch, um zu sehen, wer von uns die meisten Krabbeltiere darunter finden konnte. Manchmal suchten wir Vogelnester und guckten ganz vorsichtig hinein. Dann wieder machten wir uns 'ne Rutschbahn auf dem Heuhaufen, was zwar unseren Hosenböden nicht allzugut bekam, aber ungeheuren Spaß machte. An Regentagen erzählten wir uns Geschichten, spielten mit Zinnsoldaten oder redeten einfach nur so miteinander.

Die ganzen Jahre über hatte ich mich nie gefragt, wer Tante Lou eigentlich war. Sie war einfach immer da; ich brauchte sie, und sie gehörte mir. Doch jetzt auf einmal mußte ich einsehen, daß sie fast erwachsen war, eine junge Dame, die eines Tages 'nen wildfremden Mann heiraten und von uns wegziehen würde. Oh, wie war ich wütend! Ich haßte diesen Mann jetzt schon, wer er auch immer sein würde. Ich haßte ihn! Irgendwie würde ich diese Katastrophe verhindern müssen. Ich wußte zwar noch nicht, wie, aber ich würde den Herren Heiratskandidaten schon den Garaus machen, einem nach dem anderen. Die standen nämlich samt und sonders auf meiner Liste unter „Abgelehnt".

Ich grub meine Zehen tiefer in den Schlamm. Das Wasser gurgelte um meine Waden. Eine kleine Schildkröte steckte den Kopf naseweis aus dem Wasser. Ich stupste sie kurzerhand wieder hinunter. Der Schildkröte tat das nicht weh, aber ich fühlte mich schon besser. Ich war ja zum Platzen wütend gewesen!

Plötzlich hörte ich weiche Schritte auf dem Pfad hinter mir. Ich brauchte mich erst gar nicht umzudrehen, um zu wissen, daß es Tante Lou war. Es gab nur einen Menschen auf der Welt, der diesen leichten und doch festen Schritt hatte. Ich versuchte schnell, 'n möglichst nichtssagendes Gesicht aufzusetzen, damit sie mir keine Fragen stellte. Ich hörte, wie sie sich ihre Schuhe auszog und auf meinen Baumstamm zuging. Mit ihrer Hand stützte sie sich auf meine Schulter, als sie sich vorsichtig auf den Stamm neben mich setzte und die Füße ins Wasser gleiten ließ.

Schweigend saßen wir so da und ließen die Füße im Wasser baumeln. Sie hielt ihre Rocksäume fest, damit sie nicht naß wurden. Anscheinend richtete sie sich auf eine gemütliche Plauderstunde ein.

„Haste Hunger?"

Plötzlich spürte ich's. Ja, wahrhaftig, ich hatte einen Bärenhunger! Ich guckte zum Himmel hinauf und konnte kaum glauben, wie weit die Sonne schon gewandert war. Ich mußte das Mittagessen total verschwitzt haben! Tante Lou hatte bestimmt schon stundenlang auf mich gewartet. Ich suchte nach 'ner wortreichen Entschuldigung, aber meine liebe Tante kam mir zuvor.

„Hab' uns was zu essen mitgebracht."

Sie hielt unseren alten Pausenkorb auf dem Schoß.

„Pa und Onkel Charlie sind in die Stadt gefahren. Sie wollten Großvater sobald wie möglich erreichen. Sie wollen ihn mit dem Telefon anrufen. Ist das nicht komisch, daß man ins Telefon sprechen kann, und am anderen

Ende ist jemand, der ganz weit weg ist? – Wenn sie ihn nicht erreichen, schicken sie ihm 'n Telegramm."

Tante Lou hielt mir den Korb mit den Butterbroten hin.

„Mensch Meier! Hab' gar nicht gemerkt, wie hungrig ich bin!" sagte ich, das Thema Urgroßvater sorgsam umgehend. „Gut, daß du gekommen bist, sonst wär' ich noch verhungert und mausetot in den Bach gefallen."

Tante Lou wollte sich schier ausschütten vor Lachen.

„Da bin ich aber froh, daß ich den Fischen und Schildkröten das Leben gerettet habe!"

Wir aßen schweigend. Dann griff Lou das Gespräch wieder auf.

„Wußtest du, daß Pa Großvater einladen will, zu uns zu kommen, jetzt, wo Großmutter tot ist?"

Ich nickte und hoffte im stillen, daß sie mich bloß nicht fragen würde, woher ich das wußte. Schweigen.

„Was hältst denn du davon?" fragte ich schließlich.

„Wovon? Daß Großvater kommen soll?"

„Hm."

Ich nahm mir noch ein Butterbrot.

„Ich hoffe, er kommt wirklich. Und du?"

Ich zuckte die Achseln.

„Weiß nicht. Ist mir gleich. Du mußt schließlich für ihn waschen und kochen und ihn versorgen, wenn er selbst zu alt dazu ist."

„Der wird sich schon selbst versorgen können."

Ich sah ihr mühsam beherrscht in die Augen. „Das ist doch 'n alter Mann, Lou – 'n Tattergreis! Er ist mein Urgroßvater! Er könnte genausogut dein Urgroßvater sein, so alt ist er! Vielleicht ist er ja total klapprig oder halb blind oder hat die Gicht in den Knochen, wer weiß!"

Lous Antwort war typisch Lou.

„Dann braucht er uns um so mehr."

Ich wandte mich wieder dem Bach zu und schwang meine Beine heftiger im Wasser. Lou sah es nicht ein. Sie wollte es nicht einsehen. Sie würde in ihrer Ahnungslosigkeit glatt zulassen, daß er kam, und das Ende vom Lied würde dann sein, daß ihr die Pflege des alten Mannes zuviel werden würde und sie den nächstbesten Kandidaten heiratete, bloß um die schwere Last abschütteln und von der Farm wegkommen zu können.

Ich strampelte mit den Beinen, so fest ich konnte.

„Deine Hosenbeine sind ja ganz naß, mein Junge!" Das sagte sie leise und ohne jeden Vorwurf in der Stimme, aber ich wußte genau, was sie meinte: Was war nur mit dir los, daß du so achtlos warst?

„Oh!" sagte ich schuldbewußt und rutschte 'n Stück höher auf den Baumstamm, so daß meine Hosenbeine in sicherem Abstand zum Wasser waren.

Sie ging nicht weiter drauf ein, sondern reichte mir ein paar Plätzchen und einen Apfel.

„Machste dir Sorgen, Josch?"

„Sorgen?"

„Ja, daß Großvater nicht zu uns passen würde oder uns nicht mag oder so?"

Ob Urgroßvater uns leiden mochte oder nicht, das war noch meine geringste Sorge, aber ich verkniff mir die Bemerkung und zuckte nur die Achseln.

Tante Lou biß in ihren Apfel.

„Du, da brauchste dir aber keine Sorgen zu machen. Pa hat mir von ihm erzählt. Wir werden bestimmt prima mit ihm auskommen."

„Vielleicht", sagte ich ausweichend.

Lou klappte den Brotkorb wieder zu.

„So, jetzt muß ich aber ins Haus zurück. Da wartet nämlich ungewaschene Wäsche auf mich. Socken. Pfui, Sockenwäsche kann ich nicht ausstehen!"

Sie schnitt eine Grimasse und mußte anschließend über sich selbst lachen.

„Pah!" dachte ich, „du kannst Sockenwäsche nicht ausstehen, und bald halste dir noch 'ne Ladung mehr davon auf!" Aber wieder verkniff ich mir zu sagen, was ich dachte.

„Pa hat gesagt, du sollst heute nachmittag 'ne Reihe Kartoffeln oder zwei jäten."

Ich stand von meinem Baumstamm auf. Wenn ich mit den Kartoffeln rechtzeitig fertig werden wollte, dann gab's keine Zeit zu vertrödeln. Lou zog ihre Schuhe an, und wir gingen zusammen zum Haus zurück. Ihre Schuhe und meine nackten Füße hinterließen auf dem trockenen, staubigen Pfad ihre Abdrücke nebeneinander. Sie summte ein Liedchen vor sich hin und schwang den Brotkorb dazu im Takt.

„Lou?"

„Ja?"

Ich zögerte. „Ach, nichts", sagte ich schließlich.

Sie guckte mich mit ihren großen blauen Augen ernst an.

„Sag's schon, Josch. Wenn du was auf dem Herzen hast, nur heraus mit der Sprache!"

„Willste bald heiraten?"

Sie blieb wie angewurzelt stehen und sah mich an, als ob ich den Verstand verloren hätte.

„Ich?"

„Ja."

„Wie kommst du denn auf die Idee? Ich ... ich .. ich hab' ja nicht mal 'nen Verehrer." Sie wurde ein bißchen rot.

„Ich meine ja nicht gleich morgen. Ich meine, irgendwann?"

„Irgendwann?" Sie dachte nach und lachte dann leise. „O Josch, du bist mir einer!" Sie fuhr mir durch die Haare. „Ja, vielleicht. Vielleicht heirate ich mal – eines Tages."

Mir wurde angst und bange. Die Idee schien ihr zu gefallen, dem Leuchten in ihren Augen nach zu urteilen. Sie ging weiter.

„Eines Tages vielleicht, aber bis dahin fließt noch viel Wasser den Bach runter."

Ich atmete auf.

„Wirklich?"

„Ja, sicher. Ich hab' mir ja noch nicht mal ernsthaft Gedanken darüber gemacht. Und so eilig hab' ich's auch nicht, noch 'nen Mann samt Haushalt versorgen zu müssen."

„Aber Urgroßvater, den willste versorgen?„

„Das ist was anderes", antwortete sie. Es klang beinahe überzeugend. „Großvater gehört zu uns, und er kommt ja in denselben Haushalt. Das bißchen Arbeit mehr macht kaum was aus."

Ich wollte ihr so gern glauben. Aus ganzem Herzen wollte ich ihr glauben. Wenn es so war, wie sie sagte, und Urgroßvater ohne große Umstände bei uns wohnen konnte, dann würden Opa und Onkel Charlie vielleicht schnell begreifen, daß sie Tante Lou am Ende gar nicht so schnell unter die Haube bringen mußten. Ich war zwar immer noch nicht begeistert von dem Gedanken, daß ein steinalter Mann zu uns kommen sollte, aber wenigstens war ich jetzt ein bißchen beruhigt.

Ein neues Gebet

Nach meinem Gespräch mit Tante Lou sah die Welt schon ein bißchen besser aus. Voller Eifer widmete ich mich den Kartoffelreihen. Als ich das Gespann mit Opa und Onkel Charlie in den Hof rattern hörte, war ich schon bei der vierten Reihe angekommen. Onkel Charlie führte die Pferde in den Stall, und Opa kam zu mir in den Garten. Befriedigt betrachtete er die Arbeit, die ich geleistet hatte, und ich war ziemlich stolz.

„So, mein Junge, jetzt haste aber lange genug in der heißen Sonne gearbeitet! Laß den Rest für morgen liegen. Wollen doch mal sehen, ob deine Tante Lou was Kaltes zum Durstlöschen für uns hat."

Onkel Charlie kam aus dem Stall und ging mit uns in Richtung Haus. Obwohl's mir unter den Nägeln brannte, die bewußte Frage zu stellen, hielt ich an mich. Opa würde mir schon zur rechten Zeit alles erzählen.

Tante Lou hatte kalte Milch und haufenweise Plätzchen auf den Tisch gestellt. Nachdem wir drei Männer uns die Hände gründlich gewaschen hatten, setzten wir uns.

Ich konnte es Tante Lou an der Nasenspitze ansehen, daß sie nicht lange auf das warten würde, was sie von Opa wissen wollte. Wenn er nicht bald mit der Sprache rausrückte, dann würde sie ihn einfach ausfragen.

Opa nahm einen tiefen Zug von seiner Milch. Tante Lou ließ ihm 'ne knappe Atempause.

„Habt ihr ihn erreicht?"

Tante Lou schlich nie wie die Katze um den heißen Brei. Das war weder ihre noch Opas Art.

„Ja, haben wir. Mußten aber zweimal anrufen. Das ist vielleicht 'n Ding, das Telefon! Konnte meinen Ohren kaum trauen. Ich hab' tatsächlich mit meinem Vater gesprochen, obwohl der doch Hunderte von Kilometern weit weg wohnt. Wenn das jemand noch vor 'n paar Jahren erzählt hätte, der wär' ganz schön ausgelacht worden!"

„Oder eingesperrt", meinte Onkel Charlie.

„Warum habt ihr denn zweimal anrufen müssen?" fragte Tante Lou.

„Beim ersten Mal war er nicht da."

Jetzt war Tante Lou gespannt wie 'n Flitzebogen.

„Aber du hast doch mit ihm gesprochen, oder nicht?" drang sie.

„Ja, haben wir, alle beide. Er war wie vom Donner gerührt. Er sagte, wie er so mit uns sprach, er würde vor Einsamkeit am liebsten den nächsten Zug nach Westen nehmen."

Schweigen. Opa guckte auf sein Milchglas runter. Onkel Charlie drehte seins in seinen großen Händen hin und her.

„Und? Kommt er?"

Lou und ich hielten gespannt den Atem an. Opa sah auf.

„Ja, er kommt. Er vermißt Mutter ganz furchtbar. Er kommt! Es dauert zwar noch 'ne Weile, bis er alles geregelt hat, aber bis zur Ernte ist er hier."

„Ist er ... kann er noch ... wie klang ...?" Ich wußte nicht, wie ich mich ausdrücken sollte. Ich wollte wissen, ob Urgroßvater trotz seines Greisenalters noch einigermaßen beieinander war, aber ich wollte nicht, daß Opa und Onkel Charlie mich durchschauten. So geriet ich dermaßen ins Stottern, daß ich wünschte, ich hätte den Mund erst gar nicht aufgemacht. Onkel Charlie schien zu merken, wie ich mich abquälte.

„Machte 'n guten Eindruck. Seine Stimme hörte sich gesund und kräftig an. Sprach von seinem Garten!"

Onkel Charlie zwinkerte mit den Augen.

„Du, Josch, der kann bestimmt schneller jäten als du, und dabei warste doch schon so flink heute!"

Ich wand mich wie ein Wurm am Angelhaken. Aus lauter Verlegenheit nahm ich mir schnell noch 'n Plätzchen. Na, wenigstens hatte ich jetzt gehört, was ich wissen wollte. Ich meine, was die Gesundheit des alten Herrn betraf, nicht seine Eisenbahnreise. Darüber war mir immer noch reichlich mulmig zumute. Zum Glück war's ja erst Hochsommer, und bis zur Ernte konnte sich noch manches ändern.

„Entschuldigt mich!" sagte ich. „Ich geh' wieder an die Kartoffeln und mach' die eine Reihe noch fertig, bevor ich in der Scheune anfange."

Ich konnte die drei Augenpaare geradezu auf meinem Rücken spüren. Die dachten sicher, ich hätte zuviel von der heißen Sonne abgekriegt. Ich hatte nämlich noch nie behauptet, daß Unkrautjäten zu meinen Lieblingsbeschäftigungen gehörte. Das war auch jetzt nicht anders, aber mir war keine andere Ausrede eingefallen, um mich aus dem Staub zu machen. Ich wußte genau, daß die drei anderen sich voller Vorfreude auf Urgroßvaters Ankunft unterhalten würden. Ich kam mir schon recht schäbig vor, daß ich ihre Begeisterung nicht teilte, aber das konnte ich beim besten Willen nicht ändern. Deshalb zog ich's vor, draußen für mich allein zu sein, wo niemand mir folgen würde.

Auch die letzte Reihe Kartoffeln hatte ich in Rekordzeit gejätet. Bis zur Arbeit in der Scheune blieben mir noch ein paar Minuten. Ich beschloß, der Entenfamilie am Teich 'nen Besuch abzustatten.

Die Mutter hatte sieben Küken ausgebrütet, und die waren schon aus ihrem Babyflaum rausgewachsen. Jedesmal, wenn ich sie sah, waren sie wieder 'n Stück größer.

Sie schienen sich nie an meiner Anwesenheit zu stören. Ich saß an den großen alten Baum am Ufer angelehnt und sah ihrem munteren Treiben zu.

Irgendwie konnte ich ihren Spielchen heute wenig abgewinnen. Ich hatte zu viele andere Sorgen. Daß Urgroßvater nun also kommen sollte, schien Tante Lou nicht im geringsten zu beunruhigen. Ganz im Gegenteil. Es sah so aus, als freute sie sich sogar. Ich war mir nicht ganz sicher, ob ihre Freude echt war oder ob sie sich nur Opa und Onkel Charlie zuliebe freute. Wenn sie aber wirklich nichts dagegen hatte, daß sie bald noch eine Person mehr zu versorgen hatte, der dazu noch 'n alter Mann war, dann war ja eigentlich alles soweit in Butter. Ach, ich war gründlich durcheinander. Erst jetzt, wo ich Angst haben mußte, Tante Lou zu verlieren, ging mir auf, was ich an ihr hatte.

Auf dem Weg zu Scheune fiel mir mein Gebet von gestern abend wieder ein. Vielleicht hörte Gott ja doch zu, wenn 'n Zwölfjähriger betet. Wenn Gott mir zugehört hatte, dann hatte Er auch Sachen gehört, die Ihm nicht sonderlich gefielen. Ich spürte deutliche Gewissensbisse. Da gab es nur eins: Ich mußte mein Gebet rückgängig machen. Also ging ich seitwärts ins Gebüsch und kniete mich auf die Erde.

„Lieber Gott", betete ich, „vielen Dank, daß du dir mit meinem Gebet soviel Mühe gemacht hast. Kannst du wohl bitte einfach streichen, daß ich gesagt habe, er soll im Zug nach hier sterben? Von mir aus kann er jetzt ruhig kommen, wenn's sein muß.

Ach, und das mit der neuen Frau brauchst du jetzt auch nicht mehr machen. Er würde sie ja doch bloß mitbringen, und das wär' eine schöne Bescherung. Amen."

Jetzt ging's mir besser. Ich weiß nicht, ob ich mehr Angst vor Gott oder vor meiner Familie hatte. Wenn die bloß nie erführen, daß ich da beinahe Feuer vom Himmel auf jemanden gebracht hätte, den sie so liebhatten! Jedenfalls war ich jetzt mit Gott im reinen, und ich hatte eine Sorge weniger.

Ich marschierte weiter in Richtung Kornspeicher, um Futter für die Schweine zu holen. Dabei stellte ich mir vor, wie ich das so oft tat, daß ich einen Hund dabei hätte.

Heute war's ein kleiner Schwarzer mit 'nem weißen Fleck auf der Brust und langen Schlappohren. Er hatte gelocktes Fell und 'nen buschigen Schwanz. Ich nannte ihn Schatten, weil er mir auf Schritt und Tritt folgte. Ich mußte ihn kräftig ausschimpfen, als er die Schweine anbellte. Er zerrte derartig an meinem Hosenbein, daß ich beinahe der Länge nach hingeschlagen wäre. Nur mit Mühe und Not konnte ich ihn daran hindern, daß er in seiner Ausgelassenheit die ganze Hühnerschar aufscheuchte.

Opa hätte dem Spiel sicher mit gemischten Gefühlen zugesehen, aber auf diese Weise machte die Arbeit halt viel mehr Spaß. Wäre Schatten doch lebendig! Ich hatte ein paarmal versucht anzudeuten, daß wir eigentlich einen guten Hund auf der Farm gebrauchen könnten, aber Opa war nie darauf eingegangen. Er hatte ganz früher mal einen Hund gehabt, an dem er wohl sehr gehangen hatte. Der Hund war fünfzehn Jahre alt geworden, was für einen Hund 'ne ganze Menge ist. Als er dann starb, konnte Opa es nicht übers Herz bringen, einen neuen anzuschaffen. Nicht daß er Hunde nicht mochte, ganz im Gegenteil. Er wollte einfach keinen Ersatz für seinen treuen Kameraden suchen. Ich wollte Opa nicht traurig sehen; deshalb beließ ich's bei meinen vorsichtigen Anfragen. Aber toll wär's doch, wenn ich einen richtigen Hund hätte!

Das Komplott geht weiter

Der Sommer verlief ohne weitere Zwischenfälle. Das Heu war gemacht, und die Ernte stand gut. Ich hatte meine Weltuntergangsstimmung abgeschüttelt und lebte in der kindlichen Gewißheit, daß das Leben ewig so friedlich weitergehen würde – bis Opa mit einem Schlag für ein unsanftes Erwachen sorgte.

Wenn ich nicht zufällig damals von der Treppe aus das bewußte Gespräch mit angehört hätte, hätte ich bestimmt jetzt hinter Opas Bemerkung nichts Böses vermutet.

Es war an einem glühendheißen Sonntagmittag. Der Gottesdienst war aus, und wir waren auf dem Nachhauseweg. Ohne den leichten Fahrtwind wäre die Hitze noch unerträglicher gewesen. Ich saß hinten auf dem Wagen und ließ meine Füße in der Luft baumeln. Meine Sonntagsschuhe hatte ich ausgezogen, sobald die Kirche in gebührender Entfernung hinter uns lag. Da hörte ich plötzlich, wie Opa ein Gespräch mit Tante Lou anfing.

Ich war ganz Ohr. Bis jetzt war ich mir recht sicher gewesen, daß Opa und Onkel Charlie diesen idiotischen Plan, Tante Lou verheiraten zu wollen, aufgegeben hatten. Was Opa jetzt sagte, bewies mir das Gegenteil. Ich spitzte die Ohren.

„Meinste nicht auch, wir sollten uns mal wieder Besuch zum Essen einladen, Lou? Wir haben lange keine Gäste mehr gehabt.“

Opa wußte ganz genau, daß Tante Lou nichts gegen Besuch hatte. Das Essen, das sie auf den Tisch zauberte, konnte sich weit und breit sehen lassen. Meistens waren es Opa und Onkel Charlie, die sonntags lieber ihre Ruhe hatten.

Tante Lou schaute Opa freudestrahlend an. Sie hatte ja keine Ahnung!

„Au fein!“ sagte sie. „Das ist ’ne gute Idee. Haste an jemand Bestimmtes gedacht?“

‚Da kannste Gift drauf nehmen!‘ dachte ich im stillen. Jetzt war ich aber neugierig, welcher von den Kandidaten Opas und Onkel Charlies hohen Ansprüchen genügt hatte.

„Ja, ich dachte, vielleicht fangen wir mal mit den Rawleighs an. Nette Leute, die Rawleighs. Zu schade, daß man sich so selten sieht.“

Lous blaue Augen standen weit offen. Ich konnte ihre Gedanken förmlich wirbeln sehen.

Frau Rawleigh war nämlich Witwe, und eine recht ansehnliche dazu. Sie hatte nur einen einzigen Sohn, der so um die zwanzig sein mußte. Die beiden hatten ’ne stattliche Farm östlich von uns. Frau Rawleigh hatte früher viele Jahre lang Knechte eingestellt, aber inzwischen bewirtschaftete Jim die Farm allein.

Ich glaubte, Lous Gedanken lesen zu können. Sie dachte weniger an Jim als an die Witwe. Sie versuchte, sich nichts anmerken zu lassen, aber ihre Stimme zitterte doch ’n bißchen vor Aufregung.

„Klar, da haste recht. Was meinste denn, für wann wir sie einladen sollen?“

Opa war mit sich zufrieden. Sein Plan hatte sich gut angelassen.

„Na, ich dachte, nächsten Sonntag vielleicht, wenn’s dir recht ist.“

„Sicher, das geht in Ordnung.“

Ich spürte Angst und Zorn zugleich in mir aufsteigen, aber dann sah ich, wie Lou Opa verstohlen von der Seite anguckte. Ihre Augen waren ein einziges Fragezeichen, doch um ihren Mund spielte ’n verschmitztes Lächeln, als ob sie sagen wollte: „Du alter Fuchs, du! Und keinem haste was gesagt!“

Plötzlich hätte ich beinahe laut gelacht. Das könnte am Ende ein gewaltiger Spaß werden, wenn ich nur Jim von Opas hübschem Köder fernhalten konnte!

Ich war heilfroh, daß ich Tante Lous Gesichtsausdruck mitgekriegt hatte. Von selbst wär' ich bestimmt nicht auf die Idee gekommen, die sie dabei hatte. Vielleicht konnte ich diese Idee bis zum nächsten Sonntag ein bißchen weiterentwickeln.

Die ganze Woche über war Lou mit Putzen und Essensvorbereitungen beschäftigt. Mit dem Speiseplan für Sonntag hatte sie sich's mindestens viermal anders überlegt. Sie probierte sogar neue Kuchenrezepte aus, und ich hatte absolut nichts dagegen, ihr dabei als Versuchskaninchen zu dienen.

Ich nutzte jede Gelegenheit, die sich bot, um hintergründige Andeutungen fallenzulassen. Sie folgte mir nicht immer, und ich erntete manchen fragenden Blick. Na, ich ließ trotzdem nicht locker.

„Meinste nicht auch, daß Opa in letzter Zeit so glücklich aussieht? Er kommt mir so anders vor." Worauf Tante Lou antwortete, das wär' sicher seine Vorfreude auf Urgroßvater, der ja bald kommen sollte. Nach mehreren vergeblichen Anläufen beschloß ich, ein bißchen deutlicher zu werden.

„Wie lange ist Frau Rawleigh eigentlich schon Witwe?" fragte ich mit der Teigschüssel in den Händen. Tante Lou ließ mich immer den letzten Rest Teig ausschlecken.

„Och, elf Jahre oder so; genau weiß ich's nicht."

„Ist schon komisch."

„Was ist komisch? Daß jemand verwitwet ist?"

„Nee. Daß niemandem je aufgefallen ist, wie gut sie aussieht, und sie weggeheiratet hat."

„Soweit ich weiß, haben's schon 'n paar versucht, aber sie hat nicht gewollt."

„Ach ja? Wer denn?"

„Orvis Bixley zum Beispiel."

„Orvis Bixley? Kein Wunder, daß sie den nicht gewollt hat."

„Wieso? Orvis Bixley ist doch ganz in Ordnung."

„Der ist doch viel zu alt."

„Das kommt dir vielleicht so vor, aber in Wirklichkeit ist er bloß 'n paar Jahre älter als die Witwe Rawleigh."

„Sieht aber viel älter aus. Sie sieht so jung aus – und schön."

„Ja, das haste vorhin schon mal gesagt."

„Ach ja." Ich schleckte schweigend weiter. Dann stellte ich die Schüssel beiseite.

„Wer denn noch?" fragte ich.

„Was, wer denn noch?"

„Wer hat denn noch die Witwe Rawleigh heiraten wollen?"

Sie guckte mich forschend an. Ich wich ihrem Blick aus.

„Ich weiß nicht", sagte sie schließlich. „Einer von ihren Knechten, die sie damals hatte, glaube ich. Wie er geheißen hat, weiß ich aber nicht."

Ich war steckengeblieben. Wie sollte ich es jetzt anfangen, am unauffälligsten zur Sache zu kommen?

„Man kann's wirklich keinem verübeln, der sich in sie verguckt." Das „keinem" dehnte ich wie Kaugummi. Dann ging ich. Lous Blick konnte ich beinahe auf meinem Rücken spüren.

Später am Nachmittag setzte Tante Lou sich mit ihrem Stickzeug auf die Veranda. Ich wußte, daß ich mein Ziel noch nicht ganz erreicht hatte, obwohl ich ihr schon einiges zu denken gegeben hatte. Diesmal machte ich keine lange Umschweife.

„Glaubste, daß Opa gern wieder heiraten würde?"

Sie sah von ihrer Stickerei auf.

„Ich weiß nicht."

„Warum er wohl nie wieder geheiratet hat?"

„Hatte mit uns beide Hände voll zu tun, nehme ich an."

Aha! Auf diese Antwort hatte ich's abgesehen.

„Glaubste, wir waren vielleicht zu eigensüchtig?"
„Eigensüchtig? Wieso?"
„Na, wenn wir nicht gewesen wären, dann könnte er längst wieder glücklich verheiratet sein." Ich setzte alles daran, den Eindruck zu erwecken, daß Opa als unverheirateter Mann sterbensunglücklich sein mußte.
„Oh, dazu hat er noch viel Zeit", sagte Tante Lou. „Pa ist noch nicht zu alt für viele glückliche Jahre mit 'ner neuen Frau – wenn er will."
„Und wir würden ihm dann nicht mehr im Weg sein."
„Wann waren wir ihm je ..."
„Ich meine, jetzt sind wir doch groß genug, du und ich. Wenn also Opa wieder heiraten wollte, könnten wir für uns selbst sorgen."
„Worauf willste eigentlich hinaus?" fragte Tante Lou und sah mich durchdringend an.
„Also", sagte ich, und meine Worte klangen aufrichtig, selbst wenn mein Herz es nicht war, „also, ich hatte irgendwie das Gefühl, daß Opa seine höchstpersönlichen Gründe hatte, die Rawleighs für nächsten Sonntag einzuladen."
So. Jetzt hatte ich die Katze aus dem Sack gelassen. Tante Lou nahm's genau so auf, wie ich gehofft hatte. Mit einem Anflug von einem Lächeln strich sie mir übers Haar.
„Du kleiner Schlauberger!" sagte sie. „Dir entgeht aber auch gar nichts, was? Na, ich bin ja froh, daß du nicht böse bist. Vielleicht wird ja sowieso nichts draus." Sie dachte nach.
„Nun gut. Pa möchte also die Witwe Rawleigh näher kennenlernen. Ich kenne sie zwar nicht so gut, aber wenn Pa sie mag, dann hat er meine volle Unterstützung. Nett scheint sie ja zu sein. Wenn Pa sie mag, wenn er sie wirklich gern hat, dann halten wir den Mund, du und ich, ja? Wir wollen's ihm so leicht wie möglich machen. Ich bin froh, daß du's auch gemerkt hast. Da weiß ich wenig-

stens, daß ich auf dich zählen kann. Vor allem dürfen wir uns jetzt nichts anmerken lassen. Das würde die beiden nur irritieren und verlegen machen. Sie sollen sich in Ruhe kennenlernen. Wir verschwinden einfach, sobald wir können. Also denk dran: Solange Pa nichts von sich aus sagt, stellen wir uns dumm, ja?“

„Okay“, stimmte ich zu.

„An der ganzen Sache stört mich bloß eins.“

„Was denn?“

„Dieser Jim! Wenn ich schon dran denke, daß der mein Bruder werden könnte!“ Tante Lou schüttelte sich und verzog das Gesicht. „Aber das bleibt unter uns, verstanden?“

Ich grinste. Mir sollte es recht sein. Sehr recht sogar.

„Ich mag Jim auch nicht besonders“, sagte ich. „Aber wir wollen uns Mühe geben, daß es keiner merkt, ja?“

Ich nickte. Tante Lou mochte Jim ohnehin nicht leiden. Das war ’ne große Erleichterung!

Ich wollte gerade aufatmen, da durchfuhr’s mich siedendheiß: Was, wenn Opa nun tatsächlich Gefallen an der Witwe Rawleigh finden sollte? Ich wollte Opa genausowenig verlieren wie Tante Lou. Ach, Quatsch! So blöd war er doch nicht! Aber vielleicht sollte ich ihn doch besser im Auge behalten. Ach was, ich hatte keine Zeit, mir darüber auch noch den Kopf zu zerbrechen.

Entschlossen griff ich nach dem Melkeimer und spitzte die Lippen zum Pfeifen. Mit einem fröhlichen Liedchen wollte ich mir ’n bißchen Mut machen, denn so ganz geheuer war mir bei der Sache doch nicht. Als ich nun so vor mich hin trällerte, wurde mir tatsächlich etwas leichter ums Herz.

Besuch am Sonntag

Der Samstag brachte einen scharfen Wind, der die Wolken tief übers Land jagte. Ich sah Opa mehrere Male besorgt zum Fenster hinausgucken. Er schien regelrechte Angst um seinen sorgfältig ausgeklügelten Plan für morgen zu haben. Mehr als einmal sah ich ihn und Onkel Charlie mit gedämpfter Stimme in der Ecke konferieren. Ich tat so, als hätte ich nichts gemerkt, aber ich hätte für mein Leben gern Mäuschen gespielt und zugehört.

Lou war vollauf damit beschäftigt, das ganze Haus für morgen herzurichten. Sie hatte sogar überlegt, ob sie nicht das Wohnzimmer aufschließen sollte, aber Opa hatte gemeint, das wäre nicht nötig. Das Wohnzimmer war seit Omas Tod nicht mehr benutzt worden, und die Möbel waren mit alten Bettlaken abgedeckt. Als ich klein war, hatte ich Angst vor diesem Zimmer gehabt; es war mir so unheimlich. Da nahm Tante Lou mich eines Tages bei der Hand und zeigte mir, was da unter den Bettlaken war: nichts als Möbel! Es waren auch 'n paar richtig vornehme Stücke dabei und sogar ein Harmonium.

Opa hatte zuerst immer gesagt: „So feine Möbel sind nichts für Männer auf 'ner Farm.“ Später hieß es dann: „Lou hat genug Arbeit; da soll sie nicht auch noch Möbel polieren müssen.“ Der wahre Grund, weshalb das Wohnzimmer abgeschlossen blieb, hatte, glaube ich, mit Oma zu tun und damit, daß Opa sie so vermißte. Jedenfalls wurde das Wohnzimmer auch für diesen besonderen Anlaß nicht aufgemacht. Lou deckte den Tisch in unserer großen Küche. Opa sagte immer, Lou hielte die Küche so tipptopp in Ordnung, daß sie auch für die höchsten Gäste gut genug sei.

Am nächsten Morgen war Opa erleichtert zu sehen, daß die Wolken verschwunden waren und die Sonne zum Vorschein kam.

Ich hatte ihn lange nicht mehr in solch guter Laune erlebt. Tante Lou zwinkerte mir zu, als wir Opa beim Stiefelputzen und Hutbürsten zuschauten. Lou war restlos überzeugt, daß Opa sich für die Witwe Rawleigh so herausputzte. Ich wäre beinahe selbst ins Zweifeln gekommen, wenn ich nicht zufällig mitgekriegt hätte, wie Opa Onkel Charlie zugeflüstert hatte: „Also, denk dran: Heute sollen sie sich nur 'n bißchen miteinander anfreunden, weiter nichts." Und Onkel Charlie hatte grinsend genickt.

Die Fahrt zur Kirche verlief ohne Zwischenfälle. Sogar der Gottesdienst war heute gar nicht so übel. Die Lieder klangen besonders gut. Die Leute machten's wohl den Singvögeln nach: Sie sangen aus vollem Herzen, weil die Sonne wieder schien. Der alte Pastor White hielt eine Predigt, der auch Jungs in meinem Alter folgen konnten. Willie Corbin ließ sogar für 'ne Weile von seiner Buchstabenschnitzerei an der Bank vor ihm ab, um zuzuhören, und Jack Berry zog seine warzige Kröte bloß ein einziges Mal aus der Tasche hervor, um sie zu den Mädchen rüber zu schubsen.

Als die Leute sich nach dem Gottesdienst in Gruppen draußen im Sonnenschein zum Plaudern versammelt hatten, nahm Opa den Hut in die Hand und ging auf die Witwe Rawleigh zu, um mit ihr die Essenszeit abzuklären. Ich zählte mehrere Augenpaare, die plötzlich auf ihn geheftet waren. Frau Smith und Frau Miller standen in der Nähe und unterhielten sich. Frau Smith hielt mitten im Satz inne und zog die Brauen hoch. Frau Miller begriff sofort und zog ebenfalls ihre Brauen hoch. Die beiden dachten sicher dasselbe wie Tante Lou zuvor. Ich lachte in mich rein und gesellte mich zu den anderen Jungs.

In seiner Arglosigkeit plauderte Opa vergnügt mit der Witwe Rawleigh weiter. Diese ihrerseits war sichtlich erfreut und lächelte ihn vor allen Leuten kokett an. Opa schien immer noch nichts zu merken – aber andere Leute dafür um so mehr! Jetzt verabschiedete er sich und zog den Hut. Frau Rawleigh hob das Kinn in die Luft und zwitscherte eine Antwort. Als Opa gegangen war, schaute sie triumphierend in die Runde, um festzustellen, ob diese Szene auch gebührenden Eindruck bei den anderen Damen hinterlassen hatte. Sie war nicht enttäuscht.

Ich lief zum Wagen zurück und setzte mich auf meinen Platz. Dort löste ich mir schon mal die Schnürsenkel, damit ich schneller aus den Schuhen kam, sobald die Kirche außer Sichtweite lag.

Tante Lou hatte es heute eilig, nach Hause zu kommen, um die letzten Handgriffe in der Küche zu tun. Der Tisch war schon gedeckt, und ein bunter Blumenstrauß stand auf dem kleinen Tisch am Fenster. Das Essen hatte während unserer Abwesenheit auf der heißen Ofenplatte gegart. Alles war soweit unter Kontrolle und bereit für unsere Gäste. Opa trieb das Gespann zur Eile an. Ihm konnte es heute nicht schnell genug gehen.

Der Wagen war kaum zum Stehen gekommen, da sprang Tante Lou runter und war in Richtung Küche verschwunden. Opa deutete ihre Betriebsamkeit offensichtlich falsch. Ich sah, wie er Onkel Charlie in die Rippen stupste und hinter Tante Lou her nickte. Die beiden lachten sich ins Fäustchen wie zwei Schuljungen, die der Lehrerin 'ne Blindschleiche ins Pult gelegt hatten.

Die Rawleighs ließen nicht lange auf sich warten. Inzwischen hatte Tante Lou das Essen fertig. Als sie jetzt die Gäste begrüßte, sah sie so kühl und frisch aus, als hätte sie den Vormittag in 'ner luftigen Hängematte anstatt über dampfenden Kochtöpfen verbracht.

Opa hielt sich nicht lange bei der Vorrede auf. Er wollte gerade zur Platzverteilung schreiten, als Lou sich neben ihn stellte und die Plätze so anmutig und bestimmt verteilte, daß alle sich gern fügten. Sie setzte Opa an das

Kopfende und Frau Rawleigh zu seiner Rechten. Neben ihr saß Onkel Charlie. Jim saß links neben Opa und ich neben Jim. Lou selbst setzte sich gegenüber von Opa auf den Platz der Gastgeberin.

Wir falteten alle die Hände, und Opa sprach das Tischgebet. Außer fürs Essen dankte er Gott dabei für „die lieben Freunde, mit denen wir heute unser Mahl und unsere Gemeinschaft teilen dürfen.“ Die Witwe Rawleigh muß das außerordentlich galant gefunden haben. Sie warf ihm ’nen süßlichen Blick zu, als er den Kopf wieder hob.

Das Essen verlief recht vergnüglich. Das Tischgespräch wurde größtenteils von den Erwachsenen bestritten. Nur ab und zu sagte Jim auch was, aber das war meistens ziemlich belanglos. Ich gewann den Eindruck, daß dieser Bursche trotz seiner Aussicht darauf, eines Tages mal ein reicher Farmer zu sein, nicht der Hellste war. Die Witwe Rawleigh schien da ganz anderer Ansicht zu sein. Jedesmal, wenn Jim etwas gesagt hatte, strahlte sie ihn anerkennend an. Ich hatte langsam genug von diesem Kerl. Nie im Leben würde ich den zum Bruder haben wollen – ganz egal, was auch passieren mochte.

Nach dem Essen und all den Komplimenten darüber schlug Lou vor, wir sollten alle auf der Veranda hinter dem Haus eine Tasse Kaffee trinken. In der Küche, wo wir gesessen hatten, war es doch recht warm. Alle stimmten zu, und bald saß jedermann auf der Veranda und nippte am Kaffee – außer Onkel Charlie. Der schüttete seinen in großen Schlücken runter.

Ein lauer Wind raschelte durch die Büsche und Bäume. Er spielte auch mit Lous Haaren und ließ die losen Lokken um ihre rosigen Wangen tanzen. Ich fand, daß ihre Augen heute blauer leuchteten als sonst, vielleicht wegen ihres blauen Kleides. Ich hielt die Luft an und hoffte inständig, daß Jim sie nicht zu genau ansah. Man mußte schon Tomaten auf den Augen haben, um nicht zu merken, wie hübsch Tante Lou war. Ich wollte gerade irgendwas zu Jim sagen, um ihn abzulenken, da rettete Tante Lou selbst die Lage.

„Entschuldigt mich mal bitte 'nen Moment!" sagte sie. „Ich geh' mal eben das Essen abräumen."

Die Witwe wußte natürlich, daß es sich nicht schickte, einer anderen Frau beim Wegräumen der Essensreste zu helfen, und flötete Tante Lou deshalb zu: „Liebling, du rufst mich doch, wenn ich dir beim Abwaschen helfen kann, nicht wahr?"

Lou lächelte zurück und verschwand in der Küche. Ich folgte ihr. Sie warf einen Blick auf die Veranda.

„Josch", sagte sie, „würdest du mir wohl einen ganz, ganz großen Gefallen tun? Könntest du Jim nicht irgendwie beschäftigen?"

Ich dachte fieberhaft nach. Zum Glück fiel mir endlich ein, daß er angeblich gern angelte.

„Er angelt wohl gern", sagte ich. „Ich könnte ihn an den Bach mitnehmen."

„Was, am Sonntag?"

„Nicht zum Angeln", beeilte ich mich zu sagen, „nur zum Gucken. Wenn er gern angelt, dann muß er sich auch für den Bach interessieren."

Tante Lou lächelte mich an und umarmte mich schnell. „Tolle Idee!" flüsterte sie.

Nur von Tante Lou ließ ich mich dazu breitschlagen, jemand anders an meinen Platz am Bach mitzunehmen, besonders, wenn dieser Jemand Jim Rawleigh hieß. Ich wollte mich gerade wieder auf die Veranda trollen, um ihn zu holen, da kam mir eine blendende Idee. Ich würde ihn einfach an eine Stelle bachaufwärts lotsen. Der Pfad dahin war nicht sonderlich gut ausgetreten, aber er würde mir schon folgen können. Ich selbst ging nicht oft an diese Stelle, weil der Bach hier breit und flach war. Fische gab's hier nicht. Das Ufer war mit Riedgras und Gestrüpp überwachsen; das ganze Gebiet war eine einzige Morastlandschaft.

Tante Lou schien meine Gedanken teilweise zu erraten und guckte mir ins Gesicht.

„Das macht dir doch nichts aus, oder?“

„Nee, gar nichts.“ Ich gab meiner Stimme einen leichtherzigen Ausdruck.

Diesmal stürmte ich beinahe auf die Veranda hinaus. Opa hörte sich gerade einen langen Monolog über die Probleme der Witwe mit ihren Knechten an und über die große Hilfe, die sie an Jim hatte.

Ich baute mich vor Jim auf. „Haste Lust, ’n bißchen spazierenzugehen?“

Er hievte sich aus seinem Stuhl, grinste, und wir zogen los. Wir gingen ums Haus. An der vorderen Veranda hielt ich an, als ob mir plötzlich was eingefallen wäre, und zog Schuhe und Strümpfe aus.

„Meine Sonntagsschuhe sind mir zu unbequem“, erklärte ich ihm. Meine Hosenbeine krempelte ich mir auch noch schnell hoch.

Jim schaute meinen knabenhaften Bemühungen herablassend zu. In Wirklichkeit hatte ich nicht die Absicht, meine Sonntagsschuhe da zu ruinieren, wohin ich gleich mit ihm gehen würde.

„Du angelst gern, hab’ ich gehört.“

Er grinste, fing sich aber schnell wieder.

„Mama läßt mich sonntags nicht.“

„Du, ich angle auch nie am Sonntag, aber ich dachte, du würdest dir gern den Bach mal ansehen für den Fall, daß du später mal zum Angeln kommen willst.“

„Na gut.“ Jetzt grinste er wieder.

Wir machten uns auf den Weg an der hinteren Kuhweide vorbei. Ich warf verstohlen einen Blick zurück, um zu sehen, ob uns auch niemand bemerkt hatte. Die Witwe Rawleigh, Opa und Onkel Charlie saßen immer noch auf der Veranda. Ich konnte mir aus dem, was Tante Lou mir später erzählte, im Nachhinein lebhaft vorstellen, wie der Rest des Nachmittags verlaufen war: Onkel Charlie fühlte sich fehl am Platze bei all dem Geplauder. Als Lou ihm von der Küchentür her zuwinkte, nahm er diese Ausflucht nur zu gern wahr und kam zu ihr.

„Frau Rawleigh hatte sich erboten, mir beim Abwaschen zu helfen, aber sie unterhält sich gerade so gut mit Pa. Würdest du mir wohl beim Abtrocknen helfen?"

Lou zwinkerte ihm zu, als ob sie sagen wollte: „Ich weiß genau, was sich abspielt!" Onkel Charlie grinste zurück und nahm sich ein Geschirrtuch. Ehrlich gesagt, er zog es vor, Tante Lou in der Küche zu helfen, anstatt dem Geplauder auf der Veranda zuhören zu müssen.

Das Geschirr stand im Handumdrehen blitzblank wieder im Schrank. Onkel Charlie bewegte sich widerwillig auf die Tür zu. Das Wohnzimmer war ja abgesperrt; deshalb gab es nur einen Weg nach draußen, und zwar über die hintere Veranda. Onkel Charlie hatte also die Wahl: entweder allein im Haus bleiben oder an den beiden „Wachsoldaten" vorbei zur Verandatür rausgehen. Er zögerte einen Moment. Dann trat er auf die Veranda.

„Ach, du meine Güte!" rief die Witwe aus, die sich beim Anblick von Onkel Charlie plötzlich erinnerte. „Wo ist nur die Zeit geblieben? Louisa hat sicher alles zum Abwaschen bereit."

„Schon alles gemacht!" erklärte Onkel Charlie und erntete einen durchbohrenden Blick von Opa. Onkel Charlie ignorierte ihn. „Gerade fertig."

Onkel Charlie ging die Stufen zum Garten hinunter. Opa hielt ihn auf.

„Wo sind denn die jungen Leute?"

„Spazieren, denk' ich."

„Bestens!" freute sich Opa. Er malte sich im stillen aus, wie Jim und Lou Hand in Hand durch die kniehohe Wiese gingen, Lou mit 'ner Blume im Haar, die Jim ihr angesteckt hatte.

Ganz so war's allerdings nicht. Jim und ich kämpften uns durch Morast, Büsche und Sträucher vorwärts. Ich kam gut voran, weil ich barfuß war und meine Hosenbeine fein säuberlich bis über die Knie gekrempelt hatte. Jim hatte da mehr Schwierigkeiten. Seine Sonntagsschuhe waren mit Schlamm beschmiert, und obwohl er sich Mühe gegeben hatte, seine Hosenbeine vor dem dicksten Schlamm zu bewahren, hatten sie Spritzer und Flecken abgekriegt. Er pustete und schnaufte sich durchs Gestrüpp voran. Alle paar Minuten versicherte ich ihm, daß es gar nicht mehr weit zum Bach sein konnte, und daß er bestimmt hinter der nächsten Biegung lag.

Was Tante Lou betrifft, so hatte sie Onkel Charlie anvertraut, daß sie ein bißchen spazierengehen wollte. In dem Glauben, daß sie sich mit „jemandem" verabredet hatte, sagte er, milde lächelnd: „Gute Idee!" Nachdem das Geschirr also abgespült war, nahm sich Tante Lou ein Buch und machte sich daran, unbemerkt zu verschwinden, nur, daß sie darin etwas geschickter war als Onkel Charlie. Sie kletterte lautlos durch das Küchenfenster nach draußen und ging zum Teich, wo sie in Ruhe las, bis es Zeit zum Kuchenservieren war.

Onkel Charlie hielt es nicht lange auf der hinteren Veranda aus. Er murmelte etwas von Beinevertreten und Pferdeversorgen und verschwand aus dem Blickfeld. Opa war notgedrungen allein mit der Witwe. Ich glaube, der Tag ist ihm reichlich lang geworden. Er war noch nie gut im Plaudern gewesen, aber er war ein ganz passabler Zuhörer, und der Witwe schien das gar nicht so unrecht zu sein.

Als die Sonne im Westen stand, beschloß Tante Lou, daß es an der Zeit war, in die Küche zu gehen und das Kaffeewasser aufzusetzen. Sie benutzte denselben Weg wie zuvor: Sie raffte ihre Röcke und schwang sich durchs Küchenfenster.

Endlich stießen Jim und ich doch noch auf den Bach, falls man das flache Rinnsal hier so nennen kann. Sogar Jim mit seiner langen Leitung meinte, hier könnte es wohl kaum Fische geben. Ich tat überrascht und enttäuscht, bemühte mich allerdings dabei, ihm nicht geradewegs ins Gesicht zu lügen. Durch Sumpf und Morast machten wir uns auf den Rückweg. Jims beste Sonntagssachen sahen von Minute zu Minute schlimmer aus, und ich überlegte schon, ob ich's nicht doch 'n bißchen zu arg getrieben hatte.

Etwas verspätet kamen wir wieder zu Hause an. Kaffee und Erdbeertorte standen schon auf dem Tisch. Onkel Charlie hatte sich wieder zu den anderen auf der Veranda gesellt. Die Witwe redete immer noch unermüdlich. Inzwischen hatte sie allerdings ihren Jim vermißt.

Als er dann schließlich auftauchte, zog sie die Brauen derartig hoch, daß sie restlos unter ihren gekrausten Stirnlöckchen verschwanden.

Ich sah aus wie aus dem Ei gepellt. Ich hatte meine Hosenbeine sorgfältig wieder runtergerollt, die Querfalten so gut wie möglich glattgestrichen und die Zweigstückchen und Erdklumpen mit den Händen abgeklopft. Meine Füße hatte ich mir im Regenfaß gewaschen und sie im Gras abgetrocknet, bevor ich wieder in Strümpfe und Schuhe schlüpfte. Wie gesagt, ich sah tipptopp aus, was man allerdings von Jim nicht gerade behaupten konnte. Seine Schuhe und Strümpfe sahen aus wie nach 'ner Schlammschlacht. Den Hosenbeinen war's auch nicht viel besser ergangen. Er hatte Zweige und Spinnweben und dergleichen an seinem Anzug und in den Haaren.

Als die Witwe die Sprache wiedergefunden hatte, keuchte sie: „Wo seid ihr denn um Himmels willen gewesen?"

Ich überließ Jim die Antwort. Er grinste gezwungen. „Am Bach."

Jetzt sah ich Opas Augenbrauen in die Höhe schnellen. Der kannte den Bach nämlich wie seine Westentasche. Er konnte sich bestimmt an seinen fünf Fingern abzählen, wo wir gewesen waren. Er musterte Jim von oben bis unten, dann mich. Sein Blick verfinsterte sich. Sobald die Gäste weg waren, würde er mich verhören, was hier vorgegangen war, darauf konnte ich mich gefaßt machen.

Frau Rawleigh knöpfte sich ihren Jim vor. Ich fand, er sah aus wie ein etwas zu groß geratener Schuljunge, als sie ihn jetzt abbürstete, ausklopfte und schalt. Schließlich erklärte sie ihn für einigermaßen sauber genug, um sich an die Kaffeetafel zu setzen.

Sobald der Kaffee getrunken und die Torte gegessen war, ging Onkel Charlie mit Jim in den Stall, um das Gespann zu holen. Die Witwe wandte sich an Opa.

„Das war ein entzückender Nachmittag, Daniel."

Sie schien jede Silbe seines Namens bis in alle Ewigkeiten auszudehnen. „Wir sollten's nicht bei diesem Mal belassen!"

Opa fühlte sich sichtlich beklommen. Ich sah winzige Schweißperlen auf seiner Stirn. Dennoch blieb er der perfekte Gentleman und Gastgeber.

„Sehr nett, ja", lächelte er. „Das Vergnügen war ganz auf unserer Seite. Sehr nett."

Plötzlich schien ihm ein rettender Gedanke zu kommen.

„Nun ist ja bald Erntezeit. Da wird's wohl für 'ne Weile Arbeit heißen für uns anstatt Vergnügen."

Frau Rawleigh strahlte. Was für ein besonnener Mann, und so gewandt!

„Aber selbstverständlich, mein Lieber. Doch am Tag des Herrn muß man auch in der Erntezeit ruhen. Wir hoffen doch, daß Sie uns bald mit Ihrem Besuch beehren und zum Sonntagsschmaus zu uns kommen."

„Wie großzügig von Ihnen! Das wär' uns ein Vergnügen."

Opa wand sich innerlich. Inzwischen hatte selbst er gemerkt, daß die Witwe einem gewaltigen Irrtum aufgesessen war.

„Nächsten Sonntag?"

„Nächsten Sonntag.“ Opa rang sich ein gequältes Lächeln ab.

Die Witwe drehte sich um und nickte zum Abschied.

„Und nochmals herzlichen Dank für das köstliche Essen, mein Liebes!“ sagte sie zu Tante Lou. „Du machst deinem Vater wirklich alle Ehre!“ Sie warf Opa einen bewundernden Blick zu und lächelte ihn einladend an. Opa drehte an seinem Kragenknopf. Wahrscheinlich war ihm zum Ersticken zumute.

Endlich waren die Rawleighs wieder fort. Auf dem Weg zum Haus zurück knöpfte sich Opa kopfschüttelnd den engen Kragen auf. Irgendwas war hier schiefgelaufen. Na, vielleicht sollte er erst mal Lous Tagesbericht abwarten. Bestimmt hatte sie während des langen Nachmittags Gelegenheit gehabt, Jim ein bißchen näher kennenzulernen. Opa setzte sich an den Küchentisch und wischte sich mit dem Taschentuch über die Stirn.

„Nette Leute.“ Das galt Tante Lou. Onkel Charlie und ich wußten das genau, obwohl wir ja auch dabeisaßen.

„Hm. Ja.“

„Hab' mich gut mit Frau Rawleigh unterhalten.“

„Das haben wir gemerkt“, sagte Lou mit blitzenden Augen, und Opas Gesicht rötete sich. Er versuchte, darüber hinwegzugehen, und redete weiter.

„Haste dich gut mit Jim amüsiert?“

„Ja, ausreichend.“

„Wann?“

„Bei Tisch.“

Opa hatte genau beobachtet, wie intensiv Lou sich bei Tisch mit Jim unterhalten hatte. Ich glaube, das Gespräch hatte sich allerhöchstens auf „Die Butter, bitte!“ erstreckt. Er starrte Lou an. Ruhig erwiderte sie seinen Blick. Dann stand sie auf, stellte sich hinter seinen Stuhl und umschlang seinen Hals kleinmädchenhaft.

„Oh, Pa!“ sagte sie und schmiegte sich an ihn. „Da brauchste dir keine Sorgen machen, ehrlich nicht! Ich kann Jim Rawleigh nun mal nicht ausstehen, aber das soll kein Hinderungsgrund sein. Wenn du Frau Rawleigh, also, wenn du sie wirklich magst, dann will ich mich nicht dagegenstellen. Ehrenwort. Ich werde mein Bestes tun und ..."

Opa fuhr auf und starrte sie an, als hätte sie restlos den Verstand verloren. Langsam dämmerte es ihm.

„Du glaubst doch nicht etwa, daß ich ... daß ich ... daß mir an der Witwe irgendwas liegt?"

„Tut's das etwa nicht?"

Opas Gesicht war jetzt tomatenrot, und die Halsadern schlugen ihm dick geschwollen aus dem Kragen.

„Ach wo!" polterte er los. „Natürlich nicht!"

„Warum haste dann ..."

„Ich wollte doch bloß, daß du ..." Opa saß in der Falle. Er konnte Lou schließlich nicht sagen, daß er ihr 'nen Freier suchen wollte, aber lügen wollte er auch nicht. Er stotterte verzweifelt.

„Ach ... nichts weiter. Vergiß es. War alles 'n Mißverständnis!"

„Und die Witwe Rawleigh?"

„Was, und die Witwe Rawleigh?" fauchte Opa. Er wurde Lou gegenüber sonst nie laut.

„Sie hat uns doch für nächsten Sonntag eingeladen."

„Da gehen wir natürlich trotzdem hin", erklärte Opa bestimmt.

„Aber sie denkt doch ..."

„Was denkt sie?"

„Also", sagte Lou restlos perplex, „ich weiß ja nicht, aber sie denkt sicher, daß du ein Auge auf sie geworfen hast!"

„Wie in aller Welt kommt sie denn auf so 'ne Schnapsidee?" donnerte Opa.

„Ja, also, du hast sie doch eingeladen, und dann haste dich stundenlang allein mit ihr unterhalten."

Opa fuhr herum.

„Wo wart ihr denn eigentlich die ganze Zeit? Charlie! Wohin hast du dich denn so stillschweigend verdrückt? Du hättest dir die Geschichte von ihrer Kropfoperation genausogut anhören können wie ich. Wo warste denn bloß? Und du, Junge, wo ..." Aber ich war schon die Treppe raufgegangen, um mir oben was Passenderes zum Holzspalten anzuziehen. Weil Tante Lou heute beim Kochen so viel Holz verfeuert hatte, würde sie sicher bald neues gebrauchen können, dachte ich mir.

Die Sache mit den Rawleighs wurde nie wieder erwähnt. Wir besuchten sie zwar, wie verabredet, am nächsten Sonntag, aber wir blieben nicht besonders lange, und außerdem hatte Opa uns, bevor wir losfuhren, strengste Anweisung gegeben, daß keiner den Raum verlassen durfte. Wir verabschiedeten uns von unseren Gastgebern nach einem recht ereignislosen Nachmittag und fuhren wieder nach Hause.

Frau Rawleigh konnte nicht halb so gut kochen wie Tante Lou. Opa betrachtete den Fall als erledigt. Das schloß ich aus seinem Schweigen.

Und ich, ich strich Jim Rawleigh von der Liste der Kandidaten – allerdings 'n bißchen schadenfroh, muß ich zugeben.

Hiram

Die ganze Geschichte versetzte Opa zwar einen tüchtigen Schlag, aber wenn ich geglaubt hatte, er hätte endgültig genug von seinen Anbahnungsversuchen, dann sollte ich bald eines Besseren belehrt werden.

Ich war gerade ins Bett geklettert und halb eingeschlafen, da hörte ich die Kaffeekanne klappern und gedämpfte Stimmen von unten. Mühsam kroch ich wieder unter der warmen Decke hervor und schlich mich halbwegs die Treppe runter. Ja, richtig geraten! Die beiden waren wieder dabei, Pläne für Tante Lou zu schmieden.

„... war nicht meine Schuld", hörte ich Opa gerade sagen. „Ihr habt mich ja im Stich gelassen."

„Wir hätten 'nen großen Bogen um die Witwe machen sollen. Hätten uns doch denken können, wie so was aussieht. Die Leute reden ja immer noch."

Opa nahm 'nen großen Schluck von seinem siedendheißen Kaffee. Ich hörte ihn nach Luft schnappen, um seine Zunge zu kühlen.

„Das Ganze war ja lächerlich. Wie die Leute bloß denken konnten, daß ich ... daß ich ..." Ihm fehlten die Worte. So beließ er es bei einem verächtlichen „Pah!"

Onkel Charlie zog erst die Luft ein, dann schlürfte er seinen heißen Kaffee. Er brummte wohlig. Sein Stuhl setzte ächzend alle vier Beine wieder auf den Boden.

„Das war also 'n Schuß in den Ofen!" sagte er ungerührt. „Na und? Wer hat denn gesagt, daß es gleich beim ersten Mal klappen muß? Wir hatten uns doch drauf gefaßt gemacht, daß wir schon 'n bißchen Zeit und Mühe investieren müßten. Wir geben doch jetzt nicht schon auf! Wir gucken uns weiter um, bevor es so 'nem grünschnabeligen Jüngling einfallen sollte, das Umgucken für uns zu besorgen.

„Haste die Gesichter in der Kirche gesehen? Haste mitgekriegt, was sich vorigen Sonntag abgespielt hat? Der junge Anthony Curtis ohne 'nen blanken Heller in der Tasche, geschweige denn eigene vier Wände, geht doch glatt auf Lou zu, dreht seinen Hut in den Händen, daß die Krempe beinahe abreißt, und fragt sie geradeheraus, ob er sie mal besuchen dürfe."

„Nee, das hab' ich nicht gewußt", sagte Opa mit besorgter Stimme.

„Diesmal ist's noch mal gut gegangen. Der Kerl hat 'n Gesicht wie 'n Elch. Aber eines Tages könnte einer daherkommen, der 'n bißchen besser aussieht, und dann ist es um Lou geschehen."

„Und weißte, was Lou ihm geantwortet hat?"

„Klar, hab' ich auch mitgekriegt. Sie hat gesagt, es täte ihr leid, aber sie hätte im Moment viel zu tun. Ihr Großvater käme nämlich bald vom Osten, und danach wär' Ernte und so weiter."

„Prima!" Opa war erleichtert. „Sie kann ganz gut auf sich selbst aufpassen, wenn sie nur will."

„Das war aber nicht der *wirkliche* Grund."

„Natürlich nicht. Du hast doch gerade gesagt, daß der Bursche nicht sonderlich ansehnlich ist."

„Das war auch nicht der Grund."

„Nicht?"

„Nee." Onkel Charlie machte eine Pause. „Es hat mit Nellie Halliday zu tun. Lou wußte nämlich, daß Nellie schon seit Jahren von diesem Anthony Curtis träumt, und Lou wollte ihr nicht wehtun."

„Nellie Halliday?" Opa lachte in sich rein. „Das wär' ja wie 'n Elch und 'n Stachelschwein."

Onkel Charlie war nicht zum Scherzen aufgelegt. „Wir sind immer noch keinen Schritt weiter hier. Laß uns mal unseren Grips anstrengen."

„Mit wem wollen wir's als Nächstem versuchen?"
„Du hast Jim Rawleigh ausgesucht", sagte Onkel Charlie. „Wie wär's, wenn ich den Nächsten vorschlage?"
„Na gut, solange du dich an unsere Liste hältst."
„Versteht sich."
Onkel Charlie ging die Liste rauf und runter und prüfte jeden Kandidaten auf Herz und Nieren. Opa wartete derweil ab.
„Hiram. Hiram Woxley. Der scheint mir noch am passabelsten. Mensch, die besseren Männer sind wohl ziemlich dünn gesät!"
„Das ist mir auch erst jetzt aufgefallen, wo wir einen für Lou suchen. Ich dachte immer, es wimmelte nur so von der Sorte. Wo du auch hinguckst ..."
Ich schlich wieder nach oben. Ich hatte genug gehört. Hiram Woxley war Junggeselle. Eine verheiratete Mutter hatte der schon mal nicht zu bieten. Man wußte wenig über seine Familie. Er war erwachsen und auf eigenen Füßen in unsere Gegend gekommen.
Eigentlich war er 'n ganz annehmbarer Kerl, dieser Hiram: Anfang dreißig, immer glattrasiert und tadellos angezogen, fester Schritt, ging regelmäßig in die Kirche und machte sich nichts aus Mädchen und Kindern. Er hatte eine große, gepflegte Farm südlich der Stadt, und ich war mir ziemlich sicher, daß er hauptsächlich wegen der Farm auf der Liste stand. Ich zermarterte mir das Gehirn. Was wußte ich über Hiram? Eigentlich hatte ich nur Gutes über ihn gehört. Ich konnte mich an nichts Negatives erinnern, mit dem ich etwas hätte anfangen können.
Ich wurde immer schläfriger, und mein Kopf wollte einfach nicht mehr arbeiten. Plötzlich fiel mir doch was ein: sein Geld! Man erzählte sich, Hiram Woxley sei recht knauserig. Ich war selbst mal in der Eisenhandlung dabeigewesen, als Hiram einkaufte. Er hatte damals in seiner ruhigen, aber beharrlichen Art versucht, den Preis von jedem Teil, das er kaufen wollte, runterzuhandeln. Als er

den Laden verlassen hatte, hörte ich den Verkäufer sagen, daß er Hiram am liebsten hätte, wenn er die Tür hinter sich zumachte. Man munkelte, daß Hiram sich lieber von einem Finger als von einem Dollar trennen würde. Bestimmt ließe sich daraus was machen. Bevor ich endgültig einschlief, beschloß ich, am nächsten Sonntag 'n bißchen mit Hiram Woxley zu plaudern – das heißt, falls ich nahe genug an ihn rankam. Er machte sich ja bekanntlich nichts aus kleinen Jungen.

Sonntagmorgen gelang es mir irgendwie, Tante Lou dazu zu bewegen, ihr bestes Kleid anzuziehen. Opa hatte darauf bestanden, daß Lou es sich für Mary Smiths Hochzeit im letzten Frühjahr kaufte. Opa sah es gern, wenn Lou sich feinmachte, und obwohl sie zuerst vor dem Preisschild zurückgeschreckt war, überredete er sie schließlich doch. Tante Lou sah tatsächlich mächtig hübsch darin aus.

Als sie die Treppe runterkam, um zur Kirche zu fahren, sah ich, wie Opa und Onkel Charlie sich besorgte Blicke zuwarfen. Sie hatten sicher Angst, daß Lou in diesem Kleid den Falschen zum Schwärmen bringen würde.

Tante Lou ging nach draußen. Ich folgte ihr, aber ich hörte Opa Onkel Charlie zuflüstern: „Vielleicht gar keine so schlechte Idee. Hiram hat schließlich auch Augen im Kopf."

Onkel Charlie nickte, und wir fuhren los.

Nach dem Gottesdienst steuerte ich auf den Hof vor der Kirche zu, um Hiram ausfindig zu machen. Der Hof war der reinste Ameisenhaufen. Jedermann redete über die große Neuigkeit des Tages: Der alte Pastor White hatte den Gemeindeausschuß von seinem baldigen Rücktritt in Kenntnis gesetzt. Der Ausschuß täte gut daran, so hatte er gemeint, sich nach einem Nachfolger für ihn umzuschauen. Kein Mund stand still. Die meisten waren sich einig, daß Pastor White schier unersetzlich war. Sie hätten ihn am liebsten bis in sein Grab im Amt behalten. Fragen flogen hin und her, obwohl niemand ernsthaft 'ne Antwort erwartete. Wo sollte man nur jemanden finden, der so gut wie Pastor White und seine Frau zur Gemeinde passen würde? Und sollte man nach jemandem suchen, der gut predigen konnte, oder lieber nach jemandem, der Verständnis und Einsatz für die Gemeindeglieder zeigte? Niemand schien es für möglich zu halten, beides in einer Person zu finden.

Mir war das alles ziemlich einerlei. Ein paar von den älteren Jungen begannen sich ohnehin zu fragen, wozu ein normaler, abenteuerbeflissener Junge überhaupt 'ne Kirche braucht. Kirche und Gottesdienst – das war doch bloß etwas für alte Leute und Kinder. Manchmal machte ich mir ähnliche Gedanken. Jedenfalls war's mir ziemlich egal, wer's nun war, der Sonntag für Sonntag aus dem großen schwarzen Buch vorlas. Das konnte doch bestimmt jeder!

Schließlich entdeckte ich Hiram am Zaun inmitten von ein paar anderen Junggesellen. Es fiel mir nicht schwer, das Spiel zu erraten, das hier gespielt wurde. Es hieß: „Nach den Mädle schauen“, oder wie man's auch immer nennen will. Jedes Mädchen, das im Blickfeld auftauchte, wurde mit einer Zensur bedacht. Diese Wertung bestand aus Grinsen, Ellbogenknuffen und kurzen Kommentaren. Die Burschen schienen sich alle auf die Spielregeln zu verstehen.

Stillschweigend stellte ich mich dazu. Ich wollte nicht bemerkt werden; sie würden mich sicher schon von Alters wegen nicht dulden. Außerdem hielten sie ihre Augen sowieso auf die Kirchentür geheftet, wo ein junges Mädchen nach dem anderen ins Freie trat. Ich rückte unauffällig 'n bißchen dichter an Hiram Woxley heran.

Die „Preisverteilung“ war in vollem Gange. Plötzlich tauchte Tante Lou auf der Treppe auf. Die Menschenmenge um sie hatte sich gerade gelichtet, als sie sich jetzt mit der Frau Pastor vor der Kirchentür unterhielt.

Die Sonne bestrahlte sie von oben. Ihre Locken schimmerten wie 'n goldener Wasserfall auf ihren Schultern. Sogar von hier aus konnte ich das Blau in ihren Augen erkennen. Sie lächelte ihr typisches Tante-Lou-Lächeln voller Wärme und Lebensfreude. Ihr Kleid stand ihr gut, aber als ich sie so anschaute, mußte ich denken, daß sie auch in einem Kartoffelsack noch hübsch aussehen würde.

Sämtliche Burschen um mich herum schienen die Luft anzuhalten, und als sie dann die Stufen runterging, platzten alle auf einmal los. Hiram warf seinen Hut in die Luft und rief: „Spitzenklasse!" Edward Davies jodelte: „Huuuuu!", während Bert Thomas und Barkley Shaw sich gegenseitig Rippenstöße versetzten und dabei grinsten, als hätten sie vollends den Verstand verloren. Endlich wurde es ein bißchen ruhiger.

„Mensch", sagte Charles Smith, „was für 'n Anblick!"

Aha, mein Zeitpunkt war gekommen. Ich holte tief Luft.

„Kein Wunder", sagte ich laut und vernehmlich und voller Verachtung. „Hätte mir 'ne komplette Angelausrüstung und 'ne Zweiundzwanziger Büchse dazu kaufen können von dem Geld, das mein Opa für das Kleid hingelegt hat."

Ohne die Wirkung meiner Worte abzuwarten, marschierte ich mitten durch die Bande, als ob mich schon der bloße Gedanke stinkwütend gemacht hätte. Na, wenigstens dürfte ich Hiram ordentlich zu denken gegeben haben! Vielleicht würde es ja was nützen, vielleicht auch nicht, wer weiß. Aber fertig war ich noch lange nicht mit ihm. So'n junger Bursche muß schließlich begreifen, daß eine Frau 'ne Menge Geld kosten kann. Hiram sollte sich lieber vorher ausrechnen, ob sie ihm das wert war.

Große Überraschung

Onkel Charlie hatte pflichtgemäß die Einladung an Hiram Woxley ausgerichtet, aber der war leider am kommenden Sonntag verhindert. Anscheinend war Opa nicht der einzige, der in Hiram einen möglichen Anwärter für seine Tochter sah. Hiram sagte für übernächsten Sonntag zu, und ich war heilfroh um die Gnadenfrist.

Ich erzählte Lou nichts von dem Wirbel, den sie unter den Burschen vor der Kirche verursacht hatte. Ich wüßte auch nicht, weshalb ich's ihr erzählen sollte. Nicht, daß ich Angst hätte, ihr würde so was zu Kopf steigen – dazu war sie gar nicht der Typ. Ich konnte mir halt nur nicht vorstellen, zu was es nützen würde, wenn sie Bescheid wußte.

Opa hatte das Südfeld scharf im Auge behalten, und am Dienstag beschloß er, daß es jetzt an der Zeit sei für den Garbenbinder.

Ich freute mich jedes Jahr auf die Ernte, obwohl ich genau wußte, daß bald danach die Schule wieder anfangen würde. Unsere Schule begann immer etwas später als die anderen, damit die Jungen ihren Vätern bei der Ernte helfen konnten. Wenn wir dann endlich im Klassenzimmer saßen, gab uns die Lehrerin massenweise Hausaufgaben auf, damit wir den Stoff aufholten. Das machte uns eigentlich nichts aus; wir nahmen's gern für die schulfreien Spätsommertage in Kauf.

Opa und Onkel Charlie waren jetzt den ganzen Tag über auf den Feldern, und mir fiel die Stall- und Scheunenarbeit ganz allein zu. Ich kam auch gut damit zurecht, nur daß ich abends ziemlich geschafft war. Manchmal schien's mir wie 'ne Ewigkeit, bis Opa endlich „Zeit zum Schlafengehen, Junge!" rief.

Ich dachte mir, bis Hiram Woxley am übernächsten Sonntag kam, würden Opa und Onkel Charlie sicher keine anderweitigen Anbahnungsversuche starten. Deshalb gönnte ich mir eine Verschnaufpause und wandte mich anderen Dingen zu.

Die Fische im Bach waren bestimmt bald soweit, daß sie wie verrückt anbissen. Ich konnte es kaum abwarten, mit meiner Angel loszuziehen. Meine Arbeit versuchte ich so einzurichten, daß sich bald ein paar freie Stunden ergaben.

Lou hatte ebenfalls alle Hände voll zu tun. Das Obst und Gemüse aus dem Garten mußte eingemacht werden, ein reicher Tisch für hungrige Männer gerichtet, Butterbrote aufs Feld geschickt werden, und der restliche Haushalt wollte auch versorgt werden. Lou tat das alles anstandslos, aber tüchtig müde war sie abends, genau wie ich.

Lou knetete gerade den Brotteig für einen Ofenvoll Brot, und ich spaltete Holz auf Vorrat, um mir Zeit fürs Angeln aufzusparen, da hörte ich einen Wagen kommen. Ich erkannte Herrn Smiths Gespann schon, bevor er in unseren Hof eingebogen war. Während der Ernte kommen die Nachbarn normalerweise nicht zu Besuch. Jetzt war ich aber gespannt. Ich lief ihm entgegen, um ihn zu begrüßen – weniger aus Höflichkeit als aus Neugier. Erst jetzt sah ich einen älteren Mann neben ihm auf dem Kutschbock sitzen.

Er trug einen braunen Wollanzug anstatt normalem Arbeitszeug. Sein Hut war ’n flottes Ding mit schmaler Krempe, ganz im Gegensatz zu dem, was die Leute hier trugen; deren Hüte hatten breite Krempen, um Regen und Sonne abzuhalten. Bis auf einen gepflegten weißen Schnurrbart war er glattrasiert. Ich sah ihn flink von oben bis unten an und guckte wieder zum Gesicht zurück. Er hatte solch ein freundliches Zwinkern in den Augen, daß ich ihn gleich mochte. Ich brannte darauf, daß mir Herr

Smith den Fremden vorstellte; ich wollte ja nicht unhöflich sein und mit meinen vorlauten Fragen rausplatzen.

„Tag!" sagte ich und meinte beide damit. Das konnte nun wirklich niemand als frech auffassen, selbst Opa nicht, der viel von einem wohlerzogenen Jungen hielt.

„Tag", erwiderte Herr Smith, aber der ältere Herr lächelte bloß amüsiert zurück. „Hab' dir deinen Urgroßvater mitgebracht."

Ich starrte ihn an. Mir sauste es in den Ohren. Das war er also? Ich hatte mich auf was ganz anderes gefaßt gemacht: ausgebeulte Hosen, Tabakflecken im Hemd, wässrige Augen hinter dicken Brillengläsern. Und nun sollte dieser saubere, freundliche ältere Herr mit den zwinkernden Augen mein Urgroßvater sein?

Ich stand wie vom Donner gerührt da. Tausend Gefühle durchschossen mich zugleich: Erleichterung, Angst, die gerade der Erleichterung wich, und komischerweise auch so 'n kleines bißchen Stolz. Plötzlich fiel mir ein, daß ich mit meinen aufgerissenen Augen und Mund bestimmt 'nen schönen Anblick bot.

„Tag, Josua." Er sagte meinen Namen wie ein Wort, das ihm so vertraut war wie 'ne alte Hausjacke, aber das „Tag" klang eher ein bißchen fremd auf seiner Zunge.

Ich wagte ein vorsichtiges Lächeln und rührte mich aus der Erstarrung.

„Tag, Sir", brachte ich hervor.

Darüber mußte er lachen. Er hatte ein volles, fröhliches Lachen. Dann machte er sich an den Abstieg vom Wagen. Das tat er bedachtsam und vorsichtig, aber er war nicht weniger wackelig auf den Beinen, als ich es gewesen wäre.

Herr Smith fing an, Urgroßvaters Gepäck abzuladen. Ich half ihm dabei, und als alles auf der Erde stand, griff Herr Smith nach den Zügeln und war im Begriff, sich wieder auf den Kutschbock zu schwingen.

„Wollen Sie nicht auf 'nen Sprung reinkommen, Herr Smith? Lou macht Ihnen bestimmt gern 'ne Tasse Kaffee“, sagte ich. Opa hatte mir mit Mühe und Not wenigstens ein paar anständige Manieren beigebracht.

„Nee, laß man, Josua“, antwortete er, „ich muß wieder ins Feld. War nur kurz in der Schmiede, um was repariert zu kriegen. Sonst wär' ich schon längst wieder zu Hause. Hab' deinen Urgroßvater per Zufall aufgegabelt; der suchte nämlich nach 'nem Gefährt in Richtung nach eurer Farm.“

„Danke vielmals“, sagte ich. „Das war nett von Ihnen. Opa wird sich freuen.“

„Kein Problem – war mir 'n Vergnügen!“ Er wandte sich zu meinem Urgroßvater. „Hat mich gefreut, Sie kennenzulernen, Herr Jones. Wir sehen uns sicher bald mal wieder.“

„Haben Sie meinen aufrichtigen Dank“, sagte mein Urgroßvater und schüttelte Herrn Smith die Hand, „für Ihre Bemühungen – und Ihre angenehme Gesellschaft. Wir werden sicher manche Gelegenheit haben, einander näher kennenzulernen.“

Herr Smith lächelte, nickte und lenkte sein Gespann in einem großen Bogen über den Hof und zum Tor hinaus. Ich konnte es kaum abwarten, Tante Lou meinen Urgroßvater vorzustellen – und umgekehrt. Irgendwie hatte ich tief innen das Gefühl, daß die beiden zueinander gehörten. Vielleicht waren's die klaren blauen Augen, aus denen die Lebenslust nur so sprühte.

„Komm nur rein, Urgroßvater!“ drängte ich ihn. „Deine Sachen hol' ich dir später.“

Er nahm sich eine kleine Tasche, und ich bewaffnete mich mit zwei Koffern. Wir gingen ums Haus herum über die hintere Veranda in die Küche.

Lou zog gerade ein dampfendes, goldkrustiges Brot aus dem Ofen, als wir reinkamen. Ihr Gesicht war glutrot, und ihre Locken ringelten sich lose um ihre Stirn.

„Lou!“ platzte ich heraus, bevor sie den Kopf heben konnte. „Urgroßvater ist da!“

Sie setzte die heiße Brotform ab und drehte sich um. Einen Augenblick lang sahen die beiden sich an. Dann flog Lou mit einem Jauchzer auf ihn zu. Er fing sie mit seinen offenen Armen auf. Sie lachten und umarmten sich und lachten wieder. Man sollte es kaum für möglich halten, daß sie sich zum allerersten Mal sahen. Ich sah Tränen auf beiden Gesichtern, war mir nur nicht sicher, aus wessen Augen sie stammten. Urgroßvater drückte Lou an sich.

„Louisa", sagte er, „kleine Lou! Du bist genau, wie dein Pa immer geschrieben hat."

„O Großvater", erwiderte sie und löste sich aus seinen Armen, „ich freu' mich ja so, daß du da bist! Aber wie bist du nur hergekommen?"

„Das habe ich einem freundlichen Nachbarn zu verdanken."

„Herr Smith hat ihn mitgebracht!" meldete ich mich. Ich wollte sichergehen, daß ich nicht völlig in Vergessenheit geriet.

„Aber setz dich doch!" sagte Lou glückstrahlend. „Setz dich, und ich mach' uns Kaffee. Josch, lauf schnell zum Brunnen und hol 'n bißchen Sahne!"

„Macht euch nur keine Umstände! Ich trinke meinen Kaffee schwarz."

Lou nickte Urgroßvater zu und wandte sich wieder an mich.

„Josch, magste dir Traubensaft fertigmachen?"

Der Traubensaft stand in der Speisekammer. Ich brauchte ihn bloß mit Wasser vom Brunnen zu verdünnen. Ich durfte sogar immer ein bißchen Zucker dazurühren.

„Weißt du", sagte Urgroßvater, „ich glaube, Traubensaft wäre mir jetzt auch lieber. Es war doch recht warm unterwegs. Ach, Lou –" fügte er augenzwinkernd und schnurrbartzuckend hinzu, „und *ein* Scheibchen von deinem köstlich duftenden Brot."

Ich machte uns drei Gläser von dem Traubensaft zurecht, während Tante Lou ihr frisches Brot in Scheiben schnitt und mit selbstgemachter Butter und Apfelgelee bestrich.

Es war ein fröhliches Beisammensein um den Küchentisch. Urgroßvater erzählte von seinen Abenteuern auf der langen Bahnreise: Wie eine dicke Frau einen schweren Fall von Reisekrankheit hatte, und wie ein kleiner Mann ein unförmiges Paket bei sich hatte und es sich schließlich herausstellte, daß er ein lebendiges Schwein darin versteckt hielt. Er erzählte auch von einer geplagten Mutter mit drei kleinen Kindern, die keine Minute Ruhe fand, bis Urgroßvater sich erbot, die Kleinen mit Spielen zu unterhalten. Er sagte, so sei die Fahrt für ihn selbst auch viel kurzweiliger geworden. Die junge Frau hatte ihm am Ende der Reise mit Tränen in den Augen gedankt.

Plötzlich fiel mir ein, daß die Zeit nur so dahingeflogen war und daß ich noch haufenweise Arbeit zu erledigen hatte, bis die Männer vom Feld nach Hause kamen. Wie von der Tarantel gestochen sprang ich auf und lief zur Tür.

„Josch!“ rief Urgroßvater hinter mir her. Er hatte bestimmt zu beanstanden, daß ich vergessen hatte, mich zu entschuldigen, bevor ich aufstand. Ich stand da wie ein begossener Pudel.

„Josch, du bist sicher während der Ernte euer einziger Stallknecht, nehme ich an.“

„Jawohl, Sir.“

„Hast du viel Arbeit?“

„Ziemlich viel, Sir.“

Er lächelte.

„Wollen mal schauen.“ Er zupfte sich nachdenklich am Schnurrbart. „Es muß sich doch eine bessere Anrede als ‚Sir‘ finden, meinst du nicht auch?“

„Jawohl, Sir – äh, Urgroßvater.“

Jetzt lachte er wieder.

„Das ist zu lang“, sagte er. „So wird’s nicht gehen. Da verhungerst du mir ja, bevor du’s rausbringst, wenn du mich bei Tisch um etwas bitten willst.“

Ich mußte lachen.

„Nennst du Daniel ‚Opa‘?“

Ich nickte.

„Dann scheidet das schon gleich aus, sonst wüßten wir ja nie, wen von uns beiden du meinst.“

Wieder bearbeitete er seinen Schnurrbart.

„‚Großvater‘ klingt zu erhaben.“ Er legte die Nase in lustige Falten. „‚Opi‘ ist nicht würdevoll genug. Da bleibt nur ‚Uropa‘ übrig. Was hältst du davon?“

„Das ist gut, Sir.“ Das „Sir“ war mir unversehens rausgerutscht. Er lächelte.

„Nun gut, ‚Uropa‘ also. Lou darf mich auch so nennen, damit ihr beide gleich wißt, von wem ihr sprecht.“

Ich freute mich, daß Lou und ich ihn mit dem gleichen Namen anreden durften. Ich guckte zur Uhr. Liebe Güte, es war spät geworden!

„Nun, was meinst du“, sagte Uropa, „kann ein alter Mann dir wohl bei der Arbeit zuschauen, ohne dich allzusehr aufzuhalten?“

„Aber klar, Sir ... Uropa.“

„Gut! Lauf du schon voraus und fange an; ich ziehe mich geschwind um und komme nach.“

Wie ein geölter Blitz rannte ich los. Ich wußte genau, was zu tun war und wo ich anfangen mußte. Ich arbeitete mit Feuereifer und spürte in mir ’ne regelrechte Vorfreude auf Uropa, die ich kaum beschreiben konnte.

Heute abend hatte ich einen rostbraunen Hund mit dunklen, weichen Augen und langen Schlappohren. Ich hatte wenig Zeit für ihn und erklärte ihm auch den Grund für meine Eile: „Rover, du mußt mir mal aus dem Weg gehen, damit ich dir nicht aus Versehen auf die Pfoten trete. Ich will nämlich soviel wie möglich fertig kriegen, bevor Uropa zum Helfen kommt!“

Die Schweine haben sicher nicht schlecht gestaunt, als ich mit ihren Futterkübeln durch den Stall rannte. Dann brachte ich den Hühnern Körner und frisches Wasser. Danach holte ich Bleß von der Weide. Sie ließ sich durch nichts aus der Ruhe bringen, so daß ich mir schon Sorgen machte, daß Uropa auf mich warten könnte. Als ich zurückkam, stand er tatsächlich schon da und wartete. Das schien ihm aber nicht das geringste auszumachen.

Er sah recht sonderbar aus in seinem neuen Arbeitsanzug. Die Hosenbeine hatte er umgeschlagen, damit sie nicht im Dreck schleiften. An den Füßen trug er ein Paar funkelnagelneue Farmerstiefel, und 'ne alte Jacke hatte er an, die er „meine Gartenjacke" nannte.

Wir holten den Melkeimer und gingen zum Stall zurück. Er holte sich einen Hocker und setzte sich neben mich. Langsam füllte der weiße Strahl den Eimer mit Schaum. Uropa und ich unterhielten uns dabei. Er sprach sogar mit Bleß, und ich hätte mich nicht im geringsten gewundert, wenn er im nächsten Augenblick ein Gespräch mit Rover angefangen hätte.

Wir trugen den Melkeimer ins Haus. Uropa meinte, daß er's gern auch mal versuchen würde; es hätte so einfach ausgesehen. Ob Bleß was dagegen haben würde? Nee, das glaubte ich nicht. Sie war 'ne ganz umgängliche Kuh und störte sich grundsätzlich an nichts, außer an den lästigen Fliegen. Die brachten sie allerdings öfter dazu, mit hoch erhobenem Schwanz über die Weide zu rennen.

Als wir zum Stall zurückkamen, hatte Bleß inzwischen ihr Futter ratzekahl aufgefressen. Ich band sie los, und wir führten sie zur Weide zurück. Unterwegs erzählte mir Uropa von seiner Kindheit in der Großstadt. Keine Weiden oder Wälder, dafür große Häuser, rauchende Fabrikschlote und Straßen voller Menschen. Ich versuchte, mir das vorzustellen, was mir äußerst schwerfiel; ich hatte ja noch nicht mal 'ne Großstadt von ferne gesehen.

Jetzt brauchten wir nur noch das Holz ins Haus zu tragen. Ich war heilfroh, daß ich's schon gespalten hatte. Uropa trug mühelos seinen Armvoll. Ich bewunderte ihn.

Gerade wollte ich ins Haus zurück, da fiel mir ein, daß Opa und Onkel Charlie bald durstig und mit müden Pferden nach Hause kommen würden.

„Geh du schon mal rein!“ sagte ich zu Uropa. „Ich lauf' nur schnell zur Scheune und hol' den Pferden ihr Heu, und dann pumpe ich ihnen Wasser in den Trog.“

„Wie wär's, wenn du das Heu besorgtest und ich das Wasser?“

Er konnte an meinem Gesicht ablesen, daß ich mir da nicht so sicher war.

„Keine Sorge! Wenn es mir zuviel wird, höre ich schon zeitig auf.“

Ich rannte zur Scheune und gabelte das Heu durch die Luke in die Krippen. Dann maß ich den Pferden ihre Portionen aus. Ich rannte zum Pumpschuppen zurück. Uropa stand immer noch an der Pumpe. Er war nicht sonderlich außer Atem geraten, und der Trog war fast voll. Ich pumpte weiter, bis der Trog randvoll war.

So. Jetzt waren wir fertig. Im Geist zählte ich nochmals alle Arbeiten auf, die ich zu erledigen hatte. Ja, es war alles fertig.

Wir holten Uropas zwei Schrankkoffer rein und luden sie im unteren Gästezimmer ab. Lou hatte gemeint, das sei das beste Zimmer für ihn – aber das war, bevor sie wußte, daß das Treppensteigen ihm wirklich nicht viel ausgemacht hätte. Das Zimmer war frisch tapeziert und gestrichen. Uropa würde sich bestimmt darin wohlfühlen.

Lou hatte das Abendessen fix und fertig auf dem Herd stehen. Wir wuschen uns schon mal die Hände, obwohl wir darauf gefaßt waren, noch 'ne Weile warten zu müssen, aber da hörten wir auch schon das Klappern und Klirren des Zaumzeuges im Hof. Opa und Onkel Charlie waren zurück.

Familienleben

Lou hatte die Idee, Opa und Onkel Charlie damit zu überraschen, daß Uropa hier war. Sie hatten ja nicht erwartet, daß er so einfach und unangekündigt auftauchen würde. Uropa spielte das Spielchen mit. Er sah sich flink in der Küche um, ob er auch nichts liegengelassen hatte, was ihn verraten könnte, und verschwand in seinem neuen Zimmer.

Opa und Onkel Charlie wuschen sich am Waschbecken und spritzten sich das warme Wasser über Gesicht, Hals und Arme. Dann schrubbten sie sich die Hände mit der starken Seife und spülten sie unter klarem Wasser ab.

„Hast ja die Krippen und Tröge schön gefüllt, Junge!" lobte mich Opa. Onkel Charlie fuhr mir durch die Haare.

Sie setzten sich an ihre Plätze, und Lou trug die dampfenden Schüsseln auf. Opa stutzte.

„Da steht ja 'n Teller zuviel!"

„Liebe Güte", sagte Tante Lou, „ich kann wohl nicht mehr richtig zählen, was?" Als sie aber nun keinerlei Anstalten machte, den Teller wieder wegzuräumen, schöpfte Opa Verdacht. Er und Onkel Charlie begannen sicher zu befürchten, daß Lou ihnen zuvorgekommen war und sich selbständig nach einem Verehrer umgeschaut hatte. Sie trug die letzte Gemüseschüssel und die Schale mit neuen Kartoffeln auf. Dann guckte sie Opa mit dem unschuldigsten Gesicht der Welt an.

„Offen gestanden, Pa, hab' ich 'nen Gast zum Essen eingeladen!"

Opa und Onkel Charlie wurden sichtlich nervös. Onkel Charlie fand als erster die Sprache wieder.

„Ja ... wo ist er denn?"

Wir setzten uns nämlich nie zu Tisch, bevor die Gäste kamen.

„Also, er ist ... er ist ... er ist im Schlafzimmer!" Lou hob die Stimme, und Uropa folgte dem Stichwort, aber nicht, bevor Opa und Onkel Charlie sich beinahe verschluckt hätten.

Da stand Uropa, wie aus der Versenkung aufgetaucht, in seinem inzwischen leicht angeschmutzten neuen Arbeitsanzug vor ihnen. Sein Schnurrbart zuckte vergnügt, und aus seinen blauen Augen blitzte es nur so.

„Das ist doch ..." stotterte Opa. Er konnte seinen Augen kaum trauen. Dann gab's ein lautstarkes, fröhliches Hallo und Umarmen und Lachen und Schulterklopfen.

„Wie bist du denn hierhergekommen?" fragte Onkel Charlie schließlich. „Wir haben die ganze Zeit auf 'nen Brief oder 'n Telegramm gewartet, damit wir dich vom Zug abholen könnten."

„Mitten in der Ernte? Sogar ein unbedarfter Stadtmensch wie ich würde sich hüten, so etwas zu verlangen. Ich hatte gedacht, daß ich mir vom Bahnhof aus irgend jemanden suchen würde, der mich herbringt, oder ich hätte euch sonst irgendwie Bescheid gegeben."

Schließlich setzten wir uns alle an den Tisch, wo Lous gutes Essen schon kalt geworden war. Die Unterhaltung ging lebhaft weiter, aber das Essen schien darunter nicht zu leiden. Es verschwand, wie immer, spur- und restlos. Uropa lobte Lou über den grünen Klee.

„Das hab' ich so vermißt seit dem Tod deiner Großmutter: eine gute Mahlzeit – und" fügte er nachdenklich hinzu, „jemand, der mitißt."

Wir wußten alle, was er meinte.

„Wir sind ja so froh, daß du den weiten Weg zu uns gefunden hast", sagte Opa. „Ja, wir freuen uns alle miteinander."

Ich war beinahe von mir selbst überrascht, daß ich so eifrig zustimmte. Ich hatte den alten Mann schon ins Herz geschlossen, und dabei war er doch erst seit 'n paar Stunden hier.

„Uropa hat mir beim Füttern geholfen!“ verkündete ich strahlend.

„Tatsächlich?“

„Helfen ist zuviel gesagt“, wehrte Uropa ab. „Ich bin eher neben ihm hergegangen, um mir die Farm mal anzusehen. Ich bin nämlich noch nie auf einer gewesen, wißt ihr!“

„Natürlich hat er geholfen“, beharrte ich. „Er hat Holz getragen und Wasser gepumpt und ...“

Uropa fiel mir ins Wort. „Du, Josch, sei bloß still! Dein Großvater soll mich ruhig für einen alten, gebrechlichen Greis halten. Wenn du ihm zuviel erzählst, kommt er noch auf dumme Gedanken und drückt mir Heugabeln und dergleichen in die Hand!“

Alle lachten.

„Wenn ich's mir recht überlege“, fuhr er fort, „sitze ich viel lieber in der Küche und störe die Köchin bei der Arbeit.“ Er zwinkerte mir zu und lachte. Plötzlich wurde er still und nachdenklich.

„Ihr wißt ja gar nicht, wie oft ich in der Eisenbahn hierher dem Herrgott für meine Familie gedankt habe! Es muß doch furchtbar sein, wenn man niemanden auf der Welt hat. Als Mama tot war, habe ich zuerst geglaubt, jetzt hätte ich keinen Menschen mehr. Dabei brauchte ich nur die Verbindung zu euch wieder aufzunehmen. Es gibt so viele Menschen, die es nicht so gut haben. Wenn die ihren Partner nach langen Ehejahren verlieren, sind sie ganz allein. Und hier sitze ich inmitten meiner Familie: zwei Söhne, eine Enkelin und ein Urenkel. Welch ein Segen!“

Er lächelte uns alle an. Lou wischte sich eine Träne aus ihren Augenwinkeln, und Opa räusperte sich geräuschvoll. Ich hatte auch was, worüber ich dankbar war, nämlich, daß Gott mich nicht beim Wort genommen und diesen lieben alten Mann aus der Welt geschafft hatte! Mir brach beinahe der kalte Schweiß aus bei dem bloßen Gedanken daran.

Uropa hatte von seiner „Familie“ gesprochen. Ja, wir waren ’ne richtige Familie. Dazu brauchte man nicht Vater, Mutter und vier Kinder zu sein. Zusammengehören und zusammenhalten, darauf kam’s einzig und allein an.

Ich setzte mich kerzengerade auf meinen Stuhl. Ich war mächtig stolz, zu dieser Familie zu gehören.

An meinem Angelplatz

Ich wollte unbedingt wenigstens noch einmal ausgiebig meinen Angelplatz genießen, bevor die Ernte vorbei war und ich endgültig wieder ins graue Klassenzimmer zurück mußte. Zug um Zug hatte ich einen Teil meiner Arbeit im voraus erledigt, und eines Freitagmorgens war ich soweit, daß ich mir ein paar Stunden freinehmen konnte. Der Vormittag war schon fast vorbei. Wenn ich gleich losging, würde ich das Mittagessen verpassen, aber wenn ich bis nach dem Essen wartete, dann ging mir wertvolle Zeit verloren. Deshalb beschloß ich, Lou zu fragen, ob sie mir 'n paar Butterbrote und 'nen Apfel mitgeben würde.

Auf dem Weg in die Küche stieß ich auf Uropa. Die lange Bahnfahrt hatte ihn doch ziemlich angestrengt, und nachdem der Begrüßungstrubel sich ein bißchen gelegt hatte, spürte er erst, wie müde er war. Das trockene Klima war ihm anfangs auch nicht recht bekommen, aber inzwischen hatte er sich ganz gut eingelebt. Meistens ging er mit mir, die Tiere zu versorgen. Er begriff schnell, was zu tun war, und gelegentlich sagte er sogar: „Ich bringe den Hühnern schnell das Wasser; in der Zeit kannst du Bleß reinholen!“ Tagsüber las er oder half Tante Lou in der Küche beim Obst- und Gemüseeinmachen.

Im Moment saß er gerade auf der hinteren Veranda mit einem dicken Buch in den Händen. Plötzlich kam mir eine Idee: Ob Uropa zufällig Lust hatte, mit mir an den Bach zu gehen? Wenn er nicht angeln wollte, dann könnte er sich ja am Ufer ausruhen und lesen, wie Tante Lou das oft machte.

Jetzt winkte er mir zu. Ich nahm allen Mut zusammen.

„Ich hab' 'n paar Stunden Zeit“, begann ich. „Ich wollte mal zum Bach, um zu sehen, ob die Fische anbeißen. Würmer hab' ich mir schon im Hof ausgegraben."

Seine Augen leuchteten auf. „Meinst du, ich könnte mitkommen?"

„Das wär' prima!"

„Gut."

Er klappte sein Buch zu und brachte es schleunigst in sein Zimmer zurück.

Lou war gerade mit einem Korb Wachsbohnen beschäftigt.

„Tante Lou", begann ich, „Uropa und ich wollen zum Bach runter. Können wir wohl 'n paar Butterbrote mitnehmen?"

„Gute Idee!" nickte Tante Lou. „Dann brauch' ich wenigstens nicht mitten in den Bohnen aufhören, um euch das Mittagessen zu richten."

Opa und Onkel Charlie waren auf einer Nachbarsfarm, um einem Farmer, der sich das Bein gebrochen hatte, bei der Ernte zu helfen. Die beiden würden auch nicht zum Essen nach Hause kommen.

„Holste mir wohl eben die Wäsche von der Leine rein, Josch? Inzwischen mach' ich euch 'n Picknick fertig."

Als ich die Wäsche in der Küche ablieferte, hatte Lou unseren alten Essenskorb schon fertig gepackt. Uropa war auch abmarschbereit, doch etwas bereitete ihm Sorgen.

„Ich habe aber keine Angel, Josch."

„Dann schnitzen wir eine für dich."

„Und keine Angelschnur."

„Ich hab' Schnur in der Tasche."

„Und der Haken?"

Ich grinste. „Ich hab' einen übrig."

Wir gingen los. Ich voraus, weil Uropa ja noch nie am Bach gewesen war. Ich zögerte keine Sekunde, ihn an „meinen" Angelplatz zu führen, den ich doch sonst noch keiner Menschenseele – außer Tante Lou – gezeigt hatte. Ich hoffte bloß eins: daß die Fische auch tüchtig anbissen.

Als der Pfad 'n bißchen breiter wurde, gingen wir nebeneinander her.

„Du, Josch“, sagte Uropa zaghaft, „du kannst das sicher kaum glauben, aber ich habe noch nie im Leben geangelt.“

Er hatte recht. Ich konnte es wirklich kaum glauben. Ohne Angelhaken und Fischleine konnte ich mir das Leben gar nicht vorstellen.

„Du wirst es mir beibringen müssen, Josch.“

„Ich bring' dir alles bei, was ich kann“, versprach ich feierlich. „Ich hoffe bloß, daß sie auch anbeißen.“

Schließlich kamen wir an den Bach. Er sah vielversprechend aus. Dunkle Schatten hingen über den tieferen Stellen. Ich konnte es kaum abwarten; aber zuerst nahm ich mein Taschenmesser und schnitzte 'ne Angel für Uropa. Dann führte ich die Schnur durch die Kerbe am Ende der Angel, zog 'ne kleine Dose aus der Tasche, holte 'nen Haken heraus und befestigte ihn am anderen Ende der Schnur.

„Sind wir da?“

„Und ob!“ Abenteuerlust schwang in meiner Stimme.

„Weißt du“, sagte Uropa, „die Insel da in der Mitte sieht so einladend aus. Meinst du nicht, daß sich da gut angeln läßt?“

Aha! Uropa zeigte bereits echten Anglerinstinkt. Das gefiel mir. Die kleine Insel war der beste Angelplatz am ganzen Bach, aber man mußte durch die Strömung waten, um hinzukommen, und ich war mir nicht sicher gewesen, ob ich das Uropa zutrauen konnte. So antwortete ich ohne Zögern:

„Na klar! Man muß bloß rüberwaten.“

„Okay! Laß uns waten!“

„Also, man geht erst mal 'n Stück am Ufer entlang bis zu der seichten Stelle, dann watet man über die Sandbank durch den Bach und geht am anderen Ende wieder hoch. So werden unsere Sachen nicht triefnaß.“

„Geh du voraus!“ sagte Uropa. „Auf geht's!“

Ich ging also voraus. Als wir an der Sandbank angekommen waren, setzte ich den Picknickkorb und die Angel ab, bückte mich und krempelte mir die Hosenbeine hoch; barfuß war ich sowieso schon. Uropa tat's mir nach und zog auch Schuhe und Strümpfe aus. Als er fertig war, nahmen wir unser Angelzeug wieder auf und machten uns ans Überqueren.

Das Wasser war eiskalt, aber unsere Füße gewöhnten sich schnell daran. Ich suchte nach möglichst glatten, sandigen Stellen im Bach; schließlich war Uropa nicht den ganzen Sommer barfuß gelaufen und hatte so unempfindliche Fußsohlen wie ich. Auf dem Weg bachabwärts kamen wir in etwas tieferes Wasser. Ich hörte Uropa hinter mir in sich reinlachen. Schließlich durchquerten wir den Bach und wateten auf die kleine Insel zu. Dort wuchsen ein paar Bäume und Sträucher, und dazwischen war gerade genug Platz, daß man sich zu zweit niederlassen konnte.

Ich kletterte auf die Insel, legte mein Angelzeug ab und drehte mich zu Uropa um, um ihm meine Hand zu reichen. Er gab mir seine Angel und kletterte dann auch ans Ufer. Dabei lachte er immer noch.

„Ich muß wohl beim Hosenhochschlagen nicht so gute Arbeit geleistet haben wie du, Josch. Das eine Hosenbein ist mir mitten im Bach runtergerutscht.

Da hatte er nicht untertrieben. Das Hosenbein war bis weit übers Knie klatschnaß.

„Ob Lou mir das nasse Hosenbein wohl übelnimmt?“

„So 'n bißchen vielleicht schon“, sagte ich der Ehrlichkeit halber. „Daß es naß ist, ist ja nicht so schlimm, aber wenn du dann Dreck dran kriegst, haste Lehm, bis du nach Hause kommst.“

„Das leuchtet ein“, sagte Uropa kleinlaut und besah sich sein nasses Bein.

„Na, dann werden wir's wohl besser schleunigst trocknen, was?“ Und dann löste er, ohne mit der Wimper zu zucken, mitten auf unserer kleinen Insel seine Hosenträger und stieg aus der Hose. So fest er konnte, wrang er das nasse Bein aus, ging auf den nächstbesten Busch zu und breitete seine Hose über ein paar Zweigen so aus, daß das nasse Bein im vollen Sonnenlicht hing.

„So, das hätten wir!“ In seinen Augen blitzte es, und er lachte. „Bis zum Heimgehen dürfte sie trocken sein.“

Ich betrachtete sein nasses Unterhosenbein. Auch er sah an sich runter.

„Das macht gar nichts. Sie wird schon halbwegs von allein trocken, während ich in der Sonne sitze und angele. Wenn wir nach Hause gehen, habe ich ja die Hose drüber. Dann kann sie nicht dreckig werden.

Er hatte aber auch an alles gedacht!

„Komm, Josch, die Fische warten! Hoffentlich schrekke ich sie nicht mit meinem weißen Unterzeug ab!“

Er gab tatsächlich ’nen sonderbaren Anblick ab in seinen langen, röhrenförmigen Unterhosen und seinen karierten Hemdszipfeln, die lustig im Wind flatterten. Ich konnte mir nicht helfen, ich mußte einfach lachen. Und Uropa stimmte gleich mit ein.

Ich zog mein blaues Hemd aus und breitete es für ihn auf der Erde aus. Die Unterhose soll wenigstens sauber bleiben, dachte ich, sonst würde Tante Lou sich bestimmt zu Wort melden. Also setzte sich Uropa auf mein Hemd, und ich reichte ihm meine Angel. Mit meiner Angel war ich eigen; außerdem hatte ich meinen Lieblingshaken drangemacht, aber ich wollte Uropa so gut ausstatten, wie ich nur irgend konnte. Er verstand.

„Danke, Josch“, sagte er ruhig.

Ich zeigte ihm, wie man die Leine auswirft und nur soviel an der Angel ruckelt, daß der Haken sich unter Wasser bewegt. Ich nahm mir die andere Angel, befestigte ’nen Wurm am Haken und warf sie aus.

Wir hatten gar nicht lange so dagesessen, da spürte ich ’n kurzes Zucken an der Angel. Einer hatte angebissen!

Mein Herz klopfte. Uropa geriet ganz aus dem Häuschen. Er sprang auf und schaute mir aufgeregt zu. Endlich hatte ich den Fisch an Land. Er zappelte im Gras in sicherer Entfernung vom Wasser. Ich nahm mir 'nen Stein und machte seinem Leiden ein Ende.

„Großartig! Ausgezeichnet!“ rief Uropa eins ums andere Mal. „Du bist ja ein toller Angler, Josch!“

Ich hatte noch nie jemanden soviel Wirbel um 'nen Fisch machen sehen. Klar, der Fisch war nicht schlecht, aber ich hatte schon größere aus dem Bach geholt. Trotzdem freute ich mich über diesen Kerl und noch mehr über Uropas Bewunderung.

Wir angelten weiter und aßen nebenher unsere Butterbrote. Tante Lou hatte uns wirklich ein brauchbares Mittagessen eingepackt. Als ich zuerst in den Korb guckte, dachte ich, damit würden wir 'ne ganze Woche am Bach kampieren können, aber zu unserer beider Überraschung schafften wir es, den Korb bis auf den Boden leer zu essen.

Gerade hatten wir den letzten Apfel genüßlich verspeist, da spürte ich wieder ein Reißen an meiner Angel. Diesmal feuerte Uropa mich schon an, bevor der Fisch überhaupt zu springen anfing.

„Was für ein prächtiger Bursche! Hol ihn, Josch! Zieh! Da hast du ihn ja! Großartig! Ein prächtiges Exemplar!“

Ich zog auch diesen Fisch an Land und legte ihn zu dem anderen ins Gras. Sie waren fast gleich groß. Uropas Gesicht war ganz rot vor Aufregung. Er riß sich die Mütze vom Kopf und schlug sie knallend auf sein weißbetuchtes Knie.

„Junge, Junge, Josch!“ rief er. „Das ist ja besser als im Zirkus!“

Ich hätte schon immer für mein Leben gern mal 'nen Zirkus gesehen, aber bisher hatte es noch nie einen in unsere kleine Stadt verschlagen.

„Warste schon mal im Zirkus?“ fragte ich neugierig.

Uropa fing sich wieder aus seiner Begeisterung. Er setzte sogar seine Mütze wieder auf. Dann griff er nach seiner Angel und ruckelte an der Schnur, genau wie ich's ihm gezeigt hatte.

„Ja. Ich habe manchen Zirkus gesehen."

„Und??? Wie geht's da zu? Was wird da gemacht?"

Und dann erzählte Uropa ausgiebig von den Trapezkünstlern, Jongleuren, Schwertschluckern, Messerwerfern und Dompteuren. Ich sperrte Mund und Augen auf. Vor lauter Staunen vergaß ich sogar, an der Angel zu ruckeln.

„Ich weiß genau, was meine Lieblingsnummer wäre", sagte ich schließlich.

„Was denn?"

„Die Dompteure!"

„Du magst wohl Tiere sehr gern."

„Und ob!"

„Da kannst du aber froh sein, daß du auf einer Farm lebst."

„Ach, da hat man doch nichts von!"

„Aber ihr habt doch alle möglichen Tiere", gab Uropa zurück.

„Klar, dumme Hühner und Schweine, Katzen in der Scheune und alberne Kühe. So was meine ich nicht."

„Aber ihr habt doch sicher auch Kälbchen und ..."

„Haste vielleicht schon mal 'n dressiertes Kalb gesehen?"

„Ach so!" Großpapa begriff. „Du meinst Tiere, denen man Tricks beibringen kann."

„Hm. Ja", murmelte ich gedankenverloren. „Bei Fuß und Pfötchen geben und Männchen machen und so."

Großpapa nickte. Er wollte gerade etwas sagen, da zog es an seiner Leine. Wir sprangen auf, und diesmal war ich's, der das Anfeuern besorgte.

„'n Prachtkerl! Langsam, langsam! Hol ihn! Jawohl, ja! Laß die Schnur 'n bißchen lockerer! Gut! 'n Riesenbrocken!"

Ich weiß nicht, wer von uns beiden am aufgeregtesten war, als Uropa den Fisch an Land zog. Jauchzend tanzten und hüpften wir zwischen den Bäumen und Sträuchern, ich in meinen hochgekrempelten Latzhosen und er in seiner engen, weißen Unterhose.

Als wir mit Lachen und Schulterklopfen fertig waren, beschlossen wir, daß es langsam Zeit sei, sich auf den Heimweg zu machen. Ich konnte am Sonnenstand ablesen, daß die Hühner bald hungrig sein würden, und außerdem konnten wir's kaum erwarten, Tante Lou unseren Fang zu zeigen.

Uropa holte seine Hose von dem Strauch und knotete sie um seinen Hals. Er wollte sich auf dem Heimweg auf keinen Fall nasse Hosenbeine einhandeln. Wir zogen die trockenen Hosenbeine so hoch wie möglich, sammelten unser Angelzeug und den Picknickkorb auf und reihten die Fische auf einen langen Bindfaden. Dann überquerten wir den Bach wieder, ich voraus und Uropa hintendrein.

Am anderen Ufer angekommen, zog Uropa seine Hose, Strümpfe und Schuhe wieder an, wir hoben unsere Sachen auf und gingen heimwärts.

„Das müssen wir von jetzt an öfter machen, Josch."

„Ja, aber – die Schule fängt doch bald wieder an."

„Dann müssen wir es halt wenigstens noch ein einziges Mal versuchen, bevor du in die Schule mußt."

„Ja, vielleicht klappt's ja, wenn ich nur meine Arbeit getan kriege. Vielleicht schaffen wir's nochmals!"

„Ich helfe dir", versprach Uropa. Und ich wußte, daß er zu seinem Wort stehen würde.

Nummer Zwei

Wir Männer im Haus waren alle 'n bißchen besorgt um Tante Lou, obwohl's keiner laut sagte. Die Ernte- und Einmachzeit war nicht einfach für 'ne Farmersfrau. Und Tante Lou war nur 'n Strich in der Landschaft und mußte von früh bis spät schwer schuften.

Ich tat mein Bestes, um sie mit Holz auf Vorrat zu versorgen. Onkel Charlie griff fast immer nach dem Geschirrtuch, sobald er vom Tisch aufgestanden war, und Opa bewachte die Küchentür wie 'n Schießhund, daß ja niemand Dreck an den Schuhen oder Hosenaufschlägen in die Küche trug. Eigentlich hätte er sich de Mühe sparen können. Wir achteten alle selbst auf unsere Schuhe.

Uropa war 'ne große Hilfe für Tante Lou. Mit Adleraugen suchte er sich Arbeiten, die er ihr abnehmen konnte. Dabei lachten und plauderten die beiden fröhlich. Sie mochten sich, das stand fest.

Uropa war auch der einzige, mit dem ich Tante Lou teilen konnte, ohne eifersüchtig zu werden. Ich freute mich, daß die beiden einander so gern hatten. Außerdem ließen sie mich immer gleich an ihren Späßen teilhaben, wenn ich in die Küche kam.

Obwohl wir alle versuchten, Tante Lou, wo's nur ging, zu entlasten, hatte sie alle Hände voll zu tun. Je näher der Sonntag rückte, an dem Hiram Woxley uns mit seinem hohen Besuch beehren sollte, tat es Onkel Charlie zunehmend leid, glaube ich, daß er ihn überhaupt eingeladen hatte, weil das nur zusätzliche Arbeit für Tante Lou bedeutete.

Bis Sonntag war's nicht mehr lang. Lou legte sich nicht übermäßig ins Zeug, wie sie's für die Witwe Rawleigh getan hatte. Hiram war Onkel Charlies Gast. Sie würde ein ordentliches Sonntagsessen auftischen, und damit hatte sich's.

Mir war trotz allem 'n bißchen mulmig bei der Sache. Was wäre, wenn der Bursche Tante Lou tatsächlich schöne Augen machen sollte? Oder umgekehrt???

Schließlich war es dann soweit: Der bewußte Sonntag war da – obwohl ich mir sehnlichst gewünscht hatte, er würde im Kalender übersprungen werden.

Wir gingen wie gewöhnlich in die Kirche. Bei der Predigt hörte ich nicht besonders gut zu. Pastor White sprach übers „Bereitsein", und ich hatte wirklich nicht vor, allzu bald „heimzugehen". Ich dachte nun mal nicht gern über das Sterben nach; deshalb suchte ich mir was anderes zum Nachdenken. Zuerst wollte mir nichts Rechtes einfallen, aber dann dachte ich an Uropas Zirkus, und ich lehnte mich zufrieden in der Holzbank zurück.

Ich stellte mir vor, ich wäre der Zirkusdirektor mit einem hohen schwarzen Zylinder auf dem Kopf, wie Uropa es beschrieben hatte, einem weißen Spitzenhemd und einem roten Gehrock. Ich hatte keine Peitsche, sondern bloß 'nen kleinen Stab, und ich hatte jede Menge Hunde, und zwar alle möglichen Arten und Größen. Jeder Hund konnte einen neuen Trick vorführen, und die Zuschauer klatschten und jubelten und verlangten eine Zugabe nach der anderen. Ich hatte mich nicht mal gebührend verbeugen können, da war der Gottesdienst schon aus, und die Leute strömten zur Tür raus. Ich konnte kaum glauben, daß die Zeit so schnell vergangen war.

Bald saßen wir alle wieder im Wagen. Ich saß auf meinem Platz hinten. Sobald wir um die Ecke gebogen waren, zog ich meine Sonntagsschuhe und Strümpfe aus. Uropa sah mir zu.

„Die guten Sonntagsschuhe sollte man doch nicht unnötig abnutzen", erklärte ich ihm.

Ehe ich mich's versah, stieg Uropa von seinem Platz zu

mir rüber und setzte sich neben mich; dann langte er nach unten und zog sich auch die Schuhe aus. Er stellte sie weit genug in den Wagen, daß sie nicht rauspurzeln konnten, und ließ die Beine vergnüglich im Fahrtwind baumeln.

„Diese Dinger waren mir immer schon zu eng“, flüsterte er mir zu.

Als wir in unseren Hof einbogen, beeilten wir uns, Strümpfe und Schuhe wieder anzuziehen. Wie ich das so sah, würde ich wohl den Rest des Tages darin rumlaufen müssen, weil wir ja Besuch kriegten.

Lou tat ohne allzugroße Hast die letzten Handgriffe in der Küche. Hiram kam an und wurde von Opa und Onkel Charlie herzlich willkommen geheißen. Zwei von Fünfen war eigentlich nicht schlecht, dachte ich im stillen.

Es dauerte nicht lang, bis Lou uns zum Essen rief. Sie setzte Hiram an die eine Tischseite zu Opa und Onkel Charlie, und Uropa und ich saßen links und rechts neben ihr.

Hiram war sichtlich von Lous Kochkünsten beeindruckt. Ich spürte einen Knoten in der Magengrube, so daß ich sogar auf 'ne zweite Portion Pudding verzichten mußte. Ich zermarterte mir das Hirn nach einer Bemerkung darüber, wie teuer gutes Geschirr und Besteck wie unseres heutzutage geworden war. Doch alles, was mir einfiel, wär' von Opa als grobe Unhöflichkeit bezeichnet worden. Also schluckte ich's ungesagt runter.

Sobald wir mit dem Essen fertig waren, übernahm Onkel Charlie das Kommando. Er hatte wohl nicht vor, den Nachmittag zu verpatzen wie beim letzten Mal.

„Lou“, sagte er, „du hast so schwer gearbeitet in letzter Zeit, eingemacht, gebacken und alles, du hast auch mal 'ne Pause verdient. Geh du doch mit Hiram auf die Veranda und unterhalt dich 'n bißchen; dein Pa und ich waschen das Geschirr dann schon ab.“

Lou guckte ihn ganz groß an, aber bevor sie überhaupt zu Wort kam, sagte Opa auch schon: „Gute Idee!“ und schubste sie zur Tür hinaus. Er ging sogar auf Nummer Sicher und sagte zu Uropa: „Pa, haste nicht Lust, 'ne Runde Mühle mit Josch zu spielen? Ich hab' versucht, es ihm beizubringen, aber ich kann's lange nicht so gut wie du. Außerdem hab' ich schon 'ne Ewigkeit nicht mehr gespielt, so daß ich die Hälfte glatt vergessen habe."

Also, auf mein Ehrenwort, Opa war 'n recht passabler Mühlespieler, wenn er sich bloß die Zeit dazu nahm. Er hatte sich sogar unter Nachbarn und Freunden einen Namen im Mühlespielen gemacht. Wir hatten uns manchen langen Winterabend damit vertrieben. Nur während der Ernte dachte eigentlich niemand ans Spielen, nicht mal sonntags. Da saßen die Männer lieber ruhig im Sessel und legten die Beine hoch oder lasen, anstatt den Kopf anstrengen zu müssen.

Onkel Charlie klapperte mit der Spülschüssel und ließ das heiße Wasser einlaufen, während Opa geschäftig um den Tisch herum lief, um das Geschirr einzusammeln.

Lou schaute recht entgeistert drein, aber ehe sie Opa 'ne Szene machte, ließ sie sich zur Tür hinaus auf die Veranda schieben. Hiram folgte ihr grinsend, und ich spürte wieder die Steine in meinem Magen.

„Das Mühlebrett steht da drüben, Pa – hol's doch mal gerade, Junge! Du weißt doch, wo's steht."

So wurden Uropa und ich also in eine Ecke der Küche abgeschoben und zum Mühlespielen verbannt. Ich war jedoch überhaupt nicht bei der Sache und spielte miserabel. Auch merkte ich, daß Uropa ebensowenig bei der Sache war.

Als das Geschirrklappern eine orkanartige Lautstärke angenommen hatte, flüsterte Uropa mir was zu, ohne die Augen vom Spielbrett zu wenden.

„Was geht hier eigentlich vor, Josua?"

Ich war erstaunt, daß er so schnell gemerkt hatte, daß hier was nicht stimmte. Ich zögerte einen Augenblick. Dann beschloß ich, ihm einfach alles zu erzählen. Ich konnte ja so gut einen Verbündeten gebrauchen! Und irgendwie wußte ich genau, daß ich auf Uropa zählen konnte.

„Opa und Onkel Charlie suchen 'nen Mann für Tante Lou."

Er schwieg 'n paar Minuten lang; dann, als Onkel Charlie mit dem Besteck klapperte, flüsterte er wieder: „Weiß sie Bescheid?"

„Nicht die Bohne!"

Ich glaubte, gehört zu haben, wie er „Gut!" sagte, war mir aber nicht ganz sicher.

„Ist sie daran überhaupt interessiert?"

„Nee, ist sie nicht", antwortete ich im Brustton der Überzeugung. Später würde ich ihm alles erklären.

Diesmal hörte ich genau, wie er „Gut!" sagte.

„Was weißt du über diesen Hiram?" Uropas Augen waren keine Sekunde lang vom Brett gewandert. Ich wußte, daß er damit Hirams schlechte Seiten meinte.

„Bloß, daß er hinter dem Geld her ist", flüsterte ich und versuchte, so auszusehen, als läge gerade 'n besonders schwieriger Zug vor mir.

„Du bist ein schlechter Gegner für mich, Josch", neckte er mich jetzt für alle hörbar, „wenn du dich nicht ein wenig mehr anstrengst. Komm, wir vertreten uns draußen die Beine etwas!"

Ich sah, wie Opa und Onkel Charlie sich einen nervösen Blick zuwarfen, als Uropa und ich auf die Küchentür zusteuerten. Uropa mußte das gesehen haben, aber er tat so, als wären sie Luft.

„Als ich in deinem Alter war, haben wir ein Geschicklichkeitsspiel gehabt, das ‚Messer in den Kreis' hieß. Dazu nimmst du ein Taschenmesser und markierst einen kleinen Kreis auf dem Boden, so, siehst du. Da hinein legst du eine Handvoll Steinchen. Dann gehst du einen Schritt zurück und wirfst dein Messer. Das Messer muß aufrecht in dem Kreis steckenbleiben. Du mußt also zwischen die Steinchen treffen. Jedesmal, wenn dein Messer steckenbleibt, darfst du einen Schritt weiter zurückgehen. Wenn dein Messer nicht steckenbleibt, mußt du wieder von vorne anfangen. Wer zum Schluß am weitesten hinten steht, hat gewonnen. Wollen wir's mal versuchen?"

Ich konnte ganz gut mit meinem Taschenmesser umgehen, und das Spiel klang so interessant, daß ich gleich Feuer und Flamme war.

Inzwischen waren wir auf der Veranda angekommen. Tante Lou und Hiram saßen bei einem Glas Limonade und plauderten über irgendwas. Hiram sah äußerst zufrieden mit sich selbst aus, aber Tante Lous Gesicht zeigte immer noch Spuren der Verwirrung. Uropa blieb stehen und tauschte 'n paar Bemerkungen aus.

„Josua und ich wollen hier unten ein Spielchen ausprobieren."

Wir gingen weiter. Uropa zeichnete einen Kreis in die Erde, und wir legten jeder drei runde Steinchen hinein.

Die ersten paar Würfe waren noch kinderleicht, doch langsam, aber sicher wurde die Sache schwieriger. Wir einigten uns auf zehn Minuten Laufzeit für die erste Runde. Am Schluß stand ich elf Schritte zurück, und Uropa zehn.

Als wir dann unsere Messer für die nächste Runde aus dem Kreis zogen, tat Uropa etwas Merkwürdiges. Er holte einen Zehner aus der Tasche und reichte ihn mir. Seine Stimme klang gedämpft.

„Den wollte ich dir schon lange geben. Wenn du das nächste Mal in die Stadt kommst, such mir doch einen guten Angelhaken aus – einen, um den die Fische sich geradezu schlagen."

Es kam mir spanisch vor, daß Uropa ausgerechnet jetzt Angelhaken in den Sinn kamen, aber ich nickte nur und steckte den Zehner ein. Als ich den Kopf hob, sah ich zufällig, wie Hiram uns von der Veranda aus beobachtete. Ich dachte mir nichts weiter dabei, außer daß ich ihn am liebsten auf den Mond geschossen hätte. Ich reichte Uropa sein Messer. Er wischte die Klinge sorgfältig ab, und wir fingen 'ne neue Runde an. Diesmal schnitt ich noch besser ab als beim ersten Mal; ich war Uropa sogar um zwei Schritte voraus.

„Wenn ich's mir recht überlege, Josua", sagte er, als wir unsere Messer aus dem Kreis holten, „solltest du mir vielleicht gleich zwei Haken kaufen, damit jeder einen funkelnagelneuen hat."

Ich hätte gar nicht gedacht, daß Uropa nach dem einen Ausflug zum Bach derartig scharf aufs Angeln war. Wieder drückte er mir einen Zehner in die Hand. Diesmal hatte er umständlich mit seinem Kleingeld in der Tasche geklingelt, als hätte er Schwierigkeiten, die richtige Münze zu finden. Perplex steckte ich den Zehner zu dem anderen in die Tasche. Zwei Zehner waren 'ne Menge Geld für zwei Angelhaken. Ich würde ihm halt die allerbesten Haken mitbringen, die ich nur auftreiben konnte, und ihm den Rest des Geldes zurückgeben.

Uropa hob die Stimme. Ich stand eigentlich nur 'n paar Schritte von ihm entfernt, aber er hatte mir den Rücken zugewandt, und vielleicht hatte er gedacht, ich wär' schon 'n Stück weitergegangen.

„Nun, Josua, genug der Vorübungen. Jetzt wird's ernst mit dem Spiel."

Ich sah Hiram von der Veranda aus auf uns zuschlendern. Uropa stand mit seinem Messer in der Hand da und wischte die Klinge sauber. Hiram kam näher.

„Nettes Spielchen!" sagte er schließlich.

„Schon mal ‚Messer in den Kreis' gespielt?" fragte Uropa.

„Nee."

„Kennen Sie die Regeln?"

„Hab' schon gesehen, wie's geht."

Uropa spürte ihm sein Interesse ab.

„Möchten Sie mitwerfen?"

„Würd's ganz gerne mal probieren."

Er zog sein Taschenmesser hervor und prüfte die Spitze auf ihre Schärfe.

„Wir wollen gerade die erste Runde anfangen, die zählt. Am besten werfen Sie erst ein paarmal zur Übung."

Uropa holte seine Taschenuhr hervor und studierte die Zeit, während Hiram warf. Der machte sich ganz gut mit seinem Messer.

Uropa ließ ihn drei Würfe aus verschiedenen Entfernungen tun.

„Das genügt jetzt!" sagte er, mit der Uhr in der Hand, als ob's bei diesem Spiel auf die Sekunde ankäme. „Josua, du fängst an!" Eine Pause, ein Blick auf die Uhr und: „Los!"

Ich warf. Mein Messer landete mit der Klinge im Boden. Das Spiel lief.

„Hiram", sagte Uropa und nickte ihm zu.

Hiram warf. Sein Messer bohrte sich ein. Uropa zielte lange und umständlich, als ob das Spiel plötzlich furchtbar wichtig geworden wäre. Ich spürte diese Veränderung deutlich und dachte, vielleicht war unser Spiel zuvor wirklich nur zur Übung gewesen. Hiram spürte den Ernst der Sache auch. Ich sah, wie die Spannung in seinem Gesicht wuchs.

Uropa schätzte die Entfernung ab, betrachtete die Lage der Steine, studierte sein Messer sorgfältig und warf. Das Messer bohrte sich in den Boden, und ich hörte ihn erleichtert aufatmen.

Wir holten uns unsere Messer wieder und stellten uns einen Schritt weiter hinten auf. Die Runden dauerten jetzt viel länger. Uropa schien das Tempo zu bestimmen. Er spielte so anders als vorher, daß es mir kaum wie dasselbe Spiel vorkam. Runde um Runde zielten wir, warfen und holten die Messer wieder und bezogen neu Position. Opa und Onkel Charlie guckten uns 'ne Weile besorgt zu, aber wir müssen wohl so sehr in unser Spiel versunken ausgesehen haben, daß sie achselzuckend wieder gingen.

Eins muß man Hiram lassen: Wenn er 'n Spiel macht, dann ist er mit Leib und Seele dabei. Ich hab' selten jemand so angespannt spielen sehen. Uropa war zwar auch mit allem Ernst dabei; er spielte langsam und bedächtig, aber er schien innerlich ruhig zu sein, ganz im Gegenteil zu Hiram.

Wir spielten den ganzen Nachmittag. Schritt für Schritt bewegten wir uns von dem Kreis weg, bis wir ihn schließlich kaum noch sehen konnten, und dann fingen wir wieder von vorne an.

Ich landete öfter an der Ausgangsstellung als die beiden anderen. Kaum zu glauben, daß ich es geschafft hatte, Uropa bei den ersten beiden Spielen zu schlagen! Ich muß wohl das blinde Huhn gewesen sein, das auch mal 'n Korn gefunden hatte.

Hiram geriet in Schweiß. Winzige Tropfen standen auf seiner Stirn, und die kamen bestimmt nicht von dem milden Spätsommerwetter.

Lou hatte sich längst aus dem Staub gemacht. Ich hatte sie mit einem Buch in der Hand in Richtung Bach verschwinden sehen. Onkel Charlie und Opa gingen grollend auf der Veranda auf und ab, aber es half alles nichts; das Spiel ging weiter.

Uropa und Hiram waren sich dicht auf den Fersen. Gelegentlich befragte Uropa seine Taschenuhr und rasselte dabei umständlich mit der Kette. Dann schüttelte er den Kopf, um anzudeuten, daß die Zeit noch nicht um war, und daß wir zu 'ner neuen Runde starten würden.

Ehrlich gesagt, ich war das Spiel inzwischen ziemlich leid geworden, was man von Hiram allerdings nicht sagen konnte. Er war Uropa einen Schritt voraus und schien alles daran zu setzen, daß das auch so blieb. Uropa guckte gerade wieder auf seine Uhr.

„Noch eine Minute. Das ist jetzt unser letzter Wurf."

Hiram nagte an seiner Unterlippe. Er und Uropa standen nebeneinander in Rekordentfernung zum Kreis. Wenn sie's beide schafften, würde das Spiel unentschieden enden. Ich war natürlich für Uropa. Ich selbst war so weit zurückgefallen, daß ich schon gar nicht mehr ernsthaft mitzählte.

Hirams Gesicht war beinahe schmerzlich verzogen, als er sich zu seinem letzten Wurf aufstellte. Ich wollte mich schon fragen, ob er das Messer nie mehr loslassen würde, da warf er. Die Schneide blitzte durch die Luft. Sie stieß mit einem dumpfen Schlag auf die Erde – zwischen die Steine getroffen! – und blieb zitternd aufrecht stecken. Hiram sah aus, als wollte er in ein Freudengeschrei ausbrechen, tat's dann aber doch nicht. Er zog sein Taschentuch hervor und wischte sich über die Stirn.

Jetzt war Uropa dran. Er zielte gemächlich. Sein Gesichtsausdruck war immer noch entspannt. Am liebsten hätte ich Hirams Messer einen Fußtritt versetzt. Ich hoffte inständig, daß Uropa wenigstens ein Unentschieden erzielte; das wäre nicht ganz so niederschmetternd.

Hiram sprang vor lauter Spannung von einem Bein aufs andere. Ich hatte schon Angst, daß er Uropa beim Konzentrieren stören würde. Deshalb warf ich ihm einen finsteren Blick zu, aber das schien er nicht mal zu merken.

Endlich sauste Uropas Messer seinem Ziel entgegen. Sauber durchschnitt es die Luft. Ich hatte das Gefühl, als flöge mein ganzes Wesen mit dem Messer. Alle standen regungslos da. Ich wartete auf den dumpfen Aufschlag des Messers auf dem weichen Boden, aber statt dessen klickte es scharf, bevor das Messer flach landete. Uropas Messer hatte den größten Stein im Kreis getroffen!

Hiram rief: „Juchuuu!“ und ich hätte ihn treten mögen. Der arme Uropa! Er hatte sich so viel Mühe gegeben! Aber er war ein besserer Verlierer als ich. Gutmütig lächelnd drehte er sich zu Hiram um.

„Nicht schlecht für einen Novizen", sagte er und reichte ihm die Hand.

Ich wußte zwar nicht, was ein „Novize" ist, aber was allzu Gutes konnte ich schon mal nicht dahinter vermuten.

Hiram war immer noch derartig aus dem Häuschen vor Aufregung, daß er Uropas Hand kaum richtig schütteln konnte. Ich konnte kaum glauben, daß jemand, der 'n erwachsener Mann sein will, so außer sich geraten konnte, bloß weil er 'n Spiel gewonnen hatte – selbst, wenn's den ganzen Nachmittag gedauert hatte.

„Meinen Glückwunsch!" hörte ich Uropa sagen. „Sie haben wirklich grandios gespielt!"

Hiram konnte sein Glück immer noch nicht fassen. Er wollte Uropas Hand gar nicht loslassen.

„Und wieviel hab' ich gewonnen?" platzte er heraus.

„Gewonnen?" Uropa schaute restlos verblüfft drein. Ich jedenfalls auch. Opa und Onkel Charlie, die sich gerade wieder zu uns gesellt hatten, sahen ebenfalls reichlich erstaunt aus.

„Ja, äh ..." Hiram wurde unsicher. „Ich dachte, Sie spielen um ..."

„Ich habe noch nie im Leben um Geld gespielt." Uropa sah regelrecht entrüstet aus. „Das wäre ja die reinste Spielhölle. Wenn man nicht aus reinem Spaß an der Sache spielen kann, soll man's lassen, sage ich immer."

„Aber Sie haben doch Josch ..."

„Ich habe Josch ein paar Groschen gegeben, damit er mir Angelhaken aus der Stadt mitbringt. Wir wollen nämlich zusammen angeln gehen, bevor er wieder in die Schule muß."

Hirams Enttäuschung schlug in Verlegenheit um. Er räusperte sich und wischte sein Messer betulich ab.

In diesem Moment rief Lou vom Haus her: „Kaffee ist fertig!" Wir setzten uns alle in Marsch. Sie hätte keinen glücklicheren Zeitpunkt wählen können. Die Stimmung war nämlich 'n bißchen geladen gewesen, obwohl ich immer noch nicht ganz verstand, warum.

Hiram machte sich auf den Heimweg, sobald er mit seinem Stück Kuchen fertig war und den letzten Schluck Kaffee hinterhergespült hatte. Er bedankte sich ziemlich wortkarg bei Onkel Charlie für die Einladung. Als er ein Dankeschön für das Sonntagsessen murmelte, sah er Lou dabei noch nicht mal an. Auch Uropa wagte er nicht ins Gesicht zu gucken. Er gab 'n reichlich komisches Bild ab, wie er da die Flucht ergreifen wollte, ohne zu wissen, wohin mit seinem Blick.

Onkel Charlie ging mit Hiram das Gespann holen, und wir hörten die großen Füchse alsbald vom Hof donnern. Onkel Charlie kam wieder rein. Lou war dabei, den Tisch abzudecken. Niemand protestierte und wollte sie auf die Veranda zum Ausruhen schicken.

Uropa grinste mir heimlich-verschmitzt zu und zwinkerte mit den Augen. Er schüttelte den Kopf, als ob er die Welt nicht mehr verstand. Schließlich wandte er sich an Onkel Charlie.

„Dein Freund machte zuerst so 'nen netten Eindruck, Charles. Ich kann kaum glauben, daß er ein Glücksspieler ist. Eine Schande, eine regelrechte Schande!“

Ich machte, daß ich nach draußen kam, bevor ich laut loslachte.

Herbsttage

Onkel Charlie mußte wegen Garbenschnüren in die Stadt, und Uropa beschloß mitzufahren. Ich wär' für mein Leben gern auch mit von der Partie gewesen, aber ich hatte viel zuviel Arbeit, die erledigt werden mußte. Ich hatte immer noch die beiden Groschen von Uropa in der Tasche, und ich konnte es kaum abwarten, die Angelhaken bei Kirk durchzusehen. Ich wollte Uropa sein Geld zurückgeben, weil ich dachte, vielleicht würde er die Haken lieber selbst aussuchen, aber er hatte gemeint, ich kenne mich da besser aus.

Die Arbeit wollte mir heute gar nicht recht von der Hand gehen. Irgendwie vermißte ich Uropas Gesellschaft dabei. Nach dem Essen hatte ich ein bißchen Zeit übrig. Ich holte mir mein Angelzeug und säuberte die Haken. Mit einem davon hätte ich mich um ein Haar gestochen. Tante Lou geriet in helle Aufregung und sagte, ich solle die Haken lieber wieder einpacken. Meine spitzen Angelhaken machten sie nämlich immer nervös.

Ich ging nach draußen, um Holz zu spalten. Der Stapel war schon ganz beträchtlich, als ich endlich den Wagen in den Hof rattern hörte. Ich schlug die Axt in den Hackblock und rannte in die Küche.

„Sie kommen!"

„Ja?"

Pause. Tante Lou gönnte sich gerade ein paar seltene Minuten mit einem von diesen dicken Bestellkatalogen. Wie gebannt studierte sie die Seiten.

„Kaffee fertig?"

Jetzt guckte sie doch auf. Ihre feinen Augenbrauen gingen in die Höhe.

„Willste etwa Kaffee haben?“

„Ich doch nicht! Uropa und Onkel Charlie. Ich dachte, vielleicht hätten die gern 'ne Tasse Kaffee oder 'n Glas Saft oder so.“

Lou lächelte und legte den heißgeliebten Katalog beiseite.

„Bist wohl hungrig, was, Josch?“

Das hatte ich zwar nicht sagen wollen, aber ich hatte auch wiederum nichts dagegen, daß sie mich mißverstanden hatte. Als die Männer von der Scheune reinkamen, hatte Lou ein paar Stücke Butterkuchen geschnitten, und das Kaffeewasser kochte. An meinem Platz stand ein großes Glas Milch.

Uropa trat auf mich zu und legte mir die Hand auf die Schulter. Am liebsten hätte ich mich ganz dicht an ihn geschmiegt und mit dem Schwanz gewedelt.

„Wie war's im Stall?“

„Ganz gut. Bin so früh fertig geworden, daß ich sogar noch Zeit hatte, meine Angelhaken sauberzumachen.“

„Ich hatte eigentlich vor, mir die Haken im Geschäft mal anzusehen, aber ich bin nicht mehr dazu gekommen.“

Ich fragte mich, was Uropa wohl die ganze Zeit in der Stadt getrieben haben mochte, daß er nicht mal Zeit für die Haken gefunden hatte. Onkel Charlie kam in die Küche.

„Ich hab' da 'n kleinen Zettel in Kirks Laden angeschlagen gesehen, der dich interessieren dürfte, Josch.“

Ich guckte Onkel Charlie groß an. Was in aller Welt konnte ein Anschlag in Kirks Laden mit mir zu tun haben? Er spannte mich nicht lange auf die Folter.

„Da stand groß und breit drauf: ‚Schulanfang nächsten Montag.‘“

Onkel Charlie fuhr mit dem Zeigefinger durch die Luft, als wollte er jedes Wort einzeln unterstreichen.

Ich mußte wohl recht entgeistert dreingeschaut haben.

Onkel Charlie lachte, und Uropa teilte meine Enttäuschung sichtlich.

„So bald schon?“ fragte er Onkel Charlie.

Onkel Charlie nickte. „Die Ernte ist früh dieses Jahr, und die meisten sind fast fertig damit. Hab' Tom Smith in der Stadt getroffen. Der meinte, er brauche nur noch 'n paar Stunden heute, dann sei die Ernte fertig. Hab' selbst die Dreschtruppe für Donnerstag bestellt. Dan mäht heute die letzten paar Streifen Klee. Alle anderen Felder sind gebündelt, und bei diesem Wetter trocknen sie im Nu. Bis Donnerstag sind wir längst soweit. So, jetzt muß ich aber wieder.“

Er stand vom Tisch auf. Plötzlich schien ihm was einzufallen. Er zog 'ne kleine Papiertüte aus der Hemdtasche und reichte sie Tante Lou. Jedesmal, wenn Onkel Charlie in die Stadt fuhr, brachte er Kaugummis, Lakritzen oder saure Drops mit. Er blinzelte Tante Lou zu.

„Vielleicht kannste Josch 'n paar abgeben, wenn er sich ordentlich benimmt.“

Er schwang seine Mütze auf den Kopf und ging.

„Nächsten Montag“, sagte Uropa nachdenklich. „Das wird wohl heißen, daß wir beide diese Woche noch angeln gehen müssen, Josua. Meinst du, das kriegen wir hin?“

Jetzt war ich doppelt froh, daß ich so viel Holz gespalten hatte.

„Morgen“, sagte ich. „Morgen gehen wir angeln. Ich lauf' gleich raus und spalte noch mehr Holz, bevor ich zu den Schweinen gehe.“

Auf dem Weg zum Hackblock dachte ich, wie Onkel Charlie eine gute und eine schlechte Nachricht mitgebracht hatte. Es war nicht schwer zu erraten, wo der nächste Montag hinpaßte. Die gute Nachricht war, daß die Dreschtruppe für Donnerstag bestellt war. Das Dreschen war für mich eins der Hauptereignisse im ganzen Jahr.

Meistens ging's in aller Frühe los damit. Während ich morgens die Tiere fütterte, wartete ich schon ganz gespannt auf das Schnaufen und Knattern der großen Dreschmaschine, wie sie in unser Tor einfuhr. Und dann würde es nicht mehr lange dauern, bis sie ein Bündel nach dem anderen verschlang und auf der einen Seite goldenes Korn ausspuckte und auf der anderen feines Stroh in hohem Bogen.

Die ersten paar Stunden vergingen immer damit, die Dreschmaschine aufzubauen. Danach wurde der große Dampftraktor angelassen. Der lange Treibriemen begann sich zu drehen und setzte die verschiedensten Teile der Dreschmaschine in Bewegung. Zuerst lief alles langsam und ächzend, als ob die Maschine noch müde vom letzten Einsatz wäre. Der Mann, dem die Maschine gehörte, stand derweil keine Sekunde still. Er lief ständig hin und her und guckte hier und da, ob auch alles seine Richtigkeit hatte. Nachdem er sich endlich davon überzeugt hatte, daß alles reibungslos lief, ließ er sie im Leerlauf vor sich hin puffen und kam zum Frühstück ins Haus.

Ich saß am Tisch in der Küche und spitzte die Ohren. Ich wollte nämlich zu gern der erste sein, der das Zaumzeug klingeln und die Eisenräder auf der Straße rasseln hörte. Wir erwarteten mindestens fünf bis sechs Gespanne. Manchmal kamen sie erst zum Haus, manchmal zogen sie direkt aufs Feld. Wenn die Gespanne im Hof angekommen waren, leerte der Dreschmaschinen-Besitzer seine Kaffeetasse und ging nach draußen zu seiner Maschine. Da kreiste er um seinen kostbaren Besitz und horchte, öffnete hier und da ein Seitenkläppchen und besah sich Schrauben und Rädchen.

Wenn die Sonne hoch genug stand, daß die Garben trocken waren, zog das Leitgespann los. Ein paar zusätzliche Männer fuhren mit. Das Gespann bewegte sich langsam durch das Feld, während die Männer die Bündel mit Heugabeln aufluden.

Mit der ersten Fuhre wurde die Maschine ausprobiert; dazu brauchte es keine volle Ladung. Jetzt ging's erst richtig los. Der Starthebel wurde gezogen, und die Maschine geriet in Bewegung. Der Motor heulte auf und vibrierte. Grauschwarzer Rauch schoß in die Luft. Unter Donnern und Dröhnen erreichte die Maschine ihr volles Arbeitstempo. Stampfend und zitternd glich sie einem wütenden Drachen. Merkwürdig, daß sie vor lauter Rütteln und Schütteln nicht seitwärts ins Feld rutschte. Der Besitzer muß wohl so ähnlich gedacht haben; der packte nämlich immer große Steine um die vibrierenden Eisenräder. Dann winkte er das Gespann nahe an die Maschine ran, und die Männer auf dem Wagen gabelten die Bündel in schneller Folge auf das Förderband, das sie dann in den Bauch der großen Maschine transportierte.

Und hier spielte sich ein wahres Wunder ab. Die Bündel kamen in 'ner total anderen Form wieder zum Vorschein, als sie reingeschoben worden waren. Das reine Korn floß aus einer Luke in 'ne Kiste, die direkt darunter stand. Eine kleine Staubwolke aus der anderen Luke blies das Stroh weg.

Ich stand jedes Jahr gebannt vor diesem unglaublichen Schauspiel: Im Handumdrehen verwandelte sich das Getreide in 'ne völlig andere Form!

Die Männer besahen sich das Korn von dieser Dreschprobe. Sie ließen es durch ihre Finger gleiten und kauten sogar darauf rum. Wenn sie es für gut befanden, gaben sie den wartenden Gespannen das Startsignal, und auf ging's in die Felder.

Ich schaute auch gern zu, wie das gedroschene Korn die Kiste langsam, aber unaufhaltsam füllte und wie es dann von der Kiste in Säcke geschaufelt wurde. Ich mochte den herben Geruch, der von dem Korn ausging – obwohl ich manchmal vor lauter Staub niesen mußte. Und dann waren da die Mäuse, die ich für mein Leben gern aus den Garbenhaufen scheuchte!

Sogar das Essen war was Besonderes während der Erntezeit. Die Männer arbeiteten schwer und brauchten herzhafte Mahlzeiten. Wir sorgten immer dafür, daß Tante Lou in der Erntezeit Hilfe hatte. So 'ne ganze Erntemannschaft zu versorgen war mehr Arbeit, als eine Frau allein schaffen konnte.

Als ich jetzt mein Holz hackte, freute ich mich schon unbändig auf Donnerstag. Ich konnte es kaum erwarten, die Gespanne einfahren zu hören.

Am Mittwoch fanden Uropa und ich endlich Zeit, zum Angeln an den Bach zu gehen. Meine einzige Sorge war, daß ich noch nicht dazu gekommen war, die neuen Haken in der Stadt zu besorgen. Aber meine alten hatten's schließlich bislang auch getan.

Uropa trug seine Angel und unser Mittagessen; ich hatte meine Angel, 'ne Konservendose mit Erde und Würmern drin und 'ne alte Jacke für Uropa zum Draufsitzen. Wir beschlossen, diesmal eine andere Angelstelle auszuprobieren. Sie lag 'n bißchen weiter bachaufwärts. Da gab's einen Baumstamm, auf dem man herrlich sitzen konnte – wenn man sich das nötige Polster mitgebracht hatte –, und ein paar Bäume dahinter zum Anlehnen.

Uropa hatte den Bogen schnell raus. Er machte seine Angel selbst fertig und hatte den Haken sogar vor mir im Wasser. Er ruckelte leicht an seiner Angel, nicht zuviel und nicht zu wenig. Wir lehnten uns gemütlich zurück und warteten auf den ersten Fisch.

„Du, Josua", sagte Uropa mit 'nem Lächeln um die Lippen, „ich hab's eigentlich gut."

Ich guckte ihn fragend an.

„Wie meinste das?"

„Weißt du", erklärte er, „ich glaube, ich bin ein Mann in den besten Jahren. Besser kann's gar nicht werden."

Ich begriff immer noch nicht.

„Schau dich selbst an!" sagte er. „Klar, du hast dein Vergnügen: Angeln, ein sorgloses Leben. Aber du mußt auch viel und feste arbeiten."

Ich war froh, daß er das auch gemerkt hatte.

„Und dann mußt du bald zur Schule gehen, ob du willst oder nicht. Ich hoffe doch, du willst. Dein Opa und dein Onkel Charlie, die haben ihre Sorgen. Die sind von früh bis spät auf den Beinen und tragen viel Verantwortung. Aber ich ...“ Er seufzte zufrieden und lehnte sich an den sonnenwarmen Baumstamm, „ich brauche nicht in die Schule zu gehen – obwohl das nicht das Schlimmste wäre. Ich brauche nicht einmal unbedingt im Stall zu helfen, wenn ich nicht will. Niemand erwartet, daß ich mit einer Heugabel oder einem Rechen in der Hand herumlaufe. Niemand guckt mich scheel an, wenn ich morgens einmal länger liegenbleibe oder abends mit den Hühnern ins Bett gehe. Ich brauche keine schwierigen Entscheidungen zu treffen, wie zum Beispiel, welche Kälber verkauft werden und welche nicht, oder was auf welchem Feld ausgesät werden soll, oder ob sich's noch lohnt, den alten Pflug zu reparieren. Tja, Josua, ich hab's wirklich gut.“

Jetzt verstand ich, was er meinte. Ich hätte nie gedacht, daß das Altwerden auch seine guten Seiten hatte. Uropa hatte welche für sich entdeckt. Er grinste mich an, und aus seinen blauen Augen funkelte es verschmitzt.

„Schlafen, essen, schlafen und wieder essen. Das ist mein ganzes Leben.“

Das klang zwar nicht schlecht, aber was Unzutreffenderes hätte er kaum sagen können. Ich sah ihn vor mir, wie er die Hühner fütterte, Wasser pumpte und Holz schleppte. Oder wie er Gemüse putzte oder Geschirr abtrocknete oder den Küchenfußboden scheuerte.

Vielleicht hatte er ja recht: Er brauchte das alles nicht zu machen; aber wer Uropa kannte, der wußte, daß er, solange ihn seine zwei Beine trugen, sein Bestes geben würde, um's jemand anders leichter zu machen. Er war schon 'n patenter alter Herr, mein Uropa.

„Jawohl“, sagte er gerade, während er an seiner Angel ruckelte. „Ein Mann in den besten Jahren. Nur Mama fehlt mir zu meinem Glück.“

Dann fing er an, mir von Urgroßmutter zu erzählen. Wie er sie kennengelernt hatte, als er erst neunzehn war, und wie er gleich gewußt hatte, daß sie die Frau für ihn war. Und er sprach von all den Jahren mit ihr und von allerhand kleinen Begebenheiten, die ihm bestimmt damals ganz unwichtig vorgekommen waren. Er erzählte nichts von der Zeit, nachdem sie gestorben war, aber nach allem, was er mir berichtet hatte, und der Art, wie er's erzählt hatte, konnte ich mir gut vorstellen, wie sehr er sie vermißte. Schließlich wußte ich selbst, wie's ist, wenn man Angehörige verliert.

Wir angelten schweigend weiter. Nach 'ner Weile beschlossen wir, unser Mittagessen auszupacken. Ich machte mir schon langsam Vorwürfe, die verkehrte Angelstelle ausgesucht zu haben, weil so lange keiner anbeißen wollte. Ich hätte mich so gefreut, wenn Uropa einen Fisch an die Angel gekriegt hätte.

Gerade hatten wir unser kaltes Hühnchen aus dem Korb geholt, da regte sich was im Wasser, und richtig, Uropa hatte einen dran! Er sprang auf, ließ sein Hühnerbeinchen fallen und lief ganz aufgeregt am Bach entlang. Ich hinterher. Wir riefen und hüpften und feuerten einander an. Bis wir den Fisch endlich an Land hatten, war unser Hühnchen längst den Ameisen zum Opfer gefallen. Ich warf's weit weg, damit die Ameisen nicht auch noch auf die Idee kamen, uns die Hosenbeine hochzukrabbeln.

Uropa hatte gerade einen der prächtigsten Exemplare aus dem Bach geholt, die ich je gesehen hatte. Vor lauter Staunen hatte es mir glatt die Sprache verschlagen. Ich vergaß sogar, auf ähnliches Glück zu hoffen. Wenn wir im nächsten Augenblick wieder nach Hause gemußt hätten, wäre ich restlos zufrieden gewesen. Ich hab' dann aber doch noch einen gefangen, bevor wir gingen, aber der war längst nicht so schwer wie der Uropas.

Vergnügt machten wir uns auf den Heimweg.

„Ich bin froh, daß es mit dem Angeln noch geklappt hat, Josua“, meinte Uropa.

„Und ich erst!“

„Du bist ein prima Kamerad, Junge!“

Das hatte noch niemand zu mir gesagt.

„Ich hoffe, ich habe dich nicht allzusehr mit meinen Erinnerungen gelangweilt.“

Ich guckte auf zu ihm. „Natürlich nicht.“

Er legte mir die Hand auf den Kopf und fuhr mir durchs Haar, wie Erwachsene das manchmal gern tun.

Wir gingen weiter. Na, so was! Ich und gelangweilt von seinen Erinnerungen? Niemals! Besonders weil ich doch selbst keine hatte.

Tief drinnen spürte ich wieder den dumpfen Schmerz. Ich legte ’nen Schritt zu.

Die Dreschmaschine kommt

Endlich war's Donnerstag geworden! Wir konnten alle wieder aufatmen. Es kann nämlich immer mal passieren, daß es mitten in der Ernte schlechtes Wetter gibt. Das bringt dann alles durcheinander, und ausgewachsene Männer geraten ins Schwitzen über das, woran sie doch nichts ändern können. Früher hab' ich tagelang vor dem Dreschen für gutes Wetter gebetet. Letztes Jahr hat's dann aber trotzdem Bindfäden geregnet; deshalb beschloß ich, dem Herrgott dieses Jahr erst gar nicht dreinzureden.

In aller Frühe stand ich auf. Ich wollte so schnell wie möglich mit der Arbeit fertig werden, damit mir auch ja nichts entging. Zugegeben, ich war doch so 'n bißchen dankbar, als ich jetzt in den klaren Herbstmorgen rausging, auch wenn ich diese Dankbarkeit nicht ausdrücken wollte.

Gerade führte ich Bleß rein von der Weide, als ich das Rattern und Knattern aus der Ferne hörte. Ich hoffte, daß Bleß sich nicht von meinem Herzklopfen anstecken ließ. Sonst würde ihre Milch nämlich keinen blanken Heller wert sein.

Ich melkte sie, so fix ich konnte. Kaum war ich fertig, da bog der Traktor mit der großen schwarzen Dreschmaschine im Schneckentempo in unseren Hof ein. Opa und Onkel Charlie gingen raus, um Herrn Wilkes, dem Mann, dem die Dreschmaschine gehörte, die Hand zu schütteln.

Herr Wilkes hatte die Dreschmaschine bedient, solange ich denken konnte. Weder er noch die Maschine sahen funkelnagelneu aus, aber irgendwie sahen sie doch aus, als gehörten sie zusammen. Die Maschine war nicht nur Herrn Wilkes' täglich Brot, sondern auch sein Gefährte und Freund. Herr Wilkes bestellte nicht mal mehr sein eigenes Feld. Das hatte er an Tom Smith verpachtet. Der konnte sich seinerseits dann darauf verlassen, daß er jedes Jahr der erste war, bei dem gedroschen wurde.

Herr Wilkes verdiente seinen ganzen Lebensunterhalt im Frühherbst, wenn er mit seiner Wundermaschine von Farm zu Farm zog. Er kannte nur zwei Sorgen: Dürre und Feuer. Außer seiner Dreschmaschine gab's keine weit und breit, und niemand schien sich die Welt anders vorstellen zu können.

Ich nahm den Melkeimer und lief ins Haus. Frau Corbin und ihre Tochter Susi waren schon da, um Tante Lou zu helfen. Ich glaube nicht, daß Tante Lou auch nur annähernd so begeistert von der Erntezeit war wie ich. Sie zog dann immer 'n Gesicht, als hätte sie die anderen Frauen, die da in ihrer engen Küchenecke rumhantierten, am liebsten gleich wieder nach Hause geschickt. Mit Susi kam sie ganz gut zurecht, aber Frau Corbin war 'ne geschäftige Frau, die gern das Kommando an sich riß.

Ich gab den Melkeimer in der Küche ab und rannte zur Scheune zurück. Herr Wilkes hatte die schwarze Maschine inzwischen in dem Weizenfeld hinter dem Haus aufgestellt. Es würde noch 'ne Weile dauern, bis er sie auf Herz und Nieren geprüft hatte.

Ich beeilte mich mit dem Rest meiner Morgenrunde und schaffte es gerade noch rechtzeitig, zu Herrn Wilkes' letzter Inspektion auf dem Feld zu sein. Mensch Meier, war ich vielleicht neidisch auf ihn! All diese Hebel und Schalter und Teile, die er zu bedienen hatte!

In gebührendem Abstand zu der zitternden und puffenden Maschine stellte ich mich auf. Später würde aus dem bloßen Zittern ein ohrenbetäubendes Rütteln und Schütteln werden.

Herr Wilkes schien befriedigt zu sein. Er schaltete den Motor in den Leerlauf und ging auf Opa und Onkel Charlie zu. Jetzt konnte erst mal gefrühstückt werden.

Heute morgen ließ ich die übliche Hafergrütze an mir vorübergehen und langte statt dessen bei Rührei mit Speck, Bratkartoffeln, Pfannkuchen und Rosinenbrötchen zu. So viele verschiedene Sachen auf einmal gab's nur in der Erntezeit.

Die Männer unterhielten sich über meinen Kopf hinweg. Aus der Ecke am Herd kamen die leiseren, höheren Stimmen der Frauen. Sie standen über die Herdplatte gebeugt und wendeten Pfannkuchen und Speck in den Bratpfannen.

Uropa schien den Trubel richtig zu genießen. Er war ja noch nie beim Dreschen dabeigewesen. Irgendwie tat er mir leid deswegen. Die Erntezeit würde ich um nichts in der Welt hergeben, nicht mal um 'nen Zirkus. Die Ernte ist ja eigentlich selbst so 'ne Art Zirkus mit all dem geschäftigen Treiben, dem Wirbel und Krach, den's da gibt, und sogar dressierten Tieren. Wer je mal gesehen hat, wie 'n Erntegespann durch die Garbenreihen geht, ohne daß jemand die Zügel auch nur anrührt, der weiß, was ich meine. Ich freute mich schon riesig darauf, daß es bald losging.

Als wir noch beim Frühstück saßen, hörte ich von draußen das Geklingel vom Zaumzeug der Pferde. Ich sprang auf und rannte ans Fenster.

Es war Tom Smith mit seinen zwei Braunen. Von diesen Pferden sagte man, es seien die besten, die je 'nen Erntewagen gezogen hatten – oder jedenfalls sagte das Tom, und zwar immer wieder und so oft, daß die anderen Männer langsam genug davon hatten.

„Wenn ich 'Hü!' sage", prahlte Tom, „dann stehen sie mucksmäuschenstill. Und wenn sie durchs Feld gehen, dann halten sie auf den Zentimeter den richtigen Abstand zu den Bündeln. Goldrichtig!" Tom Smith ließ keine Mahlzeit vergehen, ohne ausgiebig mit seinen Pferden zu prahlen.

Ich hätte mir denken können, daß Tom Smith als erster

ankommen würde. Das war jedes Jahr so. Er sagte nie nein, wenn's was zu essen gab, aber das nahm ihm wiederum auch keiner übel, weil er während der Ernte wirklich schwere Arbeit leistete.

Als er gerade mit seinem Frühstück fertig war, wobei er zwischen den Bissen wieder von seinen Braunen erzählt hatte, kamen die nächsten Gespanne an. Insgesamt waren es sechs und drei zusätzliche Männer, die beim Aufladen und Nachlesen helfen sollten. Schließlich wollte niemand den Mäusen willkommenes Futter auf dem Feld hinterlassen.

Opa und Onkel Charlie hatten sich selbst dazu eingeteilt, die Kornsäcke abwechselnd in die Scheune zu fahren.

Insgesamt hatten wir zwölf Männer da: Herr Wilkes, sechs Wagenlenker, drei zusätzliche Auflader, Opa und Onkel Charlie.

Die Sonne stand schon ziemlich hoch. Herr Wilkes ging noch 'n letztes Mal um seine ratternde Maschine herum und nickte befriedigt. Er gab Tom das Startzeichen, und er und Bert Thomas und Barkley Shaw zogen los. Sie holten nur 'n paar Bündel für die Dreschprobe und kamen dann zur Maschine zurück. Herr Wilkes schaltete den Treibriemen an, und die Dreschmaschine begann ihren staubigen Tanz. Tom lenkte die beiden Braunen direkt daneben, und siehe da: Die beiden zuckten nicht mal mit der Wimper. Man hätte meinen können, sie stünden zufrieden in ihrem Stall.

Jetzt winkte Herr Wilkes den Männern zu, daß sie die Bündel auf das Förderband werfen sollten. Dort kletterten die Bündel langsam aufwärts auf die Luke zu. Dahinter erwarteten sie die wütend knirschenden Eisenzähne, die ihnen dann im Handumdrehen den Garaus machten.

Ich rannte zum anderen Ende. Ich wollte auf keinen Fall verpassen, wie die ersten Körner zur Erde rieselten. Da kamen sie! Opa und Onkel Charlie griffen sich jeder 'ne Handvoll aus der Kiste. Sie rieben die Körner zwischen den Fingern, guckten sie von allen Seiten an und steckten 'n paar davon in den Mund. Andächtig kauten sie darauf herum und sahen einander dabei an. Endlich nickte Onkel Charlie, und Opa nickte zurück. Herr Wilkes, der reibend und kauend daneben gestanden hatte, ging zu den Gespannen rüber und schickte sie los. Und ab ging's ins Feld, wo jeder sich anstrengte, als erster 'nen vollen Wagen zurückzubringen.

Bert Thomas fuhr mit Tom Smith; der hatte sich nämlich vor vielen Jahren das Bein gebrochen, und seitdem humpelte er, weil das Bein nicht richtig geheilt war.

Barkley Shaw fuhr mit Herrn Peterson, der eigentlich schon 'n bißchen zu alt fürs Dreschen war. Das hätte ihm aber niemand ins Gesicht gesagt, wo er sich doch jedes Jahr so auf die Ernte freute. Man schickte meistens 'nen Jüngeren mit ihm los, und der alte Peterson schien's zufrieden zu sein.

James Brown ging zwischen zwei Wagen her und warf Bündel nach links und rechts. Für später war er zum Aufladen beim Förderband eingeteilt.

Ich guckte mich um und sah Uropa ganz gebannt von dem geschäftigen Treiben dastehen. Wir konnten einander nicht mal was zurufen; dazu war die Maschine viel zu laut.

Die ersten Gespanne kamen voll beladen zurück. Wir beobachteten, wie die Bündel auf das Band geworfen und oben von der hungrigen Maschine verschlungen wurden. Ich winkte Uropa zu, mir ans andere Ende der Maschine zu folgen. Dort saß Onkel Charlie und sah zu, wie das gedroschene Korn in die Kiste strömte. Ab und zu nahm er seine Schaufel und trug den Getreideberg in der Kiste ab. Uropas Augen funkelten. Er langte in die Kiste und ließ das Korn zwischen seinen Fingern durchrieseln. Das schien er zu genießen. Onkel Charlie grinste und nickte. Ich wußte, was das bedeutete: Diese Ernte war von erstklassiger Qualität.

Ich stieß Uropa an und zeigte auf das fliegende Stroh. Er bestaunte es, wie es im hohen Bogen flimmernd aus der Maschine zu Boden geflogen kam.

Die Gespanne zogen zwischen dem Feld und der Maschine hin und her, und die Männer arbeiteten ununterbrochen. Die große Maschine schnaufte und dröhnte, das Korn fiel gleichmäßig aus der Luke, und das Stroh wurde leicht und glitzernd durch die klare Morgenluft geblasen.

Uropa beugte sich zu mir. „Besser als jeder Zirkus!" brüllte er mir ins Ohr.

Ich grinste zurück. Das war genau, was ich hören wollte.

Später am Morgen kamen die Frauen mit dem zweiten Frühstück. Die Maschine wurde in den Leerlauf geschaltet, damit sie sich auch etwas ausruhen konnte. Die Männer tranken eimerweise eiskaltes Wasser, um sich abzukühlen, und anschließend heißen Kaffee, um sich wieder aufzuwärmen. Das versteh', wer will! Außerdem verdrückten sie Berge von Wurstbroten und Plätzchen.

Die Pause wurde weidlich ausgenutzt. Herr Wilkes begutachtete seine Maschine wieder mal von allen Seiten, Tom erging sich in Lobhudeleien über seine Braunen, Bert Thomas legte sein schlimmes Bein auf 'n paar Garbenbündel, und Herr Peterson streckte sich flach auf der Erde aus. Er verzichtete auf seine zweite Tasse Kaffee und hielt statt dessen 'n Nickerchen.

Es war nicht schwer zu erkennen, womit die jungen Burschen sich die Zeit vertrieben. Sie schienen um die Wette Tante Lous Aufmerksamkeit erheischen zu wollen. Ich sah, wie Opa und Onkel Charlie sie scharf im Auge behielten. Uropa beobachtete sie auch, aber ich sah 'n verschmitztes Lächeln dabei in seinem Gesicht, als ob er gerade an was Lustiges denken müßte.

James Brown trank eine Tasse von Lous Kaffee nach der anderen. Später hörte ich, daß er überhaupt keinen Kaffee mochte.

Barkley Shaw benahm sich 'n bißchen vorlaut und überdreht. Opa schickte ihn alsbald wieder ans Förderband.

Bert Thomas hielt sich zwar etwas mehr zurück, aber er machte Tante Lou ein Kompliment nach dem anderen über das Essen: „Köstliche Plätzchen. Sind die selbstgebacken?"

Ich hatte langsam die Nase voll von diesem Spielchen und ging davon. Vielleicht würde ich ja 'n paar Mäuse zum Scheuchen auftreiben.

Uropa und ich sollten mit den Frauen in der Küche zu Mittag essen, nachdem die Männer abgefertigt waren. Mit zwölf ausgewachsenen Männern war der Küchentisch nämlich restlos ausgebucht, und das trotz Ausziehbrett. Ich ging nicht mal mit den Männern ins Haus. Statt dessen guckte ich von meinem Holzblock aus zu, wie sie sich in den großen Kübeln vor dem Haus wuschen und einander ausgelassen naßspritzten.

Schließlich gingen die Männer rein zum Essen, aber ich blieb auf dem Block sitzen. Ich hatte genug von Toms Braunen und den vernarrten Jünglingen. Kurze Zeit später kam Uropa und setzte sich zu mir.

„Macht Spaß, nicht, Josua?"

Da war die alte Begeisterung wieder da. Wir saßen auf unseren Blöcken und redeten uns die Köpfe heiß über das Dreschen.

Nachdem der letzte Mann das Haus verlassen hatte, warteten wir draußen, bis die Frauen den Tisch abgeräumt hatten. Wir guckten zu, wie die Männer die Pferde wieder anspannten. Auch die Tiere hatten inzwischen ihr Wasser und Futter gekriegt. Als das letzte Gespann gerade loszog, rief Tante Lou uns zum Essen.

Obwohl ich beim zweiten Frühstück kräftig zugelangt hatte, war ich schon wieder hungrig wie 'n Bär. Uropa schien's nicht anders zu ergehen. Seitdem er bei uns war, hatte sein Appetit beträchtlich zugenommen.

Während der Mahlzeit hörte ich Susi mehrmals kichern. Ich war's nicht gewohnt, 'n Mädchen so albern kichern zu hören. Tante Lou tat das nie. Die lachte entweder leise und verhalten oder fröhlich laut und aus vollem Halse, aber albernes Kichern gab's bei ihr nicht. Schließlich sah ich doch von meinem Teller auf und schaute Susi an. Ihr Gesicht war rot wie 'ne Tomate, und sie kam mir regelrecht albern und überdreht vor. ‚Na', dachte ich mir, ‚da werden wohl die Männer die Schuld dran haben, besonders die jüngeren!' Jetzt kicherte sie wieder, was mir außerordentlich gegen den Strich ging. Ich guckte zu Tante Lou rüber.

Ihr Gesicht war auch 'n bißchen rot, und ihre Augen tanzten umher, als wäre das neckische Augenmachen nicht spurlos an ihr vorbeigegangen. Das hatte mir gerade noch gefehlt! Ich versuchte mich zu beruhigen und sagte mir: „Warum auch nicht?", aber in mir hämmerte es dauernd: „Warum? Warum? Warum?" Zugegeben, Tante Lou war jung und hübsch; kein Wunder, daß die jungen Burschen das nicht übersehen hatten, und man konnte's ihr wohl nicht verübeln, wenn sie so 'n bißchen Gefallen an dem Spiel fand. Trotzdem war ich heilfroh, daß sie nicht albern kicherte. Kichernde Mädchen konnte ich nicht ausstehen. Wenigstens benahm Tante Lou sich wie 'n vernünftiger Mensch dabei.

Schnell stopfte ich mir den letzten Löffel Zitronenpudding in den Mund und machte, daß ich aus Susis Nähe wegkam. Mit vollem Mund murmelte ich: „'Tschuldigt mich", und bevor jemand was dagegen haben konnte, war ich auch schon draußen. Ich mußte mich sowieso um frisches Holz kümmern, bevor ich wieder aufs Feld konnte. Und ich wollte mir schließlich nichts entgehen lassen.

Das Holzhacken schien sich in alle Ewigkeit auszudehnen. Als ich endlich fertig war, gingen gerade die Mädchen mit den Vesperbroten in Richtung Feld los. Tante Lou erwischte mich eben noch rechtzeitig, um mir zwei

Eimer voll Wasser mitzugeben; sonst wäre ich vorausgerannt.

Die Männer hatten schon Ausschau nach den Frauen mit dem Essen gehalten. Es dauerte nicht lange, und die hungrige Mannschaft war um die Essenskörbe versammelt. Zuerst stürzten sich alle auf das kalte Wasser. Als der größte Durst gestillt war, langten die Männer nicht weniger kräftig bei den Wurstbroten, Kaffee und Plätzchen zu.

Die Dinge schienen ihren gewohnten Lauf zu nehmen. Herr Brown prahlte mit seinen Pferden, Bert Thomas hatte sein Bein hochgelegt, und Herr Wilkes besah sich seine heißgeliebte Maschine mit 'nem Käsebrot in der einen Hand und 'ner Tasse Kaffee in der anderen. Tante Lou goß die Getränke aus. Susi verteilte Butterbrote und Plätzchen.

Barkley Shaw und James Brown gingen jetzt auf die Mädchen zu. Irgendwas sagte mir, daß da etwas im Gange war. Ich hatte mich nicht getäuscht. Urplötzlich drückte Barkley seine Kaffeetasse in James' Hand und brüllte: „Schnell! Halt mal fest!" Dann hüpfte und tanzte er um die eigene Achse und riß und zerrte dabei an seinem Hosenbein.

„Was is'n los? Was is'n los?" brüllte James zurück und versuchte verzweifelt, die beiden vollen Tassen in den Händen zu balancieren. Die beiden Mädchen standen perplex daneben.

„Ich hab' 'ne Maus im Hosenbein!" keuchte Barkley und schlug sich hüpfend aufs Bein. Kaum hatte er „Maus" gesagt, da stieß Susi einen gellenden Schrei aus. Die Brote, die sie in der Hand gehalten hatte, flogen durch die Luft, und sie guckte sich verzweifelt nach 'ner Zuflucht um. Der einzige sichere Ort in der Nähe waren die beiden Garbenbündel unter Berts Bein. Mit einem Satz sprang Susi auf die Bündel und wäre um ein Haar auf Bert Thomas' wehem Bein gelandet.

Von da oben quietschte und kreischte sie weiter, wedelte mit ihren Röcken und stampfte und trampelte mit den Füßen, bis die beiden Bündel unter ihr beinahe ausgedroschen waren.

Barkley Shaw hatte indessen aufgehört zu tanzen und lachte Susi schallend aus. James stellte die Kaffeetassen auf dem Boden ab, und die beiden schlugen sich auf die Schultern und wollten sich schier ausschütten vor Lachen.

Tante Lou lächelte nur kurz und ging dann zu den älteren Männern, um ihnen Kaffee einzuschenken. Die beiden Burschen, die immer noch über ihren Scherz wiehernd lachten, würdigte sie keines Blickes.

Herr Peterson langte nach einem Butterbrot im Stroh. Er blies 'n paar Halme weg und machte sich ungerührt daran, es in aller Ruhe zu verspeisen, als ob er zu Hause alle Tage vom Boden äße. Uropa hob die übrigen, verstreut liegenden Brote auf.

Es dauerte 'ne Weile, bis Susi begriff, daß alles nur 'n übler Scherz gewesen war. Schmollend kletterte sie von den Bündeln wieder runter. Bert Thomas murmelte etwas und legte sein Bein woanders hin. Herr Wilkes nickte den Männern zu, daß es an der Zeit sei, wieder an die Arbeit zu gehen. Während der ganzen Episode hatte er unbeweglich und ohne mit der Wimper zu zucken zugesehen.

Langsam ging jeder wieder zu seinem Gespann. James und Barkley schlugen sich immer noch auf die Knie, und die anderen Burschen grinsten. Sie hatten ihren Spaß gehabt, das steht fest.

Die Mädchen sammelten Tassen und Körbe ein. Susi war tiefrot und kochte vor Wut. Sie hatte das Ganze keineswegs lustig gefunden. Als Lou und sie wieder zum Haus zurückgingen, schimpfte sie immer noch 'n bißchen.

Der Rest des Tages verlief ohne weitere Zwischenfälle. Hungrig und verstaubt kamen die Männer zum Abendessen ins Haus. Bevor sie sich wuschen, gaben sie den Pferden ihr Wasser und Futter.

Die Dreschmaschine mußte für morgen auf ein anderes unserer Felder gebracht werden. Herr Wilkes kam erst zum Essen rein, nachdem er das bewerkstelligt hatte.

Jedermann war müde, weshalb die Mahlzeit auch ziemlich schweigsam vonstatten ging. Ab und zu guckte der eine oder andere von den jungen Burschen Susi an und grinste. Sie gab vor, furchtbar böse auf Barkley zu sein, aber ich fragte mich, ob sie sich nicht vielleicht doch 'n kleines bißchen an all dem Wirbel um sie weidete. Jedesmal, wenn ihr Blick auf Barkley fiel, hob sie ihr Kinn etwas höher in die Luft und ließ tödliche Verachtung aus ihren Augen schießen. Na ja, mir gefiel sie jedenfalls so wesentlich besser als mit ihrem albernen Kichern.

Der einzige von den Älteren, der nicht zu müde zum Reden war, war Tom Smith. Er befleißigte sich herauszufinden, ob auch jeder bemerkt hatte, was seine Braunen heute wieder mal geleistet hatten. Die wenigsten gaben ihm die Antwort, die er hören wollte. Folglich glaubte er, sie eingehend belehren zu müssen. Die meisten seiner Zuhörer schauten recht unbeeindruckt drein, aber niemand machte sich die Mühe, ihm ins Wort zu fallen.

Die Männer waren heute gut mit der Arbeit vorangekommen, und es sah so aus, als würde das Wetter sich bis morgen halten. Das bedeutete, daß wir morgen den Rest unseres Getreides unter Dach und Fach kriegen würden. Opa und Onkel Charlie hatten in den letzten Jahren nicht mehr so viel Getreide ausgesät wie früher. Statt dessen bauten sie mehr Grünfutter und Heu für unser Vieh an. Opa meinte, daß da das Geld steckte, und obwohl Onkel Charlie nie widersprach, hatte ich irgendwie das Gefühl, als wär' er im Grunde nicht ganz dieser Meinung.

Am nächsten Morgen ging's mit dem Dreschen wieder früh los. Die Gespanne kamen, Herr Wilkes ließ die Maschine an, und dann ging's wieder rund.

Im Lauf des Vormittags kam Cullum Lewis auf mich zu und fragte mich, ob ich Lust hätte, mal auf seinem Gespann mitzufahren. Cullum war breitschultrig und groß für sein Alter. Er hatte 'n Gespann für sich allein. Dieses Jahr war er schon zum vierten Mal bei der Dreschmannschaft dabei. Er wußte sicher gut Bescheid mit allem.

Während er die Bündel auflud, ließ er mich nach Herzenslust die Mäuse scheuchen. Als der Wagen hoch beladen war, kletterten wir oben auf das Stroh und fuhren in Richtung Dreschmaschine los. Cullum überließ mir sogar die Zügel. Wir redeten nicht viel. Er stellte mir 'n paar Fragen über Tante Lou: Ob sie 'nen Verehrer hätte oder ob ich glaubte, sie hätte gern einen. Ich sagte „nee“ zu beiden Fragen, und Cullum ließ das Thema fallen. Er war eigentlich von der annehmbaren Sorte, und ich dachte im stillen, wenn Tante Lou es sich je anders überlegen sollte – und das könnte ja immerhin eines Tages passieren – dann wäre Cullum nicht der Schlechteste für sie. Jedenfalls würde sie an ihm was Besseres haben als an Jim Rawleigh oder Hiram Woxley.

In der Mittagspause mußte Herr Wilkes die Maschine 'n Stück weiter hinaus transportieren. Er kam nicht mal zum Essen rein. Die Männer ließen sich Zeit, weil er nicht so schnell damit fertig sein würde.

Bei Tisch fragte James Smith Barkley Shaw, ob er wieder mit den Mäusen Last gehabt hätte. Susi weigerte sich, ihm Tee einzugießen. Daraus machten sich die Burschen aber herzlich wenig. Ich hatte den Eindruck, als zögen sie sowieso Tante Lous Teekanne vor. Frau Corbin ließ sich von alledem nicht aus der Ruhe bringen. Sie war 'ne einfache Frau, die wenig Sinn für Humor hatte. Ich glaube, sie hat noch nie im Leben etwas komisch gefunden. Uropa dagegen weidete sich geradezu an dem Schauspiel. Ab und zu konnte ich's um seinen Schnurrbart zucken sehen, und ich wußte genau, daß er sich dann das Lachen verbiß.

Als die Männer wieder raus an die Arbeit gingen, hörte ich Tom Smith wohl zum hundertsten Mal mit seinen Braunen prahlen.

„Zuverlässigsten Pferde, die ich je gehabt hab'", sagte er, „und ich hab' 'n paar ganz anständige dabeigehabt. Die beiden scheuen vor nichts und niemand."

Ich sah, wie Barkley und Bert Thomas sich 'nen kurzen Blick zuwarfen.

Das letzte Feldstück, das zu erledigen war, lag am weitesten draußen. Zur Mittagspause fuhren die Mädchen bei Onkel Charlie im leeren Kornwagen mit raus. Später konnten sie dann mit Opas vollem wieder zum Haus zurückfahren.

Die Männer waren guter Dinge. Bald würden sie mit dem Feld fertig sein. Das Dreschen auf unserer Farm würde noch vor dem Abendessen zu Ende sein.

Die Älteren setzten sich mit ihren Broten und Kaffeetassen auf die Erde und redeten über die Ernte in diesem Jahr; nicht nur die auf unserem Land, sondern in der ganzen Gegend. Überall war das Korn von guter Qualität, aber es hatte nicht soviel gegeben wie voriges Jahr. Für den Weizen war der Sommer einfach zu trocken gewesen. Insgesamt war's aber doch eine ziemlich gute Ernte, und das Korn war fast restlos unter Dach und Fach, so daß sich eigentlich niemand beklagen konnte.

Die jungen Burschen flachsten und witzelten wie gewöhnlich. Cullum Lewis war der Schweigsamste von allen. Ich beobachtete ihn, wie seine Augen Tante Lou folgten. Innerlich focht ich dabei gleichzeitig für ihn und gegen ihn. Tante Lou schien ihn nicht mal zu bemerken – oder vielleicht doch, ich weiß nicht.

Barkley und Bert sonderten sich von den anderen ab, und kurz darauf waren sie verschwunden. Ich dachte mir nichts weiter dabei und holte mir noch 'n Stück Kuchen.

Herrn Smiths Gespann hatte ruhig im Schatten unter den Bäumen am Feldrand gestanden. Geduldig und mit den Köpfen nach unten ruhten sie sich aus. Nicht mal angebunden waren sie. Der Wagen war voll beladen, und Tom Smith war als nächster nach der Pause dran, 'ne Fuhre Garben zur Maschine zu bringen.

Herr Wilkes nickte den Männern zu. Sie rappelten sich vom Boden auf, reckten und streckten sich und klopften sich loses Stroh von den Hosenböden. Bert Thomas hob seine beiden Bündel auf und warf sie auf seinen Wagen. Er würde sie nämlich nicht mehr brauchen.

Tom Smith kletterte gemächlich auf seinen Wagen. Nach den Zügeln langte er erst gar nicht; wenn er sie auf dem Weg zur Maschine wirklich brauchen sollte, würde er sie sich schon nehmen. Er rief: „Hott!“, und die Braunen machten zwei Schritte vorwärts. Dann passierte es plötzlich. Der rechte Braune warf den Kopf zurück und wieherte schrill. Dann fiel er nach vorn ins Joch und rammte den linken Braunen. Inzwischen grapschte Tom Smith verzweifelt nach den Zügeln und fragte sich, ob er etwa das verkehrte Gespann erwischt hatte.

Aber der Braune war noch lange nicht fertig. Er fing an, um sich zu treten und sich aufzubäumen. Jetzt hatte er auch den anderen überzeugt, daß hier was nicht stimmte, und dann gab's kein Halten mehr. Tom Smith hatte die Zügel immer noch nicht gefunden, als die Pferde wie von der Tarantel gestochen losgaloppierten.

Um ein Haar wären sie mit Volldampf in Herrn Corbins Wagen reingeschossen, wichen dann aber in letzter Sekunde aus, wobei ihr eigener Wagen beinahe aus der Kurve geflogen wäre. Tom Smith schwamm in seinen Heubündeln und suchte noch immer nach den verflixten Zügeln. Solch einen Ausritt hatte er sicher sein Lebtag noch nicht gemacht! Ich glaube, die beiden Braunen schafften es, jedes einzelne Schlagloch und jeden Stein im ganzen Feld zu überrollen. Bei jedem Holpern und Schwingen fielen Heubündel nach links und rechts. Die Männer im Feld verfolgten die wilde Jagd mit den Blikken; einige hielten ihr eigenes Gespann fest an den Zügeln, damit es nicht etwa auf ähnliche Gedanken kam.

Schließlich war's Cullum Lewis, der die Lage rettete. Das Gespann galoppierte im Kreis übers Feld, und Cullum wartete die nächste Runde ab. Als sie nahe genug herangekommen waren, sprang er auf sie zu und langte nach dem Zaum. Die Füße schleiften ihm über den Boden und wirbelten 'ne riesige Staubwolke auf, aber er klammerte sich mit aller Kraft fest und hängte sein ganzes Gewicht ins Zaumzeug. Zu unser aller Erstaunen blieben die Pferde tatsächlich stehen. Cullum brauchte mehrere Minuten, bis er die beiden mit leisen Worten und Streicheln zur Ruhe gebracht hatte. Er reichte Tom Smith die schlaffen Zügel, und dann untersuchte er, immer noch sanft redend und streichelnd, das Zaumzeug auf kaputte Teile. 'n paar Gurte mußten zurechtgezurrt werden. Cullums Hände suchten jeden Zentimeter Riemen ab.

Inzwischen stand ich direkt daneben, um ja nichts zu verpassen. Tom Smith saß noch immer oben auf dem spärlichen Rest von seiner Ladung. Er rang um Fassung – und um 'ne passable Erklärung für das unglaubliche Benehmen seiner Braunen. Dabei entging ihm ganz, wie Cullum 'ne kleine, stachelige Klette aus dem Zaumzeug des rechten Braunen hervorzog, sie kurz anguckte und dann wegwarf. Das war mir nicht entgangen. Cullum und ich sahen uns an; er nickte fast unmerklich in Richtung von Barkley Shaw. Ich nickte zurück. Wir würden keiner Seele was von der Klette sagen – wir würden schweigen wie 'n Grab, das war abgemacht.

„Alles in Ordnung, Herr Smith!" rief Cullum nach oben. „Das Zaumzeug ist heil, und die Pferde haben sich beruhigt."

Tom Smith nickte bloß. Seine Gesichtsfarbe schwankte zwischen bleich und hochrot hin und her. Er sagte noch nicht mal „danke", sondern lenkte das Gespann weg. Dabei schaute er immer noch 'n bißchen unsicher drein, als ob er dem Frieden nicht ganz traute. Jetzt galt es, das Feld im Kreis abzuschreiten, um die verstreuten Bündel wieder aufzusammeln.

Ich ging neben Cullum auf sein Gespann zu.

„Willste mit?" fragte er.

Ich nickte.

Wir kletterten auf die Ladung Bündel, und er reichte mir die Zügel. 'ne Weile saßen wir stillschweigend nebeneinander da. Plötzlich, wie auf Kommando, guckten wir einander an. Und dann konnten wir uns nicht mehr halten. Den ganzen Weg zurück zur Dreschmaschine lachten wir, bis uns die Tränen kamen.

Flecki

Am Montagmorgen kam ich kaum aus dem Bett, obwohl mir 'ne innere Stimme sagte: „Beeil dich!" Heute fing die Schule nämlich wieder an. Am meisten störte mich, daß ich Uropa zurücklassen mußte. Was sollte der bloß ohne mich anfangen? Na ja, zum Glück hatte er noch Tante Lou. Jetzt, wo ihr Großeinsatz vorbei war, hatte sie wieder 'n bißchen mehr Zeit für meinen Uropa.

Klar, es gab genügend andere Gründe, weshalb's mir vor der Schule graute. Einer davon waren meine Schuhe. In der Schule mußte ich den ganzen Tag lang in den Schuhen rumlaufen, und nachdem meine Füße den ganzen Sommer ohne Schuhe und Strümpfe im Freien gewesen waren, würden sie sich kaum an ihr enges Gefängnis gewöhnen können. Morgens war's jetzt allerdings schon gehörig kalt, so daß die Schuhe vielleicht doch nicht ganz überflüssig waren.

Ach, und Tante Lou! Ich vermißte sie immer noch, wenn ich mal nicht in ihrer Nähe sein konnte; und außerdem befürchtete ich, daß Opa und Onkel Charlie jetzt, wo die Ernte vorbei war, ihre Suche nach 'nem Freier für sie wieder aufnehmen würden, und Tante Lou war ihnen ohne mich schutzlos ausgeliefert.

Und außerdem – 'n richtiger Junge hat die Schule einfach zu hassen. Für Sachen wie Schule, Sonntagsanzüge, Ringelreihen und alberne Mädchen hatten Jungs in meinem Alter nichts übrig.

Wenn ich aber ehrlich sein soll, muß ich zugeben, daß ich die Schule so schlimm nun auch wieder nicht fand. Da konnte man wenigstens mit den anderen Jungen Brennball, Fußball oder Räuber und Gendarm spielen, und das wiederum fehlte mir auf der Farm.

Und ich hätte mir eher die Zunge abgebissen, als es laut zu sagen, aber ich mochte die Lehrerin gern. Sie hieß Martha Peterson und war die jüngste von den Peterson-Mädchen. Sie war groß und schlank wie 'ne Gerte, und ihre Stimme war sanft wie der Frühjahrsregen. Ich hatte es gern, wenn sie vorlas. Jeden Tag las sie uns ein Kapitel aus 'nem Buch vor, das sie für uns ausgesucht hatte. Auf diese Weise hatte sie schon mehrere Bücher mit uns durchgenommen, und ich freute mich jeden Tag auf diese Lesestunde.

Außerdem lernte ich nun mal einfach gern. Ich weiß, 'n richtiger Junge hat sich aus Büchern nichts zu machen, aber ich war da halt anders. In Büchern standen so viele interessante Sachen und Abbildungen, daß ich ein Buch nicht lange zugeklappt sehen konnte. Rechnen war mein Lieblingsfach. Darin war ich mühelos Klassenbester, aber ich mochte auch Lesen und Erdkunde und so ziemlich alles auf dem Stundenplan. Bloß für Musik hatte ich nicht allzuviel übrig. Fräulein Peterson trällerte die Tonleiter rauf und runter, und wir sollten ihr dann nachsingen. Unsere ewig erbärmlichen und schiefen Versuche machten mich mutlos und verlegen. Aber insgesamt kam ich mir schon wie 'n Verräter aller Jungen vor, weil mir die Schule eben doch Spaß machte.

Ich glaube, Uropa hätte sich am liebsten seinen guten Anzug angezogen, die Haare mit Wasser glattgekämmt und wäre mit mir losgezogen – jedenfalls dem Zwinkern in seinen Augen nach zu urteilen.

Auf dem Schulhof gab's 'n großes Hallo und Lachen und Schulterklopfen. Endlich läutete die Glocke, und wir drängelten uns lärmend zur Tür hinein. Vorne stand Fräulein Peterson freundlich lächelnd und hübscher denn je. Ich guckte schnell runter auf meine Schuhe, damit ich nur nicht rot wurde.

Der Tag verging in Windeseile, und der Unterricht war aus. Ich fand's zwar einerseits schade, aber andererseits freute ich mich schon darauf, Uropa und Tante Lou von meinem ersten Schultag zu berichten.

Sobald ich um die Kurve war, riß ich mir die Schuhe von den Füßen und stopfte die Socken in den einen rein. Dann band ich die beiden Treter an den Schnürsenkeln zusammen und warf sie mir über die Schulter für den Fall, daß ich meine Hände zum Steinchenwerfen oder so freihaben mußte. Schließlich rollte ich mir noch die Hosenbeine hoch, damit sie nicht staubig wurden, und machte, daß ich nach Hause kam. Fast den ganzen Weg rannte ich im Dauerlauf. Als ich endlich in die Küche stürmte, mußte ich mich erst mal hinsetzen, um wieder zu Atem zu kommen. Tante Lou lachte nur und brachte mir ein großes Glas Milch und 'n paar Plätzchen frisch vom Blech. Uropa setzte sich zu mir und aß 'n paar Plätzchen mit, und endlich konnte ich meine Erlebnisse des Tages loswerden.

Als ich mit Essen und Erzählen fertig war, ging ich nach oben und zog mich für die Stallarbeit um. Als ich wieder runterkam, wartete Uropa schon auf mich, und wir gingen zusammen zum Stall.

„Josua", begann er unterwegs, „Lou hat doch demnächst ihren achtzehnten Geburtstag, oder nicht?"

Ich hatte noch gar nicht dran gedacht, aber er hatte recht.

„Ja, das stimmt."

„Hast du nicht eine Idee, womit wir ihr eine Freude machen könnten?"

Ich dachte 'nen Moment nach. „Sie mag Geburtstagsfeiern, nur, sie kommt nicht oft zum Feiern", sagte ich schließlich.

Uropa ließ sich das durch den Kopf gehen.

„Ich weiß wirklich nicht, wie drei alte Männer und ein junger ein ordentliches Geburtstagsfest zustande bringen sollen."

„Vielleicht könnten Susi oder Nellie Halliday oder 'n paar von den anderen Mädchen uns helfen."

Uropa kaute an seinem Schnurrbart, während er überlegte.

„Ja, vielleicht. Vielleicht können wir das so machen. Wie erreicht man die Mädchen wohl am besten?"

„Du könntest mir 'nen Zettel in die Schule mitgeben, und ich gebe ihn dann Willie, und der nimmt ihn mit nach Hause und gibt ihn Susi."

„Prima Idee, Josua!"

Ich sonnte mich noch in Uropas Kompliment, aber da wechselte er schon das Thema.

„So, jetzt machen wir uns aber flink an die Arbeit!"

Heute waren wir sogar 'n bißchen eher als sonst fertig. Die Männer waren noch draußen, und es war noch nicht ganz Essenszeit, als ich meinen letzten Armvoll gespaltenes Holz in die Holzkiste warf. Auch Uropa legte seine Ladung ab, und wir bürsteten uns die Holzspäne, Grashalme und Rindenstückchen von den Latzhosen.

„Ich habe dir was zu zeigen, Josua. Komm mal mit!"

Er ging voraus zu dem kleinen Holzschuppen im Hof. Darin standen so Sachen wie Rechen, Harken und die Schubkarre; ich konnte mir beim besten Willen nicht vorstellen, was er mir da wohl zu zeigen hatte, aber ich folgte ihm trotzdem mal. Vielleicht hatte er ja 'n Mäusenest oder sowas gefunden.

Uropa öffnete die Tür, und eine Sekunde später kam 'n kleines schwarz-weiß flusiges Ding an meinen Füßen vorbeigeschossen. Ich machte einen Satz, als ob mir der Blitz in die Stiefel gefahren wär', und trat 'nen Schritt zurück. Uropa lachte und fing das hüpfende Etwas in seine Hände ein.

„So eine stürmische Begrüßung habe ich nun auch wieder nicht erwartet", sagte er.

Ich guckte genauer hin. Mir verschlug's fast den Atem. Ein Hund! Ich streckte die Hände nach ihm aus. Tausend Fragen schwirrten mir durch den Kopf.

„Wo kommt der denn her?“

„Von Leuten aus der Stadt.“

„Wann?“

„Ich hatte ihn schon vor längerer Zeit entdeckt, aber sie haben mich ihn erst heute abholen lassen.“

„Was, du warst heute in der Stadt?“

„Jawohl.“

„Wie denn das?“

„Teils zu Fuß, teils per Anhalter.“

Ich konnte es kaum fassen. Uropa war zu Fuß und per Anhalter in der Stadt gewesen! Er mußte wohl um jeden Preis dahin gewollt haben.

„Warum haste denn nicht Opa oder Onkel Charlie Bescheid gesagt, daß du so dringend in die Stadt mußtest?“

„Ich *mußte* doch nicht. Ich *wollte,* und zwar, um diesen kleinen Kerl abzuholen.“

Ach ja, der Hund war ja auch noch da!

„Gehört er dir jetzt?“

Uropa strahlte übers ganze Gesicht.

„Nein, Josua. Er gehört dir!“

„Mir???“

Jetzt war ich restlos von den Socken. Meine Hände umschlossen die kleine Fellkugel, und als ich mein Gesicht dranhielt, bekam ich es zum Dank dafür, daß ich ihn überhaupt bemerkt hatte, gleich ordentlich abgeleckt. Ich stellte ihn auf die Erde, damit ich ihn besser begutachten konnte. Das war gar nicht so einfach, weil er ums Verplatzen nicht stillhalten wollte.

Er war noch drall vor Babyspeck, aber er sah so aus, als würde er den bald verlieren. Sein Fell war schwarz und kraus. Hier und da hatte er ’n paar weiße Flecken, was zu drollig aussah.

Er stand keine Sekunde still, und ich wußte schon jetzt, daß wir beide ’ne Menge Spaß miteinander haben würden. Ich hob ihn wieder auf und streichelte ihn wie verrückt.

„*Mein* Hund! *Mein* Hund!" sagte ich ein ums andere Mal. Ich konnte es immer noch nicht fassen.

Uropa stand dabei und lächelte bloß.

„Uropa", sagte ich, „ich hab' mich ja noch gar nicht bei dir bedankt."

„Doch, Josua, ich glaube, das hast du."

„Er ist ganz toll, Uropa, ganz toll! Ich bring' ihm alle möglichen Sachen bei, wie Sitz machen und Pfötchen geben und ... und ..."

„Wie willst du ihn denn nennen?"

Ich schaute mir das Kerlchen nachdenklich an. Der Reihe nach kamen mir alle Hundenamen, die ich je gehört hatte, in den Sinn. Keiner paßte so richtig zu ihm. Flecki! Flecki war goldrichtig für ihn.

„Flecki!" sagte ich.

„Flecki", wiederholte Uropa. „Ich finde, das ist ein sehr guter Name für ihn."

Uropa suchte sich 'nen Holzklotz, stellte ihn aufrecht und setzte sich drauf, damit er Flecki und mir zugucken konnte. Wir rollten uns im Gras, und er knurrte mit seiner kleinen Hundestimme vor Vergnügen und schnappte nach meinen Hosenbeinen, Ärmeln und Haaren.

Wir spielten immer noch ausgelassen im Gras, als Opa und Onkel Charlie nach Hause kamen. Ich hatte sie zuerst gar nicht bemerkt, aber dann fühlte ich mich so beobachtet. Da standen Opa und Onkel Charlie und starrten mich mit dem Hund ganz entgeistert an. Ein heißer Schreck durchfuhr mich. Was, wenn ich meinen Hund nicht behalten durfte? Meine Arme umklammerten ihn ganz fest.

„Wo in aller Welt ..." begann Opa.

Uropa stand von seinem Holzklotz auf. Der Klotz fiel rückwärts auf den Holzfußboden zurück.

„Den habe ich aus der Stadt mitgebracht. *Jeder* Junge braucht einen Hund", erklärte Uropa. Dabei guckte er Opa herausfordernd in die Augen.

„Hast recht. Hätte ihm schon längst selbst einen besorgen sollen.“ Opa nickte. „Laß mal sehen, mein Junge!“

Ich trug Flecki zu Opa und Onkel Charlie und stellte ihn vor. Opa strich ihm über den Kopf und spielte mit seinem Ohr.

„Helles Kerlchen!“

Jetzt war Onkel Charlie an der Reihe. Er fuhr durch Fleckis krauses Fell und streichelte ihn unterm Kinn.

„Du wirst uns sicher gehörig auf Trab halten“, sagte er, „aber du bringst uns wenigstens mal Leben in die Bude!“ Meinem Onkel Charlie steckte aber auch dauernd der Schalk im Nacken!

Da kam Tante Lou dazu, und plötzlich fiel mir ein, daß ich vor lauter Begeisterung ganz vergessen hatte, ihr Flecki zu zeigen.

„Guck mal!“ rief ich. „Guck mal, was Uropa mir mitgebracht hat!“

Sie lächelte und kam einen Schritt näher, um mit den Fingern durch Fleckis weiches Fell zu fahren.

„Was meinste wohl, wer ihm den ganzen Nachmittag lang warme Milch gegeben hat und ihn auf dem Schoß verwahrt hat, wenn's ihm zu einsam wurde? – So, jetzt ist's aber Zeit zum Abendessen. Wie wär's, wenn du ihn solange in den Schuppen bringst und dir die Hände wäschst?“

Schweren Herzens gehorchte ich.

Nach dem Essen brachte ich Flecki ein paar Fleischreste und 'ne Untertasse mit Milch. Ich erbettelte mir 'ne alte Jacke von Onkel Charlie und baute Flecki daraus ein weiches Bett in einer Kiste, die niedrig genug war, daß er nach Belieben ein- und aussteigen konnte.

Viel zu früh rief Opa mich zum Schlafengehen. Es war tatsächlich schon neun Uhr! Widerstrebend ließ ich Flecki im Schuppen zurück und ging ins Bett, aber nicht bevor ich ihm versprochen hatte, daß ich gleich morgen früh wiederkommen würde. Im Bett schwirrte mir der

Kopf vor Plänen für meinen Hund: die Hundehütte, die ich ihm bauen würde, das Halsband, das ich ihm machen würde, und all die Tricks, die ich ihm beibringen würde. Eine ganz neue Welt lag vor mir – und alles nur wegen Uropa!

In der letzten Zeit hatte ich nicht besonders oft zu Gott gebetet. Tante Lou wäre erschrocken und traurig gewesen, wenn sie das gewußt hätte. Nachdem ich Ihn so lange links liegengelassen hatte, wußte ich jetzt nicht, wie ich anfangen sollte, aber schließlich überwand ich mich doch. Ich kletterte aus dem Bett und kniete mich davor nieder.

„Lieber Gott, ich hab' dir 'n paar Sachen zu sagen. Ich weiß, manchmal hab' ich gedacht, du mußt wohl nicht viel für mich übrig haben, so wie du mich behandelt hast, aber ich danke dir ganz doll, daß du Uropa hergebracht hast, obwohl ich ihn zuerst nicht hierhaben wollte. Ich hab' ihn jetzt sogar richtig lieb. Und danke für Flecki. Hilf mir, daß 'n guter Hund aus ihm wird, damit er den anderen nicht zuviel Ärger macht. Amen."

Dann stieg ich wieder ins Bett und zog mir die Decke bis ans Kinn. Mit dem Kopf voller Bilder von mir und meinem Hund schlief ich ein.

Ein schwerer Tag

Am nächsten Morgen wußte ich kaum, wo mir der Sinn stand. Ich wollte so schnell zur Schule laufen, wie ich nur konnte, und den anderen Jungs von meinem neuen Hund erzählen, aber gleichzeitig wollte ich mich auch nicht von ihm trennen. Wenn ich ihn doch bloß mitnehmen könnte! Aber selbst mir leuchtete ein, daß das nicht gehen würde.

Endlich riß ich mich im letzten Moment von ihm los und versprach ihm, sobald wie möglich wieder zurück zu sein. Ich bat Uropa, Flecki erst aus dem Schuppen zu lassen, wenn ich außer Sichtweite war, damit er mir nicht nachlaufen und statt dessen die Farm in Ruhe erkunden konnte.

Pustend und schnaufend kam ich an der Schule an, weil ich mich so beeilen mußte. Bevor die Glocke läutete, konnte ich gerade noch rausbringen, daß ich 'nen neuen Hund hatte. Die Jungs wollten gleich alles über ihn wissen, und ich erzählte ihnen, soviel ich konnte, während wir uns zum Morgengebet aufstellten. Alec und Willie versprachen, bei nächster Gelegenheit vorbeizukommen und Flecki zu bestaunen.

In den Pausen gab's nur ein Thema: mein Hund. Ich erzählte so viel über ihn, daß die Jungs ganz aus dem Häuschen gerieten. Die Neuigkeit drang sogar bis auf die Mädchenseite vor, und Sarah Smith und Mary Turley trauten sich zu uns rüber und fragten mich auch aus. Ich kam mir ungeheuer wichtig vor.

Kaum hatte Fräulein Peterson den Unterricht beendet, da stürmte ich schon los. Ich hatte ja so viel zu tun! Ich wußte gar nicht, wo ich anfangen sollte: mit dem Halsband oder der Hundehütte. Flecki brauchte beides.

Ich rief nach ihm, als ich am Tor ankam, aber er war nirgends zu sehen.

Tante Lou stand vor der Tür.

„Josch, komm mal bitte rein, ja?"

„Gleich!" rief ich zurück. „Ich such' eben erst Flecki!"

„*Sofort,* Josch!"

Ich ging rein. Vielleicht hatten sie Flecki ja in der Küche.

Auf meinem Platz standen ein Glas Milch und ein Stück Kuchen. Uropa saß auch am Tisch, aber er aß nichts. Tante Lou war blaß, und ihre Augen sahen aus, als hätte sie geweint. Es würde doch nicht etwa Opa und Onkel Charlie was zugestoßen sein??? Das Herz sank mir in die Hose.

„Setz dich, Josch."

Ich setzte mich. Ich starrte erst Tante Lou an, dann Uropa.

Tante Lou schluckte mühsam und biß sich auf die Lippe, um die Tränen zurückzuhalten. Endlich sagte sie mit bebender Stimme: „Heut' ist was Schlimmes passiert."

Das hatte ich mir inzwischen selbst gedacht.

„Dein Hund ist tot."

Alles in mir lehnte sich auf. Es war nicht wahr! Es konnte einfach nicht wahr sein. Aber ein Blick auf Uropas weißes Gesicht und auf Tante Lou, die 'n nasses Taschentuch mit der Hand umklammerte, sagte mir, daß ich's doch glauben mußte.

Ohne ein Wort sprang ich auf und rannte zur Tür. Mein Milchglas hatte ich umgestoßen.

„Josch!" rief Tante Lou hinter mir her.

„Laß ihn!" sagte Uropa sanft. Seine Stimme klang alt und müde.

Ich rannte den ganzen Weg zum Bach runter. Am liebsten hätte ich mich ins kalte Wasser geworfen und mein ganzes Weh davonspülen lassen. Statt dessen ließ ich mich ins Gras fallen. Jungen sollen ja nicht weinen, aber ich tat's trotzdem. Ich weinte, bis keine Tränen mehr kamen, und dann lag ich einfach nur so da und stöhnte.

Es wurde schon dunkel, als ich mich endlich aufrappelte. Kalt war's auch geworden. Ich hatte gar nicht gemerkt, wie sehr ich gefroren hatte. Zitternd vor Kälte bückte ich mich am Ufer des Baches und wusch mir das Gesicht. Das eiskalte Wasser brachte mich wieder in die Wirklichkeit zurück. Mensch, es war ja schon fast dunkel, und ich hatte mich überhaupt noch nicht um meine Arbeit gekümmert! Opa und Onkel Charlie waren sicher schon zu Hause, und ich hatte noch keinen Handschlag getan. Schleunigst machte ich mich auf den Rückweg.

Langsam fing ich an, wieder klar zu denken. Wie war alles nur passiert? Der Hund, den ich mir so lange gewünscht hatte, hatte mir nur so kurz gehört; viel zu kurz, um überhaupt das Gefühl zu kriegen, daß er *mein* Hund war.

Als ich zu Hause ankam, hatte Uropa meine Arbeit schon getan. Er hatte länger dafür gebraucht als ich. Für 'nen alten Mann wie ihn war das 'n ziemlich schweres Stück Arbeit. Tante Lou hatte Bleß gemolken und beim Holzspalten geholfen. Ich schämte mich – aber ich fühlte mich auch irgendwie dankbar und geborgen. Beinahe hätte ich wieder angefangen zu weinen, aber ich konnte mich gerade noch beherrschen.

Onkel Charlie und Opa waren schon längst wieder da und hatten zu Abend gegessen. Tante Lou hatte mir mein Essen im warmen Ofen verwahrt. Ich versuchte, es zu essen, aber ich konnte es kaum runterbringen.

Zum ersten Mal im Leben wartete ich nicht erst darauf, daß Opa „Zeit zum Schlafengehen!" rief. Ich ging nach oben in mein Zimmer und machte die Tür hinter mir zu.

Ich wollte wirklich nicht mehr weinen. Ich hatte genug Tränen vergossen. So lag ich einfach still im Dunkeln und ließ Enttäuschung und Zorn freien Lauf. Warum nur? Warum? Warum?

Uropa kam rauf. Er öffnete leise meine Tür und blieb zögernd stehen.

„Josua?“

Ich brachte es nicht übers Herz, ihn wegzuschicken. Nicht Uropa.

„Mja.“

„Darf ich hereinkommen?“

„Von mir aus.“

Er kam rein und setzte sich auf mein Bett. ’ne Zeitlang saß er schweigend da. Dann legte er seine Hand auf meinen Arm, ’ne alte, weiche Hand ganz ohne rauhe Stellen und Schwielen, wie Opa und Onkel Charlie sie hatten.

„Ich weiß, wie dir zumute ist, Josua.“

Es kam mir nicht mal in den Sinn zu rufen: „Nee, das weißte nicht! Keiner weiß es!“ Irgendwie wußte ich, daß er mich verstand.

„Es ist nicht leicht, jemanden zu verlieren, den man liebgehabt hat.“

Ich schluckte. Wenn er nicht aufpaßte, würde er mich gleich doch wieder ans Weinen kriegen.

„Ich dachte, vielleicht wüßtest du gern, wie es passiert ist.“

Einerseits wollte ich’s wissen, andererseits auch nicht.

„Flecki war ein munteres, kluges Kerlchen, aber ich glaube, er hat sich doch ein bißchen zuviel zugetraut.“

Ich wartete.

„Die Kühe standen auf der Weide hinter dem Zaun beim Garten, und Flecki wollte wohl Hirtenhund spielen. Lou und ich hörten den Aufruhr, aber bis wir draußen waren, war er schon unter die Hufe geraten. Wir haben versucht, ihn zu retten, aber ...“

Er hielt inne. Ich konnte mir genau vorstellen, wie Tante Lou mit tränenüberströmtem Gesicht neben meinem weißhaarigen Uropa stand, der sich über meinen schwerverletzten kleinen Hund beugte. Wieder kamen mir die Tränen, und ich schluckte sie runter.

Uropa strich mir sachte über die Schulter, stand auf und ging zur Tür. Ich war froh, daß ich nichts zu sagen brauchte. Ich hätte kein Wort rausgebracht.

Da lag ich nun im Dunkeln und dachte an meinen kleinen Hund, und nach und nach kamen mir viele andere bittere Gedanken. Ich ließ mich von ihnen wie von einer Welle überschwemmen und wegtragen. Auf 'ne unerklärliche Weise tat es mir wohl zu wissen, daß kein Mensch auf der ganzen Welt so viel leiden mußte wie ich. Vor lauter Bitterkeit konnte ich schließlich nicht mehr an mich halten. Wieder kamen mir die Tränen.

Meine Tür öffnete sich. Tante Lou kam rein.

„Bitte wein' nicht mehr, Josch!" sagte sie. Es hörte sich an, als ob sie selbst die Ermahnung nötiger hätte als ich.

„Ich weine ja nicht."

Tante Lous scharfen Ohren entging normalerweise nicht mal 'n Schnüffeln hinter 'ner meterdicken Mauer, aber diesmal ließ sie's dabei bewenden. Sie saß nur einfach da, wie Uropa vorhin.

„Es tut mir leid, Josch, so leid."

Das wußte ich auch so.

„Wir hätten's nicht verhindern können."

„Aber Gott."

Endlich war's raus – in zwei bitteren, anklagenden Worten.

Tante Lou holte Luft, aber ich gab ihr erst gar keine Gelegenheit zu antworten.

„Ich hab' sogar gestern abend gebetet und Ihm für Uropa gedankt und für Flecki, und da läßt Er meinen Hund am nächsten Tag sterben. Er hätte's verhindern können, das hätte Er! Ich bin Ihm egal, das ist es nämlich. Immer muß ich was Schlimmes erleben, und wenn Er meint, ich würde Ihn lieben, dann hat Er sich geirrt. Nee, nie!"

Jetzt schluchzte ich hemmungslos. Tante Lou saß stumm daneben, als ob's ihr die Sprache verschlagen hätte.

Ich drehte mich auf den Bauch.

„Er hat mir ja noch nicht mal Erinnerungen gelassen“, rief ich laut. „Er nimmt mir alles weg!“

Tante Lou ließ mich weinen, bis ich keine Tränen mehr hatte. Als ich mich endlich beruhigt hatte, nahm sie meine Hand in die ihre und strich mir über jeden einzelnen Finger.

„Josch?“

„Ja“, brachte ich hervor.

„Was haste da über Erinnerungen gesagt – daß du keine hast?“

Ich schluckte ’n paarmal.

„Mit Mama und Papa war’s doch dasselbe“, murmelte ich. „Die hat Gott mir auch weggenommen, bevor ich mich überhaupt erinnern konnte. Opa hat Erinnerungen, jede Menge. Er hat mir so viel über Oma und Urgroßmutter erzählt. Und Uropa hat mir von all den guten Jahren mit Urgroßmutter erzählt. Onkel Charlie kann sich auch erinnern, aber ich, ich kann an gar niemanden zurückdenken.“

Wieder fing ich zu schluchzen an.

„Josch.“

„Was?“

„Josch, ich kann mich auch nicht an meine Mama erinnern, aber ich hab’ trotzdem viele, viele Erinnerungen.“

Ich sah sie in dem schwachen Licht groß an und fragte mich, ob sie wohl noch ganz bei Sinnen war.

„Meine Mama starb, bevor ich alt genug war, mich an sie zu erinnern. Ich weiß, daß sie mich liebgehabt hat – ich kann’s heute noch spüren; aber ich kann mich nicht an sie erinnern, kein Stück kann ich mich an sie erinnern.“

„Aber wieso ...“

„Ich hab’ dafür andere Erinnerungen, aber die sind genauso wichtig und voller Liebe. Ich kann mich an Pas Gesicht über meinem Bettchen erinnern, und wie seine Augen lachten, wenn er mit mir spielte. Ich weiß noch, wie

Onkel Charlie ‚Hoppe, hoppe, Reiter‘ mit mir gespielt hat. Ich erinnere mich, wie Pa mich abends gewiegt und umarmt hat, bevor er mich ins Bett brachte. Ich erinnere mich, wie er sich mit Sorgen in den Augen über mich beugte und mir die Stirn fühlte, als ich die Masern hatte, und ich weiß noch, wie Pa und Onkel Charlie sich einen Winter abgewechselt haben und die Nächte an meinem Bett gesessen haben, als ich Keuchhusten hatte. Vier Tage lang haben sie das gemacht, Tag und Nacht.

Josch, ich erinnere mich an den Tag, als 'n winziges Baby, in Decken gewickelt, zu uns gebracht wurde, und als ich Pa fragte, warum, da schluckte er 'n paar Tränen runter und sagte, daß ich jetzt für dieses Baby zu sorgen hätte. Es brauchte mich. Und ich weiß noch, wie ich das Baby anzog und fütterte und mit ihm spielte – und's liebhatte."

Tante Lou machte 'ne Pause und atmete tief.

„Ich hab' viele, viele Erinnerungen, Josch, viele *gute* Erinnerungen."

Jetzt flüsterte sie beinahe.

Bei all dem, was Tante Lou da gesagt hatte, war mir klar geworden, daß ich auch Erinnerungen hatte. Ich hatte nur in der verkehrten Ecke danach gesucht. Genau wie Familien konnten auch Erinnerungen die unterschiedlichsten Formen haben. Ich kämpfte mit mir. Ich war immer noch böse und wollte am liebsten um mich schlagen.

„Deswegen hätte Er mir meinen Hund doch nicht auch noch wegnehmen brauchen!"

„Josch, Gott hat dir deinen Hund nicht weggenommen. Es ist ... es ist einfach passiert."

„Aber Er hätte's verhindern können."

Tante Lou schwieg 'nen Moment und überlegte sich ihre Antwort sorgfältig.

„Ja, das hätte Er. Er könnte uns alle beschützt und bewahrt vor allem, was uns wehtun könnte, durchs Leben gehen lassen. So könnte ich das auch mit meinen Petunien machen, Josch. Ich könnte 'ne Wand um sie ziehen und sie vor Wind und Regen, Käfern und Bienen beschützen. Was meinste wohl, was dann wäre?"

Ich zuckte mit den Schultern. Die Antwort war zu einfach.

„Sie würden nie Blüten tragen", sagte Tante Lou für mich.

„Mein Junge, ich weiß nicht alles über Gott, aber eins weiß ich so sicher, wie ich lebe und atme: Er hat uns lieb. Er hat uns restlos und völlig lieb, und Er will immer nur unser Bestes. Ich weiß nicht genau, wie die Sache mit deinem Hund zu deinem Besten dienen kann, Josch, aber ich weiß, daß du was draus gewinnen kannst, sonst hätte Gott es nicht zugelassen. Es liegt alles an dir, mein Junge. Jedesmal, wenn uns was betrübt, dann bestimmen wir selbst, ob wir's zu unserem Besten wirken lassen, wie Gott es vorgesehen hat, oder ob wir Bitterkeit wie 'n schlimmes Geschwür in unserem Herzen wachsen lassen.

Wir haben dich lieb, Josch, jeder von uns. Es tut uns so leid, daß du so traurig sein mußt. Es ist nun mal passiert. Wir können's nicht rückgängig machen, aber gib acht, daß dein Weh nicht noch größer wird und dich kaputtmacht. Gott hat dich lieb, Josch. Er kann dir in deiner Traurigkeit helfen, wenn du Ihn darum bittest. Begreif doch, daß dies zu deinem Besten sein kann. Versuch's wenigstens, Josch! Bitte versuch's doch!"

Tante Lou beugte sich über mich und gab mir 'nen Kuß. Ihre Wangen waren ganz feucht. Dann ging sie.

Ich dachte über all das nach, was sie da gesagt hatte, und beschloß, mich demnächst, vielleicht unten am Bach, mal ganz doll zu erinnern, um zu sehen, was mir alles einfallen würde. Schon jetzt sah ich 'n lachendes Gesicht mit blauen Augen über mir, das liebe Worte zu mir sagte – meine Tante Lou. Schnell stieß ich das Bild beiseite. Ich wollte nicht, daß sich meine guten Gefühle mit meinen bitteren ins Gehege kamen, sonst würden sie sich am Ende noch gegenseitig auffressen.

Tante Lou hatte mich lieb, da gab's gar keine Frage. Und Uropa auch, und sogar Opa und Onkel Charlie. Aber Gott? Irgendwie konnte ich das nicht so ganz glauben.

Wenn Er mich wirklich liebhatte, dann hatte er sich aber merkwürdige Sachen ausgedacht, um mir das zu zeigen. Tante Lou wollte nicht, daß ich Gott haßte, da war ich mir ganz sicher. Ich hatte sogar selbst 'n bißchen Angst vor den Folgen. Nee, beschloß ich, hassen würde ich Ihn schon mal nicht. Aber lieben konnte ich Ihn auch nicht. Ich würde einfach gar nichts für Ihn empfinden, gar nichts. Ich würde überhaupt nicht mal an Ihn denken. Das hatte Er jetzt davon. Vielleicht würde's Ihm sogar leid tun, was Er da mit mir gemacht hatte.

Aus Liebe

Mir graute vor der Schule am nächsten Morgen. Ich würde den anderen Kindern die Sache mit meinem Hund erzählen müssen, und das würde mir gewaltig schwerfallen. Wenn ich je ans Schuleschwänzen gedacht hatte, dann war's heute. Ich überlegte, ob ich mir meine Pausenbrote an den Bach mitnehmen sollte, aber dann wurde mir klar, daß ich auf diese Weise Tante Lou 'ne Lüge auftischen müßte, und das brachte ich wiederum nicht übers Herz. Also ging ich doch zur Schule, erzählte meinen Freunden, was passiert war, und ging wieder nach Hause.

Als ich in die Küche kam, lief Tante Lou wie 'ne aufgeregte Henne um Uropa herum.

„Bitte", sagte sie gerade, „trink doch deinen Tee aus. Du bist ja ganz erschöpft."

Uropa sah tatsächlich furchtbar müde aus. Hoffentlich war er nicht krank! Ich knirschte mit den Zähnen und dachte: „Wenn du mir den auch noch wegnimmst ..." Meine Hände ballten sich zur Faust.

Uropa lächelte mir zu, reichlich schwach zwar, aber mit dem alten Zwinkern in den Augen.

„Tag, Josua."

„Tag."

Ich setzte mich auf meinen Platz, und Tante Lou stellte 'n Glas Saft vor mich auf den Tisch.

„Beeil dich mit deinem Saft, Josch. Uropa hat dir was zu zeigen."

Ich leerte mein Saftglas in zwei oder drei Zügen, und dann führte Uropa mich wieder zum Schuppen. Drinnen war 'ne sorgfältig getischlerte kleine Kiste. Der Deckel war schon draufgenagelt. Uropa mußte es wohl für das beste gehalten haben, wenn ich Fleckis zertretenen kleinen Körper nicht sah. Er hatte auch 'n Grabzeichen gemacht. Es war ein langer, spitzer Stab mit 'nem schmalen Querbalken am oberen Ende. Darauf stand mit Pinselstrichen geschrieben: „Flecki. Josuas erster Hund."

„Ich dachte mir, vielleicht würdest du gern ..."

„Wo?" fragte ich und schluckte tapfer.

Ich ging mit der Kiste auf dem Arm voraus. Uropa folgte mit 'nem Spaten. Unter dem Ahornbaum bei Tante Lous Garten war 'n Stück weicher Erdboden. Als ich am Baum angekommen war, stellte ich die Kiste ab und nahm den Spaten von Uropa.

Wir schwiegen, bis die Kiste unter der Erde war und das Grabzeichen darauf stand. „Flecki. Josuas erster Hund." Merkwürdig, wie Uropa das formuliert hatte. Tante Lou kam dazu und legte 'nen kleinen Strauß Herbstblumen auf das Grab.

„Im Frühjahr", sagte sie, „pflanzen wir Veilchen."

Ich sah die beiden an.

„Danke", sagte ich, hob den Spaten auf und wollte losgehen. Die Arbeit wartete.

„Du, Josua!" rief Uropa hinter mir her. „Da ist noch etwas!"

Ich blieb stehen. Er würde mich doch wohl nicht auch noch über dem toten Hund beten lassen.

„Im Haus", sagte Uropa.

Also folgte ich ihm in die Küche und wartete ab. Uropa schob sich an mir vorbei. Er sah erschöpft aus. So schlapp hatte ich ihn noch nie erlebt. Kurz darauf kam er wieder aus seinem Zimmer. Unter seiner Jacke hielt er was versteckt. Als er mit der anderen Hand reingriff, bewegte sich das Etwas, und dann steckte es keck 'ne weiche Nase und 'n glänzendes, schwarzes Augenpaar in die Luft.

„Ich weiß, es ist nicht Flecki", sagte Uropa und befreite seine Füße von den Maschen seiner Strickjacke. „Aber damit kann man sicher auch viel Spaß haben."

Er reichte es mir rüber. Es war winzig. Ein richtiges Hundebaby! Sein Fell war braun und gelockt, die Ohren hingen ihm um das feine Köpfchen herum, und es hatte 'n buschiges Schwänzchen.

„Es ist eigentlich noch zu klein, um von seiner Mutter getrennt zu sein", sagte Uropa. „Wir müssen ganz besonders sorgsam mit ihm umgehen. Es wird sich zunächst furchtbar einsam fühlen, Josua. Deshalb braucht es viel Liebe."

Ich stand überwältigt da und staunte, daß 'n Hund so winzig und doch so vollkommen sein konnte. Mit seiner kleinen rosaroten Zunge leckte es mir über die Hand. Das brauchte man ihm gar nicht erst beizubringen.

„Aus ihm wird nie ein Hirtenhund werden", fuhr Uropa fort. „Dazu wird es nie groß genug sein. Es wird überhaupt recht klein bleiben. Ich konnte keinen anderen ..."

„Es ist ganz toll!" fiel ich ihm ins Wort. Uropa hörte sich beinahe an, als suchte er nach Entschuldigungen. „Es ist wirklich große Klasse! Guck mal, sein Gesichtchen! Es lernt bestimmt ganz schnell. Vielleicht lernt es sogar, auf zwei Beinen zu gehen!"

Tief innendrin fühlte ich wieder 'n Funken Schwung und Leben. Ich hörte, wie Tante Lou 'nen Stoßseufzer der Erleichterung entfuhr, und Uropas Gesicht sah plötzlich nicht mehr so müde aus.

Ich streichelte das Hündchen wieder. Es war so klein, daß es in meine beiden Hände paßte.

„Wie soll es denn heißen?" wollte Tante Lou wissen.

„Weiß noch nicht. Ich überleg's mir bei der Arbeit. – Mensch, ich müßte ja längst im Stall sein!"

Schweren Herzens riß ich mich von meinem Hündchen los.

„Uropa, würdest du wohl solange auf ihn aufpassen?"

Er lächelte.

„Es sieht eigentlich ein wenig schläfrig aus, meinst du nicht auch? Vielleicht nehme ich es einfach mit auf mein Bett; da kann es sich ausruhen."

Ich gab ihm das kleine Wesen und guckte hinter ihm her, wie er es in sein Zimmer trug und dabei sanft mit ihm sprach.

„Dank' dir, Josch", flüsterte Tante Lou. „Er ist so müde. Ich hab' mir schon Sorgen gemacht. Wenn er mit dir in den Stall gegangen wär', das wär' ihm bestimmt zuviel geworden."

„Er ist doch nicht krank?" fragte ich bange.

„Nein, nur müde." Tante Lou schüttelte den Kopf.

„Sobald du heute morgen aus dem Haus warst, Josch, hat sich Uropa auf den Weg in die Stadt gemacht, um dir 'nen neuen Hund zu suchen. Wer weiß, wie lange er hat laufen müssen, bis ihn endlich jemand mitgenommen hat. In der Stadt ist er dann die Straßen rauf und runter gelaufen und hat sich nach jungen Welpen erkundigt. Dieser eine war der einzige, den er auftreiben konnte, und die Jungen waren eigentlich noch nicht entwöhnt. Frau Sankey, der die Hunde gehören, hat ihn dann doch einen aussuchen lassen. Er hat der Reihe nach ausprobiert, ob sie Milch aus dem Schälchen trinken konnten. Dein Hund war der kleinste von allen, aber er hat schnell begriffen, daß im Schälchen auch Milch ist. Dann hat Uropa ihn den ganzen Weg nach Hause getragen. Das Tier ist was ganz Besonderes, Josch."

Ich nickte. Es war tatsächlich 'n ganz besonderer kleiner Hund. Man müßte ihn glatt „Geschenk des Himmels" oder so nennen.

Ich trat an Uropas Tür, um mich bei ihm zu bedanken, wenn ich überhaupt ein Wort rausbringen würde.

Er war aber bereits eingeschlafen und schnarchte. Der winzige Hund hatte sich in seiner Armbeuge auf seiner Brust zurechtgekuschelt. Jetzt mußte ich wieder schlukken. Ich würde mich halt morgen bedanken müssen. Hoffentlich würde ich dann die rechten Worte finden!

Pixie

Ich nannte mein Hündchen Pixie. Der Name paßte zu ihm. Es war 'n verspieltes, putzmunteres kleines Ding und hatte sich im Nu alle Herzen im Sturm erobert. Ich brauchte ihm erst gar keine Hundehütte zu bauen. Jedermann mochte es so gern, daß es gar keine Frage gab: Dieser kleine Wicht konnte unmöglich nachts allein im Freien schlafen. Vielleicht lag's ja daran, daß Opa und Onkel Charlie 'ne Schwäche für Babies hatten. Na, jedenfalls machten wir Pixie 'ne Kiste neben dem Küchenofen, wo es sich's tagsüber auf Uropas alter grauer Jacke bequem machen konnte.

Abends nahm ich es dann mit rauf in mein Bett, und niemand schien was dagegen zu haben. Ich weiß nicht, ob sie's mir um meinet- oder um Pixies willen durchgehen ließen, jedenfalls erlaubten sie es anstandslos.

Pixie war 'n helles Köpfchen und machte uns von Anfang an jede Menge Spaß. Die ganze Welt schien sich bloß um sie zu drehen, und ich mußte mich direkt anstrengen, auch mal an was anderes zu denken.

Uropa erinnerte mich wieder an Tante Lous Geburtstag, und eines Abends entwarfen wir zusammen einen Brief an Susi. Ich steckte ihn in meine Tasche. Morgen würde ich ihn Willie geben.

Susi ließ nicht lange auf die Antwort warten. Sie schrieb, daß sie und 'n paar Freundinnen gerne bei den Vorbereitungen zu dem Geburtstagsfest mithelfen würden. Sie schlug vor, Maiskolben am offenen Feuer zu rösten. Sie und die anderen Mädchen würden schon fürs Essen sorgen, wenn Uropa nur genug Holz für das Feuer beschaffte.

Uropa war's zufrieden. Er setzte sich gleich hin und schrieb ihr 'nen Brief zurück, in dem er ihre Vorschläge annahm und Ort und Zeit festsetzte. Er holte 'nen Geldschein aus einem Kästchen in seiner Kommode hervor und steckte ihn mit in den Briefumschlag. Mit dem Geld sollten die Mädchen Lebensmittel für das Fest einkaufen. Den Brief gab ich Willie in der Schule, und der nahm ihn mit nach Hause und gab ihn seiner Schwester.

Opa und Onkel Charlie hatten das Viehfutter inzwischen restlos unter Dach und Fach, und das klare Herbstwetter hielt immer noch an.

Jetzt hatte ich nur noch wenig im Stall und in der Scheune zu tun. Onkel Charlie übernahm wieder seinen Teil, und Tante Lou konnte wieder für die Hühner sorgen.

Das letzte Gemüse war aus dem Garten gegraben worden und lag fein säuberlich gestapelt im Gemüsekeller. Die letzten Vorbereitungen für den Winter waren getroffen. Von uns aus hätte's jetzt beinahe stürmen und schneien können – obwohl wir auch nicht gerade etwas gegen das blau-klare Herbstwetter einzuwenden hatten.

Eigentlich gab's nur eins, was uns noch beschäftigte: Tante Lous Geburtstagsfeier. Wenn sich das Wetter bloß bis dahin hielt, dann waren wir über den Berg.

Eines Abends nach der Arbeit fanden wir Männer ein paar ruhige Minuten. Uropa hatte Opa und Onkel Charlie eingeweiht, bevor er Susi geschrieben hatte. Sie waren einverstanden und freuten sich auf das Fest.

Samstag war Lous Geburtstag, und Samstagabend sollte die Feier sein. Wir beschlossen, morgens schnell in die Stadt zu fahren. Dann würden wir Tante Lou ihre Geschenke überreichen und unsere eigene kleine Geburtstagsfeier machen. Das Maiskolbenrösten wollten wir bis zum letzten Moment geheimhalten.

Ich holte meine Geldmünzen hervor, die ich mir zusammengespart hatte. Viele waren's nicht. Schließlich gab ich mich geschlagen und ging zu Uropa, um ihn zu fragen, ob ich wohl die beiden Zehner haben könnte. Dieses Jahr würden wir sowieso kaum mehr zum Angeln kommen. Er sagte, das wär' in Ordnung so, und ich atmete auf.

In Kirks Laden verbrachten wir 'ne halbe Ewigkeit mit Aussuchen. Onkel Charlie entschied sich für 'nen Spitzenschal. Zum Warmhalten taugte der sicher nicht viel, aber er sah duftig und hübsch aus. Opa kaufte 'n neues Kleid. Es war cremefarbig und mit rosa Bändchen, Schleifen und Spitze übersät. Ich konnte mir Tante Lou direkt darin vorstellen.

Ich hatte mein Auge auf ein Spitzentaschentuch geworfen, aber als ich mein Geld zählte, reichte es nicht ganz dafür. Also sah ich mich weiter um, aber ich konnte nichts finden, was mir so gut gefiel wie das Taschentuch. Ich suchte immer noch, als die anderen längst fertig waren.

Onkel Charlie sah, wie ich das Taschentuch beäugte, und er muß wohl haarscharf geschlossen haben, woran's haperte. Ich merkte, wie er mir von hinten 'n paar Münzen in die Tasche gleiten ließ. Jetzt hatte ich genug für das Taschentuch und sogar noch einen Fünfer übrig. Ich musterte die Bonbondose, während Herr Kirk das Taschentuch einpackte, aber dann überlegte ich mir, daß ich Onkel Charlie eigentlich seinen Fünfer wiedergeben müßte.

Uropa stand schon draußen beim Wagen. Er war in einem anderen Geschäft gewesen. Auf dem Nachhauseweg zeigte er mir, was er dort gekauft hatte.

„Das ist aber schön!" sagte ich. „Wozu ist denn das gedacht?"

„Das ist eine Schmuckschatulle."

Ich kämpfte mit mir, ob ich's ihm sagen sollte oder lieber nicht. Schließlich sagte ich's ihm doch.

„Ist bestimmt 'n wertvolles Kästchen, Uropa, bloß gibt's da ein Problem."

„Er schaute mich betroffen an.

„Sie hat gar keinen Schmuck!" flüsterte ich ihm zu.

Uropa schüttelte den Kopf und schmunzelte.

„Der kommt nach“, sagte er, „der kommt nach.“

Vielleicht machte man's ja so, dachte ich. Erst kommt die Schatulle und dann der Schmuck dafür.

Wir beeilten uns mit der Arbeit. Sogar Pixie mußte hinter Tante Lous Geburtstag zurückstehen. Lou wußte, daß sie ihren eigenen Geburtstagskuchen zu backen hatte. Sie hatte alle Geburtstagskuchen gebacken, seitdem sie groß genug war, um mit dem Ofen umzugehen. Ihr Kuchen wartete schon auf dem Tisch. Wir beäugten ihn voller Vorfreude und wünschten, das Mittagessen wäre schon vorbei.

Bevor Tante Lou ihren Kuchen anschnitt, überreichten wir ihr unsere Geschenke. Die Männer schoben mich vor. Ich überreichte ihr das Taschentuch.

„Oh, Josch!“ rief sie begeistert. „Wie hübsch! Woher haste bloß soviel Geld gehabt für so'n schönes Taschentuch?“

Ich schaute Onkel Charlie an. Der guckte ausdruckslos zurück, als könnte er kein Wässerchen trüben. Tante Lou nahm mich in die Arme.

Als nächstes packte sie den Schal von Onkel Charlie aus. Ihre Augen leuchteten, und Onkel Charlie bekam auch 'ne Umarmung. Er schaute mächtig stolz drein. Dann überreichte Opa sein Geschenk. Sie hob das traumhafte creme- und rosafarbige Kleid aus der Schachtel und schüttelte es glatt.

„Oh, Pa, das ist aber hübsch! Wirklich! Ich hätte es zwar nicht unbedingt gebraucht, aber ... Ich freu' mich so! Wie entzückend!“

Das war typisch Lou. Nichts von diesem albernen „Hach, das wär' aber nicht nötig gewesen!“ Sie sagte einfach geradeheraus, was sie dachte.

„Ich komm' mir so elegant vor! Hoffentlich krieg' ich bald mal die Gelegenheit, es auszuführen!“

„Komm, probier's doch mal an!“ redete Uropa ihr zu.

„Ja? Meinste wirklich?“ Lous Wangen glühten.

Wir überredeten sie gemeinsam, uns ihren neuen Staat vorzuführen. Wir wollten doch zu gern sehen, wie gut ihr unsere Geschenke standen.

Lou lachte und verschwand mit ihren neuen Sachen. Kurz darauf erschien sie wieder und stolzierte röckeschwingend und lachend durch die Küche.

Das Kleid paßte wie angegossen. Die Cremefarbe unterstrich ihre zarte Haut, und die rosa Schleifen und Bänder wiederholten das rosige Schimmern auf ihren Wangen.

Sie legte sich den Schal um die Schultern und winkte kokett mit dem Spitzentaschentuch. Alle lachten. Vor lauter Späßen hatte ich zuerst gar nicht gemerkt, daß Uropa aufgestanden war. Er trat auf Lou zu.

„Ich habe auch etwas für dich, Louisa."

Lou blieb stehen. Als Uropa ihr sein Geschenk ausgehändigt hatte, packte sie es aus und schnappte buchstäblich nach Luft, als sie die Schatulle erblickte.

„'ne Schmuckschatulle!"

Ich war heilfroh, daß sie nicht erst zu fragen brauchte, wozu das Ding dienen sollte.

„Sie ist wunderschön, Uropa!"

„Öffne sie, Louisa!"

Das tat sie, und da auf dem weichen Samt lag das schönste Medaillon, das ich je gesehen hatte. Als Uropa mir vorhin das Kästchen gezeigt hatte, hatte das noch nicht drin gelegen, das wußte ich genau.

Tante Lous große blaue Augen wurden noch größer. Es hatte ihr die Sprache verschlagen. Sie starrte das Medaillon an; dann hob sie es vorsichtig aus dem Kästchen und hielt es in der offenen Hand.

„Das hat deiner Großmutter gehört", erklärte Uropa leise. „Es kann nur von den zwei schönsten und liebsten Frauen der Welt getragen werden: von deiner Großmutter und dir."

Uropa trat einen Schritt näher und nahm das Medaillon aus Tante Lous Hand. Er stellte sich hinter sie und legte ihr die Kette um den zierlichen Hals. Dann gab er ihr einen Kuß auf die Wange.

„Herzlichen Glückwunsch zum Achtzehnten, Louisa!"

Jetzt liefen Tante Lou die Tränen nur so übers Gesicht. Sie ging zu jedem von „ihren Männern" und umarmte uns alle nochmals.

Wir hätten bestimmt den ganzen Nachmittag so fröhlich beisammensein können, wenn Onkel Charlie nicht zufällig auf die Uhr geguckt hätte. Er gab uns 'n Zeichen und nickte.

Uropa meinte, jetzt sei's wohl endlich an der Zeit, den Kuchen zu kosten. Lou blies die Kerzen darauf aus und gab jedem von uns 'n riesiges Stück auf den Teller. Sie selbst aß nur 'n kleines und lief dann lachend nach oben, um ihr Kleid wieder mit ihren Arbeitssachen zu vertauschen.

Ich gab Pixie 'n bißchen von meinem Kuchen ab. Nicht zuviel, damit sie nur keine Bauchschmerzen bekam. Der Kuchen schien ihr zu schmecken. Sie leckte mit ihrer kleinen rosaroten Zunge erst die Pfötchen ab und dann meine Finger, damit ihr ja kein Krümelchen entging.

Wir saßen um den Tisch und erzählten und lachten. Die Männer tranken Kaffee, und ich spülte meinen Kuchen mit Milch runter. Soweit war's ein erstklassiger Geburtstag gewesen. Wir konnten uns alle nicht vorstellen, daß die zweite Hälfte besser werden konnte. Besonders freuten wir uns auf die Überraschung für Tante Lou.

Wie 'n Blitz aus heiterem Himmel verdarb Opa mir den ganzen Rest des Tages. Er drehte sich zu Onkel Charlie um.

„Bert Thomas kommt doch, oder?"

Onkel Charlie nickte bloß.

Aha, das war also der nächste auf der Liste! Ich nahm Pixie auf den Arm und ging nach draußen. In mir kochte es. Wozu das Ganze? Wir haben Tante Lou doch hier bei uns, und sie ist glücklich hier. Habt ihr nicht gesehen, wie sie gelacht hat? Wozu wollt ihr alles kaputt machen?

Die Geburtstagsfeier

Es war beinahe acht Uhr, als die ersten Gespanne vorfuhren. Tante Lou guckte zum Fenster raus und rätselte, was das alles nur zu bedeuten hatte. Es brauchte 'ne ganze Weile, bis sie begriff, daß es etwas mit ihrem Geburtstag zu tun haben könnte.

Ich staunte ebenfalls nicht schlecht. Es sah so aus, als ob sich alle jungen Leute zwischen siebzehn und dreißig auf unserem Hof versammelt hätten. 'n paar waren dabei, von denen ich noch nicht mal den Namen kannte.

Susi Corbin und Rahel Morgan kamen ins Haus und wollten Tante Lou lachend nach draußen zerren. Die erflehte sich 'ne Gnadenfrist, um sich schnell umziehen zu können, und sie ließen sie gewähren. Sie würde doch nicht etwa das neue cremefarbige ...? Ach was, so war Tante Lou nicht. Sie erschien in 'nem buntbedruckten Kleid mit weißem Kragen und Manschetten. Sie sah prima darin aus, aber das tat sie eigentlich immer.

Während die Mädchen den Tisch deckten, den Opa für sie draußen aufgestellt hatte, gingen die Burschen die Pferde versorgen. Unser Scheunenhof stand gerammelt voll von Pferden, die sich, am Zaun angebunden, über ihr Futter und Wasser hermachten.

In unserem Hof ging's lärmend zu. Niemand schien sich richtig zu unterhalten. Die Burschen riefen durcheinander, und die Mädchen kicherten bloß.

Nachdem es 'n bißchen ruhiger geworden war, leitete Susi das erste Spiel. Ich verkrümelte mich neben den Fliederbusch, von wo aus ich alles sehen konnte, ohne im Weg zu sein. Da saß ich nun mit Pixie im Arm und fragte mich, wie's wohl sein mochte, mit von der Partie sein zu dürfen. Jedesmal, wenn eins von den Mädchen kicherte oder markerschütternd quietschte, war ich eigentlich heilfroh, nicht mitspielen zu müssen. Den Burschen schien das dagegen weniger auszumachen; ich hatte sogar den Eindruck, als legten sie's darauf an, die Mädchen zum Kreischen zu bringen.

Bei diesem Spiel brauchte jeder einen Partner. Tante Lou kriegte Charlie Hopkins zugeteilt. Der guckte maßlos erfreut drein. Das Spiel war so 'ne Art Staffellauf, bei dem Lou und Charlie beinahe gewannen, aber dann wurden sie in letzter Minute von Bert Thomas und Nellie Halliday geschlagen.

Es folgten mehrere andere Spiele. Mir schien, als ging's bei jedem 'n bißchen lauter und schneller zu. Jedenfalls hatten alle ihren Spaß, das stand fest.

Ich beobachtete Cullum Lewis 'ne Zeitlang. Er benahm sich nicht so ausgelassen wie die meisten anderen, obwohl er das Spiel nicht weniger zu genießen schien. Armer Cullum! Der kam bestimmt nicht oft zum Spielen. Sein Vater war lange schwerkrank gewesen. Von den sieben Kindern waren fünf Mädchen. Erst das Allerjüngste war wieder 'n Junge. Der war inzwischen vier und hoffnungslos verwöhnt.

Cullum mußte die Farm übernehmen, als er noch nicht mal mit der Schule fertig war. Zuerst waren die Erträge mager, und jeden Heller, den er zusammenkratzen konnte, brauchte er, um die Schulden seines Vaters zu bezahlen. Ich war mir nicht sicher, ob er die Schulden inzwischen restlos abgetragen hatte oder nicht, aber so hart, wie er arbeitete, konnte ich's ihm nur wünschen. Er hatte immer noch seine Mutter, fünf Schwestern und einen kleinen Bruder zu versorgen. Kein Wunder, daß er bei all der Verantwortung ernster und stiller war als die anderen Burschen in seinem Alter. Er spielte zwar gern mit, aber er benahm sich längst nicht so wild wie die anderen. Eins fiel mir allerdings auf: Seine Augen folgten Tante Lou auf Schritt und Tritt.

Meine Lehrerin, Fräulein Martha Peterson, war auch mit von der Partie. Komisch, ich hatte sie eigentlich nie unters Jungvolk gezählt, aber sie war tatsächlich bloß drei oder vier Jahre älter als Tante Lou. Man munkelte, daß Barkley Shaw es auf sie abgesehen hatte, aber soweit ich sehen konnte, hatte Barkley Shaw es auf alles abgesehen, was 'nen Rock trug. Ich konnte ihn nicht sonderlich gut leiden.

Opa stand 'ne Weile neben mir und besah sich das muntere Treiben. Ab und zu sah ich ihn zufrieden schmunzeln.

„Lou scheint sich ja prächtig zu amüsieren", sagte er.

„Mja."

„Sie sollte sich eigentlich öfters mal amüsieren", sagte er in Gedanken versunken. Schließlich zog er seine Uhr aus der Tasche. An seinem Gesicht konnte ich ablesen, daß es neun sein mußte. Ich wartete drauf, daß er „Zeit zum Schlafengehen" sagte, aber statt dessen meinte er: „Heut' ist was Besonderes." Er steckte die Uhr wieder ein, und ich wußte, daß ich heute abend länger aufbleiben durfte.

Die Spiele waren jetzt vorbei, und das Feuer wurde angesteckt. Jeder holte sich einen Holzblock vom Stapel zum Draufsitzen und stellte ihn um das Feuer herum auf. Unter lautstarkem Flachsen und Lachen begann das Maiskolbenrösten. Zahllose Schüsseln mit anderen lekkeren Sachen wurden aufgetragen. Es sah mir nach 'nem regelrechten Festmahl aus.

Opa tauchte wieder auf.

„Lou!" rief er für alle hörbar. „Dein Onkel Charlie hat 'nen großen Kessel Kakao aufgesetzt, Bert, ich glaube, Lou braucht Hilfe in der Küche!"

Aha, endlich! Ich hatte mich schon gefragt, wie sie Bert wohl ködern würden.

Bert ging neben Lou mit 'nem idiotischen Grinsen auf dem Gesicht ins Haus. Barkley dagegen guckte recht säuerlich drein. Er hatte seinen Sitzblock direkt neben Lous aufgebaut und wollte ihr bestimmt gerade wortreich erklären, wie man die Maiskolben am fachmännischsten gar kriegt.

Barkley war zwar 'n bißchen älter als die meisten anderen Burschen, aber deshalb war er kein Stück erwachsener als sie. Nachdem Lou und Bert in der Küche verschwunden waren, zuckte Barkley die Achseln, machte sich daran, Berts Sitzblock dick mit Butter einzustreichen, und rief den anderen laut und deutlich zu: „Paßt mal auf, wenn dieser Dummkopf wiederkommt!"

Barkley hatte dem Feuer gerade den Rücken gewandt und neckte Nellie und Susi für jedermann hörbar, da vertauschte einer von den Burschen zwei Sitzblöcke. Als Barkley sich wieder setzte, mußte er entdecken, daß nun sein eigener Hosenboden kräftig eingebuttert war. Ich glaube nicht, daß Barkley je erfahren hat, wer ihm diesen Streich gespielt hat, aber ich hab's genau gesehen. Es war genauso ruhig und unauffällig geschehen wie alles, was Cullum tat. Keiner von den anderen hatte es bemerkt.

Tante Lou und Bert waren schier 'ne Ewigkeit mit dem heißen Kakao beschäftigt. Ich fragte mich, welchen Trick Opa und Onkel Charlie wohl diesmal angewandt hatten, um sie möglichst lange in der Küche aufzuhalten. Endlich kamen sie wieder, und Bert schien sich einzubilden, daß ihm der Platz neben Tante Lou für den Rest des Abends zustand.

Ich saß da und besah mir das ganze Schauspiel; da hörte ich 'ne leise Stimme neben mir.

„Hab' dir was Eßbares mitgebracht."

Ich fuhr auf, so daß Pixie mir erschrocken aus dem Schoß sprang. Ich hatte nämlich gedacht, daß niemand mich hier sitzen sehen würde.

Es war Cullum.

„Du mußt mächtig Kohldampf haben bei all den Düften, die dir da in die Nase steigen!"

„Danke“, sagte ich und nahm den Teller. Ich war tatsächlich hungrig wie'n Bär.

„Hast 'nen Hund, was?“

Cullum langte runter und nahm Pixie in seine großen Männerhände. Ich wußte gleich, daß er sie mochte; das brauchte er mir erst gar nicht zu sagen, so liebevoll streichelte er sie.

„Soll ich dir noch mehr holen?“

„Nee, danke, ich hab' ja hier 'ne ganze Menge. Danke, Cullum! Ich muß sowieso bald ins Bett.“

Er setzte Pixie wieder auf meinen Schoß und richtete sich auf.

„Nette Geburtstagsfeier!“ sagte er. Er guckte zu Tante Lou rüber.

„Mja“, antwortete ich. Irgendwie hatte ich das Gefühl, als würde er sich gern 'ne Weile über Tante Lou unterhalten.

„Wir hatten so 'ne Art private Geburtstagsfeier vor dieser hier.“

„Ach ja?“

„Mhm. Wir haben ihr unsere Geschenke beim Essen gegeben.“

„Was hast du ihr denn geschenkt?“

„'n Taschentuch, mit lauter Spitze dran und so.“

„Das hat ihr bestimmt gefallen.“

„Ja, hat's. Sie sagte, sie hat noch nie so 'n schönes gesehen. Und Onkel Charlie hat ihr 'nen neuen Schal geschenkt. Den zieht sie bestimmt zur Kirche an. Vielleicht sogar morgen. Vielleicht siehste ...“

Au weia, da war mir was rausgerutscht! Keiner von Cullums Familie ging in die Kirche. Schnell redete ich drüber hinweg.

„Und Opa hat ihr 'n neues Kleid geschenkt. Mensch, ist das was Hübsches! Steht ihr ganz toll. Sie hofft, daß es demnächst irgendwo 'ne Hochzeit oder so gibt, damit sie's mal tragen kann.“

Cullum ließ seine Augen immer noch nicht von Tante Lou.

„Und Uropa hat ihr 'n Schmuckkästchen und 'nen Anhänger an 'ner Kette geschenkt. Der hat mal meiner Urgroßmutter gehört."

Bert Thomas hatte wohl gerade was Lustiges zu Tante Lou gesagt, und sie lachte glockenhell. Cullum trat von einem Bein aufs andere.

„Ich werd' mich wohl bald auf den Heimweg machen müssen, Josch. Ich hab's 'n bißchen weiter als die meisten anderen."

Er drehte sich um. Ich sprang hoch und fing Pixie gerade eben noch auf.

„Wart' mal 'n Augenblick, ja?" sagte ich hastig und drückte ihm Pixie in die Hände. „Hier, halt sie mal solange!"

Ich konnte nicht nahe genug an Tante Lou rankommen, um an ihrem Rock zu zupfen. Ich winkte ihr zu, und sie entschuldigte sich und kam zu mir rüber. Mit ihren Augen fragte sie besorgt, ob was nicht stimmte. Sobald sie in Hörweite war, platzte ich raus: „Cullum muß bald nach Hause. Er hat's weit. Ich dachte bloß, vielleicht willste dich von ihm verabschieden."

Sie atmete auf und legte ihren Arm um meine Schulter, und wir gingen zu Cullum rüber. Er stand mit Pixie auf dem Arm da und streichelte sie. So'n großer, breitschultriger Mann mit so 'nem winzigen Hündchen gab schon 'n komisches Bild ab.

„Josch sagt, du müßtest gehen", sagte Tante Lou mit ihrer sanften Stimme.

„Ja, das stimmt", antwortete er. „Hab' 'nen weiten Weg vor mir, und morgen muß ich früh raus. Bin selbst noch nicht fertig für den Winter, weil ich so lange beim Dreschen mitgemacht hab'."

Tante Lou nickte nur. Bestimmt dachte sie: ‚Morgen ist doch Sonntag!', aber sagen tat sie's nicht. Sie lächelte

Cullum an und reichte ihm die Hand. Beinahe hätte er Pixie fallengelassen. Ich nahm sie zur Sicherheit wieder an mich.

„Dank' dir, daß du gekommen bist, Cullum! Ich weiß, wieviel Arbeit du hast. Ich freu' mich, daß du mir trotzdem beim Geburtstagfeiern geholfen hast."

Tante Lou sagte das in aller Aufrichtigkeit.

„War mir 'n Vergnügen!" antwortete Cullum, und das war nicht weniger aufrichtig gemeint.

Tante Lou zog ihre Hand zurück.

„Ich hoffe, du kriegst deine Ernte rein, bevor's den ersten Sturm gibt."

Er nickte. „Ja."

Vom Feuer her rief jemand nach Tante Lou. „Wenn das Bert Thomas ist", dachte ich, „der kann was erleben!" Tante Lou schaute sich um.

„Ich muß gehen", sagte sie. „Nochmals vielen Dank, Cullum!"

„Ich wollte fragen, ob ..."

Aber da ging sie schon. Sie mußte Cullums leise gesprochenen Worte noch mitgekriegt haben, da war ich mir bombensicher. Ich wollte gerade hinter ihr her rennen, da hielt Cullums Hand mich zurück.

„Paß gut auf dein Hündchen auf, Josch!" Dann war er weg.

Ich ging ins Haus. Ich hatte gründlich genug von dem Ganzen. Bert Thomas scharwenzelte immer noch um Tante Lou herum wie 'ne Wespe um den Honigtopf, und Barkley Shaw schäkerte in unveränderter Lautstärke mit allen Mädchen, und das trotz des großen Fettflecks auf seinem Hosenboden.

Ich war 'n bißchen böse auf Tante Lou. Sie hätte Cullum gegenüber ruhig netter sein können; wenigstens hätte sie ihn 'n bißchen länger anlächeln können oder mit den Wimpern klimpern, oder was Mädchen sonst so tun. Aber das war halt nicht Tante Lous Art. Vielleicht mochte sie Cullum ja wirklich gern, wer weiß? Was er ihr gegenüber empfand, das war mir allerdings klar wie Kloßbrühe. Der arme Kerl tat mir leid. Ich wehrte mich mit Händen und Füßen dagegen, Tante Lou zu verlieren, aber wenn der Tag doch mal kommen sollte, dann hätte ich gegen Cullum noch am wenigsten einzuwenden.

Ich lief schnell zum Hühnerstall, um die Klappe zuzumachen, was ich vor all der Aufregung total vergessen hatte, und dann ging ich ins Haus. Draußen war's inzwischen ziemlich kühl geworden. Ich lehnte mich dicht an den Ofen, um mich 'n bißchen aufzuwärmen.

Tante Lou kam rein. Sie war allein.

„Wie wär's mit 'nem Stück Kuchen, Josch?"

Ich sagte nichts. Ich war immer noch böse auf sie, und das wollte ich ihr deutlich zu spüren geben.

„Kuchen, Josch?" fragte sie wieder.

Als ich immer noch nicht antwortete, kam sie zu mir.

„Was ist denn los?"

Ihr Blick fiel auf Pixie.

„Hat Pa dich ins Bett geschickt?" versuchte sie's zum dritten Mal.

„Nee."

„Na, was ist denn dann?"

„Du hättest ruhig 'n bißchen netter sein können, ja, das hättest du! Mensch, hier kommt er von so weit her, und ... und ..." Ich wußte nicht weiter.

„Ich hab' mich bei ihm fürs Kommen bedankt, und ich hab's ehrlich gemeint, Josch."

„Ja, ja, aber besonders toll haste dich nicht bedankt", sprudelte es aus mir hervor. „Du hättest ihn wenigstens ankichern können oder so."

Tante Lou guckte mich messerscharf an. Ich glaube, jetzt war ihr alles klar.

„Josch", sagte sie, „ich mag Cullum gern leiden, wirklich. Als Mann, als Bekannten; aber Josch ..." Sie suchte nach Worten. „Cullum hat keine Zeit für Gott. Ich bin mir nicht mal sicher, ob er überhaupt an Gott glaubt. Ich bin froh, daß er gekommen ist. Er ist 'n netter Kerl, aber Cullum könnte mir nie mehr als das bedeuten. Nicht, solange er Gott aus seinem Leben aussperrt."

„Ich hab' ja nicht gesagt, du sollst ihn gleich heiraten!" fauchte ich. „Du hättest bloß ... bloß 'n bißchen netter zu ihm sein können."

„Josua!"

Tante Lou nannte mich fast nie bei meinem vollen Namen.

„Cullum ist kein Mann, mit dem man Spielchen treibt. Ich würde ihn um nichts in der Welt in die Irre führen. Ich könnte ihm nie wehtun. Das wäre einfach nicht fair."

Sie hatte natürlich recht. Das wußte ich ja selbst. Ich war froh, daß sie an sich viel von ihm hielt. Wenn er das wüßte, würde er vielleicht doch mal in die Kirche gehen, und dann würde Tante Lou ihre Meinung ändern. Ach, im Grunde wußte ich ja, daß es mit dem Kirchgang allein nicht getan war. Tante Lou würde sich davon überzeugen wollen, daß er Gott dieselbe Bedeutung einräumte wie sie, bevor sie sich festlegte.

Plötzlich fiel Tante Lou wieder ein, daß sie ja draußen beim Aufräumen gebraucht wurde. Bald würden die Gäste sich verabschieden. Sie zog sich den Schal fester um die Schultern und ging raus.

„Gute Nacht, Josch."

„Gute Nacht."

Ich war schon auf dem Weg zur Treppe, aber dann beschloß ich, mich erst noch 'n bißchen aufzuwärmen. Ich setzte mich auf den Boden neben den alten Ofen und lehnte mich an die Wand. Bei der molligen Wärme wurde ich ganz schläfrig. Pixie schlief schon fest in meinen Armen. Eigentlich hätte ich gleich nach oben gehen sollen, bevor mir die Augen zufielen, aber es war so warm und wohlig hier. Opa und Onkel Charlie halfen draußen beim Aufräumen, und Uropa war schon längst im Bett.

Ich wollte mich gerade mühsam aufraffen, da hörte ich Stimmen. Es waren Tante Lou und dieser Schwachkopf von Bert Thomas. Opa und Onkel Charlie hatten die beiden bestimmt zusammen losgeschickt. Bert hatte gerade was zu Tante Lou gesagt.

„Ach ja?“ fragte sie, aber es klang nicht besonders begeistert.

„Ich hab's immer schon gedacht, aber heute abend ist's mir glasklar geworden.“

Tante Lou sagte nichts und türmte das schmutzige Geschirr auf den Küchentisch.

„Ehrenwort, Lou!“ redete Bert weiter, und es hörte sich an, als litte er unsägliche Schmerzen dabei. „Du bedeutest mir 'ne Menge. So wie dich hab' ich noch nie 'n Mädchen gemocht.“

Lou dachte sicher in dem Moment an Tillie Whitecomb, die im vorigen Monat Berts Mädchen gewesen war, oder an Marjorie Anderson, die im vorvorigen Monat drangewesen war.

„Oh!“ sagte sie bloß, anstatt: „Das haste aber nett gesagt“, oder „Das schmeichelt mir aber mächtig“ oder so.

Bert muß wohl gemerkt haben, daß er mit Redenschwingen nicht weiterkam. Bevor Tante Lou wußte, wie ihr geschah, hatte er sie rumgewirbelt, an sich gerissen und geküßt.

Die ganze Welt blieb stehen. Ich war auf Blitz und Donner gefaßt. Tante Lou machte sich los und trat einen Schritt zurück. Aus ihren Augen loderte es nur so. Ich hoffte, daß sie ihm 'ne gehörige Ohrfeige verpassen würde, aber das tat sie nicht. Sie stand nur einfach mit blitzenden Augen da, und was sie jetzt sagte, sagte sie leise und mit eiskalter Stimme.

„Bert Thomas, komm bloß nie wieder in meine Nähe!“ Sie drehte sich auf dem Absatz rum und sah zu, daß sie rauskam.

Keiner hatte mich bemerkt.

Nachdem Bert auch weg war, stand ich auf und hielt Pixie dicht an mein Gesicht.

„Nummer 3 können wir auch abhaken!" flüsterte ich ihr ins Ohr und kletterte grinsend die Treppe hinauf.

Eine wichtige Ankündigung

Am nächsten Morgen fiel uns allen das Aufstehen schwer, aber Opa sorgte dafür, daß wir's trotzdem taten. Ich kletterte mühsam und schlaftrunken aus dem Bett, als ich gerufen wurde, und dachte mit Grauen an meine Stallrunde. Zu meinem Erstaunen saßen alle anderen schon am Frühstückstisch.

„Dein Onkel Charlie hat heute mal Gnade vor Recht ergehen lassen", erklärte Opa.

Onkel Charlie grinste. „Ach ja. Immer bin ich's gewesen! Bloß, daß dein Opa die Schweine gefüttert hat."

„Danke", sagte ich zu beiden.

„Wie war denn die Geburtstagsfeier?" fragte Uropa. Er meinte uns alle damit, insbesondere Tante Lou.

„Richtig schön!" nickte sie.

„Sind die Gäste lange geblieben?"

„Ziemlich lange."

Jetzt ergriff Opa das Wort.

„Dieser junge Thomas", sagte er, „der scheint mir 'n ganz ordentlicher junger Mann zu sein. Wie der gleich mir nichts, dir nichts in der Küche mit angepackt hat!"

Tante Lou zuckte nicht mal mit der Wimper.

„Du hast ihn ja drum gebeten, Pa, falls du dich erinnerst."

„Hm, ja, schon ..." Opa wand sich auf seinem Stuhl. „Aber wenigstens hat er nicht versucht, sich rauszureden. Manch junger Bursch hätte sich die dollsten Entschuldigungen einfallen lassen, um nicht ..."

„Um nicht mit dem hübschesten Mädchen allein in der Küche sein zu dürfen?" fragte Uropa mit hochgezogenen Augenbrauen.

„Also, zugegeben“, grinste Opa, „allzu viele Worte braucht's nicht, um 'nen jungen Kerl dazu zu bringen, Lou zu helfen.“

Pause. Dann versuchte's Opa noch mal.

„Na ja, jedenfalls scheint er mir 'n anständiger, brauchbarer junger Mann zu sein. Man sagt, daß er vom Arbeiten was versteht. Hat sein eigenes Stück Land. Ein junges Mädchen hätte sicher 'ne gute Partie ...“

„Pa!“ unterbrach ihn Tante Lou. Ihre Stimme klang sanft und eisern zugleich. „Da magste ja recht haben, aber ich bin mit Sicherheit *nicht* dieses Mädchen. Ich habe Bert Thomas noch nie gemocht, ich mag ihn nicht und werde ihn auch nie mögen. Er ist 'n langweiliger, eitler Fratz und 'n Schürzenjäger obendrein!“

Tante Lou erhob sich von ihrem Stuhl. „Ich zieh' mich jetzt für die Kirche um.“

Opa zwinkerte mir zu. Irgendwie schien er zu wissen, daß Tante Lou ganz gut für sich selbst reden konnte.

In der Kirche gab's nichts Besonderes. Hingehen mußte ich; das war Opas ungeschriebenes Gesetz für unser Haus. Aber zum Zuhören konnte er mich dann doch nicht zwingen.

Nach dem Eingangslied schaltete ich einfach ab. Wenn Gott schon nicht auf meiner Seite war, dann sollte Er doch zusehen, wie Er auf Seiner eigenen ohne mich zurechtkam.

Als Herr Smith umständlich nach vorne kam, wurde ich doch wieder neugierig. Jedermann wußte, daß er der Vorsitzende des Gemeinderats war. Er räusperte sich und versuchte, ein nicht allzu gewichtiges Gesicht aufzusetzen.

„Wie Sie alle wissen“, begann er, „haben unser guter Herr Pastor White und seine liebe Frau uns von ihrer Absicht in Kenntnis gesetzt, sich bald in den Ruhestand begeben zu wollen. Wir werden sie von Herzen vermissen, aber wir wissen natürlich alle, daß sie sich ein paar geruhsame und … geruhsame und …“ Er war ins Stottern gekommen, und erst jetzt wurde mir klar, daß er seine Rede wohl auswendig gelernt haben mußte und mittendrin steckengeblieben war. Er lief leicht rot an. Schließlich ließ er sein Auswendiggelerntes beiseite und improvisierte weiter.

„Also, wie ich schon sagte, wir werden sie vermissen, aber wir freuen uns auch. Für die Whites, meine ich natürlich. Wir freuen uns, daß sie nun ’n paar geruhsame Jahre genießen können, nachdem sie uns manches Jahr treu gedient haben.“

Jetzt mußte er den Anschluß an seine Rede wiedergefunden haben.

„Obwohl wir die Whites vermissen werden, freue ich mich, heute anzukündigen, daß der Gemeinderat einen Nachfolger gefunden hat. Herr Pastor Nathaniel Crawford wird in Bälde Pastor Whites Stelle übernehmen. Der Gemeinderat hofft, daß Sie ihn alle willkommen heißen und ihm Ihre Unterstützung zuteil werden lassen.“

Ein Flüstern und Rascheln ging durch die Reihen. Nathaniel Crawford. Was für ’n merkwürdiger Name! Mein Name kam zwar auch aus der Bibel, und Opas auch, aber Nathaniel, das war ja schier endlos! Das konnte mir ja ’n komischer Kauz sein, bei dem Namen! Weiter interessierte’s mich nicht, und ich wandte mich wieder meinen Tagträumen zu.

Pastor White fing mit seiner Predigt an. Ich hörte mir nur die ersten paar Sätze an, um zu sehen, ob ich da eventuell was verpaßte. Es war wieder ’ne Predigt über Buße. Die hatte ich schon öfters gehört. Diesmal nahm er Paulus als Beispiel für einen Sünder, aus dem doch noch ’n guter Mensch geworden war. Ich hatte genug gehört. Paulus hatte bestimmt nie irgendwas Schlimmes erlebt; kein Wunder, daß er da so’n guter Mensch geworden war.

Nach dem Gottesdienst scheuchten Avery Garrett und ich ’n paar Mädchen mit Heuschrecken, die sich noch nicht für den Winter verkrochen hatten. Dann rief Opa uns alle zum Heimweg.

Heute ließ ich die Schuhe an. Es war inzwischen so kalt geworden, daß ich froh war, sie anzuhaben. Plötzlich mußte ich wieder an Cullum denken. Ob er wohl seine Ernte reinkriegte, bevor's richtig Winter wurde? Ich hoffte es für ihn. Ich wünschte, ich wär' groß genug, daß ich ihm helfen könnte. Aber der Tag würde bestimmt bald kommen.

Bei Tisch wurde über nichts anderes als über den neuen Pastor geredet: Wo er herkam, was für 'ne Sorte Mensch er war, und was er wohl für 'ne Familie hatte. Das einzige, was mich interessierte, war, ob er auch über „Bereitsein" und „Buße" und so weiter predigen würde. Für solche Predigten hatte ich nämlich nicht sonderlich viel übrig. Die versetzten mir meistens tief drinnen 'n merkwürdiges, dumpfes Pochen.

Ich zuckte die Achseln. Ich hatte sowieso nicht vor zuzuhören, also konnte's mir eigentlich egal sein, worüber er predigte. Ich entschuldigte mich vom Tisch und ging Pixie suchen.

Womit wir nicht gerechnet hatten

Am Samstag fuhren die Männer in die Stadt, und Tante Lou und ich machten's uns zu Hause gemütlich. Ich war froh, mal 'nen ganzen Tag für Pixie Zeit zu haben. So klein, wie sie war, hatte sie schon gelernt, auf Kommando zu bellen. Nur das Ruhigsein hatte ich ihr noch nicht beibringen können.

Ich verbrachte den ganzen Morgen damit, ihr beizubringen, sich auf Kommando zu rollen. Bei ihren dicken Beinchen und ihrem kugelrunden Bäuchlein war das gar nicht so einfach. Lou gesellte sich dazu, als ich auf dem Küchenfußboden mit meinem Hund spielte. Pixie sah so possierlich bei ihren verzweifelten Versuchen aus, daß wir laut lachen mußten.

Gegen drei Uhr beschloß ich endlich, Holz spalten zu gehen. Pixie brachte ich in ihre Kiste. Ich wollte auf keinen Fall riskieren, daß sie der Axt oder den fliegenden Holzsplittern in die Quere kam, und außerdem war's sowieso Zeit für ihr Nachmittagsschläfchen.

Mitten im geschäftigsten Holzspalten hörte ich plötzlich 'n merkwürdiges Geräusch vom Stall her. Noch nie hatte ich was Ähnliches gehört, also rammte ich die Axt in den Hackblock und ging los, um der Sache auf den Grund zu gehen. Es dauerte nicht lange, da wußte ich, was los war. Eine Sau hatte irgendwo 'nen leeren Eimer aufgetrieben und war mit dem Kopf darin steckengeblieben. Grunzend und quiekend rannte sie umher und stieß dabei Futtertröge und Geräte um. Ihren metallenen Kopf schüttelte sie wie wild hin und her. Sie sah so witzig aus, daß ich erst mal schallend über sie lachen mußte.

Nachdem ich lange genug zugesehen hatte, beschloß ich, etwas zu unternehmen. Ich kletterte zu ihr in den Stall und schaffte es auch, sie in eine Ecke zu bugsieren und den Eimer zu packen. Ich zog aus Leibeskräften, aber nichts rührte sich. Nach mehreren Versuchen gab ich's auf. Außer daß ich tüchtig ins Schwitzen gekommen war, hatte ich nicht viel erreicht. Ich beschloß, Tante Lou zu holen. Vielleicht wußte die ja Rat.

Als sie die Sau sah, mußte sie auch lachen, nur, daß sie schneller damit fertig war als ich vorhin.

„Wir müssen den Eimer abziehen."

„Ja, aber wie?"

„Weiß ich auch noch nicht. Komm, ich helf' dir!"

Sie ging voran zum Haus. Als wir vor der Tür standen, sagte sie: „Josch, hol mir mal eins von deinen Hemden und Onkel Charlies Arbeitshose."

Ich konnte mir zwar nicht vorstellen, was das mit dem Eimer zu tun hatte, aber ich ging trotzdem los. Sie nahm die Sachen in Empfang und verschwand in ihrem Zimmer.

Sie gab 'n lustiges Bild ab, als sie wieder runterkam. Ihre Locken hatte sie zu zwei dicken Zöpfen geflochten; das fiel mir zuerst auf. Der Rest von ihr war fast nicht wiederzuerkennen. Das Hemd war ihr zu klein und die Hose viel zu groß. Sie holte sich 'n Stück Bindfaden aus der Küchenschublade und fädelte es durch die Hosenschlaufen. Als sie den Bindfaden jetzt um ihre schlanke Mitte festzurrte, beulte sich die Hose nach unten aus wie 'n Zirkuszelt. Die Hosenbeine krempelte sie 'n paarmal um. Der Schritt hing ihr fast in den Kniekehlen, aber daran war wohl wenig zu ändern. Schließlich stieg sie in ihre Gartenstiefel, machte 'nen Knicks und sagte kokett: „Meine Damen und Herren, die letzte Masche aus Paris."

Da lachte ich los. Bis jetzt hatte ich mir's mühsam verkniffen. Sie stimmte ein und schlug sich auf die ballonähnlichen Hosenbeine.

„Wozu haste dich denn so gemustert?“ fragte ich, als wir wieder bei Atem waren. Jetzt wurde sie wieder ganz ernst.

„Wir müssen den Eimer irgendwie loseisen, koste es, was es wolle, und ich hab' das Gefühl, dazu werden wir sie auf den Rücken legen müssen. Und für'n Ringkampf mit 'ner Sau ist 'n Kleid nicht ganz das Richtige.“

Das leuchtete mir ein, aber sie sah trotzdem umwerfend komisch aus. So hatte ich Tante Lou noch nie gesehen.

Die Sau veranstaltete 'nen Mordstanz. Sie war so dumm, wie sie widerspenstig war. Ich konnte nicht begreifen, warum sie auch nicht ein bißchen mitmachte. Wir rannten quer durch den Stall hinter ihr her. Jedesmal, wenn wir dachten, jetzt hätten wir sie, entwischte sie uns wieder. Langsam wurde mir klar, warum Tante Lou ihr Haar geflochten hatte. Sogar meine kurzen Haare waren voller Dreck.

„Wir müssen sie irgendwie auf den Rücken werfen!“ keuchte Tante Lou.

Ich ging los, um 'n paar Stricke zu holen.

„Wenn wir die Stricke bloß um ihre Beine kriegen und sie zu Boden werfen können, dann kann einer von uns sie festhalten, und der andere zieht am Eimer.“

Und weiter ging's. Ich schaffte es, einen Strick um ein Vorderbein zu schnüren. Der Strick schleifte durch den Dreck, als sie mir jetzt wieder davonrannte. Ich sauste hinterher und versuchte, sie beim fetten Hinterbein zu erwischen. Tante Lou tat ihr Bestes, um mir zu helfen. Nach schier endlosem Hin und Her hatten wir endlich den zweiten Strick an der Sau. Lou hielt sie in Schach, während ich die Stricke bei den Enden faßte. Ich zog sie straff an und warf mich dann mit meinem ganzen Gewicht in die Seile. Das riß der Sau die Beine unter dem Bauch weg, und sie lag flach auf der Erde. Tante Lou und ich stürzten uns auf sie und banden sie fest.

„Pack dir den Eimer!“ stieß ich zwischen den Zähnen hervor.

Sie stand auf und griff den Eimer, aber nicht ohne die Sachlage erst mal eingehend zu betrachten.

„Beeil dich!“ rief ich ihr zu. Ich spürte, wie die Sau Anstalten machte, sich zu befreien.

Tante Lou packte den Eimer am Henkel und riß mit aller Kraft. Die Sau quiekte herzzerreißend, als ob wir ihr den Hals abschneiden wollten – was übrigens gar keine dumme Idee gewesen wäre.

Mit einem Schlag gab der Eimer einen dumpfen Knall von sich, und Tante Lou schoß nach hinten. Die Sau machte einen Satz und rannte quiekend und mit schleifenden Stricken davon. Hinter mir hörte ich Tante Lou. Ich guckte mich um und sah sie mitten im Futtertrog sitzen. Ihre Arme waren von Kartoffel- und Apfelschalen übersät. Sie hatte sogar was davon im Gesicht abgekriegt. Da saß sie nun blinzelnd und verzog das hübsche Gesicht zu Grimassen. Eine Flechte hatte sich gelöst, und die blonden Locken hingen ihr lose über die Schulter. Onkel Charlies Hose war hoffnungslos hinüber. Menschenskinder, am liebsten hätte ich gebrüllt vor Lachen, aber ich traute mich nicht. Schließlich rappelte ich mich vom Boden auf, klopfte mir die Hose ab und machte mich daran, Tante Lou aus dem Trog zu helfen. Ich hatte sie gerade wieder auf dem Erdboden, da hörte ich Opas Stimme.

„Na, habt ihr Schwierigkeiten?“

Wir guckten nicht mal auf, sondern sahen zu, daß wir den gröbsten Schmutz von unseren Sachen runterkriegten.

„Die Sau war mit dem Kopf im Eimer steckengeblieben!“

„Ja, hab' ich gesehen.“

„Haste gesehen?“ Am liebsten hätte ich gesagt: „Wenn du's gesehen hast, wo warste dann?“ aber ich schluckte's runter.

Tante Lou stand da wie 'n begossener Pudel und versuchte, die übelriechenden Schalen abzuschütteln. Von ihren viel zu großen, geborgten Hosen triefte es nur so. Opa räusperte sich.

„Scheint so, als hätten wir uns die verkehrte Zeit ausgesucht. Ich hab' nämlich den neuen Pastor zum Essen mitgebracht."

Tante Lou und ich fuhren beide wie von der Tarantel gestochen auf. Opa hatte nicht gespaßt: Da stand der neue Pastor! Er war dunkel. Seine Haare sahen aus, als würden sie sich mächtig locken, wenn er sie mal 'ne Woche zu spät schneiden ließ. Seine dunkelbraunen Augen waren von dichten Wimpern und Brauen umrandet. Er war größer als Opa, aber schmaler. Das heißt, bis auf die Schultern. Die waren mächtig breit. Was mir aber am meisten auffiel, war sein Alter. Er konnte höchstens fünfundzwanzig sein. Irgendwie hatte ich immer gedacht, alle Pastoren seien alt.

Lou musterte ich auch. Was sie wohl denken mochte? Eine Pause entstand, und dann sagte Lou leise, aber freundlich: „Entschuldigen Sie bitte, Herr Pastor, aber – wir hatten keinen Besuch erwartet."

Alle lachten, und das Eis schien gebrochen.

„Darf ich vorstellen? Pastor Crawford", sagte Opa. Er dachte wohl, daß jetzt alles in Butter war. Tante Lou teilte die Meinung allerdings nicht ganz. Unter ihren Schweinefutter-Sommersprossen lief sie tiefrot an.

„Guten Tag, Pastor Crawford."

„Guten Tag, Miss Jones."

„Er ist zum Abendessen hier", erinnerte Opa Tante Lou.

Die raffte alles an Würde zusammen, was die Umstände zuließen. Sie sah Opa schnurstracks in die Augen. Ich hatte sie noch nie so eisern entschlossen gesehen, und ich glaube, Opa auch nicht. Trotzdem hielt sie ihre Stimme ruhig und freundlich. Es gelang ihr sogar 'n Lächeln, aber wir wußten alle, daß sie jetzt nicht zum Scherzen aufgelegt war.

„Wir essen in zwei Stunden. Ich würde vorschlagen, du zeigst dem Herrn Pastor in der Zeit die Farm oder setzt dich mit ihm auf die Veranda."

Laut und deutlich fügte sie hinzu: „Daß mir keiner wagt, in meine Küche zu kommen, bis wir essen!"

Opa begriff. Er räusperte sich wieder.

„Komm, Josch!" sagte Tante Lou.

Auf dem Weg zum Haus redete sie weiter, und jetzt zitterte ihre Stimme 'n bißchen.

„Josch, bring die Badewanne rauf in mein Zimmer und hol mir warmes Wasser."

Ich nickte. Ich fragte mich bloß, wie sie in ihr Zimmer kommen wollte, ohne die vor Dreck triefenden Hosen durch die ganze Küche zu schleifen. Aber da hatte ich sie unterschätzt. Sie war nämlich noch nicht fertig.

„Und wenn du reingehst, reich mir die Couchdecke zum Fenster raus, ja?"

Sie ging ums Haus, während ich die Decke holte. Ich stieß das Fenster auf und reichte ihr die Decke. Sie warf sie um ihre Schultern und befreite sich darunter von Onkel Charlies übelriechender Hose. Dann raffte sie die Decke fester um sich, kletterte durch das offene Fenster und hastete in ihr Zimmer. Onkel Charlies Hose lag leblos auf der Erde, und die ersten Fliegen scharten sich schon darum.

Nachdem ich mich um Tante Lous Badewasser gekümmert hatte, machte ich mich daran, mir selbst 'n paar saubere Sachen anzuziehen. Dann ging ich wieder an den Hackblock.

Ich hatte keine Ahnung, wo sich die Männer unterdessen aufhielten, aber genau zwei Stunden später kamen sie in die Küche marschiert. Draußen war's ziemlich kühl geworden, und sie hatten keine allzu warmen Jacken an. Bestimmt waren sie heilfroh, in die warme Küche zu kommen.

Das Essen roch gut, und weil's später als sonst war, hatten wir alle 'nen Bärenhunger. Lou hatte nicht sonderlich viel Aufhebens gemacht. Das Essen war wie immer einfache, schmackhafte Hausmannskost. Der Tisch war mit unserem Alltagsgeschirr gedeckt. Offensichtlich hatte Lou nicht vor, beim neuen Pastor Eindruck zu schinden.

Sie trug 'n einfach geschnittenes, blau-weißes Hauskleid und 'ne saubere Schürze darüber. Ihr Haar fiel ihr lose über die Schultern. Es war noch nicht ganz trocken von der Wäsche. Ihre Wangen waren rot, aber ob das nun vom Arbeiten am heißen Herd oder von der peinlichen Begebenheit vorhin kam, das wußte ich nicht zu sagen.

Sie war die vollendete Gastgeberin: ruhig, höflich und aufmerksam. Dem Pastor schien's zu schmecken, besonders das selbstgebackene Brot. Er aß eine Scheibe nach der anderen, bis er sich schließlich wohl 'n bißchen unsicher wurde, aber dann aß er trotzdem noch eine.

Mir ging's wie Tante Lou. Ich hatte auch nicht viel zur Unterhaltung beizutragen. Statt dessen besah ich mir den neuen Pastor. Ich konnte mir beim besten Willen nicht vorstellen, weshalb 'n junger Mann wie er ausgerechnet Pastor werden wollte. Er hätte sich so viele andere Berufe aussuchen können. Cowboy zum Beispiel, oder Sheriff oder Ringkämpfer. Avery Garrett hatte mir erzählt, daß sein Onkel mal 'nen Ringkampf gesehen hatte. Aber nee, er war Pastor geworden. Das wollte mir einfach nicht in den Kopf. Das Geld konnte wohl kaum der Grund gewesen sein. Sogar mir fiel auf, daß sein Anzug zwar sauber, aber abgetragen und sorgsam geflickt war. Nee, ich kam nicht dahinter. Na, dann war er vielleicht 'n bißchen verrückt oder schwer von Begriff. Nachdem ich dem Tischgespräch 'ne Weile zugehört hatte, mußte ich das auch wieder fallenlassen. Er schien ordentlich was auf dem Kasten zu haben, und nett war er dazu. Ich war neugierig.

Bevor er sich verabschiedete, bewunderte er meine Pixie. Jeder, der gleich merkte, was für'n cleverer Hund meine Pixie war, der hatte schon halbwegs 'nen Stein im Brett bei mir.

Beim Rausgehen wandte er sich an Tante Lou. „Würden Sie und Josch mich zu meinem Pferd begleiten?"

Tante Lou schaute überrascht drein, aber sie hatte keine passende Ausrede zur Hand, und außerdem hatte er mich ja mit gemeint. Die anderen begriffen, daß sie nicht eingeladen waren, und machten sich daran, das Geschirr abzuräumen.

Wir schlenderten langsam über den Hof. Zuerst sagte keiner was, und ich fragte mich schon, was das Ganze zu bedeuten hatte.

„Ich wollte mich nochmals für das köstliche Abendessen bedanken, Miss Jones. Ich ... äh ..." Er lief leicht rot an; dann ging 'n amüsiertes Lächeln über sein Gesicht. „Ich, äh ... habe Sie heute in Verlegenheit gebracht, und dafür möchte ich mich entschuldigen. Wenn ich das nächste Mal zum Essen komme, dann nur auf Einladung der *Gastgeberin*."

Tante Lou sagte nichts, aber ihre blauen Augen wurden noch größer. Sie nickte und schaute nach unten.

„Haben Sie nochmals vielen Dank!" sagte er und zog den Hut.

Tante Lou sah auf. Die beiden standen sich wortlos gegenüber, und dann wandte sich der neue Pastor an mich. Er reichte mir die Hand, als ob ich 'n ausgewachsener Mann oder so wär'.

„Paß gut auf deine kleine Pixie auf, Josua! Sie ist ein feines Hündchen. Wir sehen uns bestimmt morgen früh in der Kirche."

Ich nickte. Ich würde todsicher an Ort und Stelle sein; dafür würde Opa schon sorgen. Morgen sollte Pastor White seine letzte Predigt halten, und dann würde Pastor Crawford der Gemeinde vorgestellt werden. Nach dem Gottesdienst sollte 'n Essen für die ganze Gemeinde stattfinden, und ab nächsten Sonntag hatten wir dann unseren neuen Pastor. Vielleicht würde ich sogar bei seiner ersten Predigt 'n bißchen zuhören, bloß den ersten Sonntag, damit ich rausfand, was für 'ne Sorte Pastor 'n Mann wie er abgab.

Ich sah ihm nach, wie er zum Tor hinausritt. Als ich mich wieder umdrehte, war Tante Lou schon wieder im Haus.

Pastor Nathaniel Crawford

Die nächste Woche verstrich. Es war 'ne merkwürdige Woche, oder besser gesagt, 'ne merkwürdige Tante Lou. Wo meine ganze Welt doch mit Tante Lou stand und fiel, mußte ich mir schon beinahe Sorgen machen.

Uropa hatte sich erkältet, und Tante Lou machte 'n Mordsaufhebens darum. Sie flößte ihm jedes Mittelchen ein, das sie kannte. Uropa nahm's gutmütig hin, aber ich hatte das Gefühl, als wäre er seine Erkältung im Grunde lieber von selbst losgeworden. So schlimm war sie sowieso nicht.

Außerdem glaube ich nicht, daß es Uropas Erkältung war, die Tante Lou so übermäßig beschäftigte. Sie schien einfach nicht zu wissen, wohin mit ihrer Unruhe.

Endlich kam der Sonntag. Beim Frühstückstisch gab's nur ein Thema: der neue Pastor. Worüber würde er wohl predigen, und würde er sich um das Jungvolk genauso kümmern wie um die Alten? Uropa konnte sich's nicht verkneifen zu bemerken, daß die jungen Mädchen sicher bald in Scharen im Gottesdienst auftauchen würden. Tante Lou, die lustlos in ihrem Essen rumgestochert hatte, guckte kurz hoch und dann wieder auf ihren Teller.

Ich hatte schon Angst, sie hätte Uropas Erkältung in den Knochen, so still kam sie mir vor, aber keiner von den Männern schien das zu bemerken.

Lou meinte, daß Uropa vielleicht besser heute zu Hause bleiben und sich ausruhen sollte, aber davon wollte er nichts wissen. Er hatte noch nie 'nen Gottesdienst versäumt, sagte er. Er hatte so viel Grund zum Danken, und das wollte er dem Herrgott höchstpersönlich sagen. Tante Lou fand, daß er das genausogut in seinem Zimmer tun könnte, aber Uropa widersprach.

„... und *nicht* verlassen eure Versammlung", zitierte er. „Wir sollen Ihn nicht nur jeder für sich, sondern alle gemeinsam loben."

Dann strich er Lou über ihr schimmerndes Haar. Seine Augen waren feucht.

„Genau wie deine Großmutter, Louisa. Immer um deine Lieben besorgt. Mir geht es gut, kleine Lou, wirklich. Dank' dir, daß du so lieb an mich denkst!"

Er lehnte sich vor und gab Tante Lou 'nen Kuß auf die Wange. Sie mußte wohl einsehen, daß sie Uropa nicht von seinem Kirchgang abbringen konnte. Sie schaute immer noch besorgt drein, aber ich glaube, sie freute sich auch 'n bißchen, daß er ihre Liebe anerkannte. Dann räumte sie schnell das Geschirr ab zum Spülen, damit sie rechtzeitig zur Kirche fertig war.

Onkel Charlie nahm sich 'n Geschirrtuch und half ihr beim Abtrocknen. Wie immer, wenn der letzte Teller wieder im Schrank stand, stellte sich Tante Lou auf die Zehenspitzen und drückte Onkel Charlie 'nen kleinen Dankeschön-Kuß auf die Wange, was Onkel Charlies eigentlicher Grund zum Helfen war.

Tante Lou rannte nach oben, als ob sie spät dran wäre. Dabei hatte sie heute mehr Zeit als sonst am Sonntagmorgen.

Aber dann brauchte sie doch 'ne halbe Ewigkeit zum Fertigmachen. Als sie wieder runterkam, standen wir Männer schon alle gestiefelt und gespornt in der Küche. Opa war langsam ungeduldig geworden. Eins ums andere Mal zog er seine Taschenuhr hervor. Er war drauf und dran, nach ihr zu rufen, da kam sie die Treppe herunter. Wir hielten die Luft an. Sie trug ihr neues cremefarbiges Kleid, das Opa ihr zum Geburtstag geschenkt hatte. Die rosa Schleifen und Bänder leuchteten mit ihren rosigen Wangen um die Wette. Ihr Haar hatte sie gebürstet, bis es seidig glänzte, und hochgesteckt, so daß nur 'n paar zarte Locken um ihr Gesicht tanzten. Den Schal von Onkel Charlie trug sie über dem Arm, und das Kettchen mit dem Anhänger, den Uropa ihr geschenkt hatte, glitzerte auf ihrem Kleid. Ich guckte genau hin, und richtig, in der Hand hielt sie mein Spitzentaschentuch.

„Na, gefall' ich euch?" fragte sie und drehte sich auf dem Treppenabsatz, damit wir sie von allen Seiten gebührend bewundern konnten. Aus ihren Augen blitzte es schelmisch.

„Extra für meine Männer!" sagte sie strahlend. „Nellie wollte schon lange, daß ich's mal anziehe, und warum auch nicht?"

Uropa sprach für uns alle: „Kleine Lou, du siehst aus wie ein Engel, und ich bin stolz, dich zur Kirche begleiten zu dürfen."

Er reichte ihr den Arm. Tante Lou hakte sich ein, und zusammen schritten sie zur Tür raus. Wir anderen hinterher.

„Mensch Meier", dachte ich, „wenn Cullum sie bloß so sehen könnte! Bestimmt würde er sich's mit der Kirche noch mal überlegen!"

Wegen Jim Rawleigh oder Hiram Woxley und nicht mal wegen Bert Thomas machte ich mir die geringsten Sorgen. Nicht, daß ich sie unbedingt an Cullums Seite sehen wollte; ich dachte mir bloß, er würde Tante Lou wirklich gern in diesem Aufzug sehen.

Das kühle Herbstwetter hatte dem Altweibersommer kurzfristig den Platz geräumt. Ich war froh, daß wir uns heute für die Fahrt zur Kirche nicht bis an die Ohren zudecken mußten, so daß wir uns kaum rühren konnten.

Opa trieb das Gespann zur Eile an. Wir waren 'n bißchen später dran als sonst, und Opa hielt nichts vom Zuspätkommen, was die Kirche betraf. Wir kamen aber noch rechtzeitig an. Als wir auf die Tür zugingen, spürte ich 'n allgemeines Aufsehen um uns. Die meisten jungen

Burschen standen noch draußen rum. Als Tante Lou jetzt auftauchte, gab's 'n großes Umgucken, Rippenstoßen und Grinsen unter ihnen. Sie grüßte sie höflich und freundlich wie immer – nicht mehr und nicht weniger.

Wir setzten uns in unsere Bank. Anstatt wie sonst darum zu betteln, bei den anderen Jungs sitzen zu dürfen, blieb ich diesmal bei meiner Familie und pflanzte mich mitten zwischen Uropa und Tante Lou. Ich konnte die Augenpaare förmlich auf uns spüren, und obwohl ich wußte, daß sie alle auf Tante Lou gerichtet waren, fühlte ich mich doch 'n bißchen unwohl in meiner Haut. Hinter uns hörte ich 'n paar Mädchenstimmen tuscheln. Sie unterhielten sich bestimmt über Tante Lous Kleid.

Der neue Pastor stieg aufs Podium und setzte sich auf seinen Platz. Aller Augen hefteten sich jetzt auf ihn – besonders die der Mädchen. „Heiliger Strohsack!" dachte ich. „Von da oben sieht er ja noch größer und jünger aus. So kann doch 'n Pastor nie im Leben aussehen! Die haben doch alle grauhaarig und weise zu sein!"

Jetzt lächelte er die Gemeinde an, und seine Augen schienen jeden von uns zu meinen. Tante Lou hatte derweil ihre Augen gesenkt und zupfte an einer Ecke von ihrem Taschentuch rum.

Der Gottesdienst fing wie gewöhnlich an. Wir sangen 'n altbekanntes Lied zum Eingang. Frau Cromby bearbeitete das Harmonium wie immer, und Herrn Shaws Baßstimme dröhnte durch die ganze Kirche. Der Kollektenteller wurde durch die Reihen gereicht, und Herr Brown sprach das Dankgebet.

Dann kam die Predigt, und sogar die Jungen in meinem Alter waren mucksmäuschenstill. Ich war gespannt wie 'n Flitzebogen auf das, was er zu sagen hatte. Natürlich würde ich mir nicht die ganze Predigt anhören; ich wollte ja nur wissen, was er so zu sagen hatte.

Seine Stimme klang warm, und bald hatte ich ganz vergessen, wie jung er aussah. Irgendwie hatte er mich restlos in seinen Bann gezogen, und ich hatte das Gefühl, als kämen seine Worte nicht nur von ihm allein.

Als ich später über seine Predigt nachdachte, war ich 'n bißchen verwirrt, muß ich zugeben. Er hatte nämlich im Grunde nichts anderes gesagt, als ich seit eh und je zu hören gekriegt hatte, bloß hatte er sich so anders ausgedrückt. „Gottes wunderbarer Plan" hatte er seine Predigt genannt, und er sprach über den sündigen, verlorenen Menschen und was Gott für ihn getan hatte, um ihn zu erlösen. „Aus Liebe", sagte er, „hat Er sich der Not des Menschen angenommen und uns durch den Tod unseres Herrn Jesus am Kreuz das ewige Leben geschenkt."

Wie gesagt, das hatte ich alles schon mal gehört, aber heute packte es mich. Dieser Pastor sah tatsächlich so aus, als wäre er randvoll vor Freude über das, was er da predigte. Man hatte den Eindruck, als freute er sich zum Zerbersten, weil Gott sich so viel Mühe mit den Menschen gemacht hatte. „Erbarmen" nannte er das, „Erbarmen" und „Gnade". „Erbarmen" war, daß Gott unsere wohlverdiente Strafe erlassen hatte – wie die Tracht Prügel, wenn man was Schlimmes ausgefressen hatte. „Gnade" waren die vielen guten Sachen, die wir gar nicht verdient hatten, wie das zweite Tellerchen Schokoladeneis, wenn sechs Portionen da sind und nur fünf Leute am Tisch sitzen.

Nach der Predigt sangen wir „O Gnade Gottes wunderbar", und ein Blick auf das Gesicht des Pastors sagte jedem, daß er sie wirklich wunderbar fand.

Da ging Willie Corbin plötzlich nach vorne und fiel weinend auf die Knie. Der neue Pastor betete mit ihm. Ich kannte Willie Corbin. Wenn einer's nötig hatte, in sich zu gehen, dann war's er. Ich hoffte bloß, daß anschließend noch was mit ihm anzufangen war.

Als der neue Pastor den Gottesdienst geschlossen hatte, ging ich hinter meiner Familie her aus der Bank. Ich konnte's kaum erwarten, an die frische Luft zu kommen.

Vorne saß Willie Corbin und strahlte übers ganze Gesicht. Seine Eltern umarmten ihn abwechselnd und wischten sich die Tränen mit dem Taschentuch vom Pastor ab.

An der Tür gab's 'n großes Gedrängel. Jedermann wollte dem Pastor die Hand schütteln und seine Predigt loben. Die Mädchen kicherten mit roten Gesichtern. Manche huschten schnell raus; andere guckten ihn kokett aus den Augenwinkeln an. Die Mütter waren nicht zu bremsen. Die mit unverheirateten Töchtern hielten sich 'ne halbe Ewigkeit an der Tür auf. Am liebsten hätte ich mich losgerissen und wäre nach draußen gerannt, aber ich wußte genau, daß ich ruhig in der Schlange zu stehen hatte, sonst würde ich auf dem Nachhauseweg von Opa ordentlich was zu hören kriegen.

Endlich waren wir dran. Opa ging voraus, schüttelte dem Pastor die Hand und sagte ihm 'n paar anerkennende Worte. Onkel Charlie folgte seinem Beispiel. Uropa schüttelte dem Pastor als nächster die Hand, aber er sagte bloß: „Gott segne Sie, junger Mann!" Ich hatte das Gefühl, als hörte der Pastor das lieber als all die anderen blumenreichen Kommentare davor.

Tante Lou stand vor mir. Sie ging einen Schritt vor und reichte dem Pastor die Hand. Und dann versetzte sie mir den Schreck meines Lebens.

„Pastor Crawford", sagte sie sanft, aber bestimmt, „Sie sagten, daß Sie uns wieder besuchen würden, wenn die Gastgeberin Sie einlädt. Möchten Sie nächsten Sonntag zu uns zum Essen kommen?"

Der Pastor machte 'n langes Gesicht.

„Frau Peterson hat mich schon für nächsten Sonntag eingeladen. Ich, äh ..."

„Dann vielleicht übernächsten Sonntag?"

„Frau Corbin ..."

„Und den Sonntag danach?"

„Die Hallidays."

Beide schauten recht elend drein.

„Ach so.“ Tante Lou wollte gerade weitergehen, da besann sie sich und lächelte. „Ihre Predigt war ausgezeichnet.“

„Danke.“ Er guckte Tante Lou geradeheraus ins Gesicht. Mir fiel auf, daß er ihre Hand immer noch festhielt. In dem Moment merkten's die beiden wohl auch. Lou wurde ganz rot und zog ihre Hand schnell zurück, und der Pastor räusperte sich verlegen.

Lou wandte sich zum Gehen, aber er hielt sie auf.

„Warten Sie einen Moment!“ sagte er.

Sie drehte sich um.

„Muß es denn unbedingt am Sonntag sein? Ich meine, essen muß man doch jeden Tag, nicht nur sonntags. Wie wär's mit Montag? Dienstag? Freitag?“

Lou lächelte erleichtert. „Aber natürlich!“ Es klang, als wollte sie sich dafür entschuldigen, daß sie nicht selbst auf die Idee gekommen war.

Der Pastor lächelte zurück. Er sah aus, als ob ihm 'n Stein vom Herzen gefallen wär'.

„Freitag um sechs?“ sagte Lou.

„Freitag um sechs.“

Er strahlte sie an und griff kurz nach ihrer Hand.

Tante Lou lächelte zum Abschied und ging weiter.

Jetzt war ich dran. Nach all dem Trubel war ich mir nicht sicher, ob er mich überhaupt bemerken würde, aber das hatte ich umsonst befürchtet.

„Josch! Schön, daß du gekommen bist! Wie geht's deiner kleinen Pixie?“

Ich murmelte 'ne halbwegs vernünftige Antwort und machte, daß ich wegkam.

Irgendwas war hier im Gange, das sah ja 'n Blinder. Ich wußte nicht genau, was es war, aber gefallen tat's mir nicht, das stand fest.

Gerüchte

Am Montag mußte Opa in die Stadt und fragte mich, ob ich mitwollte. Ich fragte, ob ich Pixie mitnehmen dürfte, und Opa nickte grinsend. Er sagte, er würde sie mitbringen, wenn er mich von der Schule abholte, um Zeit zu sparen.

Sobald die Schule aus war, rannte ich zur Tür raus. Draußen wartete Opa schon. Die anderen Kinder kamen dazugelaufen und wollten Pixie sehen. Ich zeigte sie stolz herum; dann kletterte jeder, der in Richtung Stadt wohnte, auf den Wagen, und wir fuhren los. Unterwegs setzten wir unsere Passagiere nach und nach an den verstreut liegenden Farmen ab. Wir hatten alle 'ne Menge Spaß, und ich glaube, Opa auch.

In der Stadt angekommen, fragte ich Opa, ob ich zu den Sankeys rüberlaufen dürfte, damit Pixie ihre Mutter besuchen konnte. Er erlaubte es, sagte aber, ich sollte nicht allzu lange bleiben. Ich rannte los.

Zu den Sankeys kam ich allerdings nicht. Mein Weg führte am Pfarrhaus vorbei, wo der neue Pastor jetzt wohnte, und als ich gerade am Pfarrhaus vorübergehen wollte, kam der Pastor nach Hause. Er dachte wohl, daß ich extra gekommen wäre, um ihn zu besuchen. Er grinste übers ganze Gesicht.

„Tag, Josch! Tag, Pixie!" rief er uns zu. „Da hab' ich aber Glück gehabt, daß ich euch nicht verpaßt habe! Laß mich nur schnell meinen Big Jim versorgen, dann gehen wir rein und sehen mal nach, ob wir nicht ein paar Plätzchen mit Milch auftreiben können!"

Ich wollte ihm sagen, daß ich eigentlich zu den Sankeys unterwegs war, aber dann schluckte ich's einfach runter.

Schließlich mußte ich da ja nicht unbedingt hin. Also ging ich hinter ihm her zur Scheune.

Ich hatte das Gefühl, als sollte ich besser irgendwas sagen. Mir fiel auf, daß er seinen dunklen Anzug anhatte. Deshalb fragte ich: „Hausbesuche gemacht?"

„Ja, ich war bei den Corbins. Da hab' ich übrigens auch die Plätzchen her."

„Pastor White hat bloß immer dienstags und donnerstags Besuche gemacht – außer", fügte ich schnell hinzu, „außer, wenn's 'n Notfall war."

„Na, dann nennen wir dies halt einen Notfall. Frau Corbin geht es nicht besonders gut. Sie konnte gestern nicht zum Gottesdienst kommen. Aber ich möchte ohnehin gern alle Familien in meinem Bezirk besuchen, sobald es geht."

Er rieb seinen Big Jim sorgfältig ab und gab ihm Heu.

„Sein Wasser und Futter kriegt er in einer Stunde", sagte er. Wir gingen ins Haus.

„Du, Josch, macht's dir was aus, wenn ich eben schnell meine Wäsche von der Leine hole?"

„Nee, gar nicht. Ich würde Ihnen sogar helfen, wenn ich nicht Pixie festhalten müßte."

Er fragte, welche Fortschritte Pixie seit Sonntag gemacht hatte, und ich erzählte es ihm. Er wollte gerne 'n paar von den Tricks vorgeführt haben, und ich war gleich Feuer und Flamme.

Er öffnete die Tür und ließ mich vorgehen. Drinnen waren die Möbel spärlich gesät, aber die paar Sachen, die er hatte, waren blitzblank. Er legte seine Wäsche auf den Tisch und kümmerte sich um die Milch und die Plätzchen.

Ich nahm mein Milchglas in Empfang und langte mir 'n paar Plätzchen. Er nippte an seinem Glas und fing an, seine Wäsche zu sortieren. Die Strümpfe rollte er paarweise zusammen. Die meisten waren geflickt, einige sogar an mehreren Stellen. Jetzt zog er einen hervor, der 'n kleines Loch hatte, und legte ihn zur Seite.

„Na, den flicke ich am besten zurecht, bevor ich ihn wieder anziehe." Er lachte. „Löcher im Strumpf sind wie Sünde, Josch. Wenn du sie nicht gleich in Ordnung bringst, solange sie noch klein sind, wachsen sie unglaublich schnell."

„Flicken Sie Ihre Strümpfe etwa selbst?"

„Aber ja. Strümpfe, Hemden, Hosen, alles."

„Ist Ihnen das nicht furchtbar lästig?"

Er lachte wieder.

„Daß ich's für mein Leben gern tue, kann ich eigentlich nicht behaupten, aber ich habe vor vielen Jahren lernen müssen, daß man mit Aufschieben nicht viel gewinnt."

„Wie kam das denn?"

„Laß mal sehen. Ich war zwölf, als mein Vater starb. Pa war schwerkrank gewesen, und als er starb, hatten wir seine ganzen Ersparnisse aufgebraucht. Mama wollte nicht, daß er sich Sorgen um uns machte, und deshalb verkaufte sie alles, was sie nur aus dem Haus geben konnte, ohne daß er's merkte. Nach Pas Tod hat sie dann anderen Leuten die Wäsche gemacht, damit wir uns so eben über Wasser halten konnten. Ich holte die Wäsche ab und lieferte sie wieder ab, und manchmal half ich Mama auch beim Waschen. Dazu suchte ich mir jede andere kleine Arbeit, die ich nur auftreiben konnte.

Mama hatte ihren Stolz. In der Nähe wohnte Pas Vetter. Großer Mann, große Familie, aber nicht viel Energie. Deren Haus war verlottert und vernachlässigt und nicht eins der saubersten. Mama schwor sich, daß unser Haus nie so aussehen würde, auch wenn wir noch so arm waren, solange sie ihre Beine noch trugen. Also schufteten wir beiden von früh bis spät.

Ich wollte Pastor werden. Das war mein Traum. Wo ich auch hinsah, waren Menschen unglücklich. Gott hatte mir die Berufung ins Herz gelegt, als ich noch sehr jung war, und ich sprach mit beiden Eltern darüber. Kurz bevor Pa starb, rief er Mama und mich zu sich. ‚Mein Sohn', sagte er, ‚ich weiß, die Dinge stehen nicht zum Besten, aber wenn Gott dich wirklich in Seinem Dienst haben will, dann darfst du nicht aufgeben. Wo ein Wille ist, da ist auch ein Weg.‘ Ich versprach ihm, daß ich nie aufgeben würde, und dann ließ ich ihn mit Mama allein. Sie sollten die letzten Minuten für sich haben, und außerdem wollte ich irgendwo allein weinen.

Jedesmal, wenn Mama von ihren mageren Verdiensten ein paar Dollar abzweigen konnte, bestellte sie mir ein Buch. ‚Damit du was dazulernst!‘ sagte sie dann immer.

Sie war eine feine Frau, meine Mama. Ich bin stolz, ihr Sohn zu sein. Sie machte sich Sorgen darüber, daß ich mit meinen zwölf Jahren plötzlich ein Mann zu sein hatte, aber wenn ich jetzt daran zurückdenke, glaube ich, daß das alles in Gottes Plan gewesen ist. Das frühe Erwachsenwerden hat mich gelehrt, schwere Entscheidungen zu treffen und immer verantwortlich zu handeln.

Als ich achtzehn war, starb Mama, und ich verkaufte unser kleines Haus in der Stadt, damit ich die Schule und Universität besuchen konnte. Ich fand Arbeit, meistens jedenfalls, und schaffte es, meine Ausbildung zu bezahlen. Zum Studium brauchte ich etwas länger als meine Freunde, aber Gott hat's mir doch möglich gemacht – genau wie Pa gesagt hatte.“

Er schwieg eine Weile; dann guckte er mich mit einem merkwürdig mühsamen Lächeln an.

„Als ich fertig war, habe ich was Komisches gemacht, Josch. Ich habe meine Urkunde genommen, auf der zu lesen steht, daß ich ab jetzt Pastor bin, und mit meinem allerletzten Geld habe ich einen wetterfesten Rahmen dafür machen lassen. Und dann bin ich zu meiner alten Heimatstadt gefahren und habe die Urkunde zwischen den beiden Gräbern von meinen Eltern aufgestellt.“

Als er mich jetzt ansah, hatte er 'ne Träne im Auge. Am liebsten hätte ich auch geweint.

„Ist das nicht eine verrückte Idee, was meinst du?“

Ich schüttelte bloß den Kopf und schluckte. „Ich hab' noch nie drüber nachgedacht, was ich für meine Mama und meinen Pa tun könnte."

„Haben deine Eltern Gott liebgehabt, Josch?"

Ich nickte.

„Dann wäre es das größte Geschenk für sie, wenn du auch Gott lieben und Ihm nachfolgen und dienen würdest."

„Mja, vielleicht", sagte ich langsam. In mir nagte etwas, daß mir ganz mulmig zumute wurde. Am liebsten wäre ich rausgerannt, aber da hatte der Pastor schon die letzten Wäscheteile zusammengefaltet und wechselte das Thema auf was wesentlich Angenehmeres.

„So, nun zeig mal her, was deine kleine Pixie schon alles kann!"

Jetzt verging die Zeit wie im Fluge. Ich ließ Pixie sämtliche Tricks, die sie konnte, vorführen, und der Pastor belohnte sie nach jeder Vorstellung mit 'nem Stückchen Keks. Er gab mir 'n paar Tips für ihren nächsten Trick, auf den Hinterbeinen zu tanzen. Dann fiel mir plötzlich die Uhr wieder ein. Ich sagte, daß ich schleunigst zurück müßte, sonst würde Opa auf mich warten müssen, sammelte Pixie auf und bedankte mich im Rausgehen. Den ganzen Weg rannte ich.

Restlos außer Atem kam ich bei unserem Wagen an. Zu meiner großen Erleichterung saß Opa noch nicht mit finsterer Miene und den Zügeln in der Hand auf dem Bock. Ich kletterte hoch und ließ mich auf die paar Gabeln voll Heu auf dem Wagenboden fallen. Hoffenlich würde ich wieder bei Atem sein, bis Opa zurückkam!

Ich brauchte nicht lange zu warten. Er kam bald. Dabei unterhielt er sich mit jemandem.

Dieser Jemand war ein Ältester unserer Gemeinde, Herr Brown. Sie redeten übers Wetter, aber als sie gerade vor unserem Wagen angekommen waren, schien's plötzlich um ernstere Dinge zu gehen.

„Wollte heut' abend vielleicht mal bei euch reinschauen, Daniel."

„Haste was auf dem Herzen?" Das war Opas Stimme.

„Ich weiß nicht recht, was ich davon halten soll. Mein Schwager war neulich bei uns zu Besuch. Der kennt die Familie Crawford anscheinend ganz gut."

„Du meinst die Familie von unserem Pastor?"

„Ja, muß wohl. Er kann sich an keinen Nathaniel erinnern, aber er sagt, bei denen gibt's so viele, daß er sie noch nie alle auseinanderhalten konnte."

„Und?" fragte Opa abwartend.

„Scheinen wohl nicht besonders anständige Leute zu sein. Unzuverlässig, faul, schmutzig, laut. Er konnte's kaum glauben, daß einer davon Pastor geworden sein soll."

„Wie lange hat er die denn gekannt?"

„Fünf Jahre oder so; seitdem er dahin gezogen war."

„Vielleicht ist das ja die falsche Familie."

„Da gibt's bloß die eine mit dem Namen. Früher hat's wohl noch eine gegeben, aber der Mann und seine Frau liegen längst auf dem Friedhof."

„Und was meinste?"

„Kommt mir alles 'n bißchen spanisch vor. Weiß nicht, was ich davon halten soll. Henry meinte schon, vielleicht ist dieser Nathaniel einer von der ganz gerissenen Sorte, der im Pastorengewand seinen Lebensunterhalt kassiert, ohne 'n Handschlag dafür zu tun."

„Da hat er aber keinen blassen Schimmer vom Pastorendasein!"

Herr Brown lachte, aber dann sagte er ernst: „Als Pastor kannste dir deine Arbeitszeit selbst aussuchen, Daniel. Wenn du vorhast, den Leuten 'ne Hilfe zu sein, dann biste auch von früh bis spät unterwegs, aber wenn du lieber Däumchen drehen willst, dann kannste das genausogut."

Opa schwieg. Dann antwortete er bedächtig: „Also Lukas, ich will niemandem was Schlechtes nachsagen, bevor ich was Genaueres weiß. Vielleicht handelt es sich hier doch um 'ne Verwechslung."

Am liebsten wäre ich auf der Stelle vom Heu aufgesprungen und hätte den beiden alles erzählt: daß unser Pastor nicht aus dieser schlampigen Familie kam, daß er's im Leben nicht leicht gehabt hatte und daß er schwer arbeiten mußte, um Pastor zu werden. Aber wenn ich das gemacht hätte, dann hätte ich ja glatt zugegeben, daß ich Erwachsene belauscht hatte, und das zudem vor Herrn Brown. Auch war ich mir nicht sicher, was Opa darüber sagen würde. Außerdem dachte ich mir, daß ich Opa später ganz unverfänglich von meinem Besuch beim Pastor erzählen konnte. Dann würde ich ihm einfach alles berichten, was mir der Pastor erzählt hatte. Ich zog Pixie dicht an mich und verhielt mich mucksmäuschenstill.

Eben sagte Herr Brown: „Muß zugeben, das Ganze hat mir 'nen schönen Schrecken eingejagt."

„Immer langsam mit den jungen Pferden, Lukas! Selbst wenn's derselbe Crawford ist, will das noch lange nichts heißen. Du weißt doch, daß nicht alle Äpfel im Korb faul sein müssen. Außerdem hat der Herrgott schon so manchen faulen Apfel wieder zurechtgebracht. Das wissen wir doch beide."

„Ja, sicher", sagte Herr Brown, „da haste schon recht. Dachte bloß, wir halten besser unsere Augen und Ohren offen."

Frau Brown rief von der anderen Straßenseite, und ihr Mann verabschiedete sich. Als er sich schon zum Gehen wandte, sagte Opa leise: „Ach, und Lukas, ich seh' keinen Grund, die Sache breitzutreten. Laß es unter uns bleiben, wenigstens vorläufig, ja?" Dann hörte ich Opa die Zügel nehmen und auf den Bock steigen.

Ich beschloß blitzschnell, mich schlafend zu stellen. Opa hörte ich nach mir rufen; dann hatte er mich wohl entdeckt. Er lachte leise und breitete 'n paar Kartoffelsäcke über Pixie und mich und setzte das Gespann in Marsch.

Ich guckte ihn 'n paarmal verstohlen an. An seinem Gesicht konnte ich ablesen, daß er doch ziemlich verstört war nach dem Gespräch mit Herrn Brown. Klar, er wollte dem Pastor gegenüber fair sein, aber dann war er auch nur 'n Mensch, und die ersten Zweifel waren gesät.

Es schien mir ganz so, als ob ich der einzige war, außer dem Pastor selbst natürlich, der die Wahrheit kannte, aber irgendwie wußte ich nicht genau, ob's das Richtige war, wenn ich sofort alles ausspuckte. Ach, es war 'n Durcheinander! Ich wollte dem Pastor schon helfen, aber ich hatte keine Ahnung, wie ich das am besten anstellen sollte. Vielleicht würde mir ja später was einfallen.

Ich zog mir die Kartoffelsackdecke über die Schulter, und dann schlief ich tatsächlich ein. Ich wurde erst wach, als wir wieder zu Hause waren.

Tante Lous Gast

Wenn ich vorige Woche schon gedacht hatte, daß mit Tante Lou was nicht stimmte, dann war sie diese Woche doppelt merkwürdig. In der einen Minute lachte sie, im nächsten Moment war sie todernst und schweigsam und machte sich an allem und jedem zu schaffen. Sie polierte und schrubbte und wischte im ganzen Haus, als ob wir jahrelang im tiefsten Dreck gelebt hätten.

Am Freitag endlich brachte sie den ganzen Tag in der Küche zu. Der Duft von Brathühnchen, Rosinenbrötchen und Apfeltorte war mehr, als 'n heranwachsender, hungriger Junge ertragen konnte. Ich konnte die Essenszeit kaum abwarten. In der Küche hatte ich im Moment sowieso nichts verloren, also nahm ich mir Pixie mit auf die Veranda und wartete darauf, daß Tante Lou mich zum Essen rief.

„Josch, komm rein und mach dich flink zum Essen fertig!“ rief sie endlich.

Ich ging rein und wollte mir gerade wie üblich Gesicht und Hände waschen, als Tante Lou erklärte:

„Ich möchte, daß du dich gründlich wäscht, mein Junge, und dann ziehst du dir bitte dein Sonntagszeug an!“

Die Kinnlade fiel mir runter. Sonntagszeug am hellichten Freitag? Das war ja lächerlich! Ein Blick auf Tante Lou, und mir war klar, daß sie nicht gescherzt hatte. Ich schluckte meine Widerrede runter, aber innerlich protestierte ich doch 'n bißchen. Verrückt, sowas!

Die Männer kamen rein, und Lou brachte sie tatsächlich dazu, auch ihr Sonntagszeug anzuziehen. Wie 'ne Herde gehorsamer Schafe gingen wir nach oben.

Reichlich verlegen stieg ich die Treppe wieder hinunter. Wenn Avery oder Willie mich in dem Aufzug gesehen hätten, wäre ich am liebsten im Erdboden versunken. Lou begegnete mir auf der Treppe. Sie huschte hoch, um sich auch noch schnell umzuziehen.

Ich ging in die Küche und warf ’nen Blick umher, ob sich nicht irgendwo was finden ließe, was ich probieren konnte. Ich fand aber nichts.

Der Tisch fiel mir ins Auge. Ein reines, weißes Tischtuch lag drauf, und das Geschirr hatte ich noch nie gesehen. Für ’nen anständigen Blumenstrauß war’s schon zu spät; statt dessen stand ’ne Schale mit glänzend polierten Äpfeln in der Mitte. Ich wollte mir gerade einen davon nehmen, da kam Uropa aus seinem Zimmer.

„Das würde ich an deiner Stelle nicht tun, Josua“, flüsterte er. „Das würde das ganze Kunstwerk zerstören.“

Er lachte leise und zwinkerte mir zu. „Dazu hat sie eine geschlagene Stunde gebraucht.“

Ich fand’s albern, so viel Getue um etwas zu machen, das frisch aus der Hand genauso gut schmeckte.

Bald hatten wir Männer uns alle in der Küche versammelt. Ich glaube, wir kamen uns alle reichlich dumm vor. Da standen wir verlegen in unserem Sonntagszeug herum und trauten uns kaum zu atmen vor lauter Angst, daß wir was Falsches taten oder sagten. Wir waren heilfroh, als wir Tante Lou auf der Treppe hörten.

Sie hatte eins von meinen Lieblingskleidern an. Es war das Blaue, das ihre Augen noch größer und blauer erscheinen ließ. Ihr Haar trug sie lose über die Schultern, und ’n schmales Band hielt ’ne Handvoll davon auf ihrem Hinterkopf zusammen. Sie sah himmlisch aus, allerdings auch ziemlich nervös.

Sie guckte nach dem Essen auf dem Herd, guckte sich den Tisch ’n letztes Mal an, guckte uns Männer an, ob wir auch ordentlich aussahen, und dann guckte sie zur Uhr. Fünf vor sechs. Da hörten wir Hufschläge.

Onkel Charlie stand auf und ging nach draußen, um den Gast zu begrüßen und sein Pferd zu versorgen. Opa räusperte sich und rückte die Stühle zurecht, obwohl die schon alle schnurgerade in Reih' und Glied standen. Ich stand bloß einfach da und wünschte mir, ich hätte Pixie auf dem Arm; aber das ging nicht, weil ich mir ja gerade die Hände frisch gewaschen hatte. Uropa redete sanft auf die aufgeregte Lou ein.

„Den Tisch hast du aber nett zurechtgemacht, mein Liebes!" Er wollte sie beruhigen, das merkte ich gleich. Ich hatte gar nicht vorgehabt, was an der Lage zu retten; ich platzte einfach raus mit dem, was ich dachte: „Mensch, hab' ich 'nen Hunger!"

Mit den paar Worten muß ich wohl die Spannung gebrochen haben. Alle lachten, sogar Tante Lou, und obwohl sie eilig noch hier und da letzte Hand anlegte, schien sie mir jetzt eher die alte zu sein.

Da kam auch schon Onkel Charlie mit dem Pastor in die Küche. Der wusch sich nach seinem Ritt eben noch die Hände. Onkel Charlie tat desgleichen, und dann konnten wir uns endlich an den Tisch setzen. Der Pastor sprach das Tischgebet. Mir lief das Wasser so doll im Mund zusammen, daß das Gebet ungehört an meinen Ohren vorbeirauschte.

Die Erwachsenen schienen's nicht sonderlich eilig mit dem Anfangen zu haben. Sie redeten und redeten, bis ich schließlich am liebsten gefragt hätte, ob's nicht langsam an der Zeit wäre, das Hühnchen rumzureichen.

Neben jedem Teller lag 'n eckiges Stück Stoff. Ich hätte gern gewußt, wie ich's am unauffälligsten loswerden konnte, damit ich an meine Gabel kam. Die anderen nahmen ihre Stoffstücke und breiteten sie auf dem Schoß aus, also machte ich's ihnen nach.

Endlich gingen die Schüsseln rum. Das Essen war alles Warten wert gewesen, soviel steht fest. Ich glaube nicht, daß es irgend jemand besser geschmeckt hat als mir.

Der Pastor langte kräftig zu, aber ich hatte das komische Gefühl, als merke er nicht mal, was er da aß. Jedesmal, wenn ich ihn anguckte, warf er Tante Lou gerade 'nen verstohlenen Blick zu. Er schaffte es, sich halbwegs intelligent mit den Männern zu unterhalten und auch Tante Lou mit ins Gespräch zu ziehen, aber ich hätte gern gewußt, wo er mit dem Rest seiner Gedanken war.

Das Essen verlief gemächlich, und die Unterhaltung war lebhaft und fröhlich. Als alle so satt waren, daß sie keinen einzigen Löffel Nachtisch mehr unterbringen konnten, schickte Opa mich die Bibel holen. Diesmal war die Geschichte sogar ganz interessant. Sie handelte von Gideon, der 'ne ganze Armee in die Flucht schlug, und das mit bloß dreihundert Mann.

Tante Lou machte sich an das Geschirr. Onkel Charlie stand langsam auf und nahm sich 'n Trockentuch. Der Pastor sah aus, als wäre er am liebsten aufgesprungen und hätte Onkel Charlie das Tuch abgenommen, wenn das nur schicklich gewesen wäre. Statt dessen ließ er sich von Opa zu einem Spiel Mühle einladen.

Das Spiel und das Geschirr waren fast gleichzeitig fertig. Tante Lou zog sich die Schürze aus, gab Onkel Charlie seinen gewohnten Kuß auf die Wange, und die beiden setzten sich wieder zu dem Rest. Es war 'n ganz gemütlicher Abend.

Meine Schlafenszeit war schon bedenklich nahe gerückt, als Tante Lou das Kaffeewasser aufsetzte. Zu dem Kaffe hatte sie Plätzchen gebacken.

Ich beobachtete den großen Zeiger an der Uhr. Es war Schlafenszeit für mich, aber als Tante Lou zu Tisch bat, sah ich, daß sie mir 'n Glas Milch auf meinen Platz gestellt hatte, und Opa winkte mir zu, mich zu setzen.

Als die Plätzchen alle und die Kaffeetassen gelehrt waren, sagte der Pastor, daß es jetzt aber Zeit für ihn sei, nach Hause zu reiten. Onkel Charlie erbot sich, sein Pferd zu holen, aber er meinte, das wäre nicht nötig; er wüßte ja, wo er Big Jim finden würde. Er bedankte sich bei Opa für den netten Abend und verabschiedete sich von Onkel Charlie, Uropa und mir. Er strich sogar Pixie über den Kopf und wünschte ihr 'ne gute Nacht. Dann wandte er sich an Tante Lou.

Er nahm ihre Hand und dankte für die Einladung. Er sagte ihr, was für 'ne gute Gastgeberin und Köchin sie wäre. Tante Lou antwortete nicht viel, jedenfalls nicht laut. Irgendwie hatte ich das Gefühl, als sagten sich die beiden viel mehr als Worte. Tante Lous Gesicht konnte ich nicht sehen; nur das vom Pastor, aber dessen Augen sagten mehr als seine Lippen.

Schließlich ließ er Tante Lous Hand los und ging. Ich wartete drauf, daß sie die Tür zumachte und wieder reinkam. Es dauerte 'n paar Minuten, aber dann kam sie, und ihre Augen glänzten, und ihr Gesicht war 'n bißchen rot. Als sie dann den Tisch abräumte, hatte sie 'nen Gesichtsausdruck, den ich noch nie an ihr gesehen hatte.

Ich sah, wie Opa und Onkel Charlie sich mit gerunzelter Stirn anguckten.

„Laß meine Tasse stehen, Louie", sagte Opa. So nannte er sie selten oder nie. „Ich trink' noch 'ne Tasse Kaffee."

„Meine auch", fügte Onkel Charlie hinzu.

„Also, ich für meinen Teil gehe schleunigst zu Bett", sagte Uropa mit einem mühsam unterdrückten Gähnen. „Das viele gute Essen hat mich ganz schläfrig gemacht. Du hast deine Sache fein gemacht, mein Liebes!"

Er gab ihr 'nen Kuß auf die Wange und ging in sein Zimmer. Ich regte mich. Das hätte ich besser nicht getan, aber mein Arm mit Pixie drin war mir steif geworden. Opa war sofort auf Draht.

„Zeit zum Schlafengehen, mein Junge!"

Ich nickte und stand auf. Mit Pixie auf dem Arm ging ich nach oben.

Nicht lange darauf hörte ich Tante Lou an meiner Tür vorbeigehen. Sie summte leise vor sich hin. Normalerweise hatte ich's gern, wenn sie guter Dinge war, aber irgend etwas störte mich heute dran. Ich versuchte einzuschlafen, aber statt dessen wälzte ich mich bloß hin und her. Pixie hatte bald genug davon und machte sich's am Fußende bequem, wo sie ein etwas ruhigeres Lager hatte.

Von unten aus der Küche hörte ich Stimmen. Sie klangen besorgt, das merkte ich am Tonfall. Ich kletterte aus dem Bett und schlich mich, so weit wie's ging, die Treppe hinunter. Um die quietschende dritte Stufe machte ich 'nen Bogen. Ich setzte mich und lehnte mich an die Wand.

„... du genausogut wie ich", sagte Opa gerade.

Ich hörte, wie Onkel Charlie Luft duch die Zähne zog, bevor er 'nen Schluck von seinem siedendheißen Kaffee nahm. Dann landete sein Stuhl auf allen vier Beinen.

„Klar hab' ich das gesehen."

„So hab' ich Lou noch nie erlebt."

„Einmal mußte's ja kommen."

„Ja, sicher. Das ist es ja. Deshalb haben wir ja wie verrückt versucht, sie in die richtige Richtung zu stoßen."

„Dafür ist es jetzt wohl zu spät."

„Nix ist zu spät!" Opa hörte sich an, als ob er beinahe auf die Tischplatte gehauen hätte, um seinen Worten Nachdruck zu verleihen. „Es *darf* einfach noch nicht zu spät sein", sagte er jetzt 'n bißchen ruhiger. „Dieser Crawford ist erst 'n junger Spund, und haben tut er nix. Gar nix. Haste seinen Anzug gesehen?"

„Ja, hab' ich."

„Schön sauber und gebügelt, aber so dünn, daß man die Zeitung durch lesen kann. Und das ist sein bester, den er hat."

„Man soll 'nen Mann nicht nach seinem Anzug beurteilen, das weiß ich ja sogar."

„Darum geht's ja auch gar nicht. Er kann sich keinen besseren Anzug leisten, darum geht's! Würd' mich nicht wundern, wenn er nicht mal genug Kleingeld in der Tasche hat, daß es klingelt. Und wenn du schon mit nichts in der Tasche anfängst, dann kommste mit 'nem Pastorengehalt mit Sicherheit auf keinen grünen Zweig. Der Mann hat ja nicht mal 'nen Wagen; bloß 'n Pferd. Willste Lou etwa in Lumpen hinter ihm auf'm Pferderücken davonreiten sehen?"

„Jetzt schlägt's aber dreizehn!" rief Onkel Charlie, und die Stuhlbeine landeten alle vier wieder auf dem Fußboden. „Wieso soll ich das wollen? Du weißt ganz genau, wieviel mir an dem Kind liegt. Klar sähe ich's auch lieber, wenn sie 'n bißchen besser leben könnte. Bloß wüßte ich nicht, wie du jetzt noch was dran ändern willst."

„Dann rede ich halt mit ihr."

„Reden?"

„Jawohl, ich rede mit ihr!"

Onkel Charlie zog wieder Luft durch die Zähne und nahm einen Schluck von seinem Kaffee. Der Stuhl fügte sich quietschend in sein Schicksal, wieder auf den Hinterbeinen stehen zu müssen.

„So, so! Einfach mit ihr reden, und das Mädchen vergißt im Handumdrehen, daß sie ihn je zu Gesicht gekriegt hat."

Opa machte 'ne Pause. „Nee", sagte er schließlich. „Nee, so einfach wird's wohl nicht gehen. Aber Lou ist 'n bedachtsames Mädchen. Die wird sich schon nach meinen Wünschen richten. Wenn ich sie drum bitte, daß sie … daß sie nicht …" er räusperte sich, „… daß sie seine Zuneigung nicht erwidert, dann tut sie das auch nicht."

„Nee, da kannste Gift drauf nehmen, und wenn's ihr das Herz bricht."

Opa stand auf und hantierte mit der Kaffeekanne. Die dritte Tasse? Er mußte mächtig aus dem Lot sein.

„Komm, Charlie, so weit ist Lou nun auch wieder nicht, der junge Pastor scheint's ihr angetan zu haben, und er ist wohl auch 'n ganz anständiger Kerl, aber Lou ist noch nie den jungen Burschen nachgelaufen, und …"

„Aber das ist es ja gerade!“

„Du glaubst doch nicht etwa an Liebe auf den ersten Blick?“

„’türlich nicht. Aber wenn ich mich nicht ganz und gar vertue, dann wird’s noch so manchen zweiten und dritten Blick geben, und dann ... Lou hat noch nie ’nen Mann so angeguckt. Wenn das kein deutliches Zeichen war, dann weiß ich’s auch nicht.“

Pause.

„Und du meinst, es würde ihr’s Herz brechen?“ fragte Opa.

„Und ob!“

„Was machen wir denn da bloß?“

Jetzt war’s lange still in der Küche.

„Wir wägen’s ab. Können wir ihr soviel Herzeleid zumuten, wenn’s zu ihrem eigenen Besten ist?“

Opa goß die beiden Kaffeetassen wieder voll.

„Vielleicht doch“, sagte er. „Vielleicht doch.“

„Vielleicht findet Lou aber, daß richtige Liebe mehr wert ist als teure Klamotten“, meinte Onkel Charlie.

„Bloß, daß man von Luft und Liebe schlecht leben kann!“ knurrte Opa.

„Hach ja!“ seufzte Onkel Charlie. „Aber weißte, das Komische ist, daß selbst die ärmsten Schlucker irgendwie über die Runden kommen, solange die Liebe nicht fehlt.“

„Aber das will ich nicht für meine Lou! Irgendwie über die Runden kommen ist mir nicht genug für’n Mädchen wie sie!“

„Jawoll!“

„Ich werd’ mit ihr reden.“

Onkel Charlies Stuhl landete wieder auf allen Vieren, und ich wußte, daß sie den Fall jetzt als abgeschlossen betrachteten. Dicht an der Wand entlang schlich ich mich in mein Zimmer zurück.

Ich hatte sämtliche von Opas Argumenten gehört. Mit keinem Wort hatte er Onkel Charlie gegenüber erwähnt, was er heute von Pfarrhelfer Brown erfahren hatte. Ich wußte ganz sicher, daß Opa dem Pastor selbst 'ne Chance geben wollte, aber ich wußte auch, daß es ihm mehr als schwerfallen würde, das Gehörte so einfach aus seinem Gedächtnis zu streichen. Er sorgte sich um seine Lou und wollte kein Risiko für sie eingehen.

Auch ich wollte Tante Lou nicht verlieren. Ich hoffte, daß es was nützte, wenn Opa mit ihr redete. Gleichzeitig hatte ich aber auch Angst. Es sah mir ganz danach aus, als würde Tante Lou wehgetan. Das aber wollte ich ganz und gar nicht. Mehr als alles in der Welt wollte ich, daß sie glücklich war.

Plötzlich wünschte ich mir, ich hätte Gott nicht so erbost den Rücken zugewandt. Ich hätte Ihm so gern mein ganzes verwirrtes Herz ausgeschüttet. Jetzt war ich beinahe neidisch auf Willie Corbin. Dann überlegte ich mir aber, daß Gott das alles bestimmt sowieso egal war. Der interessierte sich ja doch nie für meine Sorgen. Ich zog die schlafende Pixie an mich, vergrub mein Gesicht in ihrem Fell und weinte mich in den Schlaf.

Ich könnte ja Opa gleich doch noch zu mir rufen und ihm alles erzählen, was ich heute beim Pastor erfahren hatte. Aber wenn ich das machte, dann würde er vielleicht nicht mehr mit Tante Lou reden. Ach, ich war innerlich ganz hin- und hergerissen. Es war nicht fair dem Pastor gegenüber, wenn ich das, was ich wußte, für mich behielt, aber auf der anderen Seite brauchte ich mich nur in Schweigen zu hüllen, um Tante Lou nicht zu verlieren. Später, wenn alles geregelt und in Ordnung war, würde ich bestimmt Opa alles sagen, was der Pastor mir erzählt hatte, ganz bestimmt. Es konnte ihm jedoch sicher nicht allzuviel schaden, wenn ich vorläufig erst mal schwieg.

Das große Feuer

Opa mußte wohl mit Lou geredet haben. Was dabei für Worte gefallen waren, wußte ich natürlich nicht. Lou strengte sich an, sich nichts anmerken zu lassen, aber ich sah ihr an, wie schwer ihr das fiel. Ihre Fröhlichkeit wirkte gezwungen, und manchmal erwischte ich sie dabei, wie sie traurig vor sich hinstarrte, als ob sie sich nach was sehnte, was sie doch nie kriegen konnte.

Am nächsten Sonntag in der Kirche lächelte sie, als sie beim Rausgehen dem Pastor die Hand gab, aber als er 'n paar Worte mit ihr wechseln wollte, ging sie schnell weiter. Der Pastor schaute verwundert drein, aber hinter ihr herrufen konnte er wohl kaum in dieser Situation.

Die nächste Woche kam und ging. Das Wetter hatte sich immer noch nicht geändert. Wir hatten 'nen komischen Herbst gehabt. Er war viel zu trocken gewesen. Den ganzen Spätsommer über hatte es schon nicht viel Regen gegeben. Sogar die Farmer in der Nachbarschaft, die sonst spät dran waren mit der Ernte, hatten dieses Jahr jede Menge Zeit, ihre Ernte einzubringen. Herr Wilkes Dreschmaschine stand schon seit Wochen im Schuppen, und es hatte immer noch keinen Regen gegeben.

Inzwischen war's längst an der Zeit, daß Schnee kam. Die Vögel waren schon alle zum Überwintern in den Süden gereist, und die anderen Tiere trugen ihre Winterpelze. Die Nächte waren frostklar, und die Teiche und Bäche hatten 'ne dicke Eisschicht. Auf den Teichen konnte man prima Schlittschuh laufen, aber wir Kinder hatten sogar das satt und wünschten uns, daß es bald schneite, damit wir Schlitten fahren und Schneeballschlachten machen konnten.

Die Stoppelfelder waren zundertrocken, und das Laub auf der Erde raschelte im Wind. Das Vieh mußte jeden Tag getränkt werden, weil die Wasserstellen alle überfroren waren und weil's keinen Schnee gab, den sie schlekken konnten. Die Leute machten sich langsam Sorgen, daß ihr Vieh wegen der Trockenheit Durst litt.

Es war schon alles recht merkwürdig. Sogar die Luft roch anders. Und dann passierte es plötzlich.

Es war an einem Nachmittag. Draußen war klirrender Frost, aber kein Lüftchen regte sich, und weit und breit war keine Wolke zu sehen. Die Schule war gerade aus, da rief Avery Garrett den ganzen Schulhof zusammen.

„Mensch, guckt mal: Wolken!"

'n großes Stimmengewirr folgte.

„Bald gibt's Schnee!"

„Dann können wir endlich Schlitten fahren!"

Die Lehrerin hatte uns gehört und kam auf uns zu.

„Das sind keine Wolken, Jungs. Das ist Rauch!"

„Rauch?"

Wir guckten genauer hin. Es war tatsächlich Rauch. Mir fiel außerdem auf, daß der Rauch aus der Richtung von unserer Farm kam. Da hielt mich nichts mehr. Ich rannte los.

Als ich näher rankam, sah ich, daß der Rauch nicht über unserer Farm hing, sondern irgendwo dahinter. Ich war heilfroh, aber ich rannte im selben Tempo weiter. Ich war noch nicht halb über unserer Weide, da konnte ich schon den Umtrieb auf unserem Hof erkennen. Der Hof stand voller Gespanne, Wagen und Reitpferden, und immer noch mehr kamen an. Männer hasteten zwischen dem Brunnen und den Wagen hin und her. Unten an der Brücke warteten noch mehr Wagen, die mit allen möglichen Wassergefäßen beladen waren.

Ich dachte schon, ich würde's nicht mehr bis zum Hof schaffen, aber irgendwie trugen mich meine Beine dann doch noch.

Jetzt war der Rauch schon in der Luft zu riechen, und an der Rauchsäule konnte man ablesen, daß sich das Stoppelfeuer direkt auf unsere Farm zu bewegte.

Keuchend kam ich auf unserem Hof an. Opa war gerade dabei, zu den Männern zu sprechen.

„Ich sag' euch allen Dank, daß ihr mir helfen wollt, meine Farm zu retten, aber es ist zwecklos."

Laute Protestrufe unterbrachen ihn, aber er hob die Hand und gebot Ruhe. „Wenn wir meine Farm retten wollten, dann brauchten wir jeden Mann und jedes Gespann dazu. Und während wir hier wie verrückt kämpften, frißt sich das Feuer an den Flanken weiter auf die anderen Farmen zu, und dann auf die Stadt. Das wißt ihr so gut wie ich. Wir müssen einfach diese Farm aufgeben und zusehen, daß wir die anderen und die Stadt vor dem Feuer schützen können."

Es klang düster, aber die Männer wußten genau, daß Opa recht hatte.

„Wenn mir bloß einer oder zweie von euch helfen", fuhr Opa fort, „dann laden wir schnell soviel, wie's geht, auf 'nen Wagen und sehen zu, daß wir das Vieh auf die andere Seite vom Bach kriegen, bevor das Feuer hier ist."

Ich schaute mich um. Das Haus mit Tante Lous weißen Vorhängen hinter den Fenstern, die Scheune, wo Bleß drin wohnte, der Schweinestall, meine Lieblingspappel, der Weg zum Bach – alles, alles, was mir mein Zuhause gewesen war, würde bald den Flammen zum Opfer fallen!

„Am besten macht ihr, daß ihr loszieht, Männer!" sagte Opa. „Wir haben keine Zeit zu verlieren."

Unter Gemurmel und Kopfschütteln gingen die Männer zu ihren Gespannen.

Mir wurde schwarz vor den Augen. Meine Knie sackten unter mir zusammen. Ich schaffte's gerade noch, auf 'nen Holzklotz zu sinken, damit es so aussah, als hätte ich mich sowieso setzen wollen. Ich stütze den Kopf in die Hände, aber dann fuhr ich wieder hoch, als jemand laut

„Moment mal!“ rief. Alle anderen guckten wohl genauso erstaunt auf.

Es war der Pastor. Sein Pferd stand schweißbedeckt und schnaubend da. Der Pastor hatte seinen dunklen Anzug an. Er mußte wohl gerade Hausbesuche gemacht haben, als er das Feuer sah.

„Wollen Sie denn nicht die Farm retten?“

„Nee“, antwortete einer von den Männern rundheraus. „Daniel sagt, wir sollten an die Stadt denken.“

„Ich meine, Sie können beides retten!“

Die Männer guckten den Pastor groß an.

„Herr Jones hat recht, aber vielleicht können wir die Farm auch retten. Wir gehen dem Feuer bis auf einen Kilometer entgegen, wo der Bach am dichtesten an der Straße entlangfließt. Das Feuer ist zum größten Teil zwischen dem Bach und der Straße; also wird's sich auf den Punkt zubewegen. Wenn wir da sind, machen die Männer, die einen Pflug haben, ein V zwischen den Bach und die Straße mit der Spitze nach Osten, damit das Feuer sich da hineinfressen kann. So wird es schwächer werden, und wir brauchen nicht so viele Männer, um es in Schach zu halten.

Herr Smith, Sie nehmen sich drei Männer und bewachen die Südseite der Straße. Herr Corbin, nehmen Sie sich zwei Männer und fangen alle Sprühfeuer ab, die über den Bach springen. Diejenigen mit den Pflügen machen das V so schnell sie nur können. Der Rest hilft mit den Wasserfässern und den nassen Sandsäcken. Wir arbeiten an beiden Seiten von dem V, damit das Feuer erst gar nicht weiter vordringt.“

Dann fügte der Pastor mit derselben hastigen Stimme hinzu: „Laßt uns beten!“ Nervös beugten die Männer ihre Köpfe.

„Unser lieber Herr, du weißt um unsere Not und wie sehr wir auf deine Hilfe angewiesen sind. Wir wollen dir nicht vorschreiben, wie du uns helfen sollst. Wir wollen dir nur einfach danken, daß du da bist, wenn wir dich brauchen. In Jesu Namen. Amen."

Die Männer hatten skeptisch dreingeschaut, als der Pastor angefangen hatte, aber nachdem er jetzt gebetet hatte, zeigten ihre Gesichter neuen Mut. Die ersten Gespanne stoben los. Onkel Charlie rannte zum Tor und warf es weit auf, damit sie über unser Feld den Weg abkürzen konnten. Zwischen unserem Feld und dem Nachbarfeld war ein Zaun, aber der erste Mann, der darauf stieß, würde einfach den Draht durchhauen, so daß die Pflüge durchpaßten.

Auf unserem Hof ging es wild durcheinander. Männer suchten sich in aller Eile zusammen, was sie brauchten: Fässer, Eimer, Säcke, Spaten und Harken.

Im Rausreiten hatte Opa mir zugerufen: „Halt das Feuer im Auge, Junge, und wenn's uns doch erwischt, macht, daß ihr alle in Sicherheit kommt!" Onkel Charlie hatte unser Gespann zu dem Zweck vorsorglich an den Zaun gebunden.

Endlich legte sich der Staub, und Tante Lou und ich standen allein da, wie gelähmt vor Entsetzen. Sie hielt Pixie fest umklammert, als ob sie das letzte Geschöpf der Welt sei, das noch bei Sinnen war. Uropa kam auf uns zu und stellte sich zu uns. Er hatte mit zum Feuer fahren wollen, aber Opa hatte entschieden dagegen gesprochen.

„Ich will's nicht drauf ankommen lassen, Pa", hatte er gesagt, „und außerdem brauchen wir dich hier – falls wir's nicht schaffen."

Ich nahm Tante Lou die zitternde Pixie aus dem Arm. Tante Lou stand bleich und versteinert da. Ihre Augen folgten den Männern und Pferden, wie sie ausritten, und besonders dem Wagen, auf den der Pastor gerade gesprungen war. Ich wußte nicht, was ich sagen sollte, also hielt ich den Mund.

Plötzlich rührte sich Tante Lou. Zuerst wußte ich nicht, was sie vorhatte, aber dann sah ich's. Das Pferd vom

Pastor war mit hängenden Zügeln umhergewandert und stand jetzt abseits. Seine schweißnassen Seiten hoben und senkten sich immer noch schwer. Tante Lou ging auf ihn zu. Er zitterte am ganzen Leib und wollte ihr zuerst ausweichen, aber Tante Lou redete sanft auf ihn ein, und er ließ es geschehen, daß sie seine Zügel nahm. Sie hob den Sattel von ihm und hängte ihn über den Zaun, und dann rieb sie ihn mit Büscheln von trockenem Gras kräftig ab.

Big Jim ließ sich von Tante Lous weicher Stimme und ihren Händen beruhigen. Das Zittern ließ nach. Das Abreiben tat ihm gut, und als er auf beiden Seiten trocken war, atmete er wieder ganz ruhig. Lou rubbelte und redete leise weiter. Ich weiß nicht, was sie ihm alles erzählt hat, aber es schien ihn enorm zu beruhigen. Als er trokken und am Zaun angebunden stand, konnte er sogar wieder was fressen.

Ich hatte die ganze Zeit wie angewurzelt dagestanden. Ich hatte keinen klaren Gedanken fassen können. Als Tante Lou jetzt ins Haus ging, warf ich einen Blick auf den Horizont. Das Feuer war nähergekommen, das stand fest. Ob die Männer es wohl in Schach halten konnten? Ob die Sache mit dem V funktionieren würde, wie der Pastor sich das gedacht hatte? Ich schauderte und drückte Pixie so fest an mich, daß sie sich wand und winselte.

„Du machst dich am besten flink an die Arbeit, Josch!“

Es war Tante Lou. Sie hatte das so gesagt, als ob nichts geschehen wäre.

„Willste erst 'n paar Plätzchen mit Milch?“

Ich schüttelte den Kopf und ging ins Haus, um mich umzuziehen. Uropa und Lou gingen hinter mir her. Sie sah immer noch blaß aus, aber ansonsten war sie gefaßt und ruhig.

„Es könnte ziemlich lange dauern“, sagte sie. „Am besten setz' ich 'nen großen Kessel Kaffeewasser auf und mach' Butterbrote für später.“

Uropa löste sich aus seinem Schweigen.

„Meinst du nicht, Lou, daß wir lieber ein paar Decken und warme Sachen auf den Wagen laden sollten für den Fall, daß wir schnell von hier wegmüssen – falls es nicht klappt?"

„Es wird aber klappen!"

Tante Lou schien so felsenfest daran zu glauben, daß sie mich beinahe auch überzeugt hatte. Uropa lächelte. Als Tante Lou sich die Hände wusch und sich ans Werk machte, tat er's ihr nach. Ich suchte einen sicheren Ort für Pixie, wo ich sie notfalls schnell finden konnte, und ging in den Stall.

Die Luft war jetzt erfüllt mit Rauch, und hier und da waren sogar züngelnde Flammen in der Ferne zu sehen. Ich erledigte alle Arbeiten und melkte sogar Bleß. Sie war heute ganz unruhig, was sonst so gut wie nie vorkam. Normalerweise hielt sie beim Melken still wie 'ne Salzsäule. Heute ließ ich sie nicht wieder raus auf die Weide, sondern führte sie in den Scheunenhof. Dann trug ich den Melkeimer ins Haus.

An dem Stand der Rauchwolken konnte ich ablesen, daß das Feuer jetzt das V erreicht haben mußte. Da draußen in der Kälte waren sie nun, die Nachbarn, Opa und Onkel Charlie – und der Pastor, und kämpften gegen das Feuer an.

Insgesamt waren es fünfzehn Männer, und das war kein einziger zu wenig im Kampf gegen ein Stoppelfeuer, das über strohtrockene Felder raste. Wenigstens war's heute ziemlich windstill. Das machte schon 'ne Menge aus.

Ich beeilte mich, mit dem Eimer ins Haus zu kommen. Er war nicht so voll wie sonst. Ich war mir nicht sicher, ob das an Bleß oder an mir gelegen hatte.

Tante Lou und Uropa hatten inzwischen die fertigen Butterbrote eingepackt. In dem großen schwarzen Kessel dampfte schon der Kaffee.

„Josch", sagte Tante Lou, als ich zur Tür reinkam, „stell die Milch ab und hol mir alle drei Milchkannen her.

Zwei davon füllst du mit Wasser, und die andere bring mir so her!"

Ich rannte.

Das Pumpen war 'n hartes Stück Arbeit. Vielleicht wär's mir ja 'n bißchen leichter von der Hand gegangen, wenn ich's nicht so eilig gehabt hätte. Als ich endlich fertig war, war ich restlos außer Atem. Die vollen Kannen konnte ich allein nicht tragen; also machte ich die Deckel drauf und ließ sie stehen.

Tante Lou und Uropa kamen aus dem Haus. Sie trugen die Körbe mit Sandwiches und Tassen. Ich sah zu, wie sie sie auf den leichten Wagen luden, den die Männer uns zur Flucht dagelassen hatten. Die beiden suchten den Horizont im Westen mit den Augen ab. Es war inzwischen schon ziemlich dunkel geworden, und der rote Feuerschein glühte um so heller. Die Rauchsäule schien jetzt von einem schmäleren Landstreifen zu kommen. Wir fingen an, Mut zu schöpfen. Vielleicht hatten die Männer das Feuer ja schon unter Kontrolle!

Die dritte Milchkanne wurde mit heißem Kaffee gefüllt und dann mit 'ner Wolldecke drum auf den Wagen gestellt. Wir hoben auch die Kannen mit dem Wasser auf den Wagen, und nachdem Tante Lou nachgeschaut hatte, ob wir auch alles hatten, ging's los.

„Wir fahren am besten auf der Straße", sagte Tante Lou, und ich wußte, warum. Solange wir der Straße folgten, konnten wir nicht auf übersprungenes Feuer stoßen.

Ich steckte Pixie in die Kiste zu Onkel Charlies alter Jacke. Um keinen Preis der Welt hätte ich sie jetzt allein zu Hause gelassen.

Ich hielt die Zügel. Uropa kannte sich mit Gespannen nicht besonders gut aus, und Tante Lou überließ das Kutschieren lieber einem Mann, in diesem Fall mir.

Eine Ewigkeit schien zu vergehen, bis wir endlich am Feuer ankamen. Unterwegs stieg der Rauch uns manchmal so arg ins Gesicht, daß wir durch unsere Ärmel oder irgendwelche Stoffstücke atmen mußten. Die Pferde waren nervös. Der Rauch machte ihnen zu schaffen, und ich mußte höllisch aufpassen, daß sie mir nicht durchgingen. Der Himmel überzog sich, aber wir konnten nicht ausmachen, ob's Wolken oder Rauch war. Kurz vor der Brandlinie hielten wir an, und Uropa ging vor, um die Lage auszukundschaften und den Männern zu sagen, daß wir da waren.

Voller Aufregung kam er zurück. Sie hatten's geschafft! Das Feuer war unter Kontrolle! Überall längs an dem gepflügten V brachen zwar noch Feuerchen aus, weil die Männer keine Zeit für mehrere Furchen gehabt hatten, aber das Feuer war eingekesselt und wurde allmählich schwächer.

Unsere Ankunft sprach sich in Windeseile rum. Paarweise kamen die Männer zu uns an den Wagen, um sich zu stärken. Die meisten wollten kaltes Wasser haben. Tante Lou muß das wohl geahnt haben, als sie mich zur Pumpe geschickt hatte. Die Männer eilten sich, damit sie so schnell wie möglich wieder ihre Posten einnehmen konnten. Ihre Gesichter waren rußverschmiert, und ihre Jacken rochen nach Rauch. Ein paar hatten Brandwunden. Tante Lou gab Uropa das Verbandszeug in die Hand und zeigte ihm, wie er die Wunden verbinden sollte.

Tante Lou goß Kaffee aus und verteilte belegte Brote und fragte jede Truppe nach dem neuesten Stand. Auf diese Weise erfuhren wir, daß das Feuer am Nachmittag fast die Oberhand gewonnen hätte. Es war an einer schmalen Stelle über den Bach gesprungen, und die Männer mußten schnell Hilfe herbeirufen, um die neuen Flammen zu löschen. Deshalb fehlten Männer an der Straße und am V, und 'ne Zeitlang sah's so aus, als würde das Feuer den Kampf gewinnen. Ein paar Männer aus der Umgebung waren gerade zur Verstärkung eingetroffen, und mit deren Hilfe gelang's dann doch, das Feuer wieder einzudämmen.

Als nächstes kamen Cullum und James Smith an unseren Wagen. Cullum war genauso verrußt wie die anderen, obwohl er erst später gekommen war, weil er weiter weg wohnte. Er schlürfte seinen Kaffee langsamer als die anderen, und ich sah, wie er mehrmals verstohlen zu Tante Lou rüberguckte. Sie schien nichts davon zu merken. Ich fragte Cullum, wie's draußen aussah.

„Ich glaub', wir haben's geschafft", antwortete er. „Das war 'ne erstklassige Idee, wer sie auch gehabt hat. Ohne die wärt ihr jetzt Haus und Hof los!"

Er warf wieder einen Blick auf Tante Lou, und ich wußte, wie froh er war, daß wir unsere Farm noch hatten.

„Die Turkleys haben nicht so'n Glück gehabt", fuhr er fort. „Die haben zwar noch ihr Haus, aber nur, weil sie alles dran gesetzt haben, das nicht zu verlieren. Die anderen Gebäude, die Geräte und das Vieh sind alle hin."

Das tat mir mächtig leid für die Turkleys. Gleichzeitig war ich heilfroh, daß unsere Farm noch stand. Cullum stand auf und ging hinter James her zum Feuer zurück.

Tante Lou spähte angespannt durch den Rauch nach jeder neuen Mannschaft. Ich konnte sehen, wie besorgt sie war. Ich wünschte, daß Opa und Onkel Charlie sich beeilten, an den Wagen zu kommen, damit sie bald zur Ruhe kam. Endlich tauchten sie auf; sie waren dreckig, verschwitzt und erschöpft, aber überglücklich, daß sie beinahe schon albern wirkten. Tante Lou war zwar froh, sie heil wiederzusehen. Sie fiel Opa schnell um den Hals, aber die Sorgenfalten wichen immer noch nicht aus ihrem Gesicht.

„Es hat geklappt!" strahlte Opa. „Wir haben's eingedämmt! 's gibt noch 'ne Menge zu tun; überall flackert's noch 'n bißchen, aber wir haben's unter Kontrolle. Es hat geklappt!"

Tante Lou lächelte bloß, als ob sie das von vornherein gewußt hätte.

Onkel Charlie nahm seine Tasse Kaffee in Empfang, aber anstatt das heiße Gebräu in großen Schlucken runterzustürzen, nippte er vorsichtig dran. Ich war froh, daß das außer mir keiner gesehen hatte. Er hätte seinen ganzen Ruf aufs Spiel gesetzt.

„Wenn's draußen schon brennt, braucht man nicht innen auch noch 'n Feuer", erklärte er mir.

Sie nahmen schnell ihre Eimer und Spaten wieder auf und hasteten ans Feuer zurück. Tante Lou starrte immer noch durch den dünner werdenden Rauch.

Zwei Männer trugen Eb Crawford an unseren Wagen. Er hatte das Pech gehabt, daß sein Hosenbein Feuer gefangen hatte, als er 'n paar Flammen austreten wollte. Er hatte sich zwar sofort auf dem Boden gewälzt, aber sein Bein tat ihm doch mächtig weh. Sie legten ihm Tante Lous warme Wolldecke über, und James Smith brachte ihn auf dem schnellsten Weg nach Hause.

Inzwischen mußten die Männer alle gegessen und getrunken haben. Ein paar hatten sich 'ne zweite Tasse Kaffee und noch ein Sandwich abgeholt. Das Feuer war jetzt so gut wie aus. Man beschloß, einen Großteil der Männer nach Hause zu schicken. Nur ein paar wurden noch gebraucht, um nach unverhofften Ausbrüchen Ausschau zu halten.

Der Rauch hing immer noch in der Luft, aber längst nicht mehr so dicht wie vorher. Tante Lou ging unruhig auf und ab. Ich wollte sie gerade fragen, was denn los war, da sah ich, wie ihr Gesicht sich aufhellte. Sie sah erleichtert, dann erschrocken, dann wieder erleichtert aus, und da sah ich auch den Pastor aus der Rauchwand auftauchen.

Der Schweiß hatte sich mit dem Ruß auf seinem Gesicht vermischt und schwarze Spuren hinterlassen. Sein guter Anzug war restlos hinüber vom Feueraustreten, Wasserschütten und Erdeschaufeln. Überall hatten fliegende Funken kleine Löcher in seine Sachen gebrannt.

Er ging geradewegs auf Tante Lou zu, die mit zitternden Händen Kaffee ausschüttete.

„Es hat geklappt!“ Aus seiner Stimme sprach große Erleichterung.

Tante Lou sah ihn an. Ihre Augen waren voller Dankbarkeit.

„Danke!“ flüsterte sie, und die beiden sahen sich lange an. Ich hätte gern gewußt, wie's geklungen hätte, wenn sie in Worten ausgedrückt hätten, was sie sich mit den Augen sagten.

In dem Moment kam Tom Smith dazu, und Tante Lou wandte sich ihm zu, um ihm Kaffee einzugießen. Ein paar von den anderen Männern scharten sich um den Pastor, klopften ihm lachend auf die Schultern und lobten seinen Plan, der so gut funktioniert hatte. Alle redeten durcheinander. Vergessen waren Müdigkeit und Brandblasen an Händen und Gesichtern. Da kam Opa. Er wollte sich bei allen Nachbarn für ihre Hilfe bedanken, bevor er sie nach Hause schickte. Er fand kaum Worte, um seine Dankbarkeit auszudrücken, aber er versuchte's trotzdem, und ich glaube, es hat keinen Nachbarn gegeben, der ihn nicht verstanden hätte.

Dann fuhren die meisten von den Männern nach Hause. Inzwischen war's Nacht geworden, und sie genossen bestimmt zum ersten Mal im Leben den klirrenden Frost, jedenfalls für kurze Zeit.

„Dank' dir, Lou, daß du an die Männer gedacht hast!“ sagte Opa dann. „Jetzt kannste aber ruhig wieder nach Hause fahren und alle viere von dir strecken. Das Feuer ist aus. Charlie und ich bleiben noch 'n bißchen, um aufzupassen, daß auch keine Funken mehr aufflackern.“

„Ich bleibe bei Ihnen.“

Es war der Pastor. Opa starrte ihn an, als ob er ihn noch nie gesehen hätte.

„Ist nicht nötig, mein Sohn“, sagte er dann warm. „Alles ist soweit geregelt, und das haben wir Ihnen – und dem Herrgott – zu verdanken. Sie haben nach diesem langen Tag eine Pause verdient.“

„Ich würde trotzdem lieber bleiben, wenn's Ihnen recht ist.“ Er wandte sich zu mir. „Josch, würdest du wohl meinen Big Jim für mich versorgen? Ich habe ihn in der Eile bei euch stehenlassen. Er könnte sicher ein bißchen Beachtung vertragen.“

„Hat Tante Lou schon gemacht!“ platzte ich raus. „Die hat ihn abgerieben und alles – aber ich bring' ihm gleich Wasser. Das kann ihm jetzt bestimmt nicht schaden. Ich bring' ihn in den Stall und geb' ihm auch 'n bißchen Futter.“

Ich hätte weitergeredet, aber ich hatte das Gefühl, daß der Pastor mir gar nicht zuhörte. Der war nämlich damit beschäftigt, Tante Lou anzugucken.

Es war eiskalt, und als der Pastor seine Schaufel aufhob und mit Opa und Onkel Charlie losging, fiel mir sein dünner Anzug ins Auge.

„He, warten Sie mal!“ rief ich hinter ihm her.

Die drei blieben stehen und drehten sich um.

„Ich hab' Onkel Charlies alte Jacke hier in Pixies Kiste. Wollen Sie die nicht überziehen?“

Opa lachte vergnügt, als ich die alte Jacke aus der Kiste hervorzog, aber er mußte mich doch loben.

„Haste prima mitgedacht, mein Junge! Es wird nicht wärmer, bis wir nach Hause kommen.“

Der Pastor war nicht stolz; er schlüpfte richtig dankbar in die alte Jacke. Sie war ihm zu eng, und die Ärmel waren zu kurz, aber es war immerhin besser als nichts.

Uropa und ich halfen Tante Lou mit den leeren Milchkannen, Tassen und Butterbrottüten. Dann fuhren wir nach Hause.

Es war inzwischen pechschwarze Nacht geworden, und die Pferde mußten sich vorsichtig voranarbeiten. Dabei brannten sie drauf, nach Hause zu kommen. Ich brauchte die Zügel fast gar nicht. Als wir daheim waren, versorgte ich das Gespann und das Pferd vom Pastor, während Uropa und Tante Lou die Sachen vom Wagen in die Küche brachten und aufräumten.

Jetzt, da die ganze Aufregung hinter uns lag, war ich plötzlich hundemüde. Ich schleppte mich ins Haus. Als ich in die Küche kam, schaute ich gleich nach, ob Tante Lou auch an Pixie gedacht hatte. Hatte sie. Ich sah auf die Uhr. Meine Schlafenszeit war längst vorbei. Grinsend hob ich meine Pixie auf und ging nach oben. Ich wusch mir nicht mal das Gesicht. Tante Lous Stimme hielt mich auf.

„Dank' dir, Josch, daß du an die Jacke gedacht hast! Das war nett von dir. Ich war richtig stolz auf dich." Sie lächelte mich an. „Schlaf gut!"

Ich grinste zurück und ging weiter die Treppe hinauf. Diesmal hatte sie's mir tatsächlich durchgehen lassen, ungewaschen ins Bett zu gehen; bloß, daß ich heute viel zu müde war, um mich besonders drüber zu freuen. Ich konnte es kaum abwarten, mich in mein Bett fallen zu lassen.

Der nächste Morgen

Am nächsten Morgen wurde ich wach von Geräuschen unten aus der Küche. Es hörte sich nach mehr als den üblichen Frühstücksvorbereitungen an. Tiefe Männerstimmen lachten und redeten, und Kaffeetassen landeten knallend auf der Tischplatte. Ich sprang aus dem Bett und langte nach meiner Latzhose. Pfui, wie die stank! Überhaupt hing der Rauchgeruch im ganzen Zimmer. Na ja, ich zog die Hose trotzdem an und knöpfte mir in Windeseile das Hemd zu.

Um den Küchentisch saßen vier Männer und warteten aufs Frühstück. Uropa war der einzige, der halbwegs manierlich aussah. Die anderen hatten sich Gesicht und Hände gewaschen, aber sie waren geradezu von Brandblasen übersät, und ihre Sachen sahen verheerend aus.

Das tat ihrer blendenden Stimmung aber keinen Abbruch; ganz im Gegenteil.

„Guck mal nach draußen, Junge!" rief Opa, als ich in die Küche kam.

Draußen lag unsere Farm heil und unversehrt – und unter einer strahlendweißen Schneedecke.

„Schnee!"

„Jawollja! Hat heut' morgen um vier angefangen zu schneien. Jetzt kriegt ihr endlich euren Schnee!"

Ich grinste.

„Und wir brauchen uns wenigstens wegen des Feuers keine Sorgen mehr zu machen", fügte Opa hinzu.

Tante Lou stand am Herd und wendete geschäftig Spiegeleier und Speck in den Bratpfannen. Onkel Charlie schlenderte zur ihr hin, um ihr zu helfen. Bereitwillig rückte sie 'n Stück zur Seite.

Ich setzte mich auf meinen Platz und lud mir Speck und ein paar Brote auf den Teller. Mit dem Buttern wartete ich, bis wir gebetet hatten. Ich konnte es kaum erwarten, Pixie den Schnee zu zeigen. Was sie wohl davon halten würde?

Ich aß, bis ich zum Platzen satt war. Die Männer aßen und aßen, und endlich waren auch sie fertig.

„Jetzt muß ich aber wirklich gehen“, sagte der Pastor. „Ich schreie ja geradezu nach einem Bad und frischen Sachen.“

Ich besah ihn mir und fragte mich, was er wohl für Sonntag anzuziehen hatte.

„Ich hol' Ihnen Ihr Pferd“, erbot sich Onkel Charlie. Er setzte seine Mütze auf und zog seine Jacke an.

Der Pastor stand auf und bedankte sich bei Tante Lou fürs Frühstück. Er wechselte 'n paar Worte mit Uropa und wandte sich dann an Opa.

„Ich bin von Herzen dankbar, daß Sie Haus und Hof behalten durften, Herr Jones.“

Opa tat sich schwer.

„Und ich erst!“ sagte er. „Und ich erst. Ich werd' Ihnen nie genug danken können, daß Sie so 'nen großartigen Plan hatten und sich so tatkräftig dafür eingesetzt haben. Wo ich auch hinguckte, überall haben Sie mit angepackt. Sie haben gepflügt, gegraben, Wasser geholt und Sandsäcke gemacht. Ich möcht' mich bedanken. Ein Mann, der so denken und kämpfen kann, der wird sich im Leben nicht so leicht unterkriegen lassen. Sie sind 'n prima Pastor, und Sie ... äh, Sie ... Sie sind uns mehr als willkommen in unserem Haus und an unserem Tisch. Jederzeit.“

Der Pastor schüttelte ihm die Hand. Seine Augen leuchteten.

„Danke, Herr Jones. Vielen Dank!“

Er zögerte 'ne Sekunde, bevor er weitersprach. Er schien zu spüren, daß er hier 'ne einmalige Gelegenheit hatte.

„Ich will die Situation ja nicht ausnutzen, Herr Jones, aber ich … ich möchte gern um Ihre Erlaubnis bitten, Ihre Tochter zu besuchen – nicht als Geistlicher, meine ich“, fügte er mit einem Lächeln hinzu.

Opa grinste zurück und reichte ihm die Hand.

„Da bin ich restlos mit einverstanden.“ Er warf einen Blick auf Tante Lou, die mit angehaltenem Atem und ihrer zerknüllten Schürze zwischen den Händen dasaß. „Ich glaub' nicht, daß Lou was dagegen hat.“

Opa war offenbar zu 'ner anderen Meinung über den Pastor gekommen, und zwar zu 'ner guten. Und wie ich ihn kannte, würde ihn keiner davon abbringen können.

Der Pastor ging auf Tante Lou zu. Sie atmete wieder und brachte sogar ein Lächeln zustande. Ihr Gesicht war hochrot, und ihre Augen schienen überlaufen zu wollen. Der Pastor nahm ihre kleine Hand in die seine.

„Mittwoch?“

Sie nickte bloß. Die beiden sahen sich an. Dann drehte er sich um und ging. Kaum war er zur Tür raus, da flog Tante Lou in Opas Arme.

„Ach, Pa!“ rief sie, und die Tränen tropften ihr nur so übers Gesicht.

„Ist ja gut, Baby. Ist ja alles gut!“ Er strich ihr über die Schultern. Ich hatte ihn noch nie „Baby“ zu ihr sagen hören.

„Ich weiß, ich hab' da allerhand über ihn gesagt; daß er nichts hat und daß ich mehr für dich wollte und … und so weiter und so fort. Aber er ist 'n Mann, Liebes, 'n ganzer Mann. Der hat sich nicht lumpen lassen und dem Feuer die Zähne gezeigt. Wenn er sich 'n bißchen anstrengt, denk' ich mir, dann kann er auch irgendwie für so'n kleines Ding wie dich sorgen, selbst wenn's sich zufällig um das beste Mädchen der Welt handelt.“

Ich nahm meine Pixie und machte, daß ich nach draußen kam. Im Rausgehen griff ich gerade noch nach meiner dicken Jacke.

Klar, der Pastor war ’n feiner Kerl, und Tante Lou schien direkt hingerissen von ihm zu sein, und ich wollte ihr ja auch nicht im Weg stehen. Nur – ich würde sie schwer vermissen! Ich fragte mich jetzt schon, ob ich’s ohne sie überhaupt aushalten konnte.

Ich drückte Pixie ganz fest an mich. Eigentlich hatte ich ja sehen wollen, was sie von der kalten, weißen Welt da draußen hielt, aber das schien auf einmal gar nicht mehr so wichtig.

Ich sah den Pastor gerade noch auf die Straße einbiegen. Das würde ’n mächtig kalter Ritt für ihn werden. Sein dünner Anzug war immer noch nicht ganz trocken, und von den fallenden Schneeflocken würde es auch nicht besser werden. Onkel Charlies alte, zu kleine Jacke würde ihn zwar ’n bißchen wärmen, aber viel nützte die auch nicht. Doch ich bezweifelte, ob er’s überhaupt merken würde.

Der Richtige

Vor dem Gottesdienst am Sonntagmorgen redeten die Leute immer noch über nichts anderes als das Feuer. Der neue Pastor hatte sich viel Respekt und Anerkennung erworben, nicht nur wegen seiner genialen Idee, sondern auch, weil er sich mit Haut und Haaren eingesetzt hatte. Ich sah, wie mehrere Mütter und Töchter ihn mit noch größerem Interesse beäugten.

„Da habt ihr aber den Kürzeren gezogen!“ dachte ich im stillen. Ich war sogar 'n bißchen stolz darauf, daß er sich gerade Tante Lou ausgesucht hatte. Gleichzeitig war ich traurig, weil ich sie lieber bei uns behalten hätte, wo sie doch hingehörte.

Ich spähte kreuz und quer durch die Kirche, um meine Freunde zu suchen, da hätte es mich doch beinahe umgehauen. Ganz hinten und verlegen nach unten schauend saß Cullum! Der mußte wohl gekommen sein, um dem neuen Pastor, der ja jetzt der große Held war, seine Anerkennung zu zeigen; anders konnte ich's mir nicht erklären.

Der Pastor hatte 'nen Anzug an. Er war nicht neu, das stand fest, aber was Besseres hatte er bestimmt nicht. Er war ordentlich gebügelt, und die geflickten Stellen sah man nicht gleich auf den ersten Blick. Nach dem Eingangslied achtete sowieso keiner mehr drauf; ich jedenfalls nicht.

Vor der Predigt kam Herr Brown nach vorn und bat um Aufmerksamkeit. Er sagte, wie dankbar die Leute in der Umgebung und in der Stadt dem Pastor Crawford waren, daß er das Feuer abgewendet hatte, das für so viele sonst zur Katastrophe geworden wäre. Weil der Pastor seinen guten Anzug im Einsatz für die Gemeinde verloren hatte, hatten die Gemeindemitglieder eine Sammlung für einen neuen Anzug durchgeführt. Herr Brown reichte dem verblüfften Pastor den Umschlag mit dem Geld.

Weiter sagte Herr Brown, daß im Gemischtwarenladen ein Sammelteller für diejenigen stand, die den Turleys beim Neuaufbau finanziell helfen wollten. Wenn jemand ein Ferkel oder Kalb übrig haben sollte, wäre das ebenfalls eine willkommene Gabe. Anschließend nahm der Gottesdienst seinen üblichen Verlauf.

Als wir beim Rausgehen dem Pastor der Reihe nach die Hand schüttelten, hörte ich, wie er leise zu Tante Lou „Mittwoch“ sagte. Sie strahlte zurück, und ich fand, daß sie noch nie so hübsch ausgesehen hatte.

Wie verabredet kam der Pastor am Mittwochabend nach dem Essen. Er war schon mit dem Zug in der Großstadt gewesen, um einen neuen Anzug auszusuchen. In unserer kleinen Stadt gab's nämlich kein Geschäft, das die passenden Sachen führte. Er sah tatsächlich mächtig fein in dem neuen Anzug aus, obwohl er heute ein normales Hemd statt dem weißen Pastorenkragen trug.

Sie unterhielten sich noch, als ich ins Bett mußte. Überhaupt schienen sie uns kaum wahrzunehmen, obwohl Tante Lou daran dachte, das Kaffeewasser für Opa und Onkel Charlie aufzusetzen. Uropa hatte mir verschmitzt zugezwinkert und sich früher als sonst zurückgezogen. Onkel Charlie und Opa ließen sich mit ihren Kaffeetassen und dem Mühlebrett in einer Ecke nieder.

Ich kroch im Schneckentempo die Treppe rauf. Für mein Leben gern hätte ich gehört, was da unten alles geredet wurde, aber ich wußte, daß ich das besser bleiben ließ. Der Pastor und Tante Lou sprachen sowieso leise miteinander, und ich war mir nicht mal sicher, ob ihre Stimmen überhaupt bis zur Treppe vordringen würden.

Am nächsten Tag gab's mehr Schnee, und Opa beschloß, daß es an der Zeit sei, die Wagenräder gegen die

Schlittenkufen auszutauschen. Widerwillig ging ich zur Schule. Viel lieber hätte ich beim Radwechsel zugeschaut.

Freitagabend kam der Pastor wieder. Diesmal hatte Tante Lou ihn zum Abendessen eingeladen. Es war mir 'ne regelrechte Qual, still dazusitzen und zuzugucken, wie er Tante Lou mit so 'nem zufriedenen Ausdruck im Gesicht ansah. Sie stützte ihre Hand federleicht auf meine Schulter, als sie 'ne frisch aufgefüllte Gemüseschüssel auf den Tisch stellte. „Es stimmt also!" dachte ich. „Gott will mir meine Tante Lou auch noch wegnehmen."

Ich entschuldigte mich und sagte, ich fühlte mich nicht wohl. Das stimmte ja auch wirklich. Ich ging auf mein Zimmer, wo ich lange auf meinem Bett lag und versuchte, Ordnung in meine Gedanken zu bringen. Am liebsten hätte ich einfach losgeheult, aber irgendwie konnte ich das nicht. Plötzlich kam Tante Lou rauf. Besorgt fühlte sie an meiner Stirn.

„Du wirst mir doch nicht krank, Josch, oder?" fragte sie.

„Nee", sagte ich. „Ist nichts Besonderes. Ich bin nur müde, weiter nichts. Morgen geht's mir bestimmt besser."

Das hatte sie wohl nicht ganz überzeugt. Sie beugte sich über mich, schüttelte mein unbenutztes Kopfkissen noch einmal auf und strich mir die Haare aus der Stirn. Einen Moment lang hatte ich 'n richtiges Siegesgefühl, weil es mir gelungen war, sie vom Pastor wegzuholen, aber dann stieg die Wut wieder in mir hoch. Ich war Tante Lou nicht böse; nicht mal dem Pastor. Wer konnte es ihm schon übelnehmen, daß Tante Lou es ihm so angetan hatte? Aber innerlich fraß die Wut trotzdem in mir, und ich drehte mich zur Wand.

„Mir geht's gut", sagte ich wieder. „Bin halt bloß müde."

Sie legte nochmals die Hand auf meinen Kopf.

„Ich hab' dich lieb, mein Junge!" flüsterte sie und ging raus.

Da kamen mir doch die Tränen. Sie rollten mir quer übers Gesicht und ins Kissen. Ich wünschte verzweifelt, daß ich Pixie nicht unten gelassen hätte, aber da spürte ich schon, wie sie mir das Gesicht leckte. Sie war gekommen, um mich zu suchen.

Ich zog sie an mich und weinte in ihr Fell. Wenigstens sie hatte ich noch. Wenn Gott sie bloß in Ruhe ließ, dann würde sie mir noch zum Liebhaben bleiben. Ich versuchte nicht mal, meine Tränen zurückzuhalten. Ich ließ ihnen freien Lauf, und Pixie leckte sie mit ihrer kleinen rosa Zunge aus dem Gesicht.

Der schönste Sonntag meines Lebens

Am nächsten Sonntag fuhren wir im Schlitten zur Kirche. Der frische Schnee knirschte unter den Kufen, daß es nur so 'ne Lust war.

In der strahlenden Sonne glitzerte der Schnee auf der Straße und auf den Feldern. Jetzt war's nicht mehr lange bis Weihnachten; es lag schon förmlich in der Luft.

Der Pastor leitete den Gottesdienst in seinem neuen Anzug. Er bedankte sich bei den Gemeindemitgliedern für die Spende, mit der er den Anzug kaufen konnte. Er sah wirklich prima darin aus.

Es hatte sich schon rumgesprochen, daß er Tante Lou neuerdings „Besuche abstattete". Ein paar von den Mädchen konnten ihre Enttäuschung kaum verbergen, und die Mütter schoben sie längst nicht mehr so eifrig vor.

Bei der Predigt hörte ich nicht zu. Sie handelte von Gottes Liebe, und das war das Letzte, was ich jetzt hören wollte – besonders wo Tante Lou neben mir saß und die Augen auf den Pastor geheftet hielt. Statt dessen beschloß ich, mir 'nen neuen Trick für Pixie auszudenken, einen ganz besonderen, den noch kein Hund auf der Welt je gelernt hatte. Bis jetzt konnte sie Männchen machen, sich auf der Erde rollen, „tot" spielen, Sitz machen und 'n paar Schritte auf den Hinterbeinen gehen. Sie war kein Baby mehr, aber obwohl sie ein ganzes Stück gewachsen war, war sie immer noch ziemlich klein. Sie war 'n schlaues Dingelchen, und ich hätte sie um nichts in der Welt hergegeben.

Mir wollte und wollte kein Trick einfallen, den noch nie jemand einem Hund beigebracht hatte. Der Gottesdienst war zu Ende, ohne daß ich ein Stück weitergekommen wäre.

Ich machte, daß ich nach draußen kam, so schnell's ging, ohne allzu sehr zu drängeln. Ich gab dem Pastor beim Rausgehen kurz die Hand, und dann ging ich zu Avery und Willie auf den Kirchplatz, wo sie mit dem Schnee spielten.

„Was wetten wir, daß ich Herrn Browns Hut von hier aus erwischen könnte?“ prahlte Willie.

„Ich dachte, du wärst zum Altar gekommen und hättest um Vergebung gebetet“, konterte Avery. „Solche Streiche kannst du dir doch jetzt nicht mehr leisten, oder?“

Willie wurde ernster.

„Ich hab' gesagt, ‚was wetten wir, daß‘, nicht, daß ich's auch tun würde.“

„Sag mal, funktioniert das eigentlich wirklich?“ fragte Jack Berry, der gerade dazugekommen war.

„Was?“

„Zum Altar gehen. Ich meine, ist jetzt alles anders, oder wie?“

„Das Nach-vorne-Kommen allein macht's nicht aus“, antwortete Willie. Ich hatte das Gefühl, als wiederholte er jetzt, was der Pastor ihm gesagt hatte. „Auf das Beten kommt's an, und das kann man ja überall.“

„Ja, aber funktioniert's?“

„Und ob!“ sagte Willie mit leuchtenden Augen. „Also, früher, da war ich immer so gemein zu anderen und so durcheinander innendrin, und jetzt, wo ich Gott gesagt habe, daß es mir leid tut und daß ich mich ändern will, da hab' ich einfach ...“ – er zuckte die Achseln – „einfach keine Lust mehr zum Gemeinsein. Und innendrin ist jetzt alles in Ordnung.“

„Du meinst, so 'ne Art *Frieden?*“

„Ja, so was Ähnliches“, antwortete Willie. „Jetzt komme ich mir nicht mehr so traurig und allein vor. Das ist wohl Frieden, oder?“

Wir anderen standen stumm um ihn herum. Ich glaube, wir hätten alle auch gern erlebt, was Willie da berichtete. Dann kam Mike Turley zu uns rüber, und wir machten uns wieder ans Schneeballwerfen.

Ich stand gerade mit dem Blick auf die Kirchentreppe, wo der Pastor sich mit der alten Frau Adams unterhielt. Die war schwerhörig, und er mußte sich vorbeugen und ihr so laut, wie er konnte, ins Ohr schreien. Plötzlich stockte er mitten im Satz und erstarrte. Dann rannte er ohne ein Wort los zum Zaun, wo ein Gespann angebunden stand. Was ich dann sah, ließ mir das Blut in den Adern gefrieren.

Da war ja Pixie, mein Hündchen! Irgendwie mußte sie uns zur Kirche nachgelaufen sein, und jetzt spielte sie unter dem Gespann von Hopkins herum. Hopkins hatte die schreckhaftesten Pferde in der ganzen Umgebung, und als der kleine Hund ihnen jetzt zwischen den Hufen herumsprang, gerieten sie in helle Panik.

Ich rannte auf das Gespann zu, aber der Pastor war lange vor mir da. Er legte seine Hand dem einen Pferd auf die Flanke und redete leise auf es ein, um es zu beruhigen, aber er wartete nicht erst ab, bis das was nützte. Pixie konnte jede Sekunde einen schweren Hufschlag abkriegen. Der Pastor warf sich auf den Boden. Ich hielt vor Schreck den Atem an. Die Pferde schüttelten sich. Unter ihnen weg rollte sich der Pastor mit Pixie im Arm.

Die Leute hatten vor lauter Sonntagmittagsklatsch gar nicht gemerkt, was passiert war, und ich glaube, dem Pastor war das auch ganz recht so. Sein neuer Anzug war voller Schnee, und auf dem einen Hosenbein prangte 'n großer Fleck, den ihm ein Hufschlag verursacht hatte.

Schnell klopfte er sich den Schnee ab. Als er jetzt auf mich zukam, hinkte er, obwohl er sich sichtlich Mühe gab, das zu verbergen.

Er fühlte Pixie nach gebrochenen Knochen ab. Sie zitterte am ganzen Leib, aber sonst schien ihr nichts zu fehlen. Er gab sie mir auf den Arm, und ich drückte sie an mich. Endlich fand ich meine Stimme wieder.

„Das hätte ja böse ausgehen können!"

Der Pastor sagte eine Zeitlang gar nichts; dann stieß er hervor: „Es fehlt ihr nichts, Josch."

„Und Ihnen?"

„Mir auch nicht – ich habe nur einen leichten Klaps aufs Bein abbekommen. Das brauchst du aber keinem zu sagen, einverstanden?"

Ich nickte, schluckte mühsam und strich Pixie über ihr braungelocktes Köpfchen.

„Hab' nicht gewußt", sagte ich, „daß Sie Hunde so gern haben, daß Sie ... daß Sie Ihr Leben riskieren würden."

Er sah mich an und legte mir seine Hand auf die Schultern.

„Klar, Josch, klar mag ich Hunde gern. Aber ich hab's nicht für Pixie getan. Ich hab's für dich getan, mein Junge."

Mein Gesicht muß wohl 'n einziges Fragezeichen gewesen sein. Er packte mich am Ellbogen und führte mich ein paar Schritte abseits von den Leuten. Er hinkte immer noch 'n bißchen.

„Ich weiß, wie lieb du deine Pixie hast, und ich weiß, wie betrogen man sich vorkommt, wenn man verliert, was einem so lieb ist. Du zum Beispiel, du hast schon keine Eltern mehr, und dann hast du auch noch deinen ersten Hund verlieren müssen. Lou hat mir alles erzählt. Und bald – ganz bald, hoffe ich – heißt's für dich, die Hauptperson in deinem Leben mit jemand anderem zu teilen, Josch. Vielleicht meinst du, jetzt wirst du Lou auch noch verlieren. Aber das ist nicht wahr. Lou wird dich immer liebhaben. Immer. Sie macht sich Sorgen um dich, Josch. Sie hat Angst, daß du das nicht verstehen kannst, und daß du vor lauter Herzeleid ganz und gar verbittert wirst."

Er blieb stehen und guckte mir direkt in die Augen.

„Lou befürchtet, daß du Gott die Schuld daran gibst, daß dein erster Hund umgekommen ist. Sie weiß nicht, ob sie dir begreiflich machen konnte, daß Gott dich liebhat und daß Er immer dein Bestes im Auge hat.

Es stimmt schon, daß manches im Leben uns ungerecht und wie eine Zumutung erscheint, aber das heißt noch lange nicht, daß Gott uns leiden sehen möchte. Er will, daß wir wachsen, daß wir Ihn lieben und Ihm vertrauen."

Ich mußte an Willie denken und wie er gesagt hatte, daß er sich jetzt so erleichtert und nicht mehr so allein vorkam. Das wollte ich auch. Ich kämpfte mit mir. Ob Gott mir wohl wirklich meine selbstsüchtigen Gedanken und Gefühle vergeben konnte? Der Pastor hatte gesagt, daß Gott mich liebhatte. Wenn Er mich ehrlich liebhatte, dann würde Er mir auch vergeben.

„Können wir wohl irgendwo hingehen, wo wir allein sind?" fragte ich.

„Aber gewiß", sagte er. Er legte den Arm um meine Schultern, und wir gingen durch den Seiteneingang der Kirche in sein kleines Büro.

Dann strömte alles aus mir hervor: Was in mir vorgegangen war, wie ich an Gott gezweifelt hatte, wie ich Gott die Schuld an allem Elend gegeben hatte und ich einfach nichts mehr von Ihm wissen wollte. Ich sagte ihm auch, was Herr Brown über ihn gehört hatte, und wie ich gelauscht hatte, als er's meinem Opa weitererzählte, und daß ich nicht mit der Wahrheit herausgerückt war, weil ich Tante Lou lieber für mich behalten wollte. Als ich dem Pastor das alles bekannte, mußte ich weinen, und ich glaube, ihm kamen auch die Tränen. Dann beteten wir zusammen. Willie Corbin hatte recht: Es funktionierte! Ich konnte direkt spüren, wie Gott mir eine zentnerschwere Last vom Herzen genommen hatte, und wie Er mich liebte!

Ich sah auf und strahlte den Pastor an. Ich glaube, jetzt konnte ich sogar ihn liebhaben. Ich war heilfroh, daß

Tante Lou sich ihn ausgesucht hatte. Das hatte sie goldrichtig gemacht.

„Danke, Nat!“ sagte ich. So hatte Tante Lou ihn auch genannt, und ich fand, daß ich mich wohl am besten auch dran gewöhnte, ihn so zu nennen, jedenfalls so lange, bis ich ihn offiziell „Onkel Nat“ nennen durfte.

Er nahm mich in die Arme. Dann hob ich Pixie auf und marschierte los, um meine Familie zu suchen. Denen würde ich auf dem Nachhauseweg etwas Aufregendes zu erzählen haben!

Zum guten Schluß

Na, ich glaube, jetzt hab' ich so ziemlich alles berichtet, was es über Tante Lou und Onkel Nat zu erzählen gibt: Wie sie sich ihren Mann selbst ausgesucht hat und dabei den feinsten Menschen im ganzen Umkreis erwischt hat – und wie ich unterdessen auch 'ne Wahl getroffen und Frieden mit Gott gemacht habe.

Tante Lou und Onkel Nat überstürzten's nicht mit der Hochzeit. Er wollte seiner Frau wenigstens 'n bißchen zu bieten haben, und die Hochzeit wurde deshalb für den nächsten Herbst, gleich nach Tante Lous neunzehntem Geburtstag, festgelegt.

Uropa regelte 'n paar Kleinigkeiten für die beiden. Erst einmal erinnerte er Opa daran, daß es sich durchaus schickte, einem Mädchen die guten Sachen von ihrer Mutter in die Ehe mitzugeben; also reisten alle unsere feinen Wohnzimmermöbel und das gute Geschirr mit Tante Lou ins Pfarrhaus.

Aber das war noch nicht alles. Zur Hochzeit schenkte er Tante Lou und Onkel Nat einen erstklassigen Einspänner. Opa und Onkel Charlie ließen sich von der allgemeinen Vorfreude anstecken und taten alles, um dem jungen Paar zu helfen, ohne Onkel Nats Ehre zu verletzen.

Und Tante Lou? Die war die schönste und glücklichste Braut, die man je gesehen hat. Onkel Nat stand neben ihr mit einem Lächeln so breit wie seine Schultern.

Und dann hatten die beiden doch wahrhaftig eine große Überraschung für mich!

Ich hatte nämlich inzwischen alle Schuljahre durchlaufen, die es in unserer kleinen Dorfschule mit dem einzigen Klassenzimmer gab. Tante Lou und Onkel Nat überredeten Opa dazu, mich in die weiterführende Schule in der Stadt zu schicken, da ich ja nicht einer der Dümmsten zu sein schien. Und als Tante Lou und Onkel Nat ihren Haushalt im Pfarrhaus einrichteten, durfte ich mit einziehen. Sogar Pixie durfte ich mitbringen.

Die Woche über wohnte ich bei ihnen, und freitags nach der Schule fuhr ich dann zu den Männern auf die Farm. Uropa und ich verzogen uns so manches Mal zusammen an den Bach.

Die drei Junggesellen kamen mit der Arbeit im Haus und im Garten untereinander ganz gut zurecht. Tante Lou hatte natürlich keine ruhige Minute, solange sie die Männer nicht oft besuchte und nach dem Rechten sah. Und es verging kein Freitag, an dem sie mir nicht etwas Selbstgebackenes mit auf die Farm gab.

So verbrachte ich die Werktage bei Tante Lou und Onkel Nat und bekam das Leben im Pfarrhaus mit, und die Wochenenden verlebte ich auf der Farm mit den drei Männern, die mich alle drei liebhatten. Ich war rundherum mit der Welt zufrieden. Na, wenn das kein glückliches Ende ist, dann weiß ich's auch nicht!

Janette Oke

Wie ein Blatt im Herbstwind

Janette Oke

Wie ein Blatt im Herbstwind

Personen

Josua Chadwick Jones: Joschs Eltern waren bei einem Unfall ums Leben gekommen, als er noch ein Säugling war. Sein Großvater und sein Großonkel Charlie nahmen ihn bei sich auf der Farm auf, um ihn dort großzuziehen. Tante Lou war zwar nur wenige Jahre älter als er, doch sie versorgte den verwaisten kleinen Jungen eifrig und voller Liebe. Er sah in ihr eher eine Kameradin und Mutter als die Tante, die sie eigentlich war.

Lou Jones Crawford: Josch hatte in *Nur einen Sommer lang* alles daran gesetzt, seine Tante Lou nicht aus der Familie zu verlieren. Die hübsche, lebhafte und immer hilfsbereite Lou heiratete dann aber – mit Joschs vollstem Einverständnis übrigens – Nathaniel Crawford, einen jungen Pastor.

Opa: Joschs Großvater und Lous Vater

Onkel Charlie: Opas Bruder, der nie geheiratet hatte und gemeinsam mit Opa die Farm bewirtschaftete. Onkel Charlie war ein Mann, der sparsam mit Worten umging, aber ein Herz wie Gold besaß.

Uropa: Joschs Urgroßvater, der nach dem Tod seiner Frau zu seinen beiden Söhnen, seiner Enkelin Lou und seinem Urenkel Josch in den Westen zog.

Nat Crawford: der junge Pastor, den Lou heiratete. Josch wohnt nun während der Woche bei Lou und Nat, um die Schule in der Stadt weiterhin zu besuchen.

Pixie: Joschs vierbeinige Gefährtin. Uropa hatte keine Mühe gescheut, um ihm dieses Hündchen zu besorgen, nachdem Joschs erster Hund durch ein Mißgeschick gestorben war.

Wie aus heiterem Himmel

Ich hatte noch nie einen so sonnigen Herbst erlebt wie den, als ich fünfzehn war. Das warme Wetter hielt bis in den Oktober hinein an, und es regnete nur gerade genug, um Tante Lous Blumenbeete frisch und den Rasen grün zu halten, was sich gegen das Goldgelb der herbstlichen Bäume und Büsche außerordentlich farbenprächtig ausnahm. Die Blätter an den Bäumen schienen in diesem Jahr nicht die geringste Lust zum Runterfallen zu haben und klammerten sich Woche um Woche an den Zweigen fest. Bis zum Mittag hatte die Sonne immer für fast sommerliche Temperaturen gesorgt, und bei Nacht wurde es gerade kalt genug, um uns daran zu erinnern, daß wir uns allmählich auf den Winter einzustellen hatten, anstatt es uns am Bachufer sorglos wohl sein zu lassen. Wie Sie sich bestimmt schon gedacht haben, war das Bachufer mein liebster Platz auf der ganzen Welt. Jede Gelegenheit, die sich nur bot, nutzte ich dazu, um mich mit meiner Angel dorthin zu verkrümeln. Meistens kam Uropa, Opas Vater, mit. Er angelte gern, und auch gegen das Faulenzen am Bachufer hatte er nichts einzuwenden. Das einzige, was mir bei meinen kleinen Angelausflügen in die Quere kam, war die Schule. Die meisten Jungen in meinem Alter hatten der Schule längst den Rükken gekehrt, um ihren Vätern auf der Farm zu helfen oder sich irgendwo in der Stadt eine Arbeit zu suchen, aber ich drückte halt immer noch die Schulbank.

Zum Teil steckte meine Tante Lou dahinter. Sie war davon überzeugt, daß ich nicht auf den Kopf gefallen war, und sagte mir des öfteren, daß ich meinen Verstand auch zu gebrauchen hätte. Ihr Ehemann, mein Onkel Nat, schien ganz ihrer Meinung zu sein. Wenn sich einer mit Dingen wie

Schulbildung auskennt, dann ist er's, dachte ich mir. Immerhin war er ja der Pastor unserer kleinen Kirche am Ort, und seine Ausbildung hatte er sich so gut wie „eigenhändig" angeeignet, da er weder Mutter noch Vater zu seiner Unterstützung gehabt hatte; die waren nämlich gestorben, als er noch klein war.

Ich hatte es da viel besser. Ich hatte nicht nur Lou und Nat, sondern auch Opa, Großonkel Charlie und meinen Uropa auf meiner Seite. Samt und sonders waren sie darauf erpicht, mir eine ordentliche Schulbildung angedeihen zu lassen.

Mir konnte das alles nur recht und billig sein. Um ehrlich zu sein, lernte ich sogar gern, obwohl unsere Schule klein war und die meisten Schüler entweder Kinder oder Mädchen waren. Na schön, ein paar Jungen gingen auch noch zur Schule, zum Beispiel mein bester Freund Avery Garret. Der machte sich im Grunde nicht viel aus der Schule, und was er mit seiner Schulbildung mal anfangen wollte, das wußte er auch noch nicht. Ich glaube, er ging einfach nur weiter zur Schule, weil ich das so machte, und außerdem war's in der Schule ab und zu auch ganz lustig, schon allein wegen der Mädchen, die noch in unserer Klasse waren.

Dann war da Jack Berry. Sein Vater hatte es sich in den Kopf gesetzt, einen Doktor aus seinem Sohn zu machen. Jack selbst war sich da nicht so sicher. Eigentlich wäre er viel lieber Matrose geworden, bloß daß es in der Nähe kein Wasser gab, jedenfalls nicht genug für einen Matrosen. Er wußte nicht so recht, wie er nur an Bord eines Bootes kommen sollte, das ein paar Nummern größer war als der Kahn auf dem Dorfteich!

Willi Corbin ging auch noch zur Schule. Mit ihm hatte es eine besondere Bewandtnis. Als junger Knirps war er der größte Schlingel weit und breit gewesen. Die schlimmsten Streiche hat er damals ausgeheckt. Die Leute hatten die Hoffnung schon aufgegeben und damit gerechnet, daß er eines Tages noch im Gefängnis landen würde. Ich hatte eigentlich immer schon geahnt, daß Willi nicht so durchtrieben war, wie die Leute dachten. Er wollte sich halt hin und wieder auf Kosten anderer einen Schabernack erlauben. Das alles änderte sich aber schlagartig an dem Tag, als Willi beschloß, seine Zukunft lieber im Himmel als in der Hölle zu verbringen.

Es passierte nach der ersten Predigt, die mein Onkel Nat in unserer Kirche hielt. Er hatte gerade seine Pastorenstelle bei uns angetreten. Willi machte eine Kehrtwende und benahm sich von da an nie wieder so dreist wie früher. Wenn Gott schon so einen Lausebengel wie Willi Corbin wieder zurechtbiegen konnte, dann gab es wohl niemanden auf der Welt, der ein hoffnungsloser Fall gewesen wäre. Dieser Willi war nun zu dem Schluß gekommen, daß Gott ihn zum Missionar bestimmt hatte. Das Lernen fiel Willi nicht leicht; man mußte ihn einfach bewundern. Er legte sich ins Zeug und strengte sich mächtig an, um eines Tages irgendwo unter Menschen zu arbeiten, die Jesus nicht kannten.

Das waren also die drei Jungen von meiner Klasse, die noch weiter zur Schule gingen. Außer uns drückten noch vier ältere Jungen aus der Stadt die Schulbank. Wir kamen gut miteinander aus, aber meistens steckte ich mit meinen alten Kameraden zusammen, wohl schon allein deshalb, weil sie auch alle zu unserer kleinen Kirche gehörten. Ein paar von den Stadtjungen waren ein bißchen „wild“, wie Tante Lou sich ausdrückte, und obwohl sie mir den Umgang mit ihnen nie ausdrücklich verboten hatte, sah sie es lieber, wenn ich mir meine besten Freunde unter den Jungen von der Kirche aussuchte.

Mir konnte das nur recht sein. Ich mochte die Jungen von der Kirche, und wir hatten eine Menge Spaß miteinander beim Maiskolbenrösten, Schlittenfahren, Schlittschuhlaufen auf dem Teich und dergleichen.

Kaum zu fassen, daß ich und Pixie, mein kleiner Hund, jetzt schon seit zwei Jahren bei Tante Lou und Onkel Nat in der Stadt wohnten. Nicht, daß wir immer nur in der Stadt hockten. Wenn das Wetter gut war – und in diesem Herbst war's das ja meistens, wie ich schon erzählt habe –, also, bei gutem Wetter fuhren wir zum Wochenende raus auf die Farm zu Opa, Onkel Charlie und Uropa.

Kann eigentlich gar nicht sagen, wo's mir am besten gefiel. Während der Woche zählte ich schon die Tage, bis es wieder zur Farm ging, wo ich Holz spalten und Bleß, die Milchkuh, die ich schon so manches Mal gemolken hatte, von der Weide holen konnte. Die Schweine quiekten und grunzten vor Vergnügen, wenn ich ihnen das Futter in den Trog schüttete, und die Hühner begrüßten mich immer mit ihrem gegackerten Singsang, wenn ich ihnen Wasser und Körner brachte. Kaum war's dann aber Sonntagabend, brannte ich auch schon darauf, endlich wieder zu Tante Lou und Onkel Nat in die Stadt zu fahren. Ich malte mir aus, was Tante Lou wohl Gutes gekocht haben mochte und ob sie mir ein Stück Kuchen oder einen Apfelkrapfen aufbewahrt hatte. Ich fragte mich auch oft, ob Onkel Nat zu irgendeinem Kranken gerufen worden war, und ich war nicht da gewesen, um Dobbin für ihn zu satteln. Tausend Fragen bewegten mich, die ich ihm unbedingt stellen mußte, und tausend Erlebnisse galt es loszuwerden. Es war beinahe, als wäre ich wochenlang fort gewesen, so ungeduldig wartete ich darauf, wieder in die Stadt zu kommen. In Wirklichkeit hatte ich Tante Lou und Onkel Nat erst am Vormittag noch in der Kirche gesehen.

So verbrachte ich den Herbst also damit, zwischen zwei Welten hin- und herzupendeln und das Leben dabei so richtig auszukosten. Ich hätte mich noch restlos verausgabt, wenn der ganze Herbst nicht so gemächlich und geruhsam verlaufen wäre. Selbst nachdem der allerletzte Handgriff für den Tag erledigt war, blieb immer noch jede Menge gutes Wetter zum Dasitzen und Faulenzen.

So ein Wetter hat nur einen großen Haken: es lernt sich nicht leicht dabei. Jeden Tag mußte ich mir buchstäblich einen Ruck geben und mich hinter ein Buch klemmen, um meine Schularbeiten zu machen. Und dann passierte eines Tages etwas Seltsames: Fräulein Williams, eine ledige Lehrerin, die schon seit Ewigkeiten in unserer Schule unterrichtet hatte, bescherte uns eine Überraschung, die den ganzen Ort in hellste Aufregung versetzte. Sie gab nämlich bekannt, daß sie in Kürze heiraten wollte!

Kein Mensch hatte so was geahnt. Woher auch? Fräulein Williams war seit Urzeiten ledig gewesen, und das schien sie auch ganz in Ordnung zu finden, aber dann erklärte sie plötzlich wie aus heiterem Himmel, daß sie bald heiraten wolle. Und zwar einen Mann, den sie schon seit siebenunddreißig Jahren kenne! Im ganzen Ort hatte niemand je von diesem Mann gehört, aber das schien Fräulein Williams nicht im geringsten zu stören. Sie hänge nun ihren Beruf an den Nagel, sagte sie. Ganz einfach so, ohne erst großartig zu kündigen oder dergleichen, packte sie ihre Bücher und Taschen zusammen und setzte sich in einen Zug in Richtung Ostküste, wo sie diesen bewußten Mann heiraten würde.

So, nun standen wir also urplötzlich ohne Lehrerin da. Nicht, daß wir deshalb etwa in Tränen ausgebrochen wären! Nicht mal ich, der eigentlich gern zur Schule ging. Jack Berry legte sogar unverhohlene Begeisterung an den Tag. Aus voller Kehle schrie er: „Juchuuuuuh!“ Ein paar von den Mädchen warfen ihm einen mißbilligenden Blick zu, aber das kümmerte ihn nicht. „Juchuuuuuh!“ schrie er noch ein zweites Mal und warf seine Mütze in die Luft.

„Sagt mal“, fragte er uns dann, „was fangen wir denn jetzt mit diesem unerwarteten Segen an?“

„Wie meinst du das?“ fragte Willi. Er mußte sich ohnehin schon quälen, seine Englischlektionen zu bewältigen, und konnte es sich nicht leisten, kostbare Zeit zu verlieren. „Segen kann man so was wohl kaum nennen. Fräulein Williams war nicht schlecht als Lehrerin. Mir wär's lieber gewesen, wenn sie ihre Arbeit auch zu Ende gemacht hätte.“

Ich für meinen Teil fand, daß Fräulein Williams nach siebenunddreißig Jahren es lange genug im Dienst ausgehalten hatte und keinem mehr etwas schuldete. Einerseits tat Willi mir leid, aber andererseits konnte ich mir das Grinsen auch nicht verkneifen. Mir jedenfalls kam das Ganze eher wie ein Segen vor, besonders bei dem herrlichen Wetter. Wenn der Winter erst kam, sahen wir die Sonne womöglich monatelang nicht wieder. Dann konnten wir uns immer noch hinter unseren Büchern vergraben.

„Also?“ fragte Jack noch einmal. „Was fangen wir mit diesem ... äh, mit diesem Notstand an?“

Jetzt mußte sogar Willi grinsen, und im nächsten Augenblick lachten wir auch schon alle los, bis uns der Bauch weh tat. Schließlich machten wir uns ernsthaft ans Pläneschmieden.

„Werd' wohl raus auf die Farm fahren“, begann ich. „Das mach' ich immer zu Feiertagen und in den Ferien.“

Jack wohnte am Stadtrand, wo es nicht viel für Jungen wie ihn zu tun gab. Seine Eltern hielten keine Tiere, und Felder hatten sie auch keine.

„Wenn ich mich zu Hause blicken lasse, sorgt mein Pa dafür, daß ich die Nase in meine Bücher stecke. Da kann ich genausogut in der Schule rumsitzen“, beklagte sich Jack. „In der Schule hätte ich's sogar besser; wenigstens kriegen wir da unsere Pause.“

Willi warf Jack einen finsteren Blick zu. Jack hatte einen gescheiten Kopf, wenn er ihn nur gebrauchen wollte, und ich glaube, Willi ärgerte sich ein bißchen darüber, daß er selbst sich schwer anstrengen mußte und doch nur durchschnittliche Zensuren bekam, während Jack nichts als Flausen im Kopf hatte und sich keinen Deut um seine Noten scherte.

„Da werd' ich endlich mal nach Herzenslust angeln können“, fuhr ich fort, um die geladene Stimmung zu überspielen.

„Wie wär's mit Football?“ meinte Willi. Football spielte er nun mal für sein Leben gern, und er legte auch ein beachtliches Geschick dabei an den Tag, obwohl wir keine richtige Ausrüstung hatten und unsere Eltern sich händeringend um uns sorgten, weil man sich ja dabei verletzen kann, wenn man nicht aufpaßt.

Erst jetzt meldete sich Avery zu Wort.

„Ich denk' schon seit längerem daran, 'ne Wanderung bachaufwärts zu machen und im Freien zu übernachten", sagte er.

„Prima Idee!" rief ich. Wieso war ich eigentlich nicht auch darauf gekommen? Ein bißchen überrascht war ich schon über Averys Vorschlag. Er hatte bisher keinen Ton davon gesagt. So eine Wanderung mit Übernachtung im Freien hatte ich noch nie gemacht, und die Wälder sahen einladend aus. Also, ich fand die Idee jedenfalls erstklassig.

Jack und Willi waren nicht weniger begeistert.

„Meint ihr, daß unsere Eltern das erlauben?" fragte Willi.

„Warum nicht? Schließlich sind wir schon fünfzehn. Wird langsam Zeit, daß wir mal selbständig was unternehmen."

Da war ich ganz seiner Meinung. Wenn mir so eine Wanderung nur eher eingefallen wäre, dann hätte ich schon längst mal um Erlaubnis gefragt.

„Dann laßt uns fragen", meinte Jack. „Mehr als nein sagen können sie schließlich nicht."

Der Gedanke daran, daß sie nein sagen könnten, machte mich fast krank. Sie mußten es einfach erlauben!

„Wen fragst du denn?" wollte Avery wissen.

„Wie?" fragte ich zurück.

„Fragst du deine Tante Lou oder deinen Opa?"

Ich zuckte mit den Schultern.

„Weiß nicht. Im Moment wohn' ich bei Tante Lou."

„Meinst du, ob sie's dir erlaubt?"

Ich überlegte. Tante Lou hatte zwar Verständnis, aber andererseits sorgte sie sich auch viel um mich. Ob sie wohl ahnte, wie dringend ein Junge in meinem Alter mal allein auf eine Wanderung mit seinen Freunden gehen mußte? Dann dachte ich an Opa. Er war ein prima Kerl, wie man sich keinen besseren zum Vormund wünschen konnte, aber ein Ausflug in die Berge war bestimmt das Allerletzte, was ihm in den Sinn gekommen wäre, selbst wenn die Feldarbeit erledigt war. Wahrscheinlich sähe er es auch lieber, wenn ich mich hinter meine Bücher klemmte.

„Weiß nicht", sagte ich nochmal.

„Wenigstens kannst du dir aussuchen, wen du fragst", sagte Avery. „Mir bleibt aber nichts anderes übrig, als meine Ma rumzukriegen. Wenn ich sie erst auf meiner Seite hab', dann wird sie schon 'n gutes Wort für mich bei Pa einlegen."

Soviel stand fest: Ich hatte weder eine Ma noch einen Pa, die ich um Erlaubnis fragen konnte.

„Wie wär's", meldete sich Jack Berry wieder zu Wort, „wenn ihr beiden heute abend nach der Stallarbeit zu mir kämt? Wir müssen uns den Vorstoß reiflich überlegen."

Jack war aber auch einer! Er redete gerade so, als ob wir allesamt auf Kriegsfuß mit unseren Familien stünden! Trotzdem nickten wir und einigten uns darauf, nach dem Wasserholen und Kohleschippen zu Jack zu kommen.

Dann gingen wir los, jeder in seine Richtung. Ich glaube, wir waren alle mächtig gespannt. Bei Tante Lous Gartentor warf ich schnell einen Blick zum Wald zurück. Was für ein großartiger Anblick! Ich sah den Bach schon förmlich vor mir, wie er sich durch die Hügel wand und dann eine Biegung nach Süden machte. Ich konnte das rotgoldene Laub rascheln hören und spürte den warmen Wind schon auf meinem Gesicht.

Irgendwo in der Ferne hörte ich eine Krähe schreien und fragte mich, warum die nicht schon längst nach Süden gezogen war. Sie hatte wohl dem guten Wetter hier bei uns nicht widerstehen können. Junge, Junge, die Wälder und Wiesen lockten einen mächtig an so einem Tag wie heute! Ich mußte mich direkt zusammenreißen, um die Holzkiste und den Kohleneimer gefüllt zu kriegen.

Das Schwierigste an der ganzen Sache

Während ich mich über meine Plätzchen und meine Milch hermachte, sagte ich nicht viel zu Tante Lou. Sie hatte ohnehin schon von Fräulein Williams Abschied gehört – ich meine, daß sie einfach mir nichts, dir nichts mitten im Schuljahr abgehauen war.

„Ein Jammer ist es, ein Jammer!" klagte Tante Lou. Genau das gleiche hatten sämtliche Nachbarn bestimmt heute auch schon gesagt. Tante Lou dachte einen Moment schweigend nach und sprach dann ein bißchen leiser und vertraulicher weiter: „Eigentlich finde ich's großartig, daß Fräulein Williams sich endlich doch noch dazu entschlossen hat, ihren langjährigen Verehrer zu heiraten. Das hat sie bestimmt eine Menge Mut gekostet. Ich hoffe sehr, daß die beiden miteinander glücklich werden."

Tante Lous Blick wanderte auf das Hochzeitsbild auf dem Kaminsims. Da waren die beiden abgebildet, meine Tante Lou und mein Onkel Nat, und der feierliche Ausdruck auf ihren Gesichtern konnte das frohe Glänzen in ihrem Blick und den Stolz in seinem nicht verbergen. Jetzt wurden ihr die Augen ein bißchen feucht; dann schüttelte sie aber entschlossen den Kopf und redete ruhig weiter. „Nur schade, daß das ausgerechnet mitten im Schuljahr passieren mußte!" schloß sie.

Ich wußte aber genau, daß Tante Lou im Grunde ihres Herzens Fräulein Williams gern den kleinen Verstoß gegen die Schulordnung verzieh.

Sie stand auf.

„Lange wird's nicht dauern", sagte sie, als wollte sie mich trösten. „Das Schulamt hat schon eine Sitzung einberufen.

Bald habt ihr eine neue Lehrerin, sollst mal sehen!" Sie klopfte mir auf die Schulter.

Ich bemühte mich, möglichst bekümmert dreinzuschauen, und trank schnell mein Milchglas leer.

„Ich muß in den Stall", erklärte ich den Grund meiner Eile. „Wir Jungen treffen uns heute abend bei Jack. Wir wollen uns Gedanken machen, was wir nun ohne Lehrerin anfangen, so ganz ohne Unterricht."

Tante Lou nickte mit einem Lächeln.

„Alle Achtung!" sagte sie. „Ihr legt ja allerhand Weitsicht an den Tag. Mit so einer Einstellung werdet ihr schon nicht ins Hintertreffen geraten, auch wenn der Unterricht eine Zeitlang ausfällt."

Ich nickte. Zwar rechnete ich keineswegs damit, ins Hintertreffen zu geraten – besonders nicht, wenn wir die Erlaubnis bekamen, unser Vorhaben in die Tat umzusetzen.

Ich beeilte mich mit der Stallarbeit und schob dann die Küchentür gerade weit genug auf, um Tante Lou Bescheid zu geben, daß ich jetzt losgehen, aber rechtzeitig zum Abendbrot wieder zurück sein würde.

Sie rief eine muntere Antwort zurück. Irgendwie kam ich mir ein bißchen schäbig vor. Tante Lou war anscheinend in dem Glauben, daß wir gemeinsam unseren Unterrichtsstoff aufarbeiten wollten. Dabei hatten wir in Wirklichkeit vor, die kurzen unverhofften Ferien dazu zu nutzen, uns möglichst weit von allem, was mit der Schule zusammenhing, zu entfernen.

Auf dem Weg durch das trockene Laub am Boden machte ich mir aber dann keine allzu großen Sorgen. Schließlich hatte ich Tante Lou doch nicht ausdrücklich gesagt, daß wir Schularbeiten machen wollten. Auf diese Idee war sie von ganz allein gekommen.

Ich war als erster bei Jack. Der hatte sich mit einem Geometriebuch unter einem Apfelbaum im Garten ausgestreckt. Sein Vater hatte ihn bestimmt zum Lernen nach draußen geschickt. Als ich auftauchte, schob er allen Anschein des Fleißes beiseite und winkte mich heran.

„Na, wie sieht's aus?“ wollte er wissen.

„Och – ich hab' noch nichts gesagt“, antwortete ich. „Und du? Hast du schon gefragt? Ich dachte, wir wollten uns alles erst mal in Ruhe überlegen und ...“

„Haargenau!“ sagte Jack.

„Tante Lou denkt, wir träfen uns hier bei dir, weil wir uns Gedanken über den versäumten Unterrichtsstoff machen wollten“, sagte ich ziemlich kleinlaut.

„Hast du ihr das etwa gesagt?“ fragte Jack mit schrägem Blick.

„'türlich nicht!“ sagte ich ein bißchen wütend. Jack wußte sehr wohl, daß ich nicht log.

„Dann kannst du auch nichts dafür, wenn sie das denkt“, meinte Jack achselzuckend.

„Nee, wahrscheinlich nicht“, stotterte ich verlegen. „Trotzdem wär's mir lieber, wenn sie das nicht denken würde. Wenn's dann rauskommt, was wir wirklich vorhaben, ist womöglich alles gleich im Eimer.“

Jack schaute längst nicht mehr so vorlaut drein.

„Hoffentlich nicht!“ sagte er, und ich wußte, daß er begriffen hatte, worum's mir ging.

Mir war regelrecht unwohl bei der Sache zumute, und diesmal konnte ich die Gewissensbisse nicht einfach abschütteln. Ich war Tante Lou gegenüber noch nie unaufrichtig gewesen und hatte keineswegs vor, ausgerechnet jetzt damit anzufangen, auch wenn es mich den Ausflug in die Berge kosten sollte.

Dann tauchte auch schon Avery auf. Vom Laufen war er noch ganz außer Puste. Seine atemlose Frage riß mich aus meinen Gedanken.

„Wer kocht denn?“ keuchte er.

Wovon in aller Welt redete er bloß?

„Wer übernimmt denn das Kochen?“ wiederholte er und sah zwischen Jack und mir hin und her. „Wir brauchen schließlich einen, der kocht, sonst fällt das Ganze ins Wasser.“

Jack fand als erster eine Antwort.

„Wir kochen alle abwechselnd.“

Avery kniff kritisch die Augen zusammen.

„Also, ich kann schon mal nicht kochen“, stellte er nüchtern fest und fügte skeptisch hinzu: „Möchte wetten, daß ihr’s genausowenig könnt!“

„Mensch, jetzt mach’s aber mal halblang!“ schalt Jack. „Man braucht schließlich kein Koch zu sein, um über dem Feuer was Eßbares zusammenzubrutzeln. Du hältst die Bratpfanne über die Flamme und fertig!“

„Hast du’s schon mal probiert?“ fragte Avery beharrlich.

Jack warf ihm einen grimmigen Blick zu.

„Ich dachte, du wärst derjenige, der die ganze Idee aufgebracht hat. Warum machst du jetzt so ’n Palaver? Bleib doch zu Hause, wenn du willst!“ schimpfte er, und Avery schlug hastig einen anderen Ton an.

„Wir könnten ja Brot und Käse mitnehmen“, schlug er vor, aber sehr begeistert klang’s nicht gerade.

„Also, ich für meinen Teil esse Fisch“, kündigte ich voller Zuversicht an.

Avery machte sich weder aus Fisch noch aus dem Angeln etwas.

„Und wer brät die Fische?“ wollte er wissen.

Allmählich hatte auch ich Averys Schwarzseherei satt.

„Ich natürlich. Wer sonst?“

„Ach ja? Und hast du das schon mal gemacht?“

Damit hatte er mich an meinem schwachen Punkt erwischt. Ich war derjenige bei uns, der die Fische fing; das Kochen besorgte dann Tante Lou oder Onkel Charlie. Ich hatte noch nie selbst einen Fisch ausgenommen. Ach was, ich würde es wenigstens versuchen. So schwierig konnte es doch nicht sein, einen Fisch zuzubereiten, oder?

Gerade in dem Moment erschien Willi auf der Bildfläche und ersparte mir damit die mühsame Arbeit, Avery von meinen Kochkünsten zu überzeugen.

Zu viert setzten wir uns im Schneidersitz auf den Rasen. Dann eröffneten wir gewissermaßen unseren kleinen Parteitag zur Planung unserer Wanderung.

Da keiner von uns je einen solchen Ausflug unternommen hatte, wußten wir nicht so recht, wo wir mit dem Planen überhaupt anfangen sollten. Willi förderte einen kurzen Bleistift und ein zusammengefaltetes Blatt Papier aus seiner Hosentasche zutage. Wir spendeten ihm höchstes Lob für seine weise Voraussicht und sahen uns dann ratlos in der Runde um. Jack übernahm den Vorsitz.

„Zuerst müssen wir überlegen, was wir alles brauchen", sagte er. Das klang durchaus vernünftig.

„Decken zum Beispiel", fuhr er fort, als hätte er vorhin mit seinem Buch in der Hand eher an den Ausflug als an Geometrie gedacht.

„Genau", gab Avery ihm recht. „Nachts wird's nämlich ziemlich kalt."

Willi schrieb „Decken" auf die eine Seite des Blattes.

„Essen", führte Jack als nächstes auf. Avery nickte heftig.

„‚Essen' ist zu allgemein. Wir müssen da schon ein bißchen genauer sein", meinte Willi, den Bleistift erwartungsvoll über das Papier haltend.

Keiner von uns hatte Erfahrung in solchen Sachen.

„Brot", meinte Avery.

Willis Bleistift fuhr kratzend über das Papier.

„Käse", sagte Avery dann.

„Brot und Käse? Seid ihr verrückt geworden? Ich will doch nicht tagelang bloß von Brot und Käse leben!" protestierte Jack.

„Na, dann sag du doch gefälligst selbst, was du willst", fuhr Avery ihn an. „Man hört ja nichts Brauchbares von dir!"

Willi mischte sich ein, bevor Jack und Avery sich in die Haare kriegen konnten. Die beiden waren noch nie besonders gut miteinander ausgekommen.

„Brot und Käse also", sagte Willi. „Was wollt ihr sonst noch mitnehmen?"

„Wir brauchen Butter und Mehl und Salz und Pfeffer zum Fischebraten", warf ich ein. Schon unzählige Male hatte ich Tante Lou dabei zugeschaut, wie sie die Zutaten miteinander vermischt und den mehlbepuderten Fisch dann in die zischende Butter gegeben hatte. Ihre gebratenen Fische schmeckten immer ausgezeichnet.

„Und was, wenn du keine Fische an die Angel kriegst?" wollte Jack auftrumpfend wissen.

„Dann wirst du wohl einfach Brot und Käse essen müssen", gab ich zurück.

„Wir brauchen Kochtöpfe, eine Bratpfanne und eine Art Wasserkessel", fuhr Willi schnell fort, um einen hitzigen Streit abzuwenden.

„Streichhölzer!" fiel Avery ein.

Wir warfen ihm anerkennende Blicke zu. Ohne Streichhölzer am Lagerplatz konnten wir gleich wieder kehrtmachen.

Unsere Liste erstreckte sich bald auf beide Seiten des Papiers, und dann wurde Jack auch schon von seiner Mutter zum Essen ins Haus gerufen. Wir übrigen mußten uns jetzt sputen, damit auch wir noch rechtzeitig zum Essen nach Hause kamen.

Avery und ich rannten los. Willi trollte sich in die andere Richtung. Rennen und Reden zugleich konnten wir kaum, weshalb unser Heimweg auch ziemlich schweigsam ausfiel.

„Wann fragst du denn um Erlaubnis?" keuchte Avery.

„Weiß nicht", keuchte ich zurück.

„Und wen fragst du?"

Ich schüttelte den Kopf. „Weiß ich auch noch nicht", gestand ich.

Ich war nämlich immer noch zu keinem Schluß gelangt, welches Familienmitglied sich als bester Verbündeter erweisen würde. Ich würde mich halt vorsichtig herantasten müssen.

„Zum Rumtrödeln haben wir keine Zeit mehr", keuchte Avery. „Die von der Schulbehörde halsen uns womöglich eine neue Lehrerin auf, bevor wir unsere Ferien richtig genießen können."

Vom vielen Reden war Avery ganz außer Atem. Ich wußte zwar, daß er recht hatte, aber unter Druck setzen lassen wollte ich mich nun auch wieder nicht.

„Ich werde die Sache schon irgendwie schaukeln“, erklärte ich entschlossen. „Mach dir deswegen nur keine Sorgen!“

An der Pappelstraße trennten wir uns. Avery rannte in die eine Richtung weiter und ich in die andere. Ich befürchtete schon, zu spät zum Essen zu kommen, und wenn Tante Lou auch vielleicht nicht gleich schimpfen würde, war so etwas unserem Vorhaben alles andere als zuträglich.

Ich bog in den Pfad zum Pfarrhaus ein und kam gerade in dem Moment auf den Hof gerannt, als Onkel Nat aus dem Sattel stieg. Ich blieb neben ihm stehen und schnappte erst mal nach Luft.

„Nanu“, wunderte sich Onkel Nat, „woher kommst du denn so eilig angelaufen?“

Ich wartete, bis ich halbwegs wieder reden konnte, und antwortete ihm dann: „War bei Jack ... bin aus Versehen ein bißchen zu lange geblieben ... dachte schon, ich käm’ zu spät zum Essen.“

„Da geht’s dir so wie mir“, stellte Onkel Nat fest, aber sonderlich besorgt deswegen schien er nicht zu sein. „Frau Miranda war wieder einmal schlecht dran.“

„Geht’s ihr denn jetzt besser?“

„Ja, sie scheint sich wieder erholt zu haben.“

Fast jede Woche wurde Onkel Nat zu Familie Willis gerufen, um mit der „bald von uns scheidenden Frau Miranda“, wie die alte Oma Willis genannt wurde, zu beten. Bis jetzt lebte sie noch, aber eines Tages würde es dann doch mit ihr zu Ende gehen, und sicher ist sicher.

Ich nahm Dobbin bei den hängenden Zügeln und wartete, bis Onkel Nat den Sattel abgeschnallt hatte. Dann führte ich das Pferd in den kleinen Stall hinter dem Haus.

Obwohl Dobbin gerade die zehn Meilen bis zur Farm von Familie Willis und zurück hinter sich hatte, trabte er jetzt munter auf den Stall zu. Dobbin war ein prima Pferd, daran gab's nichts zu rütteln. Uropa hatte Dobbin zusammen mit einem flotten Einspänner für Onkel Nat und Tante Lou gekauft. Wenn Onkel Nat allein unterwegs war, ritt er aber lieber, anstatt den Wagen anzuspannen. Reiten ging schneller, und für Dobbin war's außerdem leichter so.

Im Stall nahm ich Dobbin das Zaumzeug ab. Onkel Nat machte sich daran, ihn zu striegeln. Ich wartete nicht mal ab, bis ich darum gebeten wurde, sondern kletterte gleich über die Futterkrippe und füllte sie mit frischem Heu. Dann gab ich Dobbin sein Futter. Das hatte ich schon unzählige Male gemacht; ich wußte haargenau, wieviel Futter er brauchte.

„Ihr habt also keine Lehrerin mehr, hört man", sagte Onkel Nat beim Striegeln.

„Stimmt", sagte ich leichthin.

Onkel Nat grinste.

„Als ich in deinem Alter war, hätte ich mich bestimmt wie ein Schneekönig gefreut, endlich mal in den Genuß von ein paar schulfreien Tagen zu kommen. Hätte mir auf der Stelle überlegt, was man wohl am besten damit anfangen könnte."

Ich antwortete nicht.

„Das ist wirklich etwas ganz Ungewohntes für dich", fuhr Onkel Nat nachdenklich fort. „Kein Unterricht zu einer Jahreszeit, wo es auch keine Farmarbeit für dich zu tun gibt. Was hast du denn mit deiner unverhofften Freiheit vor? Wirst du dich auch nicht zu Tode langweilen?"

Ich wußte zwar, daß er es im Spaß gesagt hatte, aber zugleich witterte ich auch eine einmalige Gelegenheit. Vielleicht konnte ich ihm unser Vorhaben ein bißchen schmackhaft machen.

„Also", sagte ich so beiläufig, wie's nur ging, „wir Jungen haben uns auch schon Gedanken darüber gemacht. Eine Wanderung wär' nicht schlecht, eine mit Übernachtung unter freiem Himmel. So was wollten wir eigentlich immer schon gemacht haben."

Ich sah von Dobbin, der sich über seinen Hafer hermachte, zu Onkel Nat auf. Der striegelte im gleichen Tempo weiter.

„Übernachten im Freien? Kann mich nicht erinnern, euch je davon reden gehört zu haben."

„Nee, haben wir auch nicht", beeilte ich mich zu erklären. „Bei gutem Wetter mußten wir ja auch bei der Ernte und im Garten helfen. Aber das ist jetzt für dieses Jahr alles erledigt. Und außerdem", fügte ich hastig hinzu, „außerdem hab' ich so genau eigentlich noch nie daran gedacht." Ich wollte Onkel Nat gegenüber restlos ehrlich sein.

Er nickte nur.

„Wir haben uns gedacht, daß jetzt die beste Zeit für so eine Wanderung wäre", unterstrich ich mein Anliegen.

Dann schalt ich mich auch schon selbst aus. Schließlich war nichts damit gewonnen, wenn ich zu übereifrig wirkte.

„Und wer ist alles am Pläneschmieden beteiligt?" erkundigte sich Onkel Nat.

„Ich und Avery und Willi und Jack", platzte ich heraus.

Onkel Nat verzog das Gesicht zu einem Schmunzeln.

„Du, wenn du deiner Tante Lou diese Liste präsentierst", entgegnete er, „dann rate ich dir aber zu der Reihenfolge ‚Avery, Willie, Jack und ich'."

Ich nickte betreten. Dieser Fehler war schon tausendmal an mir berichtigt worden, besonders von Tante Lou.

„Und wohin soll die Wanderung gehen?" wollte Onkel Nat wissen.

Mein Herz machte einen kleinen Satz. Er hatte einfach gefragt: „Und wohin soll die Wanderung gehen?", als ob alles wie selbstverständlich schon genehmigt worden wäre.

„Wir gehen am Bach entlang in die Berge bis zur Bachquelle", antwortete ich so bestimmt, als hätten wir die Wanderung bereits bis in alle Einzelheiten geplant. „Äh ... Das ist mir nur gerade eben so eingefallen", sagte ich dann der Ehrlichkeit halber, „aber die andern haben bestimmt nichts dagegen."

Onkel Nat nickte.

Dann hängte er Striegel und Bürste wieder an den Haken

an der Wand, klopfte Dobbin zum Abschied auf die Flanke und gab mir mit einem Kopfnicken zu verstehen, daß wir uns jetzt aber zu sputen hätten, zum Essen ins Haus zu kommen.

Ich folgte ihm leicht zögernd. Ich war mir nicht sicher, ob ich diese Runde gewonnen oder verloren hatte. Wußte Onkel Nat auch wirklich, wie dringend ein Junge in meinem Alter auch mal selbständig etwas unternehmen mußte? Hatte ich ihn auf meiner Seite, wenn es darum ging, den Rest der Familie zu überzeugen?

Wir hatten das Haus fast erreicht, als er mir seine Hand auf die Schulter legte.

„Ich finde eure Idee ausgezeichnet“, sagte er. „Wenn ich diese Woche nicht so viel hier in der Kirche zu tun hätte, würde ich am liebsten mit euch gehen!“

Uff! Ich atmete auf. Onkel Nat war dafür! Damit waren wir schon ein Riesenstück weiter. Zum ersten Mal fing ich an zu hoffen, daß aus der Sache tatsächlich etwas werden würde.

Die letzten Hürden

Auf dem ganzen Weg zur Farm am nächsten Tag – es war Samstag – hatte ich ein kribbliges Gefühl. Weiß selbst nicht, weshalb ich so unruhig war. An der Wanderung lag mir wohl doch mehr, als ich gedacht hatte. Komisch, eigentlich hatte ich noch nie ernsthaft an eine Wanderung mit Übernachtung im Freien gedacht, aber seit Avery mich gestern auf den Geschmack gebracht hatte, war ich Feuer und Flamme. Im ersten Moment war ich so verdutzt gewesen, daß ich den Vorschlag nicht mal verwunderlich gefunden hatte – wegen Avery, mein' ich. Der hatte sich nämlich noch nie viel aus der freien Natur gemacht, soweit ich wußte. Er ging nicht mal gerne angeln, aber ausgerechnet er war's, der mit dieser traumhaften Idee rausrückte. Aber wie gesagt, das alles kam mir erst später in den Sinn.

Ich war viel zu beschäftigt damit, über mich selbst nachzudenken. Auf diesen Ausflug brannte ich, wie ich noch nie im Leben auf etwas gebrannt hatte, höchstens vielleicht damals auf einen eigenen Hund. Oder darauf, Tante Lous Hochzeit mit irgendeinem Burschen aus der Nachbarschaft zu verhindern, der nicht mal richtig zu schätzen wußte, was er an ihr hatte.

Meinen eigenen Hund hatte ich ja nun. Dafür hatte Uropa gesorgt. Ich drückte Pixie an mich und streichelte ihr das weiche Fell unterm Kinn, während sie sich von mir losstrampeln wollte. Eigentlich ließ sie sich gern streicheln, aber das Umarmtwerden mochte sie nicht besonders.

Und was Tante Lous Heirat anging, so hatte sie sich zum guten Schluß einen Mann ausgesucht, gegen den ich ja wahrhaftig nicht das geringste einzuwenden hatte. Ich mochte Onkel Nat ja selbst furchtbar gern. Insgeheim hoffte ich sogar, daß er ein gutes Wort bei den drei Männern auf der Farm für mich einlegen würde, was die Sache mit der Wanderung betraf.

Wir lenkten Pferd und Wagen in die Einfahrt zur Farm. Ich hatte ein komisches Gefühl in der Magengrube. Jetzt würde es nicht mehr lange dauern, bis ich Bescheid wußte, ob ich nun mitgehen durfte oder nicht.

Opa kam uns bis zum Zaun vor dem alten Farmhaus entgegen. Er grinste zur Begrüßung von einem Ohr zum andern und umarmte Tante Lou. Die hatte ihre Hände voll mit Tüten mit selbstgemachtem Gebäck, wie sie's immer mitbrachte, wenn wir zur Farm fuhren, aber sie ließ sich trotzdem gern von Opa in die Arme schließen und drückte ihm einen Kuß auf die wettergegerbte Wange. Dann schüttelte Opa Onkel Nat kräftig die Hand drehte sich auch zu mir um.

„Stehst also plötzlich ohne Lehrerin da, Junge, wie?" sagte er.

Er nannte mich immer noch „Junge", obwohl ich eigentlich fand, daß ich inzwischen zu groß für diese Anrede war. Trotzdem nahm ich's ihm nicht übel, mich so zu nennen.

Ich nickte nur.

„Wir haben schon davon gehört", sagte Opa zu Onkel Nat. „Wollte Josch eigentlich heute morgen selbst bei euch abholen. Hast dir hoffentlich keine Umstände gemacht, ihn herzubringen."

Onkel Nat lachte.

„Lou wollte ohnehin bei euch nach dem Rechten sehen", erklärte er. „Ich hatte heute morgen Zeit für eine kleine Kutschfahrt, und auf dem Rückweg in die Stadt statten wir Familie Curtis einen Besuch ab, um zu dem neuen Erdenbürger zu gratulieren."

Auf der Veranda begrüßte uns Uropa. Er klopfte mir auf die Schultern und nahm Tante Lou in die Arme. In der Küche hörte ich Onkel Charlie mit Töpfen und Tellern klappern und schloß daraus, daß er heute mit dem Aufwasch an der Reihe war. Ein Geschirrtuch in der einen Hand und eine Pfanne in der anderen, kam er an die Haustür.

Nach der allgemeinen Begrüßung stellte Lou ihre Gebäcktüten auf dem Tisch ab und setzte Kaffeewasser auf. Egal, wieviel Zeit auch seit ihrem letzten Besuch hier vergangen sein mochte: sie nahm immer auf der Stelle das Kommando in der Küche an sich, sobald sie das Haus betreten hatte.

Wir suchten uns alle einen bequemen Platz und setzten uns.

„Was hört man denn über eure Schule, Josua? Der Unterricht soll ab sofort ausfallen?“ fragte Uropa. Als Stadtmensch legte er großen Wert darauf, daß ich eine gute Schulbildung bekam. Die ganze Unterhaltung drehte sich jetzt um die Schule und die fehlende Lehrerin.

„Haste 'ne Ahnung, wann der Unterricht weitergeht?“ erkundigte sich Opa.

Er hatte Onkel Nat gefragt, und ich ließ ihn gern antworten.

„Das Schulamt ist schon auf der Suche nach Ersatz“, gab mein Onkel zur Antwort. „Man hofft, innerhalb von einer Woche eine neue Lehrerin schicken zu können.“

Uropa räusperte sich.

„Mir geht es nicht so sehr um den Zeitpunkt“, erklärte er, „ich mache mir eher Gedanken über die Qualität des Ersatzes.“

Aller Augen richteten sich auf Uropa.

„Was meinst du damit?“ fragte Opa.

„Hm, ich will mir zwar nicht unnötig den Kopf zerbrechen, aber mir will scheinen, daß alle tüchtigen Lehrkräfte für dieses Schuljahr schon auf ihre Posten verteilt sein dürften.“

Daran hatte ich noch gar nicht gedacht, und die anderen wohl auch nicht. Ich sah mehrere Sorgenfalten in den Gesichtern um mich her.

„Dann müssen wir halt beten“, meinte Tante Lou. „Wenn etwas nicht stimmen sollte mit der neuen Lehrerin, beten wir, daß Gott sie zurechtbringt.“ Sie schob ein frisches Holzscheit in den Ofen, als wäre damit nun alles in bester Ordnung.

Opa klopfte mir auf die Schulter. „Schön, dich mal ein bißchen länger als sonst hier zu haben!“

„Vielleicht können wir beiden die Zeit zum Angeln nutzen“, schlug Uropa mit einem Augenzwinkern vor.

„Das wäre prima“, nickte ich und meinte es auch so.

„Unser Josch hat große Pläne“, sagte Onkel Nat und warf mir einen fragenden Blick zu. Ich nickte zum Zeichen, daß er ruhig weitersprechen sollte. Mein Onkel begriff auf der Stelle und räusperte sich, um sich Gehör zu verschaffen.

„Ich finde seine Idee glänzend“, fuhr er fort. Er machte eine Pause, um sicherzugehen, daß alle auf den Plan gespannt waren.

„Josch und ein paar andere Jungen haben überlegt, daß dies die beste Gelegenheit dazu wäre, eine kleine Wanderung bachaufwärts zu machen und ein paar Tage oben an der Quelle zu verbringen.“

Bevor auch nur jemand den Mund zu einem Einspruch aufmachen konnte, redete Onkel Nat weiter.

„Ich halte das für eine gute Sache für die Jungen“, sagte er. „Zu einem solchen Ausflug kommen sie ja sonst nie wegen der schweren Arbeit, die der Herbst immer mit sich bringt. In diesem Herbst hat sich das warme Wetter aber bis nach der Ernte gehalten. Da bietet sich ein kleiner Ausflug direkt an, wenn ihr mich fragt.“

Onkel Nat war mit seiner kleinen Rede fertig, und alle Augenpaare in der Küche hefteten sich auf mich.

Bevor auch nur jemand ein Wort sagen konnte, machte Tante Lou einen Satz an den Herd, wo der Kaffeekessel um ein Haar übergekocht wäre. Im stillen dankte ich dem Kessel dafür, die durchbohrenden Blicke von mir abgelenkt zu haben, und rutschte auf meinem Stuhl hin und her.

Tante Lou schenkte den Männern Kaffee ein und schnitt ihren Zitronenkuchen in Scheiben. Bei Kaffee und Kuchen und einem randvollen Glas von Bleß' kühler, frischer Milch für mich redete es sich schon leichter über mein Anliegen.

„Wußte gar nicht, daß du dich fürs Wandern interessierst, Junge", bemerkte Opa.

„Hab' eigentlich auch noch nie daran gedacht, weil ich sowieso keine Zeit zu so etwas hatte, und so urplötzlich ist's mir auch gar nicht eingefallen. Das Ganze war Averys Idee", erklärte ich in aller Offenheit. „Wie Onkel Nat schon gesagt hat, gab's ja immer Arbeit, wenn das Wetter gut war."

Opa nickte.

„Und wer geht alles mit?" wollte er wissen.

„Avery, Willi und Jack", antwortete ich.

„Ich meine als Erwachsene", drückte Opa sich deutlicher aus.

Ich zögerte, weil ich einfach nicht wußte, was ich antworten sollte. Einerseits wollte ich nichts sagen, was mir als frech ausgelegt werden könnte, aber andererseits mußte ich ihm irgendwie begreiflich machen, daß Jungen mit fünfzehn keinen mehr brauchen, der älter ist als sie.

„Also, wir ... äh ...", begann ich, aber Uropa kam mir zu Hilfe.

„Ein Junge, der beim Heumachen seinen Mann steht und schnell genug Korn für eine Dreschmaschine schaufeln kann, der wird wohl ein paar Tage lang für sich selbst sorgen können", stellte er nüchtern fest und warf mir ein Augenzwinkern zu.

Die größten Bedenken standen Tante Lou im Gesicht geschrieben, obwohl Opa auch nicht gerade sehr überzeugt dreinschaute.

„Wo wollt ihr denn essen?" fragte Tante Lou.

„Im Freien", antwortete ich. „Wir nehmen uns etwas zu essen mit und kochen am Lagerfeuer."

Tante Lou wollte gerade etwas sagen, als Onkel Nat still und heimlich ihre Hand nahm. Niemand außer mir hatte es gesehen. Tante Lou klappte den Mund wieder zu und umfaßte Onkel Nats Hand fest.

„Was hältst du denn von dem Ganzen?“ wollte Opa zu meiner Überraschung von Onkel Charlie wissen.

Onkel Charlie nahm einen tiefen Schluck von seinem heißen Kaffee, ließ die vorderen Stuhlbeine krachend auf dem Boden landen und antwortete ohne jedes Zögern: „Hab' nichts dagegen.“

Jetzt wußte ich, daß ich gewonnen hatte. Am liebsten hätte ich einen Freudentanz aufgeführt, ließ das aber wohlweislich bleiben.

„Ich helf' dir mit dem Essen, Josch“, erbot Tante Lou sich, unterbrach sich aber schnell und warf Onkel Nat einen Blick zu, um sich zu vergewissern, daß ihr Angebot nicht als ungebetene Einmischung aufgefaßt worden war. Ihre Wangen röteten sich leicht, und sie fügte schnell hinzu: „Natürlich nur, wenn du möchtest.“

„Das wäre nett“, antwortete ich. „Ich und die anderen Jungen, wir wissen nämlich nicht so richtig, was wir alles mitnehmen sollen, weil wir ja noch nie länger von daheim weg gewesen sind.“

„Du meinst wohl: ‚Die anderen Jungen und ich‘“, verbesserte mich Tante Lou, aber ihr Lächeln nahm ihren Worten jede Strenge.

Damit war wohl alles geregelt. Opa sagte zwar nie ausdrücklich ja, aber verbieten tat er's auch wieder nicht. Nach allerhand Hin und Her wurde beschlossen, daß wir am ersten Tag zur Quelle wandern sollten, drei Nächte an dem kleinen See unterhalb der Quelle im Freien verbringen und am vierten Tag wieder nach Hause wandern würden. Bevor ich wußte, wie mir geschah, stellten alle fünf Erwachsenen in der Küche eine Liste von Dingen auf, die wir brauchen würden. Die Liste wuchs und wuchs, bis ich schon zu befürchten begann, daß wir ohne Pferd und Wagen nicht auskommen würden.

Na, wenn schon! Sie meinten's ja alle nur gut. Später, wenn sie ihren Spaß gehabt hatten, würde ich die Liste in

Ruhe auseinandernehmen und alles sortieren. Zuerst mußte ich aber meinen Freunden Bescheid geben. Es galt, die Sache in Angriff zu nehmen, bevor das Schulamt uns mit einer neuen Lehrerin einen Strich durch die Rechnung machen konnte.

Es geht los!

Ich weiß nicht, wer von uns am meisten von der Abenteuerlust gepackt war, als wir zwei Tage später mit unseren Rucksäcken auf dem Pfad am Bach entlang losmarschierten.

Jack war nicht mit von der Partie. Er tat uns mächtig leid deswegen. Sein Pa hatte ein Machtwort gesprochen; Jack mußte zu Hause bleiben und sich hinter seine Bücher klemmen, wenn aus ihm mal ein Doktor werden sollte. Der arme Kerl war vor Enttäuschung fast krank, und weil ich wußte, wie mir selbst so etwas zugesetzt hätte, fühlte ich mich aus lauter Mitleid auch ein bißchen krank.

So packten also nur Avery, Willi und ich unsere Siebensachen zusammen, natürlich nicht ohne einen wahren Schwall an gutgemeinten Ratschlägen und Anweisungen von unseren Angehörigen, und machten uns auf den Weg zum Bach. Ich bedauerte eigentlich bloß zweierlei: daß Jack fehlte und daß ich Pixie zu Hause lassen mußte. Nachdem ich ausgiebig mit meinen Männern über die Sache geredet hatte, mußte ich einsehen, daß ein Lager unter freiem Himmel kein geeigneter Ort für einen kleinen Hund war, und außerdem waren ihre Beine ja viel zu kurz für die lange Wanderung. Da ich meine Hände frei haben mußte und den Rucksack auf dem Rücken haben würde, hätte ich sie auch nicht tragen können.

Bevor die Farm außer Sichtweite geriet, drehte ich mich um und winkte noch einmal zum Abschied. Da standen sie alle: Opa, Onkel Charlie, Uropa und sogar Onkel Nat und Tante Lou – die beiden waren nach dem Wochenende zur Farm zurückgefahren, weil sie sich nichts von dem Trubel entgehen lassen wollten – und sahen uns nach. Tante Lou schneuzte sich sogar in ihr weißes Taschentuch, als ob wir

Jungen nun in den Krieg zögen oder so ähnlich. Sie alle machten Gesichter, die froh und traurig zugleich waren: froh, weil wir endlich etwas unternehmen konnten, was wir uns unbändig gewünscht hatten, besorgt, daß uns bloß nichts zustieß, und ein bißchen traurig, weil wir langsam, aber sicher erwachsen wurden.

Uns dreien war derweil alles andere als traurig zumute, als wir jetzt frisch drauflos marschierten, um endlich die Familie hinter uns zu lassen, denn wir wollten schließlich auf uns selbst gestellt sein.

Es dauerte allerdings nicht lange, bis unsere Schritte langsamer wurden. Die Rucksäcke drückten immer mehr, und die Sonne brannte ziemlich heiß. Nachdem wir den ausgetretenen Kuhpfad hinter uns gelassen hatten, war das Vorankommen auch kein Kinderspiel mehr. Die Weidenbüsche wuchsen bis an den Bach, und wir mußten uns mitten durch das Gestrüpp vorankämpfen. Wir wollten uns nicht vom Ufer entfernen, um den Bach nicht hinter den Bäumen aus dem Blick zu verlieren. Deshalb blieb uns nichts anderes übrig, als Büsche und Geäst in Kauf zu nehmen.

Ich glaube, wir stießen alle einen Seufzer der Erleichterung aus, als es sich vor uns zu lichten begann. Der Bach führte uns jetzt durch niedriges Gebüsch und dann mitten durch Turleys Kuhweide. Von hier ab würde die Strecke leichter zu bewältigen sein.

Gerade waren wir durch den Zaun geklettert und wollten uns einen besseren Weg suchen, als Avery laut stöhnte, stehenblieb und sich an einen Zaunpfahl lehnte.

„Höchste Zeit für 'ne Marschpause!" behauptete er. Willi und ich hatten's zwar eilig mit dem Weiterkommen, aber ganz taufrisch fühlten wir uns auch nicht mehr.

„Am anderen Ende von der Weide legen wir eine Pause ein", bestimmte Willi, aber Avery rührte sich nicht vom Fleck.

„Ich mach' hier auf der Stelle Pause", erklärte Avery ungerührt. Wir wußten, daß alle Widerworte zwecklos sein würden. Avery ließ den Rucksack zu Boden gleiten und setzte sich, den Rücken daran gelehnt, ins Gras. Insgeheim fragte ich mich, wie er es nur bis zur Bachquelle schaffen wollte, wenn er jetzt schon schachmatt war, sagte aber nichts davon. Um ganz ehrlich zu sein, kam mir eine kleine Pause eigentlich auch ganz gelegen.

Es war noch gar nicht lange her, seitdem Tante Lou uns mit gebratenem Speck, Rührei und Bratkartoffeln bewirtet hatte, aber das schien Avery längst vergessen zu haben. Er grub in seinem Rucksack und holte eine Handvoll von Tante Lous Plätzchen hervor. Willi und ich wollten nicht leer ausgehen, weshalb wir uns auch jeder eine Handvoll nahmen. Die Rast, die Plätzchen und der Schluck Wasser aus dem Bach taten uns gut, doch nach ein paar Minuten wurde ich ungeduldig. Willi erging's nicht anders, und so schlugen wir Avery vor, wieder aufzubrechen. Nach meiner Rechnung waren wir erst zwei Meilen gewandert und hatten noch ein gutes Stück Weg vor uns.

Reichlich widerwillig nahm Avery seinen schweren Rucksack und schnallte ihn an. Willi und ich schulterten ebenfalls unsere Rucksäcke, und dann ging's weiter, ich den beiden anderen voran, weil ich mich hier am besten auskannte. Auf diesem Streckenabschnitt ließ es sich schon viel leichter wandern, nicht bloß, weil wir das dichte Gestrüpp hinter uns gelassen hatten, sondern auch, weil das Vieh das Gras schön kurz gefressen hatte.

Turleys Viehherde graste friedlich in der Nähe, aber wir schenkten den Kühen kaum Beachtung; rund und fett waren sie, und ihr braunes Fell glänzte richtig in der Sonne – so viel entging uns nicht.

Fast hatten wir die andere Seite der Weide erreicht, als auf einmal ein riesiger Tumult hinter uns losbrach. Es hörte sich an, als ob eine ganze Herde Rinder auf uns zugestürmt käme.

Wir fuhren auf dem Absatz herum. Es war nicht die ganze Herde, sie hätte es aber geradesogut sein können. Den Kopf gesenkt, die Nüstern gebläht und Staubwolken aufwirbelnd, kam Turleys roter Bulle schnurgerade auf uns zugerast. Wer je sehen wollte, wie schnell drei Fünfzehnjährige rennen können, der hätte uns nur zuzuschauen brauchen. Vergessen war, wie schwer unsere Rucksäcke und wie müde wir waren. Wir machten, daß wir zum nächsten Zaun kamen, so schnell uns unsere Beine trugen.

Ich kam als erster dort an und machte mir erst gar nicht die Mühe zu bremsen, sondern warf mich im vollen Tempo auf den Boden und rollte mich mitsamt meinem Rucksack unter dem Stacheldraht durch. „Ratsch!" machte es lautstark hinter mir. Au weia! Ich hatte das Stück Sackleinen, mit dem Tante Lou meinen Rucksack so sorgfältig umwickelt hatte, mit einem klaffenden Riß versehen. So leid mir das tat, so war ich andererseits heilfroh, mich hinter dem Zaun vor dem Bullen in Sicherheit gebracht zu haben.

Als nächster kam Willi unter dem Zaun hergerollt, um auf der anderen Seite mit mir zusammenzustoßen. Erst jetzt kamen wir auf die Idee, uns nach Avery umzusehen.

Der Schrecken fuhr uns in die Glieder. Avery rannte auf den Zaun zu, so schnell ihn seine Beine trugen, aber er war noch nie besonders sportlich gewesen, und der wildgewordene Bulle war ihm bedenklich nahe auf die Pelle gerückt.

„Schmeiß deinen Rucksack hin!" schrie ich, ohne erst groß nachzudenken. Hätte ich das nämlich getan, dann wäre mir vielleicht in den Sinn gekommen, daß Avery beim Abschnallen seines Rucksacks mehr Zeit verlieren würde, als er ohne ihn aufholen konnte.

Irgendwie gelang es ihm aber, sich von seiner Last zu befreien und sie im Laufen fallen zu lassen. Um ein Haar hätte es ein böses Ende mit ihm genommen, wenn der Bulle sich nicht plötzlich für den Rucksack interessiert hätte. Er ließ von Avery ab und blieb stampfend und schnaubend stehen. Dann versetzte er dem Bündel im Gras einen wütenden Hieb, doch damit gab er sich nicht zufrieden. Mit voller Wucht stieß er seine Hörner in das Bündel und riß es in die Luft. Als es wieder am Boden landete, bearbeitete er es mit einem Huftritt, um es gleich darauf wieder mit den Hörnern in die Luft zu schleudern. Dabei grunzte und schnaubte er wutentbrannt.

Derweil kam Avery zu Willi und mir auf die andere Seite des Zauns gekrochen. Er keuchte und pustete und sah leichenblaß aus. Ich fühlte mich ja selbst ein bißchen weich in den Knien, besonders als ich sah, was der Bulle mit dem Bündel angestellt hatte, das Avery ihm überlassen hatte. So ärgerlich es auch war, daß er es zerfetzt und in den Boden gestampft hatte, so war ich doch mächtig erleichtert, daß es nicht meinen Freund selbst erwischt hatte.

Da lagen wir nun im Gras und rangen sowohl nach Luft als auch um unsere Fassung. Zuallererst freuten wir uns, daß wir mit dem Leben davongekommen waren. Dann fingen wir an, uns wegen unserer Ausrüstung Gedanken zu machen.

Wir hatten unsere Last so gleichmäßig wie möglich unter uns verteilt. Ich hatte mein Bettzeug, unsere Kochtöpfe, das Geschirr und das Besteck und mein Angelzeug. Willi hatte seine Decken, ein Beil zum Holzspalten, Streichhölzer, Verbandszeug und einen Teil unserer Lebensmittel. Avery hatte seine Decken und den Hauptteil des Proviants. Mit großen Augen und einem komischen Gefühl in der Magengrube schauten wir nun zu, wie der Bulle Averys Rucksack restlos zu Brei zermalmte.

„Rühreier!" flüsterte Willi trotz unserer beklagenswerten Lage mit einem verschmitzten Augenzwinkern.

„Psssst!" zischte Avery, ohne den Blick von dem Bullen abzuwenden. „Mach ihn bloß nicht wütend!"

„Wütend?" mischte ich mich flüsternd ein. „Das ist er doch schon längst!"

„Dann eben noch wütender", gab Avery zurück.

„Kann mir nicht vorstellen, wie er noch wütender werden könnte", beharrte ich. „Guck doch bloß, wie er sich über das Bündel hermacht!"

Wir konnten nichts an der Sache ändern. Wohl oder übel mußten wir von unserem Platz hinter dem Zaun aus zuschauen, wie der Bulle seinen Spaß mit dem kostbaren Bündel hatte, bis er endlich genug von dem Spielchen bekam. Er ließ den Rucksack im Gras liegen und näherte sich dem Zaun, um uns schnaubend und vor Wut schäumend anzustarren. Wir hätten am liebsten die Flucht ergriffen, aber das Gestrüpp hinter uns bot wohl kaum Schutz vor dieser Bestie. Ich wies die beiden anderen an, sich mäuschenstill zu verhalten, um den Bullen nicht noch mehr anzustacheln. Wir hielten den Atem an und warteten einfach nur ab. Dabei hofften wir inständig, daß er nicht etwa auf die Idee kam, es mit dem Stacheldrahtzaun aufzunehmen.

Endlich hatte der Bulle es satt, schnaubend am Zaun zu stehen. Er machte kehrt und trabte grimmig zu den Kühen zurück. Allzuweit ging er allerdings nicht, und ab und zu drehte er sich drohend wieder zu uns um, damit wir uns nicht zu sicher fühlten.

Weiterwandern konnten wir jetzt nicht. Nicht ohne Averys Bündel – beziehungsweise was davon noch übrig war. Unsere einzige Hoffnung war, daß das Essen, das Tante Lou in Blechdosen verpackt hatte, noch brauchbar war, damit wir die nächsten drei Tage davon leben konnten.

Solange der Bulle noch auf der Weide herumschnaubte, kamen wir schon mal nicht an das Bündel heran. Notgedrungen verzogen wir uns ein Stück weit ins Gebüsch und warteten ab.

So hatten wir uns die Wanderung eigentlich nicht vorgestellt. Die Sonne stieg höher in den Himmel und brannte noch heißer, und weit und breit gab es keine Handbreit Schatten. Ich stellte meinen Rucksack so aufrecht hin, wie's nur ging, und versuchte, wenigstens mein Gesicht aus der Sonne zu halten.

Als die Sonne allmählich nach Westen vorrückte, verspürten wir alle einen Bärenhunger und einen Riesendurst.

„Etwas von dem Essen hast du doch, stimmt's?" erkundigte ich mich bei Willi. Er drehte sich seinen Rucksack so, daß er hineingreifen konnte. Der Rucksack war mit größter Sorgfalt gepackt und verschnürt worden, so daß man nicht ohne weiteres darin herumstöbern konnte, wenn man nicht alles durcheinanderbringen wollte. Eigentlich hätten wir ihn erst an unserem Lagerplatz für die Nacht öffnen sollen.

Willi förderte einen Brotlaib zutage, und ich holte ein Messer aus meinem Rucksack. Wir schnitten das Brot in ziemlich dicke, schräge Scheiben, die wir untereinander verteilten. Wir hatten nicht mal den Käse zur Hand, über den wir uns so lustig gemacht hatten.

Bis zum späten Nachmittag war es wirklich heiß in der Sonne geworden. Ich mußte mir meinen Rucksack des Schattens wegen mehrere Male anders hinstellen. Hin und wieder muß ich wohl eingenickt sein, und Willi und Avery erging es, glaube ich, nicht anders.

Als ich aufwachte und mich aufrecht hinsetzte, sah ich, wie der Bulle sich wieder an dem Bündel zu schaffen machte. Ich hatte eigentlich gehofft, daß er den Kühen längst von der Weide gefolgt wäre, aber so war es nicht. Er schnüffelte und schnaubte vor sich hin, war aber nicht mehr von dem Eifer beseelt, das Bündel weiter zu zerfetzen.

„Bis heute abend schaffen wir's nicht mehr zu unserem Lagerplatz", brummte Avery.

„Mir kommt's ja nur drauf an, daß er uns noch etwas Eßbares übriggelassen hat", meinte Willi. „Immerhin können wir auch hier übernachten, wenn's sein muß, und morgen früh dann weiterwandern, aber gemütlich wird's nicht gerade werden, wenn wir außer dem Brot nichts zu essen kriegen."

Dem konnte ich nur zustimmen.

Wir hatten die Hoffnung schon beinahe aufgegeben, daß der Bulle sich je trollen würde, als die Kühe beschlossen, daß es nun an der Zeit zum Melken sei. Der Bulle sah sich nach uns um, schaubte vernehmlich und trabte hinter den Kühen her in Richtung Stall.

Wir warteten, bis er sich weit genug entfernt hatte, bevor wir zum Zaun gingen. Trotz allem weigerte sich Avery, auf die andere Seite zu kriechen. Der Schrecken saß ihm noch zu sehr in den Knochen.

Ich war dann derjenige, der das Bündel holte. Es dauerte eine Weile, bis ich alles wieder vom Boden aufgesammelt und in dem Rucksack verstaut hatte, um das Ganze heil auf die andere Seite des Zauns zu bringen.

Averys Decken wiesen ein paar Löcher auf und waren auch fachmännisch im Dreck umhergeschleift worden, aber abgesehen davon waren sie noch einigermaßen brauchbar. Das Essen dagegen war eine Sache für sich. Die Blechdosen waren samt und sonders verbeult, und ein paar davon hatten ihre Deckel eingebüßt. Staub und trockenes Gras hatte sich mit dem Inhalt vermischt. Ein einziges Ei von dem ganzen Dutzend hatte das Abenteuer heil überstanden.

Ein paar Sachen waren noch eßbar; wenigstens zum Abendbrot würden wir über die Runden kommen. Alle drei waren wir ziemlich hungrig und machten uns daran, eine Art Mahlzeit zusammenzukriegen. Wir bliesen Laub und Erde von Tante Lous Maisbrot, schmierten Butter darauf und verputzten es mit etwas von der Dauerwurst, die Opa uns mitgegeben hatte. Allmählich wurde es dunkel; immerhin war es ja schon Herbst, und an Weiterwandern war für heute nicht mehr zu denken.

Es gab keinen Unterschlupf in der Nähe, weshalb wir unsere Decken wohl oder übel unter freiem Himmel ausbreiten mußten.

„Menschenskinder, bin ich müde!“ seufzte Avery. Mir ging es genauso, wenn ich auch den Grund dafür nicht recht begriff. Immerhin waren wir nur zwei Meilen gewandert und hatten den Rest des Tages träge in der Sonne gelegen und sogar geschlafen.

„Morgen früh müssen wir zeitig aufstehen und uns auf den Weg zu unserem Lagerplatz machen“, meinte Willi, „damit wir nicht noch einen Tag verlieren.“

Avery zog sich die Schuhe aus und machte sich daran, aus seiner Hose zu steigen.

„Was machst du denn da?“ wollte Willi wissen. „Auf einer Wanderung zieht man sich nicht aus!“

Avery zuckte nur mit den Schultern, zog sich die Hose wieder an und kroch unter seine staubigen Decken.

Bis zum Morgen waren wir wohl alle für jeden Faden Kleidung dankbar, den wir am Körper trugen. Trotz der Decken war es kalt im Freien. Rauhreif bedeckte das Gras um uns her, und ich hätte wetten mögen, daß auch meine Nase davon nicht verschont geblieben war.

Wir trauten uns nicht, ein Feuer zu machen. Bei dem stoppeligen Gras um uns her wäre das viel zu gefährlich gewesen. Außerdem hatten wir sowieso kein Brennholz zur Hand. So schnitten wir uns einfach noch ein paar Scheiben Brot ab und aßen sie mit einer Portion von Tante Lous kalten Bohnen. Am meisten fehlte uns etwas zu trinken. Tante Lou hatte uns dazu überreden wollen, Milch mitzunehmen, aber das hatten wir für unnötig gehalten, weil unser Gepäck ohnehin schon schwer genug war. Wir würden ja das kühle, frische Quellwasser zum Durstlöschen haben, hatten wir ihr versichert. Und so wäre es ja jetzt auch, wenn dieser verrückte Bulle nicht gewesen wäre.

Frierend verschnürten wir unsere Rucksäcke, so gut es ging, und brachen zu unserem Wanderziel auf, bevor die Sonne im Osten aufgegangen war.

Am Lagerplatz

Wir konnten es kaum erwarten, in die Höhe zur Quelle zu kommen. Keiner von uns war je dort oben gewesen, aber wir hatten gehört, daß der Bach an der Quelle mitten aus der Hangseite heraussprudelte und sich von da aus in die Täler und durch die Farmlandschaft wand. Richtig malerisch sollte es da oben sein, und das Wasser sollte so klar und kalt wie Eiskristalle sein, hatten wir uns erzählen lassen. Die grünen Bäume beugten sich über den kleinen Quellteich, „als ob sie mit den Fingern ins Wasser langen wollten", hatte Opa gesagt.

Weil wir noch einen langen Fußmarsch vor uns hatten, schlugen wir ein forsches Tempo an. Teils kamen wir gut voran, aber manchmal war das Gelände schon holperiger, und zuweilen taten wir uns regelrecht schwer mit dem Vorankommen. Wir kämpften uns durch Gebüsch und Morast und taten unser Bestes, um uns dicht an den Bach zu halten. Ein paarmal hätten wir eigentlich auch ein Stück vom Bach abweichen können, um uns einen leichteren Weg zu suchen; wir wußten doch genau, wo es langging, aber wir taten lieber so, als stießen wir hier in ein völlig unerforschtes Gebiet vor, eins, in dem man sich sofort verirrte, wenn man sich nicht an den Bach hielt.

Um die Mittagszeit legten wir eine Pause ein und aßen Brot mit Käse und ein paar saftige Äpfel, die Willi aus seinem Rucksack zutage gefördert hatte. Als wir dann weiterwanderten, war Willi ziemlich schweigsam. Ich sah, wie er alles um sich her mit einem zufriedenen Gesichtsausdruck betrachtete. Er schien die Wanderung außerordentlich zu genießen, obwohl sein Rucksack der schwerste war. Aus

Averys zerfetztem Bündel hatte er einen Teil der Ladung übernommen und sie in seinen ohnehin schon randvollen Rucksack gepackt. Er trug mehr als sein Drittel an Gepäck, beklagte sich aber mit keinem Wort.

Avery machte Willis Schweigen allerdings doppelt und dreifach wieder wett, und zwar mit einer Beschwerde nach der anderen. Ich fing schon an zu bedauern, daß er nicht an Jacks Stelle zu Hause geblieben war, auch wenn der ganze Ausflug eigentlich seine Idee gewesen war. Willi dagegen schien sich nicht im geringsten an Averys Jammern zu stören. Er genoß alles, was er sah und hörte, aus vollem Herzen: den Wald, den Bach und die Vögel, die nicht zum Überwintern in den Süden gezogen waren.

Inzwischen war es Nachmittag geworden. Bis zur Quelle konnte es jetzt nicht mehr weit sein. Wir waren dem Bach gerade um eine Biegung gefolgt, als uns plötzlich eine steile Felswand den Weg versperrte. Die ganze Zeit über waren wir am Nordufer entlang gegangen, aber jetzt war dazu kein Platz mehr. Wir würden uns wohl oder übel auf die andere Bachseite schlagen müssen, wenn wir weiterkommen wollten.

Der Bach war zwar weder besonders breit noch tief, aber einfach drüberspringen konnten wir nicht. Es gab auch nirgends Trittsteine, so daß wir es trockenen Fußes nicht an das andere Ufer schaffen würden. Ich wollte mir gerade Schuhe und Strümpfe ausziehen und die Hosenbeine hochschlagen, als Willi eine Idee hatte.

„Habt ihr vorhin den umgestürzten Baumstamm gesehen?“ fragte er.

Avery und ich sahen ihn nur an. Ich konnte mich an keinen umgestürzten Baumstamm erinnern, hatte allerdings die Umgebung nicht so genau betrachtet wie Willi. Wahrscheinlich war ich dazu zu sehr von Averys ständiger Nörgelei abgelenkt gewesen. Da Willi ihm keine Beachtung schenkte, hatte Avery mir sein Leid geklagt.

„Hab' keinen Baumstamm gesehen“, sagte Avery kurz angebunden.

„Es war erst vor ein paar hundert Metern", behauptete Willi beharrlich. „Man hat ihn bestimmt als Brücke da hingelegt. Er reichte von einem Ufer ans andere. Wenn wir zurückgehen, ersparen wir uns nasse Füße. Ist zwar reichlich warm, aber das Wasser ist eiskalt, und zum Aufwärmen haben wir keine Zeit mehr, weil's mit Sonnenuntergang sofort kalt wird."

Das klang einsichtig, fand ich. Mir lag ganz und gar nichts an einer zweiten elenden Nacht, obendrein mit kalten, nassen Füßen.

„Klar", sagte ich deshalb. „Wenn du einen Baumstamm zum Überqueren gesehen hast, dann laßt uns zurückgehen. Hab' nämlich keine Lust, mir für die ganze Nacht kalte Füße einzuhandeln."

„Wir hätten den Bach gleich an Ort und Stelle überqueren sollen", bemängelte Avery. „Dann hätten wir uns den Umweg erspart. Mein Rucksack ist nämlich nicht aus Luft, und damit unnötig hin- und herzulaufen ist alles andere als ein reines Vergnügen!"

Ich warf ihm einen mißbilligenden Blick zu. Sein Rucksack war dank der Tatsache, daß er dem Bullen unser Essen zum Fraß vorgeworfen und Willi den Rest seiner Ladung aufgehalst hatte, der leichteste von den dreien. Davon sagte ich aber vorerst nichts, sondern machte nur kehrt, um Willi bachabwärts zu folgen.

Der Junge hatte recht. Wir fanden den Baumstamm genau dort, wo er ihn beschrieben hatte. Wer mochte diesen Stamm wohl schon betreten haben? Vielleicht sogar Indianer in ihren Mokassins? Womöglich waren es ja Indianer gewesen, die diesen Baumstamm hier hingelegt hatten. Ach, es war spannend, fand ich, fast so, als wären wir Forscher oder Pioniere oder so etwas ähnliches.

Willi betrat als erster den Stamm. Er spazierte darüber, als wäre es das einfachste der Welt. Man hätte glauben können, er hätte sein ganzes Leben lang dafür geübt. Andererseits war Willi von Natur aus kein Angsthase. Er war immer als erster dabei, wenn es darum ging, auf einem hohen

Bretterzaum zu balancieren oder auf eine Fichte zu klettern. Mir war allerdings aufgefallen, daß er seit seiner Bekehrung nicht mehr so viele Dummheiten machte, die schlichtweg halsbrecherisch waren.

Als nächster war ich an der Reihe. Ich war mir meiner Sache längst nicht so sicher wie Willi. Wenn ich's mir auch nicht anmerken lassen wollte, so hatte ich doch bei jedem Schritt das Gefühl, in der nächsten Sekunde im eiskalten Wasser zu landen.

Hinter mir rief Avery: „He, Josch! Warte auf mich! Meine Schuhe sind nicht für glatte Baumstämme gemacht, weißt du! Mit diesem schweren Rucksack schaffe ich's nie auf die andere Seite!"

„Wenn wir's schaffen, dann schaffst du's auch!" rief ich ihm über die Schulter hinweg zu.

Ich konnte mich unmöglich mitten auf dem Baumstamm nach ihm umdrehen. Weit und breit gab es nichts, an dem man sich festhalten konnte.

Avery sagte nichts mehr. An dem Ruckeln unter mir spürte ich, wie er auf den Baumstamm stieg und sich daranmachte, den Bach zu überqueren. Ich konnte mich immer noch nicht umdrehen und mußte schwer aufpassen, daß ich selbst nicht ins Wasser fiel.

Als ich gerade am anderen Ufer angekommen war und innerlich vor Erleichterung aufseufzte, hörte ich plötzlich einen schrillen Schrei hinter mir. Blitzartig drehte ich mich um und sah – Sie haben's sicher schon erraten – Avery auf dem Baumstamm wanken und um sein Gleichgewicht ringen. Hin und her wankte und reckte er sich, aber der Kampf war verloren. Mit einem gellenden Hilferuf rutschte er von dem Stamm, die Hände nach einem Halt ausgestreckt, den es nicht gab, und im nächsten Moment war er auch schon mit einem lauten Platsch im Bach gelandet.

Einen Augenblick glaubte ich, den Bach kichern zu hören, aber es war wohl doch nur Avery, der nach Luft schnappte, bevor er untertauchte.

Das Wasser reichte ihm zwar nur bis an die Knie, als er sich endlich wieder aufgerappelt hatte, trotzdem war es ihm gelungen, von Kopf bis Fuß durchnäßt zu werden. Da stand er nun, triefend naß, und keuchte und wischte sich übers Gesicht. Die Augen waren ihm vor Schreck – oder war's Zorn? – geweitet, und seine Kleidung klebte an ihm wie die Federn eines Gockelhahns, den das Schicksal des Kochtopfs ereilt hatte und den man vor dem Rupfen in einen Wassertopf gesteckt hatte. Am liebsten hätte ich schallend losgelacht! Ich traute mich nicht mal, einen Blick mit Willi zu wechseln, sonst wär's um meine Beherrschung geschehen gewesen, und das hätte Avery mir mächtig übelgenommen.

Plötzlich entdeckte ich Averys Rucksack im Wasser. Ein guter Teil von unserem Proviant war noch drin. Wenn wir je wieder zusammen eine Wanderung machen sollten, dann würde ich dafür sorgen, daß Avery die Kochtöpfe zu tragen bekam. Bei eisernen Bratpfannen und Emailletöpfen konnte er eigentlich keinen allzu großen Schaden anrichten.

Willi mußte wohl im selben Moment wie ich an unser Essen gedacht haben. Mit einem Satz rannte er an mir vorbei, warf seinen eigenen Rucksack ans Ufer und fischte hastig den durchnäßten Rucksack aus dem Bach. In seiner Eile hatte er vergessen, Schuhe und Strümpfe auszuziehen und sich die Hosenbeine hochzuschlagen.

Der Schaden war nun einmal angerichtet. Willi und ich sortierten stöhnend das nasse Brot, die schwammigen Plätzchen und den triefenden Schinkenspeck auseinander. Das frisch im Bach gewaschene Gemüse und Obst war noch brauchbar. Der Inhalt von Tante Lous Blechdosen, die der Bulle mit allerhand Beulen versehen hatte, war unversehrt. Trotzdem hatten wir einen beträchtlichen Anteil unseres Proviants für die nächsten paar Tage eingebüßt. Ich kann kaum beschreiben, wie mir zumute war.

Averys Decken waren ebenfalls klatschnaß, und seine Ersatzkleidung nicht minder. Er hatte nichts Trockenes, das er sich eben schnell hinter einem Busch hätte anziehen können. Was er am Leibe trug, war genauso naß wie das, was wir aus seinem Rucksack zogen.

Seltsamerweise hatte Avery kein einziges Wort gesagt, seitdem er sich aus dem Bach ans Ufer geschleppt hatte, wo er nun vor Kälte zitternd dastand. Willi griff in seinen eigenen Rucksack und holte trockenes Zeug für ihn hervor.

„Hier, sieh zu, daß du aus deinen nassen Sachen kommst, bevor du dich erkältest!“ sagte er. Wortlos nahm Avery die trockenen Kleidungsstücke entgegen, um sich damit hinter einen Busch zu verziehen.

„Was machen wir denn jetzt bloß?“ flüsterte ich Willi zu, als Avery außer Hörweite war.

„Viel Auswahl haben wir nicht“, flüsterte Willi zurück. „Wir müssen so bald wie möglich unser Lager aufschlagen und Averys Sachen trocknen.“

Ich nickte, obwohl der Gedanke an ein Lager so kurz vor dem Ziel unserer Wanderung die reinste Tortur war.

Ich stand vom Boden auf.

„Dann hol' ich am besten Brennholz“, seufzte ich.

Als ich mit dem Holz wiederkam, hatte Willi schon Averys Kleidungsstücke und Decken auf den Büschen um uns her zum Trocknen ausgebreitet und war jetzt damit beschäftigt, unsere Lebensmittel ausgiebig zu untersuchen. Bestimmt dachte er an unser Abendessen. Ich könnte wetten, daß er nicht weniger hungrig war als ich.

Eifrig schob ich das trockene Laub beiseite, bis ich auf die Erde darunter gestoßen war. Als ich einen sicheren Untergrund für ein Feuer freigekratzt hatte, schaufelte ich mit den Händen Sand vom Bachufer herbei und häufte Laub, Gras und Zweige darauf. Das Feuer loderte auf, sobald ich ein Streichholz daran hielt, und ich glaube, wir alle waren froh über die freundliche Wärme, die es spendete. Avery mit seinem langen Gesicht rutschte dicht an das Feuer heran, ohne erst abzuwarten, bis ich zur Seite getreten war.

Als das Feuer munter brannte, förderten wir die Bratpfanne zutage und legten ein paar Scheiben Schinkenspeck hinein. Der Duft war unwiderstehlich. Wir hatten noch etwas von Tante Lous gebackenen Bohnen übrig und wärmten sie in einem Kochtopf auf. Da wir uns nicht sicher waren, ob das Bachwasser hier trinkbar war, füllten wir eine Blechdose mit dem Wasser und kochten es über dem Feuer. Es war ein wahres Kunststück, alle drei Behälter aufrecht über den Flammen zu halten, und es kostete Willi und mich unsere gesamte Aufmerksamkeit, nichts zu verschütten oder anbrennen zu lassen und immer genug Holz nachzulegen. Avery saß derweil nur frierend dabei.

„Wir werden hier übernachten müssen“, stellte Willi fest. „Wir können uns unter den Bäumen einen Unterschlupf aus Zweigen bauen und das Feuer hier die Nacht über in Gang halten, wenn's sein muß.“

Das bedeutete, ein Haufen an Brennholz war nötig. Also nahm ich das Beil und machte mich auf den Weg, um einen Stapel Holz zu beschaffen. Willi blieb bei dem Feuer, um den Speck und die Bohnen vor dem Anbrennen zu retten, und suchte dann Zweige zusammen, mit denen wir uns unter einem Baum eine Art Hütte basteln konnten.

Avery war derjenige, der uns zum Essen rief. Er hatte wohl an seinem Platz vor dem Feuer die Essensdüfte geschnuppert, bis er mit seiner Geduld am Ende war. Wir nahmen unsere Teller und bedienten uns an den Bohnen und dem Speck, wobei Willi aufpaßte, daß die drei Portionen gleich groß ausfielen. Dann rührte ich Kakaopulver in das kochende Wasser und füllte unsere drei Blechtassen mit dem heißen Getränk. Das würde uns bestimmt wieder aufwärmen. Willi und Avery hatten keine Schuhe an, weil sie ja beide mit den Schuhen im Bach herumgewatet waren. Deshalb gab ich Willi meine Ersatzstrümpfe, aber an Ersatzschuhe hatte keiner von uns gedacht.

Das Essen war prima. Wir konnten es kaum abwarten, bis Willi ein kurzes Dankgebet gesprochen hatte. Wir ließen es uns schmecken, als wäre es das feinste Galaessen. In der frischen Luft schmeckt alles besser, heißt es. Schon möglich. Eins stand jedenfalls fest: so gut wie diese Mahlzeit hatte mir noch nie etwas geschmeckt. Schade war nur, daß wir nicht genug davon hatten. Und Brot fehlte uns auch. Als unsere Teller leer waren, knurrte uns immer noch der Magen.

Zum Nachtisch aßen wir jeder eine Birne und bedauerten dabei, keins von Tante Lous Riesenplätzchen dazu zu haben, aber der schwammige Brei, den der Bach aus ihnen gemacht hatte, konnte uns beim besten Willen nicht locken.

Weil ich der einzige mit Schuhen war, beschaffte ich uns immer wieder frisches Brennholz. Bestimmt hatten wir jetzt viel mehr Holz, als wir je aufbrauchen konnten, aber ich wollte auf keinen Fall riskieren, daß wir alle frieren mußten, und so schleppte ich eine Ladung nach der anderen herbei.

Willi und Avery bauten derweil unter dem Baum eine Art Wand aus Zweigen auf. Dann schichteten sie Zweige auf dem Boden auf, bis daraus eine Art Matratze geworden war. Willi holte unsere Decken aus dem Gepäck. Als ich wieder mit einem Armvoll Holz zurückkam, machte er gerade ein Bett fertig. Ich muß wohl eine fragende Miene aufgesetzt haben, denn Willi meinte, mir eine Erklärung zu schulden.

„Bei den paar Decken, die uns noch bleiben, werden wir wohl alle drei in einem Bett schlafen müssen, wenn wir nicht erbärmlich frieren wollen“, sagte er.

Damit hatte er wahrscheinlich recht, aber ich war es nicht gewohnt, ein Bett mit jemandem zu teilen. Willi machte das sicher nichts aus; der hatte mit seinen beiden Brüdern in einem Bett geschlafen, so lange er denken konnte.

Wir legten frisches Brennholz nach, spülten unser Geschirr im Bachwasser und räumten die Reste unserer Lebensmittel wieder beiseite. Ich fragte mich im stillen, wie viele Mahlzeiten wir damit wohl noch zubereiten konnten. Bloß gut, daß ich mein Angelzeug mitgebracht hatte!

Wieder ließen wir unsere Sachen an. Ich zog nur meine Schuhe aus und stellte sie tunlichst unter das Dach aus Zweigen für den Fall, daß es in der Nacht regnen sollte. Willi und Avery stellten ihre Schuhe so dicht wie möglich an das Feuer, damit sie bis zum Morgen trockneten.

Dann krochen wir alle in den Unterschlupf und legten uns auf unser Bett. Da Avery am meisten fror, wurde beschlossen, daß er den Platz zum Feuer hin bekommen sollte. Ihm wurde auch aufgetragen, das Feuer über Nacht in Gang zu halten.

Willi machte es am wenigsten aus, mit anderen in einem Bett zu schlafen, weshalb er sich auch erbot, den Platz in der Mitte zu nehmen. Ich bekam den hinteren Schlafplatz zugeteilt, dem Feuer abgewandt und den Zweigen zugekehrt, aus denen wir die Rückwand unseres Unterschlupfes verfertigt hatten.

Es war nicht die gemütlichste Nacht, die ich je verbracht hatte, soviel steht fest. Die winzigen Spitzen der Tannennadeln kratzten einen durch die Decken hindurch am ganzen Leib. Die Tannenzweige an der hinteren Wand unserer Hütte wehten mir ins Gesicht, sobald ich mich rührte oder auch nur atmete. Avery nahm fast die ganze Decke für sich in Beschlag, obwohl er am dichtesten am Feuer schlief. Er rollte sich derart darin ein, daß ich an meinem Ende Mühe hatte, überhaupt noch einen Zipfel davon für mich zu erwischen.

Ich schlief unruhig. Willi war längst nicht so ein bequemer Bettnachbar, wie ich gehofft hatte. Er drehte und wendete sich im Schlaf, wozu in unserer engen Herberge aber schlicht und einfach kein Platz war. Avery schlief. Er schlief sogar so felsenfest, daß er das Feuer vergaß, weshalb es ausging und uns keine Spur von Wärme mehr spendete. Am nächsten Morgen froren wir allesamt bis auf die Knochen. Die Schuhe waren noch immer klatschnaß, und der Holzstapel war noch genauso groß wie gestern.

Schon vor Sonnenaufgang wachten wir mißgelaunt und erbärmlich frierend auf. Ich kroch unter den Zweigen über

Willi und Avery hinweg ins Freie, zog mir die kalten Schuhe an und machte ein neues Feuer. Mit steifen, tauben Fingern holte ich die Streichhölzer hervor und zündete es an.

Danach suchte ich die zerbeulte Blechdose mit Tante Lous Pfannkuchenmehl hervor, verrührte die trockenen Zutaten mit etwas Bachwasser und goß einen Klecks Teig in die noch lauwarme Bratpfanne. Es waren keine Pfannkuchen von Weltklasse, die da in der Pfanne schmorten, jedenfalls nicht die ersten. Sie waren bleich wie der Mond und in der Mitte noch nicht gar, und wenden ließen sie sich nur mit Mühe, aber wir aßen sie trotzdem. Mit Ahornsirup schmeckten sie sogar ganz annehmbar. Als ich aber dann bei den letzten paar Pfannkuchen angelangt war, hatte sich die Pfanne viel zu stark erhitzt, so daß die Pfannkuchen außen anbrannten, während sie innen noch flüssig waren.

Trotzdem hatte es uns so gut geschmeckt, daß ich gleich noch einen Teig anrührte und zu Pfannkuchen verarbeitete. Auch diese verputzten wir restlos. Was Tante Lou uns als Frühstücksproviant für drei Tage mitgegeben hatte, war nun an einem einzigen Morgen verschwunden. Na, wenn schon, dachten wir; schließlich hatten wir gestern nicht viel zu essen bekommen.

Unsere Schuhe waren immer noch naß, und auch unsere Kleidung und Decken mußten noch weiter trocknen. Wir konnten unmöglich aufbrechen und weiterwandern.

„Wir müssen hierbleiben, bis alles trocken ist", bestimmte Willi. „Wir haben nur noch eine Nacht übrig. Wir können unmöglich morgen früh aufstehen, zur Quelle wandern, hierher zurückkommen und bis zum Abend wieder zu Hause sein. Das schaffen wir nie an einem einzigen Tag."

„Was? Du meinst also, wir sollen von hier aus wieder nach Hause gehen, ohne die Quelle zu sehen, wegen der wir überhaupt gekommen sind?" jammerte Avery.

„Also, ich hab' nicht die geringste Lust, barfuß zur Quelle zu wandern", entgegnete Willi. „Du etwa?"

Ich wußte genau, daß Avery noch nie im Sommer barfuß

gelaufen war, wie ich es seit eh und je machte. Ich wußte auch genau, daß ich mir den Anblick der Quelle auf keinen Fall entgehen lassen würde, ob barfuß oder nicht, auch wenn es schon Herbst war und es keinen richtigen Wanderpfad durch das Gebüsch gab. Diese Bemerkung verkniff ich mir jedoch zunächst.

„Scheußlich ist das, zum Auswachsen!" schimpfte Avery. „Wir haben allen Jungen erzählt, daß wir zur Bachquelle wandern, und jetzt müssen wir klein beigeben und sagen, daß wir's gar nicht bis zur Quelle geschafft haben!"

Mir war auch nicht gerade zum Jubeln zumute.

„Josch kann doch gehen – der hat doch trockene Schuhe!" platzte Willi plötzlich heraus.

Auf die Idee, allein zur Quelle zu wandern, wäre ich nie von selbst gekommen. Als Willi aber jetzt davon sprach und sogar Avery eine Spur froher dreinschaute, war ich auf einmal erleichtert. Ich würde die Quelle also trotz allem noch zu sehen kriegen!

So hatten wir uns die Wanderung zwar nicht vorgestellt, aber es war immerhin besser als nichts. Auf diese Weise konnte wenigstens einer dem Rest erzählen, wie es da oben bei der Quelle zur Herbstzeit aussieht.

Es war also beschlossene Sache: Ich sollte allein zur Quelle wandern, während die beiden anderen hierblieben, um ihre Sachen zu trocknen. Ich wußte zwar, daß Willi und Avery nicht gerade darauf erpicht waren, unverrichteter Dinge hier am Bach zu bleiben, und sie taten mir auch leid, aber andererseits sah ich auch nicht ein, weshalb ich mich neben sie ans Feuer setzen und Trübsal mit ihnen blasen sollte.

Ich holte noch eine Ladung Holz, bevor ich losging, und Willi und Avery machten es sich wieder unter den Decken gemütlich. Da sie nun nichts zu tun hatten, holten sie den Schlaf nach, den sie in der Nacht versäumt hatten. Dabei konnte ich ja selbst kaum die Augen offenhalten. Ich hätte wetten können, daß ich von uns dreien am schlechtesten geschlafen hatte.

Trotzdem trieb mich die Abenteuerlust. Ich brannte darauf, mit eigenen Augen zu sehen, wo unser Bach entsprang. War es wirklich so schön dort, wie die Leute behaupteten? War das Wasser so kühl und rein? Ich beschloß, einen Eimer mitzunehmen, damit ich den beiden anderen eine Kostprobe von dem berühmten Quellwasser mitbringen konnte.

Die Quelle

Obwohl ich, wie gesagt, von der Abenteuerlust gepackt war, tat es mir andererseits auch leid, allein zur Quelle gehen zu müssen. Ich weiß nicht mal, ob ich mir selbst oder ob die beiden anderen mir so leid taten. Versteht sich, daß die beiden nicht gerade glücklich darüber waren, im Lager herumsitzen zu müssen, während ihre Schuhe trockneten, aber mir würden sie schon deshalb fehlen, weil ich jetzt niemanden hatte, mit dem ich dieses Erlebnis teilen konnte.

Eine Spur mißmutig machte ich mich auf den Weg. Ich war aber noch nicht weit gegangen, als mir schon leichter ums Herz wurde. Die Sonne schien warm und hell. Wer kann schon bei so viel Sonnenschein lange schlechter Laune sein? Ein leichter Wind raschelte durch die Blätter, die sich standhaft geweigert hatten, ihren Platz an den Zweigen aufzugeben. Über mir flatterten zwitschernde Vögel. Trotz des warmen Wetters waren die meisten Zugvögel längst über alle Berge, aber ich sah ein paar Eichelhäher und Stieglitze und dergleichen. Auf einem Baumstumpf entdeckte ich sogar einen prächtigen Falken, dessen frisch geputztes Gefieder prächtig in der Sonne glänzte.

Wie ich schon gesagt hab', konnte kein Mensch an einem solchen Tag lange trübsinnig sein. Ich wanderte mitten durch die schönste Landschaft, die ich je gesehen hatte. So weit bachaufwärts war ich noch nie gekommen, und ich war regelrecht begeistert von dem, was es hier alles zu sehen gab.

Ich hatte keinen blassen Schimmer, wie weit es noch bis zur Quelle war. Eine Stunde Fußweg vielleicht? Oder zwei? Je tiefer ich aber in den Wald vordrang, desto weniger sorgte ich mich wegen der Entfernung. Ich wanderte einfach staunend und bewundernd durch Gottes herrliche Natur. Uropa fiel mir ein. Der hätte bestimmt seine helle Freude an allem, wenn er jetzt bei mir wäre.

Bevor ich's mich versah, hörte ich das Rauschen von Wasser und legte einen Schritt zu. Zwischen den Bäumen hindurch, am Bachufer entlang, dann um die Bachwindung – da blieb ich sprachlos stehen.

Dort am Hang vor mir sah ich einen kleinen Wasserfall. Mit den Augen folgte ich ihm bis an seinen Ursprung. Plötzlich begriff ich, daß unser Bach genau an dieser Stelle seinen Anfang nahm. Ich stand nur da und weidete mich an dem Anblick des silbernen Wassers, das, im Sonnenlicht funkelnd, hinabtanzte und mit tausend Spritzern in dem kleinen flachen Weiher aufgefangen wurde. Es stimmte, was ich gehört hatte: Um den Teich herum standen Bäume, deren lange, fingerartige Zweige das kühle, glitzernde Wasser berührten. Hier und dort spiegelte sich eine dunkle Kiefer oder Fichte in dem Teich, vom Schatten anderer Tannen umgeben und von unzähligen Büschen in ihrem Herbstkleid aus gesponnenem Rot und Gold. So einen prächtigen Anblick hatte ich noch nie erlebt. Ich stand einfach nur da und staunte.

Schließlich holte ich Luft und ging ein paar Schritte weiter. Ich kniete mich an dem Weiher nieder und tauchte eine Hand ins Wasser. Es war so eiskalt, daß es in meinen Fingern zu kribbeln begann. Danach setzte ich mich auf den Moosteppich am Ufer und ließ meinen Blick umherschweifen. Weiß nicht, wie lange ich so dagesessen bin. Später stand ich wieder auf und ging um den ganzen See herum, weil ich alles bis ins kleinste erforschen wollte.

Meine Güte, wie tat es mir leid, daß die beiden anderen Jungen jetzt nicht bei mir waren! Ihnen war wirklich etwas ganz Besonderes entgangen.

Widerstrebend dachte ich an den Rückweg zum Lager. Ich tauchte meinen Eimer in das klare Wasser des kleinen Sees, um den beiden eine Kostprobe von dem Wasser mitzubringen. Doch plötzlich kam mir eine bessere Idee, und ich goß das Wasser wieder in den Teich zurück, ging um den See herum und kletterte an der Felswand bis zu der Stelle hoch, wo das Wasser aus dem Gestein hervorbrach.

Jetzt wurde mir klar, warum man so etwas eine Quelle nennt. Sprudelnd und munter „quoll" das Wasser förmlich aus der Felswand hervor.

Ich streckte den Arm mit dem Eimer weit in den silbrigweißen Wasserstrahl, um eine Kostprobe davon aufzufangen. Eiskalt spritzte mir das Wasser über die Hand.

So schnell wie möglich wollte ich es den beiden Jungen im Lager bringen, damit sie fühlen konnten, wie kalt es war, aber leicht fiel's mir nicht, diesem Ort den Rücken zu kehren.

„Ich komme wieder", versprach ich flüsternd. „Ich komme wieder, wenn's sich nur irgend machen läßt. Und wenn ich komme, dann schlage ich mein Lager direkt hier am Seeufer auf und höre mir die ganze Nacht den Gesang des Wasserfalls an."

Ich drehte noch eine letzte Runde um den See, dann machte ich mich auf den Rückweg, aber nicht, ohne einen letzten, langen Blick zurückzuwerfen.

Beim Abstieg kam ich viel schneller voran als beim Aufstieg. Als ich unseren Lagerplatz erreicht hatte, stand die Sonne schon hoch am Himmel und kletterte allmählich in Richtung Westen. Ich merkte erst, wie hungrig ich war, als mir Essensdüfte entgegenwehten.

Als ich mit meinem Wassereimer angelaufen kam, bevor die warme Nachmittagssonne das Wasser erwärmen konnte, machten Willi und Avery ein schuldbewußtes Gesicht. Ich war aber so darauf aus, ihnen von der Quelle und dem See zu erzählen, daß ich kaum Notiz von der ausgebrannten Feuerstelle nahm, obwohl ich mächtig hungrig war. Voll Begeisterung schilderte ich meinen beiden Kameraden in allen Einzelheiten, was ich gesehen hatte: den Wasserfall, den See, die dunklen Tannen und das Rot und Gold der Büsche. Dabei schob ich ihnen meinen Eimer mit dem Quellwasser zu und bestand darauf, daß sie einen Schluck davon kosteten. Ich erzählte ihnen, wie eiskalt das Wasser gewesen war, als ich von der Quelle aufgebrochen war, und hätte noch stundenlang weiterreden können, wenn mir der Magen nicht so heftig geknurrt hätte. Ich hatte einen riesigen Kohldampf, daran bestand kein Zweifel.

Schließlich warf ich einen Blick auf den rußgeschwärzten Kochtopf über der kalten Asche unserer Feuerstelle, kniete mich davor auf den Boden und streckte die Hände nach dem Topf aus.

Willi wollte eine Entschuldigung vorbringen, aber ich wehrte ab.

„Laß nur", beschwichtigte ich ihn, „mir macht's nichts aus, kalte Reste zu essen."

„Also, äh ...", stotterte Willi, „ich fürchte, wir haben keine kalten Reste mehr."

„Dann mach' ich schnell ein neues Feuer und koch' mir 'ne Portion von dem gleichen Essen, das ihr hattet", erbot ich mich. „Was habt ihr denn gegessen?"

„Hm ... Willi hat Kartoffeln und Mohrrüben in den heißen Kohlen gebacken", erklärte Avery betreten.

„Lecker!" sagte ich. „Hat's lange gedauert, bis alles gar war?"

Keiner der beiden gab mir eine Antwort.

„Wir haben sämtliche Kartoffeln und Mohrrüben gebakken, die wir finden konnten", gestand Avery schließlich. „Viel war's nicht. Irgendein Tier hat sich wohl über Nacht an unserem Proviant zu schaffen gemacht. Schien ein wahrer Liebhaber von Gemüse zu sein." Averys Eifer beim Erzählen lebte zusehends auf. „Wir mußten die ganze Gegend nach ein paar verstreuten Sachen absuchen, und bevor wir das Gemüse überhaupt in die Kohlen legen konnten, mußten wir erst mal die angebissenen Stellen rausschneiden."

„Ach so", sagte ich. Dann kam mir eine Idee: „Na, dann brat' ich mir halt ein Stück Speck!"

Willi rutschte unbehaglich auf dem Felsbrocken hin und her, der ihm als Stuhl diente.

„Der Speck ist auch alle“, sagte er mit tonloser Stimme, den Blick auf den Boden geheftet.

Allmählich dämmerte es mir. Wir hatten auch kein Brot mehr, keinen Käse, keine Äpfel und Birnen, keine Plätzchen und auch kein Pfannkuchenmehl.

„Was haben wir denn noch?“ fragte ich schließlich ungeduldig.

„Bohnen“, antworteten die beiden im Duett.

„Ich glaube, ich geh' angeln“, brummte ich und strengte mich mächtig an, mir meine Wut nicht anmerken zu lassen.

„Während du angelst, mache ich schon mal ein neues Feuer und wärme die Bohnen auf“, erbot Avery sich hastig. Ich bedankte mich und holte mir mein Angelzeug.

Willi schaute besorgt drein.

„Willst du wirklich mit dem Essen warten, bis du einen Fisch an der Angel hast?“ fragte er. „Es könnte schließlich ein Weilchen dauern, bis einer anbeißt, weißt du.“

Ich verkniff mir die Bemerkung, daß mir wohl kaum etwas anderes übrigblieb.

„Hab' unterwegs einen Apfel und eine Birne gegessen“, sagte ich statt dessen. „Ich halte schon durch, bis ich einen Fisch in die Pfanne bekomme.“ Mit mehr Mut im Gesicht als im Herzen machte ich mich auf den Weg. Wenn ich mich nicht irrte, hatte ich ungefähr eine Viertelmeile bachaufwärts eine vielversprechende Angelstelle gesehen.

Es dauerte tatsächlich länger, als ich gehofft hatte, bis ich einen Fisch am Haken hatte. Ich mußte mir zweimal eine andere Angelstelle suchen, bevor einer anbiß. Die Forelle, die ich dann aber aus dem Bach holte, konnte sich sehen lassen. Mein knurrender Magen konnte es kaum erwarten, bis sie endlich in der Pfanne lag.

Als ich mich dem Lager näherte, hing ein sonderbarer Geruch in der Luft. Ich hatte den würzigen, kräftigen Duft von Tante Lous gebackenen Bohnen erwartet, aber was ich jetzt roch, war etwas ganz anderes.

In der kleinen Lichtung, wo wir unsere Zweighütte gebaut hatten, sah ich mich suchend um. Unter der Decke hielt anscheinend wieder jemand ein Nickerchen. Beim näheren Hinschauen entdeckte ich, daß es zwei Jemande waren, die sich da unter der Decke ausruhten. Das Feuer war wieder erloschen, obwohl es offensichtlich frisch aufgeschichtet worden war, wie Willi versprochen hatte. Auf den drei Steinen stand ein völlig geschwärzter Kochtopf. Ich warf einen Blick hinein. Genau sagen konnte ich's zwar nicht, aber die verkohlten, übelriechenden Reste am Boden des Kochtopfs waren wohl die allerletzten gebackenen Bohnen von Tante Lou. Ich stöhnte auf.

Es dauerte eine Weile, bis das Feuer heiß genug für die Bratpfanne war. Ich war heilfroh, daß wir noch etwas Butter und die Dose mit Mehl, Salz und Pfeffer hatten, die Tante Lou uns zum Fischbraten mitgegeben hatte. Ich nahm die Forelle aus, wusch sie gründlich im Bachwasser und wendete sie in der Mehlmischung, bis sie auf allen Seiten damit bedeckt war. Dann legte ich ein Stück Butter in die heiße Pfanne, daß es nur so zischte, und gab die Fischstücke in das goldene Fett. Der Duft war einfach köstlich.

Für einen, der seit den Pfannkuchen zum Frühstück nur einen Apfel und eine Birne zu essen bekommen hatte, legte ich jetzt eine beachtliche Zurückhaltung an den Tag, während ich zuschaute, wie die Forelle zischend in der Pfanne garte. Eine Portion von den gebackenen Bohnen oder eine Scheibe Brot hätten bestimmt prima zu dem Fisch geschmeckt, aber das sollte mich jetzt nicht kümmern. Ich machte mich über die Forelle her, bevor sie auch nur halbwegs abgekühlt war.

Der Duft von gebratenem Fisch hing ziemlich schwer in der Luft. Da dauerte es nicht lange, bis sich die beiden Jungen im Schlaf zu regen begannen. Ich hörte Willi leise stöhnen. Bestimmt waren die beiden schon wieder hungrig. Nicht, daß ich einer von der geizigen Sorte war, aber was ist schon ein kleiner Fisch unter drei Jungen? Ich aß schneller.

Tatsächlich! Ich hatte mich nicht getäuscht. Ich war noch nicht mit dem Essen fertig, als Avery unter der Decke hervorkroch und sich die Lippen leckte. Willi folgte ihm auf den Fersen.

Den Rücken zu ihnen gewandt, aß ich hastig weiter. Die beiden hatten wahrscheinlich nicht weniger Hunger als ich vorhin gehabt hatte. So ganz selbstsüchtig wollte ich nun auch wieder nicht sein, weshalb ich mich halb umdrehte und zwischen zwei Bissen Fisch sagte: „Meine Angel steht da drüben, falls ihr sie borgen wollt."

Avery hatte noch nie viel fürs Angeln übriggehabt, obwohl er gern Fisch aß. Er nahm sich die Angel und machte sich mit Willi auf den Weg bachaufwärts.

„Eine Viertelmeile von hier ist eine brauchbare Angelstelle!" rief ich ihnen nach. „Viel Glück!"

Als ich mit dem Essen fertig war, wusch ich meine paar Utensilien im Bach wieder sauber, füllte den verkohlten Kochtopf mit Wasser zum Einweichen und ging zu unserem Unterstand. Endlich war ich mal an der Reihe mit Schlafen, fand ich. Besonders, weil wir uns heute nacht wohl oder übel wieder wie die Sardinen in der Dose in unser enges Lager zwängen mußten. Davor graute mir schon jetzt, und dabei war ich todmüde.

Mühsam zog ich mir die schweren Schuhe aus und stellte sie fein säuberlich unter das Zweigdach. Dann knöpfte ich mir die Jacke zu, kroch zu meinem Schlafplatz an der hinteren Wand und wickelte mich in die Decke. Kaum hatte ich mich auf dem Lager ausgestreckt, als mir auch schon die Augen zufielen. Ich hörte nicht einmal, wie die beiden zurückkamen.

Der Heimweg

Die kühle Morgenluft trieb uns zeitig am nächsten Morgen aus unserem Lager, und in aller Eile machten wir uns ein Feuer. Ich hatte schon einen Stapel Holz neben unserer Hütte bereitgestellt, und nachdem wir dazu auch noch trokkenes Laub, Baumrinde und Grasbüschel gesammelt hatten, brannte bald ein munteres Feuerchen.

Die Sonne kletterte gerade leuchtend am Himmel empor, um den neuen Tag zu begrüßen. Mir war, als prickelte jeder einzelne Lichtstrahl, der warm auf meinem Rücken landete, förmlich vor Lebensfreude. Mit vereinten Kräften hatten die Sonne und das Lagerfeuer bald unsere durchfrorenen Knochen wieder aufgewärmt.

Sobald wir halbwegs aufgetaut waren, kam uns der Gedanke an etwas Eßbares in den Sinn. Wir hatten alle einen riesigen Hunger, aber wie ich gestern entdeckt hatte, waren unsere Lebensmittel so gut wie aufgebraucht. Wir hatten zwar noch etwas Butter, Sirup, die Mischung aus Mehl, Salz und Pfeffer und ein paar andere Kleinigkeiten übrig, aber ein Frühstück konnten wir damit kaum zustande bringen.

„Was essen wir denn jetzt?" fragte Avery, während er unsere kläglichen Reste an Proviant sortierte.

„Wir werden wohl mit der Angel losziehen müssen", antwortete Willi.

„Gestern hatten wir aber nicht viel Glück damit", brummte Avery.

„Habt ihr denn nichts gefangen?" fragte ich überrascht. Ich war eingeschlafen, bevor die beiden zum Lager zurückgekehrt waren.

„Du sagst es", bemerkte Avery mißgelaunt. Schon allein

der Gedanke an die erfolglose Angelpartie schien ihn ärgerlich zu stimmen.

„Vielleicht klappt's ja heute morgen besser", sagte ich so zuversichtlich, wie ich konnte.

„Hoffentlich", meldete Willi sich zu Wort. „Mir knurrt der Magen wie verrückt!"

Ohne weitere Worte nahmen wir meine Angel und machten uns auf den Weg zum Bach. Ich führte Willi zu dem Platz, wo ich gestern die Forelle gefangen hatte. Wir ließen uns am Ufer nieder und machten uns an die Arbeit. Avery blieb derweil am Lager zurück, um das Feuer in Brand zu halten und die Bratpfanne aufzuheizen.

Schweigend saßen wir eine Weile da. Wir wollten die Fische auf keinen Fall aufschrecken und uns damit jegliche Aussichten auf ein Frühstück verderben.

Dann fing Willi flüsternd ein Gespräch an.

„Diese Wanderung ist ein bißchen anders ausgefallen, als wir erwartet hatten, nicht?" sagte er.

Ich sah ihn nur wortlos an. Ich wußte zwar, daß er recht hatte, aber ich war mir nicht sicher, ob ich das eingestehen wollte – nicht mal mir selbst gegenüber. Vielleicht waren solche Wanderungen eben doch nicht so prima, wie ich immer geglaubt hatte.

„Eine reine Tortur war's zwar nicht gerade", fuhr Willi hastig fort, „aber du mußt zugeben, daß eine Menge schiefgelaufen ist."

Ich dachte an Avery, meinen besten Freund seit vielen Jahren, und wie er für allerhand Unannehmlichkeiten gesorgt hatte.

„Avery trifft keine Schuld." Willi schien meine Gedanken erraten zu haben. „Der ist schließlich auch nicht gerade auf seine Kosten gekommen. Wer ließe sich schon gern von einem wildgewordenen Bullen jagen? Und so ein Bad im eiskalten Bach ist auch kein Vergnügen. Er war nicht weniger hungrig als wir, und obendrein war er enttäuscht, daß er die Quelle nicht zu sehen gekriegt hat."

Ich nickte. Es war tatsächlich eine anstrengende Wanderung für Avery gewesen, und er machte sich obendrein nicht viel aus der freien Natur.

„Weißt du, ich hab' mir überlegt", fuhr Willi nachdenklich fort, „ob Gott das alles vielleicht mit Absicht so gedeichselt hat."

Jetzt hob ich den Kopf und sah Willi stirnrunzelnd an. Wie war er bloß auf diese Idee gekommen?

„Wußtest du, daß Avery echte Probleme hat?"

„Wie? – Avery?"

„Genau! Er sagt zwar nie viel darüber, aber gestern, als du zur Quelle unterwegs warst, sind wir ins Gespräch gekommen, und Avery hat mir erzählt, was so in ihm vorgeht. Du weißt doch, daß seine Mutter schwer krank ist und daß er schon einen Bruder verloren hat. Ich glaube, er wollte die Wanderung bloß machen, um ein bißchen Abstand zu gewinnen und in Ruhe nachzudenken. Er hat Angst, Josch, richtige Angst. Er bildet sich ein, Gott hätte es darauf abgesehen, ihm eins auszuwischen. Er rechnet voll und ganz damit, daß seine Mutter stirbt, und irgendwie meint er, er hätte Schuld an allem."

„Avery??" wiederholte ich, diesmal eine Spur zu laut. Ich schlug mir schnell die Hand vor den Mund. Hätte mir gerade noch gefehlt, daß ich unseren Frühstücksfisch so gedankenlos verscheuchte!

„Also, wir haben lange miteinander geredet, und dann haben wir zusammen gebetet. Wir müssen ihm helfen, Josch. Wir müssen ihm begreiflich machen, daß wir seine Freunde sind und daß er sich auf uns verlassen kann. Er muß einsehen, daß Gott ihn liebt."

Ich nickte wieder. Was Willi da gerade gesagt hatte, gab mir ganz schön zu denken. Wenn wir nicht so viel „Pech" gehabt hätten, wären Willi und Avery niemals miteinander ins Gespräch gekommen, und Willi hätte nicht mit ihm gebetet. Und wir hätten keine Ahnung gehabt, daß der arme Kerl gerade jetzt verläßliche Freunde brauchte.

Schweigend angelten wir weiter, aber es war zwecklos. Die Fische bissen einfach nicht an. Schließlich standen wir auf und suchten uns bachabwärts einen anderen Angelplatz, dann noch einen und noch einen. Immer noch nichts. Allmählich fragte ich mich, ob Gott es am Ende auf uns alle drei abgesehen hatte.

„Wir geben's wohl am besten auf", meinte Willi. „Wenn wir nicht bald unsere Sachen packen und losgehen, schaffen wir's heute nicht mehr bis nach Hause."

Ich wußte zwar, wie recht er damit hatte, aber mein Magen protestierte.

Nach einiger Zeit gingen wir doch zu unserem Lagerplatz zurück. Avery, dessen Miene sich bei unserem Anblick erhellte, zog schnell wieder ein enttäuschtes Gesicht, als er sah, daß wir unverrichteter Dinge wiedergekommen waren.

Wir fingen an, unsere Siebensachen zusammenzupakken. Ich wollte gerade den Rest der Mehlmischung wegwerfen, als Avery mich daran hinderte.

„He, Josch!" rief er. „Schmeiß das nicht fort! Davon kann man noch einen Pfannkuchen machen!"

„Mit Pfeffer?"

„Versuchen kann man's wenigstens", beharrte Avery. „Ich hab' so Kohldampf, daß mir alles recht ist."

Darin sollte er sich allerdings getäuscht haben. Erst nahm er sich die Mehlmischung, verrührte unser letztes Ei darin, von dem wir ganz vergessen hatten, daß es noch da war, gab etwas Bachwasser dazu und briet das widerlich aussehende Ding dann in Butter. Riechen tat's zwar nicht schlecht, während es da in der Bratpfanne schmorte, aber es sah ziemlich absonderlich aus. Zum guten Schluß goß Avery den Rest von unserem Ahornsirup über das Ganze und setzte sich, um zu frühstücken. Inzwischen bedauerten Willi und ich es schon, uns nicht auch einen Teil gesichert zu haben. Avery nahm einen Bissen, spuckte ihn aber auf der Stelle in hohem Bogen quer über unseren Lagerplatz. Wieder ein Reinfall!

Wortlos packten wir unsere Rucksäcke. Insgeheim machte es mir dabei erheblich zu schaffen, daß Avery soeben mir nichts, dir nichts unser letztes Ei verschwendet hatte.

Unsere Rucksäcke waren jetzt viel leichter, und wir verteilten die Ladungen so gleichmäßig wie möglich. Tante Lous Kochtopf ließ sich trotz einiger Mühe nicht richtig reinigen. Ich war froh, daß sie uns nur einen alten Topf mitgegeben hatte. Die angebrannten Bohnen hatten ihm arg zugesetzt.

Wir beschlossen, am Südufer des Baches zu bleiben, um uns die Überquerung auf dem umgestürzten Baum zu ersparen. Wir wußten ja, wo es langging, und wenn wir dem Bach bis zu Turleys Weide folgten, konnten wir dort über die Brücke auf unsere Seite zurückgehen.

Es war wieder ein herrlicher Herbsttag, und der Rückweg nach Hause hätte ein wahrer Genuß werden können, wenn unsere Mägen nicht so laut geknurrt hätten. Bei einem solchen Hunger hat man kaum Augen für den blauen Himmel und das bunte Laub.

Es war früh am Nachmittag, als wir Turleys Weide erreichten. Wir hatten keinesfalls vor, dem Bach mitten durch die Weide zu folgen. An einer zweiten Begegnung mit dem Bullen lag uns ganz und gar nicht.

Gerade wollten wir an der Farm vorbei auf die Landstraße einbiegen, als Avery stehenblieb.

„Wie wär's, wenn wir reingingen?" schlug er vor.

„Wozu?" fragte Willi.

Ich befürchtete schon, daß Avery sich bei den Besitzern über den bösartigen Bullen beschweren wollte, und dann würden die Turleys uns bestimmt ausschimpfen, daß wir auf ihrer Weide sowieso nichts zu suchen gehabt hätten.

„Zu einem Schluck Wasser", antwortete Avery. „Nur ein Schluck Wasser, dann geht's meinem Magen bestimmt schon eine Spur besser."

Wir tauschten Blicke untereinander aus und nickten. Vielleicht war das gar keine schlechte Idee.

Als wir auf das Haus zugingen, wünschte ich mir schon, wir hätten einen großen Bogen um die Farm gemacht. Aus dem Küchenfenster strömte der köstlichste Duft, den man sich vorstellen kann, bis auf die Straße runter. Frau Turley backte gerade einen Apfelkuchen.

Wir sahen einander an, und unsere leeren Mägen knurrten noch lauter. Wir sagten keinen Ton, aber in unseren Gesichtern stand die reinste Seelenqual.

Avery stellte sich vor die Tür und klopfte zaghaft an. Die vierzehnjährige Mary öffnete uns und machte ein regelrecht verblüfftes Gesicht, als sie uns drei da stehen sah. Sie starrte uns nur sprachlos an.

„Wer ist denn da, Mädchen?“ rief Frau Turley, und es freute mich maßlos, ihre Stimme zu hören.

„Jungs!“ rief Mary zurück. Ich befürchtete schon, sie würde uns im nächsten Moment die Tür vor der Nase zuschlagen.

„Na, dann bitte sie doch rein!“ rief Frau Turley und steckte den Kopf zur Tür heraus, um mit eigenen Augen nachzuschauen, wer da geklopft hatte.

„Nur hereinspaziert!“ lud sie uns freundlich ein, und wir folgten ihr in die Küche. Frau Turleys blaukarierte Ärmel waren hochgeschlagen, und Mehlspuren klebten ihr an den Händen und an der Schürze.

„Was kann ich für euch tun, Jungs?“ erkundigte sie sich. Frau Turley galt als jemand, der nicht lange um den heißen Brei herumredet.

„Wir haben Durst“, antwortete Avery ohne jedes Zögern. „Könnten Sie uns bitte einen Schluck Wasser geben? Wir kommen gerade von einer Wanderung zurück. Unterwegs ist uns heiß geworden, und wir dachten, vielleicht könnten Sie uns einen Schluck Wasser zu trinken geben.“

„Mary, hol’ kalte Milch für die Jungs!“ befahl Frau Turley und schob dabei ihr Nudelholz über einem Kuchenboden hin und her. Milch klang schon erheblich besser als Wasser.

„Milch allein schmeckt nicht“, erklärte Frau Turley mit Bestimmtheit. „Mary, schneide den Jungs ein paar Scheiben frisches Brot ab und hol’ die Erdbeermarmelade!“

Mary beeilte sich zu tun, wie ihr aufgetragen war, während Frau Turley mit ihrem Nudelholz den nächsten Kuchenboden bearbeitete. Wir schauten einander an, als hätte man uns soeben eine Freifahrkarte nach New York in die Hand gedrückt. Ich fing schon an, meine Meinung von meinem besten Freund Avery zu seinen Gunsten zu ändern.

„Eine Wanderung habt ihr also gemacht?“ fragte Frau Turley.

Wir antworteten ihr zwischen riesigen Bissen von dem frischen Brot mit Erdbeermarmelade. Frau Turley verstand sich aufs Backen, das stand fest!

„Wo wart ihr denn?“

„An der Bachquelle.“

„Wozu denn das?“

Auf so eine Frage waren wir nicht gefaßt. Ja, warum waren wir eigentlich zur Quelle gewandert?

„Um die Quelle zu sehen“, erklärte Willi. „Wir waren noch nie dort oben gewesen.“

„Ich auch nicht“, sagte Frau Turley, „und ich hab' auch nicht vor, meine Zeit mit so was zu vergeuden.“ Dann wurde ihre Stimme etwas sanfter, und sie lächelte sogar. „Aber junge Burschen, die kaum wissen, wohin mit ihrer Energie, sehen solche Dinge wohl ein bißchen anders als eine müde, alte Frau.“

Wir wußten nicht recht, was wir darauf antworten sollten. Es gehörte sich wohl kaum für uns, Frau Turley als eine müde, alte Frau zu bezeichnen, während wir in ihrer Küche saßen und mit Heißhunger ihr frisches Brot verschlangen.

„Mary, schneide noch eine Scheibe für jeden ab“, ordnete Frau Turley an, nachdem sie uns eine Weile zugeschaut hatte. „Und hol ihnen noch mehr Milch.“

„Mir schmeckt's prima, Madam“, sagte Avery. „Wir hatten Pech und mußten heute morgen ohne Frühstück losmarschieren.“ Ich hielt die Luft an, aber Avery war klüger, als ich gedacht hatte. Die Sache mit dem Bullen, der unseren Proviant erheblich beschädigt hatte, verschwieg er wohlweislich.

„Dann probiert ihr am besten auch noch den Apfelkuchen", sagte Frau Turley, während sie mit geübter Hand das Nudelholz über den Teig führte. „Mary, schneid' ihnen ein Stück von dem Kuchen am Fenster ab. Sieh' dich aber vor! Der Kuchen ist noch heiß."

„Aber ...", wollte Willi protestieren, doch ich versetzte ihm blitzschnell einen Fußtritt unter dem Tisch.

„Der Kuchen duftet prima, Madam", warf ich hastig ein.

Mary legte jedem von uns ein großzügiges Stück auf den Teller. Das Mädchen stieg beträchtlich in meiner Achtung.

Der Kuchen schmeckte so gut, wie er geduftet hatte. Wir bekamen mehr Milch dazu, um uns die heißen Bissen damit abzukühlen. Das Ganze war einfach ein Hochgenuß.

„Frau Turley", sagte ich, nachdem ich den letzten Bissen mit Milch runtergespült hatte, „das war so ziemlich der beste Apfelkuchen, den ich je gegessen habe."

„Das hört man gern", antwortete sie nüchtern, ohne zu lächeln. „Bei meinen Männern hier weiß ich nie, ob's ihnen schmeckt oder nicht. Sie machen sich übers Essen her und stehen dann ohne ein Wort wieder auf."

Mit dieser Klage war Frau Turley bestimmt nicht allein auf der Welt. Ich nahm mir vor, von jetzt an das Essen auf dem Tisch öfter mal zu loben, ganz gleich, wer's gekocht hatte.

Schließlich bedankten wir uns bei Frau Turley und machten ihr zum Abschied noch ein paar ausgiebige Komplimente über das Brot und den Kuchen. Dann ging's weiter mit unserer Wanderung auf der staubigen Landstraße.

An der Tür drehte Willi sich zu Mary um, die gerade unser Geschirr abräumte.

„Und vielen Dank, Mary, fürs Bewirten!"

Reichlich verlegen schlossen Avery und ich uns an. Mary lächelte schüchtern.

Mit vollem Magen und frischem Mut betrachteten wir die Landschaft um uns her jetzt viel aufmerksamer als vorher. Unterwegs sahen wir Dinge, die uns auf dem Hinweg entgangen waren.

Wir fingen sogar an, eine Art Rückschau auf unseren Ausflug zu halten. Zuerst redeten wir von dem Schönen, das wir erlebt hatten: von dem bunten Herbstlaub, dem sonnigen Wetter, dem Bachwasser, das immer klarer und frischer wurde, je weiter wir bachaufwärts kamen. Danach kamen wir auch auf die weniger schönen Erlebnisse zu sprechen. Als wir an der Viehweide vorbeikamen, lief es uns bei dem Gedanken an die unliebsame Begegnung mit dem wilden Bullen jetzt noch heiß und kalt über den Rücken. Es dauerte aber nicht lange, bis uns auch die komische Seite daran aufging. Wir scherzten, schlugen uns gegenseitig auf die Schultern und konnten uns kaum noch halten vor Lachen. Ja, unsere Wanderung war ein voller Erfolg gewesen, daran gab's nichts zu rütteln. Jetzt brannten wir förmlich darauf, endlich nach Hause zu kommen und allen davon zu erzählen. Wir waren sogar einstimmig der Meinung, daß es nichts an dem ganzen Ausflug gab, was wir beim nächsten Mal ändern würden. Höchstens vielleicht genug zu essen zum Frühstück am letzten Tag.

Trotz alledem freute ich mich jetzt aber auf eine ungestörte Nacht in meinem Bett, wo mir niemand die Decke vom Leib ziehen oder mir mitten ins Gesicht atmen würde.

Das Ende unserer Freiheit ist in Sicht

Ich hätte es zwar niemals laut gesagt, aber ich vermißte die Schule. Die Leute in der Stadt bemühten sich, immer auf dem neuesten Stand der Dinge zu sein, was die Suche nach einer neuen Lehrkraft anging. Man hörte allerhand Gerüchte darüber, wem das Schulamt alles die Stelle angeboten hatte, wo er oder sie herstammte und wann der Unterricht wiederaufgenommen werden sollte, aber bis jetzt war die Schultür verschlossen geblieben. Allmählich hatte ich das lange Warten satt, und ich glaube, den meisten anderen Schülern ging es genauso. Ich fing sogar an, in meinen Schulbüchern zu lesen – natürlich nur, wenn ich allein in meinem Zimmer war.

Während dieser Zeit wohnte ich bei den drei Männern auf der Farm. Opa tat sein Bestes, um uns mit kleinen Arbeiten beschäftigt zu halten, aber es gab nun mal nicht allzuviel, was vor dem Winter noch erledigt werden mußte. Uropa schlug lachend vor, wir Männer sollten stricken lernen, aber Onkel Charlie fand, daß er beim Strümpfestopfen schon mehr als genug Umgang mit Nadeln hätte.

In Wirklichkeit war es noch gar nicht so lange her, daß unsere Lehrerin mit dem Unterricht aufgehört hatte; es kam mir halt nur wie eine halbe Ewigkeit vor.

Ich ließ keine Gelegenheit aus, um mit Opa in die Stadt zu fahren. Willi besuchte ich zweimal und Avery einmal. Ich ging sogar Mike Turley besuchen; der hatte seine Eltern dazu rumgekriegt, ihn von der Schule zu nehmen. Mike hätte nie im Leben Verständnis dafür gehabt, wie es mich wieder zur Schule drängte, weshalb ich auch tunlichst nichts davon erwähnte. Statt dessen erzählte ich ihm von unserer Wanderung bachaufwärts. Die Geschichte klang mit jedem Mal, wenn einer von uns dreien sie erzählte, besser.

Trotz allem gab es nichts daran zu rütteln: ich hatte Langeweile. Ich fürchte, ich ging den drei Männern auf der Farm allmählich auf die Nerven mit meiner Ungeduld. Eines Tages kam Opa nämlich vom Stall und schlug mir vor, ich sollte meine Sachen packen und mit ihm in die Stadt fahren, wo er mich bei Tante Lou absetzen würde. Den neuesten Gerüchten zufolge war man fast soweit, den Unterricht wieder anzusagen.

Das hatten wir zwar schon mehr als einmal gehört, ohne daß etwas passiert wäre, aber ich hatte trotzdem keine Einwände vorzubringen. So packte ich meinen kleinen Koffer, warf ihn in den Kutschwagen und ging in die Küche, um mich von Uropa und Onkel Charlie zu verabschieden. Dann packte ich Pixie, und los ging's.

„Spürst du auch, wie scharf der Wind ist, Junge?" fragte Opa und schlug sich den Kragen hoch. Der Wind hatte tatsächlich etwas Eisiges an sich, wenn man hoch auf dem Kutschbock saß. Ich nickte und schlug mir auch den Kragen hoch.

„Langsam wird's wohl doch noch Winter. So einen Herbst wie diesen hatten wir noch nie."

Wieder nickte ich und guckte mir die Bäume rechts und links von der Straße an. Die Zweige schaukelten im Wind, und die Blätter tanzten am Boden umher, als suchten sie ein gemütliches Bett, bevor der erste Schnee sie unter sich zudeckte.

Opa trieb die Pferde zur Eile an, und ich sah, wie er prüfend den Himmel betrachtete.

Mein Blick folgte seinem. Tatsächlich: es sah nach Schnee aus! Ich wollte jetzt nicht an die Berge von Brennholz und die zusätzliche Stallarbeit denken, sondern lieber an die Schlittenpartien auf den schneebedeckten Abhängen und an den zugefrorenen Teich, auf dem man Schlittschuh laufen konnte.

Als wir bei Tante Lou anklopften, machte uns niemand

auf. Opa störte sich nicht daran, sondern ging unbekümmert ins Haus, wie immer, wenn er mich wieder in die Stadt brachte, und machte sich dabei durch Hallorufe bemerkbar.

„Lou ist wohl gerade nicht daheim …“ Er unterbrach sich blitzschnell, als wir ein Geräusch vom Schlafzimmer her hörten.

Opa legte den Kopf schräg und horchte.

„Lou?“ rief er dann.

„Hier bin ich, Pa!“ kam die schwache Antwort.

Wir gingen zu ihr. Mit roten Wangen lag Tante Lou in ihrem Bett. Die Vorhänge am Fenster waren zugezogen.

„Bist du etwa krank?“ fragte Opa leise. Ich fand die Frage restlos überflüssig. Tante Lou war kein Mensch, der sich am hellichten Tag ins Bett legt.

Ihr Lächeln fiel etwas gequält aus.

„So schlimm ist's eigentlich gar nicht“, antwortete sie, „aber der Doktor meint, ich soll ein paar Tage im Bett bleiben.“

Opa trat an Tante Lous Bett. Wie selbstverständlich streckte er seine große, von der Arbeit schwielige Hand aus und fühlte Tante Lou die Stirn.

„Du hast den Doktor kommen lassen?“ fragte er. Das machte Opa sichtlich besorgt. Man holte den Doktor nicht bloß wegen einer Erkältung oder Bauchweh.

„Mir geht's gut, Pa, wirklich“, beteuerte Lou ihm eilig. „Ich fühl' mich eigentlich gar nicht so krank, aber der Doktor sagt, in meinem Alter gehört man mit so etwas ins Bett. Die Röteln könnten sonst böse Folgen haben.“

„Röteln?“ Opa und ich sagten es gleichzeitig.

Tante Lou schaute ein wenig verlegen drein.

„Die kleine Sarah Smith hatte die Röteln, und dann hat ihre Mama sie auch bekommen. Da hab' ich ihnen ein paar Bücher und eine Hühnersuppe gebracht, und … und das hätte ich wohl besser nicht getan. Jedenfalls habe ich mich dort angesteckt, und jetzt habe ich auch die Röteln. Der Doktor hat mir Bettruhe verordnet, und Nat meint auch, ich soll im Bett bleiben. Da werd' ich mich wohl fügen müssen."

Man konnte ihr anmerken, daß es ihr nicht leichtfiel, den lieben langen Tag im Bett zu liegen.

„Du hättest uns holen lassen sollen, Liebes", sagte Opa.

„Ich bin doch gar nicht krank, Pa. Wirklich nicht! Das hätte gerade noch gefehlt, daß ich euch mit meinem Wehwehchen Unannehmlichkeiten beschere!"

„Jetzt ist Josch ja hier", sagte Opa. „Der kann dir zur Hand gehen. Du schickst ihn los, wenn du was brauchst. Er kann auch kochen. Charlie hat ihm ein paar Sachen beigebracht, als er diese Woche Langeweile hatte."

Tante Lou warf mir ein Lächeln zu.

„Freut mich, daß du wieder da bist, Josch", sagte sie. „Ich habe dich vermißt!" Das sagte sie nicht nur, weil ich Besorgungen für sie erledigen konnte. Ich wußte genau, daß Tante Lou mich wirklich vermißte, wenn ich nicht da war, und Pixie fehlte ihr auch.

Kurz entschlossen legte ich ihr Pixie in die ausgestreckten Arme, und das Hündchen leckte ihr mit flinker Zunge das Gesicht. Einen Moment hatte ich plötzlich Angst. Ob Hunde wohl auch die Röteln bekommen konnten? Nein, wahrscheinlich nicht, dachte ich und schob meine Befürchtungen beiseite.

Als ich meine paar Habseligkeiten ausgepackt und eingeräumt hatte, hörte ich den Wasserkessel pfeifen. Opa machte sich gerade in der Küche zu schaffen, um Tante Lou frischen Tee zu kochen. Als wir vorhin angekommen waren, hatte ich im Garten Wäsche an der Leine gesehen. Die holte ich am besten schnell ins Haus, bevor es anfing zu schneien. Als ich das letzte Wäschestück von der Leine genommen hatte, waren mir die Finger taub vor Kälte. Ja, der Winter stand vor der Tür, daran gab's nichts zu rütteln.

Auf dem Weg ins Haus hörte ich Tante Lou lachen. Ich weiß nicht, was Opa ihr gerade erzählt hatte, aber die beiden schienen ihren Spaß miteinander zu haben. Ich faltete die Wäschestücke zusammen, die so gut nach frischer Luft rochen, und legte sie in den Korb. Inzwischen hatte ich wieder Gefühl in den Fingern.

„Josch“, rief Tante Lou mir zu, „in der Dose auf dem Tisch sind Plätzchen. Frau Brown hat sie gerade heut’ morgen gebracht. Nimm dir welche, wenn du magst, und gib Pa auch ein paar!“

„Brauchst du noch etwas, bevor ich mit dem Holzspalten anfange?“ erkundigte ich mich zwischen zwei Bissen bei Tante Lou und reichte Opa die Plätzchendose.

„Holst du mir wohl schnell beim Metzger ein paar Koteletts zum Abendessen?“ bat sie mich. Ich nickte, schob mir das letzte Stück Plätzchen in den Mund und knöpfte mir die Jacke zu.

Im Metzgerladen ging’s immer geschäftig zu. Manchmal hatte ich dort schon eine Viertelstunde angestanden, bis ich endlich drangekommen war. Mein Lieblingsladen war die Metzgerei nicht gerade. Es roch nach einer Mischung von Sägemehl und frischem Fleisch. Auch den Anblick von Fleischstücken von Kühen oder Schweinen, die einmal auf irgendeiner Weide gestanden hatten, fand ich alles andere als appetitlich. Lieber hätte ich draußen gewartet, aber der Wind war so eisig, daß ich reinging und mich anstellte. Diesmal war die Schlange ausnahmsweise kurz.

Der Metzger bediente jeden Kunden einzeln, und als er Frau Olaf ihr in braunes Papier eingewickeltes Gehacktes gereicht und die Summe auf ihrem Zettel vermerkt hatte, kam ich an die Reihe.

„Tag, Josua. Hast die freudige Nachricht sicher schon gehört, was?“

Ich wußte von keiner Neuigkeit, ob erfreulich oder nicht, und schüttelte den Kopf.

„Nein, Sir“, antwortete ich.

„Was, du hast’s noch nicht vernommen? Also, mit dem Faulenzen hat’s demnächst ein Ende, mein Junge. Die neue Lehrkraft ist heute mit dem Zug eingetroffen.“

Er hatte wohl damit gerechnet, daß ich ein langes Gesicht ziehen oder mich beschweren würde. Allem Anschein nach wollte er sich gründlich auf meine Kosten lustig machen. Statt dessen muß er aber so eine Art Aufleuchten oder Grinsen in meinem Gesicht gesehen haben. Zuerst schaute er verblüfft und dann regelrecht enttäuscht drein, als hätte ich ihm den ganzen Spaß verdorben.

„Ärgerst du dich denn gar nicht?" fragte er verwundert.

„Nein, Sir", antwortete ich ehrlich.

„Gehst du etwa gern zur Schule?" fragte er ungläubig.

Diesmal war ich nicht so schnell mit einer Antwort bei der Hand. Schließlich wollte ich nicht schief angeguckt werden. Ich schluckte.

„Eigentlich schon", antwortete ich.

Er schüttelte den Kopf, als dächte er, er träumte, und dann sagte er etwas Seltsames: „Alle Achtung, Josch. Vielleicht brauchst du dann nicht dein ganzes Leben lang an der Theke stehen und übelriechendes Fleisch verkaufen."

Er reichte mir mein Päckchen mit den Koteletts und suchte das Blatt für Onkel Nats Einkäufe hervor, um den Betrag darauf einzutragen.

Ich wußte nicht genau, was ich sagen sollte.

„Vielen Dank", murmelte ich und zog die Tür auf. Plötzlich hatte ich's sehr eilig, nach Hause zu kommen. Ich hatte nämlich eine echte Neuigkeit loszuwerden!

Als ich, vom Laufen noch ganz atemlos, zu Hause ankam, war Onkel Nat schon da. Er saß bei Tante Lou und war sichtlich erleichtert darüber, daß sie folgsam im Bett geblieben und Opa zu Besuch gekommen war.

„Die neue Lehrerin ist da!" keuchte ich allen dreien entgegen.

„Ach, wirklich?" sagte Opa und lächelte. „Dann stimmt das Gerücht ja diesmal tatsächlich."

„Lehrer", berichtigte Onkel Nat sanft.

Wir sahen ihn verständnislos an. Dann wandte Opa sich wieder an mich.

„Seit wann ist sie denn hier, Junge?"

„Er", korrigierte Onkel Nat wieder.

Endlich begriffen wir, zumindest Opa.

„Ein Mann also?"

„So ist es", antwortete Onkel Nat.

„Wie alt ist er denn?" wollte Opa wissen. Er fragte sich bestimmt, ob der neue Lehrer auch mit den älteren Jungs umgehen konnte.

„Mittleren Alters, vermute ich", antwortete Onkel Nat.

„Mittleren Alters also", wiederholte Opa nachdenklich. „Ist er allein gekommen?"

„Nein, er hat Frau und Kind."

„Kind?" Auch diese Frage kam von Opa.

„Ein Mädchen", sagte Onkel Nat. Damit war für mich der Fall erledigt. Bei einem Jungen hätte mich vielleicht interessiert, wie alt er war, aber es war ja bloß ein Mädchen.

„Bestens!" Opa freute sich. „Dann ist ja für alles gesorgt. Bald kannste wieder die Schulbank drücken, Junge."

Ich nickte. Erst jetzt merkte ich, daß ich die Koteletts in dem braunen Papier noch immer in der Hand hielt.

Opa stand auf und räumte die Tassen beiseite.

„Ich mach' mich am besten gleich auf den Heimweg, bevor's schneit", sagte er. „Josch, haste Milch und Butter ins Haus gebracht?"

„Ja, hab' ich", antwortete ich.

„Dann fahre ich gleich los. Werd' schnell wieder gesund, Lou, hörst du? Josch ist hier, und er nimmt dir gern deine Besorgungen ab."

„Ehrenwort", versprach Tante Lou mit einem Lächeln. „Obwohl ich mich eigentlich gar nicht mehr krank fühle."

„Ich hatte meine liebe Mühe, sie am Aufstehen zu hindern", bemerkte Onkel Nat.

„Sicher ist nun mal sicher", meinte Opa, „mit solchen Sachen ist nicht zu spaßen." Dann fügte er nachdenklich hinzu: „Und ich hab' immer geglaubt, du hättest schon als Kind die Röteln gehabt."

„Der Doktor sagt, das waren die Masern", erklärte Tante Lou. „Was ich jetzt habe, sind die Röteln. Ausschlag kriegt man bei beiden, aber die Röteln sind nicht so schlimm wie die Masern; nur ab und zu gibt's schwerere Fälle von Röteln."

„Werd' mir nur schnell wieder gesund!" sagte Opa und beugte sich über Tante Lou, um ihr einen Kuß auf die Wange zu drücken und Pixie über die Ohren zu streichen. Dann drehte er sich zu mir um.

„Freut mich, die Sache mit deiner Schule, Junge!" Er klopfte mir kurz auf die Schulter.

Dann wandte er sich an Onkel Nat.

„Wann soll's denn losgehen mit dem Unterricht?"

„Nächsten Montag, wenn ich richtig gehört habe", antwortete Onkel Nat.

Nächsten Montag erst? Heute war Mittwoch. Ich hatte gehofft, daß ich gleich morgen wieder in die Schule gehen könnte. Auf den neuen Lehrer war ich riesig gespannt. Bisher hatte ich noch nie einen Mann zum Lehrer gehabt.

„Er wird wohl ein paar Tage zum Einleben brauchen", meinte Opa gerade.

Er legte mir die Hand auf die Schulter und ruckelte leicht daran, wie er's immer tat, wenn er sich von mir verabschiedete. Onkel Nat begleitete ihn bis vor die Haustür.

Endlich legte ich das Päckchen mit den Koteletts auf den Küchentisch.

„Du darfst dir's aussuchen, Josch", sagte Onkel Nat zu mir, als er wieder ins Haus gekommen war. „Möchtest du lieber das Abendessen kochen oder Holz reinholen?"

Ich zögerte keine Sekunde lang.

„Ich hol' das Holz", antwortete ich und vertauschte schnell meine gute Jacke mit meiner Arbeitsjacke, bevor ich aus der warmen Küche nach draußen ging.

Schnee lag in der Luft.

Der neue Lehrer

Während der nächsten Tage kam ich kaum dazu, ungeduldig auf den Schulanfang zu warten. Tante Lou lag im Bett, und Onkel Nat war mit seiner Arbeit in der Gemeinde beschäftigt, so daß ich alle Hände voll zu tun hatte. Der erste Schnee kam mit Macht, weshalb ich zusätzlich Kohle und Holz ins Haus schleppen mußte. Menschenskinder, draußen herrschte eine klirrende Kälte! Der Winter wollte wohl an einem einzigen Tag das aufholen, was der Herbst versäumt hatte. Genug warme, sonnige Tage hatte er uns ja gegönnt! Über Nacht lag plötzlich hoher Schnee, und der scharfe Nordwind häufte ihn an den Hausecken zu Schneewehen auf. Ich mußte mir einen kleinen Pfad zu der Kohlenkiste und dem Holzhaufen freischaufeln, aber davon abgesehen fand ich eigentlich, daß die Welt richtig hübsch aussah.

Ab und zu kam einer von meinen Schulkameraden mit dem neuesten Gerücht über den neuen Lehrer vorbei. Weil unser Haus unter Quarantäne stand, mußten wir uns durch ein offenes Fenster oder über den Gartenzaun unterhalten. Sie würden es kaum für möglich halten, was alles in der Stadt über unseren neuen Lehrmeister geredet wurde.

Einer Version zufolge war er auf der Flucht vor dem Gesetz, während eine andere besagte, nicht vor dem Gesetz, sondern vor der Armee, aber eine dritte Version besagte, daß nicht er selbst auf der Flucht sei, sondern seine Frau. Dann wiederum behaupteten einige Leute, er sei an seiner letzten Schule seines Amtes enthoben worden, weil er einem Jungen eine derartige Tracht Prügel verpaßt hatte, daß der um ein Haar auf dem Friedhof gelandet wäre. Nein, so hieß es wieder einer anderen Geschichte zufolge, nicht deswegen sei ihm gekündigt worden, sondern wegen einer eifersüchtigen Frau, die es ihm heimzahlen wollte, nicht ihretwegen seine Ehefrau verlassen zu haben.

Es gab sogar Gerüchte über seine finanziellen Verhältnisse. Die einen behaupteten, seine Gläubiger seien ihm dicht auf den Fersen, während die anderen sagten, er hätte Haus und Hof an die Bank seiner Heimatstadt verloren.

Niemand schien genau zu wissen, wo er nun eigentlich bisher unterrichtet hatte. Überhaupt schien niemand erwiesene Tatsachen zu kennen, aber der Klatsch ergoß sich über Zäune und Tore in die Häuser der Stadtbewohner. Onkel Nat war regelrecht empört und meinte, man sollte eine Stadtversammlung einberufen, um dem liederlichen Tratsch ein Ende zu bereiten. Es war einfach ungerecht, einem Mann, den man gar nicht kannte, so viele Märchen anzuhängen, fand er.

Die ganze Sache war recht geheimnisvoll. Ich war gespannt wie ein Flitzebogen auf den Mann und war mir ziemlich sicher, daß ich auf den ersten Blick sagen konnte, welches von den Gerüchten, die ich gehört hatte, einen wahren Kern besaß.

Am Montag durfte Tante Lou endlich wieder aufstehen. Sie konnte es kaum erwarten, wieder selbst in ihrem Haushalt zu wirtschaften, und Onkel Nat und ich überließen ihn ihr nur zu gern, glaube ich.

Mit meinen Pausenbroten, die Tante Lou mir eingepackt hatte, machte ich mich voller Spannung auf den Schulweg. Avery, Willi, Jack und ich hatten uns an der Ecke zur Hauptstraße verabredet, von wo aus wir dann zusammen zur Schule gehen wollten. Keiner von uns hätte dem anderen den allerersten Blick auf den neuen Lehrer gegönnt.

Willi und Avery warteten schon an der Ecke, als ich angerannt kam. Bei dem klirrenden Frost, der in der Morgenluft lag, schmerzte mir die Lunge von meinem Dauerlauf. Ich fühlte mich wie von innen vereist, als ich jetzt auf die beiden zugelaufen kam.

Jack ließ noch auf sich warten. Wir drei stampften mit

den Füßen im Schnee und rieben uns die Hände vor Kälte. Wir wollten schon ohne Jack aufbrechen, als er um die Ecke gekeucht kam. Seine Wangen waren rot – wohl von dem kalten Wind, dachte ich. Dann packte er mich beim Arm und drückte ihn fest.

„Ihr werdet's kaum glauben", keuchte er und schnappte nach Luft. „Hätte es ja selbst nicht für möglich gehalten, wenn ich's nicht mit eigenen Augen gesehen hätte!"

„Was denn?" fragte Willi. Avery und ich waren auch neugierig geworden.

„Also, der neue Lehrer wohnt gleich gegenüber von uns."

Wir waren mächtig gespannt auf das, was Jack uns nach all den aufregenden Gerüchten, die wir schon gehört hatten, zu berichten hatte.

„Also, stellt euch vor, am Samstag hat meine Mutter mich einkaufen geschickt, und wie ich gerade losgehen will, sehe ich sie auf einmal, wie sie zum Gartentor rausgeht."

„Wen?" fragten wir im Chor. „Wen denn?" Wir konnten uns beim besten Willen nicht vorstellen, worauf Jack hinauswollte.

„Seine Tochter natürlich", sagte er. „Wen denn sonst?"

„Seine Tochter!" riefen wir verächtlich.

„Menschenskinder", sagte Avery, „ich dachte, du hättest was Interessantes auf Lager gehabt."

„Seine Tochter wird wohl zum Gartentor rausgehen können, wenn sie will", sagte ich spöttisch und wandte mich von Jack ab.

„Los, jetzt machen wir aber, daß wir zur Schule kommen!" meldete sich auch Willi zu Wort. „Sonst frieren wir noch hier auf dem Bürgersteig fest."

Jack machte ein enttäuschtes Gesicht. Mir wollte einfach nicht in den Kopf, was er an der lächerlichen Begebenheit so aufregend fand.

„Wartet doch!" rief er uns nach, als wir losgingen. „Wartet ..."

Aber wir betrachteten die Sache als erledigt.

„Warum habt ihr's denn so eilig?" versuchte Jack es wieder. „Wollt ihr denn gar nicht wissen, wie ..."

„Was geht's uns an, wenn er ein Kind hat, das auch mal aus dem Haus will?" sagte Avery. „Was ist denn daran so Besonderes?"

Jack packte mich, bis ich stehenblieb, und die anderen Jungen sahen sich nach ihm um.

„Habt ihr sie noch nicht gesehen?" Jack blieb hartnäkkig.

Wir schüttelten den Kopf, und ich versuchte, mich aus Jacks Griff zu befreien.

„Habt ihr schon von ihr gehört?" fragte Jack weiter.

„Hab' gehört, daß er ein Kind hat", sagte ich achselzukkend.

„Ja, ich auch", sagte Willi. „Na wenn schon!" Damit wandte er sich um. „Los, beeilt euch, bevor's gleich zur ersten Stunde läutet!"

Endlich ließ Jack mich los, aber er zog ein merkwürdiges Gesicht dabei.

„Na, wartet nur. Ihr werdet euer blaues Wunder erleben!" sagte er nur.

Wir drängelten uns in den schmalen Flur und schüttelten uns den Schnee von den Jacken, bevor wir sie an unsere Haken hängten. Ich spähte hin und her, um unauffällig nach dem neuen Lehrer Ausschau zu halten.

Andere Schüler kamen zur Tür herein. Wir tauschten ein paar Bemerkungen mit den Jungen aus und ließen die Mädchen wortlos an uns vorbeigehen. Ein paar von ihnen sahen zu uns herüber und fingen kichernd an zu tuscheln. Mädchen waren schrecklich albern; das war jedenfalls meine Meinung.

Wir Jungen hätten nie im Leben das Klassenzimmer vor dem Schulgong betreten. Das hätte irgendwie komisch ausgesehen. Trotzdem brannten wir darauf, endlich den Mann zu sehen zu kriegen, der uns dieses Schuljahr unterrichten sollte. Den Gerüchten zufolge, die mir zu Ohren gekommen waren, wußte ich nicht, ob ich einen langen, schwarzgelockten Schnurrbart und einen zwielichtigen Blick an ihm vermuten sollte oder gar Hörner und einen roten Schwanz.

Jedenfalls standen wir noch auf dem Flur und bemühten uns, durch die Tür zu schielen, die aber nur einen Spaltbreit geöffnet war, als die andere Tür aufging und ein Windstoß eine Handvoll Schnee hereinwirbelte. Hinter den Schneeflocken stand das hübscheste Geschöpf, das wir je gesehen hatten. Wir sperrten Mund und Augen auf. Da war sie nun, bloß ein paar Meter von uns entfernt, und klopfte sich den Schnee von einem grünen Mantel aus so einer Art Samt, die Wangen rosig und die Augen, aus denen sie uns unter ihrer weißen, flauschigen Mütze ansah, von tiefstem Blau. Als sie sich die Mütze abnahm und den Schnee davon runterschüttelte, fielen ihr kastanienbraune Locken auf die Schultern.

Avery fand als erster Worte.

„Wer ist denn das?“ hörte ich ihn heiser flüstern.

Ich war viel zu sehr mit Starren beschäftigt.

Wieder sah sie zu uns herüber, und anstatt den Blick zu senken und vor Verlegenheit rot zu werden oder albern zu kichern wie die anderen Mädchen, warf sie uns aus ihren blitzblauen Augen einen freundlichen Blick zu, und in ihrem Gesicht stand eine Spur von Belustigung. Dann war sie auch schon durch die Tür ins Klassenzimmer gegangen.

„Wer war denn das?“ krächzte Avery wieder.

„Och“, antwortete Jack mit einem altklugen Grinsen, „nichts weiter. Bloß die Tochter von dem neuen Lehrer.“

„Warum haste uns denn nichts von ihr gesagt?“ fragte Avery.

„Ihr wolltet ja nichts von ihr wissen, falls ihr euch erinnert.“

Ich warf Jack einen vernichtenden Blick zu und boxte mich an den Jungen vorbei in unser Klassenzimmer. Die Glocke hatte zwar noch nicht geläutet, aber ich wollte mich vergewissern, daß ich vorhin nicht geträumt hatte.

Irgendwie gelangte ich, ohne über jemanden zu stolpern, an die Bank, an der ich meinen Platz hatte, und setzte mich. Achtlos warf ich meine Bücher auf mein Pult und ließ den Blick durch das Klassenzimmer schweifen.

Richtig, da war sie. Sie hatte ihren grünen Mantel ausgezogen und trug ein blaues Kleid, das ihre blauen Augen um so leuchtender erscheinen ließ. Jedes Augenpaar im Raum war auf sie geheftet.

Von irgendwoher läutete ein Gong, und wie durch dichten Nebel sah ich, wie die anderen Schüler aufmerkten. Eine Stimme vorn am Pult redete mit uns. Ich muß wohl halbwegs aufgepaßt haben und befolgte die Anweisungen, die ich bekam.

Ich las, wenn ich dazu aufgerufen wurde, antwortete auf Fragen, löste meine Rechenaufgaben, machte beim Wettbuchstabieren mit, und brachte den Vormittag irgendwie hinter mich, ohne aber recht bei der Sache zu sein.

Als wir zur Mittagspause entlassen wurden, hockten wir älteren Jungen beieinander und unterhielten uns. Ein guter Teil des Gesprächs drehte sich um die Tochter des Lehrers. Ich hörte zwar zu, sagte aber nicht viel. Mir paßte es nicht, wie da über sie geredet wurde.

Paul Williams packte Jack Berry beim Kragen.

„Wie heißt sie? Sag schon, wie heißt sie?" quetschte er ihn aus. Jack schaute plötzlich ziemlich selbstzufrieden drein, weil er der einzige von uns war, der das neue Mädchen vor Schulbeginn zu sehen bekommen hatte.

Er gab's zwar nur ungern zu, aber er wußte es nicht.

„Carmen heißt sie", verriet Andy Johnson mit einem wissenden Ausdruck im Gesicht.

„Wer hat dir das denn gesagt?" forderte Jack ihn heraus. Daß jemand anders mehr über das Mädchen wußte als er selbst, ging ihm gegen den Strich.

„Der Lehrer – ihr Vater – hat sie so genannt. Hast du's etwa nicht gehört?"

Das hatte Jack nicht. Ich auch nicht. Ich hatte überhaupt nicht viel von dem gehört, was der Lehrer heute vormittag gesagt hatte.

„Carmen“, sagte Avery hingerissen. „Das bedeutet doch Musik oder so was Ähnliches, nicht?“

Allgemeines Kopfnicken und Schwärmen. Ich drehte mich um und ging weg. Die Jungen benahmen sich beinahe so albern wie kichernde Mädchen. Irgendwie paßte mir das ganze Gerede nicht.

Avery kam mir nach. Ich ging über den hartgefrorenen Schulhof und trat gegen festgestampfte Schneeklumpen, trockenes Gras und alles, was sonst noch am Boden lag.

„Was ist, Josch?“ wollte Avery wissen, als er mich eingeholt hatte. „Bist du sauer wegen was?“

„Nee“, sagte ich. „Bin nicht sauer.“

„Du kriegst doch nicht etwa auch die Röteln, oder?“

Mein Kopf fuhr in die Höhe.

„Quatsch!“ fuhr ich ihn an. „Wie kommst du bloß auf so 'ne komische Idee?“

„Na, weil du auf einmal so still bist. Sonst machst du doch immer mit, wo's lustig zugeht.“

„Lustig?“ sagte ich bissig. „Lustig sollte das sein?“

Avery sah mich überrascht an.

Er überlegte sich gerade eine Anwort, aber ich ließ ihn nicht zu Wort kommen.

„Ich find's alles andere als lustig, wie ihr da rumsteht und über ... über Leute redet, die sich noch nicht mal verteidigen können!“

„Wir haben doch nichts Schlimmes gesagt“, wehrte sich Avery.

„Das kommt ganz drauf an“, fuhr ich fort. „Ich meine, wenn sie ein nettes Mädchen ist, hat sie es vielleicht nicht gern, wenn wir hinter ihrem Rücken über sie reden, als ... als wäre sie 'ne Zirkusnummer oder so.“

Avery schluckte.

„Ich finde“, redete ich hitzig weiter, „also, ich finde, wir sollten das Mädchen einfach in Ruhe lassen.“

„Du magst sie also nicht besonders? Was hat sie bloß getan, daß du sie nicht ...“

Ich schaute ihn vorwurfsvoll an. Am liebsten hätte ich

ihm gesagt, er sei ein Schafskopf, aber immerhin war er ja mein bester Freund. Unter meinem Blick wurde ihm sichtlich unwohl zumute. Verlegen trat er von einem Fuß auf den anderen.

„Das hat gar nichts mit mögen oder nicht mögen zu tun", erklärte ich ihm schließlich. „Ich kenne sie ja gar nicht – jedenfalls noch nicht. Und du auch nicht. Und keiner von den anderen Jungs. Aber hinter ihrem Rücken über sie reden finde ich gemein. Wir sollten lieber ein Spiel machen."

„Ich geh' die anderen holen", sagte Avery bereitwillig, aber bevor er sich umdrehte, machte er noch eine messerscharfe, mit Todesverachtung geflüsterte Bemerkung: „Du wirst deinem Pastorenonkel jeden Tag ähnlicher. Hat dir das schon mal jemand gesagt? Die ganze Stadt weiß doch, daß der kein Gerede über andere Leute duldet." Damit fuhr er auf dem Absatz herum und ging.

Ich wußte sehr wohl, daß Onkel Nat nichts von Klatsch und Tratsch hielt. Als Junge hatte er eine Menge davon über sich ergehen lassen müssen, weil er in schwierigen Verhältnissen aufgewachsen war. Mir war allerdings neu, daß seine Abneigung gegen solches Gerede stadtbekannt war.

Mag schon sein, daß ich von meinem Onkel Nat gelernt hatte. Gerüchte waren mir auch zuwider. Und deswegen schämte ich mich kein bißchen.

Avery holte die anderen Jungen zusammen. Wir markierten einen Kreis im Schnee für Fuchs und Gans. Bald war ein lebhaftes Spiel im Gange, wenn ein paar von den Jungen auch hin und wieder zu der Mädchenseite hinübersahen, wo Carmen, das neue Mädchen, mit den anderen Fangen spielte. Sie machte das gut und war fast so schnell wie Mary Turley, die für ein Mädchen ziemlich gut in Sport war.

Die Glocke läutete zum Unterricht, und wir gingen in das warme Klassenzimmer zurück. Aus dem Augenwinkel sah ich, wie hübsch Carmen ausschaute mit ihren vom Laufen geröteten Wangen und den kupfrigen Locken, die der Wind zerzaust hatte.

Nach der Schule gingen wir älteren Jungen zusammen

vom Schulhof, und es brauchte nicht viel, um zu erraten, um was – oder besser gesagt um wen – sich das Gespräch drehte. Ich wollte einfach nicht zuhören. Irgendwie fand ich's nicht richtig, wie die anderen über sie redeten und lachten und Witze rissen. Ich löste mich von ihnen und sagte bloß, ich müßte mich beeilen, weil Tante Lou mich womöglich brauchte.

Ich bin wohl den ganzen Heimweg gerannt; genau weiß ich's nicht mehr.

Als ich aber in die warme Küche kam, wo der Duft von frischgebackenem Brot noch in der Luft hing, war Tante Lou gesund und munter.

„Na, wie war denn dein erster Schultag, Josch?" erkundigte sie sich.

„Gut", antwortete ich.

„Bist du froh, daß der Unterricht wieder läuft?"

Ich nickte.

„Und was ist euer neuer Lehrer denn nun für ein Mann?"

Ich fing eine Antwort an, geriet aber ins Stottern und hielt schließlich verlegen inne. Plötzlich wurde mir klar, daß ich nicht die geringste Ahnung hatte. Ich konnte mich nicht einmal darauf besinnen, wie der Mann überhaupt ausgesehen hatte.

Der Schneesturm

Am nächsten Tag nahm ich unseren neuen Lehrer gründlich in Augenschein. So etwas Peinliches wie gestern abend, als ich keine Antwort auf Tante Lous Frage gewußt hatte, sollte mir nicht wieder passieren. Wenn's sein mußte, würde ich sogar seine Schuhgröße ausfindig machen!

Mit Nachnamen hieß er Foggelson, soviel hatte ich schon mitgekriegt. Demnach hieß Carmen mit Nachnamen wohl auch Foggelson. Carmen war ein Einzelkind. Alle sagten, daß sie ihrer Mutter sehr glich, woraus ich schloß, daß Frau Foggelson eine gutaussehende Frau sein mußte.

Aber jetzt komme ich vom Thema ab. Zurück zu Herrn Foggelson, unserem Lehrer: er war mittelgroß, weder ein Hüne noch ein Zwerg. Er hatte weder einen langen, schwarzgelockten Schnurrbart noch einen zwielichtigen Blick oder gar Hörner und Schwanz. Er war glattrasiert und hatte blaue Augen – nicht so leuchtendblaue wie Carmen, sondern eher graublau. Seine Haare waren mittelbraun, weder regelrecht dunkel noch hell, und sie hatten nicht so einen rötlichen Schimmer wie Carmens. Sein Kinn ragte weder eigenwillig in die Luft, noch verschwand es spurlos im Kragen wie bei mausgesichtigen Männern. Kurz gesagt, an seinem Aussehen gab es nichts Besonderes zu vermerken.

Er hatte eine angenehme Stimme, weder zu hoch noch zu tief. Er besaß Autorität, ohne dabei allzu streng zu sein. Er schien sich auf seine Sache zu verstehen. Mit den schlechteren Schülern ging er geduldig um, und die guten Leistungen der Klassenbesten lobte er voller Anerkennung. Insgesamt würde ich sagen, daß wir an ihm wohl den besten Lehrer hatten, den ich je in meiner bisherigen Schulzeit erlebt hatte.

Nachdem ich meine Beobachtungen für Tante Lou und überhaupt jeden, der mich danach fragte, abgeschlossen hatte, ließ ich meine Gedanken schweifen. Ob Carmen wohl Lust hatte, auf dem zugefrorenen Teich Schlittschuh zu laufen oder die steilen Hügel herab Schlitten zu fahren? Ich malte mir aus, wie der Wind ihr die Locken zerzauste und die Wangen rötete.

Ob sie wohl gern mal mit mir auf die Farm zu Besuch kommen würde? Uropa hatte bestimmt noch nie so ein hübsches Mädchen gesehen. Er würde mir sicher nicht glauben, wenn ich ihm schilderte, wie hübsch sie war, bis er sie mit eigenen Augen gesehen hatte.

Ob sie Hunde mochte? Was würde sie wohl von meiner Pixie halten? Irgendwie sah ich sie schon mit Pixie im Arm vor mir, wie sie mit ihren langen, schmalen Fingern durch das weiche, flauschige Fell fuhr. Ich brannte darauf, die beiden einander vorzustellen. Sie würden einander bestimmt auf den ersten Blick mögen.

Eins machte mir große Sorgen: Würde ich ins Stottern geraten und in sämtliche Fettnäpfchen treten, bevor ich ihr überhaupt klarmachen konnte, daß ich anders als die anderen Jungen war? Daß ich sie wirklich gern hatte, und zwar nicht nur wegen ihres hübschen Gesichts?

Dann machte ich mir klar, daß ich im Grunde genommen überhaupt noch nichts über Carmen wußte – außer eben, daß sie ein hübsches Gesicht hatte. Nun, ich würde mich eben bemühen, sie näher kennenzulernen.

Wie im Flug verging die Woche – voller Tagträume und verstohlener Blicke und „zufälliger“ Begegnungen. Ich fragte mich, wie ich das lange Wochenende bloß hinter mich bringen sollte, ohne sie ein einziges Mal zu sehen. Viele von meinen Klassenkameraden wohnten mitten in der Stadt und würden ihr beim Gemischtwarenhändler mit ihrer Mutter begegnen oder beim Spaziergang mit ihrem Vater oder was weiß ich. Aber ich, ich würde draußen bei den Männern auf der Farm herumsitzen. Ganz allein.

Zu Hause erzählte ich nichts von Carmen. Nicht, daß ich

sie vergessen hätte; ich wußte einfach nicht, was ich hätte erzählen sollen. Deshalb flüsterte ich nur Pixie etwas über sie ins Ohr, aber im nächsten Moment spürte ich auch schon, wie mir vor Verlegenheit die Wangen brannten.

Irgendwie brachte ich den Samstag hinter mich, wenn ich auch bei der Stallarbeit nicht so richtig bei der Sache war. Um so mehr freute ich mich auf Sonntag. Ich war mir ganz sicher, daß Carmen und ihre Eltern zum Gottesdienst in Onkel Nats Kirche gehen würden, denn eine andere Kirche gab's ja nicht am Ort. Ich brannte darauf, Carmen meinem Uropa vorzustellen. Sie würde ihm bestimmt schon von fern auffallen, und dann würde er mich fragen, wer das neue Mädchen war, und dann würde ich sagen können: „Das ist Carmen Foggelson, die Tochter von unserem neuen Lehrer." Ich konnte es mir ersparen, ihm zu sagen, daß sie die blauesten Augen auf der Welt hatte und das hübscheste rotbraune Haar. Das konnte Uropa ja leicht selbst sehen.

Als ich aber zeitig am Sonntag aufstand, um mich für die Kirche fertig zu machen, da braute sich draußen ein Schneesturm zusammen, wie ich noch keinen erlebt hatte. Der Wind fegte heulend um die Ecken, und das Schneegestöber war so dicht, daß man nicht mal die Scheune erkennen konnte.

„Kaum zu glauben!" bemerkte Onkel Charlie mit einem Blick aus dem Fenster. „Hört euch bloß das Geheul da draußen an!"

„Das wird eine ungemütliche Fahrt zur Kirche werden", murmelte ich vor mich hin.

„Heute können wir nicht zur Kirche fahren", stellte Opa mit Bestimmtheit fest. „Nicht mal die Leute in der Stadt werden sich bei diesem Wetter vor die Tür wagen."

Daß ich maßlos enttäuscht war, brauche ich wohl nicht erst zu erwähnen. Plötzlich streckte sich der lange, stille Tag endlos und leer vor mir aus. Was in aller Welt sollte ich jetzt bloß damit anfangen?

Das einzig Aufregende an dem ganzen Tag war unsere

Stallarbeit, die bei dem Wind zu einem wahren Abenteuer wurde. Die Kühe, Schweine und Hühner freuten sich mächtig, uns zu sehen. Wieder im Haus angekommen, bis auf die Knochen durchgefroren und die Hände taub, waren wir alle froh, bei dieser Kälte einen reichlichen Vorrat an Brennholz zur Hand zu haben.

Nach dem Mittagessen half ich Onkel Charlie beim Abwasch. Bei heißem Kaffee und Tante Lous Plätzchen saßen wir dann am Tisch, um Mühle zu spielen und dem Schneesturm beim Toben zuzuschauen. Uropa spielte gegen Opa, und Onkel Charlie nahm's mit mir auf. Ich war aber nicht recht bei der Sache und spielte schlechter als sonst.

„Ich glaube, ich halte gleich ein Mittagsschläfchen", sagte Uropa dann. Er legte sich oft nachmittags schlafen.

„Ich auch", sagte ich und stand gähnend von meinem Platz auf. Alle Blicke flogen auf mich.

„Haste in letzter Zeit zu fleißig gelernt, Junge?" fragte Opa teilnahmsvoll.

„Zu fleißig nicht gerade", stotterte ich, „aber ich muß mich schon ganz schön ranhalten, um den Stoff aufzuholen, den wir versäumt haben."

Das schienen die Männer gern zu hören.

Um ganz ehrlich zu sein, hatte ich mir tatsächlich viel Mühe bei den Schulaufgaben gegeben. Ich hatte mir wohl vorgenommen, dem neuen Lehrer zu beweisen, daß ich nicht auf den Kopf gefallen war; der freute sich nämlich über gute Schulleistungen. Wie Carmen darüber dachte, wußte ich zwar nicht, aber es konnte immerhin nicht schaden, wenn ich mich mit ihrem Vater gut stellte.

„Dann leg' dich nur schlafen!" meinte Onkel Charlie. „Etwas Besseres gibt's heute sowieso nicht zu tun."

Ich ging in mein Zimmer und legte mich ins Bett, aber schlafen konnte ich nicht. Ich lag einfach nur da und kraulte Pixie unter dem Kinn. Zwischendurch versprach ich ihr, daß wir ganz bestimmt bald in die Stadt zurückfahren würden.

Allerdings glaube ich kaum, daß Pixie auch nur halb so

ungeduldig war wie ich. Ich machte mir Sorgen, daß Carmen und ihre Eltern nicht genug Brennholz hatten oder in sonstige Schwierigkeiten wegen des Schneesturms gerieten. Womöglich gingen ein paar von meinen Schulkameraden zu den Foggelsons, um ihre Hilfe anzubieten, und machten dabei einen guten Eindruck. Wenn ich jetzt in der Stadt wäre, würde ich auf der Stelle zu Carmen gehen und fragen, ob ich irgendwie behilflich sein könnte.

Das Grübeln machte mir das Einschlafen alles andere als leichter. Schließlich holte ich eins von meinen alten Büchern aus einer Truhe, die mir als „Schatzkiste" diente, und versuchte zu lesen. Entweder hatte sich die Geschichte verändert oder ich mich selbst; jedenfalls interessierte sie mich plötzlich nicht mehr. Und dabei war das früher einmal mein Lieblingsbuch gewesen!

Schließlich gab ich's auf und hörte nur noch auf das Heulen des Sturmes. Ob Tante Lou und Onkel Nat sich um uns sorgen würden, daß wir vielleicht bei dem schweren Sturm zur Stadt unterwegs sein könnten? Nein, dazu kannten sie meinen Opa zu gut. Der hatte viel zuviel gesunden Menschenverstand, um sich bei dem Wetter auf die Landstraße zu wagen.

Von unten hörte ich Männerstimmen, darunter auch die von Uropa. Demnach war er wieder von seinem Mittagsschlaf aufgestanden. Dann hörte ich Geschirrklappern; einer von ihnen fing wohl an, unser Abendessen zu kochen. Daraus schloß ich, daß es Zeit für die Stallarbeit sein mußte. Ich war froh, einen Grund zum Aufstehen zu haben.

Noch zwei Tage lang heulte der Wind. Manche Schneewehen vor dem Haus gingen mir bis über den Kopf. So einen Schneesturm hatte ich noch nie erlebt. Wir hatten alle Hände voll zu tun, uns einen Weg zu den Tieren freizuschaufeln, Holz zu spalten und Kohle ins Haus zu tragen. Trotzdem war ich ungeduldig.

Am Mittwoch schlug das Wetter endlich um, und die Sonne schien wieder. Wegen der hohen Schneewehen war aber nicht daran zu denken, mit dem Pferdeschlitten in die Stadt zu fahren.

Die ganze Woche lang mußte ich in der Schule fehlen. Ich lernte zu Hause. Auf diese Art und Weise hatte ich wenigstens etwas zu tun, und außerdem wollte ich um keinen Preis hinter meine Schulkameraden zurückfallen.

Am Sonntagmorgen zogen wir uns dann warm an und machten uns auf den Weg zur Kirche. Opa sorgte sich, ob Tante Lou und Onkel Nat genug zu essen im Haus hatten. Sie bekamen ihre Farmerzeugnisse wie Milch, Eier und Sahne immer von uns. Ihr Gartengemüse und Obst lagerte bei uns auf der Farm im Gemüsekeller, und Opa brachte den beiden auch frisches Fleisch und Geflügel, das entweder gerade geschlachtet worden war oder auf großen Eisblöcken in unserer mit Sägemehl ausgelegten Eiskiste gelagert war.

„In der Stadt gibt's auch Geschäfte für solche Sachen, weißt du", erinnerte ihn Onkel Charlie.

„Wozu Geld ausgeben, wenn's nicht nötig ist?" hatte Opa geantwortet, und so beluden wir den Schlitten mit Lebensmitteln, wickelten uns in Decken und fuhren los in die Stadt.

Als wir bei Tante Lou ankamen, brachte ich Pixie in ihre Kiste und half dann beim Abladen des Schlittens, bevor wir in die Kirche gingen. Onkel Nat war schon dort und machte ein Feuer, um den eiskalten Raum aufzuheizen.

Tante Lou und Onkel Nat hatten den Sturm gut überstanden, aber Onkel Nat hatte sich Sorgen um seine Gemeindemitglieder gemacht, besonders um die älteren Leute. Er hatte befürchtet, daß sie unvorbereitet von dem Schneesturm überrascht worden waren.

Er hatte sogar den alten Tom zu sich ins Haus geholt und ihm auf dem Sofa im Wohnzimmer ein Bett gemacht, aber Freitag nacht hatte Tom sich still und leise wieder verkrümelt. Onkel Nat vermutete, daß er sich auf die Suche nach einer Flasche gemacht hatte.

Der alte Tom war unser Stadtsäufer. Man könnte es bestimmt auch höflicher ausdrücken, aber es war nun mal die Wahrheit.

Er wohnte schon seit Urzeiten hier in der Stadt. Ich wüßte nicht, je seinen Nachnamen gehört zu haben. Alle nannten ihn nur Tom oder Tippel-Tom.

Früher, als er noch nicht restlos der Flasche verfallen war, hatte er sich hier und da Arbeit gesucht, aber das Arbeiten hatte er längst aufgegeben. Hab' keine Ahnung, woher er das Geld für seinen Schnaps hatte. Für Lebensmittel hatte er jedenfalls keins. Hin und wieder gab ihm jemand aus Mitleid etwas zu essen. Für Kleidung hatte er auch keinen Pfennig übrig. Onkel Nat hielt ein Auge auf ihn und versuchte, ihm hin und wieder etwas zum Anziehen zu besorgen, damit er den Leuten nicht anstößig wurde oder bei dem kalten Wetter erfror.

Der alte Tom gehörte zu unserer Stadt wie der Metzger oder der Gemischtwarenhändler. Die Leute zogen ihn immer als Beispiel für ein Dasein heran, das keinen Pfifferling wert war. Die Mütter sagten zu ihren Söhnen: „Du willst doch wohl nicht so einer werden wie Tom, oder?" Die Männer sagten ihren faulen Angestellten nach: „Der ist so unnütz wie der alte Tom!" Leute, die böse aufeinander waren, schimpften: „Ach, geh doch zu dem alten Tom, wo du hingehörst!" Oder: „Du stinkst ja wie der alte Tom!" Bis jetzt war es noch keinem gelungen, aus Tom einen anständigen Menschen zu machen.

Onkel Nat hatte es ja versucht. Mächtig angestrengt hatte er sich sogar wegen Tom. Ständig versuchte er, den Alten von der Gosse aufzulesen und ihm etwas Nahrhaftes einzuflößen. Noch mehr Mühe verwandte er darauf, ihm begreiflich zu machen, daß seine einzige Hoffnung auf ein besseres Leben darin bestand, Jesus als seinen Heiland anzunehmen. Ich hatte oft gehört, wie Onkel Nat mit ihm geredet hatte, aber Tom wimmerte dann immer bloß, daß es dazu jetzt zu spät sei. Was passiert sei, sei passiert. Und dann versuchte Onkel Nat es weiter: „Jesus kann dir helfen, Tom! Er kann einen neuen Menschen aus dir machen, wenn du ihn nur läßt. Keine Sünde ist so schwarz, daß Gott sie nicht so weiß wie Schnee machen könnte. Es gibt nichts, was er dir nicht vergeben kann.“ Aber Tom schüttelte dann nur den Kopf, hielt seine Flasche umklammert und winselte wie ein Hund.

Ohne erst zu fragen, wußte ich, daß Onkel Nat wahrscheinlich überall nach Tom gesucht hatte: im Mietstall, hinter dem Gemischtwarenladen, im Holzschuppen auf dem Schulhof und in dem kleinen Stall hinter dem Rathaus. Ich wußte auch jetzt schon, daß Onkel Nat gleich nach dem Gottesdienst wieder losziehen würde, um weiter nach Tom zu suchen.

Als wir die kleine Kirche betraten, sah ich mich blitzschnell um, aber die Foggelsons waren nicht gekommen. Das war ein schwerer Schlag für mich. Ich hoffte nur, daß keinem von ihnen durch den Schneesturm etwas Schlimmes passiert war.

Avery und Willi kamen auf mich zu und erzählten mir, was der Sturm hier in der Stadt alles angerichtet hatte: bei den Smiths hatte das Kaminrohr einen Dachbrand verursacht, die Bases hatten ein paar von ihren Möbeln verheizt, weil ihnen das Brennholz ausgegangen war, und Mike Turley hatte eine Erfrierung an der Nasenspitze und war deshalb sogar beim Doktor gewesen.

Das alles interessierte mich aber gar nicht so besonders. Ich hatte immer noch die Foggelsons im Kopf.

Von Willi und Avery erfuhr ich, daß ich gar nicht viel in der Schule versäumt hatte. Erst am Donnerstag war der Unterricht wiederaufgenommen worden, aber nur eine Handvoll Schüler waren dazu erschienen. Außerdem gingen die Röteln noch in der Stadt um. Die Leute hatten gehofft, daß das kalte Wetter die Krankheit eindämmen würde. Nur das kleine Williams-Mädchen hatte einen schlimmen Fall von Röteln gehabt. Der Doktor hoffte aber, daß sie jetzt über den Berg war; nur wegen ihrer Augen sorgte man sich noch, wenn wir auch nicht richtig begriffen, was ihre Augen damit zu tun hatten.

Nach dem Gottesdienst aßen wir bei Tante Lou zu Mittag. Kaum hatten wir ein paar Sätze miteinander geredet, als Onkel Nat auch schon aufstand und sich entschuldigen ließ. Ich wußte genau, daß er sich wieder auf die Suche nach dem alten Tom machen wollte. Auch ich stand auf und holte mir meine Winterjacke.

„Ich helfe dir", erbot ich mich. „Ich nehme die Strecke an der Schule vorbei."

Onkel Nat nickte dankbar. Wir gingen zusammen aus dem Haus, während die drei älteren Männer gemütlich mit Tante Lou Kaffee tranken und ihr dann beim Aufwasch halfen.

Ich hatte Onkel Nat nicht erst groß erklärt, daß die Foggelsons in der Straße hinter der Schule wohnten. Hier hatte ich nun die beste Gelegenheit dazu, bei ihnen nach dem Rechten zu sehen.

Als ich bei den Foggelsons ankam, sah ich zu meiner Erleichterung, daß es aus beiden Schornsteinen rauchte. Das Haus selbst hatte allem Anschein nach den Sturm unbeschadet überstanden, aber ich ging trotzdem zur hinteren Tür und klopfte an. Dabei legte ich mir zurecht, was ich sagen wollte, je nachdem, wer an die Tür kam. Es war Frau Foggelson. Jedenfalls schloß ich haarscharf, daß sie es sein mußte. Sie hatte die gleichen blauen Augen wie Carmen und auch eine so klare Haut und fast so hübsche Haare, nur daß sie die ihren hoch auf dem Kopf aufgetürmt trug.

„Ja, bitte?" sagte sie etwas zögernd.

„Ich heiße Josua Jones", erklärte ich schnell, bevor sie mir die Tür wieder vor der Nase zumachen konnte. „Ich bin ein Schüler von Ihrem Mann, und ich wollte nur nachfragen, ob Sie irgendwas brauchen … nach dem Sturm, meine ich, und ich dachte …"

„Wie nett von dir", unterbrach sie mich. Jedes Wort zog sie in die Länge und setzte dabei ein freundliches Lächeln auf.

Jetzt geriet ich hoffnungslos ins Stottern. Die kleine

Rede, die ich mir zurechtgelegt hatte, war wie weggeblasen, und mir fiel einfach nichts Gescheites ein.

„Uns fehlt nichts, Josua“, sagte Frau Foggelson gerade. „Hab trotzdem herzlichen Dank für deine Nachfrage. Das war ein arger Schneesturm, nicht wahr?“

„Dann ist's ja gut“, stammelte ich und spürte, wie ich rot wurde. „Ich meine natürlich, daß Ihnen nichts fehlt.“

„Aber bitte komm doch herein!“ lud sie mich ein und schob die Tür ein Stück weiter auf.

Das hätte ich nur zu gern getan, aber statt dessen hörte ich mich sagen: „Nein, danke. Ich muß weiter. Ich meine ... Ich bin gerade dabei, Onkel Nat zu helfen. Wir suchen nämlich den alten Tom. Er macht sich immer Sorgen, daß er erfrieren könnte ... ich meine, Onkel Nat macht sich Sorgen um den alten Tom, nicht umgekehrt.“ Dann redete ich hastig weiter und brachte eine Erklärung vor, die eigentlich ganz überflüssig war: „Er ist nicht mit uns verwandt oder dergleichen; es ist nur, daß Onkel Nat sich halt Sorgen um andere Leute macht ... ich meine, weil er doch der Pastor hier ist und schon deshalb ...“ Ich geriet ins Stocken und schwieg verlegen. Das Ganze wurde mir von Sekunde zu Sekunde peinlicher.

„Aha, ich verstehe“, sagte die hübsche Frau Foggelson und schenkte mir noch ein Lächeln. Ich wußte zwar nicht, ob sie wirklich verstand oder nicht, aber eins wußte ich mit Sicherheit: ich mußte machen, daß ich wegkam, bevor ich mich noch dämlicher aufführte.

Also murmelte ich: „Auf Wiedersehen“, setzte mir die Kappe wieder auf den kalten Kopf und sauste los.

Zum guten Schluß war ich derjenige, der den alten Tom fand. Er saß zusammengekauert in dem Holzschuppen hinter dem Stadthotel. Mit klappernden Zähnen und verfilztem Bart saß er in der Ecke und verbreitete einen üblen Geruch. Seine Flasche hielt er noch umklammert, obwohl sie leer war. Ich wunderte mich, warum er überhaupt noch am Leben war. Vielleicht hatte ihn der Alkohol konserviert, wie in Essig eingelegte Gurken oder so. Jedenfalls wußte ich, daß ich ihn allein nicht vom Fleck bekommen würde, und suchte deshalb Hilfe.

Onkel Nat war noch unterwegs, weshalb Onkel Charlie und Opa die Pferde anspannten und sich auf den Weg zu dem Hotel machten. Als sie mit Tom zurückkamen, machten sie ihm auf der Liege im Wohnzimmer ein Bett, und Tante Lou kochte ihm eine heiße Suppe. Ich ließ sie machen und ging in mein Zimmer. Schließlich hatte ich mein Teil getan. Aus dem verlausten Tippelbruder machte ich mir ohnehin nicht viel. Onkel Nat würde allerdings erleichtert sein, wenn er sah, daß Tom noch lebte. Und das freute mich ja auch, wenn ich ehrlich bin.

Carmen

Sämtliche Burschen in unserer Schule, die genug Grips im Kopf hatten, mochten Carmen gern. Ich brauche wohl nicht zu betonen, daß ich da keine Ausnahme war. An manchen Tagen hatte ich so viel Mühe, im Unterricht bei der Sache zu sein, daß ich kaum mitkriegte, um was es ging. Das war mir ungewohnt; eigentlich galt ich als guter Schüler, der gern lernte.

Irgendwie gelang es mir, nicht hinter den anderen in der Klasse zurückzufallen, aber ich muß den Stoff wohl mit dem Unterbewußtsein aufgenommen haben; ans Lernen kann ich mich jedenfalls nicht erinnern.

Jede Pause benutzten wir Jungen dazu, uns vor Carmen wichtig zu machen, obwohl keiner von uns das je zugegeben hätte. Ein paar führten sich ziemlich schlimm auf. Ich hielt mich eher im Hintergrund und bemühte mich, nicht allzu naseweis zu wirken, aber ständig dachte ich mir aus, was ich wohl zu Carmen sagen würde, wenn sich die Gelegenheit dazu bot.

Die Gelegenheit bot sich in recht unerwarteter Form.

Aus Gründen, die mir nicht klar waren, schien Carmens Vater mich zu mögen. Er unterhielt sich oft mit mir und bat mich auch hin und wieder, nach dem Unterricht noch ein paar Minuten länger zu bleiben, um mit mir über ein Buch oder neue wissenschaftliche Forschungsergebnisse zu reden. Mehr als einmal lobte er dabei meinen „hellen Kopf".

Wie dem auch sei, jedenfalls erlebte ich die Überraschung meines Lebens, als Herr Foggelson mich eines Tages wieder bat, nach dem Unterricht noch einen Moment zu bleiben. Das war zwar nichts Neues, wie ich gerade erklärt habe; die anderen Jungen hänselten mich ja schon deswegen, aber was Herr Foggelson jetzt sagte, traf mich wie ein Blitz aus heiterem Himmel:

„Josua“, fing er an – er nannte mich immer Josua, ganz steif und korrekt –, „Josua, ich hätte gern gewußt, ob du Zeit hast, um mir zu helfen.“

Den Foggelsons würde ich gern helfen, wenn ich konnte, aber was die Zeit dazu betraf, war ich mir nicht so sicher. Ich hatte jede Menge Arbeit zu Hause, und bevor ich eine Antwort gab, würde ich Tante Lou um Erlaubnis bitten müssen. Bestimmt brauchte Herr Foggelson jemanden, der ihm Holz spaltete oder dergleichen, und das erforderte tatsächlich jede Menge Zeit.

„Carmen hat Schwierigkeiten mit der neuen Geometrie-Lektion“, fuhr Herr Foggelson fort. „Du dagegen verstehst genau, worum es geht. Ich meine, Carmen wird es vielleicht besser verstehen, wenn es ihr von einem ihrer Klassenkameraden anstatt von ihrem Vater erklärt wird. Ich bin nicht immer sehr geduldig mit ihr, fürchte ich. Glaubst du, daß du die Zeit dazu aufbringen könntest?“

Klar hatte ich Zeit dazu! Ich nickte schon, bevor ich überhaupt Worte gefunden hatte.

„Bestens!“ sagte Herr Foggelson erfreut. „Wäre dir Mittwoch nach dem Unterricht recht?“

Wieder nickte ich eifrig, doch dann lichtete sich der Nebel in meinem Kopf, und ich wußte, daß ich am besten zuerst einen klaren Gedanken faßte, was die ganze Sache betraf.

„Da muß ich meine Tante Lou erst fragen“, brachte ich schließlich hervor. Dann besaß ich sogar die Geistesgegenwart, um hinzuzufügen: „Mittwochs paßt's mir eigentlich nicht so gut. Ich habe viel Arbeit, und die muß bis zur Gebetsversammlung am Abend erledigt sein.“

„Aha“, sagte Herr Foggelson langsam und runzelte die Stirn.

„Ach, aber es wird schon gehen“, fügte ich hastig hinzu. „Wir werden uns schon einigen, ich und Tante Lou ... ich meine, Tante Lou und ich.“

„Also gut“, sagte er, und das Stirnrunzeln wich einem abwesend wirkendem Lächeln.

„Ich frage sie gleich heute abend und sag’ Ihnen dann morgen früh Bescheid“, versprach ich.

Er nickte kurz; und ich nahm an, daß ich damit entlassen war.

So beherrscht, wie ich nur konnte, verließ ich das Klassenzimmer und bemühte mich dabei, bloß nicht meine Mütze aufzusetzen, laut „Juchu!“ zu schreien oder loszulaufen, bevor ich auf dem Schulhof war.

So schnell mich meine Beine trugen, rannte ich den ganzen Weg nach Hause, und als ich ankam, war ich so außer Atem, daß ich Tante Lou nicht einmal von meinem Glück erzählen konnte. Ich saß nur da, das Gesicht rot von dem Frost, und schnappte nach Luft.

Tante Lou lachte und stellte mir Milch und Plätzchen auf den Tisch. Sie wußte, daß ich aufregende Neuigkeiten hatte, die ich unbedingt loswerden mußte.

„Immer mit der Ruhe, Josch!“ sagte sie und klopfte mir auf die Schulter. „Ich bin auch noch da, wenn du wieder Puste hast.“

Pixie drängte sich an mein Bein, weil sie auf meinen Schoß wollte. Ich tat ihr den Gefallen und gab ihr auch ein Stück von meinem Plätzchen ab. Pixie würde meine Neuigkeiten sicher auch gern hören, aber soweit war ich noch nicht.

Tante Lou ging auf die hintere Veranda, um mehr Brennholz zu holen. Sie blieb länger als sonst; vielleicht wollte sie mir genug Zeit lassen, um wieder zu Atem zu kommen.

Als sie zurückkam, fing sie gleich an zu reden – bestimmt, weil sie mir noch mehr Zeit zur Beruhigung geben wollte.

„Weißt du, Josch, ich habe gerade gedacht, bis Weihnachten sind’s nur noch drei Wochen. Komisch, nicht? Mir ist noch gar nicht nach Weihnachten zumute, obwohl wir schon fleißig für die Weihnachtsfeier in der Kirche geübt haben. Ja, bald wird's Weihnachten, daran gibt's nichts zu rütteln."

Ich nickte und spülte mein Plätzchen mit einem Schluck kalter Milch runter.

„Wünschst du dir eigentlich etwas Besonderes zu Weihnachten, mein Junge?"

Darüber hatte ich noch gar nicht nachgedacht. Ich schüttelte den Kopf und überlegte gleichzeitig krampfhaft, was Tante Lou mir wohl schenken könnte, um mir damit einen Wunsch zu erfüllen. Doch es wollte mir einfach nichts einfallen. Ich hatte doch schon alles, was ich mir wünschen konnte. Höchstens eine besondere Freundschaft mit Carmen, aber die konnte Tante Lou mir wohl kaum zu Weihnachten schenken. Darum würde ich mich schon selbst bemühen müssen.

Ich leerte mein Milchglas. Tante Lou setzte sich zu mir an den Tisch.

„Kannst du jetzt wieder sprechen?" fragte sie mit einem leichten Augenzwinkern.

„Herr Foggelson hat mich gefragt, ob ich ihm helfen würde", platzte ich mit meiner Neuigkeit heraus.

„Helfen?" fragte Tante Lou gespannt.

„Ja, in Geometrie."

„Du sollst ihm in Geometrie helfen? Kann er's denn nicht selbst?" spaßte Tante Lou, aber ich wußte, daß sie darauf keine Antwort erwartete.

„Ich soll jemandem aus meiner Klasse etwas erklären", fuhr ich fort.

„Ach, wirklich?" Tante Lou lächelte mir so strahlend zu, wie sie's immer tat, wenn sie sich über mich gefreut hatte.

„Da mußt du aber ein guter Schüler sein, Josch, wenn der Lehrer dich dazu ausgesucht hat, einem Klassenkameraden Nachhilfe zu geben. Ich bin richtig stolz auf dich!" Sie strich mir mit der Hand über den Kopf.

„Dann darf ich also?"

„Natürlich. Ist doch eine Ehre – und außerdem wirst du selbst daraus lernen."

„Er hat Mittwoch abend vorgeschlagen“, fuhr ich fort, „aber ich hab' ihm gesagt, daß ich mittwochs keine Zeit hätte, weil ich bis zur Gebetsversammlung mit meiner Arbeit hier fertig sein müsse.“

„Geht's nicht vielleicht an einem anderen Abend?“ fragte Tante Lou. „Wenn nicht, könnte ich dir vielleicht bei deiner Arbeit helfen, oder ...“

Ich stand schnell auf. Um ein Haar hätte ich Pixie auf meinem Schoß ganz vergessen. Energisch schüttelte ich den Kopf und nahm Pixie auf den Arm.

„Bestimmt läßt sich eine andere Zeit einrichten“, sagte ich. Tante Lou sollte bloß nicht meine Arbeit tun, solange ich da war.

„Rede doch mit deinem Lehrer!“ schlug Tante Lou vor. „Wir werden natürlich tun, was wir können.“ Ja, ich wußte genau, daß Onkel Nat und sie alles tun würden, damit ich „Nachhilfe geben“ konnte.

Ich wollte gerade aus der Küche gehen, um die guten Schulsachen auszuziehen, als Tante Lou mich zurückrief.

„Wer ist denn dein Klassenkamerad, Josch?“

Ich drehte mich um, ohne gleich zu begreifen.

„Wer ist denn dein armer Klassenkamerad, dem du Nachhilfestunden geben sollst?“

Gegen die heiße Röte, die mir jetzt ins Gesicht stieg, war ich machtlos. Am liebsten hätte ich Tante Lou den Rücken gekehrt, um meine Verlegenheit vor ihr zu verbergen, aber das wäre eine grobe Unhöflichkeit gewesen. Ich gab mir große Mühe, meiner Stimme einen gelassenen Ton zu geben, aber mein Herzklopfen war alles andere als normal.

„Carmen“, sagte ich so beiläufig, wie's ging, und vermied es, den Namen besonders zu betonen.

„Carmen?“ fragte Tante Lou.

„Carmen Foggelson“, stotterte ich weiter.

„Ach, die Tochter des Lehrers! Das ist ja wirklich eine große Ehre, Josch. Wenn der Lehrer ausgerechnet dich gebeten hat, seiner Tochter Nachhilfestunden zu geben, dann scheint er große Stücke auf dich zu halten.“

Mit meinem roten Gesicht stand ich da und wußte nicht, was ich sagen sollte. Am liebsten hätte ich mich in mein kleines Zimmer geflüchtet, um allein zu sein.

„Ist sie denn so schlecht in der Schule?“ wollte meine Tante wissen.

„Sie ist eine von den Klassenbesten“, platzte ich eine Spur zu eifrig heraus. „In Englisch und Gemeinschaftskunde ist sie den anderen meilenweit voraus. In Kunst und Rechtschreibung und den anderen Fächern ist sie auch gut. In Algebra ist sie sogar besser als ich, und …“ Betreten fing ich mich und schwieg. Ich redete ja gerade so, als hätte Tante Lou sie beleidigt. Plötzlich machte ich mir klar, daß Carmen ja eine gute Schülerin war, eine ausgezeichnete sogar. Sie war uns in fast allen Fächern überlegen. Warum war ausgerechnet ich dann gebeten worden, ihr Nachhilfestunden zu geben? Darüber hatte ich vor lauter Begeisterung noch gar nicht nachgedacht. Und wenn ich ihr tatsächlich bald Nachhilfestunden gab, würde ich mich überhaupt lange genug auf die Geometrieaufgaben konzentrieren können, um ihr eine Hilfe zu sein? Das Ganze war schon ein bißchen merkwürdig, wenn ich's mir recht überlegte. Ich drehte mich um und ging in mein Zimmer.

Vielleicht hatte Tante Lou mir angemerkt, daß bei mir etwas nicht stimmte. Jedenfalls stellte sie mir keine weiteren Fragen, sondern ließ mich gehen.

Während ich mich für die Arbeit umzog, zerbrach ich mir den Kopf über diese Angelegenheit. Warum wollte Herr Foggelson, daß ich seiner Tochter Nachhilfestunden gab, obwohl sie zu den Klassenbesten zählte? Haperte es vielleicht eher bei mir selbst in Geometrie? War der ganze Plan womöglich ein kleines Manöver, um mir in Geometrie zu helfen, ohne daß ich's merkte oder mich deshalb schämte? Nein, das konnte eigentlich nicht sein. Ich kam gut mit dem Lehrstoff zurecht. Gerade in der letzten Klassenarbeit hatte ich doch noch eine 1-2 gehabt. Hatte Carmen wirklich Schwierigkeiten, unsere Lektion in Geometrie zu verstehen? Vielleicht schon. Vielleicht hatte sie bei der letzten

Klassenarbeit nicht ihre übliche gute Note geschafft. Herr Foggelson erwartete bestimmt nur die allerbesten Zensuren von ihr. Vielleicht fand er tatsächlich, daß sie Nachhilfestunden brauchte.

Ich versuchte, das ganze Durcheinander abzuschütteln und an etwas anderes zu denken, aber es wollte mir nicht so recht gelingen.

Schließlich schnappte ich Pixie und ging durch die Küche, um mir meine warme Jacke zu holen.

„Du bleibst am besten im Haus!“ befahl ich Pixie. „Draußen ist's heute viel zu kalt für so ein winziges Ding wie dich.“

Tante Lou sah kurz von dem Gemüse auf, das sie gerade fürs Abendessen schälte, und warf mir ein Lächeln zu, sagte aber nichts mehr über meine Nachhilfestunden. Wie gut! Ich wollte nicht mehr darüber reden. Erst mal mußte ich in Ruhe darüber nachdenken. Anfangs war ich vor Stolz beinahe geplatzt und konnte es kaum abwarten, meinen Kameraden alles zu erzählen. Jetzt war ich mir meiner Sache aber nicht mehr so sicher. Vielleicht behielt ich's erst mal für mich – jedenfalls, bis ich selbst ein bißchen klarer sah.

Die erste Nachhilfestunde

Am nächsten Morgen, als ich unser Klassenzimmer betrat, sah Herr Foggelson mich fragend an. Ich konnte ihm nicht ausweichen, ohne unhöflich zu erscheinen, weshalb ich eine Art Lächeln zustande brachte und kurz mit dem Kopf nickte. Er nahm es als Zeichen, daß ich mit meiner Tante Lou und meinem Onkel Nat geredet hatte.

Um ehrlich zu sein, war unsere Unterhaltung sogar ziemlich lang ausgefallen. Nach dem Abendessen, als wir unsere kleine Andacht gehalten hatten, hatte Tante Lou die Sprache darauf gebracht.

„Josch hat heute etwas ganz Besonderes erlebt", hatte sie Onkel Nat erzählt. „Der Lehrer hat ihn gebeten, seiner Tochter Carmen Nachhilfestunden in Geometrie zu geben."

Onkel Nat sah von der Bibel auf, die er gerade wieder auf den kleinen Ecktisch zurücklegte.

„Tatsächlich? Alle Achtung, Josch!" Er klopfte mir anerkennend auf die Schultern.

Ich wurde ein bißchen rot und trat von einem Fuß auf den anderen.

„Wann denn?" wollte Onkel Nat wissen.

„Das steht noch nicht fest", stotterte ich, als Tante Lou nichts sagte, so daß ich selbst antworten mußte. „Mittwochs, hat er vorgeschlagen, aber ich habe ihm gesagt, daß ich nicht rechtzeitig mit meiner Arbeit fertig würde. Ich müßte mich schon so genug sputen, um rechtzeitig zur Gebetsversammlung fertig zu sein, und da bliebe mir kaum noch Zeit für etwas anderes ..."

„Wenn das der einzige Tag ist, an dem es den Foggelsons paßt, dann könnten wir uns zusammen eine Lösung überlegen", meinte Onkel Nat. „Wenn du jeden Tag ein paar zusätzliche Holzscheite spaltest und ich mittwochs versuche, früher nach Hause zu kommen ..."

„Hat doch keinen Zweck, wenn du dir noch mehr Arbeit aufhalst!" hörte ich mich sagen. Ich wußte doch genau, daß Onkel Nat sowieso viel zuviel zu tun hatte. Er kam kaum dazu, sich zu Hause mal auszuruhen.

„Es wird sich schon eine andere Zeit finden lassen", sagte ich. „Ich spreche gleich morgen mit Herrn Foggelson."

„Wir werden natürlich tun, was wir nur können", versprach Onkel Nat, und die beiden lächelten. Ich wußte, daß ich mich auf sie verlassen konnte.

Doch auf einmal wurde Onkel Nat ernst. Langsam und besonnen fing er an zu reden.

„Das könnte die Antwort auf meine Gebete sein, Josch", sagte er. „Als die Foggelsons gerade hier eingezogen waren, besuchte ich sie, um sie zu unseren Gottesdiensten einzuladen." Onkel Nat machte eine Pause, und ich wußte, daß er sich jedes Wort genau überlegte. „Herr Foggelson hat mir erklärt, daß sie die Kirche nicht nötig hätten. Die Kirche sei für die Armen und Ungebildeten da – als Krücke gewissermaßen –, gebildete Menschen hätten kein Interesse an Legenden und Fabeln. Er fügte auch hinzu, daß seine Frau und seine Tochter ihre Entscheidung selbst treffen könnten, aber als seine Frau dann aufsah, hatte ich den Eindruck, als wäre ihr diese Entscheidung soeben abgenommen worden."

Einige Sekunden schwiegen wir.

„Vielleicht kann Gott dich ja irgendwie dazu benutzen, Josch, um dieser Familie sein Licht zu bringen."

Ich erschrak. Ich war doch kein Pastor! Wenn es Onkel Nat nicht gelungen war, den Mann zu überzeugen, dann brauchte ich es eigentlich gar nicht erst zu versuchen. Der Gedanke, sozusagen die Verantwortung für das ewige Los eines anderen Menschen aufgeladen zu bekommen, machte mir Angst. Eines Tages würde ich diese Verantwortung vielleicht auf mich nehmen. Ich dachte nämlich im stillen daran, später einmal Pastor zu werden wie Onkel Nat. Ich hatte große Achtung vor ihm, und die Leute hier in der Stadt auch. Überall, wo er auftauchte, grüßten ihn die Leute, zogen die Mützen vor ihm und hörten sich an, was er zu sagen hatten. Und er war auch derjenige, der zu den Leuten nach Hause gerufen wurde, wenn Not am Mann war – bei Krankheiten, Unfällen oder sonstigen Sachen. In der ganzen Stadt gab's wohl niemanden, der so häufig wie Onkel Nat zu Hilfe gerufen wurde; höchstens der Doktor vielleicht. Bei solchen Gelegenheiten gaben sich die beiden dann meistens die Klinke in die Hand, der Doktor mit seiner schwarzen Arzttasche und Onkel Nat mit seiner schwarzen Bibel.

Wie gesagt, ich hegte zwar die Hoffnung, eines Tages selbst einmal Pastor zu werden und von den Leuten geachtet und geehrt zu werden, aber zu einer solchen Verantwortung war ich jetzt noch nicht bereit. Eine Familie am Ort zu der Einsicht zu bringen, daß sie Jesus und die Kirche sehr wohl brauchten, wenn sich's obendrein auch noch um die Familie meines Lehrers handelte – also, ich wußte nicht, ob ich das schaffen könnte. Trotzdem entgegnete ich nichts, sondern rutschte nur ein bißchen auf meinem Stuhl hin und her.

„Kommt, wir beten!“ schlug Onkel Nat vor.

Wir hatten zwar gerade erst gebetet, aber ein Blick auf Onkel Nat und Tante Lou genügte, daß auch ich den Kopf zum Gebet neigte.

„Lieber Vater und Herr“, begann Onkel Nat, „wir danken dir für die Gelegenheit, daß Josch Familie Foggelson besuchen kann. Hilf doch, daß er sich von dir führen läßt, um ein Zeugnis für dich zu sein. Gebrauche du ihn dazu, dieser Familie klarzumachen, daß Bildung zwar eine gute Sache ist, aber nicht ausreicht, um uns auf das Leben nach dem Tod vorzubereiten. Daß man den Geist nicht so weit verfeinern kann, um die Seele damit zu retten. Daß allein durch den Tod und die Auferstehung unseres Herrn Jesus

Christus unsere Sünden vergeben werden können und wir neues Leben bekommen. Amen."

Ich dachte lange über Onkel Nats Gebet nach. Eigentlich hätte ich nie bedacht, daß jemand wie Herr Foggelson etwa nicht in den Himmel kommen könnte. Immerhin war er ein rechtschaffener, gelehrter Mann, ein richtiger Gentleman. Alle Leute nickten ihm zu und grüßten ihn voller Hochachtung. Und dabei glaubte er nicht an Gott und konnte nicht in den Himmel kommen. Wenn ihm ein Unfall oder eine schlimme Krankheit zustoßen sollte ... ich wollte es mir nicht einmal ausmalen. Bei dem alten Tom war mir alles klar. Der war wirklich ein hoffnungsloser Fall. Immer betrunken, total verwahrlost. Der wusch sich nie und zog sich nie frische Sachen an. Meistens aß er nicht mal vernünftig. Onkel Nat mußte ständig nach ihm sehen und ihm Suppe einflößen, sonst würde er es nie von einer Woche bis zur nächsten schaffen. Aber Herr Foggelson? Irgendwie konnte ich die beiden Männer nicht unter der gleichen Überschrift einordnen: „Verloren".

So erschien ich also am nächsten Morgen in der Schule und tat mein Bestes, um mir Herrn Foggelson gegenüber bloß nicht anmerken zu lassen, daß ich über ihn Bescheid wußte: ein Sünder war er und würde nicht in den Himmel kommen, es sei denn, er tat Buße und bekehrte sich. Diese Regel hatte nicht ich erfunden, sondern Gott. So sah es nun mal aus, kurz und bündig. Einen Mittelweg gab es nicht, nur den Himmel und die Hölle. Der Himmel wartete auf solche, die Gott um Vergebung für all das Schlechte baten, das sie getan hatten. Wer aber nicht nach Gott fragte oder leugnete, daß Gott ein Anrecht auf sein Leben hatte, der würde keinen Einlaß in den Himmel finden, ganz egal, ob die Leute ihn für einen rechtschaffenen Menschen hielten oder nicht.

Ich war froh, als die Geschichtsstunde anfing und ich den Blick auf mein Buch auf dem Pult senken konnte.

In der Pause und beim Mittagsbrot verriet ich den anderen Jungen nichts von den Nachhilfestunden, die ich Carmen geben sollte. Nicht mal Willi oder Avery. Ich versuchte, bei den Spielen auf dem Schulhof mitzumachen, aber das fiel mir heute schwer. Ich hatte einfach zu viele andere Dinge im Kopf. Ich glaube, die anderen merkten mir an, daß bei mir etwas nicht stimmte; ein paar von ihnen warfen mir hin und wieder einen erstaunten Blick zu, aber keiner sagte ein Wort, worüber ich froh war.

Ich sah auch, wie Carmen mir Blicke zuwarf. Sie sah sich ein paarmal zu mir um und lächelte mir sogar einmal zu, bevor ich schnell woanders hingucken konnte. Mein Herz machte einen Satz, und ich rannte beim Staffellauf geradewegs an Avery vorbei. Ich tat so, als wäre ich ausgerutscht, damit die Jungen nicht merken sollten, was in Wirklichkeit passiert war, aber sehr geschickt stellte ich mich dabei nicht an.

Ich war darauf gefaßt, daß Herr Foggelson nach dem Unterricht mit mir sprechen wollte, und ersparte mir deshalb die sonst übliche Eile beim Zusammenpacken meiner Bücher und Hefte.

Mit einem breiten Lächeln trat er an mein Pult.

„Nun, Josua, hast du die Erlaubnis deiner Tante und deines Onkels erhalten?“

„Jawohl, Sir“, antwortete ich, schluckte mühsam und zwang mich dazu, zu Herrn Foggelson aufzusehen.

„Bestens!“ freute er sich. „Wann kannst du anfangen?“

„Donnerstags paßt’s am besten, Sir. Gleich nach der Schule, wenn Ihnen das recht ist.“

„Gewiß, gewiß. Auch Carmen wird das sehr recht sein. Sie wird gern hören, daß du ihr helfen wirst.“

Ich wurde rot und hätte mich deswegen selbst auf den Mond schießen können.

Heute war Mittwoch, und ich mußte mich beeilen, nach Hause zu laufen und meine Arbeit zu tun. Ich war froh, einen Grund zu haben, um mich gleich auf die Socken zu machen.

Ich nahm meine Bücher und nickte Herrn Foggelson zu. „Morgen also. Gleich nach der Schule.“

„Einverstanden“, sagte er und legte mir die Hand auf die Schulter. Es war das erste Mal, daß er mich oder überhaupt einen aus unserer Klasse anfaßte. Nicht mal bei Carmen machte er das, obwohl er es zu Hause sicher ab und zu tat. Ich war verlegen, konnte mir aber nicht erklären, warum. Ich war es eigentlich gewöhnt, von anderen angefaßt zu werden. Bei uns daheim umarmte man sich des öfteren, klopfte sich auf die Schultern, zerzauste einander die Haare, drückte die Hände und dergleichen mehr, was man eben als Familie so macht.

Trotzdem ist es etwas ganz anderes, wenn einem der Lehrer die Hand auf die Schulter legt, als ob man jemand Besonderes wäre – dabei wußte ich absolut nicht, was an mir so „besonders“ sein sollte. Ich hatte keine Ahnung, was ich sagen oder tun sollte, weshalb ich mich nur räusperte und den Blick auf meine Bücher senkte.

„Bis morgen also!“ sagte ich unbeholfen und machte, daß ich zur Tür hinauskam. Mit gemischten Gefühlen sah ich dem nächsten Tag entgegen.

Nach dem Unterricht am folgenden Tag besaß ich sogar die Geistesgegenwart, mein Geometriebuch unter der Bank hervorzusuchen. Ich machte mir an meinem Pult zu schaffen, schob Bücher hin und her, sortierte und kramte, bis alle Schüler das Klassenzimmer verlassen hatten.

Endlich wagte ich es, von meiner Bank aufzusehen, und erwartete schon, Herrn Foggelson vor mir zu sehen, der mir Anweisungen für die Nachhilfestunde erteilen wollte. Statt dessen sah ich geradewegs in Carmens leuchtend blaue Augen. Sie lächelte ihr hübsches Lächeln, so daß ich um ein Haar mein Geometriebuch, das ich in der Hand hatte, fallen gelassen hätte. Ich senkte schnell den Blick, machte mir an dem Buch zu schaffen und hätte mich beinahe verschluckt.

„Bist du soweit?“ fragte sie freundlich, und ich nickte. Dann sah ich zur Tafel, die Herr Foggelson gerade gewissenhaft reinigte.

„Papa kommt später nach“, beantwortete sie meine unausgesprochene Frage. „Er bleibt immer nach dem Unterricht in der Schule, bis die Tafel sauber ist und er die Lektionen für den nächsten Tag vorbereitet hat."

Wieder nickte ich, blieb aber wie angewachsen stehen.

„Dann laß uns gehen!" drängte sie. „Papa sagt, du hast nach der Schule immer viel Arbeit zu Hause, und ich darf deine Zeit nicht verschwenden."

Ich zwang meine bleischweren Beine, sich in Bewegung zu setzen, und folgte ihr aus dem Klassenzimmer. Wir hatten den Schulhof schon zur Hälfte überquert, als mir auffiel, daß sie ihren Bücherstapel trug. Ich murmelte eine lahme Entschuldigung und erbot mich, ihr die Bücher zu tragen.

„Danke, Josua!" sagte sie mit einer Spur von Schüchternheit und senkte ihre langen, dunklen Wimpern. Es warf mich nahezu um. So hatte mich noch nie ein Mädchen angesehen, jedenfalls keins wie Carmen.

Als wir bei ihr zu Hause ankamen, begrüßte uns ihre Mutter freundlich und winkte uns zu dem Tee und dem feinen Gebäck, das auf dem Tisch wartete. Ich trank eigentlich sonst nie Tee, weil ich mir einfach nichts aus dem Zeug machte. Außerdem war ich immer dazu angehalten worden, Milch zu trinken, weil ein Junge in meinem Alter viel Milch für gesunde Zähne und Knochen braucht, aber ich hätte mir lieber die Zunge abgebissen, als Carmen oder ihrer Mutter das zu sagen.

„Nimmst du Zucker und Sahne?" fragte Carmen höflich und schickte sich an, mir eine Tasse einzuschenken.

Ich überlegte blitzschnell, wie Tante Lou oder Opa ihren Tee tranken, aber ich kam einfach nicht drauf.

„Nein danke", murmelte ich schließlich; „ich trinke ihn einfach nur so."

Carmens Wimpern flatterten sanft auf und ab, als sie mich ansah, und ich ahnte, daß ich gerade etwas Dummes gesagt hatte. Wie hieß das richtige Wort beim Tee auch wieder? Uropa trank seinen Kaffee immer „schwarz", aber Tee war doch nicht schwarz. Welche Farbe hatte er denn eigentlich?

„Ich mag meinen am liebsten mit Sahne“, sagte Carmen da gerade. „Papa neckt mich oft deswegen. Eines Tages würde ich noch dick, warnt er mich immer, aber ich störe mich nicht daran, was er sagt.“ Sie stieß ein helles Lachen aus.

Ich konnte sie mir beim besten Willen nicht dick vorstellen, war mir aber nicht sicher, ob ich ihr das sagen sollte oder nicht.

Dann reichte sie mir den Teller mit dem Gebäck. Die Kekse waren nicht größer als ein einziger Happen, aber ich hütete mich, mir zwei zu nehmen. Außerdem hatte ich keine Ahnung, um was es sich eigentlich handelte und wie man so etwas aß. Daher legte ich meinen auf den kleinen geblümten Teller, der da auf dem weißen Tischtuch stand, und wartete darauf, daß Carmen zu essen anfing.

Sie hob ihr Plätzchen geschickt mit den Fingern vom Teller und nahm einen winzigen Bissen davon. Ich wollte es ihr nachmachen, aber irgendwie funktionierte es bei meinem Keks nicht so wie bei ihrem. Ich weiß nicht, ob ich einen kaputten erwischt hatte oder was sonst damit los war, aber als ich gerade ein kleines Stückchen abbeißen wollte, wie Carmen es bei ihrem gemacht hatte, zerbrach mir das Ding in der Hand und fiel in Form von tausend Krümeln auf die Tischdecke. Mit leerer Hand und rotem Gesicht saß ich da und hätte im Boden versinken mögen. Ich kam mir wie der ärgste Tölpel vor, aber Carmen ließ sich nicht anmerken, wie lachhaft sie das Ganze fand.

„Ich habe Mama schon immer gesagt, daß dieses zierliche Gebäck nichts für Männerhände ist“, bemerkte sie. „Sie sind es gewöhnt, schweres Werkzeug mit festem Griff zu bedienen.“ Damit lehnte sie sich zu mir herüber, fegte die Krümel mit ein paar Handbewegungen auf ihren eigenen Teller und trug ihn dann aus dem Zimmer. Als sie zurückkam, reichte sie mir eine kleine Gabel mit einem winzigen Griff und noch ein Gebäckstück.

„Mit einer Gabel lassen sie sich allerdings auch nur schwer essen“, flüsterte sie mir vertrauensvoll zu, „aber vielleicht geht es doch etwas besser damit.“

Irgendwie gelang es mir, das Plätzchen ohne weitere Zwischenfälle in den Mund zu befördern. Als ich endlich damit fertig war, konnte ich nur von Glück sagen, daß es nicht noch größer gewesen war. Ich schwitzte ja jetzt schon von der Anstrengung, und dabei hatte ich noch die ganze Tasse Tee vor mir stehen.

Die Teetasse mit ihrem winzigen Henkel war nicht einfacher zu bewältigen als das zerbrechliche Gebäck. Sie war wohl für ein Geschöpf mit nur einem Finger und einem Daumen entworfen worden. Ich wußte einfach nicht, wohin mit den anderen drei Fingern. Sie waren mir allesamt im Weg, wie ich die Tasse auch hielt.

Carmen bemühte sich, mir die Nervosität zu nehmen, was ich ihr hoch anrechnete. Sie war nicht nur hübsch, sondern auch nett und teilnahmsvoll, dachte ich. Das machte sie noch sympathischer.

„Wir halten den Unterricht im Wohnzimmer ab", teilte sie mir mit, als wir endlich mit dem Tee und dem Gebäck fertig waren. Erleichtert stand ich von dem Tisch mit der weißen Tischdecke und den Porzellantassen auf.

Das Wohnzimmer war recht elegant ausgestattet. Wir setzten uns auf ein Sofa vor dem Fenster und breiteten die Bücher auf dem kleinen Tisch davor aus. Irgendwie hatte ich das Gefühl, als wäre der Tisch extra für uns dort hingestellt worden.

„Mit welcher Lektion möchtest du anfangen?" fragte ich und schlug mein Buch auf.

„Mit überhaupt keiner!" antwortete sie. Ich konnte nicht mal so überrascht dreinschauen, wie mir zumute war, aber sie fing an zu kichern, leicht und sprudelnd wie unser Bach, dessen Wasser über die Kiesel auf der Sandbank spritzt.

Ich hatte das Gekicher von Mädchen noch nie ausstehen können, aber Carmens Kichern war anders. Am liebsten hätte ich auch gekichert und mußte mich arg zusammenreißen, damit mir nichts Albernes entfuhr. Statt dessen lächelte ich nur, während mir das Gesicht heiß wurde.

Irgendwie war hier ein Scherz im Gange, aber ich hatte keine Ahnung, um was es ging.

„Man soll schließlich ehrlich sein, nicht wahr?" sagte Carmen keß, und in ihren blauen Augen funkelte es vor Belustigung.

Ich nickte. Ehrlich sollte man schon sein, soviel stand fest.

„Also, dann bin ich jetzt ehrlich. Am liebsten würde ich überhaupt keine Lektion lernen."

„Tut mir leid", stammelte ich. „Ich wußte nicht, daß dein Vater dich zwingt ..."

Weiter kam ich nicht.

„Ach Josua", unterbrach sie mich und legte mir ihre weiche Hand sanft auf meine, „das Ganze war doch gar nicht Papas Idee!"

Jetzt begriff ich überhaupt nichts mehr. Wenn ihr Vater diese Nachhilfestunden nicht vorgeschlagen hatte und Carmen sie auch nicht nehmen wollte, wozu war ich dann überhaupt gekommen?

„Ich habe Papa darum angebettelt, dich als Nachhilfelehrer zu bekommen", antwortete sie unverblümt, als sie sah, wie verwirrt ich dreinschaute.

„Wirklich?" stotterte ich.

„Aber ja", sagte sie und warf ihre kupferglänzenden Locken in die Luft. „Das habe ich."

„Aber warum denn?"

„Warum?" Meine Frage schien sie eine Spur ärgerlich zu stimmen.

„Ja, warum, wenn du gar nicht Geometrie lernen willst?"

Sie warf mir einen Blick zu, als wäre ich ein kleines Kind, aber dann schob sie sich die Locken wieder aus dem Gesicht und ließ ihre langen Wimpern flattern.

„Ich wollte dich nur näher kennenlernen und mich mit dir unterhalten."

Jetzt war ich vollends verwirrt. Mit offenem Mund starrte ich sie an. Mein Herz klopfte wie verrückt. „Warum?" hätte ich um ein Haar wieder gefragt, verbiß es mir aber im letzten Moment. Carmen erwartete bestimmt von mir, daß ich die Antwort auch so wußte, aber da irrte sie sich, jedenfalls vorläufig noch.

Ich schluckte mühsam und fing wieder an, in dem Buch zu blättern.

„Also, äh ...“, stotterte ich, „vielleicht können wir lernen und uns gleichzeitig dabei unterhalten.“

Sie belohnte mich mit einem strahlenden Lächeln und rückte ein Stück dichter an mich heran, um mit mir in mein Buch zu schauen. Ihr eigenes lag zugeschlagen auf dem Tisch.

Seite für Seite arbeiteten wir uns durch das Kapitel vor. Eins stand fest: Carmen brauchte nicht viel an Erklärungen. Sie konnte die Aufgaben so gut lösen wie ich.

Es war fast an der Zeit für mich, nach Hause zu gehen, als sie von dem Buch aufsah.

„Hast du eigentlich Geschwister, Josua?“ fragte sie plötzlich.

Ich schüttelte den Kopf.

„Ich auch nicht.“ Einen Moment sagte keiner von uns etwas. Wir hingen wohl jeder unseren eigenen Gedanken nach.

„Bist du böse deshalb?“ fragte sie dann leise.

„Böse?“ Ich hätte zwar gern Geschwister gehabt, aber ob ich böse war, keine zu haben? Das war mir noch nie in den Sinn gekommen.

„Ja, böse.“

„Nee, eigentlich nicht. Warum?“

Sie legte die Stirn in Falten, aber ich wußte nicht, ob aus Nachdenklichkeit oder Bestürzung.

„Manchmal bin ich schon arg böse deshalb“, vertraute sie mir an. „Früher war ich sogar furchtbar wütend. Ich fand es einfach ungerecht. Jeder Mensch hat eigentlich ein Recht auf mehr Angehörige als bloß die Eltern, meinst du nicht auch?“

Ich tat die Sache nur mit einem Achselzucken ab. Daß ich nicht einmal Eltern hatte, behielt ich lieber für mich, jedenfalls vorläufig.

„Aber jetzt rege ich mich deshalb nicht mehr so sehr auf wie früher“, sagte Carmen. „Ein Einzelkind zu sein hat nämlich auch seine Vorteile.“

„Was denn für welche?“ wollte ich wissen.

„Also“, sagte sie gedehnt, „dich zum Beispiel.“

„Mich?“

„Klar. Wenn ich kein Einzelkind wäre, könnte ich wahrscheinlich meinen Willen nicht immer durchsetzen, und Mama und Papa hätten es womöglich nicht erlaubt, daß du mir Nachhilfestunden gibst.“

Wieder fiel mir die Kinnlade herunter.

„Papa wickele ich mit Leichtigkeit um den kleinen Finger. Der gibt mir alles, was ich haben will“, erklärte Carmen, „aber Mama führt sich manchmal furchtbar dickköpfig auf.“

Ich hatte noch niemanden so respektlos über die eigenen Eltern reden gehört, und ich muß zugeben, daß ich einigermaßen erschrocken war. Carmen hatte es aber so unschuldig, so munter dahingesagt, daß ich es ihr nicht übelnehmen konnte.

„Und du, Josua? Setzt du immer deinen Willen zu Hause durch?“ fragte sie mich.

„Ich ... ich weiß nicht“, antwortete ich. „Hab’ noch nie darüber nachgedacht. Um ehrlich zu sein, hab’ ich’s wohl noch nie drauf ankommen lassen.“

„Wie? Wirklich nicht?“ Das schien sie vollkommen lächerlich zu finden.

„Äh ... Das heißt, ich durfte einen eigenen Hund haben. Pixie heißt er, und ...“

„Du hast einen eigenen Hund?“

Ich nickte.

„Oh, da hast du aber Glück gehabt! Ich wollte immer schon einen Hund haben, aber Mama sagt: ‚Das kommt nicht in Frage!‘ Sie ist allergisch gegen Hunde, und außerdem ist sie manchmal geradezu ... geradezu ...“

„Dickköpfig“, flüsterte ich, und wir mußten beide lachen.

Das Lachen hat mich wohl wieder zur Besinnung gebracht. Ich sah auf die Uhr über dem Kamin.

„Jetzt muß ich aber los!“ sagte ich und sprang auf. „Ich werde ja nie mit meiner Arbeit fertig, wenn ich mich jetzt nicht beeile!“

Sie machte ein Gesicht, als wollte sie mich zum Dableiben drängen, biß sich aber dann auf die Lippen.

„Dank' dir, Josua, für deine Hilfe!“ sagte sie statt dessen. „Bis nächsten Donnerstag also!“

Ich runzelte die Stirn und überlegte, was ich sagen sollte.

„Carmen“, begann ich, „du kommst mit der Lektion so gut zurecht wie ich. Ich habe dir eigentlich überhaupt nicht geholfen.“

„Hast du wohl!“ widersprach sie. „Bitte, Josua. Du hast es doch versprochen. Bitte sag', daß du wiederkommst!“

Da hatte sie allerdings recht: versprochen war versprochen. Irgendwie verstand ich plötzlich die Welt nicht mehr. Nicht, daß ich nicht gern wiedergekommen wäre; und vielleicht hatte ich ihr tatsächlich ein klein bißchen geholfen.

Ich lächelte.

„Also gut“, gab ich nach. „Bis nächsten Donnerstag dann!“

„Josua?“ sagte sie und strahlte mich an, „würdest du mir irgendwann einmal deinen Hund zeigen?“

„Sicher, gern sogar. Pixie kann die tollsten Kunststücke vorführen.“

„Aber du kannst ihn nicht hierher mitbringen“, seufzte sie und zog die Stirn wieder in Falten. „Mama ist doch allergisch gegen Hunde.“

„Dann kommst du mich halt daheim besuchen. Frag deine Eltern um Erlaubnis! Tante Lou würde dich auch gern kennenlernen.“

Wieder lächelte sie mich an, und dieses Lächeln nahm ich mir mit bis nach Hause.

Alltag mit Hindernissen

Als ich am nächsten Morgen zur Schule ging, hatte die ganze Welt schon erfahren, daß ich dabei gesehen worden war, wie ich Carmen die Schulbücher nach Hause getragen hatte. Ich hatte zwar keine Ahnung, wer mich gesehen und die Neuigkeit unters Volk gebracht hatte, aber beim Weitersagen war anscheinend ein ganzer Roman daraus geworden.

Am Pfad zur Schule, unter den kahlen, knorrigen Ästen des alten Ahornbaums, den die Stadtväter lange vor unserer Zeit gepflanzt hatten, wartete Avery schon auf mich.

„Stimmt das etwa?" waren seine ersten Worte.

„Was denn?" fragte ich unschuldig zurück.

„Na, die Sache mit dir und Carmen."

Das Gesicht lief mir rot an. Ich wußte zwar nicht, was er gehört hatte, aber ich hatte das unbestimmte Gefühl, daß ein wahrer Kern daran sein könnte.

„Weiß nicht", sagte ich zögernd. „Was haste denn gehört?"

„Daß du mit Carmen nach Hause gegangen bist."

Ich nickte. Soviel stimmte ja.

„Ihr Vater hat mich gebeten, ihr Nachhilfe in Geometrie zu geben." Das klang durchaus einsichtig, fand ich, aber Avery schien da anderer Meinung zu sein.

„Carmen?" schnaubte er. „Ausgerechnet Carmen? Die ist doch die letzte, die Nachhilfestunden nötig hätte!"

In dem Moment kamen auch Willi und Jack dazu.

„Hört euch das an, Jungs!" rief Avery ihnen entgegen. „Josch ist mit Carmen nach Hause gegangen, um ihr Nachhilfe in Geometrie zu geben!" Dabei betonte er „Nachhilfe“ und „Geometrie“, und die beiden anderen blieben wie angewurzelt stehen und gröhlten vor Lachen.

„Carmen?“

„Nachhilfe in Geometrie?“

„Sehr witzig, Josch!“

„Ehrlich“, verteidigte ich mich, während ich Kniffe und Seitenhiebe über mich ergehen lassen mußte und mein Gesicht von Sekunde zu Sekunde röter wurde. „Ihr Vater hatte mich darum gebeten.“

„Ach komm, Josch!“ sagte Jack zornig. „So dumm sind wir doch nicht, daß wir dir das abnehmen!“

„Was war denn nun wirklich los?“ wollte Avery wissen.

Bevor ich auch nur dazu kam, ihm zu antworten, redete Jack schon weiter: „Deshalb hast du ihr wohl auch die Bücher getragen und Händchen gehalten.“

„Hab' ich gar nicht!“ leugnete ich hitzig.

„Und deshalb bist du wohl auch bei ihr daheim gewesen, bis es fast dunkel war“, meldete sich auch Tom Foster zu Wort, der eben dazugekommen war.

„Und dabei hast du die ganze Zeit so getan, als machtest du dir überhaupt nichts aus ihr!“ stieß Jack hervor. „Immer wenn wir von ihr geredet haben, hast du uns dazwischengefunkt oder bist weggegangen oder hast von was anderem zu reden angefangen. Es gehört sich nicht, über andere Leute hinter deren Rücken zu reden, hast du uns gepredigt. Und alles bloß, weil du sie ganz für dich haben wolltest!“ Jacks Stimme klang so bitter, daß ich ihn nur entgeistert anstarren konnte.

Willi dagegen lachte aus vollem Hals. Ihm stand der Sinn danach, sich gründlich auf meine Kosten zu amüsieren.

„Und dann hast du mit ihrer Mutter Tee getrunken!“ sagte er. Dabei führte er die Hand mit abgespreiztem kleinen Finger an den Mund und gab vor, aus einer von diesen zerbrechlichen Tassen zu trinken.

„Hab' ich nicht!“ leugnete ich, bis mir die winzigen Teetassen und das hauchdünne Gebäck wieder einfielen. Na, wenigstens war's nicht mit ihrer Mutter gewesen.

„Und dann hat ihr Papa gesagt: ‚Jo-su-a, mein Sohn, sind deine Ab-sich-ten auch ehr-lich?'" sagte Tom und unterstrich dabei jede Silbe.

Er äffte Herrn Foggelson so gelungen nach, daß ich selbst gern losgelacht hätte, wenn der Scherz nicht ausgerechnet auf mich gemünzt gewesen wäre. Willi und Avery brüllten vor Lachen. Dann fiel mir auf, daß Jack nicht mit einstimmte. Sein Gesicht war so rot wie meins. Es dauerte einen Moment, bis mir klar wurde, warum.

Jack war sauer. Er hatte zwar ein riesiges Aufheben um Carmen gemacht, aber daß er sich jetzt so verbissen aufführen würde, hatte ich nicht erwartet.

Mein Gesicht wurde noch röter, hauptsächlich weil in mir die helle Wut hochkam. Ich wußte nicht, wo ich mit dem Leugnen anfangen sollte; immerhin war an dem, was gesagt wurde, etwas Wahres dran, und es war gar nicht so einfach, das Gelogene von dem Wahren zu trennen. Jetzt begriff ich auch, warum Uropa immer sagte, wie gefährlich Halbwahrheiten seien. Eine Lüge läßt sich ziemlich einfach als solche abtun, aber sobald ein Körnchen Wahrheit darin steckt, wird die Sache schwierig.

Ich war noch nie im Leben so erleichtert gewesen, die Schulglocke zu hören, wie jetzt. Wir rannten zur Schule, aber als wir den Schulhof überquerten, spürte ich immer noch Jacks wütenden Blick auf mir. Als wir aus der Jungengarderobe auf den Flur kamen, begegnete uns Carmen vor der Mädchengarderobe, ihre kupfrigen Locken um die Schultern und die Wangen rosig vom Frost. Wieder warf Jack mir einen vernichtenden Blick zu. Um alles aber noch schlimmer zu machen, als es schon war, lächelte Carmen mir freundlich zu und sagte leise: „Guten Morgen, Josua!", doch nicht leise genug, als daß es den anderen entgangen wäre.

Willi und Avery wären beinahe vor Vergnügen geplatzt. Sie stießen mich mit den Ellbogen in die Seite und kicherten hinter vorgehaltener, frostroter Hand. Tom stellte mir blitzschnell ein Bein, so daß ich um ein Haar der Länge nach hingeschlagen wäre. Aber am meisten machte mir Jack zu schaffen. Er starrte mich feindselig an, bis ich vor Verwirrung rot wurde. Was hatte das alles bloß zu bedeuten?

Der Rest des Tages verlief auch nicht besser. Die Jungen ließen keine Gelegenheit ungenutzt, um sich über mich lustig zu machen. Carmen warf mir mit flatternden Wimpern lächelnde Blicke zu. Mir lief es heiß und kalt über den Rükken, und ich hoffte inständig, daß keiner der anderen etwas von Carmens kleinen Gesten merkte.

Bis zum Mittag zogen nicht nur die Jungen, sondern auch die Mädchen über mich her. Sie führten sich zwar nicht so ausgelassen dabei auf, aber bei ihrem Kichern, Tuscheln und Augenrollen wurde mir regelrecht unbehaglich zumute. Allmählich wünschte ich mir, nie im Leben einer gewissen Carmen Foggelson begegnet zu sein.

Aber halt! Das war ungerecht von mir, und es stimme auch nicht. Sooft ich sie verstohlen ansah, war mir das glasklar.

Gegen Unterrichtsschluß nickte Herr Foggelson mir kurz zu, womit er mir – wie so oft in letzter Zeit – bedeuten wollte, nach der Schule noch kurz dazubleiben. Ausgerechnet heute! Die Jungen würden mich in der Luft zerreißen, wenn sie das sahen.

Endlich waren alle weg. Ich kramte noch immer unter meiner Bank und gab vor, irgend etwas zu suchen. Herr Foggelson kam auf mich zu. Ich wußte, daß ich ihn jetzt ansehen mußte, aber das war leichter gesagt als getan.

„Nun, wie klappt es mit dem Nachhilfeunterricht, Josua?"

Er betonte meinen Namen tatsächlich auf jeder Silbe. Das war mir noch nie aufgefallen.

„Gut, Sir", antwortete ich so deutlich, wie es mir mit meiner trockenen Kehle möglich war.

Er nickte.

„Carmen scheint schon Fortschritte mit der Lektion gemacht zu haben."

Was sollte ich nur darauf erwidern? Wir schwiegen beide. Es kam mir wie eine halbe Ewigkeit vor.

„Dann braucht sie meine Hilfe wohl nicht mehr, oder?“ fragte ich und wußte nicht, ob ich darüber froh oder traurig sein sollte.

„O doch“, sagte er eilig. „Ich bin sicher, daß sie etwas mehr von deiner Zeit gebrauchen könnte – falls du sie erübrigen kannst.“

Ich befürchtete schon, er könnte mein Herz pochen hören. Dann trieb mir der Gedanke an die Scherze meiner Klassenkameraden wieder die Röte ins Gesicht. Ich schluckte und nickte mühsam.

Herr Foggelson setzte sich auf das Pult vor mir, etwas, was uns Schülern streng verboten war. Umständlich rieb er sich den Kreidestaub von den Fingern. Dann zog er ein weißes Taschentuch hervor und wischte sich die Hände daran ab. Er hatte einen merkwürdigen Ausdruck im Gesicht, eine Art Ekel oder Abscheu, ich weiß nicht genau.

„Widerlicher Staub!“ brummte er. „Überall erwischt er einen. An den Händen, an der Kleidung – sogar in der Nase.“

Ich wußte nicht, was ich darauf antworten sollte, und schwieg deshalb.

„Werde nur kein Lehrer, Josua!“ seufzte er und betonte dabei wieder jede Silbe meines Namens einzeln. Ich war überrascht, wie scharf seine Stimme klang, als er jetzt über mich hinweg auf die hintere Wand unseres Klassenzimmers sah. „Erbärmliches Entgelt, langer Arbeitstag, mühsames Vorankommen. Tag für Tag trichtert man unfähigen, ungezogenen Kindern ein paar lächerliche Schulweisheiten ein.“

Ob er vergessen hatte, daß ich noch im Klassenzimmer war? Er schien eher ein Selbstgespräch zu führen, und es hörte sich bitter und mutlos an, was er da sagte.

Ich verhielt mich noch immer still.

Plötzlich sah er mich wieder an und steckte das Taschentuch sorgsam in die Tasche zurück. Der Ausdruck in seinem Gesicht wechselte, und seine Augen leuchteten wieder auf.

„Du besitzt einen hellen Verstand, Josua. Den schärfsten, der mir in meiner bisherigen Laufbahn je unter Schülern begegnet ist. Ich kann dir ansehen, wie schnell du den Unterrichtsstoff erfaßt. Du hast eine vielversprechende Zukunft vor dir. Es gibt keinen Beruf, der dir verschlossen bleiben muß."

Ich hatte schon von Anfang an das Gefühl gehabt, daß Herr Foggelson sich über meine gute Auffassungsgabe irgendwie freute. Zwar hatte ich nie genau gewußt, warum das so war, aber es hatte mir ausgereicht, daß er an meinen Leistungen Gefallen hatte. Gerade hatte er mir ein hohes Lob gespendet, und ich wußte nicht, was ich darauf antworten sollte.

„Was würdest du davon halten, selbst die Gelegenheit zu einer besonderen Art von Nachhilfestunden zu bekommen?"

Ich fuhr mir mit der Zunge über die Lippen und schluckte. Was meinte er nur mit dieser Frage? Wollte er etwa vorschlagen, daß Carmen mir jetzt Unterricht erteilte anstatt umgekehrt? Bloß das nicht, damit würde ich zum größten Gespött der ganzen Schule werden!

„Ich habe eine recht umfangreiche Büchersammlung, Josua. Sie mag zwar nicht allzu beeindruckend sein, aber sie enthält allerhand an Klassikern und Standardwerken – Bücher, die dir ein beträchtliches Wissen vermitteln könnten. Es käme mir genausowenig in den Sinn, meine Bücher in die Schule mitzubringen, wo unbedarfte Schüler sie verschmutzen und mit Eselsohren versehen, als ... als meine Tochter den Löwen zum Fraß vorzuwerfen. Bei dir wäre ich aber zu einer Ausnahme bereit. Ich würde dir gern die Gelegenheit dazu geben, sie zu lesen – bei mir zu Hause, versteht sich – und den Inhalt mit mir zu besprechen, wenn du magst. Nun? Was meinst du?"

Wie so oft in letzter Zeit stand mir auch jetzt der Mund sperrangelweit offen. Ich wußte nicht, was ich denken sollte. Zugegeben, ich las gern, und ich lernte gern – aber aus Herrn Foggelsons privater Büchersammlung? Würde ich behutsam genug damit umgehen können? Würde ich die Bücher überhaupt verstehen? Hatte ich Zeit dazu? In meinem Kopf überstürzten sich die Gedanken. Und dann meine Klassenkameraden! Wenn ich noch mehr Zeit bei den Foggelsons zubrachte, würde ich die erbarmungslosen Scherze meiner Klassenkameraden über mich ergehen lassen müssen.

Herr Foggelson schien auf meine Antwort zu warten, aber ich wußte einfach nicht, was ich sagen sollte.

Ich schluckte mühsam und zwang mich dazu, eine Antwort anzufangen, auch wenn ich nicht wußte, wohin sie führen würde.

„Das ist sehr nett, Sir. Sehr nett von Ihnen. Ich weiß gar nicht richtig, was ich dazu sagen soll. Ich meine, also, ich ... ich ...“

Ich geriet ins Stocken, und Herr Foggelson kam mir zu Hilfe.

„Du liest doch gern, oder nicht?“

„Ja, Sir. Sehr gern sogar.“ Diese Antwort fiel mir leicht.

„Warum dann das Zögern?“

„Also, das ist so: Ich ... ich ... ich hab’ noch nie so viele Bücher auf einmal zu lesen gehabt, und ... und es sind doch Ihre eigenen, besonderen Bücher. Ich möchte sie nicht kaputtmachen.“

„Deswegen brauchst du dir keine Sorgen zu machen, Josua“, tröstete mich mein Lehrer. „Ich weiß, daß du behutsam mit ihnen umgehen wirst.“

„Gewiß, Sir“, versicherte ich hastig.

„Nun?“

„Ich muß erst zu Hause fragen. Ich meine, ich hab’ ...“ Wieder suchte ich nach den richtigen Worten.

„Deine Arbeit. Ich weiß. Trotzdem läßt sich gewiß eine Lösung finden. Vielleicht hast du sonntags nachmittags Zeit.“

Ich muß die Augen wohl vor Überraschung weit aufgerissen haben. Bei uns daheim wurde sonntags nicht gelernt, nicht einmal aus lauter Freude an der Sache.

„Doch nicht am Tag des Herrn, Sir!“ platzte ich heraus, bevor ich mir die Worte überlegt hatte.

Herr Foggelson sah mich aus verdunkelten Augen an.

„Aha, ich verstehe“, sagte er, aber ich war mir nicht sicher, ob er mich tatsächlich verstand.

„Samstags?“

„Ich fahre immer freitags nachmittags nach der Schule nach Hause auf die Farm, manchmal auch samstags. Opa holt mich immer ab. Dann bleibe ich bis Sonntag abend bei den Männern.“

„Und jeden Abend hast du deinen Teil der Arbeit im Haus zu verrichten?“ forschte mein Lehrer weiter.

Ich nickte.

Herr Foggelson stand auf. Noch immer rieb er sich den unsichtbaren Kreidestaub von den Händen.

„Dann wird es also schwierig werden, nicht wahr?“

„Ich frage zu Hause“, sagte ich schnell. „Ich rede mit Tante Lou. Viel Zeit hab’ ich nicht, aber ich frage trotzdem.“

„Ich möchte nicht aufdringlich sein, Josua. Es ist nur, daß ich in all den Jahren als Lehrer noch nie einen solch begabten Schüler wie dich hatte. Es wäre ... es wäre jammerschade, eine solche Begabung verkümmern zu lassen.“

Ich hatte zwar keine Ahnung, was Herr Foggelson damit sagen wollte, aber ich nickte trotzdem. Ich rechnete es ihm hoch an, daß er sich um meinetwillen soviel Mühe machte. Er wollte mir dabei helfen, meinen Verstand zu gebrauchen, den Gott mir gegeben hatte. Wieder nickte ich ihm meinen Dank zu und machte mich daran, meine Bücher einzusammeln, aber Herr Foggelson war noch nicht fertig.

„Hast du schon klare Berufsvorstellungen, Josua? Welches Lebensziel strebst du an? Möchtest du Rechtsanwalt werden? Chirurg? Architekt?“

Von diesen Berufen hatte ich noch keinen je in Erwägung gezogen, aber was ich mit meinem Leben einmal anfangen wollte, wußte ich schon ziemlich genau.

Ich lächelte meinen Lehrer vertrauensvoll an und antwortete: „Pastor möchte ich mal werden, Sir."

„Pastor?" Herr Foggelson schüttelte den Kopf, als hätte er sich verhört.

„Ja, Pastor – wie mein Onkel Nat", erklärte ich ihm.

„Nat? Ach, richtig. Nathaniel Crawford ist dein Onkel, nicht wahr? Das war mir im Augenblick entfallen."

„Jawohl, Sir", sagte ich nicht ohne Stolz. „Das ist er."

Ich hatte ein anerkennendes Wort von Herrn Foggelson erwartet, aber ich sollte mich getäuscht haben. Er schien sich keine Spur für meine Berufswahl zu begeistern. Das war mir rätselhaft. Plötzlich fiel mir ein, daß Herr Foggelson ja nicht zur Kirche ging. Wahrscheinlich wußte er gar nicht viel über den Beruf eines Pastors. Vielleicht konnte ich ihm ein paar von Onkel Nats wertvollen Büchern zeigen, wenn ich zu ihm zum Lesen kam.

Ich sah auf. Herr Foggelson räusperte sich gerade. Dann sagte er eher zu sich selbst als zu mir: „Nun, wir werden sehen. Mit der Zeit wird es sich herausstellen."

Blutige Rache

Nach wie vor mußte ich eine Menge an Hänseleien in der Schule über mich ergehen lassen. Die Jungen machten sich über mich lustig, aber sie meinten es nicht böse. Bei Jack Berry war das anders. Er war mein Freund gewesen, ein guter Freund sogar, aber jetzt redete er kaum noch mit mir. Höchstens über mich, und was er sagte, war gemein und bissig.

Das tat mir wirklich sehr leid. Der Gedanke, einen Feind zu haben, war mir schrecklich. Ich hatte noch nie einen gehabt. Verübelte er es mir vielleicht auch, ohne ihn zu unserem Ausflug losgezogen zu sein? Mir war einfach nicht klar, was ich tun sollte.

Ich wußte dagegen nur zu genau, was die Bibel über Feinde sagt. Daß man sie lieben soll, steht darin, und daß man ihnen Gutes tun soll. Jack Berry gegenüber nett zu sein fiel mir allerdings nicht leicht, gelinde gesagt. Er schien die ganze Nacht damit zuzubringen, sich neue Gehässigkeiten gegen mich auszudenken, und sie mir tagsüber dann an den Kopf zu werfen.

Ich tat mein Bestes, um mich nicht an seinen bissigen Bemerkungen zu stören, aber das wurde immer schwieriger. Sogar ein paar von meinen Klassenkameraden schlugen sich auf meine Seite und meinten, ich sollte mir von Jack nichts mehr gefallen lassen. Ich bemühte mich, mir nicht anmerken zu lassen, wie schwer mir das Ganze zu schaffen machte.

Willi war der einzige, der wirklich begriff, was ich durchmachte.

„Du hast's nicht leicht, Josch", sagte er. „Da hast du eine harte Nuß zu knacken, wenn du's so machen willst, wie

Jesus handeln würde. Die andere Wange bieten, nennt die Bibel so etwas." Er gab zwar zu, daß es nicht einfach war, sich nicht zu verteidigen, aber genau das erwartete Willi von jemandem, der Jesus nachfolgte.

Dann brach an einem Donnerstag plötzlich ein Unheil über mich herein. Ich war wieder zu Carmen gegangen, und nach dem Tee und dem hauchdünnen Gebäck, das mir immer noch allerhand Schwierigkeiten beim Essen bereitete, lernten wir eine Zeitlang zusammen aus dem Geometriebuch. Ich hätte noch länger mit ihr gelernt, aber nach ein paar Minuten fing Carmen an, über andere Dinge zu reden.

Sie war munter, lebhaft und übersprudelnd vor guter Laune, und ich hörte ihr gern zu. Mein Buch ließ ich unbeachtet auf den Tisch rutschen. Als ich mich endlich von der Musik ihrer Stimme losriß, meine Bücher und meine Jacke schnappte und mich verabschiedete, hatte ich's furchtbar eilig. Es war später als sonst geworden, und zu Hause wartete noch ein Berg Arbeit auf mich.

Ich lief über den stockdunklen Schulhof, und mein Atem flog mir als weiße Nebelfetzen in der frostklaren Luft voraus. Mit einem Mal hörte ich hinter mir ein Geräusch. Bevor ich mich auch nur umwenden konnte, packte mich jemand. Eine Faust sauste auf mich zu und traf mich mitten ins Gesicht.

Vor Schreck schrie ich auf. Mein Buch landete irgendwo im Gebüsch.

Wieder schlug die Faust zu, und diesmal schnitt der Schmerz mir durch das rechte Auge. Tränen strömten mir über das Gesicht, so daß ich meinen Gegner nicht einmal erkennen konnte.

Ich hatte noch nie einen Boxkampf ausgetragen, aber jetzt wehrte ich mich, als ginge es um mein Leben. Vielleicht war es ja tatsächlich so; wer konnte das schon sagen?

Schlag um Schlag rangen wir miteinander. Mein Gegner mußte etwa so groß und so schwer sein wie ich. Ich konnte noch immer nichts sehen, so daß ich ihn mit einer Hand packte und mit der anderen zuschlug. Die meisten meiner Hiebe gingen ins Leere, aber ein paar waren Volltreffer. Dem Burschen entfuhr vor Schmerz ein Aufschrei. Ich schlug um so heftiger zu.

Der hartgefrorene Boden war glatt, und beim Ringen, Zerren und Zuschlagen ging mir bald die Luft aus. Ein paarmal hörte ich ein Reißen, aber ich scherte mich nicht darum, wessen Kleidung es war, die da zerfetzt wurde. Ich war viel zu sehr damit beschäftigt, mit allen meinen Kräften zu kämpfen.

Mir war längst egal, gegen wen ich kämpfte und warum. Ich schlug nur zu, immer wieder und so fest, wie ich nur konnte. Plötzlich traf mich ein zerschmetternder Kinnhaken. Die Knie wurden mir so weich wie Pudding.

An das, was danach geschah, konnte ich mich erst mehrere Wochen später wieder erinnern. Es mußte sich so zugetragen haben: Nachdem ich von dem Kinnhaken getroffen worden war, versuchte ich, mich auf den Beinen zu halten, aber durch den hartgefrorenen Schnee unter mir und weil meine Beine in die meines Gegners verkeilt waren, verlor ich das Gleichgewicht. Langsam und wehrlos sank ich zu Boden.

„Hoffentlich war dir das 'ne Lektion!" hörte ich eine bekannte Stimme atemlos keuchen. Jetzt wußte ich, mit wem ich's zu tun hatte: Jack Berry war der Angreifer.

Ein ohnmächtiger Zorn packte mich. Ich wollte mich zu einem letzten Hieb hochreißen, aber ich schaffte es nicht. Mein Kopf stieß auf etwas Hartes, und dann wurde alles um mich schwarz.

Als ich wieder zu mir kam, schlug ich mit Mühe die Augen auf. Ich hatte keine Ahnung, wo ich war und was passiert war. Es war stockdunkel. Ich wußte nicht, wie lange es schon her war, seitdem ich von den Foggelsons weggegangen war. Eins wußte ich allerdings ziemlich genau: es tat mir überall weh, an den Knöcheln, im Gesicht und am schlimmsten im Kopf.

Ich hob die Hand an mein Gesicht. Heftige Schmerzen

durchfuhren mich. Ich spürte etwas Nasses, Klebriges an meinen Fingern. Über meinem Auge klaffte eine Wunde, und meine Nase blutete auch. Ansonsten schien ich nichts abgekriegt zu haben; nur in meinem Kopf dröhnte der Schmerz. Wenn ich doch bloß wieder auf die Beine kommen könnte! Aber sie wollten mir einfach nicht gehorchen.

Die Kälte des hartgefrorenen Bodens drang durch meine dünne Schuljacke. Ich zitterte vor Kälte und fror entsetzlich. Wenn ich doch nur meine gute alte Stalljacke angehabt hätte.

„Ich muß nach Hause. Ist ja höchste Zeit für meine Arbeit. Tante Lou macht sich sicher schon Sorgen um mich", dachte ich wie durch dicken Nebel.

Ich lag noch am Boden und versuchte, mir mit taubgefrorenen Fingern die Jacke zuzuknöpfen, als ich plötzlich ein Scharren und Schlurfen hörte. Ich nahm meine ganze Kraft zusammen, um wieder aufzustehen. Plötzlich erkannte ich den alten Tom an seinem lallenden Murmeln. Er war stockbetrunken wie immer. Er hatte einen lauten Schluckauf, stolperte schließlich über mich und landete auf dem frostharten Boden.

Er stieß ein paar gepfefferte Kraftausdrücke aus, die ich hier nicht wiederholen kann, und schickte sich an, wieder auf die Beine zu kommen. Diese schienen ihm aber nicht besser zu gehorchen als die meinen mir, weshalb er diesmal mitten auf mir landete und mir das schmerzende Gesicht mit seinem knochigen Ellbogen rammte.

„Au!" stöhnte ich. „Paß doch auf, Tom, ja?"

„Joschsch?" fragte Tom in die Dunkelheit hinein. „Joschsch?" lallte er ein zweites Mal, worauf ein geräuschvolles Aufstoßen folgte. „Joschsch, bist du's?"

„Ja, ich bin's."

Ich versuchte, Tom von mir wegzuschieben, um aufstehen zu können. Keins von beiden gelang mir. Tom rührte keinen Finger, um mir zu helfen. Er lag nur einfach wie ein Sack Kartoffeln auf mir.

„Tom", stieß ich hilflos hervor, eine Spur von Ungeduld

in der Stimme, „steh endlich auf! Geh wenigstens von mir runter! Nun mach schon!“

Mit einem vernehmlichen „Hicks!“ rollte Tom von mir weg und brummte dabei allerhand vor sich hin. Sein ständiges Gemurmel war das Gespött der ganzen Stadt. Kein Mensch wußte, ob es Singen oder Selbstgespräche darstellen sollte.

Dann kroch er auf den Knien in der Dunkelheit umher, und ich ahnte, daß ihm seine kostbare Flasche abhanden gekommen sein mußte.

Endlich gelang es mir, mich aufrecht zu setzen. In meinem pochenden Kopf drehte sich alles. Aufstehen konnte ich noch immer nicht, wußte nicht mal genau, wo meine Füße überhaupt waren.

Der alte Tom kroch noch in der Dunkelheit umher. Ich hörte ihn etwas von einem „verflixten Buch“ brummen.

„He, das ist mein Buch!“ sagte ich schnell, bevor der alte Tom es auf Nimmerwiedersehen ins Dunkle werfen konnte.

Er schob mir das Buch zu und tastete sich auf Händen und Knien weiter. Er mußte wohl gefunden haben, was er suchte. Schließlich seufzte er vernehmlich und brummte seinen Singsang vor sich hin; dann hörte ich ein glucksendes Geräusch.

Jetzt schien die Flasche leer zu sein; er fing nämlich an, mit mir zu reden.

„Biste verletzt, Joschsch?“

Das war eigentlich nicht schwer zu erraten, fand ich, aber für jemanden wie Tom, der sich recht häufig am Boden aufhielt, war's vielleicht gar keine dumme Frage.

„Ja“, sagte ich und bemühte mich, nicht laut zu stöhnen. „Ja, ich bin verletzt.“

„Was is' denn passiert?“

„Weiß nicht; bin wohl mit dem Kopf aufgeschlagen.“

Ich hoffte inständig, daß Tom es damit bewenden lassen würde.

„Ich bring' dich heim.“

Ich hätte beinahe gelacht. In seinem Zustand hatte Tom bestimmt keinen blassen Schimmer, in welche Richtung wir überhaupt gehen mußten.

„Wenn du mir bloß aufstehen hilfst", sagte ich zu ihm, „dann schaffe ich's schon selbst bis nach Hause."

Damit hatte ich mir allerdings zu große Hoffnungen gemacht. Selbst mit Toms Hilfe gelang es mir nur mühsam, mich auf meine Beine zu stellen. Einen Fuß vor den anderen zu setzen war aber ein noch größeres Kunststück. Zudem war Toms Hand nicht die festeste, die einem je als Halt geboten wurde. Beim ersten Versuch landeten wir beide wieder am Boden. Der alte Tom besaß aber ein beträchtliches Maß an Ausdauer, das mußte man ihm lassen. Er zog und zerrte unablässig, bis wir beide wieder auf den Füßen standen. Ich wußte nicht mal, wer eigentlich wen stützte.

Mit zitternden Fingern nahm ich mein Buch und steckte es unter meine Jacke. Dann torkelten wir los, die Arme untergehakt. Das einzige Licht, das uns die Richtung wies, kam als trüber Schimmer aus den kleinen Fenstern der Häuser.

Ich zitterte vor Kälte und Schwäche. Tom schien die Kälte nicht einmal wahrzunehmen, obwohl die Jacke, die Onkel Nat ihm besorgt hatte, nicht viel wärmer als meine Schuljacke sein konnte.

So stolperten wir gemeinsam vorwärts, ich vor Schmerzen wie betäubt und Tom auf der Suche nach einer neuen Flasche.

Auf einmal fiel mir auf, daß es schneite. Große, blütenleichte Flocken setzten sich uns auf Kopf und Schultern. Trotz allem, was ich durchgemacht hatte, freute ich mich an dem Schnee.

„Gleich sin' wir da", brummte der alte Tom, und durch die Schneeflocken hindurch konnte ich erkennen, daß er recht hatte. Irgendwie war's ihm in seinem benebelten Zustand gelungen, den Weg zu finden.

Ich kann mich jetzt noch genau daran erinnern, wie uns das gelbe Lampenlicht und ein Schwall warmer Luft entgegenströmten, als Tom mit dem Fuß gegen die Tür getreten hatte und sie sich öffnete. Ich weiß noch, wie Tante Lou laut „Josch!“ schrie, doch danach weiß ich nichts mehr.

Als ich wieder zu mir kam, war ich in meinem Bett. Der Doktor saß über mich gebeugt, und Tante Lou und Onkel Nat waren auch in der Nähe.

Aus dem Wohnzimmer hörte ich ein Schnarchen, wie ich es schon oft gehört hatte. Der alte Tom war mit Suppe und einem Nachtlager versorgt worden. Wenigstens diese Nacht würde er nicht draußen in der Kälte verbringen müssen.

Rätselraten

Am nächsten Morgen wachte ich mit schlimmen Kopfschmerzen auf. Mein Mund war trocken und tat weh, und das eine Auge war zugeschwollen.

Tante Lou machte sich in meinem Zimmer zu schaffen. Auf der Konsole brannte noch die Lampe. Ich konnte nicht einmal klar genug denken, um zu überlegen, ob Tante Lou wohl die ganze Nacht an meinem Bett zugebracht hatte.

Sie kam näher und beugte sich über mich. Von nebenan drang lautes Schnarchen an mein Ohr, und ich hörte, wie jemand – sicher Onkel Nat – im Feuer stocherte.

„Wie fühlst du dich denn?“ fragte Tante Lou leise, als ob mir schon allein der Klang ihrer Stimme wehtun könnte.

Ich wollte den Kopf schütteln, um ihr zu bedeuten, daß ich nicht reden konnte, aber vor Schmerzen konnte ich mich nicht rühren.

„Möchtest du etwas?“ fragte Tante Lou, und irgendwie gelang es mir, ihr zu bedeuten, daß ich Durst hatte.

„Aber nur einen kleinen Schluck“, sagte sie. „Du hast eine Gehirnerschütterung, und der Doktor will nicht, daß du viel zu dir nimmst – falls es dir nicht bekommen sollte.“

Ich nahm einen Schluck. Das Wasser hatte meine trockenen Lippen kaum berührt, als Tante Lou die Tasse wieder wegnahm. Ich wollte mich beschweren, konnte aber keinen Ton hervorbringen.

„Der Doktor meint, in ein paar Tagen bist du wieder auf den Beinen“, sagte Tante Lou.

Es gelang mir nicht mal, mit dem Kopf zu nicken.

„Nat ist gestern abend noch zur Farm geritten, um dort Bescheid zu sagen, was passiert ist“, erzählte Tante Lou.

„Sie wollten gleich auf der Stelle herkommen, aber Nat hat ihnen begreiflich gemacht, daß der Doktor dich gut versorgt hatte und daß sie genausogut heute morgen herkommen könnten."

„Welcher Tag ist heute?" brachte ich durch meine geschwollenen Lippen hervor.

„Weißt du es nicht mehr? Heute ist Freitag."

Freitag. Dann gehörte ich doch in die Schule! Am Nachmittag würde Opa kommen, um mich abzuholen. Ich war mir aber nicht sicher, ob ich bis dahin wieder auf den Beinen sein konnte.

„Unterwegs macht Nat bei der Schule halt und sagt deinem Lehrer, daß du heute fehlst", erklärte Tante Lou. „Wir hoffen, daß du bis Montag wieder gesund bist."

Sollte das etwa bedeuten, daß ich heute nicht auf die Farm konnte? Daß ich das ganze Wochenende im Bett bleiben mußte?

„Was ist denn passiert?" murmelte ich.

„Das haben wir gehofft, von dir zu erfahren", antwortete Tante Lou. „Kannst du dich denn an nichts mehr erinnern?"

Ich versuchte, mich zu besinnen.

Alles war verschwommen. Das Denken war mühsam. Mein Kopf tat schon allein vom Liegen weh.

„Der Doktor hat dir noch eine Tablette hiergelassen", sagte Tante Lou. „Hier, ich helfe dir!" Sie legte mir die Tablette zwischen die geschwollenen Lippen und hob mir den Kopf etwas, damit ich sie mit einem Schluck Wasser hinunterschlucken konnte.

Wieder schlief ich ein. Als ich dann wach wurde, tat mir der Kopf schon nicht mehr so schlimm weh wie vorher. Uropa saß mit einem Buch auf dem Schoß bei mir und sah zum Fenster hinaus. Es schneite noch immer.

Ich regte mich, um den Schnee besser sehen zu können, aber bei der kleinsten Bewegung fuhr mir ein messerscharfer Schmerz durch den Kopf. Ich stöhnte, und im nächsten Moment stand Uropa auch schon an meinem Bett.

„Ist es sehr schlimm, Josua?“ fragte er und sah mich besorgt dabei an.

Ich wartete einen Moment, bis der Schmerz nachgelassen hatte.

„Es geht schon“, murmelte ich. Ich versuchte, mir mit der Zunge über die Lippen zu fahren. Sie brannten wie Feuer.

„Hier, trink einen Schluck Wasser!“ sagte Uropa und hielt mir das Wasserglas an den Mund. Er ließ mich eine Sekunde länger trinken als Tante Lou vorhin.

Von der Küche her kamen leise Stimmen; der Rest der Familie wartete darauf, daß ich wieder aufwachte.

„Du hast lange geschlafen, Josua“, sagte Uropa. „Fühlst du dich schon besser?“

Besser? Mein Kopf tat immer noch schrecklich weh, aber es war eigentlich auszuhalten, solange ich ihn nicht bewegte.

„Gleich ist es Zeit für deine Tablette“, sagte Uropa.

„Es schneit“, murmelte ich. „Wieviel?“

Uropa lächelte. Ich glaube, meine Frage freute ihn mächtig.

„Ungefähr drei Zoll hoch liegt der Schnee, Josua, und es sieht nach mehr aus.“

„Prima“, sagte ich. „Dann kann's ja jetzt Weihnachten werden.“

Der alte Schnee war schon ganz braun von den Schmutzspuren der Fußgänger und Wagenräder. Es widerstrebte mir, bei solchem Schnee Weihnachten zu feiern, obwohl selbst der schmutzigste Schnee das Weihnachtsfest nicht am Kommen hindern konnte. Zu einem richtigen Weihnachten, einem Weihnachten, wie's im Buche steht, gehört aber nun mal das frische Weiß von Neuschnee; jedenfalls ist das meine Meinung.

Uropa hatte meine Gedanken wohl erraten; jedenfalls sah er mich strahlend an.

„Das kann es, Josua“, sagte er. „Das kann es!“

Die Tür wurde einen Spaltbreit geöffnet, und Opa spähte

herein. Das gleiche hatte er wohl alle paar Minuten gemacht. Als Uropa ihm zunickte, kam er ins Zimmer.

Er stand da und sah mich lange an. In seinem Hals arbeitete es, und sein grauer Schnurrbart zuckte fast unmerklich. Seine Augen glänzten vor Feuchtigkeit.

„Wie geht's dir, Junge?“ fragte er endlich.

„Schon besser“, sagte ich, und er legte mir seine von der Arbeit schwielige Hand sachte auf die Stirn.

„Hab' vergessen, die Tür zuzumachen“, brummte Opa zur Entschuldigung und streckte die Hände nach Pixie aus, um sie von meinem Bett zu heben.

„Laß nur, das macht nichts!“ sagte ich schnell und strich ihr über das seidige Fell am Kopf. Selbst diese Bewegung tat weh, und ich kniff die Augen vor Schmerz zusammen.

Pixie war vor Freude ganz aus dem Häuschen und leckte mir die Finger, die Hand und sogar mein zerschundenes Gesicht.

Plötzlich stand Tante Lou an meinem Bett.

„Wie kommt der Hund ...?“ wollte sie fragen, aber Opa beeilte sich mit seiner Erklärung: „Hab' vergessen, die Tür zuzumachen, da ist sie blitzschnell durch den Spalt reingesaust.“

Pixie von meinem Zimmer fernzuhalten muß ein wahres Kunststück gewesen sein, vermutete ich.

„Wie fühlst du dich, Josch?“ fragte Onkel Nat dann.

„Schon besser“, antwortete ich auch ihm und tat mein Bestes, Pixie durch ein leichtes Streicheln zu beruhigen, damit sie mir bloß nicht weggenommen wurde.

„Gut“, sagte Onkel Nat. „Du hast uns nämlich ganz schöne Sorgen gemacht. Hast ja fast den ganzen Tag nur geschlafen!“

„Zeit für deine nächste Tablette, Josch!“ Tante Lou kam und stützte mir den Kopf, damit ich die Tablette und das Wasser zusammen runterschlucken konnte.

Danach steckte Onkel Charlie den Kopf zur Tür herein. Er sah aus, als wollte er eine Frage stellen, sagte aber statt dessen nur: „Strengt ihn nicht zu sehr an!“

Schließlich gingen alle wieder an den Küchentisch zurück, damit ich mich ausruhen konnte. An den Geräuschen im Haus konnte ich genau feststellen, wo sie waren und was sie gerade taten.

Ich lag still da, die Hand auf Pixies Kopf. Sie schlief neben mir und hob nur ab und zu den Kopf, um mir die Finger mit ihrer warmen Zunge zu lecken.

Bald wirkte die Tablette, aber anstatt einzuschlafen, kam ich ins Nachdenken, nachdem die Schmerzen nachgelassen hatten. Wie war dieses Unglück bloß passiert? Warum lag ich hier im Bett? Ich grübelte und grübelte.

Jack Berry. Jack Berry. Der Name schoß mir im Kopf herum, aber ich hatte keine Ahnung, warum. Was hatte Jack Berry damit zu tun, daß ich hier im Bett lag? Alles kam mir wie dichter Nebel vor, und ich fand keine Antwort.

Ich hob eine Hand an mein Gesicht und tastete den Verband über meinem Auge ab. Dann fuhr ich mit dem Finger über meine geschwollene Nase und berührte meine wunden Lippen mit der Zunge.

„Jack Berry. Jack Berry", hämmerte es in meinem Kopf.

Jack hatte sich mir gegenüber in letzter Zeit ziemlich gemein benommen. Er hatte vor Wut darüber gekocht, daß Carmen mich anstatt ihn zu sich nach Hause eingeladen hatte. Aber kein Mädchen, das seine Sinne halbwegs beieinander hatte, würde ausgerechnet Jack Berry um Nachhilfestunden in Geometrie bitten – oder auch in den übrigen Fächern. Jack hatte ja Mühe, selbst im Unterricht mitzukommen.

Verzweifelt versuchte ich, die Ereignisse von gestern wie Puzzlestücke zu einem Ganzen zusammenzusetzen.

Ich war zur Schule gegangen. War wie gewöhnlich gehänselt worden, weil die Jungen genau wußten, daß ich donnerstags nach der Schule zu Carmen ging. War ich aber bei Carmen gewesen? Ich konnte mich nicht daran erinnern.

Langsam, Stück für Stück fiel mir der Verlauf des Tages wieder ein. Ich ließ jede Schulstunde einzeln an mir vorüberziehen. Da war die Englischstunde; wir hatten die Weihnachtsnovelle von Charles Dickens gelesen, weil es ja bald Weihnachten ist. Dann hatten wir Rechtschreibung gehabt, und um ein Haar hätte ich das Wort „Kompagnon" falsch buchstabiert. Nach Rechtschreibung war immer Pause. Wir wollten eigentlich Fuchs und Gans spielen, aber auf dem Schulhof war der Schnee viel zu zertreten, um einen Kreis darin zu ziehen. Wir brauchten frischen Schnee dafür.

Ich konnte mich an sämtliche Schulstunden bis zum Unterrichtsschluß erinnern. Ich wußte sogar noch, daß Herr Foggelson vor kurzem nach dem Unterricht mit mir gesprochen und mir angeboten hatte, mir die Bücher aus seiner privaten Sammlung zu leihen.

War ich nach der Schule bei Carmen gewesen? Ja ... ja, allmählich kam mir die Erinnerung wieder. Wir hatten zusammen Tee getrunken und dazu eins von den komischen kleinen Gebäckstückchen mit einer Füllung darin gegessen. Meins war mir beinahe auf den Schoß gefallen. Dann hatten wir Geometrie gelernt – aber nicht lange; die meiste Zeit hatten wir uns einfach nur unterhalten. Und dann war ich nach Hause gegangen. Ich hatte es eilig gehabt, weil es schon so spät gewesen war.

Hatte es geschneit, als ich weggegangen war? Ich konnte mich nicht daran erinnern. Ich war allein losgegangen ... gerannt war ich, so schnell ich konnte ... und jetzt lag ich hier im Bett mit den schlimmsten Kopfschmerzen meines Lebens und mit zerschundenem Gesicht.

Jack Berry. Jack Berry.

Ach was! Ich schob den Gedanken an ihn vorerst beiseite. Klar hatte ich mich über ihn geärgert. Er hatte sich ja geradezu ekelhaft benommen. Aber er war es nicht wert, daß ich mich seinetwegen anstrengte. Ich sah wieder zum Fenster hinaus, wo der Schnee wie federleichte Blüten aus dem Himmel fiel. „Fein, daß wir rechtzeitig zu Weihnachten frischen, sauberen Schnee kriegen!" dachte ich schläfrig.

„Fühlst du dich besser?“ fragte eine sanfte Stimme. Tante Lou stand wieder neben mir.

Vorsichtig drehte ich den Kopf zur Seite. Es tat nicht mehr so arg weh wie vorher.

„Ja“, antwortete ich. „Viel besser.“

„Gut! Bist du zu einem kleinen Schwatz mit zwei Besuchern aufgelegt?“

„Klar.“

Herr Foggelson und Carmen betraten mein Zimmer. Kaum hatte sie mich gesehen, als sie auch schon bleich wurde, aber sie kam trotzdem näher.

„Was ist nur passiert, Josua?“ fragte sie, die Augen vor Entsetzen weit geöffnet. „Weiß nicht. Ich kann mich an nichts erinnern“, sagte ich wahrheitsgemäß.

„An überhaupt nichts?“ fragte Herr Foggelson, als zweifle er an meinen Worten.

„Der Doktor sagt, er sei hingefallen und mit dem Kopf auf einen Stein aufgeschlagen“, erklärte Tante Lou. „Tom hat dem Doktor die Stelle gezeigt, wo er Josch gefunden hat. Inzwischen liegt aber überall frischer Schnee, so daß nicht viel zu sehen war, aber unter dem Ahornbaum liege ein großer Stein am Boden, sagt der Doktor.“

Tom? Der alte Tom? So mußte es wohl gewesen sein. Ich erinnerte mich noch undeutlich daran, daß der alte Tom mich nach Hause gebracht hatte, aber mehr wollte mir einfach nicht einfallen.

„Aber dein Gesicht, Josua“, fragte Herr Foggelson weiter. „So arg kannst du es doch nicht beim Hinfallen zugerichtet haben, oder?“

„Ich weiß nicht mehr“, sagte ich eine Spur ungehalten.

Carmen streckte die Hand aus und berührte sachte den Verband über meinem Auge.

„Tut es sehr weh, Josua?“ fragte sie.

„Gar nicht“, sagte ich tapfer. „Ich spür's kaum.“

Das stimmte tatsächlich. Mein Kopf hatte so furchtbar geschmerzt, daß ich die Wunde über meinem Auge kaum bemerkt hatte.

„Gut", sagte sie und lächelte. Einen Moment waren alle Schmerzen wie weggeblasen.

„Ach, da ist ja dein kleiner Hund!" rief Carmen dann und langte über mich hinweg, um Pixie zu streicheln. „Ist der aber niedlich!"

Pixie leckte ihr zur Erwiderung die Hand.

„Oh, wie süß!" rief Carmen. „Darf ich sie auf den Arm nehmen?"

Kein Wunder, daß sie daheim bei ihrem Pa immer ihren Willen durchsetzt, dachte ich.

„Klar."

Ich sah stolz zu, wie sie mein Hündchen aufhob und es an ihre Wange hielt. Dann setzte sie sich auf einen Stuhl an meinem Bett, nahm Pixie auf den Schoß und streichelte ihr das weiche, seidige Fell. Es war ein selten hübscher Anblick, den die beiden da boten.

Herr Foggelson bereitete dem Zauber ein Ende.

„Wir dürfen Josua nicht übermäßig anstrengen, Carmen."

Wieder fiel mir auf, wie er jede Silbe meines Namens betonte, und ich mußte unwillkürlich daran denken, wie meine Klassenkameraden in der Schule über mich hergezogen waren. Zugleich hämmerte es wieder: „Jack Berry. Jack Berry!" in meinem Kopf. Ich schob den Gedanken von mir und schickte mich an, meinen Gästen für ihren Besuch zu danken.

„Darf ich morgen noch einmal kommen?" bettelte Carmen.

„Aber Carmen", wehrte ihr Vater ab, „du weißt doch, daß der Doktor Josua Ruhe verordnet hat. Schließlich möchten wir ja, daß er recht bald wieder zur Schule kommen kann."

„Ach Papa!" flehte sie. „Ich werde nicht lange bleiben. Ehrenwort!"

„Mir geht's gut", meldete ich mich zu Wort. „Bis morgen bin ich längst aus diesem Bett raus."

„Nein, das bist du nicht!" widersprach Tante Lou von der

Tür her. „Der Doktor hat gesagt, wir sollen dich bis Sonntag nachmittag im Bett behalten."

Dann warf sie Carmen ein freundliches Lächeln zu.

„Aber Josch würde sich bestimmt freuen, wenn du ihn morgen für zwanzig Minuten besuchen kommst – vorausgesetzt, deine Eltern haben nichts dagegen."

Carmen schenkte ihr ein strahlendes Lächeln zum Dank. Sie drehte sich nicht mal zu ihrem Vater um, sondern betrachtete die Angelegenheit wohl als erledigt.

„Ich bringe ein Buch mit und lese dir vor", versprach sie und legte Pixie behutsam neben mich auf mein Bett zurück. Dann verabschiedeten sich die Foggelsons.

Einer nach dem anderen von meinen Verwandten kam zu Besuch. Sie schienen wohl anzunehmen, daß alle zusammen zuviel für meinen armen Kopf wären. Deshalb kam jeder nur für ein paar Minuten, und wenn sie es auch nicht ausdrücklich sagten, standen ihnen doch die gleichen Fragen in den Augen. Wie war alles zugegangen? Wie war ich auf dem Heimweg von Carmen so zugerichtet worden? Warum hatte der alte Tom mich auf dem steinhart gefrorenen Boden gefunden?

Ich hatte noch immer keine klare Vorstellung von dem Abend, sondern nur ein paar Fetzen von Erinnerungen, die keinen Sinn ergaben. Es war mir einfach ein Rätsel. Ich wußte nur, daß der Gedanke an gestern abend mich wütend machte. Warum das so war, konnte ich mir beim besten Willen nicht erklären. „Jack Berry. Jack Berry!" hämmerte es in meinem Kopf, ohne daß ich auch nur einen blassen Schimmer hatte, warum das so war.

Schließlich fuhren Opa, Onkel Charlie und Uropa wieder nach Hause zur Farm. Ich beneidete sie um die Schlittenfahrt durch den frischen Schnee, ließ es aber wohlweislich bleiben, etwas von Mitfahren zu sagen.

Am Abend kam der Doktor wieder, um nach mir zu sehen. Er schien mit meinen Fortschritten zufrieden zu sein und gab Tante Lou noch ein paar Schmerztabletten für mich, falls ich sie brauchen sollte.

Nachdem er meine Arbeit erledigt hatte, kam auch Onkel Nat an mein Bett. Ich entschuldigte mich bei ihm dafür, ihm meine Arbeit noch zusätzlich aufgehalst zu haben, aber er wollte nichts davon hören und meinte nur, die Bewegung täte ihm gut.

Wir hielten unsere kleine Abendandacht in meinem Zimmer, damit ich auch dabeisein konnte. Onkel Nat dankte Gott in seinem Gebet dafür, daß ich gestern abend gefunden und nach Hause gebracht worden war. Als Tante Lou dann betete und Gott dafür dankte, daß ich jetzt in Sicherheit sei, wurde mir klar, welche Sorgen sie sich meinetwegen gemacht haben mußte. Onkel Nat war bei den Browns gewesen. Eine von den Töchtern dort wollte am Neujahrstag heiraten, und er hatte eine Besprechung mit ihr und ihrem Verlobten gehabt. Tante Lou war derweil allein gewesen mit ihren Sorgen um mich. Ich konnte mir ausmalen, wie sie ein ums andere Mal ans Fenster gegangen war, um nach mir Ausschau zu halten. Pixie hatte sicher winselnd dabeigestanden.

Ich tat mein Bestes, ein möglichst munteres Gesicht zu machen, als sie mir meine Tablette gab, die Decken um mich zurechtzog und mir eine gute Nacht wünschte. Mein Kopf tat längst nicht mehr so weh. Bald war ich eingeschlafen.

Weihnachten

Die Weihnachtszeit war für mich das Schönste, was es überhaupt gab. Wir feierten immer auf der Farm. Ich kann nicht einmal sagen, was mir am besten gefiel: der Duft von Gewürzen, wenn Tante Lou Plätzchen und Kuchen im Ofen hatte, der frische Tannenduft von unserem Weihnachtsbaum, den wir aus dem Wald bei der Weide holten, in der Zimmerecke aufstellten und mit Papierketten und Puffmaisgirlanden schmückten, oder die Geschenke, die in den hintersten Winkeln des Hauses versteckt lagen und über die man hier und da stolperte, wenn man eigentlich etwas ganz anderes suchte.

Ich freute mich sogar auf die Weihnachtsfeier in der Kirche, obwohl die jede Menge Zeit und Geduld von denjenigen erforderte, die das Einüben dafür zu besorgen hatten – Tante Lou zum Beispiel. Die Mütter, oder in meinem Fall Tante Lou, mußten sich ganz schön ins Zeug legen, bis wir unsere Rollen auswendig konnten.

Im großen und ganzen klappte aber dann alles halbwegs, und die Leute sahen sich die Vorführung gern an und lobten uns anschließend über den grünen Klee, bis wir uns voller Stolz in unserem Erfolg sonnten. Wenn dann alles ohne größere Pannen abgegangen war, stieß Tante Lou einen Seufzer der Erleichterung aus und packte alle Aufzeichnungen bis zur nächsten Weihnachtsfeier weg. Für dieses Jahr hatte sie ihre Bücher aber noch auf dem Tisch, weil die Feier noch nicht stattgefunden hatte.

Wie ich schon erzählte, fand ich es besonders schön, wenn es vor Weihnachten schneite. Die ganze Welt sah dann aus, als hätte sie sich zum Empfang des Königs ihr Festkleid angezogen, selbst wenn er als winziger Säugling kam und den frischen Schnee vielleicht gar nicht mal bemerkte. Ohne Schnee konnte ich mir Weihnachten überhaupt nicht vorstellen. Einmal, als ein Prediger von auswärts in unserer Kirche sagte, daß damals in Bethlehem wahrscheinlich gar kein Schnee gelegen hatte, da hätte ich am liebsten protestiert. Ein Weihnachten ohne Schnee, eine schmutzige, kahle, vom Alltagsunrat übersäte Welt zum Empfang des Christkindes, das paßte mir einfach nicht in den Kram.

So wartete ich also in jedem Jahr auf den Weihnachtsschnee. Für mich war das fast eine Art Sakrament, wenn die graue, schmutzige Welt unter dem sauberen Weiß aus Gottes eigener Hand verschwand. Die kahlen Bäume, die braune Hoferde voller Radfurchen, die leeren Felder – alles hatte sich plötzlich in eine silberne, samtweiche Traumlandschaft verwandelt. Ich hatte dann immer das unbestimmte Gefühl, als hätte sich vor meinen Augen ein richtiges Wunder ereignet.

Am Dienstag nach meinem Unfall – oder wie man es auch bezeichnen will – durfte ich wieder in die Schule gehen. Mein Gesicht war zwar noch etwas geschwollen und mein Auge verfärbt, aber davon abgesehen fühlte ich mich eigentlich ganz gut. Der Doktor hatte darauf bestanden, daß ich vorläufig nicht bei den Spielen auf dem Schulhof mitmachte, weshalb ich während der Pausen im Klassenzimmer blieb. Ein bißchen komisch kam ich mir schon dabei vor, beinahe wie ein Schwächling. Andererseits hatte ich auf diese Art die Gelegenheit, eins von Herrn Foggelsons Büchern zu lesen. Er hatte es für mich mitgebracht und hielt es im Schrank verschlossen. Erst wenn die anderen Schüler draußen auf dem Schulhof waren, holte er es für mich hervor, und er brachte es in den Schrank zurück, bevor er wieder zum Unterricht läutete.

Mit der Zeit ließen meine Kopfschmerzen nach, und ich fühlte mich wieder kerngesund. Daß Onkel Nat meine Arbeit für mich tat, paßte mir überhaupt nicht, aber der Doktor hatte mir für die nächsten zwei Wochen jede Anstrengung verboten. In zwei Wochen würde Weihnachten schon vorbei sein.

Mir war immer noch reichlich unwohl zumute, wenn ich an Jack Berry dachte. Er fehlte zur Zeit in der Schule; dem Vernehmen nach hatte er die Grippe. Damit ersparte er mir vorerst seine Gemeinheiten. Bis er wiederkam, würden sich mein Auge und meine geschwollene Nase längst erholt haben, so daß ich mir deshalb keine Hänseleien von ihm anzuhören brauchte.

Carmen machte ein großes Aufheben um mich. Sie meinte, schuld an dem Ganzen zu haben, weil es ja auf dem Heimweg von ihr passiert war, aber das war lächerlich. Carmens Mitleid war mir zwar peinlich, aber insgeheim sonnte ich mich auch ein bißchen darin.

Als Weihnachten nun mit Riesenschritten näherrückte, hatte ich allerhand gemischte Gefühle.

Ich hatte mir sämtliche Groschen und Fünfer, die ich nur erübrigen konnte, für meine Weihnachtseinkäufe aufgespart. Ich wäre sogar damit ausgekommen, wenn Carmen nicht gewesen wäre.

Fast jeden Tag ging ich an meine Kommode und zählte mein Geld in der Schublade nach. Davon vermehrte es sich allerdings auch nicht gerade. Es waren und blieben vier Dollar und fünfzehn Cents. Ich hatte mir mit Bleistift und Papier ausgerechnet, was ich jedem in unserer Familie schenken wollte, und die Rechnung war auch glänzend aufgegangen, bis mir in den Sinn kam, daß ich Carmen eigentlich auch ein Geschenk kaufen mußte. Sie war mir gegenüber schließlich besonders nett gewesen.

So räumte und schob ich die Geschenke auf meiner Liste hin und her, aber ich kam zu keinem Ergebnis. Wenn ich ja gesund gewesen wäre, ich meine, wenn der Doktor mir nicht dieses alberne Arbeitsverbot auferlegt hätte, dann hätte ich mir längst irgendwo in der Stadt eine kleine Arbeit gesucht. Wie die Dinge aber lagen, hatte ich keinerlei Aussichten darauf, mir vor Weihnachten noch Geld zu verdienen. Einerseits freute ich mich schon riesig auf das Fest, andererseits war ich ziemlich ratlos wegen meiner Geschenke.

Ich sah mir noch einmal die Auslagen in den Geschäften an und suchte mir dann die Geschenke für meine Verwandten so aus, daß mir noch fünfundfünfzig Cents übrigblieben. Fünfundfünfzig Cents! Ich atmete auf und machte mich voller Freude auf die Suche nach einem Geschenk für Carmen.

Die Freude hielt nicht lange an. Es gab in der ganzen Stadt für ein Mädchen wie Carmen nichts, das man für fünfundfünfzig Cents erstehen konnte. Nichts.

Pixie wartete schon an der Tür auf mich. Ich hob sie an mein Gesicht und drückte sie an mich. Pixie! Ich könnte Carmen doch meinen Hund schenken! Es gab bestimmt kein schöneres Geschenk auf der Welt, das ich ihr machen konnte. Ich dachte daran, wie sie ihre helle Freude an dem Tierchen gehabt hatte, als sie mich besuchte, um mir vorzulesen. Unermüdlich hatte sie Pixie auf dem Schoß gehalten oder ihr zugeschaut, wie sie herumtollte und Kunststücke vorführte.

Aber wie sollte ich es übers Herz bringen, mich von Pixie zu trennen? Noch nie war ich inwendig so zerrissen wie jetzt. Ich hatte Pixie lieber als alles andere auf der Welt – von meinen Verwandten mal abgesehen, versteht sich. Irgendwie gehörte sie sogar zur Familie. Ich drückte sie so fest an mich, daß sie winselte.

Aber Carmen? Die bedeutete mir auch eine Menge, und wenn man jemanden wirklich mag, dann muß man doch die eigenen Wünsche zurückstellen, oder?

So rang ich mit mir selbst, bis mir endlich einfiel, daß Carmen ja gar keinen Hund im Haus halten durfte, weil ihre Mutter allergisch dagegen war. Ich drückte Pixie noch fester an mich und schickte ein Dankgebet zum Himmel.

Menschenskinder, war ich froh über diese Allergie! Wenn sie nicht gewesen wäre, hätte ich an der Entscheidung eine harte Nuß zu knacken gehabt.

Ohne es zu ahnen, war es Onkel Nat, der dem Rätselraten wegen meines Geschenks ein Ende machte, wenn auch erst in allerletzter Minute.

Ich wußte, daß er heimlich an einer Holztruhe als Weihnachtsgeschenk für Tante Lou schreinerte. Er hielt sie auf der Farm versteckt, und immer wenn er zwischen seinen Hausbesuchen und sonstigen Pastorenpflichten eine Stunde erübrigen konnte, arbeitete er daran weiter.

An dem ersten Wochenende, das ich wieder auf der Farm verbringen durfte – es war das letzte vor den Weihnachtsferien –, kam Onkel Nat am Samstagvormittag mit dem festen Entschluß, die Truhe heute fertigzubekommen.

Das Ding war eine kleine Kostbarkeit. Onkel Nat hatte zwar nicht viel an Werkzeug, aber dafür um so mehr an Liebe zu Tante Lou. Er ging mit der größten Sorgfalt zu Werke, hobelte und sägte, bis jedes Brett haargenau paßte.

Obendrein roch die Truhe auch gut. Fichtenholz duftete prima, fand ich.

In meinen Augen war es jedenfalls ein Glanzstück, und das habe ich Onkel Nat wohl auch gesagt, worauf er, ohne von der Arbeit aufzusehen, zu mir sagte: „Ich habe noch Reste von dem Holz übrig, Josch, kleine Endstücke und dergleichen. Die kannst du gern haben, wenn du dich auch mal ans Schreinern wagen willst."

„Danke", sagte ich, aber begeistert klang's nicht gerade. „Ich weiß nicht mal, was ich damit anfangen sollte."

„Du könntest ein kleines Schmuckkästchen oder eine Schatztruhe daraus machen", schlug er vor.

Ich wollte ihn gerade fragen, für wen ich so etwas schreinern sollte, denn Tante Lou besaß ja schon ein Schmuckkästchen – da fiel mir Carmen ein.

„Würdest du mir wohl dabei helfen?" fragte ich statt dessen. Den Eifer in meiner Stimme konnte ich dabei kaum verbergen.

Na, wenn das kein Geschenk des Himmels war! Ich machte mich gleich an die Arbeit. Mit Onkel Nats Ratschlägen beim Abmessen und Sägen, Onkel Charlies Hilfe beim Glattschleifen und Uropas Anleitung beim Lackieren hatte ich das Kästchen gerade noch rechtzeitig zu Weihnachten fertig. Es war regelrecht hübsch geworden. Ich war schon neugierig darauf, was Carmen wohl dazu sagen würde.

Am Sonntag, dem 22. Dezember, fand unsere Weihnachtsfeier statt. Ich hatte gehofft, daß Carmen sie besuchen würde. Schließlich wußte sie, daß ich eine der Hauptrollen bei der Vorführung spielte und schon seit Wochen dafür gelernt hatte. Wer aber nicht erschien, war Carmen.

Ich versuchte, den Gedanken an sie von mir zu schieben und statt dessen lieber aufzupassen, daß ich nicht beim Aufsagen steckenblieb, aber ich muß zugeben, daß ich arg enttäuscht war.

Die Vorführung ging recht glatt über die Bühne. Ich kann zwar nicht sagen, daß sie restlos fehlerfrei war, aber alles in allem klappte es so gut, daß die Leute die kleineren Patzer gern übersahen und uns anschließend mit Lob überschütteten.

Erschöpft kam Tante Lou an dem Abend nach Hause und legte ihren Hut auf die Flurgarderobe.

„Das hätten wir geschafft!" seufzte sie wie in jedem Jahr, und Onkel Nat nahm sie geschwind in die Arme.

„Du hast deine Sache großartig gemacht!" lobte er sie.

Am nächsten Morgen war Tante Lou wieder ganz die alte und schaffte wie gewöhnlich für drei. Jetzt waren es nur noch zwei Tage bis Weihnachten.

Am Tag darauf nahm ich meine vier Dollar und fünfzehn Cents und ging ins Gemischtwarengeschäft, um meine Weihnachtseinkäufe zu erledigen. Ich kaufte die Sachen, die ich mir ursprünglich ausgesucht hatte, da ich die fünfundfünfzig Cents für Carmen jetzt nicht mehr brauchte. Dann borgte ich mir Papier von Tante Lou und wickelte alles ein. Nur bei Carmens Geschenk bat ich Tante Lou um Hilfe. Ich wollte, daß es besonders hübsch verpackt würde.

Anschließend brachte ich das Geschenk zu den Foggelsons, als Carmen gerade zur Klavierstunde bei Fräulein

Thompson war. Ich gab es bei Frau Foggelson ab und bat sie, es an Heiligabend unter den Christbaum zu legen. Das würde sie gern tun, versprach sie.

Jetzt fühlte ich mich rundherum zufrieden. Als ich wieder daheim war, nahm ich Pixie ganz fest in die Arme. Alles hatte wunderbar geklappt.

Früh am 24. beluden wir den Pferdeschlitten mit Schachteln und Tüten und fuhren zu unseren alljährlichen „Festivitäten" zur Farm. „Festivitäten" hatten wir's eigentlich noch nie genannt, aber so hatte Carmens Mutter das Weihnachtsfest bezeichnet.

„Und wo wirst du die Festivitäten verbringen?" hatte sie mich gefragt.

Ich hatte keine Ahnung, wovon sie redete.

„Feiert man bei euch daheim etwa nicht Weihnachten?" hatte sie verwundert gefragt.

„Aber klar!" hatte ich geantwortet, als es bei mir zu dämmern begann. „Wir fahren immer zur Farm und feiern alle miteinander."

„Zur Farm?"

„Ja, zu Opas Farm. Er und mein Onkel Charlie und mein Uropa wohnen dort. Ich und Onkel Nat und Tante Lou ... ich mein', Onkel Nat, Tante Lou und ich fahren zu ihnen und feiern Weihnachten dort."

„Wie schön!" hatte sie gemeint. „Ein Weihnachtsfest mit Tradition!"

„Ja", hatte ich geantwortet, „ja, ein Weihnachtsfest mit Tradition."

So waren wir nun zu unseren „Festivitäten" unterwegs, und in mir kribbelte es geradezu vor Vorfreude, wie in jedem Jahr.

Und es war auch ein besonders schönes Weihnachten. Ich konnte mich nicht erinnern, je einen so leckeren Truthahnbraten gegessen zu haben, und über meine Geschenke freute ich mich auch riesig. Opa hatte mir einen nagelneuen Pullover gekauft. Von Uropa bekam ich eine richtige

Angel, von Onkel Nat und Tante Lou ein neues Hemd, das Tante Lou selbst genäht hatte, und Onkel Charlie hatte mir ein Taschenmesser mit fünf Klingen daran geschenkt. Dann bekam ich noch ein Geschenk, eine große Überraschung: Carmen hatte mir ein Buch ausgesucht und zu den Männern auf die Farm geschmuggelt, ein großer Band mit farbigen Illustrationen. „Wie die Welt begann" lautete der Titel, und es enthielt seltsame Zeichnungen und Diagramme. Ich war schon mächtig darauf gespannt, es zu lesen, um herauszufinden, wovon es eigentlich handelte. Was sie wohl von meiner kleinen Schatzkiste hielt? Hoffentlich gefiel sie ihr.

Nachdem sämtliche Geschenke ausgepackt worden waren und jeder jedem ausgiebig gedankt hatte, ging Onkel Nat nach draußen und holte die Truhe für Tante Lou. Die Truhe war so schwer, daß einer sie nur mit Mühe tragen konnte, und als Tante Lou ein dumpfes Geräusch hinter sich hörte, fuhr sie erschrocken auf dem Absatz herum. Dann stockte ihr der Atem, und ihre Augen füllten sich mit Tränen.

Um ein Haar hätte sie Onkel Nat über den Haufen geworfen, als sie ihm dann in die Arme fiel und an seiner Schulter losweinte. Ich sah genau hin, bis ich mir ganz sicher war: es waren richtige Freudentränen, keine Kummertränen. Ich hatte noch nie eine Frau so von Freude überwältigt gesehen.

„Die ist ja wunderhübsch! Einfach entzückend ist sie geworden!" sagte sie ein ums andere Mal, und Onkel Nat hielt sie fest umarmt und strich ihr über die Schultern.

Dann drehte Tante Lou sich zu uns um. Die Tränen rannen ihr immer noch übers Gesicht, aber ihr Lächeln war das strahlendste, das ich je an ihr gesehen hatte.

„Ich weiß schon genau, wozu ich sie benutzen werde", sagte sie, „und ich kann's kaum erwarten, bis es soweit ist. In der Truhe werde ich nämlich die Sachen für unser Baby aufbewahren!"

Da brach ein wahrer Freudentaumel los. Jeder fiel jedem in die Arme, und Tante Lou war nicht die einzige, die Freudentränen weinte. Ich begriff zuerst überhaupt nicht, was los war, bis ich Opa fragen hörte: „Wann denn? Wann ist's denn soweit?"

„Im Juli", antwortete Tante Lou. „Ach Pa, vor Freude könnt' ich beinahe platzen!"

Jetzt war mir alles klar. Meine Tante Lou bekam ein Baby! Mein erster Vetter – oder meine erste Kusine – war unterwegs. Ich konnte es kaum fassen: zum ersten Mal im Leben wurde ich jemandes Vetter! Und ich konnte ihm dann bei allem helfen!

Mit einem Satz stürzte auch ich auf Tante Lou zu und nahm sie so fest in die Arme, wie ich es nur wagen konnte. Genau weiß ich es nicht, aber ich glaube, mir liefen auch ein paar Tränen übers Gesicht.

Eine schwierige Lektion

Nach den Weihnachtsferien brannte es mir unter den Nägeln, wieder in die Schule zu gehen, und zwar nicht nur, um zu erfahren, ob Carmen mein Weihnachtsgeschenk gefallen hatte, sondern auch wegen meiner Freunde. Ich wollte ihnen von meinen Weihnachtsgeschenken erzählen und davon, wieviel Truthahn und Apfeltorte ich gegessen hatte. Das gehörte jedes Jahr dazu.

Die Jungen waren allem Anschein nach nicht weniger als ich darauf erpicht, ihre Weihnachtsneuigkeiten loszuwerden. Sie warteten schon an der Schulhofecke, als ich dazukam.

Alle redeten gleichzeitig drauflos, und niemand hörte richtig zu, aber irgendwie schienen sie allesamt recht zufrieden mit dem Weihnachtsfest zu sein, das sie gerade mit ihren Familien gefeiert hatten.

Willi hatte allerdings noch andere Neuigkeiten für uns: Jack Berry hatte die Schule aufgegeben. Das war eigentlich nicht allzu verwunderlich. Schließlich war er noch nie gern zum Unterricht gekommen. Er hatte es bloß getan, weil sein Vater darauf bestanden hatte. Als er dann vor Weihnachten wegen seiner Grippe soviel Unterricht versäumt hatte, war es ihm wohl zu mühselig gewesen, den Stoff wieder aufzuholen, und vermutlich hatte er seinen Vater dazu überredet, ihn endlich von der Schule zu nehmen.

Ich hätte es den Jungen zwar nicht direkt auf die Nase gebunden, aber ich hatte nicht vor, großartig Tränen darüber zu vergießen, daß Jack nicht mehr zur Schule kam. Er hatte sich in letzter Zeit so gemein aufgeführt, daß es mir ohne ihn in der Schule erheblich wohler sein würde. Nein, ich würde Jack Berry nicht vermissen. Damit betrachtete ich die Angelegenheit als erledigt.

Das Leben zeigte sich von der Schokoladenseite, als Carmen mir erzählte, wie sie sich über mein Weihnachtsgeschenk gefreut hatte. Sie sagte, sie wollte ihre Taschentücher in der Schachtel aufbewahren. Da ich mich keinesfalls auf einen Streit mit ihr einlassen wollte, behielt ich meine Gedanken dazu lieber für mich; ich fand nämlich, daß Taschentücher ziemlich merkwürdige „Schätze" für meine kleine Schatztruhe abgaben.

Ich wußte, daß Tante Lou nicht sonderlich daran lag, wenn ich meine Klasssenkameraden in das freudige Geheimnis um ihr Baby einweihte, weshalb ich auch in der Schule keinen Ton davon verriet – aber leicht fiel es mir nicht gerade. Seit meiner Geburt hatten wir noch nie einen neuen Erdenbürger in unserer Familie willkommen geheißen, und an meine eigene Ankunft konnte ich mich verständlicherweise nicht erinnern.

Es gab Tage, an denen Tante Lou sich nicht wohl fühlte. Das konnte ich ihr ansehen, obwohl sie es mit keinem Wort erwähnte. Onkel Nat und ich hielten beide ein Auge auf sie. Ich bemühte mich, die Holzkiste ein bißchen voller als sonst zu halten und darauf zu achten, daß Tante Lou immer genug frisches Wasser aus der Pumpe im Haus hatte. Onkel Nat hielt Ausschau nach Gelegenheiten, um ihr die Arbeit abzunehmen, aber sie lachte meistens nur und versicherte uns, daß ihr nichts fehlte. Manchmal sah sie allerdings ziemlich abgespannt aus, und dann und wann ließ sie sogar das Frühstück ausfallen.

Trotzdem ging das Leben im großen und ganzen wie gewohnt weiter, nur daß wir alle von erwartungsvoller Spannung gepackt waren.

Ich nahm die Nachhilfestunden mit Carmen wieder auf. Meistens verbrachten wir die Zeit damit, in den Büchern ihres Vaters zu blättern und uns darüber zu unterhalten.

Inzwischen hatte ich das Buch gelesen, das Carmen mir

zu Weihnachten geschenkt hatte. Es war ein recht sonderbares Buch. Bei einigen Kapiteln begriff ich nicht, was es damit auf sich hatte. Da stand doch schwarz auf weiß zu lesen, daß der Mensch ganz zufällig entstanden sein sollte, und zwar aus einem wirren urzeitlichen Durcheinander; dann hatte er eine Art von primitivem Stadium durchlaufen und war über die Jahrtausende hinweg schließlich zu dem geworden, was er heute war. Das alles erschien mir reichlich merkwürdig, weil ich doch genau wußte, wie der Mensch in Wirklichkeit entstanden war. Ich kratzte mich ratlos am Kopf, bis ich endlich zu dem Schluß gelangte, daß es sich um eine neumodische Form von Dichtung handeln mußte. Dann erst konnte ich mich für die absonderlichen Ideen des Autors erwärmen.

Es war tatsächlich reichlich sonderbar, was in dem Buch zu lesen stand: wie dieses menschenähnliche Wesen sich „weiterentwickelte", bis es auf die Idee kam, auf seinen zwei Hinterpfoten zu laufen und die Vorderpfoten zu anderen Dingen zu gebrauchen. Auf diese Weise wurden aus den Vorderpfoten mit der Zeit Hände mit Fingern zum Greifen und Tragen. Dann lernte es noch mehr dazu und verlor allmählich sein zotteliges Fell, weshalb es sich Kleidung zum Schutz gegen Wind und Wetter machen mußte. Es fing an, sich Häuser zu bauen und Getreide anzupflanzen, das dann für magere Zeiten gelagert wurde.

Das ganze Buch war zwar eine Art von modernem Märchen, aber die Moral der Geschichte war mir irgendwie unklar. Also, soweit ich sehen konnte, hatte jedes Stadium der „Weiterentwicklung" diesem Fabelwesen nur mehr an Mühe und Sorgen beschert, anstatt ihm das Leben zu erleichtern. Warum hatte der Dichter dann überhaupt diese Entwicklung erfunden?

Bestimmt lag das daran, daß manche Leute gern solche Geschichten lasen, aber mir gefielen eigentlich die, die einen Sinn ergaben, viel besser. Wie dem auch sei, jedenfalls schienen die Foggelsons diese Art von Märchen zu lieben, und sie wollten mich wohl auch damit bekannt machen. Ich hatte allerdings kaum vor, Carmen zu verraten, was ich nun von dem Buch hielt.

Eines Tages, als wir wieder gemeinsam in Herrn Foggelsons Büchern blätterten, stießen wir auf eine ähnliche Geschichte.

„Ach, da haben wir wieder so ein Märchen!“ murmelte ich und meinte eher mich selbst als Carmen damit.

„Was für ein Märchen?“ fragte sie.

„Ein Märchen darüber, wie der Mensch sich aus irgendwelchen kleinen Teilchen entwickelt haben soll.“

„Aber Josua“, sagte Carmen erstaunt, „das ist doch kein Märchen!“

Ich sah sie nur erstaunt an und wußte nicht recht, was ich sagen sollte.

„Wie nennst du's denn?“ fragte ich endlich. Bestimmt kannte Carmen einen neuen Begriff für diese Art von Dichtung, der mir noch nicht geläufig war.

„Evolution“, antwortete sie, als überraschte es sie maßlos, daß ich noch nicht davon gehört hatte.

„Evolution? Ach ja.“

Ich ließ die Sache auf sich beruhen, aber im stillen wiederholte ich das Wort ein paarmal, um es nicht zu vergessen. Ich nahm mir vor, es zu Hause nachzuschlagen, damit ich beim nächsten Mal, wenn die Sprache darauf kommen sollte, den richtigen Begriff für diese Art von Dichtung wußte.

Daheim angekommen, holte ich mir zuallerst einmal Websters Wörterbuch hervor. Der gute alte Webster war ein Freund der Familie; ich verließ mich auf ihn, wenn es um die Rechtschreibung und Bedeutung sämtlicher neuer Wörter ging, die mir begegneten. Ich schlug das Buch bei dem Buchstaben E auf und suchte den Eintrag über „Evolution“. Unter diesem Stichwort machte Webster nun mehrere Unterteilungen, von denen eigentlich keine so recht passen wollte. Er nannte Wachstum und Entwicklung, militärische Formationen und Algebra. Keine dieser Erläuterungen schienen etwas mit Herrn Foggelsons Büchern zu tun zu haben. Dann las ich: „Die allmähliche Abstammung oder Fortentwicklung von Lebensformen aus einfacheren Organismen, ausgehend von einzelligen Lebewesen."

Das begriff ich nicht. Während meiner allabendlichen Hausarbeiten ließ ich mir diese Ausdrücke durch den Kopf gehen, kam aber zu keinem Ergebnis.

Nach dem Abendbrot und unserem Bibelabschnitt holte ich mir Websters Wörterbuch noch einmal hervor. Beim Durchlesen wurde mir die Bedeutung immer noch nicht klar. Ich ließ den Blick über die Seite schweifen und las ein paar andere Erklärungen in der Hoffnung, irgendwo einen nützlichen Hinweis zu entdecken. „Evolutionär" bedeutete „zu Evolution gehörig". Damit war mir nicht geholfen. Dann las ich die langatmige Erläuterung zu dem Stichwort „Evolutionismus". Endlich fand ich unter dem Stichwort „Evolutionstheorie" eine Erläuterung, in der es hieß: „Theorie der menschlichen Entwicklung, die niedere Ordnungen als Ursprung voraussetzt; Darwinismus."

Ich las es noch einmal. Gewiß glaubte keiner ernsthaft, daß die Menschen auf diese Weise entstanden waren. Das war ja meilenweit von dem entfernt, was die Bibel dazu zu sagen hatte! Vielleicht hatte ich in der Kirche nicht immer aufgepaßt, aber ich hatte oft genug zugehört, um zu wissen, woher der Mensch in Wirklichkeit kam, und auch, wie er zu einem elenden Sünder geworden war.

Bevor ich Websters Wörterbuch wieder zuklappte, holte ich mir Bleistift und Papier, um mir die Erläuterungen abzuschreiben. Ich mußte mir das alles gründlich durch den Kopf gehen lassen und auch mit Herrn Foggelson und Carmen darüber reden. Weil sie ja nicht zur Kirche gingen, hatten sie womöglich noch nie im Leben gehört, wie die Sache in Wirklichkeit gewesen war. Andererseits konnte ich mir kaum vorstellen, daß jemand so ahnungslos sein konnte.

Ich wußte nicht so recht, ob ich Onkel Nat zu Rat ziehen sollte oder nicht. Der hatte ohnehin schon genug eigene Sorgen, und die Sorgen von anderen Leuten noch obendrein.

An diesem Wochenende fanden Uropa und ich eine stille Stunde zum Mühlespielen. Draußen war es stürmisch und kalt, und wenn es sich irgend einrichten ließ, blieb man bei diesem Wetter am besten im Haus. Onkel Charlie und Opa flickten deshalb Zaumzeug und tranken Kaffee dabei, und Uropa und ich lasen und spielten Mühle.

Uropa gewann, was nicht selten vorkam. Als er drei Runden nacheinander gewonnen hatte, schob ich das Brett von mir und stand auf, um mich zu strecken.

„Du bist nicht so recht bei der Sache, stimmt's Josua?" wollte Uropa wissen.

„Du gewinnst doch meistens", grinste ich, „ob ich nun bei der Sache bin oder nicht."

„Hin und wieder schon, aber heute liegt's daran, daß du mit den Gedanken woanders bist, scheint mir."

Ich hörte mit dem Grinsen auf.

„Vielleicht schon", sagte ich und setzte mich wieder. „Da ist etwas, das mir einfach nicht aus dem Kopf will. Hab' ein paar wirklich interessante Bücher gelesen. Haufenweise neue Ideen stehen darin. Teils kapier' ich sie, teils aber auch nicht."

„Was denn zum Beispiel?"

„Also, es geht um ... um so Sachen wie Evolution."

Ich hatte mich darauf gefaßt gemacht, Uropa das Wort erklären zu müssen, und wollte gerade meine Zettel mit den abgeschriebenen Erläuterungen aus der Hosentasche ziehen, als Uropa mir zuvorkam.

„Unfug!" schnaubte er verächtlich.

Ich sah ihn mit großen Augen an.

„Nichts wie Unfug!" wiederholte Uropa, und ich hatte den Eindruck, als wüßte er genau, wovon er sprach.

„Was hat's denn eigentlich damit auf sich?" fragte ich ihn.

Uropa zögerte keine Sekunde lang.

„Ein Mann namens Darwin hat sich eine höchst seltsame Theorie darüber einfallen lassen, woher der Mensch herkommt – oder besser gesagt, woher alles, was lebt, herkommt", sagte er. „Er hat Vergleiche zwischen den Tieren auf dem Land, den Vögeln und Fischen angestellt und hat daraus geschlossen, daß sie alle denselben Ursprung haben."

Ich nickte. Soviel hatte ich inzwischen auch schon begriffen.

„Nun, er hatte recht", fuhr Uropa zu meiner Überraschung fort; „sie haben tatsächlich denselben Ursprung, nämlich den Schöpfer höchstpersönlich. Was den Anfang des Lebens angeht, hat dieser Darwin nun aber alles hoffnungslos durcheinandergebracht. Wegen der Gemeinsamkeiten, die er unter den Lebewesen entdeckt hatte, ist er auf die Idee gekommen, daß alle Lebewesen irgendwie voneinander abstammen. Er meinte, daß er mehr wußte als jeder andere vor ihm, und machte sich nichts aus dem, was die Bibel über Gott als Schöpfer aller Lebewesen sagt. Hat sich deswegen allerhand Schwierigkeiten eingebrockt, weil es ihm einfach nie gelungen ist, die ganze Sache glaubhaft zu machen.

Aber dann haben sich andere Leute auf seine Seite geschlagen und überall nach ‚Beweisen' für ihre abwegigen Ideen gesucht. Bis auf den heutigen Tag ist der Fall immer noch nicht ausgestanden. Viele Bücher sind darüber geschrieben worden, und hier und da wird Darwins Theorie so gelehrt, als wär's reine Tatsache. Laß dir nur kein X für ein U vormachen, Josua! Das Ganze ist nur eine Theorie, nichts weiter. Es gibt bis jetzt keine handfesten Beweise dafür, und die wird es auch nie geben. Was Gott sagt, bleibt für alle Zeiten bestehen. Vergiß das nie, Josua! Gott ist schließlich der einzige, der damals da war, als alles passierte, und deshab halte ich mich lieber an sein Wort."

Ich holte tief Luft. Uropa hörte zu reden auf und sah mich forschend an.

„Hat der neue Lehrer etwa versucht, euch die Lehre von der Evolution beizubringen?"

„Nicht in der Schule, nein", beeilte ich mich klarzustellen.

„Woher hast du's dann?"

„Carmen hat mir ein Buch zu Weihnachten geschenkt,

und ..." Ich geriet ins Stottern. Das hatte ja beinahe so geklungen, als wollte ich Carmen die Schuld an allem in die Schuhe schieben.

Uropa nickte nur.

„Ihr Vater gibt mir Bücher aus seinem persönlichen Besitz zu lesen. Darin hab' ich die gleichen Geschichten gefunden, und Carmen sagt ..."

„Glaub nur nichts davon!" unterbrach Uropa mich. „Kein Wort davon ist wahr!"

Ich nickte und schluckte. Es tat gut, wieder festen Boden unter den Füßen zu haben.

Jetzt, wo ich meinen Glauben an den Schöpfer und sein Schöpfungswerk wieder im Griff hatte, sah ich es als meine Pflicht an, Carmen über ihren Irrtum aufzuklären.

Am nächsten Donnerstag, als wir nach unserem Tee und dem krümeligen Gebäck dazu wieder unsere Bücher aufschlugen, brachte ich das Thema zur Sprache.

„Weißt du, diese Bücher hier", fing ich an und bemühte mich, die richtigen Worte zu finden, „also, damit stimmt etwas nicht."

„Welche Bücher meinst du?" fragte sie.

Ich wollte mich auf keinen Fall als Schlauberger aufspielen, aber ich fand es wichtig, daß Carmen die Wahrheit erfuhr.

„Die Bücher über Evolution", sagte ich zögernd.

„Damit soll etwas nicht stimmen? Was stimmt denn daran nicht?"

„In Wirklichkeit ist alles doch ganz anders passiert", erklärte ich mit Bestimmtheit. „Hier in der Bibel steht's schwarz auf weiß." Dabei zog ich meine Bibel unter dem Pullover hervor, um sie ganz vorne beim ersten Buch Mose aufzuschlagen.

„Ach Josch", sagte Carmen und schob meine Hand mit dem Buch darin belustigt beiseite, „du bist aber ein Spaßvogel!"

Ich zog die Stirn kraus.

Carmen brach in ein silberhelles Gelächter aus.

„Ich hab's ernst gemeint", sagte ich leicht gekränkt.

Carmens Gelächter erstarb, und sie sah mich aus großen Augen ungläubig an.

„Wirklich?"

„Ja. Sieh nur, hier steht's doch zu lesen! Es gibt keine Evolution. Gott hat alles erschaffen."

„Daran glaubst du doch wohl selbst nicht, oder?"

„Und ob! Und du würdest es auch glauben, wenn du gelesen hättest, was hier geschrieben steht. Hier, sieh dir das mal ..."

„Aber das ist doch Unsinn. Ich meine ..."

„Evolution ist Unsinn", widersprach ich ziemlich hitzig. „Warum sollten sich Lebewesen aus anderen fortentwikkeln, wenn dadurch alles viel schwieriger für sie wurde? Warum ..."

„Du, Josua, gebrauch doch mal deinen Verstand! Glaub doch nicht blind an diese uralten Märchen, die sich über Generationen hinweg erhalten haben! Wir haben doch jetzt die moderne Wissenschaft. Kein Forscher, der etwas auf sich hält, nimmt dieses Geschwätz der Bibel ernst."

Ich sah sie schweigend an. Mein Finger lag immer noch auf der Bibelstelle, die ich ihr zeigen wollte.

„Weißt du überhaupt, was in der Bibel steht?" fragte ich sie dann.

„Natürlich weiß ich das. Papa hat's mir genau gesagt, damit ich weiß, wie ich sie widerlegen soll."

„Dann glaubst du gar nicht an die Bibel?" fragte ich verwundert. Ich begriff nicht, wie jemand zwar wußte, was in der Bibel stand, aber nicht daran glauben wollte.

Carmen stand auf und ging auf mich zu. Jetzt lächelte sie nicht mehr, sondern sah mich flehend an, wie eine Mutter ein ungezogenes oder verängstigtes Kind ansieht.

„Sieh mal, Josua", sagte sie, „wir wissen, wie schwer es für dich ist, weil du doch in der Kirche aufgewachsen bist, und ... und ... wir möchten gern Geduld mit dir haben und dir in Ruhe alles erklären. Deshalb erlaubt Papa dir auch, seine Bücher zu lesen. Wenn du erst die wissenschaftlichen

Tatsachen kennst, wirst du die Wahrheit selbst entdecken. Du bist ein begabter Schüler, Josua. Papa ist sehr zufrieden mit dir. Ich bin stolz auf dich. Du kannst jeden Beruf ergreifen, den du nur willst. Es gibt keine Grenze."

„Ich werde Pastor", sagte ich ruhig, aber entschlossen.

„Aber Pastor kann doch jeder werden!" jammerte Carmen. „Begreifst du denn nicht?"

Ich schlug meine Bibel so fest zu, daß ich sie unbewußt noch einmal aufschlug und behutsamer zuklappte.

„Nein, ich fürchte, ich begreife nicht", erwiderte ich.

„Hm, Papa sagt, daß du eine enorme Begabung besitzt. Einen solchen Schüler hat er noch nie im Unterricht gehabt. Er will dir helfen, etwas Besonderes aus dir zu machen, wenn du nur ..."

„Und du hilfst ihm dabei?" fragte ich kühl.

„Aber natürlich!" Das war Carmen herausgerutscht, bevor sie wußte, was sie da gesagt hatte. Sie fing sich und errötete. „Also, nicht so, wie du denkst. Ich mag dich, Josua, ich mag dich wirklich sehr ..."

„Ich glaub', ich geh' jetzt lieber", unterbrach ich sie. Das Ganze war furchtbar verwirrend. Ich verstand zwar nicht richtig, was eigentlich vor sich ging, aber diese Sache gefiel mir nicht. Sie gefiel mir ganz und gar nicht. Ich ging zur Tür, aber Carmen verstellte mir den Weg. Mit roten Wangen und zornsprühenden Augen stand sie da. Sogar jetzt sah sie noch hübsch aus, fand ich.

„Josua", sagte sie, „wenn du jetzt einfach gehst, weißt du denn nicht, was du meinem Vater damit antust? Hat er etwa noch nicht genug durchgemacht? Er hat seine Stelle an seiner letzten Schule schon verloren, eine sehr gute Stelle sogar, nur weil er ein paar begabten Schülern helfen wollte, die Wissenschaft zu verstehen. Und jetzt verschmähst du seine Hilfe und ..."

Ich war stehengeblieben. Schließlich konnte ich Carmen nicht aus dem Weg schieben, um ins Freie zu gelangen.

„Begreifst du denn nicht?" redete sie weiter. „Er will dir doch nur helfen!"

„Indem er mir die Wahrheit wegnimmt und mir statt dessen eine Lüge vorsetzt?"

„Aber das ist doch die Höhe!" sagte sie aufgebracht. „Du hast doch einen hellen Verstand. Wie kannst du nur alles einfach annehmen, was dir gesagt wird, ohne selbst darüber nachzudenken?"

„Aber siehst du denn gar nicht", antwortete ich, „daß du genau das getan hast? Bloß weil du deinen Vater liebhast, glaubst du alles, was er dir sagt, obwohl es gar keine Beweise dafür gibt. Die Bibel hat sich schon unzählige Male als wahr erwiesen, und was darin steht, ist hieb- und stichfest."

Carmen trat einen Schritt beiseite. Ihre Augen funkelten vor Zorn.

„Wenn du jetzt gehst", sagte sie mit zusammengekniffenen Lippen, „dann brauchst du nie wiederzukommen!"

Ich nickte. In mir arbeitete es. Ich wollte sie zum Gottesdienst einladen, wollte ihr sagen, daß ich für sie beten würde, damit sie die Wahrheit verstehen würde. Weiter wollte ich ihr sagen, wie leid mir alles tat, was vorgefallen war, aber die Kehle war mir wie zugeschnürt. So nickte ich nur und ging.

Der schwere Klumpen in meinem Hals löste sich auf dem ganzen Heimweg nicht auf. Mühsam schleppte ich mich vorwärts. Die kurze Entfernung war mir noch nie so endlos lang wie heute vorgekommen.

Eine schwierige Entscheidung

Ich verbrachte eine unruhige Nacht. Am nächsten Morgen wünschte ich mir nichts sehnlicher, als einfach im Bett bleiben zu können und nie wieder in die Schule zu müssen. Wenn ich mich aber jetzt nicht mit dem Aufstehen beeilte, würde Tante Lou gleich besorgt nach mir sehen. Widerwillig kroch ich aus dem Bett und zog mich an. Auf keinen Fall wollte ich, daß Tante Lou sich meinetwegen sorgte. Schließlich erwartete sie ein Baby, und Aufregung war nicht gut für sie.

Ich wusch mich in der Küche und fuhr mir hastig mit einem nassen Kamm über die Haare. Wir frühstückten zusammen, und Onkel Nat erzählte Tante Lou, was er heute zu erledigen hatte. Ich war froh, nicht viel sagen zu müssen.

Ich hatte es nicht eilig damit, zur Schule zu kommen, und trödelte vor mich hin, bis ich die Glocke läuten hörte. Ich war noch nie zu spät zum Unterricht gekommen und lief schnell los. Mir lag nicht viel an einem Tadel im Zeugnis.

Die meisten Schüler hatten ihre Jacken schon aufgehängt und waren im Klassenzimmer, als ich atemlos die Treppe hinaufrannte. Ich warf meine Jacke auf meinen Haken, wo sie zum Glück auch hängenblieb. Schnell packte ich mir meine Bücher und den Beutel mit den Pausenbroten und eilte an meinen Platz. Auf dem Flur wäre ich beinahe mit Carmen zusammengestoßen. Wir wurden beide ziemlich rot; ich vor Verlegenheit, aber dem verächtlichen Blick nach und der Art, wie sie die Haare über die Schulter warf, war's bei ihr wohl eher Verärgerung. Ich stolperte zu meiner Bank und holte mein Dickens-Buch hervor, wie es uns gesagt worden war.

Kein Lächeln quer durch das Klassenzimmer. Kein Warten an der Tür, um zur Pause mit mir auf den Schulhof zu gehen. Ich vermied es, zu ihr hinüberzusehen, und bestimmt vermied sie es auch, sich zu mir umzudrehen.

Den ganzen Tag über rief Herr Foggelson mich kein einziges Mal zum Aufsagen oder Antworten auf. Genausogut hätte ich daheim bleiben können, so wenig Beachtung schenkte er mir.

Die Jungen schienen wohl gemerkt zu haben, daß irgend etwas nicht stimmte. In der Pause schlugen sie einen anderen Ton an mit ihren Hänseleien. „Was is', Josch? Haste vielleicht ihre Bücher in den Schnee geschmissen?“ und so weiter. Ich versuchte, mich nicht daran zu stören, aber es ließ sich kaum vertuschen, daß plötzlich ein anderer Wind wehte.

Als der Unterricht vorbei war, stieß ich im stillen einen Seufzer der Erleichterung aus und wollte mich auf den Heimweg machen, so schnell es ging. Daran hinderte mich aber Herr Foggelsons Stimme. Sonst hatte er immer den Trick mit den erhobenen Augenbrauen angewandt, und ich war mir schon sicher gewesen, mich heute ohne eine Unterredung mit ihm aus dem Staub machen zu können. Jetzt hielt mich sein leises Rufen auf dem Weg aus dem Klassenzimmer auf.

Ich drehte mich langsam um, wohl halbwegs in der Hoffnung, mich verhört zu haben, aber so war's nicht. Da stand mein Lehrer neben meiner Bank, den Tafelschwamm in der Hand und den Blick auf mich gerichtet.

Zögernd ging ich zurück.

„Sie ... Sie möchten mich sprechen, Sir?“ begann ich, nachdem ich ein paarmal geschluckt hatte.

„Ja, Josua.“ Er deutete auf meinen Stuhl.

Ich setzte mich. Ich war froh, wenigstens nicht vor ihm stehen zu müssen. Andererseits würde ich vom Sitzen aus nicht so schnell zur Tür gelangen, und jetzt wünschte ich mir nichts sehnlicher, als zu verschwinden.

Herr Foggelson legte den Schwamm beiseite und holte

sein Taschentuch hervor, um sich die Hände damit sauberzuwischen. Er tat es umständlich und langsam, und ich wartete ungeduldig, weil ich alles endlich hinter mich bringen wollte.

„Carmen hat mir von eurem bedauernswerten kleinen Mißverständnis berichtet“, sagte er. Er wartete darauf, daß ich ihm das Gesagte bestätigte, und ich fand auch endlich meine Stimme.

„So war es nicht, Sir“, entgegnete ich höflich.

Seine Augenbrauen schossen in die Höhe.

„Es hat also gar kein Mißverständnis gegeben?“

„Nein, Sir. Ich denke, wir haben einander sehr wohl verstanden.“

Er schwieg einen Moment lang und starrte mich nur an. Ich versuchte, seinem Blick nicht auszuweichen.

„Das wirst du mir näher erläutern müssen, Josua“, fuhr er fort. „Ich fürchte, ich kann dir nicht recht folgen.“

„Also“, sagte ich und senkte den Blick, während ich mit den Füßen unter der Bank umherrutschte, „Carmen glaubt an die Sache mit der Evolution, und ich glaube an das, was in der Bibel steht.“

„Hast du dich jemals näher mit der Evolution beschäftigt, Josua?“ fragte er. Niemand wußte besser als er, daß ich das nicht hatte.

„Nein, Sir, eigentlich nicht. Aber ich habe genug darüber gelesen …“

„Dann bist du mit deinem Urteil vielleicht ein wenig vorschnell bei der Hand“, brachte Herr Foggelson als Argument vor. „Meinst du nicht auch, daß man zuerst alle Tatsachen in Betracht ziehen sollte, bevor man zu einer Schlußfolgerung gelangt?“

Jetzt sah ich von meinem Pult auf, um ihm geradewegs in die Augen zu blicken. Ich tat mein Bestes, um nicht mit der Wimper zu zucken.

„Nein, Sir“, sagte ich ruhig.

„Und warum nicht, wenn ich fragen darf? Hast du etwa Angst vor der Wahrheit?“

Diesmal kam meine Antwort wie aus der Pistole geschossen.

„Nein, Sir!"

„Warum weigerst du dich dann, die Forschungsergebnisse von gelehrten Wissenschaftlern in Erwägung zu ziehen, die nach jahrelanger Forschung gewisse Schlußfolgerungen gezogen haben?"

„Weil", wieder schluckte ich, „weil sie der Heiligen Schrift widersprechen, Sir."

„Hast du dich je gefragt, ob die ‚Heilige Schrift', wie du sie nennst, ein Irrtum sein könnte? Ob sie nicht nur eine pure Erfindung des Menschen auf seiner Suche nach einem höheren Wesen sein könnte?"

„Nein, Sir."

„Dann, Josua, solltest du das vielleicht einmal in Betracht ziehen. Woher weißt du denn, ob deine Bibel tatsächlich so verläßlich ist, wie man dir beigebracht hat? Woher weißt du, ob es sich nicht eher um ein Buch voller Fabeln handelt? Hast du etwa schlagende Beweise?"

Ich antwortete nicht. Ich saß einfach nur da und scharrte mit den Füßen und blätterte verlegen in meinem Geographiebuch.

„Ich möchte gern, daß du darüber nachdenkst, Josua. Einen hellen Verstand zu vergeuden wäre eine Schandtat. Es würde ein unverzeihliches Versagen meinerseits bedeuten, wenn du als mein bester Schüler nicht den Mut hättest, deinen Glauben, den man dir schon seit frühester Kindheit eingeflößt hat, anhand der neuesten wissenschaftlichen Erkenntnissen zu prüfen. Wenn die Bibel wirklich den Tatsachen entspricht, dann sollte sie einer solchen Prüfung standhalten, nicht wahr?"

Das klang einleuchtend. Ich nickte stumm.

„Nun gut", sagte Herr Foggelson mit der Spur eines Lächelns. „Ich bin froh, daß wir diese kleine Unterredung hatten. Meine Bücher stehen dir nach wie vor zur Verfügung. Ich hoffe, du wirst Gebrauch davon machen und dich aufgeschlossen für alle Wahrheit erweisen."

Er nickte, und ich wußte, daß ich damit entlassen war. Ich nahm meine Bücher und stand auf.

„Auf Wiedersehen“, murmelte ich und verließ das Klassenzimmer.

In meinem Kopf herrschte ein ziemliches Durcheinander, aber eins stand fest: Nie wieder würde ich zu den Foggelsons zum Lesen gehen. In den Büchern standen zu viele Dinge, die ich noch nicht bewältigen konnte. Eines Tages würde ich vielleicht mit diesen Theorien umgehen können, aber jetzt noch nicht. Ich hatte einfach noch nicht das Zeug, um ihnen etwas entgegenzusetzen, und ich besaß genug gesunden Menschenverstand, um das einzusehen.

Und mit den Nachhilfestunden für Carmen würde ich ab sofort auch Schluß machen. Das Ganze war doch nur ein abgekartetes Spiel gewesen. Ich hatte Carmen gemocht, hatte ihrem Plaudern und Lachen gern zugehört und beobachtet, wie sie sich die glänzenden Locken über die Schultern geworfen hatte. Die Zeit bei ihr war mir immer wie im Flug vergangen, aber jetzt würde ich sie nicht mehr besuchen. Sie hatte mich restlos durcheinandergebracht, als sie meinen Glauben und meine Absicht, Prediger zu werden, schlechtgemacht hatte. Nein, mir lag nichts mehr daran, Carmen zu besuchen.

Und auf den Tee und das Gebäck konnte ich gut und gern verzichten. Tante Lous Plätzchen mit Milch waren sowieso viel handfester.

Nein, mein Entschluß stand felsenfest. Nie wieder würde ich zu den Foggelsons gehen.

Frühling

Ich war froh, als die Wintermonate endlich hinter mir lagen. Bis zum März war ich wieder soweit, daß ich mich einigermaßen wohl in der Schule fühlte. Herr Foggelson hatte mich anscheinend als hoffnungslosen Fall aufgegeben. Er lud mich kein einziges Mal mehr zu sich nach Hause ein und behielt mich auch nach dem Unterricht nicht mehr im Klassenzimmer, um sich mit mir zu unterhalten. Einerseits tat mir das leid, aber andererseits war ich eigentlich auch ziemlich erleichtert darüber.

An seinen Theorien schien er allerdings nach wie vor festzuhalten, was „Religion" als Zuflucht für das einfache Volk und die Lehre von der Evolution als „erwiesene Wahrheit" betraf. Ab und zu ließ er im Unterricht eine spöttische Bemerkung darüber fallen. Anfangs spürte ich dann meistens Carmens Blick auf mich gerichtet, aber mit der Zeit schien ich ihr wohl ziemlich gleichgültig geworden zu sein.

In der ganzen Stadt erzählte man sich bald, daß Jack Berry neuerdings häufig bei den Foggelsons zu Gast war. Ich wußte nicht, warum mir das zu schaffen machen sollte, aber das alte Lied „Jack Berry, Jack Berry" fuhr mir wieder im Kopf herum. So sehr ich mich auch bemühte, es loszuwerden, so ließ es sich einfach nicht abschütteln. Es war mir ein Rätsel. Warum schleppte ich dieses Echo nur andauernd mit mir herum?

Bis zum März ging alles wieder seinen gewohnten Gang, jedenfalls für Willi, Avery und mich. An den windigen Tagen ließen wir unsere Drachen steigen, und an Wind fehlte es wahrhaftig nicht in diesem Frühjahr. Der Schnee war noch nicht überall geschmolzen, aber das kümmerte uns nicht. Es war uns nichts Neues, mit unseren Drachen auf die Felder zu gehen, auch wenn noch Schnee lag. Wir freuten uns schon auf wärmeres Wetter.

Die gesamte Kirchengemeinde wußte inzwischen, daß Tante Lou ihr erstes Baby erwartete. Als die Neuigkeit wie ein Lauffeuer durch die Gemeinde ging, fielen junge Frauen mit roten Wangen Tante Lou um den Hals; die Mädchen gerieten vor Aufregung ganz aus dem Häuschen, und die älteren Frauen überschütteten die werdende Mutter mit gutgemeinten Ratschlägen. Tante Lou nahm alles gelassen hin. Ich glaube, sie sonnte sich sogar ein wenig in dem Trubel, der um sie gemacht wurde. Sie selbst freute sich riesig auf ihr Kindchen. In ihrer Truhe lagen schon die ersten Hemdchen, die sie für das Baby genäht hatte. Ich mußte an meine Mutter denken. Ob sie sich wohl auch so gefreut hatte, als sie mich damals erwartete?

Auch die Männer auf der Farm redeten von nichts anderem als von dem Baby. Opa schreinerte eine Wiege aus Holz, und wenn ich zum Wochenende kam, zeigte er mir immer gleich, welche Fortschritte er inzwischen wieder daran gemacht hatte. Er arbeitete in dem fast leeren Wohnzimmer, und die Wiege nahm zusehends Gestalt an.

Auch Onkel Charlie war beschäftigt. Er bastelte einen geflochteten Wäschekorb, in dem Tante Lou die Babywäsche bis zum Waschtag sammeln konnte. Im Schreinern war er nicht allzu geschickt, sagte er, aber den Wäschekorb kriegte er glänzend hin.

Sogar Uropa machte sich an die Arbeit. Sein Vorhaben fand ich am spannendsten von allen. Er nähte nämlich eine bunte Flickendecke für das Kinderbettchen.

„Wenn deine Urgroßmutter noch lebte, dann würde sie darauf bestehen, daß eine selbstgenähte Babydecke hergehört“, sagte Uropa zu mir. „Sie verstand sich auf das Nähen, deine Urgroßmutter. So gut wie sie kann ich zwar nicht mit Nadel und Faden umgehen, aber trotzdem soll das Baby seine Decke bekommen.“ So fuhr er also in die Stadt, kaufte Stoffe in den buntesten Farben und fing mit dem Nähen an. Er muß Urgroßmutter wohl oft dabei zugeschaut haben, denn er schien genau zu wissen, wie man's macht.

Ich wollte auch gern irgend etwas für das Baby machen, wußte aber nicht, was. Mit Werkzeugen konnte ich nicht viel anfangen, und auf das Körbeflechten verstand ich mich auch nicht. Nähen kam schon gar nicht in Frage. Wenn meine Kameraden erst erfuhren, daß ich mich im Nähen versuchte, würde das Hänseln kein Ende nehmen, und davon hatte ich vorerst genug, mehr als genug sogar. Deshalb überlegte ich, ob es nicht am besten wäre, dem Kleinen ein Geschenk zu kaufen und mir das Geld dafür mit irgendwelchen Arbeiten zu verdienen.

Eigentlich gab's in unserer kleinen Stadt nicht viel an Aufträgen gegen Bezahlung. Trotzdem ging ich zu den Ladenbesitzern und fragte, ob ich Besorgungen erledigen oder fegen könnte oder was sich sonst ergab.

An einem sonnigen Frühlingstag im April, als ich gerade den Bürgersteig vor dem Hotel kehrte, kam Frau Foggelson des Wegs. Sie lächelte mir freundlich zu. Ich zog die Kappe, wie sich's gehört, und lächelte zurück. Schließlich war sie immer riesig nett zu mir gewesen.

„Guten Tag, Josua!“ grüßte sie und machte dann eine Bemerkung über das schöne Wetter.

Ich nickte und trat einen Schritt beiseite, um sie an mir vorbeizulassen. Erst jetzt sah ich, daß sie die Arme hoch mit Schachteln und Päckchen beladen hatte. Ich war gerade mit dem Fegen fertig und hatte ein paar Minuten übrig, bevor ich zum Holzspalten nach Hause mußte. Was Tante Lou jetzt von mir erwarten würde, wußte ich genau.

„Ich bringe Herrn Powell nur schnell seinen Besen zurück“, sagte ich zu Frau Foggelson, „dann trage ich Ihnen Ihre Päckchen nach Hause.“

„Wie aufmerksam von dir, Josua!“ sagte sie und lächelte wieder.

Ich rannte ins Hotel, um mich bei Herrn Powell abzumelden, und war gleich wieder draußen auf dem Bürgersteig.

Ich nahm Frau Foggelson einen Armvoll von ihren Päckchen ab, und dann zogen wir los.

„Du fehlst mir, Josua“, sagte sie nach einigen Minuten.

Ich wußte nicht, was ich darauf antworten sollte, und tat deshalb so, als hätte ich nichts gehört. Schweigend gingen wir eine Weile nebeneinander her und sagten nur hin und wieder etwas über den Sonnenschein, das frische grüne Gras und Frau Jones' Osterglocken, deren goldene Köpfe in dem leichten Wind tanzten.

Wir waren fast vor Foggelsons Haus angekommen, als Frau Foggelson sagte: „Ich weiß, wie schwer alles für dich gewesen ist, Josua. Es tut mir sehr leid.“

Ich wollte ihr gerade versichern, daß sie doch gar keine Schuld an dem traf, was passiert war, als sie leise und ein bißchen traurig weiterredete.

„Als ich Herrn Foggelson heiratete“, sagte sie, „war ich auch gläubig, aber mein Glaube war nicht so stark wie deiner, Josua. Ich konnte mich nicht gegen meinen Mann behaupten. Seine Argumente klangen so einleuchtend, so überzeugend. Woher sollte ich, eine junge Frau mit Volksschulbildung, es besser wissen als ein Lehrer, der an einem der besten Institute unseres Landes ausgebildet worden war? Ich habe klein beigegeben, aber das war ein Fehler. Ich habe mehr verloren, als ich damals ahnte.“

Unbeholfen blieb ich stehen und sah in ihr trauriges Gesicht. Ich wußte weder Trost noch Rat.

„Aber … aber es ist doch noch nicht zu spät!“ stotterte ich.

„Doch, Josua, es ist zu spät“, sagte sie und seufzte.

„Aber …“ wollte ich widersprechen und wünschte mir, daß Onkel Nat jetzt hier wäre. Am liebsten wäre ich losgelaufen, um ihm daheim alles zu erzählen.

Sie unterbrach mich.

„Ich habe dir mein kleines Geheimnis nur erzählt, weil ich weiß, wie schwer du es hast, und weil ich deinen Mut bewundere, aber bitte, bitte erzähle es niemandem weiter! Versprichst du mir das, Josua?“

Mir blieb nichts anderes übrig, als es ihr zu versprechen. Hilflos stand ich jetzt vor ihr und mußte zusehen, wie ihr die Tränen in die Augen stiegen und übers Gesicht laufen wollten. Aber es fiel mir schwer, dieses Versprechen. Jetzt würde ich Onkel Nat und Tante Lou ja nicht erzählen können, was Frau Foggelson bedrückte, daß sie Hilfe und Ermutigung brauchte und dringend zu Gott zurückfinden mußte.

„Also gut, ich versprech's“, sagte ich zögernd.

Sie hob sich eine behandschuhte Hand an die Augen und wischte sich die Tränen damit ab. Dann lächelte sie wieder. Niemand hätte erraten, daß sie eben noch so traurig ausgesehen hatte.

„Danke, Josua“, sagte sie beinahe flüsternd, „daß du mir die Einkäufe – und auch die anderen Lasten – ein Stück getragen hast.“

Dann waren wir auch schon vor der Haustür angekommen, und ich wartete, bis sie ihre Päckchen ins Haus gebracht hatte und mir dann meine abnahm.

Wieder lächelte sie mir zu und bedankte sich noch einmal. Ich zog meine Mütze und machte schleunigst kehrt. Es lag mir nicht sonderlich daran, Carmen oder Herrn Foggelson über den Weg zu laufen.

Gerade als ich durch das Gartentor auf die Straße ging, stieß ich mit jemandem zusammen, der bei den Foggelsons einbog. Wir brachten beide eine gestotterte Entschuldigung vor. Dann erst merkte Jack, mit wem er eigentlich redete.

Bevor ich wußte, wie mir geschah, hatte er mich beim Kragen gepackt und sah mich wutschnaubend an.

„Hast du etwa Carmen heimlich hinter meinem Rücken besucht?“ zischte er.

Ich versuchte, mich aus seinem Griff zu lösen.

„Hab' ich nicht!“ zischte ich zurück und riß an Jacks Hand.

„Bestimmt nicht?“ herrschte er mich an.

„Ich lüge nicht; das weißt du genau!“ gab ich zurück. „Laß mein Hemd los!“

Er lockerte seinen Griff, aber sein Gesicht war immer noch tomatenrot vor Wut.

„Ich frage Carmen", sagte er, „und wenn du gelogen hast, dann wirst du's bereuen. Beim nächsten Mal bleibt's nämlich nicht bloß bei 'ner Beule an deinem dämlichen Kopf."

Ich ließ Jack stehen und machte mich, innerlich vor Wut kochend, auf den Heimweg. Mein Hemd war zum Glück nicht zerrissen; nur ein Knopf war lose. Dieser irrsinnige Jack Berry! Den Burschen hatte ich ohnehin noch nie besonders gern gemocht, sagte ich mir, aber dann berichtigte ich mich schnell. Es hatte einmal Zeiten gegeben, als ich Jack Berry zu meinen Freunden gezählt hatte.

Aber das war damals gewesen, bevor Carmen aufgetaucht war und Jack ihretwegen völlig den Verstand verloren hatte. Na, von mir aus konnte er sie haben. Mir war's egal. Nein, das stimmte auch wieder nicht. Carmen war und blieb das hübscheste Mädchen, das ich je gesehen hatte. Ich fand ihr silberhelles Lachen und ihre kupferbraunen Locken immer noch einmalig. Abends betete ich für sie und ihren Vater. Jetzt, wo ich Bescheid wußte, würde ich auch für ihre Mutter beten, und zwar am allermeisten.

Noch immer von dem Zusammenstoß verärgert, ging ich weiter und versuchte, Ordnung in das ganze Durcheinander zu bringen. Das Leben war schon manchmal schwierig. Wie sollte man sich da bloß zurechtfinden?

Auf einmal fing es wieder an, in meinem Kopf zu hämmern: „Jack Berry. Jack Berry." Das machte mich noch wütender. Obendrein würde ich jetzt zu spät nach Hause kommen. Tante Lou würde zwar Verständnis haben, wenn ich ihr erst alles erklärte, aber davon bekam ich meine Arbeit auch nicht schneller getan.

Als ich gerade am Schulhof vorbeikam, begegnete ich dem alten Tom. Er schlurfte vor sich hin, und die Zipfel der Jacke, zu der Onkel Nat ihm verholfen hatte, flatterten bei jedem wankenden Schritt im Wind. Sämtliche Knöpfe schienen ihm an der Jacke zu fehlen, aber das kümmerte Tom wohl nicht. Summend und lallend hielt er die fast leere

Flasche an sich gedrückt, als wollte er verhindern, daß sie ihm aus der Hand gerissen wurde.

Als er mich sah, winkte er mir mit der Flasche durch die Luft zu. Bei mir schien er keine Angst zu haben – wegen der Flasche, meine ich. Er wußte anscheinend, daß ich es nicht auf sie abgesehen hatte.

„Tag, Joschsch!" lallte er zur Begrüßung. Ein Schluckauf folgte.

„Tag, Tom!" antwortete ich, ohne stehenzubleiben.

„Paß bloß auf, daß du nicht wieder am Boden landest!" sagte er und lachte. Ohne es eigentlich richtig zu wollen, sah ich zur Seite, wo der Steinbrocken lag, an dem ich mir den Kopf angestoßen haben sollte.

„Jack Berry. Jack Berry." Das Hämmern ließ mich nicht los. Was hatte Jack Berry gerade gesagt? Beim nächsten Mal sollte es nicht nur bei einer Beule an meinem dämlichen Kopf bleiben. Und dann wurde mir mit einem Schlag alles klar. Es war Jack Berrys Stimme gewesen, die ich damals in der Dunkelheit gehört hatte! Wir hatten uns einen erbitterten Kampf geliefert. Er hatte mir einen handfesten Kinnhaken verpaßt, und ich war zusammengesackt. Dabei mußte ich wohl mit dem Kopf auf dem Steinbrocken gelandet sein. Und dann hatte sich dieser gemeine Kerl aus dem Staub gemacht, obwohl er genau wußte, daß ich da in der Kälte hätte erfrieren können, bevor mich jemand fand.

Eine unbändige Wut packte mich. Ich weiß nicht, woher ich die Beherrschung nahm, um nicht schnurstracks zu den Foggelsons zurückzugehen und es diesem dreckigen, nichtsnutzigen Jack Berry ordentlich zu geben. Er sollte dafür büßen, was er damals angerichtet hatte.

Ich hätte es wohl getan, wenn Tante Lou nicht gewesen wäre. Sie brauchte mich; ich mußte Holz und Wasser für sie holen, und ich wollte nicht, daß sie sich darum sorgte, wo ich steckte. Deshalb ging ich jetzt nach Hause, einzig um ihretwillen. Um keinen Preis durfte ich sie jetzt beunruhigen, weil es doch nicht mehr lange bis zur Geburt ihres Kindes war.

Helle Aufregung

Der Frühling verging, und bald war es Juni. Nach allem, was ich erlebt hatte, erschienen mir die Tage jetzt ziemlich träge und ereignislos. In der Schule behandelte Herr Foggelson mich weder gleichgültig noch ausweichend, und das war mir eigentlich auch sehr recht so. Carmen war viel zu sehr damit beschäftigt, mit den anderen Mädchen zu tuscheln und Geheimnisse auszutauschen, um uns Jungen überhaupt zu beachten. Wir wußten alle, daß Jack Berry sie immer noch häufig besuchte.

Mir war das egal. In mir brodelte es immer noch vor Wut, wenn ich nur an Jack dachte. Seitdem ich mich wieder an alles erinnern konnte, hatte ich noch keiner Seele davon erzählt, wie dieser Schuft mich aus dem Hinterhalt angegriffen und zusammengeschlagen hatte. Vielleicht befürchtete ich insgeheim, daß mir jemand meinen Zorn ausreden würde; ich weiß nicht. Jedenfalls hegte und pflegte ich meine Verbitterung und malte mir die schlimmsten Foltern aus, die Jack Berry hoffentlich eines Tages zur Strafe erleiden müßte.

Als es Juni wurde, strahlte die Sonne warm vom Himmel. Der alte Tom trug seine verschlissene, knopflose Jacke jetzt nicht mehr, auch nicht am Abend, wenn es kühler wurde. Er schien kein normales Empfinden mehr für kalt und warm, gut und schlecht zu besitzen. Ich machte mir einfach keine Gedanken um ihn, aber Onkel Nat dafür um so mehr. Ich verstand nicht recht, warum er eigentlich so ein Aufhebens um diesen alten Trunkenbold machte. Der schien doch in seinem betrunkenen Zustand restlos glücklich und zufrieden zu sein.

Der Juni brachte viel Sonnenschein, frische Rhabarberblätter in Tante Lous Garten und die ersten Kälber und Fohlen auf den Feldern entlang der Straße mit sich. Das Frühjahr war doch die schönste Jahreszeit, dachte ich – aber dann fiel mir die Ernte im Herbst ein, und ich wußte genau, daß ich die Ernte noch lieber hatte. Und dann war da natürlich noch Weihnachten ... Also, das Frühjahr mochte ich jedenfalls gern. Sehr gern sogar.

Jeden Tag nach der Schule wartete eine Menge zusätzlicher Arbeit auf mich, aber das machte mir nichts aus. Jetzt blieb es ja abends viel länger hell, so daß ich mehr Zeit hatte. Die zusätzliche Arbeit hatte in erster Linie mit Tante Lous Garten zu tun. Die Samenkörner, die in langen Reihen ausgesät waren, schickten kleine grüne Spitzen in die Luft, die sich zu einem Blattpaar entfalteten, dann zu vier Blättern, zu sechs, bis eine junge Gemüsepflanze in das helle Sonnenlicht hineinragte.

Wie Sie sich bestimmt denken können, war es nicht nur das junge Gemüse, das in Tante Lous Beet gedieh, sondern auch das Unkraut. Meine Aufgabe war nun, es zu jäten. Das Umgraben und Harken besorgte ich zwar gern, aber wenn es darum ging, auf den Knien zwischen den Reihen entlangzurutschen und Unkraut auszureißen, war ich nicht mit dem gleichen Eifer bei der Sache. Ich tat es aber trotzdem. Schließlich konnte ich nicht zulassen, daß Tante Lou es selbst machte, weil es jetzt nur noch vier Wochen bis zur Geburt ihres Babys waren.

Tante Lou hing sehr an ihrem Garten, und es fiel ihr schwer, das Unkrautjäten jemand anders zu überlassen, aber der Doktor hatte sie davon überzeugt, daß es in diesem Jahr klüger wäre, wenn sie mich in den Garten schickte. Widerwillig hatte sie ihr Einverständnis gegeben.

Wir alle zählten schon die Tage, bis das Baby endlich ankommen sollte. Die Wiege, die Opa geschreinert hatte, stand schon in der Ecke des kleinen Zimmers, das Tante Lou das Kinderzimmer nannte, und der geflochtene Korb für die Wäsche stand gleich daneben. Tante Lou hatte weiße Rüschenvorhänge genäht und sie an das Fenster gehängt, und dann hatte sie ein paar Bilder von fremden pausbackigen Babys eingerahmt und an die Wand gehängt. Onkel Nat hatte irgendwo günstig einen gebrauchten Schaukelstuhl erstanden und frisch angestrichen. Der stand nun mit einer gestrickten Babydecke über der Armlehne in dem Kinderzimmer. Die kleine Truhe war mit winzigen Babysachen angefüllt, die Tante Lou auf ihrer alten Nähmaschine genäht hatte, und auf dem Kinderbettchen lag die Flickendecke, die Uropa so kunstvoll wie die geübteste Frau genäht hatte.

Fast jedesmal, wenn ich an der Tür vorbeikam, blieb ich stehen und warf einen Blick hinein. Bei unseren Mahlzeiten am Küchentisch unterhielten wir uns oft über Namen und ob es nun ein Junge oder ein Mädchen würde. Wir hatten alle unseren Spaß beim Planen und Vorbereiten für das Baby, und ich glaube, wir gewannen einander dadurch sogar noch lieber.

An einem Nachmittag war ich gerade draußen im Garten und jätete Unkraut, als ich einen mächtigen Durst auf einen kühlen Schluck Wasser verspürte. Die heiße Nachmittagssonne konnte einem in Windeseile Haut und Kehle austrocknen. Ich stand auf, um mich zu strecken, und nahm dabei die Reihe in Augenschein, die ich noch zu jäten hatte. Bis zum Abendbrot würde ich längst damit fertig sein.

Als ich in die Küche kam, stand der Kartoffeltopf noch auf dem Tisch, und eine halb geschälte Kartoffel lag daneben. Merkwürdig. Sonst hatte Tante Lou um diese Zeit die Kartoffeln längst auf dem Herd.

Ich horchte auf. Vielleicht war Tante Lou von irgend jemandem zu Hilfe gerufen worden. Dann hörte ich ein seltsames Geräusch von ihrem Schlafzimmer her, gefolgt von einem Stöhnen, daß mir der Schreck in alle Glieder fuhr und die Knie mir weich wurden.

Tante Lou lag auf ihrem Bett, die Hände vor das Gesicht geschlagen, und schien schreckliche Qualen zu erleiden, so reglos und steif lag sie da. Bevor ich ein Wort sagen konnte, stöhnte sie wieder. Ich lief an ihr Bett, blieb aber erschrokken stehen und fragte mich verzweifelt, was ich bloß anfangen sollte und wann Onkel Nat endlich nach Hause kommen würde.

Dann löste sich ihre Anspannung etwas, und sie schnappte nach Luft. Ihre Hände legten sich auf ihren gewölbten Bauch, und ich sah, daß ihre Augen vor Schmerzen voller Tränen waren.

„Tante Lou?“ flüsterte ich bange.

Sie drehte den Kopf zu mir um und verzog das Gesicht zu einem schwachen Lächeln.

„Oh, Josch! Tut mir leid, wenn ich dich ... Mir geht's nicht gut.“

„Soll ich Onkel Nat suchen?“ fragte ich, obwohl ich sie nicht eine Sekunde allein lassen wollte.

Sie nickte. Dann hielt sie mich mit der Hand zurück.

„Hol zuerst den Doktor!“ stieß sie hervor, und dann stöhnte sie wieder auf.

Ich rannte so schnell wie noch nie im Leben und betete dabei im stillen. „Was wird, wenn der Doktor nicht zu Hause ist, lieber Gott?“ betete ich. „Was soll ich dann bloß tun?“ Tante Lou brauchte ihn doch, und zwar sofort.

Aber er war zu Hause. Er war gerade dabei, dem kleinen Jeremy Sweeden eine Wunde in der Hand zu nähen, als ich in seine Praxis gestürzt kam. Ich fing schon an zu rufen, bevor ich bei ihm war.

„Herr Doktor, schnell! Tante Lou ist furchtbar krank!“

Der Doktor sah von der Naht auf. Er zog die Stirn in Falten, sprang aber nicht gleich auf und holte sich die schwarze Tasche, wie ich's gehofft hatte. Statt dessen sagte er: „Was ist denn los, Josua?“

„Tante Lou“, stieß ich hervor und keuchte dabei vom Laufen. „Sie hat schreckliche Schmerzen. Sie braucht Hilfe. Sofort!“

„Gut, ich komme“, antwortete er und wandte sich wieder der verletzten Hand zu.

„Sofort!“ wiederholte ich flehend. Am liebsten hätte ich ihn am Arm gepackt und zu Tante Lou gezerrt.

„Ja, Josch. Ich komme gleich. Sobald ich hier mit dieser Hand fertig bin!“

Ich wäre fast übergekocht vor Zorn. Die Hand würde schon nicht gleich abfallen, wenn er aufhörte, aber was sollte aus Tante Lou werden?

„Geh du schon vor und sorge für ein Feuer und einen Kessel heißes Wasser!“ wies der Doktor mich an. „Ich komme gleich nach.“

Ich rannte zu Tante Lou zurück und war froh, etwas für sie tun zu können. Sie stöhnte und wand sich noch immer, so daß ich vor Angst ganz kopflos wurde.

Es war wohl in Wirklichkeit gar nicht so sehr lange, bis der Doktor endlich anklopfte, aber es kam mir wie eine Ewigkeit vor. Er schaute nicht mal in der Küche nach, ob das Feuer auch brannte und das Wasser kochte, sondern ging geradewegs in Tante Lous Schlafzimmer und machte die Tür hinter sich zu. Zwischen Tante Lous Stöhnen konnte ich die beiden miteinander reden hören. Ich überzeugte mich davon, daß das Feuer hell brannte, und rannte dann wieder los. Ich mußte Onkel Nat suchen und hatte keine Ahnung, wo ich mich hinwenden sollte.

Wie ein gehetztes Wild rannte ich durch die ganze Stadt. Ein paar Leute fand ich, die Onkel Nat heute gesehen hatten, aber wo er jetzt gerade stecke, wußte niemand zu sagen. Schließlich rannte ich abgekämpft wieder nach Hause. Dort fand ich Onkel Nat – oder besser gesagt, seine Spuren. Der arme Dobbin stand am Pfosten angebunden. Er sah hungrig und überanstrengt aus. Onkel Nat hatte ihn bestimmt in aller Eile hier zurückgelassen, um ins Haus zu stürzen.

Ich versorgte das Pferd. War ja froh, mich irgendwie nützlich machen zu können. Mir fiel ein Stein vom Herzen, weil der Doktor und Onkel Nat jetzt beide bei Tante Lou waren.

Nachdem ich Dobbin seinen Hafer gegeben und ihn kräftig gestriegelt hatte, fing ich mit meinen übrigen Arbeiten an. In der Küche fehlte es an Brennholz, und wir brauchten Wasser in der Küche, ob Tante Lou nun krank war oder nicht. Das Unkraut im Garten würde sich wohl oder übel gedulden müssen. Nach Gartenarbeit war mir jetzt ganz und gar nicht zumute.

Als ich alles, was mir nur an Arbeit einfallen wollte, erledigt hatte, ging ich wieder in die Küche zurück. Am liebsten wäre ich draußen geblieben, aber inzwischen war es schon dunkel, und ich hatte keinen Vorwand mehr, mich dem Haus fernzuhalten. Tante Lous Stöhnen war die reinste Qual. Mir lief es heiß und kalt den Rücken hinunter, wenn ich's nur hörte.

So gut es ging, machte ich mir in der Küche zu schaffen und schälte die Kartoffeln fertig, um sie dann zum Kochen auf den Herd zu stellen. Den Braten im Ofen konnte man schon riechen. Ich wußte nicht, was Tante Lou sonst noch zum Abendessen vorgesehen hatte, weshalb ich in den Keller ging und ein Glas von ihren eingekochten Bohnen aus dem Regal nahm.

Als ich wieder in die Küche kam, saß der Doktor auf einem Stuhl am Tisch.

„Kannst du Kaffee kochen?“ fragte er mich, und ich nickte.

„Dann mach doch bitte eine Kanne, Josch, ja?“ bat er. „Es kann noch lange dauern, bis das Kind endlich kommt.“

Ich erstarrte und hätte beinahe die Bohnen fallen gelassen.

„Das Kind?“ fragte ich entgeistert. „Dazu ist es doch noch viel zu früh! Das Kind soll doch erst im Juli kommen!“

„So haben wir uns das zwar vorgestellt, aber das Baby scheint da anderer Meinung zu sein“, antwortete der Doktor.

„Aber es ist doch noch zu früh“, widersprach ich.

Der Doktor seufzte und trommelte mit den Fingern auf die Wachstuchtischdecke. Er sah zu mir auf, und in seinen Augen standen Traurigkeit und Hoffnung zugleich. Noch immer sagte er nichts.

„Wird die Kleine es denn gut überstehen?“ fragte ich bange. Ich war derjenige gewesen, der ein Mädchen gewünscht hatte. Ich wollte, daß sie genau wie ihre Mutter würde, eine winzige, kleine Lou, die ich liebhaben und versorgen konnte, so wie Tante Lou mich versorgt hatte, als ich klein war.

„Weiß nicht", sagte der Doktor leise. Mir brach der Angstschweiß aus.

„Können Sie's denn nicht zum Aufhören bringen?"

Der Doktor schüttelte nur den Kopf. Dann stieß er ein tiefes, bekümmertes Seufzen aus.

„Ich habe getan, was ich konnte, Josch, aber es ist zwecklos. Das Kind wird bald geboren werden."

Am liebsten hätte ich ihn ausgeschimpft und angeschrien, daß er kein brauchbarer Doktor sei, wenn er nicht mal eine zu frühe Geburt verhindern konnte, aber ich fand einfach keine Worte. Alles in mir schien plötzlich wie versteinert.

Der Doktor schien meine Gedanken zu erraten. Er räusperte sich und fing zu reden an.

„Kann sein, daß wir uns in der Zeit geirrt haben, Josch. Das kommt schon vor. Damals war deine Tante Lou ja krank, wenn du dich erinnerst. Aber selbst wenn wir's tatsächlich mit einer Frühgeburt zu tun haben, ist deshalb längst nicht alles verloren. Viele Babys überstehen es bestens, auch wenn sie so früh wie das Kleine von deiner Tante Lou ankommen. Wir müssen unser Möglichstes tun und dem Kind die allerbeste Pflege angedeihen lassen. Alles andere ist Sache des Allmächtigen."

Irgendwie gelang es mir, den Kaffee aufzusetzen, um den der Doktor gebeten hatte. Ich weiß nicht, ob er überhaupt genießbar war, aber der Doktor trank ihn trotzdem. Bestimmt hatte er schon mehr als einmal miserablen Kaffee vorgesetzt bekommen.

Wir aßen zu Abend. Keiner hatte richtigen Appetit. Der Doktor machte einen Teller für Onkel Nat zurecht und brachte ihn ins Schlafzimmer, aber das Essen kam fast unangerührt wieder in die Küche zurück.

Gegen elf Uhr klopfte es an unserer Tür. Es war ungewöhnlich, daß so spät noch jemand zu Besuch kam. Es war Samuel Harris. Trotz der Dunkelheit mußte er ziemlich schnell gelaufen sein. Der Schreck stand ihm in den Augen, und er war so außer Atem, daß er kaum reden konnte.

„Ist Pastor Crawford da?" keuchte er. Ich nickte.

„Wir brauchen ihn", stieß Samuel hervor. „Auf der Stelle. Der alte Tom liegt im Sterben."

„Was?" entfuhr es mir.

„Der alte Tom. Er stirbt. Ich soll den Pastor rufen, hat er gesagt."

„Aber er kann jetzt nicht", entgegnete ich. „Tante Lou kriegt ihr Baby."

„Er muß aber kommen! Der alte Tom macht's nicht mehr lange. Hat ausdrücklich den Pastor verlangt."

Ich wollte Samuel zur Tür hinausschieben, als ich Onkel Nats Stimme hinter mir hörte.

„Was gibt's, Sam?"

Samuel erzählte ihm schnell alles, und ich beobachtete Onkel Nats Gesicht beim Zuhören. Ich konnte ihm ansehen, welch inneren Kampf er ausfocht.

„Tut mir leid, Sam", sagte Onkel Nat schließlich und schüttelte traurig den Kopf. „Tut mir sehr leid, aber ich kann jetzt nicht weggehen, beim besten Willen nicht, Lou braucht mich. Es ... es tut mir wirklich sehr leid."

Samuel stand entgeistert da. Er schien gar nicht daran zu denken, wieder zu gehen.

„Er hat aber gesagt, ich soll nicht ohne Sie zurückkommen", beharrte er.

„Wo ist er?"

„Im Mietstall."

„Kann man ihn nicht herholen?"

„Er läßt sich von keinem anrühren. Sagt, er stirbt auf der Stelle, wenn wir versuchen, ihn woanders hinzubringen."

„Es tut mir leid", sagte Onkel Nat noch einmal. Es klang müde und traurig.

Endlich wandte Samuel sich ab und ging langsam und gebeugt davon.

Nur wenig später kam Onkel Nat wieder aus Tante Lous Zimmer, den Hut in der einen und das schwarze Buch in der anderen Hand. Es war nicht schwer zu erraten, daß er sich auf den Weg zu dem ständig betrunkenen Tom, unserem Stadtpenner, machte.

„Ich nehme Dobbin", sagte er eher zu sich selbst als zu mir. „Sobald ich kann, komme ich wieder."

Ich weiß nicht mehr, ob ich nur genickt oder auch irgend etwas geantwortet habe, aber irgendwie hatte ich das ungute Gefühl, daß sich hier ein Unheil anbahnte.

Das Baby

Der Doktor blieb bei Tante Lou, und ich ging in der Küche auf und ab. Hab' wohl gebetet; ich weiß nicht mehr genau. Eins weiß ich aber: ich hoffte inständig, daß Onkel Nat bald zurückkommen würde.

Über den alten Tom ärgerte ich mich maßlos. Onkel Nat hatte ihm schließlich schon oft gesagt, daß er mit seinem Schöpfer ins reine kommen müßte, aber darauf hatte er nie gehört, und jetzt, wo er krank und kurz vor dem Sterben war, kam's ihm plötzlich in den Sinn, sein Leben in Ordnung zu bringen.

Nicht, daß ich's Tom übelnahm, Gott nicht so, wie er war, unter die Augen treten zu wollen; aber wenigstens hätte er sich für seine Buße eine günstigere Zeit als ausgerechnet jetzt aussuchen können, fand ich.

Auf Onkel Nat war ich auch ein bißchen böse, aber wenigstens wußte ich bei ihm, daß er in einer verzwickten Lage war. Er wäre gern bei Tante Lou geblieben, und sie hätte ihn auch gern hier bei sich gehabt. Das wußte ich genau, weil ich die beiden ja oft genug darüber reden gehört hatte, wie sie die Geburt ihres ersten Kindes zusammen erleben wollten. Und jetzt mußte Tante Lou alles allein durchmachen!

Langsam krochen die Minuten dahin. Der Zeiger an der alten Küchenuhr brauchte länger als sonst für seine Reise von Ziffer zu Ziffer. Ich erwog sogar, mir eine Tasse Kaffee einzuschenken, damit ich etwas zu tun hätte, aber dann ließ ich's doch lieber bleiben. Ich hatte das Zeug noch nie gemocht und hatte mich schon oft gefragt, wie die Erwachsenen es nur runterbrachten.

Gegen Mitternacht hörte ich, wie sich in dem Zimmer

nebenan etwas zu regen schien. Ich hörte, wie der Doktor mit Tante Lou sprach; ob es Trost oder Anweisungen waren, konnte ich nicht ausmachen. Wenig später hörte ich einen spitzen Aufschrei, und dann herrschte Stille.

Ich horchte angestrengt, aber nichts war zu hören. Die Stille war noch unerträglicher als das Stöhnen. Langsam ging ich auf die geschlossene Schlafzimmertür zu. Als ich davorstand, hörte ich wieder die Stimme des Doktors. Ich konnte zwar nicht verstehen, was er sagte, aber schon allein der Ton jagte mir Angst ein.

Plötzlich schrie Tante Lou etwas. Es klang so ähnlich wie: „O nein! Bitte, mein Gott, nur das nicht!" Und dann fing sie an zu weinen. Durch die Tür hindurch konnte ich sie laut schluchzen hören. Am liebsten wäre ich zu ihr ins Zimmer gestürzt. Hab's aber nicht getan. Ich stand einfach nur da und zitterte und schwitzte und wünschte mir nichts sehnlicher, als daß Onkel Nat endlich wieder nach Hause käme.

Aber der ließ auf sich warten. Jetzt war es schon fast halb zwei, und er war noch immer nicht daheim. Der Doktor war die ganze Zeit über kaum von Tante Lous Seite gewichen. Sie war jetzt still, und als der Doktor endlich wieder in die Küche kam, wirkte er alt und müde.

„Sie schläft", sagte er kurz.

Er wußte genau, daß mir das nicht reichte.

Ich konnte nichts fragen. Sosehr ich mich auch bemühte – ich brachte keinen Ton heraus.

„Das Kind hat's nicht überlebt, Josch", sagte der Doktor. Mehr sagte er nicht.

Tausend Fragen dröhnten mir im Kopf, aber ich brachte keine davon über die Lippen. Ich konnte nicht. Ich fand einfach keine Worte. Ich wollte losheulen, aber es kamen keine Tränen.

„Du gehörst längst ins Bett, mein Junge", sagte der Doktor und goß sich mit zittriger Hand noch eine Tasse von dem starken schwarzen Kaffee ein.

Ich glaubte zwar nicht, überhaupt ein Auge zukriegen zu können, aber ich beschloß, trotzdem zu Bett zu gehen. Ich mußte unbedingt raus aus der Küche, mußte irgendwo für mich allein sein. Langsam drehte ich mich um und wollte gehen. Der Doktor suchte in seiner schwarzen Tasche herum und holte eine kleine Flasche hervor. Er schraubte den Deckel ab und ließ eine kleine weiße Tablette in seine Hand rollen.

„Hier, Josch, nimm die!“ forderte er mich auf. „Davon schläfst du besser.“

Mechanisch griff ich nach der Tablette und spülte sie mit einem Schluck Wasser aus dem Trinkeimer runter. Dann ging ich in mein Zimmer.

Warum war Onkel Nat bloß noch nicht zurück? Wo konnte er nur stecken? Wenn der alte Tom im Sterben lag, dann müßte das doch inzwischen längst geschehen sein, oder? Ich war ihnen allen beiden böse. Tante Lou brauchte Onkel Nat. Oder besser gesagt: sie hätte ihn vorhin gebraucht. Jetzt war's zu spät. Das Baby war schon tot, Tante Lou schlief. Sie würde nicht mal hören, wenn Onkel Nat nach Hause kam. Was hielt ihn bloß so lange auf?

Als ich gerade vor meinem Zimmer angekommen war, hörte ich die Stimme des Doktors. Er hatte sich auf einen von den Küchenstühlen gesetzt und trank seinen heißen Kaffee, aber er meinte mich mit dem, was er sagte.

„Es war ein Mädchen, Josch. Ein kleines Mädchen.“

Jetzt machte ich, daß ich wegkam. An dem Schluchzen, das mich schüttelte, verschluckte ich mich. Ich zog mich nicht mal aus. Ich warf mich einfach auf mein Bett und schluchzte haltlos. Es tat so furchtbar weh, wenn ich daran dachte, daß ich das kleine Baby nie liebhaben und versorgen dürfte, wie ich es mir immer gewünscht hatte. Ich weinte, weil ich an Tante Lou denken mußte, die ihr Kind verloren hatte. Ich weinte um das Baby, das kleine Mädchen, das niemals Sonnenschein und Blumen und die Liebe seiner Familie erleben würde. Als ich mich endlich ausgeweint hatte, stieg Verbitterung in mir auf.

Ich war zornig. Furchtbar zornig. Gott hätte doch alles verhindern können! Und wenn er schon das Baby sterben lassen wollte, dann hätte er wenigstens dafür sorgen können, daß Onkel Nat bei Tante Lou gewesen war, als es passierte. Aber nein, Onkel Nat war nicht zu Hause. Kümmerte sich um einen alten Säufer, der sich monatelang keins von Onkel Nats Worten zu Herzen genommen hatte. Tante Lou war ganz allein gewesen. Warum nur? War sie Gott etwa egal? Machte er sich vielleicht nichts aus denen, die ihm nachfolgten? Schließlich dienten Onkel Nat und Tante Lou ihm; sie setzten sich in der Kirche ein.

Eins wußte ich genau: Pastor wollte ich nicht mehr werden. Um keinen Preis der Welt. Wenn man sich schon nicht auf Gott verlassen konnte, wenn Not am Mann war, wozu sollte man dann sein ganzes Leben in seinen Dienst stellen?

Vielleicht hatte Herr Foggelson ja recht. Vielleicht war die Bibel in Wirklichkeit nichts weiter als eine Sammlung von Märchen. Vielleicht stimmte das, was darin stand, gar nicht. „Woher soll ich's wissen?" war mein letzter Gedanke. Dann riß mich die Wirkung der kleinen Schlaftablette endlich aus meiner Verwirrung und meinen Zweifeln.

Als ich am nächsten Morgen aufwachte, brodelte es in mir weiter. Ich war immer noch so aufgebracht wie in der Nacht. Ich war auch noch angezogen, nur, daß jemand eine Decke über mich gebreitet hatte.

Von der Küche her kamen Stimmen, und ich zwang mich zum Aufstehen. Mir lag zwar nicht viel daran, mein Zimmer zu verlassen, aber mich hier für alle Zeiten verkriechen konnte ich auch nicht. Widerwillig schob ich die Tür auf und ging aus meinem Zimmer. Jetzt erkannte ich die Stimmen. Es waren Opa und Uropa. Sie sprachen leise und gedämpft mit Onkel Nat.

Als ich mich endlich dazu überwand, die Küche zu betreten, sah ich, daß Onkel Charlie auch da war. Auf dem Tisch standen Kaffeetassen, aber niemand trank daraus.

Es wurde still, als ich hereinkam, und ich guckte vor Verlegenheit auf den Fußboden. Ich sah wohl aus wie ein

Landstreicher; das wußte ich selbst. Meine Kleider waren zerknittert, die Haare standen mir zu Berge, und mein Gesicht war vom Weinen verschwollen.

„Morgen, Junge!“ sagte Opa und streckte den Arm nach mir aus, um mich an sich zu drücken. Beinahe hätte ich gleich wieder losgeweint. Opa hielt mich ganz fest in seinem Arm, als ob er mir damit irgendwie den Kummer lindern wollte.

Onkel Nat war auch da. Ich weiß nicht, wann er endlich nach Hause gekommen war. Ich fragte ihn auch nicht danach, so egal war's mir. Auf jeden Fall war's zu spät gewesen, wenn man mich fragte.

„Du freust dich sicher zu hören, daß Tom in der Nacht Frieden mit Gott gemacht hat“, sagte Onkel Nat, und ich wußte, daß er selbst das als eine wahrhaft gute Nachricht betrachtete.

Ich schaute in die Runde. Es war nicht schwer zu erraten, daß alle Anwesenden ganz Onkel Nats Meinung waren.

Ich nickte. Der alte Tom hatte also Frieden mit Gott gemacht, bevor er gestorben war. Das war zwar gut so, aber allzu begeistert war ich nicht.

„Der Doktor ist jetzt bei ihm. Es geht ihm heute morgen schon viel besser.“

„Ist er gar nicht gestorben?“ stieß ich verdutzt hervor.

Ein leises Lachen ging um den Tisch.

„Nein, er ist nicht gestorben“, erklärte Onkel Nat. „Hat aber einen gehörigen Schrecken ausgestanden.“

Er war also gar nicht tot! Da hatte er doch tatsächlich Onkel Nat von Tante Lou weggerufen und dann noch nicht mal den Anstand besessen, das Zeitliche zu segnen! Und sobald ihn seine Beine wieder trugen und er aufs neue durch die Stadt taumeln und stolpern konnte, würde er sein verlottertes Leben weiterführen. Davon war ich felsenfest überzeugt. Jetzt wurde ich noch verbitterter. Entschlossen kehrte ich den Männern am Tisch den Rücken zu.

„Muß mich für die Schule fertig machen“, murmelte ich.

Opa räusperte sich.

„Junge“, sagte er, „wenn dir heute nicht nach Schule zumute ist, dann brauchste nicht zu gehen.“

Mir war wirklich nicht nach Schule zumute, aber zu Hause wollte ich auch nicht herumsitzen. Da blieb mir nicht viel Auswahl übrig. Doch dann fiel mir Tante Lous Garten ein. Dort gab es noch Unkraut zu jäten. Mit einem gemurmelten Dankeschön an Opa ging ich mich waschen.

Es wurde ein langer, bitterer Tag für mich. Die Gartenarbeit half zwar, aber die ganze Zeit konnte ich dabei das Sägen und Hämmern aus Onkel Nats Holzschuppen hören. Ich wußte nur zu gut, was dort vor sich ging: die vier Männer schreinerten gemeinsam einen winzigen Sarg.

Alle paar Minuten kam Onkel Nat aus dem Schuppen und ging ins Haus, um nach Tante Lou zu sehen. Wenn sie gerade wach war, blieb er eine Weile bei ihr, und wenn sie schlief, ging er zu den Männern zurück, um ihnen zu helfen.

Der Doktor kam zweimal, einmal am Vormittag und einmal am Nachmittag. Er sprach leise mit Onkel Nat, und ich hörte, wie er etwas darüber sagte, daß es Tante Lou „den Umständen entsprechend gut“ gehe und daß sie es „mit Fassung getragen“ habe.

Als das Unkraut gejätet war, sah ich mich nach einer anderen Arbeit um. Ich versorgte Dobbin und spaltete eine Menge Brennholz. Dann holte ich Wasser, bis alle Eimer im Haus gefüllt waren.

Endlich neigte sich der lange Tag dem Ende zu. Die Männer schauten abwechselnd bei Tante Lou rein. Ich wußte, daß ihr der Beistand ihrer Lieben guttat, aber ich war einfach noch nicht soweit, um auch zu ihr gehen zu können.

Die drei Männer machten sich wieder auf den Weg zur Farm, weil die Tiere für die Nacht versorgt werden mußten. Morgen würden sie wiederkommen, versprachen sie.

Onkel Nat blieb den ganzen Abend bei Tante Lou, weshalb ich mir selbst überlassen war. Meine einzige Aufgabe bestand darin, die Tür zu öffnen, wenn jemand klopfte. Die ganze Nachbarschaft hatte inzwischen schon gehört, daß

Tante Lou ihr Kind verloren hatte, und Kuchen, Aufläufe und Brote wurden zusammen mit den Beileidswünschen von Gemeindegliedern bei uns abgegeben. Sogar Leute, die gar nicht zur Kirche gehörten, brachten Plätzchen oder Hühnchenpasteten und bekundeten ihr Beileid.

Ich war froh, als ich endlich die Tür verriegeln konnte. Ich löschte das Licht, was weitere Besucher fernhielt, und ging in mein Zimmer.

Ich muß wohl ziemlich bald eingeschlafen sein; jedenfalls erinnere ich mich nicht, lange wachgelegen und nachgedacht zu haben. Ich wollte auch gar nicht nachdenken. Und beten wollte ich schon gar nicht. Wozu sollte ich mit einem Gott reden, der nicht einmal für seine Diener sorgte.

Fügungen

Irgendwie gelang es uns, die nächsten Tage hinter uns zu bringen. Ständig kamen und gingen Leute. Die Männer legten den kleinen Sarg mit einer weichen Decke aus, und in unserer Kirche fand eine Trauerfeier statt. Angehörige, Gemeindeglieder und viele Nachbarn und Bekannte aus der Stadt kamen. Für Onkel Nat muß es besonders bitter gewesen sein, dachte ich, die Beerdigung für sein erstes Kind abzuhalten.

Tante Lou konnte nicht zur Beerdigung gehen. Opa blieb bei ihr. Ich weiß nicht, ob er überhaupt Worte hatte, mit denen er sie trösten konnte, aber vielleicht wollte sie gar keine Worte. Als ich an ihrem Zimmer vorbeiging und kurz hineinspähte, saß Opa an ihrem Bett und hielt ihre Hand fest in seiner.

Ich ging wieder in die Schule. Die Mädchen redeten flüsternd miteinander, als ich an ihnen vorbeiging, und das ärgerte mich mehr, als es mich tröstete. Was wußten die schon davon, wie es war, jemanden zu verlieren, auf den man sich schon seit Monaten gefreut hatte?

Zu Hause blieb die Tür zu dem kleinen Zimmer, das als Kinderzimmer dienen sollte, verschlossen. Sooft ich daran vorbei mußte, beeilte ich mich. Tante Lou dagegen nicht. Ich sah oft, wie sie regelrecht davor stehenblieb, als ob sie auf das Schreien eines Säuglings oder auch nur auf das sanfte Atmen eines Neugeborenen horchen wollte. Ob sie wohl manchmal, wenn sie ganz allein war, schnell in das Zimmer huschte und die winzigen Hemdchen aus der Truhe hervorholte oder die Decke auf dem Bettchen zurechtzog?

Ich war froh, als die Sommerferien anfingen. Es war wie eine Art Tapetenwechsel fürs Gemüt, dachte ich.

Unter normalen Umständen wäre ich jetzt gleich auf die Farm umgezogen, aber Tante Lou war noch nicht wieder ganz bei Kräften. Opa hatte gemeint, ich sollte ruhig noch ein paar Tage bei ihr bleiben, um ihr zu helfen.

Ich half Tante Lou zwar nicht ungern, aber ich vermißte die Farm. Die offenen Felder mit den wilden Erdbeeren hier und da, der Bach und die Angelstellen, der klare, blitzblaue Himmel – alles schien geradezu nach mir zu rufen. Es zog mich einfach raus aus der Stadt, raus aus dem kleinen Pfarrhaus, fort von anderen Menschen. Ich wäre sogar am liebsten von mir selbst fortgegangen, wenn das kein Ding der Unmöglichkeit gewesen wäre.

Aber weil alles Wunschdenken zwecklos war, fügte ich mich in das, was von mir erwartet wurde, und machte mich bei Tante Lou nützlich. Sie erholte sich langsam, aber sicher. Stundenweise war sie sogar auf und arbeitete in ihrer Küche. In den Garten ließen wir sie allerdings noch nicht, weshalb ich das Unkraut in Schach hielt, so gut es ging.

Eines Tages hatte mich Tante Lou zum Einkaufen losgeschickt, und auf dem Weg aus dem Geschäft wäre ich beinahe mit Carmen zusammengestoßen. Ich spürte, wie mir die Röte ins Gesicht stieg, und zermarterte mir das Gehirn nach irgendeiner Bemerkung, während Carmen selbstsicher und gelöst wirkte. Sie blieb sogar stehen und warf mir ihr strahlendes Lächeln zu.

„Guten Tag, Josua!“ grüßte sie freundlich. „Wie geht's deiner Tante Lou?“

Es klang so, als meinte sie ihre Anteilnahme ehrlich. Nervös nahm ich meine Tüte in die andere Hand und blieb auch stehen.

„Danke, viel besser“, antwortete ich. „Sie ist sogar wieder auf.“

„Fein“, sagte sie und lächelte wieder.

Ich sah mich um. Insgeheim befürchtete ich wohl, daß Jack Berry in der Nähe auf der Lauer lag.

„Magst du ein Eis essen gehen?“ fragte sie. Wäre es nicht

ausgerechnet Carmen gewesen, die diese Frage gestellt hatte, dann hätte ich es für eine regelrecht dumme Frage gehalten. Klar mochte ich Eiskrem.

„Papa hat mir Geld für Süßigkeiten gegeben“, fuhr sie fort, „aber allein schmeckt's nicht so gut wie zu zweit.“

„Sicher“, sagte ich und trat von einem Fuß auf den anderen. „Ich geh' gern mit.“

Jack Berry war mir jetzt gleichgültig. Der war es sowieso nicht wert, daß man sich seinetwegen graue Haare wachsen ließ.

Gemeinsam gingen wir zur Konditorei, und ich hielt Carmen die Tür auf. Wir setzten uns auf die hohen Stühle am Tresen und bestellten einmal Vanilleeis für Carmen, einmal Schokoladeneis für mich.

Natürlich hatte ich nicht die geringste Absicht, mich von Carmen einladen zu lassen. Ich war froh, daß ich mir zu Hause ein paar Geldmünzen eingesteckt hatte, bevor ich weggegangen war.

„Du hast sicher gehört, daß Jack nicht mehr zu mir zu Besuch kommt“, sagte Carmen leichthin. Mein Kopf fuhr in die Höhe. Sie hielt den Blick gesenkt, so daß sich ihre Wimpern dunkel und weich gegen ihre Wangen abhoben. Ich hatte fast vergessen, wie hübsch dieses Mädchen war.

Ich schüttelte den Kopf. Nein, das hatte ich noch nicht gehört.

„Es stimmt aber“, fuhr sie fort. „Er war ja furchtbar langweilig! Papa konnte ihn einfach nicht ausstehen. Er verabscheut Leute ohne Geist, und Jack war einfach geistlos.“

Das hätte sie nicht treffender sagen können, fand ich, behielt es aber lieber für mich.

„Papa sagt, Jack hat Kreidestaub, wo eigentlich sein Gehirn hingehört“, sagte Carmen lachend. „Ach, es war einfach sterbenslangweilig mit ihm. Er konnte keinen vernünftigen Gedanken zustande bringen, ja, er konnte nicht mal den Gedanken anderer Leute folgen. Aus ihm wird nie was Besonderes.“ Sie zuckte mit den Achseln.

„Jetzt ist er in der Großstadt. Eine Arbeit will er sich dort suchen, hat er gesagt, und dann will er Berge von Geld verdienen, daß ich alles noch schwer bereuen würde." Wieder lachte sie, als sei das der größte Witz des Jahrhunderts.

Ich saß einfach nur da und schwieg. Ich konnte Jack Berry genausowenig ausstehen, aber irgendwie fand ich es falsch von Carmen, die ihn ja vermutlich einmal gemocht hatte, auf einmal so häßlich über ihn herzuziehen. Aber den Gedanken schob ich jetzt von mir. Was ging's mich schon an, was zwischen Jack und Carmen vorgefallen war? Prüfend schaute ich Carmen an. Sie war so hübsch wie eh und je. Vielleicht sogar noch hübscher.

„Und was tust du zur Zeit, Josua?" fragte sie.

„Weiß nicht", antwortete ich unbehaglich. „Nicht viel. Ich helfe Tante Lou."

„Ich dachte, du wärst schon längst wieder auf eurer Farm."

„Lange kann's nicht mehr dauern. Opa meinte, daß ich noch ein paar Tage hierbleiben sollte, bis Tante Lou wieder ganz bei Kräften ist."

Dann bekamen wir unsere Eiskrem, die ich auf der Stelle bezahlte, und eine Zeitlang löffelten wir schweigend. Plötzlich richtete Carmen ihre blauen Augen wieder auf mich.

„Ich habe dich vermißt, Josua", sagte sie leise. Um ein Haar hätte ich mich an meinem Eis verschluckt. „Mama vermißt dich auch", fuhr sie hastig fort. „Sie sagt immer von dir, du seist der höflichste und tapferste junge Bursche, der ihr je begegnet ist."

Das war ausgesprochen nett von ihrer Mutter. Ich aß schnell noch einen Löffel Schokoladeneis, um nicht antworten zu müssen.

„Mama sagt übrigens oft zu Papa, daß Pastor nicht der schlechteste Beruf ist", fügte Carmen hinzu.

„Damit hab' ich's mir eigentlich anders überlegt", erwiderte ich etwas gedehnt. „Ich glaube, ich werde doch lieber kein Pastor."

Carmens Gesicht erhellte sich.

„Ach, wirklich?"

„Nee. Ich dachte, vielleicht werde ich Rechtsanwalt. Oder Professor; ich weiß noch nicht genau."

Carmen lächelte mich an. Die Wimpern tanzten ihr dabei auf und ab. Ihre Freude über diesen Richtungswechsel war offensichtlich.

Ich leerte meinen Eiskrembecher. Dann fiel mir plötzlich ein, weshalb ich überhaupt in die Stadt geschickt worden war.

„Ich muß nach Hause", sagte ich. „Tante Lou wartet auf ihre Hefe hier."

Damit nahm ich meine Tüte und meine Mütze und wandte mich zum Gehen.

„Dank' dir, Josua, für das Eis!" sagte Carmen und fügte so leise hinzu, daß niemand außer mir es hören konnte: „Du darfst mich gern besuchen kommen – jederzeit sogar!"

Ich wurde rot und eilte aus der Konditorei. Mir war so zumute, als ob jedes Augenpaar im ganzen Laden auf mich geheftet sei. An der Tür sah ich mich noch einmal um. Carmen saß auf ihrem hohen Stuhl und wippte mit den Beinen hin und her. Sie warf mir zum Abschied noch ein Lächeln zu, dann war ich auch schon draußen auf dem Bürgersteig.

Ich hatte gerade die Tüte mit der Hefe auf den Küchentisch gelegt und wollte wieder ins Freie gehen, als Tante Lou mich aufhielt.

„Ich habe gerade frische Plätzchen gebacken, Josch. Möchtest du ein paar?"

Normalerweise würde ich so ein Angebot nie ausschlagen. Tante Lou war stolz auf ihre Plätzchen, und ich aß sie auch sehr gern, aber ich hatte ja eben erst einen Becher Schokoladeneis verputzt. Trotzdem wollte ich nicht abweisend sein, weshalb ich nur grinste und meine Mütze in die Ecke warf.

„Klar!" antwortete ich.

Pixie bestand immer darauf, sich an meinen Plätzchen zu beteiligen. Dagegen hatte ich keine Einwände. Ich nahm sie auf den Schoß und gab ihr ab und zu ein winziges Stück von meinem Plätzchen ab. Diese Plätzchen waren die ersten, die Tante Lou seit ihrer ... seit ihrer Krankheit gebacken hatte, und sie schmeckten prima wie immer.

„Deine Plätzchen sind doch die besten!“ lobte ich mit vollem Mund.

„Freut mich, daß du sie magst!“ sagte sie und setzte sich neben mich an den Tisch. „Vielleicht kann ich ab jetzt wieder regelmäßig backen.“

Ich nahm es ihr keineswegs übel, mit dem Backen ins Hintertreffen geraten zu sein, und das wollte ich ihr auch sagen, aber ich wußte nicht, wie ich's ausdrücken sollte. Ich nahm mir noch ein Plätzchen und gab Pixie ein winziges Stück, bevor ich mir den Rest selbst in den Mund steckte.

„Ich habe eigentlich noch gar nicht mit dir über das Baby geredet, Josch“, sagte Tante Lou unvermittelt, und ich sah sie an. Hoffentlich hatte sie nicht vor, das ausgerechnet jetzt nachzuholen, dachte ich.

„Du hast das Kleine nicht mal gesehen, oder?“

Ich schüttelte den Kopf. Ich hatte nicht das geringste Verlangen danach gehabt, Tante Lous Baby zu sehen.

„Es war so winzig. So klitzeklein! Es verschwand förmlich in seinem Hemdchen und seiner Decke!“

Ich konnte ihr anmerken, daß die Erinnerung an das kleine Wesen sie traurig und froh zugleich stimmte.

„Wir hatten uns mit dem Geburtstermin geirrt, Josch“, sagte Tante Lou schnell. „Es war pünktlich geboren worden.“

Jetzt fuhr mir der Kopf hoch, und ich sah Tante Lou geradewegs an.

„Warum ist es dann ...?“ Ich stockte. Das Wort „gestorben“ brachte ich einfach nicht heraus.

„Warum es gestorben ist? Weil es mit einer furchtbaren Mißbildung auf die Welt gekommen war. Wir wußten es damals selbst noch nicht, aber der Doktor sagt, daß ich schon schwanger war, als ich die Röteln hatte. Erinnerst du dich an die Röteln, Josch? Also, mit den Röteln ist das so: für ein Baby in seinen allerersten Monaten können sie sehr gefährlich sein – ich meine, wenn die Mutter sie bekommt. Sie können Mißbildungen hervorrufen, schwere sogar. Wir haben das nicht groß erzählt, weil wir nicht wollten, daß die Smiths auf die Idee kämen, sie hätten die Schuld an allem, weil ich mich doch bei ihnen mit den Röteln angesteckt habe. Ich wußte ja damals noch nichts von dem Baby; sonst wäre ich gar nicht zu den Smiths gegangen."

Ich saß einfach nur da und ließ mir von Pixie die Krümel von den Fingern lecken.

„Jeden Tag danke ich Gott, daß unser Baby bei ihm ist", fuhr Tante Lou fort, und Tränen stiegen ihr in die Augen. „Jeden Tag."

Tante Lou war dankbar dafür, daß ihr Baby gestorben war? Ich traute meinen Ohren kaum.

„Aber ich hab' dich doch gehört", widersprach ich heftig. „Ich habe gehört, was du da in der Nacht gesagt hast. ‚Bitte, mein Gott, nur das nicht!' hast du gerufen."

„Ja, das hab' ich", gab Tante Lou zu, und obwohl sie neben mir am Tisch saß, schien sie irgendwie mit den Gedanken weit entfernt zu sein. „Ich war kleingläubig, Josch. Ich schäme mich deswegen. Als ich das Baby mit seinen Mißbildungen zum ersten Mal sah, habe ich gerufen: ‚Bitte, mein Gott, nur das nicht!' Ich schäme mich sehr deswegen, aber ich ... ich habe Gott angefleht, das Kleine zu sich zu nehmen. Das war falsch von mir, Josch. Das hätte ich nicht tun sollen. Ich hätte aus Gottes Hand annehmen sollen, was richtig und gut für uns war."

Jetzt rannen Tante Lou die Tränen ungehindert über das Gesicht. Kann sein, daß ich auch ein paar Tränen im Gesicht hatte; weiß nicht genau.

„Später habe ich dann um die Kraft gebetet, Gottes Willen anzunehmen", redete Tante Lou weiter, „und ich konnte mit aufrichtigem Herzen sagen: ‚Dein Wille geschehe.' Nur ein paar Minuten, nachdem ich das gebetet hatte, hat Gott es dann zu sich in den Himmel geholt."

Das alles war mir unverständlich. Ich begriff kein Wort davon.

„Nun bin ich Gott doch irgendwie dankbar! Nicht um

meinetwillen, sondern um des Kindes willen. Denn unsere kleine Tochter ist jetzt vollkommen. Sie hat keine Mißbildungen mehr. Niemand wird sie je verlachen oder ihr wehtun. Sie wird keine Qualen leiden, keine Operationen über sich ergehen lassen müssen und keine Schmerzen haben."

Inzwischen hatte ich so viele von Tante Lous Plätzchen gegessen, wie ich nur unterbringen konnte. Jetzt saß ich nur da und kraulte Pixie unter dem Hals.

„Wenn es am Leben geblieben wäre, dann hätte ich Gott sicher auch dafür gedankt, Josch. Ich glaube, das Wort ‚Gnade' paßt irgendwie hierher. Gott gibt uns die Gnade, seine Fügungen dankbar und vertrauensvoll anzunehmen. Kannst du das verstehen?"

Da war ich mir nicht so sicher, weshalb ich lieber keine Antwort gab.

„Wir haben es Amanda genannt. Den Namen hattest du doch ausgesucht. Wußtest du das überhaupt?"

Ja, das hatte ich gehört.

„Es war nicht einfach", vertraute Tante Lou mir an, „aber jetzt bin ich froh, ein Juwel im Himmel zu haben. Amanda. Amanda Beatrice. Beatrice bedeutet ‚Glückbringende', und das Kleine hat uns ja Freude gebracht, schon in den Monaten, als wir sie erwarteten. Und jetzt freuen wir uns, weil es im Himmel ist, wo ihm nichts mehr zustoßen kann."

Tante Lou stand auf und wischte sich die letzten Tränenspuren mit der Schürze ab.

„Ich weiß, wie schwer das alles für dich war, Josch", fuhr sie fort. „Du hattest dich doch fast so sehr wie Nat und ich auf das Baby gefreut. Es ist nicht leicht, es loszulassen; das weiß ich, Josch, aber wir können doch froh sein, daß es jetzt an einem sicheren Ort ist, wo es geliebt wird und Gott selbst es versorgt." Sie schwieg einen Moment. „Und sobald ich wieder ganz gesund und bei Kräften bin, dann werden wir wieder ein Baby bekommen. Diesmal brauchen wir uns wegen der Röteln keine Sorgen zu machen; das ist jetzt vorbei. Ich weiß, das Warten wird lang werden, aber sollst nur sehen: die Monate vergehen wie im Flug, und bevor du dich's versiehst, hast du deine kleine Base – oder deinen kleinen Vetter!"

Tante Lou strich mir über den Kopf und zerzauste mir die Haare. Jetzt lächelte sie wieder.

„Wir werden's schaffen, Josch", sagte sie. „Mit Gottes Hilfe werden wir's alle schaffen."

Ich stand auch auf. Ich hatte noch Holz zu spalten und ins Haus zu tragen. Außerdem war ich froh, aus der Küche zu kommen.

Jetzt war ich restlos durcheinander. Wir hatten unser Baby verloren, unsere Amanda Beatrice, aber Tante Lou hatte gesagt, daß sie Gott jeden Tag dafür danke, es nicht am Leben gelassen zu haben. Wie hatte ich auch wissen können, daß Gott in Wirklichkeit Tante Lous Gebet damit erhört hatte, als er die kleine Amanda Beatrice zu sich in den Himmel geholt hatte?

Trotzdem ärgerte ich mich immer noch darüber, daß Onkel Nat damals nicht bei Tante Lou gewesen war. Wenn Gott ihr wirklich helfen wollte, dann hätte er es doch so einrichten können, daß der alte Tom irgendwann zu einem anderen Zeitpunkt krank wurde oder daß das Baby entweder davor oder danach geboren wurde. Es gab einfach keinen Grund, weshalb Tante Lou ganz allein ein schwerkrankes Kind zur Welt bringen mußte, das dann obendrein auch noch gestorben war. Das hätte Gott doch wirklich verhindern können.

Ach, ich wußte nicht, was ich denken und wie ich das alles verstehen sollte.

Wie es weitergeht

Bevor ich für die Sommerferien auf die Farm fuhr, besuchte ich Carmen noch einmal. Weiß selbst nicht, wie mir dabei zumute war. Spaß hat's schon gemacht, wieder mit ihr in Büchern zu blättern und mich mit ihr zu unterhalten. Es war spannend, mir ein paar von den farbig illustrierten Büchern aus Herrn Foggelsons Regal nehmen zu dürfen, um darin zu schmökern. Ich habe mich auch gefreut, Frau Foggelson mit ihrem wohlwollenden Lächen wiederzusehen. Sogar der Tee und das Gebäck schmeckten mir, jedenfalls einigermaßen, aber irgendwie wurde ich das unbestimmte, bohrende Gefühl nicht los, daß ich einen Fehler machte. Ich versuchte, mich nicht daran zu stören, aber es verschwand nicht.

Herr Foggelson blieb eine Zeitlang bei uns und redete über gute Bücher, die ich unbedingt lesen sollte. Er las mir sogar ein paar Abschnitte aus einem Geschichtsbuch vor und fragte mich, was ich von diesem oder jenem Gedanken hielt. Ich antwortete, so gut ich konnte, aber zum Teil waren es Sachen, die ich noch nie gehört hatte.

Ich glaube, Carmen und ich atmeten beide auf, als er uns endlich in Ruhe ließ. Sie erzählte mir mehrmals, wie „stumpfsinnig" sie Jack Berry fand und wie sehr sie meine Besuche vermißt hatte. Das glaubte ich ihr sogar beinahe. Insgeheim fragte ich mich, wieso sie so lange gebraucht hatte, um Jacks „Stumpfsinn" zu entdecken, aber das verschwieg ich wohlweislich.

Jack Berry gehörte sowieso nicht zu den Leuten, über die ich mich gern unterhielt. Ich hatte nämlich noch nicht vergessen, was er mir angetan hatte. Ich fand, es war mein gutes Recht, ihn zu verabscheuen, und genau das tat ich auch.

Um ehrlich zu sein, genügte mir schon der bloße Gedanke an Jack Berry, wenn ich mich mal richtig ins Selbstmitleid hineinsteigern wollte oder einen Grund suchte, in Wut zu geraten. „Jack Berry. Jack Berry“, ließ ich es immerzu in meinen Ohren dröhnen, und dann dachte ich an die Fäuste, die mich aus der Dunkelheit trafen, an den Geschmack von Blut und den Schmerz in meinem Kopf. Damit rührte ich die alte Bitterkeit wieder auf. Irgendwie empfand ich das sogar als eine Art von Wohltat; jedenfalls gönnte ich mir dieses bittersüße Selbstmitleid des öfteren. Zum ersten Mal im Leben hatte ich einen Grund, der ganzen Welt böse zu sein.

Zugegeben, ich hatte mich schon früher mal hier und da über eine Ungerechtigkeit geärgert, aber dann hatte mir immer eine innere Stimme gesagt: „Das ist nicht recht von dir, Josch. So schlimm hat's dich nun auch wieder nicht erwischt!“ Wenn ich aber daran dachte, wie Jack Berry mich fast ums Leben gebracht hätte, dann fand ich meine Wut eigentlich voll und ganz gerechtfertigt.

Also, zu mehr als dem einen Besuch bei Carmen reichte es nicht. Tante Lou hatte sich wieder so weit erholt, daß sie mich für die Sommerferien zur Farm schickte. Sie wußte ja, wie sehr ich die Landwirtschaft vermißte. Opa versprach ihr, alle paar Tage in die Stadt zu kommen und bei ihr nach dem Rechten zu sehen. Onkel Nat sorgte dafür, daß sie keine Wassereimer zu schleppen brauchte, und erledigte auch das Umgraben im Garten für sie. So fuhr ich also zur Farm zurück, wo die grünen Felder und die saftigen Weiden lockten.

Pixie war fast so froh wie ich, wieder auf der Farm zu sein. In den ersten zehn Minuten rannte sie immerzu im Kreis herum, und die nächsten zehn Minuten verbrachte sie dann damit, ihre Umgebung auszukundschaften, falls sich seit dem letzten Mal irgendwas verändert haben sollte.

Wir lachten alle über sie, aber ich wußte genau, wie ihr zumute war. Ich hätte ja am liebsten selbst gleich einen kleinen Rundgang gemacht.

Was mich am meisten anzog, war der Bach, aber allzu ungeduldig wollte ich nun auch wieder nicht erscheinen – ich meine, gleich nach meiner Ankunft wieder loszurennen. Da hatte ich allerdings die Rechnung ohne meine Angehörigen gemacht. Die kannten mich nämlich ziemlich gut. Kaum hatte ich meine Sachen in mein Zimmer gebracht und war in die Küche gegangen, als Opa mich fragte:

„Ob du uns wohl ein paar Fische zum Abendbrot verschaffen kannst, Junge?"

Ich grinste und nickte.

„Sie beißen zur Zeit prächtig an, hört man", meldete auch Onkel Charlie sich zu Wort.

„Aber was wird aus meiner Stallarbeit?" wandte ich ein.

„Damit werden wir wohl noch einen Tag länger fertig", meinte Opa. „Wenn du uns das Abendbrot aus dem Bach holst, sind wir voll und ganz mit dir zufrieden."

„Und wenn du ein paar große Fische an die Angel bekommst", versprach Uropa augenzwinkernd, „dann gehe ich morgen mit dir angeln."

Die drei Männer hatten wohl geahnt, daß ich den Ausflug an den Bach dringend nötig hatte. Ich hatte Uropa immer gern mitgenommen und hätte ihn auch den ganzen Sommer über jeden Tag bei mir gehabt – nur heute nicht. Nachdem sich so viel ereignet hatte, daß ich innerlich ganz aufgewühlt und durcheinander war, brauchte ich diesen Tag ganz für mich allein.

Der Bach zeigte sich von seiner schönsten Seite. Das Wasser rieselte silberhell über die Kiesel. Es war fast so sauber und klar wie oben an der Quelle, wo es aus dem harten Felsen herauskam. Die hellgrünen Blätter wogten im Nachmittagswind hin und her und verstreuten Lichtflecken wie Konfetti in der weichen, stillen Luft. Die Vögel waren ein einziges Zwitschern und Tschilpen. Mit dem Nestbau waren sie fertig, und jetzt versorgten sie fleißig ihre Jungen. In der Nähe piepste ein ganzes Nest voll winziger Rotkehlchenjungen nach Futter. Ich mußte an die beiden kleinen Kinder bei unserem letzten Gemeindepicknick denken, die mit ihren Blechlöffeln lautstark auf ihren hohen Stühlchen herumgetrommelt hatten. Einen Riesenlärm hatten die veranstaltet!

Bei dem Gedanken an die beiden Dreikäsehochs kamen mir Tante Lou und ihre kleine Amanda wieder in den Sinn. Eigentlich begriff ich immer noch nicht richtig, was da eigentlich passiert war. Tante Lou war dankbar dafür, daß ihr Baby – ihr hilfloses, krankes Baby – jetzt im Himmel war, wo es keine Krankheiten und keine Schmerzen gab.

Tante Lou hatte ihr Baby so liebgehabt, daß sie sogar bereit gewesen war, es herzugeben, wenn es dadurch an einen besseren Ort kam. Ich wußte aber auch, daß sie großen Kummer hatte. Oft hatte sie gesagt, daß ihr die Gebete der anderen Tag für Tag halfen, den Kummer auszuhalten, und daß sie gar nicht wüßte, wie sie ohne diese Gebete fertig werden sollte. Na schön, dann sollten die Leute für sie beten. Sie brauchte schließlich alle Hilfe, die sie kriegen konnte.

Ich für meinen Teil hatte allerdings noch ein paar Fragen, und mit denen wurde ich nicht fertig. Warum hatte Gott es überhaupt zugelassen, daß Tante Lou die Röteln bekommen hatte? Und warum hatte er es nicht verhindert, daß sie das Baby ohne Onkel Nat an ihrer Seite zur Welt bringen und allein zusehen mußte, wie es dann starb? Wenn Gott tatsächlich ein Gott der Liebe war, warum hatte er alles so kommen lassen, wie es passiert war? So würde ich niemanden behandeln, den ich liebhatte, soviel stand fest.

Nein, das hätte Gott alles ganz anders machen können, und ich dachte gar nicht daran, ihm zu verzeihen. Ich begriff einfach nicht, was er sich dabei gedacht hatte. Fügte er seinen Nachfolgern etwa mit Absicht Schmerzen zu? Dabei fiel mir ein, daß ich schon Prediger hatte sagen hören, in solchen Zeiten lerne man „echtes Gottvertrauen“ und erfahre „geistliches Wachstum“. Also, ich fand jedenfalls, daß es dazu auch andere Wege geben müßte. Diese Prediger hatten sich die Sache mit dem Vertrauen und dem Wachstum bestimmt nur ausgedacht, um Gott in Schutz zu nehmen, wenn er mal wieder etwas Trauriges zugelassen hatte. Nein, es blieb dabei: Wenn Gott seine Diener so schäbig behandelte, dann würde ich keiner werden wollen.

Ich wußte zwar nicht, ob ich ihm überhaupt fehlen würde, aber ich hoffte wenigstens, daß ihm die ganze Sache leid tat, jedenfalls so ein bißchen. Schließlich war das das einzige, womit ich es ihm heimzahlen konnte.

Bei diesen Überlegungen fing ich zwei stattliche Fische und trug sie stolz nach Hause, um sie den Männern vorzuführen.

„Sieh an, sieh an!" strahlte Opa. „Hast dir dein Abendessen redlich verdient, Junge!"

Auch Onkel Charlie grinste vergnügt und nahm die Fische entgegen, um sie für die Bratpfanne zu zerlegen.

„Dann steht also für morgen ein Ausflug auf dem Programm, Josua, nicht wahr?" fragte Uropa. „So einen Fisch hätte ich auch gern an meiner Angel. Ich wäre gern zum Angeln an den Bach gegangen, aber ohne dich macht's keinen rechten Spaß. Wie sieht's aus, mein Junge: Würdest du wohl morgen einen alten Mann mit an den Bach nehmen? Sind wir uns einig?"

„Klar", nickte ich. „Morgen gehen wir angeln."

„Bestens!" Uropa rieb sich die Hände. „Dann mache ich mich am besten gleich an die Arbeit und säubere meine Angelhaken."

Die beiden Fische schmeckten ausgezeichnet. Sogar Pixie bekam eine Kostprobe. Ich gab ihr ein paar winzige Stückchen, nachdem ich sie gründlich auf Gräten untersucht hatte. Sie leckte sich die Schnauze und bettelte um mehr. Ich ließ sie statt dessen meine fettigen Finger ablecken.

Wir gingen alle früh zu Bett. Ich wußte nicht, warum ich so müde war. Es hatte Tage gegeben, an denen ich viel härter bei der Arbeit zugepackt hatte und danach längst nicht so erschossen war wie jetzt. Bestimmt lag's an der Aufregung darüber, endlich wieder auf der Farm zu sein, sagte ich mir. Ich legte den Arm um Pixie und machte es mir zum Einschlafen gemütlich. Dabei kümmerte es mich wenig, daß ich mir nicht mal Zeit für mein Abendgebet genommen hatte.

An einem Nachmittag kam Willi auf seinem Pferd Nell zu Besuch. Nell war fett und faul und reichlich ungelenk, aber Willi hätte sich nie im Leben eine tadelnde oder hämische Bemerkung über sein Pferd angehört. Er ritt es schon seit dem ersten Schuljahr, und er hing heute noch genauso an diesem Tier wie damals, als es noch ein lebhaftes Ding mit hoch erhobenem Kopf und schwungvollem Schritt gewesen war. Ich hätte es mir nie erlaubt, mich über Nell lustig zu machen.

Gemeinsam striegelten wir das alte Pferd und redeten dabei über dies und das, was zwei Jungen halt so in den Sommerferien zu bereden haben. Schon jetzt sprachen wir von unserem nächsten Ausflug. Je länger unsere Wanderung bachaufwärts zurücklag, desto glorreicher erschien sie uns. Die nächste Gelegenheit, die sich nur bot, würden wir gleich nutzen, beschlossen wir. Nur daß wir diesmal tunlichst einen Bogen um Turleys Weide machen würden.

„Weißt du", sagte Willi, „seit unserer Wanderung verstehe ich mich viel besser mit Avery. Der ist schwer in Ordnung. Wir unternehmen jetzt viel miteinander. Früher konnte ich nicht begreifen, weshalb er's dir so angetan hatte. War sogar ziemlich sauer, weil er dein bester Freund war und nicht ich. Jetzt, wo ich ihn besser kenne, finde ich ihn eigentlich ganz patent."

Ich war ziemlich überrascht, das zu hören – nicht, daß Willi sich mit Avery angefreundet hatte, sondern daß er früher eifersüchtig auf ihn gewesen war, weil er mein bester Freund war.

„Seiner Mutter geht's inzwischen viel besser", fuhr Willi fort. „Und Avery sieht auch schon viel klarer, was Gott betrifft, Josch. Jetzt steht er nicht mehr tausend Ängste aus wie früher, und er ist auch selbstsicherer geworden. Weißt du, ich glaube, Gott hatte unsere Wanderung extra dazu bestimmt, um Avery zu noch einem guten Freund zu verhelfen."

Willi machte eine Pause und verfiel ins Nachdenken. Ich für meinen Teil hatte auch Grund zum Nachdenken. Dabei hatte ich das Gefühl, als hätte Avery an Willi einen viel besseren Freund als an mir. Immerhin half Willi ihm, Gott besser kennenzulernen, während ich ihn in dieser Hinsicht sich selbst überlassen hatte.

„Wie funktioniert das eigentlich?" fragte Willi dann unvermittelt. „Kommt man Gott näher, wenn man nicht viele Sorgen hat, oder macht man sich nicht so viele Sorgen, wenn man Gott nähergekommen ist? Was meinst du?"

Ich sah in das ernste Gesicht meines Freundes und zuckte mit den Achseln. Woher sollte ich wissen, was von beiden zuerst kam – falls überhaupt?

Nun führte ich Willi ein paar von Pixies Kunststücken vor, und danach wollte er ausprobieren, ob sie ihm auch gehorchte. Als Pixie dann ein paar von seinen Befehlen ausführte, war er ganz stolz auf sich. Er hatte sich schon immer einen eigenen Hund gewünscht, sagte er.

Schließlich setzten wir uns unter die große Pappel im Hof und aßen Plätzchen und tranken von Onkel Charlies frischer Limonade, bis uns der Bauch weh tat. Anschließend kamen wir auf die Idee, zum Teich zu gehen und uns im Steinchenschleudern zu versuchen.

„Hast du schon gehört, daß das Schulamt schon wieder auf der Suche nach einem neuen Lehrer ist?" fragte Willi beiläufig und warf mit geübter Hand ein flaches Steinchen auf den Weiher, daß es nur so hüpfte.

Nein, das war mir neu. Meine Gedanken flogen sofort zu Carmen anstatt zu Herrn Foggelson.

„Was? Aber warum denn?" fragte ich Willi.

„Man hatte etwas gegen das, was er unterrichtet hat, Evolution zum Beispiel, und dergleichen."

Das konnte ich mir leicht vorstellen. Opa wäre auch nicht sehr begeistert gewesen, wenn er gewußt hätte, was in der Schule gelehrt wurde.

„Deshalb ist er auch von der letzten Schule geflogen, weißt du“, fuhr Willi fort.

„Ja“, antwortete ich so beiläufig, wie's nur ging. „Das hab' ich gehört.“ Woher ich das wußte, behielt ich lieber für mich.

„Wann gehen sie denn fort?“ fragte ich statt dessen.

„Er versucht noch, seine Vorgesetzten davon zu überzeugen, ihn hierbleiben zu lassen“, antwortete Willi. „Glaub' aber kaum, daß er damit eine Chance hat. Ein paar von den Leuten bei der Behörde sind ziemlich verstimmt. Sie hätten das Ganze ja nicht so schlimm gefunden, wenn Herr Foggelson seine Lehre als Theorie bezeichnet hätte, aber er hat sie als erwiesene Wahrheit hingestellt, als ob's keinen anderen Weg gäbe. Das ist es, was ihnen an der Sache nicht paßt.“

„Was meinst denn du dazu?“ fragte ich ihn.

„Ich finde auch, er hätte es nicht als unvermeidliche Tatsache hinstellen sollen. Die Kinder in den unteren Klassen geraten dadurch nur ins Stolpern, und ...“

„Das meine ich doch gar nicht“, unterbrach ich ihn.

„Was dann?“

„Ich meine, ob du's für möglich hältst, daß alles tatsächlich so gewesen ist – daß es wirklich eine Art Evolution gegeben hat?“

„Daß die Welt einfach so entstanden ist und Gott nicht alles erschaffen hätte?“

„Ja. Hältst du's für möglich, daß es so war?“

„In der Bibel steht etwas anderes. Ich finde, es klingt hirnverbrannt. Eigentlich ist es viel schwerer, an die Evolution zu glauben als an einen Schöpfer. Was meinst du selbst?“

„Vielleicht hast du recht“, sagte ich nachdenklich. „Vielleicht ist das Ganze ja nichts als Unsinn.“

Willi wechselte das Thema. „Hast du schon gehört, was aus dem alten Tom geworden ist?“

„Was denn?“

„Der hat darum gebeten, als Küster in der Kirche arbeiten zu dürfen – ganz ohne Bezahlung. Gewissermaßen als Dank an Gott, weil er ihm gerade noch rechtzeitig geholfen hat, Ordnung in seinem Leben zu schaffen. Jetzt verbringt er jede freie Minute dort und fegt und putzt die Fenster. Leistet auch gute Arbeit im Mietstall. Hat schon die erste Erhöhung gekriegt."

„Erhöhung?"

„Ja, bessere Bezahlung. Zuerst wollten sie abwarten, ob er auch tatsächlich zuverlässig ist oder ob er sein erstes Geld gleich wieder in der Wirtschaft versäuft. Hat er aber nicht. Und Frau Larkin sagt, er sei ein guter Untermieter. Hält sich selbst und das Zimmer ordentlich und sauber und kommt immer pünktlich zum Essen. Macht sich sogar hier und da nützlich, wenn's was zu tun gibt."

Ich hörte mit dem Steinchenwerfen auf und sah Willi an.

„Alle Achtung!" sagte ich und verspürte sogar eine Art Dankbarkeit dem alten Tom gegenüber. Ein tüchtiger Küster würde Onkel Nat das Leben wesentlich erleichtern, soviel stand fest. Der hatte nämlich bislang das Reinemachen in der Kirche neben seinen anderen Pastorenaufgaben eigenhändig erledigt.

Wir warfen Steinchen, bis wir eine Ente mit ihrer Gefolgschaft Jungen sahen, die sich zu einem Ausflug auf den Weiher anschickten. Dann setzten wir uns auf den feuchtwarmen Boden und schauten ihnen beim Spielen im Wasser zu.

Carmen fiel mir wieder ein – ob sie mit ihren Eltern aus unserer Stadt wegziehen mußte und was sie selbst wohl zu dem ganzen Durcheinander meinte, als Willi mich wieder aus meinen Gedanken riß.

„Du freust dich bestimmt ganz besonders über den alten Tom", sagte er.

„Wie meinst du das?"

„Na, weil er mit Gott ins reine gekommen ist. Keiner von uns hätte das je für möglich gehalten. Wir dachten doch alle, daß Tom ein viel zu schlimmer Sünder wäre, als daß Gott sich noch für ihn interessierte. Der war doch schnurgerade auf dem Weg zur Hölle, haben wir gedacht. Aber irgendwo muß er wohl noch einen Funken von Gewissen besessen haben, sonst hätte er dir ja nicht geholfen, als du im Dunkeln hingefallen warst und dir den Kopf angestoßen hattest. Da freut's dich bestimmt um so ..."

Ich hatte genug gehört.

„Ich bin gar nicht hingefallen", zischte ich. Vor Zorn klang meine Stimme hart wie Eisen.

Willi sah mich an, als ob ich den Verstand verloren hätte.

„Ich bin gar nicht hingefallen", wiederholte ich. „Es war dieser elende Lump von Jack Berry ..."

„Wovon redest du eigentlich?" rief Willi und stützte sich auf den Ellbogen, um mich besser sehen zu können.

„Jack Berry", wiederholte ich hitzig. „Der hat unter dem Baum auf dem Schulhof auf der Lauer gelegen. Er war böse auf mich, weil er in Carmen verknallt war und ich sie besucht hatte. Er hat mich gepackt und auf mich losgeschlagen. Ich konnte nicht mal sehen, mit wem ich's da zu tun hatte. Hab' versucht, mich zu wehren, und ich hab' ihm wohl auch ein paar anständige Hiebe verpaßt, aber dann hat er mir einen Schlag versetzt, daß ich am Boden gelandet bin und mir den Kopf an den Steinbrocken gestoßen hab'. Und dieser elende Feigling hat sich aus dem Staub gemacht, ohne sich darum zu kümmern, was aus mir wurde. Hat sich keinen Deut darum geschert, daß ich in der Dunkelheit längst erfroren sein konnte, bis mich jemand fand."

Willi setzte sich aufrecht ins Gras und sah mich an, als sei ich restlos verrückt geworden.

„Wie kommst du denn auf diese komische Idee?" fragte er.

„Was soll das heißen?" fuhr ich ihn an. „Ich war schließlich dabei, oder nicht?"

„Ja, aber davon hast du doch kein Wort gesagt, nachdem's passiert war. Du hast erklärt, du wärst hingefallen. Du hast gesagt, du könntest dich an nichts erinnern."

„Konnte ich auch nicht. Jedenfalls lange Zeit nicht. Und dann, als Jack angefangen hatte, Carmen seine Aufwartung zu machen, hat er's einmal selbst zugegeben. Hat zu mir gesagt, er würde mich beim nächsten Mal noch übler zurichten, wenn ich mich je wieder in Carmens Nähe wagen sollte."

Schon bei dem bloßen Gedanken an seine Worte kochte ich vor Wut.

„Aber warum hast du denn keinen Ton von alledem gesagt? Ich meine, nachdem du dich wieder erinnern konntest? Warum hast du uns nichts davon erzählt?"

„Was wäre schon dabei herausgekommen?" fragte ich bissig zurück, und Willi nickte. Er schien längst nicht so aufgebracht zu sein wie ich selbst, aber ich konnte ihm ansehen, daß er verstört war. Schließlich gehörte ich zu seinen besten Freunden.

„Das ist die abscheulichste Sache, die mir je zu Ohren gekommen ist", sagte er endlich. „Wie konnte Jack nur so etwas tun?"

„So ist er nun mal, der liebe, nette Jack", gab ich höhnisch zurück.

„Hat er sich je bei dir entschuldigt?"

„Das soll wohl 'n Witz sein!" stieß ich verächtlich hervor. „Der würde mich doch glatt nochmals zusammenschlagen, wenn er die Gelegenheit dazu hätte!"

„Das ist schlimm", sagte Willi. „Wirklich schlimm!"

Ein paar Minuten lang sagte keiner von uns beiden etwas. Willi zupfte Grashalme auseinander, und ich hämmerte zwei Steine gegeneinander. Am liebsten hätte ich jetzt Jack Berrys Finger zwischen den beiden Steinen gehabt.

„Kein Wunder, daß er sich danach nicht mehr in die Schule gewagt hat", sagte Willi dann nachdenklich.

Das war mir noch gar nicht in den Sinn gekommen, aber Willi hatte bestimmt recht. Jack war von der Schule gegangen, weil er sich nach der Prügelei mit mir nicht mehr dort sehen lassen wollte. Es war die reinste Genugtuung für mich, daß er wenigstens diesen einen Verlust davongetragen hatte.

„In der Stadt redet man allerhand über Jack", fuhr Willi fort, und seine Stimme klang ein wenig traurig.

„Was denn?“ fragte ich und wußte nicht mal, ob ich's wirklich hören wollte.

Willi stützte sich wieder auf seinen Ellbogen und fing an, Grashalme aus dem Boden zu reißen und in die Luft zu werfen. Er wollte Zeit gewinnen.

„Na, was denn?“ fragte ich noch einmal.

„Du weißt doch, daß Jack in die Großstadt gegangen ist.“

Ich nickte. Das hatte Carmen mir schon erzählt.

„Carmen und er haben wohl Krach miteinander gehabt. So heißt's jedenfalls in der Stadt. Ich habe keine Ahnung, ob etwas Wahres daran ist und worum's überhaupt gegangen ist.“

Ich wußte auch nichts Genaues.

„Vielleicht ist's ja nicht mal zu einem regelrechten Krach zwischen den beiden gekommen“, vermutete Willi. „Vielleicht hat Carmen sich's nur anders überlegt, was Jack betrifft, weiter nichts. Es scheint, als ob Carmen oder ihr Vater – ich weiß nicht, wer von beiden – der Meinung ist, ein Bursche hätte mächtig klug und reich zu sein, wenn er seine Aufwartung bei Foggelsons machen will. Wie dem auch sei, jedenfalls ist Jack losgezogen, um möglichst schnell reich zu werden und Eindruck bei Carmen oder ihrem Vater zu schinden. So hat er also in der Stadt sein Glück versucht – aber auf die falsche Art. Nur die wenigsten wissen etwas darüber, aber Jack ist im Gefängnis gelandet.“

Willi schaute so bekümmert drein, als ob wir hinter dem guten alten Jack herzutrauern hätten. Das Ganze kam mir plötzlich urkomisch vor. Es war nicht nur lustig, sondern geschah ihm auch recht. Ich warf den Kopf in den Nacken und lachte lauthals los.

Willi sah überrascht zu mir auf und schleuderte mir das nächste Grasbüschel ins Gesicht.

„Was ist denn mit dir los?“ wollte er wissen. „Was soll denn daran so witzig sein, wenn einer ins Gefängnis muß?“

„Gar nichts“, antwortete ich und versuchte, mich wieder einzukriegen. „Nur, daß es keinen rechtschaffeneren Burschen erwischen konnte!“

Willi warf mir einen ernsten Blick zu und stand auf. Er sah regelrecht erbost aus, und das kam bei ihm nicht oft vor.

Plötzlich packte mich eine unbändige Wut.

„Hör mal zu, Willi!" schimpfte ich los. „Dieser Kerl fällt mich im Dunkeln an und hätte mich glatt umbringen können. Was erwartest du denn von mir? ‚Armer kleiner Jack. Nein, so übel hat man ihm mitgespielt!'" wimmerte ich spöttisch.

Willi schien meine Vorführung nicht sonderlich zu gefallen.

„Komm schon, Willi, so ist das Leben nun mal!" steigerte ich mich in meinen Zorn hinein. „Der Kerl hat bloß seine gerechte Strafe bekommen, nicht mehr und nicht weniger!"

Willi stand nur da und sah mich lange an.

„Darum geht's ja gar nicht, Josch!" erklärte er mit ruhiger, gleichbleibender Stimme.

„Was meinst du eigentlich?" warf ich ihm an den Kopf. Es paßte mir nicht, daß er sich beruhigt hatte, während ich noch vor Wut kochte.

„Du weißt genau, was in der Bibel über Vergebung steht."

„Dieser gemeine Bursche hat mich in der Dunkelheit zusammengeschlagen!" verteidigte ich mich hitzig. „Was erwartest du eigentlich von mir? Soll ich vielleicht sagen: ‚Natürlich verzeih' ich dir, Jack, mein Freund. Ich weiß doch, daß du's nicht böse gemeint hast'?"

„Klar hat er's böse gemeint", gab Willi mir recht. „Wenn das stimmt, was du sagst – und ich hab' keinen Grund, dein Wort anzuzweifeln, Josch. Klar wollte er dich übel zurichten. Aber heißt es denn in der Bibel: ‚Vergib nur, wenn der andere es nicht böse gemeint hat'? Nein. Es heißt: ‚Vergib ihm.' Punktum. So hat Jesus es gehalten. Oder meinst du vielleicht, daß Jack dir größeres Unrecht zugefügt hat, als Jesus damals über sich ergehen lassen mußte?"

Das war eine alberne Frage, und das wußten wir beide.

„Er verdient's aber nicht, daß ich ihm verzeihe!" beharrte ich dickköpfig. „Einer, der im Dunkeln auf der Lauer liegt und ..."

Willi ließ mich nicht mal ausreden.

„Das hat nichts damit zu tun, was er verdient hat. Begreifst du denn nicht? Du hast dich schließlich nicht für Jack Berry zu verantworten, sondern für Josch Jones. Jacks Untaten haben nichts mit dir zu tun. Sieh doch, Josch, was Jack getan hat, war wirklich eine Gemeinheit. Das bestreitet niemand. Kein Mensch behauptet, daß Jack dein Verzeihen verdient hat, jedenfalls nicht nach landläufiger Logik. Aber Gott legt einen anderen Maßstab an. Ob du nun verzeihst oder nicht, wird Jack ziemlich gleichgültig sein. Den größten Schaden trägst du selbst davon, Josch. Du bist zufällig mein Freund, Josch, und du bist derjenige, der Vergebung braucht."

„Ich?" sagte ich ungläubig. „Was hab' ich denn verbrochen?"

„Haß! Rache! Bitterkeit! Das sind alles Sachen, die grundverkehrt sind und für die man um Vergebung bitten muß. Gott sagt, daß er nur solchen Leuten vergibt, die auch anderen vergeben. Ich möchte nicht, daß dir nicht vergeben wird, Josch." Die Stimme versagte ihm.

Mein bester Freund Willi hatte tatsächlich Tränen in den Augen. Er wandte sich von mir ab und trat gegen einen Stein. Ich wußte, daß er um seine Fassung kämpfte.

Als ich ihn so dastehen sah, gingen mir seine Worte durch den Kopf. Liebe Güte! Daran hatte ich überhaupt noch nicht gedacht.

Willi schluckte noch immer mühsam. Als er sich wieder zu mir umwandte, war er etwas blaß im Gesicht, und seine Stimme klang reichlich unsicher.

„Ich muß gehen, Josch", sagte er. „Bis Sonntag!" Damit drehte er sich um, die Tränenspuren noch immer in den Augen.

Erbittert sah ich ihm nach. Ich kämpfte mit mir. Ja, ich war noch immer wütend auf Jack Berry. Es tat mir nicht im geringsten leid, daß er in irgendeiner Großstadt im Kittchen gelandet war.

Doch dann überlegte ich mir, wie es wohl sein mochte, ganz allein in einer fremden Stadt im Gefängnis zu sitzen, weit und breit keine Seele zu kennen und fern von grünem Gras und blauem Himmel eingesperrt zu sein. Angenehm war das bestimmt nicht. Aber das hatte er sich doch selbst eingebrockt, sagte ich mir. Doch dann fielen mir ein paar Dinge ein, die ich angerichtet hatte. Ich dachte an meine unbändige Wut, an den Haß, die Rachegedanken, die Eigensucht in meinem Herzen; nein, ich war kein besserer Mensch als Jack!

Ach, es war ein heilloses Durcheinander. Ich wußte überhaupt nicht mehr, was ich denken sollte. Erbost ging ich zum Teich zurück und fing wieder an, Steinchen zu werfen, aber irgendwie war ich nicht recht bei der Sache. Keins von meinen Steinchen hüpfte über das Wasser. Sie schlugen nur spritzend in das Blau des Teichs und sanken auf den Grund.

Angelpartie

Uropa und ich gingen tatsächlich mehrere Male zum Angeln an den Bach. Dazu nahmen wir uns meistens ein Vesperbrot mit, das wir dann am Ufer gemütlich verzehrten. Durch die klare, warme Sommerluft wurden diese Ausflüge zu einem geruhsamen Vergnügen. Uropa nannte es „ein richtig faules Wetter". Es war einem ganz und gar nicht nach Arbeit dabei zumute. Ein ganzer Nachmittag verging wie im Nu, wenn man einfach nur auf dem Rücken lag und die Wolkengebilde am Himmel beim Vorbeisegeln beobachtete oder den Entenjungen am Teich zuschaute. An einem solchen Nachmittag, als wir wieder zum Bach unterwegs waren, sah Uropa zu dem fast wolkenlosen Himmel auf.

„Ach, der Sommer!" sagte er. „Es ist, als ob Gott der Erde im Sommer besonders nahe wäre."

Ich war mir zwar nicht sicher, ob ich seine Meinung teilte, hatte aber nicht vor, diesen schönen Tag durch Widerworte zu verderben.

Wir zogen unsere Schuhe und Strümpfe aus, krempelten uns die Hosenbeine hoch und wateten durch den Bach zu unserer Angelstelle. Dort angekommen, breiteten wir unsere Habseligkeiten am Ufer aus, damit wir keine Ursache hatten, wegen irgend etwas aufstehen zu müssen. Danach machten wir unsere Angelruten fertig.

Wir hatten die Köder noch nicht ausgeworfen, als plötzlich ein Schatten langsam im Wasser an uns vorüberglitt. Wir stießen einander gleichzeitig mit den Ellbogen an und beugten uns so weit vor, wie wir es nur wagen konnten. Am liebsten wäre ich gleich in den Bach gestiegen, um den stattlichen Brocken von Fisch mit bloßen Händen aus dem Wasser zu holen.

„Menschenskinder! Hast du den gesehen?" flüsterte ich Uropa aufgeregt zu, und fast gleichzeitig sagte er zu mir: „Hast du den gesehen? Das ist der gewaltigste Bursche, der mir je begegnet ist! Du, Josua, jetzt wird's spannend!" Dann wurde die Sache ernst. Vor Aufregung vergaßen wir unsere belegten Brote und die Plätzchen in unserem Essenskorb.

Den großen Fisch bekamen wir leider nicht wieder zu Gesicht, aber dafür fingen wir drei andere – zwei davon ganz ansehnlich in der Größe, der dritte eher schmächtig zu nennen, aber den behielten wir auch. Er würde genauso gut wie seine beiden großen Genossen schmecken, und außerdem hatte ihm der Haken das Maul zerstochen, und wir wollten ihm die Qual verkürzen.

Angler sind von Natur aus nicht besonders gesprächig. Man geht halt angeln, weil man Zeit zum Nachdenken braucht. Daß Reden die Fische vertreibt, ist nur ein Vorwand. Damit meint ein Angler in Wirklichkeit: „Bitte stör mir meine Kreise nicht! Ich rede jetzt mit mir selbst und mit der Landschaft um mich her."

Als die Sonne immer weiter in Richtung Westen marschierte, beschlossen wir, uns auf den Heimweg zu machen. Wir packten unsere Ausrüstung wieder ein und wateten durch den Bach zurück. Die Füße trockneten wir uns im Gras und setzten uns, um Strümpfe und Schuhe wieder anzuziehen. Schließlich nahmen wir unsere Ausrüstung und unseren leeren Essenskorb und gingen den Pfad zur Farm zurück. Ich überlegte mir gerade, was Carmen wohl zu dem friedlichen Fleckchen Erde am Bach sagen würde, als Uropa mich aus meinen Gedanken riß.

„Wie geht es eigentlich der kleinen Lou?" Seine Frage überraschte mich. Schließlich hatte er seine Enkelin erst gestern noch selbst gesehen und sich mit eigenen Augen davon überzeugen können, wie es ihr ging.

Aber da redete Uropa schon weiter.

„Du kennst Lou doch besser als mancher andere, Josua. Wie geht es ihr denn nun wirklich? Was meinst du?"

Jetzt begriff ich, wovon er sprach, aber trotzdem zögerte ich mit meiner Antwort.

„Gut", sagte ich dann endlich. „Ziemlich gut, glaub' ich."

„Gott sei Dank!" antwortete Uropa, und ich wußte, daß er das nicht nur so dahingesagt hatte.

„Hat sie je über das Baby gesprochen?"

„Ja. Gerade ein paar Tage, bevor ich zur Farm abreiste."

Uropa zog seine weißen, buschigen Augenbrauen in die Höhe.

„Was hat sie denn gesagt?"

„Sie hat gesagt, daß Gott das Baby zu sich in den Himmel geholt hat. Daß Amanda" – es fiel mir schwer, das Baby beim Namen zu nennen –, „daß Amanda es jetzt viel besser hat."

Uropa schüttelte den Kopf und seufzte tief.

„Sie hat recht, Josua. Sie hat recht."

Dann sagte Uropa was Seltsames.

„Es gibt Dinge, die schlimmer sind als der Tod, Josua. Oh, ich weiß, es ist schwer für die Hinterbliebenen. Ich vermisse deine Urgroßmutter furchtbar. An manchen Tagen meine ich, keinen Schritt ohne sie weitergehen zu können, aber Gott hilft mir und gibt mir Kraft und Gnade für jeden neuen Tag." Er hielt plötzlich inne und wischte sich mit seinem weißen Taschentuch über die Augen. „Und das ist nicht nur eine hübsche Formulierung: Kraft und Gnade für jeden neuen Tag. Nein, es steckt eine tiefe Bedeutung darin. Viel Wahrheit."

Wir gingen weiter. Ich versuchte, die Zweige mit der Spitze meiner Angelrute zu streifen, ohne sie darin zu verhaken.

„Weißt du", fuhr Uropa fort, „wenn man bereit ist, seinem Schöpfer unter die Augen zu treten, wenn einem alle Sünden vergeben sind, dann ist der Tod eine willkommene Sache. Ich würde mir deine Urgroßmutter nie auf die Erde zurückwünschen, wo sie Schmerzen leiden müßte. Nicht für eine einzige Stunde. Dazu habe ich sie viel zu lieb."

Das klang zwar sonderbar, aber ich wußte, daß Uropa es so gemeint hatte.

„Lou hat recht, was ihr kleines Mädchen betrifft. Im Himmel geht es ihm doch viel besser."

Wir schwiegen eine Zeitlang. Ich dachte schon, daß Uropa auf andere Gedanken gekommen war, aber so war's nicht.

„Wenn ich an der Reihe bin, dann sollen sich die Leute darauf besinnen, daß ich endlich am Ziel meiner Hoffnung angelangt bin. Daß ich daheim bin. Ich sehne mich schon seit langer Zeit danach, in den Himmel zu kommen, Josua. Seit dem Tag, als deine Urgroßmutter mir dorthin vorausgegangen ist. Ich kann es ja kaum erwarten, auch in den Himmel zu kommen. Ich freue mich schon sehr darauf, Josua! Jeden Tag muß ich Gott um Geduld bitten, Geduld für ein Weilchen länger. Nein, Josua, ich hoffe sehr, daß niemand mir lange nachtrauert."

Ich machte große Augen, und mein Herz pochte laut, als Uropa das alles sagte. Ich hoffte von ganzem Herzen, daß Gott nicht zugehört hatte. Was, wenn er beschloß, Uropas Gebet auf der Stelle zu erhören? Schon der bloße Gedanke daran jagte mir einen riesigen Schrecken ein.

Ich wollte widersprechen, aber Uropa redete weiter.

„Der Tod deiner Urgroßmutter hat allerdings auch sein Gutes für mich gehabt, Josua", sagte er und legte mir seine weiche, einst von der Arbeit schwielige Hand auf den Arm. „Wenn sie nicht von mir gegangen wäre, hätte ich dich womöglich nie kennengelernt."

Ich schluckte mühsam. Es stimmte, was er da gesagt hatte. Ich mußte gegen die Tränen kämpfen, als ich daran dachte, wie ich ihn zuerst gar nicht bei uns haben wollte – bevor er gekommen war, meine ich. Jetzt, da er hier war, wußte ich gar nicht, wie wir je ohne ihn ausgekommen waren.

„Es war eine schöne Zeit, mein Junge." So hatte Uropa mich noch nie genannt. „Unsere Mühle-Partien, unsere kleinen Plaudereien, unsere gemeinsame Stallarbeit" – dabei zerzauste er mir die Haare – „und besonders unsere Ausflüge an den Bach."

Ich biß mir auf die zitternde Lippe.

„Du bist ein prächtiger Junge, Josua! Ich bin sehr stolz auf dich."

Es gab so viel, was ich Uropa sagen wollte. Wie lieb ich ihn hatte; wie froh ich war, daß er hier war. Er hatte mir so oft geholfen und mir Gesellschaft geleistet und war einfach für mich dagewesen. Wie viel lieber ich von der Stadt zur Farm zurückgekommen war, weil ich wußte, daß er da war. Aber ich sagte nichts von alledem. Ich wußte nicht, wie ich's ausdrücken sollte.

„Ich bin ein alter Mann, Josua. Ich habe ein gutes, ausgefülltes Leben gehabt. Es wird nun nicht mehr lange dauern, bis Gott mich zu sich in den Himmel ruft, wo deine Urgroßmutter schon ist. Ich werde mich nicht mehr lange gedulden müssen." Wieder machte er eine Pause. Wir hatten die Farm fast erreicht, und Uropa dachte sich wohl, daß er das, was er mir noch zu sagen hatte, lieber schnell erledigen sollte.

„Du bist noch jung. Du hast das Leben noch vor dir. Vergeude es nicht, Josua! Das Leben ist viel zu kostbar, um verschwendet zu werden."

So etwas Ähnliches hatte Herr Foggelson auch gesagt, nur daß er vom Verstand geredet hatte. Ein heller Verstand sei zu kostbar, um vergeudet zu werden, hatte er gesagt.

„Die größte Sinnlosigkeit, die ärgste Schande ist es, wenn man sich gegen seinen Schöpfer auflehnt. Er will doch nur unser Bestes. Sein Plan ist der beste, dem man nur folgen kann. Wie dieser Plan für dich aussieht, weiß ich nicht. Gott allein weiß es. Aber wie er auch aussehen mag, Josua, vergeude nicht deine Zeit und Kraft damit, dich dagegen aufzulehnen! Dazu ist das Leben viel zu kurz, auch wenn es dir jetzt in deiner Jugend nahezu endlos erscheinen mag. Ich werde dich dort oben erwarten, Josua, und wenn du dann kommst, sollst du froh deinen Einzug halten, weil du Gott mit ganzer Kraft, mit all deiner Zeit und deiner ganzen Begabung gedient hast – nicht beschämt und mit gesenktem Blick. Verstehst du, wie ich das meine, Josua?“

Ich nickte. Ich glaubte schon, verstanden zu haben.

„Laß dich von ihm leiten, Josua, Schritt für Schritt! Zieh seine Führung nie in Zweifel und weiche auch nie von seinem Weg ab. Die Kosten sind viel zu hoch.“

Ich nickte ernst. Es war beinahe, als hätte Uropa meine Gedanken erraten. Mir war gar nicht wohl in meiner Haut.

Inzwischen hatten wir den Weg zum Haus erreicht. Uropa ahnte ja nichts von meinen inneren Zweifeln und Problemen. Das war auch gut so. Mir war lieber, wenn er's auch nie erfuhr. Er würde sich meinetwegen nur schämen, weil ich in letzter Zeit keine besonders edlen Gedanken gehegt hatte.

Ich war froh, als wir wieder daheim waren und ich meine Stallarbeit zu erledigen hatte. Jetzt wollte ich allein sein, damit niemand sah, wie mir zumute war. Ich schluckte mühsam, um die Tränen zurückzuhalten. Ich wußte genau, daß Uropa mich durch das, was er gerade zu mir gesagt hatte, nicht beunruhigen wollte. Er hatte mich schließlich lieb, und er wußte nichts von dem, was tief in meinem Innern vorging: wie ich Jack Berry geradezu haßte, wie ich wegen der Sache mit der Evolution in Zweifel geraten war, und wie ich zu dem Schluß gekommen war, daß Gott sich nicht um den Kummer seiner Nachfolger scherte. Ich war froh, daß Uropa mir nicht ins Herz sehen konnte. Er wäre gewiß sehr traurig über das gewesen, was er darin entdeckt hätte. Ich hatte Uropa lieb und wollte alles vermeiden, was ihm weh tun könnte. Deshalb versuchte ich, ihm zuzulächeln, bevor wir uns vor der Haustür trennten, aber das Lächeln fiel etwas kläglich aus.

Er klopfte mir noch einmal auf die Schulter und lächelte mich an, daß ihm der Schnurrbart zuckte und die Augen zwinkerten. Ich mochte Uropa wirklich furchtbar und hoffte aus tiefstem Herzen, daß er noch viele Jahre lang bei uns blieb. Ohne ihn konnte ich mir das Leben überhaupt nicht mehr vorstellen.

Was das Leben lehrt

In den nächsten Tagen grübelte ich viel. Die Gespräche mit Willi und Uropa verfolgten mich auf Schritt und Tritt. Im Grunde wußte ich genau, daß sie recht hatten mit dem, was sie zu mir gesagt hatten. Ich wußte auch, daß ich meinen Haß gegen Jack Berry begraben mußte. Gott hatte ja geboten, dem anderen zu vergeben, auch wenn das, was er uns angetan hat, eine große Gemeinheit war.

Ich hatte auch eingesehen, daß die kleine Amanda es tatsächlich im Himmel viel besser hatte. Opa hatte mir etwas über ihre Mißbildungen erzählt. Wenn sie am Leben geblieben wäre – was der Doktor nicht für möglich gehalten hätte, aber angenommen, durch ein Wunder wäre sie am Leben geblieben –, dann hätte sie ins Krankenhaus gemußt und viele Operationen gebraucht, damit sie überhaupt ernährt werden konnte. Wir hätten sie allesamt liebgehabt, das wußten wir genau, aber sie hätte trotzdem ein schweres Leben gehabt, nicht nur körperlich, sondern auch durch den Spott von anderen Leuten.

Trotzdem war ich Gott noch böse. Nicht nur, weil die kleine Amanda so krank zur Welt gekommen und dann so schnell gestorben war, sondern auch deshalb, weil Tante Lou das alles allein durchstehen mußte.

Der alte Tom hatte seit damals sage und schreibe keine Flasche mehr angerührt, was mich maßlos erstaunte. Er hatte noch immer seine Arbeitsstelle und hielt sowohl sich selbst als auch sein gemietetes Zimmer tadellos in Ordnung. Er sorgte auch in der Kirche für Sauberkeit und sang ständig bei der Arbeit, und zwar so, daß man's auch verstehen konnte.

Mindestens zweimal in der Woche fuhr ich in die Stadt zu

Tante Lou, um ihr bei der Gartenarbeit zu helfen. Ich spaltete auch das Holz für sie. Mit jedem Tag gewann Tante Lou mehr von ihren Kräften zurück, und obwohl sie immer noch um ihr Baby trauerte, stand ihr die Qual nicht mehr im Gesicht. Sie konnte wieder lächeln und sogar manchmal auch laut lachen. Ich hörte ihr gern zu, wenn sie die alten Kirchenlieder vor sich hinsummte.

„Ist das nicht toll, wie Tom die Kirche blitzsauber hält?" sagte sie einmal zu mir, als ich gerade am Küchentisch saß. Das war ihr bestimmt in den Sinn gekommen, weil ich gerade einen nagelneuen Angelhaken putzte, den ich unbedingt bald ausprobieren wollte. „Wer hätte es je für möglich gehalten, daß Gott einen ganz anderen Menschen aus ihm machen könnte?" Sie ging an das Küchenfenster und schob mit der einen Hand den Rüschenvorhang beiseite, um dem alten Tom dabei zuzusehen, wie er die Fensterscheiben putzte. Sie lachte leise.

„Das war dumm, nicht wahr? Natürlich kann Gott jeden Menschen verwandeln. Hat es ja auch bei mir getan, als ich ihn um Vergebung gebeten habe. Er tut es nur bei jedem auf seine Weise, das ist alles."

Sie ließ den Vorhang wieder los und ging an ihre Teigschüssel zurück.

„Wenn ich daran denke, daß Nat damals beinahe nicht zu ihm gegangen wäre, dann packt mich das blanke Entsetzen."

Ich sah auf. Tante Lou merkte es und redete weiter.

„Nat wollte ja zu ihm. Er wäre so gern zu ihm gegangen, aber er wollte mich nicht allein lassen." Tante Lou hatte den Punkt erreicht, daß sie über die Geschehnisse jener Nacht sprechen konnte, ohne in Tränen auszubrechen.

„Er wußte, daß es seine Pflicht war, und er wäre auch gern gegangen, aber er wollte mich nicht allein lassen. Es war schwer für ihn. Ich mußte regelrecht darauf bestehen, seine Berufung vor seine Familie zu stellen. Gott bat ihn, zu Tom zu gehen. Es gab niemand anders, der diese Aufgabe Nat abnehmen konnte, und ein oder zwei Stunden später hätte es für alle Zeiten zu spät sein können. Der Doktor war ja bei mir, somit war ich in guten Händen."

Tante Lou hatte den Teig zu einem Klumpen geformt, den sie in die Brotform warf und darin glattklopfte. Dann deckte sie das Ganze mit einem sauberen weißen Küchentuch zu und schob es ans Fenster.

Ich kaute noch immer an ihren Worten herum. Niemand anders als Tante Lou selbst hatte also darauf bestanden, daß Onkel Nat den alten Tom aufsuchte. Das hatte ich nicht gewußt.

„Wie war Onkel Nat eigentlich zumute, als er zurückkam?" fragte ich und versuchte dabei, mir nicht anmerken zu lassen, daß meine Frage voller Anschuldigungen steckte.

„Der arme Nat!" sagte sie betrübt. „Es war furchtbar schwer für ihn. Nicht nur, daß er um unser Baby trauerte, sondern es tat ihm auch so leid, daß er nicht bei mir gewesen war, als es geboren und gestorben ist."

Ich nickte. Es war nur verständlich, daß er so gedacht hatte, fand ich. Aber Gott hätte das Ganze doch verhindern können!

„Ich habe Nat gesagt, daß er sich nicht grämen soll. Ich wußte doch, weshalb er gehen mußte. Die ganze Zeit, während er unterwegs war, habe ich dafür gebetet, daß Gott ihm die richtigen Worte geben möge. Tom mußte einfach begreifen, daß Gott ihn trotz seiner Sünden liebt und daß er ihm vergeben wollte, wenn er nur darum bat. Und außerdem ..." Tante Lou zögerte. „Es läßt sich kaum mit Worten ausdrükken, Josch, aber das Seltsame an der Sache war, daß ich Nat gar nicht vermißt habe. Es war, als ob ich bei ihm gewesen wäre und bei seinem Gespräch mit Tom geholfen hätte. Gleichzeitig war mir so, als ob ich ihn hier bei mir gehabt hätte, um die Geburt unseres ersten Kindes mit ihm zu erleben. Ich glaube, es war Gott selbst; ich meine, Gott hat uns doch zusammengeführt, und weil es für uns beide so eine besondere Zeit war, hat er uns dieses Gefühl des Zusammenseins geschenkt, obwohl wir eigentlich getrennt waren."

Tante Lou legte mir eine Hand auf die Schulter und lächelte.

„Das alles kommt dir sicher ein bißchen merkwürdig vor, Josch. Vielleicht wird es dir eines Tages klar, wenn du älter bist und dich verliebst und ein liebes, nettes Mädchen heiratest."

„Stimmt", nickte ich, „ich begreif's tatsächlich nicht. Ich dachte immer, du hättest Onkel Nat lieber bei dir gehabt."

„Oh, so war's auch", antwortete sie schnell. „Und wenn er aus irgendeinem anderen Grund verhindert gewesen wäre, wäre ich arg enttäuscht gewesen. Ich meine, wenn er etwa angeln gegangen wäre oder irgendwo mit den Männern geplaudert hätte – aber es war doch seine Pflicht, nicht irgendeine Laune, die ihn fernhielt. Dafür habe ich Verständnis. Das kann ich annehmen."

„Seine Pflicht?" murmelte ich.

„Ja. Er mußte gehen. Tom brauchte ihn."

„Aber du hast ihn auch gebraucht. Er hat dich ganz allein gelassen ..."

„Nein, nicht ganz allein. Noch nie in meinem ganzen Leben habe ich Gottes Nähe so deutlich gespürt wie in jener Nacht. Er war bei mir, umgab mich mit seiner Liebe und hielt mich in seinen Armen, als ich Trost brauchte."

Sie hielt inne, als ob sie diese Stunden in Gottes Gegenwart in Gedanken nochmals erlebte. Dann redete sie weiter.

„Nein, Josch, es war Tom, der Nat brauchte. Er hätte mit seinen unvergebenen Sünden sterben können. Überleg doch mal, was das bedeutet: eine Ewigkeit ohne Gott!"

„Er ist aber gar nicht gestorben", erinnerte ich sie.

„Woher sollten wir das wissen? Wenigstens war er bereit, als er Angst hatte, sterben zu müssen. Wenn Nat diese Gelegenheit versäumt hätte, hätte Tom für alle Zeiten geglaubt, daß er Nat gleichgültig sei, und dann wäre womöglich nie ein Christ aus ihm geworden."

„Weiß nicht", sagte ich leichthin und putzte an meinem Angelhaken herum. „Mir kam der Zeitpunkt jedenfalls ziemlich ungelegen vor."

Tante Lou ging ans Fenster zurück und schob den Vorhang nochmal zur Seite. Sie stand da und sah dem alten Tom beim Fensterputzen zu, und ihre Augen füllten sich mit Tränen. Jetzt rannen sie ihr über die Wangen, aber sie wischte sie nicht einmal fort.

„Ich finde, es konnte gar keinen besseren Zeitpunkt geben", sagte sie flüsternd. „In dem Moment, als ich ein Kind verlor, das ich mir ersehnt hatte, da hat der gute Hirte eins von seinen verlorenen Schafen zu seiner Herde zurückgeholt. Gott liebt Tom doch genauso – nein, sogar viel mehr, als ich die kleine Amanda Beatrice liebte. Sooft ich an die kleine Amanda denke, werde ich an die Nacht, an die Stunde erinnert, als Tom zu seinem himmlischen Vater fand."

Tante Lou stand nur da, wobei ihr die Tränen über das Gesicht liefen. Dann ließ sie den Vorhang wieder los und drehte sich mit einem zitternden Lächeln zu mir um.

„In dieser Nacht hat Gott zwei Kinder zu sich geholt, Josch: eins durch den Tod, das andere durch die Wiedergeburt. Das ist doch wunderbar, nicht?"

Der Sommer ging allmählich in den Herbst über. Das Schulamt kam zu dem Entschluß, Herrn Foggelson eine letzte Gelegenheit zu geben, um sich zu bewähren, und nach den Ferien fing der Unterricht wieder an. Wegen der Ernte verpaßte ich die erste Woche. Dann fing es an zu regnen, und ich machte, daß ich in die Stadt kam, um das Versäumte aufzuholen.

Ich hätte es zwar nie laut gesagt, aber ich war froh, daß Carmen nicht wegziehen mußte. Am Donnerstag besuchte ich sie. Es war schon ein komisches Gefühl, aber weil ich Carmen mochte, ging ich am nächsten Tag noch einmal zu ihr, bevor ich wieder zur Farm fuhr. Frau Foggelson trank Tee mit uns. Ich versuchte, mir den Tee und das Gebäck schmecken zu lassen, aber ständig spürte ich Frau Foggelsons scharfe blaue Augen auf mich gerichtet, als ob sie mich mit ihrem Blick durchbohren wollte, um eine Antwort zu finden. Würde ich meinen Glauben aufgeben, wie sie es getan hatte? Würde ich sie enttäuschen? Hatte Herr Foggelson mit seinem messerscharfen Verstand und seiner Beredsamkeit dafür gesorgt, daß ich klein beigeben mußte?

Nach dem Tee versuchten Carmen und ich, über Bücher miteinander ins Gespräch zu kommen, wie wir es schon oft getan hatten. Es war nicht leicht für mich. Ich kämpfte mit mir. Auf der einen Seite waren meine Zweifel. Auf der anderen Seite das, was ich seit meiner Kindheit über die Bibel gelernt hatte. Die Lehre von der Evolution und die angeblichen „Beweise" konnten mich nicht überzeugen. Willi hatte recht. Es war einfach zu weit hergeholt.

Sosehr ich mich auch anstrengte, so konnte ich einfach nicht glauben, daß das Leben aus Zufall entstanden sein sollte. Ich glaubte an Gott. Es mußte einen Gott geben, schloß ich. Daran hatte ich eigentlich noch nie gezweifelt. Was mir zu schaffen gemacht hatte, das war eher, wie Gott mit dem einzelnen Menschen umging.

Stimmte das, was wir in der Kirche gelernt hatten? Stimmte es, daß Gott für jeden nur das Beste im Sinn hatte, daß er für die sorgte, die ihm nachfolgten? Ich hatte geglaubt, daß Gott Tante Lou einfach im Stich gelassen hätte. Sie selbst hatte aber das Gegenteil behauptet. Sie hatte erklärt, daß sie Gottes Liebe noch nie so deutlich gespürt hätte. Das war recht sonderbar: solchen Kummer durchzumachen und dabei Gottes Liebe am deutlichsten zu spüren.

Und dann war da die Sache mit Jack Berry. Ich hatte Willis Worte nicht vergessen können: egal, ob Jack Vergebung verdient hatte oder nicht, ich selbst hatte Vergebung nötig. Und wenn ich Vergebung für das, was ich getan hatte, haben wollte – für meinen Haß, meine Verbitterung und meine Rachegefühle, meine ich –, dann mußte ich Gott um Vergebung bitten. Ach, liebe Zeit, was war das für ein Durcheinander in meinem Kopf!

Verstohlen sah ich zu Carmen hin. Ich hatte es mir noch nie in aller Ehrlichkeit eingestanden, aber sie war die andere Schwierigkeit in meinem Leben. Ich wußte, daß Carmen und ihr Vater sich Hoffnungen auf einen gewitzten jungen Mann machten, der einen angesehenen Beruf hatte und Geld wie Heu verdiente, damit er ihr ein vornehmes Dasein bieten konnte. Herr Foggelson schien aber der Ansicht zu sein, daß jemand, der die Bibel für bare Münze nahm, nicht allzu gewitzt sein konnte, weshalb so einer auch wahrscheinlich nie genug verdienen konnte, um seiner Tochter ein sorgloses Leben zu bieten.

Carmen gefiel mir eigentlich außerordentlich. Ich wußte aber, daß diese Freundschaft mit meinem Glauben an Gott nicht zu vereinbaren war. Nicht, daß ich gleich ans Heiraten dachte. Ich war ja noch nicht mal sechzehn, und Carmen auch nicht, aber ... nun, sie war wirklich hübsch, und ...

Wenn ich Carmen frei heraus sagte, daß ich die Bibel für wahr hielt, würde sie mich auf Nimmerwiedersehen vor die Tür setzen. Das wußte ich genau.

Plötzlich kam mir eine Idee: ich würde beten, würde Gott bitten, daß Carmen und ihre Eltern es sich anders überlegten und zur Kirche kamen. Daß sie an das glaubten, was in der Bibel stand. Dann konnten Carmen und ich miteinander befreundet bleiben.

Kaum hatte ich den Gedanken zu Ende gedacht, als mir auch schon klar wurde, daß es so auch nicht gehen würde. Natürlich sollte ich für Carmen beten – und für ihre Eltern auch. Aber nicht, weil ich mir ihre Freundschaft erhalten wollte. Das war die falsche Einstellung. Vielmehr sollte ich um ihretwillen für sie beten. Alle drei brauchten Gott. Sie mußten begreifen, daß die Welt nicht so nebenbei aus Zufall entstanden war, sondern daß Gott sie erschaffen hatte. Das Leben hatte sich nicht einfach „entwickelt". Und weil Gott eben der lebendige Gott war, hatte er auch ein Anrecht darauf, daß seine Geschöpfe seinem Willen folgen.

Konnte ich nicht irgendwie alles zusammenbringen: Gott, Carmen und meine Wut auf Jack? Mußte man unbedingt alles hergeben, restlos alles, wenn man Gott sein Leben auslieferte? Gab es denn keine Möglichkeit für mich, hier und da selbst bestimmen zu können?

Doch dann fiel mir wieder ein, was Uropa mir gesagt hatte. Er schien sich ziemlich sicher zu sein, daß man sich Gott widersetzte, wenn man selbst das Sagen haben wollte. Und das hielt Uropa offensichtlich nicht nur für dumm und eine riesige Zeitverschwendung, sondern auch für Sünde.

Ich wußte nicht mehr aus noch ein.

Aber ich konnte nicht mit Carmen über die Bücher ihres Vaters reden und gleichzeitig Ordnung in meinen verwirrten Gedanken schaffen, weshalb ich lieber das Sortieren auf später verschob.

„Ja oder nein, Josua?“ fragte Carmen gerade.

„Wie …? Ich meine, wie bitte? Ich war wohl gerade in Gedanken …“

„Das habe ich gemerkt. Ich hoffe nur, es steckt kein anderes Mädchen dahinter!“ scherzte Carmen.

„’türlich nicht!“ Ich errötete bis an die Haarwurzeln.

„Ich habe dich gefragt, ob du am Sonntag mit uns zu einem Picknick gehen möchtest. Wir wollen an den See.“

„Ach so!“ antwortete ich. „Nein, ich kann nicht mit. Ich gehe dann zur Kirche.“

Carmen war sichtlich verletzt.

„Kannst du die Kirche denn nicht ein einziges Mal ausfallen lassen?“ schmollte sie. „Ständig rennst du in deine Kirche. ‚Nein, am Mittwoch kann ich nicht kommen, Carmen. Da muß ich zur Versammlung. Nein, am Sonntag geht's auch nicht. Da muß ich in die Kirche‘“, spottete sie. „Allmählich bekomme ich den Eindruck, als …“

„Tut mir leid“, unterbrach ich sie.

„Dann kommst du also mit?“

Ich sah ihr geradewegs in die Augen. Ich glaube, in diesem Moment wurde mir klar, daß Carmen niemals Verständnis für mich haben würde. Niemals. Jedenfalls kein richtiges.

„Nein“, sagte ich fest. „Nein, ich kann nicht mit. Ich gehe zum Gottesdienst.“

Jetzt wurde sie aufgebracht.

„Na schön, wenn dir deine alte Kirche mehr bedeutet als ich, dann ..."

„Tut mir leid", sagte ich traurig. „Tut mir leid, aber ich fürchte, so ist es."

Ich machte mich auf einen regelrechten Temperamentsausbruch gefaßt, aber statt dessen schlug sie einen ganz anderen Ton an und lächelte mich sogar an.

„Entschuldige, Josua!" sagte sie freundlich. „Laß uns doch nicht streiten. Wenn dir der Gottesdienst am Sonntag so wichtig ist, dann will ich dich natürlich nicht davon abhalten. Ich erzähle dir dann von dem Picknick, wenn du nächste Woche kommst."

Ich nahm meine Kappe und drehte sie unbeholfen in der Hand. Es dauerte eine halbe Ewigkeit, bis ich den Mut aufgebracht hatte, aber dann fand ich endlich Worte.

„Tut mir leid, Carmen", sagte ich leise. „Ich ... ich komme nächste Woche nicht wieder."

„Was soll denn das heißen?" Ihre Stimme klang ärgerlich und auch eine Spur ängstlich.

„Ich komme nicht wieder. Eigentlich habe ich auch jetzt nichts hier zu suchen. Ich ... ich bin einfach anderer Meinung, was die Bücher von deinem Vater und die ganze Evolutionslehre angeht. Ich finde auch nicht, daß Grips haben das Höchste auf Erden ist. Und leben kann man auch ohne Berge von Geld. Ich ... ich denke anders als ihr. Ich ... ich finde die Kirche wichtig. Gott ist wichtig. Ich weiß zwar, daß ich nicht immer nach seinem Wort lebe, aber ... aber ..."

Verlegen drehte ich an meiner Kappe.

„Im Moment bin ich ziemlich durcheinander. Ich habe versucht, Gott nicht links liegenzulassen und zugleich für mich selbst zu leben. Das funktioniert aber nicht." Ich sah auf meine Kappe herunter. Es dauerte eine Weile, bis ich weiterreden konnte. „Ich hab' eine Menge Fragen, die ich erst durchdenken muß", sagte ich schließlich. Dann machte ich, daß ich zur Tür kam, bevor ich's mir anders überlegen oder Carmen protestieren konnte. Plötzlich wünschte ich mir nichts so sehnlich wie die Freiheit auf der Farm, die Geschäftigkeit auf den erntereifen Feldern und die vertraute Stallarbeit.

„Wiedersehen, Carmen!“ stotterte ich und rannte förmlich aus dem Zimmer. Ich wollte nur noch weg von hier, als ob ich damit zugleich auch von den Zweifeln davonlaufen könnte, die an mir nagten.

Ein Neuanfang

Am nächsten Morgen wachte ich früher als sonst auf – allerdings nicht von selbst. Ich hatte eine ziemlich unruhige Nacht hinter mir, weil mir meine Zweifel zu schaffen gemacht hatten. Ich wußte, daß mein Leben eigentlich Gott gehörte. Ich wußte auch, daß ich wahrscheinlich viel glücklicher und zufriedener wäre, wenn ich ihn endlich über mein Leben bestimmen ließ, und zwar ganz und gar. Aber aus irgendwelchen Gründen wollte ich das nicht, jedenfalls jetzt noch nicht.

Ich war noch längst nicht ausgeschlafen, als Geräusche von irgendwoher in dem großen Farmhaus mich weckten. Es dauerte etwas, bis ich wach genug war, um zu begreifen, was ich hörte. Es war Opa.

„Charlie!“ rief er. „Charlie! Komm schnell runter!“

Ich hörte, wie Onkel Charlie aus dem Bett sprang und auf dem Holzfußboden zur Treppe lief. Dem sonderbaren Pochen seiner Schritte nach zu urteilen, versuchte er bestimmt, beim Laufen in seine Hose zu steigen.

„Was ist?“ rief er Opa vom Treppenabsatz zu.

„Es ist Pa“, antwortete Opa.

Ein eisiger Schrecken durchfuhr mich. Opas Pa war mein Uropa. Es war der Tonfall, in dem Opa seinen Bruder gerufen hatte, der mir Angst einjagte.

Im Nu war ich aus dem Bett, packte meine Hose und zog sie irgendwie beim Laufen an.

Onkel Charlie und Opa waren schon in Uropas Zimmer. Ich kam hinter ihnen angerannt und versuchte, mich zwischen ihnen hineinzuzwängen. Opa wollte mich zurückhalten, aber ich lehnte mich mit meinem ganzen Gewicht dagegen und drängte mich an ihm vorbei.

„Was ist los?“ wollte ich wissen. „Was ist mit Uropa? Ist er krank oder …“

Ich verstummte schlagartig. Uropa lag still auf seinem Bett, die Augen geschlossen und ein verhaltenes Lächeln auf seinem entspannten Gesicht. Kein Atemzug hob und senkte ihm die Brust. Alles war still. Zu still. Opa stellte sich hinter mich und legte mir die Hand auf die Schulter.

„Dein Uropa lebt nicht mehr, Junge“, sagte er mit zitternder Stimme.

„Nein!“ rief ich. „Nein!“ Damit schob ich Opas Hand, mit der er mich trösten wollte, von mir und rannte aus dem Zimmer.

Ich weiß nicht, wie ich an die Angelstelle gekommen bin. Ich weiß nicht, wie lange ich in dem feuchten, kalten Gras gelegen habe. Ich weiß nur noch, daß ich dort am Bach lag, als ich mich endlich ausgeweint hatte.

Ich versuchte nicht einmal, wieder aufzustehen. Das Gras war feucht vom Tau und der Morgen neblig und kühl. Plötzlich merkte ich, daß ich vor Kälte zitterte. Neben mir lagen meine warme Stalljacke und mein kariertes Hemd. Irgend jemand hatte mir die Sachen gebracht, und ich hatte es noch nicht einmal gemerkt.

Mit ungelenken Fingern zog ich die Sachen an und zitterte dabei vor Kälte. Die Feuchtigkeit des Grases hing an mir, deshalb tat das warme Hemd gut.

Ich versuchte, mich zu beruhigen, aber das war schwer. Schließlich rappelte ich mich auf, ging an den Bach und spülte mir das verschwollene Gesicht in dem kalten Wasser. Gerade als ich mich über das Wasser beugte, huschte ein dunkler Schatten an mir vorbei und verschwand blitzschnell unter den Weidenruten, die vom Ufer in den Bach hingen. Es war der große Hecht, den Uropa und ich bei unserem letzten Ausflug an den Bach gesehen hatten.

Der Anblick war zuviel für mich. Ich sank auf das sandige Ufer und ließ die Gedanken wandern. Wieder kamen mir die Tränen. Es hatte Spaß gemacht, mit Uropa angeln zu gehen. Er war ein prima Kamerad gewesen. Ich würde ihn vermissen. Und wie ich ihn vermissen würde! Er hatte mit mir von Mann zu Mann geredet, als ob ich ein Erwachsener wäre.

Ich mußte an das denken, was Uropa mir über sich selbst erzählt hatte. Er hatte gesagt, daß er Heimweh hätte. Daß er nach Hause in den Himmel wollte. Daß es ihm schwerfiel, geduldig zu bleiben, weil er Urgroßmutter so furchtbar vermißte.

Er hatte aber auch etwas anderes gesagt. „Niemand soll mir lange nachtrauern", hatte er gesagt. Sonderbar, daß er das gesagt hatte – und zwar bloß ein paar Tage, bevor er heimgegangen war.

Was hatte Uropa sonst noch an jenem Tag gesagt? Er hatte viel vom Tod gesprochen. Ich hatte nicht besonders darauf achtgegeben, was er da über den Tod geredet hatte. Ich dachte nicht gern ans Sterben.

Aber er hatte nicht nur über das Sterben gesprochen. Er hatte auch über das Leben gesprochen. Wie man leben soll. Daß ich Gott mein ganzes Leben ausliefern sollte. Daß ich zum Sterben gerüstet sein sollte, wenn's soweit war.

Das bedeutete, daß ich es mir nicht leisten konnte, verbittert oder nachtragend zu sein, egal, wieviel Grund ich dazu auch zu haben meinte. Ich konnte auch nicht mehr frei über meine Zukunft verfügen und selbst bestimmen, was ich damit anfangen wollte. Und ich durfte Gott auch keine Vorwürfe über das machen, was nun einmal passiert war.

Entweder war Gott der allmächtige Gott der Bibel – oder eben nicht. Es ging nicht an, daß ich ihm je nach Lust und Laune einen Platz in meinem Leben zuwies.

Plötzlich sah ich vieles in einem klareren Licht. Ich begriff Dinge, die mir bisher ein Rätsel gewesen waren. Ich glaube, ich verstand auch Uropa – sein Leben und das, was er mich lehren wollte – viel besser. Ich begriff, was er damit gemeint hatte, als er davon gesprochen hatte, mich dort oben im Himmel zu erwarten; froh sollte ich dort einmarschieren, weil ich Gott gehorsam gewesen war, und nicht beschämt, weil ich mein Leben vergeudet hatte.

Als ich über das alles nachdachte, lag ich da auf dem feuchten Bachufer und heulte mir die Augen aus. Nur, daß ich jetzt nicht wegen Uropa weinte, sondern wegen mir selbst. Ich hatte ein ziemliches Durcheinander angerichtet, soviel stand fest. Ich hatte Wut, Verbitterung und Zweifel in mein Leben gelassen, und dann hatte ich mit dem Finger auf Gott gezeigt, als hätte er an allem schuld. Dabei hätte ich es eigentlich besser wissen sollen. Wie konnte ein Gott, der aus Liebe zu mir sein Leben gelassen hatte, gemein sein?

Das alles schüttete ich jetzt vor Gott aus und bat ihn, mir zu vergeben und die schlimmen Gefühle von mir wegzunehmen. Ich sagte ihm, daß ich jetzt fertig damit war, mein Leben selbst in die Hand zu nehmen. Ich wußte zwar nicht, ob er überhaupt wollte, daß ich Prediger wie Onkel Nat wurde, aber das tat jetzt nichts zur Sache. Daß ich bereit war, einer zu werden, darauf kam's allein an – falls Gott das wollte. Wenn er wollte, daß ich Farmer wurde, dann würde ich halt Farmer werden. Oder wenn er mich zum Rechtsanwalt, Doktor oder sogar zum Lehrer bestimmt hatte, dann würde ich mein Bestes geben, um tüchtig zu werden.

Und dann betete ich – aufrichtig übrigens – für Carmen und ihre Eltern. Ich betete, daß Gott ihnen begreiflich machen möge, wie sehr er sie liebte und wie traurig es ihn machte, daß sie nicht an ihn glauben wollten. Für Frau Foggelson betete ich, daß sie den Mut aufbringen würde, zum Glauben zurückzufinden.

Sogar für Jack Berry betete ich. Nicht aus Pflichtgefühl heraus, sondern weil er mir wirklich am Herzen lag. Urplötzlich tat Jack mir leid. Er hatte die Schule verabscheut, aber sein Vater hatte darauf bestanden, daß er ein Doktor werden sollte. Er hatte sogar deswegen auf die Wanderung verzichten müssen, und dabei hatte er sich genauso wie wir übrigen darauf gefreut. Er hatte Carmen gemocht, aber daraus war auch nichts geworden. Er hatte etwas wirklich

Bedeutendes leisten wollen, aber jetzt saß er mutterseelenallein in irgendeinem vermoderten Gefängnis, und niemand besuchte ihn und kümmerte sich um ihn. Jack Berry tat mir wirklich leid.

Wenigstens schreiben würde ich ihm, beschloß ich. Vielleicht würden wir wieder gut miteinander auskommen, wenn er erst begriffen hatte, daß ich nicht vorhatte, ihm eins auszuwischen. Vielleicht würde er mir sogar glauben, wenn ich ihm von Gott erzählte.

Und dann betete ich für meine Familie. Die traurige Nachricht würde Tante Lou überbracht werden müssen, und dabei wußte ich doch, wie sehr sie an Uropa gehangen hatte. Onkel Nat würde die Beerdigung abhalten müssen, und das würde mächtig schwer für ihn werden. Er hatte Uropa doch auch so liebgehabt.

Und Onkel Charlie und mein Opa, die würden sehr, sehr traurig sein. Wir alle hatten Uropa bei uns gebraucht. Er war für uns eine Quelle der Kraft und Heiterkeit gewesen. Er würde uns so sehr fehlen.

Ich stand auf und wusch mir noch einmal das Gesicht. Der Schatten bewegte sich. Ich redete laut mit ihm.

„Nur keine Sorge, du alter Hecht! Du bist in Sicherheit. Ich laß dich in Ruhe. Für Uropa. Der hätte dich eigentlich an die Angel kriegen sollen. Weißt du eigentlich, wie er aus dem Häuschen geraten wäre, wenn du bei ihm angebissen hättest? Auf dem ganzen Heimweg hätte er gejubelt und gerufen!"

Bei der Vorstellung mußte ich einfach lachen. Das Lachen überraschte mich.

Und dann hob ich das Gesicht zum Himmel auf und lachte wieder. Wie konnte man nur traurig und froh zugleich sein? Aber bei mir war das so. Ich fühlte mich wohl, sauber und gut. Und zugleich war ich auch traurig. Es tat weh. Ich war nicht so dumm, um nicht zu wissen, daß es lange weh tun würde. Ich konnte mir das Leben ohne Uropa einfach nicht vorstellen. Aber ich würde ihm nicht nachtrauern. Um seinetwillen würde ich's nicht tun, weil er mich doch gebeten hatte, es nicht zu tun, und weil er jetzt im Himmel war, was er sich so sehr gewünscht hatte. Ich hatte ihn lieb genug, um ihn loszulassen.

Schließlich machte ich mich auf den Heimweg. Eine sonderbare Zufriedenheit kam über mich. Vielleicht hatte Tante Lou so etwas gemeint, als sie von Gottes Liebe gesprochen hatte. Gottes Liebe, die einfach da war und mich festhielt, wenn ich sie am meisten brauchte.

Ich holte tief Luft. Es war sonderbar, wirklich seltsam. Ich hätte um ein Haar meinen ganzen Glauben weggeworfen, als ich jemanden verloren hatte, den ich geliebt hatte, und jetzt, beim Verlust von jemand anders, den ich geliebt hatte, war mein Glaube wieder stark.

„Gottes Wege sind voller Geheimnisse", zitierte ich. Onkel Nat hatte es oft gesagt, aber erst jetzt begriff ich, was er damit gemeint hatte.

Und dann sah ich zum Himmel auf. Hellblau war er, mit kleinen weißen Puderwolken, die sorglos in Richtung Süden trieben. Die Bäume am Wegrand schienen einander Grüße zuzuflüstern, als der Wind durch das Laub raschelte. Frühe Herbstblumen blühten schon unter den Zweigen.

Noch einmal schaute ich zum Himmel auf, wie Uropa es noch vor kurzem getan hatte, und versuchte, mich an die Worte zu erinnern, die ich ihn an jenem Tag sagen gehört hatte: „Ach, der Sommer! Es ist, als ob Gott der Erde im Sommer immer besonders nahe wäre."

Darin mußte ich ihm jetzt recht geben. Gott schien uns im letzten Sommer wirklich besonders nahe gewesen zu sein, als Uropa und ich zusammen geangelt und miteinander geplaudert hatten. Der Sommer würde von jetzt an immer einen besonderen Platz in meinem Leben einnehmen.

Aber auch den Herbst hatte ich immer gemocht. Ich sah um mich. Das Laub verfärbte sich allmählich, und hinter den Bäumen dort konnte ich die Männer auf der Nachbarsfarm bei der Weizenernte hören. Ja, ich mochte den Herbst und die Erntezeit.

Meine Zeit mit Uropa am Bach war vorüber. Er würde mir fehlen. Sehr sogar. Aber irgendwie würde das Leben weitergehen. Uropas Leben ging ja auch weiter. Nur daß er jetzt woanders wohnte. Es war nicht das Ende. Es war eher ein Anfang. Ein neuer Anfang für uns beide.

Janette Oke

Jeder Winter geht vorüber

Janette Oke

JEDER WINTER GEHT VORÜBER

Personen der Handlung

Josua Chadwick Jones: Josch wuchs bei seinem Großvater, seinem Großonkel und seiner jungen Tante auf, nachdem seine Eltern bei einem Unfall ums Leben gekommen waren. Als Heranwachsender zog er dann zu seiner Tante Lou und deren Mann Nat Crawford in die Stadt, wo er eine weiterführende Schule besuchte. Die Wochenenden verbrachte er jedoch bei den Männern auf der Farm.

Lou Jones Crawford: Obwohl sie eigentlich Joschs Tante war, zählte sie kaum mehr an Jahren als er selbst. Die Pfarrersfrau Lou sah nun erneut Mutterfreuden entgegen. Ihr erstes Kind war kurz nach der Geburt gestorben.

Opa: Der Besitzer der Farm, auf der Josch seine Kindheit verbracht hatte. Er hatte Josch den Vater ersetzt, den er nie gekannt hatte.

Onkel Charlie: Opas wortkarger, aber gutherziger Bruder. Die beiden Männer bewirtschafteten die Farm gemeinsam und teilten sich auch die Arbeit im Haushalt.

Willi: Joschs guter Freund, mit dem ihn nicht nur manches gemeinsam erlebte Abenteuer verband, sondern auch ein fester persönlicher Glaube an Gott.

Carmen: Joschs erste große Liebe, wenn er auch bald einsehen mußte, daß Carmen als Nichtchristin niemals zu ihm passen würde.

Herr und Frau Foggelson: Carmens Eltern. Ihr Vater war der Schulmeister am Ort; mit der Evolutionslehre, die er im Unterricht vertrat, erregte er das Mißfallen der meisten Stadtbewohner. Frau Foggelson hatte bis zu ihrer Heirat ein Leben als Christin geführt.

Wer die Wahl hat …

„Hast du dich schon entschieden?"

Willis beharrliche Stimme verlangte meine Aufmerksamkeit. Ich drehte mich zu ihm um und sah ihn fragend an. Ich begriff nicht recht, was er meinte.

„Was hast du denn nach dem Schulabschluß vor?" wollte er wissen. „Willst du nun Pfarrer werden? Oder was sonst?"

Ja, was sonst? Gute Frage! Was denn nur?

Genau dieselbe Frage hatte ich mir auch schon oft gestellt, und zwar am laufenden Band. Doch eine Antwort wußte ich noch nicht. In einem Monat sollte schon die Abschlußfeier in der Schule sein, und ich war anscheinend der einzige in der ganzen Schule, der immer noch keine Zukunftspläne hatte. Nicht, daß ich mir etwa nicht den Kopf darüber zerbrochen hätte – ganz im Gegenteil! Hatte ja kaum an etwas anderes gedacht in der letzten Zeit, und gebetet hatte ich auch deswegen. Meine Verwandten hatten mir ebenfalls versprochen, für mich zu beten. Trotzdem blieb mir jetzt nichts anderes übrig, als Willi in aller Offenheit zu antworten: „Ich weiß noch nicht." Und so lautete meine Antwort schon seit eh und je.

Dabei muß ich wohl die Stirn kraus gezogen haben, und Willi schien meine Lage zu begreifen. Er wartete nicht erst darauf, daß ich ihm eine wortreiche Erklärung gab, sondern redete gleich weiter.

„Gottes Fahrplan sieht für jeden anders aus, und er hat schon seine Gründe dafür, daß manch einer warten muß", sagte er nachdenklich. „Das braucht aber noch längst nicht zu bedeuten, daß er keinen Plan für deine Zunkunft hätte. Wenn der richtige Zeitpunkt da ist, dann …"

Ich ließ ihn reden und machte mir derweil meine eigenen Gedanken. Willi hatte schließlich gut reden; der brauchte sich nicht mit Zweifeln und Fragen über seine Laufbahn zu plagen. Gott hatte ihn zum Missionar berufen. Nach dem Sommer sollte er eine Bibelschule im Osten der Vereinigten Staaten besuchen. Irgendwie beneidete ich meinen Freund. Das geb' ich zu. „Muß schon 'n tolles Gefühl sein, wenn man weiß, wo Gott einen haben will", brummte ich vor mich hin.

„Und ich kann's immer noch nicht richtig fassen", sagte Willi gerade, als ich mich wieder auf ihn besann. „Mein ganzes Leben lang – jedenfalls solange ich denken kann, geh' ich tagein, tagaus zur Schule. Damit soll's jetzt fast vorbei sein. Komisch, nicht? Ich kann's mir noch gar nicht richtig vorstellen!"

Ich zerrte an meiner Angel, als wollte ich die Fische damit anlocken. In Wirklichkeit dachte ich aber über das nach, was Willi eben gesagt hatte. Er hatte recht: Es war schon reichlich merkwürdig, so bald schon aus der Schule entlassen zu werden. Jahrelang hatten wir uns darauf gefreut, endlich mit der Schule fertig zu sein und dem alten Schulhaus den Rücken kehren zu können, aber jetzt, wo wir kurz vor dem Abschluß standen, war ich alles andere als begeistert. Um ehrlich zu sein, war mir sogar eine Spur bange. Das hätte ich allerdings nie im Leben meinen Schulkameraden gestanden. Wir redeten ja von nichts anderem als von dem Tag, an dem wir aus dem „Gefängnis" entlassen werden sollten. Wir hüpften und jodelten und warfen unsere Kappen in die Luft. Jungen hatten sich nichts aus der Schule zu machen und froh zu sein, den Unterricht hinter sich zu haben, aber zugleich hatte ich auch ein mächtig komisches Gefühl in der Magengrube, wenn ich an die Abschlußfeier dachte.

Ich ließ mir Willis Worte durch den Kopf gehen und rutschte dabei unruhig hin und her, als hätte ich Rückenschmerzen vom langen Stillsitzen und Warten auf den ersten hungrigen Fisch. Wieder zog ich an meiner Angel und stellte dabei fest, daß ich den Köder vom Haken verloren hatte. Insgeheim hoffte ich, daß das Willis Aufmerksamkeit entgangen war. Mir war ohnehin die Lust am Angeln vergangen; einen neuen Köder war mir die Sache nicht wert. Nach Hause gehen wollte ich allerdings auch noch nicht.

Ein Leben ohne Schule konnte ich mir absolut nicht vorstellen. Ehrlicherweise mußte ich mir eingestehen, daß ich die täglichen Lektionen, die Pausen und die Bücher vermissen würde. Sie würden mir sogar arg fehlen, aber das mochte ich niemandem auf die Nase binden – nicht mal meinem besten Freund.

„Solche Sorgen wie ich hat Willi ja nicht", dachte ich beinahe neiderfüllt. „Im Herbst hat er wieder Unterricht, neue Bücher und neue Freunde." Wieder rutschte ich unbehaglich auf meinem Platz hin und her.

„Hier", sagte Willi, „lehn dich doch 'ne Weile an diesen Baumstamm!"

„Nee!", winkte ich ab und warf einen Blick zum Himmel. „Ist gleich Zeit für die Stallarbeit. Die Fische beißen heut' sowieso nicht an."

In Willis Augen zwinkerte es – wie immer, wenn er nur mühsam ein Lachen unterdrücken konnte. Das gleiche Zwinkern war mir an ihm aufgefallen, als unser Lehrer der Klasse einen Vortrag hielt und sein Buch dabei verkehrt herum in den Händen hielt, oder als Agatha Marshall mit einem Bissen von ihrem Pausenbrot auch die Ameise mitgegessen hatte, die darauf herumgekrabbelt war, und auch, als wir Averys Schnürsenkel in der Pause aneinandergeknotet hatten, während Avery sich faul auf dem Schulhof ausgestreckt hatte.

Ich warf Willi einen argwöhnischen Blick zu.

„Hab' noch nie Fische erlebt, die ohne Köder anbeißen, Josch", sagte er. Dabei wurde aus seinem Zwinkern ein breites Grinsen. „Du angelst ja schon seit 'ner halben Stunde ohne Köder!" teilte er mir lachend mit.

„Und warum hast du mir keinen Ton davon gesagt?" schimpfte ich und bemühte mich, recht aufgebracht zu wirken.

Willi wurde ernster.

„Dachte halt, dir liegt heut' nichts am Angeln. Den ganzen Tag bist du schon mit den Gedanken woanders."

Energisch riß ich meinen leeren Haken aus dem Wasser,

wischte ihn im Gras trocken und nahm ihn von der Schnur. Willi ließ mich gewähren, bis ich fertig war.

„Geht dir die Sache mit Carmen immer noch nach?“ wollte er wissen, als wir uns wieder auf den Weg zur Farm machten.

„Carmen?“ Bei diesem Namen fuhr mein Kopf herum.

Willis Augen hielten meinem Blick stand. Die Frage hing noch immer unbeantwortet in der Luft. Vor Willi konnte ich nun mal nichts verbergen, und ich brauchte tatsächlich einen, mit dem ich über alles reden konnte.

„Ich glaub’ schon ... jedenfalls ein bißchen. Stell dir vor, jetzt sind wir fast fertig mit der Schule, und die ganze Zeit hab’ ich gebetet und gebetet und mir fast ’n Bein ausgerissen, um Carmen zu zeigen, daß die Bibel recht hat, egal, was ihr Vater dazu sagt, aber sie hört mir nicht mal richtig zu. Bald ist sie auch mit der Schule fertig, Willi, und dann zieht sie in irgendeine Stadt und fängt ’ne Ausbildung als Dekorateurin an und ...“

„Innenarchitektin“, berichtigte Willi mich.

„Also schön, Innenarchitektin“, redete ich achselzukkend weiter. „Wer weiß, was für Leute sie dann kennenlernt oder in was für eine gottverlassene Stadt sie gerät ...“

„New York“, wußte Willi. „Ihr Vater hat von New York gesprochen. Wenn man von den Besten lernen will, gibt’s nur eins: New York.“

„New York? Das ist ja noch ärger, als ich befürchtet hatte!“ entfuhr es mir. „Ein schlimmeres Pflaster gibt’s doch gar nicht!“

Willi nickte nur feierlich.

Schweigend trotteten wir nebeneinander her, während mir die Vorstellung von Carmen, mutterseelenallein im fernen New York, durch den Kopf geisterte. Schließlich riß Willi mich wieder aus meinen Gedanken.

„Dir liegt immer noch an ihr, nicht, Josch?“

Irgendwie bekam ich die Frage in den falschen Hals. Klar, daß mir an Carmen lag! Wir kannten einander schließlich gut, oder etwa nicht? Und als Christ hatte ich ein Herz für meine Mitmenschen zu haben, oder? Willi kannte sich so gut wie ich in der Bibel aus. Er wußte genau, daß mir an Carmen liegen mußte.

„Dumme Frage!" schleuderte ich ihm entgegen. „Mir hat schließlich an ihr zu liegen, ob's mir paßt oder nicht! Ich bete jetzt schon seit Jahren für sie, und Onkel Nat und Tante Lou ebenfalls. Wir haben alle ..."

„Du weißt genau, daß ich's anders gemeint habe, Josch", fiel Willi mir ins Wort. „Hast du Carmen immer noch so gern?"

Darauf hatte ich keine Antwort parat. Erstens ging Willi das nicht das geringste an, selbst wenn er hundertmal mein bester Freund war. Zweitens war ich mir in dieser Hinsicht selbst nicht so ganz sicher, auch wenn ich nicht darüber nachdenken wollte. Hatte ich Carmen immer noch so gern – als Mädchen, nicht bloß als irgendeinen Mitmenschen? Ich hatte ihr die Freundschaft aufgekündigt, weil sie in geistlichen Dingen ganz anders dachte als ich. Carmen vertrat sogar den Standpunkt, daß alles, was mit Religion zu tun hat, albern und abergläubisch sei. Sie glaubte nicht an Gott, hatte sie mir erklärt. Religion sei eine Krücke für ängstliche Leute. Ich dagegen glaubte von ganzem Herzen, daß Gott lebte und daß er seinen Sohn für mich, für meine Sünden geopfert hatte. Nicht nur das, sondern ich glaubte auch, daß Gott etwas ganz Bestimmtes mit meinem Leben vorhatte. Wie konnte ich da nur an eine eventuelle Verbindung mit Carmen denken? Überhaupt nicht, versteht sich; aber das hielt mich nicht davon ab, die Hoffnung nicht aufzugeben und dafür zu beten, daß sie eines Tages zum Glauben kam, und dann ... dann ... Aber jetzt lag die Schulzeit fast hinter uns, und Carmen hörte sich meine Argumente immer noch nicht an. Die bevorstehende Abschlußfeier lag mir deshalb aus mehr als einem Grund schwer im Magen.

Willi ließ seine Frage auf sich beruhen.

„Kommst du morgen zu dem bunten Abend?" erkundigte er sich statt dessen.

Es handelte sich um einen bunten Abend, der extra für unsere Kirchenjugend organisiert worden war. Bei solchen Gelegenheiten kamen wir immer auf unsere Kosten. Dafür sorgten Tante Lou und Onkel Nat. Mehrere junge Leute aus der Stadt hatten sich unserer Gemeinde angeschlossen, weil sie durch die bunten Abende Kontakt zu uns bekommen hatten. Die meisten Leute in meinem Alter kamen gern zu den bunten Abenden, die jeden Monat stattfanden. Sonst war ich eigentlich immer mit Eifer bei der Sache, aber heute murmelte ich nur: „Mal sehen.“

„Hoffentlich kannst du kommen!“ Willi nahm seine Angel und den einen Fisch, den er gefangen hatte, in die linke Hand, um sein Pferd mit der rechten vom Pflock losbinden zu können.

Ich hatte mich heute nicht besonders gesellig aufgeführt, und plötzlich schämte ich mich deswegen. Willi trug immerhin keine Schuld daran, daß Carmen noch immer nicht an Gott glaubte. Und es war auch nicht sein Fehler, daß ich immer noch keinen blassen Schimmer hatte, was Gott nun mit meinem Leben vorhatte. Willi war unschuldig an der Tatsache, daß die Abschlußfeier unaufhaltsam näherrückte und damit auch die unbeantworteten Fragen, die sie mit sich brachte. Er konnte die Zeiger der Uhr ebensowenig aufhalten wie ich. Es war nicht nett von mir, mich ihm gegenüber so ungenießbar zu zeigen.

Ich tat mein Bestes, um meine finsteren Gedanken beiseite zu schieben und mich von meinem Freund so zu verabschieden, wie er es verdient hatte.

„Dank' dir, Willi“, stieß ich hervor. Dann wußte ich plötzlich nicht weiter. „Dank' dir, daß du gekommen bist.“

Wieder sah ich das Zwinkern in seinen Augen.

„Nur schade, daß die Fische einfach nicht anbeißen wollten.“

„Beim nächsten Mal versuch' ich's vielleicht mit 'nem Köder“, grinste ich zurück. „Obwohl ... jetzt bleibt mir wenigstens das Fischesäubern erspart, und ich kann mich vor der Stallarbeit noch kurz auf die faule Haut legen.“

Willi warf einen Blick auf den Fisch, der einsam an seinem Sattel baumelte. Ein gespieltes Stirnrunzeln verfinsterte sein Gesicht.

„Ich glaub', ich mache kurz bei den Turleys halt und überreiche Mary einen Fisch fürs Abendessen“, sagte er. „Bei der Gelegenheit lade ich sie am besten gleich zu dem bunten Abend morgen ein.“ Ich wußte nicht, ob Willi das ernst meinte oder nicht.

Wir lachten, und Willi machte sich auf den Weg.
„Bis morgen abend also, Josch!“ rief er mir zu.
Ich gab ihm die Antwort, die er erwartet hatte: „Klar! Bis dann!“

Der bunte Abend

Am nächsten Abend beeilte ich mich mit der Stallarbeit und rannte dann ins Haus, um mich gründlich zu waschen und umzuziehen. Zum guten Schluß rückte ich mir den Schlips zurecht und kämmte mich mit einem nassen Kamm, nahm meine Jacke vom Haken und ging die Treppe nach unten, wobei ich die knarrende Stufe übersprang.

„Große Feierlichkeit heut' abend, was, Junge?"

Es war Opa, der sich da erkundigte. Er saß mit Onkel Charlie am Küchentisch und sortierte Farmrechnungen.

Ich grinste nur. An dem geselligen Abend war eigentlich nichts Besonderes, aber ich freute mich trotzdem darauf. Ich nickte.

„Nat sagt, die Jugendgruppe wird immer größer", fuhr Opa fort.

Wieder nickte ich und fügte hinzu: „Wir sind ungefähr zu zwanzig."

„Bestens!" erwiderte Opa. „Kommen die Neuen auch mit zum Gottesdienst?"

„Ja, jedenfalls drei von ihnen."

„Ist ja prima!" freute Opa sich.

Onkel Charlie trank einen Schluck aus seiner heißen Kaffeetasse und ließ die Stuhlbeine mit einem dumpfen Krachen auf dem abgewetzten Linoleumboden landen. Er musterte mich sorgfältig von dem schnurgerade gezogenen Scheitel bis zu den Bügelfalten in meiner Sonntagshose. Dann nickte er mir wohlwollend zu.

„Genieß deine Jugendzeit, Josch!" sagte Opa zu mir. „Die Sorgen des Lebens kommen früh genug auf dich zu."

Ich mußte fast gegen meinen Willen schmunzeln. Was wußte Opa schon von Jugend? Wenn er glaubte, ich hätte keine einzige Sorge, bis ich offiziell als Erwachsener galt, dann war er schiefgewickelt. Oder vielleicht hatte er auch nur vergessen, wie es war. Er hatte keine Ahnung, womit ich mich in letzter Zeit herumgeschlagen hatte. Aber ich ließ die Sache auf sich beruhen und tat so, als hätte ich nichts anderes als den bunten Abend voller Spaß und Spielen und danach Tante Lous Limonade und Kuchen im Sinn. Trotzdem hatten Opas Worte mich irgendwie wieder nachdenklich gemacht, und ich hatte es jetzt plötzlich nicht mehr so eilig wie vorhin.

Wieder hatte Onkel Charlie seine scharfen Augen auf mich gerichtet. Er schien an mir herumzurätseln. Ich rang mir ein Lächeln ab und machte, daß ich aus seinem Blickfeld kam. Mir war nicht nach einem Verhör zumute. Nicht, daß Onkel Charlie mir etwa Fragen gestellt hätte; nicht direkt jedenfalls, aber ich kannte seinen forschenden Blick. Seit eh und je war mir dabei unwohl gewesen.

„Ich komm' nicht allzu spät nach Hause", sagte ich als Abschiedsgruß. Die beiden Männer wußten, daß ich von dem bunten Abend geradewegs heimkommen würde und daß Onkel Nat und Tante Lou schon für ein zeitiges Ende sorgen würden.

„Nur keine Eile. Amüsier dich gut!", rief Opa mir nach.

Beim Gedanken an Tante Lou wurde mir reichlich bange zumute. In ein paar Wochen sollte ihr Baby ankommen, und nach dem, was bei der Geburt ihres ersten Kindes passiert war, machte ich mir allerhand Sorgen um sie. Immer wieder hatte sie mir versichert, daß alles in Ordnung sei. Sie hatte die kleine Amanda verloren, weil sie während der Schwangerschaft die Röteln bekommen hatte. Diesmal war Tante Lou aber die ganzen neun Monate über kerngesund gewesen. Der Doktor hatte ihr des öfteren bestätigt, daß dieses Baby einen lebhaften, gesunden Eindruck machte. Er vermutete einen kräftigen, strammen Jungen, aber Tante Lou wünschte sich wieder eine Tochter, und auch ich hoffte insgeheim auf ein Mädchen.

Im Stall erwartete mich Chester, der prächtige Braune, mit dem Opa und Onkel Charlie mich zu meinem letzten Geburtstag überrascht hatten. Ich konnt's noch immer nicht richtig fassen, daß mir ein solches Pferd gehören sollte. Ich klopfte ihm auf die glänzenden, runden Schultern und holte seinen Sattel. Er rieb die Nüstern an meinem Hemd auf der Suche nach einem Stück Zucker.

„Laß das!" schalt ich. „Du bringst mir meine Sonntagssachen noch ganz durcheinander!" Das kümmerte ihn nicht im geringsten; unbeirrt schnupperte und schnaubte er weiter an mir herum. Ich zog mich aus seiner Reichweite zurück und breitete die Satteldecke auf seinem Rücken aus. Danach führte ich das Tier aus dem Stall, schloß die Tür hinter mir und stieg in den Sattel. Chester konnte es kaum erwarten, auf offener Straße loszulegen, auch wenn ich sein Stück Zucker oder den Apfel diesmal vergessen hatte. Ich mußte ihn daran hindern, im vollen Galopp davonzurasen. Opa hielt nicht viel davon, Pferde im Galopp zu scheuchen, obwohl mir ein kleiner Blitzritt auf Chester bestimmt Spaß gemacht hätte. Er galoppierte für sein Leben gern, und seine kräftigen Beine zitterten förmlich vor Ungeduld, sobald er merkte, daß es auf die Straße zuging.

Es war ein warmer Frühlingsabend. Die Sonne schien noch, aber beim Rückweg würde es dunkel sein. Chester hätte auch im Stockfinstern wieder nach Hause gefunden, wenn's sein mußte, aber bei Mondschein ritt es sich halt doch besser. Nur ein paar verstreute Wolken segelten am Himmel; später würde der Mond mir bestimmt den Weg erhellen.

Dann dachte ich an den bunten Abend. Ob sich wohl neue junge Leute dazu einfinden würden? Wäre es nicht eine Wucht, wenn Carmen auch kommen würde? Vielleicht wäre es besser, wenn wir mehr Mädchen in ihrem Alter ... Aber wir hatten ja mehrere Mädchen, die im gleichen Alter wie Carmen waren, und trotzdem hatte sie sich noch nie für unsere Jugendgruppe interessiert. Es schien überhaupt nichts auf der Welt zu geben, was Carmen zum Besuch einer Kirche bewegen könnte.

Als ich mir überlegte, wer sich heute abend alles einstellen würde, hatte ich's plötzlich wieder eiliger. Chester schien das gespürt zu haben, denn bevor ich wußte, wie mir geschah, galoppierte er auch schon auf der staubigen Landstraße los. Ich zügelte ihn, was er mit einem verächtlichen Schnauben quittierte. Dann warf er den Kopf in die Höhe und stolzierte am Straßenrand weiter, während ich mir den Staub von den Sonntagssachen klopfte.

Obwohl ich mich bemüht hatte, zeitig dazusein, waren mir mehrere junge Leute aus unserer Gruppe schon zuvorgekommen. Ich band Chester im Hof vor der Kirche fest und rief den anderen einen Gruß zu, um dann schleunigst ins Pfarrhaus zu laufen. Tante Lou konnte bestimmt Hilfe bei den letzten Vorbereitungen gebrauchen.

„Josch!“ rief sie mir froh entgegen. „Schön, daß du gekommen bist! Wie steht's denn auf der Farm?“

Sie begrüßte mich immer so überschwenglich, als hätte sie mich seit Monaten nicht gesehen, und dabei war ich gerade erst gestern von der Stadt zur Farm gefahren.

„Gut“, antwortete ich. „Und wie geht's dir?“

Tante Lou sah auf ihren gewölbten Leib hinunter. Sie strich liebevoll mit der Hand über das wachsende Baby und lächelte mich an.

„Uns beiden geht's prächtig, nicht wahr, mein Schatz?“ sagte sie zu ihrem ungeborenen Kind.

Ich schmunzelte. Tante Lou redete immerzu mit ihrem Baby. Ich hatte mich inzwischen längst daran gewöhnt. Und sie sah tatsächlich prächtig aus mit dem Leuchten in ihren Augen und den vor Gesundheit glänzenden Wangen.

„Kann ich dir irgendwas helfen?“ erbot ich mich.

„Nicht nötig – ist schon alles fertig. Nat ist drüben in der Kirche. Das Essen und die Getränke haben wir schon rübergebracht.“

„Tut mir leid, daß ich so spät ...“ wollte ich mich entschuldigen, aber Tante Lou ließ mich nicht einmal ausreden.

„Du bist gar nicht spät daran. Alle anderen sind halt früher gekommen, weiter nichts. Bestimmt vor lauter Ungeduld! Liebe Güte, die Gruppe ist ganz schön gewachsen! Weiß ja kaum noch, wie ich genug zu essen herbeischaffen soll!“

Ihr Lächeln verriet mir, daß ihr ein solches Problem das größte Vergnügen bereitete.

Gemeinsam gingen wir über den Hof der Kirche. Immer mehr junge Leute kamen an, und es gab eine muntere Begrüßung.

Ich unterhielt mich gerade auf den Stufen vor der Kirche mit ein paar meiner Freunde, als eine Kutsche um die Ecke gebogen kam und in den Hof einfuhr. Zuerst hielt ich den Kutscher für einen Neuen, doch plötzlich erkannte ich Willi. Willi fuhr sonst nie mit einer Kutsche; eigentlich kam er immer zu Pferd, genau wie ich. Kein Zweifel, es war Willi – und zwar in weiblicher Begleitung.

Ein paar Sekunden lang sagte keiner von uns einen Ton. Wir standen nur sprachlos da und sahen zu, wie Willi aus der Kutsche kletterte und das Pferd festband. Dann reichte er dem Mädchen die Hand, um ihr beim Aussteigen zu helfen. Sie trug ein duftiges rosafarbenes Kleid, und die Lokken hatte sie sich hochgesteckt; nur ein paar davon kringelten sich um ihr Gesicht. Irgendwie kam sie mir bekannt vor, aber ihr Name wollte mir einfach nicht einfallen. Willi hatte sein Pferd in einiger Entfernung von uns festgebunden. Wir spähten neugierig, um herauszubekommen, wen er denn mitgebracht hatte.

„Da bleibt dir doch die Spucke weg!" zischte Tom Newton. „Das ist ja Mary Turley – und obendrein in ihrer pfingstbesten Aufmachung!"

Das konnte doch nicht wahr sein! Tom hatte wohl Tomaten auf den Augen, oder? Aber tatsächlich: Der gute alte Willi führte jetzt niemanden anders als Mary Turley zum Eingang unserer Kirche.

Am liebsten hätte ich lauthals losgelacht und Willi aus Leibeskräften auf die Schulter geklopft, um mich über ihn lustig zu machen, aber das ließ ich tunlichst bleiben. Statt dessen stand ich nur wortlos da und harrte der Dinge, die da kommen sollten.

Meine Güte! Kaum zu fassen, wie Mary sich verändert hatte! Das gleiche galt auch für Willi, der sich auf das feinste herausgeputzt hatte, so daß ich ihn kaum wiedererkannt hatte. Obendrein wirkte er plötzlich furchtbar erwachsen und vornehm. Uns allen fehlten die Worte, und ich hätte wetten mögen, daß die anderen Jungen neben mir sich insgeheim ärgerten, weil sie nicht selbst auf die Idee gekommen waren, Mary einzuladen.

Mary lächelte schüchtern, als sie an uns vorbei in die

Kirche ging, und Willi warf mir im Vorübergehen ein fast unmerkliches Augenzwinkern zu. Ich hatte es genau gesehen. Der Schalk saß ihm wieder einmal im Nacken. Mir konnte Willi nichts vormachen!

Avery versetzte mir einen Rippenstoß, der mir fast den Atem nahm, und dann schickten wir uns umständlich an, den beiden in die Kirche zu folgen.

Wir suchten uns einen Platz und setzten uns. Wie immer saßen die Mädchen entlang der einen Wand und wir Jungen an der gegenüberliegenden. Alle bis auf Willi, meine ich. Der bot Mary den Platz neben Martha Ingrim an und setzte sich, anstatt auf die Jungenseite zu kommen, mir nichts, dir nichts geradewegs neben Mary!

Onkel Nat eröffnete den Abend und begrüßte alle. Die jungen Leute, die heute zum ersten Mal mit von der Partie waren, ließ er uns von denen vorstellen, die sie mitgebracht hatten. Ein neues Mädchen aus der Stadt war auch dabei, aber sie war mit Thelma und Virginia Brown gekommen, so daß wir sie nicht weiter beachteten.

Dann stellte Willi Mary vor. Er sprach ohne jede Spur von Verlegenheit. Im stillen mußte ich ihn deshalb bewundern.

„Ich möchte euch Mary Turley vorstellen“, begann er. „Mary wohnt nicht weit von uns entfernt. Wir – Josch und ich und ein paar andere – sind ein paar Jahre lang mit Mary zur Schule gegangen.“

Bei den Spielen, die wir dann spielten, geriet unsere Sitzordnung durcheinander, und Willi und Mary wurden voneinander getrennt. Mary schien das aber kaum etwas auszumachen. Ich war froh darüber, wie schnell sie sich bei uns wohl fühlte.

Ich hatte Mary immer für so ’ne Art Mauerblümchen gehalten, und vielleicht war sie das auch, aber heute fiel mir auf, daß sie auf ihre Weise sogar hübsch zu nennen war. Wenn sie lächelte, mußte man einfach zurücklächeln, und ihre Augen waren tief und aufrichtig. Immer wieder sah ich in ihre Richtung. Sie wirkte so erwachsen und selbstsicher im Vergleich zu den Mädchen, die ich kannte.

Und dann fiel mir der Grund ein, weshalb ich Mary in

den letzten paar Jahren kaum gesehen hatte. Ihre Mutter war krank gewesen, und Mary hatte sich um den Haushalt und die Küche kümmern müssen. Mit der Schule war's für sie aus gewesen. Ich hatte mir nicht groß den Kopf darüber zerbrochen, als ich das gehört hatte, aber jetzt wurde mir klar, daß Mary viel erwachsener als wir übrigen wirkte, weil sie eine größere Verantwortung zu tragen gehabt hatte.

Sie war weder sauertöpfisch noch trübsinnig, sondern lachte und amüsierte sich nicht weniger als die anderen jungen Leute. Dabei legte sie allerdings ein beachtliches Maß an Selbstsicherheit an den Tag.

Nach den Spielen holte Onkel Nat seine Gitarre hervor, und wir setzten uns im Kreis und sangen sämtliche Gemeindelieder, die wir auswendig kannten. Die Texte waren Mary wohl zum großen Teil neu, aber sie hörte aufmerksam zu und schlug sogar mit dem Fuß den Takt dazu. Ich saß zwar nicht nahe genug bei ihr, um es genau zu wissen, aber ich hätte wetten mögen, daß sie die Melodie mitsummte.

Als Tante Lou die Erfrischungen anbot, ging Mary ihr zur Hand. Ich schenkte die Limonade aus, so daß ich mich kurz mit ihr unterhalten konnte. Ich erkundigte mich nach ihrer Mutter und schämte mich insgeheim dafür, nicht schon längst nach ihr gefragt zu haben. Mary teilte mir mit einem frohen Lächeln mit, daß es ihrer Ma schon viel besser ging und daß sie sogar wieder selbst in ihrer Küche schalten und walten konnte.

Der Gedanke an Frau Turley und ihre geräumige Küche rief alte Erinnerungen an unsere Wanderung in die Berge zurück, als Willi, Avery und ich auf dem Rückweg bei den Turleys eingekehrt waren. Wir waren halb verhungert, und Frau Turleys Küchenvorräte hatten uns das Leben gerettet. Damals war Mary ein ziemlich schlaksiges, sommersprossiges Mädchen gewesen. Ich hätte mir nie träumen lassen, daß eines Tages die nette junge Dame aus ihr werden könnte, mit der ich jetzt sprach.

„Da bin ich aber froh – ich meine, daß es deiner Mutter bessergeht", sagte ich.

„Ich auch", erwiderte Mary. „Es war schwer, sie so leiden zu sehen."

Mit keinem Wort beklagte sie sich über die Jahre, die sie als Haushälterin und Krankenpflegerin zugebracht hatte. Sie schien sich einfach nur aufrichtig zu freuen, daß ihre Mutter wieder gesund war.

„Vielleicht kannst du ja zu unserem nächsten bunten Abend wieder kommen", traute ich mich, sie einzuladen.

„Das würde ich gern tun", antwortete Mary, und an dem Leuchten in ihrem Blick konnte ich ablesen, daß sie es ernst meinte. Es wäre prima, wenn sie sich unserer Jugendgruppe anschließen würde. Mary sollte sich bei uns wohl fühlen. Soweit ich wußte, glaubte sie aber nicht an Gott, und ich mußte mich doch sehr über Willi wundern. Er hatte sich ein Mädchen ausgesucht, das nicht gläubig war, aber ich, ich hatte meine Freundschaft mit Carmen genau aus diesem Grund aufgegeben. Irgendwie fand ich das ungerecht, konnte aber Willi auch wiederum keinen Schwachpunkt in seinem Glaubensleben unterstellen. Obwohl ... Ließ Willi sich etwa auf ein Risiko ein, indem er einem ungläubigen Mädchen den Hof machte? Meine Gedanken wanderten unwillkürlich zu Carmen. Ich dachte an ihre funkelnden Augen und ihre langen, kupferglänzenden Locken. Sie war das hübscheste Mädchen, das ich je gesehen hatte. Ach, wenn sie doch nur ... Aber da rief Tante Lou mich auch schon, um mich zu bitten, Limonade nachzuschenken.

Große Aufregung

Die ganze nächste Woche über hatten wir herrliches Frühlingswetter, und die Leute fingen an, von Frühjahrsmüdigkeit zu reden. Ich weiß zwar nicht, welche Müdigkeit mich überfallen hatte, aber ich konnte mich kaum auf meine Schularbeiten konzentrieren.

Die Abschlußprüfungen sollten in ein paar Wochen stattfinden, und unsere Zensuren hatten einiges mit unseren Aussichten zu tun, aufs College gehen zu können. Vielleicht machte mir genau das so sehr zu schaffen. Die meisten meiner Klassenkameraden hatten sich nämlich schon ein College und ein Studienfach ausgesucht. Fast jeden Tag wurde ich gefragt: „Na, Josch, was hast du denn vor?“, worauf ich mit rotem Gesicht die Antwort murmelte, mich noch nicht endgültig entschieden zu haben.

Endgültig? Das klang gerade, als erwöge ich ernsthafte mehrere Möglichkeiten. In Wirklichkeit war ich so weit von meinen Zukunftsplänen entfernt wie an meinem allerersten Schultag.

Ich ging den Leuten aus dem Weg, wo ich nur konnte. Mir war nicht danach zumute, auf solche Fragen Rede und Antwort zu stehen, wenn ich überhaupt keine Antwort wußte.

Aus diesem Grund verbrachte ich auch viel Zeit daheim. Ich gab vor, Schularbeiten zu machen, wogegen Onkel Nat und Tante Lou keinerlei Einwände hatten. Ich bemühte mich sogar, aber es fiel mir schwer, mit den Gedanken bei der Sache zu bleiben.

An einem besonders sonnigen Frühlingstag, als der Duft der ersten Blüten durch das offene Fenster in mein Zimmer strömte und mir die Arbeit noch schwerer als sonst machte, saß ich an meinem kleinen Schreibtisch und versuchte, mich auf meine Mathematikaufgaben zu konzentrieren, aber das wollte mir irgendwie heute nicht gelingen.

Statt dessen machten sich meine Gedanken auf die Reise. Die Abschlußfeier rückte mit jedem Tag näher. Ich dachte an meine noch so ungewisse Zukunft. Ich dachte an Carmen und ihre Absicht, bald nach New York zu ziehen, um sich dort als Innenarchitektin ausbilden zu lassen. Wie würde sie je in einer solchen Großstadt zurechtkommen? Wie konnte ihr Vater nur sein Einverständnis dazu geben?

Der milde Frühlingswind trug den flüsterzarten Duft jener Rosen in mein Zimmer, die auch jedes Frühjahr am Bachufer blühten. Ich sah das junge Grün vor mir, das mit schmalen Spitzen aus dem Erdboden hervorsproß. Beinahe konnte ich das frische, sanft rauschende Wasser riechen und das Plätschern eines Fisches hören, der nach einer Fliege schnappte, um dann wieder in das kühle Wasser einzutauchen.

Der Ruf des Baches erinnerte mich an Uropa. Er fehlte mir noch immer sehr. Ich konnte mich einfach nicht daran gewöhnen, daß er nicht mehr da war. Immer, wenn ich zur Farm fuhr, suchte ich unwillkürlich nach Spuren von ihm. Der leere Stuhl am Tisch starrte mich einsam an; der Haken, an dem seine abgetragene Farmjacke gehangen hatte, war ein trauriger Anblick, und der gepolsterte Stuhl am Küchenfenster, wo er in seiner Bibel gelesen und seine Kreuzworträtsel gelöst hatte, stand still und verlassen da.

Nein, ich wünschte ihn mir nicht zurück; das wußte ich genau. Uropa hatte es doch jetzt viel besser als hier bei uns. Das änderte aber nichts an der Tatsache, daß er mir furchtbar fehlte.

Obwohl ich die Woche über bei Tante Lou und Onkel Nat in der Stadt wohnte, zog es mich am Wochenende mit Macht zur Farm zurück. Ich hing an dem Grund und Boden, auf dem ich aufgewachsen war. Alles daran gefiel mir: der Frühling, wenn die Aussaat stattfand, der Sommer, wenn wir zuschauten, wie das Saatgut aufging und von Woche zu Woche heranreifte, und der Herbst, wenn Gott uns seine Güte erwies, indem er uns mit den Erzeugnissen der Farm beschenkte.

Sogar die Wintermonate machten Spaß auf der Farm. An den frostklirrenden Morgen dampfte die warme Milch in dem Eimer, den ich aus dem Stall ins Haus trug. Das trokkene Stroh, das ich für Bleß und die anderen Tiere im Stall ausbreitete, duftete unvergleichlich gut, und die Stallkatzen bettelten mit ihrem Miauen um eine Portion von der guten, frischen Milch zum Frühstück. Ja, auf der Farm fühlte ich mich rundherum wohl.

Und dann dachte ich an Opa und Onkel Charlie. Ein seltsamer Gedanke kam mir dabei: Was sollte eigentlich aus der ganzen Farm werden, wenn die beiden Männer sie eines Tages nicht mehr bewirtschaften konnten? Darüber hatte ich mir bisher noch nie den Kopf zerbrochen; hatte wohl immer geglaubt, die beiden würden bis in alle Ewigkeit die Felder bestellen und die Tiere versorgen, so wie sie es getan hatten, solange ich zurückdenken konnte. Aber das war natürlich Unsinn. Die Jahre waren nicht spurlos an Opa und Onkel Charlie vorbeigegangen. Ihr Gang war nicht mehr so aufrecht wie früher. Das hatte sogar ich gemerkt. Onkel Charlie schien es dabei am schlimmsten erwischt zu haben. Das war mir neulich aufgefallen, als wir die Stallarbeit miteinander gemacht hatten. Er bewegte sich viel langsamer als früher und hatte Schwierigkeiten mit seinen Händen. Ich mußte ihm den Knoten am Getreidesack aufbinden, weil er selbst damit nicht zurechtkam.

Der Gedanke daran, daß Opa und Onkel Charlie die Farm eines Tages nicht mehr allein bewirtschaften könnten, machte mich unruhig und besorgt. Ich konnte mir das Leben ohne die Farm überhaupt nicht vorstellen. Auch wenn Gott mich zum Pfarrer in irgendeine Stadt weit von hier entfernt berufen sollte oder wie Willi zum Missionar in ein fernes Land, dann wollte ich die Farm immer noch als mein Zuhause wissen. Ich wollte zu Besuch kommen können, wann ich wollte, und auch meine Familie mitbringen – falls ich je eine mein Eigen nennen sollte. Ich wollte mich auch weiterhin mit dem guten Farmland und mit allem, was darauf wuchs, verbunden fühlen. Ich war tief mit dem Grund und Boden verwurzelt, den Opa bestellt hatte, solange ich denken konnte. Mit der Farm würde ich auch einen Teil meiner selbst verlieren.

Ein sanftes Winseln unter meinem Schreibtisch riß mich aus meinen Gedanken.

„Pixie!“ sagte ich überrascht. „Wußte ja gar nicht, daß du da bist! Ich hab’ dich in letzter Zeit arg vernachlässigt, nicht wahr?“ Das Hündchen wedelte putzmunter mit dem Schwanz und sprang auf meinen Schoß. Ich klappte mein Mathematikbuch zu und schob es beiseite. Mir war sowieso nicht nach Schularbeiten zumute. Ich brauchte eine Pause. Pixie sprang auf den Boden zurück, als ich aufstand und mich ausstreckte.

„Ich glaube, ich hole mir ein paar von Tante Lous Plätzchen und ein Glas Milch in der Küche. Was meinst du?“ sagte ich zu Pixie. Gerade wollte ich aus dem Zimmer gehen, als ich Geräusche von der Küche her hörte.

Was ich hörte, war weder laut noch überstürzt. Es war einfach nur ungewöhnlich. Ich hörte genauer hin. Jetzt war alles still. Pixie lief zur Tür und kläffte. Dann hörte ich Onkel Nats rasche Schritte näher kommen. Ich stand wie angewachsen da.

Onkel Nat klopfte nicht mal erst an, sondern öffnete die Tür einen Spaltbreit und steckte den Kopf in mein Zimmer. Er trug seinen Hut, was er eigentlich sonst nie zu Hause tat.

„Lou sagt, es ist soweit, Josch“, flüsterte er. „Ich hole den Doktor.“

Mir wurde der Mund trocken, und ich bekam kaum Luft. Es war also soweit. Ein eiskaltes Schaudern lief mir über den Rücken. Ich hatte von Anfang an gewußt, daß es irgendwann soweit sein würde, aber richtig gefaßt war ich darauf immer noch nicht.

Das kleine Menschlein, das Tante Lou mit sich herumgetragen hatte, war in Sicherheit gewesen, solange es von Tante Lous Körper umgeben war, aber jetzt war die Zeit gekommen, wo es das Licht der Welt erblicken sollte – das Licht einer Welt, in der überall Krankheit und Gefahren lauerten. Würde dieses Baby am Leben bleiben? Noch einen Säugling zu verlieren würden wir nie verschmerzen können.

Ich wäre am liebsten zu Tante Lou gerannt, um mich mit eigenen Augen davon zu überzeugen, daß es ihr gutging, aber meine Füße wollten mir nicht gehorchen. Ich versuchte zu schlucken, aber mein Mund war pulvertrocken. Ich wollte Onkel Nat zur Eile antreiben, aber dann machte ich mir klar, daß das nicht nötig sein würde.

„Ich hole den Doktor!" stieß ich hervor. „Bleib du bei Tante Lou!"

Onkel Nat hatte keine Einwände. Er trat wortlos beiseite, um mich an sich vorbeizulassen.

Ich war schon fast an der Küchentür, als er mir leise nachrief: „Brauchst nicht zu rennen, Josch. Lou sagt, wir haben noch jede Menge Zeit."

Ich hatte es zwar gehört, aber ich rannte schon, bevor ich auch nur zur hinteren Haustür hinaus war. Als ich vom Hof auf die Straße rannte, hatte ich mein Höchsttempo erreicht.

Unterwegs betete ich inbrünstig für Tante Lou. Ich betete für das kleine Baby. Ich betete dafür, daß der Doktor jetzt bloß nicht irgendwo auf dem Land zu einem Hausbesuch unterwegs war.

Als ich an der Pforte der Arztpraxis haltmachte, war ich ganz außer Puste. Ich klopfte fest an die Tür und trat einen Schritt zurück, um zu warten. Der Doktor kam selbst an die Tür. Er sagte kein Wort, als er mich keuchend dastehen sah, sondern nahm sich nur seinen Hut vom Hutständer und seine schwarze Arzttasche von dem Garderobentisch. Dabei rief er seiner Frau zu, daß er im Pfarrhaus gebraucht würde, und dann waren wir auch schon auf der Straße.

Wir rannten nicht. Das gemächliche Tempo des Doktors brachte mich fast zur Weißglut, und es kostete mich die größte Anstrengung, mich an seine gesetzten Schritte anzupassen. Schweigend gingen wir nebeneinander her, bis der Doktor meinte, daß ich wieder genug Puste zum Sprechen hatte.

„Wann haben die Wehen eingesetzt?" fragte er.

„Keine Ahnung", gab ich kleinlaut zu. „Onkel Nat ist nur zu mir in mein Zimmer gekommen und hat gesagt, daß es soweit ist."

„Hat Lou mit euch zu Abend gegessen?"

„Also, sie ... sie ..." Ich überlegte. „Sie hat mit uns am

Tisch gesessen, aber gegessen hat sie kaum was. Hat eigentlich bloß auf ihrem Teller herumgestochert."

Ich hatte mir nicht allzuviel dabei gedacht, um ehrlich zu sein.

„Gesagt hat sie aber nichts", fügte ich hinzu.

„Ist auch nicht ihre Art", meinte der Doktor und beschleunigte seine Schritte, wofür ich dankbar war.

Als wir zu Hause ankamen, war Onkel Nat nicht da, um uns hereinzulassen. Doch der Doktor kannte sich bei uns aus, und nachdem ich ihm die Tür geöffnet hatte und er ins Schlafzimmer gegangen war, gab es nicht mehr viel, was ich tun konnte, außer zu beten.

Die Zeit schien geradezu stillzustehen. Jedenfalls kam es mir so vor, obwohl bestimmt in Wirklichkeit alles ordnungsgemäß seinen Gang nahm. Ich ging in der Küche auf und ab, ging draußen auf der Veranda auf und ab, und dann auf dem Bretterweg vor dem kleinen Pfarrhaus.

Endlich hörte ich den piepshohen Schrei eines Neugeborenen. Da wußte ich, daß jetzt alles vorbei war. Ich horchte mit angehaltenem Atem auf weitere Geräusche; ich muß wohl einen entsetzten Schrei von Tante Lou erwartet haben, aber es blieb still. Und dann hörte ich Lachen und Onkel Nats Stimme, als er ein Dankgebet sprach. Ich holte wieder Luft und rannte zur hinteren Haustür.

Ich traf Onkel Nat in der Küche. Sein Gesicht strahlte. Keiner von uns sagte ein Wort; wir fielen einander nur kurz um den Hals und hasteten dann ins Schlafzimmer. Wir hatten wohl beide Tränen im Gesicht, Tränen der Erleichterung und der Freude.

Der Doktor sagte gerade etwas, als ich ins Zimmer kam. Ich weiß nicht genau, ob er Tante Lou damit meinte oder das winzige Bündel, das er da in seinen großen Händen hielt.

„Na, so was!" sagte er. „Hab' doch felsenfest mit einem strammen Stammhalter gerechnet, aber so kann man sich eben irren. Kerngesund ist's, das Kleine!"

Lou lächelte ein zufriedenes, liebevolles Lächeln. Sie sah noch reichlich blaß aus, fand ich, aber zugleich unbeschreiblich glücklich!

Der Doktor wandte sich an Tante Lou.

„Hast deine Sache prima gemacht, junge Frau! Und schau nur deine Belohnung an! Hübsches Baby, wirklich! Genau wie ihre Mama, als ich ihr vor mehr als zwanzig Jahren ans Licht der Welt geholfen hab'."

Ihre Mama? Dann war es also ein Mädchen! Tante Lous Traum war Wirklichkeit geworden, und der stramme Junge, von dem der Doktor immer gesprochen hatte, hatte sich als kleines Mädchen entpuppt. Ich grinste und kam mir plötzlich irgendwie überflüssig vor. Unauffällig zog ich mich in eine Ecke zurück und wußte nicht so recht, was ich tun oder sagen sollte. Tante Lou hatte es gleich gemerkt. Sie hob den Kopf von ihrem Kissen und streckte mir ihre Hand entgegen.

„Komm und schau sie dir an, Josch", sagte sie. „Der Doktor hat recht: Sie ist einfach bildhübsch!"

Zögernd trat ich näher, als der Doktor ihr das kleine Bündel in die Arme legte. Das winzige Gesicht war rot und voller Falten, und die Augen waren fest zugekniffen. Die dunklen Haare klebten noch feucht an dem Köpfchen. Ich fand das Baby längst nicht so hübsch wie der Doktor und Tante Lou, aber daß die Kleine ein besonderer Schatz war, das wußte sogar ich.

Und dann ruderte sie mit ihrem Fäustchen durch die Luft und suchte mit ihrem offenen Mund danach. Wie durch ein Wunder gelang es ihr, beides zusammenzubringen, und sie lutschte geräuschvoll drauflos. Wir lachten alle, und Tante Lou zog sie dichter an sich. Onkel Nats Augen füllten sich wieder mit Tränen. Die Kleine war tatsächlich niedlich!

Als Tante Lou ihre Stimme wiedergefunden hatte, sah sie erst ihre Tochter an und dann mich.

„Sarah Jane", sagte sie, „hier ist dein Vetter Josua Jones. Einen patenteren Vetter kann sich ein kleines Mädchen wie du kaum wünschen. Da hast du mächtig Glück gehabt, Sarah Jane. – Nein, nicht Glück, sondern den Segen Gottes." Tante Lou warf mir ein herzliches Lächeln zu. Ich spürte Onkel Nats Arm um meine Schultern und fühlte mich plötzlich geborgen und beschützt.

Wieder sah ich auf das winzige Bündel in Tante Lous

Armen hinab. Seitdem meine Eltern nicht mehr lebten, war Tante Lou mir Mutter und Tante zugleich gewesen. Jetzt hatte ich die kleine Sarah Jane dazu. Vielleicht war ich bei weitem nicht der Pfundskerl, als den Tante Lou mich bezeichnet hatte, aber eins wußte ich genau: Ich hatte dieses kleine Wesen riesig lieb, und es sollte ihm niemals etwas zustoßen, soweit ich es irgendwie abwenden konnte.

Eine Freudenbotschaft

„Jemand muß zur Farm!“ rief ich und riß den Blick von dem Baby und Tante Lou los, um mich zu Onkel Nat umzudrehen.

„Das kann gut und gern bis morgen früh warten“, sagte er. Ich konnte ihm anmerken, daß ihm nicht viel daran lag, seine Frau und seine kleine Tochter ausgerechnet jetzt allein zu lassen.

„Bis morgen? Das ist ja viel zu lange! Und Opa und Onkel Charlie würden uns das nie verzeihen!“

„Du, es ist inzwischen reichlich spät“, meinte Onkel Nat. Er holte seine Taschenuhr hervor. „Fast Mitternacht.“ Dann beugte er sich über die winzige Sarah Jane. „Hast den Geburtstag deiner Großmutter um zehn Minuten verpaßt, Kleines!“

Onkel Nat sprach nicht allzuoft von seiner Mutter, aber ich hatte das Gefühl, als wäre es ihm durchaus recht gewesen, wenn Sarah es mit ihrer Ankunft nicht ganz so eilig gehabt hätte.

Aber Onkel Nat konnte mich nicht von meinem Vorhaben abbringen.

„Mitternacht hin, Mitternacht her“, sagte ich, „irgendeiner muß zur Farm reiten. Mir würde es nichts ausmachen. Chester findet den Weg auch im Stockfinstern, und dabei ist’s nicht mal stockfinster draußen. Sieht noch richtig hell aus. Der Mond scheint bestimmt ...“

„Nun, was meinst du, Lou?“ fragte Onkel Nat. Lou lächelte bloß und nickte.

„Bring mir doch einen Bleistift und den Schreibblock“, bat sie. Ich wußte, daß ich gewonnen hatte und mit der freudigen Nachricht losgeschickt werden sollte.

Da Tante Lou beide Hände zum Schreiben frei haben mußte, hob Onkel Nat das kleine Neugeborene aus ihren

Armen, ging mit dem Bündel in der Stube auf und ab und redete dabei leise. Ich hörte zwar nicht, was er der Kleinen alles sagte, aber hin und wieder schnappte ich ein Wort auf. Er erzählte ihr von Gott. Kaum zu fassen! So klein, wie sie war, bekam sie schon ihre erste Predigt von ihrem Papa vorgetragen, extra für sie!

Tante Lou tat sich schwer mit dem Schreiben im Bett. Sie wollte Opa und Onkel Charlie bestimmt selbst von dem neugeborenen Baby erzählen; sie schrieb und schrieb, als wollte sie überhaupt nicht mehr aufhören. Ich fragte mich im stillen, wie man nur so viel über jemanden schreiben kann, den man erst vor ein paar Minuten kennengelernt hat.

Endlich war sie aber dann doch fertig und faltete den Bogen Papier zusammen, um ihn mir zu reichen. Den Block und den Bleistift legte sie auf die kleine Nachtkonsole neben ihrem Bett. Wieder lächelte sie zufrieden und glücklich, wenn ich ihr auch ansehen konnte, wie erschöpft sie jetzt war.

Ein Geräusch von der Tür her ließ uns alle aufhorchen. Es war der Doktor. Ich hatte ganz vergessen, daß er auch noch da war. Er hatte sich wohl in der Küche einen Tee gekocht, während wir mit der kleinen Sarah Jane Bekanntschaft geschlossen hatten. Jetzt wollte er ein letztes Mal nach Tante Lou und dem Baby sehen, bevor er wieder nach Hause ging. Ich drückte Tante Lou schnell einen Kuß auf die Wange und sah mir Sarah Jane noch mal an, um zu sehen, ob sie schon gewachsen war oder sich verändert hatte. Immerzu hörte man Frauen davon reden, wie schnell das bei Babys der Fall war. Nein, sie sah noch genau aus wie vorhin, nur daß sie jetzt eingeschlafen war – mitten unter ihres Vaters Predigt!

Chester schien mir meine Ungeduld anzumerken, und kaum waren wir auf offener Straße, als er auch schon losgaloppierte. Er hoffte wohl, daß ich ihn diesmal gewähren lassen würde. Darin hatte er sich allerdings getäuscht. Obwohl der Mond schien und Chester bei Dunkelheit besser sah als ich, wußte ich genau, daß man ein Pferd bei Nacht niemals im vollen Galopp reiten sollte.

Der Weg zur Farm kam mir heute besonders lang vor. Normalerweise nutzte ich die Zeit, um in Ruhe über dieses und jenes nachzudenken, aber jetzt hatte ich nur das neugeborene Baby im Kopf. Gesund und munter und gerade eben erst zur Welt gekommen war die Kleine, und der Doktor hatte uns bestätigt, daß ihr nichts fehlte.

Endlich hatte ich die Farm erreicht. Etwas überrascht stellte ich fest, daß alle Lichter im Haus schon gelöscht waren. Eigentlich hätte mich das kaum wundern sollen, denn Opa und Onkel Charlie gingen jeden Abend gegen zehn zu Bett, und heute abend war da keine Ausnahme.

Ich focht einen inneren Kampf aus, ob ich Chesters Zügel einfach kurzerhand an den Zaunpfahl binden und flink mit der aufregenden Nachricht ins Haus stürzen sollte oder ob ich Chester zuerst in die Scheune bringen sollte, was ich sowieso früher oder später tun mußte. Dann rang ich mich aber doch dazu durch, Chester sofort zu versorgen. Das fiel mir zwar schwer, aber ich wußte genau, daß es mir später noch schwerer fallen würde, wenn ich erst mit Tante Lous Brief im Haus war.

Chester freute sich, in seine eigene Box zu kommen. Allzu hungrig konnte er zwar nicht sein, weil er schon reichlich Futter bekommen hatte, aber ich streute ihm trotzdem noch eine Gabelvoll Heu in die Krippe. Er zierte sich nicht lange und fing gleich zu knabbern an.

Hastig verriegelte ich das Scheunentor und rannte zum Haus. Die Scheune stand ein ganzes Stück vom Haus entfernt, eine Tatsache, die mir bisher eigentlich noch nie aufgefallen war. Außer Atem kam ich auf der hinteren Veranda an. Wie immer fand ich die hintere Haustür unverschlossen vor. Ich bezweifelte, daß Opa sie überhaupt je abschließen konnte, selbst wenn er gewollt hätte. Einen Schlüssel zu dieser Tür hatte ich noch nie gesehen. Leise quietschend ließ sie sich aufschieben.

Am liebsten hätte ich lauthals die große Neuigkeit ins Haus hineingerufen, aber das unterließ ich dann doch. Mit einer solchen lautstarken Ankündigung würde ich Opa und Onkel Charlie in ihren Betten nur zu Tode erschrecken.

So leise wie möglich stieg ich die Treppe hinauf. Die knarrende Stufe hatte ich dabei allerdings restlos vergessen. Unter meinem Fuß protestierte sie so laut wie eh und je.

„Wer da?“ rief Opa aus seinem Zimmer.

„Ich bin's“, antwortete ich halb flüsternd, halb rufend.

Ich hörte, wie Onkel Charlie, dessen Tür offenstand, sich in seinem Zimmer regte, aber das Geräusch kam nicht von seinem Bett. Er hatte auf einem alten Sessel am Fenster gesessen. Demnach hatte er genau gesehen, wie ich in den Hof geritten war, Chester in den Stall gebracht hatte und dann zum Haus gerannt war.

Für einen Augenblick vergaß ich Opa, Tante Lou und das Neugeborene.

„Was machst du denn so spät noch am Fenster?“ fragte ich Onkel Charlie.

„Nichts Besonderes“, antwortete er ausweichend. „Manchmal ist's mir halt zu unbequem in meinem Bett, weiter nichts.“

Opa rief mir aus seinem Zimmer zu: „Ich komme sofort!“, und ich konnte die Sprungfedern unter seiner Matratze ächzen hören, als er aus dem Bett stieg, um in seine Hose zu steigen.

„Du hast anscheinend Neuigkeiten für uns“, sagte Opa, als er dann mit einer brennenden Lampe auf den Flur kam.

„Und ob!“ strahlte ich, und meine Gedanken machten einen Satz zu der kleinen Sarah Jane.

„Und?“ drängte Opa.

„Wieder 'n Mädchen“, verkündete ich, „und es geht ihr prima.“

„Und Lou?“ fragte Opa. Er wußte haargenau, daß ich kaum von einem Ohr bis zum andern grinsen würde, wenn es Tante Lou nicht ebenfalls prima ginge. Aber Lou war nun mal seine Tochter, und Opa würde nicht eher lockerlassen, bis er es wortwörtlich von mir gehört hatte.

„Der geht's auch gut“, sagte ich. „Sie ist ganz aus dem Häuschen vor Glück!“

„Danke, Vater im Himmel!“ flüsterte Opa. Dann breitete sich ein Leuchten auf seinem Gesicht aus. Ich konnte es genau im Licht der Lampe sehen, die er in der Hand hielt. Opa strahlte wie ein Honigkuchenpferd.

Nun kam auch Onkel Charlie zu uns auf den Flur. Auch in seinem Gesicht stand ein breites, ansteckendes Grinsen. So fröhlich hatte ich ihn noch nie erlebt. Es überraschte mich allerdings, wie langsam er ging. Opa drehte sich zu ihm um; in seinen Augen stand Besorgnis.

„Wieder 'ne schlimme Nacht, was?" erkundigte er sich, und Onkel Charlie nickte. Weder mit der Frage noch mit der Antwort konnte ich etwas anfangen. Wieso sollte Onkel Charlie schlimme Nächte haben? Warum schlurfte er wie ein alter Mann über den Flur zur Treppe? Warum hielt er sich am Treppengeländer fest? Das alles war mir neu. Warum hatte mir denn keiner etwas davon gesagt?

„War der Doktor da?" fragte Onkel Charlie. Er wußte, daß der Doktor manchmal ausgerechnet dann, wenn er dringend gebraucht wurde, zu einem Hausbesuch unterwegs war.

„Hab' ihn selbst geholt", erklärte ich. „Er war zu Hause, als ich kam."

„Und war Nat dabei?" wollte Opa wissen. Ich wußte, daß er ans letzte Mal dachte.

„Ja, die ganze Zeit über", antwortete ich.

„Gut!" Opa strahlte noch froher. Die Lampe stellte er auf dem Küchentisch ab.

Onkel Charlie schlurfte an den Herd, stocherte in der Asche und legte ein paar frische Holzscheite nach. Das Feuer war für die Nacht eingedämmt gewesen. Es dauerte aber nicht lange, bis es wieder aufloderte. Onkel Charlie schob die blecherne Kaffeekanne auf die Herdplatte.

„Na, jetzt erzähl uns aber von der Kleinen!" drängte Opa ungeduldig.

Onkel Charlie rückte sich einen Stuhl zurecht und ließ sich umständlich darauf sinken. Dann beugte er sich gespannt vor, um sich nur ja kein Wort entgehen zu lassen.

„Also, sie ist ziemlich klein", fing ich an und beschrieb ihre Länge mit den Händen, eine Methode, von der ich oft nach einer Angelpartie Gebrauch machte.

„Versteht sich", nickte Opa.

„Und sie ... sie ..." Wie konnte ich nur erzählen, wie rot und runzlig und verschwollen ihr Gesicht war? Ob Opa und Onkel Charlie bei solchen Dingen Bescheid wußten?

„Hat sie Haare?“

„Jede Menge. Dunkle.“

„Genau wie Lou“, meinte Opa.

„Welche Augenfarbe hat sie denn?“ wollte Onkel Charlie wissen.

„Ich ... ich weiß nicht. Sie hat sie ja kaum aufgemacht. Dunkel sind sie, glaub' ich.“

„Hat der Doktor gesagt, wieviel sie wiegt?“

Über ihr Gewicht hatte ich niemanden was sagen gehört. Ich schüttelte bloß den Kopf.

„Und Lou? Erzähl uns, wie's ihr ergangen ist!“ drängte Opa.

„Ja, also ...“

„Hat alles sehr lange gedauert?“ fragte Opa.

Es war mir zwar wie 'ne halbe Ewigkeit erschienen, aber ich zuckte nur mit den Achseln und sagte: „Der Doktor hat gemeint, alles wäre genau nach Plan verlaufen, ganz ohne Komplikationen. Ich hab' ihn viertel vor neun geholt, und kurz vor Mitternacht ist Sarah dann zur Welt gekommen.“

Opa und Onkel Charlie wechselten ein Kopfnicken und ein Grinsen, woraus ich schloß, daß sie mit dem Gehörten höchst zufrieden waren.

„Aber Tante Lou sagt, daß die Schmerzen – nein, das Weh ...“

„Die Wehen“, verbesserte mich Opa.

„Ja, daß die Wehen um ein Uhr eingesetzt haben. Bis zum Abendbrot waren sie aber noch halbwegs auszuhalten gewesen.“ Die beiden Männer sollten mir keineswegs auf die Idee kommen, das Ganze wäre ein Picknick im Grünen für Tante Lou gewesen.

„Aber jetzt geht's ihr gut?“ fragte Opa weiter.

„Ja, ihr geht's prima“, versicherte ich ihm.

Onkel Charlie erhob sich mühsam von seinem Stuhl und holte die Kaffeekanne. Ich konnte mir nicht vorstellen, daß der Kaffee schon brühend heiß war, wie er ihn am liebsten trank, aber vielleicht brauchte er einfach nur eine Beschäftigung.

Er schenkte drei Tassen aus und trug zwei davon zum Tisch. Sie dampften nur schwach. Die eine Tasse reichte er

Opa und stellte die andere vor mich hin. Zum ersten Mal fiel mir auf, daß seine Finger irgendwie komisch aussahen. Ich wollte ihn gerade fragen, ob er sich verletzt hatte, als ich sah, daß die andere Hand genauso aussah. Ich klappte den Mund schleunigst wieder zu und warf Opa einen Blick zu, doch der schien meine Verwunderung nicht bemerkt zu haben. Er war wohl zu beschäftigt damit, die Ankunft seiner Enkelin in Gedanken zu feiern.

„Ach, ihr Name!" fiel ihm plötzlich ein. „Du hast uns ja noch gar nicht gesagt, wie sie heißt!"

„Sarah", sagte ich. „Sie heißt Sarah Jane."

„'n schöner Name", meinte Opa, und auch Onkel Charlie, der gerade mit seiner eigenen Kaffeetasse wieder an den Tisch kam, sagte: „Sarah Jane. Sarah Jane. Das klingt schön."

Plötzlich fiel mir Tante Lous Brief wieder ein. Ich fischte ihn aus meiner Jackentasche hervor und reichte ihn Opa. Der öffnete ihn hastig und fing an, ihn Onkel Charlie vorzulesen. Viel mehr blieb mir nicht über die kleine Sarah Jane zu erzählen. Tante Lou hatte gründlich Bericht erstattet.

Wir saßen noch 'ne Weile beisammen und tranken Kaffee und unterhielten uns dabei über das neugeborene Baby und Tante Lou und Onkel Nat. Der Anblick von Onkel Charlie, der mit ungeschickten Fingern seine Kaffeetasse zum Mund führte, nahm mir allerdings etwas von meiner Freude. Die dunkle Flüssigkeit rann ihm öfter über die Finger, wenn er sich anschickte, aus der Tasse zu trinken. Vielleicht war das auch der Grund, weshalb Onkel Charlie den Kaffee nicht so heiß wie sonst aufgewärmt hatte.

Ich dachte daran, wie Onkel Charlie früher immer die Tasse an die Lippen geführt hatte, einen vollen Schluck von dem siedend heißen Gebräu genommen und diesen dann irgendwie hinuntergebracht hatte, ohne sich daran zu verbrühen. Damals hatte er allerdings 'ne ruhige Hand gehabt und keine knotigen Finger, mit denen er nichts mehr richtig festhalten konnte.

„Wißt ihr, ich bin ziemlich müde", entschuldigte ich mich schließlich. „Ich glaub', ich geh' am besten ins Bett."

Opa grinste noch immer, aber auch er unterdrückte ein Gähnen.

„Ich auch", sagte er und nahm die Lampe.

„Geht ruhig schon nach oben, ihr beiden", winkte Onkel Charlie ab. „Ich bleib' noch ein Weilchen hier sitzen und trink' noch 'ne Tasse Kaffee."

Ich warf Opa einen Blick zu.

„Hast du eine von deinen Pillen genommen?" fragte der, und Onkel Charlie nickte.

„Ist's davon nicht besser geworden?"

„Etwas."

Opa und ich wußten beide, daß Onkel Charlie uns damit nicht erschöpfend geantwortet hatte.

Im Flur faßte ich Opa beim Arm.

„Was hat das zu bedeuten?" fragte ich flüsternd.

Opa schien nicht zu wissen, wovon ich sprach.

„Was ist denn mit Onkel Charlie los?" drückte ich mich deutlicher aus.

„Was soll denn mit ihm los sein?"

„Na, seine Hände halt. Sie sind ja ganz ... ganz knorrig, und dann geht er so langsam, und ..."

„Ach, das", antwortete Opa nüchtern. „Das ist bloß sein Rheuma. Es wird schlimmer."

Rheuma? Und schlimmer? Warum war mir das bis jetzt nicht aufgefallen?

„Wie lange plagt er sich denn schon damit rum?" hörte ich mich fragen.

„Rheuma hat er schon seit Jahren", erklärte Opa mir. „Er hat seine guten und schlechten Tage. Man sagt, es liegt am Wetter. Mit der Zeit ist's aber schlimmer geworden. Seine Hände machen ihm ziemlich arg zu schaffen. Früher hatte er's nur in den Knien und im Kreuz."

Es gab nicht viel, was ich dazu sagen konnte, so daß ich Opa zu seinem Zimmer weitergehen ließ.

„Bis morgen früh dann!" murmelte ich und ging in mein Zimmer.

In dieser Nacht lag ich lange wach. Nicht nur der Gedanke an unsere kleine Sarah Jane hielt mich vom Schlafen ab, sondern ich grübelte auch über Onkel Charlie nach.

Sein Rheuma machte mir einige Sorgen. Er war ja jetzt schon deswegen zum alten Mann geworden. Alles war so allmählich passiert, daß ich zuerst gar nichts davon gemerkt hatte.

Aber jetzt war es sonnenklar, daß etwas nicht stimmte. Onkel Charlie war nicht zimperlich, aber man sah ihm an, daß ihm auch die kleinsten Arbeiten Schmerzen verursachten. Wie sollte er da bei der Farmarbeit mithalten?

Ich gab mir Mühe, endlich einzuschlafen, erstens, um damit meinen Sorgen zu entfliehen, und zweitens, weil ich meinen Schlaf brauchen würde. Opa hatte davon gesprochen, zeitig am Morgen zur Stadt aufzubrechen, sobald die Stallarbeit erledigt war, und ich wußte, auch ohne zu fragen, daß Opa früher als sonst mit der Stallrunde anfangen würde.

Trotzdem dauerte es lange, bis ich endlich zur Ruhe kam und einschlafen konnte.

Die Abschlußfeier

Es dauerte mehrere Tage, bis alles wieder seinen gewohnten Gang nahm. Opa und Onkel Charlie statteten dem Pfarrhaus viel häufiger als sonst 'nen Besuch ab. Ich glaube, sie befürchteten wohl, daß die kleine Sarah Jane mit einem Schlag aufwachsen könnte, wenn sie gerade nicht hinsahen. Wie dem auch sei, jedenfalls kamen sie oft zu Besuch, um sie zu begutachten.

Sarah Jane verursachte einige grundlegende Veränderungen im Haushalt. Tante Lou schaffte nicht so viel an Plätzchenbacken und Einkochen wie sonst, und Onkel Nat und ich machten uns dann und wann in der Küche nützlich. Fast alle fünf Minuten, so schien's, hatte das Baby entweder Hunger oder 'ne nasse Windel.

Niedlich war die Kleine aber trotzdem. Lou sagte Onkel Nat und mir ein ums andere Mal, wie allerliebst sie sei, und ich war durchaus geneigt, ihr Glauben zu schenken. Die Kleine verbrachte den größten Teil ihrer Zeit mit Schlafen. Immer wenn ich einen von meinen Freunden mit nach Hause brachte, schlief sie entweder oder wurde gerade gestillt, so daß aus dem Vorzeigen und Bestaunen nichts wurde.

Ihre Röte und die Runzeln verloren sich ziemlich rasch, und statt dessen sah sie weich und rosig aus. Ihr rundes Köpfchen war von einem flaumigen, dunklen Schopf eingerahmt. Die Augen öffnete sie jetzt öfter. Manchmal lag sie in meinen Armen und sah mich an, als wüßte sie genau, wer ich war und wie ich in ihr Leben paßte. Ich hatte es gern, wenn sie mich so anschaute, und wenn gerade niemand in der Nähe war, erzählte ich ihr so allerhand über mich selbst, damit sie mich auch richtig kennenlernte. Wir alle hingen sehr an dem kleinen Mädchen. Schließlich hatten wir Lou alle riesig lieb, und auf die Ankunft dieses winzigen Wesens hatten wir lange gewartet.

Ich hatte damit gerechnet, daß mir die Schularbeiten jetzt noch schwerer fallen würden, und in gewisser Weise taten sie das auch. Gleichzeitig lag mir aber plötzlich mächtig viel daran, die Schule mit guten Zensuren zu verlassen. Ich hätte es zwar keiner Seele eingestanden, aber ich wollte auf keinen Fall, daß Sarah sich eines Tages wegen ihres Vetters Josch schämen müßte. Deshalb klemmte ich mich auch hinter meine Schulbücher wie noch nie, und der Erfolg blieb nicht aus: Ich bekam die besten Zensuren meines Lebens.

Hin und wieder schaute Willi bei mir herein. Manchmal lernten wir zusammen und spielten dann mit Sarah, aber meistens klappten wir unsere Bücher einfach zu und unterhielten uns. An einem Donnerstag, als er wieder mal an mein Fenster klopfte, sah ich ihm auf den ersten Blick an, daß er irgendwas Sagenhaftes erlebt haben mußte. Ich schob mein Wörterbuch beiseite und öffnete das Fenster.

„Schläft Sarah?" fragte Willi.

Ich nickte.

„Dann komm schnell raus!" Willi wollte auf keinen Fall den schlafenden Säugling wecken.

Ich schob das Fenster leise wieder zu und ging zur Haustür nach draußen.

„Was gibt's denn?" fragte ich, sobald ich die Tür hinter mir zugezogen hatte.

„Mary hat sich bekehrt!"

Jetzt wurde mir klar, weshalb Willi vor Freude förmlich übersprudelte. Ich freute mich ja selbst riesig. Wir fielen einander in die Arme und klopften uns gegenseitig auf den Rücken. Mary war jeden Sonntag zum Gottesdienst gekommen, seitdem Willi sie zu unserer Jugendgruppe eingeladen hatte.

„Wann denn?" fragte ich, als ich meine Stimme wiedergefunden hatte.

„Heute nachmittag. Ich bin schnurstracks zu dir gekommen, um's dir zu erzählen."

Noch einmal schlug ich Willi auf die Schultern. Unwillkürlich mußte ich daran denken, wie froh ich wäre, wenn ich die gleiche gute Nachricht über Carmen zu berichten hätte.

„Ist ja prima!“ rief ich immer wieder. „Einfach umwerfend!“

Aus Angst, daß Willi meine Tränen sehen könnte, drehte ich mich um und ging auf die Gartenschaukel zu, die Onkel Charlie für Lou gebastelt hatte. Willi folgte mir, ohne ein Wort zu sagen. Er konnte es sich vielleicht denken, daß meine Gefühle etwas durcheinandergeraten waren.

Ich wich Willis Blick aus und stieß mich mit dem Fuß ab, bis die Schaukel sachte hin und her wogte. Dabei studierte ich Onkel Charlies Werk so gründlich wie noch nie. Onkel Charlie konnte geschickt mit Werkzeug umgehen. Jedes Brett war sorgfältig gesägt und fachmännisch in den Rahmen gefügt worden. Die geschwungenen Armstützen waren glattgeschliffen und lackiert. Ich strich mit der Hand darüber und fragte mich im stillen, ob Onkel Charlie je wieder mit Hammer und Hobel herumwerkeln würde. Dann machten meine Gedanken einen Satz in die Gegenwart zurück.

„Was sagen denn ihre Eltern dazu?“ fragte ich Willi.

„Was ihr Vater meint, weiß ich nicht; der hat sich nicht groß darüber geäußert. Ihre Mutter sagte, Mary könne sich frei entscheiden. Sie wolle ihr keinen Stein in den Weg legen. Ich glaub’, sie wünscht sich, daß sie selbst den Mut zu diesem Schritt aufbringen könnte. Hat wohl viel Zeit zum Nachdenken gehabt, als sie so lange krank war.“

„Schon möglich“, nickte ich.

„Mary betet jetzt schon für ihre Mutter. Ist nur ’ne Frage der Zeit, bis sie auch zum Glauben kommt, meint Mary. Ihre Mutter ist schon lange auf der Suche nach Gott, nur daß sie bis jetzt einfach nicht gewußt hat, wo und wie sie ihn finden konnte. Jetzt, wo Mary Bescheid weiß, kann sie ihrer Mutter helfen.“

In Willis Augen blitzte es förmlich vor Freude.

„Josch“, sagte er, „sie ist die erste, mit der ich über den Glauben gesprochen hab’ und die auch gleich zum Glauben gekommen ist. Es ist einfach das ... das Tollste, was ich je erlebt hab’.“

Da konnte ich nicht mitreden, obwohl ich’s ja versucht hatte: bei Carmen, bei ihrer Mutter und sogar bei Jack

Berry im Gefängnis, als ich ihm einen Brief geschrieben hatte. Bei keinem hatte es was genützt. Trotzdem betete ich immer noch für sie alle.

„Fühlt Mary sich jetzt auch in die Mission berufen?" fragte ich.

Willi sah mich reichlich verdutzt an.

„Keine Ahnung", sagte er achselzuckend.

„Ja, das ist doch ziemlich wichtig, oder nicht?"

„Hm, zuerst muß sie 'n bißchen mehr über den Glauben lernen, bevor sie sich überlegt, was Gott mit ihrem Leben vorhat, meinst du nicht auch?"

„Aber du weißt doch schon, was Gott mit dir vorhat", gab ich zu bedenken.

„Ja und?" Willi zuckte wieder mit den Achseln.

„Dann ist es doch wichtig, was er mit deinem Mädchen vorhat."

„Mit meinem Mädchen?" Jetzt schien Willi vollends verwirrt zu sein.

„Mary!" half ich seinem nachlassenden Gedächtnis auf die Sprünge. „Das Mädchen, das du gerade bekehrt hast. Mary! Wenn du Missionar wirst, wäre es doch am vernünftigsten, wenn dein Mädchen die gleiche Laufbahn einschlagen würde."

Willi starrte mich verblüfft an.

„Aber Mary ist doch gar nicht *mein* Mädchen", sagte er endlich.

„Was?"

„Woher hast du denn so 'ne komische Idee?"

„Ja, von dir selbst natürlich!" antwortete ich. „Schließlich hast du sie doch zur Jugendgruppe eingeladen und zum Gottesdienst mitgebracht und ..."

„Aber sie ist trotzdem nicht *mein* Mädchen."

„Weiß Mary das auch?" stellte ich Willi zur Rede.

„Aber klar! Wir sind nur gute Kameraden, weiter nichts. Das wußte Mary von Anfang an. Wir haben am ersten Abend, als ich sie zur Jugendgruppe mitgebracht hab', darüber geredet."

„Dann seid ihr gar nicht fest miteinander befreundet?" Ich kam aus dem Staunen nicht mehr heraus. „Du hast sie also einfach mitgebracht und mit ihr über den Glauben gesprochen, ohne fest mit ihr befreundet zu sein? Ohne in sie verliebt zu sein?"

Willi schüttelte den Kopf, als hätte ich nicht mehr alle Tassen im Schrank.

„Josch, wenn man einem Mädchen vom Glauben an Gott erzählt, dann hat das doch nichts damit zu tun, ob man verliebt ist oder nicht." Willi mußte trotz seiner Ungeduld schmunzeln. „Ich hab' Mary in unsere Jugendgruppe eingeladen, weil sie ein wirklich nettes Mädchen ist, ein prima Kamerad, und weil sie eigentlich noch nie etwas über Gott gehört hatte. Sie war noch nie in die Kirche gegangen. Hat ja keinen von unserer Jugendgruppe näher gekannt. Wie hätte sie also was von Gott erfahren sollen, wenn ich sie nicht mitgebracht hätte?"

„Ich dachte halt nur ... Hm. Alle haben gedacht, du wärst in Mary verliebt."

„Ich hätte nie einem ungläubigen Mädchen den Hof machen können, das weißt du doch genau, Josch. Du weißt auch, daß Gott mich zum Missionar berufen hat. Wie soll ich denn Missionar werden, wenn ich mich in ein Mädchen verliebe und heirate, das nicht denselben Glauben hat wie ich? Also, ..."

„So was Ähnliches habe ich mir auch schon überlegt", gestand ich. „Irgendwas stimmte nämlich nicht an der Sache."

Wir saßen schweigend da. Nach einiger Zeit machte ich die waghalsige Bemerkung: „Na, jetzt ist sie ja gläubig. Du kannst dich also ruhig in sie verlieben, wenn du willst."

Willi setzte einen Fuß auf den Boden und hielt die Schaukel mit einem Ruck an. Mit einer Hand strich er sich über die Haare. Das tat er immer, wenn jemand ihn auf die Palme zu bringen drohte.

„Schon gut, schon gut!" winkte ich ab, bevor Willi sich dazu äußern konnte. „Sie bleibt also nur eine gute Bekannte."

Ich sprang von der Schaukel und machte mich auf den Rückweg zum Haus.

„Werd' mich wohl am besten wieder hinter meine Bücher

klemmen", sagte ich abwehrend. „Hab' noch zwei Prüfungen vor mir."

Willi grinste.

„Ja, ich weiß. Für dich ist keine Zensur gut genug!"

Jetzt wurde ich tatsächlich eine Spur rot.

„Was soll eigentlich die Geheimniskrämerei, Josch?" fragte Willi plötzlich.

„Wie bitte?" Ich blieb stehen und sah ihn erstaunt an.

„Na, so hätte ich's vielleicht nicht ausdrücken sollen", fuhr Willi fort. „Ich hab's wirklich nicht böse gemeint. Ich dachte nur, vielleicht hältst du mit irgendwas Bombastischem hinterm Berg. Dachte, vielleicht willst du dich an einer ganz erlauchten Universität bewerben, wo man erstklassige Zeugnisse braucht."

Ich schüttelte den Kopf. Ich hatte mir überhaupt noch keine Universität ausgesucht.

„Weißt du immer noch nicht weiter?"

Wieder schüttelte ich den Kopf.

„Ich bete für dich, Josch", versprach Willi und klopfte mir auf die Schulter.

„Dank' dir." Damit steuerte ich wieder auf mein Zimmer zu.

Ich beneidete Willi. Der wußte nämlich schon haargenau, was Gott mit ihm vorhatte. Er brauchte sich nicht damit herumzuquälen, wie's denn nach der Schule mit ihm weitergehen sollte. Alles war schon geregelt. Er brauchte seine Ausbildung nur noch anzutreten.

Als der letzte Schultag dann kam, war mir reichlich merkwürdig zumute. Einerseits freute ich mich darüber, das Gymnasium endlich hinter mir zu haben. Bei der Abschlußfeier wurden ein paar nette, blumige Worte über mich gesagt. Ich sah, wie Tante Lou sich in ihrem Stuhl reckte und die kleine Sarah Jane hochhielt, damit ihr nur ja kein Wort von der Lobrede entgehen sollte. Opa und Onkel Charlie grinsten angetan. Opa platzte geradezu vor Stolz. Wenn ich ehrlich war, hatte ich allen Grund, mit meinen Leistungen zufrieden zu sein.

Andererseits fühlte ich mich innerlich irgendwie leer. Ich wurde aus der Schule entlassen, ohne den blassesten Schimmer zu haben, wie's denn nun mit mir weitergehen sollte. Wie ich schon erzählt hab', wollte Willi Missionar werden. Carmen zog bald nach New York, Janie und Charlotte wollten beide Lehrerin werden, Avery wollte bei seinem Vater in die Lehre gehen, Polly heiratete demnächst – ach, die Liste war ellenlang. Aber Josua Jones, der Klassenbeste, hatte nicht die geringste Vorstellung davon, was er nun mit all seiner Schulbildung anfangen sollte.

Ich trug meine gemischten Gefühle immer noch mit mir herum, als wir wieder bei Tante Lou waren, wo es zur Feier des Tages Kuchen und Limonade gab. Tante Lou hatte ein paar Freunde und unsere Verwandtschaft dazu eingeladen. Sie machte sich hier und da zu schaffen und plauderte über meine Schulleistungen, während sie Limonade ausschenkte. Opa prahlte ebenfalls mit meinen Zensuren, und Onkel Charlie saß in seiner Ecke, rieb sich die knotigen Hände und warf mir hin und wieder ein Grinsen zu. Auch jetzt konnte ich ihm ansehen, daß ihm die Hände wehtaten, aber darüber verlor er, wie's nun mal seine Art war, kein einziges Wort.

Immer wieder wurde ich nach meinen Zukunftsplänen gefragt. Ich tat die Fragen mit vagen Bemerkungen ab wie: „Ich überlege noch“, „Ich bin mir noch nicht ganz sicher“ und „Ich warte noch mit meiner Entscheidung.“ Opa und Tante Lou stärkten mir den Rücken. „Es eilt ja nicht“, sagten sie, und: „Josch kann's sich nicht leisten, diese Entscheidung zu überstürzen. Dafür steht zuviel für ihn auf dem Spiel.“ Es klang gerade so, als hätte ich eine reiche Auswahl an Möglichkeiten.

Wir hatten längst ausführlich über alles gesprochen, und meine Angehörigen hatten mir geraten, bloß nicht Hals über Kopf irgendein Studium anzufangen, sondern mir in Ruhe zu überlegen, welcher Beruf mir am meisten zusagen würde und in welche Richtung Gott mich leitete. Ich wußte auch, daß sie alle nach wie vor für mich beteten. Ich konnte mich hundertprozentig auf ihre Unterstützung verlassen, aber keiner von ihnen ahnte, wie sehr mir die ungelöste Frage meiner Zukunft zu schaffen machte.

„Du kannst ruhig weiter hier bei uns wohnen und dir eine

Arbeit in der Stadt suchen, bis dir klar wird, was Gott mit deinem Leben vorhat", hatte Tante Lou mir gesagt. „Das Zimmer brauchen wir noch lange nicht für Sarah Jane."

Das war wohl auch, was alle mehr oder weniger erwarteten. Man hatte mir ja schon im Eisenwarenladen und in der Druckerei 'ne Arbeit angeboten, aber so dankbar ich dafür war, ich konnte mich weder für die eine noch für die andere Stelle so recht erwärmen.

Dies war also die kleine Feier zu meinen Ehren. Die Gäste kamen und gingen und brachten ihre besten Wünsche für meine Zukunft zum Ausdruck und ließen sich Tante Lous Kuchen schmecken und unterhielten sich miteinander. Es wurde viel geredet, gelacht und gelobt. Ich versuchte, das Ganze zu genießen, aber immer wieder wanderte mein Blick zu Onkel Charlie mit seinen gebeugten Schultern und seinen knotigen Händen hinüber.

Plötzlich kam mir eine Erleuchtung. Ich wartete eine günstige Gelegenheit ab, um in mein Zimmer zu gehen. Dort packte ich meine paar Habseligkeiten in eine Stofftasche. Es war Frühling. Zeit für die Aussaat. Ich konnte Onkel Charlies Händen ansehen, daß er in diesem Jahr kaum derjenige sein würde, der die Zügel hielt. Opa konnte die ganze Aussaat nie und nimmer allein bewältigen. Ich wurde auf der Farm gebraucht. Meine Wahl von Beruf und Studium konnte warten. Im stillen dankte ich Gott sogar dafür, daß er mir Zeit damit gelassen hatte. Später würde sich schon alles finden; vorerst hatte ich Wichtigeres zu tun.

Ich beeilte mich mit dem Packen. Dabei füllte sich die Leere in mir mit Vorfreude. Ich liebte das Leben auf der Farm. Diese eine Aussaat würde ich besorgen, bevor ich mich um meine Berufswahl kümmerte. Wir hatten keine Zeit, um uns anderweitig nach Hilfe für Opa unzuschauen, und er war auf den Ertrag dieser Ernte angewiesen. Wer sollte ihm auch helfen, wenn ich's nicht tat? Immerhin hieß es in der Bibel, daß wir unsere Eltern ehren sollen. Opa war zwar nicht mein Vater, aber einen anderen Vater als ihn hatte ich ja nie gekannt. Bestimmt hatte Gott es so gemeint, daß auch Opa in diesem Sinn als Vater für mich zählte.

Klar, ich würde Tante Lou und Onkel Nat und besonders die kleine Sarah vermissen, aber ich würde ja nicht allzuweit entfernt wohnen, so daß ich öfter mal zu Besuch kommen konnte. Immerhin hätte Gott mich auch zum Studium oder zur Ausbildung in irgendeine ferne Großstadt schikken können. Nein, so war's schon besser, jedenfalls vorläufig. Ich hatte das Gefühl, die richtige Entscheidung getroffen zu haben, und war mir ziemlich sicher, daß Gott damit einverstanden war. Ich war froh, dadurch noch eine Weile länger bei meinen Verwandten bleiben zu dürfen.

Als ich wieder in die Küche kam, war's still dort geworden. Opa und Onkel Charlie wollten sich gerade wieder auf den Rückweg zur Farm machen. Überrascht stellten sie fest, daß ich meinen Sonntagsanzug gegen meine Alltagssachen vertauscht hatte. Noch überraschter waren sie, als sie meine Stofftasche sahen.

„Habt ihr was dagegen, wenn ich meine Sachen in euer Fuhrwerk werfe?" fragte ich. „Ich reite Chester."

„Nicht die Bohne", sagte Opa. „Willst dich auf die Farm zurückziehen und das Nachdenken bei uns besorgen, wie?"

„Es gibt nichts nachzudenken", antwortete ich ihm seelenruhig. „Jedenfalls vorerst nicht. Die Aussaat steht an, und ich werd' dir dabei helfen."

„Aber was soll aus deinem Beruf und aus deinem Studium werden?" Opa verstand die Welt nicht mehr, schien's.

„Das kriegen wir schon geregelt, wenn's an der Zeit ist", antwortete ich zuversichtlich. Das Komische an der Sache war, daß ich tatsächlich voller Zuversicht war. Onkel Nat versuchte mir schon seit langem beizubringen, daß Gott mich leiten würde. Gott würde mir rechtzeitig zeigen, was ich zu tun hatte. Im Moment bedeutete das für mich, daß ich Opa und Onkel Charlie auf der Farm zu helfen hatte. Mehr sollte mich jetzt nicht kümmern.

Auf den Gesichtern um mich her stand zuerst völlige Überraschung, dann nach und nach Zustimmung.

„Du wirst uns fehlen!" flüsterte Tante Lou und legte mir ihre Hand auf den Arm.

„Das ist doch gerade das Gute daran", sagte ich. „Ich bleib' ja in der Nähe. Ich werde öfter in die Stadt kommen.

Muß schließlich ab und zu bei Sarah nach dem Rechten sehen, wißt ihr."

Wir lachten alle, und die angespannte Stimmung löste sich.

Opa und Onkel Nat halfen mir, meine Siebensachen in die Kutsche zu laden. Ich ließ nichts zurück, weil ich mir selbst keinen Anlaß geben wollte, es mir am Ende doch noch anders zu überlegen. Ich ging in das Zimmer, wo Sarah gerade schlief, strich ihr leicht über den Kopf und verabschiedete mich flüsternd. Schließlich umarmte ich Tante Lou und Onkel Nat und nahm Pixie auf den Arm.

„Du fährst bei Opa und Onkel Charlie mit", erklärte ich ihr und reichte sie Onkel Charlie.

„Fahrt ihr ruhig schon voraus!" sagte ich zu den beiden Männern. „Ich komme nach. Ich geh' nur eben kurz zu Herrn Lewis und Herrn Trent, um mich für die Stellenangebote zu bedanken und ihnen zu sagen, daß ich auf der Farm gebraucht werde – jedenfalls vorläufig."

Ich weiß nicht, ob ich's mir nur einbildete oder nicht, aber Opas Schritte kamen mir leichter vor und Onkel Charlies Gang eine Spur aufrechter, als die beiden jetzt zur Kutsche gingen.

Farmarbeit

Hin und wieder verfiel ich ins Grübeln über meine Zukunft, während ich in diesem Frühjahr den Ackerboden für die Saat vorbereite und anpflanzte, aber größtenteils war ich mit Eifer bei der Sache.

Ich hatte noch nie viel mit der Aussaat zu tun gehabt. Das hatten bislang immer Opa und Onkel Charlie besorgt, und ich hatte derweil im Stall gearbeitet, aber jetzt waren die Rollen vertauscht. Opa und ich arbeiteten auf den Feldern, und Onkel Charlie kümmerte sich um dieTiere. Er kam nur langsam mit der Arbeit voran, und das Melken besorgte ich, weil Onkel Charlie das mit seinen kranken Händen kaum noch konnte.

Onkel Charlie übernahm auch die Hausarbeit. Das Kochen und Saubermachen schaffte er ganz gut, aber mit dem Waschbrett kam er nur mühsam zurecht. Ich konnte es manchmal kaum ansehen, wie er sich damit abmühte, ein Kleidungsstück mit den Händen auszuwringen. Um unter vier Augen mit Opa reden zu können, bat ich ihn eines Abends, mit mir in den Stall zu kommen und sich Macs Huf anzusehen.

„Na, was gibt's denn?“ fragte Opa und beugte sich vor, um Macs rechten Vorderhof anzuheben.

„Nichts Schlimmes“, beruhigte ich ihn. „Ich wußte nur nicht, ob wir ihn vielleicht noch eine Spur kürzer feilen sollten oder nicht.“

Opa runzelte vorwurfsvoll die Stirn, fing sich aber schnell wieder.

„Nimmst das Farmen nicht gerade auf die leichte Schulter, Junge, was?“ meinte er. „Du fragst mir ja direkt ein Loch in den Bauch!“

Das stimmte. Ich hatte ihm tatsächlich in letzter Zeit jede Menge Fragen gestellt. In der Landwirtschaft kannte ich mich nicht besonders gut aus, und irgendwie mußte ich's ja lernen. Opa und Onkel Charlie waren meine einzigen Quellen.

„Deswegen hab' ich dich eigentlich auch gar nicht hergebeten", fing ich an. „Ich wollte mal in Ruhe mit dir reden, und ich wußte nicht, wie ich's sonst anstellen sollte, ohne daß Onkel Charlie alles mitkriegt ..."

„Vor Charlie hab' ich keine Geheimnisse", fiel Opa mir entschlossen ins Wort. Ich merkte ihm an, daß er das von vornherein klargestellt haben wollte.

„Aber es hat doch mit ihm zu tun", protestierte ich. „Ich fänd's nicht gerade angebracht, in seiner Gegenwart über ihn zu reden."

„Was ist denn mit ihm?" fragte Opa skeptisch. „Er tut doch sein Bestes, oder nicht?"

„Das ist es ja gerade", legte ich den Finger auf die wunde Stelle. „Er gibt sich solche Mühe, aber manches fällt ihm furchtbar schwer."

„Was denn zum Beispiel?" fragte Opa.

„Na, das Auswringen der Wäsche."

Das ließ Opa sich durch den Kopf gehen. Welche Schwierigkeiten Onkel Charlie die Wäsche machte, hatte er selbst schon gemerkt.

„Weiß nicht, was wir daran ändern könnten", sagte er bedächtig und wandte sich mit einem freundschaftlichen Klaps von dem guten alten Mac ab. „Weder du noch ich haben während der Aussaat Zeit für die Wäsche."

„Ja, ich weiß", sagte ich und drehte mir einen Holzeimer um, damit ich ihn als Sitzgelegenheit benutzen konnte. „Ich hab' mir so meine Gedanken darüber gemacht, und ich meine fast, es wird Zeit für moderne Geräte."

„Moderne Geräte?" Opa hielt nicht viel von neumodischer Technik.

„Ich meine 'ne Waschmaschine", erklärte ich ihm. „Da ist so 'ne Art Mangel dabei. Man gibt die Wäschestücke hinein und dreht die Kurbel. Das Wasser wird automatisch ausgewrungen."

Waschmaschinen waren Opa nichts Neues. Es gab sie schon seit mehreren Jahren. Nur, daß Opa sie einfach für unnötig gehalten hatte – jedenfalls bis jetzt.

Ich wartete ab. Daß Opa sich bei solchen Entscheidungen nicht drängen ließ, wußte ich genau. Er kaute auf einem Strohhalm herum und überlegte dabei.

„Lou hat auch eine", gab ich schließlich doch zu bedenken.

„Die hat's auch dringend nötig", sagte Opa. „Hat schließlich lauter weiße Hemdchen und Kleidchen und Windeln zu waschen."

„Lou hatte ihre Maschine schon längst, bevor sie Windeln zu waschen hatte."

„Und läuft sie gut, die Maschine?" erkundigte Opa sich zu meiner Überraschung.

„Erstklassig", bestätigte ich ihm. „Hab' sie ja selbst schon betätigt. Also, du stehst davor – es geht auch im Sitzen – und drehst die Kurbel vor- und rückwärts. Die Dreharme waschen die Wäschestücke. Wenn du lange genug gewaschen hast, holst du die Wäsche raus und gibst sie durch die Mangel, spülst sie in 'ner Wanne mit klarem Wasser aus und wringst sie noch einmal in der Mangel aus. Fertig."

Opa nahm sich den Strohhalm aus dem Mund und lockte eine der Stallkatzen damit. Die Katze schnappte mit den Pfoten danach. Es war ein lustiges Spiel für sie. Den Strohhalm bekam sie nicht zu erwischen: Opa war ihr immer um Sekundenbruchteile voraus.

„Na, weißt du, ich überleg's mir, Junge", sagte Opa schließlich. Mehr an Zugeständnis hätte ich gar nicht erwarten können.

Meiner Meinung nach gehörte noch einiges andere an Neuerungen auf die Farm, aber ich hielt es für klüger, nicht gleich mit der Tür ins Haus zu fallen, sondern schön schrittchenweise vorzugehen. Vorerst war es mir am wichtigsten, Onkel Charlie den Waschtag zu erleichtern.

Wir machten uns auf den Rückweg zum Haus. Unterwegs begutachteten wir den Abendhimmel, um daran das Wetter für morgen abzulesen.

„Wie steht's auf dem östlichen Feld?" wollte Opa wissen.

„Morgen werd' ich wohl fertig", antwortete ich. „Vorausgesetzt, das Wetter hält sich."

„Sieht mir ganz danach aus", meinte Opa, die Augen auf

den Horizont geheftet. „Die Aussaat kriegen wir wohl rechtzeitig über die Bühne. Die Ernte dürfte ganz stattlich ausfallen.“

Als wir ins Haus gingen, war Onkel Charlie immer noch mit dem Geschirrspülen zugange.

„Was fehlt Mac denn?“ fragte er.

„Gar nichts“, antwortete Opa gelassen. „Josch wollte nur wissen, ob wir seinen Huf ’n Stück kürzer feilen sollten. War aber eigentlich nur ’n Vorwand.“

Ich wich Onkel Charlies Blick aus und wusch mir die Hände, damit ich beim Geschirrtrocknen helfen konnte.

„Hat was ganz anderes auf dem Herzen gehabt“, fuhr Opa fort. „Er findet’s schlimm, wie du dich am Waschtag mit dem Auswringen herumplagst. Meint, du brauchst eine von diesen neumodischen Maschinen.“

Ich hätte im Boden versinken mögen. Opa tat ja gerade so, als hätte ich Onkel Charlie als Weichling oder Heulsuse hingestellt. Dabei hatte ich’s ganz anders gemeint, aber wenn Onkel Charlie es so auffaßte, konnte ich meine Idee gleich auf der Stelle begraben.

„Hab’ selbst schon mit dem Gedanken gespielt“, sagte Onkel Charlie langsam. „Hab’ Lou dabei zugesehen, wie sie ihre bedient hat. Praktisches Gerät, so ’ne Waschmaschine.“

Opa nickte nur, als wäre er nicht die Bohne überrascht.

„Das gleiche meint Josch auch“, sagte er zu Onkel Charlie. „Vielleicht sollten wir uns mal darum kümmern. Haben wir das Geld für so ’n Ding?“

Opa hatte sich noch nie mit den alltäglichen Ausgaben für Farm und Haushalt befaßt; das war Onkel Charlies Aufgabe. Buchhalten konnte man’s eigentlich nicht nennen, weil wir gar keine Bücher führten, aber Onkel Charlie wußte immer bis auf den Penny genau, wo unser Geld geblieben war.

„Wenn wir wirklich eine bestellen wollen, dann haben wir auch das Geld dazu“, antwortete er. „Wir haben ein bißchen für besondere Anschaffungen übrig. Hatten eigentlich ’n paar Schweine anschaffen wollen ...“

„Das kann warten“, fand Opa.

„Schon möglich, daß wir beides hinkriegen“, fuhr Onkel Charlie fort, „aber wenn der Ernte was passieren sollte, säßen wir auf dem Trockenen. Angenommen, es gibt ’nen kräftigen Hagelschauer, und die Ernte geht uns in die Binsen. Dann hätten wir keine Rücklagen.“

Onkel Charlie spülte weiter, und ich trocknete das Geschirr ab und stellte es ins Regal zurück.

„Allzu knapp dürfen wir nicht kalkulieren“, gab Opa ihm recht. „Das hat keinen Zweck. Mit den Schweinen können wir uns ruhig noch Zeit lassen.“

In meinem ganzen Leben auf der Farm hatte ich Opa und Onkel Charlie noch nie so offen über Geld reden gehört wie jetzt.

„Wir haben noch das, was wir für Josch auf die hohe Kante gelegt haben“, fuhr Onkel Charlie fort. „Wo er dieses Jahr noch kein Studium anfängt ...“

„Vielleicht fängt er im Herbst ja doch noch eins an“, fiel Opa ihm ins Wort. „Wir wollen auf keinen Fall ins Hintertreffen gelangen. Nein, das Geld bleibt, wo’s ist.“

„Dann haben wir noch unsere Ersparnisse ...“

„Davon rühren wir keinen Penny an“, bestimmte Opa. „Wir haben schwer dafür geschuftet, und wir werden’s nicht einfach ausgeben.“

Onkel Charlie nickte seine Zustimmung. Ich hatte bis jetzt nicht das geringste von den Ersparnissen und dem Geld für meine Ausbildung gewußt.

„Wieviel kostet denn so ’ne Waschmaschine?“ fragte Opa.

„Weiß nicht“, sagte Onkel Charlie. „Ich erkundige mich, wenn ich das nächste Mal in die Stadt komme.“

Die beiden schienen ganz und gar vergessen zu haben, daß ich auch noch da war. Ich trocknete das Geschirr ab und räumte es unter geräuschvollem Klappern ins Regal zurück. Als das nicht zu helfen schien, räusperte ich mich. Doch die beiden Männer ließen sich auch dadurch nicht beirren.

„Wenn du was findest, das dir zusagt, dann bestell doch am besten gleich eine“, schlug Opa Onkel Charlie vor. Onkel Charlie nickte.

„Hast du ’ne Ahnung, wie lange es dauert, bis sie geliefert wird?“ Opa schob einen Küchenstuhl zurück und setzte sich, um seine Stallstiefel auszuziehen und in seine Pantoffeln zu schlüpfen.

„Nee, weiß nicht“, antwortete Onkel Charlie.

Wieder räusperte ich mich. Ich war zufällig dabeigewesen, als Onkel Nat die Waschmaschine für Tante Lou bestellt hatte. Ich wußte, wieviel er bezahlt hatte und wie lange die Lieferzeit gewesen war. Aber ich war ja nicht gefragt worden, und ich redete nicht gern dazwischen.

„Haste Halsschmerzen, Junge?“ fragte Opa.

Halb verärgert, halb verlegen schüttelte ich den Kopf.

Jetzt drehte Onkel Charlie sich zu mir um.

„Weißte noch zufällig, wieviel Nat für Lous Maschine bezahlt und wie er überhaupt eine ausgesucht hat?“ fragte er mich.

Bis ich den beiden alles, was ich zu diesem Thema wußte, gründlich auseinandergesetzt hatte, hatten sie sich schon ein Modell ausgesucht und beschlossen, daß Onkel Charlie gleich am nächsten Morgen in die Stadt fahren sollte, um sich eine Waschmaschine zu bestellen. Zufrieden stieg ich die Treppe zu meinem Zimmer hinauf. Ich hatte doch tatsächlich eine kleine Verbesserung auf der Farm herbeigeführt!

Mehr Kopfzerbrechen auf der Farm

In diesem Frühjahr und Sommer hatte ich alle Hände voll zu tun, so daß ich kaum noch in die Stadt kam. Wenn die Sonntage nicht gewesen wären, dann wäre Sarah Jane herangewachsen, ohne daß ich's gemerkt hätte. Auch so erschien sie mir jeden Sonntag, wenn ich sie sah, ein ganzes Stück größer und kräftiger und aufgeweckter als beim letzten Mal.

Bald quittierte sie jede Aufmerksamkeit mit einem breiten Lächeln und ihrem babyhaften Gurren und Babbeln. Oft lag sie einfach nur zufrieden da und quietschte vergnügt vor sich hin. Ihr dunkles Haar fiel nach und nach aus, und als ihr neues Haar nachwuchs und dichter wurde, war es von einem weichen Goldbraun. Auch ihre Augen veränderten sich; sie wurden heller und zeigten ein deutliches Blau.

Wie Sarah äußerlich Fortschritte machte, so wuchs Mary innerlich in ihrem Glaubensleben. Willi holte sie immer noch zum Gottesdienst ab, aber jetzt brachte er auch ihre Mutter mit. Darüber war Mary sehr froh, und Frau Turley schien es in unserer Kirche gut zu gefallen.

Willi freute sich schon auf den Herbst, wenn er mit seiner Ausbildung anfangen sollte. Immer wieder bekam er Briefe, in denen stand, welche Kurse er besuchen und was er alles mitbringen sollte. Mit jedem neuen Brief kam er gleich zu mir, um ihn mir zu zeigen. Meistens fand er mich auf einem der Felder, wo ich bei der Aussaat war, pflügte oder Heu machte.

Wir sprachen zwar von einer Angelpartie, aber daraus wurde dann doch nichts. Es gab so viel zu tun, daß uns die Zeit dazu fehlte. Kaum hatte ich eine Arbeit fertig, als die nächste schon fast überfällig war. Ich hatte gar nicht gewußt, daß eine Farm einen so in Trab halten konnte.

Opa meinte, ich sollte mir ruhig mehr Zeit bei der Arbeit lassen, aber ich sah immer mehr, was erledigt werden mußte. Es dauerte nicht lange, bis ich auf Sachen stieß, die in den letzten paar Jahren ziemlich vernachlässigt worden waren. Die Farmarbeit war Opa und Onkel Charlie wohl hier und da über die Kräfte gegangen. Ich konnte mich noch gut an die Zeit erinnern, als weder der eine noch der andere der beiden solche Zustände geduldet hätte.

Tante Lou und Onkel Nat hatten allerhand mit der Gemeinde zu tun und kamen deshalb nicht allzuoft zu uns auf die Farm. An einem Freitag besuchten sie uns aber dann doch zum Abendessen. Tante Lou kochte das Essen. Es schmeckte einfach fabelhaft. Onkel Charlie tat zwar sein Bestes, aber er brachte halt nur meistens Salzkartoffeln und Fleisch zustande.

„Wie kommst du denn mit der Arbeit zurecht, Josch?" erkundigte Onkel Nat sich, als ich gerade den letzten Löffel von meiner zweiten Portion Zitronenpudding verputzt hatte.

„Gut", sagte ich und kam mir dabei irgendwie erwachsen und wichtig vor. „Wir machen gerade Heu."

„Und wie fällt es aus?" Onkel Nat wohnte lange genug in einer Farmgegend, um zu wissen, daß von einer guten Heuernte eine Menge abhing.

Ich wurde ernster.

„Ich hatte mir besseres Heu erhofft", sagte ich in aller Offenheit. „Weiß nicht mal, woran's liegt. Geregnet hat's eigentlich genug, aber das Heu wird wohl trotzdem dieses Jahr ziemlich dürftig ausfallen."

Jetzt meldete sich auch Opa zu Wort.

„Der Boden wird wohl ausgelaugt sein", vermutete er. „Wir bebauen ihn ja schon seit Jahren. Das Heufeld ernten wir jetzt schon seit fast vierzig Jahren ab. Kein Wunder, wenn der Boden da ausgelaugt ist."

„Brauchst du morgen einen, der mit anfaßt?" erbot sich Onkel Nat. „Einen Tag könnte ich nämlich erübrigen."

„Klar", grinste ich. „Auf dem Heuhaufen kann ich gut Hilfe gebrauchen."

„Gut. Ich komme."

„Und ich gebe euch das Mittagessen mit aufs Feld“, versprach Tante Lou. „Ihr müßt mir schließlich helfen, die Reste von diesem Brathähnchen zu verspeisen.“

Als ich an diesem Abend die Treppe zu meinem Zimmer hinaufstieg, freute ich mich schon auf morgen. Onkel Nat würde mir beim Heumachen eine große Hilfe sein, und obendrein war ich gern in seiner Gesellschaft.

Der Tag war heiß. Nat und ich schwitzten schon am frühen Vormittag in der Sonne. Zur Mittagszeit ließen wir uns mit unserem Essenskorb im Schatten der Bäume am Bachufer nieder. Nachdem wir die Pferde am Bach getränkt hatten, banden wir sie fest und gaben ihnen ihr Futter. Dann setzten wir uns in das kühle Gras im Schatten einer hohen Pappel.

Onkel Nat sprach ein Dankgebet. Dann holten wir die Hähnchenreste und die übrigen leckeren Sachen hervor, die Tante Lou uns eingepackt hatte, und unterhielten uns dabei. Nach einer Weile sah Onkel Nat mir geradewegs ins Gesicht und fragte: „Wie geht's dir denn eigentlich, Josch? Hast du Spaß am Farmerdasein für einen Sommer?“

„Klar“, antwortete ich. „Ich komme ganz gut zurecht.“

„Bist du deiner Antwort schon ein Stück näher?“

Ich zögerte.

„Du meinst ... mit meinen Zukunftsplänen?“

Onkel Nat nickte, und ich schüttelte den Kopf.

„Macht dir das immer noch zu schaffen?“

„Ja, manchmal schon“, antwortete ich der Ehrlichkeit halber. „Wenn ich näher darüber nachdenke, dann wurmt's mich ziemlich arg.“

„Hast du vor, im Herbst irgendein College zu besuchen?“

„Das ist es ja gerade“, sagte ich. „Eigentlich wollte ich Opa nur bei dieser einen Aussaat helfen und das Heu für ihn machen. Wenn das Heu aber in der Scheune ist, dann muß das Grünfutter geschnitten werden, und danach kommt die Ernte. Es hört einfach nie auf. Ich wüßte gar nicht, wann ich fortgehen sollte.“

Onkel Nat nickte.

„Und dann ist da noch was“, fuhr ich fort. „Es gibt hier

auf der Farm so einiges, was gründlich überholt werden müßte. Ich hab' bis jetzt nichts davon gewußt, aber ich glaube, die Farm wird Opa und Onkel Charlie einfach zuviel." Ich hoffte von ganzem Herzen, daß Onkel Nat verstehen würde, wie ich's gemeint hatte. Ich wollte nämlich keinesfalls an den beiden Männern Kritik üben. Immerhin war ich nicht so dumm, um zu vergessen, daß sie viel besser in der Farmwirtschaft Bescheid wußten als ich.

„Das ist mir auch aufgefallen", lautete Onkel Nats Kommentar.

In meiner Vermutung bestärkt, redete ich weiter.

„Nehmen wir die Heuernte zum Beispiel", sagte ich. „Opa wird wohl recht haben: Der Boden ist einfach ausgelaugt. Trotzdem muß er noch für viele Jahre herhalten. Mehr an Boden haben wir nicht, Nat. Wir müssen uns mit dem begnügen, was Gott uns gegeben hat. Was sollen wir tun? Sollen wir das Feld restlos kaputtwirtschaften?"

Das war eine schwierige Frage, die mir in letzter Zeit viel Kopfzerbrechen bereitet hatte.

„Es gibt Mittel und Wege, um den Boden aufzubessern", sagte Onkel Nat und nahm sich noch ein belegtes Brot.

Ich horchte auf.

„Wirklich? Wie denn?"

„Als Laie kenne ich mich da auch nicht genau aus, aber ich kenne jemanden, der Bescheid weiß."

„Wen?"

„Randall Thomas heißt er; er wohnt etwa sieben Meilen vor der Stadt", erklärte Onkel Nat. „Ich wurde neulich dorthin gerufen, als seine Mutter im Sterben lag. Sie hatte um den Besuch eines Pastors gebeten. Weiß nicht mal, warum. Ich habe sogar noch von ihr gelernt. Eine fromme Frau war sie, ein wahres Vorbild."

Im Moment lag mir weniger an frommen alten Frauen, die wahrscheinlich längst im Himmel waren, als an dem Farmer, von dem Onkel Nat gesprochen hatte.

„Also, dieser Mann hat sich mit der Bodenbeschaffenheit befaßt. Er sagte, der Boden läßt sich durch ... wie hat er's auch wieder genannt? Ach ja, Fruchtwechsel. Der Boden läßt sich durch Fruchtwechsel aufbessern. Man pflanzt in bestimmten Abständen unterschiedliches Saatgut auf dem Feld an. Hochinteressant, was er zu sagen hatte."

Ich hörte aufmerksam zu. Demnach gab es also tatsächlich bessere Methoden in der Farmwirtschaft!

„Meinst du, ob er auch mal mit mir reden würde?" fragte ich. In den Augen vieler Leute galt ich immerhin noch als Grünschnabel; das wußte ich.

„Bestimmt. Ich soll mich nur jederzeit an ihn wenden, wenn ich seine Hilfe brauchen sollte, hat er zu mir gesagt – als Dank dafür, daß ich einen Hausbesuch bei seiner Mutter gemacht habe."

Ich sog Luft durch die Zähne ein.

„Wann willst du denn zu ihm?" fragte Onkel Nat.

„Na, ich weiß nicht. Muß erst das Heu in die Scheune kriegen, und dann das Grünfutter ..."

„Und dann die Ernte", nahm Onkel Nat mir ab.

„Aber ich würde trotzdem gern mit ihm reden", sagte ich. „Nächstes Frühjahr möchte ich's nämlich bei der Aussaat besser machen, und ..."

Onkel Nat sah mich erstaunt an.

„Dann willst du nächstes Jahr also auch auf der Farm bleiben?"

Ich zuckte mit den Achseln.

„Denke schon. Ich weiß ja immer noch nicht, was ich sonst anfangen soll, und Opa braucht mich, und ..." Ich geriet ins Stocken. Eine Weile schwieg ich. Dann fragte ich zögernd: „Oder habe ich alles ganz falsch angefangen? Glaubst du, daß ich mich mehr anstrengen müßte, um herauszufinden, was Gottes Wille für mein Leben ist? Es ist ja nicht, als wollte ich's nicht wissen, oder als wollte ich ihm nicht gehorsam sein."

„Bist du denn hier glücklich?" fragte Onkel Nat daraufhin.

„Hm, ich denke schon."

„Du fühlst dich nicht fehl am Platze, und du hast auch keine Schuldgefühle?"

„Nein." Das konnte ich in aller Aufrichtigkeit so sagen. Ich rätselte zwar viel an meiner Zukunft herum, aber Schuldgefühle hatte ich nicht.

„Dann würde ich das als Gottes Bestätigung deiner Tätigkeit werten, Josch“, sagte Onkel Nat. „Mir scheint, du darfst getrost mit der Farmwirtschaft weitermachen, jedenfalls vorläufig. Wenn Gott einen anderen Weg für dich hat, wird er dir das zeigen. Da bin ich mir ganz sicher.“

Es tat gut, das von Onkel Nat zu hören.

Wir packten unsere Utensilien wieder in den Korb und gingen an den Bach, um einen Schluck Wasser zu trinken.

Als wir die Pferde holen gingen, kam Onkel Nat nochmals auf unser Gespräch zurück. „Josch, solange du hier bist, tust du dein Bestes als Farmer, ja? Sieh zu, daß du etwas über den Boden lernst, über die Viehwirtschaft und über Erträge. Halte die Weidezäune und Gebäude in Ordnung. Behandle deine Geräte so, daß sie noch viele Jahre lang zu gebrauchen sind. Bemühe dich, deine Sache so gut wie möglich zu machen, mein Junge, weil Gott von einem Farmer genauso wie von einem Pfarrer und allen anderen Berufen erwartet, daß wir unser Bestes tun.“

Ich nickte ernst. Zwar wußte ich nicht, wieviel Zeit Gott mir geben würde, um Opas heruntergekommene Farm wieder auf Vordermann zu bringen, bevor er mich zu meinem eigentlichen Beruf führen würde, aber eins wußte ich genau: Ich würde mit Leib und Seele bei der Sache sein, bis ich Gottes Wink in eine andere Richtung erkannte.

Sonntag

Willi kam, um sich von mir zu verabschieden, bevor er die lange Bahnreise an seinen Studienort antrat. Vor lauter Aufregung redete er unentwegt, und beinahe beneidete ich ihn wegen seiner Berufung. Daß ich ihn vermissen würde, stand fest. Ohne Willi würde das Leben für mich ganz anders aussehen.

„Du schreibst mir doch, oder?“ fragte Willi.

„Klar!“

„Ich schicke dir meine Adresse, sobald ich 'ne Unterkunft habe“, versprach er.

„Schreib mir, wie's zugeht an der Bibelschule.“

„Ehrensache. Ich berichte dir alles haarklein.“

„Was … was wird denn jetzt aus Mary?“ fiel mir plötzlich ein. Ich machte mir Sorgen um sie und ihre Mutter.

„Was soll denn aus ihr werden?“

„Na, ich meine die Kirche. Wie kommen sie denn von jetzt an zur Kirche?“

„Mary fährt selbst. Ich hab' ihr zwar gesagt, daß sie vielleicht auch bei dir mitfahren könnte, aber Mary wollte ihre Mutter lieber selbst kutschieren.“

„Gut“, sagte ich und fügte hastig hinzu: „Hätten aber auch gern bei mir mitfahren können.“

„Ja, ich weiß, aber Mary ist ziemlich selbständig in allem.“

Eine Weile schwiegen wir beide. Dann sagte Willi: „Paß gut auf sie auf, Josch! Sie ist 'n prima Mädchen.“

Ich sah Willi an, als ob ich sagen wollte: „Siehste! Ich hab's doch gleich gewußt!“, aber er schien's nicht bemerkt zu haben.“

„Sie ist die erste, die ich zu Jesus führen konnte, weißt du“, fuhr er fort und fügte dann leiser hinzu: „Ich kann mich oft nur über sie wundern. Sie weiß jetzt schon so manches über das Christsein, was mir nach all den Jahren als Gläubiger noch neu ist."

Ich nickte. Mary war uns tatsächlich ein gutes Vorbild.

„Hab' Carmen gestern am Bahnhof verabschiedet", sagte Willi dann plötzlich. Mein Kopf fuhr in die Höhe. Ich hatte gehofft, mich nach ihrem Abreisetag umzuhören, damit ich mich selbst am Bahnhof von ihr verabschieden könnte, aber die Farm hatte mich zu sehr in Trab gehalten. Irgendwie versetzte es mir einen sonderbaren Stich. Ich wußte nicht mal, was ich Willi darauf entgegnen sollte.

„Sie war vor Vorfreude ganz aus dem Häuschen", fuhr Willi fort.

Das konnte ich mir bei Carmen gut vorstellen.

„Ihr Vater schien auch von Freude gepackt zu sein – oder vielleicht war's auch Stolz oder so was Ähnliches, aber ihre Mutter schaute ziemlich bekümmert drein, als wüßte sie nicht so recht, ob sie auch die richtige Entscheidung getroffen hätten."

Am liebsten hätte ich gefragt, wie Carmen ausgesehen hatte, welche Frisur und was für ein Kleid sie getragen hatte und dergleichen mehr, damit ich mir ein besseres Bild von ihr machen konnte, aber das ließ ich dann doch lieber bleiben.

„Sie hatte ja genug Koffer und Taschen für zehn Leute bei sich", sagte Willi lachend. „Ich glaub', ihre Mutter hat ihr sogar noch einen Korb voll Eßwaren mitgegeben."

Ich sagte nichts, und Willi dachte wohl, ich hätte nicht begriffen, worum's ihm ging.

„Man bekommt doch im Zug genug zu essen, weißt du."

Nein, das hatte ich nicht gewußt. Ich war noch nie im Leben mit der Eisenbahn gefahren, aber meine Unwissenheit wollte ich Willi nicht auf die Nase binden.

„Sie wußte noch nicht, ob sie zu Weihnachten nach Hause kommt oder nicht", sagte Willi und beantwortete damit die Frage, die mir auf den Nägeln gebrannt hatte.

„Und du?" fragte ich und tat so, als wäre das für mich gerade wichtiger als alles andere auf der Welt.

Willi schüttelte bedächtig den Kopf. Er machte ein ernstes Gesicht.

„Ich tät's ja gern, aber die lange Fahrt ist viel zu teuer. Bis Weihnachten bin ich bestimmt reif für ein paar vertraute Gesichter. Vier Monate ist ganz schön lange für einen, der zum ersten Mal von zu Hause fortgeht, meinst du nicht auch?"

Ich nickte.

„Aber jetzt muß ich gehen!" Damit streckte mir Willi die Hand zum Abschied entgegen, und ich reichte ihm meine. Dann vergaßen wir beide, daß wir erwachsene Männer waren, die einander Lebewohl sagten. Statt dessen dachten wir daran, daß wir seit eh und je als Freunde miteinander durch dick und dünn gegangen waren. Die Monate, die jetzt vor uns lagen, würden uns mächtig lang werden. Aus dem Händeschütteln wurde eine herzliche Umarmung.

Als Willi losgeritten war, machte ich mich wieder an die Arbeit auf dem Feld, so schwer mir das auch fiel. Meinen besten Freund davonreiten zu sehen und zu wissen, daß er bald die Bibelschule besuchen würde, das verursachte mir ein komisches Gefühl in der Magengegend. Auch die Tatsache, daß Carmen schon abgereist war, ohne daß ich mich von ihr verabschieden konnte, diente nicht gerade zu meiner Aufheiterung. Ich hatte mich noch nie im Leben so einsam gefühlt wie gerade jetzt.

Es dauerte nicht lange, bis Willis erster Brief ankam. Willi schien vor lauter neuen Eindrücken fast zu platzen; der Brief war mehrere Seiten lang. Ich las ihn ein ums andere Mal und versuchte mir vorzustellen, wie es wohl sein mochte, so weit von zu Hause weg zu sein.

Von Carmen erwartete ich keine Post, obwohl ich mich über einen Brief von ihr mächtig gefreut hätte. An einem Sonntag allerdings, als der Rest meiner Familie nach dem Mittagessen bei Tante Lou noch gemütlich bei 'ner Tasse Kaffee zusammensaß, machte ich einen kleinen Spaziergang. Ich ging bei den Foggelsons vorbei und hoffte dabei, Carmens Mutter mehr oder weniger zufällig zu begegnen. Es dauerte zwar eine ganze Weile und mehrere Runden durch die Nachbarschaft, aber schließlich sah ich sie dann doch. Sie begoß gerade ihre Ringelblumen. Ich zog meine Kappe und begrüßte sie, wie sich's für einen höflichen jungen Mann gehörte. Dann erkundigte ich mich beiläufig nach Carmen.

Die Tränen stiegen ihr in die Augen. Sie versuchte, sie wegzublinzeln. Ich war erschrocken. Einen Moment befürchtete ich, es könnte Carmen etwas Schlimmes zugestoßen sein, aber als sie dann antwortete, begriff ich, daß sie wohl einfach nur Sehnsucht nach ihrer Tochter hatte. Sie versuchte zu lächeln.

„Carmen ist begeistert von allem: dem Stadtleben, ihrer Ausbildung und ihren neuen Freundinnen. Sie ist zum ersten Mal selbständig." Dann fügte sie nachdenklich hinzu: „Sie ... sie hat zwar nichts davon geschrieben, aber ich habe den Eindruck, daß sie etwas Heimweh hat."

Wieder kamen ihr die Tränen, aber sie lächelte tapfer.

„Ich hoffe ja beinahe, daß es so ist", sagte sie sehnsüchtig wie zu sich selbst. „Ich vermisse sie jedenfalls sehr."

Ich wartete einige Sekunden und stellte ihr dann die Frage, die mir besonders auf dem Herzen lag.

„Kommt sie zu Weihnachten nach Hause?"

„Nein. Ihr Vater meint, sie soll lernen, selbständig und unabhängig von ihren Eltern zu werden. Die Reise wäre viel zu lang, sagt er. Damit hat er bestimmt recht, aber ... Ach, welch ein trostloser Gedanke: Weihnachten ohne Carmen!"

Es überraschte mich, daß Herr Foggelson, der sehr an seiner einzigen Tochter hing, Carmen die Heimreise zu Weihnachten verwehren wollte.

„Mein Mann muß Ende November geschäftlich an die Ostküste reisen", fuhr Frau Foggelson fort. „Er wird dabei auch einen Abstecher nach New York machen, um Carmen zu besuchen und ihr ihre Geschenke zu bringen. Er findet, das reiche völlig aus."

Herr Foggelson sank schlagartig um Meilen in meiner Achtung. Er hatte Carmen schon immer als sein Privateigentum betrachtet, aber wie konnte er ihrer Mutter nur so etwas antun? Und ihren Freundinnen? Und Carmen selbst? Bildete er sich vielleicht ein, daß ihr mit seinem Auftauchen geholfen wäre, wenn sie wirklich an Heimweh litt?

Mir fehlten die Worte. In mir brodelte die Wut. Ich

wandte mich von den Tränen in Frau Foggelsons Augen ab und starrte statt dessen auf den Ahornbaum in der Ferne, dessen kahle Arme leer in das Grau des Herbsthimmels hinaufragten.

Endlich fand ich meine Stimme wieder. Ich rang mir sogar ein Lächeln ab. Frau Foggelson tat mir so leid wie noch nie. Dieser Kerl, ihr Mann, hatte ihr schon so viel fortgenommen: ihren Glauben, ihr Selbstvertrauen und jetzt auch noch ihr einziges Kind. Welche Entschuldigung würde er wohl am Tag des Jüngsten Gerichts vorzubringen haben?

Ich lächelte und nahm meine Mütze nochmal ab.

„Ich melde mich irgendwann wieder bei Ihnen", versprach ich und stotterte dann: „Natürlich nur, wenn Sie nichts dagegen haben."

„Das würde mich sehr freuen, Josch. Ich brauche jemanden, mit dem ich sprechen kann, und einer von Carmens Freunden ..."

Sie beendete den Satz nicht, aber ich glaube, ich verstand auch so, was sie sagen wollte. „Einer von Carmens Freunden ..." Diese Worte hallten noch in mir nach, als ich meine Kappe ein letztes Mal antippte und mich dann auf den Heimweg machte.

„Josch?" rief Frau Foggelson mir leise nach.

Ich drehte mich um.

„Bete weiter, ja?" Es klang beinahe flehend.

Ich nickte und schluckte. Zwar wußte ich nicht genau, ob ich für Carmen oder für sie selbst beten sollte oder dafür, daß sie Carmen bald wiedersah – aber beten würde ich. Oft und lange würde ich beten, nahm ich mir vor. Wer so einen rücksichtslosen Schuft wie Herrn Foggelson als Ehemann hatte, der brauchte viel Fürbitte.

Ich war noch immer ziemlich aufgebracht, als ich wieder bei Tante Lou und Onkel Nat ankam. Ich überlegte sogar, ob ich einfach an ihrem Haus vorbeigehen sollte, um noch eine Weile für mich allein zu sein, aber dann fiel mir ein, daß mir bis zur abendlichen Stallrunde nicht mehr allzuviel Zeit bleiben würde, weshalb ich in den Hof vor dem Pfarrhaus einbog.

Die kleine Sarah war gerade gefüttert worden, als ich ins

Haus kam. Sie war bei bester Laune, und Tante Lou reichte sie mir auf den Schoß, weil sie genau wußte, daß ich sie sonst darum gebeten hätte. Sarah gurrte und versuchte sogar zu lachen. Dann tat sie das Unverzeihliche: Sie entlud ihre frisch eingenommene Mahlzeit auf mein Sonntagshemd.

Tante Lou sprang auf, um ein feuchtes Tuch zu holen, und Onkel Nat nahm Sarah schnell von meinem Schoß. Sosehr ich an Sarah hing, so konnte ich den Geruch und das feuchtwarme Gefühl von Erbrochenem auf meinem Hemd nun mal nicht ausstehen. Vor lauter Ekel muß ich wohl eine Grimasse gezogen haben, so daß alle lachten und sich über mich lustig machten.

Tante Lou wischte mir das Hemd sauber, so gut es ging, und entschuldigte sich für das Mißgeschick. Sie erbot sich, mir das Hemd zu waschen, aber ich hatte keinen Ersatz bei mir. Na wenn schon! Eigentlich sollte ich ja Manns genug sein, um mich von ein paar Flecken im Hemd nicht gleich aus der Ruhe bringen zu lassen, dachte ich.

Das schmutzige Hemd war der Anlaß, daß Onkel Charlie und seine dringend benötigte Waschmaschine wieder zur Sprache kamen. Aus unseren Plänen, eine zu besorgen, war bis jetzt noch nichts geworden.

Onkel Nat erklärte sich bereit, sich um die Bestellung der Waschmaschine zu kümmern. Opa und ich waren erleichtert. Bald würde Onkel Charlie es am Waschtag leichter haben – besonders nach meinen Sonntagsbesuchen bei der kleinen Sarah!

Eine Weile später verkrümelte ich mich unauffällig und ging in das Zimmer, in dem ich so viele Jahre lang gewohnt hatte. Die Tür stand offen, und das Zimmer sah ganz anders als früher aus. Tante Lou hatte alles ordentlich und hübsch hergerichtet. Neue Gardinen hingen am Fenster, zierliche weiße Gardinen, nicht von der Art, wie ein Junge sie sich ausgesucht hätte. Mir waren meine alten braunen Gardinen lieber gewesen, obwohl diese hier auch ganz nett aussahen. Kleine Zierkissen lagen auf dem Bett. Mir wären sie bloß im Weg gewesen.

So stand ich da und sah mich um und dachte dabei an die

vergangenen Jahre zurück. Schließlich schob ich die Tür mit der Fußspitze zu und kniete mich vor das Bett.

„Vater“, begann ich, „du weißt, welche Gedanken mir wegen Carmen durch den Kopf gehen und wie leid Frau Foggelson mir tut. Also, im Moment bin ich zu wütend, um für Herrn Foggelson zu beten, aber ich möchte dich bitten, Carmen zu bewahren. Hilf ihr doch, Jesus persönlich kennenzulernen …“

Während ich für Carmen und ihre Mutter betete, legte sich mein Zorn nach und nach. Ich sah ein, daß ich die falsche Einstellung gehabt hatte.

„Herr Foggelson ist ein selbstsüchtiger Mann, der einfach über seine Familie bestimmt. Er braucht dich, genau wie alle anderen. Hilf ihm doch, Herr Jesus, daß er dich als seinen Heiland findet. Und hilf mir, ihm zu vergeben.“

Als ich Amen gesagt hatte, konnte ich wieder an die Foggelsons denken, ohne dabei wütend zu werden.

Ich stand auf und ging in den Flur. Durch den Türspalt spähte ich in Tante Lous und Onkel Nats Schlafzimmer, wo die kleine Sarah inzwischen friedlich in ihrer Wiege schlief. Niedlich sah sie aus, wie sie dalag: einen Deckenzipfel in der einen Hand und die andere, zu einem winzigen Fäustchen geformt, an ihrer Wange. Die Haare ringelten sich, eine Spur feucht, dicht um das kleine Köpfchen. Sie waren schon viel heller geworden; irgendwann würden sie vielleicht die gleiche Farbe wie Tante Lous Haare haben.

Ich zog ihr die Decke glatt und strich ihr leicht über das Köpfchen. Sie regte sich nicht einmal. Wenn Sarah schlief, dann war sie durch nichts aufzuwecken. Tante Lou war froh darüber. In einem Pfarrhaus war immer etwas los; wenn die Kleine einen leichten Schlaf gehabt hätte, wäre sie wohl nie richtig zur Ruhe gekommen.

Ich hörte Geräusche von der Küche her. Das bedeutete, daß Opa und Onkel Charlie sich bald wieder auf den Heimweg machen wollten. Ich flüsterte dem schlafenden Baby ein paar Worte zu und ging das Gespann holen, während die beiden Männer sich verabschiedeten.

Winter

In diesem Herbst hatte ich so viel zu tun, daß ich kaum Zeit hatte, an Willi und Carmen zu denken. Oft hatte ich das Gefühl, an drei Stellen gleichzeitig gebraucht zu werden. Es gab eine Unmenge Arbeit und nur zwei, die sie tun konnten, nämlich Opa und mich.

Auch Opa war nicht mehr so flink wie früher. Erst jetzt, wo ich den ganzen Tag mit ihm arbeitete, fiel mir auf, wie schwer er sich mit allem tat. Ich hätte ihm die ganze Arbeit nie allein zumuten dürfen, während ich in der Stadt zur Schule gegangen war; ich hätte ihm einen Teil der Last abnehmen sollen. Vielleicht wäre dann vieles nicht so vernachlässigt worden.

Aber im Grunde wußte ich genau, daß die beiden Männer das nie zugelassen hätten. Sogar jetzt war noch die Rede von meinem Beruf, und ich bekam eingeschärft, nur nicht zu zögern, sobald ich Gottes Führung verspürte, was mein „eigentliches Lebensziel" betraf.

Ich fragte mich ziemlich häufig, ob sich Gottes Führung wohl schon irgendwo abzeichnete, aber zuweilen ertappte ich mich auch dabei, wie ich mit Gott verhandelte.

„Hat's noch Zeit damit, Herr, bis ich den Weidezaun geflickt habe?" betete ich dann. „Vater im Himmel, habe ich noch genug Zeit, bis die Ernte eingebracht ist?" Und bei jeder Frage glaubte ich, Gottes Einverständnis zu spüren.

Onkel Charlies Waschmaschine wurde Mitte Oktober geliefert. Ich hatte nicht geahnt, wieviel sie ihm bedeutete, bis ich ihm dabei zuschaute, wie er sie freudestrahlend aus der Frachtkiste befreite. Liebevoll strich er über die Mangel, schwenkte den Hebel ein paarmal hin und her und grinste über das ganze Gesicht. Die Waschmaschine war in der Tat eine hervorragende Anschaffung!

Das Wetter in diesem Herbst zeigte sich von der unbeständigen Seite. Kaum waren die Felder trocken genug, daß wir mit der Ernte ein Stück vorankommen konnten, als auch schon ein neues Unwetter losbrach und uns einen Strich durch die Rechnung machte. Vor lauter Mißmut flickte ich Zäune oder besserte die Scheunenwände aus oder spaltete Holz für unsere Wintervorräte.

Jeden Abend ging ich völlig abgekämpft zu Bett und schlief wie ein Murmeltier bis zum Morgen. Dann stand ich auf und schaute zuerst nach dem Wetter, bevor ich mich anzog und und mich wieder an die Arbeit machte.

Erst Ende November kam die Dreschmannschaft zum letzten Mal zu uns, so daß wir den Rest der Ernte eingebracht bekamen. Wegen der Regenfälle war die Qualität nicht so gut, wie wir sie uns erhofft hatten, aber wenigstens hatten wir das Getreide jetzt unter Dach und Fach. Auch unsere Heuernte war in diesem Jahr spärlich und minderwertig ausgefallen.

Opa machte einen gelösteren Eindruck. Die Furchen über seinen Brauen waren nicht mehr gar so tief. Opa hatte einen zu festen Glauben, um vor lauter Sorgen schlaflose Nächte zu verbringen, aber man merkte ihm doch an, daß ihm mit der letzten Erntefuhre ein Stein vom Herzen gefallen war.

Auch Onkel Charlie schien erleichtert zu sein. Dazu trug schon allein die Tatsache bei, daß er jetzt seine Küche endlich wieder für sich hatte. Wir hatten eine Nachbarsfrau und deren Tochter zu Hilfe geholt, um die Dreschmannschaft zu beköstigen. Onkel Charlie hätte die viele Arbeit nie allein geschafft; das wußten wir alle. Aber er war regelrecht froh, als die letzte Schüssel gespült und abgetrocknet im Regal stand und die Frauen endgültig nach Hause gegangen waren.

Jetzt konnte ich mich wieder anderen Arbeiten zuwenden: Es gab Holz zu spalten, Türangeln zu reparieren und den Gemüsekeller einzudämmen. Und ich betete oft.

Ich hatte geglaubt, bis zum Jahreswechsel für Gottes Ruf bereit zu sein, aber bald wurde mir klar, daß ich die Farm bis dahin unmöglich schon so weit in Schuß haben würde, um sie Opa und Onkel Charlie wieder in die Hände zu geben. Ich brauchte mehr Zeit, um alles auf Vordermann zu bringen. Gott schien keine Einwände zu haben. Ich fühlte mich keineswegs von ihm in eine andere Richtung geführt. Ganz im Gegenteil: Er schien mir zu zeigen, daß meine Arbeit auf der Farm noch längst nicht abgeschlossen war.

Und so legte ich mich fieberhaft ins Zeug, um vor dem ersten Schnee noch möglichst viel erledigt zu bekommen. Als der Schnee dann kam, fiel das Thermometer über Nacht fast um zwanzig Grad, und der Nordwind fegte so stürmisch über das Land, daß er mehrere Bäume entwurzelte. In dem wilden Schneegestöber konnte man kaum die Hand vor den Augen sehen. Ich war heilfroh, daß ich gerade vor kurzem noch das Hühnerhaus ausgebessert und frisches Stroh auf dem Boden ausgelegt hatte. Auch die Scheune war winterfertig. Nur der Schweinestall war noch übrig. Ich sorgte mich um die Schweine, besonders um das Mutterschwein mit seinen acht winzigen Ferkeln. Mit einer Ladung Heu wollte ich mich durch den Wind zum Schweinestall vorkämpfen.

Doch dieses Unternehmen erwies sich als zwecklos. Der Wind riß mir das Stroh von der Heugabel, sobald ich den ersten Schritt vor das Scheunentor gesetzt hatte. Nach mehreren Versuchen warf ich die Heugabel beiseite und packte das Stroh einfach mit den Armen. Auch das funktionierte nicht viel besser. Auf dem Weg zum Schweinestall zerrte der Wind an mir und riß mir das Stroh aus den Armen, so daß ich nur mit einem kümmerlichen Rest den Stall erreichte.

Ich versuchte es ein ums andere Mal, aber immer brachte ich kaum mehr als ein paar Halme in den kleinen Schuppen.

Schließlich gab ich's auf. Ich war außer Atem und fror in dem eisigen Sturm. Blieb nur zu hoffen, daß das bißchen Stroh, das ich den Schweinen gebracht hatte, sie wenigstens etwas vor der bitteren Kälte schützen würde.

Den größten Teil des Tages verbrachte ich damit, gegen den Wind anzukämpfen, um den Tieren Erleichterung zu verschaffen. Mehrmals wollten Opa und Onkel Charlie mich ins Haus rufen; ich hätte mein Bestes getan, und die

Tiere würden den Sturm schon überleben, meinten sie. Dessen war ich mir allerdings nicht so sicher, weshalb ich verbissen weitermachte.

Als der Tag endlich vorüber war und ich mit einem vollen Melkeimer wieder ins Haus kam, war ich restlos erschöpft.

Die Küche hatte noch nie so einladend geduftet wie heute. Die Wärme vom Kochherd strömte mir entgegen und stach mir nach der beißenden Kälte heiß ins Gesicht. Beim Duft von Onkel Charlies Eintopf mit frischen Weizenbrötchen merkte ich erst, wie hungrig ich war.

Opa nahm mir den Eimer ab und goß die Milch durch das Sieb und in den Separator. Ich hatte keine Einwände, obwohl das eigentlich meine Aufgabe gewesen wäre.

Pixie drängte sich an mich, während ich mir mit frosttauben Fingern die schweren Stallstiefel auszog. Sie leckte mir die Hände, das Gesicht und überhaupt jedes Stück Haut, das sie zu erwischen bekam. Sie fand bestimmt, daß ich reichlich lange draußen gewesen war.

Als ich mich vor dem Essen waschen ging, rief Onkel Charlie mir vom Herd her zu: „Siehst mir verfroren um die Nase aus, Josch. Mach dir das Wasser nicht zu warm, sonst holst du dir schlimme Frostbeulen!"

Ich rieb mir über das Gesicht. Nase und Wangen fühlten sich hart und kalt an. Ich befolgte Onkel Charlies Rat und hielt mir einen kühlen Waschlappen ans Gesicht. Sogar das kalte Wasser kam mir brennend heiß vor.

Beim Essen redeten wir über den Schneesturm und über meine Maßnahmen zur Vorsorge. Ich sah, daß die Brennholzkiste bis an den Rand gefüllt war. Auch Opa war nicht faul gewesen.

„Diesen Sturm werden wir wohl vorerst nicht loswerden", meinte Opa. „Der Himmel ist immer noch voll Schnee."

Was die Vorhersage von Schneestürmen anbetraf, kannte ich mich nicht besonders gut aus; ich hoffte, daß Opa sich irrte. Ein Tag wie der heutige reichte mir vollkommen.

Wir hörten die Nachrichten am Radio, während wir uns mit Kaffee aufwärmten. Die Wettervorhersage war schlecht. Sie lautete, daß sich der Sturm über Nacht noch verschlimmern könnte und daß er mindestens noch drei Tage lang anhalten würde.

Noch bevor ich am nächsten Morgen richtig wach war, spürte ich schon, daß die Wettervorhersage eingetroffen war. Der Sturm tobte noch schlimmer als gestern.

Als ich in den Wind und die eisige Kälte hinausging, drängten sich die Freilandkühe dicht an die Scheune und muhten vor Unbehagen. Ich wußte, daß sie dringend ein Dach über dem Kopf brauchten. Ich wußte aber auch, daß wir keinen Platz im Stall für sie hatten. Der Stall war den Milchkühen und Pferden vorbehalten. Das arme Weidevieh tat mir leid. Wir brauchten tatsächlich einen Schuppen, in dem die Kühe Schutz vor der Kälte fanden. Im nächsten Sommer würde ich mich als erstes darum kümmern, daß einer gebaut wurde, nahm ich mir vor.

Der nächste Tag unterschied sich in nichts von den beiden vorangegangenen. Der Wind heulte unablässig. Gegen Abend ließ der Sturm endlich nach, und es hörte auf zu schneien. Die Temperaturen sanken um weitere zwei bis drei Grad.

Sogar im Haus hatten wir unsere liebe Not, für Wärme zu sorgen. Onkel Charlie zündete eine Lampe an und stellte sie unten in den Gemüsekeller, damit Tante Lous Einkochgläser nicht vor Frost platzten. Wir legten uns zusätzliche Decken auf die Betten und stellten den Wecker, um das Herdfeuer auch über Nacht in Gang zu halten.

Am nächsten Morgen herrschte bei unbewölktem Himmel eine klirrende Kälte. Das Wasser in unserem Küchenbecken war von einer Eisschicht überzogen. Ich zündete die Laterne an und machte mich auf den Weg zur Scheune, so ungern ich auch in die eisige Kälte hinausging. Mein Atem flog mir als weiße Wolkenbausche voraus. Sogar der Mond, der noch im Westen stand, wirkte wie festgefroren.

Jetzt, wo sich der Wind gelegt hatte, fing meine Arbeit erst richtig an. Die Kühe draußen hatten seit Beginn des Schneesturms kaum Futter bekommen. Sie standen aneinandergedrängt und laut muhend da. Sie waren hungrig, durstig und fast erfroren.

Als der Sturm weitergezogen und die Temperatur wieder

gestiegen war, hatten wir drei Ferkel, zwei ältere Kühe und ein halbes Dutzend Hühner aus unserem Bestand verloren. Drei Kühe hatten durch den Frost die untere Schwanzpartie eingebüßt, und unsere Futtervorräte waren deutlich geschrumpft. Wenn es so weiterging, würden wir unsere Tiere nicht vollzählig durch den Winter bringen können. Trotz allem war es uns noch besser ergangen als einigen unserer Nachbarn. Manche hatten einen beträchtlichen Teil ihrer Herde verloren.

Ich freute mich schon auf die Weihnachtsfeiertage, die wir mit Tante Lou und Onkel Nat verbringen würden. Die kleine Sarah konnte jetzt aufrecht sitzen und versuchte sogar schon, sich an allem, was ihre Händchen nur erwischen konnten, hochzuziehen. Das Auspacken der Geschenke machte mit einem Kleinkind im Haus natürlich noch mehr Spaß. Jeder von uns hatte ein Geschenk für Sarah. Wir nahmen sie auf den Schoß und taten so, als besorgte sie das Auswickeln selbst. Wir taten auch so, als wäre sie himmelhoch begeistert von jeder Rassel und jedem Latz. In Wirklichkeit rührte ihre Begeisterung eher von dem Rascheln des Papiers her.

Ich brachte sogar Pixie mit. Bei kaltem Wetter ließ ich sie meistens zu Hause, wenn wir in die Stadt fuhren, aber heute hatte ich sie unter meiner dicken Winterjacke transportiert, so daß sie nicht zu frieren brauchte. Sarah hatte ihre helle Freude an dem Hund. Ich ließ ihn sämtliche Kunststücke vorführen, die er beherrschte, um Sarah damit zum Lachen zu bringen. Ihre Lieblingsnummer unter den Kunststücken schien das Betteln um ein Stückchen Putenfleisch zu sein. Die Kleine ruderte mit den drallen Ärmchen durch die Luft und quietschte lauthals vor Vergnügen. Wir lachten alle mit.

Am Nachmittag verkrümelte ich mich still und heimlich nach draußen und machte einen kleinen Spaziergang zu den Foggelsons. Frau Foggelson sollte wissen, daß ich sie nicht vergessen hatte und daß ich nach wie vor für sie betete. Außerdem war ich neugierig, ob es Neuigkeiten von Carmen gab.

Schon von der Straße aus konnte ich sehen, daß niemand

zu Hause war. Die schweren Vorhänge waren zugezogen, und der Schnee vor der Tür war schon tagelang nicht mehr gefegt worden. Die Schaufel lehnte an der hinteren Veranda. Bevor ich wieder kehrtmachte, beschloß ich, den Pfad vom Bürgersteig zur Haustür freizuschaufeln. Ich hatte zwar keine Ahnung, wann das Ehepaar wiederkommen würde und ob die beiden überhaupt merken würden, daß jemand dagewesen war, aber ich tat's trotzdem.

Womöglich hatte Herr Foggelson seine Pläne geändert und seine Frau mit auf die Reise an die Küste genommen, überlegte ich. Jedenfalls hoffte ich das. Es wäre ein trauriges Weihnachten für Carmen und ihre Mutter, wenn sie es getrennt voneinander verbringen müßten.

Ich dachte auch an Willi. Ein paar Tage vor Weihnachten hatte ich einen Brief von ihm bekommen. „Mir fehlen meine Verwandten und Freunde" schrieb er. „So interessant meine Ausbildung auch ist, so habe ich doch Heimweh. Aber einer von den Jungs hier hat mich zu sich nach Hause eingeladen." Ich war froh, daß Willi zu Weihnachten wenigstens nicht ganz allein zu sein brauchte.

Als Kind hatte ich immer gedacht, daß nach Weihnachten der Frühling nicht mehr weit war. Hoffentlich würde es dieses Jahr so sein. Früher hatte ich den Winter gern gehabt; damals war ich allerdings auch nicht dafür verantwortlich gewesen, daß Mensch und Vieh die harten Monate möglichst unbeschadet überstanden. Der Winter war für mich eine fröhliche Jahreszeit gewesen: Wir Kinder hatten Fahrten mit dem Pferdeschlitten und Rodelpartien gemacht, waren Schlittschuh gelaufen und hatten Schneemänner gebaut. Ich hatte alles aus vollem Herzen genossen. Jetzt bedeutete der Winter für mich eisige Kälte, beißender Wind, tiefe Schneewehen und kurze Tage. Das Wetter machte die Stallarbeit schwieriger, und unsere Vorräte an Futter und Brennholz schienen vor meinen Augen dahinzuschmelzen.

Als ich mir auf dem Rückweg zu Tante Lou und Onkel Nat das alles durch den Kopf gehen ließ, wurde ich ziemlich niedergeschlagen. Nach und nach fing es wieder an zu schneien. Riesige weiche Schneeflocken segelten lautlos zu

Boden. Ich sah geradewegs nach oben und ließ mir die Flocken ins Gesicht fallen. Eigentlich waren sie wunderschön. Das Leben im Winter mochte zwar anstrengend sein, aber andererseits hatte der Winter auch seine schönen Seiten, wenn man sich nur die Zeit nahm und genauer hinschaute.

Ein harter Winter

Ich hätte zwar nichts dagegen gehabt, wenn der Frühling gleich nach Weihnachten gekommen wäre, aber anscheinend hatte das niemand bei Mutter Natur ausrichten lassen. Den ganzen Januar über stürmte und tobte sie und machte uns das Leben schwer. Voller Ungeduld wartete ich auf den Februar; bestimmt würde das Wetter dann milder.

Diese Hoffnung sollte sich allerdings zerschlagen. Zwei Sonntage hintereinander konnten wir nicht zur Kirche fahren, weshalb mir auch das gute Essen bei Tante Lou und das Spielen mit Sarah entgingen.

Das schlechte Wetter machte Onkel Charlie zu schaffen. Seine Finger wurden von Tag zu Tag krummer, so schien es mir. Auch mit den einfachsten Arbeiten quälte er sich, so daß ich kaum hinsehen konnte. Aber er brauchte das Gefühl, sich nützlich zu machen und seinen Teil zur Farm beizutragen.

Der Februar war zur Hälfte um, als Opa eine schlimme Erkältung bekam. Er probierte allerhand an Hausmitteln aus, aber nichts half.

„Opa", redete ich ihm ins Gewissen, „du wirst ja immer kränker. Am besten hol' ich den Doktor."

„Unfug!" krächzte er heiser. „Der Doktor weiß auch keine bessere Medizin für mich."

Als er sich aber überhaupt nicht von seiner Erkältung erholte und zudem noch Mühe mit dem Atmen hatte, setzte ich mich über Opas Proteste hinweg und ritt in die Stadt.

„Lungenentzündung", stellte der Doktor fest. „Sehen Sie zu, daß Sie ihre Tochter herholen. Von der lassen Sie sich pflegen, bis Sie wieder auf den Beinen sind."

So zogen Tante Lou und Sarah zu uns auf die Farm, um Opa wieder gesund zu pflegen. Der Doktor hatte Opa strenge Bettruhe verordnet, Tante Lou und ich wußten nur zu genau, daß er sich nicht an die ärztlichen Anweisungen halten würden, wenn seine Tochter nicht darauf bestand.

Es tat mir zwar leid für Opa, daß er krank war, aber andererseits fand ich's prima, Tante Lou und Sarah bei uns zu haben. Onkel Nat kam, so oft er konnte. Er vermißte seine „zwei Mädchen", wie er die beiden nannte, zeigte aber viel Verständnis.

Es dauerte zwei Wochen, bis Opa wieder aufstehen konnte, und selbst dann mußte er sich zwischendurch oft hinlegen, weil er noch so schwach war. Um diese Zeit hatte Sarah, die unablässig durch die Stuben krabbelte, gelernt, allein zu stehen. An einem Morgen, als ich gerade in die Küche kam, ließ sie ihr Spielzeug links liegen und krabbelte auf mich zu, um sich an meinem Hosenbein hochzuziehen.

„Nanu! Bald machst du bestimmt deinen ersten Wettlauf mit!" lachte ich. Sie quietschte vor Vergnügen und hopste auf ihren runden Beinchen auf und ab.

Es tat mir richtiggehend leid, als Tante Lou und Sarah wieder in die Stadt fuhren. Ohne sie würde uns das Haus sonderbar still und leer vorkommen.

Anfang März hatte die Kälte immer noch nicht nachgelassen, und das Futter für unser Vieh wurde immer knapper. Mit jeder Gabel Heu oder Hafer, die ich in die Krippen warf, wuchsen meine Sorgen.

Opa schien mir anzumerken, was mich beschäftigte. In Gedanken maß er wohl jedes Mal, wenn ich die Tiere füttern ging, unsere Vorräte nach. Ich hatte ihm gegenüber nichts von der Futterknappheit erwähnt, aber eines Tages überraschte er mich beim Frühstück und sagte: „Für zwei Wochen wird's noch reichen, was, Josch?"

Ich nickte nur.

„Kannst du etwas sparsamer mit dem Futter umgehen?"

„Ich glaub', viel sparsamer, als ich jetzt schon bin, darf ich nicht mehr werden."

„Was meint ihr: Könnten wir vielleicht einem Nachbarn etwas Futter abkaufen?" schlug Onkel Charlie vor.

„Hab' mich schon erkundigt", gab ich zu. „Keiner hat was übrig."

„Dann gehen wir gleich nach draußen und machen Bestandsaufnahme“, fing Opa an, doch Onkel Charlie fiel ihm ins Wort.

„Kommt nicht in Frage!“ polterte er. „Der Doktor hat dir verboten, in den nächsten zwei Wochen aus dem Haus zu gehen.“

„Aber Josch braucht ...“ Weiter kam Opa nicht. Onkel Charlie winkte entschieden ab, so daß ihm der Kaffee über den Tassenrand schwappte.

„Ich geh’ mit Josch!“ bestimmte er. „Im Haus gibt’s heute sowieso keine Arbeit für mich.“

Opa fügte sich, und nachdem Onkel Charlie das Geschirr gespült hatte und ich es abgetrocknet und ins Regal zurückgestellt hatte, zogen wir uns warm an und machten uns an unsere Bestandsaufnahme.

Es brauchte keine großen Rechenkünste, um zu der Feststellung zu gelangen, daß wir nicht genug Futter hatten. Onkel Charlie sprach aus, was wir beide dachten: „Wenn morgen am Tag der Frühling käme, käme er trotzdem zu spät.“

Bis zum Mittag hatten wir unsere Listen fertig und gingen in die warme Küche zurück. Opa hatte Spiegeleier und Brot auf den Tisch gestellt. Dazu aßen wir kalte Schinkenscheiben und tranken heißen Tee. Ich sagte zwar nichts darüber, aber mir fehlten Tante Lous handfeste, reichhaltige Mahlzeiten manchmal sehr.

Während wir aßen, hantierten Opa und Onkel Charlie mit Zahlen und Zetteln, bis mir fast der Appetit verging. Ich war mir nicht sicher, wohin das alles führen sollte. Ich konnte mich auf keinen Winter besinnen, in dem Opa und Onkel Charlie in Not geraten wären – aber vielleicht hatte es schon magere Zeiten gegeben, nur daß ich einfach nichts davon geahnt hatte.

Zum guten Schluß wurde ich auf Chester losgeschickt, um mich auf den Nachbarsfarmen nach überschüssigen Futtervorräten umzuhören. Wenn ich irgendwo Futter auftreiben konnte, waren wir aus dem Schneider.

Aber so einfach war das nicht. Überall hatten die Farmer mit den gleichen Schwierigkeiten zu kämpfen wie wir. Niemand hatte genug Futter, um die Tiere durch diesen besonders harten Winter zu bringen.

Schweren Herzens ritt ich wieder nach Hause. Unterwegs beschloß ich, bei Familie Turley hineinzuschauen, eigentlich eher, um mich zu erkundigen, wie es Mary und ihrer Mutter erging, als wegen des Tierfutters. Herr Turley hatte mehrere Stück Vieh, aber an Grünfutter baute er nicht mehr an als wir.

Als Mary mir die Tür öffnete, schien sie sich aufrichtig zu freuen, mich zu sehen. Ich war ja selbst 'n bißchen froh über das Wiedersehen.

Frau Turley stopfte gerade Strümpfe. Sie saß mit ihrer Handarbeit auf dem Schaukelstuhl am Kamin und machte einen ruhigen, zufriedenen Eindruck, obwohl ihr Mann bestimmt auch Probleme mit seiner Farm hatte.

„Gott wird uns schon nicht im Stich lassen. Da bin ich ganz zuversichtlich“, sagte sie. „Er hat doch immer für uns gesorgt, auch als wir noch zu unwissend waren, um ihn um Hilfe anzurufen. Jetzt, wo wir seine Kinder geworden sind, wird er uns erst recht nicht im Stich lassen.“

Ich muß sie wohl entgeistert angestarrt haben; jedenfalls sah sie mich an und lachte leise.

„Schau nur nicht so überrascht drein, junger Mann. Ihr jungen Leute seid schließlich nicht die einzigen, die sich bekehren müssen, weißt du.“

„Mutter ist jetzt auch gläubig“, flüsterte Mary dankbar.

„Ja, Gott sei Dank! Konnte's ja kaum fassen, wie Mary sich verändert hatte, seitdem sie mit deinem Freund Willi nähere Bekanntschaft geschlossen hatte – und mit dessen Freund Jesus!“

„Das ... das ist ja prima, Frau Turley!“ stammelte ich, noch immer ganz überrascht von ihren Worten. „Und Sie haben natürlich recht; wir müssen Gott tatsächlich vertrauen.“

Mary kochte uns heiße Schokolade und schnitt einen Kuchen in Scheiben. Wir saßen am Küchentisch und unterhielten uns über alles, was es so an Neuigkeiten aus der Kirchengemeinde und der Stadt gab. Mary schien nicht weniger als ich unter den eingeschneiten Sonntagen gelitten zu haben, als wir nicht zur Kirche fahren konnten.

„Hast du schon gehört, daß die Foggelsons demnächst umziehen?“ fragte sie zu meiner Überraschung.

„Ach, wirklich? Wohin denn?“

„Herr Foggelson hat eine Lehrstelle an einem kleinen College in der Nähe von New York gefunden. Im November war er dort, um sich zu bewerben, und zu Weihnachten ist er wieder hingefahren.“

„Hat er seine Frau mit auf die Reise genommen?“ fragte ich.

„Nein, er ist allein gefahren.“

„Aber sie war doch auch verreist ...“ begann ich und dachte dabei an das leere Haus und den verschneiten Pfad zur Haustür.

„Sie war bei ihrer Schwester. Konnte das Alleinsein nicht aushalten.“

„Das versteh' ich“, nickte ich und ärgerte mich dabei im stillen aufs neue über Herrn Foggelson.

„Carmen meint, ihrer Mutter hat dieser Besuch gutgetan, auch wenn ...“

„Dann hast du von Carmen Post bekommen?“ fiel ich ihr unversehens ins Wort.

„Aber nicht doch!“ antwortete sie und schüttelte den Kopf, als sei das eine lächerliche Vorstellung. „Ich kenne sie ja kaum! Hab' sie nur hin und wieder auf der Straße gesehen. Mit Mädchen wie mir würde sie doch nie reden!“

Dann errötete Mary, als ob sie plötzlich befürchtete, Carmen vor mir schlechtgemacht zu haben.

„Ich meine, hm ... wir sind ... Also, sie ist so gescheit, und ich ...“

Ich rettete Mary schnell aus ihrer Verlegenheit, indem ich mich erkundigte: „Von wem weißt du denn das alles?“

„Von Willi. Er hat mir geschrieben. Er steht noch mit Carmen in Verbindung.“

„Ach so“, sagte ich, aber es klang reichlich hohl. Ich hörte auch von Willi, und zwar nicht selten – aber über Carmens Pläne hatte er noch nie etwas verlauten lassen.

„Und wie gefällt's Carmen in der Ausbildung?“ fragte

ich, weil Mary bestimmt von mir erwartete, daß ich den Mund aufmachte.

„Ja, weißt du's denn etwa noch nicht?“ fragte Mary erstaunt. „Sie hat sie abgebrochen.“

„Abgebrochen?“ Jetzt war ich restlos verdutzt.

„Sie hat die ganze Ausbildung gleich nach den ersten zwei Monaten an den Nagel gehängt.“

„Und was macht sie jetzt? Warum ist sie dann nicht zu Weihnachten nach Hause gekommen?“

„Zuerst hatte sie Angst davor, ihrem Vater alles zu erzählen. Und dann ist sie von New York weg und hat sich irgendwo 'ne Arbeit gesucht. Telefonistin ist sie, glaub' ich, irgendwo an der Ostküste. Deshalb ist sie auch dortgeblieben.“

Das mußte ja eine schlimme Enttäuschung für Herrn Foggelson gewesen sein, dachte ich. Und erst für seine Frau! Die war bestimmt mächtig traurig gewesen; nicht so sehr, weil Carmen ihre Ausbildung als Innenarchitektin abgebrochen hatte, sondern weil sie nicht wieder nach Hause gekommen war.

„Willi schreibt, daß ihr die Arbeit gut gefällt.“

„Dann wechselt sie also Briefe mit Willi?“ Irgendwie fand ich das ermutigend und bedrohlich zugleich. Ich wünschte mir nichts sehnlicher, als daß Carmen auch mir schreiben würde, aber gleichzeitig war ich froh, daß Willi die Verbindung zu ihr aufrechterhielt. Er hatte Mary zum Glauben an Jesus geführt. Jetzt schien er sich Carmen vorgenommen zu haben. Innerlich betete ich, daß seine Bemühungen zum Erfolg führen möchten.

Aber da redete Mary schon weiter. In ihrer Stimme versteckte sich ein Lachen.

„Briefe sind gar nicht nötig. Sie arbeitet ja mitten in der Stadt.“

„In welcher Stadt?“

„Nun, wo Willis Bibelschule ist. Sie arbeitet in der Telefonzentrale. Willi hat ihr die Stelle besorgt.“

Auch das war mir neu. Warum hatte Willi in seinen Briefen bloß kein Wort von alledem erwähnt? Aber dann mußte ich auch schon schmunzeln. Er wußte genau, daß ich für

Carmen betete, aber er wollte mir keine verfrühten Hoffnungen machen. Ihr Vater hatte einen derart starken Einfluß auf sie ausgeübt, daß es Wochen oder sogar Monate dauern könnte, bis sie nach all den Jahren der Ablehnung jetzt Zugang zum Christentum fand. Nein, ich würde Willi nicht mit Fragen bedrängen. Er würde mir schon zur rechten Zeit von selbst Bescheid geben.

Plötzlich merkte ich, daß ich schon viel länger mit Mary am Tisch gesessen hatte, als ich eigentlich vorgehabt hatte. Draußen wurde es allmählich dunkel, und ich hatte noch meine Stallarbeit zu machen. Außerdem warteten Opa und Onkel Charlie bestimmt schon ungeduldig auf mich, auch wenn ich keine guten Nachrichten mitzubringen hatte.

„Ich muß weiter", sagte ich zu Mary und stand auf, um mit einer einzigen Handbewegung nach meiner Jacke und meiner Mütze zu langen. Ich bedankte mich für die heiße Schokolade und den Kuchen und machte mich auf den Weg.

Mary brachte mich zur Tür.

„Es tut mir so leid, Josch!" sagte sie leise.

„Was denn?" fragte ich beinahe erschrocken.

„Der lange, harte Winter", sagte sie. „In deinem ersten Jahr als Farmer hast du's nicht gerade leicht gehabt; wir hatten so einen kalten, stürmischen Herbst, und jetzt ... und jetzt das." Es klang ein wenig kleinlaut.

Ich war erleichtert, weil ich schon befürchtet hatte, sie würde von den Foggelsons sprechen. Insgeheim hatte ich nämlich die Tage gezählt, bis Carmen mit ihrer Ausbildung fertig war und in unser Städtchen zurückkehren würde. Jetzt, wo ihre Eltern umzogen, standen die Aussichten wohl ziemlich schlecht. Menschenskinder, war ich froh, daß Mary meine Gedanken nicht lesen konnte!

„Wie deine Mutter schon gesagt hat", antwortete ich und bemühte mich, ein möglichst zuversichtliches und unerschütterliches Gesicht zu machen, „es wird schon alles gutgehen. Gott wird uns nicht im Stich lassen."

Mary lächelte. Ihr Lächeln war wirklich hübsch. Sie hatte weiße, ebenmäßige Zähne und kleine Grübchen in den Wangen.

Ich erwischte mich dabei, wie ich zurücklächelte. Vielleicht lag's ja nur daran, daß Marys Lächeln einfach ansteckend war, oder vielleicht hoffte ich auch im stillen, sie nochmals zum Lächeln zu bringen. Jedenfalls stand fest, daß mir schon wesentlich leichter ums Herz war, als ich in den Sattel stieg und in der eisigen Kälte nach Hause ritt.

Besuch bei Herrn Thomas

Wir mußten mehrere Stück Vieh und alle Schweine bis auf zwei gute Säue verkaufen. Es würde lange dauern, bis wir unsere Bestände wieder aufgefüllt hatten, und ich war mir nicht so sicher, ob Opa und Onkel Charlie auch die richtige Entscheidung getroffen hatten. Womöglich waren wir nur noch ein paar Tage vom Frühlingsanfang entfernt, so daß es bald wieder frisches Gras geben würde. Vielleicht hätten wir ja alle Tiere durchbringen können, wenn wir die Rationen noch etwas sparsamer bemessen hätten.

Es stellte sich aber heraus, daß Opa und Onkel Charlie doch richtig gehandelt hatten. Nacheinander fegten zwei Schneestürme übers Land, so daß wir noch größere Mühe hatten, die wenigen Tiere, die uns geblieben waren, mit Futter zu versorgen. Ein paar von unseren Nachbarn, die ihr Vieh mit schmaleren Rationen durch den Winter bringen wollten, verloren den größten Teil ihrer Herde, und weil sie keine Tiere verkauft hatten, fehlte ihnen jetzt das Geld zum Anschaffen eines neuen Bestands.

Auch unsere Herde war ziemlich zusammengeschrumpft; wir verloren sogar eine unserer besten Milchkühe, nachdem sie ein strammes Kälbchen zur Welt gebracht hatte. Opa und ich hatten die ganze Nacht bei ihr gewacht, um sie warm zu halten und ihr warmen Futterbrei einzuflößen, aber trotzdem war's bald aus mit ihr. Ich hatte mich schon darauf gefaßt gemacht, die Färse auch noch zu verlieren, aber Opa bestand darauf, daß ich sie zu Onkel Charlie in die Küche brachte. Ich weiß nicht, wie Onkel Charlie es nur geschafft hatte, aber irgendwie blieb das Kälbchen am Leben. Wir wußten alle, wie wichtig es für den Aufbau unserer Herde sein würde.

Wir kämpften förmlich Tag und Nacht um das, was Opa und Onkel Charlie in Jahren harter Arbeit erwirtschaftet hatten. Das Ganze ging mir mächtig gegen den Strich, soviel steht fest.

Als es endlich wieder etwas wärmer geworden war, ritt ich zu Onkel Nat in die Stadt, sobald ich mir die Zeit dazu nehmen konnte.

„Du kennst doch 'nen Mann, der dir was darüber erzählt hat, wie man ab und zu andere Saat anpflanzt, ich meine, wegen des Bodens, nicht?"

„Fruchtwechsel", nickte Onkel Nat.

„Ja, Fruchtwechsel. Also, ich würde mich gern mal mit ihm unterhalten", sagte ich. „Mich interessiert nämlich, wie der so durch den Winter gekommen ist."

„Das kann ich dir auch nicht verraten", sagte Onkel Nat. „Sie besorgen ihre Einkäufe in Gainerville; man sieht sie kaum bei uns in der Stadt."

„Wie kommt man denn zu seiner Farm?"

Onkel Nat beschrieb mir den Weg. Es klang so einfach, daß man's kaum verfehlen konnte, und ich machte mich mit Chester auf den Weg. Von dem blauen Himmel schien die Sonne auf die Schneewehen. Chester hatte den Winter und das Eingesperrtsein gründlich satt. Er wäre am liebsten losgaloppiert, aber ich ließ ihn nicht gewähren. Ich wollte auf keinen Fall, daß er in Schweiß geriet und sich womöglich eine Lungenentzündung holte. Wir hatten auch so schon genug Schwierigkeiten und verzichteten gern auf eine zusätzliche Katastrophe.

Ich fand die Farm gleich auf Anhieb, obwohl der Weg dahin länger war, als ich gedacht hatte. Kein Wunder, daß die Familie in Gainerville einkaufte; zu unserer kleinen Stadt hätten sie es ja viel weiter gehabt.

Frau Thomas begrüßte mich freundlich. Ihr Mann sei in der Scheune, sagte sie und bat mich in die Küche. Ich lehnte aber ab, so höflich es ging, und erklärte ihr, daß ich ihren Mann einfach in der Scheune besuchen würde.

Die Thomas waren eine große Familie. Durch die offene Küchentür sah ich drei Mädchen unterschiedlichen Alters, und als ich in die Scheune ging, waren da vier Jungs, die ihrem Vater bei der Arbeit zur Hand gingen.

Randall Thomas war ein hochgewachsener Mann so um

die vierzig mit einem festen Händedruck und einem freundlichen Zwinkern im Blick.

„Pastor Crawfords Neffe, sagst du? Freut mich, dich kennenzulernen, junger Mann“, sagte er. „Ich rechne es deinem Onkel hoch an, daß er den weiten Weg zu uns gemacht hat, als Mutter im Sterben lag.“

Wir unterhielten uns eine Weile. Beim Reden und Zuhören musterte ich die Scheune und die Futterkisten aus den Augenwinkeln. Auf dieser Farm hatte es, soweit ich sehen konnte, keinen Mangel an Tierfutter gegeben.

Endlich kam die Sprache auf den Winter, den wir hoffentlich jetzt hinter uns hatten.

„Ja, 'n harter Winter war's“, sagte der große Farmer, „der schlimmste, den ich je erlebt habe.“

Ich gab ihm recht, obwohl ich längst noch nicht so viele Winter wie er erlebt hatte, versteht sich.

„Ihre Tiere haben ihn anscheinend gut überstanden“, sagte ich und deutete mit einer Kopfbewegung auf ein paar vor Gesundheit strotzender Kühe in ihren Boxen.

„Mehrere habe ich schon letzten Herbst verkauft“, erzählte er mir. Ich war überrascht.

„Ach, wirklich?“

„Wollte nicht warten, bis sie nur noch zu Suppenknochen taugten“, erklärte er mir. „Ein Farmer muß an die Zukunft denken. Man malt sich das Schlimmste aus, was der Winter einem antun kann, und sorgt dementsprechend vor. Ich hab' mir ausgerechnet, wieviel Futter ich bis Ende Mai für jedes Tier brauche. Ab dann gibt's schon genug frisches Gras, auch in den magersten Jahren.“

„Wir hatten längst nicht genug Futter, um bis Mai damit auszukommen“, erwiderte ich. „Wir mußten mehrere Stück Vieh verkaufen.“

„Schade drum“, sagte er. Ich merkte ihm an, daß er unser Schicksal aufrichtig bedauerte. „Man hört von manch einem, der viel von seiner Herde verloren hat, bevor er die Tiere verkaufen konnte.“

„Opa hat die Kühe rechtzeitig verkauft, als es noch nicht so schlimm war“, erklärte ich dem Farmer.

„Das war sehr klug von ihm“, meinte er. „Meiner Meinung nach sind ein paar kräftige, gesunde Kühe besser als 'ne ganze Herde von schwachen, halb verhungerten."

Das sah ich ein.

„So 'ne Herde kann zu 'nem kläglichen Anblick werden, wenn man sie nicht ständig aufbessert", fuhr er fort. „Die Tiere können am Ende kaum noch Kälte und Futterknappheit vertragen."

Ich warf einen Blick auf seine wohlgenährten Kühe. Den harten Winter konnte man ihnen nicht ansehen.

Ein Vogel am Himmel zog meine Aufmerksamkeit auf sich. Die Sonne stand schon weit im Westen, und es war deutlich kühler geworden. Ich hatte einen langen Heimweg vor mir.

„Ich bin eigentlich wegen Ihrer Anbaumethoden gekommen", sagte ich zu Herrn Thomas. „Ich hab' nämlich das Gefühl, als wären wir viel besser durch den Winter gekommen, wenn unser Land bessere Erträge gebracht hätte. Unsere Heuernte ist ziemlich spärlich ausgefallen; wir hätten bestimmt das Doppelte ernten können."

In seinen Augen funkte es vor Interesse.

„Fängst du gerade mit dem Farmen an?" erkundigte er sich.

Ich nickte und verbesserte mich dann: „Also, ich bin auf der Farm aufgewachsen, aber bis jetzt hab' ich immer die Tiere versorgt, nicht die Felder. Aussaat und Ernte waren immer Opas und Onkel Charlies Sache. Jetzt schaffen sie's aber nicht mehr, und da ..."

„Da ist dir die Bodenbewirtschaftung in die Hände gefallen, und du möchtest alles gern von vornherein richtig anfangen, stimmt's?" kam er mir zuvor.

Wieder nickte ich.

„Das ist gescheit von dir." Anerkennend klopfte er mir auf die Schulter.

„Man kann die Felder regelrecht auslaugen, wenn man Jahr für Jahr immer das gleiche darauf anpflanzt. Ist ja eigentlich auch das Logischste der Welt. Schon bei den Israeliten damals gab es 'ne Vorschrift von Gott, daß das Land in Abständen geschont werden sollte. Das gleiche gilt auch heute noch. Das Land braucht 'ne Pause, um sich zu erholen." Dann setzte er zu einer ausführlichen Erklärung an, wie man das erreichen konnte.

Ich hörte aufmerksam zu, aber die Sonne rückte immer weiter nach Westen vor, und es gab unendlich viel zu lernen. Ich wurde innerlich immer unruhiger, was der hochgewachsene Farmer mir wohl angemerkt haben mußte.

Mitten in seiner Erklärung folgte sein Blick meinem an den Himmel.

„Für einen einzigen Nachmittag gibt's viel zuviel zu lernen", sagte er zu mir. „Komm doch ein andermal wieder – sooft du möchtest, und dann unterhalten wir uns weiter."

Ich war froh, daß er Verständnis für meine Eile hatte, und seine Einladung, ihn wieder zu besuchen, nahm ich dankbar an.

„Ich mach' dir 'nen Vorschlag", sagte er, als wir zu Chester gingen. „Du machst dir 'ne Lagezeichnung von euren Feldern. Schreib dazu, was in den letzten sieben oder acht Jahren auf jedem davon angebaut worden ist, und dann kommst du mit der Zeichnung zu mir. Wir überlegen zusammen, was du im nächsten Frühjahr am besten anpflanzt."

Ich konnte mich nur stotternd bedanken. So viel Hilfe hatte ich gar nicht erwartet.

„Und erstklassiges Saatgut ist auch wichtig", fuhr der Mann fort. „Manche Farmer sparen am falschen Ende; schlechtes Saatgut kommt einem im großen und ganzen teuer zu stehen. Das gleiche gilt für die Viehzucht. Schon in der Bibel steht: ‚Was der Mensch sät, das wird er ernten.' In diesem Vers geht's zwar nicht so sehr um Korn und Vieh, sondern eher um das, was man mit seinem Leben anfängt, aber es trifft auch auf 'ne Farm zu."

Darüber hatte ich noch nie richtig nachgedacht, aber es klang einleuchtend. Das Ganze war eine vollkommen andere Methode der Landwirtschaft, als ich sie gewohnt war. Ich nahm mir vor, alles, was ich nur darüber in Erfahrung bringen konnte, zu lernen. Ich dankte dem Mann für seine Freundlichkeit und stieg in den Sattel.

„Das hier", sagte er und strich mit der Hand über Chesters stämmigen Hals, „ist erstklassige Zucht. Wo hast du denn dieses Prachttier her?"

Ich erklärte ihm, daß ich Chester geschenkt bekommen hatte, und fuhr meinem Pferd über die Mähne.

„Alle Achtung! Man sieht ihm den guten Stammbaum auf den ersten Blick an", sagte der Mann, und ich strahlte förmlich vor Stolz.

Auf dem Heimweg ließ ich Chester hin und wieder freien Lauf, zügelte ihn aber zwischendurch, damit er nicht zu sehr ins Schwitzen geriet. Wie der Farmer aber gerade gesagt hatte, war Chester die gute Abstammung anzumerken. Er konnte eine beträchtliche Strecke im Galopp zurücklegen, ohne außer Atem oder in Schweiß zu geraten.

Ich hatte so viel Neues gehört, daß sich mir die Gedanken im Kopf überschlugen. Gutes Saatgut, Auswahl bei der Tierzucht, Fruchtwechsel: darauf kam es also in einem produktiven Farmbetrieb an. Und wenn man schon eine Farm bewirtschaftete, selbst wenn das nur vorübergehend geschah, solange man auf Gottes eigentliche Berufung wartete, sollte man sich auch bemühen, seine Arbeit von vornherein richtig anzufangen. Vielleicht würden wir dann beim nächsten harten Winter nicht so schwere Verluste hinnehmen müssen.

Vorfrühling

Je mehr ich mich für die Farmwirtschaft interessierte, desto bewußter suchte ich nach Fachzeitschriften mit Beiträgen über Fruchtwechsel und las diese dann voller Wißbegier. Ich schrieb an das Landwirtschaftsministerium und erbat mir die kostenlosen Broschüren, von denen in den Zeitschriften die Rede war. Ich bestellte auch Ratgeberhefte zu dem Thema Qualitätsauswahl bei der Viehzucht. Es dauerte nicht lange, bis ich allerhand an Heften und Blättern per Post zugeschickt bekam. Ich hatte ja keinen blassen Schimmer gehabt, daß die Farmwirtschaft so kompliziert sein kann! Auch von den gedruckten Informationen, mit der die Regierung die Farmer versorgte, hatte ich bislang nichts gewußt. Es gab sogar Fernkurse, die man zu Hause absolvieren konnte. Und dabei hatte ich immer geglaubt, man würde von selbst Farmer, wenn man auf einer Farm aufgewachsen war und man dort gebraucht wurde!

„Du scheinst ja in letzter Zeit ganze Berge an Post zu kriegen", meinte Opa mit einem Blick auf die drei braunen Umschläge und die Fachzeitschrift auf dem Küchentisch.

„Mit der Farmwirtschaft hat's halt eine Menge mehr auf sich, als ich immer gedacht hatte", erklärte ich ihm. „Bei dir und Onkel Charlie hat alles immer viel einfacher ausgesehen, als es in Wirklichkeit ist."

„Na, wir haben halt unser Bestes getan, und meistens sind wir dabei nicht schlecht gefahren", widersprach Opa. „Mir scheint aber, du bringst da in deinen Zeitschriften und Heften einiges an wichtigen Ratschlägen für die Farmwirtschaft in Erfahrung. Charlie und ich haben auch mal reingeschaut", erklärte er mir auf meinen fragenden Blick hin. „Wir sind ja froh, daß du auf neue Methoden gestoßen bist."

Die ganze Vorfrühlingszeit hindurch bemühte ich mich,

die Kühe vor Kälte zu schützen, damit sie ihre Kräfte darauf verwenden konnten, sich ein dickeres Fettpolster zuzulegen. Ich konnte ihnen noch immer nicht das Futter geben, das sie eigentlich brauchten, aber an den kühleren Tagen kochte ich ihnen einen warmen Futterbrei und hielt die Tiere tagsüber im Stall. Das bedeutete zwar mehr an Ausmisten für mich, aber wenn die Tiere davon profitierten, war es mir die Mühe wert.

An den sonnigeren Tagen ließ ich die Kühe auf die Weide. Die Schneewehen schmolzen allmählich, und die Pferde bahnten den Kühen einen Weg, indem sie mit den Hufen das alte Gras vom letzten Jahr unter dem Schnee freischarrten. Sie fanden sogar schon ein paar frische Grashalme, was sie gleich doppelt so freßlustig machte. Die Kühe folgten ihnen und grasten an den freien Stellen, die die Pferde ihnen hinterlassen hatten.

Jeden Tag beobachtete ich den Himmel, die Schneewehen und das Wetter und rechnete mir in Gedanken aus, wieviel Futter ich noch für jedes Tier übrig hatte.

Abends vertiefte ich mich dann in die Zeitschriften und Hefte, und es dauerte nicht lange, bis ich begriff, was Herr Thomas mir zu erklären versucht hatte: nämlich daß eine gut funktionierende Farm nach einem bestimmten *System* bewirtschaftet werden muß.

Ich fertigte eine Zeichnung von unseren Feldern an, und dann besprach ich alle Felder der Reihe nach mit Opa und Onkel Charlie. Es war nicht so einfach für die beiden, sich an jede Ernte in den letzten sieben oder acht Jahren zu erinnern. Zuweilen konnten sie sich nicht einigen, was nun auf einem bestimmten Feld in dem und dem Jahr angepflanzt worden war, so daß sie sich mühsam darauf besinnen mußten, wer von beiden nun recht hatte. Ich nahm mir auf der Stelle vor, von jetzt an in jedem Jahr eine Liste von allen Feldern samt Saatgut, Ertrag und allen sonstigen wichtigen Einzelheiten anzulegen.

Jeden Tag maß ich das Futter sparsam ab. Ich sorgte mich noch immer, daß wir womöglich nicht bis Ende Mai damit auskommen könnten. Zum guten Schluß berieten wir miteinander und kamen zu der Entscheidung, noch zusätzlich zwei junge Färsen zu verkaufen. Sie waren recht klein geraten, und wir wollten unsere Herde mit größeren Tieren neu aufbauen.

Anstatt wieder allein zu Herrn Thomas zu reiten, schlug ich Opa und Onkel Charlie vor, mich zu begleiten. Ich wollte gern, daß sie mit eigenen Ohren hörten, was der Mann zu sagen hatte, und daß sie sich auch von dem Eifer um neue Methoden anstecken ließen.

So kam es also, daß wir an einem milden Vorfrühlingstag, den Wagen anspannten und zu dritt losfuhren. Die Straße wies tiefe Furchen auf, und das Schmelzwasser hatte für schlammige Pfützen gesorgt. Der Boden war zwar noch gefroren, aber trotzdem war das Vorankommen eine mühselige Angelegenheit. Ich kutschierte, während Opa und Onkel Charlie einfach nur dasaßen und die Sonne genossen. Es war lange her, seitdem sie das zum letzten Mal getan hatten.

Alles fand sich so, wie ich gehofft hatte. Wir wurden mit einem Handschlag begrüßt, der mir die Fingerspitzen taub machte. Im Gedanken an Onkel Charlies Rheuma hätte ich beinahe den Mund aufgemacht, aber Herr Thomas hatte die verkrümmten Finger wohl schon bemerkt, denn er nahm die Hand meines Onkels behutsam in seine und drückte überhaupt nicht zu.

Die Begeisterung des Farmers war einfach ansteckend. Er redete von guter Saatqualität, von Aussaat in unkrautfreien Feldern, von Fruchtwechsel, um den Boden zu schonen, und von sachgerechten Düngemethoden.

Nachdem unser Vieh den größten Teil des Winters im Stall zugebracht hatte, konnte von Düngermangel keine Rede sein; trotzdem sah ich der unangenehmen Aufgabe, den Dung auf den Feldern zu verbreiten, mit gemischten Gefühlen entgegen.

Herr Thomas half uns, unsere Felder nach Anbaumöglichkeiten zu sortieren und einen Plan aufzustellen, was auf welchem Feld angepflanzt werden sollte und welche Felder ein Jahr lang brachliegen würden. Als nächstes überlegten wir, woher wir gutes Saatkorn besorgen könnten. Glücklicherweise konnten wir uns diese Ausgabe leisten. Bevor wir wieder nach Hause fuhren, versprach Herr Thomas uns zu besuchen und unsere Viehherde zu begutachten. Mit seiner Hilfe würden wir die besten Tiere aussortieren und bessere Methoden bei der Tierzucht anwenden.

In meinem Kopf drehte sich alles, als wir unsere Kaffeetassen zurückschoben und uns auf den Heimweg machten. Es gab Unmengen an Einzelheiten zu durchdenken und zu erledigen, bevor wir auch nur mit der Aussaat anfangen konnten.

Die ganze Fahrt über dachte ich an die nächsten Tage. Auch wenn der Frühling sich noch Zeit lassen würde, waren wir bei weitem noch nicht für ihn bereit. Zuerst mußten wir das Ackerland gründlich für die Aussaat vorbereiten.

Weil ich genau wußte, daß ich alle Hände voll zu tun haben würde, sobald ich mit dem Wagen auf die Felder fuhr, entschloß ich mich dazu, Frau Foggelson einen kurzen Besuch abzustatten, bevor die Arbeit richtig losging. Es tat mir leid, daß sie wegziehen würde. Es tat mir sogar auch ein bißchen leid, daß ihr Mann von hier fortziehen würde. Wenn er doch nur begreifen könnte, daß es wirklich einen Gott gibt, einen Gott, dem das ganze Weltall gehört! Wie konnte jemand, der einen solch brillanten Verstand hatte, sich in einer so wichtigen Angelegenheit nur so gründlich irren?

Wegen des Umzugs würde ich Carmen wohl nie wiedersehen. Ich hatte eigentlich gehofft, daß irgendwann der Tag kommen würde, an dem sie und ihre Mutter zu Jesus finden würden. Herr Foggelson würde wohl kaum von etwas zu überzeugen sein, dem er so viele Jahre lang widerstanden hatte, auch wenn es die Wahrheit war.

Auf dem Rasen vor dem Haus der Foggelsons war der Schnee bis auf einen kleinen Rest verschwunden. Die ersten grünen Blattspitzen lugten schon aus den Schneeresten auf den Beeten hervor. Ich wußte, wie sehr Frau Foggelson an ihren Blumen hing. Wer würde sich wohl um den Garten kümmern, wenn sie weggezogen war?

Ich klopfte an. Frau Foggelson kam zögernd an die Tür. Als sie mich erkannte, erhellte sich ihr Gesicht, und sie machte die Tür weit auf.

„Josch! Wie freue ich mich, dich zu sehen!“ sagte sie. Es klang aufrichtig. Mit meiner Mütze in den Händen saß ich dann in ihrer guten Stube da, während sie in die Küche lief, um Tee zu kochen. Als wir unsere Tassen vor uns hatten, plauderte Frau Foggelson über den Frühling, über ihren Garten, über den bitteren Winter und dann endlich auch über Carmen.

„Wußtest du schon, daß Carmen ihre Ausbildung zur Innenarchitektin abgebrochen hat?“ fragte sie. Ich nickte.

„Und hast du auch gehört, daß sie jetzt als Telefonistin arbeitet?“

Wieder nickte ich.

„Ich bin ja so froh darüber“, fuhr Frau Foggelson fort. „Ich habe mich so um sie gesorgt, als sie noch in New York war. Gleich zu Anfang ist sie an die falschen Freunde geraten, und ich habe mir solche Sorgen um sie gemacht!“

Das hatte ich nicht gewußt.

„Gefällt ihr die Arbeit denn?“ erkundigte ich mich.

„Nein, nicht besonders, aber es ist ehrliche, saubere Arbeit bei guten Leuten. Das ist das wichtigste. Carmen mag zwar gescheit und selbstständig sein, aber was den Umgang mit anderen Menschen betrifft, ist sie noch reichlich unerfahren – ich meine solche, die sie womöglich auf die schiefe Bahn bringen.“

Ich wußte kaum, was ich sagen sollte. Deshalb nickte ich nur und mühte mich damit ab, das flockenleichte Gebäckstück auf meiner Gabel zu balancieren.

„Ja, ich bin froh, daß sie nicht mehr in New York ist“, seufzte Frau Foggelson.

Wieder nickte ich und wagte die Bemerkung: „Aber Sie sind doch bestimmt traurig darüber, daß sie so weit weg ist, wenn Sie umziehen.“

Sie senkte den Blick und schwieg eine Weile. Als sie wieder aufschaute, klang ihre Stimme sehr sanft und leise.

„Ich werde gar nicht umziehen“, sagte sie.

„Dann hat sich also eine Änderung ergeben?“ fragte ich hoffnungsvoll.

Sie schüttelte nur den Kopf.

„Aber ... aber ich habe doch gehört, daß Ihr Mann eine Anstellung an einem kleinen College in der Nähe von New York bekommen hat."

Sie sah mir geradewegs in die Augen.

„Ja", sagte sie, „das stimmt."

Schweigen.

„Also", wollte ich mich vergewissern, „also hat er's sich doch noch anders überlegt."

„Nein. Er wird umziehen – wie geplant."

„Aber ..." Ich war völlig perplex. Jetzt hielt ich am besten den Mund und wartete, bis sie mir alles erklärte.

„Mein Mann wird wie geplant umziehen", fuhr sie leise, aber bestimmt fort. „Ich werde hierbleiben."

Der Schrecken muß mir anzumerken gewesen sein. Ich ließ die Gabel sinken, so daß der Rest des blätterzarten Gebäckstücks als Krümelregen auf der weißen Damastdecke landete. Vor Verlegenheit lief ich rot an.

Frau Foggelson schenkte mir noch eine Tasse Tee ein. Ich fand keine Worte, um abzulehnen, obwohl ich den Tee bestimmt nicht hinunterbringen würde.

„Hast du gesehen, daß die ersten Tulpen schon da sind?" fragte Frau Foggelson, als ob wir die ganze Zeit über kein anderes Thema als Blumen gesprochen hätten.

Ich nickte und räusperte mich.

„Ich hoffe ja so sehr, daß wir einen schönen Frühling bekommen", sagte Frau Foggelson. „Für einen frühen ist es schon zu spät, aber wenigstens schön soll er werden. Ich habe den langen, kalten Winter so satt!"

Mein Blick fiel auf ein Bild von Carmen, das auf dem Ecktischchen stand. Frau Foggelson hatte viele Bilder von Carmen.

Oder gehörten sie Herrn Foggelson? Ich sah in der Stube umher, während mir allerhand peinliche Gedanken durch den Kopf gingen. Wer würde die Bilder bekommen? Was würde aus dem Brokatsofa? Wer bekam das silberne Teeservice und wer die Porzellantassen?

Wie ging das eigentlich vor sich, wenn man sich voneinander trennte? Wie teilte man einen ganzen Haushalt in zwei Teile? Über solche Sachen wußte ich rein gar nichts.

Bestimmt hatten Herr und Frau Foggelson allerhand Schwierigkeiten vor sich.

Dann fiel mir etwas anderes ein. Wenn Frau Foggelson hierblieb, dann wäre es doch möglich ...

„Hat Carmen vor, in der kleinen Stadt, wo sie ist, zu bleiben, oder ... oder kommt sie wohl wieder nach Hause zurück?"

Zum ersten Mal sah ich, wie Frau Foggelson die Tränen in die Augen stiegen. Traurig schüttelte sie den Kopf, und plötzlich wirkte ihr hübsches, sanftes Gesicht um Jahre älter.

„Das glaube ich kaum", antwortete sie aufrichtig. „Carmen ist sehr dagegen, daß ich hierbleibe. Sie hat immer schon sehr an ihrem Papa gehangen. Wenn sie überhaupt zu einem von uns zieht, dann zu ihm."

Ich schob meinen Stuhl zurück und stand auf. Frau Foggelson tat mir unendlich leid, aber das konnte ich ihr irgendwie nicht sagen. Was wußte ein Grünschnabel wie ich schon davon, welches Leid sie durchmachte? Woher sollte ich wissen, welche Gründe hinter ihrem Entschluß steckten? Trotzdem konnte ich an dem Ausdruck in ihren Augen ablesen, daß ihre Entscheidung hierzubleiben ihr nicht leichtgefallen war.

„Zeit für den Heimweg", sagte ich heiser. „Hab' noch 'ne Besorgung zu machen, bevor ich nach Hause reite."

Sie nickte verständnisvoll und lächelte.

„Schau nur jederzeit bei mir herein, wenn du kannst, Josua."

Ich machte mir Sorgen um sie, als ich gegangen war. Bald würden die ersten Tulpen blühen. Frau Foggelson würde ihre geliebten Frühlingsblumen gut selbst versorgen können, aber wer würde die vielen anderen Dinge erledigen, die auch getan werden mußten?

Das Schuljahr war fast vorüber, und Herr Foggelson würde zweifellos von hier wegziehen, sobald er seine letzten Pflichten als Lehrer erledigt hatte. Ab dann würde Frau Foggelson mutterseelenallein sein. Sie hatte nicht einmal Freunde oder gute Bekannte hier in der Stadt. Sie würde Hilfe brauchen.

Man hatte mir von klein auf beigebracht, nicht über andere zu reden, aber jetzt mußte ich unbedingt mit Tante Lou sprechen. Ich wußte, daß sie mit ihrem Haushalt, der Gemeinde und der kleinen Sarah alle Hände voll zu tun hatte, aber Frau Foggelson brauchte eine Frau, bei der sie sich aussprechen konnte, und Tante Lou war genau die richtige für sie. Ich selbst würde Carmens Mutter helfen, wo ich nur konnte. Vielleicht konnte ich ja nicht viel ausrichten, aber beten würde ich. Und ich würde Tante Lou einweihen.

Neue Anfänge

Aus Tagen wurden Wochen, dann Monate und schließlich Jahre. Zwei Jahre lang legte ich mich mächtig ins Zeug, wobei ich mich hin und wieder fragte, ob Gott es wohl plötzlich einfallen könnte, mich von der Farm wegzuholen und zu meinem eigentlichen Beruf zu führen, bevor ich die Farm richtig in Ordnung hatte. Wenn ich es mir damals genauer überlegt hätte, wäre mir von selbst in den Sinn gekommen, daß unser himmlischer Vater nicht so handelt.

Mit Herrn Thomas' Hilfe besorgten wir das beste Saatgut, das wir uns leisten konnten, und fingen mit dem Fruchtwechsel an. Von Wundern konnte allerdings keine Rede sein. Der Boden fing nicht über Nacht an, riesige Erträge hervorzubringen. Gegen Ende des zweiten Jahres hatten Opa und ich allerdings den Eindruck, wenn uns nicht alles täuschte, eine bessere Ernte eingebracht zu haben, aber vielleicht lag das auch nur an dem guten Sommerwetter.

Auch die Herde wuchs nur langsam. Wir kauften Herrn Thomas ein paar gute Tiere ab, und mit den besten Exemplaren von unserer eigenen Herde gab es Nachwuchs für die Zukunft. Unsere Auslagen erbrachten keine schnellen Profite, und wir mußten jeden Penny umdrehen, bevor wir ihn ausgaben, um nicht ins Hintertreffen zu geraten. Die Kälber in diesem Frühjahr stellten den ersten echten Gewinn dar. Selbst Onkel Charlie kam auf den Hof hinaus, sobald wieder eins geboren war. Eine der Kühe brachte Zwillinge zur Welt, zwei gesunde Färsen, die eines Tages zum Wachstum unserer Herde beitragen würden.

Auch Tante Lous Familie wuchs. Jonathan Josua hielt Einzug im Pfarrhaus. Die zweijährige Sarah konnte vor Jubel kaum an sich halten. Sie nannte den kleinen Stammhalter „mein Brüderchen" und schloß ihn jedesmal, wenn sie in seine Nähe kam, fest in die Arme. Alles wollte sie mit ihm teilen, von ihrem weichen, zotteligen Teddybär bis zu ihrem Frühstücksbrot. Tante Lou mußte den ganzen Tag lang ein Auge auf sie halten.

Im ersten Sommer kam Willi nach Hause. Er barst förmlich vor Begeisterung darüber, wie Gottes Segen auf seiner Ausbildung lag und wie er auch finanziell keine Not litt. Dann fand er aber für den Sommer eine Arbeit in Gainerville, so daß ich ihn längst nicht so häufig zu sehen bekam, wie ich gehofft hatte.

Trotzdem erfuhr ich von ihm, was es Neues über Carmen gab. Sie nahm es ihrer Mutter immer noch übel, daß sie nicht mit ihrem Vater umgezogen war. Es hatte eine Zeit gegeben, als Carmen zugehört hatte, wenn Willi von seinem Glauben sprach. Als sie dann aber von der Trennung ihrer Eltern erfuhr, hatte sie alles von sich gewiesen. Von da an hatte Willi es nicht wieder gewagt, das Thema wieder zur Sprache zu bringen. Jedes Mal, wenn er etwas über das Christsein sagte, hatte Carmen ihm vorgehalten, daß ihre Mutter, die schließlich einmal gläubig gewesen sei, ihrem Papa furchtbares Leid zugefügt habe. Willi und ich wußten beide, daß das ungerecht von Carmen war, aber manchen Leuten kamen halt zuweilen die absonderlichsten Gedanken. Willi bat mich, weiterhin für Carmen zu beten, was ich ihm auch versprach.

Frau Foggelson zog aus dem großen Haus aus, als ihr Mann abgereist war. Sie nahm die paar Dinge, die ihr noch geblieben waren, mit in das kleine Zimmer, das sie in der Stadtpension mietete, und verdingte sich als Schneiderin. Sie hatte kein silbernes Teeservice mehr, kein kostbares Porzellan, keine Tulpenbeete und keine Rosen, sondern nur noch ihre Nähmaschine und dazu das Notwendigste zum Leben.

Aber Tante Lou freundete sich tatsächlich mit ihr an. Frau Foggelson kam oft zu einer Tasse Tee ins Pfarrhaus. Es gelang Tante Lou sogar, sie dazu zu bringen, wieder in ihrer Bibel zu lesen, aber in den Gottesdienst wollte sie nach wie vor nicht gehen.

Im nächsten Sommer kam Willi gar nicht erst nach

Hause. Er hatte in der Nähe der Bibelschule eine Arbeit gefunden. Ich vermißte ihn zwar, hatte aber viel zuviel Arbeit, um groß darüber nachzudenken.

Zur Ernte hatten wir gutes Wetter und brachten alles rechtzeitig ein. Der Winter darauf war milder, und unsere Tiere überstanden die Kälte viel besser.

Im Frühjahr säten wir zum ersten Mal Saatgut aus eigener Produktion aus. Wir hatten manchen Winterabend am Küchentisch damit zugebracht, das Korn für die Saat zu sortieren. Für Onkel Charlie war das eine regelrechte Tortur gewesen, weil er mit seinen gekrümmten Fingern kaum kleine Gegenstände greifen konnte.

Im dritten Jahr ernteten wir die besten Erträge seit langer Zeit. Die Heuernte fiel besonders gut aus, und die sachgerecht zurechtgestutzten Obstbäume trugen so viele Früchte, wie wir es seit Jahren nicht mehr erlebt hatten. Im Herbst brachten wir mehrere Säue auf den Markt, und unser Viehbestand, der sich zwar nur langsam vermehrte, wies die Anzeichen erstklassiger Qualität auf.

Wir konnten sogar das Geld für Farbe erübrigen, und zwischen dem Heumachen und der Ernte fand ich genug Zeit, um die Gebäude, auch das Wohnhaus, frisch zu streichen. Die ganze Farm sah gleich viel besser aus.

Die Ernte war eingebracht, und ich hatte gerade meinen einundzwanzigsten Geburtstag gefeiert, als ein Brief von Willi ankam. Wir hatten einander längst nicht so häufig wie zu Anfang geschrieben, und als ich jetzt seine Handschrift auf dem Umschlag erkannte, freute ich mich riesig. Willi war inzwischen in seinem letzten Semester als Bibelschüler angelangt und sollte bald Missionskandidat werden. Bestimmt war er schon gespannt wie ein Flitzebogen, in welches Land Gott ihn nun schicken würde. Ich wäre ja selbst furchtbar gespannt gewesen, wenn's mich betroffen hätte, aber der Gedanke an Willis baldige Aussendung führte mir wieder vor Augen, daß er mir jetzt mit seiner Ausbildung schon vier Jahre voraus war. Ich würde mich mächtig anstrengen müssen, sobald Gott mir seine Pläne für mein Leben klarmachte.

„Du, ich mußte Dir einfach schreiben", hieß es in dem

Brief von Willi. „Es hat sich nämlich etwas ganz Besonderes ereignet: Carmen hat Jesus ihr Leben übergeben! Mehr kann ich Dir jetzt nicht darüber verraten, weil sie Dir alles selbst erzählen will, wenn wir zu Weihnachten nach Hause kommen. Ja, Du hast richtig gelesen. Sie hat vor, ihre Mutter zu Hause zu besuchen. Es gibt einiges, was sie gern zwischen sich und ihrer Mutter bereinigen möchte."

Ich konnt's kaum fassen. Das klang ja viel zu schön, um wahr zu sein! Andererseits wußte ich nicht, warum ich eigentlich so überrascht war. Schließlich hatte ich jahrelang jeden Tag dafür gebetet. Ich fuhr mir mit dem Handrücken über die Augen, um mir die Tränen abzuwischen.

Carmen hatte sich bekehrt! Sie würde zu Weihnachten nach Hause kommen! Es war wie ein Wunder. Danke, Gott! Dank' dir, Willi!

Mühsam las ich weiter, weil mir die Buchstaben vor den Augen verschwammen.

„Wir fahren mit dem Montagszug", schrieb Willi. „Er kommt um 11 Uhr 35 vormittags an – sofern er sich an den Fahrplan hält. Weißt Du noch, wie wir früher hin und wieder zum Bahnhof gegangen sind, um auf den Zug zu warten – eigentlich eher wegen der Leute auf dem Bahnsteig als wegen des Zuges. Und weißt Du auch noch, wie manche regelrecht böse wurden, weil der Zug andauernd Verspätung hatte? Also, wenn der Montagszug am 21. Dezember Verspätung haben sollte, dann habe ich zum erstenmal im Leben Verständnis für diese Leute."

Ich warf einen Blick auf den Kalender. Der 21. war in zwölf Tagen. Wie sollte ich mich nur so lange gedulden können?

Dann stieß ich einen Jauchzer aus und rannte, zwei Treppenstufen auf einmal nehmend, um Opa und Onkel Charlie die frohe Nachricht mitzuteilen.

Große Neuigkeiten

Den Rest des Tages verbrachte ich mit Tagträumen und die Nacht mit Schlaflosigkeit. Nach so langer Zeit würde ich also Willi und Carmen endlich wiederzusehen bekommen! Und Carmen war jetzt gläubig!

Am nächsten Morgen sattelte ich Chester und machte mich auf den Weg in die Stadt. Ich brannte darauf, Onkel Nat und Tante Lou von Willis Brief zu erzählen.

Sarah hatte mich schon erspäht und kam an die Tür.

„Tag, Onki Dosch!" rief sie mir entgegen, bevor ich aus dem Sattel gesprungen war. Mit ihrer Aussprache klappte es noch nicht so richtig. Einerseits freute ich mich schon auf den Tag, an dem sie meinen Namen deutlich aussprechen konnte, aber andererseits mußte ich auch zugeben, daß „Onki Dosch" eigentlich ganz niedlich klang.

Ich hob sie hoch und drückte ihr einen Kuß auf die Wange.

„Tag, Mamsellchen!"

„Du einkaufen dewesen?" fragte sie mit der unschuldigsten Miene der Welt.

„Nein, ich bin geradewegs hierher zu euch gekommen." Ich drückte ihr noch 'nen Kuß auf jede Wange. Sarah wußte, daß wir wochentags nur zum Einkaufen in die Stadt kamen.

„Darf ich dann mit dir kommen?" fragte sie mit flehendem Blick.

„Diesmal brauche ich gar nicht einzukaufen", antwortete ich und fühlte mich regelrecht geschmeichelt, daß ihr meine Gesellschaft so viel bedeutete. „Siehst du?" und ich zeigte auf Chester. „Siehst du, den Wagen hab' ich zu Hause gelassen."

Sarahs schob die Unterlippe vor, und ich befürchtete schon, gleich würde sie losheulen.

„Ich gehe gar nicht in den Laden“, erklärte ich ihr schnell und hockte mich vor sie hin.

Jetzt stiegen ihr tatsächlich die Tränen in die Augen, und sie zwinkerte verzweifelt dagegen an.

„Aber woher krieg ich denn dann Bomboms?“

Es dauerte einen Moment, bis ich begriff, was sie damit meinte. Wochentags kamen wir immer zu Besuch, nachdem wir eingekauft hatten, und brachten Sarah immer eine kleine Tüte mit Süßigkeiten mit.

Ich mußte einfach lachen. Dieser kleine Schlingel! Geschmeichelt brauchte ich mich wahrhaftig nicht zu fühlen, aber wenigstens war die Kleine unverblümt und ehrlich.

„Diesmal gibt's keine Süßigkeiten“, sagte ich und strich ihr über die zerzausten Locken. „Zuviel Süßes bekommt dir auch gar nicht. Wo ist denn deine Mama?“

„Bei mein' Brüderchen.“ Schon waren die Tränen versiegt.

„Wo denn?“

„In der Küche.“

„Wird er gerade gefüttert?“

„Nein“, schüttelte Sarah den Kopf, „debadet.“ Plötzlich schien sie sich darauf zu besinnen, daß ihr gerade ein höchst aufregendes Ereignis entging. Sie kehrte mir den Rücken und rannte durch die Veranda in die Küche. Dabei rief sie ihrer Mama zu: „Du, Mama! Onki Dosch is' da!“

„Gut!“ antwortete Tante Lou. „Nur hereinspaziert, Dosch!“ Es klang belustigt.

Eigentlich war ich eher Sarahs und Jonathans Cousin als ihr Onkel, aber Tante Lou brachte ihren Kindern bei, mich mit „Onkel“ anzureden, weil das vom Alter her besser paßte.

Sarah rannte mir voraus und kletterte auf einen Küchenstuhl.

„Sieh mal!“ zeigte sie eifrig. „Brüderchen kann schon sitzen!“

Ich staunte, wieviel der Kleine gewachsen war, seitdem ich ihn zum letzten Mal gesehen hatte.

Tante Lou warf mir ein Lächeln zu.

„Ich bin gleich fertig. Dann gebe ich dir zu trinken, was du möchtest: Kaffee, Tee, Milch oder Limonade."

Ich nickte und versetzte Jonathan einen leichten Kinnstüber.

„Und wie geht's dir, mein Junge?" erkundigte ich mich, und er antwortete mit einem breiten Grinsen.

„Er hat ja schon den ersten Zahn!"

„Zwei", berichtigte Sarah mich. „Mama sagt, er hat zwei."

„Das stimmt", bestätigte Tante Lou. „Der zweite kommt gerade durch."

Tante Lou zog den kleinen Jonathan an und reichte ihn mir dann.

„Er wird doch nicht etwa spucken, oder?" Um ehrlich zu sein, hätte ich ihn auch genommen, wenn sie mir fest zugesagt hätte, er würde mich im nächsten Moment gründlich vollspucken.

„In der Hinsicht ist er ganz brav", antwortete sie aber. „Er spuckt so gut wie nie. Außerdem habe ich ihn noch gar nicht gefüttert. Es kann dir also nichts passieren."

Sarah und ich spielten mit dem Baby, während Tante Lou heißen Kakao kochte und einen Zitronenkuchen in Scheiben schnitt.

„Wie geht's euch denn?" erkundigte sie sich dabei.

„Gut. Wir können nicht klagen."

Ihre Frage ließ mich an meine große Neuigkeit denken.

„Ist Onkel Nat zu Hause?" fragte ich. Eigentlich hatte ich vorgehabt, die beiden gleichzeitig zu überraschen.

„Nein, er ist bei Familie Lewis. Herr Lewis ist neu im Gemeindevorstand, und es gibt allerhand zu besprechen."

Man konnte mir wohl ansehen, wie enttäuscht ich war.

„Brauchst du ihn?" fragte Tante Lou.

„Nein. Ich ... ich hab' nur was ganz Großartiges zu erzählen, und ich wollte's euch eigentlich beiden erzählen."

Tante Lou sah von dem Kochtopf mit der heißen Schokolade auf und warf mir einen forschenden Blick zu.

„Du wirst es mir doch wohl nicht vorenthalten, nur weil Nat nicht zu Hause ist, oder?"

Ich grinste.

„Aber nicht doch!" sagte ich. „Dazu brennt's mir ja viel zu heiß auf den Nägeln."

„Gut!" rief sie aus und stellte die beiden Tassen mit dem dampfenden Kakao auf den Tisch. Dann schob sie Sarah ein halb mit Milch gefülltes Glas hin.

„Was gibt's denn?" fragte sie und reichte mir den Kuchen.

„Ich hab' gerade 'nen Brief von Willi bekommen", fing ich an.

„Hat er sein Arbeitsfeld zugeteilt bekommen?"

„Nein. Etwas viel Besseres."

„Kommt er vielleicht nach Hause?" fragte Tante Lou. Sie wußte ja, wieviel mir das bedeutet hätte.

„Ja, zu Weihnachten. Aber das ist noch nicht alles!"

Das kleine Spiel machte mir ungeheuren Spaß. über die Jahre hinweg hatten wir es unzählige Male gespielt. Man zerpflückte eine gute Nachricht in möglichst viele winzige Einzelheiten, um sie Stück für Stück zu genießen.

„Was denn noch?"

„Carmen kommt auch!"

„Carmen?" Tante Lou schien sich fast so sehr zu freuen wie ich.

Ich nickte, selbst noch immer von Staunen erfüllt.

„Hierher?"

„Ja, hierher. Sie will ihre Mutter besuchen."

Jetzt tat Tante Lou etwas, was mich restlos verwunderte: Sie brach in Tränen aus. Sie fing wohl auch an zu beten; jedenfalls sagte sie leise etwas, aber ich wußte, daß nicht ich damit gemeint war.

Ich saß nur da und wußte nicht, was ich tun sollte. Dann stand ich von meinem Stuhl auf und legte Jonathan in die kleine Wiege, die in einer Küchenecke stand. Irgendwie schien Tante Lou mich zu brauchen, aber ich wußte nicht genau, wie ich ihr helfen sollte. Sarah rettete die Lage. Sie nahm ihre Mama bei der Hand. In ihren Augen stand Besorgnis.

„Mama", sagte sie, „Mama, warum weinst du denn?"

Augenblicklich wechselte Tante Lous Miene. Liebevoll zog sie Sarah an sich und lachte leise.

„Schon gut, Liebling!“ sagte sie zu Sarah. „Mama weint vor lauter Freude. Mir fehlt nichts. Wirklich!“

Dann wandte Tante Lou sich zu mir um.

„Da wird Frau Foggelson sich aber freuen! Ich habe ihr versprochen, dafür zu beten, daß Carmen ihr verzeiht, was sie einfach tun mußte.“

Tun mußte? Tun mußte? Darauf konnte ich mir keinen Reim machen, wollte Tante Lou aber auch keine Fragen stellen – jedenfalls nicht jetzt.

Schließlich legte sie mir eine Hand auf den Arm und sagte mit neuen Tränen in den Augen: „Ach Josch! Wir müssen beten wie noch nie! Wir müssen dafür beten, daß Carmen und Frau Foggelson in der Zeit, die sie miteinander verbringen, endlich begreifen, wie dringend sie Gott brauchen.“

„Also“, sagte ich und ließ alle Vorsicht außer acht, um gleich zum Thema zu kommen, „das ist ja der Grund, weshalb ich gekommen bin. Carmen hat's nämlich schon begriffen!“

Mit weit aufgerissenen Augen schaute mich Tante Lou fragend an, als wollte sie ihren Ohren nicht trauen.

„Du willst doch nicht etwa sagen ...?“ brachte sie hervor. Ich nickte, und dann fielen wir uns auch schon um den Hals und lachten und weinten und freuten uns zusammen.

„Jetzt muß ich aber weiter“, sagte ich schließlich. „Eigentlich hatte ich heute gar keine Zeit für 'nen Ausritt in die Stadt, aber ich konnte's einfach nicht abwarten, euch alles zu erzählen.“

„Ach Josch“, sagte sie, „ich bin ja so froh, daß du gekommen bist. Das ist das Schönste, was ich seit ... nun, seit Jonathans Geburt erlebt habe!“ Dabei wandte sie sich zu ihrem kleinen Sprößling um.

Jonathan lutschte gerade geräuschvoll an seiner kleinen Faust, womit er seine Mutter daran erinnerte, daß er noch nicht gefüttert worden war. Tante Lou gab ihm einen Kuß auf die Stirn und flüsterte ihm liebevoll etwas zu.

Neben mir ertönte ein tiefes Seufzen. Ich sah in das sorgenschwere Gesicht der kleinen Sarah, die auf dem Stuhl neben mir saß. Sie seufzte gleich noch ein zweites Mal vernehmlich, zuckte mit den Achseln und streckte mir ihre leeren Handflächen entgegen.

„Überheine Bomboms". sagte sie. „Überheine" war Sarahs eigenen Wortschöpfung. Soweit wir es uns erklären konnten, sollte es „überhaupt keine" bedeuten.

Tante Lou und ich lachten.

„Hier", sagte ich und fischte in meiner Jackentasche. „Da hast du 'nen Penny für deine Spardose."

Augenblicklich erhellte sich ihr Gesicht, und sie nahm den Penny, rutschte von ihrem Stuhl und rannte in ihr Zimmer. Unterwegs rief sie mir zu: „Danke, Onki Dosch!"

Wir konnten den Penny zu den übrigen in die Dose fallen hören. Kopfschüttelnd grinste ich.

„Du ziehst da aber 'ne arge Bettlerin heran, Lou!" sagte ich.

„Ich?" protestierte Tante Lou. „Was ihre Bettelei betrifft, so hat das wohl eher mit den drei Männern in ihrem Leben zu tun als mit mir, will mir scheinen."

Ich zuckte nur mit den Achseln, streckte ihr meine leeren Handflächen entgegen und schmunzelte: „Überheine Bomboms!" Dann machte ich mich auf den Weg.

Heimkehr

Das Warten auf den einundzwanzigsten Dezember fiel mir entsetzlich schwer. Immer wieder versuchte ich mir das Wiedersehen mit Carmen auszumalen. Wie die *neue* Carmen wohl sein mochte? Sie glaubte ja jetzt an Gott. Bestimmt waren ihr jetzt Warmherzigkeit, Sanftmut und Einfühlungsvermögen abzuspüren.

Andererseits hoffte ich aber, daß sie sich nicht allzuviel verändert hatte. Ich wäre furchtbar enttäuscht, wenn sie ihr hübsches kupferfarbenes Haar zu einem festen Knoten aufgesteckt hätte. Und in schlichten, strengen Kleidern konnte ich sie mir auch nicht vorstellen. Die paßten irgendwie nicht zu Carmen.

Und Willi ... Es war schon so lange her, seitdem ich ihn gesehen hatte. Auch er hatte sich bestimmt verändert. Ich hatte geglaubt, mich mit ihm auseinandergelebt zu haben und mich nach den ersten paar Monaten daran gewöhnt zu haben, ohne ihn zurechtzukommen. Jetzt, wo er bald nach Hause kommen sollte, fielen mir unzählige Erlebnisse aus unserer Kinderzeit ein, und ich vermißte ihn plötzlich mehr als je zuvor.

Ein Blick in den Spiegel verriet mir, daß die Jahre auch an mir nicht spurlos vorbeigegangen waren. Ich zermarterte mir das Gehirn, wie ich eigentlich mit achtzehn ausgesehen hatte, aber vergebens. Die Hosen und Jacken, die ich als Schuljunge getragen hatte, hingen jetzt unbenutzt in meinem Schrank und warteten nur darauf, daß jemand sie aussortierte. Irgendwie störte es mich jedoch keineswegs, daß die Sachen Tag für Tag, Monat für Monat einfach nur da hingen, obwohl ich genau wußte, daß ich sie nie wieder tragen würde.

Ich sah auf meine muskulösen Arme. Durch die körperliche Arbeit auf Wiesen und Feldern war aus dem schmalen

Schuljungen, der ich einmal gewesen war, ein Mann geworden.

Ich strich mir über das Kinn. Mit siebzehn hatte ich mich ein paarmal rasiert, aber regelrecht nötig war's eigentlich kaum gewesen. Ich war mir eben so erwachsen dabei vorgekommen, mir mit der Rasierklinge übers das Gesicht zu fahren. Jetzt mußte ich mich tatsächlich rasieren, und zu meiner großen Überraschung machte es nicht halb so viel Spaß, wie ich mir immer erträumt hatte.

Aber abgesehen davon, daß ich erwachsen und kräftiger geworden war und mich rasieren mußte, hatte ich mich eigentlich kaum verändert. Ich war noch immer der gleiche Farmjunge wie eh und je. Willi jedoch war jetzt ein Stadtmensch mit einer abgeschlossen Ausbildung.

Ich dachte darüber nach, was sich sonst noch alles verändert hatte. Als wir uns das letzte Mal gesehen hatten, waren wir nicht nur dem Lebensalter nach viel jünger als jetzt gewesen, damals waren wir noch die reinsten Grünschnäbel gewesen, die nur Gutes vom Leben erwarteten. Willi träumte davon, Missionar zu werden, und es schien ganz so, als sollte dieserTraum nun bald in Erfüllung gehen. Carmen hatte sich einst das hohe Ziel gesteckt, sich auf dem Gebiet der Innenarchitektur einen Namen zu machen, aber aus irgendwelchen Gründen, die ich nicht kannte, war daraus nun nichts geworden. Sie hatte ihre Ausbildung abgebrochen und 'ne ganz gewöhnliche Beschäftigung angenommen.

Und ich? Ich war immer noch kein Stück weitergekommen, was meine Berufspläne betraf – nachdem ich die Farm in Ordnung gebracht und Opa und Onkel Charlie geholfen hatte, versteht sich. Das Ganze zog sich viel länger hin, als ich zuerst gedacht hatte, aber allmählich ging's mit der Farm bergauf.

Die einzigen, mit denen es nicht bergauf ging, waren Opa und Onkel Charlie. Opa war kein junger Mann mehr. Er ging leicht gebeugt, knurrte hin und wieder, wenn er auf eine Leiter klettern mußte, und ächzte vernehmlich, wenn er sich bückte. Opa besaß weder die Kraft noch den Willen, die Farm jemals wieder allein zu bewirtschaften.

Um Onkel Charlie machte ich mir regelrecht Sorgen. Von Woche zu Woche fiel es ihm schwerer, den Haushalt zu versorgen. Heiße Kochtöpfe und Schälmesser bereiteten ihm besondere Schwierigkeiten. Immer häufiger brauchte er Opas Hilfe im Haus. Zur Zeit schaffte ich die Stall- und die übrige Feldarbeit ganz gut allein, aber was sollte nur werden, wenn Gott mich zu meinem eigentlichen Beruf von hier wegschickte?

Das Ganze machte mir schwer zu schaffen. Aber Onkel Nat hatte mir schon des öfteren gesagt, daß Gott mir sein Vorhaben gewiß zur rechten Zeit klarmachen würde. Wenn der Augenblick gekommen war, an dem ich meine Ausbildung anfangen sollte, würde Gott schon jemanden dafür vorgesehen haben, der Opa und Onkel Charlie entlastete.

Ich konnte es mir manchmal nicht verkneifen, mir auszumalen, wie Gott das nur hinkriegen würde. Er könnte zum Beispiel einen bezahlten Knecht schicken. Aber so was war eine teure Angelegenheit. Wenn sich die Erträge der Farm durch die neue Anbaumethode nicht kräftig erhöhten, konnte ich mir nicht vorstellen, wie wir uns so jemand leisten könnten. Vielleicht würde Gott ja einen der Nachbarn als Pächter zu uns schicken. Die Turleys waren unsere nächsten Nachbarn, aber nachdem sie in dem harten Winter den größten Teil ihrer Tiere verloren hatten, würden sie kaum dazu in der Lage sein.

Oder Gott könnte Opa dazu veranlassen, die Farm zu verkaufen. Dieser Gedanke ging mir jedoch gegen den Strich. Nach all der Arbeit, die ich in die Farm gesteckt hatte, um sie ertragreicher zu machen, würde ich's nicht mit ansehen können, wie jemand anders sie übernahm, besonders, wenn dieser Jemand alles so vernachlässigte, bis alles wieder im alten Zustand war! Ich würde lange beten müssen, bis ich mich damit abfinden könnte, daß die Farm verkauft wurde.

Sosehr mich diese Sorgen auch beschäftigten, so hatte ich doch in den Tagen vor dem einundzwanzigsten Dezember andere Dinge im Kopf. Jetzt dachte ich kaum an etwas anderes als an meine beiden Schulkameraden und daran, was sie alles zu erzählen hatten, nachdem sich so viel verändert hatte.

Ich konnte wohl kaum von Carmen erwarten, daß sie in ihre Heimat zurückkehrte und mich als ihren Verehrer betrachtete. Immerhin hatte ich allem damals ein Ende gemacht, weil sie nicht wie ich an Gott glaubte. Jetzt würde es ein Weilchen brauchen, bis wir einander neu kennengelernt hatten und alles wieder so wie früher zwischen uns war.

Darauf hatte ich mich schon eingestellt. Im stillen überlegte ich bereits, was man so tut, wenn man 'ner jungen Dame den Hof macht. Blumen gab's um diese Jahreszeit kaum, aber Pralinen ließen sich leicht erstehen. Eine hübsche Halskette oder ein Armband wären nicht zu verachten. Vielleicht würde es mir sogar gelingen, ein passendes Armband zu dem Ring zu aufzutreiben, den ich dann später anschaffen wollte.

Eins verursachte mir Kopfzerbrechen: Ich hatte keine Ahnung, wie lange Carmen sich von mir den Hof machen lassen würde. Erwartete sie von mir, mehrere Monate lang um sie zu werben, oder würde alles schneller gehen, weil wir ja früher schon mal befreundet gewesen waren? Nun, das würde ich halt abwarten müssen.

Aber das Warten fiel mir unendlich schwer.

Ich erkundigte mich nach der Ankunftszeit des Zuges. Dreimal fragte ich danach, um auch ganz sicher zu sein. An diesem Morgen rasierte ich mich besonders sorgfältig, wichste mir die Sonntagsschuhe und bügelte mein Hemd. Onkel Charlie war zwar schon mit dem Bügeleisen darüber gefahren, aber so glatt wie früher konnte er nicht mehr bügeln.

Nachdem ich angezogen war, zupfte und strich und polierte ich an mir herum und warf zwischendurch immer wieder 'nen Blick auf die Uhr. Ein paarmal erwischte ich Opa und Onkel Charlie dabei, wie sie sich zuzwinkerten, aber das kümmerte mich heute herzlich wenig.

Eigentlich hatte ich auf Chester in die Stadt reiten wollen, aber dann fiel mir ein, daß Carmen vielleicht dringend mit mir reden wollte. Mit dem Pferdeschlitten konnten wir eine kleine Rundfahrt machen, und so spannte ich die

Pferde an. Eine warme Decke nahm ich auch mit, damit Carmen sich vor der Kälte schützen konnte, und dann machte ich mich endlich auf den Weg in die Stadt.

Es war noch früh, aber zu Hause hätte ich's keine Minute länger ausgehalten. Außerdem mußte ich ja noch eine Schachtel Pralinen in der Stadt besorgen. Ich hatte mich zwar schon einige Male danach umgeschaut, hatte mich aber zu keiner bestimmten Sorte entschließen können.

Vor dem Geschäft band ich die Pferde fest und ging an die Theke, wo Süßigkeiten verkauft wurden. Das Mädchen hinter der Theke lächelte freundlich. Sie war neu hier, aber ich erkannte sie als eins von den Turley-Mädchen. Wir waren zusammen zur Schule gegangen, aber weil sie viel jünger war, hatte ich sie kaum beachtet. Ich wußte nicht, ob sie von mir erwartete, sie mit Namen zu begrüßen. Deshalb sagte ich einfach nur: „Tag!", was möglichst beifällig klingen sollte.

Ich hatte immer noch keine blasse Ahnung, welche Sorte Pralinen ich kaufen sollte, und nachdem ich eine Weile hin und her überlegt hatte, platzte ich mit der Frage heraus:

„Wenn du dir 'ne Schachtel Pralinen wünschen dürftest, welche würdest du nehmen?"

Sie lächelte schüchtern und zeigte auf eine große Schachtel mit einer Pralinenmischung.

„Diese da?"

Sie nickte.

„Die nehm' ich", sagte ich und zählte das Geld ab.

„Würdest du sie mir wohl nett einpacken?" bat ich. Sie nickte und nahm die Schachtel mit in den Nebenraum. Als sie mir dann das Päckchen reichte, konnte ich sehen, daß sie sich wirklich Mühe mit dem Einpacken gegeben hatte. Ich bedankte mich und ging.

Bis zum Bahnhof war's nicht so weit, daß ich das Gespann würde mitnehmen müssen. Außerdem scheuten manche Pferde vor dem Pfeifen und Stampfen des einfahrenden Zuges, und ich mochte mich nicht wegen der unruhigen Pferde sorgen müssen.

Immer wieder sah ich auf die Uhr, die ich von Tante Lou und Onkel Nat zu meinem einundzwanzigsten Geburtstag bekommen hatte. Ich hätte schwören können, daß sie stehengeblieben war, aber als ich sie an mein Ohr hielt, hörte ich sie doch ticken.

„Ich werd' die Wände raufgehen, wenn er Verspätung hat", murmelte ich vor mich hin und trat gegen einen hartgefrorenen Schneehaufen. Das bereute ich auf der Stelle. Der Schnee spritze über meinen ganzen Stiefel, so daß ich ihn mit meinem Taschentuch abwischen mußte. Blieb nur zu hoffen, daß ich das Taschentuch heute nicht mehr brauchen würde. In aller Öffentlichkeit würde ich es kaum hervorziehen können, so schmutzig, wie es jetzt war.

Meine Ungeduld erinnerte mich an das Spiel, das Willi in seinem Brief erwähnt hatte, und ich mußte schmunzeln. Wir hatten uns einen Spaß daraus gemacht, Leute zu beobachten, die sich ärgerten, nur daß wir damals nie gedacht hätten, daß das Warten auf einen verspäteten Zug so schwierig sein konnte.

Mir war zwar bewußt, daß der Bahnsteig gedrängt voller Leute war, aber ich hatte mich nicht nach Bekannten umgeschaut. Überhaupt hatte ich der Menschenmenge kaum Beachtung geschenkt, bis ich jemanden rufen hörte: „Da kommt er!" Erst jetzt sah ich Willis Verwandtschaft ein Stück weiter unten auf dem Bahnsteig. Die meisten anderen kannte ich auch, wenigstens vom Sehen. Dort drüben stand Mary Turley. Ich grinste still in mich hinein. Willi behauptete zwar, sie beide seien „nur gute Kameraden", aber bewies Marys Gegenwart etwa nicht, daß ich mit meiner Vermutung recht hatte?

„Wie nett!" dachte ich im stillen. „Mary eignet sich bestimmt gut zur Missionarsfrau. Sie ist freundlich und teilnahmsvoll und auf ihre Art sogar recht hübsch."

Dann stieß die Lokomotive auch schon ihren schrillen Pfiff aus, und ich vergaß die Leute um mich her. Ich vergaß Willis Verwandtschaft und sogar Mary Turley. Jetzt konnte ich nur noch an Carmen denken. Der Hals wurde mir trokken und die Augen feucht. Die Knie wurden mir so weich, daß ich befürchtete, sie würden nachgeben.

Willi entdeckte ich zuerst. Er sah fast doppelt so breit aus, wie ich ihn in Erinnerung hatte, und trug einen neuen

Mantel. Es war zum Lachen, aber ich hatte wohl nicht damit gerechnet, daß er in Sachen auftauchen würde, die ich noch nie an ihm gesehen hatte. Er wirkte größer und breitschultriger und viel erwachsener. Aber sein Lächeln war das gleiche wie früher. Er rief mir zu: „Tag, Josch!" Dann sah er aber seine Angehörigen und nahm seine Mutter in die Arme.

Über die Köpfe der Leute hinweg hielt ich nach Carmen Ausschau. Ich befürchtete schon, sie könnte sich alles anders überlegt haben. Die meisten Reisenden waren ausgestiegen, doch da löste sich Willi von seiner Familie und sprang auf das Trittbrett eines Waggons zurück. Als er wieder auftauchte, trug er einen großen Koffer und einen Berg von Päckchen und Paketen. Direkt hinter ihm, noch schöner, als ich sie in Erinnerung hatte, erschien Carmen.

Ihr kupferfarbenes, duftiges Haar umrahmte noch immer ihr Gesicht, aber sie hatte es zu einer viel fraulicheren Frisur gekämmt als die lose hängenden Locken ihrer Jungmädchenzeit. Ihr Mantel war von einem sanften Grün, was ihre cremefarbenen Wangen und ihre wunderschönen Augen noch besser zur Geltung brachte. Einen Moment stockte mir der Atem. Ich konnte mich weder rühren noch einen Ton herausbringen. Ihr Blick suchte unter den Leuten, die noch auf dem Bahnsteig standen; dann entdeckte sie mich und rief: „Josch!"

Irgendwie schaffte ich's, meine Beine in Gang zu setzen, und ich stolperte auf Willi und Carmen zu. Willi packte mich am Arm, und als wir einander umarmten, dachte ich flüchtig daran, wie dies wohl der Schachtel Pralinen in meiner Hand bekommen würde.

Schließlich ließ er mich los, und ich stand Carmen gegenüber. Sie lachte leise und streckte den Arm zu meiner Schulter hoch.

„Du bist aber gewachsen, Josch!" sagte sie mit einem schelmischen Augenzwinkern. Ich nickte nur, als hätte's mir die Sprache verschlagen.

Dann stellte sie sich auf die Zehenspitzen, zog meinen Kopf zu sich herunter und küßte mich mitten auf die Wange. Am liebsten hätte ich sie ganz an mich gezogen und sie auch geküßt, aber ich konnte mich nicht rühren. Schnell trat sie einen Schritt zurück und musterte mich nochmals.

„Ich habe Willi erlaubt, dir von der großen Neuigkeit zu schreiben, aber die Einzelheiten möchte ich dir am liebsten selbst erzählen. Ich weiß, daß du schon lange für mich gebetet hast, Josch, und ich danke dir dafür. Aber jetzt brauche ich deine Gebete noch immer. Es wird nicht einfach sein, mit Mama zu reden."

Wieder nickte ich. Noch immer hatte ich kein einziges Wort hervorgebracht.

„Ich habe ihr geschrieben, daß ich komme, aber ich habe sie gebeten, mich nicht am Bahnhof abzuholen", fuhr Carmen fort. „Ich habe nämlich das Gefühl, daß unsere Begegnung etwas dramatisch werden könnte."

Abermals nickte ich nur.

„Ich habe ihr versprochen, daß ich direkt vom Bahnhof aus zu ihr gehen würde."

Ich schluckte und nickte zum vierten Mal. Was sie vorhatte, war eigentlich nur zu verständlich.

Auf einmal lachte sie wieder, wobei sie ihre hübschen Locken zurückwarf.

„Wir haben einander ja so viel zu erzählen!" sagte sie. „Kannst du um halb vier bei uns sein? Ich muß dir einfach alles ganz haarklein berichten!" Sie unterbrach sich und sah mich an. „Und ich bin auch schon so darauf gespannt, wie es dir in letzter Zeit ergangen ist", fügte sie hinzu.

Willi und Mary plauderten angeregt neben uns miteinander, aber ich hörte kein Wort von dem, was da gesagt wurde. Ich war viel zu sehr von Carmen eingenommen.

Endlich fand ich meine Stimme.

„Also gut, halb vier", versprach ich. Dann fiel mir die Schachtel Pralinen ein, die ich noch in der Hand hielt. Ich streckte sie Carmen entgegen. Die Schleife hing schief, und das Papier war etwas verknittert, aber dafür hatte Carmen bestimmt Verständnis.

„Herzlich willkommen daheim", gelang es mir hervorzubringen.

„Ach, es ist ja so schön, endlich wieder in der Heimat zu

sein“, sagte sie leise. In ihren Augen standen unvergossene Tränen.

Bevor ich etwas darauf erwidern konnte, gingen Carmen und Willi schon weiter. Carmen wurde von seiner Verwandtschaft begrüßt, und es war abzusehen, daß sie gleich mitsamt ihrem Gepäck von dem wartenden Schlitten der Familie zu ihrer Mutter gebracht würde.

Ich schalt mich selbst einen Dummkopf, weil ich das Gespann nicht zum Bahnhof mitgenommen hatte. Eigentlich hätte ich genausogut derjenige sein können, der Carmen nach Hause fuhr.

Aber bis halb vier war's im Grunde auch nicht mehr sehr lange. Außerdem hatte ich noch ein paar Einkäufe zu erledigen. Der Schmuck für Carmen war nicht nur eine gute Idee, sondern auch unerläßlich. Eilig machte ich mich auf den Weg, um möglichst viel Zeit zum Aussuchen zu haben. Vor lauter Freude hätte ich Luftsprünge machen können!

Die „Aufwartung“

Es dauerte ’ne ganze Weile, bis ich das Schmuckstück gefunden hatte, das Carmen am besten stehen würde. Nirgends in der Stadt gab’s eine Halskette oder ein Armband mit einem passenden Ring dazu, weshalb ich mich für etwas anderes entscheiden mußte. Endlich entdeckte ich eine Halskette mit einem zierlichen Anhänger, der wie geschaffen für Carmen war. Die ganze Kette war zwar längst nicht so hübsch wie die zukünftige Trägerin, aber so gesehen gab es sowieso auf der ganzen Welt kein Schmuckstück, das sich mit ihrer Schönheit hätte messen können.

Ich bat den Verkäufer, die Kette nett einzupacken, und dann steckte ich sie behutsam in meine Manteltasche. Auf keinen Fall wollte ich riskieren, daß das kleine Päckchen irgendwie beschädigt wurde.

Kurz vor halb vier war ich mit dem Einkaufen fertig, und so spendabel, wie mir gerade zumute war, entschloß ich mich auch noch dazu, eine Tüte Pfefferminzplätzchen für Sarah zu erstehen. Mit der Tüte in der Tasche machte ich mich dann auf den Weg zu Tante Lou.

Sarah kam mir gleich entgegengelaufen.

„Tag, Onki Dosch!“ rief sie, runzelte aber auf der Stelle angestrengt die Stirn und fing nochmal von vorn an. Offensichtlich hatte ihr jemand Unterricht im Sprechen erteilt. „Onki-el Josch“, brachte sie heraus, wobei sie vor Stolz über ihre Leistung strahlte. Ich hob sie hoch, drückte ihr einen Kuß auf die Wange und überschüttete sie mit Lob. Sie grinste voller Freude.

„Kommst du mich besuchen?“ fragte sie.

„Eigentlich nicht. Ich bin zu … zu ’ner anderen jungen Dame unterwegs.“ Dabei wurde ich wider Willen ’ne Spur rot.

„Aber du bist doch hier!“ stellte sie mich zur Rede.

„Ja, aber nicht lange. Gleich muß ich weiter."

„Warum denn?" fragte sie so bekümmert, als wollte sie gleich in Tränen ausbrechen.

„Na, es ist halt so", gab ich ihr fröhlich zur Antwort. Selbst die kleine Sarah hätte mir meine unbändige Vorfreude eigentlich anmerken müssen.

„Mama stillt Brüderchen gerad' im Schlafzimmer", teilte sie mir mit.

„Ich bin auch nicht hier, um deine Mama zu besuchen", antwortctc ich.

„Warum denn nicht?" fragte sie wieder.

„Na, weil", sagte ich und zog die kleine Tüte mit den Pfefferminzplätzchen aus der Tasche hervor, „weil ich gerade einkaufen war."

Sarah quietschte vor Vergnügen, als sie die Tüte sah. Sie wußte genau, daß sie für sie bestimmt war.

Tante Lou rief mir aus dem Schlafzimmer zu: „Ich komme gleich, Josch!"

„Nur keine Eile!" rief ich zurück. „Ich kann sowieso nicht bleiben. Wollte Sarah nur schnell 'ne Kleinigkeit bringen."

„Machst du dich auf den Heimweg?

Ich konnte meine Vorfreude einfach nicht verbergen.

„Nein, ich bin zu Carmen unterwegs. Sie wollte zuerst ganz allein mit mir sprechen."

Tante Lou schwieg einen Moment; dann rief sie mit sanfter Stimme zurück: „Ich bete für dich, Josch."

Eigentlich hatte ich im Moment nicht viel an Fürbitte nötig, fand ich. Alle meine Gebete, meine größten Träume waren in Erfüllung gegangen. Mit leichten Schritten machte ich mich auf den Weg zu Carmen. Das Gespann ließ ich im Hof bei der Kirche zurück. Vor der Pension gab's nicht viel Platz, wo man Pferde festbinden konnte, und schon gar nicht mitten an einem Wochentag. Das wußte ich aus Erfahrung, denn ich hatte Frau Foggelson in den Jahren, seitdem sie dort wohnte, ein paarmal besucht.

Ich ging mit Absicht so langsam, daß ich haargenau eine Minute nach halb vier an die Tür der Pension klopfte. Ich wurde eingelassen und stand kurz darauf vor der Tür zu

Zimmer vier. Wieder klopfte ich an, wobei mein Herz mindestens genauso laut klopfte.

Carmen öffnete. Sie nahm mich bei der Hand und zog mich in die Stube. Dabei rief sie: „Mama hat mir erzählt, wie nett du dich in den letzten Jahren um sie gekümmert hast, Josch. Das werde ich dir niemals vergelten können!"

Darin irrte Carmen sich kräftig. Es konnte keinen größeren Lohn für meine geringen Bemühungen geben als das Leuchten in ihren Augen.

Sie führte mich in die kleine, enge Stube, die Frau Foggelson als Wohnstube, Nähzimmer und Schlafzimmer zugleich diente. Mit Carmens Koffer und Schachteln, die überall verstreut standen und lagen, wirkte alles noch viel enger.

„Entschuldige das Durcheinander!" sagte Carmen mit einer Handbewegung und schob ein paar Schachteln beiseite, um mir eine Sitzgelegenheit anbieten zu können. „Ich habe noch keine Zeit zum Aufräumen gehabt", erklärte sie seufzend. „Und ich hab' auch keine Ahnung, woher ich den Platz nehmen soll, wenn ich erst die Zeit gefunden habe!" Ein silberhelles Lachen folgte ihren Worten. Typisch Carmen: so lebhaft, so munter – und so voller Überraschungen!

Jetzt wandte sie sich zu mir um und musterte mich gründlich. Unter ihrem offenen Blick wurde ich rot und trat unbeholfen von einem Fuß auf den anderen.

„Ach Josch", sagte sie, „es tut ja so gut, wieder daheim zu sein!"

Ich betrachtete mein Gegenüber. Aus dem jungen Mädchen von früher war nun eine junge Frau geworden. Alles, was ich ihr sagen wollte, alles, was mir auf der Seele lag, blieb mir im Hals stecken. Ich konnte nur nicken und etwas darüber murmeln, wie die Freude über ihre Heimkehr ganz meinerseits war.

Ein Kleid, wie sie es trug, hatte ich noch nie im Leben gesehen. Der Kragen war hochgeschlossen und betonte ihr zierliches Gesicht. Das schmale Oberteil stand im Gegensatz zu dem weiten, duftigen Rock, der mit jeder ihrer Bewegungen um sie wogte und wirbelte. Die Ärmel verliefen auf ihrem Handrücken zu einer langen Spitze. Das weiche Blaugrün des Stoffes brachte ihre Haarfarbe und ihre Augen wunderhübsch zur Geltung.

„Nun, wo fangen wir an?“ sagte sie gerade. „Es gibt ja so viel zu erzählen!“

Dann unterbrach sie sich. „Ach, du liebe Güte, wo bleiben denn meine Manieren! Hier, laß mich zuerst deinen Mantel und Hut nehmen.“

In der Tasche meines Mantels war noch das kleine, kostbare Geschenk versteckt. Meine Mütze drehte ich nervös in den Händen. Carmen nahm mir Mantel und Jacke einfach ab und legte sie auf einen Stuhl.

„Wie wär's mit einer Tasse Tee?“ bot sie mir an.

„Ja, das ist nett!“ nickte ich. In Wirklichkeit machte ich mir nichts aus Tee, aber ich erhoffte mir davon, daß er mir die zentnerschwere Zunge etwas lösen würde.

„Mama mußte eine Näharbeit zu einer Kundin bringen“, erklärte Carmen, während sie den Kessel auf die elektrische Kochplatte in der Zimmerecke stellte. Daß Frau Foggelson nicht daheim war, hatte ich noch gar nicht bemerkt.

„Sie läßt ausrichten, es würde nicht lange dauern.“

Ich hoffte aus ganzem Herzen, daß Frau Foggelson sich nicht allzusehr beeilen würde.

Mit immer noch klopfendem Herzen schaute ich zu, wie Carmen die Teeblätter in die Kanne gab und ungeduldig mit dem zierlichen Fuß auf den Boden klopfte, während sie darauf wartete, daß das Wasser kochte. Dann goß sie den Tee auf, nahm zwei schlichte weiße Tassen aus dem kleinen Regal und stellte sie auf den Tisch. Weil der Platz kaum für die beiden Tassen samt Untertassen ausreichte, brachte Carmen mir meine Tasse.

„Nun, Josua Jones“, sagte sie mit einem Augenzwinkern und setzte sich neben mich auf das Sofa, „was hast du denn in den letzten Millionen Jahren so alles erlebt?“

Die „Millionen“ sprach sie betont langgezogen aus, und ich mußte ihr recht geben. Die letzten zwölf Tage waren mir ja schon ungefähr so lange erschienen.

„Ach, eigentlich nichts Besonderes“, antwortete ich. „Hab' die Farm versorgt, weiter nichts.“

„Mama sagt, du verstehst dich ausgezeichnet auf die Farmwirtschaft. Du probierst neue Methoden aus und ..."

Im stillen war ich Frau Foggelson unendlich dankbar dafür, etwas Nettes über mich und meine Farmerei gesagt zu haben. Außerdem freute es mich ungemein, daß die beiden Frauen überhaupt schon auf mich zu sprechen gekommen waren.

„Das stimmt zwar", unterbrach ich sie bescheiden, „aber in erster Linie habe ich gewartet – und gebetet."

Carmens schelmischer Ausdruck wich einem ernsteren.

„Ja, ich weiß", sagte sie, und es war kaum mehr als ein Flüstern. „Und ich danke dir herzlich dafür!"

Sie nippte an ihrer Teetasse und stellte sie dann beiseite. Zu meiner Überraschung hatte sie plötzlich Tränen in den Augen.

„Ich begreife einfach nicht, warum ihr beiden, Willi und du, nicht schon längst die Hoffnung für mich aufgegeben habt. Ich war ja so starrsinnig und so blind! Ich begreife selbst nicht, warum ich nicht einsehen konnte, daß ihr die ganze Zeit nur die Wahrheit gesagt hattet und nur mein Bestes wolltet.

Weißt du eigentlich, was ich damals gedacht habe?" fuhr sie nach einer Pause fort. „Ich dachte: ‚Diese Leute sind doch furchtbar dumm! Sie sind ungebildet, und es geht ihnen nur darum, aus mir genau so einen unselbständigen Dummkopf zu machen, wie sie's selbst sind. Wenn ihnen das gelungen ist, sind sie so richtig stolz. Je mehr Seelen sie für ihre Sache gewinnen, desto zufriedener sind sie.' Ja, das habe ich damals gedacht. Es hat lange gedauert, bis Willi mir begreiflich machen konnte, daß er aufrichtig um mich besorgt war. Daß er wußte, wie verloren ich ohne Gott war, verloren für alle Ewigkeit, und daß ihm wirklich an mir lag."

Beim Sprechen wickelte Carmen sich eine kupferbraune Locke um einen Finger. Am liebsten hätte ich auch eine dieser Locken in die Hand genommen, ließ es aber tunlichst bleiben.

„Und dann passierte diese Sache mit Mama und Papa. Ich konnte es einfach nicht fassen. Schon allein die Vorstellung, daß sie jetzt in zwei verschiedenen Häusern wohnten, viele Meilen voneinander getrennt, war mir schrecklich!

Ich war schon immer Papas Liebling gewesen. Das weißt du ja selbst. Nun, ich war der festen Überzeugung, daß Mama an allem schuld war. Ehrlich, Josch, ich war ihr furchtbar böse. Ich verstand einfach nicht, warum sie Papa das angetan hatte. Ich wußte, daß sie früher einmal an Gott geglaubt hatte. Wenn sie Papa so etwas Schlimmes antun konnte, obwohl sie einmal behauptet hatte, die Wahrheit zu kennen – auch wenn Papa ihr nicht erlaubt hatte, in die Kirche zu gehen –, dann konnte mir die ganze Religion gestohlen bleiben."

Mit einem Seufzen schob sie sich die Locken aus dem Gesicht.

„Aber Willi ließ einfach nicht locker. Immer wieder lud er mich zu Bibelstunden und zum Gottesdienst ein, und wir haben uns oft unterhalten und gestritten." Sie hielt inne und lachte leise.

„Und eines Tages, wenn ich auch bis heute noch nicht weiß, warum, habe ich dann seine Einladung zu einer Bibelstunde doch angenommen und bin mit ihm gegangen. Das war der Anfang." Wieder lachte sie.

„Und wer hätte sich träumen lassen, wie alles enden würde?" fuhr sie fort. In ihren Augen stand ein Leuchten. „Eines Abends war ich allein in meinem Zimmer und las den Vers ein ums andere Mal, den wir in der Bibelstunde durchgenommen hatten. Er steht in Johannes 5,24: ‚Wer mein Wort hört und glaubet dem, der mich gesandt hat, der hat das ewige Leben und kommt nicht in das Gericht, sondern er ist vom Tode zum Leben hindurchgedrungen.' Urplötzlich ging mir auf, daß die Bibel recht hat. Ich glaubte tatsächlich, was dieser Vers ausdrückt. Irgendwie hatte ich plötzlich verstanden, um was es ging. Ich war ein schlechter Mensch; das wußte ich, aber durch den Glauben an Jesus konnte ich vom Tod zum Leben hindurchdringen.

Vor dem Tod hatte ich immer schon Angst gehabt, Josch. Ich wollte leben. So habe ich Gott also ganz allein in meinem Zimmer mein Leben übergeben und ihm dafür gedankt, daß sein Sohn meine Schuld auf sich genommen hat, wie es in diesem Vers heißt. Und jetzt bin ich an Willis Bibelschule, anstatt als Telefonistin zu arbeiten."

„Wirklich?" Ich freute mich riesig. „Das hab' ich ja gar nicht gewußt!"

„Doch, wirklich. Und ich lerne so viel, und es gibt so vieles, was ich noch nicht weiß. Jetzt frage ich mich, warum in aller Welt ich nur früher so ... so dumm gewesen sein konnte, um diese Lügen zu glauben."

„Blind", berichtigte ich sie.

„Blind *und* dumm", lachte sie.

Ich schob meine Tasse beiseite. Ich wollte zuvor alle Einzelheiten von Carmens Bekehrung hören, aber ich hatte auch noch ein paar andere Dinge mit ihr zu besprechen. Wenn sie jetzt auf die Bibelschule ging, dann ...

„Dann bleibst du also nicht hier bei deiner Mutter?" fragte ich beklommen. Der Antwort sah ich mit gemischten Gefühlen entgegen.

„Aber nein!" sagte sie. „Wir haben nur eine Woche frei."

„Wir?"

„Willi und ich."

Natürlich! Ich hatte vergessen, daß die beiden jetzt an der gleichen Bibelschule studierten. Demnach fing auch der Unterricht für beide am gleichen Tag wieder an.

„Willi müßte eigentlich jede Minute kommen", sagte sie mit einem ungeduldigen Blick auf die Uhr.

„Willi?" fragte ich überrascht.

Sie sah mich mit einem Augenzwinkern an.

„Wir haben dir etwas zu erzählen", sagte sie. „Aber ich mußte Willi versprechen, nichts zu verraten, bis er hier ist."

Willi war also hierher unterwegs. Ich dachte an das Geschenk in meiner Tasche. Wenn Willi bald auftauchen sollte, dann wurde es jetzt höchste Zeit für mich, zur Sache zu kommen. Ich räusperte mich.

„Also, ich wollte dich fragen", fing ich vorsichtig an, „ob du ... hm, ich hab' dich ziemlich arg vermißt, weil wir uns doch so gut verstehen, und ... und ich wollte dich fragen, wo du nur für kurze Zeit hier bist und bald wieder zurück zur Schule mußt, ob wir die paar Tage nicht irgendwie nutzen könnten, um uns gegenseitig wieder neu kennenzulernen?“ Das war eine ziemlich lange Rede geworden für einen, der sonst nicht viel große Worte macht.

„Ach Josch!“ rief Carmen begeistert und klatschte in die Hände. „Genau das hatte ich gehofft! Ich war zwar dickköpfig und gemein, aber ich habe immer schon große Stücke auf dich gehalten. Ich danke dir für die mutige Art, dich zum Glauben an Jesus zu bekennen, und ich danke dir für all deine Gebete! Ich hatte gehofft, ...“

„Wie wär's mit morgen?“ fiel ich ihr eifrig ins Wort. „Möchtest du mit mir 'ne Schlittenfahrt machen und die Farm sehen?“

Sie sah mich enttäuscht an.

„Ach Josch, es tut mir leid, aber morgen soll ich Willis Familie besuchen.“

Ausgerechnet Willis Familie!

„Und Sonntag?“ fragte ich weiter.

Sie verzog das Gesicht.

„Und Sonntag kommt Willi hierher zum Essen.“

Ein guter Teil von Carmens Urlaub war anscheinend schon verplant. Ich war ein bißchen böse auf Willi. An der Bibelschule bekam er Carmen schließlich oft genug zu sehen. Trotzdem war's verständlich, daß er sie nach Hause eingeladen hatte. Seine Angehörigen hatten immerhin auch für sie gebetet.

„Also ...“ Meinem nächsten Vorschlag kam ein Klopfen an der Tür zuvor. Und dabei hatte ich Carmen ihr Geschenk noch nicht überreicht!

Sie sprang auf, um die Tür zu öffnen, und genau wie wir erwartet hatten, stand Willi da. Er grinste von einem Ohr zum anderen. Carmen nahm ihn bei der Hand, wie sie's vorhin auch bei mir getan hatte, und zog ihn in die Stube.

Nur, daß sie seine Hand nicht wieder losließ. Sie stand einfach da und hielt sie fest, und ich sah, wie Willi seine Finger zärtlich um ihre schloß.

„Ich hab's ihm noch nicht verraten“, strahlte sie. „Es war ja so schwer, aber ich habe keinen Ton davon gesagt!“

Willi ließ Carmens Hand los und schlang den Arm um ihre Taille, um sie dichter an sich zu ziehen.

„Josch“, sagte er, „weil du uns beiden so viel bedeutest, sollst du’s als erster erfahren.“

Ich spürte, wie mir die Kehle trocken wurde.

„Carmen und ich haben uns verlobt“, verkündete Willi freudestrahlend. Carmen strich ihm liebevoll über die Wange.

Bloß gut, daß ich noch auf dem Sofa saß! Meine Beine wären sonst unter mir zusammengesackt. Die ganze Stube fing sich plötzlich an zu drehen, und ich wurde hilflos von der dunklen Strömung eines schwarzen, bodenlosen Ozeans fortgerissen. Als ich kurz vor dem Ertrinken war, fiel mir ein, daß ich beobachtet wurde und daß bestimmt irgendein Ausruf der Freude von mir erwartet wurde, nachdem ich die große Neuigkeit soeben vernommen hatte.

Weihnachten

„Da haben wir Josch aber restlos überrumpelt, scheint mir!“

Willis Stimme riß mich aus meiner Benommenheit. Ich starrte in die Richtung, aus der sie gekommen war, und sah Willi dastehen, den Arm noch immer um Carmen gelegt und ein breites Grinsen auf dem Gesicht.

Auch Carmen lächelte. Sie drehte sich um und gab Willi einen Kuß auf die Wange. Dann löste sie sich aus seinem Arm und kam auf das Sofa zu, wo ich saß.

„Ist das nicht wunderbar?“ freute sie sich. Als ich keine Antwort zustande brachte, fuhr sie fort: „Hattest du dir's wirklich noch nicht von selbst gedacht?“

Ich schüttelte langsam den Kopf. Noch immer fehlten mir jegliche Worte.

Willi hatte sich neben Carmen gestellt und streckte mir die Hand entgegen.

„Wir wollten's unserem besten Freund Josch zuerst sagen – nach unseren Eltern, versteht sich. Ich hab's bei mir daheim bekanntgegeben, und Carmen hat's ihrer Mutter gesagt, aber sonst weiß es noch keiner. Keine Frage, daß du dich enorm ...“

„Ach Josch!“ unterbrach Carmen ihn. „Es fiel mir ja so unendlich schwer, unser Geheimnis nicht zu verraten! Wenn du nicht gewesen wärst, wenn du mir nicht jahrelang gesagt hättest, daß ich auf dem Holzweg war, und wenn du nicht all die Jahre über für mich gebetet hättest, wäre ich womöglich nie zum Glauben gekommen.“

„Und ich müßte allein in die Mission gehen“, fügte Willi ziemlich nüchtern hinzu.

Die sich drehende Stube kam allmählich wieder zum Stillstand. Ich konnte alles, was gesagt wurde, deutlich hören, aber begreifen konnte ich trotzdem nichts davon. Ich fragte mich, ob ich womöglich alles nur träumte.

Willi zog mich beim Arm vom Sofa. Er klopfte mir auf den Rücken und packte mich bei der linken Schulter. Das Klopfen schien meinen Puls wieder aus der Erstarrung zu lösen.

„Ich möchte, daß du mein Trauzeuge wirst", sagte er.

Endlich fand ich meine Stimme wieder. Irgendwie gelang mir sogar 'ne Art von Lächeln.

„Klar", sagte ich. „Ist mir ... ist mir 'ne Ehre."

Erneut klopfte Willi mir auf den Rücken.

„Da haben wir wohl für 'ne große Überraschung gesorgt, was?"

Ich nickte.

„Allerdings", stieß ich hervor. „Allerdings!"

Danach erstattete Willi ausführlich Bericht über ihre Liebesgeschichte, häufig unterbrochen von Carmen, und erzählte, wie er Carmen einen Heiratsantrag gemacht und sie ihr Jawort gegeben hatte. Ich konnte's kaum ertragen, ihm zuzuhören. Kein Wort davon interessierte mich, aber andererseits konnte ich auch nicht kurzerhand aufstehen und eiskalt die Stube verlassen. Ich rang mir ein Lächeln ab, das bestimmt reichlich schräg ausfiel, und nickte hin und wieder. Damit schienen die beiden vollauf zufrieden zu sein.

Wann die Hochzeit wohl stattfinden sollte? Fragen mochte ich nicht; ich würde es ohnehin früh genug erfahren.

„Und hier in unserer kleinen Kirche lassen wir uns trauen", sagte Willi gerade.

Ich entledigte mich meines Lächelns und Kopfnickens. Demnach würde Onkel Nat also die Trauung vornehmen.

„Ich wünschte nur, wir brauchten nicht zu warten", redete Willi weiter.

„Warten?" wiederholte ich fragend.

„Auf Carmens Abschluß an der Bibelschule. Ich werde im Frühjahr fertig, aber Carmen hat gerade erst angefangen. Sie wird zwar keine vier Jahre auf der Bibelschule bleiben, aber die ersten beiden Semester will sie mitmachen und dann 'ne Ausbildung als Krankenschwester absolvieren. Das bedeutet eine lange Wartezeit."

Ich wollte gerade doch noch fragen, wann die Hochzeit denn stattfinden sollte, als Carmen sich wieder zu Wort meldete.

„Es wird eine lange Wartezeit werden", klagte sie, „aber ich weiß, daß Gott uns helfen wird. Willi geht für einen Dienstabschnitt aufs Missionsfeld, und wenn er dann auf Heimaturlaub kommt, heiraten wir, und bei seiner nächsten Ausreise fahre ich mit."

„Wie lange ist denn so 'n Dienstabschnitt?" erkundigte ich mich.

„Vier Jahre", antwortete Carmen betrübt.

„Wie ... vier Jahre?" Das hatte ich eigentlich gar nicht sagen wollen; es war mir nur so herausgerutscht.

Wieder legte Willi den Arm um Carmen.

„Ja, vier Jahre", wiederholte er. „Eine lange Zeit – aber ich kann warten." Darin konnte ich beim besten Willen nichts sonderlich Heldenhaftes sehen, obwohl ich das lieber nicht laut aussprach. Auf Carmen hätte ich auch gut und gern vier Jahre gewartet.

„Jakob mußte sogar sieben Jahre warten", gab Carmen zu bedenken, und Willi fügte schnell hinzu: „Und danach nochmal ganze sieben Jahre arbeiten."

Die beiden sahen mich an und lächelten. Das Ganze wurde mir plötzlich unerträglich. Ich mußte einfach raus. Entschlossen zog ich meine Uhr aus der Westentasche und betrachtete das Ziffernblatt. Die Uhrzeit nahm ich dabei überhaupt nicht wahr, aber ich versuchte, ein möglichst überraschtes Gesicht zu ziehen, und murmelte etwas davon, daß es jetzt höchste Zeit für meinen Heimweg sei.

„Ich weiß, daß du alle Hände voll zu tun hast", sagte Willi, „aber wir haben ja noch 'ne ganze Woche vor uns. Wir würden dich in dieser Zeit gern öfter sehen. Wir würden uns freuen, wenn ..."

So war das also. Willi und Carmen. Jetzt hieß es nicht mehr „ich", sondern nur noch „wir", während ich immer noch bloß „ich" war.

„Ja. Natürlich!“ sagte ich. „’ne ganze Woche. Da können wir viel zusammen unternehmen.“

„Die Schlittenfahrt, Josch“, meldete Carmen sich zu Wort. „Das ist eine großartige Idee. Ich hoffe, das läßt sich irgendwie einrichten.“

„Klar“, sagte ich. „Jederzeit. Sagt mir nur Bescheid, wann’s euch paßt.“

„He“, sagte Willi und schlug mir wieder auf den Rücken, während ich in meinen Mantel schlüpfte, „ich hab’ ’ne Idee: Wie wär’s, wenn wir Mary auch dazu einladen und zu viert losfahren? Was meinst du?“

„Au fein!“ freute sich Carmen und klatschte in die Hände. „Das wird aber ein Spaß!“

„Gern“, sagte auch ich und rang mir mühsam ein Lächeln ab. „Gern. Jederzeit.“

Endlich gelang mir die Flucht. Ich trat aus der Pension in die eisige Kälte des Winternachmittags hinaus. Die frostklirrende Luft brachte mich wieder halbwegs zur Besinnung. Die Sonne stand schon ziemlich tief am Himmel. In schweren, körnigen Flocken fiel der Schnee. Dem kalten Wind nach zu urteilen, würde es in den nächsten Tagen besonders mühsam werden, die Tiere zu versorgen.

Aber das störte mich jetzt nicht. Ich war sogar froh über die zusätzliche Arbeit. Wenn ich mich richtig abrackern müßte, würde mir das vielleicht helfen, Ordnung in meine wirren Gedanken zu bringen.

Ich war noch immer wie aus allen Wolken gefallen. Es war kaum zu fassen: Erst hatte ich jahrelang darauf gewartet und dafür gebetet, daß Carmen zu Jesus findet, damit ich ... damit ich endlich eine feste Verbindung mit ihr eingehen könnte. Dann kommt sie tatsächlich zum Glauben, aber was passiert? Mein Freund, mein bester Freund Willi kommt mir doch sage und schreibe zuvor!

Ich schüttelte wie benebelt den Kopf. Dann merkte ich erst, daß ich mitten im Winter mit offenem Mantel durch die Stadt lief. Ich machte mir an den Knöpfen zu schaffen. Die rechte Tasche war etwas ausgebeult. Dann fiel’s mir auch schon ein: die Kette! Mein besonderes Geschenk an Carmen. Trotz des eisigen Windes wurde mir das Gesicht heiß. Und ich nichtsahnender Dummkopf hätte ihr die Kette sogar überreicht, fuhr es mir durch den Kopf. Wenn Willi nicht rechtzeitig aufgetaucht wäre, hätte ich mich vor Carmen entsetzlich blamiert. Menschenskinder, in meiner Ahnungslosigkeit hatte ich doch tatsächlich eine Kette mit einem passenden Ring dazu gesucht! Das Gesicht brannte mir vor Beschämung.

Tante Lou rief mich, als ich gerade die Pferde im Pfarrhof losband, aber ich winkte ihr nur zu und rief zurück, daß ich keine Zeit zum Reinkommen hätte.

Die Pferde hatten es eilig, nach Hause in die warme Scheune zu kommen. Sie hatten zu lange in der Kälte gestanden. Ich überließ ihnen das Tempo, ohne sie zu zügeln.

Opa und Onkel Charlie waren beide in der Küche, als ich von der Scheune ins Haus kam, um mich für die Stallarbeit umzuziehen. Sie schienen mich eingehend zu mustern, aber ich war fest dazu entschlossen, mir nichts anmerken zu lassen.

„Sind sie gut angekommen?" erkundigte Opa sich.

Ich nickte.

„Wie geht's Willi? Hat er sich sehr verändert?" wollte Onkel Charlie wissen.

Ich zuckte mit den Achseln.

„'n bißchen vielleicht schon", sagte ich.

„Na, wie denn?" meldete Opa sich wieder zu Wort.

„Also, er ... er ist kräftiger geworden. Breitere Schultern. Fast fertig mit seiner Ausbildung. Erwachsener ist er geworden, glaub' ich."

„Willi und erwachsen?" lachte Onkel Charlie. „Dem hätte ich's nie zugetraut, daß er jemals erwachsen würde!"

Ich verteidigte Willi. Schließlich war er trotz allem mein Freund.

„Ist er aber", sagte ich hitzköpfig. „Er will sogar heiraten."

„Wie? Was? ... Willi?" staunte der eine.

„Ja, wen denn?"fragte der andere.

„Carmen", gestand ich mutig.

Das wollte ich eigentlich gar nicht sagen. Hatt's mir selbst gegenüber noch nicht mal eingestehen wollen, aber jetzt hatte ich's laut und deutlich gesagt und damit die Tür zu einem wunderschönen Zimmer für immer zugemacht und verriegelt.

„Carmen?"

„Du meinst die Lehrerstochter? Die, die sich gerad' vor kurzem bekehrt hat?"

Ich nickte, und mein Blick fiel auf meine Stiefelspitzen.

Ich spürte zwei Augenpaare auf mich gerichtet, woraufhin die beiden einen vielsagenden Blick austauschten. Ich sah nicht mal auf, sondern ging entschlossen auf die Treppe zu.

„Muß mich für den Stall umziehen."

Hinter mir hörte ich ein Scharren. Onkel Charlie hatte sich wohl auf seinem Stuhl zurechtgesetzt. Dann rief er hinter mir her: „Wann denn?"

Ich ging weiter zur Treppe, ohne mich umzudrehen.

„Erst in vier Jahren."

Wieder hörte ich Onkel Charlies Stuhl knarren. Opa sagte: „Hast du da noch Töne!" Dann hörte ich, wie er, ohne mich damit zu meinen, vernehmlich sagte: „Laß nur! In vier Jahren kann sich 'ne Menge ändern." Aber ich stieg einfach die Treppe hinauf, ohne mich auch nur umzusehen.

Erst nach meiner Stallarbeit und dem Abendbrot, als ich allein in meinem Zimmer war und im Bett lag, sah ich plötzlich alles glasklar. Die ganze Wahrheit traf mich mit aller Wucht. „Carmen heiratet. Carmen heiratet Willi." Nie, nie im Leben konnte ich hoffen, Carmen für mich zu gewinnen. Ich hatte kein Recht mehr, mir irgendwelche Hoffnungen auf sie zu machen.

Vor meinen Augen sah ich ihr hübsches Gesicht mit den kupferfarbenen Locken, die es umrahmten. In ihrem Blick stand die helle Lebensfreude. Ein liebenswertes Lächeln brachte die Grübchen in ihren Wangen zum Vorschein. Ich wandte mich von ihr ab, kniff die Augen zusammen, um das Bild loszuwerden, und vergrub das Gesicht in meinem Kissen. Schließlich heulte ich los, wie ich seit meiner Kindheit nicht mehr geheult hatte.

Und als ich vom Heulen erschöpft war, blieb mir nur noch das Gebet.

Sieben Tage lang würde ich den Anblick von Willi und Carmen über mich ergehen lassen müssen. Sieben Tage über Weihnachten. Besondere Einladungen, besondere Gottesdienste und Ausflüge waren geplant, und man erwartete von mir, daß ich bei allem mitmachte. Und die beiden würden auch dabeisein, Arm in Arm und glückstrahlend. Ich würde ihnen nicht aus dem Weg gehen können.

Ich erwog, mich krank zu stellen, aber das war unehrlich. Dann überlegte ich, ob ich nicht einfach zu Hause bleiben sollte, aber das würde mir nur unbequeme Fragen einbringen, auf die ich mir Antworten einfallen lassen mußte. Vielleicht könnte ich vortäuschen, zuviel Arbeit zu haben, aber auf der Farm gab es zur Zeit wirklich so wenig zu tun, daß ich diesen Vorwand auch nicht benutzen konnte. Zum guten Schluß kam es also, wie's kommen mußte, und ich nahm alles auf mich. Ich ging zur Weihnachtsfeier, ging zum Adventssingen und zum großen Weihnachtskaffee bei Willi daheim. Ich machte sogar die geplante Schlittenfahrt mit Willi, Carmen und Mary Turley. Irgendwie schaffte ich's, auch das hinter mich zu bringen.

Weihnachten feierten wir wieder bei Onkel Nat und Tante Lou. Ich überlegte, ob ich Tante Lou die Kette zu Weihnachten schenken sollte, aber das brachte ich einfach nicht übers Herz. Schließlich tauschte ich sie beschämt gegen eine Brosche für Tante Lou um, dazu Manschettenknöpfe für Onkel Nat und eine Krawattennadel für Onkel Charlie. Damit waren meine Weihnachtseinkäufe so gut wie erledigt. Für Opa kaufte ich noch einen Schlips und Hosenträger und machte mich dann auf die Suche nach etwas für Sarah und Jonathan.

Am Weihnachtstag ersparte ich's mir, Frau Foggelson einen Besuch abzustatten. Ich wußte ja, daß Weihnachten für sie in diesem Jahr ganz anders war als früher. Aber Carmen war bei ihr; da würde sie mich wohl kaum vermissen. Die beiden unternahmen allerhand gemeinsam. Frau Foggelson war am Weihnachtstag sogar mit Carmen in die Kirche gegangen. Insgesamt war's vielleicht doch ein gutes Weihnachtsfest geworden. Vielleicht hatte Gott meine Gebete ja wirklich erhört. Mit der Zeit gelang es mir sogar, an andere

Dinge als an Carmen zu denken – obwohl das reichlich mühsam war.

Es dauerte nicht lange, da mußten wir uns wieder am Bahnhof einfinden, um uns von Willi und Carmen zu verabschieden. Ich wußte nicht, wann ich die beiden das nächste Mal wiedersehen würde. Willi würde womöglich gleich nach Semesterschluß nach Übersee reisen, und Carmen hatte vor, an der Schule zu bleiben, sich für den Sommer eine Arbeit zu suchen und im Herbst mit der Ausbildung weiterzumachen.

Auch Frau Foggelson war zum Bahnhof gekommen. Sie war furchtbar traurig über Carmens Abreise. Die beiden fielen sich in die Arme und weinten ziemlich viel. Auch mir wären fast die Tränen gekommen, aber das hätte ich mir um nichts in der Welt anmerken lassen.

Willi schüttelte mir die Hand und nahm mich in die Arme. Auch Carmen umarmte mich.

„Du bist mir ein lieber Freund gewesen, Josch", flüsterte sie. „Jetzt habe ich nur noch eine Bitte an dich: Kümmere dich um Mama! Bitte! Sie braucht so dringend jemanden!"

Und dann waren sie auch schon auf und davon. Mehrere Leute am Bahnsteig sahen dem Zug nach. Ein paar hatten wohl vor, dem Zug nachzuschauen, bis er nur noch ein Punkt in der Ferne war. Ich nicht. Kaum hatten sich die großen Räder in Bewegung gesetzt, als ich mich abwandte und wieder zu Chester ging. Mir reichte es voll und ganz.

Das Leben geht weiter

In den nächsten paar Monaten wurde ich um einiges älter und erwachsener. Ich betete auch mehr. Zum ersten Mal im Leben wurde mir klar, was es heißt, mein Leben mit allem, was dazugehörte, Gott anzuvertrauen und ihm zu überlassen, was er damit anfangen wollte.

Je mehr ich darüber nachdachte, desto besser begriff ich auch, daß Carmen die richtige Entscheidung getroffen hatte. Willi besaß einen unerschütterlichen Glauben und war fest dazu entschlossen, Gott zu dienen. Anfangs konnte ich mir Carmen kaum mit einem strengen Haarknoten, einem schlichten dunklen Kleid und hohen Lederstiefeln zum Schutz gegen Schlangen und Skorpione vorstellen. Dann dachte ich aber an die eigentliche Carmen, zu der Gott sie erschaffen hatte: sanftmütig, hilfsbereit und mitfühlend, eine würdige Gefährtin für Willi, die sein Leben bereichern würde.

Als ich dann betete und nachdachte und alles an die richtige Stelle rückte, konnte ich mich endlich mit der Lage abfinden, wie sie von Gott gewendet worden war.

Ich fing wieder an, mich um die Farm zu kümmern – gerade rechzeitig, um die Vorkehrungen zur Frühjahrsaussaat zu treffen.

Bis zu Rekorderträgen war es zwar noch ein langer Weg, aber es konnte keinen Zweifel daran geben, daß wir auf dem richtigen Weg waren. Die Farm war in gutem Zustand. Die frisch angestrichenen Gebäude und Zäune leuchteten jeden Morgen in der aufgehenden Sonne, und die Felder waren frei von Unkraut und Disteln – jedenfalls soweit es uns irgend möglich war. Die Frühjahrskälber waren die prächtigsten, die ich je hier auf der Farm gesehen hatte. Sie hatten ein kräftiges, gesundes Aussehen und würden sich später hervorragend für die Zucht eignen.

In diesem Frühjahr war ich also äußerlich und innerlich und auch in meinem Glauben ein ganzes Stück gewachsen.

Opa schien sich ebenfalls wesentlich frischer zu fühlen. Er wirkte munterer und sah auch besser aus. Vielleicht hatte er sich jetzt zum ersten Mal etwas von der Last der Verantwortung für die Farm erholt, die er so viele Jahre lang allein getragen hatte. Wie dem auch sei, jedenfalls schaffte er so viel an Arbeit wie ich, und wenn ich protestieren wollte, winkte er nur ab und meinte, er hätte sich noch nie im Leben so gut gefühlt wie jetzt.

Opa in solch guter Gesundheit zu sehen fiel Onkel Charlie doppelt schwer. Er wollte so gern mithelfen, aber er konnte einfach nur wenig tun.

Sarah durfte uns jedoch häufig besuchen, und das war jedesmal ein Fest für Onkel Charlie. Jetzt war sie fast fünf und schon fast eine junge Dame. Meistens steckte sie bei Onkel Charlie in der Küche und nahm ihm Handlangerdienste ab. Sarahs Besuche munterten ihn stets auf, und sie war ihm tatsächlich eine große Hilfe.

Ein spätes, kühles Frühjahr verzögerte den ganzen Saatanbau in diesem Jahr. Tante Lou kam und legte uns den großen Gemüsegarten an. Damit sparte sie uns viel an Zeit und Mühe. Für Tante Lou war's aber kaum eine Mühe, weil sie mit Leib und Seele Gärtnerin war.

Endlich wurde das Wetter warm und trocken, und alles, was wir angepflanzt hatten, sproß und grünte fast über Nacht.

Die letzten Sommermonate verbrachte ich fast ausschließlich auf den Feldern und hin und wieder an meiner Angelstelle, als Opa mich eines Tages restlos überrumpelte. Wir waren gerade auf dem Weg in die Stadt, und ich freute mich auf eine vergnügliche Stunde mit Jonathan und Sarah und ein Stück von Tante Lous Beerentorte.

„Hab' mir überlegt, in diesem Schuljahr die Lehrerin bei uns aufzunehmen."

Ich fuhr zu ihm herum und starrte ihn entgeistert an. Vor Schreck muß ich wohl an den Zügeln gerissen haben, weil die Pferde die Köpfe in die Höhe warfen und vor Protest mit den Schwänzen zuckten.

„Was hast du?" platze ich heraus.

„Die Lehrerin", wiederholte Opa, als hätte ich ihn vorhin nicht verstanden. „Hab' gehört, daß man 'ne Unterkunft für sie sucht."

„Und was in aller Welt fangen wir mit einer Lehrerin an?" fragte ich spitz. „Wir kommen ja so kaum über die Runden."

„Genau deshalb", sagte Opa.

„Du erwartest doch wohl nicht von der Lehrerin, daß sie den ganzen Tag über ihren Unterricht abhält und dann abends bei uns das Essen kocht und …"

„Aber nicht doch!" wehrte Opa ab und hob beschwichtigend die Hände.

„Ja, wie hast du's dir denn vorgestellt? Was sollen wir denn davon haben, wenn die Lehrerin bei uns wohnt? Und wo soll sie schlafen, bitteschön?"

„Wir haben 'n paar Zimmer übrig."

„Und wo?"

Opa sah mich an, als könnte ich nicht bis drei zählen.

„Also", sagte er dann, „du wirst dich erinnern, daß neben deinem eins leer steht."

„Das, wo Tante Lou schläft???" Ich schleuderte es Opa entgegen, als hätte er soeben Staatsverrat begangen.

„Schlief, nicht schläft", berichtigte Opa mich. „Wo Tante Lou früher mal geschlafen hat. Kann mich nicht darauf besinnen, daß sie's in letzter Zeit viel benutzt hat."

Es klang reichlich spöttisch, aber ich hatt's wohl verdient. Trotzdem konnte ich mir nicht vorstellen, daß er Tante Lous Zimmer nur an jemand anders vergeben wollte.

„Sarah übernachtet darin", widersprach ich.

Darüber dachte Opa kurz nach, bevor er antwortete. Dann nickte er.

„Ja, das stimmt schon", sagte er. „Sie kommt hin und wieder zu Besuch, und das soll sie auch weiterhin." Er lachte leise. „Sie ist ein kleiner Brausewind, nicht? Hast du mitgekriegt, wie sie Charlie hilft?"

Das hatte ich allerdings. Und er hatte recht: Sarah war tatsächlich ein kleiner Brausewind.

Wieder lachte Opa, diesmal aus vollem Halse.

„Neulich hat sie ihn regelrecht rumkommandiert. ‚Onkel Charlie', sagt sie, ‚ich meine, dein Hefeteig ist viel zu dick. Mama tut viel mehr Milch rein als du.'" Opa mußte wieder lachen.

„Und was hat Onkel Charlie dazu gesagt?" fragte ich in der Hoffnung, Opa von seiner verrückten Idee abzulenken.

Er lachte noch immer.

„Der hat mir über ihren Kopf weg zugezwinkert und zu ihr gesagt: ‚Du bist genau wie deine Mama. Überall mußt du das letzte Wort haben!' Aber er hat seinen Spaß an ihr gehabt, das konnte man ihm genau anmerken."

Wenn ich gehofft hatte, Opa würde seine verrückte Idee fallenlassen, dann sollte ich mich allerdings getäuscht haben.

„Sarah könnte auf der Liege in der Küche übernachten", schlug er vor.

„In der Küche? Wie soll ein Kind da zu seinem Schlaf kommen, wo du mit Onkel Charlie abends Kaffee trinkst und die Ereignisse des Tages mit ihm besprichst?"

Das ließ Opa sich in Ruhe durch den Kopf gehen. Anscheinend hatte ich ihm damit zu denken gegeben.

„Hast recht", gab er endlich zu. „Dann schlaf' ich halt selbst in der Küche."

„Du?"

Das klang ja fast genauso lächerlich!

„Wär' schließlich nicht das erste Mal, daß ich auf der Liege übernachte", teilte Opa mir fest entschlossen mit.

Ich biß mir auf die Zunge. Ich wollte auf keinen Fall grob oder ausfallend werden.

„Du hast dir ja noch nicht alles angehört", fuhr Opa fort.

„Wie ... Warst du etwa noch nicht fertig?" So bissig, wie's mir herausgerutscht war, hatte ich's eigentlich gar nicht gemeint. Ich wurde etwas rot, weil ich wußte, daß ich Opa gegenüber ungerecht war.

„Entschuldige", sagte ich. „Ich bin ganz Ohr."

Opa räusperte sich. Er schien zu hoffen, endlich alles loszuwerden, was er mir zu sagen hatte.

„Du weißt doch, wie schwer Charlie sich mit der Hausarbeit tut, oder?“

Ich nickte. Das wußten wir alle. Aber ausgerechnet eine Lehrerin? Eine Lehrerin würde doch nie im Leben Zeit, geschweige denn Lust dazu haben, den Haushalt für drei ...

Aber da redete Opa schon weiter.

„Also, ich finde schon seit einiger Zeit, daß wir eigentlich dringend 'ne Haushaltshilfe brauchen.“

Eine Lehrerin? Eine Haushaltshilfe? Ich sagte zwar nichts, aber Opa schien meine Gedanken auch so erraten zu haben.

„Hm, 'ne Lehrerin hat viel zuviel mit ihrem Unterricht und ihren Schulheften zu tun, um groß im Haushalt einzuspringen, aber um überhaupt jemanden zu kriegen, nun ja, das ist so 'ne Sache, weißt du. Kann ja wohl kaum von 'nem jungen Mädchen erwarten, allein bei drei Männern einzuziehen, oder?“

Da war ich ganz seiner Meinung, wenn ich seinem Gedankengang auch nicht recht folgen konnte.

Ich zuckte mit den Achseln und schnalzte den Pferden zu. Wenn die Pferde ein bißchen flotter trabten, dann würde Opa vielleicht auch schneller zur Sache kommen.

„Wenn wir erst die Lehrerin bei uns wohnen haben, dann wird's auch leichter sein, eine Haushaltshilfe zu kriegen“, sagte er eilig.

„Wie bitte???“ Opa wollte doch wohl nicht allen Ernstes vorschlagen, daß wir uns nicht nur eine, sondern gleich zwei Frauen ins Haus holten!

„Furchtbar einfach, nicht?“ sagte Opa.

„Und wo soll die dann schlafen?“ fragte ich, mit meiner Weisheit fast am Ende angelangt.

„Also, wie ich die Sache sehe, stehen bei uns zwei Zimmer leer“, stellte Opa nüchtern fest.

Uropas Zimmer! Das Zimmer neben der Küche. Darauf wäre ich nie gekommen. Es überraschte mich, daß Opa auch nur im entferntesten daran denken konnte, dieses Zimmer zu vermieten.

Wieder schien er meine Gedanken erraten zu haben, denn er redete unbeirrt weiter.

„Ein Zimmer ist dazu da, benutzt zu werden, Junge, nicht als Heiligenschrein. Das eine Mädchen kann das Zimmer im oberen Stockwerk haben, und das andere kann unten wohnen. Mir ist's egal; das sollen sie unter sich ausmachen. Charlie braucht dringend Hilfe, aber weder du noch ich haben Zeit, in der Küche zu wirtschaften. Deine neuen Farmmethoden sind gut, wirklich prima, aber sie verursachen auch 'ne Menge zusätzliche Arbeit. Das weißt du ja selbst am besten. Kein Mensch kann zwei Sachen auf einmal machen. Im Moment ..."

Aber ich unterbrach ihn. Ich hatte mich jetzt besser in der Hand und sprach beherrschter.

„Hast du schon mit Onkel Charlie gesprochen?" Bestimmt würde ich Onkel Charlie auf meiner Seite haben.

„Nein, noch nicht", antwortete Opa. „Wollte zuerst fragen, wie du darüber denkst."

Plötzlich nahm sich die ganze Sache schon anders aus. Es freute mich ungemein, daß meine Meinung zählte, aber restlos überzeugt hatte Opa mich deshalb noch nicht. Ich fand seine Idee unmöglich, aber ich wußte, daß ich mit Streiten keinen Schritt weiterkam. Ich mußte stichhaltige Argumente vorbringen.

„Und woher weißt du, ob die Schulbehörde auch ihre Einwilligung dazu gibt, daß die Lehrerin bei uns untergebracht wird?"

„Hab' schon mit dem Vorsitzenden gesprochen", gestand Opa.

„Und wenn die Lehrerin ablehnt?"

„Hat sie aber nicht. Sagt, von uns aus hat sie keinen langen Schulweg, und außerdem wohnt sie lieber bei Leuten, die keine kleinen Kinder haben."

Anscheinend handelte es sich also nicht um irgendeinen urplötzlichen Einfall von Opa. Er hatte ihn ja schon teilweise in die Tat umgesetzt – und zwar hinter unserem Rücken!

„Woher nehmen wir die Haushaltshilfe?" fragte ich als nächstes und hoffte, ihm dadurch den Wind aus den Segeln zu nehmen. In unserer Nachbarschaft gab's nämlich nicht allzu viele Mädchen, die alt genug waren, einen Haushalt zu versorgen, aber noch keinen eigenen hatten.

„Mary Turley“, sagte Opa kurz und bündig.

„Mary? Aber Mary wird doch daheim gebraucht.“

„Jetzt nicht mehr. Ihrer Mutter geht's wieder gut, und außerdem hat Mary zwei jüngere Schwestern, die ...“

In dem Punkt hatte er mich schachmatt gesetzt. Ich versuchte es mit einem neuen Argument.

„Wer garantiert dir denn, daß sie überhaupt kommen würde? Immerhin ...“

„Sie selbst“, stellte Opa trocken fest.

Allmählich stieg die Wut in mir hoch. Da rückte Opa mir nichts, dir nichts mit seiner total verrückten Idee heraus. Er hatte weder mit Onkel Charlie noch mit mir darüber gesprochen, hatte alles klammheimlich in die Wege geleitet, ohne uns auch nur eine Spur einzuweihen. So ... so geheimniskrämerhaft hatte ich ihn noch nie erlebt.

„Moment mal“, sagte ich und hob die Hand, wie Opa es selbst oft tat. „Meinst du nicht auch, daß das 'n bißchen vorschnell von dir war? Also, da schleichst du herum und tust, was dir einfällt, ohne Onkel Charlie und mich zu fragen, was wir eigentlich von deinem Plan halten. Findest du nicht auch, daß du uns wenigstens um unsere Meinung fragen könntest? Schließlich ...“

„Das tu' ich doch gerade“, entgegnete Opa unschuldig.

„Na, das kommt aber reichlich spät“, regte ich mich auf. „Du hast ja schon alles fest vereinbart ...“

„Noch gar nichts ist fest.“

„Aber du hast doch schon gefragt.“

„Hab' nur ein paar Fühler ausgestreckt, weiter nichts“, widersprach Opa.

„'ne ganze Menge Fühler, würde ich sagen“, gab ich ziemlich hitzig zurück.

„Zwei“, verteidigte Opa sich. „Erstens hab' ich mich danach erkundigt, ob wir die Lehrerin bei uns aufnehmen können, und zweitens danach, ob wir eine Haushaltshilfe einstellen können.“

„Wir haben ja noch nicht mal davon gesprochen, woher wir das Geld nehmen sollen, um das Mädchen zu bezahlen“, gab ich zu bedenken. „Was wird, wenn die Ernte schlecht ausfällt? Was, wenn ...“

Zu meiner Überraschung fing Opa an zu lachen.

„Das ist ja gerade das Famose an der ganzen Sache“, sagte er. „Mit dem Kostgeld der Lehrerin bezahlen wir das Hausmädchen.“

Ich konnte ihn nur anstarren. Er hatte tatsächlich an alles gedacht.

Hilflos zuckte ich mit den Achseln. Das Ganze gefiel mir noch immer ganz und gar nicht. Was in aller Welt sollten wir bloß mit zwei Frauen im Haus? Wir hatten jahrelang allein gelebt, und jeder von uns hatte so seine Eigenarten. Wie sollten wir uns da auf zwei Frauen einstellen? Wie konnte Opa auch nur im entferntesten glauben, daß das gutgehen würde? Aber immerhin gehörte das Haus ja ihm.

Dann dachte ich an Onkel Charlie. Es stimmte zwar, daß ihm die Hausarbeit große Mühe bereitete, aber wenigstens hatte er das Gefühl, sich nützlich machen zu können. Onkel Charlie würde es niemals zulassen, daß eine Frau ihn aus seiner Küche verdrängte. Damit hätte er ja zugegeben, daß er zu nichts mehr nütze war. Nein, so leicht würde Onkel Charlie sich nicht abschieben lassen.

„Wie ich die Sache sehe“, sagte ich und nahm meinen ganzen Mut zusammen, „ist das eigentlich Onkel Charlies Entscheidung. Schließlich ist er ja für das Haus zuständig.“

„Haargenau!“ stimmte Opa aus ganzem Herzen zu. „So sehe ich's eigentlich auch.“

Ich ließ den Pferden die Zügel über die Schultern knallen. Kannte Opa Onkel Charlie etwa besser als ich?

Von langer Hand vorbereitet

Sarah bettelte darum, mit mir einkaufen zu gehen, und ich konnte ihrem flehentlichen Blick nicht widerstehen.

„Du weißt ja, daß deine Mama und dein Papa nicht gern sehen, wenn ich dir Bonbons kaufe", warnte ich sie, als ich sie bei der Hand nahm und mit ihr zu dem wartenden Gespann ging.

„Ja, ich weiß", sagte sie munter, „aber ich komm' trotzdem gern mit dir, Onkel Josch."

Meinen Namen konnte sie inzwischen mühelos aussprechen. Obendrein konnte sie einen ebenso mühelos um den kleinen Finger wickeln. Ich warf einen Blick auf ihr Gesicht, aber sie schaute völlig unschuldig und unbekümmert drein. Ich nahm ihre Hand fester in meine.

„Ich hab' dich auch gern bei mir", versicherte ich ihr.

„Wohin fahren wir denn zuerst?" erkundigte sie sich, als ich sie auf den Wagensitz hob.

„Zuerst zum Tierfutterladen, dann zur Post und zum Eisenwarenladen und zum Schluß noch ins Lebensmittelgeschäft."

Damit schien sie zufrieden zu sein.

Beim Futterladen hielten wir uns nicht lange auf; ich warf die beiden Futtersäcke in den Wagen und kutschierte weiter.

Im Postamt herrschte reger Betrieb, und ich mußte mich anstellen. Es dauerte eine Weile, bis ich endlich an die Reihe kam und mir die Post von dem Beamten geben lassen konnte. Das Warten hatte sich aber durchaus gelohnt, denn ein Brief von Willi war darunter. Ich riß den Umschlag auf und überflog die Seiten, bevor ich wieder zum Wagen zurückging.

„Was hast du da? Einen Brief an dich?" wollte Sarah

oben auf dem Wagensitz wissen. Ich nickte und setzte mich neben sie.

„Liest du den jetzt?“ fragte sie, was eigentlich ’ne überflüssige Frage war, denn sie konnte doch sehen, daß ich schon mit Lesen beschäftigt war. Dann wurde mir erst klar, daß die Frage mich nur daran erinnern sollte, daß sie schließlich auch noch da war und etwas von meiner Aufmerksamkeit für sich haben wollte.

„Wir haben auch ’nen neuen Katalog bekommen“, sagte ich. „Würdest du dir den gern anschauen, während ich meinen Brief lese?“

Dieser Vorschlag fand sogleich ihre Zustimmung.

„Da lesen wir jetzt beide unsere Post, nicht?“ sagte sie kichernd.

Die ersten Seiten von Willis Brief handelten von nichts anderem als von Carmen, von ihrer gegenseitigen Verliebtheit, von ihren Zukunftsplänen und davon, welch ein wunderbarer Mensch sie doch sei und wieviel sie schon dazugelernt habe. Ich las flink darüber hinweg, da mir das alles immer noch eine Spur zu schaffen machte.

Dann kam ich an eine Stelle, die mich wirklich interessierte. Carmen hatte nämlich ihren Vater besucht.

„Aber so schwer es auch für sie war, so ist sie doch froh, die Reise gemacht zu haben“, hieß es in dem Brief. „Schon allein deshalb, weil sie ihre Mutter jetzt viel besser verstehen kann. Als wir zu Weihnachten daheim waren, hatte Carmen versucht, ihre Mutter dazu zu bewegen, zu ihrem Vater zurückzugehen. Doch diese hatte nur den Kopf geschüttelt, wollte sich aber nicht weiter dazu äußern. Das hatte Carmen ihr ziemlich übelgenommen.

Du kannst Dir vorstellen, wie überrascht Carmen war, als sie dann erfuhr, daß Frau Foggelson nicht etwa von sich aus in unserer Stadt geblieben ist, sondern daß sie einfach zurückgelassen wurde. Herr Foggelson hat nicht die geringste Absicht, seine Ehe weiterzuführen. Er hat Carmen erzählt, ihre Mutter habe ihm zweimal geschrieben, um ihn dafür um Verzeihung zu bitten, daß sie zu wenig Verständnis für ihn aufgebracht und nicht an ihrem christlichen Glauben festgehalten habe. Sie hat ihm auch ihre Bereitwilligkeit erklärt, es noch einmal zu versuchen, aber daß sie dazu die Freiheit brauchte, ihrem Glauben gemäß leben zu dürfen, wie vor ihrer Ehe.

Endlich wurde Carmen klar, daß ihre Mutter zu ihrem Mann zurückgegangen wäre, nur daß sie sich diesmal ganz klar zum christlichen Glauben bekannt hatte. Ich brauche Dir nicht erst zu sagen, daß er damit nicht einverstanden war. Eigentlich war er schon lange, bevor er von zu Hause ausgezogen war, zu dem Entschluß gekommen, sie zu verlassen. Er hat Carmen gesagt, daß er inzwischen eine Bekannte habe, die ‚besser zu seinen Anschauungen paßt'. Es war eine entsetzliche Enttäuschung für Carmen."

Einige Augenblicke lang verspürte ich einen solchen Zorn auf Herrn Foggelson, daß ich die Hände zu Fäusten ballte. Doch allmählich machte ich mir klar, daß er ja eigentlich nur ein Opfer von Lug und Trug war. Seine irrigen Anschauungen hatten ihn auf falsche, dunkle Wege geführt. Gott allein konnte ihm die Augen für die Wahrheit öffnen.

Carmen tat mir furchtbar leid. Wie erschütternd für sie, die Wahrheit über ihren Vater zu erfahren, den sie jahrelang abgöttisch geliebt hatte!

„Aber eigentlich schreibe ich Dir aus einem ganz anderen Grund", hieß es weiter in Willis Brief. „Ich habe nämlich eine gute Nachricht! Letzte Woche bin ich vom Missionskomitee angenommen worden! In zwei Wochen soll ich nach Südafrika in See stechen. Wie Du Dir vorstellen kannst, reise ich mit gemischten Gefühlen von hier fort. Ich kann es kaum ertragen, Carmen hier zurückzulassen, aber sie nimmt alles mit bewundernswerter Tapferkeit hin. Sie ..."

Der Rest von Willis Brief war ein einziges Loblied auf die Tugenden seiner Verlobten.

Ein Zupfen an meinem Ärmel erinnerte mich daran, daß ich nicht allein war. Sarah sah mich aus sehnsuchtsvollen Augen an.

„Bist du fertig?" fragte sie und reichte mir den Katalog zurück. „Ich schon längst!"

Ich nickte.

„Ja, ich bin auch fertig", antwortete ich. Ich hatte zwar noch einiges, über das ich in Ruhe nachdenken mußte, aber dazu war jetzt nicht die richtige Zeit. Später würde ich den Brief nochmals gründlich durchlesen und überdenken.

„Und wohin fahren wir jetzt?" wollte Sarah wissen, als ich die Zügel nahm.

„Zum Eisenwarenladen. Ich brauche Nägel, und zum Zaumzeugflicken brauche ich Nieten."

Sarah wartete geduldig, bis ich meine Besorgungen erledigt hatte. Anschließend gingen wir über die Straße zum Lebensmittelgeschäft.

Als ich meine Tüten und Pakete in der Kutsche ablegte, sah Sarah mich aus ihren großen blauen Augen an.

„Brauchst du zufällig noch was aus der Drogerie?" fragte sie.

Ich schüttelte den Kopf und wollte sie gerade auf den Sitz heben.

„Warum?" fragte ich aber dann doch zurück.

„Och, ich dachte nur!" sagte sie und zuckte mit den schmalen Schultern.

Nun dämmerte es mir.

„Ich hab' dir doch gleich zu Anfang gesagt, daß ich dir heute keine Süßigkeiten kaufen kann."

„Ja, ich weiß", sagte sie und seufzte. Dann legte sie den Kopf schräg und fügte mit einem vielsagenden Lächeln hinzu: „Aber eine Limo ist eigentlich keine Süßigkeit, oder?"

„Du kleines Schlitzohr!" lachte ich und nahm sie bei der Hand. „Na, komm schon! Ob 'ne Limo das Richtige ist, weiß ich nicht, aber gegen ein Eis ist bestimmt nichts einzuwenden."

Mit strahlendem Gesicht hüpfte sie neben mir her.

„Ich hätt' gern ein Schokoladeneis", zwitscherte sie. „Was nimmst du denn, Onkel Josch?"

Als ich Sarah wieder bei Tante Lou abliefern und Opa zur Heimfahrt abholen wollte, bekam ich eine Unterhaltung mit, die eigentlich nicht für meine Ohren bestimmt war. Nicht, daß ich mit Absicht gelauscht hätte; ich kam wohl nur zu leise und zur falschen Zeit bei Tante Lou an.

Sarah war nicht mit mir ins Haus gekommen. Draußen vor dem Zaun sahen wir die kleine Janie Cromstock von nebenan. Sie war Sarahs Spielgefährtin. Als sie Sarah entdeckte, rief sie sie gleich zu sich, um mit ihrer neuen Schaukel zu spielen.

„Darf ich, Onkel Josch? Bitte?“ flehte Sarah.

„Da mußt du deine Mama fragen“, ermahnte ich sie.

„Kannst du das nicht für mich machen? Bitte, bitte!“ Sie sah mich aus großen Augen an. „Du gehst doch sowieso gerad’ ins Haus, oder?“

„Na schön“, sagte ich. „Ich frag’ deine Mama, aber wenn sie was dagegen hat und ich dich rufe, dann mußt du auf der Stelle nach Hause kommen, abgemacht?“

Sie nickte und rannte zu ihrer kleinen Freundin.

Aus Rücksicht auf Jonathan, der um diese Zeit meistens seinen Mittagsschlaf hielt, ging ich auf leisen Sohlen durch die hintere Tür ins Haus. Plötzlich hörte ich meinen Namen und blieb stehen.

„... findet Josch das alles denn?“ erkundigte Tante Lou sich gerade.

„Der hat sich natürlich mit Händen und Füßen gewehrt“, antwortete Opa und kicherte leise, „aber nicht gar so heftig, wie ich befürchtet hatte.“

„Dann wirst du’s also tun?“

„Muß Charlie das Ganze zuerst schmackhaft machen“, sagte Opa nüchtern.

„Und glaubst du, er wird einverstanden sein?“ fragte Tante Lou weiter.

„Das kommt darauf an“, antwortete Opa nachdenklich. „Ich weiß zwar, daß Charlie Hilfe braucht, aber ich weiß genausogut, daß er das Gefühl braucht, sich nützlich machen zu können. Wenn er seinen Haushalt abgeben kann, ohne sich dabei wie ’n fünftes Rad am Wagen vorzukommen, dann wird er bestimmt dafür sein. Es kommt halt ganz darauf an.“

Jetzt war mir klar, daß Opa soeben auch Tante Lou in seinen hirnverbrannten Plan eingeweiht hatte. Gerade wollte ich hineinstürzen, um Tante Lou haarklein zu erklären, was ich von der ganzen Idee hielt, als ich sie sagen hörte: „Das wäre mir ja eine solche Erleichterung! Ich mache mir oft Sorgen um euch, weißt du. Damit tätest du dir selbst den größten Gefallen aller Zeiten." Mit einem leisen Lachen fügte sie hinzu: „Abgesehen davon, mich zur Tochter zu haben, versteht sich!"

Unmöglich konnte ich ihr gegenüber meinem Zorn Luft machen. Ich zögerte, schloß geräuschvoll die Tür und klopfte leicht an, bevor ich die Küche betrat. Opa und Tante Lou saßen am Tisch und tranken Limonade aus hohen Gläsern. Tante Lou sah auf.

„Hast du Sarah etwa unterwegs verkauft?" erkundigte sie sich amüsiert.

„Sie wollte unbedingt bei Janie daheim die neue Schaukel ausprobieren. Ich hab' ihr versprochen, dich für sie um Erlaubnis zu fragen. Darf sie?"

Tante Lou zuckte lachend mit den Achseln.

„Na, sie scheint ja schon munter dabei zu sein, ob mit oder ohne Erlaubnis", antwortete sie.

„Schon, aber ich rufe sie zurück, wenn's dir nicht recht ist."

„Laß nur, ist schon gut. Wenigstens ein paar Minuten darf sie bleiben. Ich rufe sie dann schon selbst, wenn sie ein Weilchen gespielt hat."

Tante Lou stand auf, um mir ein Glas Limonade einzuschenken, und schob mir den Teller mit den Haferkeksen zu.

„Hast du alles gekauft, was du brauchst?" wollte Opa wissen. Ich nickte.

„Hab' auch einen Brief von Willi bekommen", sagte ich.

„Was gibt's denn Neues?"

Ich wandte mich zu Tante Lou um, die die Frage gestellt hatte. Eigentlich hielt ich nichts von Klatsch und Tratsch, aber in diesem Fall fand ich, daß Tante Lou ein Anrecht darauf hatte, ein paar Einzelheiten aus Willis Brief zu erfahren.

„Du triffst dich doch regelmäßig mit Frau Foggelson und liest mit ihr in der Bibel, seitdem sie wieder zur Kirche geht. Ich weiß auch, wie du dich darüber freust, daß sie Gott wieder nachfolgen will." Ich zögerte. „Allerdings weiß ich auch, wie ... na ja, wie falsch du's findest, daß sie noch nicht zu ihrem Mann gezogen ist."

Tante Lou nickte ernst.

„Weißt du, Carmen hat ihren Vater besucht und dabei erfahren, wie sich alles in Wirklichkeit verhält", fügte ich hinzu. Plötzlich konnte ich nicht weiterreden. Mir war so, als würde ich im nächsten Moment die ganze Familie Foggelson in Verruf bringen.

Ich schluckte mühsam.

„Es liegt nicht an Frau Foggelson, daß sie nicht bei ihrem Mann ist. Er hat neuerdings eine ... eine Bekannte, die angeblich besser zu ihm paßt."

Tante Lou schien der Atem zu stocken. Dann füllten sich ihre Augen mit Tränen.

„Ach, die Ärmste!" flüsterte sie. „Darüber hat sie nie ein Wort gesagt. Es muß ja furchtbar schwer für sie sein; schließlich denkt jedermann schlecht von ihr."

Ich nickte.

Im nächsten Moment kam Jonathan schlaftrunken in die Küche gestolpert, mit roten Wangen und zerzausten Haaren, das Hemdchen von dem warmen Bett zerknittert. Er schleifte eine lumpige Puppe von Sarah hinter sich her. Als er uns sah, strahlte er gleich und steuerte geradewegs auf Opas offene Arme zu.

Opa zog ihn an sich und gab ihm einen Kuß auf die rosigen Wangen.

„Hab' schon geglaubt, du würdest den lieben langen Tag verschlafen, Junge", sagte er zu dem Kleinen. „Dann hätt' ich dich heute gar nicht zu sehen gekriegt!"

Jonathan zeigte auf den Teller mit den Plätzchen und wand sich aus Opas Umarmung frei. Ich fühlte mich geschmeichelt, als er gleich auf mich zurannte, sobald er festen Boden unter den Füßen hatte. Nur daß das Gefühl nicht lange anhielt. Wie sich herausstellte, saß ich lediglich dichter an dem Plätzchenteller als Opa, und kaum hatte ich mir das Kerlchen auf den Schoß gehoben, als er auch schon mit beiden Händen nach den Plätzchen griff.

Ich setzte ihn auf meinem Schoß zurecht und schob die Plätzchen bis auf eins aus seiner Reichweite. Gemütlich an mich gelehnt, knabberte er dann an seinem Plätzchen.

Ich hielt ihn auf dem Schoß, bis das Plätzchen verschwunden war, und dann stand Opa auf.

„Am besten machen wir uns jetzt auf den Heimweg, Junge", sagte Opa mit einem Blick auf die Wanduhr.

„Habt ihr schon mit der Ernte angefangen?" erkundigte Tante Lou sich, während Opa seinen fleckigen, schlappigen Hut aufsetzte.

Ich wußte, daß die Frage mir galt. Ich war inzwischen derjenige, der die wichtigen Entscheidungen auf der Farm zu treffen hatte. Opa und Onkel Charlie hatten mir die Verantwortung übertragen, ohne daß je ein Wort darüber gefallen wäre.

„Noch nicht. Wir fangen an, sobald es trocken wird."

„Versprichst du dir gute Erträge?"

„Sieht ganz danach aus, wenn's nur keinen Hagel gibt."

„Dann wirst du wohl die nächsten paar Wochen jede Menge an Arbeit haben", fuhr Tante Lou fort.

„Allerdings."

„Wir werden dich kaum zu sehen kriegen."

„Nur sonntags."

„Vielleicht kann ich ab und zu kommen und in der Küche helfen", sagte sie. „Eigentlich könntet ihr gut eine Hilfe im Haushalt gebrauchen, weißt du."

Ich mußte einfach schmunzeln. Ich hoffte nur, daß Tante Lou ihr kleines Manöver nicht für gekonnt unauffällig hielt. Es war ja zu offensichtlich, worauf sie hinauswollte! Und es war ebenso offensichtlich, auf wessen Seite sie stand.

Neue Zeiten

Opa vergeudete nicht viel Zeit, um Onkel Charlie einzuweihen. Im stillen hatte ich mich schon gefragt, wie er das wohl anfangen würde. Wahrscheinlich würde er die Katze aus dem Sack lassen, sobald ich im Bett war und er mit Onkel Charlie allein in der Küche seine letzte Tasse Kaffee trank. Ich hatte sogar schon überlegt, ob ich mich auf die Treppe schleichen sollte, um mir anzuhören, was er Onkel Charlie zu sagen hatte.

Aber es kam ganz anders. Opa glaubte wohl, seinen Bruder gut genug zu kennen, um sich seiner Sache restlos sicher zu sein. Onkel Charlie würde sich bestimmt auf seine Seite schlagen, schien er zu glauben.

Wie dem auch sei, jedenfalls hatten wir gerade die Stallarbeit hinter uns und das Geschirr gespült, und Onkel Charlie hatte die Spülschüssel zurück an den Haken gehängt, als Opa schnurstracks zur Sache kam.

„Hab' heute auf dem Weg in die Stadt zu Josch gesagt, daß wir uns eigentlich nach 'ner Hilfe umsehen sollten", begann er.

Ich war völlig verdutzt über Opas unverblümte Worte, aber Onkel Charlie schien nicht die Bohne überrascht zu sein. Ohne mit der Wimper zu zucken, fuhr er mit dem Spüllappen über das karierte Wachstuch auf dem Tisch.

„Wofür denn?" fragte er zurück.

„Zum Kochen und Backen. Saubermachen. Zum Kochen für die Dreschmannschaft und zum Einmachen."

„Denkst du an jemand Bestimmtes?" fragte Onkel Charlie. Zu meiner Überraschung zwinkerte er dabei mit den Augen.

„Mary Turley", antwortete Opa.

„Aha", sagte Onkel Charlie mit dem gleichen Augenzwinkern. „Dann soll Josch uns also die Hilfe ins Haus holen, nicht du?“

Ich wollte gerade etwas sagen, als Opa mir zuvorkam.

„Worauf willst du denn damit hinaus?“

„Hinauswollen? Auf gar nichts, versteht sich! Ich dachte nur, so wie du gerad’ geredet hast, daß du ’ne Ehefrau für jemanden ins Haus holen willst.“

„’ne Ehefrau?“ grunzte Opa. „Unfug! Josch kann sich selbst ’ne Frau suchen.“

„Freut mich außerordentlich, daß wir da einer Meinung sind“, bemerkte ich trocken.

„Was hast du dir denn nun vorgestellt?“ fragte Onkel Charlie und wischte die letzten Krümel vom Tisch.

„Eine Haushaltshilfe“, erklärte Opa.

„Ach so“, sagte Onkel Charlie. Einfach nur: „Ach so.“

„Mary Turley sagt, sie hat nichts dagegen, ’ne Zeitlang im Haushalt bei uns zu arbeiten“, fuhr Opa fort.

„Ich finde, bei meiner Idee haben wir aber länger was davon“, grinste Onkel Charlie. „Wie lange wird ’n Mädchen wie Mary Turley – und in ihrem Alter – schon drei eingefleischte Junggesellen bemuttern wollen?“

„Von wegen bemuttern!“ protestierte Opa. Onkel Charlie schien es nicht einmal bemerkt zu haben.

„Und wie sollen wir sie bezahlen?“ fragte er statt dessen. Ich hielt die Luft an. Genau das war das Verrückteste an Opas ganzem Vorhaben. Warte nur, Onkel Charlie, bis du das gehört hast!

„Wir nehmen die neue Lehrerin bei uns auf“, rückte Opa mit der Sprache heraus.

Das ließ sogar Onkel Charlie aufhorchen. Er stellte sich so aufrecht hin, wie sein kranker Rücken es zuließ, und warf Opa einen messerscharfen Blick zu.

Ich konnte ihm die Fragen ansehen, die ihm durch den Kopf schossen, aber er sprach keine davon aus. Opa nutzte die Pause, um hastig weiterzureden.

„Bei uns stehen zwei Zimmer leer. Die Lehrerin kriegt das eine, das Hausmädchen das andere. Auf die Art und Weise kann sich keine beklagen, allein mit drei Männern unter einem Dach wohnen zu müssen. Wir nehmen das

Kostgeld von der Lehrerin und bezahlen damit das Hausmädchen. So kommt jeder zu seinem Recht."

Onkel Charlie pfiff durch die Zähne. Er hegte bestimmt Zweifel an der Sache.

„Na sag schon, woran hapert's denn?" drängte Opa etwas hitzig.

Jetzt konnte ich nicht länger an mich halten. Ich lehnte mich auf meinem Stuhl zurück und legte die Hände auf den Tisch.

„'ne hirnverbrannte Idee ist das Ganze, einfach unsinnig", erläuterte ich Onkel Charlie. „Das ist doch wohl das Allerletzte: ein Haus voller Frauen! All die Jahre sind wir prima ohne Frauen ausgekommen. Wüßte nicht, weshalb sich das auf einmal ändern sollte. Die Frauen würden ja doch bloß weiße Tischtücher auf den Tisch tun, uns die Hemden stärken und uns zwingen, die Stallstiefel im Haus auszuziehen und ..."

Ich war längst noch nicht fertig, aber Onkel Charlie ging ein paar Schritte von uns weg. Ich glaubte schon, er wollte damit den ganzen Plan von sich weisen, aber dann sah ich, daß er nur das Spültuch aufhängen wollte.

Als er an den Tisch zurückkam, redete ich gleich weiter.

„Ich weiß, zur Ernte geht's ein bißchen hektisch zu, aber die Ernte dauert schließlich nicht ewig, und für die paar Tage kriegen wir schon jemanden, der uns hilft. Ich wette, wir könnten Frau ..."

„Kommt nicht in Frage!" fiel Onkel Charlie mir ins Wort. „Hat mich ja fast auf die Palme gebracht, die Frau!"

„Dann halt jemand anders. Es gibt schließlich jede Menge Frauen, die während der Ernte beim Kochen helfen. Wir ..."

„Ach ja? Wen denn zum Beispiel?" unterbrach mich Opa. „Weißt du noch, wie lange wir letztes Jahr jemand für die Ernte gesucht haben?"

Das war ein ernüchternder Gedanke. Es war tatsächlich schwierig gewesen. Alle Frauen in der Umgegung waren vollauf mit Kochen für die eigene Erntemannschaft und mit Einmachen beschäftigt gewesen.

„Trotzdem brauchen wir uns nicht gleich eine Hilfe ins

Haus zu holen, die uns alles durcheinanderbringt. Wir machen den Haushalt auf unsere Weise. Mit 'ner Haushaltshilfe hier würden wir uns plötzlich ganz komisch vorkommen."

Onkel Charlie ließ sich langsam auf einen Stuhl sinken. Ich konnte ihm ansehen, wie sein Rücken ihm wieder zu schaffen machte.

„Und wo sollten wir sie auch unterbringen?" ereiferte ich mich weiter. „Das obere Zimmer gehört Tante Lou, und das untere", und ich zeigte auf das kleine Zimmer neben der Küche, „das untere gehört Uropa."

Onkel Charlie schien mir nicht zuzuhören, und Opa sagte nicht viel.

„Wir wissen ja nicht mal, wie die neue Lehrerin überhaupt ist. Vielleicht ist sie ja ... vielleicht ist sie ja 'n richtiges Ekel!"

Mir fiel nichts Bestimmtes ein, dessen ich sie beschuldigen könnte.

Onkel Charlie hob die Augenbrauen und warf Opa einen Blick zu. Der begriff auf der Stelle und beantwortete die unausgesprochene Frage.

„Hab' natürlich ein paar Erkundigungen über sie eingeholt. Schließlich wollen wir nicht, daß sie uns den Tabak in die Wandritzen spuckt, oder?"

Onkel Charlies Schnurrbart zuckte leicht; er unterdrückte wohl mit Mühe ein Grinsen.

„Sie kommt aus einer angesehenen, gläubigen Familie in der Nähe von Edgeworth. Hat erstklassige Referenzen und möchte gern Mitglied in unserer Kirche werden. Sie hat ausdrücklich darum gebeten, bei einer christlichen Familie untergebracht zu werden, als sie sich um die Stelle beworben hat", fuhr Opa fort.

Trotzdem schien Onkel Charlie noch reichlich skeptisch zu sein. Er ließ sich lange Zeit, bevor er fragte: „Und würden ihre Eltern sie bei uns wohnen lassen?"

„Sie haben Erkundungen über uns eingeholt", gestand Opa in aller Offenheit.

„Wer würde seine Tochter schon bei drei alten Junggesellen einziehen lassen?" winkte ich ab. „Bestimmt ..."

„Also gut, ich bin dafür", unterbrach mich Onkel Charlie.

Ich wollte meinen Ohren nicht trauen.

„Was meinst du denn dazu, Josch?" fragte Onkel Charlie zu meiner grenzenlosen Verwunderung. Hatte er etwa kein Wort von dem gehört, was ich die ganze Zeit gesagt hatte?

„Er hat gemeint, es wäre schließlich deine Küche und damit auch deine Entscheidung", kam Opa mir mit der Antwort zuvor.

„Wirklich?" Onkel Charlie warf mir einen forschenden Blick zu.

„Ja, schon, aber ..." fing ich wieder an.

„Dann machen wir's", sagte Onkel Charlie mit Entschlossenheit. „Ich finde, es ist höchste Zeit, daß 'ne Frau in dieses Haus kommt."

Ich fiel aus allen Wolken. Ich konnte es kaum fassen, daß Opa seinen Bruder zu so einer hirnverbrannten Idee überredet hatte. Dann machte ich mir klar, daß Opa die ganze Zeit über kaum ein Wort gesagt hatte. Das Reden hatte hauptsächlich ich besorgt, und womöglich hatte ich mich soeben selbst an die Wand geredet.

Das wurde mir sogar noch deutlicher, als ich gerade zu Bett gehen wollte und Onkel Charlies Stimme bis ins obere Stockwerk zu hören war.

„Ich mach' mir Sorgen wegen Josch", sagte er.

„Weswegen?" fragte Opa.

„Hast du's nicht gemerkt? Er hat ja gerade so geredet, als ob er Angst vor Frauen hätte! Entweder das, oder er findet sie lästig anstatt nützlich. Ständig hat er davon gequasselt, daß 'ne Frau ihm nur alles durcheinanderbringen würde."

„Recht haste", seufzte Opa. „Lou ist ja die einzige Frau, die er je näher gekannt hat."

„Wenn wir da mal nur nicht zu spät sind", sagte Onkel Charlie, und es klang aufrichtig besorgt.

Ich machte meine Zimmertür zu. Was ich da gehört hatte, stimmte mich reichlich ärgerlich. Andererseits jagte es mir aber auch 'nen schönen Schrecken ein. Hatte ich tatsächlich Angst vor Frauen? War alles für mich zu spät? Zugegeben, der Gedanke, mit zwei Vertreterinnen des anderen Geschlechts unter einem Dach wohnen zu müssen, war mir ein Greuel. Aber warum war das so? Ich hing schließlich sehr an Tante Lou. Die kleine Sarah hatte ich ins Herz geschlossen. Ich mochte Carmen sehr – oder besser gesagt: ich hatte sie einmal sehr gemocht. Wovor hatte ich also Angst? Wogegen wehrte ich mich?

Und dann fiel's mir wie Schuppen von den Augen: Onkel Charlie war genausowenig wie ich von Opas Vorhaben angetan. Das konnte ich ihm anmerken. Trotzdem hatte er ohne jede Widerrede gesagt: „Ja, so machen wir's!" Der Grund war niemand anders als ich. Onkel Charlie hatte herzlich wenig Lust, sich die Arbeit von einer Frau aus der Hand nehmen zu lassen. Vielleicht kam er sich sogar unnütz und überflüssig vor, aber das nahm er alles in Kauf, weil er befürchtete, daß etwas mit mir nicht stimmte.

Ich nahm mir vor, kein Wort mehr über den ganzen Plan zu verlieren, und als Opa mich am nächsten Morgen geradeheraus nach meiner Meinung fragte, sagte ich, von mir aus sollte er ruhig tun, was er für richtig hielt. Was das sein würde, konnte ich mir selbst ausmalen.

Mary zog als erste ein. Opa fuhr mit der Kutsche zu den Turleys, um sie abzuholen. Sie kam mit einem kleinen Koffer und einer abgenutzten Truhe an, und ich half Opa, alles ins Haus zu tragen.

Marys Anwesenheit war mir nicht allzu unangenehm. Schließlich kannten wir einander schon seit unserer Kindheit, und außerdem gehörte sie ja zu unserer Kirchengemeinde. Es war nicht gerade, als zöge eine völlig Fremde bei uns ein. Trotzdem fiel's mir schwer, mich an einen zusätzlichen Hausbewohner zu gewöhnen.

Sie bat sich das Zimmer im unteren Stockwerk aus, weil sie, wie sie sagte, ohnehin die meiste Zeit in der Küche verbringen würde, und das untere Zimmer lag ja gleich neben der Küche.

Im Haushalt war Mary ziemlich erfahren, soviel stand fest. Sie hatte daheim schon den Haushalt geführt, als sie noch ein junges Mädchen gewesen war. Sie übernahm ohne Zögern das Kommando in der Küche, aber eins mußte ich ihr dabei hoch anrechnen: sie schob Onkel Charlie nicht einfach beiseite. Sie fragte ihn dies und lobte das, bis sie ihn um den kleinen Finger gewickelt hatte, und dazu brauchte sie nicht mal sonderlich lange. Obendrein ließ sie sich mehr an Kleinigkeiten einfallen, die er erledigen konnte, als ich je für möglich gehalten hätte.

Sie arbeiteten zusammen in der Küche. Immer wenn ich ins Haus kam, hörte ich die beiden miteinander plaudern und lachen. Zuerst störte mich das, aber dann machte ich mir klar, wie gut Onkel Charlie das tat. Mit der Zeit war ich sogar dankbar für Mary und ihr Einfühlungsvermögen.

Zu den Mahlzeiten gab's jetzt öfter besondere Köstlichkeiten: pikant eingelegte grüne Tomaten, frische Butterhörnchen und gebackene Kürbisstücke. Onkel Charlie hatte zwar immer sein Bestes getan, aber Mary übertraf ihn weit.

Mary war erst eine Woche bei uns, als die neue Lehrerin einzog. Mary hatte Tante Lous Zimmer gefegt und gewienert, bis alles nur so blitzte. Sie stellte sogar einen kleinen Strauß mit Herbstblumen und ein Körbchen mit Äpfeln, die sie auf Hochglanz poliert hatte, auf den Tisch.

Mary mochte sich vielleicht auf die Lehrerin freuen, aber mir graute regelrecht davor, 'ne penible Schulmeisterin bei uns im Haus zu haben. An dem Tag, als Fräulein Matilda Hopkins eintreffen sollte, machte ich mich rar im Haus. An Vorwänden mangelte es mir dabei nicht. Wir hatten mit der Ernte angefangen, und es gab ganze Berge an Arbeit.

Fräulein Hopkins sollte mit der Eisenbahn ankommen, und Opa hatte sich erboten, sie am Bahnhof abzuholen.

Ich arbeitete länger als sonst. Zur Essenszeit blieb ich absichtlich draußen auf dem Feld. Es war noch hell genug, um mit der Arbeit weiterzumachen. Mein Magen knurrte und beklagte sich bitter, aber das scherte mich nicht. Ich hatte es nicht besonders eilig, in eine Küche zu kommen, wo's vor Frauen wimmelte.

Als es schließlich doch zu dunkel zum Arbeiten wurde, spannte ich die Pferde ab und führte sie in die Scheune. Ich ließ mir reichlich Zeit dabei, ihnen Wasser und Futter zu geben und sie gründlich zu striegeln. Ein Blick in den Stall sagte mir, daß Opa hier schon die Runde gemacht hatte.

Normalerweise wäre ich ihm dafür dankbar gewesen, aber heute ging's mir irgendwie gegen den Strich. Jetzt hatte ich keinen Vorwand mehr, um der Küche noch länger fernzubleiben.

Mißgelaunt und von der Arbeit schmutzig ging ich schließlich ins Haus. Ich wußte, daß ich mich dort vorzustellen hatte, aber ich wußte auch, daß ich nicht gerade gepflegt aussah. Ach, das war mir jetzt egal. Was kümmerte es schon eine alte Jungfer, wie ich aussah?

Ich stapfte über die hintere Veranda und öffnete die Tür. Die Küche war bis auf Opa und Onkel Charlie leer.

„Du machst aber heute spät Feierabend!" stellte Opa fest.

Ich sah mich ziemlich verwundert um, stellte aber keine Fragen. Dann trat ich an das Waschbecken in der Ecke, goß mir reichlich Wasser ein und spritzte es mir gründlich über Gesicht und Hände. Als ich damit fertig war, sah ich, daß ich es ebenso gründlich über Marys frisch geschrubbten Fußboden und den blitzsauberen Waschtisch gespritzt hatte. Ich gab vor, es nicht bemerkt zu haben, und trat an den Tisch.

„Wo ist das Essen?" fragte ich. Es sollte beiläufig klingen.

„Mit dem Essen waren wir vor zwei Stunden fertig", erklärte Opa, ohne von der Zeitung aufzuschauen, die er sich anscheinend irgendwo besorgt hatte.

„Dein Essen steht im Ofen", sagte Onkel Charlie über den Rand seines Zeitungsteils hinweg.

Ich ging zum Ofen, wo ich eine großzügige Portion entdeckte. Ich hatte gar nicht gewußt, wie hungrig ich war, bis ich das Essen sah und roch. Trotzdem sagte mir mein Verstand, daß das Essen vor zwei Stunden wahrscheinlich noch appetitlicher gewesen sein mußte. Na ja, das war nicht Marys Schuld; soviel mußte ich ehrlicherweise zugeben.

„Woher habt ihr denn die Zeitung?" erkundigte ich mich zwischen zwei Bissen.

„Von Matilda", sagte Opa nur.

„Matilda?"

Opa brummte etwas.

„Meinst du Fräulein Hopkins?“

„Wir sollen sie Matilda nennen“, erklärte Opa.

Während die beiden Männer ihre Zeitungsseiten studierten, herrschte Schweigen. Wir hatten nicht oft ’ne Tageszeitung im Haus, und diese schien besonders interessant zu sein.

„Sie ist also angekommen, oder?“ versuchte ich’s nochmal.

„Mhm“, sagte Onkel Charlie und fing an, Opa einen Zeitungsartikel vorzulesen. Opa hörte zu, und dann lasen beide schweigend weiter. Bald stieß Opa auf einen Artikel, den er Onkel Charlie vorlesen mußte. So war es bestimmt schon den ganzen Abend gegangen, und den Rest des Abends würde es bestimmt auch so weitergehen. Na, das konnte ja heiter werden!

Ich schob meinen leeren Teller von mir.

„Gibt’s Nachtisch?“ erkundigte ich mich.

Opa winkte mit der einen Hand, ohne die Zeitung loszulassen.

„Auf dem Regal“, sagte er, ohne auch nur aufzuschauen.

Ich fand frischen Vanillepudding, meinen Lieblingspudding, und nahm mir eine große Portion. Eins hatte es schon für sich, Mary bei uns zu haben: Sie konnte erstklassigen Puddig kochen! Ich nahm mir Nachschlag.

Die beiden Männer hatten sich immer noch nicht vom Fleck gerührt und lasen einander hin und wieder ’nen Artikel aus der Zeitung vor. Sie taten gerade so, als wäre die Zeitung das Interessanteste der Welt.

Mein Blick wanderte zu Marys Zimmertür. Sie stand einen Spaltbreit offen, und ich konnte das ordentlich gemachte Bett und den kleinen Schreibtisch in der Ecke sehen. Es gab keinen Zweifel an der Tatsache, daß Mary nicht im Haus war.

Endlich hielt ich’s nicht mehr aus.

„Ziemlich still hier“, sagte ich. „Wo sind denn alle?“

Opa senkte die Zeitung ein Stück, um mir über den Rand ’nen Blick zuzuwerfen.

„Wir sind doch hier“, sagte er schlicht und einfach.

Ich wurde ’n bißchen rot und fuhr mir mit der Hand über

die widerspenstigen Haare. Opa schenkte mir immer noch keine Beachtung.

Onkel Charlie faltete seinen Zeitungsteil sorgsam wieder zusammen und legte ihn auf den Tisch. Er nahm seine runde Lesebrille ab.

„Weißt du“, sagte er zu Opa, „ich finde, Matilda hat recht. Man muß wirklich die Tageszeitung lesen, wenn man auf dem laufenden bleiben will. Kaum zu fassen, was ich an einem einzigen Abend alles dazugelernt hab’!“

Opa grunzte seine Zustimmung und blätterte weiter.

Ich trug mein leeres Puddingschälchen zur Anrichte und stapelte es auf meinen Teller – eher aus Gewohnheit als aus Rücksichtnahme. Ich wollte mich gerade für die Nacht abmelden, als Opa aufschaute.

„Übrigens, Josch“, sagte er, „Mary hat Matilda mit zu ihren Eltern genommen, um sie dort vorzustellen. Ich hab’ ihnen Chester und den leichten Buggy gegeben. Das macht dir sicher nichts aus.“

Ich stand nur da und schluckte. Da hatte sich das Weibervolk nicht bloß meine Küche und mein Haus angeeignet, sondern obendrein auch noch mein Pferd! In mir kochte die Wut, aber zugleich wußte ich auch, wie kindisch das von mir war. „Nur ruhig Blut!“ ermahnte ich mich im stillen, gab Opa irgendeine Antwort und stieg dann die Treppe hinauf.

„Gehste schon zu Bett?“ rief Onkel Charlie hinter mir her.

„Ja“, antwortete ich, ohne mich umzudrehen. „Hab’ ’nen langen Tag hinter mir.“

„Willste nicht auch eben noch ’nen Blick in die Zeitung hier werfen?“ fragte Opa.

Also, ich hatte keinerlei Bedürfnis danach, Matildas Zeitung zu lesen, das stand felsenfest! Aber sagen tat ich’s lieber nicht. Wenigstens nicht so direkt.

„Nee, danke. Ich geh’ lieber schlafen!“ antwortete ich statt dessen.

Aber einschlafen konnte ich nicht. Ich lag da und wälzte mich hin und her und horchte auf das Geräusch von Wagenrädern.

Endlich kamen sie. Dann hörte ich ihre flüsternden Stimmen, als sie sich dem Haus näherten, nachdem sie Chester in die Scheune gebracht hatten. Es klang gerade wie zwei junge Backfische, die sich nach dem Zapfenstreich zur Hintertür reinschleichen, aber weder waren die beiden junge Backfische, noch konnte von schleichen die Rede sein. Opa und Onkel Charlie saßen noch am Küchentisch.

Ich hörte das Klappern von Tassen, als Mary den letzten Abendkaffee kochte; dann hörte ich allgemeines Plaudern und leises Lachen und endlich Schritte auf der Treppe. Schließlich wurde es still im Haus.

Ich konnte immer noch nicht einschlafen. Alles war ein einziges Durcheinander. Das alte, vertraute Leben war wie weggeblasen.

Dann dachte ich an Opa und Onkel Charlie und ihre letzte Tasse Kaffee. Vielleicht hatte sich das Leben doch nicht so durchschlagend verändert.

Erntezeit

Meine Laune hatte sich nicht wesentlich gebessert, als ich am nächsten Morgen aufwachte. Erstens hatte ich nicht viel geschlafen, und zweitens hatte ich mir wohl mehr oder weniger vorgenommen, heute schlechter Laune zu sein.

Ich stand früh auf und ging nach draußen, um mit der Stallarbeit anzufangen. Zuerst sah ich bei Chester nach dem Rechten. Ich konnte nichts entdecken, was einen Wutausbruch rechtfertigen konnte, so daß ich als nächstes die Kühe zum Melken holte.

Es dauerte nicht lange, bis Opa zu mir in die Scheune kam.

„Bist aber früh auf den Beinen, Junge“, begrüßte er mich. „Hast dich wohl richtig gut ausgeschlafen, was?“

Dazu äußerte ich mich lieber nicht.

„Wie geht das Mähen voran?“ fragte Opa.

„Gut“, antwortete ich, wie es den Tatsachen entsprach.

„Sieht die Ernte so gut aus, wie wir gehofft hatten?“

Ich konnte meine Begeisterung kaum unterdrücken. Die Ernte war prima. Sie versprach die größten Erträge, die wir je gehabt hatten.

Ich vergaß meine schlechte Laune für ein paar Minuten und gab Opa einen Lagebericht. In seinen Augen funkelte es, während ich redete, und hin und wieder zuckte sein Schnurrbart vor Vergnügen.

Als ich mit meinem Begeisterungsausbruch über die Ernte fertig war, meldete Bleß sich laut muhend zum Gemolkenwerden. Opa und ich trennten uns; ich brachte den Schweinen ihr Futter, und Opa nahm sich den Melkeimer.

Ich hatte schon fast vergessen, wie sehr mir davor graute, zum Frühstück in die Küche gehen zu müssen; statt dessen dachte ich wieder an den Traktor, von dem ich schon eine

Weile träumte. Den Blick auf die Füße geheftet, ging ich zum Hühnerstall, als ich plötzlich gegen etwas stieß.

Den Weg zum Hühnerstall war ich im Lauf meines Lebens schon viele, viele Male gegangen, und ich wußte genau, daß es dort nichts gab, gegen das man stoßen konnte.

Mein Kopf fuhr in die Höhe. Mit dem Rücken zu mir, ebenso erschrocken um sich schauend wie ich, stand ein schmales junges Ding von Mädchen.

„Ich ... äh, Verzeihung“, murmelte ich. „Ich hab’ nicht achtgegeben, wohin ich ...“

Was hatte sie auch mitten auf dem Weg zum Hühnerstall zu suchen?

Sie schüttelte den Kopf. Der Schrecken in ihrem Gesicht wich einem strahlenden Leuchten.

„Das war meine Schuld. Ich hätte nicht einfach so dumm dastehen sollen. Ich ... ich habe mich nur gerade an dem Sonnenaufgang satt getrunken.“

Am Sonnenaufgang satt getrunken? So hatte ich’s noch nie gehört. Ich drehte mich nach Osten um und stellte zu meiner Überraschung fest, daß der Sonnenaufgang tatsächlich eines solchen Ausdrucks würdig war. Ich stand da und starrte ihn an, als sähe ich ihn heute zum ersten Mal.

„Hübsch, nicht?“ murmelte ich. „Kann ich dir irgendwie helfen?“ fragte ich dann. „Suchst du jemanden?“

Sie sah mich verwirrt an und fing dann an zu lachen.

„Sie müssen Josch sein!“ sagte sie, anstatt meine Frage zu beantworten.

Ich nickte, begriff aber nicht, was das mit ihr zu tun hatte.

„Ich bin Matilda“, sagte sie schlicht und reichte mir ihre schmale Hand.

Der Mund muß mir sperrangelweit offengestanden sein. Ich hatte eine ältere Dame erwartet, eine mit ’ner strengen Frisur und einem dunkelblauen, knöchellangen Kleid mit Spitze an Kragen und Manschetten. Statt dessen stand ich vor einem Mädchen, das nicht älter als siebzehn sein konnte, krause, hellbraune Locken und funkelnde Augen besaß und ein nettes, grünkariertes Kleid trug.

„Matilda Hopkins“, wiederholte sie. „Die neue Lehrerin. Am liebsten möchte ich beim Vornamen und mit ‚du‘ angeredet werden, wenn es recht ist. Ich darf doch auch Josch sagen, nicht wahr?“

Mir fehlten noch immer die Worte. Ich nickte nur.

Dann wechselte sie das Thema.

„Du hast ein ganz phantastisches Pferd, Josch. Chester ist einfach großartig!“ Sie betonte jede Silbe mit Nachdruck.

„So ein wunderschönes Pferd habe ich noch nie gesehen“, fuhr sie fort, „und Mary sagt, er läßt sich auch reiten. Ich würde ihn ja zu gern einmal reiten!“

Sie holte Luft und fügte langsamer hinzu: „Natürlich nur, wenn du nichts dagegen hast.“

Ich erwischte mich dabei, wie ich nur mit den Achseln zuckte und murmelte: „Von mir aus gern“, und Matilda strahlte vor Freude und dankte mir überschwenglich.

„Aber jetzt muß ich flink wieder ins Haus. Wenn ich mich nicht beeile, komme ich gleich am ersten Schultag zu spät!“

Dann hüpfte sie auch schon den Weg entlang, wie's für eine Lehrerin nicht unpassender sein konnte.

Ich konnte ihr nur nachstarren. Und dann fing ich an zu lachen. Wozu hatte ich mich eigentlich so aufgeregt? Wovor hatte ich Angst gehabt? Sie war ja ein blutjunges Ding! Es gab überhaupt nichts zu befürchten. Es war nicht viel anders, als Sarah zu Besuch zu haben.

Den ganzen Weg zum Hühnerstall lachte ich leise vor mich hin.

Am Freitag abend veranstaltete unsere Gemeindejugend einen bunten Abend. Auf seine fuchsschlaue Art schlug Opa mir vor, mit der Feldarbeit ein bißchen früher aufzuhören und die Mädchen in die Stadt zu fahren. Zuerst wollte ich nicht so recht, aber dann überlegte ich's mir anders. Onkel Nat sagte immer, daß man die Farmarbeit nie vor die Gemeinde stellen sollte. Vielleicht war Opas Vorschlag gar nicht so schlecht.

Eigentlich hätte ich das Gespann nehmen sollen, aber um ehrlich zu sein, wollte ich wohl ein bißchen mit Chester angeben. Der leichte Buggy war schneller als die Kutsche, aber für drei Leute war er eigentlich etwas zu klein. Er war bloß für zwei Personen gedacht.

Opa sah mir mit erhobenen Augenbrauen beim Anspannen zu. Ich wußte genau, was er dachte.

„Keine Sorge", sagte ich, bevor er Bedenken anmelden konnte. „Die Mädchen sind ja beide nur 'ne halbe Portion. Von denen kriegte ich auch vier auf dem Sitz hier unter, wenn's sein müßte."

Opa schwieg nur.

Als ich mich zum guten Schluß noch mit einem nassen Kamm gekämmt hatte, sah Onkel Charlie mich mit einem verschmitzten Grinsen an.

„Scheinst dich wohl auf allerhand Scherze gefaßt zu machen, wenn du gleich mit zwei Mädchen auftauchst, was, Josch?" fragte er mich.

Auf diese Idee war ich überhaupt noch nicht gekommen.

„Mädchen?" fragte ich zurück. „Das eine ist bloß Mary, und das andere – also, die ist ja noch fast ein Kind!"

Onkel Charlie nahm meine Beurteilung der Lage überrascht entgegen, antwortete aber nichts darauf.

Ich war längst vor den Mädchen fertig, etwas, was ich nie begreifen konnte. Immerhin hatte ich den ganzen Tag auf den Feldern geschuftet, bei der Stallarbeit geholfen und dann Chester angespannt, und trotzdem war ich derjenige, der warten mußte.

Mary kam zuerst. Sie sah wirklich nett aus, und ich mußte unwillkürlich denken, was Willi da entgangen war – bis ich daran dachte, wen Willi statt dessen für sich erobert hatte.

Wozu brauchte Matilda bloß so lange? Allmählich wurde ich ungeduldig, aber als sie dann die Treppe herunterkam, konnte ich meinen Augen kaum trauen. Ihre Haare trug sie hochgesteckt, und ihr Kleid war viel erwachsener. Schlagartig wurde mir klar, daß sie alles andere als noch ein Kind war. Mir wurde auch genauso klar, wie recht Onkel Charlie eben gehabt hatte. Womöglich würde ich tatsächlich allerhand an Schabernack über mich ergehen lassen müssen.

Aber jetzt war's zu spät, um Chester wieder auszuspannen und die beiden anderen Pferde zu holen. Die Mädchen waren ja schon Feuer und Flamme wegen der Fahrt in dem leichten Buggy. Ich nahm die Zügel und kletterte auf den Buggy. Wie ich die Mädchen unterbringen sollte, wußte ich selbst noch nicht so recht.

Mary besorgte die Platzverteilung.

„Am besten setzt du dich in die Mitte, Josch, und wir sitzen dann rechts und links neben dir“, schlug sie vor.

Ich weiß selbst nicht genau, warum ich einwilligte, außer der Tatsache, daß mir auch keine bessere Lösung einfiel. So setzte ich mich also zwischen die beiden Mädchen. Es war ziemlich eng, und die Mädchen hatten wohl Angst, vom Wagen zu fallen, als Chester loslegte, wie's seine Art war. Beide Mädchen packten mich am Arm und hielten sich fest, als ginge es um ihr Leben. Ich hatte meine liebe Last mit den Zügeln.

Vor lauter Anstrengung geriet ich ins Schwitzen. Ich bezweifelte, ob man in dieser Lage beten durfte oder nicht, aber am liebsten hätte ich's getan. Ich hoffte inständig, daß keiner von den jungen Burschen vor der Kirche stand und mich ankommen sah. Aber es war ein warmer Herbstabend, und bei warmem Wetter standen die Burschen immer erst eine Weile draußen und unterhielten sich und lachten und sahen zu, wie einer nach dem anderen eintraf.

„Heiliger Strohsack!“ dachte ich. „Da hab' ich mir ja eine schöne Bescherung eingebrockt!“

Zuerst wollte ich den Mädchen die Schuld an allem geben. Was mußte Mary sich auch so herausputzen, und warum hatte Matilda sich ausgerechnet diesen Abend ausgesucht, um sich so erwachsen zurechtzumachen? Wie alt war sie eigentlich? Und warum hatte sie mich nicht vorher gewarnt?

Aber das war ungerecht von mir. Chester und der leichte Buggy waren schließlich meine Idee gewesen. Ich hatte mit meinem Pferd angeben wollen, und jetzt saß ich schön in der Patsche!

Mary und Matilda schienen sich nicht im geringsten an der Sache zu stören. Den ganzen Weg in die Stadt lachten und plauderten sie miteinander, geradewegs über mich hinweg.

Von irgendwo sprang ein großer Feldhase aus dem Straßengraben. Chester scheute und ruckte eine Stück nach rechts. Es war nichts Gefährliches; Chester war ein geschultes Pferd, und hatte sich nur etwas erschrocken. Der Zwischenfall reichte allerdings aus, um den Mädchen den größten Schrecken ihres Lebens einzujagen. Sie packten mich mit beiden Händen. Matilda kreischte und klammerte sich an mir fest. Mary erholte sich als erste wieder. Sie war eine Spur rot geworden, ließ mich los und murmelte eine Entschuldigung.

Anders Matilda. Ich glaube, sie genoß die Aufregung sogar und hätte sich gern noch einmal erschrecken lassen. Eine solche Lehrerin wie sie war mir mein Lebtag noch nicht begegnet!

Als wir die Kirche erreichten, stand der ganze Hof voller junger Burschen, die nichts Besseres zu tun hatten, als herumzustehen und zu warten. Ich spürte, wie ich puterrot wurde. Das konnte ja heiter werden!

Die Mädchen schienen nichts zu ahnen.

„He, Josch!" rief einer von den jungen Burschen. „Hast dein' Wagen vollgeladen, voll mit hübschen Mädchen, was?" Nicht genug damit: als nächstes mußte ich uns drei irgendwie aus dem Buggy auf den Boden kriegen. Ich wußte nicht so recht, wie ich das am besten anfangen sollte. Wie in aller Welt sollte ich Chester festhalten und gleichzeitig zwei jungen Damen – die eine links, die andere rechts von mir – manierlich aus dem Buggy helfen?

Onkel Nat rettete die Lage. Er wollte gerade vom Pfarrhaus zur Kirche gehen, als er uns entdeckte. Er kam auf uns zu, um uns munter zu begrüßen. Danach nahm er Chester beim Zaum und führte ihn zum Pfosten. Als ich die Hände frei hatte, kletterte ich an Mary vorbei und sprang zu Boden; dann half ich den Mädchen einzeln beim Aussteigen.

Während die Burschen noch dastanden und gafften, stellte Mary Mathilda in aller Ruhe Onkel Nat vor, was ich eigentlich längst erledigt haben sollte.

Der ganze Abend verlief so, wie ich's befürchtet hatte. Die Burschen ließen keine Gelegenheit ungenutzt, um mich gründlich zu foppen. Ich schwitzte tüchtig und schwor mir, nie wieder eine solche Dummheit wie heute zu begehen.

Als wir uns gerade verabschieden wollten, rief Tante Lou mich beiseite.

„Ich bin ja so froh, daß du die Mädchen mitgebracht hast, Josch", sagte sie. „Hoffentlich war das nicht das erste und letzte Mal! Matilda scheint gut in die Gruppe zu passen."

Ich nickte. Sie hatte tatsächlich den ganzen Abend im Mittelpunkt gestanden.

„Und noch was, Josch", fuhr Tante Lou flüsternd fort, „scher dich nur nicht wegen der anderen Jungs!" Sie deutete mit einer leichten Kopfbewegung auf die Burschen, die sich den ganzen Abend über mich lustig gemacht hatten, weil ich mit zwei Mädchen gekommen war. „Sie würden sich ja samt und sonders ein Bein dafür ausreißen, wenn sie heute abend mit dir tauschen dürften!"

Ich warf einen zweifelnden Blick auf meine Freunde und mußte dann grinsen. Tante Lou hatte recht! Entschlossen trat ich auf die beiden jungen Damen zu, mit denen ich meinen engen Einspänner teilte, und reichte jeder von ihnen einen Arm.

Von jetzt an änderte sich vieles bei uns daheim. Eigentlich hatte ich's gar nicht so übel getroffen. Manch einer beneidete mich sogar.

Marys Kochkünste gehörten wohl zu den besten weit und breit. Nicht nur das, sondern sie war auch freundlich und umsichtig und verschönte uns den Tag auf vielerlei Weise.

Und Matilda? Nun, sie war einfach Matilda. Sie war lebhaft und schlagfertig und witzig. Ihr Mund stand nie still. Sie war so verschieden von Mary, wie sich nur zwei Mädchen voneinander unterscheiden können. Jede trug auf ihre Weise zu unserer Hausgemeinschaft bei.

Ich war längst nicht mehr so skeptisch wie zu Anfang. Zugegeben, hin und wieder kam mir unsere große Farmküche viel zu eng vor, und ich sehnte mich nach mehr Platz und etwas Ruhe, aber alles in allem gewöhnten wir uns eigentlich ganz gut aneinander.

Und dann ging die Ernte richtig los. Ich hatte nichts anderes im Kopf, als diese Rekordernte von den Feldern in die Scheune zu bringen. Für alles andere hatte ich vorläufig keine Zeit.

Herbst

Das Einbringen der Ernte verlief zufriedenstellend in diesem Jahr. Wir hatten zwar die üblichen wetterbedingten Verzögerungen, aber immer nur für jeweils ein paar Tage. Das Getreide wurde geschnitten und gebündelt. Die warme Sonne besorgte dann das Trocknen.

Zum ersten Mal machte ich mit unserem Gespann bei der Dreschmannschaft mit. Wir zogen von Farm zu Farm und arbeiteten auf den Feldern. Über unsere Einsatztage wurde eine genaue Liste geführt; für jeden Tag, den wir arbeiteten, stand uns ein Arbeitstag eines Mannes mit seinem Gespann zu. Wenn ich achtzehn Tage arbeitete, bekam ich drei Tage lang eine sechsköpfige Mannschaft, ohne einen Penny dafür bezahlen zu müssen. Ich rechnete mir aus, daß wir in etwa drei Tagen bei uns mit dem Dreschen fertig sein könnten und daß achtzehn bis vierundzwanzig Tage gutes Wetter ausreichen würden, um sämtliches Getreide in der Nachbarschaft einzubringen.

Die Arbeit war hart und die Tage lang – sowohl für die Männer als auch die Tiere. Besonders anstrengend war es, wenn die Farm, wo gedroschen werden sollte, mehrere Meilen von der unsrigen entfernt war. Die meisten Farmen lagen im Umkreis von wenigen Meilen, aber eine war sieben Meilen entfernt und eine andere sechseinhalb. An solchen Tagen mußte ich in aller Frühe von zu Hause weg, um rechtzeitig zum Dreschbeginn zur Stelle zu sein, und abends kam ich erst in der Dunkelheit wieder nach Hause.

Manche der Männer nahmen sich einen Schlafsack mit und übernachteten im Stroh; ihre Gespanne banden sie am Zaun fest. Ich selbst machte es anders: Anstatt das Gespann Tag für Tag die weite Strecke zu kutschieren, nahm ich Chester bei der ersten Fahrt mit auf die Farm. Das Gespann blieb über Nacht dort, während ich am Abend auf meinem Pferd wieder nach Hause ritt. Diese Methode funktionierte prächtig. Auf Chester kam ich schneller voran, und außerdem kam er auf diese Weise zu seinem Auslauf. Es bekam ihm nämlich nicht, wenn er zu lange auf der Koppel stehen mußte.

Die Dreschmannschaft war bunt zusammengewürfelt: hochgewachsene und schmächtige Männer, alte und junge, wortkarge und gesprächige – und alle setzten sie sich für ein gemeinsames Ziel ein. Meistens waren wir zu sechst, dazu Herr Wilkes, der die Dreschmaschine bediente. Manche der Männer arbeiteten zwei oder drei Tage hintereinander, um dann Ersatz zu schicken, damit sie daheim die eigene Ernte mähen und zum Dreschen vorbereiten konnten. Zum Glück hatte ich alle Felder schon gemäht, als ich mich der Mannschaft anschloß.

Mike Turley und ich waren die beiden Jüngsten in der Mannschaft. Wir waren zusammen zur Schule gegangen – genau zu der Schule mit dem einen Klassenzimmer, wo Matilda jetzt unterrichtete. Mike war Marys älterer Bruder, und er stellte mir allerhand sonderbare Fragen, was Mary betraf. Bald dämmerte mir allerdings, daß er es damit in Wirklichkeit auf Auskünfte über Matilda abgesehen hatte. Mike hatte sie wohl ein paarmal gesehen und war ziemlich beeindruckt von ihr gewesen.

Ich war mir nicht so sicher, ob ich meinem Schulkameraden dabei behilflich sein sollte, Matilda näher kennenzulernen. Es hatte Zeiten gegeben, wo er mit Willi und mir in die Sonntagsschule gegangen war; damals hatte er keinen Sonntag verpaßt, obwohl er von daheim nicht gerade viel an Ermutigung bekommen hatte. Jetzt ließ er sich aber überhaupt nicht mehr in der Kirche blicken, sosehr Mary sich auch bemühte, ihn dazu zu bewegen. Nein, ich ging mit meinen Auskünften über Matilda sparsam um und gab Mike wenig Anlaß zur Hoffnung.

Das älteste Mitglied der Dreschmannschaft war Herr Smith. Ich glaube, er und Herr Wilkes hatten schon eine halbe Ewigkeit miteinander in der Dreschmannschaft gearbeitet. Seine beiden Fuchsstuten kannten die Felder in der Umgebung wie ihre Westentaschen; Herr Smith hätte getrost zu Hause bleiben können, und die Pferde hätten die Runden allein gezogen – nur daß sie nicht mit der Heugabel umgehen konnten!

Barkley Shaw und Jim Smith halfen nur zeitweise beim Dreschen. Beide waren etwa in Tante Lous Alter. Aus Barkley hatte ich mir eigentlich nie viel gemacht; er war immer ein rechter Angeber gewesen. Allerdings mußte ich ihm hoch anrechnen, daß er viel vernünftiger geworden war, seitdem er Ann Corbin geheiratet hatte und der Vater von vier Kindern geworden war.

Die ganze Dreschmannschaft bestand aus Nachbarn, die ich schon mein Leben lang gekannt hatte. Bei Tisch wurde nicht viel über das Weltgeschehen geredet. Meistens ging es darum, wen gerade der Hexenschuß plagte, wer über das beste Saatgut verfügte und wer mit wessen Tochter ausging. Beim bloßen Zuhören erfuhr ich eine Menge an Neuigkeiten.

Während ich mit der Dreschmannschaft unterwegs war, erledigte Opa sämtliche Stallarbeiten für mich. Onkel Charlie machte sich nützlich, so gut es ging, und Mary arbeitete weit über ihre Pflichten hinaus. Sogar Matilda half mit: sie fütterte die Hühner und schleppte Brennholz ins Haus.

Während der Ernte bekam ich nicht viel von unseren Hausbewohnern zu sehen, aber wenn ich spät abends nach Hause kam, waren alle noch auf, weil sie auf mich warten wollten. Matilda saß an ihren Lektionen für den nächsten Tag, und Mary flickte oder nähte an ein paar feinen Wäschestücken, wobei sie sich von Opa und Onkel Charlie allerhand an Späßen anhören mußte. Sie nähe sich wohl ihre Aussteuer, behaupteten sie. Opa und Onkel Charlie lasen abends oft die neuste Ausgabe von Matildas Zeitung.

Alle erkundigten sich teilnahmsvoll, wie die Arbeit verlaufen war, und Mary tischte uns einen Imbiß und den Abendkaffee für Opa und Onkel Charlie auf, während Matilda uns lustige Begebenheiten aus dem Klassenzimmer erzählte. Sobald wir fertig waren, gingen wir zu Bett. An manchen Abenden war ich so hundemüde, daß ich mich nur mühsam die quietschenden Stufen hinaufschleppen konnte. Am nächsten Morgen war ich dann wieder unterwegs, bevor die anderen im Haus auf den Beinen waren.

Elf Tage lang ging das so, und dann war unsere Farm an der Reihe. Vor lauter Aufregung war ich ganz kopflos. In diesem Jahr war ich zum ersten Mal für alles allein verantwortlich. Sämtliche Entscheidungen und Vorkehrungen mußte ich treffen.

Während der Ernte hatten wir immer mindestens zwei Frauen aus der Nachbarschaft zum Kochen eingestellt, aber in diesem Jahr bestand Mary darauf, zusammen mit Onkel Charlie die Verpflegung der Dreschmannschaft zu übernehmen. Ich muß wohl ein wenig skeptisch dreingeschaut haben. Ich hatte nämlich Farmen erlebt, wo das Essen reichlich knapp ausgefallen war, was bei den Männern alles andere als gut angekommen war. Eine solche Pleite wollte ich auf keinen Fall bei uns riskieren.

Als Onkel Charlie Partei für Mary ergriff, gab ich nach, aber insgeheim fragte ich mich, ob er das nur getan hatte, weil er es nicht ausstehen konnte, wenn fremde Frauen in seiner Küche herumwirtschafteten.

Meine Bedenken erwiesen sich als überflüssig. Noch vor Ablauf der drei Tage hatte Mary für einen erstklassigen Ruf unserer Küche gesorgt. Ihre Mahlzeiten waren schmackhaft, und sie brachte uns sogar zwischendurch einen Imbiß aufs Feld: dampfenden Kaffee, kalte Milch, belegte Brote, Kuchen und Plätzchen. Sie versorgte die Männer so reichlich, daß diese erst rund zwei Stunden nach dem Essen wieder richtig an die Arbeit gehen konnten.

Als wir am ersten Dreschtag zum Abendbrot ins Haus gingen, sah ich, wie Mike Turley durch das Küchenfenster spähte, bevor wir reingingen. Zuerst glaubte ich, er suche Mary, aber dann sah ich, wie er geradewegs über Mary hinwegsah, die gerade am Herd stand und große Schüsseln mit heißen Maiskolben füllte.

Im selben Moment betrat Matilda die Küche. Ihre weiße Schürze reichte fast um ihre ganze Taille und ließ sie noch zierlicher als sonst wirken. Ich hörte, wie Mike einen leisen Pfiff ausstieß.

Bei Tisch sagte er nicht viel, aber ich sah, wie er sich ab

und zu verstohlen nach Matilda umsah. Durch Mikes Neugier veranlaßt, sah ich mir Matilda auch ein wenig genauer an. Sie schien geradezu ein Teil unserer Familie zu sein, und ich hatte mich wohl regelrecht an ihre Gegenwart gewöhnt. Jetzt sah ich sie mit neuen Augen. Sie ging nicht, sie schwebte förmlich in ihrem langen, duftigen Kleid und den losen Haaren um ihr Gesicht. Sie reichte die Schüsseln herum, füllte Teller und machte lächelnde, geistreiche Bemerkungen, so daß die Männer sich bald nicht mehr so erschöpft wie vorhin fühlten, als sie sich zu Tisch gesetzt hatten. Ein paar von ihnen konterten sogar mit schlagfertigen Antworten und begannen, einander lustige Begebenheiten zu erzählen.

Mary arbeitete nicht weniger tüchtig, nur daß sie einem dabei nicht so sehr ins Auge fiel. Sie bewegte sich mit einer stillen Anmut, die mir noch nie an ihr aufgefallen war. Überhaupt war mir noch nicht viel an Marys Art, sich zu bewegen, aufgefallen; sie wollte ja nie im Mittelpunkt stehen. Sie besaß eine ruhige Selbstsicherheit, eine Gelassenheit, die man eher spürte als sah. Mary besaß die Fähigkeit, anderen das Gefühl der Behaglichkeit und der Zuversicht zu verleihen.

Doch Mike würdigte seine Schwester keines Blickes – jedenfalls nicht, soweit ich feststellen konnte. Und wenn Matilda wußte, daß sie beobachtet wurde, so ließ sie sich nichts davon anmerken.

Am nächsten Tag kam Mike in einem sauberen, besseren Hemd zur Arbeit. Zur Feldarbeit trugen wir meistens alte, geflickte, abgewetzte Sachen, weil das Heuschaufeln nicht nur unsere Muskeln, sondern auch unsere Kleidung strapazierte. Auf dem Feld war so ein Arbeitshemd ziemlich bald durchgeschwitzt und voller Strohhalme. Wagenräder mußten geschmiert und Pferde gestriegelt werden. Am Ende eines solchen Arbeitstages sah ein Hemd oft recht mitgenommen aus, und niemand wollte in einem Hemd zur Feldarbeit gehen, das noch für bessere Anlässe zu gebrauchen war. Doch jetzt tauchte Mike sage und schreibe in einem solchen Aufzug auf, als wäre er in die Stadt oder zu einem Schulausflug unterwegs.

Den übrigen Männern war das wohl auch nicht entgangen, und weil sie selbst einmal jung gewesen waren, konnten sie sich den Grund an ihren fünf Fingern abzählen. Ich hörte Flüstern und verstohlenes Gelächter und vermutete, daß etwas im Gange war. Der Anstifter des Ganzen schien Barkley Shaw zu sein; vielleicht stach ihn zuweilen doch noch der Hafer ein wenig.

Wir brachten gerade die letzten beiden Ladungen für diesen Tag ein. Inzwischen hatte ich meinen Verdacht längst vergessen und war demzufolge völlig arglos. Herrn Smiths Wagen war der vorletzte, dicht gefolgt von Mikes. Für das Ausladen schickte ich jedem Kutscher zwei Männer zur Hilfe. Barkley und Jim drangen eifrig darauf, Mike zu helfen. Ich dachte mir nichts dabei; die beiden hatten es wohl einfach nur eilig, zum Essen ins Haus zu kommen.

Smiths Wagen war bald abgeladen. Er kutschierte ihn aus dem Weg, damit Mike den seinen heranfahren konnte. Auch dieser Wagen war schnell leer. Als Mike das Gespann wenden wollte, krachte plötzlich etwas, und die eine Seite des Wagens hing tiefer als die andere.

Er hielt das Gespann an und beugte sich vor, um nachzusehen, was los war. Zu seiner Überraschung hatte sich ein Hinterrad völlig gelöst. Er gab ein paar Worte von sich, die ich hier nicht wiederholen möchte, knotete die Zügel am Mittelpfosten fest und stieg vom Kutschbock. Jim und Barkley waren im Nu zur Stelle und boten diensteifrig ihre Hilfe an.

Sie sprachen eine Weile über das Rad, dann ging Barkley zu seinem Wagen und kehrte mit einer Ölkanne zurück.

„Hab' da 'ne besonders gute Sorte Wagenschmiere", sagte er. „Damit läßt sich das Rad bestimmt viel leichter wieder aufsetzen."

Wenn Mike ihn so gründlich wie ich gekannt hätte, wäre er spätestens jetzt etwas argwöhnisch geworden. Doch er schien keinen Verdacht zu schöpfen, sondern bedankte sich nur bei Barkley und machte sich daran, den Deckel zu lösen.

„Hier, probier's mal damit!" sagte Barkley und reichte ihm einen Metallhaken. Mike nahm ihn. Ich sah, wie sich der Deckel allmählich löste, als Mike mit dem Haken unter dem Deckelrand entlangfuhr. Als der Deckel gerade abgelöst war, stolperte Barkley plötzlich über eine Unebenheit am Boden, die die ganze Zeit über schon dagewesen war, und landete geradewegs in Mikes ausgestreckten Armen. Die Ölkanne flog mitsamt ihrem Inhalt in die Luft, und dann war Mike auch schon von Kopf bis Fuß mit schmutzigem, schwarzen Öl übergossen.

„Menschenskinder!“ rief Barkley aus und schüttelte ungläubig den Kopf. „Da muß ich wohl die falsche Ölkanne erwischt haben!“

Mike stand da und sah auf sein gutes Hemd hinunter. Es triefte vor Öl.

„Hier“, sagte Jim mitfühlend, „ich helf’ dir!“ Er packte eine Handvoll Stroh, mit dem er Mikes Brustkorb abrieb.

Zuerst stand Mike still da und ließ sich von Jim abreiben. Bis er plötzlich merkte, daß das Stroh auch ölgetränkte Erdklumpen enthielt. Jedes Wischen hinterließ eine dunkle Spur von Jonesschem Farmland auf dem Hemd.

Inzwischen hatten sich auch die übrigen Männer um den Wagen versammelt und machten sich auf Mikes Kosten lustig. Ich fand, das Ganze war weit genug gegangen.

„Schon gut, Jungs!“ sagte ich so bestimmend, wie ich nur konnte. „Das Abendessen wartet.“

Die meisten der Männer trollten sich, und ich ging zu Mike, um ihm dabei zu helfen, das Rad wieder an den Wagen zu kriegen.

„Ich leih’ dir gleich ein Hemd, wenn wir reingehen“, versprach ich ihm leise und fügte dann nachträglich hinzu: „Kein elegantes, aber wenigstens ein sauberes.“

Einleben bei uns

Ich war noch ein paar Tage mit der Dreschmannschaft unterwegs, und dann war die Arbeit für diesen Herbst erledigt. Wie immer wurde es nach der Ernte viel ruhiger auf der Farm. Wir hatten zwar noch jede Menge Arbeit, aber wenigstens kamen wir zwischendurch zu unserem wohlverdienten Schlaf. Ich war froh, zu Hause anstatt unterwegs zu sein, und ich glaube, Opa und Onkel Charlie waren auch froh, mich daheim zu haben.

Sobald wir das Getreide zum Verkauf, als Tierfutter und Saatgut sortiert hatten, holten wir Bleistift und Papier hervor und fingen an, uns die Erträge auszurechnen.

Das Rechnen besorgten wir gemeinsam. Matilda war wirklich prima in Mathematik und rechnete sogar mich ab und zu an die Wand. Mary hatte zwar nicht soviel fachliches Wissen wie wir, aber sie zeigte ein seltenes Geschick im Abschätzen von Summen. Sie überraschte uns mehrmals mit einer Zahl, die dem Ergebnis erstaunlich nahe war – und zwar in Sekundenschnelle!

Es gab mehrere Gründe, weshalb die diesjährigen Erträge von Interesse waren, aber mir ging es in erster Linie darum, festzustellen, ob wir genug Geld erübrigen konnten, um den Traktor anzuschaffen, den ich mir in den Kopf gesetzt hatte. Ich hatte mit Opa und Onkel Charlie darüber gesprochen, und sie waren beinahe genauso begeistert von der Idee wie ich.

Nach langem Hin und Her wurde beschlossen, daß wir nicht nur genug Geld für einen Traktor hatten, sondern außerdem noch einen Betrag auf die Sparkasse bringen konnten. Als die Entscheidung endlich gefallen war, platzte ich fast vor Ungeduld.

Der Traktor wurde bestellt und sollte als Frachtgut geliefert werden. Die lange Wartezeit verkürzte ich mir mit anderen Dingen.

Matilda plante einen bunten Abend in der Schule und versuchte nach allen Regeln der Kunst, uns zum Mitkommen zu überreden. Ich glaube, keiner von uns hätte ihr diesen Gefallen abgeschlagen, aber zum Spaß taten wir so, als könnten wir uns einfach nicht recht zum Mitkommen durchringen. Als der Abend dann kam, war sie schrecklich aufgeregt. Es war ein großes Unterfangen, das sie sich da aufgeladen hatte. Spiele, musikalische Beiträge und ein Imbiß standen auf dem Programm, und Matilda mußte das alles organisieren.

Ich glaube, sie war erleichtert, als sie aus ihrem Zimmer kam und uns in unseren Sonntagsanzügen vorfand. Sie stieß einen kleinen Jubelschrei aus und fiel Opa um den Hals.

Onkel Charlie und ich sahen einander nur an und grinsten. Wir hatten die ganze Zeit gewußt, daß wir mitkommen würden.

Diesmal waren wir tatsächlich zu zahlreich, um den leichten Buggy nehmen zu können, und für den großen Schlitten lag noch nicht genug Schnee. Wegen der unhandlichen Kutsche mußten wir zeitig aufbrechen, damit Matilda die letzten Vorbereitungen treffen konnte. Als die Leute dann ankamen, war alles fertig.

Ich bemerkte Mike, sobald er zur Tür hereinkam. Er war während der letzten paar Wochen mehrmals bei uns gewesen – um Mary zu besuchen, wie er gesagt hatte. Onkel Charlie und Opa hatten nur ein Augenzwinkern dafür übrig. Mary hatte sich immer aufrichtig gefreut, wenn er gekommen war. Ich wußte, daß sie für ihn betete und hoffte, daß er bald wieder zur Kirche kommen würde. Heute trug er einen nagelneuen Anzug, den er sich von seinem Erntegeld gekauft haben mußte. Richtig stattlich sah er darin aus. Einen Augenblick wünschte ich mir, den Traktor nicht bestellt zu haben. Hätte ganz gut selbst einen neuen Anzug gebrauchen können.

Matilda eröffnete den Abend mit ein paar Gesellschaftsspielen, um das Eis zu brechen und Gespräche in Gang zu bringen. Während der Ernte hatten die Leute keine Zeit für Geselligkeit gehabt.

Nach einer halben Stunde ging Matilda zum nächsten Programmpunkt über. Mehrere Schulkinder trugen Lieder und Gedichte vor. Manche machten ihre Sache prima, andere weniger gut, aber wir klatschten trotzdem bei jedem Beifall, und ein paar von den jungen Burschen, die sich an der hinteren Wand aufgestellt hatten, stießen schrille Pfiffe aus.

Die Pfiffe gellten mir empfindlich in den Ohren, aber dann fiel mir ein, daß ich ja früher mit meinen Freunden das gleiche getan hatte, weil uns einfach nichts Besseres eingefallen war. Heute war mir das Pfeifen einfach zu laut.

Der letzte Programmpunkt war eine große Überraschung für mich: Matilda sang ein Lied. Ich hatte nicht geahnt, daß sie eine solche Stimme besaß. Es war einfach überwältigend. Unglaublich, wie eine so volle, reine Stimme aus einer so zierlichen Person kommen konnte! Selbst die Säuglinge hörten auf zu krähen und zu schreien, und als Matilda geendet hatte, klatschen alle begeistert Applaus, und die Jungs pfiffen noch schriller. „Zugabe! Zugabe!" riefen die Leute, bis eine errötete Matilda uns noch ein Lied vortrug. Ein drittes Lied konnten wir ihr dann allerdings nicht mehr entlocken, sosehr wir auch darum baten.

Als es Zeit für den Imbiß war, wurden Matilda und Mary von Nachbarsfrauen unterstützt. Sie hatten belegte Brote und Süßgebäck von daheim mitgebracht.

Als wir uns die Decken über unsere Knie breiteten und uns auf den Heimweg machten, gratulierten wir Matilda zu ihrem gelungenen Abend. Es war eine klare Vollmondnacht, und die Pferde hatten keine Schwierigkeiten, den Weg zu finden.

Wieder einmal saß ich auf dem Bock mit den Zügeln in der Hand, zu beiden Seiten eins der Mädchen. Opa und Onkel Charlie waren auf den hinteren Wagensitz geklettert und hatten sich die schwere Flickendecke über die Knie gebreitet. Bei der Kälte machte Onkel Charlie sein Rheuma besonders arg zu schaffen, doch Mary hatte dafür gesorgt, daß wir genug Decken bei uns hatten.

Zuerst waren wir recht schweigsam; nur hin und wieder fiel eine Bemerkung, gefolgt von allgemeinem Gelächter. Eine Sternschnuppe am Himmel entlockte den Mädchen ein andächtiges Staunen. Dann lobte Mary Matildas Stimme und bat sie, das Lied noch einmal zu singen. Matilda fing an zu singen, leise zuerst, und dann stimmte auch Mary ein, und der zarte Gesang klang in die mondhelle Landschaft hinein. Es war ein bekannter Choral, und bei der zweiten Strophe hörte ich Opa die Melodie mitbrummen. Dann hörte er auf zu brummen und sang, und zuletzt sang auch Onkel Charlie mit, leise und schüchtern.

Matilda versetzte mir einen sanften Rippenstoß, und schließlich stimmte ich auch ein, ein wenig zögernd zuerst, aber dann kräftiger. Bald sangen wir alle aus voller Kehle. Nach der letzten Strophe fingen wir ein anderes Lied an, und dann noch eins und ein drittes. Immer wenn wir ein Lied zu Ende gesungen hatten, stimmte jemand das nächste an.

Auf dem ganzen Heimweg sangen wir. So etwas hatte ich noch nie erlebt. Irgendwie verband uns das Singen miteinander gegen die Kälte und Dunkelheit der Nacht um uns her. Es war so natürlich, so wohltuend und schön.

Zum ersten Mal tat es mir leid, die Farm auftauchen zu sehen. Ich hätte noch stundenlang weiterkutschieren und singen können mit den Menschen, die mir so viel bedeuteten. Gerade als wir vor dem Haus anhielten, fiel eine Sternschnuppe mit einem hellen Schweif zur Erde und verglühte. Der Zauber war gebrochen.

Sarah kam zu Besuch. Es war schon eine ganze Weile her, seitdem sie das letzte Mal bei uns gewesen war, und wir hatten sie vermißt.

„Meine Güte!" rief Onkel Charlie mit gespieltem Entsetzen. „Was fange ich jetzt bloß mit *zwei* Generälen in der Küche an?"

Mary und Sarah lachten nur.

Ich kam am Nachmittag aus der Stadt nach Hause und fand Mary und Sarah bis zum Ellbogen voller Mehl am Küchentisch vor, wo sie Teig ausrollten und Plätzchen ausstachen. Onkel Charlie saß auf seinem Lieblingsstuhl am

Fenster und löste Kreuzworträtsel, aber ab und zu sah er von seiner Zeitung zu dem munteren Treiben am Tisch hinüber. Ich glaube, er genoß den Spaß, den die beiden Mädchen miteinander hatten, fast so sehr wie sie selbst.

„Was sollen wir denn für dich backen, Onkel Josch?" fragte Sarah mich. Wie aus der Pistole geschossen antwortete ich: „Einen Traktor." Das Warten auf den Traktor kam mir schon fast wie eine halbe Ewigkeit vor.

Sarah lachte, aber Mary warf mir ein verständnisvolles Lächeln zu.

„Ich weiß aber gar nicht, wie man einen Traktor macht", kicherte Sarah.

„Das ist aber schade", sagte ich kopfschüttelnd. „Wenn du mir einen backen könntest, würde ich meine Bestellung wieder zurücknehmen."

Onkel Charlie sah von seinem Kreuzworträtsel auf.

„Hast du immer noch keinen Bescheid?"

Ich schüttelte bedauernd den Kopf.

„Ich dachte, du brauchst den Traktor erst im Frühjahr", sagte Sarah, während sie das abgebrochene Bein eines Plätzchenhundes wieder anklebte.

„Das stimmt."

„Warum bist du dann so ungeduldsam?"

Sie hielt den Kopf zur Seite und leckte den Teig von einem Finger, während sie auf meine Antwort wartete. Auch ich wartete. Ich wußte nämlich nicht, was ich sagen sollte. Endlich mußte ich einfach schmunzeln.

„Weißt du, ich bin so ‚ungeduldsam'", sagte ich in aller Aufrichtigkeit, „weil ich den Traktor so dringend haben *will*, nicht weil ich ihn so dringend *brauche*. Zwischen Wollen und Brauchen ist 'n großer Unterschied."

„Ach so!" nickte Sarah. Für so etwas hatte sie Verständnis.

Sie überlegte eine Weile, dann erhellte sich ihr Gesicht.

„Ich weiß was!" sagte sie. „Du mußt beten! Bete mal, daß Jesus dir abwarten hilft. Einmal war ich auch schrecklich ungeduldsam vor meinem Geburtstag, und da hat Mama mir gesagt, ich soll beten, und das hab' ich getan, und da hat Jesus mir warten geholfen."

Es klang so einfach. Vielleicht war es das tatsächlich. Ich strich Sarah über den Lockenschopf.

„Vielleicht probier' ich's auch“, sagte ich mit heiserer Stimme.

Sarah schien zufrieden zu sein, das Problem gelöst zu haben, und ging zu anderen Dingen über.

„Hättest du gern ein Pferd?“ fragte sie.

„Ein Pferd hab' ich schon“, gab ich zur Antwort.

Wieder kicherte sie.

„Dieses hier braucht aber kein Heu und Hafer“, sagte sie und reichte mir ein leicht krumm geratenes Plätzchenpferd.

Ich verspeiste es mit zwei großen Bissen.

„So was erlaubt Mama mir aber nicht“, mahnte Sarah ernst. „Sie meint, ich könnte mich verschlucken und kotzen.“

Gerade wollte ich Sarah zurechtweisen, daß eine Dame solche Wörter nicht in den Mund nehmen sollte, als Mary mich mit einem stummen Seitenblick daran erinnerte, daß ich das Ganze selbst herbeigeführt hatte.

„Und ich hätte's auch nicht tun sollen“, gestand ich kleinlaut. „Ich verspreche dir, es nicht noch einmal zu tun.“

Damit klopfte ich Sarah auf die Schulter, warf Mary ein schüchternes Grinsen zu und ging in mein Zimmer nach oben.

Die Frage, wo Sarah nun bei uns schlafen sollte, war noch immer nicht richtig geklärt. Ich erbot mich, auf der Liege zu übernachten, aber davon wollte Opa nichts hören. Er sagte es zwar nicht direkt, aber ich glaube, es hatte etwas damit zu tun, daß die beiden zusätzlichen Hausbewohner in unseren Gästezimmern seine Idee gewesen waren. Onkel Charlie wollte sich für die Liege melden, aber er mußte sich ohnehin schon genug plagen, in seinem eigenen Bett zu seinem Schlaf zu kommen.

Die erste Nacht schlief Opa selbst auf der Liege. Am nächsten Morgen sah er ziemlich zerschlagen aus.

Wir überlegten, Sarah auf der Liege übernachten zu lassen, doch das erschien uns auch nicht ratsam. Nicht von der Größe her – Sarah hätte viel besser auf der Liege Platz gefunden als Opa –, sondern weil sie am Abend zu lange wachgehalten würde. Sie würde kein Auge zumachen, bis endlich in der Küche völlige Ruhe eingekehrt war, doch schon um halb acht wollten wir Erwachsenen nicht gerade in unsere Betten verbannt werden.

Schließlich sorgte Mary für die Lösung.

„Wie wär's, wenn wir die Liege einfach in meinem Zimmer aufstellten?" schlug sie vor. „Da ist genug Platz; Sarah kann pünktlich schlafen gehen, und wir übrigen behalten unsere Betten."

„Das ist zwar nett, Mary", wollte Opa widersprechen, „aber das brauchst du doch nicht ..."

„Unsinn!" sagte sie. „Ich hab' Sarah gern bei mir. Das wißt ihr alle."

So wurde die Liege also in Marys Zimmer geschafft, und Sarah wurde dort zu Bett gebracht. Auf diese Weise kamen wir alle viel besser zurecht. Nachdem Sarah am nächsten Tag wieder abgeholt worden war, erbot ich mich, die Liege in die Küche zurückzubringen, aber Mary war dagegen.

„Laß sie doch einfach in meinem Zimmer!" sagte sie. „Da stört sie mich nicht, und wenn Sarah das nächste Mal kommt, kann sie wieder darauf schlafen."

Der erste Schneefall war leicht, aber bald schneite es immer heftiger, bis eine tiefe Schneedecke lag. Ich machte mir Gedanken wegen Matilda, die jeden Morgen quer über das offene Feld zur Schule losmarschierte. Der Schnee lag knietief, und einen Pfad gab es nicht.

„Nimm doch Chester und reite zur Schule!" bot ich ihr an.

„Keine Sorge!" beruhigte sie mich. „Ein bißchen Schnee wird mir schon nicht schaden. Der Fußmarsch tut mir gut. Außerdem wird es noch schlimmer kommen, bis der Winter vorbei ist. Genausogut kann ich mich von Anfang an daran gewöhnen."

Ich ließ es dabei bewenden, wenn ich auch ab und zu aus dem Fenster sah, bis sie außer Sichtweite war, um auch ganz sicher zu sein, daß sie heil an der Schule ankam.

Ein Schneesturm folgte auf den anderen, und wir lebten wieder einmal im tiefsten Winter. Bald hatten wir uns daran gewöhnt, und ich machte mir keine Sorgen mehr, wenn Matilda morgens, die Bücher im Arm, in ihren Stiefeln durch den Schnee stapfte.

Kurz vor Weihnachten kam endlich der Traktor an. Der Bahnhofsvorsteher hatte uns durch einen Nachbarn Bescheid geben lassen. Herr Smith schien sich äußerst wichtig vorzukommen, mit dieser Nachricht beauftragt worden zu sein. In unserer Gegend gab es nicht allzu viele Traktoren.

Ich machte mich sofort auf den Weg in die Stadt. Fast alle Bewohner hatten sich eingefunden, um mir beim Abholen des Traktors zuzusehen.

Die Broschüren, die ich gelesen hatte, hatten das Lenken eines Traktors als ein wahres Kinderspiel dargestellt, aber jetzt hatten wir unsere liebe Last, das Ding in Gang zu kriegen. Als der Schmied dann endlich eintraf, um mir zu helfen, begrüßte ich ihn mit rotem Gesicht und finsterer Laune.

Ich mußte das Monstrum rückwärts steuern, um es zu wenden. Das war schwieriger als mit Pferd und Wagen. Erst beim dritten Versuch klappte es, weil ich zwischendurch den Motor immer wieder abwürgte. Endlich hatte ich den Traktor in die richtige Richtung manövriert, wobei die Blicke sämtlicher Stadtbewohner auf mir ruhten. In meinem Bestreben, nicht die ganze Straße für mich in Anspruch zu nehmen, geriet ich dann etwas zu dicht an den Straßenrand. Die großen Stahlräder rissen mich geradewegs in den Straßengraben hinein, und wieder blieb der Motor stehen. Mit Hilfe des freundlichen Schmieds bekam ich ihn wieder in Gang, war mir aber nicht sicher, wie ich es nun schaffen sollte, aus dem Graben herauszukommen. Zu meiner Überraschung steuerten mich aber die gleichen Stahlräder, die mich in den Graben gerissen hatten, wieder auf die Straße zurück, und weiter ging's in Richtung Farm.

Es war eine kalte Fahrt. Der Traktor kroch im Schneckentempo voran, und da er aus Stahl bestand, war kein warmes Fleckchen an ihm – jedenfalls nicht da, wo ich saß.

Als ich daheim ankam, stellte ich den Traktor erleichtert neben dem Kornspeicher ab und kletterte vom Sitz. Das Ding ließ sich nicht halb so leicht lenken wie ein Pferdegespann, und es dauerte fast den ganzen Nachmittag, bis ich die Kälte aus meinen Knochen vertrieben hatte.

Anschließend machte ich mir ein paar Gedanken über meine neueste Errungenschaft, die mir bisher noch nicht in den Sinn gekommen waren. Wir hatten also einen Traktor. So weit, so gut. Aber was nun? Schon beim ersten Hinsehen hatte ich festgestellt, daß die Farmgeräte, die wir immer hinter die Pferde gespannt hatten, nicht hinter den Traktor passen würden. Wahrscheinlich würden wir als nächstes sämtliche Farmgeräte neu kaufen müssen.

An diesem Abend schrieb ich einen langen Brief an Willi, den ersten seit geraumer Zeit. Ich hatte ein paar Briefe von ihm bekommen und wußte, daß er dort in Südafrika genauso beschäftigt war wie ich zu Hause.

Mit Begeisterung lebte er sich in seiner neuen Umgebung ein. Natürlich fehlte Carmen ihm schrecklich, und seine Verwandten und Freunde bestimmt auch, aber er war überglücklich, endlich mit der Arbeit beginnen zu können, auf die er sich durch eine lange Ausbildung vorbereitet hatte. Gott hatte ihm eine tiefe Liebe zu den Schwarzen, unter denen er arbeitete, ins Herz gelegt. Sie waren so freundlich und offen, schrieb er, daß er sich jetzt schon auf sein Wirken als Missionar freute.

Von Opas verrückter Idee, uns zwei Frauen ins Haus zu holen, hatte ich ihm schon geschrieben. Später hatte ich ihm sogar gebeichtet, daß das Ganze gar nicht so schlimm ausgegangen war, wie ich befürchtet hatte. Aber von dem bunten Abend, unserer guten Ernte und dem neuen Traktor wußte er noch nichts.

Ich schrieb ihm auch, wie gut es Frau Foggelson ging, seitdem sie wieder zum Glauben an Gott gefunden hatte. Nicht, daß sie etwa in der ganzen Stadt predigte oder an jeder Straßenecke Traktate verteilte, aber in aller Stille war ein reiferer Mensch aus ihr geworden.

„Du fehlst mir, Willi", schloß ich, „und ich will froh sein, dich endlich wiederzusehen. Vier Jahre sind schließlich eine lange Zeit. Ich wünsche Dir Gottes Segen für Deine Arbeit! – Es grüßt Dich herzlich Dein bester Freund Josch."

Winterleiden

Wieder stand Weihnachten vor der Tür. Wir besuchten alle die Weihnachtsfeier in der Schule. Matilda hatte viele Stunden mit den Vorbereitungen dazu verbracht. Die Kinder machten ihre Sache gut, und die Nachbarn, die sich zu der Feier eingefunden hatten, bestanden darauf, daß Matilda etwas vorsang. Sie sang zwei hübsche Lieder und bat Mary dann, mit ihr zu singen. Mary tat es ohne Widerrede, und nach dem Duett klatschten die Leute sogar noch begeisterter.

Die Weihnachtsfeier in der Kirche am Sonntagabend war zum größten Teil Tante Lous Bemühungen zu verdanken, wenn Matilda ihr auch ein wenig dabei geholfen hatte.

Die kleine Sarah sang mit klarer Stimme ihr erstes Solo: „Herbei, o ihr Gläubigen." Sie sang, ohne den Faden zu verlieren, bis Jonathan plötzlich von seinem Platz neben Frau Lewis, die auf ihn aufpassen sollte, aufsprang, und nach vorn rannte, um seiner Schwester beim Singen zu „helfen".

Tante Lou wußte nicht, was sie tun sollte. Wenn sie hinter Jonathan herlief, würde sie Sarahs Gesang damit unterbrechen, aber wenn sie ihn gewähren ließ, würde die Störung womöglich noch größer werden.

Zuerst stand er einfach nur neben Sarah, sah ihr ins Gesicht und wiegte sich zu der Melodie hin und her. Dann beschloß er mitzusingen, aber der kleine Mann kannte den Text nicht. Statt dessen brachte er nur ein lautstarkes „Aaaaa" zustande. Sarah warf ihm einen finsteren Blick zu, sang aber unbeirrt weiter. Es dauerte nicht lange, bis Jonathans „Aaaaaa" ihren Gesang übertönte. Mitten in der Liedzeile verstummte sie.

„Geh zu Frau Lewis!" zischte sie ihrem Bruder vernehmlich zu.

Er schüttelte den Kopf und fing wieder zu singen an.

„Dann geh halt zu Mama!" befahl Sarah und schob ihn von sich.

Jonathan weigerte sich zu gehorchen. Ich hörte hier und da ein Kichern und sah, wie Onkel Nat nach vorn kam, aber Sarah hatte ihn nicht bemerkt.

„Los! Geh schon!" zischte sie und schubste ihn ein wenig heftiger.

„Nein!" protestierte Jonathan. „Auch singen!" Als er seiner Schwester entkommen wollte, verfing er sich in dem geschmückten Weihnachtsbaum, der mit lautem Krachen umstürzte. Vor lauter Schrecken heulte Jonathan los, so laut er konnte. Als Onkel Nat die Bühne erreicht hatte, weinten alle beide seiner Sprößlinge, und aus der Bühne war das reinste Schlachtfeld geworden.

„Ja, ja, die lieben Pfarrerskinder!" sagte Onkel Nat zu der belustigten Gemeinde und verdrehte halb im Scherz, halb verzweifelt die Augen. Er packte sich die beiden Wichte, während Tante Lou die Ordnung wiederherstellte.

Am Montag brachten wir Matilda an den Zug; sie wollte die Feiertage bei ihrer Familie verbringen. Vor Aufregung darüber, ihre Angehörigen bald wiederzusehen, war sie ganz aus dem Häuschen, aber das war bei ihr nichts Ungewöhnliches: Sie lebte ständig im Zustand des himmelhoch Jauchzens. Sie und Mary hatten sich inzwischen gut miteinander angefreundet, und die beiden fielen sich ein ums andere Mal in die Arme. Das Umarmen nahm derart reichliche Ausmaße an, daß ich der einzige war, der dabei leer ausging. Wäre mir auch ziemlich peinlich gewesen, hier mitten auf dem Bahnsteig vor all den Leuten und so. Die meisten hatten ja keine Ahnung, wie's bei uns zuging.

Als wir wieder daheim waren, kam mir das Haus plötzlich ein wenig zu still vor. Mary tischte uns ein schmackhaftes Mittagessen auf, wusch das Geschirr ab und ging dann in ihr Zimmer. Bald darauf kam sie mit ihrem kleinen Stoffbeutel wieder zum Vorschein.

„Dein Opa hat mir die Weihnachtswoche freigegeben. Er hat gemeint, wo Matilda schon in Urlaub ist, kämt ihr auch ohne mich aus."

Das bezweifelte ich im stillen. Wir hatten uns schon längere Zeit nicht mehr im Kochen geübt, und plötzlich wieder damit anzufangen würde uns bestimmt nicht leichtfallen.

„Ich habe auf Vorrat gebacken“, fuhr Mary fort. „Ihr findet alles in der Speisekammer.“

Ich nickte.

„Wenn ihr mich notfalls brauchen solltet ...“

„Keine Sorge, wir kommen schon zurecht!“ versicherte ich ihr zuversichtlicher, als mir in Wirklichkeit zumute war.

Sie zog ihren warmen Mantel an. Da wurde mir plötzlich klar, wie kalt es draußen war und daß es über eine Meile bis zu den Turleys war.

„Ich hole Chester und bring' dich heim!“ erbot ich mich.

Ihre Antwort wartete ich erst gar nicht ab, sondern nahm mir Jacke und Mütze und ging zur Scheune.

Ich spannte Chester vor den einspännigen Schlitten, und los ging's. Die Luft war klar und eiskalt, und unter den Kufen knirschte der Schnee.

„Matilda wird mir fehlen“, seufzte Mary nach einem langen Schweigen.

Um ein Haar hätte ich gesagt, daß es mir genauso ging.

„Sie ist einfach so ... so voller Leben“, fuhr sie fort.

Das stimmte voll und ganz. Ich hielt Chester im Zaum; wie immer wäre er am liebsten losgaloppiert.“

„Sie kommt ja bald wieder.“

„Oh, ich wünschte, sie wäre schon wieder da!“ Mary stieß einen tiefen Seufzer aus.

Sie lud mich ein, mit ins Haus zu kommen, aber ich wehrte ab.

„Muß nach Hause. Die Stallarbeit wartet“, sagte ich. Dann fügte ich ein wenig schüchtern hinzu: „Bis in ein paar Tagen dann. Frohe Weihnachten!“

Sie stellte sich vor mich. Wir waren allein; kein Mensch beobachtete uns.

„Dank' dir, Josch!“ flüsterte sie. Bevor ich mich's versah, hatte sie mich blitzschnell umarmt. Dann war sie auch schon im Haus verschwunden.

Wie sich herausstellte, sollten wir Mary tatsächlich vor Ablauf ihrer freien Woche brauchen. Zwei Tage nach Weihnachten wurde Onkel Charlie krank. Damit wären wir noch fertig geworden, aber am Tag darauf wurde Opa auch krank. Ich wußte mir keinen Rat. Schließlich hatte ich die gesamte Stallarbeit allein zu erledigen, und obendrein waren die beiden Männer so elend, daß sie Pflege brauchten. Im meiner Verzweiflung sattelte ich Chester und ritt wieder zu den Turleys.

Mary errötete ein wenig, als sie Chester sah, aber dann lachte sie.

„Hält er denn zwei Reiter aus?" fragte sie.

„Wie dumm von mir!" Jetzt wurde auch ich rot. „Hätte den Schlitten mitbringen sollen. Klar, man kann zu zweit auf ihm reiten, aber ..."

„Dann ist ja gut, Josch!" beruhigte sie mich. „Ich meine, solange Chester nichts dagegen hat."

Sie saß hinter mir, die Arme um mich geschlungen, als sei das die natürlichste Sache der Welt.

Während der nächsten paar Tage verschlechterte sich Onkel Charlies Zustand, und obwohl Mary ihm die beste Pflege angedeihen ließ, zu der sie nur imstande war, und ihm Fleisch- und Hühnerbrühen kochte, konnte er einfach nichts bei sich behalten. Wieder sattelte ich Chester und holte den Arzt.

Nach ein paar Tagen schien Onkel Charlie mit Hilfe der Arznei, die der Doktor uns gegeben hatte, endlich auf dem Weg zur Besserung zu sein. Als sowohl er als auch Opa sich langsam wieder erholt hatten, war Matilda wieder da und Weihnachten vorbei.

Zwei Tage lang lief alles seinen gewohnten Gang, dann wurde Matilda vom Schüttelfrost gepackt. Der Unterricht wurde bis auf weiteres abgesagt, und Mary betätigte sich wieder als Krankenschwester.

Als schließlich ich von der Krankheit erwischt wurde, konnte ich kaum fassen, daß man sich nur so elend fühlen konnte. Mein ganzer Körper schmerzte, ich brach in Schweiß aus und wurde dann vom Schüttelfrost gepackt, daß das ganze Bett wackelte. Schon allein der Gedanke an Essen war mir zuwider. Ich war so schwach, daß ich kaum den Kopf auf dem Kissen wenden konnte.

Ich weiß nicht, wie Mary die viele Arbeit geschafft hat. Sie ließ Mike zwar für die Stallarbeit kommen, aber trotzdem glaube ich, daß sie selbst Tag und Nacht auf den Beinen war. Kaum regte ich mich unruhig, als ich auch schon feuchte Tücher auf meiner fieberheißen Stirn spürte und einen Schluck kühles Wasser gereicht bekam.

Ich schwebte zwischen Wirklichkeit und Phantasie hin und her. Manchmal träumte ich, daß ich im Himmel war und lauter Engel mich umsorgten, mir das Haar aus der Stirn strichen und mir das Gesicht kühlten. Dann gab es Zeiten, wo ich bei Sinnen war. Mary und Matilda wechselten sich ab, mir das Gesicht, die Brust und den Rücken mit feuchten Tüchern zu kühlen. Ich glaube, der Doktor war ein paarmal da. Richtig gesehen hatte ich ihn zwar nicht, aber ich erinnerte mich vage an seine Stimme, als er jemandem eine Anweisung gegeben hatte.

Ich hatte keine Ahnung, wie viele Tage vergangen waren. Als ich endlich klar genug war, um mich nach dem Datum zu erkundigen, war ich darüber erschrocken, daß der Januar schon so weit fortgeschritten war. Von nun an hatte ich fast ständig Besuch: Mary brachte mir heiße Brühe und Suppe, und Pixie lag am Fußende von meinem Bett. Onkel Charlie saß einfach auf einem Stuhl und räusperte sich dann und wann. Matilda brachte mir Bücher und las mir stundenlang mit lebendiger, munterer Stimme daraus vor.

Als ich endlich wieder für kurze Zeit aufsitzen konnte, waren Opa und Onkel Charlie längst wieder auf dem Damm, und Matilda hielt schon seit zwei Wochen wieder Unterricht.

So krank war ich noch nie im Leben gewesen. Und nach diesen Tagen, die ich hilflos und elend im Bett zugebracht hatte, mußte ich eines zugeben: Ich war heilfroh, daß wir zwei Frauen im Haus hatten!

Wie sich herausstellte, mußte Mike unsere Stallarbeit noch bis Mitte Februar übernehmen. Ich behauptete zwar, meine Arbeit wieder selbst tun zu können, aber der Doktor ließ sich nicht erweichen. Die Zeit der Genesung bot mir manche Gelegenheit, mich endlich wieder einmal mit Büchern zu beschäftigen. Ich hatte in letzter Zeit meine Muskeln derartig strapaziert, daß ich fast vergessen hatte, wie man sein Gehirn gebraucht.

Ich entdeckte auch, daß die Tageszeitung, die Matilda einmal in der Woche an das Postamt in der Stadt geliefert bekam, längst nicht so unnütz war, wie ich gedacht hatte. Aus Langeweile blätterte ich darin und fand ein paar hochinteressante Artikel in der Sparte „Landwirtschaft und Märkte“.

Landwirtschaft umfaßte viel mehr als nur Aussaat und Ernte. Es war nicht ausgeschlossen, daß unsere Farm auf lange Sicht recht stattliche Erträge abwerfen könnte, und der Gedanke daran erfüllte mich mit neuem Schwung. Leute wie Willi mußten finanziell unterstützt werden, um sich auf dem Missionsfeld halten zu können. Meiner Familie sagte ich zwar vorläufig noch nichts davon, aber ich legte meine Idee Gott vor. Ich malte mir aus, wie unsere Farm ihren Platz in Gottes Plan haben könnte, indem sie mit ihren Erträgen die Missionsarbeit unterstützte – besonders die Arbeit von Leuten wie Willi. Ich nahm mir vor, mein Allerbestes zu tun, um gute Erträge zu erwirtschaften, damit Willi sich niemals wegen seines Unterhalts sorgen müßte, solange er auf dem Missionsfeld war.

Chester

Ich saß gerade mit Matilda am Tisch und unterhielt mich mit ihr über ein paar reichlich absonderliche Dinge, die mir in einem ihrer Bücher begegnet waren. Plötzlich hörte ich Geräusche und trat ans Küchenfenster, um hinauszusehen.

Ich mußte schmunzeln. Es gab überhaupt keinen Grund zur Beunruhigung. Die Pferde tollten nur übermütig herum. Ich musterte den Himmel. Wahrscheinlich zog wieder ein Schneesturm herauf.

„Warum rennen sie nur so wild umher?“ fragte Matilda, die sich neben mich gestellt hatte.

„Es ist ihnen halt danach zumute“, antwortete ich. „Oder vielleicht gibt's auch wieder 'nen Sturm. Pferde führen sich oft ein bißchen übermütig auf, bevor ein Sturm losbricht.“ Wir blieben am Fenster stehen und schauten den Pferden zu.

Chester war am wildesten von allen. Er galoppierte für sein Leben gern, und dazu nahm er auch jede Gelegenheit wahr, die sich nur bot.

Mary traf zu uns. Ihr Gesicht war von einem Lächeln erhellt.

„Ich seh' ihnen furchtbar gern zu, wißt ihr.“

Zu dritt standen wir da und schauten den Pferden beim Herumtollen auf dem Hof zu.

„Er ist wunderhübsch!“ rief Matilda begeistert. Sie hielt Pixie auf dem Arm und kraulte sie sanft unter einem Ohr. „Schaut nur, wie er den Kopf zurückwirft und den Schweif wie ein Pfau ...“

Aber weiter kam sie nicht. Chester, der gerade im Galopp einen engen Kreis vor der Scheune gezogen hatte, war plötzlich ausgerutscht, wohl auf einer Eisfläche, die sich an milderen Tagen unter dem Dachvorsprung gebildet hatte.

Ich suchte gar nicht erst nach Worten, sondern stürzte aus dem Haus ins Freie. Hätte mir eine Jacke nehmen sollen, besonders weil ich gerade krank gewesen war, tat's aber nicht.

Während ich zur Scheune rannte, strampelte Chester noch im Schnee. Er richtete sich halbwegs auf, um gleich darauf wieder zu Boden zu sinken. Seine Hufe flogen in die Luft, und der Schnee wirbelte umher. Während ich auf ihn zurannte, fragte ich mich, warum er noch nicht aufrecht stand.

Ich hatte ihn fast erreicht, als er sich schnaubend und aufgeregt in den Stand aufrichtete. Schon wollte ich erleichtert aufatmen ... da sah ich es: Chesters rechter Vorderfuß hing merkwürdig verkrümmt an ihm herab. Er hatte sich ein Bein gebrochen!

Ich blieb wie angewurzelt stehen und wandte mich ab. Mein Arm fuhr an mein Gesicht, und ich vergrub den Kopf gegen den Zaun, um nur nichts mehr sehen zu müssen. Ein trockenes Schluchzen zerrte an meiner Kehle; dann spürte ich, wie jemand sachte den Arm um mich legte.

„Hier, zieh das an!" Es war Mary. Sie half mir in meine Jacke.

Dann sah auch sie, was mit Chester geschehen war, und es verschlug ihr den Atem.

Ich weiß nicht, wann Matilda dazugekommen war. Auf einmal stand auch sie neben uns. Ihr Atem flog als kleine zitternde Wolken davon.

„Alles in Ordnung?" fragte sie besorgt.

Chester versuchte sich zu regen, doch vor Schmerz stieß er einen gequälten Laut aus. Matildas Entsetzensschrei war die Antwort.

„Nein! Nein!" rief sie ein ums andere Mal. Ich legte die Arme um sie. Sie klammerte sich an mir fest und schluchzte haltlos.

Als Opa dazukam, standen wir aneinandergekauert da und versuchten, uns gegenseitig zu trösten.

„Ist es schlimm?" hörte ich Opa fragen.

„Sein Vorderfuß", murmelte ich zur Antwort.

Matilda brach erneut in Tränen aus.

„Ich halt's nicht aus!" rief sie. „Ich halt's nicht aus, ihn so zu sehen!"

Wieder warf ich einen Blick auf Chester. Er stand einfach nur mit wogendem Kopf da und schnaubte, völlig verstört vor Schmerz.

Ich rang um meine Fassung.

„Mary", sagte ich, „bring Matilda ins Haus!"

Gehorsam führte sie die weinende Matilda weg.

Zum ersten Mal sah ich mir Chester gründlich an. Seine wogenden Seiten waren noch von Schnee bedeckt. Mit jedem Atemzug zitterte er heftig, und sein Bein hing kraftlos an seinem massiven Rumpf herab.

Ich strich ihm mit der Hand über den Hals. Er bebte und wollte einen Schritt machen. Sein ganzer Leib zitterte vor Schmerzen, und einen entsetzlichen Augenblick befürchtete ich, er könnte wieder zu Boden sinken. Von dem Anblick übermannt, wandte ich mich ab und übergab mich. Die Krankheit, von der ich mich gerade erst erholt hatte, war wohl auch ein Grund dafür. Aber ich mußte mich zusammenreißen. Chester brauchte meine Hilfe.

Opa wußte kaum, ob er sich zuerst mir oder Chester zuwenden sollte. Ich bedeutete ihm mit einem Kopfnicken, daß er sich nicht um mich zu sorgen brauchte. Er ging auf Chester zu und redete leise auf ihn ein, strich ihm über den Hals, um ihn zu beruhigen, und fuhr dann mit der Hand über das verletzte Bein.

Das Pferd fuhr ein Stück zurück, und vor Schmerz stieß er wieder einen qualvollen Laut aus.

Entschlossen wandte ich mich ab und lief ins Haus. Ich steuerte geradewegs auf die hintere Veranda zu und blieb nur lange genug stehen, bis ich mich davon überzeugt hatte, daß Opas alte Winchester geladen war. Gerade wollte ich wieder loslaufen, als ich hörte, wie die Tür geöffnet und geschlossen wurde. Flinke Schritte eilten mir nach, und dann spürte ich eine Hand auf meinem Arm.

„Nein! Tu's nicht!"

Ich riß mich los und wollte weiter.

„Josch, hör mir zu!" Aber ich ließ mich nicht beirren, sondern lief weiter. Mary baute sich zwischen mir und der

Tür auf. Ihre schmalen Schultern hoben und senkten sich heftig mit jedem Atemzug. Sie hatte auch geweint; Tränenspuren waren noch auf ihrem Gesicht zu sehen.

Sie stand mir trotzig im Weg und schüttelte den Kopf.

„Tu's nicht!" flehte sie wieder.

Ich wollte sie beiseite schieben.

„Glaubst du vielleicht, das macht mir Spaß?" Es war fast ein Schrei.

Die Antwort wußten wir beide.

„Dann tu's doch nicht!" schrie sie wieder, ohne sich vom Fleck zu rühren.

„Er leidet furchtbar!" stieß ich hervor. „Siehst du das denn nicht? Er leidet!"

Mary packte mich bei der Jacke. In ihren geweiteten Augen standen Furcht und Entschlossenheit zugleich.

„Ja", sagte sie mit fester Stimme, „ja, er leidet. Aber das Leben ist voller Leiden, Josch. Du hast gelitten. Ich habe gelitten." Sie holte noch einmal tief Luft und zitterte am ganzen Leib. „Jahrelang ... jahrelang habe ich meine Mutter leiden gesehen, Tag um Tag, Woche um Woche. Ich habe sie liebgehabt, Josch. Glaube mir, ich habe sie liebgehabt. Aber ich habe die Hoffnung nie aufgegeben. Ich habe gekämpft. Ich habe um ihr Leben gekämpft. Chester ist eine Kämpfernatur. Ein Vollblut und eine Kämpfernatur. Der ist noch nicht fertig mit dem Leben. Er hat noch nicht aufgegeben. Und wir dürfen's auch nicht ... nicht, bis wir unser Äußerstes für ihn getan haben."

Damit nahm Mary mir das Gewehr aus den Händen und gab den Weg durch die Tür frei. Ich hörte das Geräusch von Metall auf Metall, als sie es wieder an den Haken hängte. Alles um mich her begann sich zu drehen, und ich befürchtete, mich erneut übergeben zu müssen.

Ich brauchte mehrere Minuten, bis ich mich unter Kontrolle hatte. Als ich wieder klar denken konnte, ließ ich mir Marys Bitte, um Chesters Leben zu kämpfen, durch den Kopf gehen. Unmöglich! So etwas würde niemals funktionieren. Chesters Bein war gebrochen; das konnte man doch auf den ersten Blick sehen. Er war nicht mehr zu retten. Wenn wir es trotzdem versuchten, würde er nur entsetzliche Qualen leiden, und am Ende würden wir ihm dann doch den Gnadentod geben müssen. Da war es besser, wenn wir seinem Leiden jetzt gleich ein Ende bereiteten.

Ich sah mich nach dem Gewehr um, ließ aber dann mutlos die Schultern sinken, wandte mich ab und ging wieder zur Scheune.

Irgendwie war es Mary und Opa gelungen, Chester in seine Box zu bringen. Sie sprachen mit gedämpfter Stimme, als ich dazukam.

„Ein sauberer Bruch“, sagte Opa gerade, „und der Knochen liegt nicht offen.“

„Wir müssen dafür sorgen, daß das Bein nicht mit seinem Gewicht belastet wird“, antwortete Mary sachte; mit ihren Händen und auch ihrer Stimme war sie bemüht, Chester zu besänftigen.

„Wie?“ Mit dem einen Wort hatte Opa das ausgesprochen, was auch mir auf den Nägeln brannte.

„Wir müssen eine Art Schlinge bauen, die ihn hält – ich meine, damit sein Fuß den Boden nicht berührt.“

Opa musterte die Box. Einfach würde so etwas nicht sein.

„Mein Vater hat einmal eine Schlinge für eins von unseren Tieren gebaut“, fuhr Mary fort. „Die Seile hat er über einen Flaschenzug geleitet.“

Opa kaute nachdenklich auf seinem Schnurrbartzipfel herum.

„Könnte klappen“, meinte er schließlich.

„Halt ihn warm und ruhig. Ich hole meinen Vater“, sagte Mary. Ich wußte nicht, ob sie Opa oder mich damit meinte.

Es dauerte unendlich lange, bis Herr Turley endlich auftauchte. Mary kam nicht erst mit in die Scheune, sondern ging gleich ins Haus. Ich war die ganze Zeit über nicht von Chesters Seite gewichen. Wir hatten eine warme Pferdedecke über ihn gebreitet und ihn mit sauberem Stroh abgerieben. Inzwischen hatte er sich etwas beruhigt. Von dem anfänglichen Entsetzen schien er sich erholt zu haben. Ab und zu zitterte er noch und schnaubte laut, sobald er versuchte, sein Gewicht zu verlagern.

Marys Vater machte sich ohne lange Vorrede an die Arbeit. Er gab so viele Anweisungen, daß ich mich beeilen mußte, um sie alle zu befolgen. Zwei Stunden später war die Schlinge für Chester fertig, und mit dem Flaschenzugsystem, das Herr Turley über seiner Box angebracht hatte, zogen wir ihn sachte in die Höhe, bis seine drei gesunden Hufe den Boden kaum noch berührten. Chesters rechten Vorderhuf hatten wir etwas höher angehoben, damit er ihn auf keinen Fall belasten konnte.

Chester begriff nichts von dem, was vorging, und wollte sich schnaubend zur Wehr setzen. Es dauerte eine Weile, bis wir ihn beruhigt hatten. Ich war fest davon überzeugt, daß alles umsonst sein würde.

Als das Tier ruhiger geworden war, sah Herr Turley sich das Bein genauer an. Es war inzwischen ziemlich dick geschwollen, so daß er den Bruch nur mit Mühe ertasten konnte. Jede Berührung verursachte Chester erneute Schmerzen.

Endlich richtete sich Herr Turley wieder auf.

„Schade drum!" sagte er nüchtern. „So 'n schönes Pferd!"

Ich glaubte schon, er wäre zu dem gleichen Schluß wie ich gekommen, nämlich daß Chester nicht mehr zu helfen sei – aber so war's nicht.

„Glatter Bruch!" sagte er statt dessen. „Dürfte gut verheilen, wenn's keine Komlikationen gibt."

Ich stieß den Atem, den ich angehalten hatte, langsam wieder aus.

Dann legte Herr Turley mit meiner und Opas Hilfe eine Schiene an das verletzte Bein. Als wir endlich fertig waren, fühlten wir uns allesamt abgekämpft.

Opa lud Herrn Turley zu einer Tasse Kaffee ins Haus ein, und ich ließ mich ins Stroh sinken, den Rücken gegen die Futterkrippe gelehnt und eine Hand auf Chester. Da saß ich nun und überlegte, betete und hoffte von ganzem Herzen, daß es noch Hoffnung für dieses schöne Tier geben könnte.

Ich hörte nicht einmal, wie die Tür geöffnet wurde.

„Josch?" Es war Mary. Sie flüsterte. „Josch?"

Die Scheunenlaterne flackerte in dem sanften Luftzug von der Tür her, und der Lichtschein tanzte zitternd über Marys Gesicht. Sie reichte mir eine dampfende Tasse mit Hühnersuppe. Ich nahm die Tasse mit noch immer zitternden Händen.

Ohne ein weiteres Wort hockte sie sich neben mich ins Stroh und legte mir eine Hand auf den Arm.

„Es wird schon werden!“ flüsterte sie. „Chester wird wieder gesund.“

Ich bemühte mich um ein Lächeln.

„Wie geht's Matilda?“ fragte ich, weil ich einen Augenblick lang Chesters Schmerzen vergessen wollte.

„Die hat sich wieder erholt und macht uns gerade einen Nachtisch. Sie hat die ganze Zeit nur gebetet.“

Mit einem Seufzen schaute ich wieder auf Chester.

„Glaubst du wirklich, daß er durchkommt?“ fragte ich zweifelnd.

Marys Lächeln war ein wenig zaghaft.

„Schau ihn dir doch an!“ sagte sie nüchtern, anstatt mir das Blaue vom Himmel zu versprechen. „Mein Pa meint, so schlecht sieht's gar nicht aus mit dem Bruch. Der Knochen ist glatt gebrochen. Es wird halt seine Zeit brauchen.“

Prüfend betrachtete ich Chester. Er war inzwischen viel ruhiger geworden. Fast war ich geneigt, ihr zu glauben.

Ich wandte mich zu ihr um.

„Danke“, sagte ich und nahm ihre Hand. „Danke!“

Eigentlich hätte ich viel mehr sagen sollen. Danke, daß du mich davon abgehalten hast, eine große Dummheit zu begehen. Danke, daß du bei Schnee und Eis auf der alten Maude losgeritten bist, um deinen Vater zu holen. Danke für die heiße Suppe. Danke für deinen Beistand. Aber mehr als nur ein einfaches „Danke“ brachte ich nicht heraus.

Sie drückte meine Hand leicht, stand wieder auf und ging ins Haus zurück.

Willi

Chester gewöhnte sich erstaunlich gut an die Schlinge. Vielleicht sonnte er sich auch in der allgemeinen Aufmerksamkeit, mit der er überschüttet wurde. Oft wich ich stundenlang nicht von seiner Seite, und Matilda besuchte ihn nie ohne einen Apfel oder ein Zuckerstückchen zum Naschen für ihn. Mary untersuchte ihn täglich auf Druckstellen unter der Schlinge.

Die Schwellung ließ nach, und nachdem Herr Turley ein paarmal nach Chester gesehen hatte, schlug er vor, eine neue Schiene anzulegen. Chester wehrte sich kaum, als das geschah.

Nach ein paar Wochen nahmen wir die Schiene ab, ließen aber das Pferd in der Schlinge, damit es den Huf noch nicht belastete. Ich fing an, das Bein zu massieren und zu bewegen, damit die Gelenke nicht steif wurden. Chester konnte das Bein ohne Schwierigkeiten beugen und strecken – mit meiner Hilfe, versteht sich.

Endlich kam der Tag, an dem wir die Schlinge herunterkurbelten, damit Chester auf allen vier Hufen stehen konnte. Zuerst wollte er nicht recht und schnaubte. Ich strich ihm über den Hals und redete sanft auf ihn ein, bis er sich beruhigt hatte.

Wir ließen ihn nicht lange stehen. Er durfte keinesfalls überfordert werden, aber von da an ließen wir ihn jeden Tag ein wenig länger auf allen vieren stehen.

Schließlich führte ich ihn zu kurzen Gängen auf dem Hof umher. Zuerst humpelte er leicht, aber bald gab sich auch das. Es war fast zu schön, um wahr zu sein, aber es hatte ganz den Anschein, als sollte Chester sich wieder völlig erholen.

Der Winter nahm seinen Lauf. Wir alle hatten unsere täglichen Pflichten, denen wir nachkamen. Ab und zu ließ ich unseren neuen Traktor an, um sicherzugehen, daß er auch noch funktionierte. Dann hatte Opa die glänzende Idee, einen Baumstamm hinter den Traktor zu spannen, um den Schnee damit von unserer Straße wegzuräumen. Onkel Charlie konnte es sich nicht verbeißen, eine belustigte Bemerkung über mein „neues Spielzeug" zu machen.

Die Abende verbrachten wir zusammen in der großen Farmküche. Pixie suchte sich immer ein warmes Plätzchen bei einem von uns auf dem Schoß. Diese Abende waren etwas ganz Besonderes. Es war ein gemütliches Gefühl, in der warmen Küche zu sitzen, wo ein Feuer in dem großen Herd knisterte, während es draußen schneite und stürmte und der heulende Wind an der losen Dachrinne zerrte. Jedesmal wenn ich es vom Dach her klappern hörte, nahm ich mir vor, die Dachrinne zu reparieren, sobald das Wetter besser wurde. Kaum wurde aber dann das Wetter besser, als ich alle Hände voll mit anderen Sachen zu tun hatte.

Sooft ich in die Stadt fuhr – und bei dem Winterwetter fuhr ich nur, wenn es unbedingt notwendig war –, holte ich ein neues Bündel Zeitungen für Matilda ab. An den langen Abenden vertrieben wir uns mit ihnen die Zeit. Es war mehrere Wochen her, seitdem ich von Willi gehört hatte, und ich rechnete fast täglich mit einem Brief von ihm. Es kam aber keiner.

Dann hörte ich eines Tages den Hofhund bellen, und durch das von Eisblumen verzierte Fenster sah ich, wie Onkel Nat die Zügel seines Pferdes am Zaunpfosten festband. Mit langen, zügigen Schritten ging er auf das Haus zu. Ich fragte mich, ob er fror oder es einfach nur eilig hatte.

Begeistert begrüßte ich ihn an der Tür. Es war schon eine ganze Weile her, seitdem er bei uns zu Besuch gewesen war.

Mary schob die Kaffeekanne auf die Herdplatte und legte frisches Brennholz nach, damit Onkel Nat sich ein wenig aufwärmen konnte, und Opa und Onkel Charlie rückten Stühle um den Tisch zurecht.

Onkel Nat setzte sich und bedeutete mir, mich auf den Stuhl neben seinem zu setzen. Ich tat es und beugte mich vor. Ich war kolossal darauf gespannt, was es in der Stadt an Neuigkeiten gab.

„Wie geht's Chester?" erkundigte sich Onkel Nat.

Ich strahlte wie ein Honigkuchenpferd.

„Dem geht's prima. Wirklich kaum zu glauben! Du mußt ihn unbedingt sehen. Er läuft fast so gut wie früher."

Onkel Nat nickte lächelnd.

„Und wie geht's Lou und den Kindern?" Mit dieser Frage hatte Opa für uns alle gesprochen.

„Die haben ständig zu tun", lachte Onkel Nat. „Dieser Jonathan! Bei dem kalten Wetter weiß Lou kaum, wie sie ihn beschäftigt halten soll!"

Weil wir alle wußten, welch ein Windfang Jonathan war, tat Tante Lou uns mächtig leid.

„Biste zu Hausbesuchen unterwegs?" fragte Opa.

„Nein", antwortete Onkel Nat langsam. Er senkte den Kopf, und seine Miene wurde ernster. Wir warteten auf das, was er zu berichten hatte. Endlich hob er den Kopf wieder und sah mich an.

„Ich fürchte, ich habe schlechte Nachrichten für dich", sagte er. „Ich dachte, du solltest es gleich erfahren. Es ist Willi."

„Willi?"

„Er ist nicht mehr, Josch."

Ich begriff nicht.

„Er ist nicht mehr? Was soll das heißen?"

„Die Corbins haben heute morgen ein Telegramm bekommen. Willi ist vor zwei Tagen gestorben."

„Aber das muß ein Irrtum sein!" Ich erkannte meine eigene Stimme kaum, so rauh vor Entsetzen klang sie. „Willi ist doch in Südafrika. Woher wissen sie da ..."

„Die Missionsgesellschaft hat das Telegramm aufgegeben."

„Aber das muß irgendein Irrtum sein!" stieß ich hervor. Ich wollte einfach nicht glauben, was ich da gehört hatte. Fassungslos sprang ich von meinem Stuhl auf. Onkel Nat legte mir die Hand auf die Schulter und drückte mich wieder auf meinen Stuhl zurück.

„Es ist kein Irrtum, Josch", sagte er traurig. „Die Missionsgesellschaft sprach der Familie ihr tiefstes Beileid aus. Willi ist tot."

Ich hörte jemanden aufschluchzen. Dann merkte ich, daß ich selbst es war. Ich vergrub das Gesicht in der Armbeuge und schluchzte, bis es mich am ganzen Leib schüttelte.

„Nicht Willi!" schrie meine Stimme ein ums andere Mal. „Lieber Gott, nicht Willi!"

Und die ganze Zeit über redete etwas in mir auf mich ein: „Es ist alles ein großer Irrtum. Du wirst's schon sehen. Bald klärt sich alles auf. Es war jemand anders. Nicht Willi."

Im Hintergrund hörte ich Stimmen, aber was sie sagten, nahm ich nicht wahr. Jemand versuchte, eine weinende Mary zu trösten. Jemand anders redete tröstend auf mich ein.

Es dauerte lange, bis ich mich halbwegs wieder gefaßt hatte. Opa stellte gerade weitere Fragen.

„Wie ist es denn passiert?"

„Ein Fieber, hat es geheißen – vermutlich Malaria."

„War er lange krank?"

„Das weiß man nicht."

„Wie geht es seinen Eltern?"

„Es ist hart für sie."

Es erschien mir alles so unwirklich, so sinnlos. Vor kurzem war Willi erst auf dem Missionsfeld angekommen, und jetzt war er tot!

Plötzlich fiel mir Carmen ein. Und wieder kamen mir die Tränen. „Die arme Carmen! Die arme Carmen!" murmelte ich immer wieder.

Auch dieser Sturm legte sich. Mit gesenktem Kopf saß ich da, zitternd und um Atem ringend trocknete ich mir Nase und Augen mit dem Taschentuch, das ich in meinen Händen fand.

„Möchtest du in dein Zimmer gehen?" fragte Onkel Nat. Ich muß wohl genickt haben; jedenfalls half er mir die Treppe hinauf bis zu meinem Bett. Ich warf mich darauf und fing von neuem an zu schluchzen, aber nicht lange. Es war doch zwecklos. Statt dessen betete ich. Für Willi, obwohl ich selbst nicht weiß, warum; der war schließlich jetzt in den besten Händen. Für Familie Corbin; die ganze Familie war bestimmt außer sich vor Schmerz. Ich mußte unbedingt hingehen, mußte ihnen sagen, wie sehr ich ihren Kummer über Willis frühen Tod teilte.

Auch für Frau Foggelson betete ich. Willi hätte eigentlich ihr Schwiegersohn werden sollen. Am meisten aber betete ich für Carmen. Wie würde sie es nur tragen? Sie war ganz allein an ihrem College, wo sie sich auf den Missionsdienst an Willis Seite vorbereitet hatte.

Jetzt würde sie nach Hause zurückkehren, mit gebrochenem Herzen vielleicht, aber zurückkommen würde sie bestimmt.

Ich ging wieder in die Küche und kühlte mir das geschwollene Gesicht mit Wasser. Onkel Nat war schon fort, Opa und Onkel Charlie saßen schweigend am Küchentisch. Vor ihnen standen unberührte Kaffeetassen. Wortlos sahen die beiden Männer mich an. Mary war nirgends zu sehen; ihre Zimmertür war fest verschlossen.

„Ich reite zu den Corbins", sagte ich gefaßt. Opa nickte.

Ich wollte Chester den Ritt noch nicht zumuten und holte mir statt dessen die alte Maude aus der Scheune.

Die Mühe, sie zu satteln, machte ich mir erst gar nicht; nahm mir nur die Zügel und ritt los. Maude war nicht gerade einfach zu reiten, aber vielleicht tat mir das in meinem Kummer gut.

Die Corbins fand ich tränenüberströmt und verzweifelt vor. Frau Corbin saß auf einem Schaukelstuhl neben dem Herd und sagte immer nur: „Mein armer Junge! Mein armer Junge! Mein armer Willi!" Als sie mich sah, streckte sie mir die Arme entgegen, und ich ging auf sie zu. Sie drückte mich so fest an sich, daß ich kaum noch Luft bekam. Ich wußte, daß sie auf diese Weise Willi umarmt hätte.

Herr Corbin ging in der Küche auf und ab, mit versteinertem Gesicht und hängenden Schultern. Andere Familienmitglieder saßen in kleinen Gruppen verstreut in der Küche und flüsterten und weinten.

Und dann geschah etwas sehr Sonderbares. Ann, die gerade noch mit den übrigen geweint hatte, wischte sich die Tränen fort und lächelte mühsam.

„Gott macht keine Fehler. Das weiß ich genau!" sagte

sie. „Es wird schon alles seinen Sinn haben, auch wenn wir's jetzt noch nicht verstehen."

Sie fingen an zu reden, zuerst nur flüsternd und oft von Weinen und Schluchzen unterbrochen, doch allmählich versiegten die Tränen, und was ein jeder zu sagen hatte, klang schon ein wenig zuversichtlicher. Hin und wieder war sogar ein verhaltenes Lachen zu hören, wenn jemand eine lustige Begebenheit aus Willis Jugendzeit erzählte. Bald hatte sich die Stimmung in der Küche verändert. Frau Corbin hatte aufgehört, zu schaukeln und zu jammern, und Herr Corbin ging nicht mehr so verbittert in der Küche auf und ab. Jemand holte die Familienbibel, und dann wurde sie von einem zum andern gereicht, damit jeder ein paar tröstende Verse daraus vorlesen konnte.

Als ich später wieder nach Hause ritt, waren die Corbins zwar noch immer bekümmert, aber jedes Mitglied der Familie hatte jetzt eine Quelle des Trostes gefunden.

Ich wartete ein paar Tage, bevor ich zu Frau Foggelson ging. Diesen Besuch hätte ich vorher nicht verkraftet. Noch immer spürte ich einen dumpfen Schmerz und befürchtete, in Tränen auszubrechen, sobald ich versuchte, von Willi zu sprechen.

Frau Foggelson begrüßte mich an der Tür.

„Ach Josch!" rief sie und kam mit ausgestreckten Armen auf mich zu.

Ich drückte sie einen Moment an mich. Sie weinte an meiner Schulter, aber als sie dann einen Schritt zurück machte, wischte sie sich hastig die Tränen fort und deutete auf das Sofa.

Wir redeten lange über Willi; ich glaube, wir brauchten es beide. Schließlich erkundigte ich mich nach Carmen.

„Wie hat sie es denn aufgenommen?" fragte ich.

„Oh, sie ist natürlich furchtbar verstört", antwortete Frau Foggelson, „aber sie wird es überstehen. Ich habe ein paarmal mit ihr am Telefon gesprochen."

„Wann kommt sie nach Hause?"

„Heute. Mit dem Nachmittagszug. Früher ging es nicht."

Eine Pause entstand; dann fügte sie hinzu: „Es ist zwar ein weiter Weg für so einen kurzen Besuch, aber wir fanden es beide sehr wichtig, daß sie zur Trauerfeier hier ist."

„Ein kurzer Besuch? Ich verstehe nicht ..."

„Ja, sie muß gleich wieder zurückfahren. Nächste Woche hat sie wichtige Prüfungen abzulegen."

„Dann bleibt sie also am College?" Ich war fassungslos. Warum nur? Was sollte ihr die ganze Ausbildung ohne Willi nützen?

Bestimmt wollte Carmen das angefangene Studienjahr nicht einfach abbrechen, überlegte ich. Das rechnete ich ihr hoch an. Obwohl ... die Ausbildung zur Innenarchitektin hatte sie auch abgebrochen. Ich konnte mir keinen Reim auf das Ganze machen.

„Wenn sie diese Prüfungen verpaßt, verliert sie das ganze Semester und das wäre sehr schade."

Ich nickte, wenn es mich auch sehr überraschte, daß Carmen trotz allem noch Krankenschwester werden wollte.

Ich begleitete Frau Foggelson zum Bahnhof, um Carmen abzuholen. Auch ein paar von den Corbins hatten sich eingefunden. Wieder gab es Tränen. Carmen wurde von allen reihum in die Arme genommen. Als ich an der Reihe war, fehlten uns beiden die Worte. Ich hielt sie nur einfach in meinen Armen und ließ sie weinen. Das Herz wollte mir schier brechen. Zu dritt gingen wir dann durch die schneidende Winterluft nach Hause, und Frau Foggelson kochte uns eine Kanne Tee.

„Deine Mutter sagt, du müßtest bald wieder abreisen", begann ich das Gespräch mit Carmen.

Sie nickte langsam und fuhr sich mit einer müden Handbewegung über die Stirn.

„Du willst also immer noch Krankenschwester werden?"

„Willi hat gesagt, daß es dort sehr an Krankenschwestern fehlt – und wer weiß? Vielleicht wäre Willi noch am Leben, wenn nur eine Krankenschwester zur Stelle gewesen wäre."

Das sah ich zwar ein, aber was das mit ihr selbst zu tun hatte, begriff ich nicht.

„Es tut mir nur so unendlich leid, soviel kostbare Zeit vergeudet zu haben", fuhr sie wie zu sich selbst fort. „Wenn ich mit meiner Ausbildung zur gleichen Zeit wie Willi mit seiner angefangen hätte, dann …" Sie ließ den Satz unvollendet im Raum stehen.

„Aber du hast's ja nicht geahnt."

„Nein, das habe ich nicht." Ihre Stimme klang müde und leer. Schließlich lächelte sie verhalten. „Aber wenigstens ist mir jetzt die Freude beschieden, den Menschen zu helfen, die Willi so sehr ans Herz gewachsen waren."

Endlich dämmerte es mir: Carmen hatte trotz allem vor, aufs Missionsfeld zu gehen.

„Du willst also trotzdem nach Afrika?" Es erschien mir so sinnlos.

„Natürlich", antwortete sie nur, als sei das die selbstverständlichste Sache der Welt. „Ich werde doch dort gebraucht."

Gottes Ruf

Irgendwie brachten wir die Trauerfeier hinter uns. Frau Foggelson hatte mich gebeten, neben ihr und Carmen zu sitzen.

Und dann brachten wir Carmen wieder an den Zug. Sie hielt ihre Mutter lange umarmt, und die Tränen flossen ungehindert.

„Mama, ich habe dich so lieb!“ schluchzte sie. „Ich würde furchtbar gern bei dir bleiben; das weißt du ja. Aber es muß sein. Ich muß abreisen.“

Frau Foggelson schien sie zu verstehen. Sie sah Carmen in die Augen und sagte ernst: „Höre nur stets auf dein Gewissen, Kind, und tue das, was Gott dir aufträgt.“

Noch ein letztes Mal fielen sie einander in die Arme. Dann wandte Carmen sich an mich.

„Ich danke dir, Josch, daß du immer für mich dagewesen bist. Und daß du Willi und mir so ein treuer Freund gewesen bist.“ Ich fand keine Antwort, sondern hielt sie nur einen Augenblick umarmt. Dann ließ ich sie wieder los.

Die nächsten paar Tage war ich unruhig. Ich konnte weder richtig denken noch schlafen, noch essen; selbst beim Beten war ich nicht recht bei der Sache. Meine Gebete bestanden aus halben Sätzen, aus einzelnen Wörtern und Gedankenfetzen.

Wie betäubt durchlebte ich diese Tage. Ich tat meine Arbeit. Die Tiere wurden versorgt. Chester wurde täglich massiert und über den Hof geführt. Ich ging. Ich bewegte mich. Ich sprach. Ab und zu hörte ich mich sogar lachen, aber es war, als steckte ein Fremder in meiner Haut.

Eines Tages mußte ich in die Stadt fahren. Wir brauchten ein paar Lebensmittel, und alle Bewohner des Hauses freuten sich auf einen Stapel frischer Zeitungen.

Ich machte meine übliche Runde und holte die Zeitungen an der Post ab. Ich überflog unsere Post. Ein Brief aus Südafrika war dabei. Von Willi. Ein taubes Gefühl überkam mich.

Aber Willi war doch tot! Willi war gar nicht mehr in Südafrika!

Mein Blick fiel auf den Poststempel. Das Datum lag mehrere Wochen zurück. Der Brief war lange unterwegs gewesen.

Ich steckte ihn in die Jackentasche. Wußte nicht, ob ich je den Mut finden würde, ihn zu öffnen. Aber zugleich wußte ich auch, daß mich nichts auf der Welt davon abhalten konnte, ihn zu lesen.

Ich öffnete den Brief erst später, nachdem ich wieder daheim war, die Pferde versorgt und die Stallarbeit erledigt hatte, zu Abend gegessen und mich für die Nacht in mein Zimmer zurückgezogen hatte. Ich sagte keinem etwas von dem Brief; ich wußte nicht, welche Auswirkungen sein Inhalt auf mich haben würde.

Endlich öffnete ich langsam den Umschlag und ließ meinen Blick über die vertrauten Schriftzüge wandern. Mit zitternden Händen hielt ich die Briefbögen vor das Licht der Kerosinlampe.

Auf seine typische Weise berichtete Willi von den Leuten, die er kennenlernte, und darüber, wie sie mit der Zeit Zutrauen zu ihm faßten und zuhörten, wenn er ihnen von Jesus erzählte. Willis Nächstenliebe sprach aus jedem Wort, das er schrieb. Man merkte, wie sehr er in seiner Missionsarbeit aufging.

Er nahm auf meinen letzten Brief an ihn Bezug und erkundigte sich nach meiner Familie und der Nachbarschaft. Er ließ Mary herzlich grüßen und machte sogar eine witzige Bemerkung darüber, daß ich jetzt nicht nur eine, sondern gleich zwei heiratsfähige Frauen im Haus wohnen hatte.

Schließlich kam er auf Carmen zu sprechen. „Du kannst Dir kaum vorstellen, wie froh ich bin, daß Gott uns zusammengeführt hat! Ich habe Carmen schon immer sehr gemocht, gleich vom ersten Tag an, als sie neu in unserer Schule war. Schweigend und mit gemischten Gefühlen habe ich zugesehen, wie Du Dich mit ihr anfreundetest.

Und jetzt hat Gott alles ganz anders gewendet: Carmen wird meine Frau. Ich kann kaum fassen, wie reich Gott mich gesegnet hat, und ich hoffe von ganzem Herzen, daß Du Dich nicht verletzt fühlst. Es wird noch lange dauern, bis Carmen endlich zu mir kommen kann; ich zähle die Stunden bis dahin. Andererseits bin ich hier so sehr beschäftigt, daß die Zeit schnell vergeht, und bevor wir's uns versehen, wird Carmen hier sein."

Und dann schrieb Willi: „Josch, eigentlich brauche ich Dir das gar nicht zu sagen, aber das Schönste auf der ganzen Welt ist es, täglich nach dem Willen Gottes zu leben. Er hat einen vollkommenen Plan für uns, und wenn wir ihm gehorsam sind, wird er diesen Plan in die Wirklichkeit umsetzen, egal, ob in fünfzig Jahren, in zwanzig Jahren oder in einem einzigen Tag."

Ein Schluchzen würgte mir in der Kehle. Ich las den Abschnitt noch einmal. Dann las ich weiter:

„Ich bin Gott sehr dankbar für mein gutes Elternhaus, für unsere Gemeinde und meine guten Freunde, die mir allesamt geholfen haben, die Wahrheit zu erkennen und anzunehmen, ohne mich dagegen aufzulehnen. Ich weiß, Du hast Dich oft gefragt, warum Gott Dich nicht zum Pfarramt oder zum Missionsdienst berufen hat. Die Hauptsache ist nicht, wo wir dienen, sondern wie. Frage nicht: ‚Was hat Gott in Zukunft mit mir vor?', sondern: ‚Bin ich seinem Willen in diesem Augenblick gehorsam?' Und diesen Gehorsam kannst Du ausleben, Josch, wo Du auch bist.

Möge Gott Dich auf allen Deinen Wegen leiten, Josch, wo sie Dich auch hinführen mögen. Einen treueren Kameraden als Dich kann sich niemand wünschen.

Es grüßt Dich herzlich

Dein Willi"

Über diesen Brief vergoß ich viele Tränen. Im Lauf der nächsten Tage las ich ihn so oft, daß ich ihn bald auswendig kannte, wenn ich auch nicht alles verstand, was Willi mir darin sagen wollte.

An einem Vormittag war ich gerade in der Scheune bei Chester, um ihm das Bein zu massieren, als Onkel Nat hereinkam. Nach einer frohen Begrüßung kam er näher, um mein Pferd zu begutachten. Er war fast so begeistert wie ich selbst über die Fortschritte, die Chester machte.

„Er sieht ja prächtig aus, Josch!“ sagte er zu mir. „Bald läuft er wieder im Galopp, sollst nur sehen!“

Ich grinste.

„Bis dahin sind Eis und Schnee hoffentlich weggetaut“, sagte ich. „Noch so einen Sturz wünsche ich ihm nämlich nicht.“

„Nur keine Sorge!“ meinte Onkel Nat zuversichtlich.

„Dieser Winter will anscheinend überhaupt kein Ende nehmen“, meinte ich kopfschüttelnd.

Onkel Nat musterte mich mit einem prüfenden Blick. Ich konnte ihm anmerken, daß er etwas auf dem Herzen hatte. Er rückte sich einen Melkschemel zurecht und setzte sich.

„Wie geht's dir denn eigentlich, Josch?“ Es war mehr als nur eine oberflächliche Alltagsfrage.

Ich ließ Chester in seine Box zurückgehen und setzte mich auf einen weichen Heuballen.

„Weiß selbst nicht genau“, sagte ich aufrichtig. „Es war ein harter Winter für mich.“

Onkel Nat nickte.

„Harte Zeiten gehören zur Schule des Lebens, Josch“, sagte er nur.

Das ließ ich mir in Ruhe durch den Kopf gehen. Ich glaube, in diesem Winter hatte ich tatsächlich allerhand dazugelernt.

„Die Farm macht sich prima“, fuhr Onkel Nat fort. Er wartete darauf, daß ich zu reden anfing.

„Hmm“, nickte ich und dachte an die vollen Kornspeicher, an die gesunde Viehherde auf der Weide und den Traktor.

„Du kannst mit Fug und Recht stolz auf dich sein“, meinte Onkel Nat. „Wir übrigen sind's auch.“

„Wirklich? Das ist nett, aber ...“

„Macht dir die Farmarbeit etwa keine Freude?“ Onkel Nats Frage kam völlig unerwartet.

„Aber klar!“ beeilte ich mich klarzustellen. „Sie macht

mir Freude – viel sogar. Es ist schön, die Ernte reifen zu sehen … und zu wissen, daß man selbst zum Erfolg beigetragen hat."

„Aber irgend etwas geht dir doch gegen den Strich, oder nicht?"

„Also, ich … ich weiß halt immer noch nicht, was Gott mit meinem Leben vorhat. Eigentlich hatte ich damit gerechnet, längst zu wissen, was ich tun sollte, aber Gott hat mir einfach noch keine Weisung gegeben. Mit zweiundzwanzig sollte man eigentlich cinc Vorstellung davon haben, was man mal werden will, finde ich."

Onkel Nat versetzte mir zum Spaß einen Rippenstoß.

„Und ich dachte schon, du hättest Liebeskummer", scherzte er. „Kannst dich wohl nicht zwischen den beiden netten jungen Damen hier entscheiden …"

„Nein", antwortete ich. „Mit Liebeskummer hat das nichts zu tun." Trotzdem gaben Onkel Nats Worte mir zu denken.

„Es käme mir überhaupt nicht in den Sinn, jetzt schon ans Heiraten zu denken", fügte ich abwehrend hinzu. „Jedenfalls nicht, bis ich weiß, welchen Plan Gott mit meinem Leben hat."

„Ach so", sagte Onkel Nat.

Wir schwiegen eine Zeitlang.

„Aber die Farmarbeit macht dir doch Freude, oder nicht?" fragte Onkel Nat, als wollte er diesen Punkt ein für allemal klarstellen. „Du bereust es doch nicht etwa, die letzten paar Jahre damit zugebracht zu haben?"

„Eine andere Wahl hatte ich doch gar nicht", sagte ich. Es überraschte mich, daß Onkel Nat das nicht von selbst gewußt hatte. „Opa und Onkel Charlie haben mich gebraucht. Niemand anders konnte ihnen helfen."

„Und mit deiner harten Arbeit und deiner guten Planung hast du einen wirtschaftlichen Betrieb aus der Farm gemacht. Die Erträge sind besser denn je."

Das war ein richtiges Kompliment, und ich mußte zugeben, daß etwas Wahres daran war.

„Und du meinst also, die beiden Männer kämen jetzt mit der Arbeit allein zurecht?"

Welch komische Frage! Es war nur zu offensichtlich, daß weder Opa noch Onkel Charlie in Zukunft in der Lage sein würden, schwere körperliche Arbeit zu leisten.

„Nein. Das weißt du doch!“ sagte ich ein wenig kurz angebunden.

„Demnach werden sie dich also auch weiterhin brauchen?“ Onkel Nat ließ die Frage im Raum stehen. Ich versuchte nicht einmal eine Antwort.

„Ist dir je in den Sinn gekommen, daß die Farm der Ort sein könnte, an den Gott dich berufen hat? Daß er dich zum Farmer bestimmt haben könnte?“

„Zum Farmer?“ Ich machte eine lange Pause. Dann sagte ich: „Eigentlich nicht. Ich hab’ wohl immer damit gerechnet ...“ Ich schüttelte den Kopf.

„Aber die Farmarbeit macht dir Spaß?“ drängte Onkel Nat.

„Und ob! Aber jetzt ist alles zwecklos. Ich habe mir solche Mühe gegeben, die Farm zu einem Betrieb umzuwandeln, der gute Erträge abwirft.“ Ich senkte den Kopf und riß gedankenverloren einen Strohhalm aus dem Heuballen. „Ich hatte Gott sogar versprochen, das Geld in die Mission zu stecken und Missionare damit zu unterstützen – Leute wie Willi, weißt du. Aber jetzt ... jetzt ist alles umsonst.“ Meine letzten Worte erstickten in einem Schluchzen, das mir in der Kehle steckte. Onkel Nat saß eine Weile schweigend da, bis er sah, daß ich meine Fassung wiedergewonnen hatte.

„Willis früher Tod erscheint dir bestimmt auch umsonst, Josch.“

Damit hatte er meine verworrenen Gedanken fein säuberlich zu einem Paket verschnürt. Ich sagte nichts.

„Willis Tod begreife ich auch nicht“, fuhr Onkel Nat fort. „Daß er so früh sterben mußte, ist sehr traurig. Uns alle hat es tief geschmerzt, aber umsonst war es nicht. Gott macht keine Fehler, Josch.“

„Genau das hat Ann an dem Tag gesagt, als wir die Nachricht bekamen. Aber Onkel Nat, das will mir irgendwie nicht in den Kopf. Schau doch, wenn es je einen gab, der Gott treu war, dann war’s Willi. Warum hat Gott ihn dann so jung sterben lassen, wo das ganze Leben noch vor ihm lag?“

Onkel Nat sah mich eindringlich an.

„Josch, niemand kann sagen, warum solche Dinge passieren. Vielleicht werden wir es niemals erfahren. Weil Gott dem Menschen einen freien Willen gegeben hat und der Mensch sich für die Sünde entschieden hat, leben wir in einer verdorbenen Welt ...“

„Aber Jesus hat uns doch von der Sünde befreit!“ unterbrach ich ihn.

„Wenn wir uns ihm anvertrauen, ja. Befreit von der Strafe der Sünde. Aber solange wir auf dieser Erde leben, müssen wir mit den Folgen der Sünde leben.“

„All dem Leid?“

„Leid und Krankheit, Unfälle, frühe Todesfälle: all das sind Dinge, die uns ungerecht erscheinen. Wir leben in einer durch die Sünde verdorbenen Welt, Josch. Menschen werden krank und sterben. Wir verstehen es vielleicht nicht, aber wir wissen ...“

„... daß Gott uns liebt und das Beste für uns will“, vollendete ich den Satz. Irgendwo im Dunkel meiner Trauer und Verwirrung begann ich einen Lichtschein aufleuchten zu sehen.

„Wenn es nicht so wäre, dann hätte das Leben keinen Sinn“, bestätigte Onkel Nat meine Worte mit sanfter, aber fester Stimme. „Ich kann nicht behaupten, die Gründe für das, was geschehen ist, zu begreifen, aber es steht ein Zweck dahinter. Gott läßt denen, die Ihn lieben, ‚alle Dinge zum Besten dienen’, wie es in der Heiligen Schrift heißt – und das sind nicht nur leere Phrasen, Josch. Dessen bin ich mir ganz gewiß. Willis Leben hat das Ziel erreicht, das ihm gesetzt war. Er war Gott gehorsam. Er war dort, wo Gott ihn haben wollte, und zu der Zeit, die Gott ihm vorgegeben hatte. Er war Gott nicht davongelaufen; er hatte sich nicht gegen Gottes Plan gewehrt. Er war einfach nur gehorsam. Gott kann nur dann seinen Plan für unser Leben verwirklichen, wenn wir ihm Gehorsam erweisen, und zwar in den kleinen wie in den großen Entscheidungen des Lebens.“

Ein Abschnitt aus Willis Brief kam mir wieder in den Sinn. Jetzt begriff ich, was er mir damit sagen wollte: Es ging einzig und allein darum, daß ich Gott jetzt und hier gehorsam war. Das Morgen konnte ich getrost in Gottes Hand lassen.

Jetzt sprach Onkel Nat weiter.

„Hast du das Gefühl, daß du Gott ungehorsam bist, indem du die Farm hier bewirtschaftest, Josch?"

„Nein", lautete meine aufrichtige Antwort. „Nein, ganz und gar nicht."

„Wenn du ihm also nicht ungehorsam bist, könnte es vielleicht sein, daß du damit seinem Ruf gefolgt bist?"

Ich starrte Onkel Nat nachdenklich an. Dann mußte ich leise lachen.

„Es klingt so einfach", sagte ich und warf eine Handvoll Stroh in die Luft.

„Vielleicht ist es das tatsächlich. Vielleicht machen wir uns solche Dinge nur unnötig kompliziert."

Plötzlich war mir, als sei eine schwere Last von meinen Schultern gehoben worden. Onkel Nat und ich umarmten einander; dann hielt er mich eine Armlänge entfernt und sagte leise: „Josch, es gibt andere Missionare, die finanzielle Unterstützung brauchen. Carmen zum Beispiel."

Tränen stiegen mir in die Augen. Es gab wohl keinen Missionar, den ich lieber unterstützt hätte, als Willis Carmen. Ich nickte. Vor lauter Tränen fand ich keine Worte.

„Willst du jetzt gehen?" fragte Onkel Nat.

Und ob ich gehen wollte. Ich hatte ja in letzter Zeit viel zu viele Stunden in der Scheune bei Chester zugebracht. Ihm ging es inzwischen prächtig. Er brauchte mich nicht mehr ständig um sich. „Gott will, daß ich ein Farmer bin – jedenfalls vorläufig, und er möchte, daß ich meine Sache so gut mache, wie ich nur kann", dachte ich. „Und das will ich auch tun, bis er mir eine andere Richtung weist."

Damit war das große Rätsel endlich gelöst. Endlich konnte ich ein paar andere Entscheidungen in Angriff nehmen, die ein junger Mann in meinem Alter zu treffen hat. Ich warf Onkel Nat ein Lächeln zu – das erste Lächeln seit langem, schien's. Wir gingen aus der Scheune ins Freie, und ich verriegelte das Tor hinter uns.

Während wir auf das Haus zugingen, ließ ich den Blick über die Farm schweifen, an der ich so sehr hing. Ein ferner Hauch von Frühling lag in der Luft.

Janette Oke

Was der Frühling verspricht

Janette Oke

WAS DER FRÜHLING VERSPRICHT

Personen der Handlung

Josua Chadwick Jones wuchs bei seiner Tante Lou, seinem Großvater und seinem Großonkel Charlie auf. Inzwischen ist Josch erwachsen und bewirtschaftet die Farm der Familie.

Opa und Onkel Charlie sind die beiden Männer, mit denen zusammen Josch auf der Farm lebte.

Matilda ist die neue Lehrerin am Ort, die bei Familie Jones gegen Entgelt Verpflegung und Unterkunft gefunden hat.

Mary Turley, das Nachbarsmädchen, führt den Männern die Küche und den Haushalt. Opa fand es „schicklicher“, zwei junge Frauen anstatt nur einer im Haus aufzunehmen.

Willi, Joschs Jugendkamerad, ging als Missionar nach Afrika, wo er an einer Tropenkrankheit starb.

Carmen, Joschs erste große Liebe, hatte sich mit Willi verlobt, bevor dieser nach Afrika ausgereist war.

Frühlingsmorgen

Ein Lied pfeifend, trat ich ins Freie. Es war noch früh. Der Himmel war zwar schon hell, aber die Sonne war noch nicht hinter der Baumreihe hochgekrochen, die die Grenze zwischen unserem Land und dem von Herrn Sanders markierte. Familie Sanders waren neue Nachbarn.

Trotz der frühen Dämmerstunde konnte ich die Felder um mich her klar erkennen. Direkt vor mir lagen unsere Felder; für mich würden sie wohl für alle Zeiten *unsere* Felder bleiben – Opas, Onkel Charlies und meine –, obwohl sie offiziell jetzt mir allein gehörten. Das war wohl auch mit ein Grund, weshalb ich zum Pfeifen aufgelegt war. Gerade gestern hatten Opa und Onkel Charlie mir die Farm offiziell überschreiben lassen, so daß sie jetzt rechtmäßig mir gehörte. Ich konnte es noch gar nicht richtig glauben. Aber stolz war ich. Stolz wie Oskar! Wo gab es weit und breit einen Burschen in meinem Alter, der eine eigene Farm hatte, ohne jemandem einen Penny dafür zu schulden?

Andererseits war's auch ein ernüchternder Gedanke. Jetzt trug ich nämlich auch allein die Verantwortung dafür, daß die Farm brauchbare Erträge abwarf. Ich mußte dafür sorgen, daß Opa, Onkel Charlie und ich von den Einkünften leben konnten. Außerdem mußte das Essen auch für Mary, unsere Hausgehilfin, und Matilda, unseren Pensionsgast, ausreichen, wenn letztere uns auch Kostgeld bezahlte.

Ich war jetzt derjenige, der zu entscheiden hatte, welche Getreidesorten auf welchen Feldern angebaut werden sollten, welche Rinder wir verkauften und welche wir behielten und woher wir unsere Zuchttiere beziehen sollten. Ich hatte die Zäune instand zu halten, die Gebäude anzustreichen, den Garten anzulegen, die Farmgeräte einwandfrei in Schuß zu halten, Unkraut zu beseitigen, das Heu als Viehfutter im Heuboden zu lagern ... Ach, die Liste nahm einfach kein Ende. Doch das sollte mich heute nicht weiter stören. Es war ein herrlicher Morgen. Ich war ein erwachsener Mann mit einer eigenen Farm.

Ich legte einen Schritt zu. War wohl vor lauter Herumschauen etwas ins Trödeln geraten. Die Felder, die Baumreihe, das Wäldchen mit dem Bach, das Weideland und dahinter die Felder, die den Turleys, den Smiths und den Sanders gehörten, der Hügel weiter hinten, wo die Farm eines anderen Smith anfing, die Straße in Richtung Stadt: ich kannte alles wie meine Westentasche. Und ich hing mehr an diesem Grund und Boden, als ich sagen konnte.

Mit diesem Fleckchen Erde, wo ich seit meiner Kindheit gewohnt hatte, war ich tief verwurzelt. Es war mein Lebenselement, der Inbegriff alles dessen, was ich mit dem Wort „Heimat" verband, war unlösbar mit dem Boden verflochten, der sich hier vor mir erstreckte.

Ich öffnete das Gatter am Ende des Kuhpfads und machte eine Pause mit dem Pfeifen, um mich mit den Milchkühen zu unterhalten. Die junge Jerseykuh, meine neueste Anschaffung, rieb den Kopf im Vorbeitrotten sachte gegen meinen Ärmel. Ich fuhr ihr mit der Hand über den Hals. Das schien ihr zu gefallen, und ich schmunzelte. „Prima ist sie, diese Kleine!" dachte ich dabei zufrieden. „Füllt den Melkeimer mit der dicksten Rahmschicht, die ich je gesehen hab'." Allerdings war sie eine Spur verwöhnt. Ihre früheren Besitzer hatten sie fast wie einen Schoßhund verhätschelt.

Ich lief den Kühen voraus, um ihnen das Scheunentor zu öffnen. Voller Ungeduld folgten sie mir auf den Fersen, weil sie genau wußten, daß in den Melkboxen ihr Frühstück wartete. Außerdem wollten sie von der schweren Milchlast befreit werden, die ihnen die Euter schwellte und ihnen das Gehen beschwerlich machte.

Ich fing wieder an zu pfeifen. Von rechts stimmte ein Vogel mit ein. Suchend drehte ich mich um. Hoch in der

Pappel neben dem Hühnerstall saß er, und dem kräftigen Gezwitscher nach zu urteilen, schien er an diesem frühen Morgen genauso munter aufgelegt zu sein wie ich.

Von irgendwo auf Turleys Weide kam ein Muhen, gefolgt von einer Antwort. Vielleicht hatte eine Kuh ihr Kalb aus den Augen verloren und rief es jetzt zum Frühstück.

Ich öffnete das Scheunentor, um die Kühe reinzulassen, und ging dann schnurstracks zum Haus zurück, wo die Melkeimer auf mich warteten. Ich wußte genau, daß die Kühe von selbst ihre Boxen finden würden und zufrieden an ihrem Futter kauen würden, wenn ich zurückkam. Eigentlich hätte ich mir das Vorschieben der Riegel sparen können, mit denen die Kühe an ihren Plätzen festgehalten wurden. Ich konnte mich darauf verlassen, daß sie reglos stehenbleiben würden, wenn man von den ständig zuckenden Schwänzen und einem gelegentlichen Gewichtsverlagern absah. Als ich aber jetzt mit den Melkeimern kam, schob ich die Riegel vor, wie ich es seit eh und je getan hatte. Das war wohl die Macht der Gewohnheit; Opa hatte es mir so beigebracht.

Die Jerseykuh sah mich aus ihren braunen Augen vorwurfsvoll an, als ich mit der Schuhspitze nach dem Melkschemel angelte und ihn neben sie rückte.

„Was ist los?“ lachte ich. „Hältst mich wohl für zu faul, um mich zu bücken, was?“

Ich klopfte ihr auf den Rücken, rieb das pralle Euter, wusch es ein wenig und fing an zu melken.

„Na, vielleicht hast du ja recht“, gab ich zu. „Aber man muß schließlich sparsam mit seinen Kräften umgehen. Hab’ jede Menge Arbeit vor mir. Heute fang’ ich nämlich mit der Aussaat an, und zwar gleich nach der Stallrunde. Jawollja, Aussaat auf meinen eigenen Feldern. Hab’ noch nie meine eigenen Felder bewirtschaftet, weißt du!“

Ich grinste und ließ einen Milchstrahl in den Eimer zischen, der sich bald mit der rahmigen, warmen, schäumenden Flüssigkeit füllen würde.

Ich hätte nie erklären können, warum ich mich mit der Kuh unterhielt. Kein Mensch hätte Verständnis für so was gehabt, es sei denn, er hätte morgens um fünf selbst in der Scheune gesessen und die Kühe gemolken.

Ein Scheunenkater strich mir miauend um die Hosenbeine. Das leise Geräusch war entweder mein Willkommensgruß oder eine Aufforderung zur Eile. Ich zielte mit einem Milchstrahl nach dem Kater. Der setzte sich flugs aufrecht und jagte mit den Vorderpfoten durch die Luft, um sich nur keinen Tropfen der leckeren Milch entgehen zu lassen.

Dieses Spiel beherrschten wir perfekt, der graue Kater und ich. Immerhin hatten wir schon jahrelange Übung darin. Er saß da und weidete sich an der Milch, die ich ihm strahlweise zuschoß.

„So, jetzt troll dich aber!“ sagte ich schließlich. „Zeit für meine Stallarbeit.“ Der Kater zog sich ein paar Schritte zurück und fing an, sich das milchbespritzte Fell zu putzen.

Bald war ich mit dem Melken fertig. Ich gab jeder Kuh einen freundlichen Klaps auf das Hinterteil und trug zwei randvoll gefüllte Eimer zum Haus. Den dritten, den ich gleich holen würde, hatte ich hoch an einen Nagel gehängt, wo er außer Reichweite der naschsüchtigen Katzen war.

Trotz der frühen Stunde war Mary schon emsig in der Küche bei der Arbeit, als ich mit der Milch kam. Ich glaubte, ein besonderes Leuchten in ihren Augen bemerkt zu haben – aber vielleicht war das auch nur meine Einbildung. Ich sah heute wohl die ganze Welt durch eine rosarote Brille.

Auch Pixie war da und drängte sich, Aufmerksamkeit heischend, an meine Beine. Ich langte zu ihr hinunter und rieb ihr das seidenweiche Ohr. Sie war längst nicht mehr das junge Hündchen, als das ich sie bekommen hatte. Die Jahre waren nicht spurlos an ihr vorbeigegangen, und nach Hundejahren befand sie sich im Greisenalter. Als ich heute morgen aufgestanden war, hatte sie zufrieden auf meinem warmen Bett weitergeschlafen. Ich streichelte ihr das weiche Fell, und sie leckte meine Hand.

„Morgen, Josch!“ begrüßte mich Mary munter. Ohne auf eine Antwort zu warten, fuhr sie fort: „Liebe Güte, du warst aber früh auf den Beinen. In der Scheune war's bestimmt noch stockdunkel!“

„Keine Sorge, ich hab' mir bis zum ersten Tageslicht Zeit gelassen“, antwortete ich mit einem Lächeln. „Klar, in der Scheune ist's ein bißchen dunkler als draußen, aber ich kenn' mich gut genug darin aus, daß ich mich auch ohne viel Licht zurechtfinde.“

Mary lächelte, und der Morgen wurde noch strahlender.

„Möchtest du heute zeitiger frühstücken?“ erkundigte sie sich.

„Ich hab' noch mehr im Stall zu tun.“

Mary sah zur Küchenuhr. Mein Blick folgte ihrem.

„Werd' wohl damit fertig sein, bevor die anderen auf sind“, räumte ich ein. „Ich würde gern so früh wie möglich mit der Aussaat anfangen.“

„Ich mache dir schnell dein Frühstück“, sagte Mary nur und ging zur Vorratskammer.

„Danke. Es ... es tut mir leid, wenn du extra wegen mir zweimal Frühstück machen mußt, aber ich bin in Eile, weißt du ...“

Die Erklärungen hätte ich mir sparen können. Während Mary sich die Schürze um die schmale Taille band, antwortete sie, ohne sich nach mir umzuschauen: „Zur Aussaat und Ernte verliert ein Mann nicht gern kostbare Zeit auf dem Weg zu seinen Feldern. Mir macht's überhaupt nichts aus, dir dein Frühstück ein bißchen früher zu richten. Die anderen brauchen wir deshalb auf keinen Fall zu wecken.“

Marys Hinweis auf den „Mann“ und „seine Felder“ war mir nicht entgangen, und mein Herz klopfte schneller. Dann eilten meine Gedanken zu Opa weiter, der nach all den Jahren der Farmarbeit müde und alt geworden war, und zu Onkel Charlie, den sein Rheuma fast zum Krüppel gemacht hatte. Wieviel Schlaf er wohl in dieser Nacht gefunden hatte? Und dann war da Matilda. Sie ließ ihre Schüler gerade Klassenarbeiten schreiben, und die nächsten Abende würde sie damit zubringen, die Hefte zu korrigieren. Mit einem Kopfnicken gab ich Mary recht. Die übrigen Hausbewohner brauchten tatsächlich ihren Schlaf.

„In 'ner halben Stunde bin ich wieder da", sagte ich zu Mary und schickte mich an, die Milch in den Separator zu schütten.

„Geh nur; ich besorge das Trennen!" erbot Mary sich.

Ich sah sie fragend an, obwohl Mary mir schon öfters solche Arbeiten abgenommen hatte.

Ihre Augen hielten meinem Blick stand, und ich wußte, wie ernst sie ihr Angebot gemeint hatte.

„Dann laß mich die Milch wenigstens einfüllen", sagte ich. „Diese Eimer sind schwer."

Dagegen hatte Mary keine Einwände. Mit den Augen verfolgte sie den Milchstrom, der aus dem Eimer in das Auffangbecken des Separators floß.

„Von der Jerseykuh, nicht?" fragte sie, aber auf eine Antwort wartete sie erst gar nicht. „Sagenhaft, wie sahnig die ist! Am besten lasse ich sie für sich allein durchlaufen und halte die Sahne getrennt. Stell dir bloß die Butter vor, die sich daraus machen läßt!"

Ich konnte das Lächeln in ihrer Stimme hören; zum Aufsehen war ich gerade zu beschäftigt.

Auf dem Weg zur Scheune, wo der dritte Melkeimer noch auf mich wartete, blieb ich bei dem Traktor stehen und fuhr mit der Hand über das noch immer glänzende Schutzblech. Ich konnte es kaum erwarten, auf den Sitz zu steigen und damit auf meinen Feldern hin und her zu fahren, um das Saatgut in die Furchen zu streuen, das dann in einigen Monaten eine reiche Ernte hervorbringen würde. Ich sah zum Himmel empor, und ein unausgesprochenes Dankgebet stieg in mir auf. Kann sein, daß mir ein paar Tränen in den Augen gestanden haben; genau weiß ich's nicht.

Ich ging weiter. Unterwegs summte ich ein Lied, das ich schon als Kind gelernt und im Laufe der Jahre oft gesungen hatte. Heute nahm das Lied eine neue, tiefere Bedeutung für mich an:

„Preist Gott,
der seinen Segen reichlich gibt!
Preist Gott,
ihr Erdenmenschen, die er liebt!
Preist Gott,
ihr Himmelswesen droben!
Preist ihn …“

Wir daheim

Müde und mit steifen Beinen stieg ich an diesem Abend vom Traktor. Die Sonne verschwand schon hinter dem Horizont im Westen, und es war merklich kühler geworden. Der Frühling war immerhin noch nicht weit vorgerückt. Ich hatte den Traktor seit Sonnenaufgang so gut wie ohne Unterbrechungen über die Felder gesteuert. Mary hatte mir mein Mittagessen und später einen Imbiß aufs Feld gebracht, um mir zu helfen, Zeit zu sparen. Der Traktor war eine enorm praktische Anschaffung, fand ich. Einem Pferdegespann hätte ich zwischendurch eine Ruhepause gönnen müssen, aber der Traktor beklagte sich nicht über die langen Arbeitsstunden. Nur, daß ich ihn hin und wieder mit Kraftstoff versorgen mußte!

Zuerst war ich über meinen wehen Rücken und meine schmerzenden Beine überrascht, aber dann machte ich mir klar, daß ich viele Stunden lang über das Feld gerattert und gerumpelt war, und es brauchte immer ein paar Tage, bis ich mich davon erholt hatte.

Ich folgte dem Duft von Rinderbraten ins Haus. Dabei mußte ich an mich halten, daß meine Beine nicht so schnell hasteten, wie mein Magen ihnen befehlen wollte. Hatte gar nicht gewußt, wie hungrig ich war, bis mir der Essensduft in die Nase gestiegen war.

„Machst du endlich Feierabend für heute?" fragte Matilda teilnahmsvoll.

Ich versuchte, mir meine steifen Knie nicht anmerken zu lassen, als ich die Stufen zur hinteren Veranda hinaufstieg. Matilda saß mit einer Tasse Tee in der Hand auf der Gartenschaukel.

„Ich hatte schon befürchtet, wir bekämen heute überhaupt nichts mehr zu essen“, fuhr sie fort. „Außer dem Tee hier wollte Mary mir nichts geben, um mich bis zum Abendbrot vor dem Hungertod zu bewahren.“

Ich blieb wie angewurzelt stehen.

„Warum denn das?“ fragte ich überrascht. Es war nicht Marys Art, andere Menschen hungern zu lassen.

„Also ...“ lachte Matilda, „vielleicht habe ich mich etwas übertrieben ausgedrückt. In Wirklichkeit hätte Mary uns das Essen jederzeit auf den Tisch gebracht, aber wir wollten alle lieber auf dich warten.“

„Tut mir leid“, wollte ich mich entschuldigen; „wenn ich geahnt hätte, daß ...“

Aber Matilda ließ mich nicht ausreden. „Wir wissen doch, wie wichtig die Aussaat ist. Das Warten hat uns nichts ausgemacht.“ Sie stand auf und nippte an ihrer Tasse. Dann sah sie mich mit funkelnden Augen an. „Ehrenwort!“ sagte sie, und ich glaubte ihr.

Ich hielt Matilda die Küchentür auf und folgte ihr in den dufterfüllten Raum. Opa saß auf seinem Lieblingsstuhl am Fenster und las die Zeitung. Onkel Charlie saß auf dem Sofa und rieb sich behutsam die verkrümmten Hände. Ich wußte auch ohne zu fragen, daß sie ihm wieder Schmerzen bereiteten. Sobald er meinen Blick bemerkte, hörte er mit dem Reiben auf und ließ die Hände müßig auf seinen Schoß sinken.

Am Herd füllte Mary gerade die Schüsseln mit dem Essen. Sie drehte sich um und warf mir ein Lächeln über die Schulter zu. Sie sah aus, als wollte sie mich etwas fragen, tat's aber nicht, jedenfalls nicht mit Worten. Vielleicht hatten ihre Augen schon eine Antwort entdeckt, ich weiß nicht. Jedenfalls lächelte sie nur sanft und wandte sich wieder dem Herd zu.

„Wir können essen, sobald du dich gewaschen hast, Josch“, sagte sie.

Ich ging an das Waschbecken in der Ecke. Es war schon mit warmem Wasser gefüllt. Ich wußte zwar nicht, wer das Wasser so vorausschauend für mich eingefüllt hatte, aber ich nahm dankbar zur Kenntnis, daß bestens für mich gesorgt war.

Es dauerte nicht lange, bis ich mich gründlich genug gesäubert hatte, um zum Essen zu erscheinen. Als ich das Handtuch wieder aufgehängt hatte, saß die Familie schon am Tisch. Ich setzte mich dazu und neigte den Kopf zum Dankgebet, das Opa jetzt sprach.

Als wir alle die Köpfe wieder hoben und uns aus Marys dampfenden Schüsseln bedienten, wollte Opa wissen: „Wie hat's denn geklappt heute, Junge?"

Er nannte mich noch immmer „Junge". Opa würde mich wohl nie im Leben anders anreden, ganz gleich, wie alt ich war oder wieviel Land ich mein eigen nannte. Aber das machte mir nichts aus. Irgendwie gab es mir das Gefühl, dazuzugehören.

„Gut", antwortete ich zwischen zwei Bissen von dem frischen Brot.

„Biste mit dem Traktor zufrieden?"

Ich nickte. Ich hatte den Mund zu voll, um eine Antwort wagen zu können.

Onkel Charlie nahm einen großen Schluck von seinem Kaffee.

„Der Lärm muß auf die Dauer ohrenbetäubend sein", meinte er. „Ich glaub', 'n Gespann wär' mir da lieber."

Ich grinste. Onkel Charlie konnte sich nur schwer mit dem Gedanken an Farmgeräte abfinden, die ohne vierbeinigen Antrieb bedient wurden.

Ich kaute und schluckte, bevor ich ihm antwortete: „Klar, lauter ist der Traktor schon, aber auch viel schneller, und außerdem braucht er weder Ruhepausen noch Futterkrippen."

Onkel Charlie lachte leise. „Du, ich hab' ein Auge auf das Feld geworfen, Josch", wandte er ein, „und wenn mich nicht alles täuscht, hab' ich gesehen, wie du heute 'n paarmal angehalten hast, um dem Ding den eisernen Bauch zu füllen."

Damit hatte Onkel Charlie natürlich nicht unrecht. Ich lachte mit ihm.

„Ach, ich würde zu gern auch einmal einen Traktor fahren“, meldete Matilda sich zu Wort, und ich mußte gleich noch einmal lachen bei der Vorstellung an dieses zierliche Ding von Frau hoch oben auf dem Traktorsitz.

Matilda schien mein Gelächter wohl mißverstanden zu haben; jedenfalls streckte sie trotzig das Kinn in die Luft.

„Das könnte ich bestimmt, daß du's nur weißt!“ erklärte sie trotzig. „Da gehe ich jede Wette ein. Man tut nur den Fuß auf das ... das Dings da, und ab und zu schaltet man mit dem Hebel, und an dem Lenkrad dreht man in die Richtung, in die man fahren will.“

Selbst Opa lachte inzwischen.

Matilda sah Mary an. „Wir könnten es doch bestimmt auch, nicht, Mary?“

Mary rutschte eine Spur unbehaglich auf ihrem Stuhl hin und her.

„Ich ... ich weiß nicht so genau, aber ich ... ich glaub', ich würde das Traktorfahren am liebsten Josch überlassen.“

Den Bruchteil einer Sekunde lang begegnete ihr Blick dem meinen. Ich sah einen Hauch von Röte auf ihren Wangen, bevor sie den Kopf wieder senkte. Ich konnte's mir zwar selbst nicht erklären, aber irgendwie kam ich mir vor, als hätte ich soeben ein Kompliment gemacht bekommen. So erging es mir oft bei Mary: Mit einem einfachen Wort oder einem Blick konnte sie mir das Gefühl geben, ein Mann zu sein, ein ganzer Mann, der seinen Aufgaben gewachsen ist. Ich spürte, wie auch mir die Wangen etwas warm wurden.

„Wartet's nur ab ...“, fing Matilda an. Ich hatte mich schon darauf gefreut, einen gutmütigen Scherz auf ihre Kosten zu machen, aber sie wich meinem Blick aus und ließ auch den Rest ihres Satzes ungesagt.

Zum Nachtisch hatte Mary uns Brotpudding gekocht, eine meiner Leib- und Magenspeisen. Dazu reichte sie dicke Schlagsahne, und ich wußte auch ohne zu fragen, daß sie dazu die Sahne von der Jerseykuh genommen hatte.

Nachdem ich eine tüchtige Portion verdrückt hatte,

rückte ich ein wenig widerwillig vom Tisch ab und stand langsam auf. Onkel Charlie stand gleichzeitig auf, wohl um Mary gleich beim Geschirrspülen zu helfen.

„Laß nur, Onkel Charlie, heute abend kann ich Mary helfen!“ erbot sich Matilda.

Daß sie ihn frei von der Leber weg mit „Onkel Charlie“ angeredet hatte, war nichts Neues. Sie und Mary nannten ihn beide so, auch im Gespräch mit Opa. Alle schienen damit rundherum zufrieden zu sein. Wir fühlten uns wohl eher als eine große Familie anstatt Arbeitgeber und Angestellte beziehungsweise Pensionsgast. Nein, was daran neu war, war vielmehr die Tatsache, daß Matilda ihre Hilfe anbot. Sie half Mary zwar oft im Haushalt, aber in letzter Zeit war Matilda viel zu beschäftigt mit ihren Korrekturen und Vorbereitungen zum Unterricht gewesen.

„Und was ist mit deinen Schulheften?“ fragte ich sie.

„Fertig. Endlich! Und eins kannst du mir glauben: Mir ist so richtig nach Feiern zumute!“

Matilda wirbelte um die eigene Achse, daß ihr der lange, weite Rock um die Beine flatterte. In der einen Hand hielt sie die Zuckerdose, in der anderen das Sahnekännchen.

Onkel Charlie sah ihr augenzwinkernd zu.

„Ohne Zucker und Sahne ließe sich bestimmt besser feiern“, spaßte er.

„Ach, Josch hat ja nie Zeit zum Feiern!“ seufzte Matilda und tat so, als schmollte sie. Dabei sah sie mich mit voller Absicht an und klapperte übertrieben mit den langen dunklen Wimpern.

Schallendes Gelächter erfüllte die Küche. Mit ihren Scherzen sorgte Matilda oft für allgemeine Heiterkeit, aber diesmal konnte ich über ihre witzige Bemerkung nicht lachen. Irgendwie überkam mich ein merkwürdiges Gefühl dabei, und ich ging auf den Haken neben der Tür zu, wo meine Stalljacke hing.

„Wo willst du hin?“ erkundigte sich Onkel Charlie, und als ich mich zu ihm umdrehte, sah ich, wie er Matilda gerade ein Augenzwinkern zuwarf. „Mußt du den Traktor schon wieder füttern?“

„Nein. Diesmal sind die Stalltiere an der Reihe“, sagte ich so unbekümmert, wie ich nur konnte.

„Ist schon erledigt, Junge!“ verkündete Opa.

Ich stand überrumpelt mit der Jacke in der ausgestreckten Hand da und sah von einem zum andern. Sie alle schienen bei glänzender Laune zu sein, und ich wußte nicht recht, ob sie es ernst meinten oder sich auf meine Kosten lustig machten. In meiner Verwirrung bat ich schließlich Mary mit einem fragenden Blick um Auskunft. Sie nickte nur.

„Die ganze Stallarbeit?“ fragte ich.

„Restlos“, bestätigte Opa.

Im ersten Moment wollte ich mich beschweren. Schließlich war das hier meine Farm, und ich konnte meine Arbeit selbst erledigen. Aber dann machte ich mir klar, welch ein Spielverderber ich gewesen wäre, wenn ich mich beschwert hätte. Außerdem war ich wirklich zum Umfallen müde. Also hängte ich meine Jacke wieder an den Haken zurück, drehte mich um und lächelte allen zu.

„Danke“, sagte ich einfach und zuckte mit den Achseln. „Vielen Dank an den, der's für mich gemacht hat!“

„Wir haben alle geholfen“, erklärte Opa. „Wenn alle mitmachen, ist die Arbeit ruck, zuck getan.“

„Danke“, sagte ich nochmals.

„Du siehst also“, sagte Matilda verschmitzt und ließ ihre Wimpern wieder flattern, „daß du sehr wohl Zeit zum Feiern hast.“

Diesmal ließ ich mir die Gelegenheit zu einer schlagfertigen Antwort nicht entgehen.

„Na gut“, sagte ich. „Eine Runde Mühle, gleich nach dem Abtrocknen – aber ausnahmsweise!“ Ich nahm mir ein Geschirrtuch und stellte mich neben Mary. „Ich trockne ab, und du räumst alles wieder ins Regal“, wagte ich, Matilda herumzukommandieren.

„Mühle?“ kommentierte Matilda schmollend. „Nicht so schön wie Maisrösten oder eine Tortenschlacht – aber wir werden uns wohl damit begnügen müssen“, und, begleitet von dem Lachen der beiden älteren Männer, räumte sie das Geschirr so schnell ins Regal, wie ich es abtrocknen konnte.

Als der letzte Teller im Regal stand, setzten Matilda und ich uns ans Mühlebrett, und Mary holte eine Handarbeit hervor, an der sie immer arbeitete, sobald sie eine freie Minute hatte. Opa und Onkel Charlie wandten sich wieder ihrer Zeitung zu. Ich wußte nicht, ob es sich um die neueste Ausgabe handelte oder ob sie da eine alte Zeitung lasen, aber ich fragte auch nicht. Neben uns auf der Konsole krächzte knisternd das Radio. Die schwungvolle Musik gefiel mir, aber den Kommentaren zwischendurch schenkte ich keine Beachtung.

Es fiel mir nicht schwer, Matilda im Mühlespielen zu schlagen. Sie besaß einen kristallklaren Verstand und hätte mir eine echte Herausforderung bieten können, wenn sie sich nur mehr konzentriert hätte. Sie spielte eher aus Spaß an der Sache als ums Gewinnen, und dreimal hintereinander ging ich als Sieger hervor.

Nach der dritten Runde stand ich auf und streckte mich.

„Haben wir für einen Abend genug ‚gefeiert'?" fragte ich Matilda.

„Es wird wohl reichen müssen", sagte sie mit einer Kopfbewegung, die ihre hochgesteckten Locken tanzen ließ. „Aber beim nächsten Mal bitte ich mir Krockett aus, ja?"

Im Krockett war Matilda kaum zu schlagen. Immer wenn wir in Mannschaften spielten, hoffte ich, auf ihre Seite zu kommen. Jetzt lächelte ich bloß und versuchte, ein Gähnen zu unterdrücken.

Mary legte ihre Handarbeit beiseite.

„Möchtest du noch was essen oder trinken, bevor du zu Bett gehst, Josch?" erkundigte sie sich und stand von ihrem Stuhl auf, um zum Regal zu gehen.

„Nein danke. Es war 'n langer Tag. Ich glaub', ich leg' mich gleich aufs Ohr." Kaum hatte ich es gesagt, als mir auch schon dämmerte, daß der Tag für Mary ja genauso lang gewesen war. „Du mußt auch arg müde sein", sagte ich und sah mir ihr Gesicht näher an. „Du bist doch genauso lange auf den Beinen wie ich."

Mary wehrte ab und schickte sich an, eine Kanne Kaffee für Opa und Onkel Charlie zu kochen.

Es raschelte, als Opa seinen Zeitungsteil sinken ließ und sich die Brille abnahm.

„Ich muß morgen in die Stadt, Josch", sagte er, faltete die Brille zusammen und legte sie auf die Kommode neben das knisternde Radio. „Brauchst du was?"

Ich überlegte mühsam, aber mein Kopf war einfach zu müde, weshalb ich ihn einfach nur schüttelte.

„Wenn mir noch was einfallen sollte, leg' ich dir 'nen Zettel in die Küche", versprach ich. „Im Moment weiß ich nichts."

„Hast du 'ne Liste, Mary?" fragte Opa sie. „Oder möchtest du lieber mitkommen und alles selbst aussuchen?"

Ich blieb lange genug stehen, um zu sehen, wie Mary zögernd den Kopf schüttelte.

„Der Weg in die Stadt und zurück würde zuviel Zeit kosten", meinte sie. „Ich geb' dir lieber eine Liste mit."

Ich stieg drei Treppenstufen nach oben und drehte mich dann um.

„Ich hab' mir so meine Gedanken gemacht", sagte ich halb im Scherz, halb ernst. „Wenn wir die Ernte für dieses Jahr unter Dach und Fach haben, dann sollten wir uns vielleicht eins von diesen Automobilen anschaffen. Damit können wir in Null Komma nichts in die Stadt und zurück fahren."

Ich weiß zwar nicht, was ich erwartet hatte, aber mit meiner dahingesagten Bemerkung hatte ich für allerhand Aufregung gesorgt. Opa zog seine buschigen Augenbrauen in die Höhe und musterte mich eingehend, um zu ergründen, ob ich wohl ernst gemeint haben konnte, was ich da gesagt hatte. Onkel Charlie hörte auf, seine krummen Finger zu reiben, und starrte mich mit offenem Mund an. Mary stand mit dem Kaffeekessel, den sie gerade auf den Herd stellen wollte, wie festgewachsen da. Nur Matilda äußerte sich zu meiner Bemerkung.

„Hurra!" rief sie nur, klatschte in die Hände und lief auf mich zu. „Hurra, Josch!" sagte sie nochmal, die Wangen rosig und die Augen leuchtend. „Kauf eins, Josch! Kauf eins!“ Und sie versetzte mir eine blitzschnelle Umarmung, die mich beinahe um mein Gleichgewicht gebracht hätte.

„He, Moment mal!“ sagte ich und löste mich aus ihren Armen. „Ich hab' ‚vielleicht‘ gesagt – wenn die Ernte eingebracht ist. Wir haben ja gerade erst mit der Aussaat angefangen, falls du dich entsinnst. Bis zur Ernte müssen wir uns noch 'ne Weile gedulden.“

Matilda trat einen Schritt zurück. Ihre Augen leuchteten noch immer. Wieder klatschte sie in die Hände. Ihre Begeisterung war nicht zu dämpfen.

„Das nenne ich Feiern, Josch!“ sagte sie immer noch strahlend.

Ich ließ den Blick durch die Stube schweifen. Mary hatte den Kaffeekessel endlich auf die Herdplatte gestellt. Onkel Charlie hatte den Mund wieder zugeklappt und kaute an einer Schnurrbartecke, und Opas Augenbrauen saßen wieder an ihrem gewohnten Platz.

Ich zuckte unbeteiligt mit den Achseln.

„War ja nur 'ne Idee“, gab ich klein bei und machte, daß ich in mein Zimmer kam.

Kleine Gäste

Ich kam zügig mit der Aussaat voran. Der Traktor leistete knatternd und tuckernd seine Arbeit und verlangte nur geringfügige Wartungen und Reparaturen. Die Familie sprang auch weiterhin bei der abendlichen Stall- und Hofarbeit ein. Nur einmal wurde ich vom Regen aufgehalten, und dann auch nur für ein paar Tage – gerade lange genug, um tief Luft zu holen und ein paar Kleinigkeiten zu erledigen, die es immer auf einer Farm zu tun gibt.

Matilda ließ mir keine ruhige Minute mehr wegen des Automobils. Allmählich wünschte ich, ich hätte kein Wort davon erwähnt. Andererseits wurden durch ihre Argumente, die sie voller Begeisterung für den Kauf eines Automobils vorbrachte, möglicherweise Opa und Onkel Charlie beeinflußt. Wie dem auch sei, jedenfalls bekam ich nicht viel Widerstand gegen meinen Vorschlag zu hören, und alle schienen das Ergebnis der diesjährigen Ernte mit Spannung zu erwarten.

Etwa zur gleichen Zeit, als ich mit der Aussaat fertig wurde, fingen auch für die Schulkinder die Sommerferien an, und Matilda fuhr zu ihren Eltern nach Hause.

„Ach Josch“, sagte sie hingerissen, bevor sie losfuhr, „ich kann's ja kaum abwarten, bis der Herbst kommt – und damit auch das Automobil! Das wird einen Spaß geben!“ Sie stieß einen komischen Laut aus, ein Zwischending von Seufzen und Stöhnen.

„Ich hab' nichts versprochen“, erinnerte ich sie. „Das Ganze war nur 'ne Idee.“

„Ja, ich weiß. Aber wir werden eine Riesengaudi haben!“ Anscheinend wollte Matilda die Möglichkeit, daß wir das Automobil nicht anschafften, keineswegs ins Auge fassen. Ich ließ die Sache auf sich beruhen.

Wie immer fiel Matildas Abschied von Mary recht überschwenglich aus. Die beiden waren wie zwei Schwestern und vermißten einander während der Sommermonate.

„Ach, ohne sie werd' ich mich furchtbar einsam fühlen", flüsterte Mary, als Matilda fort war, und wischte sich verstohlen mit dem Taschentuch über die Wange.

„Der Sommer geht schnell vorbei", versuchte ich sie zu trösten.

„Das Haus ist immer so ... so *ruhig*, wenn sie nicht da ist", sagte Mary.

In Gedanken mußte ich ihr da recht geben. Ohne Matildas übersprudelnde Lebenslust war es tatsächlich still im Haus.

„Du hast ja den Garten", gab ich Mary zu bedenken.

Sie nickte und schwieg; dann sagte sie ein wenig sehnsüchtig: „Vielleicht erlaubt Lou, daß Sarah Jane uns 'ne Weile besucht. Sie ist ja fast so plauderwütig wie Matilda."

Ich mußte schmunzeln. Sarah Jane war fast eine richtige junge Dame. Und Mary hatte recht: sie war tatsächlich „plauderwütig".

„Ja, vielleicht", antwortete ich. „Für ein paar Tage. Lou braucht sie daheim, um sie auf Botengänge zu schicken und ihre beiden kleinen Brüder in Schach zu halten."

„Lou braucht sie wirklich dringender als ich", sagte Mary nachdenklich und mehr zu sich selbst. „Das war eigensüchtig von mir ..."

„Gar nicht eigensüchtig", fiel ich ihr ins Wort. „Opa und Onkel Charlie – und ich auch, wir freuen uns doch alle, wenn sie kommt."

„Vielleicht könnte Jonathan auch mitkommen", warf Mary ein. „Dann hätte Lou nur das Baby."

Ich war mir nicht so sicher, ob Mary sich den lebhaften Jonathan zusätzlich zu Haushalt und Gartenarbeit zumuten sollte. Gerade wollte ich ihr das sagen, da legte sie mir ihre Hand auf den Arm, als hätte sie meine Gedanken erraten.

„Es wird schon nicht so schlimm werden", versicherte sie mir. „Sarah kann helfen, Jonathan zu versorgen und auf 'ner Farm gibt es jede Menge für 'nen Jungen zu tun, und im Garten ist noch nichts zu pflücken oder einzukochen, und normalerweise ist er nicht allzu ungestüm." Bei dieser letzten Bemerkung schaute sie ein wenig skeptisch drein. „Außerdem", fügte sie hastig hinzu, „käme dadurch 'n bißchen Leben ins Haus."

Ich sah auf die schmale Hand, die auf meinem Arm ruhte. Ich wollte kein Spielverderber sein, aber ich fragte mich ernstlich, ob sie recht bei Sinnen war, wenn sie glaubte, Jonathan würde nicht viel von ihrer Zeit beanspruchen.

„Und der lange Sommer würde dann auch schneller vergehen", kam sie kleinlaut zum Schluß.

„Wie wär's, wenn du's einfach mal für ein paar Tage probierst – ich meine, fürs erste? Aber gib acht, daß du dir nicht zuviel vornimmst!" riet ich ihr.

Mary lächelte, und ich konnte ihr anmerken, wie froh sie über meine Zustimmung war.

Nicht, daß Jonathan etwa ein ungezogener Junge wäre, und gewiß hatte ich nichts gegen meinen kleinen Neffen, aber er war nun einmal einer der lebhaftesten, neugierigsten Kinder, die mir je über den Weg gelaufen waren. Ständig richtete er mit seinem Forscherdrang irgendein Unheil an.

„Und halte ihn bloß vom Traktor fern!" schloß ich energiesch. Einmal hatte Jonathan Erdklumpen in den Benzintank gestopft.

Mary nickte nur.

„Ich spreche mit Lou, wenn ich das nächste Mal in die Stadt komme", nahm sie sich vor. Unwillkürlich stellte ich mir vor, wie dankbar Tante Lou die Gelegenheit beim Schopf ergreifen würde, Sarah und Jonathan auf Urlaub zu schicken.

Wie sie versprochen hatte, kam Mary mit Lou überein, und noch vor Ende der Woche hatten wir Sarah und Jonathan bei uns auf der Farm. Sarah ahmte mit Feuereifer alles nach, was Mary tat. Sie half beim Brotbacken, beim Buttermachen und bei der Wäsche. Sie ging sogar mit in den Garten und jätete Unkraut – dazu auch ein paar Möhren und Rüben – und wusch das Geschirr, wobei sie gemächlich arbeitete und eher in der warmen Seifenlauge spielte, als daß sie die Teller und Tassen sauberwischte. Insgesamt paßte Sarah recht gut in unser Leben auf der Farm, und wir hatten allesamt unseren Spaß an ihrem Geplauder und ihrem sonnigen Gemüt.

Opa und Onkel Charlie taten ihr Bestes, um den kleinen Jonathan zu beschäftigen. Sie schnitzten ihm Rohrpfeifen, Steinschleudern und eine Angel und brachten ihm ein kleines Scheunenkätzchen. Trotzdem gelang es Jonathan immer wieder, der Aufsicht der Erwachsenen zu entwischen und sich auf eigene Faust auf Abenteuersuche zu machen.

Während der wenigen Tage, die er bei uns verbrachte, richtete er allerhand Dummheiten an, und zwar nicht so sehr aus Boshaftigkeit, sondern weil er „bloß helfen" wollte. Er goß die Wasserschüsseln der Hühner aus und füllte sie mit Heu, weil die Hühner angeblich furchtbar hungrig dreinschauten. Er band den Farmhund mit so vielen Knoten an einen Baum, daß Opa fast einen geschlagenen Nachmittag dazu brauchte, ihn wieder zu befreien; „damit Fritz nicht vom Traktor totgefahren wird", hatte Jonathan gemeint. Mit seiner Steinschleuder, die eigentlich aus der Nähe des Wohnhauses verbannt war, schoß er einen Stein durch das Wohnzimmerfenster; der Stein war ihm „einfach nur so ausgerutscht", entschuldigte er sich. Er pflückte einen ganzen Eimer voll winziger Äpfel, die sich gerade an den Bäumen gebildet hatten; „für Marys Apfelkuchen", wie er erklärte. Er stattete den Hühnern einen Besuch im Hühnerstall ab und zielte mit zwei Dutzend Eiern nach der alten Sau, die in ihrem Pferch stand, um ihr beizubringen, „wie Pixie" Leckerbissen aus der Luft aufzuschnappen.

Was mich betraf, so war sein übelster Trick die Sache mit der Tintenflasche, die er sich in einem unbewachten Augenblick von Matildas Schreibtisch geholt hatte und mit der er sich an den ahnungslosen Chester heranschlich, um den Inhalt über dem Pferderücken auszugießen. Er wollte „Onki

Josch" mit einem hübsch gesprenkelten Pferd überraschen, wie er es in einem Bilderbuch gesehen hatte.

An diesem Abend hielten wir Familienrat. Ich war drauf und dran, Jonathan wieder nach Hause zu schicken, aber Mary nahm ihn in Schutz und meinte, er sei im Grunde seines Herzens ein liebes Kind, dem man die Gelegenheit geben mußte, zu lernen, wie man sich auf einer Farm zu benehmen hat. Opa ergriff Partei für Mary. Woher sollte ein Vierjähriger wissen, was er durfte und was verboten war, wenn er sich nicht auf der Farm umschauen konnte? So blieb Jonathan also bei uns, aber wir erlegten ihm allerhand Maßregeln auf und bemühten uns, ihn keine Sekunde aus den Augen zu lassen.

Eines Nachmittags flickte ich gerade den Zaun an der hinteren Weide, als Jonathan sich zu mir gesellte.

„Hallo, Onki Josch!" begrüßte er mich freundlich. Ich sah auf seine lebhaften Augen und seinen braunen Haarschopf hinunter.

„Hallo, Kumpel!" gab ich ein wenig argwöhnisch zurück. „Weiß Mary, daß du hier bist?"

Anstelle einer Antwort streckte Jonathan mir einen kleinen roten Eimer so hoch entgegen, wie sein kurzer Arm es erlaubte.

„Hab' dir was zu trinken gebracht", verkündete er stolz. „Hast du Durst?"

Die Sommersonne brannte heiß, und ich war in der Tat durstig. Ich wischte mir den Schweiß von der Stirn und nahm den Eimer entgegen.

„Tante Mary hat gemeint, du wärst bestimmt durstig", fuhr Jonathan fort. Lou hatte ihren Kindern beigebracht, Mary respektvoll mit „Tante" anzureden.

Mein Blick wanderte zu dem Farmhaus in der Nähe. Es war nicht so weit bis dahin, als daß ich nicht schnell zu einem Schluck Wasser an den Brunnen hätte gehen können. Vielleicht hatte Mary gemeint, ein kleiner Spaziergang, verbunden mit einem „Botendienst", würde dem Knirps guttun. Ich setzte mich also ins Gras und zog Jonathan auf meine Knie. Mit einer Hand hielt ich den Eimer aufrecht.

„Wo ist Mary denn?" erkundigte ich mich und betrachtete die Schmutzspuren auf Jonathans Händen und Gesicht.

„Die hat Arbeit", antwortete er.

„Und da hast du mir Wasser zu trinken gebracht, was?"

Er nickte.

„Das war aber lieb von dir", lobte ich ihn. „Dank' dir!"

Ich hob mir den Eimer an die Lippen. Das Wasser war nicht so kühl, wie es sonst immer aus dem Brunnen kommt, und ich fragte mich im stillen, wie lange Jonathan wohl für die kurze Strecke hierher gebraucht hatte. Ob kühl oder nicht, Wasser war Wasser. Ich nahm noch einen großen Schluck.

„Was hast du denn heute schon alles gemacht?" erkundigte ich mich.

Jonathan überlegte, bevor er mir eine Antwort gab.

„Ich hab' Opa im Garten geholfen", sagte er strahlend und fügte dann bekümmert hinzu: „Aber dann hat Opa gesagt: ‚Das reicht jetzt, Jonathan!' und hat mich wieder zu Tante Mary geschickt."

Ich zerzauste ihm den Haarschopf.

„Und warum hat er das gesagt?" fragte ich ihn. „Hast du etwa Unkraut und Gemüse verwechselt?"

Jonathan nickte mit betrübtem Blick.

„Es waren wohl Erbsen", gestand er, und ich mußte mir mit Mühe ein Lachen verbeißen.

„Dann hab' ich die Wäsche für Tante Mary reingeholt", berichtete er weiter, endete jedoch mit einem mutlosen Achselzucken. „Sie mußte aber alles wieder auf die Leine hängen. Die Sachen waren noch nicht trocken." Sichtlich erleichtert fügte er dann hinzu: „Aber Tante Mary hat gar nicht mit mir geschimpft. Hat nur die Wäsche genommen und 'n paar Sachen wieder aufgehängt und ..." Er sah erst auf seine Schuhspitzen, dann in mein Gesicht. „Und 'n paar hat sie nochmal gewaschen und sie dann auch aufgehängt."

Die arme Mary! Sie hatte auch so genug Arbeit, ohne die Wäsche zweimal waschen zu müssen.

„Guck mal, da kommt sie ja!" rief Jonathan überrascht und zeigte in Richtung Farmhaus.

Er hatte recht. Mary und Sarah kamen auf uns zu.

„Wir haben dir was mitgebracht, Onkel Josch!" rief Sarah schon von weitem.

Ich sah auf den kleinen Behälter in Sarahs Hand und dann auf Mary. Die beiden jungen Damen schienen sehr mit sich zufrieden zu sein.

„Muß ich jetzt raten, was es ist?" fragte ich Sarah.

Außer Atem erreichte sie die Stelle, wo Jonathan und ich im Gras saßen.

„Es ist was zu trinken", eröffnete sie mir stolz.

„Was zu trinken? Wie nett von dir! Aber Jonathan hier", und ich zerzauste dem kleinen Knirps den Schopf, „der ist dir schon zuvorgekommen. Aber weißt du, noch 'n Schluck könnte auch nicht …"

Weiter kam ich nicht. Mary war kreidebleich geworden. Sie schlug sich die Hand vor den Mund und starrte den roten Eimer an.

„Stimmt was nicht?" fragte ich Mary, aber die Antwort erfuhr ich von Sarah, wenn auch auf etwas umständliche Weise.

„Da drin etwa?" quietschte sie und zeigte mit dem Finger auf den roten Eimer im Gras. Bevor ich auch nur antworten konnte, fuhr sie fort: „Jonathan hat Opa im Garten gestört, weil er alles kaputtgeharkt hat, und da hat Opa ihn mit dem Eimer losgeschickt, um den Blumen Wasser zu bringen."

Daran konnte ich nichts Schlimmes entdecken. Es machte mir nichts aus, mein Wasser mit den Blumen zu teilen. Aber Mary war noch immer bleich. Bis auf ein geflüstertes „O Josua!" war sie stumm geblieben.

„Aber", fuhr Sarah fort, „Jonathan hat das Wasser aus dem Viehtrog geschöpft."

Einen Moment drohte mein Magen zu rebellieren. Ich befürchtete sogar, mich übergeben zu müssen. Bei der Vorstellung von Pferden und Kühen, die in meinem Trinkwasser herumgeschlürft und geschnauft hatten, wollten meine Innereien Kopfstand machen. Ich sah Marys gequältes, bleiches Gesicht vor mir. Doch plötzlich fand ich das Ganze urkomisch. Ich packte mir Jonathan, rollte mit ihm im Gras umher, kitzelte ihn und fing an zu lachen. Es war kein kurzes Kichern, sondern ein schallendes Gelächter aus vollem Halse. Marys Gesichtsfarbe kehrte bald zurück, und ich sah, wie sie hinter der vorgehaltenen Hand ein Lachen verbarg. Dann sah sie zu, wie Jonathan und ich uns zusammen im Gras kugelten, und stimmte in mein Gelächter ein. Jetzt tat mir der Magen vor lauter Lachen weh.

Als wir uns dann endlich wieder eingekriegt hatten, setzten wir uns zusammen auf den Boden und teilten uns die kühle Limonade, die Mary und Sarah mitgebracht hatten.

„Wenn ich mit den Kühen und Pferden aus einem Trog trinken kann, dann werd' ich's wohl auch überleben, mit meiner Verwandtschaft aus der gleichen Tasse zu trinken", sagte ich und fing wieder an zu lachen.

„Wir haben auch Plätzchen", teilte Sarah mir gewichtig mit. Ich glaube, sie wollte erreichen, daß ich mich endlich nicht mehr so albern aufführte. Sie schien beim besten Willen nicht zu begreifen, was ich so komisch daran fand, aus dem Viehtrog getrunken zu haben. Ich versuchte, gebührlich auf ihr Angebot einzugehen.

„Plätzchen? Welche Sorte denn? Wo hast du die denn nur aufgetrieben?"

„Es sind Zuckerplätzchen, und ich hab' sie selbst gebakken." Dann berichtigte sie sich eilig: „Tante Mary und ich haben sie zusammen gebacken."

„Krieg' ich auch eins? Krieg' ich auch eins, Sarah?" bettelte Jonathan, und tatsächlich waren genug Plätzchen für alle da.

Die Limonade und die Zuckerplätzchen hatten wohl eine heilsame Wirkung auf meinen Magen; jedenfalls zog der Schluck Wasser aus dem Viehtrog keine schädlichen Folgen nach sich, wenn ich mir auch vornahm, von jetzt an alles gründlich zu prüfen, was mein kleiner Neffe mir zu essen oder zu trinken anbot.

Sommer

Nachdem Sarah und Jonathan abgeholt worden waren, kehrte wieder Ruhe bei uns ein. Ich glaube, selbst Mary war für die Stille dankbar, wenn sie's auch nie zugegeben hätte. Der Garten bescherte ihr jetzt jede Menge Arbeit, und ihre Hände waren keine Sekunde lang müßig.

Auch für mich gab es im Sommer viel zu tun. Das Heu mußte gemacht werden, das Unkraut in Schach gehalten und das Vieh und die Zäune ständig überwacht werden. Kaum hatten wir's uns versehen, da ging der Sommer auch schon zur Neige.

Ich war für die Sonntage dankbar. Sonntags konnte man sich nämlich ohne jede Schuldgefühle eine Pause gönnen. Es tat einfach gut, zum Gottesdienst in die Stadt zu fahren, wenn ich auch der Ehrlichkeit halber zugeben muß, daß ich hinter dem gemächlich vorantrottenden Gespann nicht selten an ein Automobil dachte, mit dem sich die gleiche Strecke in einem Bruchteil der Zeit zurücklegen ließe.

An zwei Sonntagen waren wir bei Tante Lou und Onkel Nat mit ihren drei Sprößlingen zum Mittagessen eingeladen. Das war fast unsere einzige Gelegenheit, Neuigkeiten mit ihnen auszutauschen.

Der kleine Timothy wuchs so schnell heran, daß man kaum noch mitkam. Im Juni hatte er seinen ersten Geburtstag gefeiert, und jetzt war er vollauf damit beschäftigt, sich in der Kunst des Laufens zu üben – oder genauer gesagt: in der Kunst des Rennens. Timmy wollte immer mit von der Partie sein und folgte seinem älteren Bruder und seiner Schwester auf Schritt und Tritt, so schnell ihn seine kräftigen Beinchen tragen wollten.

„Die Ernte steht gut; alles reift sogar früher als sonst", vertraute ich Onkel Nat bei einem unserer gemeinsamen Sonntagsessen an. „Es könnte die beste Ernte werden, die wir je gehabt haben."

Dennoch musterte ich den Himmel täglich mit kritischem Blick. Niemand brauchte mir zu sagen, daß ein kräftiger Hagelsturm mit einem Schlag alles vernichten konnte, und insgeheim wünschte ich mir manchmal, einen kleinen Vertrag mit Gott abschließen zu können. Selbstverständlich unternahm ich keinerlei Versuche in der Richtung. Ich besaß genug gesunden Menschenverstand – und auch Glauben –, um mir klarzumachen, daß Gott sowieso genau wußte, was wir brauchten, und daß er schon für unsere Zukunft sorgen würde. Allerdings hoffte ich inständig, daß diese Zukunft nicht ausgerechnet Hagel mit sich bringen würde.

Und eines Tages kam Matilda schon wieder zurück. Die beiden Mädchen fielen einander um den Hals und jauchzten und lachten, als hätten sie einander jahrelang nicht gesehen. Sogar Opa und Onkel Charlie wurden mit einer stürmischen Begrüßung bedacht. Auch ich ließ mir eine kurze Umarmung gefallen. Dann schob ich Matilda eine Armlänge von mir und sah in ihr strahlendes Gesicht.

„Wie steht denn die Ernte, Josch?" platzte sie mit ihrer Frage heraus, bevor ich überhaupt den Mund aufmachen konnte. Nicht etwa: „Wie geht's dir?" oder dergleichen, sondern einfach nur: „Wie steht denn die Ernte?" Ich wußte haargenau, worauf sie hinauswollte, und beschloß, mich dumm zu stellen.

Achselzuckend setzte ich eine bekümmerte Miene auf.

„Vielleicht reicht's gerade, daß wir die Drescher bezahlen können", teilte ich ihr tonlos mit. „Natürlich nur, wenn wir keinen Hagel kriegen."

Matildas Mundwinkel sanken, und ein enttäuschtes Seufzen entfuhr ihr.

„Aber denk auch mal an das Gute", fuhr ich fort und klopfte ihr auf die Schulter. „Wenn sich das Wetter hält, bleibt uns genug Saatgut für nächstes Frühjahr."

Matilda schaute enttäuscht und ein wenig beschämt drein.

„Und ich habe allen meinen Freundinnen erzählt, daß wir ein ... ein Automobil bekommen“, gestand sie leise.

„Das habe ich nicht fest versprochen, oder?“ sagte ich, ohne die Miene zu verziehen. „Vielleicht solltest du demnächst besser aufpassen, was du deinen Freundinnen erzählst.“ Als sie aussah, als würde sie im nächsten Moment in Tränen ausbrechen, fand ich, es weit genug getrieben zu haben.

„Ich mach' ja nur Spaß“, grinste ich sie an. „Das Getreide steht gut. Hervorragend sogar.“ Als Matilda im Begriff war, sich voller Begeisterung in meine Arme zu werfen, warnte ich sie schnell: „Denk dran, daß ich dir nichts versprechen kann. Das Automobil war nur 'ne Idee, weiter nichts. Wir werden's abwarten.“

Aber Matilda schien sich keineswegs darum zu sorgen, wie das „Abwarten“ ausgehen würde. Sie kannte mich wohl gut genug, um zu wissen, wie gern ich selbst so ein Vehikel hätte.

Sie boxte mich mit ihrer kleinen Faust ins Kreuz, aber in ihren Augen leuchtete es.

„Mensch, Josch“, schalt sie mich aus, „du bist aber gemein!“

Opa lachte, und Onkel Charlie grinste nur.

Der Beginn des neuen Schuljahrs war eine recht schwierige Zeit für Tante Lou. Die kleine Sarah Jane zählte nämlich in diesem Jahr zu den Abc-Schützen. Ich hatte nicht gewußt, wie schwierig es für Mütter ist, ihr erstes Kind in eine ganz neue Welt loszuschicken. Um Sarahs willen bemühte Lou sich um eine muntere Einstellung, aber wenn es nur irgend in ihrer Macht gestanden hätte, den Kalender um ein oder zwei Jahre zurückzustellen, dann hätte sie nicht gezögert, das zu tun.

Mary kochte das letzte Obst und Gemüse des Sommers ein. Beim Anblick der Berge von Einmachgläsern auf unserer Küchenanrichte fragte ich mich, wie in aller Welt fünf Leute nur so viel an Lebensmitteln vertilgen sollten. Diese

Frage klärte sich dann aber, als ich sah, wie Opa und Mary eine ganze Anzahl von den Gläsern in den Einspänner luden und sie Tante Lou schickten. Als Mutter von drei kleinen Kindern und als Pfarrersfrau fand Lou bestimmt nicht viel Zeit zum Einkochen, meinte Mary. Lou war ihr zutiefst dankbar dafür. Von einem Pastorengehalt ließen sich wohl keine großen Sprünge machen, wenn ich auch noch nie ein Wort des Klagens von Lou gehört hatte.

Nun tauchten des öfteren kleine Broschüren und Zeitungsreklamen auf dem Küchentisch auf, in denen für unterschiedliche Automobile geworben wurde. Ich brauchte nicht zu raten, wer sie auf dem Tisch hinterließ, aber ich hätte gern gewußt, wie und wo Matilda sie auftrieb.

Ich las die Beschreibungen gründlich – genau, wie Matilda es sich erhofft hatte. Ich nahm sogar ein paar davon mit in mein Zimmer und studierte sie abends im Bett. Menschenskinder, es gab da ein paar echte Luxuswagen! Ich hatte gar nicht geahnt, daß eine solche Ausstattung überhaupt lieferbar war. Man konnte den Motor anlassen, ohne vorne zu kurbeln! Und dann schlug ich die Preise nach. Ich hatte auch keine Ahnung gehabt, wieviel Geld so ein Automobil kostete. Schließlich kamen mir ernste Zweifel an der ganzen Sache. Für das gleiche Geld ließe sich allerhand für die Farm anschaffen. Matildas kleine Kampagne könnte sich durchaus als zwecklos erweisen. Es wäre die reinste Torheit, so ein Ding zu kaufen.

Innerlich hin- und hergerissen fing ich mit den Erntearbeiten an. An manchen Tagen war ich fest davon überzeugt, ein Automobil „verdient" zu haben. Die ganze Familie verdiente ein Automobil nach all den Jahren der kriechend langsamen Fortbewegung mit dem Gespann. Ich argumentierte damit, wieviel Zeit wir sparen würden. Am nächsten Tag dachte ich dann an die Farm, an die Kirche und an mein Versprechen, Carmen auf dem Missionsfeld finanziell zu unterstützen, an das Vieh, das ich kaufen könnte, und an Geräte für Marys Küche. In Gedanken strich ich das Automobil wieder von der Liste. So war ich innerlich hin- und hergerissen. Selbst durchs Beten wurde es nicht besser.

Die Ernte erwies sich in diesem Jahr tatsächlich als phänomenal; mit solchen Erträgen hatte ich nicht im entferntesten zu rechnen gewagt. Ich schaute zu, wie die Kisten bis zum Rand mit Getreide von allerbester Qualität gefüllt wurden. Ich mußte Herrn Sanders eine zusätzliche Tonne abkaufen und sie mit dem Traktor in den Hof ziehen. Auch diese Tonne wurde voll. Wegen der guten Qualität erzielte das Getreide einen guten Preis. Gott hatte uns wahrhaftig reich gesegnet.

Aber wie wollte er das Geld, das er mir anvertraut hatte, nun angelegt haben? Wie konnte ich mich als verantwortungsvoller Verwalter erweisen?

Tagsüber hatte ich noch jede Menge an Farmarbeit zu erledigen, aber abends studierte ich stundenlang die Zahlen, über die ich Buch geführt hatte. Ich rechnete hin und her. Mit jeder Ladung Getreide, die ich in die Stadt brachte, wuchsen die Ziffern in meinem kleinen Buch. Wir würden eine Summe übrig haben. Aber würde sie zu einem Automobil reichen? Und war ein Automobil überhaupt notwendig? Praktisch? Das Richtige für Familie Jones?

Ich wußte, daß alle gespannt meine Entscheidung abwarteten. Opa und Onkel Charlie zogen mich nicht zur Rechenschaft. Mary erwähnte das Automobil mit keinem Wort, aber ich konnte ihr anmerken, daß sie meinen Kampf um die Entscheidung teilte. Matilda hörte auf, mich zu bedrängen, aber in ihrem Blick lag ständig ein Fragen, und ich wußte, mit welcher Ungeduld sie darauf wartete, daß ich endlich zu einem Entschluß fand.

Eines Abends ging ich in mein Zimmer und holte sämtliche Werbeschriften hervor. Die mit dem glänzenden grauen Bentley legte ich als erste beiseite. Der Bentley war viel zu kostspielig, obwohl ich mir den Luxus eines flüchtigen Tagtraums erlaubte, in dem ich mir vorstellte, wie ich darin über unsere Landstraße brauste. Von den übrigen Broschüren sortierte ich ebenfalls eine Reihe aus. Mit dem wachsenden Berg von aussortierten Prospekten schmolz auch ein Stück von Josua Jones' Stolz dahin. Zum guten Schluß war ich bei einem schlichten, einfachen Autmobil der

Firma Ford angelangt. Den Ford konnten wir uns gut und gern leisten und dazu noch ein paar andere Dinge, die wir brauchten. Ja, den Ford würde ich kaufen. Ihn konnte ich gutem Gewissen anschaffen.

Erleichtert atmete ich auf, legte die Broschüre beiseite und blies meine Lampe aus. In der Dunkelheit kniete ich neben meinem Bett nieder zum Gebet. Jetzt, wo die Entscheidung endlich gefallen war und mein himmlischer Vater sein Einverständnis dazu zu geben schien, wurde ich endlich innerlich ruhig. In dieser Nacht schlief ich so gut wie schon lange nicht mehr.

Am nächsten Morgen beim Frühstück räusperte ich mich, um mir Gehör zu verschaffen.

„Ich habe vor, ein Automobil zu kaufen", kündete ich an. Weiter kam ich nicht. Matilda quietschte aufgeregt los, Mary lächelte und Opa nickte. Onkel Charlie grinste nur. Die langen Fahrten mit dem Kutschwagen waren eine schmerzhafte Angelegenheit für jemanden, der an Rheuma litt.

„Halt! Moment mal!" wehrte ich mit erhobener Hand ab und sah Matilda dabei an. „Wir können uns gut und gern ein Automobil leisten, aber keins der gehobenen Klasse mit allen Schikanen. So eins ist schließlich nicht nötig, und es würde uns nur 'ne Stange Geld kosten. Wir kaufen uns einen einfachen, praktischen Ford."

Matildas Begeisterung legte sich zusehends.

„Aber vier Räder wird er haben, und wir können damit hinfahren, wo wir wollen", betonte ich.

Matildas Miene hellte sich wieder auf.

„Wann?" fragte Opa, und obwohl er sich mächtig anstrengte, es nicht zu zeigen, lagen Spannung und Begeisterung in seiner Stimme.

„Ich fahre heute in die Stadt, um es zu bestellen", antwortete ich. Dabei hatte ich meine liebe Mühe dabei, nicht selbst vor Begeisterung an die Decke zu springen.

„Ach Josch!" Matilda klatschte vor Begeisterung in die Hände. „Das ist ja soooo aufregend!"

Onkel Charlies Grinsen wurde noch breiter.

Ich sah Mary an. Ihr Gesicht war gerötet, und ihre Augen leuchteten. Dann tat sie etwas völlig Unerwartetes: sie streckte ihre Hand nach meiner aus und drückte sie sanft.

Wenn es Matilda gewesen wäre, hätte ich mir nichts dabei gedacht. Ich hätte mir nicht einmal etwas dabei gedacht, wenn Matilda sich ungestüm in meine Arme geworfen und sich an meinen Hals gehängt hätte. So war Matilda halt. Aber Mary? Diese kleine, schüchterne Geste der Mitfreude ließ mir irgendwie das Herz schneller schlagen.

Ich wurde selbst ein bißchen rot und riß den Blick wieder von ihr los, um mich den übrigen Familienmitgliedern am Frühstückstisch zuzuwenden. Schließlich stand ich langsam auf.

„Ich ... ich bestelle es ... gleich heute, aber ich weiß nicht, wie lange es dauert, bis es ankommt."

Matilda sorgte für Ablenkung.

„Oh, ich hoffe, ganz bald!" rief sie und sprang von ihrem Stuhl auf. „Ach, hoffentlich beeilt man sich mit der Lieferung! Wir haben schließlich nicht mehr viel Zeit. Wir brauchen es noch vor dem Winter, damit wir lernen können, wie man damit fährt, bevor der erste Schnee ..."

Mitten im Satz brach sie ab. Ihr Blick begegnete meinem. Sie sah aus wie ein kleines Schulmädchen, das um eine Süßigkeit bettelt. Sie hatte die ganze Zeit „wir" gesagt, was gelinde gesagt eine Spur vermessen war, aber ich grinste ihr nur augenzwinkernd zu. Ich wußte ja, wie ihr zumute war.

Nach unserer gemeinsamen Andacht am Frühstückstisch ging ich wieder in mein Zimmer, faltete die Ford-Broschüre zusammen und steckte sie in meine Jackentasche. Sobald ich mit den letzten Stallarbeiten für den Vormittag fertig war, wollte ich Chester satteln und in die Stadt reiten.

Der Ford

Wie Matilda hoffte auch ich, daß das Automobil noch vor dem ersten Schnee eintraf. Ich wollte gern lernen, damit umzugehen, solange die Straßen noch befahrbar waren.

Obwohl ich jede Menge Arbeit hatte, muß ich gestehen, daß ich viel öfter als gewöhnlich in die Stadt ritt. Ich gab vor, dies und das aus den Geschäften nötig zu haben oder die Post holen zu wollen, aber in Wirklichkeit erkundigte ich mich mit größter Regelmäßigkeit nach dem Automobil.

Bei einem dieser Ausflüge in die Stadt fand ich einen langen Brief von Carmen am Postamt vor. Sie hatte von der Missionsgesellschaft den Bescheid erhalten, im kommenden Frühjahr nach Afrika ausreisen zu können. Vor lauter Freude und Begeisterung war ihre Handschrift, sonst – wie sie selbst – ordentlich und hübsch, flüchtig und fast liederlich zu nennen. Aus diesem Brief sprach der reinste Feuereifer.

„Ich kann's kaum fassen, Josch!" schrieb sie. „Endlich, nach all diesen Jahren, reise ich nach Afrika, nach Willis Afrika! Zu den Menschen, die ihm so ans Herz gewachsen waren! Ich werde nicht allzuweit von Willis Dorf untergebracht, und die Missionsgesellschaft hat mir eine Reise an sein Grab zugesagt. Ich werde die Erde sehen, unter der er begraben liegt. Anderen mag das nicht viel bedeuten, aber ich denke, Du wirst mich verstehen. Ich möchte persönlich Blumen auf Willis Grab legen, und ich möchte dort niederknien und Gott um seine Hilfe bitten, Willis Arbeit weiterzuführen.

Ich werde nicht in dieser Gegend bleiben, zumindest vorläufig nicht. Für eine alleinstehende Frau sei es dort zu primitiv, heißt es, und zur Zeit gibt es keine andere junge Mitarbeiterin für mich. Aber ich bete darum, daß Gott mir, wenn das nach seinem Willen ist, eine Missionarin zur Seite stellt, mit der ich dann eines Tages mitten in Willis Dorf wohnen und den Menschen dort die Frohe Botschaft bringen kann.

Er hat mir oft von ihnen geschrieben. Ich kann sie förmlich vor mir sehen. Da war der Häuptling, ein ziemlich kleiner Mann, nach unserem Maßstab, aber mit ungeheurer Autorität. Willi schrieb, daß die Leute ihm aufs Wort gehorchten. Und dann gab es eine alte Frau; ich hoffe, sie noch vorzufinden. Sie hat Willi zu essen gegeben, obwohl sie kaum genug für ihre eigene Familie hatte. Willi vermutete, daß sie selbst oft gehungert hat. Und dann die Kinder! Willi hat mir beschrieben, wie sie ihm auf Schritt und Tritt folgten, weil sie neugierig waren, was dieser sonderbare weiße Mann wohl vorhatte. Schließlich hat er mir viel von Andrew geschrieben. Andrew war nicht sein afrikanischer Name; Willi hatte ihm diesen Namen gegeben, nachdem er gläubig geworden war. Er war der einzige, den Willi zu Jesus geführt hat. Ich kann's kaum erwarten, ihn kennenzulernen."

Carmens Brief war noch längst nicht zu Ende, aber ich konnte nicht gleich weiterlesen. Es brauchte eine Weile, bis meine Augen trocken genug waren, um die Wörter auf dem Bogen entziffern zu können. Wenn ich Willi schon so schmerzlich vermißte, wie groß mußte dann Carmens Kummer erst sein!

Carmen schrieb, wie ungern sie ihre Mutter allein zurückließ. Aber nein, allein würde ihre Mutter ja gar nicht sein, berichtigte sie sich. Ihre Mutter hatte ja den gleichen Gott, der auch Carmen auf dem Missionsfeld zur Seite stehen würde.

„Du warst Willi und mir immer ein so guter Freund, Josch. Deine Freundschaft bedeutet mir jetzt mehr denn je. Und ich kann Dir gar nicht genug für Deine finanzielle Unterstützung danken, mit deren Hilfe ich nach Afrika reisen kann, wie Willi und ich es geplant hatten. Möge Gott

Dich segnen, Josch, und Dir die Wünsche Deines Herzens erfüllen, was oder wen das auch betreffen mag."

Das Wort „wen" hatte Carmen unterstrichen, und beim Lesen konnte ich mir das schelmische Augenzwinkern in ihrem Blick genau vorstellen. Ich spürte eine innere Leere. Würde es je ein Mädchen geben, das Carmens Platz in meinem Herzen einnehmen konnte? Ich schob den Gedanken beiseite. Carmen war im Begriff, nach Afrika auszureisen, und aus Gründen, die mir nach wie vor ein Rätsel waren, hatte Gott bestimmt, daß ich daheim auf der Farm bleiben sollte.

Ich las den letzten Abschnitt noch einmal durch. „Möge Gott Dich segnen, Josch, und Dir die Wünsche Deines Herzens erfüllen, was ..." Hier hielt ich inne. Ich war eigentlich in die Stadt gekommen, um mich nach dem Ford zu erkundigen. Beim Überfliegen von Carmens Briefbogen erschien mir der Gedanke an ein Automobil plötzlich ziemlich unwichtig.

„Herr", gestand ich in einem schlichten Gebet, „bei mir sind die Dinge wohl ein bißchen aus der richtigen Reihenfolge geraten. Klar, wir könnten gut ein Automobil gebrauchen. Ich habe lange hin- und herüberlegt und bin zu dem Schluß gekommen, daß so ein Vehikel eine gute Sache für uns wäre. Aber hilf mir, Herr, daß das Automobil nicht zum Allerwichtigsten in meinem Leben wird. Schließlich ist ein Automobil nichts weiter als ein Mittel zur Fortbewegung. Diese Afrikaner, von denen Carmen hier schreibt, das sind dagegen lebendige Menschen, und es geht darum, wo sie in der Ewigkeit sein werden. Hilf mir, daß ich mehr für sie bete, wenn Carmen ihnen bald das Evangelium bringt."

Ich faltete Carmens Brief wieder zusammen und steckte ihn in eine Jackentasche. Ich machte mir nicht einmal die Mühe, weiter unten an der Straße nach dem Automobil zu fragen. Es würde schon irgendwann eintreffen. Statt dessen steuerte ich mit Chester auf Tante Lous Haus zu. Die Kinder würden sich bestimmt über Besuch freuen, und eine gemütliche Tasse Kaffee bei Lou käme mir eigentlich ganz gelegen.

Als wir am nächsten Morgen aufwachten, war draußen alles verschneit. Ich will nicht leugnen, daß ich reichlich schockiert war. Immerhin hatte ich mir einige Hoffnungen gemacht. Aber dann schüttelte ich den Gedanken ab. Gewiß ließ sich so ein Automobil auch bei ein paar Zoll Schnee noch fahren.

Matilda dagegen konnte die Sache mit dem Schnee nicht so leicht abtun.

„Ach, wie schade!“ klagte sie. „Was sollen wir jetzt nur tun? Was in aller Welt sollen wir tun, Josch? Jetzt haben wir Schnee, aber noch kein Automobil. Ach, es ist zum Weinen!“ Sie ging ans Fenster und schob Marys sorgfältig geplätteten weißen Rüschenvorhang beiseite, um erneut zu stöhnen. „Wir werden wohl oder übel bei Eis und Schnee Autofahren lernen müssen. Dabei wäre alles viel einfacher gewesen, wenn ...“

„Alles halb so schlimm“, beschwichtigte ich sie eilig. „Wir haben das Auto ja ohnehin noch nicht.“

„Aber es könnte doch jederzeit ankommen, und der Schnee ...“

Bis zum Mittag war der Schnee so gut wie geschmolzen, und zwei Tage später wurde der Ford geliefert. Ich hatte geglaubt, für die Rolle eines Automobilbesitzers bereit zu sein, aber als ich den Bescheid erhielt, packte mich eine unbeschreibliche Aufregung, gefolgt von einem kalten Schweißausbruch. Meine Hände wurden feucht, mein Mund wurde trocken, und meine Knie fingen an zu zittern vor Spannung – und auch einer Spur von Beklommenheit.

Wir spannten den Wagen an, und Opa und Onkel Charlie fuhren mit mir in die Stadt. Auf Chester konnte ich nicht reiten, weil ich ja das Automobil nach Hause steuern mußte.

Wir kutschierten geradewegs zu Herrn Hickson, und ich gab mich betont lässig, als ich in sein Büro ging und ihm meldete, das Automobil abholen zu wollen. Den Rest des Geldbetrags hatte ich in meiner Jackentasche mit einer Nadel festgesteckt, damit ich keinen der Scheine verlieren konnte. Ich schickte mich gerade an, die Jacke aufzuknöpfen, um das Geld hervorzuholen, als Herr Hickson herbeigeeilt kam und noch im Gehen rief: „Hier längs, Josch! 'n Prachtstück ist es, 'n wahres Prachtstück! Komm nur und schau's dir an!"

Damit hatte er nicht übertrieben. Noch nie im Leben hatte ich soviel Glanz und Chrom gesehen. Da stand es, das Automobil, mit seinem schimmernden schwarzen Lack und seinen blitzblanken Fenstern. Ich holte tief Luft. Ein erhebender Anblick!

Die wenigen Automobile, die man auf unseren Straßen sah, kannte ich ziemlich gut. Manche davon waren sogar recht elegant, aber in meinen Augen war dieser Ford – mein erstes Automobil – das schönste von allen.

Ich trat einen Schritt näher und strich mit der Hand über den glänzenden Kotflügel. Herr Hickson öffnete eine Tür.

„Und sieh dir mal an, wie's drinnen ausschaut!" drängte er. „Guck mal, richtige Ledersitze! Schau nur!"

Ich spähte in das Wageninnere. Jawohl, Ledersitze aus dem feinsten schwarzen Leder, das man sich vorstellen konnte. Ich pfiff durch die Zähne. Dabei hörte ich, wie Onkel Charlie etwas zu Opa sagte, worauf Opa nur antwortete: „'ne Wucht, was?" Ich drehte mich um. Beide grinsten von einem Ohr zum andern. „Stehen einfach da und starren das Automobil an, als hätten sie noch nie eins gesehen", amüsierte ich mich im stillen.

„'ne Wucht!" sagte Opa noch einmal und strich mit der Hand über das schwarze Lederpolster. Onkel Charlies Schnurrbart zuckte. Mit seinen verkrüppelten Fingern berührte er das spiegelsaubere Glasfenster. Einen Moment bezweifelte ich, ob das Leben einen erhebenderen Moment bieten konnte als den Augenblick, wo man sein erstes Automobil, obendrein ein fabrikneues, zum erstenmal bestaunt.

Ich landete gerade rechtzeitig wieder auf dem Boden der Tatsachen, um mitzukriegen, wie Herr Hickson sagte: „... nur noch 'n paar Formalitäten sind zu regeln, dann kannst du gleich losfahren."

Herr Hickson ging in sein kleines Büro zurück, und ich schickte mich an, ihm zu folgen, wenn ich dabei auch fast in

Panik geriet. „Gleich losfahren" sollte ich, hatte Herr Hickson gesagt. Bestimmt war ihm aber nicht neu, daß ich noch nie im Leben am Steuer eines Automobils gesessen hatte. Er konnte doch unmöglich erwarten, daß ich ...

„Haben Sie 'ne Gebrauchsanweisung für den Ford hier?" erkundigte sich Opa nüchtern bei Herrn Hickson. Eigentlich war ich derjenige, der diese Frage gestellt haben sollte.

„Aber sicher, aber sicher!" nickte Herr Hickson diensteifrig. „Ich hab' alles hier im Büro."

Ich verspürte große Erleichterung. Vielleicht brauchte ich mich nun doch nicht vor aller Augen zu blamieren.

„Joe Hess hat auch 'nen Ford. Ganz ähnlich wie dieser hier, nur nicht mehr so nagelneu", sagte Herr Hickson gerade. „Hat sich bereit erklärt, eben vorbeizukommen und 'ne Runde mit Josch zu fahren."

„Bestens! Prima Idee!" meinte Opa und fügte dann schnell hinzu: „Natürlich nur, bis Josch selbst mit dem Wagen zurechtkommt. Er kapiert's bestimmt blitzschnell. Fährt immerhin den großen Traktor, als wär's das Einfachste der Welt."

Wieder nickte Herr Hickson.

„Ich schicke Mickey rüber, daß er Joe holt", sagte er und rief auch gleich einen jungen Burschen aus dem Lagerschuppen, um ihn loszuschicken.

Anscheinend hatten alle vergessen, daß ich der eigentliche Käufer des Automobils war. Opa und Herr Hickson trafen da allerhand Vorkehrungen, ohne mich um meine Meinung zu fragen. Schließlich besannen sie sich aber doch auf mich, als es nämlich ans Bezahlen ging. Ich holte das Geld aus der Tasche, und Herr Hickson zählte es nach.

„Stimmt genau", sagte er.

Das wunderte mich nicht; immerhin hatte ich das Geld sorgfältig gezählt – dreimal sogar –, bevor wir uns auf den Weg hierher gemacht hatten. Als wir die Formalitäten erledigt hatten, war Joe eingetroffen. Allem Anschein nach war er gebührend beeindruckt von dem neuen Automobil. Er betrachtete es von allen Seiten und studierte sämtliche Details, besonders solche, die an seinem älteren Modell fehlten. Er sagte zwar nicht viel, aber er grinste und strich bewundernd mit der Hand über den schwarzen Lack.

Endlich stiegen wir alle zu unserer ersten Rundfahrt ein. Ich setzte mich vorn neben Joe, damit ich genau beobachten konnte, wie man so ein Automobil bedient. Opa und Onkel Charlie machten es sich auf dem Rücksitz bequem. Ich weiß nicht, wer von uns am meisten vor Spannung fieberte.

Herr Hickson warf den Motor mit der Kurbel an, und los ging's mit einem Ruck, bei dem Opa ein leises Ächzen ausstieß. Aber dann glitten wir auf der Hauptstraße an all den Läden und Leuten vorbei.

Wir verursachten ein beträchtliches Aufsehen. Das ist nicht übertrieben. Überall blieben die Leute stehen und drehten sich nach uns um. Ladenbesitzer eilten auf den Bürgersteig, hinter Fenstern flatterten Vorhänge, und kläffende Hunde jagten uns auf der Straße nach.

Wir fuhren immer schneller. Es dauerte nicht lange, bis wir regelrecht davonbrausten. Mir raubte das Tempo fast den Atem, aber Joe schien sich auf sein Handwerk zu verstehen und steuerte das Automobil, als wäre es ein Kinderspiel.

Auf offener Landstraße schlug er vor, daß ich's auch einmal probierte. Vor lauter Nervosität zitterten mir die Hände, aber ich kletterte hinter das Steuerrad und machte alles so, wie Joe mir gezeigt hatte. Jedenfalls annähernd so. Ich ließ die Kupplung etwas zu schnell kommen. Deshalb machte der Ford einen Satz wie ein Pferd, dem man die Sporen gegeben hat. Ich würgte den Motor ab, so daß Joe aussteigen und ihn wieder neu ankurbeln mußte. Beim nächsten Mal klappte es schon besser, und bald steuerte ich das Automobil auf der Straße entlang, als hätte ich mein Leben lang nichts anderes getan.

Als wir die Stadt wieder erreicht und Joe zu Hause abgeliefert hatten, beherrschte ich die Kunst des Autofahrens schon ganz gut. Wir beschlossen, einen Abstecher zu Nat und Lou zu machen, um unsere neue Anschaffung vorzuführen. Ich hoffte, daß Nat gerade daheim war. Mit so einem Automobil könnte ein Pastor sich bei seinen Hausbesuchen viel Zeit einsparen.

Jawohl, Nat war zu Hause, und wir mußten ihm jede Vorrichtung an dem Ford genauestens vorführen. Er studierte alles, schnalzte beeindruckt mit der Zunge und grinste von einem Ohr zum anderen. Ich kam mir noch stolzer und erwachsener vor als an dem Tag, als die Farm auf meinen Namen überschrieben worden war.

Endlich rissen wir uns von den Bewunderern unseres Fahrzeugs los und steuerten wieder der Straße zu. Jonathan heulte herzerweichend hinter uns her, weil er unbedingt mitkommen wollte. Ich hatte die ganze Familie schon eine Runde durch den Ort spazierengefahren, aber das reichte dem kleinen Kerl beileibe nicht. Er hätte am liebsten auf dem Autositz Wurzeln geschlagen.

Als wir wieder bei Herrn Hickson angekommen waren, stieg Opa aus und fing an, das Gespann von dem Pfosten loszubinden. Onkel Charlie schickte sich ebenfalls an, aus dem Wagen zu steigen, allerdings eine Spur widerwillig. Opa mußte es ihm wohl angemerkt haben.

„Fahr doch einfach bei Josch mit!" schlug er vor. „Schließlich sind nicht zwei Leute dazu nötig, dieses alte Schneckengespann zu kutschieren."

Dagegen hatte Onkel Charlie nichts einzuwenden. Er setzte sich wieder auf dem Ledersitz zurecht und sog tief die Herbstluft ein. Dann holte er seine Taschenuhr hervor und warf einen prüfenden Blick auf das Zifferblatt.

„So, Josch", sagte er, und in seinen Augen funkelte es, „wollen doch mal schauen, wie lange wir jetzt bis zur Farm brauchen."

Ich grinste und nickte, legte den Gang ein, und los ging's! Als wir die Stadt hinter uns gelassen hatten, gab ich ein bißchen mehr Gas. Der Fahrtwind fegte durch die offenen Fenster. Weit hinter uns konnten wir sehen, wie Opa das Gespann gerade erst auf die Landstraße lenkte. Dann verloren wir ihn wegen der Staubwolke hinter uns aus den Augen. Onkel Charlie und ich brausten zügig davon.

Wir versuchten nicht, irgendwelche Rekorde aufzustellen. Ich fuhr so vernünftig, wie ich konnte, aber trotzdem schafften wir den Heimweg in elf Minuten und siebenunddreißig Sekunden. Onkel Charlie lachte vergnügt, als er mir die Uhr vors Gesicht hielt.

Wir bogen in unsere Einfahrt ein. Ich konnte es kaum abwarten, den Mädchen das Automobil vorzuführen. Dann stellte ich bestürzt fest, daß der glänzende Lack mit Straßenstaub bedeckt war, und wünschte mir, das Übel in aller Eile beheben zu können, bevor ich den Wagen zur Schau stellte. Doch daraus wurde nichts, denn da kam Mary uns auch schon entgegengelaufen.

Ein Besucher

Ich hatte jede Menge Zeit, Mary das Automobil vorzuführen, sie auf eine Spazierfahrt mitzunehmen und den Lack und das Leder zu säubern, bevor Opa mit dem Gespann eintrudelte.

Eins hatte ich auf dem Heimweg gelernt: Die frische Herbstluft, die durch die offenen Fenstern hereingeweht kam, mochte zwar einen belebenden Effekt auf die Fahrgäste haben, aber auf unseren staubigen Landstraßen war so etwas äußerst unpraktisch. Ich beschloß, von jetzt an die Fenster geschlossen zu halten, sobald das Automobil in Bewegung gesetzt wurde. Das sagte ich auch zu Onkel Charlie, als er mir beim Wischen und Polieren zuschaute.

Nachdem Opa die Lebensmittel, die Mary bestellt hatte, in die Küche getragen hatte, brachte ich die Pferde in die Scheune und versorgte sie, um gleich darauf mit dem Polieren weiterzumachen. So ungern ich dem neuen Ford auch den Rücken kehrte, so gelang es Mary dann doch, mich zu Tee und Maisbrot in die Küche zu locken.

Sobald die Küchenuhr uns ankündigte, daß der Schulunterricht bald zu Ende sein würde, kletterten wir alle in das Automobil und machten uns auf den Weg, um Matilda abzuholen.

„Ich bin ja schon so darauf gespannt, was sie wohl für ein Gesicht macht, wenn sie uns auf den Schulhof fahren sieht!" sagte Mary voller Vorfreude.

Ich fuhr langsam. Mir lag nichts daran, das Automobil wieder voller Staub zu kriegen, bevor Matilda es gesehen hatte. Trotzdem waren wir laut Onkel Charlies Taschenuhr vor der Zeit da, so daß wir am Hang hinter dem Schulhaus von der Straße abbogen. Wir wollten auf keinen Fall auftauchen, bevor Matilda ihre Schüler nach Hause geschickt hatte.

Endlich gab Onkel Charlie uns das Startzeichen, und ich sprang aus dem Wagen, um den Motor anzukurbeln, während Opa die notwendigen Knöpfe und Hebel bediente. Joe hatte zwar gemeint, daß man den Motor auch allein in Gang bekommen konnte, aber wie das funktionieren sollte, war uns noch nicht klar.

Auf dem Weg zum Schulhof kamen uns mehrere von Matildas Schulkindern entgegen. Demnach war der Unterricht also für heute beendet.

Wenn wir einen wahren Begeisterungssturm von Matilda erwartet hatten, so sollten wir nicht enttäuscht werden. Als wir auf den Schulhof fuhren, sahen wir sie am Fenster. Sie hatte sich wohl über das sonderbare Geräusch gewundert. Ein paar Sekunden stand sie wie vom Donner gerührt da, die Augen weit aufgerissen und die Hände auf den Mund geschlagen. Als Mary ihr heftig zuwinkte, löste sie sich endlich aus der Erstarrung, rannte zur Tür hinaus und wie ein Wiesel die Stufen hinunter.

„Es ist da! Es ist da!“ schrie sie, während sie auf uns zugelaufen kam. „Ach Josch, endlich ist es da!“ Ich beschloß, sie lieber nicht darauf hinzuweisen, daß mir das nicht neu war.

Mit keinem Blick würdigte sie den schwarzen Lack, den ich so mühsam wieder auf Hochglanz poliert hatte. Auch die funkelnden Glasfenster beachtete sie nicht. Ohne große Vorreden schwang sie sich zur Tür in den Wagen, kletterte behende über Mary hinweg und setzte sich zwischen uns.

„Zeig's mir!“ quietschte sie. „Mach schon, zeig's mir!“

„Wenn du so eingequetscht dasitzst, siehst du ja kaum was“, bemängelte ich und rutschte ein Stück beiseite, um ihr Platz zu machen. „Das Bestaunen mußt du schon von außen tun!“ Ich öffnete meine Tür.

Aber Matilda schüttelte so heftig den Kopf, daß sich ihre Locken aus den Haarklammern lösten.

„Aber nein!“ protestierte sie und schob meine Hand vom Türgriff. „Zeig mir, wie man fährt!“

Opa prustete los, und Onkel Charlie lachte. Mary zuckte nur mit ihren schmalen Schultern und lächelte. Ich war vollkommen überrumpelt. Ich hatte keineswegs vor, Matilda Fahrunterricht in meinem nagelneuen Automobil zu erteilen. Ich hatte das Fahren ja gerade erst selbst gelernt. Also versuchte ich, sie hinzuhalten.

„Wir sind gekommen, um dich abzuholen", erklärte ich ihr. „Bist du für heute fertig mit der Schule?"

Einen Moment schien sie nicht zu begreifen. Sie holte ein paarmal Luft und antwortete dann beinahe wieder mit normaler Stimme: „Nein, meine Bücher liegen noch im Klassenzimmer, und ich muß noch die Tafel putzen und die Schule abschließen."

Also stiegen wir alle wieder aus. Mary putzte die Tafel, während Matilda ihre Bücher zusammensuchte. Onkel Charlie und Opa vertieften sich in eine Landkarte an der Wand, aber ich ging nur in dem Klassenzimmer umher und malte mir aus, wie es damals ausgesehen hatte, als ich noch hier zur Schule gegangen war.

In der Fensterreihe dort hatte Avery gesessen, dann ich, dann Willi. Ich sah ihn ja noch förmlich vor Augen: sein widerspenstiger Haarschopf, der ihm ständig in die Stirn fiel, die Nasenspitze voller Sommersprossen, das Gesicht zu einer Faltenlandschaft verzogen, während er sich mit einer Rechenaufgabe abquälte.

Jäh wandte ich mich ab und ging nach draußen. Auch jetzt noch waren die Erinnerungen zu schmerzlich.

„Ich warte draußen", sagte ich so beiläufig wie möglich und schloß die Schultür hinter mir, als wollte ich damit auch die Erinnerungen einsperren.

Bald war Matilda mit allem fertig, und wir kletterten ins Automobil zurück, um die Heimfahrt anzutreten. Doch zuvor nahmen wir eine Umverteilung der Sitzplätze vor. Mary kletterte zwischen Opa und Onkel Charlie auf den Rücksitz. Es war zwar etwas eng, aber darüber beklagte sich niemand. Matilda saß vorn neben mir. Ihr Blick blieb kein einziges Mal an dem Lederpolster haften; statt dessen starrte sie wie gebannt auf das Lenkrad und beobachtete jede Bewegung, die ich machte. Ich wußte genau, daß diese junge Dame mir keine Ruhe lassen würde, bis ich ihr das Autofahren beigebracht hatte.

Aber mir war noch nicht sehr danach zumute, mein Automobil mit jemandem zu teilen. Nicht einmal mit Matilda.

„Wie wär's, wenn du dich gemütlich in das Polster sinken ließest, um die Fahrt einfach nur zu genießen?" schlug ich ihr vor. „Schließlich wirst du nicht jeden Tag mit dem Automobil von der Schule abgeholt, weißt du."

Ich glaube, diesen Wink mit dem Zaunpfahl begriff sie. Sie ließ sich tatsächlich in das Lederpolster sinken. Halbwegs wenigstens. Aber ihren Blick konnte ich noch immer auf meinen Händen spüren.

Es dauerte jedoch nicht lange, bis ich mich erweichen ließ und Matilda ein paar Fahrstunden gab. Dazu wagten wir uns nicht bis auf die Landstraße vor, sondern begnügten uns mit der Zufahrt zu unserem Hof. Matilda begriff schnell, das muß ich ihr lassen. Ich erbot mich, auch Mary das Autofahren beizubringen, aber die lächelte nur und meinte, sie überließe das Fahren lieber mir.

Das Automobil erwies sich in der Tat als äußerst praktisch. Bei unseren Fahrten in die Stadt sparte es uns viel Zeit. Wir freuten uns immer auf die Sonntagsfahrten in die Stadt. Es war zwar reichlich eng in dem Fahrzeug, aber darüber beklagte sich niemand.

Und dann lag bald eine so hohe Schneedecke, daß man mit dem Automobil nicht mehr vorankam. Ich fuhr es in den Schuppen, den ich eigens dafür gebaut hatte, und wir waren wieder auf unser Schlittengespann angewiesen. Nun erschien uns der Weg in die Stadt so endlos weit wie noch nie.

Eines Abends veranstaltete der Hund ein solches Gebell, daß wir alle von unseren Plätzen aufstanden, um aus dem Fenster zu sehen. Wir erwarteten niemanden. Draußen herrschte eine ziemlich eisige Kälte, obwohl kein scharfer Wind blies und der Mond hell schien. Trotzdem konnten wir uns nicht erklären, wozu jemand um diese Zeit zu Pferd einen Besuch bei uns machen sollte. Einen Moment befürchtete ich, daß es schlechte Nachrichten aus der Stadt sein könnten, die Onkel Nat uns bringen wollte.

Aber es war gar nicht Onkel Nat. Erleichtert stellte ich fest, daß der Besucher ein Fremder war. Völlig fremd war er zwar auch wieder nicht. Ich hatte ihn ein paarmal gesehen, und später, bei der Begrüßung in der Küche, stellte sich heraus, daß sowohl Mary als auch Matilda ihn kannten.

Aber als Opa ihm die Tür öffnete, schien er keinen blassen Schimmer zu haben, wer der junge Mann war. Er reichte ihm trotzdem die Hand zur Begrüßung und bat ihn herein.

„Wenn ich mich nicht irre, hatte ich noch nicht das Vergnügen", sagte Opa beim Händeschütteln, und der Mann antwortete putzmunter: „Sanders. Will Sanders. Wir haben die Farm dort drüben gekauft", und er deutete mit einer Kopfbewegung in Richtung Osten.

„Sanders?" wiederholte Opa. „Den müßt' ich doch eigentlich kennen." Er schaute ein bißchen verwirrt drein. „Das war nicht etwa Ihr Vater, oder?"

„Nein, Sir. Mein ältester Bruder. Der hat die Farm gekauft. Mein Vater lebt jetzt schon seit fast sieben Jahren nicht mehr."

„Das tut mir leid", sagte Opa aufrichtig. „Kommen Sie doch rein und setzen Sie sich zu uns. Was können wir für Sie tun?"

Der junge Mann wehrte nur unbefangen ab.

„Danke, gar nichts", antwortete er. „Ich bin nur zu Besuch gekommen." Er machte keine Anstalten, sich auf einen Stuhl zu setzen.

Bis jetzt hatte die Unterhaltung ohne uns stattgefunden. Will schien zu meinen, das müßte schleunigst geändert werden. Sein Blick wanderte durch die Stube. Er nickte Onkel Charlie zu, musterte mich kurz und wandte sich dann den Mädchen zu. Dabei lüftete er den Hut und sagte mit einer leichten Verbeugung: „Guten Abend, Fräulein Turley und Fräulein Hopkins."

Jetzt sah ich mir den Mann ein bißchen näher an.

Er war etwas größer als ich, hatte breitere Schultern und schmalere Hüften. Sogar bei dem schwachen Lampenlicht konnte ich sein dunkles, lockiges Haar und seine tiefen Augen erkennen. Wenn er lächelte, kamen seine ebenmäßigen, weißen Zähne zum Vorschein. Selbst ich war nicht so arg auf den Kopf gefallen, um nicht zu wissen, daß Frauen ihn für einen gutaussehenden Burschen halten würden. Ich rutschte unbehaglich auf meinem Stuhl hin und her, als Mary und Matilda seinen Gruß erwiderten. Beide hatten leicht gerötete Wangen und ein Leuchten im Blick.

Mary kam als erste näher.

„Aber kommen Sie doch herein, Herr Sanders!" sagte sie freundlich. „Möchten Sie Hut und Mantel ablegen?"

Will Sanders reichte Mary seinen Hut und zog seinen schweren Wintermantel aus. Mary nahm beides und hängte die Sachen an einen Haken in der Ecke, der für Gäste reserviert war.

Ich hatte Matilda noch nie so lange schweigen gesehen.

„Ich wußte gar nicht, daß Sie noch hier sind", sagte sie endlich mit einem schüchternen Blick in seine Richtung.

„Nun, eigentlich hatte ich vorgehabt, über den Winter in die Stadt zurückzuziehen, aber mein Bruder braucht jemanden, der ihm mit dem Vieh hilft."

Wieder rutschte ich unbehaglich umher.

„Haben Sie Josch schon kennengelernt?" fragte Mary, als sie mit dem Aufhängen von Hut und Mantel fertig war.

Sein Blick wanderte zu mir. Er musterte mich gründlich, bevor er langsam und ziemlich bedächtig sagte: „Nein, ich fürchte, das Vergnügen hatte ich noch nicht." Dabei lächelte er eine Spur zu anbiedernd, fand ich.

Ich ging auf ihn zu und reichte ihm die Hand. Das war ich ihm als Nachbar schuldig. Er schüttelte sie fest. Ich fragte mich, ob er mir mit seinem eisernen Griff eine Schmerzensgrimasse entlocken wollte, und packte meinerseits fester zu. Dieser Bursche sollte merken, daß andere Männer auch Kraft in den Fingern hatten.

Einen Moment begegneten sich unsere Blicke. In seinem stand eine Art von unausgesprochener Herausforderung. Ich hatte keine Ahnung, was das zu bedeuten hatte, aber wohl war mir dabei nicht gerade zumute.

Nachdem wir eine Weile dagesessen hatten und uns über allerhand Alltägliches wie das Wetter und das Viehfutter unterhalten hatten, schlug Matilda eine Runde Halma vor. Wir schoben die Stühle um den Tisch zurecht. Das Spiel ging glatt über die Bühne. Aus Gründen, die ich selbst nicht begriff, lag mir plötzlich ungeheuer viel daran, das Spiel zu gewinnen. Ich gewann. Aber nur knapp. Beim nächsten Spiel gewann Mary. Das machte mir überhaupt nichts aus, aber es ärgerte mich, daß der junge Sanders Zweiter wurde.

Mary machte uns einen kleinen Imbiß, und Opa und Onkel Charlie gesellten sich zu uns an den Tisch. Matilda bestritt den größten Teil der Unterhaltung. Sie plauderte munter mit Will Sanders, der sich hin und wieder zu Mary umwandte, um sie auch mit ins Gespräch zu ziehen. Ich saß ziemlich unbeteiligt dabei. Mir konnte das Ganze sowieso egal sein. Dann sagte Matilda etwas, das mich aufhorchen ließ: „Josch hat einen nagelneuen Ford, aber bei dem Schnee hat er ihn vorläufig in den Schuppen gestellt."

Ich spürte, wie sich der Stolz in mir breitmachte. Was meinen neuen Ford betraf, so war ich diesem geschniegelten Stadtfritzen eine Nasenlänge voraus. Mit seiner Antwort rückte er mir dann allerdings kräftig den Kopf wieder zurecht.

„Ich habe einen silberfarbenen Bentley, aber ich habe ihn in der Stadt gelassen. Ich war mir nicht sicher, in welchem Zustand die Landstraßen um diese Jahreszeit sind, und ich wollte ihn auf keinen Fall beschädigen. Im Frühjahr hole ich ihn vielleicht."

Ich hatte ein komisches Gefühl in der Magengrube.

Mary sagte nichts, aber Matilda schwärmte: „Einen silberfarbenen Bentley? Ich habe einmal einen auf einem Werbeprospekt gesehen. Hinreißend sah er aus, einfach hinreißend!"

Der junge Mann nickte nur unbewegt, als wäre der silberfarbene Bentley das geringste seiner zahlreichen „hinreißenden“ Besitztümer.

Nachdem massenhafte Belanglosigkeiten, die in erster Linie um Will Sanders kreisten, in der Runde ausgetauscht waren, beschloß er endlich, sich wieder auf den Heimweg zu machen. Wenn er geglaubt hatte, ich würde ihn am Gehen hindern, dann hatte er sich getäuscht. Beim Verabschieden versprach er, bald wieder zu Besuch zu kommen. Nicht etwa: „... wenn's recht ist“ oder: „... wenn ich darf“, sondern einfach nur „Bis bald also! Ich komme wieder, sobald ich Zeit habe.“ Unverschämtheit, so was!

Als er endlich gegangen war, nahm ich die erstbeste Gelegenheit wahr, mich in mein Zimmer zu verziehen, ohne unhöflich zu wirken. Durch die geschlossene Tür konnte ich Mary und Matilda reden und kichern hören. Sie führten sich wie zwei kleine Schulmädchen auf. Das Ganze ging mir derartig gegen den Strich, daß ich mich kaum auf meinen Bibelabschnitt für heute abend konzentrieren konnte. Trotzdem konnte ich mir einfach nicht erklären, was mich eigentlich so mißmutig stimmte. Ich tat mein Bestes, um alles abzuschütteln und endlich einzuschlafen, aber das wollte mir nicht gelingen. Unruhig wälzte ich mich auf meinem Kopfkissen hin und her, bis ich die Uhr drei schlagen hörte. Noch immer kein Schlafen. Ich boxte mit der Faust in mein Kopfkissen und wünschte mir sehnlichst, diesem Kerl nie im Leben begegnet zu sein.

Allerhand Ärger und Sorgen

Abgeschlagen und mißgestimmt wachte ich am Morgen auf. So verstört war ich lange nicht mehr gewesen, und ich verstand mich einfach selbst nicht. Ich wußte bloß, daß es irgendwie mit diesem jungen Spund von Will Sanders zu tun hatte, aber womit er sich eine solche Mißgunst meinerseits eingehandelt hatte, konnte ich mir auch nicht erklären. Eigentlich hatte er 'nen anständigen Eindruck gemacht und hatte sich auch wie ein Gentleman benommen, als er bei uns – wenn auch ungeladen – hereingeplatzt war.

Niemand schien sich an seinem plötzlichen Auftauchen zu stören, und ich hatte das Gefühl, als hätten sich einige der Hausbewohner sogar ausgesprochen über seinen Besuch gefreut.

Irgendwie hatte er einen wunden Punkt bei mir erwischt. Nachdem ich gründlich über alles nachgegrübelt hatte, wurde mir klar, daß es mich bodenlos geärgert hatte, wie Matilda und Mary ihn mit Beachtung und Anerkennung überschüttet hatten. Ich hatte kein Recht, mich darüber aufzuregen, aber ich tat's trotzdem. Warum war ich nur so machtlos dagegen? Und warum fühlte ich mich von diesem neuen Nachbarn so in die Ecke gedrängt?

Ach, ich schob das Ganze von mir. In meiner gegenwärtigen Verfassung wurde ich sowieso nicht damit fertig.

Ich erledigte die Stallarbeit und ging dann zum Frühstück ins Haus. Es war später als sonst, und der Tisch war schon bis auf zwei Gedecke abgeräumt.

„Matilda mußte schon frühstücken, damit sie nicht zu spät zur Schule kam", erklärte Mary ohne die Spur eines Vorwurfs in der Stimme. Immerhin hatte ich den anderen mit meiner Trödelei leichte Unannehmlichkeiten bereitet.

Mary füllte die beiden Teller mit Pfannkuchen und Schinkenspeck und stellte zwei Tassen mit Kaffee auf den Tisch.

„Opa und Onkel Charlie haben mit Matilda gefrühstückt“, fuhr sie fort. Darüber, daß sie selbst auf mich gewartet hatte, verlor sie kein Wort.

Ich nickte ihr nur zu, und als sie sich zu mir an den Tisch setzte, sprach ich wie gewöhnlich das Tischgebet.

„Stimmt was nicht in der Scheune?“ erkundigte sie sich.

Einen Moment begriff ich nicht, worauf sie hinauswollte; doch dann wurde mir klar, daß ihr nicht entgangen war, wie lange ich mich heute mit der Stallarbeit aufgehalten hatte.

„Nein, alles in Ordnung“, versicherte ich ihr hastig. „Bin wohl heute nicht so flott wie sonst mit der Arbeit vorangekommen. Hab' letzte Nacht irgendwie nicht gut geschlafen.“

Damit war das Thema meiner Ansicht nach zu Genüge abgehandelt, aber Mary sah mich forschend an.

„Du wirst doch wohl nicht etwa krank, oder?“ fragte sie besorgt.

„Ich? I wo! Mir hat nur irgendwas schwer im Magen gelegen, glaub' ich. Bin's wohl nicht gewohnt, so spät am Abend noch zu essen.“

Mary sagte nichts mehr, aber ihren Blick konnte ich immer noch auf mir spüren. Obwohl mir nicht sonderlich nach Frühstück zumute war, wagte ich nicht, einen Rest von dem Essen auf dem Teller zu lassen.

Wir aßen schweigend. Es gab ohnehin nicht viel, worüber ich mich unterhalten wollte. Mary merkte es mir an und versuchte gar nicht erst, mich mit einem belanglosen Gespräch aufzumuntern.

„Wo sind Opa und Charlie eigentlich?“ fragte ich schließlich doch. Es war ungewöhnlich, daß die beiden Männer um diese Tageszeit nicht in der Küche saßen.

„Onkel Charlie ist wieder in sein Zimmer gegangen. Zum Lesen, hat er gesagt, aber ich glaube, er hat letzte Nacht auch ziemlich schlecht geschlafen. Und Opa ist im Schuppen und bastelt an dem Schlitten für Sarah und Jonathan. Hat gemeint, der Frost könnte jetzt jederzeit so bitter werden, daß es aus ist mit dem Arbeiten draußen."

Ich nickte. Ja, das Wetter könnte tatsächlich bald unwirtlich werden. Wir hatten immerhin Ende November.

Nach einem weiteren Schweigen räumte Mary unsere Teller ab und schenkte frischen Kaffee nach. Sie setzte sich wieder auf ihren Stuhl und trank einen kleinen Schluck von dem heißen Gebräu. Dann stellte sie die Tasse auf den Tisch zurück.

„Mike hat kurz bei uns reingeschaut, als du in der Scheune warst", erzählte sie mir, und ich sah überrascht auf. Ob Mike wohl schlechte Nachrichten gebracht hatte? Es war schon länger her, seitdem Marys Bruder bei uns gewesen war, und zur Frühstückszeit kam eigentlich niemand nur zum Plaudern.

Mary erwiderte meinen Blick.

„Er hat das Leben auf der Farm satt", sagte sie ruhig, aber in ihren Augen lag Kummer. Ich wußte nicht, ob sie sich eher um Mike oder um ihre Eltern sorgte.

„Er ist in die Großstadt unterwegs, um sich eine Arbeit zu suchen. Mit dem frühen Zug will er los."

Meine eigenen Sorgen erschienen mir plötzlich nicht mehr so wichtig. Mary brauchte allen Beistand, den ich ihr nur geben konnte. Ich sah Tränen in ihren Augen glitzern, aber sie kämpfte tapfer dagegen an. Wenn ich sie doch nur irgendwie trösten könnte! Wenn ich ihr doch irgendwie begreiflich machen könnte, daß ich Verständnis für ihren Kummer hatte! Aber ich saß einfach nur da und suchte unbeholfen nach Worten, ohne zu wissen, was ich sagen sollte. Schließlich versuchte ich, ihr zu helfen, indem ich sie einfach dazu brachte, sich ihren Kummer von der Seele zu reden.

„Hat er gesagt, wie lange er fortbleiben will?"

Mary senkte den Blick.

„Er kommt überhaupt nicht mehr nach Hause", sagte sie leise.

„Das ... das tut mir aber leid!" murmelte ich und nahm Marys Hand, die auf dem gewürfelten Tischtuch lag, in meine.

„Kann ... kommt denn dein Vater ohne ihn auf der Farm zurecht?“ fragte ich weiter.

Mary sah mich an, und jetzt rannen ihr die Tränen über die Wangen. Sie klammerte sich an meiner Hand fest, als wäre sie ein Rettungsring.

„Ach Josch“, flüsterte sie, „ich sorg’ mich ja viel mehr um Mike! Ich habe so sehr dafür gebetet, daß er ... daß er auch gläubig wird. Was soll nur aus ihm werden, wenn er in der Großstadt an die falsche Sorte von Freunden gerät?“

Ich streckte den Arm aus, um Marys Hand mit meiner anderen Hand zu umschließen.

„Weißt du was?“ tröstete ich sie. „Wir können auch weiter für ihn beten. Gebet funktioniert auch auf die Entfernung. In der Großstadt gibt’s auch so was wie ’ne ‚richtige Sorte von Freunden‘, weißt du. Vielleicht schickt Gott ihm haargenau die Leute über den Weg, die ihm am besten helfen können – und von ihnen wird er sich Dinge sagen lassen, die er uns nie abgenommen hätte.“

Mary hörte aufmerksam zu. Sie schwieg eine Zeitlang, dann sah sie mich wieder an und versuchte trotz der Tränen ein Lächeln. Sie zog ihre Hand zurück und suchte in ihrer Schürzentasche nach einem Taschentuch. Als sie sich die Augen trockengewischt und die Nase geputzt hatte, war sie wieder die alte.

„Papa wird schon irgendwie zurechtkommen“, sagte sie leise. „Mike hat sich ja noch nie viel aus der Farmarbeit gemacht. Aber Mama wird’s das Herz brechen.“ Und wieder rollte ihr eine Träne über die Wange.

Ich saß da und dachte an Mary; dachte an ihre Mutter und ihren Vater und an deren Sorge um Mike.

„Hat es etwa einen Streit gegeben?“ fragte ich, obwohl ich genau wußte, daß mich das nichts anging. Mary lächelte.

„Genau das hab’ ich Mike auch gefragt“, antwortete sie, „aber so war’s nicht, hat er gesagt. Er hat bloß daheim angekündigt, daß er fort will, und sie haben gar nicht erst versucht, ihn zum Bleiben zu überreden. Mama hat wohl ein bißchen geweint, hat er gesagt, aber das hatte er nicht anders erwartet.“

Mary stand auf und traf die Vorbereitungen zum Geschirrspülen. Ich dachte eine Weile über das nach, was sie erzählt hatte. Es schien nicht viel zu geben, was ich unternehmen konnte.

Doch da kam mir plötzlich eine Idee.

„Du, wie wär's, wenn du für 'n paar Tage nach Hause fährst?" schlug ich ihr vor.

Mary fuhr auf dem Absatz herum und starrte mich aus großen Augen an.

„Das geht auf keinen Fall!" wehrte sie ab.

„Warum denn nicht? Für 'n paar Tage werden wir schon zurechtkommen."

„Aber ... aber das Essen und alles ..."

„Wir kochen schließlich nicht zum ersten Mal selbst." Jetzt war ich restlos davon überzeugt, daß ein paar Tage des Zusammenseins genau das richtige für Mary und ihre Mutter wären.

„Aber ... aber Matilda ... ihre Pausenbrote und ..."

„Das machen wir schon. Ich schmiere ihr die Brote sogar eigenhändig, wenn sie mich läßt."

„Aber ich ... ich weiß gar nicht, was ich sagen soll!"

„Dann sag doch einfach ja! Wirklich! Wir werden schon zurechtkommen – wenn du uns nur nicht allzulange ausbleibst."

Ich konnte Mary ansehen, daß sie innerlich hin- und hergerissen war. Einerseits wollte sie liebend gern zu ihrer Mutter, aber andererseits nahm sie ihre Pflichten bei uns auch sehr ernst.

„Wirklich, Mary", drängte ich und stand auf, um ihr das Geschirrtuch aus den Händen zu nehmen.

„Jetzt lauf schnell und pack dir ein, was du für die nächsten paar Tage brauchst. Inzwischen hole ich Chester und spanne ihn vor den Schlitten."

„Meinst du das wirklich im Ernst?" fragte Mary ein letztes Mal.

„Und ob!" Ich drehte sie sachte um und schob sie auf ihr Zimmer zu.

Endlich war sie bereit zu gehen, aber dann sagte sie noch

über die Schulter hinweg: „Aber das Geschirr … Ich habe ja noch nicht mal das Geschirr gespült.“

Ich sah auf das Geschirr, das noch ungespült war. Das Geschirr vom ersten Frühstück hatte Mary schon längst wieder sauber ins Regal gestellt.

„Das erledige ich, sobald ich wieder zu Hause bin!“ versprach ich, und Mary fügte sich.

Als sie in ihrem Zimmer verschwunden war, holte ich mir meine Winterjacke und meine Mütze vom Haken neben der Tür und ging in die Scheune, um Chester anzuspannen. Den Koffer in der Hand, stand Mary schon vor der Tür, als ich mit dem Schlitten vorfuhr. Ich half ihr mit den Decken, und dann ging die Fahrt los. Chester war übermütig; er war in letzter Zeit nicht oft an die frische Luft gekommen und schlug deshalb jetzt ein flottes Tempo an. Wenn ich ihn nicht gebremst hätte, wären wir beim Einbiegen auf die Landstraße aus der Kurve geflogen.

Mary und ich sagten nicht viel, aber wir genossen beide die Schlittenfahrt. Ich konnte Mary anmerken, wie sie ruhiger wurde und das Leuchten in ihre Augen zurückkehrte. Meine Güte, war ich froh, daß ich den Einfall gehabt hatte, sie für ein paar Tage nach Hause zu schicken!

Als wir in den Turleyschen Hof einbogen, fragte Mary plötzlich: „Wie lange soll ich bleiben?“

„Nun, … so lange, wie du's für nötig hältst“, antwortete ich bedächtig.

Mary setzte ein verschmitztes Lächeln auf.

„Du wirst mich doch wohl nicht loswerden wollen, Josch, oder?“

„Ehrlich gesagt“, gab ich ebenso verschmitzt zurück, „hoffe ich sogar, daß du recht bald gehörige Sehnsucht nach uns bekommst.“

Mary errötete leicht, und ich mußte einfach lachen.

„Im Ernst?“ fragte sie, als sie sich wieder gefangen hatte.

„Im Ernst. Wie wär's mit Sonntag?“

„So lange? Heute ist doch erst Mittwoch!“

„Ich weiß. Und ich werde die Tage zählen. Komm mir also bloß nicht zu spät zurück!“

Wieder errötete Mary.

„Du, was meinst du: Ob Matilda wohl gern am Freitag abend zu uns kommen würde?“ fragte sie dann. „Sie hat noch nie bei uns übernachtet, und ... und ich glaub’, mit ihrer quirligen, lebhaften Art könnte sie Mama vielleicht ’n bißchen aufheitern.“

Ich brachte Chester vor der Haustür zum Stehen.

„Ich sag’ Matilda Bescheid“, versprach ich. „Sie kommt bestimmt gern, und ich bringe sie zu euch.“

Ich half Mary aus dem Schlitten und griff dann wieder nach den Zügeln.

„Möchtest du mit reinkommen, Josch?“ fragte Mary.

„Ich glaube, deine Mama ist heute am liebsten mit dir allein“, antwortete ich. „Außerdem“, setzte ich grinsend hinzu, „wartet ja daheim das Geschirr auf mich, falls du dich entsinnst!“

Mary lachte leise und wurde dann wieder ernst.

„Dank’ dir, Josch!“ sagte sie. „Danke, daß du soviel Verständnis für mich hast!“

Ich nickte nur und kletterte in den Schlitten zurück.

„Du, Josch!“ rief Mary mir leise nach. Ich drehte mich zu ihr um. Leicht tanzten die Schneeflocken um sie her. Ein paar davon landeten auf ihren Haaren, die unter der pelzbesetzten Mütze hervorschauten. Ihre Augen leuchteten, und ihr Gesicht war wie von einem plötzlichen Einfall erhellt. Ich wartete nur und dachte dabei, welch einen Anblick sie mit ihrem Koffer in der Hand bot.

„Du, Josch“, wiederholte sie, „ein Automobil ist eine feine Sache. Wirklich. Aber ... aber es geht doch nichts über eine Fahrt im Pferdeschlitten mit Chester, nicht?“

Ich lachte. Mary hatte den Nagel auf den Kopf getroffen!

„Das müssen wir öfter machen“, antwortete ich. „Erinnere mich daran, ja?“

Und mit einem letzten Winken wendete ich Chester und ließ ihn fast im Galopp vom Hof laufen. Mary hatte wirklich recht: Es ging tatsächlich nichts über eine flotte Schlittenfahrt mit Chester, und ich hatte vor, die Heimfahrt in vollen Zügen zu genießen.

Aber irgendwie machte die Heimfahrt dann doch nicht so viel Spaß, wie ich mir vorgestellt hatte.

Das Geschirr brauchte ich nicht mehr zu spülen, als ich wieder zu Hause ankam. Onkel Charlie hatte das schon erledigt. Er hatte auch noch eine Kanne Kaffee gekocht, und Opa hatte sich zu ihm an den Tisch gesetzt. Als ich in die Küche kam, hefteten sich zwei Augenpaare auf mich.

„Stimmt was nicht, Junge?“ fragte Opa.

Ich goß mir eine Tasse Kaffee ein und setzte mich zu den beiden, um ihnen von Mikes Abreise und Marys Sorge um ihre Mutter zu erzählen.

„Das haste richtig gemacht, Junge!“ nickte Opa. „Wir haben Mary ja viel zuviel mit Beschlag belegt. Ihre Mutter braucht sie schließlich auch.“

Onkel Charlie schlürfte nur seinen Kaffee und wippte auf den hinteren Stuhlbeinen.

„Und was ist mit Matilda?“ fragte er dann nach einer Weile.

„Mary möchte sie gern übers Wochenende zu sich nach Hause einladen“, antwortete ich. „Das tut Matilda bestimmt gern.“

„Heute ist erst Mittwoch“, gab Onkel Charlie zu bedenken.

„Bis Freitag werden wir uns schon irgendwie durchschlagen“, meinte ich, und Opa nickte.

„Ich hab’ sowieso zur Zeit nichts Dringendes zu erledigen. Nur die Stallrunde. Da kann ich gut im Haushalt mithelfen.“

Onkel Charlie schmunzelte.

„Mit deinen Kochkünsten ist es aber nicht allzuweit her, Josch!“ spaßte er.

Ich grinste nur.

„Dann kochst du halt, und ich mach’ den Abwasch“, forderte ich ihn heraus.

Onkel Charlie nickte. „Abgemacht!“ willigte er ein.

„Wär’ doch gelacht, wenn wir’s nicht schafften“, meinte Opa, aber seine Stimme klang längst nicht so zuversichtlich. Ich glaube, wir alle hatten gar nicht geahnt, wie sehr wir Mary brauchten, bis wir sie nun plötzlich entbehren mußten.

Matilda freute sich auf das Wochenende bei Mary und ihren Eltern. Wir hatten ausgemacht, daß wir am Freitag erst zu Abend essen und das Geschirr abwaschen würden, und dann würde ich Matilda mit dem Schlitten zu den Turleys bringen.

Wir waren fast mit dem Abwasch fertig, als der Hund uns mit seinem Gebell einen Besucher meldete. Es war wieder Will Sanders. Diesmal war er mit dem Pferdeschlitten gekommen. Ich mußte grinsen, als ich ihn sah. Eins stand fest: Er hatte nicht viel Zeit vergeudet, um seine Ankündigung in die Tat umzusetzen. Nur, daß er sich diesmal vergeblich bemüht hatte. Wir waren nämlich gerade im Begriff, zu den Turleys zu fahren.

Opa ließ ihn zur Tür herein. Voller Selbstbewußtsein betrat er die Küche und warf einen Blick um sich. Ich weiß nicht, ob ich's mir nur einbildete oder ob es ihn tatsächlich belustigte, mich mit dem Geschirrtuch in der Hand zu sehen.

„Nein, wie schade!" rief Matilda aus. „Wir sind gleich hier fertig, und dann fahre ich übers Wochenende zu Mary."

„Ich denke, Mary wohnt hier!" antwortete er.

„Ja, schon", erklärte Matilda hastig, „aber sie ist auf ein paar Tage zu ihren Eltern gefahren. Sie bekommen einander ja kaum zu sehen, obwohl sie hier in der Nachbarschaft wohnen, und deshalb hat Josch ihr ein paar Tage freigegeben."

Letzteres hatte Matilda mit einem Anflug von Stolz in der Stimme gesagt, aber ich glaube, Will Sanders war vollkommen unbeeindruckt geblieben. Wie dem auch sei, jedenfalls ging er mit keinem Wort darauf ein, sondern sagte zu meinem maßlosen Erstaunen zu Matilda: „Dann erlauben Sie, daß ich Sie fahre!"

Na, so eine Dreistigkeit! So ruhig, wie ich nur konnte, widersprach ich: „Mein Pferd wartet schon in der Scheune. Ich brauche es nur noch vor den Schlitten zu spannen."

„Aber meins ist schon angespannt. Es ist doch nicht

nötig, daß Sie bei der Kälte die Fahrt machen, wenn ich Matilda genausogut zu Mary bringen kann."

Er schenkte meinem Stirnrunzeln keine Beachtung und setzte noch hastig hinzu: „Ich wollte Mary sowieso besuchen."

Das konnte ich ihm wohl kaum verbieten.

„Ach, wie nett von Ihnen!" trällerte Matilda. „Josch und Chester sind Ihnen gewiß sehr dankbar."

Also, wie Chester darüber dachte, wußte ich zwar nicht, aber Joschs Meinung kannte ich nur zu gut. Allerdings behielt ich diese tunlichst für mich. Es wäre sowieso zwecklos, sie zu äußern.

„Von mir aus", sagte ich statt dessen zu Matilda. „Komm, ich mach' den Abwasch zu Ende!"

„Oh, ich danke dir!" antwortete sie, stellte sich auf die Zehenspitzen und verabreichte mir eine ihrer spontanen Umarmungen, mitten vor Will Sanders. Das war mir zwar peinlich, aber ich ließ es nicht ohne eine Spur von Stolz geschehen. „Na, was halten Sie denn davon, Herr Sanders?" hätte ich am liebsten gesagt, unterließ es aber und schickte mich statt dessen an, den Tisch abzuwischen und die Spülschüssel zu leeren.

Ihre Tasche in der Hand und ihren warmen Mantel bis unters Kinn zugeknöpft, tauchte Matilda bald wieder aus ihrem Zimmer auf. Ich sah den beiden nicht einmal nach, und als Matilda mir zurief: „Gute Nacht, Josch!", bekam sie nur ein leises Brummen als Antwort.

Den ganzen Abend war ich schlechter Laune. Es war fast neun Uhr, als mir einfiel, daß Chester immer noch fix und fertig gezäumt in der Scheune stand. Mißmutig zündete ich die Laterne an und zog mir die warme Jacke an.

„Tut mir leid, mein Lieber!" entschuldigte ich mich bei ihm und befreite ihn von seinem Zaumzeug. „Hab' dich ja ganz und gar vergessen! Uns beide hat man wohl heute abend – hm, sitzengelassen."

Ich warf das Zaumzeug mit einer solchen Wucht wieder an den Haken, daß Chester aufschrak.

Beschwichtigend strich ich ihm über Hals und Rücken.

Die Tinte, die Jonathan über ihm ausgegossen hatte, hatten Sonne und Regen inzwischen fast völlig ausgebleicht.

„Schon gut, Chester!“ sagte ich. „Hab’ wohl heute ziemlich miese Laune, weißt du. Erst müssen wir hier ohne Mary zu Rande kommen. Einen Haushalt selbst zu schmeißen ist nicht gerade ’n Kinderspiel für drei Männer, die eigentlich was Besseres gewöhnt sind. Und dann kommt dieser Schnösel daher und … und macht Matilda schöne Augen … und Mary auch.“

Ich weiß zwar nicht, ob ich tatsächlich viel Verständnis von einem Pferd erwartete, aber die nächsten fünf Minuten redete ich unentwegt auf Chester ein. Als ich wieder in die Küche kam, hatte ich mich so weit beruhigt, daß ich vielleicht sogar bald schlafen konnte.

„Ich mach’ heute abend ’n bißchen früher Zapfenstreich“, sagte ich zu Opa und Onkel Charlie, die anscheinend nicht überrascht waren. Sie wünschten mir eine gute Nacht, ohne groß von der Zeitung aufzuschauen, und ich ging die Treppe nach oben in mein Zimmer.

Großes Kopfzerbrechen

Aber auch diesmal wurde aus dem Einschlafen nichts. Ich wälzte mich hin und her, ohne daß meine Gedanken zur Ruhe kamen. Pixie wurde allmählich sauer auf mich. Sie verließ ihr warmes Plätzchen am Fußende, wo sie immer schlief, und ließ sich neben mir nieder. Sie winselte leise und wedelte sachte mit dem Schwanz. Dann leckte sie mir über das Gesicht. Ich weiß nicht, ob sie mir damit ihr Beileid bekunden oder mich endlich zur Ruhe ermahnen wollte, damit sie schlafen konnte. Auf jeden Fall tat mir ihre Zuwendung gut.

Ich strich ihr über das seidenweiche Fell. Sie ließ sich eine Weile streicheln und kletterte dann ans Fußende zurück, drehte sich ein paarmal um die eigene Achse und rollte sich zusammen. Ich hörte sie gähnen. Sie war anscheinend der Meinung, ihr Bestes getan zu haben, und wollte sich nun ihrem wohlverdienten Schlaf widmen.

Endlich gab ich's auf. Ich tastete auf meiner Nachtkonsole nach den Streichhölzern und zündete meine Lampe an. Matilda hatte gerade einen Stapel frischer Tageszeitungen bekommen. Ich beschloß, mir eine davon aus der Küche zu holen und 'ne Weile zu lesen.

An der Treppe stellte ich überrascht fest, daß unten in der Küche noch Licht brannte. Ob da jemand krank geworden war? Dann fiel mir Onkel Charlie ein. Der stand oft des Nachts auf und saß allein am warmen Küchenofen, wenn ihn das Rheuma zu arg plagte. Ich beschloß, mich zu ihm zu gesellen und uns einen heißen Kakao zu kochen.

Aber unten an der Treppe hörte ich Stimmen. Demnach war Opa also auch noch auf. Ich hatte mich wohl doch noch nicht so lange schlaflos in meinem Bett gewälzt, wie ich geglaubt hatte. Es war mir halt nur wie mehrere Stunden vorgekommen.

„Glaubste, der ist auf Freiersfüßen?" fragte Onkel Charlie gerade.

Ein kurzes Schweigen folgte, bevor Opa mit einem leisen Lachen antwortete: „Ich will 'nen Besenstiel fressen, wenn's nicht so ist, aber auf wen hat er's wohl abgesehen?"

„Matilda?"

„Das hab' ich auch zuerst gedacht, aber neulich hat er Mary regelrecht mit Komplimenten überschüttet. Und haste heute abend mitgekriegt, wie er gesagt hat, daß er Mary besuchen wollte?"

„Ja, hab' ich."

Ich hörte das Scheppern einer Kaffeetasse, die auf den Tisch gestellt wurde. Ein Stuhl schabte auf dem Linoleumboden. Dann räusperte sich Onkel Charlie.

„Vielleicht will er alle beide 'n bißchen näher kennenlernen", meinte er.

„Damit kommt man bei solchen Sachen auf keinen grünen Zweig", bemerkte Opa.

Onkel Charlie grunzte. Er war sein Leben lang Junggeselle gewesen. Vielleicht kannte er sich ja genug aus, um Opa recht zu geben. Ehrlich gesagt, hatte ich mir noch nie Gedanken darüber gemacht, ob es einmal ein junges Mädchen in Onkel Charlies Vergangenheit gegeben hatte.

„So ist es. Auf keinen grünen Zweig", bestätigte Onkel Charlie.

„Nett sind sie ja alle beide", warf Opa ein.

„Hm. Wirklich riesig nett!" pflichtete Onkel Charlie ihm bei.

„Weiß gar nicht mal, für welche ich mich entscheiden würde."

Darüber schien Onkel Charlie in Ruhe nachzudenken. Ich hörte wieder die Kaffeetassen scheppern.

„Was weißte eigentlich über den Mann?" fragte Onkel Charlie, und ich konnte mir vorstellen, was dabei in seinem Kopf vorging. Nicht auszudenken, wenn so ein Tunichtgut von der Straße hereingeschneit kam und einem von unseren Mädchen das Leben schwermachte. So was kam nicht in Frage.

Opa brummte:

„Hab' mich ein bißchen in der Stadt umgehört", fügte aber dann schleunigst zu seiner Verteidigung hinzu: „Ganz allgemein, versteht sich. Anständige Leute seien es, heißt es. Drei Söhne. Die Eltern sind umgekommen, als der jüngste noch 'n ganz kleiner Steppke war. Henry heißt der. Will ist zwei Jahre älter. Der älteste Sohn und seine Frau haben die beiden jüngeren Jungs bei sich aufgenommen. Will hat die Schule absolviert und sich dann in der Stadt 'ne Arbeit gesucht."

Eine Zeitlang herrschte Schweigen, während die beiden Männer sich das Gesagte durch den Kopf gehen ließen. Opa sagte als erster wieder etwas.

„Konnte kein Haar in der Suppe entdecken", gestand er.

Wieder Schweigen. Ich weiß nicht, was für 'ne Stimmung unten in der Küche war, aber was mich betraf, so spürte ich einen Knoten in der Magengegend, und der Mund wurde mir trocken. Meine Hände fingen an zu schmerzen, und dann sah ich, daß ich sie so fest zu Fäusten geballt hatte, daß sich die Nägel in die Handflächen bohrten.

„Jedenfalls, wenn du mich fragst", fuhr Opa fort, „dann wird's höchste Zeit, daß Josch sich zu einer von beiden entschließt. Sonst wird er sich nämlich mit den Resten begnügen müssen."

Ich spürte, wie mir die Luft ausging.

„Vielleicht will er ja keine von beiden!" meinte Onkel Charlie.

Opa schnaubte verächtlich.

„Wenn das so ist", stellte er fest, „dann ist er dümmer, als ich gedacht hätte."

Matildas Zeitungen waren längst vergessen. Sogar an dem Kakao lag mir jetzt nichts mehr. Die Unterhaltung in der Küche ließ es mir heiß und kalt über den Rücken laufen.

„Schwierige Entscheidung!" sagte Opa nachdenklich. „Wirklich schwierig."

„Beide kann er nicht kriegen“, meldete Onkel Charlie sich wieder zu Wort.

„Vielleicht war’s ’n Fehler, beide zu uns zu holen“, meinte Opa nach einer Pause. „Also, die beiden sind so ... so verschieden und trotzdem beide so ... so nett; sie sind ja eher wie Schwestern für Josch als ... als junge Mädchen, denen er den Hof machen könnte.“ Lange Pause. „Und wie in aller Welt soll man einem Mädchen seine Aufwartung machen, wenn sie im gleichen Haus wie man selbst wohnt?“

„Genau“, stimmte Onkel Charlie zu, „und wenn man beide nett findet, wie macht man dann der einen den Hof, ohne daß sich die andere vor den Kopf gestoßen fühlt?“

„Also, dieser Will scheint da keine Schwierigkeiten zu sehen. Der ist auf Freiersfüßen, das ist so klar wie Kloßbrühe.“

Wieder Schweigen.

„Meinste, ob die Mädchen ...?“ fing Opa an, aber Onkel Charlie fiel ihm ins Wort.

„Du warst schließlich auch dabei. Jedes Mädchen fühlt sich geschmeichelt, wenn einer ihr den Hof macht.“

„Ob sie wohl wissen, welche von beiden er sich ausgesucht hat?“

„Keine Ahnung. Vielleicht. Frauen haben da ’nen siebten Sinn“, überlegte Onkel Charlie.

Ich fragte mich nicht einmal, woher Onkel Charlie sich da so gut auskannte.

Ein Stuhl schabte auf dem Fußboden. Jemand stand auf. Ich wollte gerade die Flucht ergreifen, aber Onkel Charlie – oder war es Opa? Nein, Onkel Charlie war’s; ich konnte ihn an seinen schlurfenden Schritten erkennen – ging nur an den Herd, wo die Kaffeekanne stand.

Ich hörte, wie der Kaffee eingeschenkt wurde und Onkel Charlie sich wieder setzte. Schweigend tranken die beiden ihren Kaffee und hingen wohl jeder seinen eigenen Gedanken nach.

„Vielleicht macht Josch sich ja überhaupt nichts aus den Mädchen“, sagte Opa dann.

„Und ob er das tut!“ stellte Onkel Charlie nüchtern fest.

„Aber welche von beiden hat er denn im Auge?"

„Weiß nicht. Aber egal sind sie ihm nicht. Er geht ja innerlich die Wände hoch."

Er schien 'ne Menge über mich zu wissen – vielleicht sogar mehr als ich selbst.

„Das hab' ich ja noch nicht mal gemerkt", gestand Opa. „Woran siehst du das denn?"

„Ach, an allerhand Kleinigkeiten. Manchmal vergeht 'ne halbe Nacht, bis er endlich schläft. Ich höre, wenn er sich im Bett wälzt. Am nächsten Morgen ist er dann so reizbar wie 'ne Bärenmutter mit ihren Jungen. Ich seh', wie er von dem einen Mädchen zum andern guckt – und als dieser Bursche dann heute abend auftauchte, da war Josch stocksauer."

„Ach, wirklich? Meinst du wirklich?" Opas Stimme klang regelrecht aufgeregt.

Ich hatte genug gehört. Das Ganze schlug mir allmählich auf den Magen. Ich machte einen Schritt zurück, um mich auf Zehenspitzen wieder in mein Zimmer zu verziehen. Dann traf mich ein Wort aus Opas Mund wie ein Blitz aus heiterem Himmel.

„Eifersüchtig, was?"

Eifersüchtig? Ich und eifersüchtig? Na, so was! Eifersucht war etwas Schlimmes. Fast so schlimm wie Habgier. Gegen eine solche Anschuldigung wollte ich mich bitte schön verwahren!

„Wenn er eifersüchtig ist, dann ist er vielleicht doch verliebt. Oder vielleicht will er auch nur für beide den Beschützer spielen", fuhr Opa fort.

„Ich glaub' eher, er ist verliebt."

„Aber in wen?"

Onkel Charlie überlegte. Dann antwortete er bedächtig: „Ich glaube, das weiß Josch nicht mal selbst so genau."

„Na, dann wird's aber höchste Zeit, daß er sich das klarmacht", sagte Opa ernst. „Dieser junge Bursche Will hat nämlich nicht vor, viel Zeit zu vergeuden."

„Stimmt. Der ist auf Freiersfüßen, garantiert!"

„Genau", pflichtete Opa seinem Bruder bei, um dann so

ratlos wie beim ersten Mal hinzuzufügen: „Aber ich hab' keine Ahnung, auf wen er's nun abgesehen hat."

Ich kroch in mein Zimmer zurück, einen Stein in der Magengegend und die Knie steif vor Anspannung. Pixie rührte sich nicht einmal, als ich mich wieder unter meiner Bettdecke ausstreckte. Jedes Wort, das da unten in der Küche gefallen war, hatte mich mit Abscheu erfüllt. Das war wohl der gerechte Lohn fürs Lauschen. Aber eigentlich hatte ich ja gar nicht die Absicht gehabt, die beiden Männer zu belauschen; es hatte sich halt so ergeben, und nachdem ich die ersten paar Sätze mitgekriegt hatte, hätte ich wohl kaum mir nichts, dir nichts in der Küche auftauchen können.

Will machte also jemandem den Hof? War dieser Jemand Matilda? Oder Mary? Also, ich wußte es jedenfalls nicht, das stand fest. Und wenn er schon sein Auge auf eins der Mädchen geworfen hatte, dann würden wir sie bald verlieren. Das paßte mir irgendwie nicht. Matilda und Mary gehörten fast wie zwei Schwestern zusammen, wenn man mich fragte. Und außerdem gehörten sie alle beide hierher zu uns.

Aber nein. Das war ja völliger Unsinn. Das wußte ich doch selbst. Eines Tages, und vielleicht sogar in nicht allzu ferner Zukunft, würden wir eins oder auch beide Mädchen hergeben müssen. Wir konnten die beiden unmöglich ihr Leben lang bei uns auf der Farm behalten. Weder die eine noch die andere. Das war ein erschreckender Gedanke. Will würde mit der einen losziehen, und dann würde irgendein junger Spund hereingeschneit kommen und der anderen schöne Augen machen.

Bei dem bloßen Gedanken kochte mir das Blut in den Adern.

Aber *eifersüchtig*? Welchen Grund hatte ich schon zur Eifersucht? Immerhin hatte ich kein Anrecht auf die Mädchen – ich meine, kein persönliches Anrecht. Ich hatte weder der einen noch der anderen je den Hof gemacht. Und keine der beiden hatte mir je schöne Augen gemacht. Höchstens aus Spaß.

Ich dachte an Matildas spontane Umarmungen, und in der Dunkelheit lief ich rot an. Dann fiel mir ein, wie Mary sachte meine Hand berührt hatte und wie ihr dabei ein tiefer Ausdruck von Sorge und Verständnis im Gesicht gestanden hatte, und ich wurde noch röter. Vielleicht mochten die beiden mich ja tatsächlich ... ich meine, vielleicht sahen sie in mir mehr als so etwas wie einen Bruder. Das war mir bislang noch nie in den Sinn gekommen. Aber wenn ... wenn's so war, wenn die Möglichkeit bestand, dann ... dann sollte ich vielleicht was unternehmen. Ehrlich gesagt, behagte mir die Aussicht darauf, mein Leben wie Onkel Charlie als Junggeselle zu fristen, nicht sonderlich. Ich hätte eigentlich ganz gern eine Frau gehabt, in die ich mich verlieben konnte, und eine eigene Familie.

Aber zuerst ... zuerst hieß es, meiner zukünftigen Frau den Hof zu machen.

Wie man so etwas anstellt, wußte ich nicht so genau. Na, wenn man's so machte wie dieser Will, dann war eigentlich gar nichts dabei. Man kam einfach zu Besuch, wenn einem danach zumute war, und machte Scherze und Komplimente. So was konnte schließlich jeder!

Aber für meinen Geschmack war's damit nicht getan. Ich fand, daß ein Mädchen eigentlich mehr an Aufmerksamkeit verdiente. Das war sogar ihr gutes Recht. Wenn ich schon einer jungen Frau den Hof machte, dann würde ich mir allerhand Nettes einfallen lassen, um ihr damit eine Freude zu machen.

Matilda zum Beispiel. „Sie mag Blumen ... und Parfüm ... und Ausflüge in die Stadt und hübsche, modische Schmuckstücke", zählte ich in Gedanken auf. „Sie mag Musik, sie lacht gern, und sie freut sich über Picknicks im Grünen und Fahrten mit dem Automobil." Also, bei Matilda fielen mir gleich eine ganze Menge an Unternehmungen ein, mit denen ich ihr den Hof machen konnte.

Angenommen, ich machte Matilda den Hof. Wie lange mußte man als Mann einem Mädchen den Hof machen, bis er es bitten konnte, seine Frau zu werden? Dieses Hofmachen konnte immerhin auf die Dauer eine Menge Zeit und

Geld in Anspruch nehmen. Klar, es würde auch eine Menge Spaß machen. Besonders, wenn die junge Frau es so richtig genoß, umworben zu werden, wie Matilda es bestimmt tun würde. Vielleicht würde sie's sogar so gründlich genießen, daß sie überhaupt nicht mehr damit aufhören wollte. Ja, Matilda würde so etwas in vollen Zügen genießen, das stand fest.

Aber was danach? Irgendwie konnte ich mir Matilda nicht so recht in der Küche an dem heißen Herd vorstellen, wie sie Brot backte und das Gartenobst einkochte. Oder mit dem Waschbrett, wie sie die schmutzigen Farmstrümpfe wusch. Nein, so glänzend Matilda sich auch dazu eignete, ihr den Hof zu machen, so unpassend war sie für die Rolle einer verheirateten Frau.

Bei Mary dagegen war das etwas anderes. Ich hatte Mary Dutzende von Malen dabei erlebt, wie sie die Arbeiten, die im Haushalt anfielen, verrichtete. Das war etwas so ... so Natürliches für Mary. Sie tat ihre Arbeit ohne Murren, ohne groß darüber zu reden; sie schien sie sogar irgendwie gern zu tun. Mary in der Küche, das war durchaus denkbar. Aber mir wollte ums Verplatzen nicht einfallen, wie man ihr den Hof machen könnte. Sie schien sich einfach nichts aus Parfüm oder hübschen Schmuckstücken oder Spitzentaschentüchern oder dergleichen zu machen. Niemals bettelte sie um einen Ausflug mit dem Automobil oder um ein Picknick im Grünen. Beim besten Willen fiel mir nichts ein, das Mary dazu veranlassen würde, mir spontan um den Hals zu fallen oder vor Freude mädchenhaft zu kichern.

Da lag ich nun und quälte mich mit Fragen ab, die ich noch nie erwogen hatte. Ich überlegte hin und her. Sosehr ich mich auch anstrengte, ich fand keinen Ausweg. Eins war mir allerdings irgendwie unbewußt klar: nämlich daß ich den Kopf nicht länger in den Sand stecken durfte, sondern daß ich mich zu irgendeinem Entschluß durchringen mußte. Meine ganze Zukunft hing davon ab.

Auf Wachposten

Auch wenn ich mich die halbe Nacht mit der Frage herumgequält hatte, war ich der Lösung am nächsten Morgen, als ich zur Stallrunde aufstand, keinen Zoll näher. Nur eins war mir klar: Ich hatte zwei junge Mädchen im Haus, die bei den meisten jungen Männern in der Nachbarschaft als erstklassige Heiratskandidatinnen galten, und ich hatte ihre Gegenwart die ganze Zeit als eine Selbstverständlichkeit betrachtet.

Ich wußte auch, daß es, falls ich mich für eine der beiden entschließen sollte – und ich mußte schon ein arger Bohnensimpel sein, das nicht zu tun –, höchste Zeit war, mit dem Hofmachen anzufangen. Das schwierigste an der ganzen Sache war die Qual der Wahl. Die beiden waren grundverschieden voneinander – aber nett waren sie jede auf ihre Art.

Matildas quirlige, muntere Art brachte Leben ins Haus. Wir alle mochten sie sehr. Selbst Opa und Onkel Charlie zählten immer die Tage, bis sie von einem Besuch bei ihren Eltern zurückkam. Alles machte irgendwie mehr Spaß, wenn Matilda mit von der Partie war.

Dann dachte ich über Mary nach. Mary war ruhig und alles andere als quirlig. Aber Mary war auch … nun, sie hatte ein Herz, treu wie Gold. Sie war verläßlich, und man mußte sie einfach mögen. Ich weiß gar nicht, was wir nur ohne Mary anfangen sollten.

Matilda oder Mary. Wie sollte man nur zwischen den beiden wählen? Und welche Auswirkungen auf unseren Haussegen würde es haben, wenn ich der einen den Hof machte und der anderen nicht?

Eigentlich hatte ich keinen Grund zu der Annahme, daß

die Mädchen gespannt wie 'n Flitzebogen auf Josch Jones' erste Annäherungsversuche warteten. Keine der beiden hatte mir je zu verstehen gegeben, daß sie in mir mehr als nur einen Mitbewohner der Farm sahen. Womöglich war es eine dreiste Vermessenheit von mir, wenn ich mir einbildete, daß eine von ihnen meine kleinen Geschenke überhaupt annehmen würde.

Dann kam mir ein anderer Gedanke in den Sinn. Was, wenn ich mich für eine der beiden – Matilda oder Mary – entschied und anfing, ihr den Hof zu machen, aber einen Korb bekam? Das war immerhin möglich.

Dieser Gedanke behagte mir ganz und gar nicht. Ich erinnerte mich nur zu gut daran, wie ich geglaubt hatte, Carmen im Nu für mich gewinnen zu können, aber sie hatte statt dessen ihre Verlobung mit Willi bekanntgegeben.

Aus lauter Angst davor, mir eine Abfuhr einzuhandeln, beschloß ich jetzt beim Füttern der Schweine und Kühe, mich in den nächsten paar Tagen zurückzuhalten und einfach nur auf Wachposten zu stehen. Ich wollte mal ein paar Fühler ausstrecken, um auszukundschaften, ob eine der beiden eventuell geneigt wäre, sich von Josua Jones den Hof machen zu lassen.

Mit einem wachen Auge für winzige Anzeichen kam ich ins Haus und setzte mich zu der Familie an den Frühstückstisch.

Matilda erzählte eine lustige Begebenheit aus der Schule. Eins der Kinder hatte einen Aufsatz über den Winter geschrieben. Darin hatte es geheißen: „Das Beste am Winter ist, daß die Moskihtos", so buchstabierte Matilda das Wort aus dem Aufsatz, „nach Süden fliegen, um andere Völker zu beißen."

Matilda wollte sich schier ausschütten vor Lachen, als sie diese Geschichte erzählte. Auch Opa lachte, und Onkel Charlie grinste belustigt. Matilda hatte einfach einen umwerfenden Sinn für Humor.

Als Opa mit der Morgenandacht fertig war, sammelte Matilda ihre Schulbücher und nahm den warmen Mantel vom Haken. Plötzlich kam mir ein Einfall.

„Chester ist in seiner Box", sagte ich. „Was hältst du davon, wenn ich ihn schnell vor den Schlitten spanne und dich zur Schule bringe?"

Sie sah mich aus großen, fragenden Augen an und verpaßte mir dann eine stürmische Umarmung.

Das deutete ich als Einwilligung und grinste vor mich hin, während ich in meine schwere Jacke schlüpfte und zur Scheune ging. Vielleicht war das Hofmachen doch gar nicht so schwierig.

Draußen war es eisiger geworden, und der Wind fegte die Schneeflocken vom Himmel. Ich war froh, daß ich den Einfall gehabt hatte, Matilda zur Schule zu bringen. Zu Fuß wäre der Weg heute ziemlich beschwerlich gewesen.

Ich breitete die schwere Schlittendecke über das Mädchen, und dann fuhren wir los. Chester warf den Kopf in die Luft und schnaubte vor lauter Ungeduld. Er konnte es kaum erwarten, auf offener Straße loszugaloppieren. Matilda streckte sich dem Wind entgegen. Sie freute sich offensichtlich über die flotte Fahrt in dem offenen Schlitten, der mühelos über den hartgefrorenen Boden glitt.

Ich beobachtete sie unauffällig. Sie fand hohe Geschwindigkeiten unwiderstehlich. Wenn sie die Zügel in den Händen gehalten hätte, dann hätte sie Chester ganz sicher im vollen Galopp losrasen lassen. Auch so ließ ich Chester ein bißchen mehr Freiheit als sonst, damit ich mich an Matildas Begeisterung weiden konnte.

Als wir vor der Schule angekommen waren, half ich ihr dabei, ihre Siebensachen zusammenzusuchen und aus dem Schlitten zu steigen. Ihr Gesicht war gerötet, aber ob das von der Freude an der flotten Schlittenfahrt oder von dem kalten Wind kam, wußte ich nicht.

„Nach der Schule hole ich dich wieder ab", versprach ich, und sie bedankte sich mit einem hübschen Lächeln.

Ich sah ihr nach, bis sie in dem Gebäude verschwunden war, und stellte dabei fest, daß sich eine Rauchfahne aus dem Schornstein emporkräuselte. Der junge Smith hatte demnach seine Arbeit getan, so daß der Kanonenofen tüchtig Wärme im Klassenzimmer verbreitete.

Matilda drehte sich noch einmal um und winkte mir zu, bevor sie die Tür hinter sich schloß. Ich winkte zurück und schnalzte mit der Zunge, worauf Chester nur gewartet hatte. Er machte auf der Stelle kehrt und trottete vom Schulhof.

Ich war mit dem Verlauf der Fahrt äußerst zufrieden. Natürlich hatte ich keinerlei Liebeserklärungen von mir gegeben, aber Matilda hatte offensichtlich nichts gegen meine Gesellschaft einzuwenden gehabt. Ich würde halt auch weiterhin Augen und Ohren offenhalten und weitere Gelegenheiten abwarten.

Aber während ich noch wartete, sollte ich mir vielleicht ein paar Manöver ausdenken, um Mary einer kleinen Prüfung zu unterziehen.

Mein Vorhaben hätte glänzend funktioniert, wenn dieser Will Sanders nicht gewesen wäre. „Abwarten und Tee trinken" war eben nicht besonders praktisch, wenn er alle paar Tage bei uns an die Tür klopfte.

Ich mochte diesen Burschen immer noch nicht besonders gut leiden. Opas nächtliche Unterhaltung mit Onkel Charlie war mir noch deutlich in Erinnerung. „Der Kerl ist auf Frauensuche, da gibt's keine Zweifel", dachte ich, aber genau wie Opa kam ich einfach nicht dahinter, auf welches der beiden Mädchen er es nun abgesehen hatte.

Ich hatte nicht viel zu sagen, als er kam; ich saß einfach nur da und sah zu. Er spaßte und lachte mit Matilda, und im nächsten Moment drehte er sich zu Mary um und lud sie zu einem Stadtfest ein. Das Stadtfest fiel auf den gleichen Abend wie Matildas alljährlicher Schülerabend, weshalb Mary ihm auch einen Korb gab. Er lächelte aber nur und sagte: „Dann vielleicht beim nächsten Mal!" und Mary nickte.

Mit der Weihnachtszeit kehrte auch Will Sanders wieder bei uns ein. Er hatte jedem der Mädchen ein Geschenk mitgebracht: ein Paar warme Handschuhe. Als er endlich wieder gegangen war, sprachen die beiden Mädchen ganz offen darüber.

„Ich hätte mir ja nie träumen lassen, daß wir auf seiner

Geschenkliste stehen", sagte Matilda. „Ich habe überhaupt nicht daran gedacht, ihn auf meine Liste zu setzen."

„Ich auch nicht", sagte Mary und starrte die Handschuhfinger abwesend an. „Was machen wir denn jetzt bloß? Es wäre wohl furchtbar unhöflich, wenn wir ihm kein Gegengeschenk machten."

Sie sah Matilda flehend an, als wünschte sie sich nichts sehnlicher als Matildas Bestätigung, daß so etwas ganz und gar nicht unhöflich sei. Opa war derjenige, der es sagte.

„Ich finde, dazu besteht kein Anlaß, so, wie die Sache im Moment aussieht", meinte er.

Ich wußte zwar nicht genau, wie Opa das gemeint hatte, aber ich war durchaus bereit, ihm recht zu geben.

Die Mädchen überlegten gemeinsam hin und her.

„Du, ich hab' eine Idee!" fiel Mary plötzlich ein. „Wir geben ihm einfach zusammen ein Geschenk!"

„Zusammen?" fragte Matilda stirnrunzelnd.

„Ja. Ein einziges Geschenk, und zwar von uns beiden."

Matildas Miene erhellte sich.

„Au prima! Das machen wir!" quietschte sie.

Ein paar Tage später packten die beiden ein Paar Strümpfe ein und unterschrieben die Karte mit beiden Namen. Ich will gar nicht leugnen, daß ich eine Art von Genugtuung dabei verspürte. Dann machte ich mir allerdings etwas klar, das ich noch gar nicht bedacht hatte: Es könnte die Mädchen empfindlich gestört haben, daß Will die beiden im dunkeln darüber gelassen hatte, welche von beiden er mit seinen Bemühungen eigentlich umwerben wollte.

Am Weihnachtstag wickelte ich dann meine Geschenke aus. Matilda hatte mir ein Paar edle Manschettenknöpfe überreicht. Von Mary hatte ich einen handgestrickten Schal und passende Handschuhe dazu bekommen. Ich weiß gar nicht, wie sie nur die Zeit gefunden hatte, das alles zu strikken, ohne daß ich etwas gemerkt hatte, aber ich freute mich riesig über die Geschenke, besonders weil sie einiges über die beiden Geberinnen aussagten.

„Will Sanders", dachte ich im stillen, „jetzt sind Sie an der Reihe, eifersüchtig zu werden!"

Die heftigen Winterstürme ließen mit der Zeit nach, und bis zum Frühling war's jetzt nicht mehr lange. Ich brannte schon förmlich darauf, endlich wieder auf meine Felder zu können. Ich konnte es kaum erwarten, den Ford aus dem Schuppen zu holen und mir den Fahrtwind wieder neu um die Ohren blasen zu lassen. Den ganzen Winter über hatte mir vor jeder Fahrt in die Stadt mit dem langsamen Pferdegespann gegraut. Diese Fahrten im Schneckentempo hatte ich immer so lange hinausgeschoben, wie's nur ging.

An einem solchen Tag kam ich 'ne Spur mißgestimmt wegen der schneebedeckten Straße nach Hause. Nachdem ich die Pferde versorgt hatte, packte ich die Lebensmittel, die ich in der Stadt gekauft hatte, und ging ins Haus, um mich bei 'ner Tasse Kaffee und etwas von Marys Gebäck wieder aufzuwärmen.

Kein Kaffeeduft schlug mir entgegen. Opa und Onkel Charlie saßen am Tisch. Es war offensichtlich, daß sie schon seit Stunden da saßen, nicht weil sie das so wollten, sondern weil sie wohl nicht wußten, was sie statt dessen tun sollten. Der Anblick war so ungewohnt, daß er mir einen tüchtigen Schrecken versetzte.

„Wo ist denn Mary?" fragte ich, während mein Blick in der Küche umherschweifte.

Schweigen. Dann räusperte Opa sich, und Onkel Charlie scharrte mit den Füßen.

„Sie ist nach Hause geholt worden", erklärte Opa. „Ihre Mutter ist krank."

„Krank?" wiederholte ich und dachte dabei an all die Jahre, die Marys Mutter im Bett zugebracht hatte. „Wie krank denn?"

„Weiß auch nicht genau", sagte Opa. „Die Jüngste ist hergeritten, furchtbar verstört war sie, und hat gerufen, Mary soll schnell kommen. Also ist Mary mit ihr fort. Ohne groß zu fackeln, hat sie sich einfach hinter ihre Schwester aufs Pferd geschwungen, und dann sind sie auch schon losgeritten."

Ich stellte die Lebensmittel ab und eilte zur Tür.

„Mary hätte Chester satteln sollen", murmelte ich unterwegs.

„Wo willste hin?" rief Opa mir nach. Dann fügte er so behutsam, wie er nur konnte, hinzu: „Josch, bei solchen Sachen haben manche Leute am liebsten nur die Verwandtschaft um sich."

Aber davon ließ ich mich nicht beirren.

„Mary ist Verwandtschaft!" warf ich über die Schulter zurück, und Opa ließ es dabei bewenden.

Ich gab mich gar nicht erst mit Sattel und Zaumzeug ab. Band nur den Halfterriemen los, führte Chester aus seiner Box und schwang mich auf seinen Rücken. Er wollte rasen; ich ließ ihn gewähren. Es war nicht einfach, ihn nur mit dem Halfter zu zügeln. Ich glaube, ich ritt ziemlich rücksichtslos. Bald hatten wir den Turleyschen Hof erreicht, und ich sprang von Chester, band ihn an das Tor und lief zum Haus.

Ich klopfte höflich an, bevor ich zur Hintertür eintrat. Niemand hatte mir geöffnet; die Tür war nicht abgeschlossen, und ich ging einfach rein. In der Küche holte ich tief Luft. Plötzlich kamen mir die ersten Zweifel. Was bildete ich mir eigentlich ein, daß ich einfach bei einer Nachbarsfamilie ins Haus eindrang? Wie konnte ich es nur wagen, ungebeten hier aufzutauchen?

Irgend etwas sagte mir, daß die Antwort auf diese Fragen nur aus einem Wort bestand: „Mary". Ich hatte das Gefühl, daß sie mich jetzt brauchte. Trotzdem hätte ich nicht einfach hier ... Ich ging wieder zur Tür, um draußen zu warten, aber in dem Moment kam Lilli, die jüngere Schwester, in die Küche. Sie wischte sich gerade die Tränen aus dem Gesicht, als sie kam, und als sie mich dann sah, blieb sie erschrocken stehen. Dann erkannte sie mich und kam einen Schritt näher.

„Ich ... ich bitte um Verzeihung", entschuldigte ich mich. „Ich ... ich dachte, daß ich vielleicht ... daß Mary vielleicht ... Soll ich den Doktor holen? Oder kann ich sonst irgendwie helfen?"

Sie schüttelte den Kopf, und wieder liefen ihr die Tränen

über die Wangen. Ich ging auf sie zu, aber sie wandte sich ab, weil sie nicht wollte, daß ich sie weinen sah. Ich wußte nicht, was ich tun oder sagen sollte; ich stand einfach nur da und knetete unbeholfen meine Mütze in den Händen.

„Josch?“ Es war nur ein Hauchen und kam von Marys Lippen. Ich fuhr zu ihr herum, die Augen voller Fragen.

„Josch“, sagte sie noch einmal.

Ich sah in ihr tränennasses Gesicht. Ihre Haare waren wirr und ihr Rock voller Straßenschmutz, ein Zeichen dafür, wie eilig sie es gehabt hatte, um zu ihrer kranken Mutter zu kommen.

Ich trat auf sie zu.

„Wie geht's ihr?“ fragte ich. „Kann ich ...“

Aber Mary unterbrach mich mit bebender Stimme.

„Sie ist tot, Josch.“

Und dann hielt ich sie auch schon in meinen Armen und ließ sie einfach nur weinen. Ich weinte wohl auch ein bißchen mit ihr, während ich mit einer Hand ihre sonst so ordentlichen Haare zu entwirren versuchte. Ab und zu hörte ich meine eigene Stimme, aber ich sagte immer nur: „Ach Mary, Mary! Das tut mir leid. So leid!“

Endlich löste sie sich aus meinen Armen. Wir standen allein in der großen Farmküche. Ich sah Mary an, um festzustellen, ob sie sich gefangen hatte und ob ich sie jetzt loslassen sollte, aber sie nickte mir nur kurz zu und ging dann auf das Regal zu.

„Papa braucht 'nen Kaffee“, sagte sie nüchtern und schickte sich an, den Kessel aufzusetzen.

Aber Herr Turley trank den Kaffee nicht. Ich wüßte nicht, daß überhaupt jemand von der Kanne trank. Das ganze Haus war viel zu verstört, zu betroffen, um auch nur an Kaffee oder sonst etwas zu denken.

Schließlich fand ich doch noch eine Gelegenheit, um Onkel Nat zu holen. Einerseits war ich froh, der bedrückten Stimmung zu entkommen, aber andererseits tat es mir leid, Mary in ihrem Kummer allein zu lassen.

Die Beerdigung fand zwei Tage später statt. Mike kam nach Hause, aber danach blieb er nur ein paar Tage, bevor er wieder in die Großstadt zurückfuhr. Mary blieb eine ganze Woche daheim. Es erschien uns wie eine halbe Ewigkeit. Selbst als sie dann wieder da war, wußte ich kaum, was ich sagen oder tun sollte. Natürlich trauerte sie immer noch. Aber wie sollte man jemandem, der gerade einen Trauerfall erlebt hatte, helfen, ohne den Kummer noch schlimmer zu machen? Der einzige Trost, der mir einfiel, bestand darin, ihr die Arbeit so leicht wie möglich zu machen. Ich sorgte dafür, daß die Holzkiste und die Wasserbehälter immer voll waren. Ich half beim Abwasch, wenn ich gerade im Haus war. Besonders achtete ich darauf, die schmutzigen Farmstiefel draußen zu lassen; ich zog sie sogar aus, bevor ich über die hintere Veranda ins Haus kam.

Immer wenn ich Tränen in ihren Augen glitzern sah, hätte ich sie am liebsten wieder in meine Arme genommen, um sie vor dem Kummer und Schmerz zu beschützen, aber das hätte irgendwie unpassend gewirkt. Statt dessen legte Matilda dann den Arm um sie, und ich verließ die Stube verwirrt und traurig.

Irgendwie gelang es uns, die Tage hinter uns zu bringen, bis der Frühling kam und draußen wieder alles grünte und blühte.

Frühling

Die Feldarbeit und die Aussaat forderten meine gesamte Aufmerksamkeit. Ich hatte nicht einmal Zeit, mir den Kopf darüber zu zerbrechen, welches der beiden Mädchen ich nun umwerben sollte. Höchstens an den Abenden, wenn Will Sanders bei uns an die Tür klopfte. Er kam immer noch mindestens einmal in der Woche. Die Aussaat schien Will nicht annähernd so sehr zu beanspruchen wie mich.

Er lud Matilda zu Spaziergängen ein und lobte Marys Torten und Kuchen über den grünen Klee. Er schlug Picknicks und Ausflüge vor und versprach, bei nächster Gelegenheit den silberfarbenen Bentley aus der Stadt mitzubringen. Ich versuchte, ihm einfach keine Beachtung zu schenken und meinen täglichen Pflichten nachzugehen. Schließlich hatte ich so viel Arbeit, daß ich kaum Zeit zum Grübeln hatte – nicht einmal über Will Sanders.

Matilda ließ mir keine Ruhe wegen des Fords. Sonntags fuhren wir damit zur Kirche, und manchmal machten wir auch kleine Fahrten ins Grüne. Matilda bat sich aus, hin und wieder auch am Steuer zu sitzen. Sie machte ihre Sache sogar recht gut. Bald bat sie darum, auf eigene Faust in die Stadt zu fahren oder Mary zu einem Besuch nach Hause zu bringen. Mir fiel kein triftiger Grund ein, weshalb ich ihr das nicht erlauben sollte, und so überließ ich ihr das Automobil. Matilda schien enorm stolz darauf zu sein, am Steuer zu sitzen.

Marys Vater hatte der Verlust seiner Frau schwer getroffen. Wie geplant, heiratete Marys Schwester Faye im Mai. Mary war eine der Brautjungfern. Wir waren alle zu der schlichten Trauung eingeladen. Mary trug ein zartgrünes Kleid, das den kastanienroten Glanz ihrer Haare unterstrich und den grünen Flecken in ihren Augen ein Echo bot. Das Kleid stand ihr fabelhaft, fand ich.

Alle bemühten sich um eine möglichst fröhliche Stimmung bei der Hochzeit, aber im Grunde wußte jeder, daß das nur gekünstelt war. Es war das erste große Familienereignis, bei dem Frau Turley fehlte, und alle vermißten sie sehr.

Besonders für die junge Lilli war es schwer. Sie war jetzt die einzige Tochter, die noch zu Hause wohnte, und ich glaube, darunter litt sie sehr. Wahrscheinlich machte sie sich auch Gedanken um ihre eigene Zukunft. Würde sie es ihrem Vater je zumuten können, ihn eines Tages zu verlassen, um selbst zu heiraten?

Ich schlug Mary vor, nach der Hochzeit ein paar Tage zu Hause zu verbringen, und sie tat es ohne jeden Einwand. Sie blieb drei Tage, und als ihr Vater sie wieder zu uns brachte, trug er eine große Kiste ins Haus und stellte sie in der Küche ab.

Wir waren alle froh, Mary wieder bei uns zu haben. Sobald sie ihren Hut abgelegt hatte, schnürte sie sich die Schürze um. Als nächstes schürte sie das Feuer im Herd und setzte den Teekessel auf. Herr Turley sah ihr bei der Arbeit zu. Ich fragte mich, was wohl gerade in seinem Kopf vorging. Vielleicht erinnerte ihn Marys Anblick an ihre Mutter. Wie dem auch sei, jedenfalls ließ er sie keine Sekunde aus den Augen.

Als der Tee fertig war und Mary ihn zu dem Rest ihres Orangenkuchens servierte, blieb Herr Turley lange sitzen. Opa und Onkel Charlie bemühten sich, eine Unterhaltung mit ihm zu führen, aber er brachte nur wortkarge Antworten zustande. Andererseits schien er's auch mit dem Heimweg nicht besonders eilig zu haben. Vermutlich graute ihm davor, in sein leeres, stilles Haus zurückzukehren. Lilli war für ein paar Tage bei einer Freundin, erklärte Mary.

„Bleiben Sie doch zum Abendbrot!" lud Opa ihn ein.

„Die Stallarbeit wartet", brummte Herr Turley und schickte sich an, von seinem Stuhl aufzustehen.

„Die Stallarbeit geht einem mit vollem Magen leichter von der Hand“, führte Opa ins Feld.

Herr Turley nickte und setzte sich wieder.

Zum guten Schluß spielte Onkel Charlie ’n paar Runden Mühle mit Herrn Turley, während Mary das Essen kochte. Weil ich derweil meine Stallrunde machte, sah ich nichts von dem Spiel, aber später hieß es, Herr Turley sei nicht so recht bei der Sache gewesen. Wenigstens hatte das Spiel seinen Zweck als Zeitvertreib erfüllt.

Nach dem Essen machte Herr Turley immer noch keine Anstalten, sich zu verabschieden. Er saß nur schweigend da und drehte und wendete seine Kaffeetasse in den Händen. Schließlich gab er sich einen Ruck und fing an zu sprechen.

„Hab’ vor, das Vieh zu verkaufen“, begann er. „Mike ist nicht mehr da, und für mich allein lohnt sich die Schufterei in der Scheune nicht mehr.“

Wir starrten ihn überrascht an, obwohl eigentlich nichts Verwunderliches an dem war, was er gesagt hatte.

„Brauchst du irgendwas davon für deine Herde, Josch? Hab’ ’ne erstklassige Milchkuh dabei. Hat schon dreimal Zwillinge gehabt in den fünf Jahren, seitdem sie kalbt.“

Das klang vielversprechend. Ich nickte.

„Ich schau’ sie mir gern mal an“, versprach ich.

„Hab’ auch ’ne prima Zuchtsau. Neun Ferkel pro Wurf im Durchschnitt. Sie ist zwar groß, aber nicht tolpatschig. Hat sich noch nie auf eins von den Ferkeln gesetzt. Weißt du, ’ne große Sau läßt sich manchmal einfach mitten auf die Ferkel plumpsen. Diese hier nicht. Die schiebt sie erst alle zur Seite, bevor sie sich hinlegt.“

Das war durchaus bemerkenswert, fand ich. Wieder nickte ich.

„Kannst jederzeit vorbeikommen, Josch. Schau dir an, ob was für dich dabei ist. Würd’ die Tiere lieber an dich verkaufen, als sie zum Schlachthof zu geben.“

Als Herr Turley sich erhob, stand ich auch auf.

„Und Sie wollen wirklich alle Tiere verkaufen?“ fragte ich. Irgendwie konnte ich das kaum glauben.

Er seufzte tief.

„Ja", antwortete er schließlich. „Trage mich schon länger mit dem Gedanken. Hab' einfach keine Lust, bei Wind und Wetter draußen im Stall zu schuften. Jetzt, wo die Tiere vom Sommergras gut im Futter sind, ist die beste Zeit zum Verkaufen. Ich verkauf' sie nach und nach, und bis zum Herbst bin ich sie dann los."

„Klar", nickte ich. „Klar. Ich komm' rüber, sobald ich Zeit habe."

„Kein Grund zur Eile", sagte Herr Turley. „Komm, wenn du mit der Aussaat fertig bist."

Dann gab er Mary einen Kuß auf die Wange, bedankte sich bei Opa für die Einladung zum Essen und nahm seinen Hut.

Der Mann tat mir unendlich leid. Ich war froh, daß draußen noch Arbeit auf mich wartete. Wenigstens hatte ich 'ne Beschäftigung und mußte nicht dauernd Marys betrübten Blick aushalten.

Als ich vom Stall wieder ins Haus kam, hatte Mary die große Kiste auf den Küchentisch gestellt und wickelte gerade einen blanken Gegenstand aus, um ihn Matilda zu zeigen.

„Ooooh!" hörte ich Matilda hauchen. „Das ist ja wunderschön!"

„Ja, das finde ich auch", sagte Mary leise. „Schon als kleines Mädchen habe ich die Stücke immer bestaunt. Sie standen in Mamas Vitrine, und ich hab' oft davor gestanden und sie einfach nur angeguckt. Mama hat mir nie erlaubt, sie anzufassen. Sie wollte keine Fingerspuren darauf haben. Als ich dann älter war, hat Mama mir beigebracht, wie man behutsam damit umgeht. Ich durfte sogar jedes Teil polieren."

„Wie viele Teile hat das Service denn?" fragte Matilda.

„Ein großes Tablett, ein kleineres Tablett, Kaffeekanne, Teekanne, Sahnekännchen, Zuckerdose, Zuckerlöffel und Kuchenheber."

„Wunderschön sind sie, jedes Teil für sich!" schwärmte Matilda.

Ich sah zu, wie Mary liebevoll mit der Hand über das silberne Service strich.

„Papa hat einen Zettel in Mamas Bibel gefunden", erklärte sie mit Tränen in den Augen. „Darauf stand, daß ich das Silber bekommen sollte. Die Bibel hat sie Mike hinterlassen, Lilli hat ihre Rubinbrosche bekommen und Faye das Porzellan."

„Oooh!" staunte Matilda. Wahrscheinlich hätte sie am liebsten zu Mary gesagt, wie glücklich sie sich schätzen konnte, aber angesichts der Lage war eine solche Bemerkung wohl kaum angemessen.

Wir brauchten nicht zu rätseln, wie sehr Mary an ihrem Silberservice hing. Nachdem sie jedes Teil einzeln angeschaut hatte, polierte sie das ganze Service noch einmal sorgfältig. Dann schickte sie sich an, die Teile behutsam wieder in die weichen Stofflappen einzuwickeln, in denen sie verpackt gewesen waren, und legte sie mit tränenfeuchten Augen wieder in die Kiste zurück.

Opa räusperte sich.

„Wie wär's, wenn du sie da in den Eckschrank stellst", schlug er vor, „wo du sie jederzeit sehen kannst?"

Mary zögerte, warf einen Blick auf den Eckschrank und ging dann zu Opa, um ihm kurz in die Arme zu nehmen. Ich weiß nicht, was sie ihm zuflüsterte, aber um Opas Schnurrbart zuckte es ein wenig, und dann räumte Mary einen Platz für ihr Service auf dem mittleren Regalbrett frei. Dort sah das Silber wirklich hübsch aus, und es verlieh unserer Farmküche einen Hauch von Eleganz.

Wir hatten uns wohl alle bald an den Anblick gewöhnt, aber ich sah Marys Blick öfters in die Ecke schweifen. Einmal, als Tante Lou zu Besuch kam, benutzte sie das Service sogar, und an dem Sonntag, als Onkel Charlie Geburtstag hatte, schenkte sie uns zum Geburtstagskuchen den Kaffee aus der glänzenden Kaffeekanne ein. Sarah war begeistert.

„Woher hast du das, Tante Mary?" wollte sie mit leuchtenden Augen wissen. Marys Augen leuchteten nicht weniger, als sie antwortete: „Es hat einmal meiner Mama gehört."

„So was Hübsches hab' ich ja noch nie gesehen!" fuhr Sarah fort. „Woher hatte deine Mama es denn?"

„Ihre Großmutter hat's ihr vererbt. Die hatte es zur Hochzeit von einer älteren Frau bekommen, bei der sie angestellt war. Mama hat mir erzählt, daß alle wie vom Donner gerührt waren. Die alte Frau war eigentlich immer nur griesgrämig und furchtbar geizig gewesen, und so ein schönes Geschenk hatte niemand je von ihr erwartet."

Mary lachte leise. Zum ersten Mal seit langem hörte ich sie lachen. Sie lächelte zwar oft und aufrichtig, aber richtig gelacht hatte sie lange nicht mehr. Mit dem sanften Lachen hob sich eine schwere Last von meiner Seele. Ich sah mich in der Runde um und fragte mich, warum nicht auf der Stelle ein Fest gefeiert wurde, aber außer mir hatte anscheinend niemand bemerkt, daß Mary wieder lachte.

Aber ich steckte mir den Klang dieses Lachens tief in die Taschen meiner Erinnerung, um ihn in den nächsten Tagen immer wieder hervorzuholen.

Sobald ich mit der Aussaat fertig war, ritt ich zu Herrn Turley. Ich kaufte ihm die Kuh ab, von der er gesprochen hatte, und dazu zwei ihrer Kälber. Ich kaufte auch die Sau mitsamt ihrem letzten Wurf. Da die Sau vorerst nicht bewegt werden durfte, einigten wir uns darauf, daß Herr Turley sie noch ein paar Wochen für mich versorgen würde.

Herr Turley setzte sein Vorhaben in die Tat um und verkaufte alles Vieh, das er besaß. Nachbarn besuchten ihn, um sich Tiere auszusuchen, die sie gebrauchen konnten. Ein Farmer ohne Vieh kam mir sonderbar vor, aber eigentlich hatte man auch schon mit der Feldarbeit genug zu tun, und Mike schien, wie Herr Turley ja schon gesagt hatte, nicht daran interessiert zu sein, je wieder nach Hause zurückzukommen. Das Großstadtleben sagte ihm wohl sehr zu, und er hatte eine Arbeitsstelle gefunden, die ihm gefiel.

Lilli machte einen rastlosen Eindruck. Sie legte in diesem Jahr keinen richtigen Küchengarten an. Mary pflanzte dafür um so mehr an und richtete sich auf eine geschäftige

Einkochzeit ein. Sie holte mehrere Kisten mit Einmachgläsern aus dem Keller ihrer Mutter, um diese für ihren Vater und Lilli zu füllen.

Matilda erwähnte mir gegenüber, daß Mary ihre Schwester Faye vielleicht gern noch einmal vor dem langen, arbeitsreichen Sommer besuchen würde. Ich wußte selbst, daß Mary ihre Schwestern längst nicht oft genug zu sehen bekam.

„Vielleicht läßt sich das einrichten", nickte ich Matilda zu, als wir müßig auf der Schaukelbank auf der Veranda hin und her wippten.

Zum ersten Mal seit mehreren Monaten hatten wir etwas Zeit füreinander gefunden, und ich machte mir klar, daß bald die Schulferien begannen und Matilda sich für den Sommer von uns verabschieden würde. Insgeheim fragte ich mich jetzt, ob ich mich etwa durch meine Arbeit vom Hofmachen hatte abhalten lassen. „Wenn ich so weitermache, dann werd' ich nie 'n Mädchen zum Heiraten finden!" warf ich mir vor.

Vielleicht war mir die Angelegenheit inzwischen nicht mehr so dringend, überlegte ich. Wir hatten gehört, daß Will Sanders das Stadtleben vorzog und aus diesem Grund wieder in die Großstadt zurückgekehrt war. Ich muß gestehen, daß ich eine winzige Spur von Schadenfreude verspürte, wenn ich daran dachte.

Matilda riß mich aus meinen Gedanken.

„Du brauchst dich gar nicht weiter darum zu kümmern, Josch", sagte sie gerade. „Ich kann Mary doch zu Faye fahren."

Ich wollte gerade widersprechen, als mir einfiel, daß es eigentlich keinen Grund gab, weshalb Matilda das nicht können sollte. Sie beherrschte das Autofahren so gut wie ich. Und außerdem würde Mary sich nicht so zur Eile gedrängt fühlen, wenn ich nicht ungeduldig darauf wartete, endlich wieder zur Stallarbeit nach Hause zu kommen.

Ich nickte, ohne etwas zu sagen, und fragte mich dabei insgeheim, ob ich dafür wohl eine von Matildas spontanen Umarmungen bekommen würde. Ziemlich schamlos überlegte ich schon, ob ich diese dann einfach erwidern sollte. Aber die Umarmung blieb diesmal aus. Im nächsten Moment öffnete sich die hintere Haustür, und Mary trug ein Tablett mit kalter Limonade auf die Veranda.

„Weißt du was?" quietschte Matilda. „Josch hat erlaubt, daß ich dich mit dem Automobil zu Faye bringe, bevor ich für den Sommer nach Hause fahre."

In dem Dämmerlicht leuchteten Marys Augen, und ich sah sie lächeln. Sie sagte zwar nichts, aber ihr Blick begegnete meinem, und ich sah ihr Dankeschön darin. Einen Moment lang fragte ich mich, wie es wohl sein mochte, von Mary umarmt zu werden. Und dann fiel mir wieder ein, wie sie mich einmal umarmt hatte, nicht stürmisch und blitzschnell wie Matilda, sondern haltsuchend wie ein Kind, das sich verirrt hat, hilfsbedürftig und verstört. Ich hatte das Gefühl gehabt, ihr Beschützer zu sein. Obwohl es ein trauriger Moment gewesen war, gehörte er zu meinen kostbarsten Erinnerungen. Trotzdem konnte ich mir nicht recht erklären, warum ...

Aber da wurde ich wieder aus meinen Gedanken gerissen.

„Wann sollen wir denn fahren?" fragte Matilda gerade.

Mary stellte das Tablett ab und reichte uns jedem ein Glas.

„Da bleibt uns nicht viel Auswahl", erinnerte sie Matilda. „Du hast nur noch sieben Unterrichtstage."

War die Zeit wirklich so schnell vergangen? Es schien, als hätte das Jahr gerade erst angefangen, und jetzt standen schon die Sommerferien vor der Tür.

„Ja, das stimmt", seufzte Matilda.

„Am besten suchen wir uns 'nen Tag aus, an dem wir uns nicht wegen der Dunkelheit beeilen müssen", meinte Mary. „Samstag vielleicht."

„Samstag", wiederholte Matilda. „Prima Idee!" Dann zeigte sie sich von der taktvollen Seite und fragte mich: „Brauchst du den Ford am Samstag, Josch?"

Ich schüttelte den Kopf. Ich hatte noch jede Menge auf dem Feld zu tun.

„Dann fahren wir am Samstag morgen los!“ bestimmte Matilda.

Mary schien zu überlegen.

„Das wird vielleicht gehen“, sagte sie schließlich. „Ich könnte den Männern das Mittagessen im voraus kochen, und zum Abendessen sind wir rechtzeitig wieder da.“

Als Matilda am nächsten Tag zur Schule ging, gab Mary ihr einen Brief an Faye mit. Matilda ließ den Brief von einem ihrer Schüler, der auf dem Heimweg an Fayes Haus vorbeikam, an sie abgeben. Faye schickte eine Antwort zurück, aus der hervorging, daß sie die beiden jungen Frauen also am Samstag zu Besuch erwartete.

Am Samstag morgen holte ich das Automobil aus dem Schuppen, füllte den Tank und prüfte die Reifen. Einer der Reifen war etwas platt, weshalb ich die Pumpe holte und ihn aufpumpte. Dann legte ich die Schlüssel für Matilda auf den Tisch und ging aufs Feld, wo die Bracharbeiten auf mich warteten.

Mitten am Nachmittag wurde ich von einem plötzlichen Regenguß überrascht. Ich sah mir die dunklen Wolken eine Weile an und fuhr dann den Traktor wieder in den Schuppen.

„Hoffentlich sind die Mädchen nicht ausgerechnet jetzt unterwegs!“ dachte ich, aber dann hörte der Regen auch schon wieder auf. Als die Mädchen nicht kamen, sorgte ich mich auch nicht weiter um sie und fing mit der Stallarbeit an.

Zur Essenszeit war immer noch nichts von einem herannahenden Automobil zu hören. Ich dachte an Marys ausdrückliches Vorhaben, zeitig zum Abendbrot wieder daheim zu sein, und es ärgerte mich ein bißchen, daß sie uns hungrige Männer vor lauter Schwatzen ganz und gar vergessen hatte.

Ich machte mit der Stallarbeit weiter und war überrascht, als Opa zu mir in den Schweinestall kam. Nachdem wir eine Weile über dies und das geredet hatten, sah er mir ins Gesicht.

„Die Mädchen sind noch nicht zu Hause, Josch.“

Das war mir nicht neu. Ich nickte ziemlich verbissen.

„Es ist längst Essenszeit“, fuhr Opa fort.

„Dann machen wir uns das Essen halt selbst!“ knurrte ich. „Wär’ schließlich nicht das erste Mal.“

Ich fragte mich, wieso Opa und Onkel Charlie nicht in der Küche waren und genau das taten. Erwarteten sie etwa von mir, nicht nur die Stallarbeit, sondern auch noch das Essen ...

Aber Opa trat mit dem Fuß gegen einen Heuballen; dann begegneten sich unsere Blicke.

„So was ist gar nicht Marys Art, Junge!“

Endlich sickerte es durch meinen begriffsstutzigen Schädel. Opa machte sich Sorgen! Ich warf einen Blick zum Himmel. Es war tatsächlich schon reichlich spät. Ich war derjenige, der sich längst gesorgt haben müßte. Hatte eben nur das Falsche gedacht.

„Ich hol’ Chester!“ sagte ich und warf den Futtereimer neben dem Schweinepferch auf den Boden. Ich hatte Chester noch nicht fertig gesattelt, als ich Stimmen hörte. Jemand rief meinen Opa. Ich ließ Chester in der Scheune stehen und ging, um nachzusehen, wer da gekommen war und was es für Neuigkeiten gab. Es war einer von den Smiths-Jungen, aber anscheinend hatte er schon mit Opa gesprochen; jetzt wendete er sein Pferd und stob wieder vom Hof.

Ich wollte ihm nachrufen, er solle zurückkommen, aber dann sah ich, daß Opa noch dastand, die Hände haltsuchend am Torpfosten. Ich lief zu ihm. Sein Gesicht trug einen verstörten Ausdruck.

„Die Mädchen ...“ keuchte er. „Es hat einen Unfall gegeben. Das Automobil ist umgekippt!“

Endlich erwacht

Ich stand einfach nur da, starrte Opa an und rätselte an seinen Worten herum. Irgendwie begriff ich nicht, was los war.

„W-w-was?“ hörte ich mich endlich stottern.

Opa antwortete nicht. Er hielt sich noch immer an dem Pfosten fest und schwankte leicht hin und her, als wehte ein orkanartiger Wind.

Onkel Charlie brachte uns beide wieder auf den Boden der Wirklichkeit zurück. Mit seinen zwei Gehstöcken kam er aus dem Haus gehumpelt, um sich zu erkundigen, was vorgefallen war. Er hatte das galoppierende Pferd gehört und sich gleich Sorgen gemacht. Das konnte ich an seinem Gesicht ablesen, als er jetzt eine Erklärung verlangte.

„Was ist? Ist den Mädchen was passiert?“

„Das ... das Automobil ist umgekippt!“ Ich wiederholte die Worte, die ich gerade von Opa gehört hatte, ohne sie selbst zu begreifen. „Der junge Smith ...“ Aber mehr wußte ich ja selbst nicht. Ich packte Opa am Arm.

„Was hat er gesagt?“ wollte ich wissen.

Opa schüttelte den Kopf, als wollte er dadurch versuchen, einen klaren Gedanken zu fassen. Trotzdem brauchte er einige Minuten, bis er etwas über die trockenen Lippen brachte.

„Er hat gesagt, daß ... daß der Ford umgekippt ist.“

„Ich weiß, ich weiß“, hörte ich mich voller Ungeduld sagen, „aber sind sie verletzt?“

Mein gesunder Menschenverstand sagte mir, daß Verletzungen in einem solchen Fall sehr wahrscheinlich waren. Ich fing an zu zittern. „Wie ... wie schlimm ...“ stotterte ich, aber ich brachte die Frage nicht zu Ende.

„Ich … ich weiß nicht", sagte Opa schaudernd. „Der ältere Junge ist los, um den Doktor zu holen. Mehr … mehr hat er nicht gesagt."

Jetzt löste ich mich aus der Erstarrung. Ich rannte zur Scheune und rief Opa über die Schulter zu: „Wo sind sie?"

„Bei den Smiths!" rief Opa zurück, und ich rannte weiter, um Chester aus der Scheune zu holen. Mir war, als wäre mein ganzer Leib in einen Schraubstock geklemmt. Um beide Mädchen war ich außer mir vor Sorge, aber aus meinem Mund kam nur das eine Wort: „Mary!"

Vielleicht hätte mich das nicht überraschen sollen; weiß nicht genau. Wahrscheinlich hätte ich's von Anfang an wissen sollen, aber jetzt, beim Laufen, war mir plötzlich sonnenklar, daß ich's nicht ertragen könnte, wenn Mary etwas … wenn Mary etwas zugestoßen wäre.

Chester hatte sich nicht vom Fleck gerührt. Er hatte wohl gespürt, daß ich den Sattel noch nicht festgeschnallt hatte. Wenn er auch nur einen Schritt getan hätte, wäre der lose Sattel garantiert zu Boden gefallen. Ich riß ihn einfach von Chesters Rücken und warf ihn beiseite. Für Riemen und Schnallen hatte ich jetzt keine Zeit.

Noch in der Scheune schwang ich mich auf Chesters Rükken und duckte mich unter dem Torbalken. Ich nahm mir nicht mal die Zeit, um den Riegel vorzuschieben, wie Opa es mir beigebracht hatte. Ich gab Chester die Fersen, und los ging's.

Zum ersten Mal in meinem Leben ließ ich Chester eine längere Strecke im Galopp laufen, ohne ihn zu zügeln. Er schien mir anzumerken, wie verstört ich war, und nutzte die Gelegenheit weidlich. Obwohl die Smiths eigentlich nicht weit von uns entfernt wohnten und ich im Galopp ritt, erschien mir die Strecke heute endlos lang.

Am liebsten hätte ich einfach losgeheult, aber ich war vor Angst wie versteinert. Nicht einmal der peitschende Wind trieb mir die Tränen in die Augen. Mein ganzes Wesen war wie gelähmt und eiskalt. Ich wußte nur, daß Mary verletzt war – vielleicht sogar schwer … vielleicht war sie sogar … „Schneller! Ich muß zu Mary!" schrie es in mir.

Als wir den Hof der Familie Smith erreichten, vergaß ich, das Pferd zu zügeln, und beinahe hätten wir die Einfahrt verpaßt. Chester machte eine große Kurve, als ich ihn zum Einbiegen bringen wollte, und wäre beinahe gegen den Zaun gerannt. Das war noch einmal glimpflich abgegangen, aber der um Haaresbreite verhinderte Unfall brachte mich wieder zur Vernunft.

Ich riß Chester herum und brachte ihn unter Kontrolle, als wir auf den Hof ritten. Ich sprang ab und warf die Zügel achtlos über einen Zaunpfosten. Das Pferd des Doktors stand am Koppelzaun. Ich schickte ein Stoßgebet für ihn und die Mädchen zum Himmel, während ich zur hinteren Haustür rannte.

Ich hab' wohl gar nicht erst angeklopft; genau kann ich mich nicht mehr erinnern, aber dann stand ich auf einmal bei den Smiths in der großen Küche. Frau Smith erging sich gerade kopfschüttelnd über den tragischen Unfall.

„... nein, es ist ein Jammer!" sagte sie gerade. „Und dabei so nette Mädels! Wenn man bedenkt, daß ..."

„Wo sind sie?" fiel ich ihr ins Wort. Sämtliche Anstandsregeln ließ ich dabei außer acht.

„Der Doktor ist bei ihnen", antwortete sie, ohne sich von meiner Unhöflichkeit beirren zu lassen.

„Wie ... wie ..." Aber ich brachte die Frage noch immer nicht heraus.

Frau Smith schüttelte nur den Kopf. Mütterliche Anteilnahme trieb ihr Tränen in die Augen. Ich hielt es nicht länger aus. Am liebsten hätte ich laut geschrien. Frau Smith goß eine Tasse Kaffee ein, und ich wußte genau, daß sie von mir erwartete, mich an den Tisch zu setzen und den Kaffee zu trinken. Ich wandte mich ab und biß mich auf die Unterlippe, um meine Beherrschung nicht zu verlieren. Ich mußte es wissen. Ich mußte endlich Bescheid wissen!

„Wo sind sie?" fragte ich Frau Smith noch einmal und rang dabei um eine möglichst feste Stimme.

„Die junge Lehrerin, Miss Matilda, ist in Jamies Zimmer", antwortete sie bedächtig. „Wir dachten, daß ..."

„Wo ist Mary?“ fiel ich ihr wieder ins Wort. Aber darauf bekam ich keine Antwort. In diesem Moment betrat nämlich Herr Smith die Küche. Er ließ sich auf einem Stuhl am Tisch nieder und nahm sich die volle Kaffeetasse. Frau Smith holte eine frische Tasse.

„'ne Schande, Josch, 'ne richtige Schande!“ begann Herr Smith und schüttelte teilnahmsvoll den Kopf. „Hast das Automobil gerade erst neu gekriegt, aber ich fürchte, es hat 'n paar arge Schrammen abgekriegt.“ Beim Anblick des Entsetzens in meinem Gesicht fuhr er hastig fort: „Also, Jamie und ich haben's gleich mit dem Gespann aus dem Graben gezogen. Haben's wieder aufrecht hingestellt, aber das Gestell ...“

Ich war fassungslos. Da lamentierte Herr Smith wegen meines Automobils, während die Mädchen irgendwo in diesem Haus lagen, und zwar in einem Zustand, den ich nur erahnen konnte, und der Doktor sich bemühte, sie wieder zusammenzuflicken.

„Das Auto ist mir egal!“ explodierte ich. Aber das war ungerecht von mir. „Tut mir leid!“ entschuldigte ich mich. „Ich wollte nur ... nur ... Was ist mit den Mädchen? Sie müssen wissen“, erklärte ich und ging auf Herrn Smith zu, „daß ich überhaupt keine Ahnung davon habe, was passiert ist. Wie schwer ...“

„Der Doktor wird bestimmt ...“ begann Frau Smith, aber ich drehte mich nicht einmal zu ihr um.

„Also, vermutlich waren sie auf dem Heimweg“, unterbrach Herr Smith seine Frau, „als der Regenguß losbrach. Die Straße war wohl ziemlich glatt. Du weißt ja, wie das ist.“

Ich nickte, und Herr Smith trank einen Schluck Kaffee.

Mit einem Kopfnicken drängte ich ihn zum Weiterreden. „Der Regen ist doch schon Stunden her!“ dachte ich.

„Also, sie sind von der Straße abgekommen. Das Automobil hat sich überschlagen. Miss Matilda konnte keine Hilfe holen. Wahrscheinlich hat sie 'n gebrochenes Bein – und manche andere Verletzung dazu.“

„Und Mary?“ fragte ich wie betäubt.

„Sie war unter dem Automobil festgeklemmt. Konnte auch keine Hilfe holen."

Unter dem Automobil festgeklemmt? Alles um mich her begann sich zu drehen. Mary war unter das Automobil geraten. Vielleicht war sie ... Womöglich hatte sie ...

„Mary", hörte ich mich wieder sagen, aber diesmal klang es flehend. „Bitte, lieber Gott, laß Mary nicht ..."

„Zu dumm, daß sie so lange da im Regen liegen mußten", sagte Herr Smith gerade. „Auf der Straße sind nicht viele Leute unterwegs. Jamie und ich waren zufällig ..."

Aber jetzt hielt es mich nicht länger. Ich kannte die Spielregeln: Man hatte sich zu gedulden, bis der Doktor mit seinem Patienten fertig war und einem die Erlaubnis gegeben hatte, an das Bett zu kommen. Aber das war Mary! Ich mußte einfach Bescheid wissen, wie's um sie stand.

Ich ging zu der Tür, die zu dem inneren Teil des Hauses führte. Nur aus der Küche kamen Geräusche; sonst war alles still. „Josch", rief Frau Smith hinter mir her, „Josch, du solltest aber nicht ..."

Da war die Treppe. Ich ging nach oben. Links und rechts vom Flur waren mehrere Türen. Vier insgesamt. Wahrscheinlich alles Schlafzimmer. Ich öffnete die erste Tür. Niemand war in dem Zimmer. Ich hastete zum nächsten. Dort war der Doktor. Er beugte sich über das Bett, auf dem jemand still dalag. Ich kam näher, obwohl etwas in mir am liebsten die Flucht ergriffen hätte.

Es war Matilda. Ihre Haare waren feucht und wirr, ihr Gesicht voller blauer Flecken und Pflaster. Ein Bein schaute aus der Decke hervor. Es steckte in einem weißen Verband. Frau Smith hatte wohl mit ihrer Vermutung recht gehabt.

Ich hatte noch nie einen Menschen in einem solchen Zustand gesehen. Matilda sah entsetzlich aus.

Als sie mich erkannte, fing sie an zu weinen.

„Ach Josch, es tut mir ja so leid!" schluchzte sie. „Der Regen ... die Straße war einfach zu ..."

Der Doktor schickte mich nicht aus dem Zimmer. Er trat sogar einen Schritt beiseite, um mir Platz zu machen.

Ich kniete neben Matilda und strich ihr über die wirren Haare.

„Schon gut!" sagte ich heiser. „Schon gut. Weine nicht! Werd nur schnell wieder gesund, ja?"

Am liebsten hätte ich mit Matilda geweint, aber ich konnte nicht. Meine Augen waren immer noch trocken. Mein Hals war trocken. Ich konnte kaum sprechen. Ich strich Matilda nur über die Haare und versuchte, sie zu beschwichtigen.

Allmählich schien sie sich zu beruhigen. Ich stand wieder auf und sah dem Doktor geradewegs ins Gesicht.

„Wie ... wie geht's ..." stotterte ich los.

„Mary?" vollendete er meine Frage.

Ich nickte nur stumm.

„Sie ist in dem Zimmer gegenüber", sagte der Doktor und wandte sich wieder zu Matilda um.

Ich schluckte mühsam und ging wieder auf den Flur hinaus. Die ersten paar Schritte ging ich wie mit Stiefeln aus Blei. Ich bekam kaum einen Fuß vor den anderen, und dann fing ich fast an zu rennen.

Die Tür war zu, und schaudernd drückte ich die Klinke. Matildas Anblick hatte mir ziemlich schwer zugesetzt. Wie würde ich Mary vorfinden? Sie war ... sie war unter dem Automobil festgeklemmt gewesen. Alles in mir sträubte sich dagegen, in das Zimmer zu gehen – aber ich mußte es einfach wissen. Ich mußte zu ihr.

So leise wie möglich öffnete ich die Tür. Eine kleine Lampe auf der Kommode warf ein schwaches Licht auf Marys bleiches Gesicht. Ein Auge war von einem großen weißen Verband bedeckt, und auch der eine Arm, der auf der Bettdecke lag, war verbunden. Mary war mit zwei schweren Flickendecken zugedeckt. „Was verbergen die Dekken?" fragte ich mich. „Sie war unter dem Automobil festgeklemmt ..."

Mein Blick wanderte zu ihrem Gesicht zurück. So aschfahl. So still. Die Augen geschlossen. War sie ... war sie schon tot? Und dann sah ich eine kaum merkliche Regung, fast wie ein Schaudern.

Mit wenigen Schritten war ich bei ihr, kniete neben ihrem Bett und strich ihr sanft über das verletzte Gesicht.

„O Mary, Mary!“ flüsterte ich.

Ihre Wimpern hoben sich. Ihr Blick richtete sich auf mein Gesicht. „Josch?“ fragte sie leise.

„Ich hab' ja solche Angst gehabt“, gestand ich und strich ihr mit der Hand sanft über die Wange. „Ich hab' solche Angst gehabt, dich zu verlieren ... solche Angst, daß ...“

„Mir geht's gut“, flüsterte sie und streckte ihren verbundenen Arm nach mir aus.

„Rühr dich nicht!“ ermahnte ich sie schnell, weil ich befürchtete, sie könnte sich noch mehr Schaden zufügen.

„Mir geht's gut“, flüsterte sie noch einmal.

„Aber ... aber du warst doch unter dem Automobil festgeklemmt ...“

„Durch ein Wunder festgeklemmt“, erklärte Mary und brachte sogar ein schwaches Lächeln zustande. „Ein bißchen hat's mich zwar am Arm erwischt – aber ansonsten war's nur mein Ärmel. Der Doktor sagt, ich hätte schwer Glück gehabt.“

„Du ... du bist gar nicht verletzt?“

Mary bewegte sich und stöhnte.

„Das habe ich nun auch wieder nicht gesagt“, gestand sie, aber als sie das Entsetzen in meinen Augen sah, fügte sie hastig hinzu: „Aber es ist nichts Ernstes und nichts, das nicht wieder heilen würde.“

„Danke, Gott!“ sagte ich und schloß fest die Augen. Dann widmete ich mich wieder Mary. „Ich hatte ja solche Angst, daß ... daß ... Ich wußte nichts von allem, bis Billie zu uns kam ...“

„Tut mir leid, Josch. Wir konnten einfach keine Hilfe holen. Wir konnten euch keinen Bescheid geben. Wir konnten nicht zu einem Nachbarn gehen. Wir konnten nicht mal auf die Straße zurück und ... und euer Abendbrot ...?“

Ich unterbrach sie. Der Gedanke daran, wie ungehalten ich auf unser Essen gewartet hatte, ließ mich schamrot werden. Ich sah auf Marys Gesicht, das so blaß im Lampenlicht auf dem Kissen lag. „Ich hätte's eigentlich von selbst wissen sollen. Hätte mir alles zusammenreimen müssen", warf ich mir vor. „Wie konnte ich nur so dumm sein!"

„Aber du konntest doch nichts von allem ahnen", widersprach Mary. „Manchmal kommen wir halt später, als wir vorhatten. Es gibt Dinge, die einen aufhalten. Aber zu spät zum Abendbrot zu kommen ... Kein Mensch konnte wissen, daß wir da im Graben lagen", erklärte Mary, und ich wußte, daß sie mich damit in Schutz nehmen wollte. Das tat sie immer. Immerzu fand sie eine Entschuldigung für mich, wenn ich etwas Dummes gesagt oder getan hatte.

Ich strich ihr eine Haarsträhne aus der Stirn.

„Vielleicht hab' ich's irgendwie schon die ganze Zeit gewußt", murmelte ich, „aber dann mußte so etwas passieren, bis mir endlich klar wurde ..."

Mary sah mich fragend an.

„Aber du hattest doch gar nicht wissen können, daß wir den Unfall hatten", sagte sie.

„Nein", antwortete ich. „Ich meine mich – uns beide. Ich habe Todesängste ausgestanden, Mary, daß ich dich verlieren könnte, bevor ich dich gewonnen hatte. Ich hatte ja keine Ahnung, bis ... bis ..." Schaudernd verstummte ich.

„Josch", sagte Mary leise, aber beharrlich, „wovon redest du denn?"

Ich sah sie an, meine Mary, wie sie da weiß und still in dem fremden Bett lag. „Sie hätte ums Leben kommen können!" Bei dem Gedanken setzte mir fast der Herzschlag aus. „Ich hätte sie verlieren können. Aber sie ist noch hier ..."

Ich versuchte zu sprechen, aber die Kehle war mir wie zugeschnürt. Mühsam schluckte ich und versuchte es noch einmal, den Blick geradewegs auf Marys Augen gerichtet.

„Ich ... ich liebe dich", stieß ich hervor. „Vielleicht war das schon immer so ... oder wenigstens schon lange, aber ... aber ich war einfach zu blind, um das zu merken, bis heute. Ich ..."

Aber Marys Flüstern brachte mich zum Verstummen. „Ach, Josch!" sagte sie leise und berührte meine Wange mit der Hand, und ich sah, wie ihre Augen sich mit Tränen füllten.

Dann kamen auch mir die Tränen, heiße Tränen. Ich legte meinen Kopf an Marys Schulter und weinte mir all die ausgestandenen Ängste der letzten Stunden von der Seele. Mary ließ mich weinen und strich mir nur sanft über den Kopf, die Schultern und den Arm.

Als ich mich wieder gefangen hatte, entschuldigte ich mich nicht für meinen Ausbruch. Irgendwie wußte ich, daß Mary das nicht für nötig halten würde.

„Ich liebe dich", sagte ich noch einmal aus tiefer Überzeugung heraus.

„Gott sei Dank für das Automobil!" sagte Mary mit einem verhaltenen Lächeln.

„Wie?"

„Gott sei Dank für den Ford. Und den Regen. Und die glatte Straße. Und unseren Unfall!" Jetzt lächelte sie strahlend, aber ich begriff kein Wort von dem, was sie da gesagt hatte. Womöglich litt sie an Halluzinationen.

„Ach, Josch!" rief sie mit leuchtenden Augen. „Du weißt ja gar nicht, wie lange ich mich schon danach sehne, diese Worte von dir zu hören!"

„Du meinst ..."

„Ich liebe dich doch schon seit ... seit Urzeiten!" sagte sie leidenschaftlich. „Ich hatte ja solche Angst, daß ich bei dir nie auf Erwiderung stoßen könnte!"

Mir war zumute, als hätte gerade eine gewaltige Explosion in meinem Kopf – oder Herzen – stattgefunden. „Ich liebe Mary. Mary liebt mich!" Sie würde wieder gesund werden. Wir konnten ein gemeinsames Leben beginnen. Ich konnte sie bitten, meine Frau zu werden.

Ich mußte es in Worte fassen – wenigstens zum Teil.

„Du liebst mich also?"

Mary nickte.

„Schon immer", sagte sie nur.

„Und ich liebe dich. So sehr!"

Wieder nickte Mary. Ihre Wangen leuchteten rosig.

„Dann ..." fing ich an, aber plötzlich zögerte ich. Irgendwie wäre das ihr gegenüber nicht gerecht. Langsam schüttelte ich den Kopf.

„Nein“, sagte ich, „das frage ich dich jetzt nicht. Noch nicht. Ich werde dir den Hof machen, wie sich's gehört. Damit du etwas mehr Zeit hast.“

Ein Fragen flackerte in Marys Blick.

„Aber nicht viel Zeit“, beeilte ich mich hinzuzufügen. „Ich könnt's nicht aushalten, lange zu warten, jetzt, wo ich's weiß. Und mach dich auf eins gefaßt: ich werde dich bitten, meine Frau zu werden. Am besten überlegst du dir bald die Antwort!“

„Ach Josch!“ flüsterte Mary.

Der Doktor hätte sich keinen unpassenderen Zeitpunkt aussuchen können. Ich hatte Mary gerade zum ersten Mal geküßt und dabei festgestellt, daß das Küssen eine durchaus angenehme Tätigkeit ist. Weil ich jetzt wußte, daß sie nicht ernsthaft verletzt war, zog ich sie ein wenig näher an mich. Ihre Wimpern flatterten schon in Erwartung des nächsten Kusses, und ihre Arme umschlangen meinen Hals. Ich weiß nicht, ob es das Quietschen der Türangeln oder das „Ähem!“ des Doktors war, was mich aus meiner Traumwelt riß, aber ich wäre dem guten Doktor äußerst dankbar gewesen, wenn er ein paar Minuten später eingetreten wäre.

Wie im siebten Himmel

Unten in der Küche hatten sich inzwischen auch Opa und Onkel Charlie eingefunden, außerdem Onkel Nat. Alle waren sehr besorgt wegen der Mädchen und sprachen nur mit gedämpfter Stimme.

Ich dagegen, ich wäre am liebsten durch die Küche gehüpft und getanzt, wie Pixie sich früher aufgeführt hatte. Kaum zu glauben, daß ich erst vor einer halben Stunde die größte Angst meines Lebens durchgemacht hatte! Jetzt ging ich wie auf Wolken. Zu gern hätte ich auf der Stelle allen den Grund meiner Freude erzählt – aber ich wußte, daß das jetzt nicht angebracht war. Schon allein, weil Mary nicht dabeisein konnte. Trotzdem war mir beinahe schwindlig vor Freude über meine soeben entdeckte Liebe. Ich spürte mehrere Augenpaare auf mir und fragte mich, ob sie mir womöglich bis ins Herz sehen konnten. Nur mühsam behielt ich die Fassung.

„Es geht ihnen gut“, berichtete ich so lässig, wie ich nur konnte. „Beiden. Sie haben nur 'n paar Kratzer und blaue Flecken und ein gebrochenes Bein abgekriegt.“

Das war zwar nicht unbedingt das, was man unter „gutgehen“ versteht, aber die übrigen schrieben das gewiß meiner Erleichterung zu.

„Gott sei Dank!“ sagte Opa, und Onkel Nat schloß sich an. Dann neigten wir alle den Kopf zum Gebet, und Onkel Nat dankte Gott für seine Bewahrung. Kaum hatte er geendet, als ich auch schon mit Fragen bombardiert wurde.

„Dann hat Miss Matilda also tatsächlich das Bein gebrochen?“ vergewisserte Herr Smith sich mit einem vielsagenden Blick in die Runde.

Ich nickte.

„Und was noch?“ wollte Opa wissen. „Wo ist sie noch verletzt? Ist es schlimm?“

„Nur ein paar Schrammen und blaue Flecken. Nichts, was nicht bald wieder heilen würde. Hat sich Sorgen wegen des Automobils gemacht.“ Ich fand es immer noch unglaublich, daß Matilda überhaupt einen Gedanken daran verschwenden konnte, wo uns doch einzig und allein an der Gesundheit der beiden Mädchen lag.

„Und Mary?“ fragte Onkel Charlie. Seine Stimme zitterte ein wenig.

Schon beim Klang ihres Namens machte mein Herz einen Sprung, und ich hätte wetten mögen, daß ich puterrot anlief.

„Der geht's gut, wirklich gut.“ Sosehr ich mich auch bemühte, ich konnte meine Freude nicht verbergen. „Sie hat ... sie hat auch 'n paar Schrammen ... eine über dem Auge und eine am Arm. Jede Menge blaue Flecken, aber keinen einzigen gebrochenen Knochen!“ Vor lauter Anspannung und Sorge merkte niemand etwas von meinem Feuereifer. Keiner warf mir den schrägen, fragenden Blick zu, den ich eigentlich verdient hätte. Alle waren nur einfach erleichtert und froh und wechselten dankbare Blicke untereinander.

„Aber das Automobil hatte sie doch unter sich begraben“, beharrte Herr Smith, der die übrigen vermutlich gewarnt hatte, in Marys Fall sei durchaus das Schlimmste zu befürchten.

„Der Doktor meint, sie hat riesiges Glück gehabt“, erklärte ich. „Eigentlich hatte's nur ihren Ärmel erwischt. Ihr Arm hat zwar eine Quetschung abgekriegt, aber es hätte viel, viel schlimmer ausgehen können.“

Wieder erhob sich ein allgemeines Gemurmel.

„Jetzt setzt du dich aber erst einmal her und trinkst 'ne Tasse Kaffee, Josch!“ hörte ich Frau Smith sagen. „Du bist ja fast so bleich wie 'n Gespenst!“

Sämtliche Augenpaare richteten sich auf mich. Und dann geschah etwas äußerst Sonderbares. Plötzlich fing alles um mich an, sich wie ein Karussell zu drehen. Ich spürte, wie ich mich mitdrehte. Entweder drehte ich mich zu schnell oder nicht schnell genug; jedenfalls wollte ich zu dem Stuhl gehen, den Frau Smith mir angeboten hatte, aber meine Füße gehorchten mir nicht. Außerdem war der Stuhl plötzlich an einer ganz anderen Stelle. Ich wußte nicht, was mit mir los war.

Ich glaube, Onkel Nat fing mich auf; genau weiß ich's nicht. Ich kam erst auf Frau Smiths Sofa wieder zu mir. Der Doktor hatte sich über mich gebeugt. Ich sah lauter Gesichter über mir. Es dauerte eine Weile, bis mir klargeworden war, was passiert war, und dann hätte ich vor Beschämung im Boden versinken mögen. Schließlich waren es die Mädchen gewesen, die den Unfall gehabt hatten, und wer wurde hier ohnmächtig? Ich!

Ich wollte mich aufrecht hinsetzen, aber der Doktor hinderte mich mit der Hand daran.

„Immer mit der Ruhe, Josch!" sagte er. „Du hast heute abend schon allerhand durchgemacht."

Bildete ich es mir nur ein, oder versteckte sich da ein Schmunzeln in seiner Stimme? Schlagartig fiel mir wieder ein, wobei er mich vorhin oben in dem Schlafzimmer überrascht hatte, und ich spürte, wie ich rot wurde. Das schien aber niemandem aufzufallen.

„Frau Smith bringt dir gleich heiße Brühe und etwas Brot", sagte der Doktor. „Wahrscheinlich hast du noch keinen Bissen Abendbrot gehabt."

Um nichts in der Welt hätte ich mich wie ein Kind füttern lassen, aber die Anweisung des Doktors, mich ganz langsam aufzusetzen, befolgte ich gehorsam. Dann löffelte ich die heiße Brühe und aß das Brot dazu. Bald lichtete sich der Nebel in meinem Kopf, und ich konnte wieder klar denken. Zugleich kehrte auch die Erinnerung an meine große Entdeckung wieder, und ich konnte meine Freude nur mühsam verbergen.

Sobald ich den Doktor davon überzeugt hatte, daß ich wieder ganz der alte war, stand ich auf.

„Darf ich Mary ... die Mädchen noch einmal besuchen?" fragte ich.

„Matilda schläft schon; Mary womöglich auch. Ich hab'

ihr ein Beruhigungsmittel verabreicht. Du kannst kurz bei ihr hineinschauen, aber nur für 'ne Sekunde, hörst du?"

Daß er dabei mit den Augen gezwinkert hatte, war mir nicht entgangen. Errötend nickte ich und ging zur Treppe.

Mary schlief schon fast, als ich leise an ihre Bettkante trat.

„Der Doktor hat mir erlaubt, dir gute Nacht zu sagen", flüsterte ich. „Aber lange darf ich nicht bleiben."

Marys verträumtes Lächeln rührte bestimmt eher von dem Schlafpulver als von meiner Gegenwart her.

„Wie fühlst du dich denn?" fragte ich und nahm ihre Hand in die meine.

„Schläfrig", murmelte sie.

„Du wirst mir ja wohl keinen Rückzieher machen, oder?" spaßte ich. „Hast's dir doch nicht etwa anders überlegt, nachdem du Zeit zum Nachdenken hattest?"

Mary versuchte zu lächeln, aber es wurde nur der schläfrige Anflug eines Lächelns daraus. Mühsam hielt sie die Augen offen und umfaßte meine Hand.

„So leicht kommst du mir nicht davon, Josch!" gab sie zurück. „Ich werde dich nämlich beim Wort nehmen."

Ich beugte mich vor und küßte sie.

„Ich liebe dich, Mary!" sagte ich ihr noch einmal. „Das wird sich niemals ändern!"

Sie regte sich und versuchte noch ein Lächeln. Der Schlaf hatte sie beinahe übermannt.

Ich kniete mich neben ihr Bett, den einen Arm um ihren deckenumhüllten Körper gelegt und mit der anderen Hand die ihre umfassend.

„Schlaf nur ein!" flüsterte ich. „Ich bleib' bei dir, bis du fest schläfst."

Sie drehte mir den Kopf zu, so daß ihre Wange an meiner ruhte, und seufzte zufrieden. Kurz darauf verrieten mir ihre regelmäßigen Atemzüge, daß sie eingeschlafen war. Ich gab ihr einen Kuß auf die Stirn und stand auf.

Sie schlief so friedlich, so schön. „Sogar mit ihren Verbänden und Schrammen ist sie das ... das hübscheste Mädchen der Welt, meine Mary!" dachte ich. Ich konnte es kaum erwarten, bis sie wieder gesund war und ich ihr den Hof machen konnte, wie sich's gehörte.

„Gute Nacht, Mary!" flüsterte ich. Und nachdem ich mich vergewissert hatte, daß der Doktor nicht etwa an der Tür lauerte, probierte ich ein Wort aus, das ich noch nie gesagt hatte, nur um zu versuchen, wie's klang.

„Gute Nacht, mein Liebling!"

Es klang gar nicht schlecht.

Matildas Eltern borgten sich ein Automobil und kamen, um sie nach Hause zu holen, wo ihre Mutter sie pflegen konnte. Da es ohnehin nicht mehr lange bis zu den Sommerferien war, wurden die Kinder einfach etwas früher als sonst entlassen.

Mary ging zu ihrem Vater und ihrer Schwester Lilli nach Hause. Ich vermißte sie zwar arg, aber was das Umwerben betraf, war es wesentlich einfacher so. Wie sollte man nämlich einer jungen Dame seine Aufwartung machen, die im gleichen Haus wie man selbst wohnt? Und außerdem meinte Mary, daß es auf diese Weise nicht soviel Gerede unter den Leuten geben würde. Daran hatte ich überhaupt noch nicht gedacht, aber wenn es Mary so lieber war, dann würde ich mich gern fügen und während der Sommermonate auf ihre Anwesenheit bei uns verzichten.

Als meine Verwandten und Freunde erfuhren, daß ich Mary nun nach allen Regeln der Kunst den Hof machte, mußte ich allerhand an Scherzen über mich ergehen lassen. Nicht, daß mir das etwas ausgemacht hätte – ganz im Gegenteil: ich genoß es eigentlich sehr. Und Mary schien sich auch nicht daran zu stören. Es war einfach prima, als „Pärchen" zu gelten. Wir gehörten schließlich auf eine ganz besondere Weise zueinander.

Den Ford bearbeitete ich mit einem Hammer und einem Holzklotz. Vollkommen bekam ich ihn zwar nicht wieder hin, aber wenigstens stand er anschließend wieder auf vier Rädern und ließ sich fahren. Ich kaufte sogar etwas Farbe für die Kratzer im Lack, aber so wie früher glänzte der

Wagen nicht. Ich gebe zu, daß mir sein Anblick nicht sonderlich zusagte, aber zu meinem eigenen Erstaunen machte mir das nicht halb so viel aus, wie ich befürchtet hatte. Und außerdem, so besann ich mich, hat der Unfall Mary und mich schließlich zusammengeführt.

Während Marys Abwesenheit übernahm Onkel Charlie wieder das Regiment in der Küche. Seine Kochkünste hatten merklich nachgelassen. Zuweilen war ich versucht, mich darüber zu beschweren, aber andererseits nahm ich ohnehin kaum wahr, was ich überhaupt aß. Ich war viel zu sehr damit beschäftigt, an Mary zu denken!

Jeden Tag, an dem ich mit der Arbeit rechtzeitig fertig wurde, fuhr ich mit meinem demolierten Ford los, um sie zu besuchen. Ich brachte ihr Feldblumen mit, von denen ich wußte, daß sie ihr besonders gefielen. In der Stadt kaufte ich ab und zu eine Kleinigkeit, über die sie sich freute. Ich erntete das Gemüse aus ihrem Garten und beförderte es zu ihr, damit Lilli und sie es einkochen konnten. Ich steckte eins der jungen Kätzchen, kaum, daß es entwöhnt war, in meine Hemdtasche und überraschte Mary damit. Ich erzählte ihr, was es bei Opa und Onkel Charlie an Neuigkeiten gab, und brachte ihr Zeitungsausschnitte aus der Sparte Farmwirtschaft und Gartenbau mit. Und wir unterhielten uns stundenlang miteinander, einfach nur so: über unsere gemeinsame Zukunft, unsere Träume, unsere Ziele, und lernten einander dabei immer besser kennen.

Ich hoffte auf eine Hochzeit im Herbst, gleich nach der Ernte und der Herbstarbeit. Aber davon hatte ich Mary noch nichts gesagt. Ich wollte mit meinem Heiratsantrag den richtigen Zeitpunkt abwarten, vielleicht Anfang August, nach der Heuernte und vor der Getreideernte. Das würde mir genug Zeit lassen, nach einem Ring Ausschau zu halten, vielleicht sogar in Crayton. Und auch Mary würde dann ausreichend Zeit für ihre Hochzeitsvorbereitungen haben, wenn sie mir erst ihr Jawort gegeben hatte.

Aber zuerst mußte ich bei Marys Vater um ihre Hand anhalten. Große Sorgen machte ich mir deswegen nicht. Ich war mir ziemlich sicher, daß Herr Turley nicht zögern würde, uns seinen Segen zu geben. Etwas Ähnliches hatte er ja schon mehr als einmal angedeutet. Trotzdem hatte ich mir vorgenommen, bei meiner Brautwerbung nach allen Regeln der Tradition und Höflichkeit vorzugehen.

Ich hoffte inständig, mit der Farmarbeit zügig voranzukommen, damit ich Mary möglichst oft besuchen könnte und wir die Hochzeit nicht wegen zusätzlicher Herbstarbeiten hinausschieben müßten. Alles klappte vorzüglich, bis der Juli zur Hälfte vergangen war. Ich hatte wie ein Besessener Heu gemäht, damit ich sobald wie möglich die nächste Arbeit in Angriff nehmen konnte. Je eifriger ich mich ins Zeug legte, desto schneller vergingen die Stunden bis zum nächsten Wiedersehen mit Mary.

Aber dann fing es an zu regnen. Beim Anblick der grauen Wolkenwand ahnte ich schon, daß es sich hier um mehr als nur einen kurzen Schauer handelte. Zähneknirschend steuerte ich den Traktor durch das Tor und in den Schuppen. Ich warf noch einen Blick auf den Himmel. Die dunklen Wolken hingen dicht und lückenlos ineinandergeballt über mir.

Wütend schlug ich mit der Faust auf das Lenkrad. „Jetzt macht uns doch das dumme Wetter einen Strich durch die Rechnung!“ ärgerte ich mich.

Schlechtgelaunt erledigte ich die Stallrunde und kam zum Essen ins Haus. Onkel Charlie setzte uns seinen faden Gemüseeintopf vor. Schon wieder! Wenn ich da an Marys Kochkünste dachte: den Schweinebraten, die Butterhörnchen, die Soßen! Aber dann fiel mir auf, daß auf der Anrichte große Stücke Pfirsichtorte standen.

„Woher kommt denn die Torte?“ fragte ich. Daß Onkel Charlie sie nicht gebacken hatte, wußte ich, ohne erst fragen zu müssen.

„Mary hat sie mitgebracht. Sie war hier, um ihre rote Bete zu ernten.“

Mary war also hier gewesen und hatte nicht einmal auf mich gewartet!

„Eigentlich wollte sie dir was zu essen aufs Feld bringen, aber dann zog sich der Himmel zu, so daß sie schleunigst wieder nach Hause mußte“, erklärte Opa.

Ich nickte und regte mich wieder etwas ab.

Ich aß den Eintopf und dachte dabei unablässig an die Torte. Sie schmeckte genauso gut, wie ich es mir vorgestellt hatte. Mit jedem Bissen wuchs meine Sehnsucht nach Mary, nicht nur wegen der Torte. Die erinnerte mich ja nur daran, wie sehr mein Mädchen mir fehlte.

Nach dem Essen hatte ich nichts Besonderes vor. Ich half beim Geschirrspülen. Dabei fiel mir auf, wie ungepflegt der schwarze, gußeiserne Herd aussah. Dann startete ich einen ungeschickten Versuch, einen Riß in meiner abgetragenen Latzhose zu flicken. Ich nahm mir eine Farmzeitschrift zur Hand, aber die Worte wollten mir einfach nicht in den Kopf. Schließlich gab ich auf. Ich hob Pixie auf und ging nach oben in mein Zimmer. Aber schlafen konnte ich nicht. Immerzu dachte ich nur an Mary. Pixie schien mir anzumerken, daß mir eine Laus über die Leber gelaufen war. Sie leckte mir die Hand und winselte leise.

„'tschuldige, altes Haus!" sagte ich und schluckte meinen Zorn hinunter. „Sie fehlt mir halt einfach so! Ich weiß, die ganze Sache mit dem Hofmachen sollte eigentlich was ganz Besonderes sein, aber wenn wir uns das gespart hätten, dann wär' sie jetzt, wo sie hingehört: hier bei uns. Ich weiß nicht, wie lange ich das Rumsitzen und Warten noch aushalte!"

Nicht, daß ich Pixie etwa gleichgültig gewesen wäre, aber sie war nun einmal im fortgeschrittenen Alter. Sie schien wohl zu meinen, daß ihr eine ungestörte Nachtruhe zustand, selbst wenn mir diese vorenthalten bleiben mußte. So leckte sie mir nur kurz das Gesicht und zog sich dann auf ihren Stammplatz am Fußende meines Bettes zurück.

Und ich lag da im Dunkeln, gekränkt und einsam, und verspürte eine ohnmächtige Wut auf den Regen, der da unaufhaltsam auf das Dach über mir trommelte. „Alles werden wir verschieben müssen, einfach alles!" dachte ich in meinem Zorn. „Jetzt muß ich noch länger auf Mary warten!"

Am nächsten Tag regnete es immer noch. Ich hätte Mary gern besucht, aber bei meiner miesen Laune hielt ich das nicht für ratsam.

Den ganzen Abend lang blies ich Trübsal. Ich weiß gar nicht, wie Opa und Onkel Charlie es nur mit mir aushielten. Endlich rief ich Pixie und ging zu Bett.

Sie schien nicht gerade viel Mitleid mit mir zu haben. Wahrscheinlich war sie der Meinung, daß mein Kummer sie nichts anging. Nachdem sie mir kurz das Gesicht geleckt hatte, kroch sie langsam ans Fußende und ließ sich mit einem tiefen Seufzen dort nieder.

Ich lag da und horchte auf den Wind und den Regen und haßte beides und meine miese Stimmung noch obendrein. Schlafen konnte ich nicht. Unruhig wälzte ich mich hin und her und schwitzte und fror abwechselnd. Endlich gingen auch Opa und Onkel Charlie zu Bett. Ich sah den Lichtschimmer hinter meiner Türritze vorbeiziehen, dann lag ich wieder in völliger Dunkelheit da. Jetzt hielt ich es nicht mehr aus. Ich stieg aus dem Bett und zog meine Hose an, schlüpfte in mein Hemd und griff nach meinen Socken und Schuhen. Barfuß konnte ich leiser die Treppe nach unten gehen.

Ich hörte, wie Pixie sich regte und winselte, als ob sie sich fragte, was in aller Welt ich nur vorhaben mochte, aber ich machte nicht einmal lange genug halt, um ihr über den Kopf zu streichen. Ich hielt es nämlich keine Minute länger aus. Ich mußte zu Mary – jetzt!

Gemeinsame Zukunft

Ich besaß nicht einmal die Geistesgegenwart, meine Öljacke überzuziehen. Kaum am Stall angekommen, war ich schon bis auf die Haut durchnäßt. Das Wasser rann mir von der Hutkrempe in den Kragen. Der Wind zerrte an meiner Stalljacke und peitschte so heftig, daß mir die Hose an den Beinen klebte.

Bei diesem Wetter wagte ich es nicht, mit dem Automobil zu fahren. Chester war draußen auf der Koppel; er hielt sich nur selten in der Nähe des Stalls auf. Ein anderes Pferd stand aber an den Zaun gedrängt da, den Rücken in Windrichtung und den Kopf gesenkt. Ich rief es und öffnete die Stalltür. Das Pferd trottete dankbar auf die Scheune zu, wo es sich vor Wind und Regen in Sicherheit wußte.

Ich kam mir beinahe wie ein Verräter vor, als ich dem ahnungslosen Tier das Zaumzeug anlegte, anstatt ihm einen Sack Hafer zu geben. Barney wehrte sich zwar nicht, aber seine Enttäuschung war bestimmt groß.

Ich mußte ihn Schritt für Schritt vorantreiben. Wie ich vermutet hatte, war die Landstraße aufgeweicht und voller Schlammfurchen, und Barney war längst nicht so trittsicher wie Chester. Obendrein war die Nacht wegen der dichten Wolken so pechschwarz, daß man kaum die Bäume am Straßenrand erkennen konnte.

„Warum bin ich nicht gleich zu Fuß gegangen?" brummte ich, während wir durch den Lehm voranstapften, aber im Grunde genommen wußte ich genau, daß das Pferd sich besser durch den Schlamm vorankämpfen konnte als ich.

Bei Turleys brannte kein Licht mehr. Alle waren bestimmt längst zu Bett gegangen. Das vernünftigste wäre gewesen, das Pferd zu wenden und wieder nach Hause zu reiten, wie sich's gehörte. Aber das konnte ich nicht. Ich brachte es einfach nicht fertig. Ich mußte Mary wiedersehen, und zwar sofort.

Ich warf Barneys Zügel um einen Zaunpfosten. Sogar das kurze Wegstück über den Hof verlangte mir wahre Kunststücke ab. Ich rutschte und schlitterte durch den Schlamm. Vor Kälte klapperten mir die Zähne; ich war von Kopf bis Fuß durchnäßt. Wahrscheinlich würde ich mir den Tod holen, aber das war im Moment nicht so wichtig.

Anstatt an die Tür zu klopfen, womit ich die ganze Familie aus dem Schlaf gerissen hätte, ging ich geradewegs zu Marys Fenster. Ich pochte mit den Fingern an die Glasscheibe und hoffte, daß sie davon aufwachen würde.

Fast augenblicklich wurden die Fensterläden aufgestoßen und der Vorhang zur Seite gezogen.

„Wer ist da?" rief Mary leise.

Plötzlich kam ich mir wie der größte Dummkopf aller Zeiten vor. In meinem Kopf überschlugen sich Vorwürfe und Ängste: „Was in aller Welt hab' ich jetzt angerichtet? Was wird Mary nur von mir denken? Und ihr Vater erst? Was wird der jetzt von mir halten?" Wenn er je bereit gewesen war, uns seinen Segen zu geben, so hatte ich mir jetzt seine Gunst bestimmt ein für alle Male verscherzt. Am liebsten wäre ich losgerannt, um mich zu verstecken, aber das konnte ich nicht. Ich brachte es einfach nicht fertig. Ich mußte Mary unbedingt wiedersehen.

„Ich bin's ... Josch", sagte ich so deutlich und leise, wie's nur irgend ging, damit Mary mich hörte, aber nicht ihr Vater.

„Was ist denn los? Ist etwas passiert?" fragte sie angstvoll. Erst jetzt machte ich mir klar, daß sie natürlich eine Katastrophe vermuten mußte.

„Nein. Nein, gar nichts!" versicherte ich ihr schnell. „Ich ... ich wollte dich nur einfach wiedersehen, weiter nichts."

Mary zögerte einen Augenblick.

„Komm an die Tür!" wies sie mich an. „Ich mache dir sofort auf."

Tatsächlich erschien sie auf der Stelle an der Tür. Sie trug einen warmen Morgenmantel. Kaum hatte sie mir die Tür geöffnet, da stieß sie auch schon einen leisen Schrei aus.

„Aber Josch, du bist ja klatschnaß! Du wirst dir noch den Tod holen!"

Das konnte ich nicht leugnen; deshalb zuckte ich nur mit den Achseln.

„Zieh deine Schuhe und Strümpfe aus!" befahl sie mit einem beträchtlichen Maß von Autorität in der Stimme. „Und die Jacke auch!" fügte sie hinzu. „Ich komme gleich wieder!"

Ich legte den triefenden Hut ab und befreite mich von der regennassen Jacke. Dann zog ich die durchgeweichten Schuhe und die feuchten Strümpfe aus. Betroffen stellte ich fest, welch einen See ich auf dem Turleyschen Hausflur hinterließ.

Als ich gerade den letzten Socken ausgezogen hatte, kam Mary mit ein paar trockenen Sachen und einem grob gewebten Handtuch zurück.

„Die stammen von Mike", erklärte sie. „Geh in sein Zimmer und zieh die übrigen nassen Sachen aus. In der Zwischenzeit koche ich Kaffee."

„Aber ... aber ich werd' ja 'ne nasse Spur auf dem Fußboden hinterlassen!" wandte ich ein.

„Eine nasse Spur kann ich wieder aufwischen. Und jetzt dalli, dalli!" drängte Mary.

Ich beeilte mich. Eigentlich machte es großen Spaß, von Mary herumkommandiert zu werden.

Ich brauchte nicht lange dazu, mich abzutrocknen und in die geborgten Sachen zu schlüpfen. Trotzdem fror ich noch, als ich wieder in die Küche kam.

„Dein Vater wird mich skalpieren", sagte ich mit klappernden Zähnen und hielt die Hände über das neu entfachte Herdfeuer.

„Mein Vater würde nicht mal von einem Orkan wach", antwortete Mary und stellte die Kaffeekanne auf die Herdplatte.

„Wirklich nicht?"

„Wirklich nicht."

Während ich mich umgezogen hatte, war Mary in ihr Zimmer gegangen und trug nun ein einfaches Kleid. Sie hatte sogar die Zeit gefunden, sich eine Schürze umzubinden. Allerdings fiel mir auf, wenn ich's auch nicht laut sagte, daß sie nicht ihr Sonntagskleid trug, wie sonst, wenn ich zu Besuch kam, und ihr Haar war auch nicht so sorgfältig frisiert wie sonst. Sie hatte es einfach mit einer schlichten Schleife hinten am Kopf zusammengebunden.

„Also, wenn niemandem etwas zugestoßen ist", sagte sie langsam, ohne vom Herd aufzuschauen, „würdest du mir freundlicherweise erklären, was dich zu so nachtschlafender Zeit zu uns führt?"

Ich hielt die Luft an. Hatte da nicht gerade eine Spur von Vorwurf in Marys Stimme gelegen? War sie mir böse? Dazu hätte sie eigentlich allen Grund. Ich wartete. Mary wartete ebenfalls.

„Ich ... ich konnte nicht einschlafen", antwortete ich schließlich kleinlaut.

Mary fuhr zu mir herum. Sie muß wohl geglaubt haben, ich wäre von allen guten Geistern verlassen. Die Narbe auf ihrer Stirn, die sie von dem Unfall zurückbehalten hatte, war noch in dem Lampenschein zu erkennen. Die Narbe erinnerte mich wieder daran, wie nahe ich daran gewesen war, Mary zu verlieren.

„Du ... du konntest nicht *einschlafen*?" fragte sie und wandte sich wieder ab, um einen frischen Holzscheit ins Feuer zu legen und die Kaffeekanne an einen anderen Platz zu schieben.

Wieder herrschte Schweigen.

„Das ist aber kein triftiger Grund, um bei diesem Sudelwetter durch die Nacht zu reiten, Josch", sagte Mary dann leise.

„Das ... das stimmt", gab ich zu. Dann fuhr ich zögernd fort: „Nur, daß ich nicht schlafen konnte, weil ... weil ich dich unbedingt sehen mußte."

Mary trat von einem Fuß auf den anderen, ohne sich zu mir umzudrehen.

„Du … du hast mir so sehr gefehlt“, stotterte ich meine Erklärung zu Ende.

Ich sah, wie Mary die Schultern straffte.

„Das hättest du mir auch zu einem passenderen Zeitpunkt sagen können!“ wies sie mich zurecht.

Sie war mir tatsächlich böse. Mary, die anderen niemals etwas übelnahm; Mary, die immerzu eine Erklärung für die Dummheiten fand, die ich gemacht hatte; Mary, die mich stets in Schutz nahm. Sie war mir böse, und das war sie noch nie gewesen.

Ich saß wie angewurzelt da und wußte nicht, was ich tun sollte. Eigentlich hätte ich niemals kommen dürfen – nicht zu so nachtschlafender Stunde und nicht bei diesem Regen. Ich hatte mich rücksichtslos und dumm benommen. Ich hatte nur an meine Einsamkeit gedacht, nicht an Mary und deren Bedürfnisse und Rechte.

Aber jetzt sprach sie schon weiter, und in ihrer Stimme lag ein Zittern.

„Ich habe gestern den ganzen Abend auf dich gewartet, und heute auch. Ich wußte genau, daß du nichts Wichtiges zu tun hattest. Bei dem Regen konntest du ja gar nicht arbeiten. Aber du bist nicht gekommen. Und da bin ich schließlich …“

Aber ich hörte ihren Worten schon gar nicht mehr richtig zu; statt dessen begriff ich endlich, was sie damit sagen wollte. Mary war mir gar nicht böse, weil ich gekommen war. Sie war mir böse, weil ich *nicht eher* gekommen war!

Ich sah auf ihren geraden, schmalen Rücken mit der sorgfältig gebundenen Schürze, die gereckten Schultern, den Kopf, den sie hoch erhoben trug. Es war genug. Wortlos eilte ich auf sie zu, legte meine Arme um sie und vergrub mein Gesicht in ihren Haaren. Mir kamen die Tränen, wenn ich auch selbst nicht begriff, warum.

„Mary“, flüsterte ich, „ich bin gekommen, weil ich keine Minute länger ohne dich sein konnte. Das Wetter hat mir einen gewaltigen Strich durch die Rechnung gemacht. Ich wollte dich nicht mit meinen Sorgen belasten. Aber ich … ich kann's nicht ertragen, ohne dich zu sein! Ich … ich möchte dich heiraten, und zwar sobald wie möglich. Ich kann's nicht aushalten, von dir getrennt zu sein. Bitte verzeih mir, daß ich so spät gekommen bin, aber ..."

Mary drehte sich in meinem Armen um. Als ich die Augen aufschlug, sah sie mir geradewegs ins Gesicht.

„O Josch!" rief sie. Und ihre Tränen vermischten sich mit meinen, als sie ihre Wange an mein Gesicht legte.

Ich weiß nicht, wie lange ich sie noch umarmt und geküßt hätte, wenn der Kaffeekessel nicht plötzlich übergekocht wäre. Mit einem leisen Aufschrei riß Mary sich los und rettete den Kessel.

„Setz dich!" befahl sie, wischte sich die Augen mit einem Zipfel ihrer Schürze trocken und deutete mit einer Kopfbewegung auf einen Küchenstuhl. Dann beeilte sie sich, die Herdplatte zu säubern und den Kaffee einzuschenken.

Sie setzte sich neben mich und stützte das Kinn kokett auf die Hand.

„So, und wie war das gerade, mein Herr?" spaßte sie. „Mir ist doch, als hätten Sie da eben etwas gesagt ..."

Ich stimmte in ihr Gelächter ein. Dann wurde ich ernster.

„Ich ... ich hab' dich gerade gebeten, meine Frau zu werden, aber ganz und gar nicht auf die herkömmliche Art", gestand ich. „So hatte ich's eigentlich überhaupt nicht geplant. Jetzt hab' ich dir alles verdorben! Ich ... das heißt, ich hatte alles so gut vorbereitet; hatte ganze Stunden damit verbracht, mir die Worte haargenau zurechtzulegen, die ich zu dir sagen wollte. Und jetzt bin ich einfach damit herausgeplatzt." Ich hielt inne und schüttelte den Kopf. „Das tut mir leid", flüsterte ich.

Mary streckte die Hand aus und fuhr damit über meine Wange.

„Leid tut's dir? Daß du mich vermißt hast? Daß du mich liebst?"

„Daß ich dir den Moment verdorben habe, der eigentlich zu deinen schönsten Erinnerungen zählen sollte. Daß ich einfach in etwas reingestolpert bin, das eigentlich viel feierlicher sein sollte."

„Josch", sagte Mary bewegt, und ihre Augen füllten sich

mit Tränen, „mir wurde gerade gesagt, wie sehr ich geliebt werde. Ich bin gebeten worden, den Mann, den ich liebe, zu heiraten und an seiner Seite zu leben – für immer. Josch, schöner hättest du es gar nicht sagen können."

Eine Träne rann über ihre Wange. Ich streckte einen Finger aus und wischte sie fort.

„Ich hab' aber noch gar keinen Ring für dich!" gestand ich.

„Den wirst du schon rechtzeitig besorgen können", nahm sie mich in Schutz.

„Ich ... ich habe nicht mal bei deinem Vater um deine Hand angehalten."

„Der wird sein Einverständnis schon geben."

Ich holte tief Luft.

„Und das ist noch nicht alles", gestand ich. „Ich ... ich möchte nicht warten", platzte ich heraus. „Nicht bis nach der Ernte. Nicht mal einen Monat. Am liebsten nicht mal eine Woche, wenn ..."

Marys Augen weiteten sich.

„Ich weiß, das ist dir gegenüber nicht fair. Es ist eigensüchtig von mir. Aber du willst ja nicht zu uns kommen, bis wir verheiratet sind, und wenn du's tätest, könnte ich das auch nicht ertragen – aber im Ernst, Mary, ich möchte nicht mehr lange mit der Hochzeit warten. Ja, ich weiß, wie unvernünftig das ist; ein Mädchen braucht schließlich Zeit, um ihr Hochzeitskleid zu schneidern und Kissenbezüge zu nähen und alles, was man sonst noch so braucht, aber ..."

„Sonntag?" fiel Mary mir ins Wort.

„Auf einen riesigen, ausgefallenen Kuchen mit Guß und Verzierung können wir eigentlich auch verzichten, und Kissenbezüge haben wir ja schon, und du könntest genausogut das hübsche blaue ..."

„Sonntag?" wiederholte Mary.

Verständnislos zog ich die Stirn kraus.

„Bis Sonntag könnte ich alles geschafft haben, wenn dir das recht ist", erklärte Mary ruhig.

„Sonntag? Welcher Sonntag?"

„Nächsten Sonntag."

„*Nächsten* Sonntag?“

„Heute ist Dienstag“, sagte Mary ausgelassen. „Da bleiben uns Mittwoch, Donnerstag, Freitag und Samstag. Dann kommt Sonntag. Bis Sonntag kann ich alles fertig haben.“

„Bis Sonntag? Bis nächsten Sonntag?“ stotterte ich.

„Du wirst mir doch wohl nicht etwa einen Rückzieher machen wollen, oder?“ spaßte sie.

„Aber natürlich nicht! Ich ... ich hatte halt nur gedacht, daß du erst noch ...“

„Du hattest mir doch schon vor einiger Zeit verraten, daß du mir eines Tages einen Antrag machen wolltest. Zugegeben, weder der Kuchen noch das Kleid ist fertig – jedenfalls *noch* nicht. Aber Lou hat sich schon erboten, uns den Kuchen zu backen, und einen wunderhübschen Stoff habe ich auch schon, und mit der Nähmaschine geht das Nähen ganz flink. Faye und Lilli werden mir helfen. Das haben sie mir schon versprochen. Und was die Kissenbezüge angeht, Josch – die liegen schon längst fertig genäht und bestickt in meiner Truhe!“

Der unbeachtete Kaffee in unseren Tassen war inzwischen kalt geworden. Ich schob meine Tasse ein Stück beiseite, damit ich sie nicht versehentlich umstieß, während ich meine Arme um Mary legte.

„Sonntag“, grinste ich. „Sonntag also!“ Dann erhob sich ein wahrer Wirbelsturm in meinen Gedanken. Bis Sonntag hatte ich ja noch Berge von Besorgungen zu erledigen. Wie sollte ich das alles nur rechtzeitig schaffen? Als allererstes würde ich morgen früh einen Ring kaufen – nein, zwei Ringe. Dann würde ich ... dann würde ich ... na, am besten würde ich zu Onkel Nat und Tante Lou gehen. Die würden mir schon sagen können, was ich als nächstes zu tun hatte. In solchen Dingen kannten sie sich besser aus als ich.

Mary regte sich in meinen Armen.

„Und mein Vater?“ sagte sie.

„Du hast doch gerade gesagt, daß der sogar ’nen Orkan verschlafen würde“, erinnerte ich sie.

„Das stimmt zwar“, lächelte Mary und zerzauste mir die

noch feuchten Haare, „aber nicht die Verlobung seiner Tochter. Am besten bearbeitest du deinen nassen Schopf mit einem Kamm, während ich ihn wecke." Sie gab mir einen Kuß auf die Nase und ging.

Allmählich konnte ich wieder klar denken.

„Barney!" brummte ich. „Hab' ja ganz vergessen, Barney zu versorgen!" Ich sah mich in der Küche nach einer Öljacke um, damit ich nicht wieder bis auf die Haut durchnäßt würde. Womöglich hatte Mike kein einziges Kleidungsstück mehr für mich auf Lager.

Ich entdeckte eine Öljacke, die Herrn Turley gehören mußte, und borgte sie mir nur lange genug aus, um das Pferd aus dem Regen zu holen und etwas Heu in die Krippe zu werfen.

Anschließend gelang es mir, meine Haare mit dem Kamm und Mikes abgetragenes Hemd mit der flachen Hand ein wenig zu glätten. An den zu kurzen geratenen Hosenbeinen konnte ich leider nichts ändern. Ich war halt etwas größer als Mike.

Ein paar Minuten später erschien Mary mit ihrem Vater in der Küche. Er wirkte schlaftrunken und etwas verwirrt, während Mary vor Glück strahlte. Sie hatte ihren Kittel gegen das hübsche blaue Kleid vertauscht, von dem ich vorhin gesprochen hatte. Das Haar hatte sie sich sorgfältig hochgesteckt. Jetzt nickte sie mir lächelnd zu. Ich holte tief Luft und ließ meine kleine Ansprache vom Stapel.

„Sir, bitte entschuldigen Sie den unpassenden Zeitpunkt, aber ich möchte ... möchte um die Hand Ihrer Tochter Mary anhalten, Sir. Ich ... ich liebe Mary sehr, und sie ... sie erwidert meine Liebe, Sir, und ..."

Entweder hatte Herr Turley schon genug gehört, oder er wollte einfach nur möglichst schnell wieder ins Bett. Jedenfalls packte er meine Hand und schüttelte sie kräftig.

„Ist mir 'ne Ehre, mein Junge", sagte er heiser. „Ist mir 'ne richtige Ehre." Dann fügte er mit zitternder Stimme hinzu: „Ihre Mutter hätte sich riesig gefreut."

Mary umarmte mich glücklich und rannte dann los, um Lilli zu wecken und ihr die gute Nachricht zu bringen.

In dieser Nacht ging keiner von uns wieder zu Bett, nicht einmal Herr Turley. Wir blieben bis zum Morgengrauen auf. Wegen der Wolken ließ sich die Sonne nicht blicken, aber das bekümmerte mich jetzt nicht mehr. Die ganze Nacht lang redeten wir über die Hochzeit. Bei Tagesanbruch küßte ich Mary zum Abschied, lieh mir Herrn Turleys Öljacke noch einmal aus und ritt auf Barney nach Hause.

Opa und Onkel Charlie waren noch nicht aufgestanden. Dafür hatte Pixie aber schon auf mich gewartet; schnüffelnd und verwirrt dreinschauend begrüßte sie mich an der Haustür.

Ich hob sie auf und drückte sie an mich.

„Du, Pixie“, teilte ich ihr mit, „ich heirate! Nicht bloß irgendwann, sondern am Sonntag. Kommenden Sonntag!“ Dann warf ich alle Vorsicht über Bord und schrie aus Leibeskräften in das stille Haus hinein: „Ich heirate! Am Sonntag! *Nächsten* Sonntag! Hört ihr? Ich heirate! Juchuuu!“

Der große Tag

Ich atmete auf, als der Regen endlich vorbei war. Ich hatte jede Menge Vorbereitungen zu treffen und Besorgungen zu erledigen, was im strömenden Regen höchst unangenehm gewesen wäre.

Trotz allem waren die Straßen voller Schlammlöcher, so daß nicht im entferntesten daran zu denken war, mit dem Automobil zu fahren. Meistens ritt ich deshalb auf Chester, der in dieser Woche viele Liebeserklärungen zu hören bekam – auch wenn diese nicht ihm selbst galten!

Ich weiß nicht, was ich ohne Onkel Nats und Tante Lous Hilfe angefangen hätte. Selbst Opa und Onkel Charlie packten mit an und nahmen mir die Stallarbeit ab. Ihre Freude war fast so groß wie meine eigene.

Ich bat Avery, mein Trauzeuge zu sein. Mit einem dicken Kloß im Hals entschied ich mich für ihn. Ich wußte genau, daß Willi in der Kirche neben mir gestanden hätte, wenn alles anders gekommen wäre.

Mike wäre meine nächste Wahl gewesen, hauptsächlich wegen Mary, aber der gab uns Bescheid, daß er bis zum Sonntag nicht kommen könnte, und schickte Mary und mir seine Glückwünsche. So ging ich schließlich zu Avery, der meine Einladung mit einem breiten Grinsen annahm.

Mary suchte sich Lilli zur Brautjungfer aus, und auch sie schien sich riesig zu freuen.

Wie sie's versprochen hatte, backte Tante Lou den Hochzeitskuchen. Sie trommelte auch ein paar Frauen aus der Kirchengemeinde zusammen, die nach der Trauung ein warmes Essen servieren sollten. Alle boten großzügig ihre Hilfe an, und ich wußte, daß dies zum Teil deshalb geschah, weil Mary keine Mutter mehr hatte.

Sogar Sarah beteiligte sich an den Vorbereitungen.

„Mama hat erlaubt, daß ich die Getränke ausschenke, Onkel Josch", teilte sie mir mit, und ich umarmte sie und versicherte ihr, daß sie ihre Sache ganz bestimmt ausgezeichnet machen würde.

Am Donnerstag machte ich mich auf den langen Weg zur Hauptstadt, um die Ringe zu besorgen, weil es in unserem kleinen Ort nichts Geeignetes für meine Mary gab. Leider waren die Straßen nicht trocken genug für das Automobil, so daß ich mit Chester vorliebnehmen mußte. Sowohl er als auch ich kamen abgekämpft wieder daheim an; trotzdem zog ich mich um und machte mich auf den Weg zu Mary. Chester hatte heute lange genug von seinen Beinen Gebrauch gemacht, fand ich und ging deshalb zu Fuß. Zu den Turleys war's eigentlich nicht weit, wenn man quer über die Weiden ging.

Mary schaute überrascht drein, als sie mir die Tür öffnete.

„Erwartest du etwa jemand anders?" fragte ich spaßend.

„Nein, Josch!" lachte sie und zog mich ins Haus. „Aber dich hatte ich eigentlich auch nicht erwartet. Ich dachte, du wärst viel zu beschäftigt, um mir deine Aufwartung zu machen."

„Das war ich auch", gab ich zurück. „Bin's auch jetzt noch, aber ich dachte, vielleicht hättest du das hier gern vor Sonntag!" Damit hielt ich ihr die kleine Schachtel mit ihrem Verlobungsring entgegen.

Mary stieß einen leisen Freudenschrei aus und streckte die Hand nach der Schachtel aus, aber ich zog sie ihr flink wieder weg.

„Nicht so eilig!" bremste ich sie. „Du hast mir ja noch gar nicht gesagt, was für einen wunderbaren Mann du am Sonntag heiraten wirst!"

„Wenn du nicht auf der Stelle aufhörst, mich bei der Arbeit zu stören, dann gibt's überhaupt keine Hochzeit!" warnte sie mich. „Denk dran: kein Kleid – keine Hochzeit!"

Ich warf einen Blick auf den Tisch, aber Mary hielt mir eine Hand vor die Augen.

„Gucken gilt nicht!“ schalt sie. „Du darfst das Kleid vor der Trauung nicht zu sehen kriegen!“

„Dann komm raus auf die Veranda!“ schlug ich vor.

„Aber nur ganz kurz!“ beharrte Mary und gab vor, sich nicht im geringsten für die kleine Schachtel zu interessieren, als ich sie jetzt zu der Sitzbank auf der Veranda führte.

Sie setzte sich. Ich kniete mich vor sie hin und nahm ihre Hand in meine.

„Mary Turley, willst du meine Frau werden?“ fragte ich mit sanfter Stimme und fügte dann mit der Spur eines Lächelns hinzu: „Und zwar gleich nächsten Sonntag?“

Mary streckte die Hand aus, um mir die Haare zu zerzausen, aber dann strich sie mir statt dessen zärtlich über die Wange.

„Das würde mich zum glücklichsten Mädchen der Welt machen!“ flüsterte sie, und ihr Lächeln sagte noch mehr als ihre Worte.

Ich nahm ihre Hand und küßte sie. Dann öffnete ich die kleine Schachtel und entnahm ihr den Ring. Behutsam steckte ich ihn an Marys schmalen Ringfinger.

„O Josch!“ murmelte sie und betrachtete den Ring; dann hielt sie ihn an ihre Lippen. „Der ist ja wunderhübsch!“

Sie beugte sich vor, um mich zu küssen.

„So, jetzt mach dich aber fix wieder an die Arbeit, damit das Kleid fertig wird!“ ermahnte ich sie schmunzelnd. „Am Sonntag will ich keine Pleite erleben!“

Trotzdem blieben wir noch eine Weile auf der Veranda und unterhielten uns über den Stand der Dinge, was die Hochzeitsvorbereitungen betraf. Als ich schließlich wieder nach Hause ging, war es schon dunkel. Während ich im Mondschein über die Felder stapfte, pfiff ich ein Lied vor mich hin. Ich war noch nie so glücklich gewesen. Mary trug jetzt meinen Ring, und Sonntag versprach der schönste Tag meines Lebens zu werden.

Unsere Trauung sollte gleich nach dem Gottesdienst stattfinden. Soweit ich wußte, war alles bereit. Ich würde schon in meinem Hochzeitsanzug zur Kirche kommen. Mary und Lou wollten sich sofort nach dem Gottesdienst umziehen. Das Essen nach der Trauung hatte Lou gemeinsam mit ihren Helferinnen geplant und vorbereitet. Marys silbernes Service wartete spiegelblank poliert auf den großen Kaffeeausschank. Ich wußte, daß die silbernen Teile in ihren Augen weitaus mehr waren als nur eine Tee- und Kaffeekanne. Sie stellten ein kleines Symbol ihrer Mutter zu dieser besonderen Gelegenheit dar. Ich wußte auch, daß Mary ihre Mama am Tag ihrer Hochzeit noch schmerzlicher als sonst vermissen würde.

Am Sonntag war ich schon lange vor Tagesanbruch auf den Beinen und verbrachte fast eine geschlagene Stunde damit, mich herauszuputzen. So etwas kannte man beileibe nicht an mir! Opa und Onkel Charlie machten sich nicht einmal darüber lustig; sie waren ja selbst viel zu beschäftigt damit, sich in Schale zu werfen.

Endlich war es Zeit zum Losfahren. Die Straße war trokken genug für das Automobil. Ich hatte gestern versucht, es gründlich zu polieren, aber die Beulen und Schrammen von dem Unfall waren trotzdem noch zu sehen.

Wir kletterten in den Wagen, ich ließ den Motor an, und wir fuhren den langen Zufahrtsweg zur Straße hinunter. Ein rasantes Tempo vermied ich dabei tunlichst, auch wenn ich noch so sehr darauf brannte, endlich in die Stadt zu kommen. Hier und da fanden sich nämlich noch Schlammlöcher auf der Straße, und uns lag ganz und gar nichts daran, uns Lehmflecken auf den makellosen Hosen und Schuhen einzuhandeln.

Wir trafen viel zu früh ein. Ich marschierte vor der Kirche auf und ab, während wir auf Mary und deren Verwandtschaft warteten.

Bald stellte sich Matilda ein. Ihr gebrochenes Bein steckte noch immer in einem Gipsverband.

„Dieses Ereignis hätte ich mir um nichts in der Welt entgehen lassen!“ begrüßte sie mich und verabreichte mir eine ihrer stürmischen Umarmungen. „Ich freue mich ja so sehr für euch zwei, Josch!“

Auch Opa und Onkel Charlie begrüßte sie mit einer Umarmung.

„Ihr wißt gar nicht, wie sehr ihr mir fehlt!“ rief sie. „Der Sommer ist mir unglaublich lang vorgekommen.“ In ihren Augen standen Tränen. „Aber ich habe eine gute Nachricht für euch“, redete sie schnell weiter. „Ich habe die Schule bekommen, für die ich mich beworben hatte. Sie liegt in der Nähe von meinem Elternhaus.“

„Dann kommst du also nicht zurück?“ wunderte Opa sich.

„Ach, das könnte ich niemals“, sagte Matilda leise. „Ich ... ich meine, sosehr ich mich auch für Josch und Mary freue, so ist doch jetzt alles ganz anders. Es wäre ... es wäre den beiden Jungverheirateten gegenüber einfach nicht gerecht, wenn noch jemand anders im Haus ...“

Opa nickte, aber ich sah eine Spur von Traurigkeit in seinen Augen.

Ich muß zugeben, daß ich mir wegen der Verlegenheit, in die Matilda geraten war, überhaupt noch keine Gedanken gemacht hatte. Sie hatte natürlich recht: Für Mary und mich wäre es tatsächlich besser, unser gemeinsames Leben ohne einen zusätzlichen Hausbewohner zu beginnen. Wir würden unseren Haushalt ja ohnehin mit Opa und Onkel Charlie teilen müssen. Später würde ich mit Mary über die neue Lehrerin sprechen, aber ich für meinen Teil fand, daß jetzt eigentlich jemand anders aus der Nachbarschaft an der Reihe wäre, eine Unterkunft zur Verfügung zu stellen.

„Aber man hat eine Nachfolgerin für mich gefunden“, riß Matilda mich aus meinen Gedanken, „und ich habe eine neue Schule. Alles ist also in schönster Ordnung!“

Doch nun gab es wieder eine Unterbrechung, und zwar eine höchst willkommene: Mary und die übrigen Turleys trafen ein. Kaum hatte sie Matilda erblickt, als sie einen Freudenschrei ausstieß und mit ausgebreiteten Armen auf sie zustürzte. Die beiden umarmten sich und weinten und umarmten sich noch einmal. Mich störte das nicht weiter; schließlich lag ab heute ein ganzes Leben mit Mary vor mir. Ich trat ein paar Schritte beiseite und ließ die beiden gewähren.

Dann fiel mir ein, daß ich Herrn Turley noch nicht begrüßt hatte. Ihn hatte ich noch nie in der Kirche gesehen, außer zur Beerdigung seiner Frau natürlich. Ich schüttelte ihm die Hand und lächelte, ohne recht zu wissen, was ich sagen sollte. Ein wenig befangen erwiderte er mein Lächeln. Inzwischen hatten die beiden Mädchen sich wieder gefaßt, und Mary kam auf mich zu, um ihre warme, kleine Hand in meine zu schieben. „Guten Morgen, Liebling!" flüsterte ich ihr ins Ohr, womit ich ihr ein hübsches Rot auf die Wangen zauberte. Jetzt war es an der Zeit für den Gottesdienst, und wir gingen in die Kirche und suchten uns Plätze.

Heute kam mir der Gottesdienst ungewöhnlich lang vor. Die Predigt war gewiß ganz hervorragend – bei Onkel Nat war das immer so. Trotzdem konnte ich mich kaum darauf konzentrieren. Als ich einen Blick auf die Taschenuhr warf, die ich einmal von Onkel Nat und Tante Lou geschenkt bekommen hatte, stellte ich erstaunt fest, daß der Gottesdienst heute sogar kürzer als sonst ausgefallen war! Wieder spürte ich, wie Mary ihre Hand kurz in meine schob, und ich drückte sie sanft. Damit gaben wir einander zu verstehen, daß es jetzt nicht mehr lange dauern würde, bis wir einander vor dem Altar Treue gelobten – und auch, daß wir voller Ungeduld auf diesen Augenblick warteten.

Gleich nach dem Schlußchoral lief Mary zu Tante Lou nach Hause, und ich ging in der Kirche umher, um mich davon zu überzeugen, daß nichts Wichtiges fehlte. Dazu bestand allerdings nicht die geringste Notwendigkeit. Ein hübscher Blumenstrauß aus Tante Lous Garten schmückte den Altar, und zu beiden Seiten waren Kerzen angezündet worden. Ich rückte mir wohl zum hundertsten Mal die Krawatte gerade und strich mir eine widerspenstige Haarsträhne aus der Stirn.

Endlich nahm Sally Grayson ihren Platz an der Orgel ein, und Onkel Nat trat vor die Gemeinde. Das war mein

Zeichen, nach vorn zu gehen und mich neben ihn zu stellen. Ich versetzte Avery einen leichten Rippenstoß und wischte mir die Hände an dem Taschentuch ab, das Tante Lou mir zugesteckt hatte. Dann machte ich mich unbeholfen auf den Weg zum Altar. Der Mittelgang erschien mir plötzlich so lang wie unsere Farmzufahrt. Menschenskinder, war ich nervös! Ich wollte schlucken, aber mein Mund war strohtrocken. Endlich tauchte Onkel Nats beruhigendes Lächeln vor mir auf, und ich stellte mich mit Avery neben ihm auf, räusperte mich und wartete, wobei ich krampfhaft versuchte, all den Blicken auszuweichen, die auf mich gerichtet waren.

Jetzt schritt Lilli langsam auf dem Mittelgang nach vorn. Sie sah wirklich hübsch aus. Das war auch Avery anscheinend nicht entgangen, denn selbst in meiner Aufregung fiel mir auf, wie genau er sie beobachtete.

Und an der Tür stand Mary an der Seite ihres Vaters. Feierlich schritten die beiden jetzt nach vorn, wo ich Mary erwartete.

Ihr Kleid war schlicht, aber sehr hübsch. Es paßte einfach vollkommen zu ihr. Der Schleier versteckte etwas von ihrem Lächeln und ihrem leuchtenden Haar, aber ich sah ihre glänzenden Augen, und die sagten mir alles, was ich wissen wollte.

„Meine lieben Anwesenden ...“ Onkel Nats feste Stimme war wie ein Anker für meine umherschwirrenden Gedanken. Die Trauung war kurz, aber mir war jedes Wort meiner Versprechungen ernst, die ich Mary vor Gott und den versammelten Zeugen machte. Ihrem Gesicht und ihrer klaren, entschlossenen Stimme konnte ich anmerken, wie ernst auch sie ihr Gelübde nahm.

„... in guten wie in bösen Tagen, in Krankheit wie in Gesundheit ...“ Noch lange klangen diese Worte in mir nach. Aber noch deutlicher gruben sich die Worte „... zu lieben und zu ehren, bis daß der Tod uns scheidet“ in mein Gedächtnis ein.

Über Liebe hatte ich schon viel gehört. Das war mir nichts Neues. An meiner Liebe zu Mary hatte ich keine

Zweifel. Aber wußte ich auch, wie ich sie *ehren* sollte? Über dieses Thema hatte ich eigentlich kaum je etwas gehört. Ich nahm mir vor, mich bei nächster Gelegenheit gründlich zu erkundigen, was es damit auf sich hatte.

Nach dem Gelübde bedeutete Onkel Nat mir, Mary ihren Ring anzustecken. Und dann erklärte er uns auch schon als rechtmäßig verheiratet. Ich hob Marys Schleier, um ihr den traditionellen Brautkuß zu geben. Jetzt sah ich das Leuchten in ihren Augen und das Rot in ihren Wangen ganz deutlich. Sie war wunderschön, meine Frau!

Onkel Nat stellte uns der Gemeinde als „Herr und Frau Josua Jones" vor. Welch einen Klang diese Worte hatten! Mary und ich sahen einander an, und ich spürte ein Erstaunen und eine Freude, wie ich sie noch nie erlebt hatte. Am liebsten hätte ich Mary noch einmal umarmt und geküßt, aber jetzt mußten wir nach draußen gehen, damit die Leute uns um den Hals fallen und beglückwünschen konnten und Reis werfen und Bilder machen und all die üblichen Dinge, die zu einer Hochzeit gehörten. Wie benommen brachte ich alles hinter mich. Eigentlich schade, wo ich mir doch immer gewünscht hatte, später einmal ganz deutliche Erinnerungen an diesen so wichtigen Tag zu haben!

Schließlich wurden wir in das Untergeschoß der Kirche gebeten, wo uns das Essen erwartete. Inzwischen waren die Leute wohl ziemlich hungrig. Komischerweise verspürte ich keinerlei Hungergefühle. Trotzdem aß ich tüchtig, damit ich mich nicht von Avery als „liebeskrank" verlachen lassen mußte.

Mehrere aus unserem Freundeskreis hielten ein paar kurze Ansprachen, die Squire-Zwillinge sangen „Behüte dieses Haus", und Matilda trug ein Lied vor, dessen Worte der biblischen Geschichte von Ruth entnommen waren. Die kleine Sarah spielte ein Stück auf dem Klavier vor, das sie die ganze Woche über fleißig geübt hatte. Hier und dort wurden Scherze gemacht, anscheinend sogar recht lustige – die Leute lachten jedenfalls alle. Insgesamt verging der Nachmittag sehr vergnüglich. Dann durften wir unsere Geschenke auspacken. Trotz der kurzfristigen Benachrichtigung hatte sich die Gemeinde selbst übertroffen. Wir bekamen jede Menge an Gebrauchsgegenständen für unseren Haushalt. Mary freute sich riesig über die Tischdecken, Bettbezüge, Geschirrtücher und dergleichen mehr, und ich freute mich mit ihr.

Nach und nach gingen die Gäste wieder nach Hause, bis nur noch unsere Verwandtschaft übrig war. Ich zog mir das Jackett aus und fing an, die Geschenke in das Automobil zu verladen und mich am Aufräumen zu beteiligen. Mary sah noch immer glücklich und freudestrahlend aus, aber auch ein wenig erschöpft.

Endlich hatten wir alles entweder ins Automobil verladen oder in den Ecken aufgestapelt. Anschließend gingen wir zu einer Tasse Tee und einem Stück Kürbiskuchen zu Tante Lou. Mary benutzte die Gelegenheit, sich umzuziehen und wieder in ihr blaues Sonntagskleid zu schlüpfen, in dem sie aber auch noch die strahlende Braut von vorher war.

Herr Turley erhob sich, sobald er und Lilli den kleinen Imbiß beendet hatten. Als er Mary zum Abschied einen Kuß gab, schloß er sie noch einmal fest in die Arme. Ich sah Tränen in seinen Augen glitzern, als er sich dann abwandte, und ich überlegte, was das wohl für ein Gefühl sein mochte, wenn man eine Tochter, die man großgezogen hat und unendlich liebt, eines Tages in die Obhut eines anderen Mannes entlassen muß – besonders, wenn diese Tochter erst vor kurzem ihre Mutter verloren hat. Plötzlich tat er mir leid, dieser Papa Turley. Ich folgte ihm nach draußen zu seinem Gespann.

„Hab vielen Dank“, sagte ich in aller Aufrichtigkeit, „für alles, was du getan hast, um deine Tochter zu dem feinen Menschen zu machen, der sie ist. Ich werde sie lieben, solange ich lebe. Das verspreche ich dir.“

Wir gingen aufeinander zu. So kraftvoll und herzlich hatte mich noch nie ein Mann umarmt. Plötzlich fiel es mir wie Schuppen von den Augen: „Ich habe einen Pa! Wahrhaftig, ich hab' wieder einen richtigen Pa!“ Meinen hatte ich ja schon als winziger Steppke verloren. Ich machte einen Schritt zurück und betrachtete diesen Mann, mit dem ich jetzt verwandt war. Was ich dabei empfand, konnte ich gar nicht ausdrücken. Statt dessen sagte ich nur heiser: „Wie wär's, wenn du uns zum Abendessen besuchst – am besten gleich Mittwoch?"

Er nickte und stieg in seinen Wagen.

„Und Lilli natürlich auch!" rief ich ihm nach. Ich blieb stehen, bis er hinter der Hausecke verschwunden war, und rannte dann zu Mary, um ihr gleich von der Einladung an ihren Vater – *unseren* Vater – zu erzählen, bevor ich's vergessen würde.

Es war schon spät, als wir nach Hause kamen. Wir luden die Sachen aus, die Mary nicht in der Stadt zurücklassen wollte, das silberne Teeservice von ihrer Mutter zum Beispiel. Auch Marys Koffer war dabei, obwohl viel von ihren persönlichen Habseligkeiten noch in dem Schlafzimmer neben der Küche auf sie wartete; wir hatten seit dem Unfall nichts davon zu ihrem Elternhaus gebracht.

An eine Hochzeitsreise war vorerst nicht zu denken, was ich sehr bedauerte. Mary und ich hatten darüber gesprochen, und sie hatte mir versichert, daß ihr das ganz und gar nichts ausmache, obwohl ich fand, daß ihr eine Hochzeitsreise eigentlich zustand.

„Nach der Ernte", hatte ich ihr versprochen.

„Josch", beharrte sie, „das allerwichtigste ist doch, daß wir zusammen sind, nicht *wo* wir sind." Das ließ mein Herz noch höher für sie schlagen.

Als wir Marys Siebensachen ins Haus trugen, stellte sich heraus, daß wir Männer in der Hektik der vergangenen paar Tage vergessen hatten, eine Umverteilung der Zimmer vorzunehmen.

„Wo soll ich denn meine Sachen abstellen?" fragte Mary ahnungslos.

„Ich ... ich ... vielleicht am besten in meinem Zimmer", fing ich an, aber im selben Moment wurde mir auch klar, daß das nie und nimmer gehen würde. Mein Zimmer war das kleinste im ganzen Haus. Die paar Kleidungsstücke, die ich mein eigen nannte, brachten den Schrank dort ohnehin schon fast zum Überquellen. Marys Kleider würden nicht auch noch Platz darin finden.

Opa räusperte sich.

„Das große Schlafzimmer!" schlug er vor. „Ich räume schnell meine Sachen aus", und er wollte schon losgehen, um dieses Vorhaben in die Tat umzusetzen.

„Kommt nicht in Frage!" bestimmte Mary. „Ich würde dich doch niemals aus deinem Zimmer vertreiben, Opa!"

Eine Auseinandersetzung folgte, aus der Mary als Siegerin hervorging. Es wurde beschlossen, daß Mary und ich in Tante Lous ehemaliges Zimmer ziehen sollten. Das war nämlich wesentlich geräumiger als meins und hatte auch einen größeren Schrank. Ich trug Marys Koffer und alles andere in das Zimmer im oberen Stockwerk, und während sie auspackte, kochte ich den Abendkaffee.

Bald gesellte Mary sich wieder zu uns und übernahm das Kommando in der Küche.

„Menschenskinder, ist das 'ne Wohltat, dich wieder hier zu haben!" scherzte ich.

„Dir lag wohl nur daran, eine Köchin ins Haus zu kriegen, was?" gab sie schlagfertig zurück.

Ich sah mich nach Opa und Onkel Charlie um. Beide schauten äußerst zufrieden drein, und ich stellte im stillen fest, daß es der schlauste Schachzug meines Lebens war, aus Mary eine bleibende Hausbewohnerin zu machen!

Zu lieben und zu ehren …

Jetzt, wo das Wetter sich gebessert hatte, der Haushalt wieder in geordneten Bahnen verlief und ich meine Frau bei mir hatte, konnte ich mich wieder dem Heumachen zuwenden. Mary schaltete und waltete derweil in der Küche. Mit aller Kraft brachte sie diese wieder auf Hochglanz. Ich muß leider gestehen, daß wir Männer alles ärger vernachlässigt hatten, als uns bewußt gewesen war.

Auch sonst machte sie sich im Haus zu schaffen: Sie schaffte meine Siebensachen aus meinem alten Zimmer in unser neues, räumte die Speisekammer auf, flickte meine abgewetzte Latzhose sachverständig, sortierte die Einmachgläser im Keller und verrichtete tausenderlei andere Dinge. Immer wenn ich vom Feld ins Haus kam, war sie emsig bei der Arbeit, wenn sie auch genug Zeit für eine Umarmung und einen Kuß zur Begrüßung fand.

Am Mittwoch kamen die Turleys wie verabredet zum Abendessen. Mary tischte uns ein köstliches Essen auf – aber das waren Papa Turley und Lilli ja von Mary gewohnt. Immerhin, so machte ich mir klar, hatte Mary schon mehr Mahlzeiten für ihren Vater als für mich gekocht.

Durch Mary bekam mein Leben ein ganz neues Gepräge. Ich konnte es kaum erwarten, endlich nach der Arbeit ins Haus zu kommen – und dabei hatte mir die Feldarbeit eigentlich immer Spaß gemacht! Tagsüber warf ich wohl ein dutzendmal einen Blick zum Haus in der Hoffnung, irgendwo meine Frau zu erspähen. Und oft kam sie mit einer Kanne Wasser oder frischer Buttermilch zu mir aufs Feld. Sie besuchte mich sogar beim Melken in der Scheune. Sie lachte, wenn ich der Stallkatze einen Strahl Milch zuschoß, und erzählte mir von ihren Plänen für den

Haushalt und den Garten, während ich die Stallrunde machte.

Opa und Onkel Charlie waren natürlich auch mächtig froh, sie endich wieder bei uns zu haben. Onkel Charlies Schritte waren eine Spur beschwingter, und Opa hörte man jetzt öfter lachen. Einerseits teilte ich Marys Einzug bereitwillig mit den beiden, aber andererseits war ich noch immer wie überwältigt von der Tatsache, daß sie und ich jetzt auf eine ganz besondere Weise zueinander gehörten. Mit jedem Tag nahm das Wort „Ehe" eine tiefere Bedeutung für mich an, und ich konnte Gott gar nicht genug dafür danken, daß er mein Leben so reich gemacht hatte.

Am Freitag abend, als die Stallarbeit getan und das Essensgeschirr gespült und abgetrocknet war und wir um den Küchentisch beieinandersaßen, fiel mir wieder mein Vorhaben ein, das Wort *ehren* im Wörterbuch nachzuschlagen.

Mein Wörterbuch müßte eigentlich noch in meinem alten Zimmer sein, dachte ich. Als ich aber nach oben ging und nachschaute, stellte ich fest, daß Mary auch meine Bücher umgeräumt hatte. Ich ging in Lous Zimmer ... nein, ich mußte mich endlich daran gewöhnen, daß dieses Zimmer nicht mehr Lou gehörte, sondern mir, Mary und mir. Nachdem ich eine Weile dort herumgestöbert hatte, fand ich das Wörterbuch. Ich blätterte, bis ich auf den Begriff „ehren" stieß:

„... ehren: jdn. hochachten, verehren, respektieren, schätzen, anerkennen, jdm. seine Unterstützung zuteil werden lassen, jdm. in Freundlichkeit begegnen, jdn. hegen und pflegen, jdm. zu Füßen liegen."

Alle Achtung! Ich las diese Erklärung noch einmal und dann ein drittes Mal. Und das alles hatte ich vor Gott gelobt! Was meine Liebe zu Mary betraf, so war ich beinahe wehrlos ... ich meine, ich liebte sie einfach mehr, als ich beschreiben kann. Aber mit dem „ehren" war das anders. Die meisten Begriffe dieses Eintrags hatten eher mit einer bewußten Entscheidung als mit Gefühlen zu tun.

Ich kniete mich neben unser Bett, das Wörterbuch aufgeschlagen vor mir, und ging die Liste durch. Dabei gelobte ich Gott aufs neue, mein Versprechen ihm und Mary gegenüber mit seiner Hilfe zu halten. Ich überlegte mir auch, wie das im einzelnen aussehen würde, und bat Gott, einen einfühlsamen, rücksichtsvollen Ehemann aus mir zu machen.

Als ich mein langes Gebet beendet hatte, hörte ich ein Geräusch an der Tür. Es war Mary.

„Es ... es tut mir leid, Josch. Ich wollte dich nicht stören. Ich ... ich ..."

Aber ich streckte ihr meine Hand entgegen.

„Ich möchte dir was zeigen", sagte ich und deutete auf das aufgeschlagene Wörterbuch vor mir.

Ich stand auf und setzte mich auf unser Bett. Mary kam zu mir und setzte sich neben mich.

„Weißt du eigentlich, was ‚ehren' genau bedeutet?"

„Ehren?"

„Ja. Was wir einander letzten Sonntag versprochen haben."

„Ach so!" Mary zog die Augenbrauen in die Höhe.

Ich fuhr mit dem Zeigefinger über die Zeilen, während Mary den Eintrag las. Als sie fertig war, begegneten sich unsere Blicke. Wir sahen einander eine Zeitlang an, bis Mary schließlich sagte: „Ziemlich viel verlangt, nicht?"

Sie schaute so furchtbar ernst, so feierlich drein, daß ich einfach lachen mußte. Ich legte das Wörterbuch neben mich aufs Bett und zog meine Frau an mich. Sie kuschelte sich in meinen Armen zurecht und lehnte den Kopf an meine Schulter, aber ich drehte ihr Gesicht sanft zu mir um, damit ich ihr in die Augen sehen konnte.

„Mary Jones", sagte ich und freute mich an dem Klang ihres neuen Namens, „vor Gott und dir als Zeugen gelobe ich, dich hochzuachten, zu verehren, zu respektieren, zu schätzen, anzuerkennen, dir meine Unterstützung zuteil werden zu lassen, dir in Freundlichkeit zu begegnen, dich zu hegen und zu pflegen und dir zu Füßen zu liegen, bis daß der Tod uns scheidet."

Während dieses langen Gelübdes hatte ich zwischendurch immer wieder ins Wörterbuch schauen müssen, aber ich hatte alles sehr ernst gemeint. Als ich geendet hatte, waren Marys Augen voller Tränen.

„O Josch!“ hauchte sie. „Ich habe dich ja so lieb!“

Mehr brauchte ich gar nicht zu hören.

Ich küßte sie noch einmal.

„Als du aus der Küche gegangen warst und gar nicht zurückkamst, da war ich ein bißchen besorgt“, gestand sie. „Ich dachte ... ach, ich weiß nicht einmal genau, was ich dachte.“

„Es hat halt 'ne Weile gedauert, bis ich das Wörterbuch gefunden hatte“, gab ich zu, „und dann habe ich lange dazu gebraucht, alles zu durchdenken und Gott um seine Hilfe zu bitten.“

Ich rückte mich zurecht, um Mary noch dichter an mich zu ziehen. Das Wörterbuch fiel unbeachtet auf den geflochtenen Bettvorleger. Vorerst brauchte ich es ohnehin nicht mehr.

„Ich muß gleich nach unten gehen und Kaffee kochen“, murmelte Mary, aber sehr überzeugend klang es nicht.

„Onkel Charlie kennt sich mit dem Kaffeekochen aus“, rief ich ihr ins Gedächtnis.

„Ja, schon, aber ...“ Der Rest ihres Protestes wich einem weiteren Kuß.

„Weißt du, wir haben nicht viel Zeit füreinander“, erklärte ich ihr. „Sag mir doch mal ausführlich, wie ich mein Versprechen von vorhin am besten in die Tat umsetzen kann.“

Eine Weile später zog der Duft von frisch aufgebrühtem Kaffee durch das Haus und unser Zimmer, und Mary und ich lächelten uns an. Anscheinend hatte Onkel Charlie auch ohne Marys Hilfe die Kaffeekanne gefunden.

Bald hatte ich die Ernte eingebracht. Wegen des trockenen Wetters war sie nur mittelmäßig ausgefallen, aber zum Leben reichte sie aus. Die letzten Niederschläge waren im Juli gefallen, als ich wegen des heftigen Regens in der Heuernte steckengeblieben war. Andererseits verdankte ich diesem Regen auch meine vorverlegte Hochzeit, ein Vorteil, der die übrigen Unannehmlichkeiten bei weitem überwog.

Wir beschlossen, unsere Hochzeitsreise noch weiter aufzuschieben. Mary meinte, daß es klüger wäre, unser Geld für eventuelle Notfälle zu sparen.

Mary holte das letzte Gemüse aus ihrem Garten, und dann warteten wir auf den Winter – ein völlig anderer Winter für uns, weil wir ja jetzt verheiratet waren.

Mary führte einen regen Briefwechsel mit Matilda. Ihr Bein war inzwischen wieder gut verheilt, und die Arbeit an ihrer neuen Schule machte ihr viel Freude. Sie ließ sogar anklingen, daß sie einen netten jungen Mann kennengelernt hatte, der ihr gut gefiel.

Im November brachte Lou noch ein kleines Mädchen zur Welt. Patricia Lynn hieß die Kleine. Ihre Haarfarbe war dunkler als die Sarahs. Sie schrie oft und verlangte viel an Zuwendung. Ich betrachtete Lou mit ihrer wachsenden Kinderschar und fragte mich dabei im stillen, wie das wohl sein mochte. Ganz gewiß bedeutete es viel an Arbeit und Aufopferung – aber das nahm man vermutlich gern in Kauf.

Nachdem Matilda bei uns ausgezogen war, hatten wir beschlossen, selbst eine Zeitung zu abonnieren. Wir hatten nämlich alle das Lesematerial zu schätzengelernt, das uns über das Weltgeschehen auf dem laufenden hielt. Manch ein Abend verging damit, daß wir alle am Küchentisch saßen und die Zeitung in ihre Einzelteile zerlegten.

Voller Entsetzen lasen wir die Berichte über den Börsenzusammenbruch. Viele Menschen waren anscheinend direkt davon betroffen; manche begingen sogar Selbstmord. Ich verstand zwar nicht viel von der Welt der hohen Finanzen, aber die Leute, die große Verluste hinnehmen mußten, taten mir leid.

Wir selbst waren nicht von dem Börsenkrach betroffen. In unserem kleinen Ort hatte ja niemand Geld zum Investieren besessen. Nein, bei uns würde nicht viel davon zu spüren sein, überlegte ich. Wir waren erleichtert, als die Schlagzeilen über die furchtbare Katastrophe aufhörten und sich anderen Dingen zuwandten.

Der Winter kam – zumindest dem Kalender nach. Draußen war nicht viel davon zu sehen. Es hatte so gut wie gar keinen Schnee gegeben. Eine Woche nach der anderen verging, doch an dem Anblick der Welt um uns her änderte sich nichts: sie blieb braun und kahl. Mary sprach oft sehnsuchtsvoll von Schnee, und auch ich muß zugeben, daß ich mir einen kräftigen Schneefall wünschte.

Allmählich ging es auf Weihnachten zu, wenn uns auch ohne das festliche Weiß nicht recht danach zumute war. Trotzdem taten alle im Haus geheimnisvoll und versteckten hier und da dies und das. Das Geflüster und Getuschel machte großen Spaß. Dann durchströmten Düfte wie aus einer Bäckerei unser Haus, als Mary sich daranmachte, Weihnachtsplätzchen und Früchtebrote zu backen. Ich fragte mich schon, wie wir das alles nur aufessen sollten. Bestimmt waren wir Ostern noch damit beschäftigt!

Mary erkundigte sich nach unserem Weihnachtsschmuck, und ich holte ihr die Schachteln vom Dachboden. Mir war noch nie aufgefallen, wie kümmerlich unser Bestand war. Mary schickte sich an, neue Weihnachtssterne zu basteln, und gab sogar in der Stadt etwas von ihrem kostbaren Eiergeld aus, um einige Dinge zu ersetzen. Ich konnte ihr anmerken, welche Freude es ihr machte, uns allen ein schönes Weihnachtsfest zu bescheren.

Ja, ich freute mich schon sehr auf Weihnachten. Noch schöner wäre es natürlich, wenn sich bis dahin der Schnee einstellen würde.

Weihnachten

Kurz vor Weihnachten segelten ein paar einsame Schneeflocken zur Erde herab. Vor Begeisterung geriet Mary ganz aus dem Häuschen. Kaum hatte sich aber eine dünne Schneedecke gebildet, da schmolz sie auch schon wieder. Mary war furchtbar enttäuscht, und auch mir tat's leid, aber es stand nun mal nicht in meiner Macht, ihr den ersehnten Weihnachtsschnee herbeizuzaubern.

„Josch“, eröffnete mir Mary am Samstag vor Heiligabend, „wir brauchen einen Baum.“

An Bäumen fehlte es wahrhaftig nicht. Unten am Bach gab es jede Menge Tannen, die sich als Weihnachtsbaum bestens eigneten.

„Ich hol' uns einen!“ erbot ich mich.

„Wie wär's, wenn wir das gemeinsam machten?“ schlug Mary vor, und ich grinste erfreut.

„Prima! Wann würdest du denn gern losgehen?“

„Gleich nach dem Mittagessen – falls dir das recht ist.“

„Aber klar!“

Und so machten wir uns auf den Weg, sobald das Geschirr gespült und abgetrocknet im Regal stand.

Draußen war es kälter, als wir gedacht hatten. Ich war mir gar nicht sicher, ob Mary sich auch warm genug angezogen hatte, aber das tüchtige Marschieren half ihr vermutlich gegen die Kälte; jedenfalls versicherte sie mir, sooft ich sie danach fragte, daß sie kein bißchen friere.

Fritz, der Hofhund, kam mit uns. Dieser Vierbeiner ließ sich keine Gelegenheit zu einem Spaziergang entgehen. Uns störte das überhaupt nicht, ganz im Gegenteil: Wir hätten auch Pixie gern mitgenommen, aber die konnte kaum noch laufen. Das Rheuma schien sie beinahe noch ärger als

Onkel Charlie zu plagen; sie bewegte sich nur noch, wenn es unbedingt notwendig war. Abends trug ich sie sogar ins obere Stockwerk hinauf. Tagsüber lag sie zusammengerollt in ihrer warmen Kiste hinter dem Herd.

Der Teich auf der Weide war zugefroren, und wir schlitterten wie zwei Schulkinder nach Herzenslust darauf herum.

„Du, wir müßten endlich mal wieder ein großes Schlittschuhfest veranstalten!" meinte Mary begeistert, aber ich wußte keinen, den wir dazu einladen könnten. Unsere Freunde von früher waren entweder verheiratet und hatten kleine Kinder daheim, oder sie waren weggezogen.

Unvermittelt mußte ich an Willi denken; vielleicht deshalb, weil wir beide früher genau auf diesem Teich herumgeschlittert waren. Ach, wie er mir fehlte! Irgendwie konnte ich's immer noch nicht ganz begreifen, daß er jetzt nicht mehr hier war, sondern im Himmel. Ich sah sein Gesicht förmlich vor mir und hatte sein Lachen noch in den Ohren. Auch erinnerte ich mich an den tiefen Ernst, mit dem er mir eröffnete, daß Gott ihn als Missionar nach Afrika berufen hätte. Ja, Willi fehlte mir mächtig.

Dann dachte ich an Carmen. Sie hatte inzwischen die lange Reise zu dem Stamm gemacht, unter dem Willi gearbeitet hatte. Am ersten Sonntag des Monats legte ich einen Beitrag zu ihrem Unterhalt in den Kollektenteller, und Onkel Nat leitete das Geld dann an die Missionsgesellschaft weiter. Hin und wieder erhielten wir einen Gebetsbrief von Carmen. Sie hatte die Dorfbewohner ins Herz geschlossen. Als Krankenschwester hatte sie alle Hände voll zu tun, denn die Eingeborenen waren arm, und viele von ihnen, ob alt oder jung, litten an Krankheiten. Carmen war froh, daß Gott sie zu dieser Arbeit berufen hatte. Richtig vorstellen konnte ich mir's eigentlich nicht, wie die hübsche, zierliche Carmen von Dorf zu Dorf marschierte, um Arznei und Nächstenliebe in die ärmlichen Grashütten zu bringen. Aber Gott kann ja bekanntlich Wunder an denen vollbringen, die ihm gehorsam sind. Er hat Mittel und Wege, die uns in unseren kühnsten Träumen nicht eingefallen wären. Mary und ich beteten täglich für Carmen.

Aber dann riß Mary mich mit einem dumpfen Schlag aus meinen Gedanken. Mitten auf dem Teich war sie ausgerutscht und flach auf dem Rücken gelandet. Ich befürchtete schon, daß sie sich verletzt haben könnte, aber sie lachte nur, als ich mich zu ihr beugte, und bald kugelten wir uns beide lachend auf dem Eis.

Wir hatten ein Riesengaudi, bis Fritz sich in das Getümmel mischte. Er bellte und tollte und leckte uns die Gesichter ab. Mary und ich hatten bald genug davon. Wir stellten uns wieder auf die Füße und besannen uns auf unsere Suche nach einem Weihnachtsbaum.

Eigentlich hatte ich damit gerechnet, auf Anhieb einen Baum zu finden, aber an jeder Tanne, auf die ich zeigte, hatte Mary etwas auszusetzen. So gingen wir weiter und begutachteten einen Baum nach dem anderen.

Ich dachte schon besorgt an die Stallarbeit, die daheim auf mich wartete, als Mary endlich auf den Baum ihrer Träume stieß. Er reichte mir fast über den Kopf und besaß dichte, gleichmäßig gewachsene Zweige.

„Der ist wie geschaffen für unsere Diele!" strahlte Mary und fügte dann nüchtern hinzu: „Aber zuerst muß ich natürlich ein paar von den Zweigen absägen."

Es war kein Kunststück, den Baum zu schlagen. Ihn anschließend nach Hause zu befördern stellte sich als wesentlich schwieriger heraus. Weil kein Schnee lag, konnten wir ihn nicht einfach hinter uns herschleifen. Mary befürchtete nämlich, daß wir sonst die Zweige beschädigen könnten – „wahrscheinlich genau die, die sie ohnehin absägen will", dachte ich im stillen. Das bedeutete, daß wir den Baum tragen mußten. Mary bestand darauf, mir zu helfen. Ich hob das schwere Ende auf, während sie sich den Wipfel packte, aber das Tragen eines Baums, besonders eines Baums mit dichten, ausladenden Zweigen, dessen Stamm in der Mitte durchhängt, ist alles andere als ein Kinderspiel.

Wir stolperten mehr, als wir gingen. Der Hund machte uns die Sache nicht gerade leichter, indem er uns ständig im Weg war und uns vor den Füßen herumtollte.

„Ich glaube, es ist besser, wenn ich ihn allein trage!" schlug ich schließlich vor.

„Aber Josch, er ist doch viel zu schwer für einen allein!"

Beinahe hätte ich ihr gesagt, daß er für *zwei* Personen auch viel zu schwer wäre, aber diese Bemerkung verkniff ich mir lieber.

„So wär's aber einfacher", wagte ich einzuwenden.

Mary schaute zweifelnd drein.

„Willst du ihn auf dem Rücken tragen oder über die Schulter nehmen?" gab sie schließlich nach.

„Über die Schulter, glaub' ich."

„Hier, ich helfe dir, ihn aufzuladen."

Aber so war's auch nicht viel besser. Vielleicht wäre alles ja erheblich glatter über die Bühne gegangen, wenn Mary mir erlaubt hätte, die untersten Zweige abzuschlagen, aber sie hatte es sich nun einmal in den Kopf gesetzt, daß die Zweige bis auf den Fußboden unserer Diele reichen sollten. So sähe der Weihnachtsbaum viel festlicher aus, meinte sie. Deshalb mühte ich mich jetzt damit ab, einen Baum auf den Schultern zu tragen, dessen Zweige bis an den Stumpf reichten und mir ins Gesicht hingen und die Mütze wegrissen.

Schließlich riß mir die Geduld und ich warf das ganze Ding einfach auf den Boden. Mary stieß einen leisen Schrei aus. Sie hatte wohl panische Angst, daß ich ein paar ihrer kostbaren Zweige abgebrochen haben könnte – von denen der Baum ohnehin viel zuviel aufwies, wenn man mich fragte.

„Hör mal zu", sagte ich eine Spur ungehalten, „wie wär's, wenn ich das Gespann holte und den Baum damit nach Hause beförderte?"

„Kommst du denn mit dem Gespann durch den Wald?" fragte Mary. Das war in der Tat eine gute Frage. In diesem Dickicht gab es einzig und allein die Pfade, die die Kühe sich gebahnt hatten, und die waren nicht breit genug für ein ganzes Gespann.

„Dann spann' ich halt Barney vor die Steinkarre", schlug ich vor, wobei ich mir Mühe gab, daß es nicht patzig klang.

Mary legte den Kopf schräg und dachte nach.

„Das müßte eigentlich funktionieren“, nickte sie. „Du kannst dich zwischen den Bäumen voranschlängeln.“

Ihre Beschreibung gefiel mir nicht sonderlich. „Voranschlängeln“ war keine sehr markante Art der Fortbewegung für einen erwachsenen Mann.

„Aber zuerst müssen wir ihn irgendwo abstellen, wo du ihn auch ganz bestimmt wiederfinden wirst“, fuhr Mary fort, und das fuchste mich noch mehr.

„Nur keine Sorge!“ sagte ich geradeheraus. „Du hältst mich wohl für 'nen alten Tattergreis, was?“

Mary schaute ein wenig erschrocken drein.

„Aber natürlich nicht!“ beschwichtigte sie mich. „Es ist halt nur, daß sich die Bäume hier alle furchtbar ähnlich sind, und da kann es *jedem* passieren, unseren Baum nicht wiederzufinden.“

Das Wort „jedem“ betonte sie geflissentlich.

„Vergiß nicht, daß ich auf diesem Grund und Boden aufgewachsen bin“, wies ich sie zurecht. „Ich kenne das Gelände am Bach wie meine Westentasche. Hab' ja meine ganze Kindheit hier verbracht – geangelt, nach verirrten Kühen gesucht und so weiter.“

Mary nickte nur und sagte nichts mehr.

Wir lehnten den Baum an zwei Tannen und machten uns auf den Heimweg. Ich warf einen prüfenden Blick zum Himmel. Die Sonne stand schon tief über dem Horizont. Wenn ich den Baum noch vor Einbruch der Dunkelheit holen wollte, würde ich mich beeilen müssen.

Mary schob ihre behandschuhte Hand in meine, und ich drückte sie sanft. Sie sollte wissen, daß ich ihr keineswegs böse war. Schweigend gingen wir nebeneinander her, und dann fing Mary an zu schwärmen, wie sie den Baum schmücken würde und wie hübsch er aussehen würde. Ich konnte ihr anmerken, wieviel er ihr bedeutete. Jetzt war ich froh, vorhin nicht darauf bestanden zu haben, die untersten Äste einfach abzuschlagen. „In Freundlichkeit begegnen“, fuhr es mir wieder durch den Sinn, und ich drückte ihre Hand noch einmal sanft.

Daheim fing Mary gleich an, das Abendessen vorzubereiten, und ich ging in die Scheune, um Barney zu holen.

Es dauerte nicht lange, bis ich mit dem Steinkarren unten am Bach war. Ich hatte vor, in den Wald zu fahren, das unförmige Ding aufzuladen und in Null Komma nichts wieder daheim zu sein. Also lenkte ich den Steinkarren geradewegs zu der Stelle, wo wir den Baum abgestellt hatten – nur, daß er plötzlich nicht mehr da war! Die beiden Tannen, an die wir ihn gelehnt hatten, auch nicht. Ich konnte meinen Augen kaum trauen. In alle Himmelsrichtungen sah ich mich um, aber je mehr ich suchte, desto konfuser wurde ich. Ein paarmal mußte ich von der Axt Gebrauch machen, um den Steinkarren aus dem Unterholz zu ziehen, und das hob meine Laune auch nicht gerade.

Während ich suchte, wurde es immer dunkler. Und in mir brodelte die Wut. Weiß selbst nicht, warum. Eigentlich war alles meine Schuld, aber ich war böse auf Mary. Dabei wußte ich nicht mal, was sie verbrochen hatte. Außer eben, daß sie recht behalten hatte. Egal; ich suchte verbissen weiter. Zum Aufgeben war ich zu sauer und zu stolz. Konnte mir ja keine größere Erniedrigung vorstellen, als ohne den Baum zu Hause aufzutauchen.

Aber schließlich blieb mir doch nichts anderes übrig. Ich hatte mich nämlich so gründlich verirrt, daß ich nicht mal wußte, in welcher Richtung unsere Farm lag. Und das machte mich noch wütender. Weil ja kein Schnee lag, gab es auch keine Spuren, an denen ich mich hätte orientieren können, obwohl ich andererseits deswegen auch mächtig erleichtert war. Meine eigenen Fußspuren boten bestimmt ein Bild zum Lachen.

Ich gab mich geschlagen und überließ Barney seinem eigenen Richtungssinn. Er wand sich zwischen den Bäumen umher – *schlängelnd*, wenn man so will – und fand tatsächlich aus dem Dickicht ins Freie. Dort hinter dem Feld winkten die erhellten Fenster unseres Wohnhauses.

Kaum hatte ich den Hof erreicht, als Mary mir auch schon entgegenlief. Wenn sie enttäuscht darüber war, daß ich den Baum nicht mitgebracht hatte, ließ sie sich das nicht anmerken.

„Ich habe mir schon Sorgen gemacht!" begrüßte sie mich statt dessen.

„Zu dunkel", knurrte ich als Erklärung. „Ich muß halt später nochmal losfahren."

„Das Abendbrot ist fertig", sagte sie. „Möchtest du erst essen, bevor du die Tiere versorgst?"

Ich nickte, was sie bestimmt nicht sehen konnte, weil es ja schon dunkel war. Mary machte sich wieder auf den Weg zur Küche.

„Die Schweine und Hühner habe ich übrigens schon gefüttert", rief sie mir über die Schulter zu, „und Opa hat Brennholz und Wasser geholt!"

Das hätte mich eigentlich außerordentlich freuen sollen. Da kam ich nun spät und unverrichteter Dinge nach Hause, wo ich noch die Stallrunde vor mir hatte, um dann festzustellen, daß diese schon zur Hälfte erledigt war. Aber erleichtert fühlte ich mich nicht gerade. Ganz im Gegenteil: es schürte meinen Zorn noch mehr. „Denken die etwa, daß ich nicht mal meine Arbeit selbst geschafft kriege?" kochte es in mir.

Ich brachte Barney in die Scheune und gab ihm Futter. Heute hatte ich weder ein freundliches Wort noch ein Streicheln für ihn übrig. Die Stallkatze scheuchte ich mit dem schweren Stiefel aus dem Weg. Sie konnte von Glück reden. Am liebsten hätte ich ihr einen Tritt versetzt, daß sie Sterne gesehen hätte.

Auf dem Weg zum Wohnhaus fiel es mir wie Schuppen von den Augen. Ich benahm mich geradezu wie ein unartiges Kind, nicht wie ein verheirateter Mann. Und schon gar nicht wie ein christlicher Ehemann, der vor kurzem ein Gelübde abgelegt hatte, und zwar ein ernstgemeintes, seine Frau zu lieben und zu ehren. Mary hatte es nicht verdient, daß ich ihr böse war. Sie wollte doch nur, daß unser Weihnachten besonders festlich ausfiel: um meinetwillen und um Opas und Onkel Charlies willen. Sie hatte einen ganz besonders hübschen Baum gewollt und hatte sich alle Mühe gegeben, beim Transport des Baumes zu helfen. Es war nicht ihre Schuld, daß ich mich im Wald verirrt hatte.

Aber sie hatte recht behalten. Bestimmt würde sie mich so ansehen, als wollte sie sagen: „Siehst du? Ich hab's dir ja gleich gesagt!" Wehe, wenn sie das ...

Aber halt! Neben dem Holzschuppen blieb ich stehen und betete. Ich rief mir mein ganzes Gelübde wieder ins Gedächtnis und bat Gott um seine Hilfe, mein Versprechen auch in die Tat umzusetzen. Das änderte zwar nichts an der Tatsache, daß ich kläglich versagt hatte, aber wenigstens hatten die anderen jetzt beim Essen erträglichere Gesellschaft an mir.

Über den Baum und den Baumschmuck, der in der Diele wartete, fiel kein einziges Wort. Und Mary vermied es auch, mich mit einem besserwisserischen Blick zu bedenken. Sie suchte sich etwas, das sie den Samstag abend lang beschäftigt hielt, und plauderte dabei so munter, als sei nichts gewesen.

Das imponierte mir. Mary machte ihre Sache viel besser als ich, was unser Gelübde, „den anderen zu ehren", betraf.

Am Montag morgen spannte ich Barney wieder vor die Steinkarre. Wie ich den Baum je ausfindig machen sollte, war mir zwar immer noch ein Rätsel, aber finden würde ich ihn, und wenn ich den ganzen Tag dazu brauchen sollte.

Schließlich machte Mary alles noch schwieriger, indem sie warm angezogen aus dem Haus kam und mir mit einem sonnigen Lächeln mitteilte: „Ich dachte, ich komme einfach mit."

In meinem Kopf schwirrte es nur so. „Das kann ja heiter werden!" dachte ich. „Ich werd' mich gründlich blamieren. Das seh' ich schon kommen!" Ich hatte damit geprahlt, den Wald am Bach wie meine Westentasche zu kennen und ein verläßliches Gedächtnis zu besitzen. Beides hatte sich als falsch erwiesen. Ich holte tief Luft, biß die Zähne aufeinander und ließ Barney in Richtung Wald lostraben.

Auf halber Strecke kam mir ein genialer Einfall. Ich warf Mary ein breites Lächeln zu und bedeutete ihr, sich neben mich zu setzen.

„Hast du Lust, auch mal zu kutschieren?“ fragte ich sie. Ihr Gesicht strahlte nicht auf, wie ich erwartet hatte. Einen Moment befürchtete ich schon, daß sie das Angebot ablehnen könnte. Mary hatte feste Vorstellungen von den Rechten und Pflichten, die dem Mann als Oberhaupt seiner Familie zukommen. Als ich ihr aber Barneys Zügel reichte, nahm sie diese nur mit einem Lächeln entgegen. Innerlich stieß ich einen Seufzer der Erleichterung aus.

Als wir uns dem Waldrand näherten, befürchtete ich, daß sie mir die Zügel zurückgeben würde. Das mußte ich unbedingt vermeiden. Ich beugte mich vor und hob die Axt auf meinen Schoß.

„Du kutschierst“, sagte ich so beiläufig wie möglich, „und ich schlage uns mit der Axt das Gestrüpp aus dem Weg, ja?“

Mary nickte nur.

Jetzt hatten wir den Wald erreicht, und sie fing an, sich einen Weg durch das Dickicht zu „schlängeln“. Kein einziges Mal blieb sie mit dem Karren an irgendwelchem Gestrüpp hängen, weshalb ich auch keinerlei Anlaß hatte, von der Axt Gebrauch zu machen.

Und zu meinem grenzenlosen Erstaunen fuhr sie geradewegs auf den Weihnachtsbaum zu.

Wortlos lud ich ihn auf den Steinkarren. Da jetzt für uns kein Platz mehr darin war, mußten Mary und ich zu Fuß gehen. Ihr schien das nichts auszumachen, und mir natürlich auch nicht. Auf dem Heimweg überließ sie mir das Führen des Pferdes. Es kam mir nicht einmal in den Sinn, es ihr anzubieten. Ich war viel zu tief in Gedanken versunken. Wie in aller Welt hatte sie es nur geschafft? Ohne mit der Wimper zu zucken, war sie schnurstracks zu der Stelle gefahren, wo der Baum wartete. Als wär's das reinste Kinderspiel!

Wieder daheim angekommen, widmete Mary sich gleich wieder der Wäsche. Ich brachte Barney in die Scheune zurück und erledigte ein paar Arbeiten im Hof. Ich wußte, daß wir heute abend den Baum in der Diele aufbauen und schmücken würden. Jetzt, wo wir das Ding endlich nach Hause geschafft hatten, freute ich mich sogar regelrecht darauf.

Am nächsten Tag geriet der Hausfriede bei uns schon wieder in Gefahr. Ich hatte keine Ahnung, was da auf mich zukam, obwohl ich es mir mit ein bißchen Grips eigentlich hätte denken können. Die Sache war nämlich so: Seitdem Lou mit Nat verheiratet war, hatten wir jedes Jahr das Weihnachtsfest bei diesen beiden gefeiert. Lou hatte alles in die Wege geleitet, das Essen vorbereitet und für einen Weihnachtsbaum gesorgt. Wir Männer brauchten uns nur noch an den gedeckten Tisch zu setzen.

Na ja, ganz so war's vielleicht auch nicht gerade. Wir kauften Geschenke und wickelten sie mehr oder weniger geschickt ein, und wir mästeten auch den Truthahn, den wir zu Weihnachten einen Kopf kürzer machten und rupften. Aber abgesehen davon sorgte Lou tatsächlich für alles. Warum ich nun glaubte, das würde für alle Zeiten so bleiben, weiß ich selbst nicht.

Wie dem auch sei, jedenfalls hätte ich eigentlich stutzig werden sollen, als Mary eines Morgens kurz vor Weihnachten zu mir sagte: „Hast du etwas dagegen, wenn ich Papa und Lilli zum Weihnachtsessen einlade?"

Selbstverständlich hatte ich keine Einwände. Ich war sogar sehr dafür, und Lou kochte ja immer ganze Berge von allem. Nach Weihnachten hatten wir meist tagelang an den Resten zu essen.

Deshalb gab ich eifrig meine Zustimmung. Ich ritt sogar zu den Turleys, um die Einladung persönlich zu überbringen. Anschließend blieb ich noch eine Weile dort, einfach nur, um mich mit Papa Turley zu unterhalten und ein paar Runden Mühle zu spielen. Jetzt, wo Mike daheim ausgezogen war, hatte er nicht oft die Gelegenheit, unter seinesgleichen zu sein, was ihm bestimmt ab und zu fehlte. Mary freute sich, als ich ihr den Bescheid gab, daß unsere Einladung angenommen worden war.

Am nächsten Tag sprach Mary wieder von Weihnachten.

„Eigentlich könntest du mir den Truthahn heute bringen“, sagte sie zu mir. „Ich möchte ihn bratfertig in der Speisekammer haben, damit nicht alles in letzter Minute erledigt werden muß.“

Das klang einleuchtend. Wir Männer hatten das immer ganz zum Schluß gemacht, weil wir ja weiter nichts beizusteuern hatten. Ich wußte zwar nicht genau, was Mary noch alles an Arbeit hatte, aber sie war ja immer furchtbar beschäftigt mit ihrem Haushalt.

Also schlachtete ich den Puter, rupfte die Federn aus und trug ihn in Marys Küche. Sie übernahm alles Weitere, und bald konnte das Tier draußen im Schuppen aufgehängt werden, wo es in gefrorenem Zustand auf die Backröhre warten konnte.

Als wir uns an diesem Abend zu Bett legten, sprach Mary wieder von Weihnachten – und diesmal begriff ich endlich, wie sie sich diesen Feiertag vorgestellt hatte.

„Möchtest du Nat und Lou auch gern einladen?“

Zuerst verstand ich nicht, was diese Frage überhaupt bedeuten sollte.

„Einladen? Ja, wozu denn?“

„Zu Weihnachten.“

„Einladen ist bei denen nicht nötig“, erwiderte ich und warf den anderen Socken in die Ecke. „Wir feiern schon seit Urzeiten Weihnachten zusammen. Da weiß jeder im Schlaf, was er zu tun hat. Einladungen sind überflüssig.“

In meiner Unwissenheit hatte ich angenommen, daß Mary versehentlich die Reihenfolge umgedreht hatte. Aber von einem Versehen konnte nicht die Rede sein. Mary hatte genau gewußt, was sie gesagt hatte.

„Wie meinst du das?“ fragte sie und hörte auf, sich die Haarnadeln aus der Frisur zu ziehen.

„Also, die ersten paar Jahre hat Lou uns wohl formell eingeladen. Aber dann ... Na ja, jeder hat halt von selbst gewußt, daß wir Weihnachten immer bei ihr feiern. Nun gut, vielleicht nicht immer direkt bei ihr. Ein paarmal hat Lou auch alles hier zur Farm mitgebracht. Aber meistens fahren wir zu ihr in die Stadt.“

Eine Zeitlang herrschte Schweigen. Mary machte langsam mit den Haarnadeln weiter.

„Das war, bevor du eine Frau hattest", entgegnete sie leise.

Ich sah auf. Etwas in ihrer Stimme schien mich warnen zu wollen.

„Was soll denn das bedeuten?" fragte ich. Wahrscheinlich hätte ich die Antwort schon längst von selbst wissen müssen.

„Das war, bevor du eine Frau hattest", wiederholte sie betont, als sei ich schwer von Begriff.

„Und was hat das mit Weihnachten zu tun?" forderte ich sie heraus.

Marys Ton wurde bestimmter, als sie jetzt kurz angebunden antwortete: „Eine ganze Menge, möchte ich meinen."

„Schließlich ändert das nichts an der Tatsache, daß Verwandtschaft nun einmal Verwandtschaft ist und daß Lou ..."

Aber jetzt fuhr Mary zu mir herum und sah mich mit erhobenem Kinn und einem verletzten Ausdruck im Blick an. So kam ich nicht weiter. Wenigstens vorerst nicht.

Die Stille lastete bleischwer auf uns.

Mary redete als erste weiter. Sie rang um eine möglichst beherrschte, ebenmäßige Stimme.

„Josch", begann sie, „hast du eigentlich nicht gemerkt, was hier während der letzten paar Tage alles vor sich gegangen ist?"

Ich zuckte mit den Achseln. Ich konnte ihr nicht recht folgen.

„Das Backen? Das Putzen und Aufräumen? Der Baum? Der Puter?" fuhr Mary fort.

Wieder zuckte ich mit den Achseln. Ich hatte das Gefühl, als drohte mir eine Strafpredigt, ganz egal, was ich auch sagen würde.

„Weihnachten, Josch. Weihnachten!" sagte Mary mit Nachdruck. „Ich war dabei, unser erstes gemeinsames Weihnachtsfest vorzubereiten. Wenn ich das Fest schon nicht ausrichten darf, warum hast du dann seelenruhig zugesehen, wie ich die Vorbereitungen dazu getroffen habe?"

„Mit ... mit ‚nicht dürfen' hat das doch nichts zu tun", stotterte ich.

Mary fuhr sich mit der Bürste durch das Haar.

„Gut", sagte sie nur. „Dann feiern wir also hier, wie ich's geplant hatte. Möchtest du Lou und Nat dazu einladen?"

Ach, du liebe Güte! Anscheinend hatten wir nach dem Motto „Daß keiner des anderen Sprache verstehe!" miteinander geredet. Die ganze Diskussion hatte sich im Kreis gedreht.

Ich stand auf und baute mich vor ihr auf. Irgendwie mußte ich jetzt ein für alle Male Klarheit schaffen.

„Mary", sagte ich eindringlich, „wir – Opa, Onkel Charlie und ich – wir fahren immer an Weihnachten zu Tante Lou. Jedes Jahr. Wir ..."

Aber da hatte Mary mir schon den Rücken zugewandt. Ich war aufgebracht. Am liebsten hätte ich sie bei den Schultern gepackt und zu mir umgedreht, damit sie mich ansehen mußte.

„Das war früher", beharrte sie.

„Früher? Was hat das denn mit Weihnachten zu tun? Früher! Das ändert doch nichts daran, daß wir wie eh und je miteinander verwandt sind. An Weihnachten trifft sich nun mal die Verwandtschaft und feiert gemeinsam. Nicht bloß ein kleiner Teil, sondern alle. Begreifst du das denn nicht?"

Jetzt fuhr Mary auf dem Absatz zu mir herum. Tränen rollten ihr über das Gesicht.

„Nein", schluchzte sie, „du bist derjenige, der nicht begreift. Tagelang ... ach, was sag' ich: *wochen*lang habe ich an den Vorbereitungen für unser erstes gemeinsames Weihnachtsfest gearbeitet. Früher mußte ich zu Weihnachten immer ade zu dir sagen und zu Papa nach Hause fahren. Aber jetzt sind wir beide doch eine Familie, Josch. Du und ich. Und dieses Weihnachten soll uns beiden gehören. Unser erstes Weihnachten als Ehepaar. Ich hatte gedacht, so wolltest du's auch haben", schluchzte sie. „Aber jetzt ... jetzt sagst du, daß wir an Weihnachten in die Stadt fahren, zu Lou. Mir liegt genausoviel wie dir an der Verwandtschaft, Josch. Ich habe sie allesamt sehr lieb: Lou und Nat und ...

und die Kinder, aber … aber unser erstes gemeinsames Weihnachten hatte ich mir anders vorgestellt!“

Jetzt weinte Mary heftig. Ich fragte mich schon, ob Opa und Onkel Charlie etwa jedes Wort mitgekriegt hatten. Die Wände bei uns waren nämlich alles andere als schalldicht. Na, wenn schon! Dann hörten sie es halt. Hier ging es um unsere Familie. Ich versuchte es noch einmal.

„Ich hab’ ja gar nichts dagegen, unser erstes gemeinsames Weihnachten ganz besonders schön zu feiern“, gab ich ihr zu verstehen. „Aber bei Nat und Lou ist Weihnachten *immer* ganz besonders schön.“

Mary nahm einen Zipfel ihres Nachthemds und wischte sich damit die Augen trocken. Ihre Tränen waren versiegt, und es gab keinen Zweifel daran, daß ich als Sieger aus dieser Meinungsverschiedenheit hervorgegangen war. Mary hatte sich von meinen Argumenten überzeugen lassen und ein Einsehen gehabt.

Allerdings sagte sie nicht etwa: „Also gut!“ oder: „Na schön, du hast recht!“ Sie sagte überhaupt nichts mehr. Sie legte einfach ihre Bürste auf die Kommode zurück und schlüpfte ins Bett. Sie ließ sich sogar ihren gewohnten Gutenachtkuß geben, nachdem ich das Licht gelöscht hatte.

Irgendwann mitten in der Nacht wachte ich auf. Mir war, als hätte ich ein Geräusch gehört, aber als ich in der Dunkelheit dalag und angestrengt horchte, herrschte völlige Stille. Da hörte ich es wieder: ein unterdrücktes Schluchzen von Marys Betthälfte.

Ich drehte mich zu ihr um und tastete mit der Hand nach ihr.

„Mary?“ fragte ich flüsternd. „Mary, was ist denn los?“

„Ach Josch!“ schluchzte sie und warf ihre Arme um mich. „Es tut mir ja so leid! Ich hätte … ich hätte nicht so bockig sein dürfen. Ich …“

„Wovon redest du denn?“ wunderte ich mich. Unsere kleine Auseinandersetzung zur Schlafenszeit hatte ich restlos vergessen.

„Ist doch klar, daß du Weihnachten mit deiner Verwandtschaft feiern willst, wie eh und je. Verzeih mir, daß ich …“

Das war es also.

Ich hielt Mary umarmt und ließ sie einfach weinen. Dabei rief ich mir jedes Wort von dem, was sie am Abend gesagt hatte, ins Gedächtnis. Zum ersten Mal konnte ich ihren Standpunkt verstehen. Wir beiden, Mary und ich, waren jetzt eine neue Familieneinheit, die mit der Zeit vielleicht durch Zuwachs gesegnet werden würde. Es war sowohl unser gutes Recht als auch unsere Pflicht, unsere eigene Familientradition ins Leben zu rufen und für uns das Weihnachtsfest zu feiern. Das brauchte nicht zu bedeuten, daß uns die Verwandtschaft plötzlich gleichgültig wäre – ganz und gar nicht! Wir konnten nach wie vor mit den anderen gemeinsam feiern, aber wenn, dann als Mitgestalter, die ihre eigenen Weihnachtsbräuche einführten.

Ich strich Mary tröstend über die Schulter und starrte dabei nachdenklich in die Dunkelheit. Im stillen betete ich auch eine Zeitlang.

Wieder hatte ich versagt. Ich hatte meiner Frau nicht die Ehre erwiesen, die ich ihr versprochen hatte. Ich hatte ihr nicht meine Unterstützung zuteil werden lassen und war ihr nicht in Freundlichkeit begegnet. War ich denn so ein hoffnungsloser Fall?

„Mary“, flüsterte ich sanft in ihr Haar hinein, „du warst im Recht und ich im Unrecht. Bitte verzeih mir. Es tut mir wirklich leid!“

Wieder herrschte Stille. Ich wagte es fortzufahren.

„Von jetzt an feiern wir Weihnachten nach unserer Manier. Schließlich sind wir jetzt eine Familie. Das ist wichtig – sowohl für dich als auch für mich.“

Mary richtete sich in der Dunkelheit auf.

„Schon gut, Josch“, sagte sie. „Mir macht's nichts aus. Ehrenwort!“

Aber für mich gab es kein Zurück mehr.

„Ich besuche Tante Lou gleich morgen früh“, versprach ich ihr. „Opa und Onkel Charlie können ruhig zu Weihnachten in die Stadt fahren. Wir laden uns Lilli und deinen Vater ein.“

„Kommt nicht in Frage!“ wehrte Mary ab. „Damit würden wir ja die Familie auseinanderreißen. Das geht doch nicht!"

„Ich rede mit Lou", beharrte ich. „Sie wird schon Verständnis haben!"

„Nein. *Ich* rede mit Lou", widersprach Mary. „Wir werden uns bestimmt einigen."

„Aber ..." wollte ich protestieren. Mary langte mit ihrem Zeigefinger durch die Dunkelheit und legte ihn auf meine Lippen.

„Vertraust du mir?" fragte sie nur, und ich nickte gegen ihren Zeigefinger, um ihr zu verstehen zu geben, daß das wirklich der Fall war.

Freude und Traurigkeit

Am nächsten Vormittag fuhr Opa mit Mary in die Stadt, wo er sie bei Lou absetzte. Er hatte sowieso längst wieder einmal in die Stadt gewollt, sagte er. Vermutlich war er noch nicht ganz fertig mit seinen Weihnachtseinkäufen.

Alles regelte sich bestens. Es wurde beschlossen, daß wir Weihnachten bei uns auf der Farm feiern würden, und zwar gemeinsam mit Onkel Nat, Tante Lou, den Kindern, Papa Turley und Lilli. Den großen Festtagsschmaus würde Mary auftischen. Opa vertraute mir an, daß Lou dieser Lösung sogar mit Erleichterung zugestimmt hatte. Ihr Nesthäkchen raubte ihr nämlich noch oft die Nachtruhe.

Außerdem einigten sich Lou und Mary darauf, sich von jetzt an mit dem Ausrichten des Weihnachtsfests abzuwechseln. Das fand ich durchaus vernünftig. Auf diese Weise kam jede der beiden Frauen jedes zweite Jahr zu einem etwas geruhsameren Fest und zu einem, das sie ganz nach ihren Wünschen gestalten konnte.

Ich war mächtig stolz auf meine Frau. Sie hatte sich als einfühlsam und rücksichtsvoll erwiesen und dabei ein tüchtiges Stück an Verantwortung im Familienkreis übernommen.

Dieses Weihnachtsfest wurde das beste meines bisherigen Lebens. Mit dem Festessen übertraf Mary sich selbst – ganz wie ich's erwartet hatte. Der Truthahn war eine wahre Delikatesse, das Kartoffelpüree locker wie Schnee und die Soße sämig und schmackhaft. All die Leckereien, die sie während der letzten Tage gebacken hatten, stapelten sich auf der Anrichte in der Küche, und daneben stand ihr kostbares Silberservice, aus dem sie Tee und Kaffee ausschenkte.

Das Wetter war großartig, wenn wir auch auf unseren Weihnachtsschnee verzichten mußten. Die Gäste stellten sich zeitig ein und verabschiedeten sich erst spät. Alles in allem war es ein rundherum gelungenes Weihnachten.

Lous vier Sprößlinge sorgten selbstverständlich für allerhand Trubel. Sarah war schon beinahe eine junge Dame und weigerte sich, unter die „Kinder" gezählt zu werden. Auch Jonathan war schon viel vernünftiger und ruhiger geworden, aber der kleine Timmy dagegen war ein wahrer Wirbelwind. Man konnte ihn keine Sekunde lang aus den Augen lassen. Mir blieb nichts anderes übrig, als Pixie nach oben in unser Zimmer zu tragen und die Tür abzuschließen. Timmy wollte sie nämlich ständig auf den Schoß nehmen, aber Pixie war zu gebrechlich für die robusten Jungenhände. Er gab sich zwar Mühe, behutsam mit ihr umzugehen, aber für einen kleinen Hosenmatz wie ihn war das halt fast ein Ding der Unmöglichkeit.

Patty, das Nesthäkchen, verschlief einen großen Teil des Tages. Tante Lou stellte seufzend fest, daß das nach aller Wahrscheinlichkeit eine lange, schlaflose Nacht nach sich ziehen würde. In der Hinsicht konnte ich nicht aus eigener Erfahrung mitreden, worüber ich auch gar nicht traurig war.

Papa Turley schien es sehr zu genießen, ein Teil unseres Familienkreises zu sein. Die lustigen Eskapaden der Kinder quittierte er mit schallendem Gelächter. Im stillen fragte ich mich, was er wohl davon halten würde, eines Tages selbst einmal Opa zu werden; die Antwort konnte ich mir beinahe denken.

Lilli war recht schweigsam. Sie half Mary in der Küche, aber in Gedanken schien sie weit weg zu sein. Ich war nicht sehr überrascht, als Avery am Nachmittag bei uns anklopfte. Ich wollte ihn in die Stube bitten, aber er lehnte ab. Wollte Lilli zu einer Spazierfahrt abholen, sagte er. Wir machten ein paar ulkige Bemerkungen, aber die beiden bekamen nur rote Gesichter, zogen sich warm an und machten, daß sie uns entkamen.

Als sie zurückkehrten, nahm Avery unsere Einladung zu

einem Imbiß aus Truthahnresten und Buttersemmeln an. Zu viert spielten wir ein paar Runden Domino. Mary und ich gewannen haushoch; allerdings schienen unsere Gegner nicht recht bei der Sache zu sein. An diesem Abend waren Avery und Lilli die letzten, die sich verabschiedeten.

Müde, aber froh gingen wir zu Bett. Mary und ich kuschelten uns in Tante Lous altem Bett aneinander und ließen den Tag noch einmal an uns vorbeiziehen.

„Weißt du, über welches von meinen Geschenken ich mich am allermeisten gefreut habe?“ fragte Mary mich.

„Na, über welches denn?“

„Den Spiegel. Den neuen Spiegel.“

Das überraschte mich kaum. Ich hatte sie ja schon oft dabei beobachtet, wie sie sich vor Lous altem Spiegel recken und strecken mußte, um sich überhaupt darin sehen zu können. Er war ausgerechnet in der Mitte blind geworden.

„Und was ist dein Lieblingsgeschenk?“ wollte Mary wissen.

„Au weia! Das ist aber 'ne kniffelige Frage! Eigentlich gefallen sie mir alle.“

Aber so leicht ließ Mary sich nicht abfertigen.

„Komm schon, Josch. Raus mit der Sprache!“

Ich dachte an die Geschenke, die ich von Mary bekommen hatte.

„Vielleicht der Pullover“, sagte ich nach reiflicher Überlegung.

„Der Pullover?“

„Ja, und weißt du auch, warum? Weil du ihn selbst gestrickt hast. Für mich.“ Ich machte eine Pause und sagte dann mit einem Grinsen: „Weißt du auch, wieso eigentlich übrigens auch noch?“

„*Wieso eigentlich übrigens auch noch*?“ kicherte Mary. „Ist das vielleicht die feine Art sich auszudrücken?“

„Aber klar! Wieso würde ich's sonst *eigentlich übrigens auch noch* sagen?“ spaßte ich zurück und versetzte Mary einen Rippenstoß.

„Also gut: *Wieso eigentlich übrigens auch noch*?“ fragte sie. „Weil er tatsächlich paßt!“ antwortete ich lachend. „Er hat zwei Ärmel, und die sind sogar gleich lang! Oben ist ein Loch für meinen Kopf und unten eins für meinen Bauch."

Jetzt lachte auch Mary, obwohl sie mich aus vorgetäuschtem Zorn in die Seite boxte.

„Du hast wohl geglaubt, ich könnte nicht mit Stricknadeln umgehen, was?"

„Das nicht gerade", entgegnete ich. „Aber ich hab' schon Herrenpullover gesehen, die von Freundinnen und jungen Bräuten fabriziert worden waren. Da mußte man sich erst genau erkundigen, was das Ding eigentlich darstellen sollte."

Den nächsten Boxhieb, den Mary mir versetzte, hatte ich wohl verdient.

An einem kalten, windigen Tag ein paar Wochen später kam ich eines Vormittags ins Haus und fand Mary in Tränen aufgelöst vor. Ich war mir keiner Schuld bewußt, und auch Opa und Onkel Charlie hatten gewiß nichts getan oder gesagt, worüber sie sich so arg grämen müßte. Einen Moment befürchtete ich, sie könnte ernsthaft krank sein, und dieser Gedanke jagte mir einen gehörigen Schrecken ein.

Für Fragen hatte ich jetzt keine Zeit. Mary warf sich in meine Arme und schluchzte an meiner Schulter. Jetzt bekam ich's ernsthaft mit der Angst zu tun. Ich sah forschend zu Opa in seiner Ecke, aber der wich meinem Blick aus. Angespannt starrte er zum Fenster in den grauen, verhangenen Wintertag hinaus. Onkel Charlie war nirgends zu sehen.

Hatte etwa jemand eine Schreckensbotschaft überbracht, während ich bei der Arbeit gewesen war? In Gedanken ging ich unsere Verwandtschaft einzeln durch und überlegte, ob einem davon etwas zugestoßen sein könnte. Aber ich hatte kein Pferd gehört, und den Hofhund hatte ich die ganze Zeit bei mir gehabt. Fritz hatte ein schärferes Gehör als ich; der hätte bestimmt angeschlagen, wenn jemand gekommen wäre.

„Ist ja gut, Liebling!" versuchte ich Mary zu beruhigen

und strich ihr eine Haarsträhne aus dem tränennassen Gesicht. „Ist ja gut! Sag mir, was passiert ist!"

Mary schluckte und rang um ihre Fassung.

„Es ist wegen Pixie", brachte sie hervor. „Ich habe sie in ihrer Kiste hinter dem Herd gefunden."

„Pixie?"

Erneut brach Mary in Tränen aus und klammerte sich fester an mich.

Ich wollte mich losreißen und nach Pixie sehen. Das Tier brauchte wahrscheinlich meine Hilfe. Aber ich durfte Mary nicht einfach hier stehenlassen. Sie war ja völlig außer sich! Ich umarmte sie und strich ihr beruhigend über die Schultern.

Als sie sich endlich wieder gefaßt hatte, schob ich sie sanft von mir und kniete mich neben den Herd, um nach Pixie zu sehen. Es war weitaus schlimmer, als ich befürchtet hatte. Jede Faser meines Herzens sträubte sich gegen das, was ich vorfand. Pixie lag leblos in ihrer Kiste. Jegliche Hilfe kam zu spät. Sie war schon kalt und steif.

Jetzt kamen auch mir die Tränen. Ich nahm Pixie so behutsam, wie ich nur konnte, auf den Arm und strich ihr noch einmal über das seidige Fell und die weichen Ohren. Ja, sie war ein liebes Hündchen gewesen, eine treue Kameradin. Vor Jahren hatte ich sie von meinem geliebten Uropa geschenkt bekommen. Sie würde mir schrecklich fehlen. Ihr Tod erinnerte mich daran, wie arg ich Uropa vermißte.

Ich wußte, daß Pixie alt und krank gewesen war. Vor Schmerzen hatte sie sich ja kaum noch bewegen können. Sie war eines gnädigen Todes gestorben, friedlich und im Schlaf. Trotzdem wollte ich's nicht wahrhaben. Wenn es nur irgend in meiner Macht gestanden hätte, dann hätte ich sie wieder ins Leben zurückgeholt.

Aber das stand nun mal nicht in meiner Macht. Mir blieb nichts anderes übrig, als sie einfach in den Armen zu halten. Ihr kleiner Körper fühlte sich sonderbar an, ganz anders als sonst: kein Schwanzwedeln, keine winzige rosafarbene Zunge, mit der sie mir die Hand leckte. Sie hatte einmal lebendige Körperwärme ausgestrahlt. Jetzt war nur noch eine reglose, starre, tote Hülle übrig. Ich fühlte mich beinahe abgestoßen – aber zugleich konnte ich mich auch nicht davon trennen. Ein ums andere Mal strich ich über ihr Fell und redete mit ihr, als würde sie im nächsten Moment von ihrem Schlaf aufwachen.

Mary kam auf mich zu und legte mir die Hand auf den Kopf, um mir sanft mit den Fingern durch die Haare zu fahren.

„Ich mache eine Kiste zurecht", sagte sie leise.

Zuerst wollte ich widersprechen. Pixie war *mein* Hund gewesen. Die Kiste würde ich schon selbst herrichten. Aber dann machte ich mir klar, wie sehr auch Mary an dem Tier gehangen hatte, und ich nickte nur. Dabei kamen mir erneut die Tränen.

Mit zitternden Händen zog ich Pixies kleines Bett hinter dem Herd hervor und legte sie behutsam wieder hinein. Dann zog ich mir die dicken Handschuhe wieder an und ging aus der Küche, ohne einen Blick zurückzuwerfen.

Ich holte mir die Spitzhacke und die Schaufel und suchte eine Grabstelle im Garten. Pixie sollte unter den Bäumen ihre letzte Ruhe finden, gleich neben dem Grab meines ersten kleinen Hündchens. Flecki hatte mein erstes Hündchen geheißen. „Flecki hab' ich auch von Uropa bekommen", dachte ich bei mir, während ich die Spitzhacke in den gefrorenen Boden schlug. Es war ein hartes Stück Arbeit. Vielleicht war das gut so. Ich brauchte etwas, auf das ich mich konzentrieren mußte. Mit aller Kraft schwang ich die Spitzhacke durch die Luft, immer wieder, wie ein Rasender. Dann schaufelte ich die steinharten Erdklumpen beiseite und hob ein Loch aus, in dem eine kleine Kiste Platz hatte. Eine kleine Kiste mit einem noch kleineren Hund darin.

Bei der Arbeit gefroren mir die Tränen auf dem Gesicht zu Eis. „Sie war zwar klein", dachte ich, „aber ein Herz treu wie Gold hatte sie." Ja, ein Ausbund an Duldsamkeit war sie gewesen. So wie mein kleines Hündchen hatte mich noch niemand je geliebt. Pixie hatte mir keine Fragen gestellt und keine Entschuldigungen abverlangt. Sie hatte mich, Josch Jones, einfach so genommen, wie ich war.

Das Loch, das ich da aufhackte, wurde 'ne Spur größer als unbedingt notwendig, glaub' ich. Vielleicht lag das daran, daß ich einfach noch nicht ins Haus zurück wollte. Ich brauchte noch ein paar Minuten ganz für mich allein. Mit Pixies Tod hatte ich das letzte lebendige Andenken an Uropa verloren. Erinnerungen hatte ich natürlich 'ne ganze Menge. Hatte auch andere Stücke, die mich mit ihm verbunden hatten, Sachen, die ich in die Hand nehmen konnte, um dabei an ihn zu denken, was ich auch oft tat. Aber Pixie war eine lebendige Erinnerung an Uropa gewesen. Jedesmal, wenn ich sie auf den Arm nahm, sah ich Uropas altersweiche, sanfte Hände vor mir, mit denen er sie mir zum allerersten Mal gereicht hatte.

Ich dachte daran, wie Tante Lou mir von Uropas langer, mühsamer Suche nach einem neuen Hund erzählt hatte, nachdem mein erstes Hündchen ums Leben gekommen war. Die ganze Stadt hatte er durchgekämmt, bis er eine Familie gefunden hatte, die junge Hunde zu verkaufen hatte. Winzig klein war Pixie damals noch gewesen, und Uropa hatte mir erklärt, daß sie ganz besonders viel an Fürsorge und Liebe brauchen würde.

Ein richtiges Liebesgeschenk war sie gewesen, meine Pixie. Aus Liebe zu mir hatte Uropa keine Mühe gescheut, mir wieder einen Hund zu besorgen, und Pixie und ich hatten einander mächtig liebgehabt und über die Jahre hinweg viel miteinander erlebt.

„Und jetzt ist sie tot!" Ich hatte längst gewußt, daß es eines Tages soweit sein würde, aber insgeheim hatte ich einfach so getan, als ließe sich das irgendwie hinausschieben.

Endlich hörte ich auf mit dem Graben, wischte mir die zu Eis gefrorenen Tränen aus dem Gesicht und brachte die Spitzhacke wieder in den Schuppen. Die Schaufel würde ich noch brauchen.

Mary hatte die Kiste schon fertig. Sie hatte sie mit weichem Stoff ausgelegt, auf dem Pixie aussah, als hätte sie sich gerade gemütlich zum Schlafen zusammengerollt. Der

Deckel lag daneben. Mary hatte es so vorgesehen, daß ich ihn auf die Kiste nageln sollte, nachdem ich mich ein letztes Mal von meinem kleinen Hund verabschiedet hatte.

Ich strich mit der Hand über das weiche Hundefell und legte dann den Deckel auf die Kiste. Danach zog ich meine Handschuhe an und wandte mich zu Mary um.

Sie hatte sich zwar die Tränen getrocknet, aber die Traurigkeit hatte sie sich nicht aus dem Gesicht wischen können.

„Ich dachte, vielleicht machst du das lieber allein“, beantwortete sie leise meine unausgesprochene Frage, warum sie keinen Mantel trug. Ich nickte, überrascht darüber, wie gut sie mich schon nach so kurzer Zeit kannte, und trug die kleine Kiste in den Garten.

Nachdem ich die traurige Aufgabe beendet hatte, blieb ich noch eine Weile draußen und suchte mir ein paar kleinere Arbeiten, die noch erledigt werden mußten. Mary ließ mich gewähren. Schließlich war ich soweit, der Familie wieder unter die Augen treten zu können, und ging in die Küche. Schon draußen vor der Tür duftete es nach frisch aufgebrühtem Kaffee, und erst jetzt merkte ich, wie sehr ich fror.

Marys Blick begegnete meinem, und wir sprachen miteinander, ohne daß ein einziges Wort fiel. Schließlich lächelte sie. Es war ein zaghaftes, verhaltenes Lächeln, und ich nickte kaum merklich.

Onkel Charlie war wieder aufgetaucht. Wir versuchten, eine normale Unterhaltung in Gang zu bringen. An Gesprächsstoff gab's nicht viel außer dem Wetter. Eine Zeitlang klappte das auch einigermaßen. Inzwischen hatte ich mich wieder etwas aufgewärmt und fühlte mich schon ein bißchen besser, obwohl ich genau wußte, daß ich lange dazu brauchen würde, den Verlust zu verschmerzen. Mary wußte das auch. Ich konnte ihre Liebe und ihr Mitgefühl spüren, obwohl sie am anderen Ende der Küche saß. Es war schon eine geheimnisvolle Sache, dieses Verheiratetsein. Ich fragte mich, wie ich je ohne Mary zurechtgekommen war. Und ich hoffte, daß ich mich nie wieder allein, ohne sie, durchs Leben schlagen müßte.

Jetzt wurde mir endlich klar, wie sehr Uropa während der Jahre als Witwer unter seiner Einsamkeit gelitten haben mußte und warum er sich so sehr danach gesehnt hatte, auch endlich zu Uroma in den Himmel zu kommen. Plötzlich verspürte ich einen ganz neuen Respekt vor ihm. Und das Wort „Liebe“ gewann für mich eine neue Bedeutung.

Veränderungen

Eines Morgens kam ich von der Stallarbeit ins Haus und freute mich schon auf das Frühstück, das ich auf dem Tisch vorzufinden hoffte. Da war es auch – jedenfalls zum Teil. Der Kochtopf mit der Hafergrütze stand noch auf dem Herd, und der Kaffee dampfte in der Kanne. Dicke, geröstete Brotscheiben standen bereit, und der Tisch war gedeckt. Daß irgendwas nicht stimmte, sah ich auf den ersten Blick.

„Wo ist Mary?" fragte ich Onkel Charlie, der den klumpigen Haferbrei umrührte, während Opa den Kaffee ausschenkte.

„Die fühlt sich nicht wohl", teilte Onkel Charlie mir mit und beeilte sich hinzuzufügen, als er mein besorgtes Gesicht sah: „Nichts Ernstes. Nur 'n bißchen Übelkeit. Wird wohl die Darmgrippe sein, denk' ich."

Ich zog mir nicht mal erst die Jacke aus, sondern eilte schnurstracks nach oben.

Mary lag angezogen im Bett. Demnach war sie also schon auf den Beinen gewesen.

„Mir fehlt nichts", versicherte sie mir mit einem kläglichen Lächeln. „Es ist bloß ..."

Aber die kleine Ansprache hatte ich ja schon von Onkel Charlie gehört. Ich setzte mich auf die Bettkante und legte meine Hand auf Marys Stirn.

„Ich habe kein Fieber, Josch!" protestierte sie.

„Du fühlst dich aber ganz heiß an", widersprach ich.

„Bei deinen kalten Stallhänden fühlt sich alles, was nicht gerade ein Eisklumpen ist, siedendheiß an", machte Mary mir klar. „Geh ruhig runter und frühstücke erst mal."

„Ißt du denn nichts?"

„Das wäre zwecklos", meinte Mary. „Könnte es ja doch nicht bei mir behalten."

„Wie wär's, wenn ich dir dann eine Portion ..."

„Josch", sagte Mary eine Spur ungehalten, „sogar von dem Geruch dreht sich mir schon der Magen um!"

Ich deckte sie fester zu und ging nach unten. Trotz ihres Versprechens, bald in die Küche nachzukommen, machte ich mir Sorgen.

Tatsächlich kam Mary nach einiger Zeit nach unten. Sie sah zwar noch ziemlich blaß aus, behauptete aber, wieder ganz auf dem Damm zu sein, was sie auch gleich unter Beweis stellte, indem sie anfing, in der Küche zu wirtschaften.

Die nächsten drei Tage wiederholte sich das Drama. Mit der Zeit hatte ich Onkel Charlies Hafergrütze gründlich satt, obwohl ich mich eigentlich fast mein ganzes Leben lang davon ernährt hatte. Außerdem wuchs meine Sorge um Mary. An einem Tag kam sie erst gegen Mittag aus unserem Zimmer, und selbst dann sah sie so aus, als gehörte sie eigentlich ins Bett. Ich war der Meinung, daß sie sich einfach einen ganzen Tag Bettruhe gönnen sollte, damit sie die Sache bald ausgestanden hatte, egal, um was es sich dabei auch handeln mochte. Aber wer kommt schon gegen eine Frau an, die sich was anderes in den Kopf gesetzt hat?

Am fünften Morgen kam ich zu dem Schluß, daß dringend etwas unternommen werden mußte. Ohne Mary etwas davon zu sagen, sattelte ich Chester und ritt in die Stadt. Ich fand nämlich, daß es höchste Zeit war, den Doktor zu Rat zu ziehen.

Kurz nachdem ich wieder daheim angekommen war, traf auch der Doktor ein. Inzwischen war Mary aufgestanden und machte sich in der Küche zu schaffen. Sie sah furchtbar blaß aus und wandte oft den Kopf zur Seite, wenn sie einen Deckel hob, um in dem Topf zu rühren, als ob ihr der bloße Essensgeruch schon widerwärtig sei.

Mary machte ein überraschtes Gesicht, als ich den Doktor in die Küche führte. Dann setzte sie aber gleich das Kaffeewasser auf; wahrscheinlich glaubte sie, der Doktor sei gerade von einem Hausbesuch in der Nachbarschaft gekommen und wollte auf dem Heimweg nur kurz bei uns hereinschauen. Der Doktor setzte sich gleich zu Onkel Charlie und Opa an den Tisch, aber mir entging nicht, wie er Mary dabei haargenau aus den Augenwinkeln beobachtete.

„Ich hab' gehört, daß du dich in letzter Zeit nicht so prächtig fühlst, junge Frau", sagte der Doktor, während er die Sahne in seinem Kaffee verrührte.

„Nur eine leichte Darmgrippe, weiter nichts!" winkte Mary ab und reichte ihm den Teller mit den Plätzchen.

„Schon möglich", meinte der Doktor. „Zur Zeit klagen viele darüber. Josch hat aber gemeint, du solltest dich trotzdem untersuchen lassen, einfach zur Sicherheit."

Alle sahen sich zu mir um. Besonders Mary.

„Es muß nicht immer die Darmgrippe sein, wenn einem übel ist", erklärte der Doktor. „Josch hat recht. Es kann nicht schaden, der Sache auf den Grund zu gehen."

Als wir unsere Tassen leergetrunken hatten, schickte der Doktor Mary nach oben, wo die Untersuchung stattfinden sollte.

„Glauben Sie ... glauben Sie, daß es ernst ist?" fragte ich, bevor der Doktor zu ihr ging.

Er legte mir die Hand auf die Schulter und stand auf.

„Es hat keinen Zweck, sich Sorgen um ungelegte Eier zu machen, Josch!" antwortete sagte er, und Opa und Onkel Charlie pflichteten ihm mit einem Kopfnicken bei.

Er blieb nicht lange oben. Als er wieder in der Tür stand, wartete ich gespannt auf den Befund. Gerade wollte ich danach fragen, als der Doktor sagte: „Mary erwartet dich oben, Josch." Die Kehle war mir wie zugeschnürt. Ich nahm zwei Stufen auf einmal und riß unsere Zimmertür auf.

Auf zwei Kissen gestützt, saß Mary im Bett. Ihre vorhin noch so bleichen Wangen waren jetzt leicht gerötet und ... Ich schloß die Tür hinter mir und eilte an das Bett. Wenn ich schon das Schlimmste hören sollte, dann wollte ich wenigstens dabei mit Mary allein sein.

„Setz dich, Josch!" sagte Mary sanft. Ich nahm ihre Hand in meine.

„Ist es … ich meine, bist du sehr krank?“ brachte ich hervor.

„Nein“, antwortete Mary mit leuchtenden Augen. „Mir fehlt ganz und gar nichts.“

„Aber was … was …?“

Mary lächelte nur und fing dann regelrecht an zu kichern. Da saß ich nun und sorgte mich zu Tode, und Mary kicherte wie ein albernes Schulmädchen!

„Josch“, begann sie dann und holte tief Luft, um sich wieder zu beruhigen. Sie schien ja förmlich vor guter Laune zu platzen! „Josch, was würdest du davon halten, Papa zu werden?“

„Das wäre … prima!“ stotterte ich. „Das weißt du doch. Wir haben uns doch schon darüber unterhalten, und …“

„Bestens!“ quietschte Mary. „Du wirst nämlich einer!“

Ich begriff kein Wort. Ihrer Begeisterung nach zu urteilen, mußte es sich um etwas Gutes handeln, etwas ganz Besonderes. Ich sortierte das, was ich da gerade gehört hatte, nochmals in Gedanken, bis mir endlich ein Licht aufging.

„Du meinst … jetzt???“ schrie ich und packte sie bei beiden Schultern.

„Na, ein bißchen wirst du dich vielleicht noch gedulden müssen“, grinste sie, aber da war ich schon von der Bettkante aufgesprungen. Ich rannte über den Flur und die Treppe hinunter, immer zwei Stufen auf einmal nehmend. „Wir kriegen ein Baby!“ rief ich Opa und Onkel Charlie zu, die alle beide von ihren Stühlen aufgesprungen waren und in meine Jubelrufe einstimmten, bevor ich überhaupt die Küche erreicht hatte. Dann rannte ich wieder nach oben und packte Mary. Wir umarmten uns und lachten und freuten uns miteinander.

Endlich hörte ich auf, sie hin- und herzuwiegen, und hielt sie eine Armlänge von mir.

„Und du hattest wirklich keine Ahnung?“ fragte ich sie und sah ihr ins Gesicht. Irgendwie hatte ich immer geglaubt, daß Frauen solche Sachen automatisch wissen.

„Ich hatte es mir beinahe schon gedacht“, gestand sie, „aber ganz sicher war ich mir noch nicht.“

„Und wann?“ war meine nächste Frage.

Mary zog die Nase kraus.

„Der Zeitpunkt ist ziemlich ungünstig“, teilte sie mir mit. „Das Kind soll mitten während der Ernte ankommen.“

„Wir werden schon irgendwie zurechtkommen“, beruhigte ich sie schnell. „Am besten stellen wir für die Zeit ’ne Haushaltshilfe ein.“

„Und das war also der Grund, weshalb dir so oft übel war?“ fragte ich dann weiter.

Sie nickte.

„Tante Lou hat aber nie über Übelkeit geklagt. Ich hatte schon große Angst“, gab ich zu.

„Manchen Frauen schlägt's auf den Magen, schwanger zu sein, und anderen nicht“, erklärte Mary mir. „Jedenfalls wird's bald besser werden, hat der Doktor gesagt.“

Aber wie sich herausstellen sollte, irrte sich der Doktor in dieser Hinsicht. Marys Übelkeit dauerte viele Wochen an; es ging sogar in die Monate hinein. Sie nahm an Gewicht ab und wirkte bleich und zerbrechlich. Es war eine Qual, sie morgens zu sehen. Ich fühlte mich für ihr Elend verantwortlich und hätte es gern für sie getragen.

Wir Männer wechselten uns ab, das Frühstück zu machen. Ich hängte sogar eine Decke vor die Schlafzimmertür, damit sie von den Kochdünsten verschont blieb. Ansonsten hatten wir keine andere Wahl, als uns in Geduld zu fassen.

Im März bekamen wir Besuch von Lilli und Papa Turley. Sie brachten uns gute sowie schlechte Nachrichten. Die gute Nachricht betraf Lilli. Sie sprudelte förmlich über, als sie uns erzählte, daß Avery sie gebeten hätte, seine Frau zu werden, und sie hatte eingewilligt. Die Hochzeit sollte im Juni stattfinden.

Was Papa Turley zu berichten hatte, machte Mary traurig.

„Ich hab' beschlossen, die Farm zu verkaufen“, teilte er uns mit.

Ich sah, wie Mary zusammenfuhr, und fragte mich, was wohl in ihr vorgehen mochte. Sie sagte aber nichts, sondern nickte nur.

„Hab' mir die Sache reiflich überlegt“, fuhr ihr Vater fort. „Mike macht sich nichts aus Landwirtschaft. Der hat 'ne gute Arbeit in der Stadt gefunden.“ Papa Turley drehte die Kaffeetasse in den Händen hin und her und starrte in den Dampf, der daraus hervorstieg. „Ihn zieht's wohl nicht aufs Land. Glaub' kaum, daß er je wieder ...“ Er ließ den Satz halbfertig in der Luft hängen.

„Zum Einsiedler bin ich halt einfach nicht geschaffen“, sann er nach einem kurzen Schweigen.

„Was hast du denn vor?“ Endlich hatte Mary ihre Stimme wiedergefunden. Ich war schon drauf und dran, sie beiseite zu nehmen und ihr vorzuschlagen, Papa das Gästezimmer im Erdgeschoß anzubieten.

„Emma – deine Tante Emma drüben in Concord – will mich schon seit einiger Zeit dazu überreden, zu ihr zu ziehen. Sie könnte jemanden gebrauchen, der ihr das Haus instandhält, und sie weiß auch, daß mir hier die Decke auf den Kopf fällt. Sie ist der Meinung, daß uns beiden auf diese Art am besten geholfen wäre.“

„Und du? Was meinst du dazu?“ fragte Mary gefaßt.

„Mir ist's recht“, antwortete ihr Vater eine Spur zu hastig. „Mit Emma hab' ich mich schon immer besser als mit meinen anderen Schwestern verstanden.“

Mary warf mir einen Blick zu, und ich nickte. Sie atmete erleichtert auf, und mit ihren Augen dankte sie mir, als sie sagte: „Du kannst gern bei uns wohnen, Pa.“

Er schob seinen Stuhl zurück und winkte ab.

„Nein, das geht doch nicht!“ widersprach er.

„Und warum nicht?“ forderte Mary ihn heraus. „Genug Platz haben wir ja. Wir würden uns freuen, wenn du hier einziehst, Pa, stimmt's, Josch?“

„Und ob!“ stärkte ich ihr den Rücken. „Hier steht ein Zimmer leer“, sagte ich und zeigte auf das Gästezimmer neben der Küche, „und oben an der Treppe noch eins. Du kannst dir's aussuchen.“

Einen Moment lang schien er mit sich zu ringen. Dann stieß er einen tiefen Seufzer aus und rückte seinen Stuhl wieder dichter an den Tisch und seine Kaffeetasse heran.

„Vielen Dank für das Angebot“, sagte er aufrichtig. „Es tut immer gut, anderswo willkommen zu sein. Trotzdem ... trotzdem halte ich es für das beste, wenn alles so bleibt, wie ich's mit Emma verabredet habe. Ihr würdet mich gern bei euch aufnehmen; das weiß ich. Aber Emma ... Emma braucht mich. Bei ihr ist das was anderes, versteht ihr? Nee, ich glaub', wir belassen's dabei.“

Mary und ich wechselten einen Blick. Wir wußten, daß wir ihm die Entscheidung ganz allein überlassen mußten.

„Also gut, Pa. Aber vergiß nie, daß du jederzeit hier willkommen bist“, sagte ich zu ihm.

„Du kommst uns doch besuchen, nicht wahr?“ fragte Mary.

„Klar“, versprach er. „Hab' schließlich drei Töchter, die alle hier wohnen. Klar komm' ich ab und zu auf Besuch. Außerdem muß ich doch bei den Enkeln nach dem Rechten sehen, stimmt's?“

Mary und ihr Vater wechselten ein herzliches Lächeln.

An diesem Abend redeten Mary und ich im Bett über die Ereignisse des Tages. Ich beschloß, ihr zu sagen, was mir seit dem Besuch der beiden Turleys unaufhörlich durch den Kopf gegangen war.

„Weißt du, ich hab' da 'ne Idee“, sagte ich in die Dunkelheit hinein. „Ich würde gern das Land deines Vaters kaufen.“

Ich spürte, wie Mary sich aufrichtete, um mein Gesicht zu studieren. Dazu war es aber zu dunkel, und sie legte sich wieder auf ihrem Platz zurecht.

„Brauchst du denn mehr Land, Josch?“ wollte sie wissen.

„Nein, eigentlich nicht. Jedenfalls vorläufig nicht. Aber ... aber du bist doch da aufgewachsen, und das Land hat den Turleys gehört, so lange ich denken kann – was sag' ich: so lange *du* denken kannst! Ich hab' mir überlegt, daß es vielleicht schwer für dich ist ... daß du's vielleicht lieber behalten würdest.“

Alles war still. Dann sagte Mary leise in die Nacht hinein: „Dank' dir, Josch. Danke!"

Ich strich mit der Hand über ihre weichen Haare und fuhr mit der Fingerspitze über die Narbe auf ihrer Stirn.

„Außerdem", fügte ich bedächtig hinzu, „außerdem könnte's ja sein, daß wir 'nen Sohn kriegen, der eines Tages ein Stück Land braucht. Ich würde ihm gern die Farm seines Opas geben."

Mary lachte leise und schmiegte ihren Kopf an meine Schulter.

„Wenn du das irgendwie hinkriegen könntest, Josch, würde ich mich riesig freuen", flüsterte sie, und ein Schluchzen überkam sie. „Das wäre einfach goldrichtig so, und Pa wäre der glücklichste Mensch der Welt."

Ich beschloß, gleich am nächsten Tag in die Stadt zu fahren, um mich nach den Formalitäten zu erkundigen.

Der Bankier hatte keine Einwände, und Papa Turley erst recht nicht. Es brauchte zwar eine ganze Weile, bis die Papiere unterschriftsreif waren, aber zum guten Schluß gehörte die Turley-Farm der Familie Jones. Als ich meinem Schwiegervater den Scheck über die Kaufsumme überreichte, konnte ich ihm anmerken, daß ihm ein großer Stein vom Herzen gefallen war. Er packte mich bei den Schultern und nahm mich in die Arme. Es war ihm eine große Erleichterung, seinen Grund und Boden nicht in fremde Hände geben zu müssen; vielmehr blieb das Land jetzt in der Familie.

Dann verkaufte er seine Geräte und packte seine Koffer. Lilli zog bei Faye ein, um bis zu ihrer Hochzeit dort zu wohnen.

Mary und ich brachten Pa an den Bahnhof. Von seinen beiden anderen Töchtern hatte er sich schon verabschiedet. Auf der Fahrt in die Stadt war er ziemlich schweigsam, aber er studierte jede Farm und jedes Feld gründlich. „Es ist beinahe, als wolle er die Tür zu seinem bisherigen Leben hinter sich zuschließen", dachte ich, „um die Tür zu einer neuen Zukunft zu öffnen."

Als wir die Stadt erreicht hatten, sagte er, daß er bis zur

Abfahrt seines Zuges noch einen kleinen Spaziergang machen wollte. Mary hatte ein paar Lebensmittel einzukaufen, und ich wollte ein paar Ersatzteile für unser Zaumzeug abholen. Deshalb setzten wir ihn an einer Straßenecke ab und verabredeten mit ihm, uns am Bahnhof zu treffen, bevor der Zug kam.

Ich fragte mich, was es wohl mit seinem „kleinen Spaziergang" auf sich haben mochte. Vielleicht hatte er ein paar gute Bekannte in der Stadt, von denen er sich verabschieden wollte – aber dann sah ich, wie er in Richtung Friedhof losging.

Er wollte zum Grab seiner Frau. Wahrscheinlich fehlte sie ihm mehr, als wir ahnten. Mehr, als ihm die Farm jemals fehlen würde. Vielleicht würde es ihm guttun, bei seiner Schwester Emma zu wohnen, obwohl die ihm natürlich nie und nimmer die Frau ersetzen konnte, mit der er sein Leben über so viele Jahre hinweg geteilt hatte.

Wie verabredet, hatten Mary und ich uns auf dem Bahnsteig eingefunden, als der Zug einfuhr. Selbstverständlich flossen ein paar Tränen beim Abschied. Ich wußte, wie schwer dieser Moment für Mary war, wenn sie auch sehr tapfer war. Und dann fuhr der Zug auch schon ab, und wir standen allein auf dem Bahnsteig. Marys Mantelzipfel flatterten im Wind. Ich nahm sie bei der Hand und führte sie vom Bahnsteig weg. Jetzt war meine Verantwortung für sie noch größer denn je. Sie hatte weder Mutter noch Vater, an den sie sich wenden konnte. Außer mir hatte sie niemand mehr auf der Welt.

Familienglück

Durch den Kauf der Turleyschen Farm hatte ich in diesem Frühjahr noch mehr Felder zu bestellen. Papa Turley war zwar ein guter Farmer gewesen, aber seit dem Tod seiner Frau hatte er anscheinend das Interesse an der Sache verloren; jedenfalls hatte ich alle Hände voll zu tun, um das Versäumte aufzuholen.

Mary ertrug meine langen Arbeitstage mit Geduld. Oft sah ich sie nur beim Frühstück und für kurze Zeit nach dem Abendessen, bevor ich völlig erschöpft ins Bett fiel. Sie besuchte mich auch nur selten mit einem Imbiß auf dem Feld, wie sie's früher immer getan hatte. Das lag erstens daran, daß es ihr wegen ihres Zustands schwergefallen wäre, und zweitens waren die neuen Felder, die ich zu bestellen hatte, zu weit von unserer Farm entfernt. Deshalb gab sie mir jeden Morgen einen Korb mit Proviant mit zur Arbeit.

In diesem Frühjahr regnete es kaum, so daß ich mit der Aussaat zügig vorankam. Es war sogar so trocken, daß die Farmer in der Umgebung sich schon fragten, ob die neue Saat überhaupt genug Feuchtigkeit zum Keimen hatte.

Auch wir blieben nicht völlig von den Auswirkungen des fernen Börsenkrachs verschont. Die ganze Welt litt wohl mehr oder weniger darunter. Die Leute hielten die Luft an und warteten ab, welche Katastrophe uns wohl als nächstes ereilen würde. Ich hoffte inständig, daß es keine geben würde und daß ich die Familienmitglieder ernähren konnte, für deren Wohl ich verantwortlich war.

Wie geplant heiratete Lilli im Juni. Papa Turley kam zur Hochzeit und blieb ein paar Tage bei uns, bevor er zu Tante Emma nach Concord zurückfuhr. Marys Freude war unbeschreiblich. Ihr Vater, Opa und Onkel Charlie schreinerten gemeinsam eine Wiege, was ihnen sichtlich Spaß machte. Mary freute sich natürlich auch riesig.

Das Getreide keimte tatsächlich. Hier und da schoben sich die ersten grünen Spitzen durch die Erde, und ich atmete erleichtert auf. Jetzt fehlte uns nur noch ein kräftiger Regenguß, und die Ernte war so gut wie sicher. Aber auf den Regen warteten wir vergeblich. Bald wurden die kleinen Pflänzchen gelb und verwelkten in der Sonne. Eigentlich hätte ich der Wahrheit jetzt ins Auge sehen müssen, aber ich hoffte immer noch darauf, daß ein reichlicher Regenguß das Getreide retten könnte.

Es wurde ein heißer Sommer. Mary tat mir leid; in ihrem Zustand litt sie sehr unter der Hitze. Aber sie beschwerte sich nicht. Die Arbeit ging ihr langsamer als sonst von der Hand. Wegen der anhaltenden Trockenheit bot ihr Küchengarten ein klägliches Bild, und das machte ihr besonders zu schaffen. Gemeinsam mit Opa schleppte sie Wasser in Eimern herbei, um wenigstens ein paar der Pflanzen am Leben zu erhalten; den ganzen Garten auf diese Weise zu bewässern wäre der helle Wahnsinn gewesen.

Die Heuernte fiel spärlich aus. Ich sorgte mich schon jetzt, wie wir durch den nächsten Winter kommen sollten. Unsere Heugarben waren längst nicht so zahlreich wie sonst.

Das einzige, das mir in diesem Sommer Mut machte, war die Geburt unseres Kindes, der Mary und ich voller Vorfreude entgegensahen. Die ganze Familie war schon gespannt wie ein Flitzebogen, und jetzt, wo Mary ihre allmorgendliche Übelkeit überwunden hatte und sich, abgesehen von der Hitze, recht wohl fühlte, zählten wir alle schon fast die Tage.

In diesem Jahr fiel die Ernte so mager aus, daß ich im stillen bezweifelte, ob sich das Mähen überhaupt lohnen würde. Trotzdem tat ich's den Farmern in der Nachbarschaft nach und ging auf die Felder. Lilli kam, um Mary zu helfen. Ich rechnete es Avery hoch an, daß er sie kommen ließ, wo die beiden doch frischgebackene Eheleute waren. Mary war dankbar für Lillis Hilfe, und die beiden Schwestern kamen glänzend in der Küche miteinander zurecht. Es gab Dinge, über die sie kein Wort zu verlieren brauchten; sie schienen einfach von selbst zu wissen, was als nächstes erledigt werden mußte.

Lilli und Mary kochten gemeinsam alles ein, was wir einzukochen hatten. Ich bereitete unsere kümmerlichen Bestände an Getreide für die Dreschmannschaft vor. Mary hoffte, daß wir mit dem Dreschen fertig wären, bis unser neuer Erdenbürger sein Debüt gab, und um ihretwillen hoffte ich das gleiche.

Mary und ich redeten viel über unseren kleinen Sprößling. Klar, daß wir dabei auch die Frage „Junge oder Mädchen" zur Sprache brachten. Ich versicherte Mary, daß ich mich über beides freuen würde, aber ich glaube, sie ahnte, daß ich im stillen von einem Sohn träumte. Immerhin hatte ich jetzt das zusätzliche Land, und ich hoffte tatsächlich, daß diese Felder eines Tages von meinem Sohn bewirtschaftet werden würden. Aber ein Mädchen wäre auch prima, fand ich im Gedanken an Sarah und die kleine Patricia. Patty konnte inzwischen schon laufen. Aus dem Schreihals von früher war ein niedlicher Schatz geworden. Nein, gegen eine Tochter hätte ich wahrhaftig nichts einzuwenden!

Die Dreschmannschaft war gerade eingetroffen, die Maschine war aufgebaut, und die erste Ladung Garbenbündel lag auf dem Förderband, als ich zufällig in Richtung Wohnhaus sah und bemerkte, daß Lilli vor der Tür stand und mit der Schürze wie wild hin- und herfuchtelte, als stünde das Haus lichterloh in Flammen. Zunächst begriff ich nichts. Plötzlich dämmerte es mir, daß das Winken ja mir galt. Trotzdem verstand ich nicht gleich, was Lilli damit sagen wollte.

„Geh schon, Josch. Ich mach' hier für dich weiter!" sagte eine Stimme neben mir. Ich drehte mich zu Avery um. Der hatte das Schürzenwinken auch gesehen.

Dann auf einmal fiel der Groschen. Es war wegen Mary! „Dann ist es also jetzt soweit ..." dachte ich. Ich ließ die Heugabel fallen und rannte quer über den Hof. Lilli sah mich kommen und eilte ins Haus zurück.

Restlos außer Atem, mit einem Stechen in der Lunge sah ich mich in der Runde um, die in der Küche stand, und hoffte, daß irgendwer mir endlich sagen würde, was los war.

Lilli schürte das Herdfeuer und setzte den Wasserkessel auf. Sie hatte mir den Rücken zugewandt und sprach mit ruhiger, gelassener Stimme, als wäre nichts Besonderes geschehen: „Es ist Zeit, den Doktor zu holen, Josch!"

Ich rannte zur Treppe. Als erstes mußte ich Mary sehen.

Sie lag in unserem Bett, die Stirn mit Schweißperlen bedeckt und die Haare wirr auf dem Kissen. Als sie mich in der Tür sah, gelang ihr ein schwaches Lächeln. Zugleich stand ihr auch Erleichterung im Gesicht.

„Es ist soweit, Josch!" flüsterte sie.

Ich trat an das Bett, kniete mich hin und nahm Marys Hand in die meine. Einen Moment konnte ich nichts sagen. Ich zog ihre Finger an meine Lippen. Sie streckte die Hand aus und strich mir sanft über die Wange.

Bevor ich ihr auch nur versprechen konnte, mich zu beeilen, krampfte sich ihre Hand zusammen und umklammerte die meine so fest, daß es regelrecht schmerzte. Ihr Gesicht wurde bleich, und ihr Atem ging stoßweise.

Mir fuhr der Schreck in die Knie, daß sie ganz weich wurden. Sie mußte entsetzliche Schmerzen haben! Doch dann entkrampfte sie sich wieder. Ich spürte an ihren Fingern, wie die Anspannung nachließ. Ihr Kopf sank aufs Kissen zurück, so daß sie mein Gesicht sehen konnte.

„Geh, Josch!" flüsterte sie. „Beeil dich!"

Ich nickte und rannte los.

In letzter Zeit hatte ich den Ford kaum benutzt, aber jetzt schoß ich geradewegs darauf zu. Im stillen betete ich, daß das Benzin im Tank noch für die Fahrt in die Stadt und zurück reichen würde. Ich betete auch, daß er gleich anspringen würde, nachdem er den größten Teil des Sommers im Schuppen gestanden hatte.

Gottlob, er sprang auf Anhieb an. Auf unserer Einfahrt dankte ich Gott dafür. Dann bog ich auf die Landstraße ein und gab Gas, was das Zeug hielt.

Der Doktor war nicht zu Hause. Mir brach der kalte Schweiß aus. Dank seiner Frau fand ich ihn beim Friseur, wo er sich gerade seinen monatlichen Haarschnitt verpassen ließ.

„Es ist Mary!" keuchte ich, als wäre ich den ganzen Weg in die Stadt gerannt. „Mary braucht Sie. Schnell!"

Der Doktor vergeudetete keine Minute. Er riß sich das weiße Tuch vom Hals.

„Ich komm' später wieder, Charlie!" rief er dem Friseur über die Schulter zu und verließ den Laden mit seinem unfertigen Haarschnitt. Wir gingen im Laufschritt zu seiner Praxis, wo er seine Tasche und alles, was er sonst noch brauchte, holte.

Auf der Rückfahrt raste ich, was der Ford hergab. Unterwegs warf ich dem Doktor einen kurzen Blick zu, um festzustellen, ob ich ihm etwa mit diesem Tempo Todesängste bereitete, aber er grinste nur leicht und hielt sich den Hut dabei auf dem Kopf fest. Ich hatte den Eindruck, als mache ihm die rasante Autofahrt regelrecht Spaß.

Wir ratterten in den Hof und kamen mit quietschenden Bremsen vor dem Holzzaun zum Stehen. Der Doktor schnappte sich seine Tasche und machte, daß er ins Haus kam. Ich folgte ihm auf den Fersen. Opa und Onkel Charlie waren in der Küche.

„Wie geht's Mary?" wollte ich wissen, und Opa berichtete, daß Lilli oben bei ihr sei und daß alles soweit normal zu verlaufen scheine.

Ich fing an, ziellos in der Küche umherzugehen. Onkel Nat war bei der Geburt seiner Kinder fast immer dabeigewesen, aber das war ein Thema, das zu besprechen Mary und ich vergessen hatten.

Ich war mir nicht so sicher, ob ich da oben überhaupt von Nutzen wäre. Wahrscheinlich würde ich ausgerechnet dann in Ohnmacht fallen, wenn Mary mich am dringendsten brauchte. Wenn ich ... wenn ich ihr doch nur irgendwie helfen könnte!

Lilli kam in die Küche. Sie war ziemlich blaß. Während sie geradewegs an mir vorüberging, um das Feuer im Herd zu schüren, sagte sie: „Mary will dich bei sich haben."

Einen Moment wollten mir die Füße nicht gehorchen. Ich stand nur da und starrte Lilli entgeistert an, fuhr mir mit der Zunge über die trockenen Lippen und versuchte zu schlucken. Doch dann kam plötzlich Leben in mich. Wie ein Pfeil rannte ich nach oben.

Der Doktor hatte sich über Mary gebeugt und redete beruhigend auf sie ein. Weil ich ihm nicht im Weg sein wollte, ging ich um ihn herum an die andere Seite. Mary wandte mir ihr von der Anstrengung feuchtes Gesicht zu. Sie sagte nichts, sondern langte nur nach meiner Hand. Ich beugte mich vor und küßte sie auf die Stirn, mitten auf die Narbe von dem Unfall. Mary vergrub ihr Gesicht in meinem Hemd. Dann kam schon die nächste Wehe, und ihr ganzer Körper verkrampfte sich.

Ich sah zu dem Doktor auf. Warum unternahm er denn nichts?

„Sie macht ihre Sache großartig. Ganz prima, Mary! Nicht mehr lange, und alles ist vorüber!" brummte der Doktor.

Angeblich ging von jetzt an alles sehr schnell. Mir kam es eher wie eine Ewigkeit vor. Aber dann war tatsächlich alles vorbei. Es war wie ein unvorstellbares Wunder: Gerade noch hatten die Geburtswehen uns völlig in Atem gehalten, und im nächsten Moment war das Kind schon da. Ich konnte es kaum fassen, obwohl wir diesem Ereignis schon seit Monaten entgegengesehen hatten. Aber da war er, *unser kleiner Sohn*, unser erstes Kind! Rot und runzelig lag er da und schrie aus Leibeskräften.

Ich hörte Mary leise lachen. War sie etwa unter dem Einfluß von dem Äther, den der Doktor ihr verabreicht hatte? Aber dann sah sie mich mit dem Ausdruck unbeschreiblicher Freude an, und ihre Augen füllten sich mit Tränen.

„Ein Junge, Josch!" flüsterte sie. „Ein Junge!" Da begriff ich erst, wie sehr sie sich gewünscht hatte, mir einen Sohn zu schenken.

Ich beugte mich zu ihr hinunter und strich ihr das wirre

Haar aus der Stirn. Oh, wie ich sie liebte! Wie ich das winzige Bündel liebte, das sie gerade zur Welt gebracht hatte! Ein Sohn. Unser Sohn!

„William Josua", flüsterte ich. Das war der Name, den wir gemeinsam ausgesucht hatten.

„William Josua", sagte auch Mary mit leuchtenden Augen. Vergessen waren die schweren Stunden, die gerade hinter ihr lagen. Im nächsten Moment legte ihr der Doktor das zappelnde Bündel in die Arme.

„Er ist wunderschön, nicht wahr?" flüsterte Mary, und ich mußte ihr recht geben. „Schönheit hat viele Formen", dachte ich lächelnd und betrachtete das kleine rote Gesichtchen, das sich zum Schreien verzog.

Mary wiegte das Baby in ihren Armen und redete mit sanfter Stimme auf es ein. Das Schreien verstummte.

„Er ist bestimmt restlos erschöpft", flüsterte sie. „Geborenwerden ist ein hartes Stück Arbeit."

Das hatte ich noch gar nicht bedacht. Wie hart es für Mary – und auch für mich – gewesen war, wußte ich jetzt, aber für William Josua? Ja, vielleicht hatte Mary recht.

Ich küßte sie noch einmal, diesmal beinahe außer mir vor Freude. Dann beugte ich mich vor, um unserem Kind einen Kuß auf das Köpfchen zu geben. Der Kleine regte sich, und ich hatte den Eindruck, als sähe er mir geradewegs ins Gesicht und wüßte auch auf Anhieb, wer ich war.

Mary machte das Spielchen mit.

„Aha, da stellst du dich also deinem Papa vor, William. Weißt du eigentlich, wie gut du's hast? Du hast nämlich einen ganz besonders lieben Papa erwischt. Eines Tages bringt der dir bei, wie man angelt, und ..."

Mit Tränen auf den Wangen umarmte ich Mary und unseren Sohn.

Es klopfte. Ich sah auf. Erst jetzt merkte ich, daß der Doktor auf leisen Sohlen aus dem Zimmer gegangen war. Außerdem fiel mir ein, daß unten in der Küche der Rest der Familie voller Spannung gewartet hatte.

„Herein!" rief Mary, und dann standen sie alle plötzlich im Zimmer: Lilli und Opa und Onkel Charlie. Lillis Wangen hatten wieder Farbe, Opa strahlte über das ganze Gesicht, und Onkel Charlie schaute so erleichtert und stolz zugleich drein, daß ich am liebsten laut gelacht hätte.

Auf Zehenspitzen kamen sie näher, um den Säugling in Marys Armen zu begutachten.

„Schon gut", sagte Mary. „Er ist wach."

Da fingen auf einmal alle an zu reden und stellten fest, welch ein Prachtjunge unser Sohn war, wem er glich und welch einen aufgeweckten Eindruck er machte, und dann wollten sie wissen, wie er denn nun heißen sollte.

Wir verschafften uns Gehör, brachten Ordnung in das Durcheinander und gaben dann William Josuas Namen bekannt. Opa nickte mir zu. In seinem Blick lagen Verstehen und Zustimmung.

Der Doktor kam zurück und wies uns an, Mary jetzt ihre Ruhe zu gönnen. Trotz des Stimmengewirrs war William Josua schon eingeschlafen. Lilli hob ihn behutsam aus Marys Armen und legte ihn in die Wiege neben dem Bett. Ich ging zu ihm, um ihn noch einmal anzuschauen, und fühlte mich plötzlich innerlich entzweigerissen: Ich wollte in Marys Nähe sein, aber zugleich auch meinen Sohn betrachten. Der Doktor nahm mir die Wahl ab.

„Raus mit dir, Josch!" befahl er. „Du kannst später wiederkommen, wenn sie sich 'ne Weile ausgeruht hat."

Ich gab Mary noch einen Kuß, sah kurz nach unserem Sohn und verließ dann widerwillig das Zimmer. Erst als ich unten auf einen Küchenstuhl sank, spürte ich, wie sehr ich innerlich ausgelaugt war. Dankbar ließ ich mir von Lilli eine Tasse Kaffee reichen.

„Wie steht's um die Ernte?" fing Opa ein Gespräch an. Seine Frage rief mir die Dreschmannschaft schlagartig wieder in den Sinn.

„Weiß nicht", gestand ich. „Sie hatten gerade angefangen, die ersten Bündel zu dreschen."

Am besten ging ich gleich aufs Feld zurück, um mich mit eigenen Augen davon zu überzeugen, wie's um die Ernte stand.

Harte Zeiten

Leider fiel diese Ernte noch kümmerlicher aus, als ich befürchtet hatte. Eigentlich hätte ich von vornherein wissen sollen, daß die Erträge mager werden würden, aber irgendwie hatte ich halt doch gehofft, daß mit den fast leeren Ähren noch etwas anzufangen wäre. Wir hatten nur wenig Getreide in den Kisten. Das verursachte mir Kopfzerbrechen, weil demnächst eine ziemlich große Ratenzahlung fällig war. Es würde nicht leicht sein, das Geld dafür zusammenzukratzen. Wir alle würden den Gürtel enger schnallen müssen. Ein beträchtliches Stück sogar. Dennoch hoffte ich, Mary mit meinen Sorgen verschonen zu können.

Lilli blieb, bis Mary wieder auf den Beinen war. Avery kam, sooft er konnte, und blieb über Nacht. Daß er sich darauf freute, seine Frau wieder bei sich zu haben, brauchte er mir erst gar nicht zu sagen.

William war ein verträglicher Zeitgenosse. Er schrie so gut wie nie, schien mir – aber ich hielt mich ja den größten Teil des Tages bei der Feld- und Stallarbeit auf. Außerdem hatte William nicht viel Grund, ein Geschrei zu erheben. Wenn Mary gerade nicht in der Nähe war, hatte er immerhin noch Opa und Onkel Charlie um sich. Die beiden Männer würden meinen Sohn nach Strich und Faden verwöhnt haben, bevor sein erster Zahn kam!

Ich schob es vor mir her, so lange es ging, aber eines Tages war der Zeitpunkt für eine gründliche Bestandsaufnahme gekommen. Am liebsten wäre ich vor der Wahrheit davongelaufen, aber nächsten Montag war die Rate fällig. Ich mußte mir genau überlegen, womit ich sie bezahlen sollte.

Das Ergebnis war alles andere als ermutigend. Wir hatten

ja kaum genug Getreide für die Aussaat im nächsten Frühjahr!

„Wenn ich's nur irgendwie bis zur nächsten Ernte schaffe", sagte ich mir, „dann sind wir aus dem Gröbsten heraus."

Ich griff mit der Hand in die Getreidekiste und ließ die Körner durch meine Finger rieseln. Klein und vertrocknet waren sie, ganz und gar nicht so wie das Getreide, das ich durch jahrelange harte Arbeit gezüchtet hatte. Zwei regenreiche Sommer würden die Qualität bestimmt wiederherstellen; da war ich mir ganz sicher.

Ich zog einen Zettel aus meiner Hosentasche heraus; einen Bleistift hatte ich in der Hemdtasche. Dann fing ich an zu rechnen. Ich hatte eine Geldsumme auf die hohe Kante gelegt, aber das war bei weitem nicht genug. Wir hatten kein Getreide zu verkaufen. Ich brauchte jedes Korn für die Aussaat im Frühjahr und als Winterfutter für die Kühe und Schweine.

Ziemlich niedergeschlagen zerknüllte ich den Zettel. Wen wollte ich eigentlich zum Narren halten? Wir hatten nicht genug Getreide, um den Viehbestand durch den Winter zu kriegen. Von einigen Tieren würden wir uns trennen müssen.

Ich hatte große Sorgfalt darauf verwandt, Vieh von erstklassiger Qualität heranzuzüchten. Es hieß, ich hätte die besten Zuchttiere weit und breit. Deshalb lag mir nichts daran, auch nur ein einziges davon zu verlieren. Andererseits würden sie sich leichter verkaufen, überlegte ich, und obendrein zu besseren Preisen.

Jetzt fing ich noch einmal von vorn an zu rechnen. Nachdem ich alles schwarz auf weiß vor mir hatte, ging ich wieder ins Haus zurück.

Mary hatte das Mittagessen schon auf dem Tisch. In der Küchenecke stand die Wiege. Ich sah mir meinen schlafenden Sohn an. Ausnahmsweise hielt ihn gerade niemand auf dem Arm. In der kurzen Zeit seit seiner Geburt hatte er sich schon mächtig verändert. Sein Gesicht war runder und voller geworden, und Nase und Augen waren nicht mehr so rot und verquollen wie zu Anfang. Von seinem dunklen Haarschopf hatte er viel eingebüßt, aber Mary schien das nicht weiter tragisch zu finden. Das war bei Säuglingen nichts Ungewöhnliches, meinte sie. Eigentlich wurde William immer hübscher – falls man so etwas von einem Jungen behaupten durfte. Viele Leute fanden, daß er mir glich, aber sooft ich ihn ansah, fand ich Züge von Mary an ihm.

„So friedlich hat er fast den ganzen Vormittag geschlafen", erzählte Mary stolz. Sie war dazugekommen und hatte sich neben mich gestellt. Ich faßte sie um die Taille und zog sie sanft an mich. Mit ihr an meiner Seite und unserem Sohn, den Gott uns anvertraut hatte, sah die Zukunft nur halb so bedrohlich aus.

„Dein Essen wird kalt", ermahnte mich Mary. Ich setzte mich zu Opa und Onkel Charlie an den Tisch, und wir neigten den Kopf zum Gebet. Aufrichtig dankte ich Gott für die vielen Gaben, mit denen er uns bedacht hatte.

Ich hätte gleich beim Mittagessen über mein Vorhaben sprechen können, aber ich zog es vor zu warten, bis Mary und ich allein waren. William war aufgewacht und hatte lautstark darauf gedrungen, frisch gewickelt und gestillt zu werden. Mary liebkoste ihn und trug ihn ins obere Stockwerk, um seinen Wünschen Folge zu leisten. Sobald ich meinen Nachtisch – es gab Brotpudding – aufgegessen hatte, folgte ich den beiden nach oben.

„Er ist also brav gewesen, sagst du?" begann ich, setzte mich neben Mary und nahm eine von Williams winzigen Händen in meine. Ganz verloren sah es darin aus.

„Ein Musterkind!" Mary küßte ihn auf das weiche Köpfchen.

Eine Weile saßen wir nur da und bewunderten den Kleinen. Kaum zu fassen, welches Tempo er beim Wachsen vorlegte!

„Heute nachmittag werd' ich 'ne Weile unterwegs sein", erklärte ich Mary.

Mit einem fragenden Blick schaute sie zu mir auf.

„Wir brauchen fast unser ganzes Getreide als Saatgut. Hab' mich dazu durchgerungen, einen Teil von unserem

Viehbestand zu verkaufen, damit uns das Winterfutter nicht knapp wird."

„Könnten wir nicht lieber mehr Getreide dazukaufen?" fragte Mary ahnungslos.

„Ich finde's besser so", sagte ich undramatisch. Daß wir kein Geld für zusätzliches Getreide hatte, behielt ich für mich; wir hatten ja nicht mal genug für die nächste Bankrate.

Mary nickte. Die Entscheidung überließ sie mir. Sie vertraute mir. Das wußte ich, und es schnürte mir fast die Kehle zu.

„Schickst du die Tiere mit dem Viehtransport per Bahn?" fragte sie. Schlachtvieh wurde gewöhnlich mit der Eisenbahn an den Bestimmungsort transportiert.

„Ich dachte, ich frag' zuerst bei den Farmern in der Nachbarschaft. Die reden immer davon, was ich für prächtige Zuchttiere hab' und wie gern sie selbst welche davon hätten."

Mary nickte. Ihre Augen leuchteten vor Stolz.

Ich gab meinen beiden Lieben einen Kuß und ging dann raus in die Scheune, um Chester zu satteln.

Den ganzen Nachmittag ritt ich von Farm zu Farm. Überall hörte ich das gleiche Lied. Das Winterfutter war knapp. Niemand hatte Geld. Alle klagten über die gleichen Nöte.

„Junge, Junge, Josch, ich tät's ja liebend gern. Dein Vieh sticht mir schon seit langem in die Augen. Aber momentan geht's nicht. Die Ernte war zu dürftig. Kein Geld. Vielleicht nächstes Jahr, wenn wir 'ne neue Ernte in den Kisten haben."

Aber bis zum nächsten Jahr konnte ich nicht warten. Ich brauchte das Bargeld sofort.

Am Ende dieses Tages war ich restlos geschafft. Das lag nicht nur an dem langen Ritt; ich war auch innerlich völlig ausgelaugt. Alles war umsonst gewesen. Jetzt blieb mir nichts anderes übrig, als das Vieh zum Transport zu geben, und für Schlachtvieh bekam man bei weitem nicht so gute Preise wie für Zuchttiere.

Mir graute davor, nach Hause zu kommen und Mary

unter die Augen zu treten. Ich befürchtete, daß sie mir die Angst anmerken könnte, die an mir nagte.

Ich versuchte, mein ungutes Gefühl abzuschütteln. Wir würden schon über die Runden kommen. Eine Zeitlang würde Schmalhans bei uns Küchenmeister sein, aber die nächste Ernte würde uns gewiß wieder auf die Beine bringen. Irgendwie mußten wir das Geld für die Bankrate aufbringen und uns bis zum kommenden Sommer über Wasser halten. Aber das konnten wir schaffen. Es würde uns sogar guttun, den Gürtel enger zu schnallen. Die nächste Ernte würden wir dann um so mehr zu schätzen wissen.

Bevor ich ins Haus ging, setzte ich mich auf den Melkschemel und holte noch einmal Papier und Bleistift hervor. Um das Geld für die Rate zusammenzukratzen, würde ich mich von mehr Vieh trennen müssen, als ich gedacht hatte. Die Herde würde beträchtlich reduziert werden. Und morgen früh würde ich als erstes zur Bank reiten müssen, um mir ein paar Tage Verlängerung auszubitten. Es war ein Ding der Unmöglichkeit, den Erlös von dem Verkauf noch vor Ablauf des Zahlungstermins mit der Post zu bekommen. Ich stand von dem Schemel auf und steckte den Zettel in die Tasche.

Mary begrüßte mich mit einem Lächeln, als ich in die Küche kam, aber sie stellte mir keine Fragen. Darüber war ich froh. Ich hatte nämlich noch keine Antworten parat.

Erst am Abend, als wir zu Bett gegangen waren, kam das Thema zur Sprache. Mary wartete, bis William gewickelt, gestillt und in sein Bettchen gebracht worden war. Nachdem wir unsere gemeinsame Abendandacht gehalten hatten, streckte ich mich der Länge nach unter der sauber duftenden Decke aus und hätte am liebsten die Augen geschlossen, um auf der Stelle einzuschlafen und das schwierige Gespräch auf morgen zu verschieben. Aber da schob Mary schon ihre Hand in meine.

„Wie ist dir's denn heute ergangen, Josch?“ fragte sie mich.

Ich zögerte kurz und antwortete dann offen und ehrlich: „Nicht gut.“

Sie schwieg, damit ich fortfuhr.

„Alle, mit denen ich gesprochen habe, hätten uns liebend gern ein Stück Vieh abgekauft, aber bei ihnen ist das Futter genauso knapp wie bei uns. Das hätte ich mir eigentlich denken können. Die Trockenheit hat ja das ganze Land heimgesucht!"

„Gibt's denn keine Möglichkeit, das Vieh dahin zu verfrachten, wo die Farmer genug Futter haben?" fragte Mary. Warum war ich nur nicht selbst darauf gekommen? Ich überlegte hin und her. Zu einem Ergebnis kam ich allerdings nicht.

„Ich wüßte nicht, wohin", gestand ich. „Der Zeitung und dem Radio nach zu urteilen, leidet ein riesiges Gebiet unter der Dürre. Keine Ahnung, wo's noch Farmer gibt, die mehr Futter als Vieh haben." Ich seufzte tief, und Marys Hand spannte sich fester um meine. „Außerdem", sagte ich, „habe ich keine Verbindung zu Farmern außerhalb unseres Landkreises."

„Was willst du denn jetzt tun?" fragte Mary.

„Die Tiere als Schlachtvieh verkaufen. Am Donnerstag ist wieder Markttag. Ich schicke sie per Bahn."

Ich mußte mir ein paar Nachbarsjungen suchen, die mir dabei halfen, das Vieh zur Stadt zu bringen. Anscheinend hatten sämtliche Farmer in der Umgebung genau die gleiche Idee gehabt wie ich. Als ich mit meinem Vieh ankam, waren die Pferche längst überfüllt. Es bedurfte keiner großen Erleuchtung, um abzusehen, daß ich beim Preis noch ein paar Dollar nachlassen mußte. Das war immer so, wenn der Markt überflutet war. Jetzt bedauerte ich, nicht noch mehr von den Jährlingen mitgebracht zu haben.

Der Bankier erwies sich als verständnisvoll. Auch ihm war nicht entgangen, welch ein schwieriges Jahr wir hatten. Kein einziger Farmer hatte nennenswerte Erträge gehabt. Der Bankier sagte das gleiche, das ich mir auch immer wieder selbst einredete: daß sich alles ändern würde, sobald die nächste Ernte eingebracht war.

Jetzt konnte ich nichts weiter tun, als auf das Geld von dem Viehverkauf zu warten. Unablässig dachte ich daran und betete, daß es genug sein würde. Aber das war es nicht. Es reichte nicht ganz. Ich brachte es zur Bank und versprach dem Bankier, noch ein paar Stück Vieh zu verkaufen. Er nickte nur ernst und schrieb den Betrag gegen das Darlehen gut.

Mary merkte mir an, wie bedrückt ich war. Ein paar Tage stellte sie mir keine Fragen, aber dann schien sie der Meinung zu sein, daß es so nicht weitergehen könne.

„Wie schlimm ist es eigentlich, Josch?“ fragte sie. Sie erwartete eine aufrichtige Antwort, und sie hatte ein Anrecht darauf. Ich durfte ihr die Wahrheit nicht länger vorenthalten.

„Ziemlich arg“, gestand ich. „Aber es wird schon alles wieder werden. Die Rate ist bezahlt. Es tut mir halt nur leid, daß ich deshalb so viel von unserem Viehbestand verkaufen mußte. Die Tiere waren von erstklassiger Qualität. Viel zu gut zum Schlachten. Andere Farmer hätten sie als Zuchtvieh verwenden können. Aber daran ist nichts zu ändern. Die schlechte Ernte hat alle hart getroffen. Kein Tierfutter. Die Viehpreise sind gesunken. Keiner kann was dran ändern. In der Landwirtschaft gibt's halt ab und zu magere Zeiten. Danach geht's dann wieder bergauf. Die nächste Ernte bringt uns wieder auf die Beine.“

„Kann ich irgendwie helfen?“

Ich hätte sagen können: „Ja. Sei sparsam. Dreh jeden Penny dreimal um, bevor du ihn ausgibst.“ Aber das war überflüssig. Ich kannte Mary gut genug, um zu wissen, daß sie das von allein tun würde.

„Wir kommen schon irgendwie über die Runden“, sagte ich statt dessen.

Eine Zeitlang lagen wir nur wortlos da. Jeder hing seinen eigenen Gedanken nach.

„Wir haben immerhin noch das Eiergeld“, gab Mary zu bedenken.

Ich zog sie an mich. Mit dem Eiergeld würde sie so sparsam umgehen, wie's nur irgend ging. Das wußte ich genau.

Neue Aussaat, neue Hoffnung

Der Winter schleppte sich lange dahin. Ich wartete voller Ungeduld auf das Frühjahr, damit ich endlich mit der Aussaat anfangen könnte. Ich war es nämlich gründlich leid, jeden Dollar auf die Goldwaage legen zu müssen und Mary sparen und knausern zu sehen. Sie beklagte sich jedoch mit keinem Wort, und auch sonst niemand im Haus.

Das bißchen Schnee, das gefallen war, blies der Wind zu grauen Schneewehen zusammen, die sich mit dem Staub der trockenen Felder vermischten. Die Farmer in der Umgebung hätten sich bestimmt nicht beschwert, wenn ihre Häuser bis ans Dach im Schnee versunken wären.

Unser kleiner William wuchs und gedieh und wurde mit jedem Tag interessanter. In diesem grauen Winter war er unser Sonnenschein. Wir spielten mit ihm und hatten unsere helle Freude an seinem Quietschen und Lachen.

Alle im Haus hingen sehr an ihm, aber glücklicherweise schien das keinen verwöhnten Bengel aus ihm zu machen. Zufrieden lag er in seiner Wiege und plapperte vor sich hin, während er mit seinen runden Zehen spielte oder nach den leeren Garnrollen griff, die Mary über seinem Kopf baumeln ließ.

Endlich wurden die Tage wärmer. Ich beschloß, wieder mit der Feldarbeit anzufangen. Auf die Schneeschmelze brauchte ich gar nicht erst zu warten; es gab ja kaum Schnee. Ebensowenig brauchte ich darauf zu warten, daß die Felder trockneten. Die Stoppeln darauf waren so trokken wie Zunder. Den Traktor ließ ich im Schuppen. Wir hatten kein Geld für Kraftstoff, weshalb ich die Ackerpferde anspannte und die Felder so bestellte, wie sie viele Jahre vor meiner Zeit schon bestellt worden waren.

Ich hatte vergessen, wie langsam man mit Pferden vorankam. Oft wanderte mein Blick zu dem Schuppen. Die blitzblanken Geräte, die ich im Laufe der Jahre angeschafft hatte, standen unbenutzt darin. Wie gern hätte ich sie hervorgeholt und ihrem Zweck zugeführt! Aber alles Jammern war zwecklos. Dieses Frühjahr sollte es einfach nicht sein. Bei der Aussaat sagte ich mir, daß im nächsten Jahr alles besser werden würde.

Jeden Abend kam ich staubig, erschöpft und manchmal auch 'ne Spur ungehalten von den Feldern ins Haus. Der Boden, den ich pflügte, war entweder wie Puder oder steinhart. Am Himmel waren keine Anzeichen von Regen zu erkennen.

Mary versuchte, uns aufzumuntern, indem sie über die Hühner redete, die so fleißig Eier legten, über die prächtigen neugeborenen Kälber und über den guten Ferkelwurf, den die Sau uns beschert hatte. Eigentlich hatte ich Grund, dankbar zu sein. Und das war ich auch, aber trotzdem nagte die Befürchtung an mir, daß das alles nicht ausreichen würde.

Ich hatte gehofft, es würde noch vor der Aussaat regnen, aber als die Felder nach dem Pflügen noch immer strohtrokken waren, entschloß ich mich dazu, trotzdem mit der Aussaat anzufangen. Wenn ich das Saatgut erst in der Erde hatte und es bald darauf regnen würde, dann war ich der Natur um eine Nasenlänge voraus. Ja, das war durchaus ein vernünftiges Vorhaben.

So säte ich also das Getreide aus, unseren gesamten Vorrat bis auf das letzte Korn. Säte es mitten in die trockenen Felder mit der Zuversicht, die jeder Farmer im Frühjahr haben muß: daß zur rechten Zeit, nach Gottes Verheißung von Saat und Ernte, der Regen kommen und die Erde befeuchten würde, so daß die Saat keimen, gedeihen und Frucht bringen könnte.

Die Saat hatte eine ganze Woche lang in der trockenen Erde gelegen, als die erste Wolke am Horizont auftauchte. Mehr als einen leichten Schauer brachte sie allerdings nicht mit sich. Der Boden war nur an der Oberfläche angefeuchtet. Trotzdem schöpfte ich neue Hoffnung. In der ganzen Stadt gab es kein anderes Thema als diese paar Regentropfen, als ich unsere Lebensmittel kaufte und die Post abholte. Alle Welt rechnete jetzt mit einem normalen Frühjahrsregen, und mir war wesentlich leichter zumute, als ich den Heimweg antrat. Die aufgekratzte Stimmung in der Stadt hatte wohl auf mich abgefärbt.

Mary warf mir ein Lächeln zu, als ich die paar Säcke mit den Lebensmitteln auf den Tisch legte.

„Haben wir einen Brief bekommen?“ erkundigte sie sich hoffnungsvoll. Ich geriet nämlich immer vor Freude ganz aus dem Häuschen, wenn wir einen unserer seltenen Briefe bekamen. Ich schüttelte nur den Kopf und strahlte sie mit meiner neugewonnenen Zuversicht an.

Opa trat an den Tisch und drehte die beiden Werbeanzeigen freudlos in den Händen. Ihm und uns allen fehlte die Tageszeitung. Sie gehörte zu den Luxusartikeln, auf die wir in letzter Zeit verzichten mußten.

„Der Regen hat in der Stadt wahre Begeisterungsstürme ausgelöst“, berichtete ich Mary, meinte aber auch Opa und Onkel Charlie damit. „Die Farmer glauben, daß das nur der Vorbote war. Demnächst soll's wie aus Kübeln regnen.“

Opa nickte.

„Irgendwann muß es ja mal soweit sein“, meinte auch er.

Onkel Charlie hievte sich mit seinen beiden Gehstöcken von dem Stuhl am Fenster und kam zu uns an den Tisch.

„Wieviel Regen haben sie denn gemessen?“ erkundigte er sich.

Das war immer Thema Nummer eins, wenn sich zwei Farmer begegneten. „Wir hatten einen dreiviertel Zoll bei uns, aber Fred sagt, er hat 'nen ganzen Zoll gemessen“, hieß es dann, oder: „Bei dem Wolkenbruch hat's zweieinhalb Zoll auf einen Schlag bei uns gegeben.“ Für einen Farmer war die jeweilige Regenmenge von höchster Bedeutung. Sie wurde stets peinlich genau gemessen und vermerkt.

Ich schüttelte den Kopf.

„Mehr als wir hat wohl keiner gehabt; es war halt nicht viel. Aber es ist trotzdem ein gutes Zeichen.“

Opa und Onkel Charlie nickten. Erleichterung war in ihrem Gesicht zu lesen. Mary sagte nichts, sondern ging ans Regal, um die Kaffeebüchse zu holen. Sie setzte das Wasser zum Kochen auf, und bald durchströmte das Aroma die Küche.

Mit zufriedenen Gesichtern setzten wir uns um den Tisch. Zum ersten Mal seit Monaten gönnten wir uns eine Tasse Nachmittagskaffee. In letzter Zeit war sogar Opas und Onkel Charlies allabendliche Tasse Kaffee vor dem Schlafengehen ausgefallen. Kaffee, wohlgemerkt: schwacher Kaffee, war fürs Frühstück vorbehalten, und jeder von uns bekam pro Tag nur eine Tasse. Mary rührte überhaupt keinen Kaffee an. Sie behauptete, daß das dem Säugling, den sie stillte, nicht bekäme, obwohl der Doktor gemeint hatte, daß eine Tasse dem kleinen William bestimmt nicht schadete. Ich vermutete, daß Mary den Kaffee auf diese Weise für uns aufsparen wollte.

Mir fiel es nicht schwer, darauf zu verzichten, was ich auch oft tat. Hätte einfach keinen Appetit auf Kaffee, erklärte ich dann, oder daß ich randvoll satt sei, und überließ Opa und Onkel Charlie meinen Anteil. Das war kein großes Opfer. Ich machte mir ohnehin nicht viel aus Kaffee. Bei Opa und Onkel Charlie lag die Sache in dieser Hinsicht anders. Besonders vor dem Schlafengehen. Die Tasse Kaffee am späten Abend hatte für sie zum Leben gehört, solange ich denken kann.

Deshalb war uns jetzt bei dem Duft von frischem Kaffee beinahe wie Weihnachten zumute. Es war ein richtiges Fest; das empfanden wir alle so.

Aber nicht genug mit dem Kaffee: Mary schnitt sogar ein paar Scheiben Brot und strich etwas von ihrer sorgsam gehüteten Erdbeermarmelade darauf – recht dünn allerdings, um ehrlich zu sein. Diese Kostbarkeit reichte sie dann zum Kaffee.

Junge, Junge, welch ein Luxus! Noch herrlicher als der Kaffee und die Marmelade war die Hoffnung auf bessere Zeiten. Es hatte geregnet – zwar nur ein leichter Schauer, aber immerhin richtiger Niederschlag. Das bedeutete, daß wir wahrscheinlich bald mehr davon bekommen würden und daß in absehbarer Zeit alles wieder beim alten sein würde. Welch hoffnungsvoller Ausblick!

Aber so kam es nicht. Ein paar weitere Wolken zogen auf, und wir hofften inständig, daß sie sich über unseren Feldern entladen würden. Aber der Wind trieb sie ohne einen einzigen Regentropfen weiter. Selbst das Weideland fing an, trostlos auszusehen. Ich wußte, daß ich zu viele Kühe darauf grasen ließ und daß ich eigentlich ein paar davon verkaufen müßte. Das schob ich aber immer wieder auf, weil ich hoffte, daß es bald regnen würde, so daß alles wieder frisch und grün wäre.

Schließlich besann ich mich auf den guten Ratschlag von Herrn Thomas, dem Mann, der mir vor ein paar Jahren einmal die Grundzüge der modernen Farmwirtschaft beigebracht hatte. „Ein paar gute, kräftige Kühe sind besser als 'ne ganze Herde von mageren, schwachen Tieren", hatte er gesagt, und so überwand ich mich dazu, ein halbes Dutzend von unseren Kühen zu verkaufen.

Das Geld gab ich nicht aus, sondern legte es auf die hohe Kante. Viel war es ohnehin nicht, und an unserem sparsamen Alltagsleben hätte es nichts geändert. Der Stückpreis für Vieh war beträchtlich gesunken.

Der heiße, trockene Sommer glich dem vorangegangenen wie ein Ei dem anderen. Wenn ich auf der Farm umherging, um die Ställe und Zäune instandzuhalten, wirbelten meine Füße kleine Staubwolken auf, die sich an meine Latzhose hefteten oder mit dem unablässig fegenden Wind davonwehten.

So viel Wind wie in diesem Jahr hatte ich noch nie erlebt. Das ständige Heulen brachte Mary fast um den Verstand. Sie beklagte sich so gut wie nie, aber bei dem Wind machte sie eine Ausnahme. Unwillkürlich fuhr sie zusammen, wenn ein Windstoß an den Fensterläden riß oder feinen Kieselstaub gegen die Scheibe schleuderte.

Den ganzen Sommer über kämpfte sie um ihren Garten.

In unserer finanziellen Lage war es doppelt wichtig, daß sie Gartengemüse in die Einkochgläser oder den Gemüsekeller bekam. Tag für Tag schleppte sie Wasser in Eimern herbei, goß es über ihre Pflanzen und flehte diese an, ihr die ersehnte Frucht zu bringen.

Opa half ihr nach Kräften. Schnaufend und keuchend schleppte er das Wasser durch die sengende Hitze und den zerrenden Wind. Onkel Charlie war längst nicht mehr in der Lage, schwere Lasten zu tragen. Statt dessen setzte er sich neben die Wiege und wachte über dem schlafenden Kind, wenn Mary draußen im Garten arbeitete.

Der Garten brachte tatsächlich Gemüse hervor, aber wir gaben uns keinen Illusionen hin. Bis zum nächsten Frühjahr würden wir damit nicht auskommen.

Gegen Ende des Sommers passierte die nächste Katastrophe. Der Brunnen, der uns all die Jahre seit der Gründung unserer Farm treu gedient hatte, trocknete aus. Opa hatte ihn damals eigenhändig gegraben, und bis jetzt war immer auf ihn Verlaß gewesen. Wir hatten immer geglaubt, unser Wasservorrat sei unerschöpflich. Jetzt förderte ie Pumpe auch bei größter Anstrengung nur einen kleinen Wasserstrahl zutage, und anschließend mußte man ein paar Stunden warten, bis man überhaupt weiterpumpen konnte.

Es war niederschmetternd, besonders für Mary. Jetzt konnte sie nichts mehr für ihre Gartenpflanzen tun. Sie überließ sie den Elementen und kochte schnell alles ein, was schon reif war.

Wegen des Viehbestands war ich froh, daß wir den Bach hatten, aber selbst der war niedriger, als ich ihn je erlebt hatte.

In diesem Herbst gab es nicht viel zu ernten, trotzdem machte die Dreschmannschaft wieder die Runde. Es gelang mir, etwas von dem Getreide als Saatgut fürs nächste Frühjahr beiseite zu legen.

Gewiß würde im nächsten Jahr alles besser werden. Es hatte schon trockene Zeiten gegeben, aber die hatten nie länger als ein oder höchstens zwei Jahre gedauert. Wir bissen die Zähne zusammen und machten uns auf einen kargen Winter gefaßt.

William feierte seinen ersten Geburtstag – oder besser gesagt, die Erwachsenen feierten für ihn. Er schien an allem seine helle Freude zu haben. Wir luden uns das Haus voller Gäste, beinahe wie in alten Zeiten. Sowohl Nat und Lou samt Kindern als auch Avery und Lilli kamen. Leben, Lachen und Fröhlichkeit herrschten, und William quietschte und klatschte in die Hände und freute sich mit uns.

Die Bewirtung war einfach; jede Familie steuerte etwas zu dem gemeinsamen Essen bei. Lou hatte eine große Schüssel mit Kaninchenauflauf und ein Glas eingelegte rote Bete mitgebracht. Lilli hatte russische Eier und einen Topf Sauerkraut zubereitet. Zusammen mit dem Brathuhn aus unserer Küche ergab das alles eine Schlemmerei wie im Schlaraffenland. Sogar für einen Geburtstagskuchen war gesorgt, und dazu gab es dünnen Tee für die Erwachsenen.

Sarah ernannte sich zu Williams großer Beschützerin. Sie ließ fast niemanden nahe genug an ihn heran, um ihn auch einmal auf den Schoß zu nehmen. Ungeachtet ihrer Proteste machte er dann aber doch die Runde von einem zum andern. Er hatte gerade laufen gelernt und machte unsichere, winzige Schrittchen, die seinem Publikum Begeisterungsrufe entlockten. Der Kleine strahlte über das ganze Gesicht und tapste von einem ausgestreckten Händepaar zum nächsten.

Es war ein großartiger Tag für alle, aber als er vorbei war und William restlos erschöpft in sein Bettchen gebracht worden war, breitete sich wieder ein Gefühl der Niedergeschlagenheit im Haus aus. Es war, als wären wir einen Nachmittag lang aus unserem Gefängnis befreit worden, um jetzt wieder eingesperrt zu werden. Der Tag hatte uns in das sorglose Leben der Vergangenheit zurückgeführt, und vielleicht befürchteten wir alle im stillen, daß es nie wieder so wie früher werden würde.

Niemand sprach darüber, aber wir spürten es alle: die Angst saß uns im Nacken und wollte uns verschlingen, uns unter Wasser drücken, bis uns die Luft ausging, uns in eine Ecke drängen, bis wir den Kampf aufgaben.

Es war ein schreckliches Gefühl. Ich wollte mich davon losreißen und endlich wieder frei atmen. Ich wollte, daß meine Frau sich neue Kleider nähte und aus einer vollen Vorratskammer unsere Mahlzeiten kochte. Ich wollte, daß mein Sohn richtige Schuhe an den Füßen trug und Holzlastwagen und Bälle zum Spielen hatte. Ich wollte, daß Opa und Onkel Charlie abends am Küchentisch saßen und aus ihren großen Tassen guten Kaffee tranken.

Zum ersten Mal in meinem Leben als Erwachsener hätte ich mich am liebsten in einen stillen Winkel verkrochen und vor Verzweiflung geweint. Dann beobachtete ich Mary, die mir gegenüber am Tisch saß und Arbeitssocken stopfte. Die Socken wiesen mehr Stopf- als Strickwolle auf, und ich konnte ihr anmerken, wie mutlos sie war. Ihren fest zusammengepreßten Lippen nach zu urteilen war ihr genauso zumute wie mir. Irgendwie bestärkte mich das.

„Wie wär's, wenn du für heute Feierabend machtest?" schlug ich ihr vor. „Du hast 'nen langen Tag hinter dir."

Ich ging an den Herd und schüttelte die Kaffeekanne. Ein kleiner Rest war noch darin. Ich goß etwas Wasser aus dem Kessel dazu und ließ den Kaffee aufkochen.

„Hier ist noch 'n bißchen drin", sagte ich zu Opa und Onkel Charlie. „Wollt ihr das nicht trinken?"

Opa nickte nur stumm. Auch er spürte die sorgenvolle Atmosphäre.

Ich nahm den Socken aus Marys Hand, legte ihn beiseite und führte sie nach oben in unser Zimmer.

Wir redeten nicht viel, während wir uns für die Nacht umzogen. Als wir beide fertig waren, nahm ich unsere Familienbibel aus dem Regal. Vor dem Schlafengehen lasen wir immer zusammen darin. Das war nichts Neues. Neu war nur, wie mir heute dabei im tiefsten Innern zumute war.

„Würdest du heute abend vorlesen?" bat ich Mary.

Sie nahm die Bibel und schlug die Psalmen auf. Wenn sie die Wahl hatte, entschied sie sich immer für die Psalmen. Sie fing mit einem Abschnitt an, aus dem Lob und Dank herausklangen. Damit wollte sie mir neuen Mut machen und mich trösten. Das hätte ihr auch eigentlich gelingen sollen. Ich hatte viel Grund, Gott zu danken. Aber heute ... heute schien der Dank in mir erstorben zu sein. Mary hatte noch nicht viel gelesen, als ich zu weinen anfing.

Warum ich weinte, konnte ich nicht erklären. Vielleicht hatte ich die Sorgen und den Kummer zu lange mit mir herumgetragen. Genau weiß ich's selbst nicht. Vielleicht hatte ich auch nur krampfhaft den Tapferen gespielt, um meine Familie zu beschützen. Aber jetzt brach es in heiseren Schluchzern, die mich am ganzen Leib schüttelten, aus mir hervor. Mary nahm mich in die Arme, und wir weinten beide miteinander.

Als wir wieder ruhiger geworden waren, lagen wir noch stundenlang wach und redeten miteinander. Bis tief in die Nacht hinein. Ich wüßte nicht, daß wir zu irgendwelchen Ergebnissen gekommen wären, aber wenigstens hatten wir einander die Last leichter gemacht. Wir hatten uns über unsere Gefühle und Ängste ausgetauscht und gaben einander Halt, um gemeinsam der Zukunft ins Auge zu schauen.

„Wir werden's schon schaffen, Josch!" wagte Mary zu versprechen.

„Ich hab' ja immer noch die nächste Rate von dem Darlehen zu zahlen", gestand ich. „Was ich zusammengespart habe, ergibt nur einen kleinen Teil davon. Ich hab' keine Ahnung, woher ich den Rest nehmen soll."

„Wir haben noch mehr Vieh."

„Aber davon will ich nicht noch mehr ..."

„Wir werden die Herde wieder vergrößern. Nach dem nächsten Regen ..."

Immer das gleiche. Immer vertrösteten wir uns auf den nächsten Regen. Es würde wieder bergauf gehen. Wir würden unsere Verluste wieder aufholen. Ganz bestimmt. Nach dem nächsten Regen.

Zwischen Verzweiflung und Hoffnung

Das war das erste und letzte Mal gewesen, daß ich wegen unserer Notlage geweint hatte. Nicht, daß ich Tränen für ein Zeichen von Schwäche hielt. Vielleicht saß der Schmerz so tief, daß auch Tränen ihn nicht lindern konnten. Oder vielleicht war ich zu einer höheren Form von Gottvertrauen vorgestoßen. Was die Gründe auch gewesen sein mochten, jedenfalls vergoß ich nie wieder Tränen über unser Elend.

Ich verkaufte noch mehr Vieh. Eine andere Wahl blieb mir nicht. Trotzdem tat es weh, die Herde, die ich so mühsam herangezüchtet hatte, auf die Hälfte ihrer vorherigen Größe reduziert zu sehen. Von dem Erlös, meinen mühsam zusammengekratzen Ersparnissen und Marys kostbarem Eier- und Sahnegeld bestritten wir die nächste Rate unseres Darlehens.

Aber jetzt blieb uns noch weniger Haushaltsgeld für die Wintermonate. Ich nahm meine Flinte und machte mich auf die Jagd nach Rebhühnern und Kaninchen für unseren Suppentopf. Mary sprach davon, ein paar Hühner zu schlachten, zögerte aber zunächst noch. Wir hatten ja schon sämtliche alten Hennen und Hähne bis auf zwei verzehrt.

„Das wäre beinahe, als schlachtete man die Gans, die goldene Eier legt", sagte Mary einmal zu mir. „Wir brauchen die Eier – sowohl für uns selbst als auch zum Verkaufen in der Stadt."

Mary hatte recht. Also verschonten wir vorerst die restliche Hühnerschar.

Auf einmal fiel mir das bewaldete Stück Land unten am Bach ein, das zur Turleyschen Farm gehörte. Vielleicht ließ sich an den Bäumen etwas Geld verdienen. Mary fand die Idee auf Anhieb gut.

„Prima, daß du darauf gekommen bist, Josch!“ rief sie mit leuchtenden Augen. „Ich hoffe nur, daß dir die Arbeit nicht zu hart wird.“

„Das ist meine geringste Sorge“, antwortete ich. „Zuerst müssen wir einen Käufer finden. Ohne Käufer kein Geld.“

„Ach, ich bin ganz sicher, daß wir jemanden finden!“ sagte sie zuversichtlich. „Brennholz wird immer gebraucht – auch in den schlimmsten Zeiten.“

Wie sich herausstellte, konnten wir das Holz tatsächlich verkaufen. Ich solle nur bringen, soviel ich schlagen könnte, sagte der Käufer von der Holzhandlung. Er hatte Verbindungen zur Großstadt, wohin er das Holz per Eisenbahn verfrachten wollte.

Aber der Verdienst war lächerlich gering. Der Erlös von zwei bis drei Tagen harter Schufterei reichte gerade für Mehl und Zucker. Den Gerüchten zufolge verdiente der Mann vom Holzmarkt ein hübsches Sümmchen an dem Weiterverkauf. Das ging mir zwar gegen den Strich, aber ändern konnte ich daran nichts. Ich schuftete weiter. Wenigstens würden wir auf diese Weise durch den Winter kommen.

Für das Schleppen der Baumstämme spannte ich Barney und Bess im Wechsel ein. Ich hatte nicht so viel Hafer oder sonstiges Futter zur Hand, wie ich den Pferden normalerweise gegeben hätte, weshalb ich sie auch möglichst oft schonte. Chester war zu leicht gebaut für diese harte Arbeit. Andernfalls hätte ich ihn ebenfalls im Wechsel eingespannt.

Irgendwie schafften wir es, uns über Wasser zu halten. Es war zwar nicht einfach, aber wir hielten Leib und Seele zusammen. Schon allein dafür war ich dankbar.

Der zweite Winter ohne nennenswerten Schnee ging zu Ende. Als die kleinen, schmutziggrauen Schneehaufen geschmolzen waren, ging ich wieder auf die Felder.

Die Frühjahrsarbeit nahm nicht soviel Zeit wie sonst in Anspruch. Das Saatgut reichte nicht für alle Felder. Das Land, das in diesem Jahr brachliegen würde, brauchte auch nicht gepflügt zu werden. Die Erosion des Bodens würde halt noch weiter fortschreiten.

Mary legte sich wieder einen Küchengarten an. Sie hatte jedes entbehrliche Saatkorn aufbewahrt, damit sie keine Sämereien zu kaufen brauchte. Sie hatte sogar einen kleinen Tauschhandel mit ihren Nachbarinnen geführt. Alles in allem gelang es ihr, einen halbwegs passablen Garten hinzukriegen. Sie wußte, wie zwecklos es sein würde, Wasser aus dem Brunnen zu schöpfen. Es war einfach nicht genug da. Statt dessen verwahrte sie jeden Tropfen Spül- und Waschwasser und verteilte es dann mit aller Sorgfalt unter ihren Pflanzen.

Solche Staubstürme wie in diesem Jahr hatte ich noch nie erlebt. Von Westen her kamen sie angefegt, weckten aus der Ferne große Hoffnungen auf Regenwolken, um dann aber nichts als fliegenden Staub über uns zu entladen. Ganze Felder schienen sich in den Wind zu erheben und uns um die Ohren zu wirbeln. Der Staub war Mary noch verhaßter als der Wind.

Mit dem Staub kamen die Heuschrecken. Es gab nicht viel Futter für sie, was sie aber keineswegs daran hinderte, sich zu riesigen Scharen zu vermehren. Ich brauchte nicht erst durch die Felder zu gehen, um zu wissen, daß wir in diesem Jahr überhaupt keine Ernte haben würden. Also fing ich wieder an, Bäume zu fällen.

Gegen Ende August wurde Onkel Charlie krank. Es war an einem Sonntagmorgen. Mary hatte das Frühstück schon auf dem Tisch, und William war für die Fahrt zur Kirche fertig angezogen. Onkel Charlie hatte sich noch nicht eingestellt. Das sah ihm überhaupt nicht ähnlich. Ab und zu blieb er morgens etwas länger im Bett, besonders wenn er eine schlaflose Nacht hinter sich hatte, aber niemals sonntags.

Wir setzten uns an den Tisch, den Blick zur Treppe gewandt, in der Erwartung, daß er jeden Moment auftauchen würde.

Mary drehte sich zu mir um.

„Soll ich mal geschwind nach ihm sehen, Josch?“ fragte sie.

William schlug ungeduldig mit seinem Löffel auf den Tisch und rief: „Fühtück, Onkel Sarlie, Fühtück!“

Opa vergaß seine Besorgnis für einen Moment, um in ein herzliches Lachen auszubrechen. Mary sorgte dafür, daß das Löffelschlagen aufhörte, und ich sah wieder zur Treppe.

Ich beschloß, nach oben zu gehen. Da lag Onkel Charlie auf dem Fußboden neben seinem Bett. Er mußte wohl gefallen sein, als er gerade aufstehen wollte.

Wie erschrocken ich war, brauche ich wohl nicht zu sagen. Uns allen wurde angst und bange. Unser Vorhaben, zur Kirche zu fahren, ließen wir fallen. Zu zweit hoben Opa und ich den bewußtlosen Onkel Charlie auf sein Bett zurück, und dann sattelte ich Chester und ritt in die Stadt, um den Doktor zu holen.

Als wir zurückkamen, war Onkel Charlie wieder bei Bewußtsein. Er wollte zur Kirche, sagte er, aber der Doktor erklärte ihm, daß er 'ne ziemlich dicke Beule am Kopf habe und ein paar Tage lang das Bett hüten solle. Außerdem war es jetzt schon zu spät für den Gottesdienst.

Nachdem der Doktor Onkel Charlie versorgt und ihm etwas Arznei dagelassen hatte, ging er mit mir nach unten in die Küche. Mary hatte ihm eine Tasse Frühstückskaffee auf den Tisch gestellt. Sie hatte William schon sein Essen gegeben, aber wir übrigen hatten noch nicht gefrühstückt. Der Haferbrei war vom langen Stehen nicht besser geworden, aber wir aßen ihn trotzdem. Wenigstens stillte er den Hunger.

Der Doktor setzte sich zu uns, um eine Weile mit uns zu plaudern. Er erzählte Mary von den jüngsten Erdenbürgern in der Umgebung, vertraute ihr sogar an, wo wieder welche unterwegs waren, und berichtete uns, wer in letzter Zeit von der Stadt fortgezogen oder neu zugezogen war. Sogar allerhand Neuigkeiten aus dem Weltgeschehen teilte er uns mit, die wir unserer Tageszeitung entnommen hätten, wenn wir eine gehabt hätten.

Und dann richtete er sein Augenmerk auf William.

„Euer kleiner Steppke macht aber 'nen gesunden Eindruck!" lobte er, und Mary strahlte vor Stolz.

„Komm mal her, kleiner Freund!" rief der Doktor, und William kam herangetrottet und ließ sich von ihm auf den Schoß nehmen.

„Hast du so 'n Ding schon mal gesehen?" fragte ihn der Doktor und ließ sein Stethoskop vor Williams Augen baumeln. Weit und breit gab es wohl kein Kind, dem er nicht irgendwann einmal sein Stethoskop gezeigt hätte, und wir waren alle samt und sonders hingerissen gewesen. William machte keine Ausnahme. Er drehte es in seinen Händen hin und her und schickte sich dann an, das glatte, runde Ende in sein Ohr zu stecken.

Wir lachten.

„Du willst also später mal Arzt werden, was?" meinte der Doktor. „Aber zuerst mußt du das Ding richtig herum halten. Das andere Ende gehört ins Ohr. Hier, ich zeig's dir. Halt mal still!"

Er half dem kleinen Kerl mit dem Gerät, und Williams Augen wurden vor Staunen immer größer. Ich war mir ziemlich sicher, daß er absolut gar nichts hörte, aber das Gefühl, den Kopf von beiden Seiten umschlossen zu haben, muß ihn wohl außerordentlich beeindruckt haben. Er rührte sich nicht, bis der Doktor das Gerät wieder entfernt hatte.

„So, jetzt muß ich mich aber wieder auf den Weg machen", sagte der Doktor schließlich. „Womöglich werde ich woanders gebraucht."

Er stellte William auf den Boden und nahm seinen Hut.

„Jawohl", sagte er, den Blick noch immer auf William gerichtet, „du bist 'n prächtiger Bursche mit deinen zwei Jahren. *Fast* zwei Jahren", berichtigte er sich. „Bei deiner Mama bist du bestens aufgehoben!"

Ich ging mit dem Doktor nach draußen zu seinem Gespann. Das Ganze war mir ziemlich peinlich. Ich wußte kaum, wie ich anfangen sollte.

„Herr Doktor", rückte ich dann einfach heraus mit der Sprache, „früher haben wir Ihnen die Hausbesuche immer gleich in bar bezahlt, aber ich fürchte …"

Er unterbrach mich, bevor ich weitersprechen konnte.

„Ich weiß doch, wie's zur Zeit aussieht, Josch", sagte er vertraulich. „Diesen kleinen Hausbesuch schreiben wir einfach auf dein Konto."

„Aber ich hab' doch gar kein Konto", gab ich zu bedenken.

„Ab heute hast du eins", erwiderte der Doktor, „und mach dir deswegen nur kein Kopfzerbrechen! Du kannst alles erledigen, sobald du die nächste Ernte unter Dach und Fach hast."

Der Doktor machte noch drei weitere Hausbesuche bei Onkel Charlie. Beim letzten Mal nahm Mary ihn beiseite. Ihre Vermutungen schienen sich zu bestätigen. Sie erwartete unser zweites Kind.

Ich hätte mich eigentlich freuen sollen, und das tat ich auch. Zugleich machte ich mir aber auch Sorgen. Wie in aller Welt sollten wir noch ein Kind ernähren? William mußte ohnehin schon auf vieles verzichten, und dabei erging's ihm besser als den meisten anderen Kindern in unserer Nachbarschaft. Von Lou bekam er die Sachen zum Anziehen, aus denen Jonathan und Timothy herausgewachsen waren.

Aber trotz ihrer morgendlichen Übelkeit freute sich Mary. Opa fiel die Aufgabe zu, auf William aufzupassen, bis Mary wieder auf den Beinen war. Ich war vollauf mit dem Abholzen am Bach beschäftigt und konnte nicht viel im Haus helfen.

Zu unserer großen Erleichterung erholte sich Onkel Charlie zusehends. Zu Williams zweitem Geburtstag konnte er wieder mit uns am Tisch sitzen. Inzwischen fühlte auch Mary sich schon viel besser.

Es gab keine Felder abzuernten, weshalb ich ohne Pause im Wald weiterarbeitete. In Abständen kam der Besitzer der Holzhandlung mit seinem Lastwagen, um das Holz aufzuladen und zum Bahnhof zu schaffen. Jede Fuhre bezahlte er mir gleich in bar, und ich tat mein Bestes, um wenigstens einen Teil von dem Geld zu sparen. Leider waren nicht viele Münzen in der Schublade, als ich es zählte. Das meiste davon hatte ich im Sommer und Herbst für Lebensmittel aufgebraucht. Ich würde wieder Vieh verkaufen müssen, war mir allerdings nicht sicher, ob der Erlös für die nächste

Ratenzahlung reichen würde. Bei dem Gedanken daran wurde mir schwer ums Herz.

Ich wollte gerade in unser Zimmer gehen, um mich noch eine Weile mit unseren Finanzen zu befassen, als Opa mich rief.

Ich drehte mich um. Er saß mit Onkel Charlie am Küchentisch. Wir hatten keinen Kaffee mehr, aber die Macht der Gewohnheit war wohl stärker. Abend für Abend setzten sich die beiden zusammen an den Tisch und plauderten; manchmal spielten sie auch 'ne Runde Mühle miteinander. Oft saßen sie aber auch einfach nur da und warteten, bis es Zeit zum Schlafengehen war.

Mary war schon oben, um William zu Bett zu bringen, und bald würde sie auf mich warten, damit wir zusammen in der Bibel lesen konnten.

„Hast du 'nen Moment Zeit?"

Ich nickte.

„Charlie und ich wollen mit dir reden."

Ich hatte zwar keine Ahnung, was da auf mich zukam, aber ich spürte, wie mir der Mund trocken wurde.

„Demnächst ist wieder 'ne Rate fällig", begann Opa, während ich mir einen Stuhl nahm und mich setzte. Es war eine Feststellung gewesen, keine Frage.

Wieder nickte ich.

Eine Zeitlang herrschte Schweigen. Onkel Charlie zog die Luft ein, beinahe so, wie er früher den Kaffee geschlürft hatte.

„Hast du das Geld beisammen?" fuhr Opa fort.

Ich senkte den Kopf und hob ihn dann wieder, um den beiden Männern ins Gesicht zu sehen.

„Nein", gestand ich. „Jedenfalls bis jetzt noch nicht."

„In dem Fall", sagte Opa und schob mir eine Konservendose zu, „sollst du das hier haben."

Ich sah von einem zum andern.

„Wenn wir gewußt hätten, in was für 'ner Klemme du steckst, dann hätten wir's dir schon längst gegeben. Tut uns leid, daß du dich ganz allein damit rumgequält hast", sagte Onkel Charlie, was für ihn eine beachtlich lange Rede war.

„Es ist alles bloß wegen der Turleyschen Farm", gestand ich. „Es war wohl 'n Fehler, noch mehr Land dazuzukaufen, besonders bei dieser Dürre."

„Ich hab's für 'ne prima Idee gehalten", beeilte Opa sich einzuwenden, „'ne Gelegenheit, die man sich nicht entgehen lassen durfte. Nur schade, daß es seitdem so gut wie keinen Tropfen Regen gegeben hat. Aber das wird sich ändern. Es braucht halt seine Zeit, weiter nichts. Nur Zeit."

Ich war dankbar für das Vertrauen, das Opa in mich setzte, und für Onkel Charlies beipflichtendes Kopfnicken. Dann schob Opa die Konservendose ein Stück weiter auf mich zu, und diesmal streckte ich die Hand danach aus.

Ich nahm sie und hob den Deckel ab.

Entgeistert starrte ich hinein. Die Dose war voller Geldscheine und Münzen.

„Es ist nicht viel", sagte Opa gerade, „aber vielleicht kommst du damit über die Runden."

Jetzt wußte ich, was ich da vor mir hatte. Es waren Opas und Onkel Charlies gesamte Ersparnisse. Ich schob die Dose von mir und schluckte mühsam.

„Das ... das kann ich nicht annehmen!" brachte ich schließlich hervor.

„Was willst du denn sonst machen?" stellte Opa mich zur Rede.

„Ich ... ich ..." Wieder schluckte ich. „Ich hab' noch Vieh. Das kann ich verkaufen ..."

„Das haben wir uns auch schon überlegt", erwiderte Opa. „Begeistert sind wir nicht von der Idee. Stell dir vor, du verkaufst den ganzen Bestand. Was dann? Sobald der Regen kommt, stehst du ohne 'nen Grundstock für 'ne neue Herde da."

Ich wußte, wie recht er hatte. Zu dem gleichen Schluß war ich auch schon gekommen.

„Wir wissen aber nicht, wann es endlich wieder regnen wird ..." fing ich an, aber Opa fiel mir ins Wort.

„Es wird schon wieder regnen", stellte er schlicht fest. „So ist es doch immer gewesen."

„Aber wann?“ hätte ich am liebsten geschrien. „Wann? Wenn es zu spät ist und wir alles verloren haben?“

Aber ich sagte nichts. Statt dessen sah ich erst Opa an und dann Onkel Charlie.

„Vielleicht ist es nicht genug“, sagte Opa gerade. „Wir wissen nicht, wie groß die Raten sind. Aber nimm's! Sieh zu, was du damit erreichen kannst.“

„Aber ihr habt euer Leben lang geschuftet, um dieses Geld zu sparen“, widersprach ich. „Ich kann's doch nicht einfach nehmen und ...“

Onkel Charlie fuhr mit seiner rheumakrummen Hand durch die Luft, als wollte er meinen Widerstand damit fortwischen.

„Josch“, sagte er, „du beköstigst uns jetzt schon seit mehreren Jahren. Wir tragen keinen Heller dazu bei. Aber darüber hast du nie je 'n Wort verloren. Mary auch nicht. Was, wenn wir die Farm verlieren? Was dann? Schließlich sind wir auch hier zu Hause, und alte Bäume soll man nicht verpflanzen.“

„Genau!“ pflichtete Opa ihm bei.

„Aber ...“ versuchte ich's noch einmal.

„Kein Wenn und Aber, Josch! Nimm das Geld und bezahl die Rate damit, falls es dazu reicht, damit wir alle wieder aufatmen können.“

Mir waren die Argumente ausgegangen. Ich dankte den beiden Männern so aufrichtig, wie ich konnte, und klemmte mir die Konservendose unter den Arm. Daß keine Reichtümer darin steckten, wußte ich von allein. Opa und Onkel Charlie hatten nie große Summen besessen. Aber vielleicht, vielleicht würde das Geld dazu ausreichen, uns 'ne Weile über Wasser zu halten. Und vielleicht würden wir sogar bis zum nächsten Frühjahr damit auskommen.

Sorgen um die Zukunft

Das Geld in der Konservendose reichte für die Ratenzahlung. Es blieb sogar genug übrig, um Lebensmittel für den Winter damit zu kaufen. Am nächsten Morgen fuhr ich in die Stadt. Die sauber gebündelten Geldscheine trug ich in der Jackentasche.

Die Fahrten in die Stadt waren mir allmählich verhaßt. Ich vermied sie, wann immer es möglich war. Sooft ich in die Stadt kam, hatte wieder jemand die Hypothek gekündigt bekommen und seinen Grund und Boden verloren.

Diejenigen, die schon seit Jahren ihre Farm bewirtschafteten, hatten nicht so viel zu befürchten. Manche hatten inzwischen überhaupt keine Schulden mehr; sie kamen einigermaßen gut über die Runden, wenn das Geld auch knapp war. Die Not war am größten für solche Farmer, die gerade mehr Land, Vieh oder Geräte angeschafft hatten. Es war ein Ding der Unmöglichkeit, zahlungsfähig zu bleiben, erstens wegen der allgemeinen Wirtschaftslage und zweitens wegen der Dürrekatastrophe.

Das bedrückte mich und machte mir Angst. Ständig hielt ich mir vor Augen, daß ich der nächste sein könnte.

Ich wußte nicht, was ich ohne die Farm anfangen würde. Nicht nur, daß ich an ihr hing; ich hatte sie ja geliebt, so lange ich denken konnte. Ich konnte mir beim besten Willen nicht vorstellen, jemals woanders zu wohnen.

Opa hatte das Land urbar gemacht und ein Haus darauf gebaut. Zusammen mit Onkel Charlie hatte er die Farm im Schweiß seines Angesichts zu dem gemacht, was sie war. Sie gehörte uns. Uns allen. Und eines Tages sollte sie meinem Sohn gehören.

Landwirtschaft war das einzige Handwerk, auf das ich mich verstand. Eine andere Ausbildung hatte ich nicht. Ich hatte kein anderes Zuhause, keine anderen Besitztümer, keinen anderen Beruf. Mit der Farm würde ich weitaus mehr als nur ein Stück Land verlieren. Zugleich stand mein Lebensunterhalt auf dem Spiel, mein Erbgut, die Heimat meiner Familie, einfach alles, was mir auf dieser Welt etwas bedeutete. Woanders würde ich mich nie heimisch fühlen. Das wußte ich auch so, ohne es erst erleben zu müssen.

Weil ich das alles wußte und auch, daß Opa und Onkel Charlie genauso dachten wie ich, nahm ich das Geldgeschenk der beiden an und versuchte, der Familie damit einen kleinen Aufschub zu erkaufen. Und ich hoffte inständig, daß sie recht behalten würden: daß der Regen jetzt nicht mehr lange auf sich warten lassen würde.

Nachdem ich die Rate bezahlt hatte, wurde mir schon leichter ums Herz. Das überraschte Gesicht des Bankiers entging mir nicht, als ich das kleine Bündel Geldscheine zutage förderte, aber er stellte keine Fragen, und ich lieferte ihm auch keine Erklärungen. Mit der Quittung in der Hand verließ ich das Gebäude wieder.

Bevor ich den Heimweg antrat, kaufte ich noch ein paar Lebensmittel, darunter ein Pfund Kaffee für Opa und Onkel Charlie und ein Stück Käse für Mary. Sie hatte vor kurzem davon geschwärmt, welch ein Leckerbissen ein Stück Käse doch wäre. Außerdem kaufte ich einen Sack Hühnerfutter für ihre Hühner. Schließlich war uns allen sehr damit gedient, wenn die Tiere das Eierlegen nicht verlernten.

Als ich gerade wieder nach Hause fahren wollte, fiel mir ein, daß ich die Post noch nicht abgeholt hatte. Wir bekamen zwar selten einen wichtigen Brief, aber nachfragen wollte ich trotzdem. Später wünschte ich mir, ich hätte das Postamt gar nicht erst betreten.

Herr Hiram Smith stand vor mir in der Schlange vor dem Schalter.

„Tag, Josch!" begrüßte er mich, und ich erwiderte seinen Gruß.

„Wieder 'n karger Sommer, was?" bemerkte er gesprächsweise, und ich gab ihm recht.

„Den Farmern geht's immer schlechter, hört man."

Auch das konnte ich nicht leugnen.

„Hattet ihr dieses Jahr überhaupt 'ne Ernte?" erkundigte er sich.

„Viel war's nicht", gestand ich. „Hab' die Kühe auf die Felder gelassen. Mähen und Dreschen hätte sich nicht gelohnt."

Jetzt war das Kopfnicken an ihm.

„Schade drum!" sann er. „Schade. Wo man auch hinsieht, steht 'ne Farm zum Verkauf." Er wartete gar nicht erst auf meine Antwort. „Das Dumme an der Sache ist bloß", fuhr er fort, „daß es keine Käufer gibt. Nicht mal geschenkt würden die Leute 'ne Farm nehmen. Kein Mensch hat Geld in der Tasche. Eine Schande ist das!"

Das stimmte zwar, aber neu war daran eigentlich nichts. Ich wollte gerade an den Schalter gehen und nach unserer Post fragen.

„Hast du schon die Sache mit Avery gehört?" fragte Herr Smith.

Das hatte ich nicht. Ruckartig blieb ich stehen. Ich war mir nicht sicher, ob ich die Nachricht wirklich hören wollte, falls es eine schlechte war, und Herrn Smiths Gesicht nach zu urteilen, war sie das. Aber Avery war immerhin mein Schwager. Wenn er in der Klemme steckte, ging mich das auch an.

„Hat seine Farm verloren", sagte Herr Smith, und zwar nicht gerade sehr mitfühlend, fand ich. „Hatte gerade erst angefangen. Und frisch verheiratet ist er obendrein. So 'n Pechvogel!" Wieder schüttelte er den Kopf und ging dann zur Tür, während er die Werbeanzeigen durchblätterte, die er sich gerade abgeholt hatte.

In mir stürzte eine Welt zusammen.

An Mary mußte ich zuerst denken. Sie würde sich die Nachricht schwer zu Herzen nehmen. Arme Mary! Und die arme Lilli – noch dazu jetzt, wo sie gerade ihr erstes Kind erwartet!

Nun meldete sich auch der Postmeister zu Wort.

„Ja, wirklich Pech, so was, großes Pech!“ sagte er und schüttelte den Kopf dabei so ähnlich wie Herr Smith vorhin. „Ich komme ja bei der Arbeit ganz durcheinander. Ein ständiges Kommen und Gehen ist das hier bei uns, sag' ich. Der eine zieht fort, der nächste zieht her – wie im Taubenschlag geht's bei uns zu!“

„Wo ... wohin ist Avery ...“

„Ach, der ist nicht umgezogen. Jedenfalls nicht weit. Ist einfach zu seinen Eltern zurückgezogen. Selbes Postfach wie früher.“ Dem Postmeister schien in erster Linie daran zu liegen, seine Post richtig sortiert zu bekommen. Ich wollte mich umdrehen und wieder gehen.

„Willst du deine Post denn nicht mitnehmen?“ rief er mir nach, und ich kehrte um. Ein Brief war an Frau Josua Jones adressiert; dazu hatten wir ein paar Werbeschriften bekommen. Die Werbeschriften warf ich im Vorübergehen in den Papierkorb, und den Brief an Mary steckte ich in meine Jackentasche.

Den ganzen Heimweg über mußte ich an Avery und Lilli denken. Mir graute schon davor, Mary diese schlimme Nachricht zu bringen. Aber erfahren mußte sie es; daran gab's nichts zu rütteln.

Ich sagte es ihr so behutsam, wie ich konnte, und hielt sie fest in meinen Armen, während ihr die Tränen übers Gesicht liefen. Dann zogen wir uns warm an, ließen William in Opas und Onkel Charlies Obhut zurück und fuhren zu Averys Elternhaus.

Was ich schon in der Stadt erfahren hatte, hörten wir jetzt von Avery selbst: er hatte tatsächlich seine Farm verloren. Diese Niederlage nahm er sich schwer zu Herzen, aber Lilli gab sich nicht so leicht geschlagen.

„Irgendwann versuchen wir's halt noch einmal“, sagte sie zuversichtlich. „Später, wenn wir wieder Regen haben und das Getreide wachsen kann.“

Bis dahin teilte sie ein Haus mit fünf anderen Bewohnern. Ihr Kind war Nummer sechs.

„Wie geht's dir denn?“ erkundigte Mary sich flüsternd.

„Gut, wirklich gut“, behauptete sie. „Will nur froh sein, wenn's vorüber ist. Nur noch drei Wochen. Das ist nicht mehr so lang.“

Aber das Haus platzte ohnehin schon aus allen Nähten. Avery und Lilli bewohnten ein winziges Schlafzimmer neben der Küche. Wie sie darin auch noch eine Wiege unterbringen wollten, war mir ein Rätsel.

Die Not lastete schwer auf ihnen. Bleischwer. Aber wenigstens hatten sie ein Dach über dem Kopf.

In der Aufregung hatte ich restlos vergessen, Mary ihren Brief auszuhändigen. Ich fand ihn am Abend beim Auskleiden.

„Tut mir leid!“ entschuldigte ich mich. „Hab' ganz vergessen, dir den zu geben. Ich hab' ihn heute bei der Post abgeholt.“

Daß ich reichlich neugierig war, was es mit dem Brief auf sich hatte, behielt ich für mich.

Mary riß den Umschlag auf und entnahm ihm einen amtlich aussehenden Briefbogen. Den überflog sie zuerst, um ihn dann genauer durchzulesen. Der Inhalt schien sie außerordentlich zufriedenzustellen. Ich war erleichtert. Wenigstens gab es nicht noch mehr schlechte Nachrichten für heute.

„Er ist von der Schulbehörde“, teilte sie mir mit. „Ich hatte an den Vorsitzenden geschrieben und mich erkundigt, ob der neue Lehrer bei uns wohnen könnte.“

Ich war überrascht. Mary hatte mir kein Wort davon gesagt.

„Das Schulamt schickt ihn gern zu uns“, fuhr Mary fort. „Mit seiner bisherigen Unterkunft habe es sowieso Schwierigkeiten gegeben.“

Der Lehrer war ein lediger Mann mittleren Alters. Weit und breit war er die Zielscheibe vieler Scherze, ein etwas seltsamer, grillenhafter Zeitgenosse.

Ich sah Mary an.

„Bist du dir ganz sicher, daß du ihn aufnehmen willst?“ fragte ich sie.

„Verstehst du denn nicht?“ sagte sie. „Dieser Brief hier ist eine wahre Gebetserhörung! Ich habe Gott um Rat gefragt, was ich nur tun könnte, um unsere Not etwas zu lindern, und da hat er mir diese Idee in den Sinn gegeben. Ich habe gleich den Brief an die Behörde geschrieben und Gott den Rest überlassen. Und jetzt hat Gott es so gelenkt, daß Herr Butler hier bei uns einziehen möchte.“

„Aber …“ wollte ich protestieren, doch Mary war noch nicht fertig.

„Mit dem Miet- und Kostgeld können wir Lebensmittel für die ganze Familie kaufen, und vielleicht bleibt sogar etwas für die nächste Ratenzahlung übrig.“

„Aber die Arbeit“, gab ich zu bedenken, „denk doch nur an die viele zusätzliche Arbeit! Du hast auch so schon alle Hände voll zu tun, und wenn das Baby erst da ist …“

Auch dieses Argument räumte Mary aus der Welt.

„Opa hilft in der Küche, und Onkel Charlie beschäftigt sich mit William. Herr Butler ist tagsüber in der Schule, und übers Wochenende fährt er weg. Die Arbeit wird sich in Grenzen halten.“

Sie hatte aber auch an alles gedacht! Ich mußte einfach lachen.

„Weißt du was? Du bist ein Genie!“ lobte ich sie und nahm sie in die Arme. Sie lächelte nur und ließ den Brief zu Boden flattern.

Zu meiner großen Bestürzung erschien Herr Butler mit einem feurigen Pferd samt Wagen. Niemand hatte mir gesagt, daß von mir erwartet wurde, ein zusätzliches Pferd zu versorgen. Ich hatte ja nicht einmal genug Futter für unsere eigenen Tiere!

Doch bevor ich eine Frage stellen konnte, erklärte Herr Butler: „Ich habe dafür gesorgt, daß Lady Jane im Schulstall untergebracht wird. Todd Smith wird sie versorgen.“

Ich nickte erleichtert.

„Den Wagen habe ich gebraucht, um meine Sachen herzuschaffen“, fuhr er fort.

Seine „Sachen“ bestanden aus mehreren Kisten und Koffern samt ein paar Reisetaschen. Ich fragte mich schon, wie er das alles nur in seinem kleinen Zimmer neben der Küche verstauen wollte, ohne ständig über etwas zu stolpern. Ich sollte es nie erfahren, denn nachdem Herr Butler eingezogen war, betrat ich das Zimmer nicht mehr, und die Tür blieb stets verschlossen.

Selbst Mary ging nicht in das Zimmer. Herr Butler zog es vor, selbst „alles in Ordnung zu halten“, wie er sich ausdrückte. Einmal pro Woche legte Mary ihm frische Bettlaken und Handtücher bereit, die er dann selbst gegen die gebrauchten auswechselte. Alles in allem war es eine gute Regelung für Mary.

Herr Butler sah tatsächlich reichlich sonderbar aus. Eine große Nase herrschte über ein kleines, kinnloses Gesicht. Dunkle, durchdringende Augen versteckten sich hinter dikken Brillengläsern. Oben auf dem Kopf befand sich eine Glatze. Jedenfalls vermutete ich das, aber der Mann kämmte sich geschickt die Haare von einem Ohr quer über den Kopf bis auf die andere Seite, so daß man die kahle Stelle eigentlich gar nicht sah. Wenn er ins Freie trat, zog er sich den Hut mit größter Sorgfalt fest über den Kopf, bis die Ohren fast darunter verschwanden. Ich fragte mich, ob er wohl manchmal Alpträume hatte, in denen ihm plötzlich der Hut fortwehte und die Haare in alle Himmelsrichtungen zu Berge standen, um allen Umstehenden flatternd zuzuwinken und den Blick auf die kahle Stelle freizugeben.

Mit uns Erwachsenen wechselte er nicht viele Worte, aber William mochte er auf Anhieb. Er war zweifellos sehr kinderlieb, was ihm als Lehrer sehr zugute kam. Wenn er bei uns in der Küche saß, beschäftigte er sich fast ausschließlich mit William und seinen Bilderbüchern. Er rückte sich einen Stuhl in der Nähe des warmen Ofens zurecht, hob den Kleinen auf seinen Schoß und schlug ein Buch auf. Stundenlang erläuterte er dem staunenden William die Chinesische Mauer, den geheimnisvollen Planeten Mars, die alten Ägypter oder das Flugmuster der winzigen Kolibris. Manchmal warf ich Mary einen amüsierten Blick zu und unterdrückte ein Lachen, oder ich grinste Opa und Onkel Charlie augenzwinkernd zu. William war zwar ein helles Kerlchen, aber was begriff ein Zweijähriger schon von solchen Dingen?

Trotzdem konnte unser Sohn gar nicht genug von den Büchern kriegen. Er ließ keine Gelegenheit aus, um auf den Schoß des Lehrers zu klettern und jedes Wort in sich aufzunehmen. Seine Augen waren riesengroß vor Staunen, wenn er mit dem Zeigefinger über die Abbildungen fuhr und mit seiner hohen Kleinkinderstimme versuchte, die schwierigen Ausdrücke nachzusprechen.

Wenn Mary bestimmte, daß William jetzt ins Bett müsse, sah der Lehrer immer recht enttäuscht drein, aber gehorsam stellte er den Kleinen dann auf den Boden, klappte das Buch zu und zog sich in sein Zimmer zurück.

Irgendwie schlugen wir uns auch in diesem Winter durch, und ich fing an, den Himmel nach Regenwolken abzusuchen. Obwohl sich hin und wieder Wolken bildeten, schienen sie nicht viel Feuchtigkeit in sich zu tragen. Trotzdem gelang es mir, genug Geld für ein paar Säcke Getreide zusammenzukratzen, um damit zwei von meinen Feldern zu bepflanzen.

Williams Geburt hatte die Ernte unterbrochen. Unser zweites Kind kam während der Aussaat an. Ich wurde vom Feld gerufen, um den Doktor aus der Stadt zu holen.

Alles verlief ohne Komplikationen, und bevor wir's uns recht versahen, hielten wir unseren zweiten Sohn in den Armen. Kaum hatte ich ein Dankgebet zum Himmel geschickt, daß Mary und das Kind beide wohlauf waren, als die Aussicht auf eine weitere Arztrechnung etwas von der Freude dämpfte.

„Ich schreib's einfach auf dein Konto, Josch!" sagte der Doktor ruhig, als ich ihn später nach draußen an seine Kutsche begleitete. Inzwischen hatten wir einen beträchtlichen Schuldenberg bei ihm.

Unser Jüngster war wie sein großer Bruder ein Prachtjunge, stramm und kerngesund und mit kräftigen Lungen ausgestattet. William bestaunte ihn andächtig. Erst als der

Kleine endlich eingeschlafen war und Mund und Augen geschlossen hatte, konnten wir William dazu bringen, das winzige Wesen zu berühren. Mit ausgestreckter Hand fuhr er ihm sachte über die Wange. Von diesem Moment an schien er mit seinem Brüderchen Freundschaft geschlossen zu haben.

Wir nannten den Kleinen Daniel Charles nach Opa und Onkel Charlie. Die beiden Männer strahlten über das ganze Gesicht, als wir den Namen bekanntgaben.

Ein junges Mädchen aus der Nachbarschaft kam, um den Haushalt zu führen, bis Mary wieder auf den Beinen war. So kamen wir irgendwie über die Runden. Der kleine Daniel gewöhnte sich bald an das Leben bei uns, und ich machte mit der Aussaat weiter, um anschließend wieder in dem Wald am Bach zu arbeiten.

Mit jedem Tag, den das Frühjahr an den Sommer abgab, wehte mehr Ackerboden mit dem Wind davon. Blieb nur zu hoffen, daß dafür der aufgewirbelte Boden aus meilenweiter Entfernung bei uns haftenblieb. Wenn der Wind nämlich keinen halbwegs gerechten Austausch vornahm, würden wir bald keine fruchtbare Muttererde mehr zu pflügen haben.

Die arme Mary kämpfte verzweifelt um ihren Garten. Die Arbeit war hart und entmutigend. Über die ohnehin spärliche Ausbeute machten sich zu allem Überfluß die Heuschrecken her.

Mit dem Beginn der Sommerferien zog Herr Butler aus. Im Herbst würde er zurückkehren, versprach er, sehr zu unserer Erleichterung. Wir waren auf den zugegebenermaßen kleinen Betrag angewiesen, den er uns als Miet- und Kostgeld zahlte.

William vermißte ihn sehr. Immerzu fragte er nach „Herr Butter un' die Bücher", und obwohl Mary sich bemühte, ihm zu erklären, daß der Lehrer im Herbst zurückkommen würde, waren die paar Monate für ein kleines Kind eine wahre Ewigkeit.

An einem Nachmittag im Hochsommer machte ich einen Spaziergang über meine dürren Felder. Die Ähren standen niedrig und in großen Abständen voneinander. Hier und da pflückte ich mir eine und zerrieb sie zwischen den Fingern. Fast leer waren sie. Die Last, die ich auf den Schultern spürte, wurde mit jedem Schritt schwerer. Es gab nichts zu ernten. Gar nichts!

Ich bückte mich und grub mit einem Stock in der trockenen, staubigen Erde. Immer tiefer grub ich auf der Suche nach einer Spur von Feuchtigkeit, aber vergeblich. Warum hatte es so lange nicht geregnet? Was war los mit unserer Welt? „Saat und Ernte. Saat und Ernte!" ging es mir durch den Kopf. Gott hatte es doch versprochen. Hatte er seine Verheißung gebrochen?

Einen Moment stieg Zorn in mir auf. Ich war versucht, bitter aufzubegehren. Womit hatte ich das alles verdient? Was hatte Mary sich zuschulden kommen lassen? Wir hatten unser Bestes getan. Wir ... Aber halt! So durfte ich nicht denken! Ich wußte, daß das alles nichts mit unserer Lage zu tun hatte. Schließlich gewann das Gottvertrauen, das ich schon so viele Jahre geübt hatte, die Oberhand und überwand den Zorn.

„Ich brauch' dich, o Gott!" flüsterte ich. „Ich brauch' dich jetzt mehr denn je."

Mit schweren Schritten kehrte ich zum Hof zurück. Das Gefühl einer bevorstehenden Katastrophe konnte ich einfach nicht loswerden. Ich hatte so hart gekämpft, wie ich nur konnte. Jetzt war ich fast am Ende meiner Kräfte.

Nach dem Abendessen, als das Geschirr wieder sauber und abgetrocknet im Regal stand, setzten sich alle wie gewöhnlich um den Küchentisch. Ich versuchte, mich mit Zahlen und Plänen zu befassen, konnte mich aber einfach auf nichts konzentrieren. Schließlich legte ich Papier und Bleistift aus der Hand und ging nach oben, wo meine beiden Söhne schliefen.

Ich betrachtete sie nachdenklich. William hielt den Teddybär umklammert, den Sarah ihm letztes Jahr zu Weihnachten geschenkt hatte. Seine dunklen Wimpern lagen über den rosigen Wangen, und sein dichtes braunes Haar klebte an seiner Stirn.

Der kleine Daniel schlief beinahe in der gleichen Lage wie sein großer Bruder: Arme auf der Decke, den Kopf leicht zur Seite geneigt. Nur einen Teddybär hatte er nicht. Statt dessen hielt er den Saum der Decke, die Mary genäht hatte, in seinem winzigen Fäustchen. Hin und wieder schürzte er die Lippen und nuckelte im Schlaf, als träumte er vom Gestilltwerden.

Ich stand da und betrachtete die beiden. Dabei fühlte ich mich innerlich immer elender und einsamer. „Sie zählen doch auf mich. Sie zählen auf ihren Pa, und ich muß sie enttäuschen! Alle beide. Mary auch. Und Opa und Onkel Charlie ..."

Einen solchen Schmerz jetzt hatte ich noch nie verspürt. Es war ein tiefer, dunkler, bohrender Schmerz, der keine Tränen kannte.

Mit zusammengebissenen Lippen wandte ich mich ab und zog die Vorhänge beiseite, um auf das Land hinauszusehen, das ich so viele Jahre lang geliebt und gepflügt hatte. Es gab keinen Ausweg mehr. Wir waren am Ende.

Ich merkte nicht einmal, daß Mary ins Zimmer gekommen war, bis sie ihre Arme um mich schlang und ihren Kopf an meine Schulter lehnte. Ein Schaudern lief mir über den Rücken.

Sie stand lange da und hielt mich einfach nur umklammert. Dann fing sie an zu reden. Ihre Stimme war stark und gleichmäßig, obwohl es nur wenig mehr als ein Flüstern war.

„Was ist los, Josch? Was ist mit dir?"

Ich mußte es loswerden. Mußte Worte finden.

„Wir werden die Farm verlieren!" stieß ich hervor. Eine stählerne Kälte lag darin.

Mary sagte nichts, aber ich spürte, wie sie ihre Arme fester um mich schloß. William regte sich im Schlaf und zog den Teddy dichter an sich.

„Es liegt an den Raten, nicht? Wenn du Papas Farm nicht gekauft hättest, dann ..."

Natürlich waren es die Raten. Vor Ungeduld trat ich von einem Fuß auf den anderen.

„Hab' halt 'nen großen Fehler gemacht. Die Entscheidung war falsch. Damals hatte ich geglaubt, es wäre das Richtige ..."

„Nein, Josch", fiel Mary mir ins Wort, „falsch war sie nicht, die Entscheidung zum Ankauf. Das war sogar sehr klug von dir. Der Zeitpunkt war halt falsch. Und niemand konnte die Zukunft voraussehen. Wer hätte damals auch schon geahnt, was uns bevorstand: kein Regen ..."

Genau das gleiche hatte Opa auch schon gesagt, und verstandesmäßig wußte ich, wie recht sie hatten. Aber meine Gefühle schlugen in eine andere Richtung. Ich hatte schließlich gebetet, hatte Gott wegen des Ankaufs zu Rat gezogen.

„Verkauf's doch wieder, Josch!" fuhr Mary fort. „Verkauf das Land!"

„Kann ich doch nicht!" entgegnete ich ungeduldig. „Es gibt doch keinen Käufer!"

„Dann gib die Farm einfach auf. Wie gewonnen, so zerronnen, weißt du. Im Grunde genommen hast du sie doch nur um meinetwillen gekauft – und für unsere Söhne. Aber jetzt ist es besser ... Irgendwann werden wir wieder eine Farm kaufen können. Vielleicht sogar noch einmal Papas Farm. Für die Jungs können wir später ein Stück Land kaufen."

„Ich ... ich kann sie aber nicht aufgeben", widersprach ich heiser.

„Hast du das so mit Pa abgemacht? Er wird bestimmt Verständnis haben, Josch. Er würde nie von dir verlangen, dich unter diesen Umständen an die Abmachung zu halten."

„Nein, ich habe deinem Vater keine Versprechungen gemacht. Er hat auch keine verlangt."

„Dann laß die Farm los! Laß sie an die Bank gehen!"

Jetzt drehte ich mich zu Mary um, nahm sie bei den Schultern und sah ihr tief in die Augen. Im Zimmer war es dunkel, aber das fahle Mondlicht, das durch das Fenster fiel, tauchte ihr Gesicht in ein bleifarbenes Grau. Sogar die Narbe auf ihrer Stirn war schwach darin zu erkennen.

„Du begreifst nicht!“ sagte ich und rang mit äußerster Mühe um eine beherrschte Stimme. „Wenn sie uns die Turleysche Farm abnehmen, dann beschlagnahmen sie diese hier auch.“

Ich spürte, wie Mary am ganzen Leib zitterte.

„Ich habe diese Farm als Sicherheit geltend gemacht, als ich den Kredit aufnahm. Wenn ich die Raten nicht pünktlich zahle, dann …“

Aber ich hatte schon genug gesagt. Mary hatte verstanden. Sie warf sich in meine Arme und fing leise an zu weinen.

Vielleicht halfen ihre Tränen auch mir. Wenigstens brachten sie etwas Mitgefühl, etwas Wärme in mein kaltes Herz zurück. Ich stand einfach nur da und strich ihr zärtlich über das Haar und ließ sie weinen.

Aber Mary weinte nicht sehr lange. Bald straffte sie die Schultern und hob das Gesicht.

„Wir haben es zu weit gebracht, um jetzt einfach aufzugeben“, sagte sie entschlossen. „Irgendeine Lösung muß es schließlich geben.“ Ich zuckte ratlos mit den Achseln. Mary wischte sich die Wangen trocken und redete unbeirrt weiter. „Wir haben noch Vieh, das wir verkaufen können. Der Lehrer kommt zurück. Sein Geld brauche ich nicht restlos für Lebensmittel auszugeben. Du kannst mehr Brennholz verkaufen, und wir …“

„Mary, wir …“

„Wir werden's schaffen!“ fuhr sie unbeirrt fort. „Gott hat uns bis hierher geholfen. Er wird uns doch jetzt nicht im Stich lassen!“

Einen Moment fragte ich mich ernsthaft, was Gott denn eigentlich zu unseren Gunsten getan hatte. Die Trockenheit nahm kein Ende. Wir hatten seit drei Jahren nichts geerntet. Aber Mary half meinem Gedächtnis auf die Sprünge.

„Überall gibt's Leute, die alles verloren haben, aber wir haben unsere Farm noch. Bis jetzt haben wir immer irgendwie das Geld für die Ratenzahlung aufgebracht. Wir wohnen noch hier, und gesund sind wir auch alle. Wir haben immer genug zu essen auf dem Tisch gehabt und Schuhe an den Füßen. Gott hat uns das alles ermöglicht, und er wird uns auch jetzt nicht im Stich lassen."

Ich stand beschämt da. Wahrhaftig – Gott hatte so viel für uns getan, für das ich ihm nicht einmal gedankt hatte.

„Wir werden auch die nächste Rate bezahlen", sagte Mary noch einmal zuversichtlich. Sie sah sich im Zimmer um, sah mich an und dann unsere schlafenden Söhne. „Es steht ja viel zuviel auf dem Spiel", flüsterte sie wie zu sich selbst. Dann hörte ich, wie sie schlicht, aber voller Inbrunst betete: „Hilf uns, Herr Jesus. Bitte hilf uns jetzt!"

Wir schafften es tatsächlich, die Rate zu bezahlen. Jedes Mal war mir das wie ein Wunder. Allerdings blieb uns danach so gut wie nichts mehr übrig. Wir hatten fast meine ganze Zuchtherde verkauft. Gern hätten wir uns von dem Traktor und dem Ford getrennt, aber dafür waren einfach keine Käufer zu finden. Was am meisten schmerzte, war, daß ich Chester verkaufen mußte. Wir behielten nur noch die Ackerpferde, weil wir ohne sie einfach nicht auskommen konnten. Chester erzielte einen recht stattlichen Preis, sogar trotz der schlechten Wirtschaftslage. Ich hatte einfach keine andere Wahl gehabt, als ihn zu verkaufen. Mary weinte, und etwas in mir starb einen stillen Tod, als der Mann kam, um ihn abzuholen.

Trotz alledem fehlte uns noch etwas an dem Betrag für die Rate. Da kam eines Tages ein Brief von Papa Turley. Als Mary ihn öffnete, fielen ein paar Geldnoten auf den Küchentisch.

„Es ist zwar nicht viel", hieß es in dem Brief, „aber ich hoffe, euch ist damit geholfen."

„Hast du ihm etwa ...?"

„Nein", schüttelte Mary den Kopf. „Kein Wort habe ich darüber geschrieben."

Weiter hieß es in dem Brief: „Man hört, wie schlecht die Zeiten überall sind. Da habe ich mir gedacht, ich schicke jedem von meinen Mädels ein paar Scheine."

Mary lachte und weinte zugleich. Wir legten das Geld zu unserem Ersparten. Jetzt reichte es gerade für die Rate.

Aus tiefster Not

Soweit ich es absehen konnte, besaßen wir jetzt nichts mehr, das wir hätten verkaufen können. Opas und Onkel Charlies Ersparnisse hatten wir längst aufgebraucht. Das Waldstück auf dem Turleyschen Land wurde zusehends kleiner. Weil wir kaum noch Eingemachtes besaßen, wurde Marys Aufgabe, die Familie zu beköstigen, immer schwieriger. Den größten Teil des Mietgelds von dem Lehrer würde sie für Lebensmittel ausgeben müssen – falls sie überhaupt damit auskam!

Die Lage war aussichtslos, das stand fest. Ich fing an, mich in der Stadt nach Arbeit zu erkundigen, aber wie ich befürchtet hatte, fand sich nichts.

Dann wurde unsere Gegend von einer weiteren Katastrophe aufgeschreckt: Um ein Haar hätten wir den Doktor verloren. In der ganzen Nachbarschaft gab's wohl keinen Mann, dessen Verlust uns mehr getroffen hätte als dieser – es sei denn, es wäre Onkel Nat gewesen. Beide hatten seit dem Einbruch von Not und Armut unendlich viel Trost gespendet, und auch schon zu besseren Zeiten hatten beide ein hohes Ansehen bei ihren Mitbürgern genossen.

Es war ein Herzanfall. Mit dem Automobil brachte man den Doktor nach Riverside ins Krankenhaus. Seine Frau fuhr mit und wich während der nächsten Wochen nicht von seiner Seite.

Weit und breit gab es so gut wie keinen unter fünfunddreißig, dem der Doktor nicht ans Licht der Welt geholfen hatte. Er hatte Wunden genäht, Blinddärme entfernt und uns bei Mumps und den übrigen Kinderkrankheiten ärztlichen Beistand geleistet. Er würde uns sehr fehlen. Wir hatten keine Ahnung, was wir ohne ihn anfangen sollten. Täglich beteten wir, daß er mit dem Leben davonkäme, selbst wenn er sich nie wieder vollständig erholen sollte.

In den ersten Tagen nach seinem Herzanfall mußte ich ständig an die Schulden denken, die wir bei ihm gemacht hatten. Es war mir schlicht und einfach ein Ding der Unmöglichkeit, diese Schulden zu bezahlen. Ich befürchtete, daß Frau Doktor – aus irgendwelchen Gründen nannten alle sie so – also, daß Frau Doktor das Geld jetzt wegen der Krankenhauskosten brauchen würde. Ich würde so bald wie möglich mit ihr reden müssen, auch wenn ich keinen Penny in der Tasche hatte. Wenigstens konnte ich ihr versprechen, die Schulden in kleinen Raten abzutragen, sobald ich wieder etwas Geld zusammengekratzt hatte.

Ein paar Wochen später hieß es, Frau Doktor sei wieder nach Hause in die Stadt zurückgekehrt, weil es ihrem Mann inzwischen schon wesentlich besser ging. Ich beschloß, sie gleich aufzusuchen.

Es fiel mir zwar schwer, aber ich überwand mich zu dem Besuch. Frau Doktor sah mich überrascht an, als sie mir die Tür geöffnet hatte, aber dann begrüßte sie mich wie ihren eigenen Sohn. Ich glaube, alle „Kinder vom Doktor" hatten in ihrem Herzen einen besonderen Platz.

Nachdem wir über das Ergehen des Doktors gesprochen hatten, kam ich gleich zur Sache.

„Ich bin wegen meiner Schulden gekommen", sagte ich.

Sie sah mich verständnislos an.

„Ich dachte, vielleicht brauchen Sie jetzt dringend das Geld, weil der Doktor doch im Krankenhaus liegt", erklärte ich.

Sie schüttelte energisch den Kopf.

„Er hätte nie geduldet, daß ich an den Rand der Armut komme", erklärte sie. „Er hat schon längst alles geregelt für den Fall, daß ihm eines Tages etwas zustoßen sollte. Ja, er ist ein guter Mann, ein herzensguter Mann, mein lieber Doktor!" Tränen stiegen ihr in die Augen.

Ich war kolossal erleichtert, daß die beiden keine Not litten.

„Meine Schulden begleiche ich, sobald ich kann. Zur

Zeit sind wir etwas knapp bei Kasse, aber ich hoffe, bald Arbeit zu finden, und dann schicke ich monatlich einen Betrag."

„Du schuldest uns keinen Penny, Josch!" eröffnete sie mir leise.

„Doch, sogar 'ne ganze Menge: für Onkel Charlie und unsere Jungs. Hatte halt nur noch kein Geld dafür zur Hand."

Sie trat an einen Schreibtisch in der Zimmerecke und holte ein ziemlich großes Buch hervor.

„Komm mal her!" rief sie mich, und ich folgte ihr.

Sie blätterte durch das Verzeichnis, und ich sah viele vertraute Namen aus unserer Nachbarschaft dort eingetragen. Denen schien es weitaus besser ergangen zu sein als Familie Jones; jedenfalls sah ich keinen, der dem Doktor Geld schuldete. Und dann schlug Frau Doktor die Seite auf, wo mein Name eingetragen war. „Josua Jones" stand da in der Handschrift des Doktors zu lesen. Jede ärztliche Leistung war einzeln aufgeführt, jeder Hausbesuch bei uns und jede Entbindung, und die Kostenbeträge waren in der Zahlenspalte rechts davon eingetragen. Was aber unten auf der Seite stand, ließ mir den Atem stocken. Neben der addierten Summe stand schwarz auf weiß: „Rechnung in voller Höhe bezahlt."

„Das ... das versteh' ich nicht", stotterte ich. „Ich hab' doch gar kein Geld. Wer ... wer ...?"

„Der Doktor selbst", sagte sie, und wieder kamen ihr die Tränen. „In der Nacht vor seinem Anfall. Er muß wohl gespürt haben, daß etwas nicht stimmte. Mitten in der Nacht ist er aufgestanden. Ich habe ihn hier an seinem Schreibtisch gefunden. Alle Schulden hat er aus seinem Rechnungsbuch gestrichen, allesamt, restlos."

„Aber ... aber ..."

Sie klappte das Buch behutsam wieder zu und legte es in die Schublade zurück.

„Er ist doch für seine Leute da, Josch. Für alle. Er lebt für andere. Wenn er nicht um mich besorgt gewesen wäre, hätte er sich womöglich überhaupt nichts bezahlen lassen.

Aber ich bin jetzt versorgt, und mehr Geld brauchen wir nicht."

Ich fand keine Worte, konnte die alte Dame nur umarmen. Dann trat ich wieder in den kühlen, klaren Herbsttag hinaus. Auf der Straße, während ich mich wieder auf die Suche nach Arbeit machte, hatte ich eine Menge nachzudenken.

Ich bekam Wind von einem Arbeitsprojekt der Regierung, wo noch Männer gesucht wurden. Mary wollte gar nicht daran denken, weil es so viele Meilen von daheim entfernt war. Bis tief in die Nacht sprachen wir darüber, aber dann kamen wir zu dem Schluß, daß uns keine andere Möglichkeit mehr blieb. Jetzt, wo fast alles Vieh verkauft war, gab es kaum noch Stallarbeit, und weil unsere Futtervorräte aufgebraucht waren, mußten sich die wenigen Tiere, die wir noch hatten, selbst irgendwie draußen ihr Futter suchen. Wir hatten noch eine Kuh zu melken, aber Opa glaubte, das Melken allein besorgen zu können.

Schweren Herzens packte ich ein paar Sachen in eine Reisetasche und machte mich zur Abfahrt bereit. Zu Hause würde ich bis zur nächsten Aussaat im Frühjahr nicht gebraucht. Wir hatten weder Saatgut in den Kisten noch die Aussicht auf Geld, um welches damit anzuschaffen. Ich würde einfach arbeiten gehen, bis die ganze verdrehte Welt wieder im Lot war. Aber wann das sein würde, das wußte kein Mensch.

Der Abschied fiel uns allen schwer. Mary weinte, als sie meine abgetragenen, gestopften Strümpfe in eine Ecke meiner Tasche packte.

„Damit kommst du nie durch den nächsten Winter!" schluchzte sie. „Sie bestehen ja nur noch aus Geflicktem!"

„Wo gehst du hin, Papa?" fragte William, aber mir saß ein solcher Kloß in der Kehle, daß ich keine Antwort zustande brachte. Ich hob den kleinen Kerl auf die Arme und vergrub mein Gesicht in seinen Haaren. Er glaubte, das sollte ein Spiel sein, und zerzauste mir die Haare und zupfte mich an den Ohren und quietschte dabei vor Vergnügen. Im stillen fragte ich mich, wie lange es wohl dauern würde, bis ich seine feine Kinderstimme wieder hören würde. Der Gedanke schnürte mir die Brust zu und trieb mir die Tränen in die Augen.

Ich balgte mich mit William, bis ich mich wieder gefangen hatte. Es war ohnehin schon schwer genug für Mary. Eigentlich hätte ich doch ihr Halt, ihre Stärke sein sollen!

Wir fielen uns reihum in die Arme. Es war wohl der schwerste Augenblick meines Lebens. William schrie, als ihm erklärt wurde, daß er nicht mitkommen durfte. Als ich den friedlich schlafenden Daniel betrachtete, versuchte ich mir vorzustellen, wie groß er wohl sein würde, wenn ich wieder nach Hause kam. Ich würde viel von seiner Entwicklung verpassen.

„Und vergiß nicht zu schreiben!" ermahnte Mary mich zum dritten oder vierten Mal. „Das Papier und die Umschläge habe ich in die Seitentasche hier gesteckt."

Ich nickte. Klar, daß ich schreiben würde. Briefe waren doch das einzige, was mich mit meinen Lieben verbinden würde!

„Sorg dich nicht um uns hier!" sagte Opa. „Wir werden schon zurechtkommen."

„Mein Gott!" stöhnte ich innerlich. „Warum mußte es nur so weit kommen?"

Mary kam auf die kalte Veranda, um mir ein letztes Mal Lebewohl zu sagen. Sie zog ihre Strickjacke fester um sich und wandte mir ihr tränenüberströmtes Gesicht zu.

„Mach dir keine Sorgen!" flüsterte sie trotz ihrer Tränen. „Wir werden schon irgendwie mit allem fertig!"

Ich hielt sie lange umarmt; wollte sie vor der Kälte beschützen, vor dem Abschiedsschmerz, vor der schweren Aufgabe, die ganze Verantwortung hier zu übernehmen. „Warum? Warum nur?" schrie es in mir, aber der Wind, der über den Hof fegte und an den verwitterten Fensterläden zerrte, hatte keine Antwort für mich.

„Lauf nur schnell wieder ins Haus. Du frierst ja!" Ich küßte meine Frau ein letztes Mal. Dann stolperte ich die

Treppen hinunter zur Kutsche, wo Opa auf mich wartete, um mich in die Stadt an den Bahnhof zu bringen.

Noch nie war mir der Weg in die Stadt so lang vorgekommen wie heute, und noch nie hatte ich unsere Farm so schnell aus den Augen verloren, als wir über einen Hügel nach dem anderen voranratterten.

Das Lager war voller Männer, die in der gleichen Lage wie ich steckten: verzweifelte Männer, die ihr Bestes taten, um sich durch den Winter zu bringen, und in diesem Lager die einzige Möglichkeit dazu sahen. Ehrliche Männer, die jeden Penny nach Hause an ihre Familie schickten.

Abends, nach einem langen, frostklirrenden Tag, lagen wir erschöpft auf unseren harten Pritschen und erzählten einander von unseren Frauen und Kindern. Das war unser einziges Vergnügen – bis auf die Stunden, in denen wir uns einen oder zwei der kostbaren Briefbögen gönnten, einen Umschlag und eine Briefmarke dazu, um einen Brief nach Hause zu schreiben. An diesen Briefen saßen wir lange. Wir wählten jedes Wort mit Sorgfalt und füllten jeden Satz mit Liebe und Heimweh.

Niemand störte einen Kameraden beim Schreiben. Es wurde still in der ganzen Baracke, und jeder zog sich auf seine Pritsche zurück, um demjenigen, der den begehrten Platz an dem einzigen, grob gezimmerten Schreibtisch innehatte, seinen Respekt zu zollen. Ein Brief an die Familie zu schreiben war ein heiliger Akt, die einzige Verbindung zu unseren Angehörigen.

Der Tag, an dem wir dann unsere Post ausgehändigt bekamen, war ein ganz besonderes Ereignis. Mit unserem Brief zogen wir uns in den stillsten Winkel zurück und studierten jedes Wort gründlich. Und dann taten wir etwas höchst Merkwürdiges: Wir erzählten sämtlichen Stubengenossen jede Einzelheit aus dem Brief!

Die Arbeit war hart. Ich hatte mich immer für einen gehalten, der keine Angst vor schwerer Arbeit hat, aber diese Schufterei – wir schwangen die Spitzhacke in den steinharten Boden, um einen Kanal durch die trockene, gefrorene Prärie zu graben – war etwas Ungewohntes für mich.

Viele gaben auf und kehrten nach Hause zurück. Ihre Rückenmuskeln waren der Anstrengung einfach nicht gewachsen. Kündigungen boten dem Aufseher keine Schwierigkeiten. Er hatte eine lange Liste mit den Namen von Männern, die nur auf die Gelegenheit warteten, in den sauren Apfel zu beißen, um ihrer Familie daheim ein paar dringend benötigte Geldscheine zu schicken.

Zu Weihnachten bekamen wir vier Tage Urlaub. Die meisten von uns gingen am Abend nach der Arbeit die fünfzehn Meilen zu Fuß in die Stadt, um mit dem Zug am nächsten Morgen abzufahren.

Als der Zug in unserer Kleinstadt hielt, stieg ich aus und kaufte schnell eine Kleinigkeit für jedes Familienmitglied, bevor ich die Tasche schulterte und nach Hause marschierte.

Dort wurde ich unter Jubelausbrüchen begrüßt. Niemand hatte gewußt, daß ich kam. Wir fielen einander in die Arme, und alle redeten gleichzeitig darauflos. Dabei wußten wir doch genau, daß die Zeit viel zu kurz sein würde, um alles zu erzählen, was wir erlebt hatten.

Ich staunte darüber, wie die Kleinen sich verändert hatten. Immer wieder sagte ich das zu Mary, und sie lächelte nur.

Weihnachten feierten wir gemeinsam mit Lous Familie. Trotz der leeren Vorratsregale gelang es Lou und Mary, ein schmackhaftes Essen auf den Tisch zu bringen. Die Kinder schienen sich nicht daran zu stören, daß es weder einen Truthahn noch die anderen üblichen Leckereien gab; sie hatten einfach ihren Spaß miteinander.

An diesem Abend blieb Mary bis tief in die Nacht hinein auf, um meine Strümpfe wieder zu stopfen. Sie flickte auch meine Latzhose und nähte die Knöpfe an meiner Jacke wieder an, aber meine zerfetzten Handschuhe waren endgültig ruiniert. Die Spitzhacke hatte ihnen arg zugesetzt.

„Josch“, sagte sie bekümmert, „die Handschuhe sind einfach nicht mehr zu retten!“

Ich nickte.

„Ich weiß! Laß nur. Sie werden mir auch weiterhin gute Dienste leisten“, versicherte ich ihr.

Als ich aber am nächsten Morgen zum Frühstück in die Küche kam, lag ein nagelneues Paar Handschuhe auf meinem Teller. Mary war bestimmt wieder fast die ganze Nacht aufgeblieben, um sie zu stricken. Die Handschuhe waren von der gleichen Farbe wie Marys Strickjacke, die plötzlich nicht mehr an ihrem gewohnten Haken neben der Tür hing. Ich schluckte mühsam gegen den Kloß an, der mir in die Kehle stieg.

Gleich nach dem Frühstück mußte ich wieder fort. Der Abschied war nicht leichter als beim ersten Mal. Ich hatte keine Ahnung, wann ich wieder nach Hause kommen würde.

Den größten Halt während dieses langen Winters fand ich in den Stunden, die ich über meiner Bibel verbrachte. Unter meinen Stubengenossen waren mehrere, die ebenfalls ihre zerlesenen Bibeln mitgebracht hatten. Wir tauschten uns über das aus, was wir gelesen hatten. Dadurch halfen wir einander, die Dinge in einem anderen Licht zu sehen.

Eines Abends erzählte ich ihnen von Willi. Davon, wie er sein Leben voll und ganz in Gottes Dienst gestellt hatte und wie wir unseren ersten Sohn nach ihm genannt hatten. Alle hörten mir aufmerksam zu.

„Eigentlich komisch“, sann ich; „er wurde immer ‚Willi‘ genannt, obwohl er in Wirklichkeit William hieß. Nach ihm haben wir unseren Sohn genannt, und oft, wenn ich den kleinen Kerl ansehe, muß ich an Willi denken, aber … aber ich hab's noch nie fertiggebracht, ihn Willi zu nennen. Noch nie. Weiß selbst nicht, warum. Es schmerzt wohl einfach noch zu sehr.“

Allgemeines Kopfnicken. Das alles hatte ich noch nie jemandem sagen können. Hab' wohl gedacht, so etwas könnte niemand verstehen. Aber diese Männer hier – uns, die wir in dieser einfachen Baracke hausten, verband eine sonderbare Freundschaft. Vielleicht lag das daran, daß wir alle in gleicher Weise wehrlos und verwundbar waren. Wir hatten nichts voreinander zu verstecken. Wir wußten, woran wir miteinander waren. Keiner hatte Grund zum Prahlen. Wir sahen einander so, wie wir waren. Und wir waren aufeinander angewiesen.

Ich erzählte ihnen auch von Carmen, wobei ich allerdings für mich behielt, wieviel Carmen mir einmal bedeutet hatte. Ich erzählte ihnen nur von Carmen und Willi und wie sie als Krankenschwester nach Afrika gezogen war, nachdem Willi dort gestorben war.

Alle waren zutiefst von Carmens Mut beeindruckt.

Und dann erzählte ich ihnen von dem Brief, den ich an die Missionsgesellschaft schreiben mußte, und wie schwer mir das gefallen war. Wie ich der Missionsgesellschaft mitteilen mußte, daß ich einfach kein Geld mehr für Carmens Unterhalt aufbringen könnte und daß ich sofort wieder regelmäßig Geld schicken würde, sobald wir Regen bekämen und ich Getreide zu verkaufen hätte.

Die Gesellschaft hatte mir einen netten Brief zurückgeschrieben, in dem man Verständnis bekundete. Carmens Unterhalt sei durch andere Quellen gesichert, hieß es, aber das hatte die Sache für mich nicht leichter gemacht.

„Harte Zeiten", meinte ein Mann namens Ed Miller. „Nicht nur für uns, sondern auch für die Kirchen. Hab' gehört, daß manche Missionare wieder nach Hause gerufen wurden, weil einfach kein Geld für sie da war."

„Auch für die Pfarrersleute ist es kein Zuckerlecken", meldete Paul Will sich zu Wort. „Unser Pfarrer kann sich ja kaum über Wasser halten, und dabei hat er sieben Kinder. Der ist sich für keine Arbeit zu schade, um ein paar Dollar nach Hause zu bringen, und die Kinder genausowenig. Bloß, daß es nirgends Arbeit gibt."

„Ich geh' schon lange nicht mehr in die Kirche", kam es von der Pritsche in der Ecke, wo Tom lag und sich die Hände rieb, als könnte er damit die dicke Hornhautschicht abschleifen. „Da gibt's doch auch keinen Trost! Sonntag für Sonntag hört man da wieder von Leuten, die Haus und Hof verloren haben oder ohne was Eßbares dastehen. Beten sollten wir, hieß es. Aber ich bin das Beten leid. Ist doch alles für die Katz! Eigentlich hätte ich für die Notleidenden mehr tun sollen, als bloß für sie zu beten, aber ich hatte nichts mehr zu verschenken. Nichts."

Niemand in der Stube äußerte Entrüstung. Wir hatten alle irgendwann mit ähnlichen Gedanken gekämpft.

„Ich bin trotzdem weiter zur Kirche gegangen", gestand Ed. „Einerseits kam ich mir ziemlich hilflos vor inmitten von lauter Pechvögeln, aber ohne sie hätte ich das Leben erst recht nicht ausgehalten."

„Hast du dir den Kollektenteller angeguckt?" fragte Paul. „Der reinste Hungerlohn! Wie 'n Pfarrer samt Familie davon leben soll, ist mir 'n Rätsel. Na schön, hier mal 'n Huhn und da 'nen Krug Milch, aber viel mehr auch nicht. Der Zehnte von nichts ist halt gleich nichts."

Der Mann hatte natürlich recht. Wir hatten immer unseren Zehnten abgegeben. Marys Eiergeld wurde fein säuberlich gezählt und der zehnte Teil davon beiseite gelegt. Trotzdem waren es nur ein paar Pennys, die wir sonntags in die Kollekte legten, und oft überhaupt nichts. Wir hatten uns auch schon selbst gefragt, wovon Nat und Lou nur lebten, aber kein Wort der Klage kam über ihre Lippen. Gott sorgte für sie, sagte Lou immer mit einem Lächeln, aber die Kleidung der Familie war abgetragen und die Mahlzeiten dürftig. Nein, die Geistlichen hatten es nicht leicht.

„Na, immer kann's doch wohl nicht so weitergehen! Eines Tages wird's auch wieder bessere Zeiten geben!" meinte einer voller Zuversicht, und das Gespräch wandte sich einem anderen Thema zu. Wir alle hatten große Pläne für die Zeit, wenn die Dürrekatastrophe endlich vorbei war. Für viele bedeutete das, wieder ganz von vorn anfangen zu müssen. Sie hatten alles verloren, was ihnen einmal gehört hatte: Geschäft, Farm, Vieh, Möbel. Trotzdem klammerten wir uns an die Hoffnung auf eine bessere Zukunft.

Ich umwickelte meine Hände mit alten Lappen, um Marys Handschuhe möglichst zu schonen. Auf keinen Fall wollte ich ihr kostbares Geschenk ruinieren. Für diese Handschuhe hatte sie schließlich eine ganze Nacht geopfert, um meinetwillen. Die Lappen erfüllten ihren Zweck auch einigermaßen, und bald wurde es draußen allmählich wärmer, so daß ich keine Handschuhe mehr bei der Arbeit zu tragen brauchte. Der Boden taute langsam auf, was uns das Graben mit der Spitzhacke erleichterte.

Das Schmelzen des Eises und die Wärme, die den Boden durchdrang, ließen mein Farmerherz schneller schlagen. Ich konnte den Blick kaum vom Himmel wenden. Wenn es doch nur bald zu regnen anfing!

„Aber selbst wenn's bald wie aus Kübeln schüttet", ermahnte ich mich, „muß ich noch 'ne Weile bei meiner Spitzhacke bleiben." Ich hatte noch keinen einzigen Penny von meinem Lohn gespart. Alles hatte ich an Mary und die Familie geschickt, damit sie zu essen hatten.

Mit dem Frühling die Hoffnung

An diesem Abend schrieb ich einen Brief an Mary. Mit jedem Tag wuchs mein Heimweh. Würde dieser bohrende Schmerz denn nie nachlassen? Ich hatte geglaubt, mit der Zeit würde alles leichter werden. Das Gegenteil war der Fall.

Nachdem ich den Brief in den Umschlag gesteckt hatte, lag ich lange auf meiner Pritsche und ließ meinen Gedanken freien Lauf. Dann nahm ich meine Bibel, um darin Trost zu suchen. Ich las eine Reihe von Marys Lieblingspsalmen, aber obwohl mir das eine Hilfe war, bohrte das Heimweh weiter in mir.

„Ich brauche meine Familie", dachte ich ein ums andere Mal. „Ich brauche Mary!"

Aber ich steckte in einer aussichtslosen Situation. Wenn ich nach Hause ging, würde ich unweigerlich die Farm verlieren. Selbst wenn ich kein Geld für die Ratenzahlung sparen konnte, verdiente ich wenigstens den Lebensunterhalt für meine Familie. Aber ich wußte nicht, wie lange ich es hier noch aushalten würde. Wenn Gott mir doch nur einen Weg zeigen würde, um die nächste Rate zu bezahlen, damit wir unseren Grund und Boden nicht hergeben mußten! Wenn es doch nur endlich regnen würde, damit die Felder wieder Frucht trugen!

Ich fing zu beten an.

„O Gott", gestand ich, „ich bin am Ende. Ich bin einfach nicht in der Lage, Mary und die Jungs zu versorgen. Ich schaffe es ja kaum, ihnen das Notwendigste zukommen zu lassen! Ich weiß mir keinen Rat mehr, Herr. Weiß einfach nicht, wie es weitergehen soll. Ich brauche sie doch! Und sie brauchen mich. Aber die Farm verlieren ... Was dann?

Wohin sollen wir gehen? Wir haben nichts, Herr. Gar nichts."

Die Bibel rutschte mir aus den Händen und blieb aufgeschlagen neben mir auf der Pritsche liegen. Ich hob sie wieder auf und klemmte sie hinter meine verschränkten Arme, während ich nachdachte und still betete. Schließlich fing ich wieder an zu lesen. Mein Blick fiel auf die aufgeschlagene Seite. Diesen Abschnitt mußte ich als Heranwachsender einmal gelesen haben. Er war unterstrichen; demnach hatte ich ihn damals besonders wichtig gefunden. Jetzt las ich ihn aufs neue:

„Da wird der Feigenbaum nicht grünen,
und es wird kein Gewächs sein an den Weinstöcken.
Der Ertrag des Ölbaums bleibt aus,
und die Äcker bringen keine Nahrung;
Schafe werden aus den Hürden gerissen,
und in den Ställen werden keine Rinder sein.
Aber ich will mich freuen des Herrn
und fröhlich sein in Gott, meinem Heil."

Ich las den Abschnitt immer wieder, bis er mir vor den tränennassen Augen verschwamm.

Endlich begriff ich. Das Wohlergehen meiner Familie hing gar nicht von meiner Kraft ab. Wenn das so wäre, dann wären sie alle längst verhungert. Meine Kraft war ja völlig unzureichend. Aber genausowenig, und das war noch erstaunlicher, hing die Zukunft der Familie Jones von meinen Feldern und den Viehherden ab, die ich so mühsam herangezüchtet hatte. Es war immer nur Gott gewesen, wie Mary mir zu erklären versucht hatte. Es war Gott, der für meine Familie sorgte und sie vor dem Verhungern bewahrt hatte. Gott allein. Mehr brauchte es nicht.

„‚Aber ich will mich freuen des Herrn und fröhlich sein in Gott, meinem Heil'", klang es in mir nach. Welch eine Befreiung! Endlich konnte ich loslassen. Ich konnte meine Last auf die Schultern eines anderen legen. Irgendwie, irgendwie würde Gott alles lenken. Er würde uns durchbringen. Vielleicht würden wir die Farm tatsächlich verlieren, dann ... dann würde Gott uns auch helfen, einen anderen Lebensunterhalt zu finden. Irgendwie würde es gehen.

Inzwischen ertönten leise Schnarchgeräusche von den anderen Pritschen. Die Männer hatten ihren wohlverdienten Schlaf gefunden. Aber ich lag noch bis tief in die Nacht hinein wach und betete und lobte Gott. Und als ich am nächsten Morgen aufstand, geschah es mit neuer innerer Kraft.

Als ich mich mit Spitzhacke und Schaufel zum Abmarsch in die Reihe stellte, hatte sich zwar die Arbeit nicht geändert, wohl aber ich. Gott trug jetzt die ganze Verantwortung. Ich verließ mich voll und ganz auf ihn. Vorerst war ich ein Lohnarbeiter der Regierung. Man erwartete von mir, ganze Arbeit zu leisten. Den ganzen Vormittag über erfüllte der regelmäßige Aufschlag der Spitzhacken die Luft um mich her. Schlag um Schlag entstand das Kanalbett, das sich durch die trockene, öde Prärie winden sollte. Um diese Jahreszeit stand die Sonne schon höher am Himmel und brannte uns auf den Rücken. Wir schwitzten mit jedem Hieb, mit dem wir die Hacke in den Boden trieben. Die Männer beschwerten sich genauso erbost über die Hitze, wie sie über den Frost geschimpft hatten.

„Mensch, wenn's doch bloß endlich regnen würde!" knurrte eine Stimme rechts von mir. „Dieser ewige Staub geht mir auf die Nerven!" Ich war nicht der einzige, der oft prüfend zum Himmel aufschaute, aber noch immer war nirgends eine Wolke zu entdecken.

Ich hob meine Spitzhacke, um sie mit einem dumpfen Schlag in den Boden zu treiben. Mein Rücken, meine Schultern, meine Arme: alles schmerzte von der Anstrengung. Gerade wollte ich zum nächsten Schlag ausholen, als jemand meinen Namen rief.

„Jones!" hörte ich. „Sofort in den Schuppen kommen!"

Ich nahm Spitzhacke und Schaufel und rannte los. Das Werkzeug ließ man niemals achtlos liegen. Ohne die Geräte war man aufgeschmissen, und es gab schlicht und einfach kein Geld für Ersatz, sollten sie abhanden kommen.

„Telefon!" rief der Bote. „Drüben im Schuppen vom Aufseher!"

Eine panische Angst packte mich. Wer verlangte am Telefon nach mir? Was war passiert?

Mit zitternder Hand hob ich den Hörer auf. Es knisterte in der Leitung.

„Hallo!" rief ich in die Sprechmuschel.

„Ha-o!" kam eine von Knistern unterbrochene Antwort. Es war Opa. Mir lief es eiskalt über den Rücken. Etwas Entsetzliches mußte geschehen sein. Er würde niemals Geld für ein Telefongespräch verschwenden, wenn es sich nicht um einen Notfall handelte.

„Bist du's, Junge?"

„Ja, ich bin's: Josch", brachte ich hervor.

„Moment mal!" rief Opa.

Vor Aufregung hätte ich die Wände hochgehen können. Wozu rief er mich an und sagte dann „Moment mal"? Dann kam eine andere Stimme durch die Leitung.

„Josch?" Es war Mary. Ich war erleichtert. Wenigstens war ihr nichts zugestoßen.

„Josch?" fragte sie wieder.

„Mary! Mary, was ist denn ..."

„Es regnet, Josch!" Schweigen. „Es regnet!"

Ich sah in den klaren, heißen Nachmittagshimmel hinein. Keine einzige Wolke war in Sicht. Aber halt! Dort hinten im Nordwesten standen Wolken am fernen Horizont!

„Es hat sich regelrecht bei uns eingeregnet. Es regnet jetzt schon seit drei Tagen. Ich wollte mir erst ganz sicher sein, daß es nicht bloß ein Schauer ist, bevor ich dich anrief. Ich ..." Aber da fing sie auch schon an zu weinen.

Eine Pause entstand, dann war Opa wieder am Telefon.

„Es regnet Bindfäden, Junge!" teilte er mir mit. „Schon seit drei Tagen. Es schüttet so kräftig wie seit Jahren nicht!" Er lachte. „Die Wolken hängen immer noch schwarz über uns. Auf dem Weg in die Stadt sind wir fast im Schlamm versunken!"

„Hier scheint noch die Sonne", brachte ich als Antwort

zustande. Inzwischen zitterte ich am ganzen Leib. Ich konnte meinen Ohren kaum trauen!

„Vielleicht kommt's zu euch, wenn's bei uns fertig ist!" sagte Opa lachend.

Seine nächsten Worte werde ich nie vergessen.

„Komm nach Hause, Junge!" sagte er.

„Nach Hause?"

Ich hörte ihn schlucken.

„Wir haben schon Getreide ausgesät."

„Getreide?"

„Genau."

„Wer?"

„Mary und ich. Die ersten Spitzen sieht man schon. Der Regen wird's erst richtig aufschießen lassen!"

„Wie ... Wo habt ihr denn die Saat her?" rätselte ich verwirrt.

„Gekauft."

„Gekauft? Wie denn? Woher hattet ihr denn das Geld dazu?" fragte ich verständnislos.

„Mary hat's irgendwie gespart. Jeden roten Heller, den sie von deinem Lohn erübrigen konnte, hat sie gespart. Weiß selbst nicht, wie sie das angestellt hat, aber im Lauf der Monate hat sie auf diese Weise einiges zusammengekratzt."

„Aber das kann doch gar nicht genug ..." Ich konnte mir beim besten Willen nicht vorstellen, wie winzig der Sack Saatgut gewesen sein mußte, den man mit den paar Groschen erstehen konnte.

„Ehrlich gesagt", gestand Opa, „hat sie auch ... auch ihr silbernes Teeservice verkauft."

„Was??? An wen denn?"

„An eine Dame von auswärts. Schien sich mächtig dafür zu interessieren. Hat ihr 'nen guten Preis dafür gezahlt, sagt Mary."

Vor Entgeisterung fand ich keine Worte. Ich wußte doch, wie sehr Mary an dem Service hing. Einen Augenblick lang stand ich einfach nur da und versuchte, alles zu verarbeiten, was Opa mir da sagte. Das silberne Service verkauft!

Mary spart und spart, bis sie das Geld für Saatgut beisammen hat. Die Saat ist schon im Boden. Es war einfach zuviel für mich.

Als mir endlich dämmerte, wie teuer das Gespräch zu werden drohte, fand ich wieder Worte.

„Ist sie noch da? Ich meine Mary?“ fragte ich.

„Ja“, und ich hörte, wie Opa ihr das Telefon reichte.

„Mary?“

„Ja.“ Es war kaum mehr als ein Flüstern.

„Mary, ich komm’ nach Hause!“

Die einzige Antwort war ein Schluchzen.

„Ich mach’ mich gleich auf den Weg, jetzt gleich, sofort!“

„Ach, Josch!“ schluchzte Mary.

„Mary ... Mary, ich liebe dich!“

Ich hängte das Telefon wieder ein und rannte zu dem Aufseher, der an seinem Schreibtisch saß.

„Ich kündige!“ teilte ich ihm mit. „Ich geh’ eben meine Sachen packen, und dann komm’ ich, um mir meinen Lohn abzuholen. Jemand anders kann meine Arbeit übernehmen.“

Er nickte. Kündigungen kamen so gut wie jede Woche vor. An Arbeitern mangelte es nicht.

Ich rannte zur Baracke. „Nach Hause! Ich fahr’ nach Hause!“ jubelte es in mir. „Zurück zu meiner Frau, meiner Mary! Zu meiner Familie! Zu meiner Farm!“ Wir hatten sie nicht verloren! Endlich regnete es wieder. Zugegeben, wir würden’s nicht leicht haben. Es würde seine Zeit brauchen, bis wir alles wieder aufgebaut hatten, was wir eingebüßt hatten, aber unser Haus, unser Grund und Boden war uns erhalten geblieben. Es gab wieder Hoffnung für die Zukunft. Gott selbst war es, der uns die Hoffnung auf eine neue Saat gab – und auch auf eine Ernte!